NUESTROS
CLÁSICOS
CONTEMPORÁNEOS

LLEONARD
O EL SEXO DE
LOS ÁNGELES

Terenci Moix

LLEONARD O EL SEXO DE LOS ÁNGELES

P L A N E T A

NUESTROS CLÁSICOS CONTEMPORÁNEOS
Dirección: Fernando Lara Bosch
Diseño de tapas y portadillas: Nacho Soriano

Córcega, 273-279, 08008 Barcelona (España)

Primera edición: enero de 1996
Depósito Legal: B. 46.302-1995
ISBN 84-08-46131-1
Impresión y encuadernación: Cayfosa
Printed in Spain - Impreso en España

A la memoria de dos mujeres superiores: María Levy de Bofill y María Aurelia Capmany. Siempre os deberé lo mejor que hay en mí.

A Pedro Manuel Villora, cuyo finísimo instinto literario y juvenil paciencia, aplicados a la lectura y corrección previa de este texto, justifican que la versión castellana se coloque gozosamente bajo su advocación.

ACLARACIÓN

Esta obra es una ficción. Salvo especificación expresa, todos los personajes, con nombres, apellidos, situación social y relaciones amistosas, familiares, sentimentales o eróticas, son únicamente fruto de la imaginación del autor. Dicha afirmación es también válida en lo que respecta a nombres de publicaciones y empresas comerciales que aparecen —o a las que se hace referencia— y que se relacionan directa, o indirectamente, con los personajes. El autor no se hace responsable de las semejanzas que puedan establecerse entre personajes, nombres, apellidos o entidades de la vida real y los mencionados en estas páginas. Si así ocurriera, se trataría de una coincidencia no deseada, y, por consiguiente, rechazada de antemano.

AGRADECIMIENTOS

Como viene siendo costumbre a lo largo de los últimos años, este libro no hubiera podido ser escrito sin el inestimable consejo de PERE GIMFERRER, quien, asimismo, compromete su altísimo prestigio en el prólogo que acompaña la presente edición. Además de agradecimiento, manifiesto devoción por la siempre insustituible INÉS GONZÁLEZ: no sólo se ha mostrado abnegada, sino sencillamente heroica. Agradezco, también, los consejos de AMADEU FABREGAT para la parte valenciana del libro y de LUIS ANTONIO DE VILLENA en la ardua reconversión al castellano. Atribuyo únicamente a una brillante idea del destino la ayuda de MARCEL PLANS y del equipo de producción de Editorial Planeta, cuya colaboración ha resultado más valiosa que nunca y, a la vez, tan indispensable como siempre.

T. M.

SON PLÁTICAS DE FAMILIA
DE LAS QUE NUNCA HICE CASO.

ZORRILLA
Don Juan Tenorio

El retrato de las personas a quienes conocemos nunca nos satisface. Por eso compadezco a los retratistas. Raramente se pide lo imposible a los demás; sin embargo, eso es lo que les exigimos a ellos. Tienen que plasmar en el cuadro las relaciones de cada uno de nosotros con el retratado... Tienen que retratar a un hombre no sólo como ellos lo ven, SINO COMO LO VERÍA CADA UNO DE NOSOTROS.

GOETHE
Las afinidades electivas

PRÓLOGO

Un día del mes de enero de 1970 un periodista cuyo nombre no recuerdo (en el supuesto de haberlo sabido alguna vez) me telefoneó y me preguntó si era cierto lo que Terenci Moix le había dicho: que yo tenía intención de escribir poesía exclusivamente en catalán después de haber publicado tres libros y pico en castellano. En aquel entonces, la única realidad tangible era el hecho de que, en 1968, había yo escrito un primer poema, aislado, en catalán —que todavía conservo, aunque nunca he publicado— y lo había dado a leer a Terenci. Con todo, no dudé en responder al periodista que su información era exacta, y la publicó. Aquel mismo mes escribí los primeros poemas de mi primer libro en catalán: Els miralls. *De hecho, Terenci Moix avanzaba lo que ya era tanto un deseo por su parte como una convicción por la mía, a raíz de la evolución literaria y personal del periodo 1968-1969, una evolución compleja, y en la que el hecho de haber conocido a Maria Rosa Caminals, durante los últimos meses del 69, tuvo un determinante papel que Terenci no ignoraba. Así, pues, al difundir mi decisión Terenci contribuyó a materializarla, a hacerla rápidamente efectiva.*

De una manera parecida, curiosamente simétrica, en octubre de 1991 mantuve una larga conversación con Terenci Moix acerca de su novela El sexo de los ángeles, *que yo sabía que había redactado en varios y extensos borradores entre los años 1969 y 1972, aunque nunca terminado por completo, y que se hallaba sumida en un estado letárgico que en modo alguno podía satisfacerme. Las razones por las que Terenci Moix había, primero, renunciado a la narrativa en favor del teatro original o adaptado, y, después, a la narrativa en catalán a favor de la narrativa en castellano pertenecen al ámbito de su libre decisión personal; pero una obra inacabada, de la extensión y el alcance de* El sexo de los ángeles, *era una herida abierta. Únicamente en nombre de su propia literatura, Terenci Moix debía revisar, completar y terminar* El sexo de los ángeles*; de lo contrario, el escritor que, ante todo, es resultaría perjudicado. En cierto modo, pues, nos hemos ido compensando, y, por así decirlo,* El sexo de los ángeles *es el resarcimiento de* Els miralls. *Huelga decir que, además de un cierto y milimétrico prurito por mi parte, encaminado a querer atar cabos, me empujaba algo más: la convicción del valor que, forzosamente, la obra debía poseer. Es precisamente en este sentido en el que debo manifestarme compensado con creces.* El sexo de los ángeles *no es sólo la mejor novela catalana de Terenci Moix sino, también, una de las principales novelas de toda la literatura catalana moderna, es decir, de toda la narrativa en catalán posterior a* Curial e Güelfa *y* Tirant lo Blanc*; y, por consiguiente, es también, sin lugar a dudas, la principal aportación de mi generación a la literatura catalana.*

Los escritores tenemos que redimir tanta pasión por el arte y por la escritura y por las formas vicarias de la vida de las que son las transparencias estéticas, tantas obsesiones, tanta lucha obcecada, mediante el logro final de una obra que lo avale y lo ensalce y lo nivele y lo justifique a través de una única vía posible, es decir, logrando que todo se convierta en material literario. Eso es lo que ocurre, en El sexo de los ángeles, *con la vida individual de muchos personajes y la flamante u oscura vida colectiva de la Barcelona de los años sesenta. A veces, esos personajes me resultan reconocibles. De entre esos personajes, hay algunos a quienes respeto; hay algunos de quienes, todavía ahora, soy amigo, y, en un aspecto más amplio, la cultura en la que se inscriben es, en buena parte, la mía. Ahí radica, precisamente, mi seguridad de que la visión crítica ofrecida en* El sexo de los ángeles, *en la medida en que se realiza desde dentro y alcanza al mismo autor, puede ser un revulsivo (útil, además, en una literatura que en la actualidad corre el riesgo de resultar regional o chabacana por falta de nervio y de ambición), pero no una ofensa. En definitiva, se inscribe en una vasta tradición de novelas de sátira civil en clave, a la que pertenecen títulos tan notables como* Mort de Dama, *de Llorenç Villalonga,* Vida privada, *de J. M.ª de Sagarra, o* Moment musical, *de Carles Soldevila (y, en un*

ALBERTO ESTÉN, empresario y esposo de la anterior.
JOAN LLUÍS XUCLÀ, director esencialmente brechtiano.
PITO LLORENS, pionero del *cinéma-verité* catalán. Llamado el sant Jordi Goldwyn Mayer.
XAVIER MÀRFEGAS, crítico implacable, aposentado y autor sin futuro.
MARIA ROSA LLINA, futura diva de la escena catalana.

La Gauche Dorée:

LOLA ROGER, editora de gran exigencia y amante de Lleonard.
GUILLEM ESTEBA, agente literario especializado en sudamericanos y amante de Lleonard.
MELITA, superfotógrafa oficial de la Gauche Doreé.
SERGI RABASSA, arquitecto de prestigio, socialista, con aspiraciones de mandarín cultural.
CHEMA VIVES, arquitecto de genio, pregonero de la modernidad.
RICARDITO SUÑER, arquitecto con repercusión internacional, a bombo y platillo.
ROSER VIUVIU, propietaria de Coll-i-Be, *boutique* de lo más *in*.
MAGDA CABREROLS, socia de la anterior.
LUCRECIA DO CANGACEIRO, brasileña, editora guapísima y arriesgada.
RENÉ LORENTE, fotógrafo cubano.
TONI LLOFRIU, diseñadora y campeona sexual.
RICHARD MIR, poeta socializante en lengua castellana.
ADOLFO SARRÓ, poeta y editor en lengua castellana, aunque nacido en Barcelona.
SILVINA MANRIQUE, argentina sofisticada y adepta al misticismo.
INGEBORG «LA PARSIFALA», modelo alemana, acompañante de William Cumingham.
CUQUITA «LA PSICODÉLICA», modelo negroide y *go-go girl*.
«LOTO DULCE», modelo y jardinera japonesa de Banca Catalònia.

La generación de los sesenta:

NÚRIA VALLS, escritora joven, marxista y feminista.
BLANCA ALCOVER, cantautora de la isla de Mallorca y esposa de Lleonard.
BERNARDETA ROMEU, cantautora del Ensanche barcelonés.

EMILI LLAURADÓ, director de la revista juvenil *Barres i Foc*.
BIEL COHEN, escritor mallorquín. Chueta. Muy envidioso.
«EL NIÑO RICO», artista diletante.
LLUÍS PLAF, cantautor redentorista, ultranacionalista y llorón.
CISCU OLIVER, representante del anterior.
DOMÈNEC, rojizo cantautor del País Valenciano.
SALVADOR RIUDOMS, cineasta experimental, heredero de Lácteos Riudoms.
«EL CHICO SUQUERO», que escribe una tesis sobre Lleonard Pler.

Los personajes consorte:

GHISLAINE RIUDOMS, millonaria marxista y esposa de Salvador.
KETTY ROLDÀ, casada con Xavier.
MARIA DEL MAR MANLLÉ, casada con Oriol.
EL PADRE DE LOS HIJOS DE LOLA ROGER.
REMEI, esposa de Sergi Rabassa.

Del linaje de Oscar Wilde:

JOAQUÍN MAS, alias la inmortal *Lilí Barcelona*.
FEDE VERGÉS, maricón de *élite*, alias *la Waleswka*.
VENTURETA SERRA, decorador y antiguo amante de Guillem Esteba.
MARQUITOS LLOPIS, esnob al estilo *new-yorker*.

Los observadores de Occidente:

NABUCA DAIANO, llamada *la Incalculable*, secretaria del club Decamerone.
MINIFAC STEIMAN, llamada *la Inefable*, novelista inglesa especializada en *best sellers*.
LAVINIA O'LEAR, crítica de ópera residente en Londres.

Especializaciones varias:

DON DIONÍS DE MUDARRA, capitán del ejército durante el servicio militar de Jordi Lledó.
SEÑORES ALCOVER, preocupados padres de Blanca y escandalizados suegros de Lleonard Pler.

PRELUDIO BIZANTINO

Érase el país más hermoso a orillas de un mar pintado con la color más azul. En las costas rutilantes, por los campos en flor, juglares apocalípticos cantaron la ferocidad de una guerra entre hermanos. Dicen que el enemigo arrasó fronteras, destruyó a su paso las ciudades santas y se precipitó contra la capital, junto al mar. Cuando las llamas se habían extendido por la Academia y los mercados, por los palacios de artesonados polícromos y las basílicas de flamígeras torres, por los pestíferos burdeles del muelle y los vitrales que presidían la sala del Consejo, los sabios de la capital olvidaron que la muerte había hecho su irrupción y le permitieron proclamar la criminal Victoria. Así, fueron surgiendo de la ceniza muchas leyes nuevas, siempre incontestables. Una sociedad gris y mezquina empezó a renacer de la derrota, revelándose al punto miserable, ruin y satisfecha con las riquezas sin par que el invasor ofrecía. A medida que los vencidos aprendían a olvidar, renació el comercio que aporta prosperidad, el ágape adormecedor de los días de holganza, las meriendas sazonadas con preciosas especias, las noches de desenfreno en las ciudades reconstruidas con palacios más dorados aún que los de ayer. Tranquilos y enriquecidos, alegres y confiados, los sabios reemprendieron una polémica que, de hecho, no habían interrumpido: concernía a los ángeles y proclamaba la certeza de su sexo como dogma nacional, contra la opinión de quienes, bajo las austeras logias de la oposición, declaraban lo contrario: que los ángeles no tienen sexo porque son de naturaleza divina.

Año tras año, los sabios desgranaron el rosario de aquella polémica. Nacieron sus descendientes, y muchos tuvieron hijos que, ya en la capital, ya extramuros, aprendían a vivir preguntándose continuamente por el sexo de las seráficas criaturas todavía inclasificadas. Las generaciones se sucedieron mientras la cuestión de los ángeles seguía irresuelta, víctima de aquella pesquisa que se convertía en verdugo de tantas cosas por nacer. Y un día apareció el joven más hermoso que jamás vieran los polemistas. Irrumpía ondeando su cabellera rubia como la de los dioses del Norte; mostrando unos ojos azules como el mar de los griegos y labios carnosos, encendidos, como los de los donceles que colmaban de belleza los lienzos florentinos. Surgió, jinete de un furioso hipogrifo, rescatado de antiguas leyendas como aquellas que susurraban las sibilas, antes de incorporarse a la acreditada polémica de interés nacional.

Dijo: «Adoradme, porque he venido a revelaros, de una vez, el sexo de los ángeles.» Y todos preguntaron: «¿Quién es el que así habla?»

Se llamaba Lleonard, y un amanecer de primavera aceleró su alífera cabalgadura a ciento veinte por hora, perdiéndose en el tiempo, remontando edades y paisajes, más allá de las callejuelas del puerto, más allá de los plátanos del paseo. Salió por la puerta mayor de la muralla, se arrojó violentamente sobre los jardines a punto de florecer, pisoteó los cultivos del estío, devoró la nieve de las altas cumbres, y ni la tempestad ni el hielo ni la aridez de los desiertos de su siglo lograron someter aquel temple de irreverente juventud.

Después de tantas polémicas, Lleonard Pler se presentaba en Barcelona, con su gran novela bajo el brazo y unas cartas de recomendación. Las ventanas de los años sesenta se abrían entre una algarada de músicas ensordecedoras y luces psicodélicas. Era la década que necesitó tanto tiempo y tanto esfuerzo para cruzar la aduana de los Pirineos. La década que, engañando al calendario, empezó, como esta historia, el día en que murió Marilyn.

1. VENECIA, AÑO 1974

Yo conozco la historia de aquella década, y también la historia de Lleonard. O acaso se trate de una falsa impresión, pues demasiados golpes bajos de este relato me demuestran que cualquier realidad, pasada por la criba del conocimiento, corre el riesgo de convertirse en un gran espejismo. Y que mi visión del mundo podría ir agrietándose hasta restituirme imágenes, cosas y personas transformadas en un rompecabezas de espejos demoníacos.

Pero el día que William Cumingham me citó en la ciudad de Venecia aún lo ignoraba. Y yo no podía negarme a la cita porque, al fin y al cabo, disponía de algunas cartas que podían serle útiles. En el supuesto de que alguna vez existiesen cartas capaces de desentrañar una sola causa del gran absurdo humano.

Soy la última persona que vio a Lleonard con vida, y, también, la única que nunca le rendirá adoración. Soy el mágico prodigioso, el rey sacerdote, el prestidigitador capaz de alborotar a voluntad todos los ritmos de esta historia, el augur fatalmente destinado a saber demasiado acerca de los años sesenta y, también, de Lleonard.

Sin embargo, puedo haber inventado tales conocimientos a fuerza de reconstruirlos una y otra vez con intención de hallar una explicación a las incongruencias que William Cumingham se empeñaba en indagar con todo detalle, dominado por la obsesión que le infundía un deber literario tan urgente como importante; un deber que, al centrarse en la peripecia vital del más bizantino de los escritores, se prolongaría hasta las revelaciones de una realidad mucho más vasta: un *Quién es quién* catalán que tanta grima inspira. Para dármelo a conocer, William me convocaba en la extraña ciudad que fue sepulcro de nuestro héroe.

Y al tomar el avión en el aeropuerto de Atenas, yo sabía perfectamente por qué la cita debía oficiarse en Venecia, y no en otro lugar. Por qué tenía que ser conmigo y no con cualquier otra persona. Quizá porque mi corazón no habita en parte alguna, y mi afecto a nadie pertenece, o acaso porque mi odio se concentra en el fragmento de historia que me ha correspondido soportar y va contra los desatinos de la época que me ha convertido en un exiliado constante.

Desde que en 1962 me exilié de Cuba, malvivo como profesor de español en Atenas. Mi década de los sesenta fue ese aislamiento provinciano, un aislamiento que William Cumingham nunca podrá comprender, y que, sin embargo, me permite observar el mundo desde tanta distancia que se convierte en una imagen refleja de sí mismo.

Durante mis paseos nocturnos por Atenas, sumido en la soledad hace años elegida, quizá me niego a reconocer que tampoco yo sé tantas cosas, pese a ser la única persona que conoce la verdad que William Cumingham venía mendigando. ¿De qué otro modo clasificar su impaciencia? Llegaba de Barcelona con todos sus cuadernos atiborrados de notas y un maletín que contenía numerosas cintas con la opinión que las gentes del gallinero cultural catalán tenían sobre Lleonard. Todos sus secretos desde que irrumpió en Barcelona un día de la década de los sesenta y se erigió en rey. Todos los aspectos de Lleonard antes de ser escritor de moda y, después, cuando ya lo era. Mil travesuras de Lleonard cuando jugaba a *enfant terrible* en la redacción de *Tarde/Exprés,* periódico progresista; cuando ensayaba la revolución según san Brecht en los estudios del Teatre Popular Català, o se entregaba a danzas extenuantes en las pistas psicodélicas que constituían el hogar nocturno de la Gauche Dorée. Los mil rostros contradictorios de Lleonard cuando, bajo los amarillentos estucos del Ritz, obtenía los premios de la Gran Noche de las Musas Catalanas, o los otros mil rostros que reflejaba en los espejos de Coll-i-Be, *boutique in,* mientras se probaba las casacas hindúes y los collares del Atlas que la década exigía a sus vástagos más representativos, y, en fin, cuando se mostraba encantador con la prensa inglesa, en el cóctel de presentación de la novela *Orgía de lobos,* lanzada por el fidelísimo agente literario Guillem Esteba, a quien la fama rebautizó con el nombre de Ganimedes.

Todos sus disfraces, comentados por una retahíla de voces disonantes que forjaron la dorada aureola barcelonesa de los años sesenta, aquella afortunada década que, para muchos, todavía lleva el nombre de Lleonard.

Pero esta historia, que empieza para mí el día en que murió Marilyn, es ante todo la obsesión de William Cumingham quien, obstinado en describir la trayectoria completa del joven dios, empezó por espetarme en el aeropuerto de Mestre:

—¿Qué razón podía tener para matarse?

Ni siquiera me había dado tiempo para un apretón de manos.

—¿Qué te induce a suponer que fue un suicidio?

—No lo sé. Lo he dicho sin pensar.

—O lo has pensado mucho. Es probable que te convenga. Seguro que te gustaría actuar como un investigador honesto, fiel a la memoria de tu amigo; pero, en el fondo, no puedes renunciar a este gran *coup de théâtre.* ¿Por qué?

Pero la fábula tolera muchos porqués, y William Cumingham, presto a respondérselos todos, llegaba para empujarme hacia el núcleo esencial de aquella realidad de Lleonard; realidad que, por contagiosa, me obliga a escribir mis propias impresiones, y ayudar a mi ciudad natal a dilucidar la espinosa cuestión del sexo de los ángeles.

Porque el personaje central de las cintas que William Cumingham había grabado en Barcelona es, precisamente, la cultura de los catalanes, acompañada de sus hijos, sin discriminación alguna, incluyendo a los más bordes. Y, en esta encuesta, que el propio William reconoció intencionadamente apasionada, destaca, como objeto catalizador, la figura de Lleonard, su muerte, el papel que llegó a ejercer en una cultura que había acogido con los brazos abiertos, y otras incógnitas que los personajes de las cintas intentaron descifrar con esfuerzos de lucidez tan dificultosos como, por lo mismo, meritorios.

Esfuerzos y lucidez que puso ligeramente en entredicho la escritora Elisenda Castells, alias *la Castellona* —también «la hiper-Mutter de la Kultur»—, en un artículo necrológico titulado «Lleonard Pler, víctima del furor de vivir». Un artículo que, según me informó William en una de sus cartas...

«... conoció cierta fortuna y desencadenó otros textos que, adecuando las características pintorescas del difunto a las necesidades de cada autor y a la política de cada publicación en particular, tienen el mérito de quedar resumidos en el título, que suele ahorrar la lectura del contenido. Así, el muy aplaudido Fantasio quien, por si lo ignoras, es el cronista de las pijotadas de la buena sociedad local, además de lameculos de la moral de los triunfadores, aprovechó su sección "Barcelona de siempre" para destrozar cualquier posible mérito atribuible a la gente joven. El artículo, titulado "El James Dean de las letras vernáculas", inducía a profunda meditación a los padres de criaturas rebeldes, advirtiendo que la velocidad acaba por matar, que Londres será Londres, pero no existe lugar comparable a la Barcelona tradicionalista, y que, en resumen, quien mal anda mal acaba.

»Paralelamente, la prestigiosa revista cultural Montserrat-Cultur, *órgano de la alianza Carlos Marx-Juan XXIII —Pompeu Fabra (1)—, publicó una epístola católico-progresista titulada "Moral y ejemplo de Lleonard Pler, o La novísima generación entre el Che y el Concilio Vaticano II". Para no ser menos,* Tarde/Exprés *pidió rápidamente a Vicent Piquer, ilustre enciclopedista del País Valenciano, un artículo de fondo que, como suyo, es modélico en socarronería y culturalismo desencantado; el artículo, "Voltaire en la Albufera", se pregunta si fue Lleonard quien traicionó a la cultura catalana o la cultura catalana la que traicionó a Lleonard.*

»Todo lo expuesto te proporcionará una idea de la situación: al año de la muerte de Lleonard las distintas fuerzas de la Cataluña resistente corren a aprovecharse de su cadáver mientras él, instalado en el infierno de los malnacidos, debe de preguntarse: "¿De quién es, al fin y al cabo, la razón de Cataluña?"»

Sin embargo, la verdad de un culo de mundo llamado

1. Pompeu Fabra: filólogo y lingüista, instaurador de las normas ortográficas (1913) y autor del *Diccionario Ortográfico* y la *Gramática Catalana*, bases del catalán moderno.

Cataluña y sus posibles relaciones con la muerte de un joven de veintinueve años que lograba destacar en el mercado de habla inglesa, quizá no habría quitado ni un minuto de sueño a William Cumingham de no permitir unas posibilidades de sensacionalismo que, me apresuro a matizarlo, no debemos entender en el sentido despectivo que otorgamos a dicho término cuando sirve a los intereses de la abominable prensa amarilla. En absoluto. Ningún culto gratuito en los altares del escándalo; por el contrario: necesidad de indagar intelectualmente en el misterio de Lleonard y, de paso, en la realidad del mundo que sustentó su pasado más reciente. Y, una vez desenmarañados todos los embrollos de aquella gran representación, que nosotros presenciaremos entre bastidores, mostrarla como un *show* perfectamente organizado cuya moraleja obtendrá el público gracias a la pericia de un autor sumamente didáctico: un autor que lucha para ser honesto.

A partir de nuestro hermoso cadáver, William Cumingham aspiraba a descubrir a Occidente una parte de sí mismo; una parte que Occidente dejó de lado sin contemplación alguna.

Empezó, entonces, el largo paseo en cuyo curso la putrefacta escenografía de Venecia permitiría conjurar los espectros de la Barcelona cultural, el frívolo sol de Port Serrat, los indisciplinados vientos que mecen la lucha y lamentaciones de las gentes de Lleonard, agrupadas, desde entonces, en el retablo de las obsesiones de William Cumingham.

Un paseo por la noche prematura de Venecia implicaba, en primer lugar, la certeza de que la ruina había sentado sus reales, de que la muerte estaba anidando y la vida se reducía a un mero *trompe-l'oeil* destinado a los ilusos. Pero la lluvia, tenue aún, creaba una nueva cortina entre nuestro paseo y el agua, que bramaba, negra y rugiente, entre maltrechos palacios, a punto de desmoronarse algunos, sus puertas semitapiadas por generaciones de musgo putrefacto, los escudos nobiliarios desfigurados por plagas incurables de la piedra, las gradas roídas por tantos embates del tiempo. Era la exacta representación de la muerte que avanza a trompicones y acaba por instaurar su imperio. Y la luna se escondía, derrotada.

Envueltos por la niebla, alcanzados por el temblor del

viento que anunciaba el desorden del *acqua alta*, empezó a planteársenos un dilema único; y el planteamiento, siempre que se formulara a partir de Lleonard, se prestaba a todos los equívocos fundamentales. Lleonard tal como fue para William nueve años atrás; Lleonard tal como era recientemente, una vez conquistado el éxito internacional que le permitía arrancarse la máscara del patriotismo y mandar a la mierda a la cultura catalana en su totalidad.

—Este rechazo, esta traición, me ha revelado otra dimensión de Lleonard —decía William—: me lo muestra tal como debía de ser durante el tiempo que no le vi; descubre lo harto de Cataluña que estaría para convertirse en su renegado oficial. Por lo demás, sólo sé que, el pasado verano, se estrelló en la autopista de la Serenísima. Acababa de cenar contigo. Ni bebía ni se drogaba, y podía pasar por el mejor conductor del mundo. Sólo una absurda jugarreta del destino justificaría el accidente.

—¿Insistes en imaginar que tenía motivos para suicidarse? Me parece demasiado elemental: *too gothic*. Según tus palabras, podríamos aplicar el tópico favorito de los moralistas: el éxito prematuro puede matar, sobre todo cuando se tienen veintinueve años y demasiada prisa. De acuerdo, también yo te responderé a la manera de los moralistas: el éxito absoluto de Lleonard pudiera ser la perfecta alcahueta de un enorme vacío interior; o quizá existiera una cadena de amores no correspondidos. Pero, en ambos casos, olvidaríamos que nada, absolutamente nada había en el mundo que Lleonard amase tanto como su propia vida. Ni su obra literaria, ni su patria, ni el amor. Ni siquiera el dinero.

—Cierto. Sólo había una cosa. Y tú la sabes.

—¿Era?

—Su juventud.

—No. El mito en que supo convertirla. El mito de su juventud, para ser exactos.

HE AQUÍ UN PUNTO Y APARTE en la sucesión de comas que Venecia dictaba bajo la lluvia tenue, entre la niebla deshilachada, sin un solo rayo de luna. Recalábamos en una ciudad dormida en plena muerte sólo para terminar hablando del único oficio válido de Lleonard, el único aprendizaje que consiguió convertir en obra maestra: su juventud. Y así comprendí que la cárcel de William era múltiple porque no sólo incluía a Lleonard, sino también la duda de su muerte, la ambigüedad de la circunstancia que supo fabricarse y la permanencia de su juventud, preservada para siempre gracias a las llamas devastadoras que surgían de su corcel mecánico.

—No pudo ser suicidio —insistía—. Ten en cuenta que desde un punto de vista profesional, era su año propicio. *Orgía de lobos* figura en cabeza de los libros más vendidos en Inglaterra. Y la obra que Olímpia Estruch le lleva de gira por todo el mundo, ha recibido un montón de premios importantes. Creo que tenía motivos para sentirse muy feliz.

A las pocas horas del accidente, el *chairman* de Sibyl Books se apresuraba a ponerse en contacto con Guillem Esteba y conseguía la exclusiva de las otras novelas de Lleonard. Tratándose de un editor organizado, se comprenderá que una maniobra precipitase las siguientes. William Cumingham firmaba con una de las revistas propiedad de Sibyl Books, la exclusiva para una serie de artículos sobre Lleonard destinados a convertirse en libro y a demostrar que la nueva generación, además de cantantes gritones, *hippies* despeinados y estrellas cinematográficas de corto vuelo, también producía jovencitos que triunfaban en el mundo del espíritu con mayúscula. Y todo ello, sin olvidar esa suerte de antiheroísmo esencialmente romántico tan al gusto de los bárbaros ingleses. La fórmula era perfecta y, además, iba avalada por una obra mediocre pero fácil de digerir, una obra que, *pour épater*, no carecía de referencias oportunistas a los grandes modelos. El atractivo sería poderoso: empujado por una existencia triunfal y audaz, esencialmente joven como la de sus personajes «quemados», el artista remata trágicamente su itinerario genialoide. En el fondo del éxito aparecía una soledad conmovedora, promocionada por los mitos preferidos de la época, tales como la voluntad de éxito, la mística del automóvil o la huida de la vulgar realidad. Así, Lleonard y el ambiente que le rodeó antes de ser famoso, conseguiría imponerse al lector si se le arropaba con una aureola romántica, propio de un *maudit* de extraordinaria belleza física que, con un pliego de poemarios neobyronianos, hubiera logrado escalar las dudosas cimas de la fama y del prestigio. Y, para relatar esta historieta, tan rica en ramificaciones, y todas tan suculentas, nadie más adecuado que William Cumingham, no sólo porque conoció íntimamente a un jovencito llamado Lleonard mucho antes que cualquiera de quienes ahora podían hablar de él, sino por el crédito que le otorga el ser un perfecto conocedor de la lengua catalana, como así lo demuestra, entre otras publicaciones, su eficaz antología *Medieval Lyric in Catalonia,* patrocinada por el Departamento de Lenguas Románicas de una universidad más que generosa.

—Además, conviene tener en cuenta que Lleonard empezó escribiendo en catalán y que su revelación en esa cultura constituyó un bombazo. Y te digo que los de Sibyl Books son muy afortunados porque mi relato no se limitará al retrato más o menos certero de una figura popular, sino que dará pie a un testimonio y, probablemente, al descubrimiento de todo un mundo cultural que suele quedar reducido a los límites, siempre estrechos, de los estudios universitarios. La realidad a la que me he aproximado me autoriza a ofrecer una imagen insospechada de Lleonard, de su trato con unas gentes olvidadas, de sus relaciones con un gran drama colectivo, cuyo resultado fue. O acaso consiga transmitir un retrato de la ambigüedad, típica de la muerte de Occidente, por medio de un testimonio que no lograría si me limitase a los imperativos del periodismo populista, si me hubiera ceñido al retrato comercializado de un *enfant terrible,* de su inquietante ambivalencia sexual o de las características de fuerza y fascinación contenidas en el título novelesco y barato propuesto por la editorial: *Born under Leo,* en primer lugar, porque Leo es el signo de los triunfadores, y, en segundo, porque no deja de ser el signo de Lleonard y, además, gracias a la divina intuición de algún sagaz padrino, formaba la primera parte de su nombre. *Nacido bajo el León* (2). Más comercial imposible. Sin embargo, ¡qué mediocre sería el resultado!

2. «Lleó», «león» en catalán.

—Me hablas de problemas que no me afectan siquiera indirectamente. Desde que vivo en Europa, he regresado a Barcelona en un par de ocasiones, pero sólo para comprobar que nada tengo en común con las gentes de la nueva generación, ni siquiera con mis antiguos compañeros del instituto, los de un tiempo anterior al exilio de mi familia a Cuba. Unos y otros se me antojaban perfectos desconocidos a quienes asimilaba con igual sorpresa, con igual dolor con que iba reencontrando un paisaje cambiado, las calles que me vieron crecer, no recuerdo qué parque donde solía jugar y todas las pequeñas cosas de un mundo que únicamente consigo sentir en función de cuanto dejé al perder mi infancia.

—Y, entre otras cosas, Lleonard.

—No. O, al menos, no exactamente. Yo no conocí a ese astro que cataliza tu encuesta hasta mucho tiempo después. Y el pobre me importa muy poco, me importa menos que nada, porque pasó como un fantasma sin importancia y, en cambio, mi astro catalizador se llamaba Jordi Lledó. Pero desapareció antes de que la explosión de los años sesenta fomentara el triunfo de Lleonard. Aquel año 62 yo odié a Jordi Lledó.

¿Cómo podía explicar a William que el único que conocía todos los secretos de Lleonard era un muchachito anónimo? ¿Cómo hacerle entender que cualquier constatación era ya imposible porque Jordi Lledó, el muchacho que conocí en Barcelona el verano del 62, desapareció antes de que el rubio Lleonard empezara a...?

—Pero Lleonard no era rubio —protestó William Cumingham.

—Rubio como el oro. Rubio y con ojos azules.

—Moreno. Y sus ojos eran negros. Seguro que lo confundes con el otro chico...

¡Cuántos datos combina este rompecabezas! En 1962, mi salida de Cuba y, a continuación, el reencuentro con Barcelona, me llevaron a conocer a un Jordi Lledó que, ahora, no podía interesar a William Cumingham ni quizá a nadie. En cambio, William pretendía apasionarme por todo cuanto se refería al muerto ilustre, a Lleonard Pler, quien, en algún momento de su escalada erótica, fue bautizado con el nombre de *Plaer-*

demavida (3), ignoro si por la escritora Elisenda Castells, la editora Lola Roger u otra persona de las que lo amaron. Es, con todo, un mote que huele a asuntos de cama, a cuestiones que sólo me interesarían si llegasen acompañadas por el sabor de la venganza, y con el tono de un gran melodrama cultural.

—La historia que quiero conocer es la que empieza cuando Lleonard puso los pies en Barcelona.

—Cuando regresaba de Londres...

—Exactamente. El día que de verdad empezó la década en Barcelona. El día que la ciudad resucitaba...

SIN EMBARGO, PARA SABER SI ESTA FÁBULA, comentada entre las basuras de Venecia durante una noche que duró cuatro días, es o no la historia de la década tal como se desarrolló en la ciudad de Barcelona, quizá debamos subrayar que aquélla no comenzó a adquirir sus formas características hasta el año 62, el año de la muerte de Marilyn (el del renacimiento cultural, dirán los intelectuales catalanes), y así llegaremos a la conclusión de que el espíritu de cada década no empieza a afirmarse hasta pasados dos o tres años de la muerte del anterior.

Con frecuencia, el espíritu de la época gasta bromas muy pesadas, y, mientras lo comentábamos paseando por la pegajosa oscuridad de la Laguna, comprendí que, por mucho que socavásemos en la memoria de los sesenta, apenas extraeríamos algo más que una mera apariencia, y que cualquier intento de aproximación a nuestro ilustre cadáver se limitaría a un rápido examen entre las cenizas de su Porsche. Quedó algo más, por supuesto. En la habitación de un hotel decimonónico, guardaba un bloc de notas por empezar, un ejemplar de *Books and Writers* con la crítica de *Orgía de lobos*, unas casetes de óperas de Verdi, dos o tres Charlie Browns en italiano, un programa de la actuación de Olímpia Estruch en el teatro della Fe-

3. «Plaerdemavida», personaje femenino de la novela *Tirant lo Blanc*.

nice y una fotografía de Blanca Alcover, la cantante de Mallorca que fue esposa de Lleonard.

¿Qué conseguiremos saber, pues, de la década extinguida en plena apoteosis y del escritor muerto en el momento culminante de su éxito internacional? ¿Qué conseguirá saber William Cumingham, paseando inquieto por la mugre adriática, refiriéndose constantemente a Barcelona y a sus gentes, mientras iba invocando por las esquinas al fantasma de Lleonard Pler, príncipe de un reino de letras que ha sabido sustituirle sin la menor contemplación?

Lleonard Pler moría carbonizado en Venecia precisamente el día de su aniversario. La década de los sesenta, convertida en nostalgia, seguía coleando en los espíritus que la vivieron con tanta intensidad (por lo demás, una oleada de represiones de toda índole volvía a producir una ciudad muerta y daba la razón a los habituales del club Decamerone cuando, entre lamentos nostálgicos, predecían que la década siguiente presenciaría el final del mundo próspero, alegre y creativo que fue la Barcelona *pop*). Para quienes pretenden que los sesenta murieron con Lleonard, contrariamente a los que afirman que el espíritu de aquellos años se esfumó por razones políticas, la muerte del héroe todavía puede presentar una ventaja: revelar, de una vez, qué fue exactamente la década en Barcelona. Qué fue Barcelona. Y, en definitiva, quizá lleguemos a una última pregunta que no es independiente de las anteriores: ¿qué fue Lleonard?

2. LLEONARD

Con frecuencia se me reprocha que mi concepto de la belleza es anticuado y reaccionario. Tal acusación puede parecer justa a quienes obedecen al incontrolado desorden de las formas que el siglo dicta, o según el dogmatismo exasperante con que los frívolos se aproximan demasiado a menudo a la belleza (cuando no la rechazan en nombre de una hipotética modernidad). Por poco que dicha constatación importase a la impaciencia de William Cumingham y al furor pasional de la hembra que lo acompañaba, tendrá forzosamente un determinado valor, proporcionará alguna aclaración no bien me disponga a describir cómo moría Venecia o así que empiece a dibujar el rostro de Lleonard, sin dejarme influir por su capacidad de constituirse en espejo de las modas más veleidosas e inconsistentes.

La moda no serviría a mis intereses, aunque todas las modas hayan dedicado un suspiro a Venecia, aunque las modas de los sesenta transformasen constantemente el físico de Lleonard. Y si la serenidad conceptual de los clásicos me ha servido para aislarme de los embates de la realidad, nada me confortará tanto como reencontrar la paz de espíritu que proporciona el Ideal inmutable, el criterio perenne, los valores eternos e inamovibles, a los que conviene recurrir cuando queremos preservar al mundo de su caída moderna. E igual cabe decir respecto a las formas del mundo.

William Cumingham, informalista por convicción, hablaba sin cesar de Lleonard. Quemaba todas sus etapas para ir creando, sobre la cenizas, una imagen medieval, una herejía de mi clasicismo, de la aproximación a la verdad que, en mi opinión, era una y sola, clara y explícita, racional y absoluta, griega en resumen. Una belleza y, a la vez, unas convicciones morales que obedecían a un principio cultural y morían —si en verdad han muerto— por el descrédito total de la cultura. Claridad, nunca misterio. Lo inefable convertido en máscara unívoca. Cualquier añadido de la moda alteraría este equilibrio. Como la cultura de los museos, la máscara de Lleonard equilibraba mis inclinaciones de admiración o de rechazo.

Mi concepción de la belleza, de la que sólo asumiré sus aspectos más sólidos, no podía evitar cierta sorpresa ante el desconcierto de William quien, flirteador profesional con la revolución de las formas, proponía todo lo contrario: insinuaba que aquel rostro único y certero era capaz de generar un caleidoscopio de dualidades desconcertantes que empezarían por llamarse Lleonard y, acto seguido, se multiplicarían con la amenaza de desbaratar el edificio de mis convicciones ético-estéticas más arraigadas.

Venecia, por ejemplo. La noche artificial de Venecia, que se presentaba más oscura que nunca aunque el reloj señalase, exactamente, las doce del mediodía. Y la estupidez tudesca de Ingeborg (un sexo encendido a ritmo de vals fané) se asustó ante aquella oscuridad inusitada.

Razono, mesuro, hurgo en busca de las raíces clásicas y entiendo, desde siempre, que Venecia no puede ser hermosa porque encarna la negación del Ideal. Una ciudad donde el día es noche, donde los cascajos antaño gloriosos sucumben bajo el peso de la muerte, una ciudad así ya no es belleza, sino desastre. Un Lleonard así —un Lleonard decadente— no hubiera sido hermoso, pues lo que tenía de grande y perdurable fue su nexo de unión con la perfección de las estatuas clásicas, rememoradas constantemente como reacción contra la incertidumbre de las evoluciones.

Y William Cumingham, que regresaba impresionado del mundo de Lleonard, empezó a encontrar, en la noche inesperada de Venecia, una tortuosa forma de moral.

Hablaba de todos los dualismos de Lleonard; y, desde ellos, iba abriendo los ojos a una visión impresionista de Venecia, un abigarramiento estético que trastornaba el absoluto de las formas y se dirigía hacia el caos.

El *motoscafo* avanzaba al ritmo exacto de cada sorpresa. Entre la niebla falaz, otro Lleonard Pler, distinto del mío, emergía indecoroso, nada diáfano, en absoluto bello, antes bien incivil, ambiguo, y bárbaro, porque bárbaro será siempre todo cuanto aporte oscuridad al orden básico. Una emoción demasiado gótica se apoderaba lentamente de mi contertulio. Rodeado de palacios que se descomponían entre aguas hediondas y lluvia negruzca, invocaba rostros de Lleonard que rechazaban cualquier estructura modélica, prestándole un exceso de colorines envilecedores (los que su década dio en llamar «psicodélicos») hasta convertirlo en una abstracción. Además de la abstracción que fue Venecia en la noche que sepultaba al mediodía.

—¡Demasiado literaria! —farfullaba William—. Me refiero a una muerte así, tan poco vulgar. ¡Demasiado literaria!

Le dije que intentase imaginarla como si se tratara de mala literatura. Que probase con los decadentes. Le dije:

—Entonces comprenderías que es una muerte buscada. Exacto. Buscar la muerte, como en una novela. Era algo muy propio de Lleonard.

—Pero, ¿de qué Lleonard: el tuyo, el mío, el de Barcelona?

—Sólo hay un Lleonard. Contempla esta ciudad impura. Se estrelló justo detrás. Y, ya que quieres saberlo, sólo podía morir de esa muerte. De su propia muerte.

Astrosos palacios agonizaban entre jirones de roña. El sentido bárbaro de la belleza concedía al espectro de Lleonard los colores irreverentes de un vómito de sangre. Venecia era eso, y tal horror negaba a mi Lleonard, al creado por mi convicción, el de rostro transparente, el que las dudas y las manipulaciones de William Cuminghan pretendían deformar.

Exactamente igual que el arte de Lleonard, si alguno tuvo. Victorioso en las palestras del escándalo, era difícil creer que, además, saliese triunfante de los campos de batalla, más rigurosos, donde se disputan las lides del talento. Lleonard vino a Venecia para morir en plan *vedette*, y es cierto que lo fue, y mucho; pero nunca he creído que llegase a ser algo más válido. Igual que Venecia —cúmulo espectacular de miseria teñida de oropel—, la obra de Lleonard no me ha revelado una sola idea sólida, y con dicha consideración me opongo a la obcecada actitud de sus exegetas (William Cumingham el primero), que consideran la fugacidad de su escritura como un valor primordial. Llaman «presencia de su época» a lo que yo tacho de frivolidad. Paradojas del gusto, supongo.

Puedo ceder en algo. Reconozco que la urgencia de sus apuntes, la inmediatez de sus impactos, podrían tener el valor de un *collage* desorganizado donde surgen asociaciones con su década a través de las formas más superficiales, así como referencias a un gusto vulgar o a unas costumbres que sabía captar mejor que nadie, gracias a una indudable capacidad para olfatear la moda inmediata. ¡Y los fanáticos de su eclecticismo, los defensores de su debilidad intelectual, hablaban de «contracultura» o de «ambivalencia de las bellas artes» para justificar algún mérito en sus textos! Pero recluido en el estudio y la meditación, allí donde sólo los pensamientos sólidos y las obras perennes merecen la atención de los exigentes, sabía yo que la urgencia y el caos intencionado de Lleonard fracasaban no bien se les comparaba con los grandes modelos.

Pero William Cumingham se mostraba contrario a emprender una discusión sobre la problemática del escritor en el cafarnaúm de la modernidad, y el impacto de Venecia la muerta lo condicionaba hasta el extremo de que mudaba constantemente de expresión, perdía el hilo del discurso, y, en definitiva, sólo quedaba un sentimiento turbio y confuso. De entre el agua infecta de la Laguna, que ya se abría por entero al final del Canalazzo, el rostro de Lleonard seguía multiplicándose, se empeñaba en negar mi visión racional de verdades que tanto mi salud interior como la de nuestra civilización aconsejan no perturbar.

¿Y si William me permitiera conocer de una vez las opiniones que había grabado en Barcelona?

Pero era Lleonard quien seguía dirigiendo el juego. Huía, reaparecía, se esfumaba y regresaba de nuevo; era de un color determinado y, a continuación, de otro, mientras la modesta proa del *motoscafo* deshacía en mil pedazos los rasgos del Lleonard que William Cumingham se empeñaba en inventar. La navegación era ya más accidentada y la noche del mediodía se tornaba más densa, hasta que el negro predominó en lo más profundo, las embarcaciones más reducidas quedaron sepultadas y, en los puntos más vulnerables del puerto, el nivel del agua y el de la tierra se igualaron, como si Venecia empezara a inundarse de verdad y un relámpago enfurecido, pronunciándose sobre todas las tinieblas, anunciara que, al cabo de los siglos, la Muerte se adjudicaba una venganza definitiva.

3. LAS CIUDADES MITO

A las cinco de la tarde, la noche de Venecia duraba ya seis horas. El fenómeno no encajaba con ninguna de las maniobras lógicas de la naturaleza. La noche artificial estaba formada por todas las coincidencias que Venecia nunca había conocido; de ahí que los venecianos empezaran a mirarse con expresión incómoda, indecisos a la hora de aventurar alguna opinión. El cúmulo de coincidencias sumía al mundo en una atmósfera de magia cansina. La noche era rojiza sin el ardor del fuego; la noche era imperio de neblina, sombra y humedad amancebadas sin gracia; la persistente llovizna corría una cortina y, detrás, los puentes flotaban en un espacio infinito, un espacio suspendido en la nada y delineado por ningún contorno. De tal inmensidad emergían formas difusas, que diríanse devoradas por un sinfín de dientes de mármol.

De entre aquella acumulación de porquería brotaba continuamente la ciudad de Barcelona. De nuestro paseo por la mierda dorada arrancaba un *travelling* minnelliano que, inesperadamente, nos paseaba por las calles de Barcelona.

—¡Aquella ciudad! —gemía William—. Las calles y la ciudad. Y las fachadas, sí. Y el bochorno estival resbalando sobre las fachadas, y la vocación burguesa de conseguir que el mundo sea un orden perfectamente cuadriculado...

—Conozco esas calles del Ensanche. En la memoria, representan mi infancia. En la teoría, son la personificación del *seny*, el triunfo de la razón, la lógica desprovista de fantasmas...

Desnudo Venecia de espectros y los envío hacia la luminosidad de Barcelona. Volamos en la omnipotente alfombra del *seny* y me encuentro en el Ensanche, niño aún, embobado ante las fachadas que no conservan misterios, niño admirado de la suprema perfección del universo, de la respuesta plástica a una diáfana ordenación del pensamiento, sin murallas que limiten su pujanza, sin laberintos de callejuelas demasiado antiguas, lejos de la ciudad medieval y el desorden del tiempo que va matando progresivamente. Y gracias al espíritu cuadriculado del Ensanche, canon convertido en respuesta a ideales pulcros y sensatos, ese niño, yo, se acostumbraba a pensar que los descalabros no pueden existir...

—Era el Ensanche que Lleonard me describía aquel año de Chelsea. Cuando hablaba de Barcelona, lo hacía fragmentándola en dos partes opuestas, mutuamente belicosas. Se deleitaba describiendo la ciudad gótica; pero el Ensanche, imperio de la razón burguesa, sólo le interesaba si la conversación daba pie a hablar del modernismo.

—¡No pretenderás decirme que un pobre camarero hablaba del modernismo catalán!

—Del modernismo, del gótico, del *art déco*, de cuanto se terciara. Era, en todo, el primero de la clase.

Desde los misérrimos canales nos internamos en un caos de callejuelas y por una de ellas salimos a un *campo* cuya placidez interrumpían los neones coloreados de tiendas y bares que, pretendiendo alegrar la noche, no conseguían hacerla menos impenetrable. El gran lienzo ya no pertenecía al pintor provisional que lo iba concibiendo sobre la marcha: la naturaleza lo regalaba al artesano y éste agujereaba el espacio con un punzón muy diestro que recortaba la niebla con objeto de arrancarle formas delicadas, acaso mínimas: puertas correspondientes a los palacios góticos que rodeaban la plaza. Y, justo en el centro, una estatua del señor Goldoni, cuyo sombrero tricorne quedaba teñido indirectamente por las luces de una pastelería.

Empeñado en ejercer, también él, de mago, William Cumingham arrancó a las fachadas su cabalgata de fantasmas privados. Quise volverme para ver cómo revoloteaban los sudarios, pero Ingeborg empujaba a su macho hacia el interior de un bar. Cuando los fantasmas reemprendieron el vuelo, nos hallábamos sentados frente a tres notables *capuccini*. Entre nuestra mesa y las reminiscencias góticas, un cristal sucio, que las hacía más difusas.

Era el momento de escuchar la primera de las voces que William había grabado en Barcelona. Mientras él limpiaba el casete con el pañuelo de Ingeborg, la estúpida protestó a gritos, arguyendo que era un modelo Pucci. Una cinta empezó a deslizarse hacia las primeras palabras de esta historia. Y, mientras llegaban, William declaró con una mezcla de entusiasmo y emoción:

—Mi personaje te subyugará. Es uno de los hombres más lúcidos que he conocido. Diríase que tiene algo de oráculo trágico, algo de profeta bíblico y una pequeña dosis de enciclopedista del dieciocho. En su obra poética, desesperada, agorera, las nuevas generaciones han reconocido el gran drama del pueblo catalán bajo el franquismo y aun desde antes, desde la época de la represión borbónica...

—Si vive en el Ensanche, debe de ser un notario, un abogado o un médico con pretensiones literarias. La cultura catalana abunda en especímenes semejantes. Incluso me atrevería a decir que es una cultura confeccionada por médicos, notarios, abogados, bibliotecarias y enfermeras en sus horas libres.

—Eso es lo que me dijo Josep Plans, el escritor del Ampurdán, unas semanas después. Pero mi personaje brilla muy por encima de esa nómina tan convencional. Es el poeta Iscle Garsó. Y no vive en el Ensanche sino en la parte más alta de Gracia, en una antigua villa dotada de perfumes muy peculiares.

—Lo conozco muy bien —dije—. Podría describírtelo con los ojos cerrados; pero te daría una imagen anticuada y rancia. Como mi niñez barcelonesa.

—No es sólo la residencia del gran poeta. En sus aledaños trabajó Lleonard como mecánico. Y te contaré cómo vi el barrio, si te sirve para acordarte de ti mismo. Recorro una y otra vez callejuelas empinadas, pasajes estrechos ensombrecidos por hileras de árboles serenos, sombras paralizadas que, a lo lejos, dejan oír orquestinas nostálgicas, últimos supervivientes de aquellas fiestas mayores en las que, antaño, se templaba el espíritu distintivo de cada barrio. Ahora, las musicallas de las fiestas suenan espectrales, pero la vida regresa del modo más insospechado. Un provincianismo muy dulce pone ante mis ojos los restos del legado popular; juegos, bailes, bolas de nieve y serpentinas de la fiesta que los vecinos más viejos intentan preservar contra los embates de una Gran Barcelona que jamás volverá a parecerse a sí misma. Me dirijo hacia otras calles sintiéndome solo, sintiéndome sin Lleonard que me hiciese de guía, como yo lo fui en Londres para él. Me adentro en una oscuridad sin bailes, carreras de sacos ni cine al aire libre y, así, desemboco en una plazoleta que conserva postreras reminiscencias de la mejor arquitectura novecentista: chalets de una planta, fachadas con motivos florales, faunas fantásticas, ideales wagnerianos domesticados, damiselas ligeras cual suspiro de una tarde de verano, perdida, innominada...

¿Llegaba William Cumingham a Venecia para recordarme que los barrios de mis paseos de infancia tenían una historia que me pertenecía, unos espectros que no podía eludir? Mientras la cinta seguía deslizándose sin dar con el principio del discurso, me planteaba las preguntas típicas de todos los reencuentros, máxime si acontecen en el interior del espíritu.

De la ruina veneciana continuaba surgiendo la Barcelona de la memoria, arruinada a su vez. Las retorcidas verjas de los chalets, el recuerdo de algún veraneo modesto, con estética fin de siglo; las fatigosas costanillas en cuyo final el niño osado que fui descubría un jardín con aspecto de oasis fantástico, con las palmeras centenarias descollando entre plátanos y melocotoneros, búcaros y barandas que la picota empieza a derruir en favor de un garaje o de un edificio de apartamentos. Y al final de todo, en el rincón más umbrío de la tarde, la fuentecilla de una plazoleta solitaria, donde el Tiempo se restituye algún secreto de sí mismo y el huracán de la memoria brama, implacable, sobre los mundos perdidos...

—Empujado por la fuerza irresistible del mito literario, subyugado por los secretos que nos esconde, me dejo perder por callejuelas todavía más desiertas y llego a una torre de acallado prestigio, situada en un rincón de otra de esas placitas, completamente inofensiva y rodeadas de tilos mal cuidados. Tiro de una campanilla que cuelga de una esfinge griega pasada por la inspiración novecentista. Busco al gran cantor de la agonía de esta ciudad, al poeta que ha sido cronista del dolor de este pueblo. En el jardín, árboles vetustos esconden parcialmente estatuas acribilladas antaño por los disparos de la guerra entre hermanos. Estoy respirando la serenidad de un santuario clásico.

4. EL POETA NACIONAL ISCLE GARSÓ

Perdonará usted que mi conversación sea más breve de cuanto yo mismo desearía. Dispongo de tan poca salud que ignoro si de salud dispongo. Además, me aguarda otra visita, y la puntualidad ha sido, desde siempre, una de las virtudes de que he podido presumir con un mínimo de honestidad. Usted mismo lo habrá comprobado. Por otra parte, sólo así correspondo a la atención de quienes se molestan en desplazarse a este barrio tan alejado para llenar con una pequeña dosis de cotilleo —absolutamente irreprochable, justo es decirlo; de lo contrario, ni lo permitiría ni me lo permitiría—, para llenar, decía, la soledad de mi reclusión: arbitraria, según algunos; ineluctable para mí y quienes me conocen. Persiste, huelga decirlo, el modesto deber de la poesía, el quehacer cotidiano que he desempeñado normalmente y en solitario a lo largo de estos años de esclavitud bajo el yugo franquista; aunque, pensándolo bien, en los últimos tiempos no me descuerno mucho en la empresa por motivos de fácil comprensión. Mire usted: yo siempre me exigí a mí mismo hacer una obra que no resultara excesiva: lo justo y, a ser posible, lo útil. Mi poesía (espero que recibiese la tarjeta donde agradecía su espléndida traducción) es una búsqueda privada en pos de la lucidez o, al menos, del intento de conseguirla. Eso, mientras Cataluña me considere necesario como continuidad del esfuerzo colectivo. Le explicaré: son cincuenta años los que arrastro, y muchas pérdidas las que me he visto obligado a sufrir. No puedo permitirme el lujo de hacer de *enfant terrible*, de arriesgarme a que mis lamentos, a fuerza de repetidos, resulten gratuitos. En una palabra: no me está permitido dejarme obnubilar por sentimientos de debilidad, física o moral, que influyesen en mi obra hasta el extremo de determinarla, modificando la carga ética que exigían los antiguos. Es triste, pero no carece de ventajas: acaso la aceptación, no sé si inevitable, de haber cumplido con creces mi papel en esta vida, de haberlo llevado a cabo lo mejor que sabía, de modo que podré navegar hacia el último río, a bordo de la última barca, con cierta sensación de responsabilidad cumplida. Creo que, al menos eso, nadie podrá negármelo. Y espero que tampoco yo deba reprochármelo a mí mismo, lo cual es lo único que realmente importa en el minuto del postrer adiós. Cuando la muerte nos reclame —y a todos ha de reclamarnos, no lo dude— deberemos responder de cuantas acciones llevamos a cabo a lo largo de nuestra vida y preguntarnos, con lucidez y coraje, si pusimos en ellas lo mejor de nosotros mismos.

»Pero, hete aquí que ese *garzoncel,* Lleonard, se nos ha adelantado en la marcha hacia las oscuras cavernas. Hete aquí que una ausencia nos ha golpeado y, más allá de mi dolor personal, no puedo reprimir un nuevo lamento que, arrancando de esta muerte tan tierna, abarca la realidad global de nuestra lengua, de nuestra cultura, en momentos de calvario. Es un Gólgota, sí, un Via Crucis que he recorrido paso a paso, añadiéndome a la última vuelta de una danza de la muerte ejecutada por un grupo de sardanistas ciegos que entrelazan las manos y componen una figura en forma de dragón antropófago, un Leviatán que, ayer, hoy, quién sabe hasta cuándo, colea por los montes, los campos, las ruinas y la entera historia de Cataluña. En una palabra: le estoy hablando de nuestra difícil, casi imposible, supervivencia como pueblo...

(El sol aparecía desmañado, la bonanza era pegajosa, el bochorno estival espesaba los retazos de realidad sin que el día fuera, por ello, hermoso ni luminoso, ni siquiera agradable. Sin embargo, en el jardín del poeta, unos tilos sobrecargados por varias generaciones de vetustez proyectaban sombras delicadas, persistentes, como si la tarde se hubiera detenido muchos años antes y la placidez rechazase el imperio de los agobiantes vientos que enturbian el aire de Barcelona y convierten a las sombras en una carga lenta e inexpresiva. En el jardín del poeta, caricias pequeño-burguesas adormecían árboles y estatuas, evocando las procesiones de seres que hubieran desfilado desde el día del nacimiento al de la muerte, y decretando un curso inexorable para muchas procesiones por llegar. Un suave acontecer no delataba drama alguno. Pero el drama había dejado muy profundas huellas.)

—En la muerte que he vivido día tras día, desde la victoria del enemigo, hubo una aparición inesperada que me conmovió, porque era vida. Me reafirmaba en mi convicción de que, en la diáspora de la agonía, nuestro pueblo podía aspirar a una pequeña limosna de continuidad. La aparición de una esperanza juvenil me hizo revivir con un ímpetu que me atrevería a considerar profético. Los gemidos de mi pobre poesía hallaban respuesta en labios neófitos; y el hecho de que los cánticos noveles fuesen pronunciados en catalán significaba que mi obstinado empleo de un idioma anatemizado no había sido casual ni inútil. La orden del día ya no era la estéril nostalgia por un universo perdido, llantina más o menos romántica sobre unas ruinas que, antaño, fueron belleza. Por el contrario: la orden del día incorporaba una actitud dinámica, que se repetía por toda Cataluña, produciendo los primeros brotes de una nueva primavera.

»Lamentaciones senectas, pensará usted, *senza altro*. Es decir, podría yo esperarlo si no conociera sus libros, si no supiese que comprendía nuestro problema mucho antes de poner los pies en este jardín, desde que tuvo la suerte de conocer a ese joven admirable que ha conseguido trascender los elevados muros de nuestro gueto y convertirse en *best seller* internacional. ¿Es cierto que los americanos del norte quieren llevar *Orgía de lobos* al cinematógrafo? Como puede usted comprobar, también yo estoy al corriente de lo que ocurre en el mundo, no vivo tan recluido en mi madriguera. He sido, y soy, un gran fisgón. No creo que se pueda ser escritor sin cotillear un *petit rien*. ¿Qué sería de la *Commedia* sin el cotilleo sublime de Dante, quien —no con mucha ética, para ser sinceros— les sacó los trapos sucios a todas sus amistades? *Chapeau*, huelga decirlo. Opinión muy distinta me merece Proust, fisgón también sublime aunque en exceso afeminado para mi gusto. Carece de aquella virilidad, no menos indiscreta, de Stendhal, excesiva a veces y, con todo, magnífica. No eran ésos los modelos que proponía a Lleonard; al menos, no de manera prioritaria. Antes le urgía al dominio del idioma y, para ello, lo remitía a la lectura de los maestros catalanes: Ruyra, Pla, Sagarra, Espriu y, por supuesto, los clásicos, siempre los clásicos, el *Curial*, el *Tirant* y el inimitable Llull. Mire usted: en mi humilde opinión, nuestra peripecia cultural se basa, principalmente, en dos grandes nombres: Llull, que representa la máxima locura con esa dosis de misticismo que es la locura cocinada en el hornillo de lo sublime, y Pompeu Fabra, el supremo ordenador de nuestra lengua y el único catalán de nuestro siglo que ha sido capaz de empezar una obra, terminarla y conseguir, además, que todos los hermanos de la congregación le obedecieran. ¡Un mérito increíble, créame, en un país como Cataluña, donde los caminos nunca coinciden aunque se dirijan hacia un mismo objetivo! Amigo mío, he visto tanta destrucción, tantos proyectos truncados antes de ponerse en marcha, que cada fuerza incontrolada me inspira no sé qué suerte de desconfianza. Y, después de tanto tiempo contemplando ruinas, he aprendido a preguntarme: ¿qué conseguirá esa fuerza, hacia qué muerte o hacia qué vida ha de arrastrarnos?

»De ahí que mis recomendaciones a Lleonard, y a cualquier joven que se preste a escucharme, apuntaran hacia los grandes constructores y no a los destructores de oficio. A la hora de reconstruir, conviene desdeñar la moda pasajera. Quizá el misticismo de un Joan Maragall no puede vincularse en demasía con la generación de la época del *pop* y de la *contestazione* (no censuro globalmente este fenómeno; pero me reservo la precaución de «contestarlo»); sin embargo, algo único, algo tan magistral como es el inimitable genio de la lengua, puede acercar al gran poeta a una juventud que, como la nuestra, se ha visto obligada a construirse un medio lingüístico partiendo de la nada. Una juventud que necesita extraer la propia historia de los abismales aljibes de la derrota.

»Éste era, precisamente, el caso de Lleonard, un pobre obrero que empezaba a crearse un bagaje cultural y que, pudiendo internarse por el camino, más fácil, de la lengua castellana, que le habían impuesto en la escuela y diariamente le inculcaban los medios de comunicación, escogió, por propia iniciativa, esta lengua prohibida, ese catalán que debía aprender cada noche en las catacumbas de un par de centros parroquiales. Un caso digno de admiración porque, como usted bien sabrá, Lleonard procedía de un hospicio de Alicante, del cual salió para convertirse en pobre víctima del trabajo mal remunerado. Y, llegados a este punto, la tentación de la *boutade* es tan intensa como irreprimible: no puedo dejar de pensar en aquel Currito de la Cruz que aspiraba a salir del amparo de las monjas para convertirse en torero. Evidentemente, la época mejora incluso los hospicios. (Por otro lado, dígame qué otras cosas han mejorado.) Nuestro huerfanito particular aspiraba a ser escritor y, siendo todavía un humilde obrero, comparecía ante mí con un premio literario bajo el brazo. Aunque fuese un premio poco importante, del País Valenciano y basta, demostraba, *quand même,* que los hospicianos no tienen por qué ser forzosamente protagonistas de folletines infectos. Detestando por sistema el folletín, aplaudí que él quisiera ser escritor en lugar de trovador del *rock and roll,* equivalencia hodierna, y no necesariamente evolucionada, de los «matadores» tradicionales.

»Le confieso que desconfío de los premios como recomendación de un escritor. Reconozco que en la época de la Gran Cautividad, fueron útiles para que autores de valía, privados de acceso al mundo editorial, conocieran una oportunidad, e incluso dos. Los tiempos eran muy duros, amigo mío. Cerradas todas las puertas de la normalización lingüística, incluso la posibilidad de publicar, derecho esencial del escritor, era una quimera. Así, surgieron los primeros premios literarios de la posguerra: un estímulo necesario, un donativo. Después, los premios fueron convirtiéndose en un mundo turbio, manipulado, un mentidero de intrigas y escándalos de los que cualquiera puede informarle mejor que yo, pues he permanecido al margen por propia voluntad, y si me entero de algo es a través de la prensa y de aquel cotilleo inevitable del que me he acusado antes y cuyo cauto cultivo nos mantiene en contacto con el exterior para alimentar la ilusión —la mísera ilusión— de que la vida continúa en algún lugar.

»Con lo dicho queda bien entendido que la novelita

que Lleonard me entregó aquel atardecer (recuerdo perfectamente que fue un atardecer, no crea que improviso) no hubiera bastado para impresionarme en su favor, sino todo lo contrario. Comprenda que yo tenía derecho a pensar: «No seas iluso, has conocido a demasiados jóvenes que firmaron muchos ejemplares durante un Día del Libro y, después, no han escrito nada más o, en cualquier caso, nada mínimamente aceptable.» Sin embargo, advertí de inmediato que aquel joven poseía algo especial que lo avalaba. ¿Era acaso su rostro, optimista y tímido a la vez, sus rubias guedejas, parecidas a las de un ángel de la guarda o acaso la mirada azul y diáfana, que delataba una bondad en absoluto equívoca? ¿Sería el nombre, ese «Lleonard» de resonancias renacentistas, tan poco habitual entre los hijos de nuestros proletarios? Debo decir que esta conjunción de elementos propicios, sin ser una garantía total, representaba un incentivo, y, aprovechándolo, me permití un pequeño *scherzo* (nada ofensivo; le doy mi palabra de que no tengo por costumbre tomar el pelo al prójimo). Le pregunté si el «Lleonard» era de elección o de linaje; y, de pronto, me arrepentí, ya que obviamente un pobre paria como él no estaría a la altura de un juego de palabras cuya comprensión exigía cierto bagaje cultural y alguna práctica en el arte del ingenio; es decir, aquel juego civilizado que se cultivaba en las tertulias de antes de la guerra y que, se está perdiendo por completo, como tantas otras cosas bellas. Pese a dichas consideraciones, por demás elementales, me equivoqué rotundamente, y fue una constatación que me llenó de sorpresa. Lleonard no sólo era capaz de responder a mi ingeniosa pregunta con extrema elegancia; además, inició una charla muy interesante que incluía una serie de conceptos culturales, ora clásicos, ora modernos, que ya quisieran para sí la mayoría de universitarios que —por razones cuya enumeración no viene al caso— terminan la carrera sin conocer las fuentes míticas del *Gilgamesh* o qué tríadas formaban la base de la cosmogonía heliopolitana. Bien distinto a esos zoquetes era Lleonard, se lo aseguro. Su conversación discurría por senderos cuya sutileza no dejaba de asombrarme. Aquel joven, que regresaba a Cataluña después de trabajar en Inglaterra durante dos años (y sé que es imposible concebir una vida más humillante), había aprendido tres idiomas y profundizado en la cultura y el pensamiento del país que lo explotaba, aprovechando sus escasos ratos libres para conocer los museos de pintura, etnografía, historia, arte moderno e incluso uno de numismática (ciencia que, por cierto, nunca me privé de considerar pintoresca). Además, era un perfecto conocedor de toda mi obra, e incluso había escrito un breve ensayo que, lo confieso, juzgué más acertado que los de la mayoría de mis críticos oficiales.

»¿Le sorprende que los designe con el posesivo? Mucho lamentaría que pudiera parecer un acto de pedantería; pero considero que, a estas alturas, no responde a una glorificación pergeñada por mí, sino a una realidad ligeramente esperanzadora: al contar con un número notable de estudiosos de una obra personal, las letras catalanas van adquiriendo un grado de habitualidad impensable hace pocos años. Tuve mis poemas archivados en los estantes de los libreros minoritarios y mal vistos por ese Santo Oficio de las letras que es la censura franquista, hasta la llegada de la, para mí, conmovedora valoración de los más jóvenes (en caso de que, en mi modesta obra, hubiera algo digno de la valoración ajena). Muchos podrán contarle los avatares de la cultura catalana bajo la Gran Esclavitud y, mientras éstos lloriquean, los adeptos a la crítica destructiva, en nombre de una utópica *contestazione* a la italiana, censurarán sistemáticamente todos nuestros esfuerzos. Entre unos y otros le contarán toda clase de historias, y usted no comprenderá una palabra de nuestra tragedia si no tiene en cuenta una verdad esencial: que somos víctimas de un genocidio.

»Como dije antes, me rebelo contra el optimismo gratuito, me niego a oír el canto de las jocundas sirenas que pretenden hacerme ver negro por blanco porque la televisión estatal —ergo, la de Madrid— nos conceda la limosna de un programa en catalán, dos horas cada quince días; desatiendo a los copetudos conformistas —¡tantos hay!— que nos venden el culto de Baal porque el enemigo nos otorga permiso para un semanario a condición de que aparezca sojuzgado a la dirección de un periodista de expresión castellana, como ese que se hace llamar Fantasio, para escarnio del gran Musset. De todos modos, mi escepticismo, tan lógico, no me hará caer en el error de silenciar las tareas que, si bien modestas y anónimas, han contribuido a conseguir que resurjamos del sepulcro para aprender a caminar de nuevo, aunque sea con muletas. Me refiero a los esfuerzos de los primeros tiempos. Me refiero a la recuperación que de mi poesía, asimilada a las necesidades de la comunidad, han llevado a cabo los jóvenes. Tenga usted en cuenta que, en plenos años cincuenta, cuando la resistencia cultural se celebraba forzosamente en las catacumbas, algunos amigos tenían que recurrir a la hospitalidad de los mecenas culturales para poder representar mis textos. Carentes de recursos y de nombres profesionales con conciencia de catalanidad y de cultura, personajes bien conocidos de las letras se transformaban en actores improvisados o en actrices de urgencia, y declamaban, llenos de buena voluntad, para un auditorio no menos voluntarioso. Eran intentos de vida, y eso importaba. Habrá ya advertido que soy hombre poco amante del ruido y, menos aún, de la confusión. Me gusta la naturaleza y no la ciudad, Goethe, pero no Joyce; el románico, nunca el barroco; la lírica más que la épica. Como bien puede suponer, detesto el bullicio de la popularidad, pero acepto que mi obra se beneficie de ella. Acaso sea la demostración de que no fue «concebida» en vano. Y usted disculpe la expresión ginecológica.

»Si el Lleonard que entró por vez primera en esta casa llega a ser un gamberro ruidoso, me hubiera limitado a prestarle la atención puramente gentil a que me obligaba el salvoconducto de Vicent Piquer, por cuya admirable labor como propulsor del catalán en el País Valenciano siempre hallará su reposo la mejor poltrona en mi intimidad. Asimismo el interés inicial que su recomendado me merecía. Después, los méritos particulares de Lleonard resultaron valederos de su propia causa. Le dije que podía telefonearme siempre que lo considerase necesario, y él, con la inefable gentileza que le caracterizaba, lo hizo muy a menudo, ya interesándose por mi salud, ya para comentar algún símbolo esotérico de mis poemas que, según se le escapó, siempre tenía en la mesilla de noche. ¡Alma noble! Antes de entregarse al plácido abrazo de Morfeo, releía fragmentos de mi obra con intención de dominar todos sus posibles significados. Y tenía mucho mérito porque yo no hago una literatura que inspire precisamente sueños dorados.

»Ya le he dicho que era agradable, y quiero insistir en su gentileza, virtud muy de agradecer en un mancebo que no tuvo más educación que la de la miseria, escuela de la que, por desgracia, se suele salir convertido en un perdulario o en un zafio. Era escandalosamente joven, pero jamás de una manera estridente ni cochambrosa, como tantos mozalbetes de hoy en día, a quienes convendría remojar en una enorme olla de agua hirviendo para proteger a las personas civilizadas que, de este modo, no nos veríamos expuestos a la terrible amenaza de los piojos que, a buen seguro, se reproducen entre sus greñas abundantes y, si me apura, antinaturales (¿no estamos obligados a denunciar la aberración biológica representada por el macho con cabellera larga, síntoma palmario de homosexualismo latente?). No comprendo cómo Lleonard consiguió evitar los peligros propios de nuestro caótico siglo, y asimismo ignoro de dónde extraía tanta fuerza de voluntad para aprender a diario cosas nuevas mientras iba llenando página tras página, esfuerzo de notorio mérito ya que se añadía a las ocho horas laborales que estaba obligado a cumplir para ganarse el imprescindible condumio. La historia de Lleonard es una epopeya de constantes evoluciones, y yo le recibía con agrado porque era portador de una confianza que llenaba de luz los agónicos abismos de mi existencia. ¿Censuraría usted mi actitud? Sé que no, y cuando dijo que es irlandés comprendí que en su interior anida una tragedia muy parecida a la nuestra, aunque podría reprocharle —por más que carezca de atributos para hacerlo— su traición al escribir en lengua inglesa. En este sentido, sus intentos de defensa tropezarían inmediatamente con mi rechazo. Conozco el problema de su país y, si me lo permite, tendré la osadía de adivinar que su interés por la cultura catalana obedece a los remordimientos derivados de su traición a la propia lengua. Analícese interiormente, créame, y pregúntese si, cuando optó por especializarse en el estudio del catalán (lengua poco rentable en una civilización que sólo valora los idiomas según sus posibilidades de servir de vínculo entre las ramificaciones del comercio), si cuando accedió a perder buena parte de su tiempo en este pobre aprendizaje, no hacía sino justificarse por desertar del idioma que le sirvió para pronunciar por vez primera las palabras sagradas de «padre» y «madre» (y perdone mi total desconocimiento de las equivalencias en gaélico...).

»También deberemos perdonar al reloj, que no se ha dignado respetar el interés de nuestra conversación ni detenerse para que pudiéramos prolongarla sin temor a ser tildados de excesivos. Con todo, nunca, a lo largo de la historia, ha existido reloj alguno capaz de detenerse, a no ser que estuviera estropeado, y eso es algo que, más que nosotros, sabrían quienes, justo en el umbral de la muerte, pidieron que el Tiempo se detuviera aunque sólo fuera por un instante. Pero si el relojero supremo, Cronos, negó esta gracia a un Sócrates, a un Séneca o al mismísimo Alejandro, sería sumamente pretencioso por nuestra parte solicitar un trato de favor. Nuestro coloquio ha sido tan apasionante como urgente; pero más lo hubiera sido cualquiera de los escritos que san Agustín no llegó a escribir por falta de tiempo. (¡Con lo que le gustaba confesarse!) Ni yo como poeta ni usted como estudioso alcanzaremos jamás la estatura de aquellos varones egregios, cuyas necesidades desoyó Cronos con singular severidad. Con todo esto intento decirle, señor Cuminigham, que se ha hecho tarde y, en consecuencia, obraría santamente despidiéndose para ahorrarme la penosa obligación de mandarle a hacer puñetas en nombre y beneficio de mi intimidad.

CINCO DÍAS DESPUÉS

—NO QUISIERA QUE LA VISITA del otro día le hubiera decepcionado en un aspecto que, si no conocemos a la otra persona, podemos considerar primordial; me refiero, por supuesto, a la cortesía. La suya ha sido extraordinaria, la mía —y me duele— es una reciprocidad que no podía darle de antemano. Compréndalo. Necesitamos un reducido espacio de tiempo para descubrir si nos apetece la concesión de una visita, sin que ésta resulte forzada. Conviene otorgar un cierto margen al albedrío. Recibir por recibir constituiría un acto puramente demagógico. Así pues, me complace que haya usted descubierto que le apetecía volver y que me diera la oportunidad de descubrirlo por mí mismo, sin llamadas impertinentes ni cartitas de compromisos que, además, pueden comprometer al visitado. Este signo de educación, ese gusto por el detalle, me induce a pensar que, pese a todos los impedimentos de base, una colonización cultural puede producir virtudes si la lleva a cabo una civilización como la británica (en el catálogo de males menores, cumple destacar que otras colonizaciones, como la castellana, ni siquiera permiten aprender urbanidad). No me limito a agradecerle su prudencia: además, le felicito por ella.

»Tengo la buena costumbre de recibir a poca gente y, a medida que el tiempo pasa, recibo menos que antes. (Si hice una excepción con Lleonard Pler, le confieso que no fue sin motivo: él lo valía, y me valía.) Generalmente, la condescendencia de abrirme a las visitas con generosidad me ha costado más de un disgusto, tanto a nivel personal como, compréndalo, colectivo. La influencia del pesimismo en mi vida y en mi obra no obedece a la casualidad. Examine nuestra pobre Historia y lo entenderá. Añada el presente y se horrorizará. A veces, el mero hecho de salir al jardín implica una agresión. ¿Lo advirtió, el otro día? Nuestros árboles son altos, pero no bastan para ocultar la obra del hombre que, en su vanidad, se obstina en ir más allá de los designios primordiales de la naturaleza. (Rousseau, siempre irreprochable, lo lamentaba en el *Émile*.) Así, los tilos del abuelo, densos cual muralla de serenidad, no consiguen defendernos de las agresiones del barcelonés moderno que destruye su ciudad paso a paso, y este barrio en concreto. El uniforme equilibrio de las casitas de una planta, la paz de las tímidas azoteas, se ha roto completamente. Lo veo desde el jardín. Los edificios que hoy nos dan sombra son construcciones descomunales y de un gusto espantoso. Sobresalen por encima de los cipreses, y los vencen. ¿Y qué decir de las antenas de televisión? Agresiones, sólo agresiones. ¿Pasear por la ciudad? No se lo aconsejo. Comporta el riesgo de habituarse al mal gusto. Fealdad, ruido, contaminación atmosférica y estupidez: a todo esto conduce salir del propio refugio. Recibir gente aún da más miedo: la ignorancia es escandalosa; los jóvenes cultos —de los demás ya ni hablo— mezclan Goethe con la antología del disparate. El único recurso del hombre ético es anularse como ciudadano, retirarse de la vida pública y cerrar los ojos ante las conquistas que la destrucción va sumando. ¿La guerra ha terminado? No estoy muy seguro. Más bien me inclino a suponer que está por empezar.

»Así pues, comprenderá que, entre la soledad inspirada por el contacto con una realidad atroz y la soledad elegida por uno mismo y dosificada de acuerdo con las propias necesidades de supervivencia, prefiera esta última solución. Convencido de la derrota de mi pueblo y sabedor de que nunca podría incorporarme a la ética de los vencedores, decidí que sólo daría al mundo unos poemas de dolor cívico; pero mi dolor humano jamás caerá en manos de los fariseos. Cuando uno ha visto tantas manipulaciones, es lícito pasar de la desesperación a la única posibilidad de convertir esa carga que los optimistas denominan vida en algo mínimamente soportable; y esta posibilidad es la dimensión espiritual, el cobijo que debemos ir desarrollando hasta convertirlo en un habitáculo poderoso, sólidamente amurallado contra los ataques del exterior. Eso le decía a Lleonard: soledad es refugio, simple y llanamente. Y no debe usted entenderlo en el sentido de un aislamiento político: la indiferencia hacia los avatares de mi tierra sería otro equivalente de la derrota. Aunque carezco de la sublime locura de los mártires, poseo la voluntad del ciudadano libre, y huelga decir que mi mundo poético de poco serviría si se limitara a vivir de unas pocas obsesiones personales, además del sambenito que me han colgado de la Muerte como tema recurrente de mi mensaje. Pero le diré que incluso quienes han atinado a comprender que cuando digo «muerte» no quiero decir sólo muerte —entra aquí el exterminio de mi pueblo—, me han ascendido a los altares políticos más extremistas, a los que le aseguro no pertenezco. Se lo digo sin rodeos: una de las cosas que más me horrorizan es la confusión, tremenda enfermedad de nuestras firmas más conspicuas. Podríamos decir que los extremismos asquean; pero añadiré que el confusionismo produce males crónicos. Y si me he visto obligado a soportar que atribuyan mi obra a Rosa Luxemburgo, por un decir, lo considero tan escandaloso como si la atribuyeran al señor Goebbels, aunque, por supuesto, es la señorita quien merece todos mis respetos. Y si algunos afirman que la polémica impulsa a las culturas hacia el avance, añadiré, con motivo, que no podemos asegurar lo mismo respecto a la polémica irracional, que hace retroceder a las culturas más florecientes.

»No le sorprenda, pues, que previniese a Lleonard contra los peligros de la confusión. Él traía noticias de un movimiento juvenil cuyo abanderado parecía; pero las razones de siempre hacían temer que la calidad de los maestros no estuviese a la altura del entusiasmo de los discípulos. Lleonard era vida; lo supe porque, por primera vez a lo largo de tantos años, un escritor no llegaba con lamentos oxidados por el uso, sino con lamentos nuevos, que eran como un grito. Y los gritos, como usted bien sabe, por ser irlandés, contribuyen a despertar a los muertos. Con todo, yo pedía, y pido, que si el grito se convierte en discurso no profese la religión del disparate que, por desgracia, empieza a ser el culto preferido del intelectual catalán. Y que si Marx y Verdaguer son difícilmente compatibles, esto no impide que, afortunadamente para nuestra lengua, el ilustre curita fuese un grandísimo poeta y un creador verbal que supera con creces a cincuenta contemporáneos nuestros, admirables marxistas, férreos revolucionarios pero poetas mediocres, cuando no pésimos.

»Considerando el precario estado de nuestra cultura, en la que cada esfuerzo es un don divino, una exageración por mi parte resultaría criminal. Quienes, por cualquier afortunada circunstancia hemos logrado tener voz y voto en la prensa, debemos hablar en nombre de tantos como tienen prohibido el acceso a ella. Cuando me han instado a definirme, he declarado que, en la literatura, como en la vida, profeso una sola teoría: la del rigor. De ahí que siempre considerase indecente el hecho de que sea maltratado en nombre de las ideologías más dispares. Y al ver cómo la crítica revisionista atenta contra los escritores de nuestro pasado, haciéndoles víctimas de las manipulaciones teóricas más irresponsables, no puedo por menos de escandalizarme y, además, aplicarme el cuento. Visto el panorama, no me sorprendería que, de repente, descubriesen que se han equivocado conmigo y me apeasen del altar que tuvieron a bien otorgarme.

»Ante tanta confusión, le ruego que me diga qué otra salida, aparte del aislamiento, le queda a un hombre solo, destinado por un cruel maleficio de los antiguos dioses a abandonar esta vida sin dejar descendencia y a contemplar la trágica Golah de su pueblo, diezmado, dividido y perseguido. Y, si añadimos los problemas internos de Cataluña (un país minúsculo donde se suelen perdonar muy pocas cosas y, por supuesto, nunca la lucidez, el éxito o la voluntad de rebeldía), comprenderá fácilmente que el mero hecho de salir a la calle o de recibir visitas conduzca directamente a la desesperación.

»Desde el primer momento, aconsejé a Lleonard la soledad libremente asumida, pues conocía los peligros que le acecharían en esta ciudad; y, sobre todos ellos, el de la confusión extendida por los distintos grupúsculos que, para escarnio de la cultura, hemos dado en llamar «capillitas». No olvide, además, que últimamente los intelectuales barceloneses han convertido el valor juventud en un culto que no acierto a considerar sin desconfianza. También le advertí sobre ese peligro: las garras de las capillitas estarían al acecho, ansiosas de cerrarse sobre la llama de vida y pureza que él representaba. No conocía a nadie, sólo contaba con el sueldo ruinoso que obtenía de su oficio de mecánico y se acercaba a mi casa empujado por un sentimiento espontáneo, como espontánea era su admiración y, con anterioridad, su descubrimiento de mis humildes versos. Ahora bien: además de sus dones naturales —la simpatía y la bondad—, entre ellos Lleonard como fenómeno social se convertía en un cebo ideal para las capillitas, que con frecuencia subsisten a base de neófitos. No hay carne tan apetecible como la del joven que empieza, porque es fácil de moldear y, con un poco de habilidad, es convertible en la representación más exacta de los mensajes que pretenden transmitir los «comisarios culturales», como yo les llamo, en frase muy aplaudida por los pocos independientes que quedan en esta Nueva Sión. Si fuese yo persona querulante —que no lo soy, usted ha podido comprobarlo— le describiría con justo detalle el panorama. Sólo diré que, en ese general desorden, la capillita de la derecha podría aparecer representada por el señor Marcel Franquesa, a quien profeso hondo respeto por ser autor de las famosas antologías que, en la época de la Gran Persecución, sirvieron para dejar asentadas las bases de nuestra literatura, desde una óptica estrictamente burguesa. La capillita oficial de la izquierda sería la que, a principios de los años sesenta, formaron a dúo Xavier Roldà y Ramon Barat, autores de otras antologías, también notables. Son, por cierto, completamente opuestas a las de Franquesa y han generado un pensamiento, hijo legítimo del realismo histórico salpicado de marxismo y otras veleidades de la guerrilla bibliófila. La tal antología ha alcanzado una gran fortuna entre los jóvenes más inquietos de la nueva generación, quienes, en su rebeldía, hallan más placer en la penetración sociológica que en la literatura en sí misma. Le ruego, empero, que no me obligue a opinar, porque en todas las antologías he salido yo muy bien parado, coincidencia que en este país es tan insólita como para constituirse en efeméride. Ante casos semejantes, comprenderá usted que opte por mantener una actitud recelosa, pues el hecho de que una crítica favorable por parte de la derecha determine una destructiva por parte de la izquierda, o viceversa, parece obedecer a una ley nacional. Considero que el mutuo acuerdo al que todos han llegado respecto a mi obra es prueba de civilización, y, aunque ni derecha ni izquierda coincidan en el verdadero significado de mis símbolos poéticos (en este terreno cada cual lleva el agua a su molino), debo reconocer que todos han sabido apropiárselos, como si se tratara de un legado cultural propio. ¿Espíritu democrático? No lo sé. A veces me pregunto si alguien ha entendido algo, pero le agradeceré que no publique este comentario porque, dada la situación de estado de sitio en que nos movemos, sólo faltaría que yo, precisamente yo, empezase a atacar a mis hermanos de lucha. Cada cual hace lo que buenamente puede y, si bien es verdad que muchos imperios se derrumbaron a pesar de las buenas intenciones, recordemos que alguno hubo que se salvó gracias a la acumulación de intenciones honestas.

»Por lo que respecta a Lleonard, disculpe que insista en su pureza que se reveló ante mí, de manera ostentosa, cuando, al ponerle en guardia contra los peligros de las capillitas, me preguntó cuántas había, cuáles eran y el nombre de sus jerifaltes más influyentes. Iba tomando nota, con esmerada atención, de manera que con sólo dos visitas, ya sabía igual que yo de aquellos intríngulis. ¿Le sorprende tanto interés? Pues yo lo considero muy lógico. Lleonard se disponía a incorporarse a la gran causa común y tenía derecho a informarse: en cambio, yo tenía el deber de prevenirle, y así lo hice. Le hablé de los grupitos que pululan por el mundo de las letras y los del teatro, el cine, la canción y aun en los medios informativos. Lo alerté contra el éxito demasiado fácil que pudiera proporcionarle la protección de una capillita determinada, y, al mismo tiempo, respecto al odio y a los ataques que despertaría en los cenáculos rivales. El desolador panorama que iba describiendo suscitó en él una pregunta de una lucidez admirable: «¿Siendo todos hijos de la gran patria catalana, no deberíamos avanzar firmemente unidos en vez de aislarnos en polémicas de medio pelo que pudieran arrastrarnos a la autodestrucción, tan deseada por el enemigo de Castilla? Quedé *touché*. Acababa de darme una lección excepcional.

»Mientras le ponía en guardia contra tantos peligros, continuaba aconsejándole la solución del aislamiento desesperado, del trabajo serio y continuo, del humanismo que ahora pretenden desprestigiar pero que, si no se demuestra lo contrario, continúa siendo la única arma eficaz contra el desmoronamiento absoluto del hombre en plena era del caos. La ética del siglo ya no busca el equilibrio, y las almas que aspiramos a la armonía debemos ayudarnos desde el fondo de nuestra inexpugnable soledad. Evidentemente, Lleonard no era un joven frívolo como los demás, pero cualquier bando del caos cultural podía influir en él y devolverlo a los orígenes de envilecimiento que son señal inequívoca de la naturaleza del hombre contemporáneo, ser desdeñable para quien la bomba atómica no sería el castigo menos inmerecido, ya que, al fin y al cabo, es una invención humana. Entre todos hemos arrastrado a la especie a unos límites de bajeza incapaz de justificar nuestra existencia en la magna arquitectura del universo. Tenga en cuenta que está usted hablando con un agnóstico, no se equivoque atribuyéndome un cierto puritanismo religioso, tan abundante como fariseo en Cataluña. No nos merecemos el egregio milagro de la Creación, y Lleonard, tan puro un día, acabó... es decir, llegó a ser... sufrió un cambio tan... Bien, le agradeceré que no me pregunte la razón de estas consideraciones puramente éticas, y que quizá debí ahorrarme.

»Como le decía, he visto muchas cosas, demasiadas, así que preferiría abandonar esta conversación a partir del momento en que Lleonard interrumpió sus visitas. No aceptaré el papel de sibila pública que usted, o quien fuere, pretenda otorgarme. Fui educado en cuerpo y alma para vivir en un mundo libre, y un buen día llegó el tremendo descalabro de la guerra civil y me encontré ante un panorama brutal, una causa perdida. Terminé mis estudios universitarios en posesión de una lengua considerada herética, pero la empleé a escondidas y, en el reducto de mi soledad de hombre y de amanuense, fui creando un universo poético en el que cada lágrima es un chorro de sangre y cada queja el grito de muerte de todo un pueblo (conste que eso lo dicen mis críticos, tanto los de derechas como los de izquierdas; no vaya usted a considerarlo una medalla que me adjudico gratuitamente). No disfruto de fortuna personal, aunque malas lenguas afirmen lo contrario. El patrimonio familiar ha sido más bien escaso: objetos, muebles y esta mansión, que comparto con mis hermanas: soltera una, viuda la otra. Cataluña, o lo que de ella quedaba, me deparó un empleíllo rutinario en el despacho de mi admirado amigo el abogado Ovidi de Serracant, a quien debiera usted conocer. Es posible que no esté de acuerdo con sus ideas, pero sé que le respetará, porque el talento y la honestidad, aun siendo virtudes burguesas, no son nada desdeñables, sobre todo con una burguesía como la nuestra, que no anda sobrada de virtudes. Alguna que otra charla fuera del horario laboral y las consuetudinarias polémicas de carácter filológico con Serracant son las únicas distracciones que me permite un trabajo insípido y mal remunerado. Pero no me quejo; sería absurdo pretender que la poesía me rentara para vivir en la Costa Azul. Y teniendo en cuenta que un poeta de la categoría de Joan Penat alterna la creación poética con un cargo de director literario, y que más de un novelista de mérito se ve obligado a dividir sus jornadas entre el sueño de las musas y las cuatro paredes de una oficina bancaria, comprendo que mi situación no constituye un caso excepcional, y la acepto con resignación, aunque forzada. Sin embargo, el silencio público es otra cuestión, y no dejaré de insistir en ello. Año tras año he ido de casa al trabajo y del trabajo a casa con la paciencia que atribuimos al venerable Job; después, cada noche —o las que he considerado oportunas— me he entregado a la creación más o menos escrupulosa. Era, y es, mi refugio en medio de la enorme prisión colectiva. En mi soledad tenía la oportunidad de reencontrar el contacto con la lengua de mis ancestros; con cada verso, podía establecer el testamento de una cultura agonizante. Mi función en la vida ha sido proteger las palabras, convertirme en salvaguarda de su legado. Y resultaba altamente gratificador que gente como Lleonard viniera a recogerlo, para devolvérmelo convertido en obra escrita.

»Si acepta un consejo (y perdone la osadía de dárselo), le recomendaría que no basase su encuesta en la personalidad de Lleonard sino en el problema catalán como totalidad; un problema del que él formaba parte y que, a la vez, le definía.

»En 1968 —y disculpe los números— se produjo el resurgimiento cultural que propició su aparición en el seno de nuestras letras. De repente, y aunque resulte prematuro hablar de normalización, quienes habíamos luchado durante tantos años nos encontramos situados en un grado de reconocimiento al alcance del pueblo. Cataluña parecía despertar a través de un cúmulo de manifestaciones que confirmaban su vitalidad. Era para no creerlo. En la universidad, entre la juventud antifranquista, el idioma de combate era el catalán; por todas partes surgían grupos que iniciaban el movimiento de la Nova Cançó; durante los años cuarenta, la edición de libros se había limitado a dos o tres empresas —limitadas, a su vez, a la publicación de obras antiguas por decreto ministerial—. De repente, nos permitían la traducción de autores contemporáneos, en ediciones realmente magníficas porque no los traducía un mindundi, sino nuestros novelistas más destacados, aunque el esfuerzo comportaba una nota negativa ya que, para ellos, la traducción era un medio de ganarse la vida que los apartaba de la propia creación. Grupos de teatro independiente proponían espectáculos experimentales que, hasta entonces, era impensable ver en nuestra escena, prostituida a base de vodeviles de verano y sainetes dialectales. Incluso se rodaron tres o cuatro películas catalanas, y la mismísima Olímpia Estruch interpretó en la pantalla un tema mío que gozó de cierta aceptación (nada clamoroso, le aseguro que no me dedico a escribir *Rebeca*).

»Como confirmación a mis esperanzas, los intelectuales más honestos de esa Babilonia llamada Madrid advirtieron por fin que poseemos una manifestación cultural diferente y empezaron a dedicarnos artículos haciéndonos justicia; así se estableció una corriente de comprensión que bautizamos como *diálogo Madrid-Cataluña*. En el largo invierno del pueblo catalán, aquello era la primavera que arroja, como mínimo, un rayo de sol. Ahora, hoy, de repente (tan de repente como estallara el resurgimiento de hace cinco años) la primavera ha retrocedido y el invierno se abate de nuevo sobre nosotros. Las humillaciones se producen de manera más solapada, más astuta si quiere, y mucha gente se ofusca pensando que no nos humillan como antes. El paso de Lleonard Pler a otro idioma es todo un síntoma; quizá sea tan importante como el rechazo por parte de los universitarios, que acusan a la lengua catalana de tributaria del pensamiento burgués. (Este equívoco pudiera ser el resultado de la tendencia de nuestros ensayistas a culpar a la burguesía de todos los males del país y a considerar burguesa cualquier forma de pensamiento. La confusión es mayor que nunca, y tanto quienes se muestran excesivamente optimistas como quienes lo son demasiado poco, han contribuido a prestar un rostro nuevo e insólito a la magna tragedia.)

»La crueldad de los jóvenes es inmensa, y hace mucho daño. Saben asesinar con una insensibilidad aterradora. El rechazo actual, comparado con el entusiasmo de hace cinco o seis años, se convierte en un misterio que me preocupa, que me obliga a preguntarme en qué podemos haber decepcionado a esos jóvenes en cuyas manos está el único futuro capaz de interesar a un hombre totalmente desilusionado: la supervivencia de esta pequeña sociedad que, con tanto esfuerzo, intenta sobrevivir a exterminios inimaginables.

»Las preguntas que me remitió por escrito me han llenado de perplejidad. «¿Ayudó directamente a Lleonard Pler? Y, en caso afirmativo, ¿espontáneamente o porque él se lo pidió?» Sigo perplejo. Si se refiere a un ajuste monetario, le diré que él era una persona muy digna y jamás insinuó algo de este estilo. Lo único que me pidió fue un prólogo para su segundo libro. Por supuesto, lo escribí con mucho gusto. Recuerdo otro favor, sí. Fue un día en que se empeñó en acompañarme a pasear por el parque Güell. Consideraba una experiencia muy emocionante revisar el genio de Gaudí mientras yo hablaba de su vida y milagros. Recuerdo que insistió en retratarnos a la entrada del monumento. Le divertía la cámara maltrecha de uno de esos fotógrafos callejeros que han ido desapareciendo desde que una renta per cápita superior puso la fotografía en color al alcance de cualquier portera. Nos hicimos la foto, y al cabo de quince días Lleonard me telefoneó para preguntarme si me molestaría que la reprodujera en la contraportada de su libro. No podía negarme. Más tarde, vi la misma foto reproducida en un par o tres de entrevistas que le hicieron. El detalle de que yo avalara con mi prestigio la obra de un principiante tan joven y tan rubio fue muy aplaudido. No sé hasta qué punto me agradó tan involuntario patrocinio ni me interesa saberlo a estas alturas. Recuerdo que empezaron a aparecer críticas de gente amiga que valoraban muy positivamente la obra de Lleonard. Elisenda Castells y Xavier Roldà, de criterios tan opuestos, formaban parte del coro de entusiastas. No recuerdo cuánto tiempo transcurrió hasta que, en *Tarde/Exprés*, leí que Lleonard había ganado el premio de novela Roger de Llúria durante la cena literario-patriótica llamada la Gran Noche de las Musas Catalanas. Le mandé una tarjeta de felicitación y, en todas las entrevistas que me hicieron a partir de aquel momento, tuve que declarar, quieras o no, que mi «patrocinado» era un caso digno de atención. No me arrepiento, porque nunca me he negado a hacer justicia, y Lleonard, al margen de sus méritos personales, era un joven que escribía en catalán, y eso ya bastaba para ayudarlo. Continuó mandándome lo que publicaba, con dedicatorias en las que se declaraba ferviente seguidor de mi obra y admirador de mi figura pública. En adelante, empezó a armar grandes revuelos y alguien me comentó que se había convertido en eso que la proverbial estupidez del siglo ha convenido en denominar *enfant terrible.*

»Un día vino a visitarme, y se mostró como el encantador caballerito de siempre. Me pidió una entrevista destinada a la serie «Retratos con flash» que, durante unos meses, fue la sección más leída de Barcelona, junto a los artículos vandálicos de Oriol de Manllé (el hijo del gran poeta)... Yo... me presté a la entrevista y, un día, abrí *Lo Sputnik* y... al leer sus apostillas a mis declaraciones, al ver que su tono era tan... cómo le diría, algo demasiado... Me dolió, sí, me dolió enormemente. No sé cómo decirlo: comprendí que Lleonard, aquel noble obrero, aquel joven tan puro, se había convertido en...

»Perdone, pero el tiempo que había destinado a esta conversación ha transcurrido con creces. No insista: no contestaré más preguntas. Y le pediría otra cosa: me siento viejo, he vivido muchas pérdidas y sé que me quedan muchas más por vivir, pero no seré yo quien las fomente. Le ruego que dé por muerta, y bien muerta, la cuestión de Lleonard. Márchese de Barcelona y diga a su periódico que, si quieren publicar un libro espléndido, les basta con la obra que dejó escrita. Dedíquele un análisis crítico, apúrela, si la considera interesante, intente hablar de nuestros problemas y procure olvidar el resto...

»Por una razón: no somos ingenuos, no somos tontos. Estamos heridos de muerte, y nos aferraremos a cualquier asidero para sobrevivir un poco más sobre la tierra.

5. UN DONCEL CARAVAGGESCO, EN EL AÑO 1965

¿Era la noche prematura lo que nos revelaba la muerte de Venecia, o era Venecia misma? La noche cubría un cuerpo herido, quizá un mosaico de ubres descuartizadas que la niebla apenas permitía entrever pese a que ya nos estaba envolviendo. Era la noche de todos los estilos, la ambigüedad de todas las morales, la miseria de las formas vencidas. William Cumingham, a mi lado, ayudaba a Ingeborg para que no resbalara con las basuras arrastradas por los avances del *acqua alta,* pero sólo el recuerdo de callejuelas barcelonesas acariciadas por un sol muy tenue ocupaba su conversación, por demás obtusa. Pretendía la complicidad de mi memoria. Evocaba ruinas a partir de la ruina. Regresaban las visiones de Barcelona, sus fachadas de falso gótico, sus ojivas del siglo XIX, y los enrejados bucólicos o industriales, según el capricho de la época. Y el gótico natural de Venecia, en la perenne mortandad que yo detesto, sólo devolvía reproches.

¿Y qué era de Lleonard-Modesto, Pler-Virginal, el doncel de pureza proletaria ejemplarizada en la memoria del gran poeta del pueblo catalán?

Me atreví a decir:

—Si algo extravagante oí en mi vida es ese cuento del humilde obrero que llega a Londres, a deslomarse en todas las crueldades de la inmigración y lo primero que hace es aleccionarte sobre el modernismo catalán. Francamente, me parece de lo más esperanzador para el futuro del lumpen universal...

—Desde el primer momento, Lleonard no era un joven como los demás. Pregúntaselo a Lavinia O'Lear, que fue la primera en quedarse deslumbrada. O, si lo prefieres, interroga a Lenny Douglas, que tiene acceso a los salones más importantes de tres países y sabe discernir perfectamente quién posee un *chic* transmitido por muchas generaciones de nobleza y quién lo tiene gracias a un inefable don natural. Cuando le presenté a Lleonard me preguntó a qué gran familia española pertenecía, si poseía algún título o se trataba del hijo de un nuevo rico a quien el dinero poco escrupuloso de papá hubiera permitido adquirir aquella perfecta armonía entre la elegancia física y la preparación mental. Naturalmente, yo solté una carcajada que podía resultar grosera. Imagínate la expresión de aquel cursi cuando le conté que Lleonard procedía de un pueblo de mala muerte, y que se veía obligado a enviar parte de su jornal porque su madre, una pobre viuda, se moría de hambre. Como dice Shakespeare...

Era un inciso típico y, en aquel momento, necesario para desviar a William hacia otros senderos de la conversación. Como buen irlandés adicto a la letra impresa, se dejó guiar por las falsas pistas que le tendí hasta caer en mi trampa, que era de desintoxicación, aunque sabía que él volvería a la carga y, en realidad, me gustaba que así fuera. Quizá porque mi juego se complicaba más que el suyo. Quizá porque, lejos de apreciar la búsqueda absurda en la que se iba adentrando, yo odiaba a Lleonard y le odio a él. El estímulo de mi odio era, pues, su insistencia.

—Lo mismo sucedió con Lavinia O'Lear, la crítica de ópera. Desde luego, le costó creerme. Y es que ni la piel extremadamente morena de Lleonard, ni sus cabellos negrísimos, ayudaban a relacionarlo con tantos chicos de la España subdesarrollada que trabajan como camareros en Londres...

—Insisto en otro factor que puede parecer irónico: el Lleonard del poeta del pueblo catalán era rubio como un Tristán...

—El Lleonard de Chelsea tenía el cabello muy negro. Tanto que el primer comentario de Derek Wayne, pintoresco mariquita que dirige *Films and Filmmakers*, consistió en compararlo con los modelos de Caravaggio...

—¡Completamente ridículo! ¡Lleonard caravaggesco! Uno de esos pilluelos de arrabal romano que nos observan con mirada pervertida bajo el disfraz de un Juan Bautista, supongo. Se necesita gran fuerza de voluntad para no reírse de los ingleses culteranos. O mucha candidez para considerar caravaggesco a un chico que, con el pelo negro, sería el equivalente del chuleta andaluz..., ese prototipo que los anglosajones siempre agradecéis. En cualquier caso, reconozco que incluso los tópicos empiezan a cambiar de estilo...

—A no ser que tu muchacho prototípico, el andaluz *moreno de verde luna,* etcétera, fuese muy capaz de colocarse ante un doncel de Caravaggio e imitar su aspecto. No lo dudes: podía fabricarse el físico que conviniera a cada momento de su vida, y así lo ha demostrado. Llegaba con unos *jeans* mugrientos y botas tipo *cowboy*. Pasan los años y sabemos que se ha estilizado. Asegura su gente de Barcelona que ya no presentaba la belleza dura y agreste de sus comienzos, sino un aspecto más dulce, con los rasgos lánguidos y una larga cabellera de nazareno escandinavo. Esa apariencia, en Barcelona, le hacía exótico, casi excepcional; sin embargo, en Londres lo hubiese convertido en un jovencito del montón. Es más: él sabía que su morenez también tenía que ser diferente de la del tipo latino que el anglosajón suele comprar a muy buen precio.

—Me sorprendería que me dijeras que el Plaerdemavida no quería ser comprado...

—Aquel año 65, en Londres, Lleonard todavía no era el Plaerdemavida. Y te garantizo que no buscaba que lo comprasen. Me costó mucho entenderlo, pero su forma de estar a tiro era muy otra. Ahora sé que él deseaba que el mundo fuese un museo enorme, presidido por una obra maestra única: él mismo. Y, si no se empeñó en parecerse al David de Miguel Ángel, sería porque Derek Wayne, Lavinia O'Lear y otros esnobs de su misma calaña lo hubieran considerado demasiado obvio, en absoluto original. Así pues, para los ingleses recurría a un modelo ennoblecido de los pequeños canallas de Caravaggio; y, para los esnobs de Barcelona, a una especie de Hamlet lánguido y espiritual...

—Y, en conjunto, demasiado insólito para un humilde pueblerino, ¿no crees?

—Las contradicciones de Lleonard no admiten opinión, ni siquiera la piden. Era un fenómeno imprevisible: lo demostró constantemente desde que empezó a escribir. Era así para los demás, para quienes empezaron a tener noticia de su existencia cuando se reveló en una vida más o menos pública. Pero yo lo sabía desde mucho antes. Me di cuenta la noche de nuestro encuentro en un pub de Chelsea, cuando comprobé que, a su lado, quien parecía un provinciano era yo, el anglosajón universal, el presunto dominador de su raza subdesarrollada. Porque intenté conquistarle esgrimiendo los cuatro tópicos favoritos cuando se habla de vuestro país: sol, flamenco, toros y sangría. Y este discurso, que funciona con todos los camareros españoles de Londres, e incluso con muchos londinenses que presumen de viajados, lo acogió él con una mirada sarcástica que realzaba sus ojos negrísimos. Me espetó que mis palabras eran un indigno desfile de tópicos demasiado folklóricos. Ni siquiera se dignaba mirarme: tenía la vista fija en un ejemplar *poche* de Paul Valéry y, en tono incisivo, me aconsejaba que si no se me ocurría algo menos manido, haría mejor callándome. ¡Así sabía vencer la insolencia de los pedantes! Dominaba muchas manifestaciones de una misma, cruel indiferencia. Otras veces era un ingenio mortal, una forma muy suya de superioridad en el juego de la conversación; una autoridad que —¿insistiré lo bastante sobre este punto?— no suele darse en los camareros importados que encuentras como moscas en los restaurantes informales de Chelsea. Cuerpos sin cerebro que, a la salida del trabajo, pueden deparar tórridas noches a la raza superior, sin que sus exigencias económicas resulten excesivas. Y era en uno de aquellos locales de la parte más elegante del barrio, junto a la selecta Belgravia, donde yo trabajé como manager porque me fallaba el trabajo editorial y, entretanto, necesitaba subsistir y pagar el apartamento. ¿Se escandalizará de ese desliz juvenil la ciencia que ahora represento? Sería injusto. En el Londres de aquella época, cuna ideal del desenfreno de un día, el trabajo provisional no rebajaba a nadie, aunque mi familia —frente a la que sigo siendo un irresponsable— considerase que no se podía caer más bajo. Yo solía desaparecer durante largas temporadas, y en aquellos gloriosos años del Sueño *Pop* rompí para siempre el difícil cordón umbilical del que *maman* se sentía orgullosa y yo más que harto. Desde su púlpito neovictoriano, me juzgaba tan extravagante como los tiempos que corrían, así pues, cuando me sumé a la moda del vagabundeo, desesperó de conseguir que sentara la cabeza algún día. Y más hubiera desesperado de saber que, pese a lo digno de mi cargo y lo selectivo del restaurante, había conocido al dueño en un antro homosexual de King's Road; la condición indispensable para obtener la colocación no sólo consistía en aportar fianzas de buenas maneras, ascendientes sociales y raciales irreprochables, sino también en hacer abstracción total de los cuarenta años que él me llevaba y del brazo que perdió en no sé qué escaramuza contra los alemanes. Te aseguro que hacer el amor con un mutilado no es una experiencia muy agradable, pero lo único que me importaba era cobrar mi primer sueldo y, especialmente, la paga extraordinaria que me reportaría mi falta de escrúpulos en la cama.

»El propietario, a quien todos llamaban *el Coronel,* era un ex militar que presumía de pertenecer a la nobleza (aunque no sé cómo diablos podrá demostrar nunca su linaje). En realidad era una loca decrépita, con clientela asegurada entre los homosexuales carrozas más sofisticados y las aristócratas más histéricas de Londres. Poseía dos restaurantes en la misma calle, ambos con el nombre francés adecuado a la distinción del momento, y otro local *out town,* en Plaxtol, donde también fue a dar tu amigo Terenci Moix. Este tipo de negocios, tan señoriales, eran el reverso del Londres alocado e irreverente al que dimos en llamar *beat, swinging* o *pop*. Negocios que se permitían la ilusión de adaptarse a los nuevos tiempos y que, en realidad, se limitaban a mezclar escenografías Belle Époque con la estética de los primeros *hippies.* Si al mediodía, hora intocable del *lunch* clásico, aquellos nidos de afrancesamiento eran frecuentados por grupos de señoronas que habían tomado nota de la cita con tres semanas de antelación, las noches se distinguían por un predominio absoluto de mundanos, VIPS de los nuevos oficios liberales que la década ponía de moda. Fotógrafos, escritores, modelos, gente de teatro, cantantes de folk, diseñadores, publicitarios y, siempre, aquella fauna inclasificable que llamamos *bons vivants*. Como ya te he dicho, todos se habían puesto de acuerdo para encontrar en los camareros virtudes más apasionantes que un buen servicio o una sonrisa gentil al preguntar si la cena había sido del gusto del cliente (y fue, precisamente, de esas breves conversaciones con los cofrades de la sofisticación andante, de donde Lleonard extrajo toda una fraseología esnob. La autoridad con la que aprendió a utilizar el *gorgeous*, el *glorious* y el *lovely* solidificó aquel inglés suyo, increíblemente brillante, que encantaba a Lavinia O'Lear y consiguió engañar al mismísimo Michel-Vicent Lammont).

—¡Realmente conmovedor! Fue en este ambiente, entre exquisito y burdelesco para uso de remilgados, donde tu Lleonard empezó a medrar.

—Empezó y acabó. Porque, al cabo de dos años, él mismo creaba el único Lleonard que Barcelona conocería.

Yo conocía perfectamente todos los fantasmas que William era capaz de proponerme a lo largo de nuestro paseo. Él era como Venecia: se aferraba a la Laguna con los pies pisando fuerte, pero sus ojos miraban hacia lo lejos, tanto en el tiempo como en el espacio. Y los cristales del restaurante, empañados de vaho, presentaban el color de la incertidumbre.

Le aconsejé que no bebiera. Fue inútil. Le recordé hasta qué extremo detesto a los borrachos, su manera de extraviarse por mundos irreales donde una mente lúcida es incapaz de seguirles y, menos aún, dominarles.

Me entretuve observando a Ingeborg. Al verla tan rubia, pensé en el Lleonard que las gentes de Barcelona habían conocido y que era tan distinto del que encendía la imaginación anglosajona de William. Por el momento, él tenía que conformarse con el germanismo agresivo de su compañera. Creo recordar que, en las noches del Decamerone, la llamaban *la Parsifala*. Era sorprendente, porque no resultaba en absoluto mística. Por el contrario, no cesaba de insinuarse a su macho con intenciones tan evidentes que inspiraban lástima. Era una sucesión de acciones desperdiciadas. ¿Cómo podían resultar con alguien que se había habituado al coloquio diario con un fantasma?

—Era altivo. Era el más orgulloso de los muñecos exhibidos en el gran mercado de la carne. Cierta noche lo comentamos con *el Coronel,* especialista en la catalogación exacta de los jóvenes aprovechables. Estábamos en su despacho, cerrando caja, y Lleonard trajinaba por el comedor, ayudando a sus compañeros a despejar las mesas y disponerlas para el día siguiente. Se supone que seguía las consignas al pie de letra: permitía adivinar a los clientes que su cuerpo podía ser cualquier cosa menos avaro. Y, dado que la compra-venta humana no se contaba entre las actividades más vulgares de la década (menos aún si aparecía engalanada con música ambiental de la mejor cosecha Haendel), su coqueteo presentaba elementos más dignos de elogio que de reproche. Se beneficiaba, además, de algunas licencias del atavío. Era el primer día de primavera. Los camareros estrenaban el uniforme más atractivo del año: el jersey rojo de cuello alto propio de la temporada de invierno quedaba sustituido, hasta octubre, por una camiseta marinera, de rayas azules, y unos *jeans* de color blanco muy ceñidos, aptos para destacar aquel atributo que el vulgo suele llamar paquete.

»De vez en cuando *el Coronel* interrumpía las cuentas y comentaba que la suma de propinas recibida por Lleonard era considerablemente superior a la de sus compañeros; y lo repitió tres veces, como una clara invitación a indagar directamente las virtudes que embellecían al doncel caravaggesco. Se permitió algún comentario sobre el ponderado paquete. Resultaba muy latino, según dijo. No contesté. Desde el primer día, decidí evitar toda clase de confidencias por el estilo. Mantenía mi decisión de guardar las formas, ya que consideraba mi situación provisional y susceptible de quedar interrumpida en cuanto me surgiera la posibilidad de entrar en alguna publicación o en cualquier editorial. Por el momento, iba trampeando a base de prostituirme con un lisiado (me refiero, simplemente, a la prostitución del gusto, ya que desde el punto de vista moral siempre he creído que los económicamente débiles tenemos que luchar con las armas que el buen Dios puso a nuestro alcance. En mi caso, un físico muy agradable, si me permites la inmodestia).

Mientras Ingeborg consentía en no hacer más remilgos, pregunté a William si Lleonard también conservaba, en su trabajo, aquella decisión de provisionalidad que él esgrimía a modo de coartada.

—Todo era provisional, como la locura de la juventud. En aquel momento de nuestras indecisiones, Londres mantenía en trabajos de camarero o lavaplatos a verdaderos ejércitos de jóvenes de todo el mundo que aterrizaban ávidos de beneficiarse de la Gran Década. Chelsea te ponía en contacto con posibles futuros nombres de la fama, que hacían una cola larguísima y tediosa; una cola que, en muchos casos, no ha terminado. El auge del barrio provocó una gran demanda de mano de obra; pero, debido a las exigencias clasistas que te he expuesto, los locales sofisticados no podían recurrir a las esferas más bajas de la inmigración. De ahí que los camareros constituyesen una raza privilegiada. Los de nuestros restaurantes sufrían la obsesión típica de los homosexuales mediocres, que recurren a la afirmación de su personalidad imitando los modos de las clases superiores. Más papistas que el papa, más mariconas que la mariconería misma, arrastran el afán clasista al terreno étnico y lingüístico; conversos furibundos, pretenden asimilar las formas inglesas con más propiedad que la Reina Madre y, así, llegan a odiar no sólo a los compañeros de categoría profesional inferior sino incluso al turista anónimo que se acerca al restaurante desconociendo el idioma. Inmediatamente, aparece el rechazo por parte del camarero que, durante años, ha hecho lo imposible para parecer una dama de la buena sociedad londinense. En uno de los libros de viajes de Lleonard, creo que en *Ruinas de Europa*, hay un pasaje espléndido que plasma esta actitud y explica cómo también él tuvo que padecerla cuando regresó a Chelsea en busca de su *madeleine* particular. Habían transcurrido siete años, y regresaba en calidad de viajero anónimo, pero con la seguridad de que en algún lugar del mundo (aunque fuera un lugarcillo tan remoto y desconocido como Cataluña) ya no era un don nadie. Regresaba convertido en dueño y señor de su destino; pero, ferviente enamorado de la memoria, aspiraba a reconstruir su pasado perdido, y con tal propósito me pidió que lo acompañase a almorzar al restaurante de nuestros orígenes. Todo había cambiado, y la constatación no resultó en absoluto cómoda, porque es cierto que, a nivel personal, los cambios de década son más criminales que toda la historia considerada en bloque. El Lleonard herido por el tiempo y a la vez mitificado por Barcelona, se enfrentaba a su propio espectro... a las remembranzas del vigor exhausto. Convertido en cliente de las mesas que, siete años antes, solía servir, se entusiasmó con concesiones a la nostalgia en verdad espectaculares. Y se encontró frente a camareros que le servían con desdén porque no dejaban de considerarle un compañero de raza inferior, la antítesis de lo que ellos aspiraban a ser: una mala imitación de sus amos.

Ése fue el marco de Lleonard, el doncel caravaggesco de 1965. Y otra vez, como si la vida del recuerdo no diera para más, el tiempo retrocedía sobre sí mismo y me traía a Venecia un espumarajo de sentimentalismo que lindaba el mal gusto.

Era William quien lo provocaba, con lamentaciones de clueca y titubeos de borracho.

—No lloraré. No estoy borracho. O todavía no lo estoy. Entre las acotaciones de esta comedia absurda, Lleonard se entrenaba para lanzarse a una carrera supersónica, que nadie sospechaba. Al principio, nos pareció un camarero como los otros, sólo que más hermoso. Poco a poco, fui descubriendo muchos aspectos diferentes, y no sólo porque su ambición no se limitaba a ahorrar para abrir un restaurante de especialidades valencianas en Kensington. Nada de eso. La diferencia era espiritual, y se traducía en el aspecto. A la salida del trabajo —siempre solo, nunca comunicativo—, no necesitaba explotar el exotismo étnico, el tópico del mariquita agitanado, como Pepe *la Macarena* o Remigio *la Sans Façon*. En su aspecto había un afán perfeccionista que jamás resultaba estridente. Mientras los demás consideraban esencial emperifollarse con la moda exuberante que Chelsea decretaba, él seguía con sus vaqueros descoloridos, las botas gastadas y una camisa abierta, que solía ser negra como sus cabellos. Y, con esa indumentaria básica, despedía una distinción inquietante: una *allure* indómita, que los demás no podrían alcanzar ni en sueños pese a sus actitudes de estetas de medio pelo y los trapitos de *dernier cri*. Además, Lleonard manifestaba una indiferencia absoluta por su trabajo; éste formaba parte de un presente que se veía obligado a soportar pero que ocupaba el último lugar de su escala de valores. ¿Te parece extraño que me sintiera atraído o, al menos, intrigado por él? Aterrizaba entre las mesas de aquel restaurante con la misma apatía que yo: la absoluta ausencia de propósitos constituía nuestra justificación. El restaurante era un intercambio provisional; él se limitaba a sacrificar una parte de vida poco importante, mientras ahorraba la que quería acometer realmente, la que atacaría muy pronto sin respetar obstáculo material o humano que encontrase en el camino.

—Su camino hacia el éxito, naturalmente.

William hizo gestos impacientes, propios de quien se siente incomprendido y con su mensaje arrojado a los cerdos.

—Ni un solo momento pensé en aquella posibilidad. La obstinación de Lleonard me parecía reservada a empresas mucho más importantes. Sin rechazar completamente la vida frívola del barrio, se dedicó a desentrañar las realidades culturales de Inglaterra y a estudiarlas en todos sus aspectos. De este aprendizaje lento y riguroso, de su curiosidad hacia todas las cosas, me parece difícil que podamos deducir una simple moral del éxito. Si nos hicimos amigos fue porque le respetaba. No habría soportado el exitismo como único punto de llegada. Era todo lo contrario. Su inadaptación al mundo de los mediocres me advirtió del peligro que yo corría si llegaba a adaptarme a él. Era éste el Lleonard que yo recordaba cuando murió. Al salir del trabajo estrenaba una alegría contagiosa que le hacía sentirse rabiosamente vivo, abierto a todas las novedades que la cultura desplegaba a su alrededor... abierto también al sueño *pop* de Chelsea, a todos los espejismos que fueron el alimento de nuestra juventud. Tenía, sí, el rostro clásico que, después, hemos visto en tantas fotografías; tenía los rasgos distribuidos con la precisión de las obras irreprochables, pero no era dulce ni manso como pretende el poeta nacional de los catalanes; todo lo contrario: podía ser violento, brusco, animado por una masculinidad muy primitiva. Esto le convertía en un ejemplar humano inédito, porque la década imponía el modelo de macho ambiguo, indefinido, aquel famoso tipo andrógino del nuevo cine inglés, donde la belleza ya no tiene sexo. También poseía una buena dosis de *knack,* vocablo típico de la época, cualidad que conseguía hacer atractiva a la gente más fea, y atributo sin cuya posesión las estatuas más perfectas no llegarían a entusiasmarnos. Las contradicciones de Lleonard empiezan en su apariencia, y, si tenemos en cuenta que las últimas versiones que corren por Barcelona le calculan el aspecto de un vikingo y la voluptuosidad de una odalisca, comprenderás que la imaginación sale notablemente conmocionada. ¡Mezclas, mezclas, mezclas! Y para acabar de mezclar, en aquel año de Chelsea se dejaba los cabellos muy largos, con guedejas que se deslizaban por la espalda, como no podía permitirse en su pueblo de origen, ni siquiera en una Barcelona que todavía no estaba madura para empezar la década. Aquel año 1965 él ya definía su ambigüedad al tiempo que la negaba.

—¡Lleonard el ambiguo! Es una buena coartada. Y, debo suponerlo, es la primera faceta que todos destacan. Todos, sí, esa gente que has ido a buscar a Barcelona.

—Al contrario. Muchos recuerdan a un Lleonard puro, impecable, que no usa máscara. Ese Lleonard que hacía su aparición en la Barcelona de 1967 no presentaba ni una sola influencia del *swinging* London. De la primera etapa de su carrera, nadie destaca que fuese elegante, bienhablado, culto o esnob. Contaba los dolores de la emigración como si se hubiese pasado la vida colocando cemento en todas las autopistas de Alemania. Antes de su escalada, debemos contentarnos con la estampita ejemplar, un punto catequística, del obrero autodidacta, el extremista político que se ha hecho a sí mismo, el Tarcisio que sant Jordi ha enviado para salvar las letras catalanas...

La amenaza de la repetición se realizaba, implacable. Cuando el camarero nos sirvió la pasta (para Ingeborg jamón con higos) yo sabía perfectamente, y la mujerzuela también, que durante toda la cena tendríamos a Lleonard en calidad de invitado de piedra y que tanto ella como yo seríamos títeres sin voz ni voto. O quizá se desarrollaría un diálogo y no percibiríamos la presencia del otro interlocutor. Tal vez nuestro espectro y William Cuningham mantendrían un intercambio de reproches que ni Ingeborg ni yo estábamos capacitados para juzgar. Pero, si era difícil entender contra qué y contra quién luchaba William no lo era tanto sospechar que nuestro invitado conseguiría taparle la boca no bien anunciase alguna revelación poderosa. El tema que arrancaba de la propuesta inicial, «¿Qué fue Lleonard?», se ampliaba con un nuevo problema que nadie se había atrevido a formular: «¿Qué no llegó a ser Lleonard?»

La pregunta rompía la paz momentánea de la memoria de William, quien todavía estaría paseando con su espectro por las ilusiones psicodélicas de Nueva Chelsea. Unos golpes de indecisión completamente bárbaros sacudieron la certeza de su criterio. Estaba visiblemente alterado cuando preguntó:

—¿Qué no llegó a ser Lleonard? ¿En qué sentido?

—En el de responder con hechos positivos a la imagen que le habían creado en Barcelona. Tú te pierdes por los caminos de la memoria, donde todo es posible. Tú, literato fantasioso, adornas tu narración con un aire vistosísimo de búsqueda proustiana, la desorganizas a voluntad, invocas una imagen lírica de Lleonard y te obstinas en rechazar la única que te ayudaría...

—¡Tú me ayudarías! ¡Tú, que hablaste con él antes de morir! El misterio de su muerte... lo necesito... me pertenece...

—Ningún misterio, ya te lo he dicho. Una evidencia tras otra. Acéptalas de una vez. Pero si continúas buscando lo que él me dijo, puedes marcharte ya mismo de Venecia. Porque no sabrás nada.

—Te obligaré a decírmelo. Yo lo sabré, a cualquier precio.

Y repitió sus últimas palabras con gestos amenazadores, pero las tres o cuatro veces hablaba a la silla vacía y de repente sonreía, embobado, porque el espectro le dirigía la expresión de ternura que le sirvió para engañar a tantas personas.

—Te comprendo —le dije—. Pero hay una cosa que sabrías si tú quisieras. Sabrías que aquella conversación en Venecia no es tan importante como lo que él no llegó a ser.

—Pero ninguna posibilidad de conocimiento es factible mientras nos falte una carta básica que él se llevó a la tumba...

—La carta que sólo yo conozco —dije.

—La que nunca me enseñarás.

—¿Me explicarías tú, a cambio, el significado de cierta dedicatoria...?

Me pareció que se quedaba perplejo. Y diría que era una perplejidad sincera.

—¿Te refieres a la dedicatoria de *Cretan dreamers*? No tiene ningún secreto. Está impresa. Todo el mundo puede leerla.

—«A William Cumingham, desde aquella noche de Charing Cross. Yo, ingenuo, a pesar de todo...» Es el tipo de disculpa que sólo interesa al destinatario; y, sin embargo, el muy cuco quiso que la leyese mucha gente.

—Si la dirigió a alguien más es algo que no me corresponde saber. Así pues, no puedo darte ninguna explicación.

Comprendí que no quería dármela. Seguramente había una situación que se empeñaba en esconder, como yo le escondía el contenido de mi última conversación con Lleonard. Entre tantas ocultaciones, Ingeborg insistía en sus gestos de acoso ya declaradamente erótico, pegándose al cuerpo de William con la excusa del frío. Parecía una perra que buscase el calor de su amo, y William consintió en darle un poco, abrazándola con más fervor paternalista que entusiasmo. Éste quedaba reservado para el gran tema de nuestra reunión. Porque, después de tanto hablar de Lleonard, se mostraba dispuesto a darme a conocer otra de las cintas de Barcelona. Su interés era lógico... al fin y al cabo todavía quedaban muchas. Y la encuesta estaba por ordenar.

Era evidente que el aire le había sentado bien. Estaba mucho más sereno. Cuando ya nos encontrábamos en el hotel, instalados en un rincón de la cafetería desierta, consiguió poner en marchar el casete y hasta emitir cualquier comentario desde fuera de la obsesión.

—En mis investigaciones, era el Lleonard de aquella gente el que me daba miedo. Quería dejar de lado al camarerito que conocí en el restaurante de Londres y seguir paso a paso la historia de un Lleonard convertido en figura cultural: saturarme de los escenarios de su ciudad, que él solía describirme con añoranza todavía sincera y entrañable. Y sabía que toda la gente de Barcelona me hablaría de un Lleonard desconocido y que para reencontrar al mío tendría que hurgar muy en el fondo de aquella imagen inesperada.

»Me dirigía hacia las nieblas inciertas del mito. Me aguardaba el microcosmos que resume todas las intrigas de la cultura; la caverna donde viven y malviven las ideas; la gruta que deforma la realidad, la manipula, la encierra en criptas intransitables en cuyo interior una exigua minoría termina creando las propias leyes de lo real y las impone. El poeta nacional me había hablado de las capillitas, los grupos cerrados, los cenáculos enemigos entre sí; incluso me había dado nombres de los comisarios culturales a quienes debía dirigirme, ignoro si para licenciarme en la asignatura Lleonard Pler o para convertirme en catedrático de las muy variadas filosofías de la confusión.

6. EL PRÍNCIPE DE LA CRÍTICA

Dejando atrás el barrio de chaletitos añejos que murmuran danzas de muerte en torno al retiro del poeta nacional, me encaminé hacia otro refugio, no tan sacralizado, desde el cual dicta sus teorías Xavier Roldà, ensayista prestigioso, crítico omnipotente y director literario de Edicions Compromís, la fábrica de libros catalanes más emblemática del resurgimiento.

Refugio contra refugio, el de Xavier Roldà ha traspasado más fronteras que el del poeta. No hay país europeo o latinoamericano que no reciba el eco de su actividad crítica y divulgadora. Si observamos la cultura como el castillo embrujado donde conviven todas las minorías reservistas del mundo, no ha de extrañarnos que, en distintas latitudes, sumos sacerdotes de las Bellas Letras esperen impacientes los mensajes cifrados que Roldà ha ido redactando a lo largo de una existencia totalmente dedicada a la telegrafía de las ideas. En los departamentos de español de muchas universidades, en las revistas literarias de varios países civilizados, cada telegrama de Roldà informa debidamente de cuanto ocurre en la literatura peninsular. Gracias a un formidable arco de conexiones, ya no teme que los problemas de la España franquista pasen de moda, por repetitivos, ni necesita esperar a que vuelvan a estar a la orden del día si se produce algún suceso imprevisto y generalmente extraliterario: la ocupación de la universidad por las fuerzas de orden público, un acto clandestino reprimido con no menos violencia o cualquier fusilamiento inesperado. Para suerte de los extranjeros morbosos, el franquismo tiende a convertir la anormalidad en noticia, y, para suerte del propio Roldà algunos países que no tienen a Franco como editor principal empiezan a apreciar la literatura por ella misma. Las pruebas a las que «el caso español» somete a la paciencia del mundo europeo se ven superadas por las influencias internacionales de Xavier Roldà, quien satisface la curiosidad natural de los intelectuales cosmopolitas desde dos frentes distintos: como embajador de la cultura catalana en Madrid y cónsul de la castellana en Barcelona. Con tales antecedentes comprenderás que yo le hubiera visitado de todos modos pues conocía su obra teórica, y la dictadura intelectual que ha venido ejerciendo durante dos décadas.

(Una carta de Xavier Roldà: «Acuso recibo de su libro *Medieval Lyric in Catalonia* que me ha interesado vivamente, en especial por sus personalísimas interpretaciones del siglo XV valenciano y su aproximación a la primera parte del *Tirant lo Blanc* en sus relaciones con el ciclo bretón. Estoy convencido de que, tratándose de una contribución extranjera a nuestra cultura, haría muy buen papel en la nueva colección de ensayo literario, y espero poderle hablar de este asunto en una próxima carta no bien reorganizemos la programación de Edicions Compromís, un tanto abandonada últimamente a causa de crisis internas de premiosa e innecesaria exposición. En cambio, puedo adelantarle que nuestra situación económica es muy precaria; teniendo en cuenta la poca salida de este tipo de libros y estando el suyo subvencionado por un centro universitario, espero que podríamos establecer un contrato razonable si usted aceptase renunciar a sus derechos de autor. Huelga decir que tanto yo como mi colaborador Ramon Barat agradecemos las referencias que, en su libro, hace a nuestra antología *Poesia Social Catalana*. No le sorprenda que, en la obra que tenemos en preparación, le devolvamos la gentileza citando algunos de sus notables comentarios a la obra de Joanot Martorell.»)

Era un diplomático muy experto. Sabía que una cita se paga con otra. Y así se va estableciendo la cadena que favorece que, a la postre, todos aparezcamos debidamente citados en las publicaciones más reputadas.

Yo recordaba que los libros de Roldà, elogiados por

algunos a causa de su utilidad circunstancial y rechazados por otros como oportunistas y portadores de confusión, contribuyeron en su momento a incorporar una serie de ideas normalizadoras en el marasmo cultural de la península. Él mismo, en una entrevista, se definió como diligente intermediario entre las culturas más desarrolladas del extranjero y las necesidades de la cultura española en tiempos de emergencia. *La Castellona* suele decir de él que es un mal para la cultura; otros aseguran que, si bien se mira, es un mal menor. Él contesta: «Hace tiempo que he terminado con esta mujer. Antes se limitaba a discutir; ahora muerde. No es una novelista; es una verdulera. Conclusión: el silencio crítico y la indiferencia son las mejores soluciones.»

La Castellona también le mortifica echándole en cara que, en su juventud, cantase himnos falangistas. Imperativos de la circunstancia política, contesta él. Y, de todos modos, estos conciertos tenían lugar recién terminada la guerra civil. Treinta y cinco años después, la propuesta musical de Xavier Roldà era de signo muy distinto:

—Sin duda te apetecerá un poco de Satie convertido en compañero de conversación. No lo dudaba. Ahora bien, ¿prefieres una *gnosiène* o alguna *gimnopédie*?

¡Fantástico! La mercancía ya estaba servida. Y el envoltorio no desmentía la marca.

Xavier Roldà yacía cómodamente en una *chaise-longue* de diseño, bajo una hilera de litografías dedicadas, y, de vez en cuando, introducía la punta del zapato en una piel de cordero de la Capadocia. De entrada, ofrecía la imagen de refinamiento europeísta que intuimos sin posibilidad de error en sus textos críticos y en su mecenazgo editorial. Cuando la primera impresión ya había producido el efecto deseado, él mismo se encargaba de ampliarla con algunos detalles de delicuescencia verbal y un dandismo ligeramente provocador, ignoro si sincero o prefabricado, pero dandismo que, en cualquier caso, era habitualmente criticado por *la Castellona*, cuyo sentido del humor puede ser terrible cuando se dispara contra los críticos y especialmente contra la pareja Roldà-Barat.

Mientras los dedos de una mano danzaban sobre la

boquilla y los de la otra se expresaban displicentes por el espacio, Xavier Roldà manifestaba un deseo de agradar que sólo he visto en otra persona: nuestro Lleonard. En aquella estancia poblada de objetos exóticos, mobiliario sofisticado y libros en distintas lenguas, recibí por unos momentos la visión de un Lleonard de 44 años, un astuto figurón que prescindía de una juventud alocada y se encontraba instalado en una situación respetable. No otra cosa intentaba aparentar Xavier Roldà mientras esbozaba, solícito, una especie de autorretrato cultural. Declaraba que, por educación y ascendentes familiares, tenía que moverse forzosamente entre dos culturas; que el europeísmo a ultranza no era para él un acto de esnobismo sino una forma de resistencia y una solución única; que la evolución de su metodología crítica no era irregular e inconexa como parecía, sino que encontraba su coherencia interna en la voluntad de búsqueda continua, y que, de hecho, concebía el presente como historia, a la manera de Lukács, y la literatura como un sistema de signos, según las lecciones de Roland Barthes. En la declaración de tantos principios contradictorios, la amistad de Lleonard y Roldà se me presentaba de repente como algo muy claro, porque cada gesto del crítico, acostumbrado a causar impresiones excelentes, me recordaba todas las ficciones de nuestro diosecillo en Londres, cuando se imponía el deber de cautivar a los demás, a cualquier precio, para conservar viva la práctica de la seducción.

—LA PRIMERA NOTICIA de Lleonard me llegó a través de una novelita que acababa de publicar en una editorial valenciana pequeña pero de un prestigio izquierdoso muy notable (tenía un excelente pedigrí basado en los años de clandestinidad). La novela era *Morir a Xangai* (1). La avalaba un premio local de escasa resonancia. Si a Lleonard no se le llega a ocurrir emigrar a Barcelona, es posible que nunca hubiéramos oído hablar de él. En ese aspecto fue muy listo. Supo promocionar su premio con una per-

1. «Morir en Shangai.»

severancia extraordinaria. De los escritores que lo han ganado antes o después, ninguno ha conseguido sobresalir, probablemente porque no tuvieron el coraje de lanzarse a la gran aventura capitalina. Ya se sabe que, si quieres ocupar un lugar en la vida literaria, tienes que estar siempre presente en los cenáculos; es la única manera de conseguir que tu nombre suene, y, a base de insistencia, seas reconocido. Bien, por mezquino y provinciano que el premio pueda parecernos, Lleonard se sentía muy orgulloso de él. No deja de ser lógico: al fin y al cabo, ser profeta en la propia tierra no es cosa corriente, ni aquí ni en Bombay. De todos modos, sería el suyo un orgullo pasajero porque nunca volvió a publicar ningún libro en las pequeñas editoriales del País Valenciano. Hizo como los escritores mallorquines, que acusan a Barcelona de centralismo cultural y cosas por el estilo, pero lo primero que hacen es venir a buscar trabajo y ocupar puestos, tanto en periódicos como en editoriales. ¿Qué harían, si no, los pobrecitos? Ni en Valencia existe la prosperidad cultural del siglo XV, que tú has estudiado tan magníficamente, ni la Mallorca desfigurada por el turismo ha podido recobrar satisfactoriamente su identidad genuina. Pero eso no lo escribas que los de Mallorca son muy quisquillosos y yo no quiero disgustos.

»Sin embargo esta tricromía de nuestra bandera cultural es imprescindible para comprendernos y al mismo tiempo penetrar en nuestro problema. Constituimos indudablemente una unidad lingüística, pero con variaciones importantes que no se limitan a cambios dialectales, sino que afectan al desarrollo de una conciencia nacional. Barcelona es la gran aglutinadora de unos esfuerzos editoriales que ha dado una cabida honorable a todos los escritores de la periferia. Evidentemente, Lleonard no es un caso aislado ni podría serlo. A partir del resurgimiento aparecieron en Valencia y en las islas una serie de editoriales que pretendían ampliar la labor desarrollada a lo largo de los años por algunos editores pequeños, casi artesanales, de valor indiscutible y bien probada abnegación. Los nuevos editores, siguiendo un criterio de independencia muy loable, pretendían descentralizar la cultura catalana. Como puedes suponer, esta idea contiene un equívoco fundamental. Un organismo tan debilitado como el nuestro exige la existencia de un centro organizador y catalizador de todas las inquietudes, de otro modo éstas se dispersarían. El *boom* del libro catalán, producido a mediados de los sesenta, hizo pensar que la dispersión era posible e incluso recomendable; desgraciadamente tanta prodigalidad provocó que muchos esfuerzos quedasen frustrados (conviene no olvidar que el franquismo colabora a que cualquier esfuerzo se frustre antes de tiempo, sobre todo en Valencia, donde la causa catalana todavía está más perseguida que en el Principado).

»También existe el problema del capital. Durante el período heroico, algunas editoriales e instituciones catalanistas como el Òrgan Cultural o el teatro Maria Vila pudieron sobrevivir gracias a la aportación económica de miembros muy destacados de la industria y el comercio barcelonés. Son los llamados Padres de la Patria Catalana, mecenas santificados por la fracción derechista de nuestra cultura y criticados por las izquierdas, que son las que menos se han beneficiado de sus donativos. Sin ir más lejos, nuestra editorial nació al margen de la gran burguesía y gracias al optimismo y los ahorros de unos cuantos compañeros de viaje. De todas maneras, cuando el *boom* del libro catalán reveló sus aspectos más vulnerables, los resultados fueron desastrosos para todos. Las cifras reales de ventas nos obligaron a abrir los ojos; los editores nos vimos sometidos a una política de reestructuración tirando hacia abajo y los más pequeños se han visto obligados a cerrar o, en el mejor de los casos, a resignarse a un trabajo heroico. Sin duda, confiábamos en una masa lectora que no existía.

(ORIOLET DE MANLLÉ: «¡Burros, más que burros! ¡Ilusos, más que ilusos! ¿Has visto el último anuncio de la Gran Enciclopedia de las Tierras Catalanas? Eran los fascículos patrióticos destinados a cambiar el mundo. ¡Por fin en los quioscos la lengua prohibida, mártir, casi virgen! Eran la gran empresa renovadora, unificadora, preservadora (que viene de preservativo, yes), la obra supermagna que pretendía unificar el pensamiento universal y ponerlo al alcance de todos los catalanes, como si fuese el No-Do; un monumento a la cultureta, sabiduría en píldoras montserratinas, yes, y a la hora de pasar cuentas se encuentran que han calculado mal, que los catalanufos no compran los productos patrioteros, que pasan olímpicamente de leer en su idioma y entonces los editores se ven obligados a publicar un anuncio digno de plañidera. Fíjate lo que dice: "¿Es que en Cataluña sólo hay 20 000 lectores?" ¡Y todavía se atreven a publicarlo, glup, como si pidiesen limosna, sniff! ¡Rediez con la cultureta! ¡Tururú!»)

—En aquella época (me refiero a la segunda parte de los años sesenta) era otra cosa. Era la gran euforia. Algunas editoriales aprovecharon la ocasión para editar en catalán títulos famosos de su catálogo, obras que habían conocido un gran éxito en castellano. Fue un oportunismo mal calculado. Era difícil que la nueva generación se interesase por traducciones tan innecesarias como *El filo de la navaja* o *Los que vivimos*; además quienes pudieron interesarse por esos antiguos *best sellers* ya lo hicieron en su momento. Nuestra editorial optó por el camino de la exigencia y el compromiso político. No creas que fue tarea fácil. Debes tener siempre presente que todos los avatares de la cultura catalana desde la irrupción del franquismo están condicionados por los avatares políticos de Madrid. Un cambio en el ministerio es básico para el ritmo de edición que se produce a 600 kilómetros de distancia. Me parece que, a este respecto, no son necesarias más explicaciones. Tenemos las manos atadas. La supervivencia de una editorial de nuestras características depende de una contradicción angustiosa: que la censura nos permita publicar los textos que reclama un público de izquierdas. Siempre estamos pendientes de una apertura, por relativa que sea. En aquel momento concreto se produjo una pequeña liberalización. Eran muchos años sin abrir la boca, y de repente, se nos permitía decir algo. Había muchas esperanzas, y todos las creímos. Te encontrabas con un amigo a quien no habías visto desde hacía tiempo y te contaba que se había unido a otros dos o tres para montar una editorial. Surgían editoriales de todo tipo: marxistas-ortodoxas y marxistas-revisionistas, católicas tradicionales, católicas posconciliares y católicas maoístas, anarco-montserratinas, y regionalistas. Todos los amiguetes tenían su editorial, como quien dice.

»Perdona la broma, tal vez gratuita. Intentaba describirte la euforia que acompañó la aparición de Lleonard en nuestras letras; una euforia necesariamente contagiosa para un chico como él, que buscaba a la desesperada sus señas de identidad.

»A propósito: tengo un güisqui de excelente cosecha que tú, sin duda, sabrás apreciar...

»¡Ah, *c'est toute une autre chose*! Evidentemente, un buen güisqui marca la diferencia. Hablábamos de Lleonard, si no me equivoco. Un muchacho espléndido. Nunca lo he negado. Todo lo contrario. A partir de la primera impresión comprendí que llegaría muy lejos. Sólo te diré que, ni por su aspecto ni por su novela, correspondía en absoluto a la imagen que tenemos del escritor catalán. Es ésta una raza que sigue unas reglas de apariencia amediopeladas. Para decirlo de una vez: entre el físico o la indumentaria de Lleonard y la de los novelistas catalanes existían los mismos puntos de contacto que entre el teatro Olímpico de Palladio y la fachada de una mercería. Después de esta comparación entre lo ultraeuropeo de una imagen joven y la cursilería doméstica de los demás, me apresuro a declarar que no soy de los que juzgan las capacidades artísticas por la barba o los cabellos largos que algunos se dejan crecer en el momento cultural o revolucionario oportuno. De todas maneras, siempre existirá una diferencia muy notable entre quienes intentan adaptar su aspecto a las exigencias progresistas de la época y los que las niegan continuamente a través del aspecto. ¿No crees que es lícito encontrar, en estos contrasentidos, unas declaraciones tácitas de progresismo y reaccionarismo, tanto en la derecha como en las izquierdas?

»Talento, vestuario, y las excepciones de la regla. He aquí una serie de temas apasionantes. Joan Lluís Xuclà, nuestro director teatral más combativo, el brechtiano por excelencia, demuestra cómo la ortodoxia de la izquierda, llevada a sus extremos, coincide de manera alarmante con las constantes figurativas de la derecha. Durante cinco años se le ha visto invariablemente con un traje gris, corbata oscura, y, en caso de licencia imaginativa, un pullover color marrón. Siendo marxista, leninista y casi estalinista, viste igual que Marcel Franquesa, máximo exponente del pensamiento burgués en nuestra ensayística literaria.

(JOAN LLUÍS XUCLÀ: «No pontifico. Digo, sencillamente, que los últimos escritos de Roldà son de una frivolidad que un crítico de izquierdas no puede permitirse. Ramon Barat, si usted quiere, se pasa de ortodoxo, pero tiene rigor. Y en la circunstancia actual no hay peor enemigo de la cultura que la falta de seriedad.»)

(ORIOLET DE MANLLÉ: «Los brechtianos de Cataluña confunden la seriedad con el aburrimiento y el rigor con el cloroformo. Cuando voy a ver algún montaje de los rojillos esos, tengo la seguridad de que dormiré mejor que en casa. ¿Qué mérito tiene tanta seriedad si acaba convirtiendo el teatro en un cementerio? Hemos pasado años tragando Brecht mal dirigido y, además, sin público. Ya es hora que, contra tanta ortodoxia, empecemos a pedirle a Xuclà un éxito.»)

(«LA CASTELLONA»: «Me inmiscuyo en una polémica que me repugna. Xuclà hace Brecht para concienciar al pueblo catalán, no para entretener a los turistas de Broadway. Tenemos derecho a exigirle una obra bien hecha, ¿pero con qué derecho podemos pedirle un éxito? Y, en última instancia, ¿qué se entiende por éxito? Desde un punto de vista político, sólo puede hablarse de éxito cuando el pueblo sale del teatro convencido de su identidad catalana e imbuido del mensaje socialista.»)

—Sabemos que la indumentaria es un juego de signos, y si también lo es la literatura, será evidente que el vestido puesto en términos de signo progresista y signo reaccionario tiene que reflejar en cierta manera los atributos de la obra escrita, ya que ambas cosas son el resultado de una actitud ante la vida. Nos estamos introduciendo en un terreno sumamente resbaladizo, pues se trata del tema que pienso desarrollar en un pequeño ensayo sobre ciertos aspectos casi inéditos de la obra de Lleonard: sus provocaciones, relacionadas con la introducción de atuendos exóticos en nuestro ambiente cultural más abierto. Huiré expresamente de las aproximaciones historicistas, ya superadas, y profundizaré en el sistema de signos para dejar bien claro que el aspecto más valioso de la obra de Lleonard no ha sido la incorporación de una mitología típica de la década, como asegura *la Castellona*, ni el planteamiento, inédito en nuestra posguerra, de una carrera literaria edificada sobre condicionamientos neocapitalistas, como asegura Barat, sino la perfecta relación entre las unidades de orden sintagmático y el juego de estilemas que incorporan a la vida urbana una actitud plástica distinta, incluso en el aspecto gestual. Todo ello demostrará la persistencia obsesiva de unos significantes que, si convierten la narrativa de Lleonard en testimonial, no lo hacen a través de un tema, sino dinamitándolo continuamente y ofreciendo el testimonio por medio de la subtextualidad. Es una ocasión magnífica, porque, al tiempo que me servirá para efectuar un cumplido homenaje al amigo muerto, me ayudará a incorporar a nuestra circunstancia cultural unos descubrimientos que, en este aspecto, se empezaban a esbozar en el penúltimo número de *Tel Quel*. (Nada que ver con la polémica entre una narrativa signática y otra continuística; esto, como podrás comprender, lo tenemos superado en Barcelona.)

»¡La tarde que Lleonard llegó a esta casa! Me acuerdo con extraordinaria precisión. Estaba sentado aquí mismo y presentaba un aspecto, cómo te diría, tan, tan especial... Venía a establecer un conocimiento que era muy importante para su carrera. Ejercía de *public relations* de sí mismo, y ni siquiera se había molestado en peinarse aquellas larguísimas y abundantes greñas rubias (las llevaba muy limpias, eso sí). No había tenido el detalle de arreglarse, siquiera un poco; al contrario, casi podríamos decir que iba harapiento. No te digo que tuviese que llevar corbata, pero una americana de Loewe o un jersey de cachemira de Harrod's habrían quedado más apropiados, si lo que pretendía era impresionarme. Pues no: exhibía una especie de tejanos descoloridos y llenos de remiendos y escudos de los países mediterráneos que había recorrido cuando, según me contó, hacía de *hippy*. Los bolsillos casi estaban reventados porque siempre dejaba las manos colgando, con un dedo dentro y los otros sobre el muslo, y así permanecía, con las piernas abiertas, cabizbajo, mirando de reojo y con un pie golpeando continuamente el suelo. Iba tan abandonado que mi Ketty consideró inaudito que escribiese en catalán (dijo exactamente: «¡Qué poco europeo! Parece uno de esos desharrapados intelectuales de la Meseta.»)

»Comprenderás que, al describir cómo era aquel Lleonard, vuelvo a la polémica. No pretendo abusar del tema, pero me veo obligado a hacer distinciones y le sitúo mucho más allá de su raza profesional, tal como haría con algunos elegidos —un Genet, un Burroughs, un Kerouac— y, a nivel estrictamente local, con Elisenda Castells, no porque sea una gran escritora —dejémosla en figurilla pública— sino porque en ella y en su dejadez física parece fracasar el sistema de las apariencias y, así, es valiosísima en tanto que excepción. Claro está que todo en ella es excepcional. Ya empieza por no parecer una mujer. Como todas las feministas exacerbadas, supongo. La define de manera prodigiosa una frase que ha hecho fortuna: «*La Castellona* es un camionero disfrazado de mujer de la limpieza.» Aunque brillante, te aseguro que la frase no es mía; y con la velocidad que este tipo de comentarios corren por el *milieu*, cualquiera averigua ahora quién es su autor...

«SÍ: XAVIER ROLDÀ ANTE MÍ, en deliciosa respuesta a su imagen acreditada. Envuelto en una larga chilaba de seda y a rayas verticales que acentuaban su estatura, estilizada, arrogante e imprescindible por cuanto un Xavier Roldà bajito y regordete sería otro Xavier Roldà. Su actitud permanente era de recibir; en cuanto a la chilaba, de soberbio efecto, la elegiría personalmente en algún zoco del Magreb, durante un congreso de escritores. Como siempre en estos casos, nadie supo decir exactamente si representó a la cultura catalana o a la castellana, aunque es muy probable que, dadas las características de este tipo de encuentros, representase a la cultura más exportable —Madrid y Sudamérica— y, en el juego de posibilismos que le caracteriza, hiciese entrar, de tapadillo, el problema catalán. Este embrollo me lo había planteado

Frau Castellona, quien inventó la reputada imagen de un Roldà príncipe de la cultura catalana en Madrid y virrey de la castellana en la *no man's land* de Barcelona. Y, astutamente, la dama aprovechaba para dejar caer que ella no podía asistir a los congresos extranjeros porque la policía le había retirado el pasaporte después de una tumultuosa reunión de intelectuales antifascistas.

(NABUCA DAIANO: «El pasaporte. Tenerlo o no tenerlo en la Barcelona del franquismo. Te lo han retirado o lo conservas. He aquí la cuestión y, de rechazo, el comentario malicioso. Afecta al prestigio político. Equivale a echar en cara al poseedor de pasaporte que no ha sido tan progresista como aparenta, ni se ha arriesgado hasta las últimas consecuencias.»)

Y *la Castellona* suele rematar los ataques comentando a sus *poulains* que, tras salvarse de la policía en varias ocasiones, Roldà perdió el derecho de salida por culpa de un suceso que, en principio, parecía de lo más inofensivo: presidir el jurado en unos juegos florales del extranjero colocados bajo la advocación del presidente Companys, emblemático mártir del franquismo.

Roldà frente a mí; Roldà, el *one man show*. Estaría acomodado igual que el día que recibió a nuestro Lleonard: una pierna encima de la otra, de manera que la chilaba quedase abierta, permitiendo mostrar los pantalones de franela a juego con los calcetines, los zapatos y el sofá... Era una postura de gran efecto: un brazo tendido sobre el respaldo, mientras la otra mano acariciaba la mejilla con gran sentido de la autocomplacencia, porque Roldà se quería mucho a sí mismo y se obsequiaba en todo momento con un punto de delicadeza. Me recordaba la figura de un *gentleman* ideal, mitad comedia de Sheridan, mitad cuadro de Reynolds, un *tory* barcelonés apto para hablar de la vestimenta de los demás con total conocimiento de causa y, de esta manera, elaborar un sistema crítico que le serviría para ordenar los armarios de todo el país. Por otra parte, ¿quién más cualificado que él? Ahora llevaba la estética al terreno de la política. Continuaba estableciendo las limitaciones entre vestimenta reaccionaria y progresista, y yo entendí que la dejadez inicial de Lleonard y sus posteriores *foulards* de Marraquech contribuirían a certificar que *Morir a Xangai* era la obra más innovadora del siglo, de la misma manera que los vestidos sastre y los abriguitos cursis de algunas escritoras domésticas confirmaban la imposibilidad de que la literatura catalana llegase a tener algún día una Virginia Woolf, una Gertrude Stein o ni siquiera el equivalente de la condesa de Segur...

El entorno ornamental de Xavier Roldà explicaba su obra y al mismo tiempo enaltecía su personalidad. Cada pieza del mobiliario ostentaba un nombre famoso. La moqueta estaba firmada por el arquitecto y diseñador Sergi Rabassa, miembro permanente del grupo Gauche Dorée y, además, socio fundador y fundamental de Edicions Compromís. Los cuadros eran del equipo Crónica o de artistas barceloneses —en realidad, compañeros de generación—, aparte de algunas joyas inesperadas como una dedicatoria de Tàpies, una carta de Rafael Alberti o carteles de homenajes clandestinos a Miguel Hernández y a Machado; también aparecía algún coqueteo con los *mass media* (Charlie Brown), desviaciones peligrosas hacia el surrealismo (pósters de Max Ernst y Marcel Duchamp), influencia *campy* (pósters de Mae West) y, en fin, colgajos y *kilims* de Coll-i-Be (tienda *in*), alguna fotografía de la época del realismo social y varios elementos secundarios de la Barcelona más parecida a un Milán pasado por Londres que yo había visto hasta aquel momento. No me extrañó en absoluto que su íntimo colaborador, Ramon Barat, se mostrase en desacuerdo con aquel exhibicionismo que atribuía a los contactos de Roldà con la Gauche Dorée, cuyos miembros le ayudarían a navegar por los mares de la frivolidad más inconsecuente...

También sostiene Barat que los últimos *poulains* de Roldà constituyen un error total, sobre todo los jovencísimos narradores de la antología *Doce Recientes* y el doncel Armando Reixach, filósofo de moda, a quien muchos ortodoxos no han perdonado una reivindicación del pensamiento de Nietzsche, políticamente peligrosa y muy equívoca en un joven tan marxista.

Ramon Barat, el intelectual solitario, de consistente vocación universitaria, se refugia entre manuscritos silenciosos y discípulos con vocación de clausura; él nunca se arrojará a la brega con los mismos sofismas, brillantes y espectaculares que manipula el otro, el crítico mundano, viajado, exhibicionista, urraca de objetos pintorescos de todos los lugares del mundo donde los escritores acuden a montar sus cachupinadas bajo el pretexto de la literatura. Pero tanto en las apreciaciones de Roldà como en las de Barat, vuelve a hacer una entrada mítica Lleonard Pler, tan deslumbrante en aquellas primeras visitas, que sin duda realizaría con el aspecto tímido de criatura desvalida que tú y yo conocemos tan bien... (INGEBORG: «Pobrecito. Te enamorabas de él porque parecía tan solo e indefenso. A nadie en el mundo tenía, a nadie»)... un Lleonard de tejanos blancos ceñidos a la piel, marcando paquete, botas de *cowboy*, chaqueta de cuero, y camisa abierta hasta el ombligo, seguramente para conmemorar el frío del invierno. (CUQUITA LA PSICODÉLICA: «Era el sexy personificado. ¡Y qué andares! Del paquete no hablemos: te ponía cachonda, mi negro.»)

En cuanto a Xavier Roldà, era más explícito en su catalogación:

—Es difícil que comprendas el impacto de Lleonard si no sabes exactamente a qué tipo de escritor se oponía.

—Imagino que a los más convencionales —dije, un poco resignado por incurrir en un lugar común.

—Eran los escritores situados en el otro extremo de la cuerda floja. Josep Pla los bautizó despectivamente con el mote de «novelistas de domingo por la tarde», y añadió «y eso si llueve», significando que, en caso de sol, cogen a la mujer, los hijos y la suegra y se van a hacer una paella bajo los pinos.

—Recibo el *Tarde/Exprés* en Londres. También recibía *Lo Sputnik Català* antes de su cierre definitivo. Recuerdo que, hace un par de años, tuvisteis una polémica sobre la profesionalización del escritor. Ibais todos a hostia limpia (con perdón). Los más abiertos declaraban que debe dedicarse radicalmente a su oficio, y esto le obliga a alternar con la lengua castellana. Los más cerrados afirmaban que para mantenerse puros e inmaculados es necesario escribir sólo en catalán y, como existen pocas publicaciones en esta lengua, sobrevivir como oficinista que lleva un Tolstói escondido en el alma. Me pareció una polémica francamente inútil. No recuerdo que ninguna otra literatura se haya podido permitir el lujo de perder el tiempo de una manera tan escandalosa.

Xavier Roldà soltó un lánguido suspiro, propio de *dandy* desencantado.

—Es que al escritor catalán se le exige que esté en permanente acto de servicio: siempre salvando algo. Un escritor francés hará su trabajo sin pensar que, gracias a él, se salva la posteridad de Balzac, Stendhal y compañía. En cambio, aquí empiezas salvando el idioma y acabas responsabilizándote de todos los escritores que te han precedido. Es como una casa de caridad. La labor de resistente no te da tiempo para pensar en la literatura. Cualquiera que se considere un salvador de la patria será bien recibido. Aunque escriba sus obras en la parada del metro.

—Evidentemente, no era el caso de Lleonard. Él había asumido su oficio de una manera obsesiva. Ni siquiera retrocedió cuando le tocó convertirse en mercenario de la literatura.

Hacía rato que Satie había dejado de sonar. Era lógico que Xavier Roldà eligiese ahora un poco de Bach edulcorado. Mientras se dirigía al tocadiscos, comentó:

—Cuando empezaba a moverse por los círculos de los catalanufos, Lleonard buscó la compañía de esos escritores de domingo por la tarde. Celebraba reuniones con ellos, y en un momento determinado, les abandonó. Sus detractores aseguran que era un trepador deshonesto y que sólo los frecuentaba para aprovecharse...

—No niego que fuese capaz de hacerlo, pero también sabes que era lo bastante listo para arrimarse al tipo de gente que pudiera enseñarle algo provechoso. Y a mí me conviene entrevistar a uno de esos escritores domingueros para saber qué demonios podía aprender de ellos todo un Lleonard. Tal vez lo explique Ladislau Petit, el novelista patriota por excelencia. El que ha convertido la literatura en un himno de resistencia permanente...

7. NOVELAS DE PATRIA CHICA

Dispongo de poco tiempo. Todavía tengo que comer y quiero aprovechar la jornada intensiva para trabajar en una novelita que pienso presentar al premio de la Caixa. He pedido permiso al jefe de sección para salir una hora antes, no sea que me entretenga con usted más de la cuenta y me toque comer fuera de casa, lo que siempre significa un gasto extraordinario que desnivela el presupuesto familiar. Si no le importa, antes de sentarnos en cualquier taberna pasaremos un momento por el quiosco, que hoy sale el semanario infantil *Baldufet* (1), y si llego a casa sin, los niños se quejan, porque se han acostumbrado a seguir las Vidas de Santitos Catalanes, que después me las recitan de memoria y les doy un durito. ¿Usted viene de Inglaterra y no conoce el *Baldufet*? Es muy extraño. Me consta que el Òrgan Cultural tuvo el detalle de regalar una suscripción al Buckingham Palace para que esa reina de ustedes sepa que existe la cultura catalana y nos haga propaganda con alguna declaración a la prensa mundial. Además, en todo el ancho orbe hay infinidad de exiliados catalanes que reciben el *Baldufet* para no perder contacto con el idioma. Es nuestra revista infantil más prestigiosa. Antes de la guerra enseñó a leer en catalán a mucha gente. Yo, si he de serle sincero, creo que la han modernizado demasiado, con la consiguiente alarma de las mentes más concienciadas, como la mía. Sin ir más lejos he mantenido conversaciones con los niños de la escalera y dicen que no les ofende que algún personaje se llame Bob en lugar de Jordi, y alguna heroína Helen en vez de Montserrat. ¡Es que es un escán-

1. Pequeñajo. Peoncita.

dalo! Naturalmente se debe a la falta de escuelas que enseñen en catalán. Por eso aplaudo a los padres patriotas que, cuando los niños no quieren leer el *Baldufet* porque les resulta difícil de entender, les pegan una buena hostia. ¡Ay, los retoños! Ya sabe usted cómo son. Yo tengo tres varoncitos y cuatro niñas. Seis de ellos ya saben leer en catalán, gracias al empeño que hemos puesto mi mujer y yo. Mucho más ella, claro, porque la mujer siempre dispone de más tiempo que el marido. Y si éste es escritor, ni le cuento. Trabajando ocho horas seguidas en la Caixa suerte tengo con sacar una novela al año. La que estoy terminando es muy experimentalista, como dicen ahora. Se trata de una historia real como la vida misma. Recoge las veinticuatro horas de unos *boy scouts* gerundenses que celebran una *costillada* en el río Fluviá, nombre que es de la novela: *El Fluvià*. Pues, ¿qué pensaba usted, que los novelistas catalanes no sabemos poner títulos modernos? Sin ir más lejos, Frederic de Robert tiene una novela abstracta que lleva por título: *La furia, el ruido y la magia de la montaña*. A ver si hay algún autor castellano que lo mejore. ¡Que lo intenten, que lo intenten! Volviendo a mi humilde vademécum, le diré que es de lo más social que se ha escrito desde que los italianos filmaron el estremecedor y famoso drama en exteriores naturales *Ladrón de bicicletas*. Fíjese bien: se está muriendo un perro y a través de un análisis de las reacciones de los personajes vamos descubriendo los recovecos más intrincados del egoísmo humano. Será un libro muy duro, pero después quisiera resarcirme escribiendo unos cuentos costumbristas, pues nunca pierdo de vista la necesidad de ofrecer una literatura adecuada a los niños catalanes; de lo contrario se hacen mayores leyendo a Juli Verne, Emili Salgari y Lluïsa Maria Alcott, autores muy alejados de nuestra idiosincrasia, como usted debe saber. Piense que la educación de los niños es un problema muy gordo. Yo no les tolero que lean en castellano. Si quieren aprender el francés ya tendrán tiempo de hacerlo, pero el castellano nunca. Y el francés según y cómo, porque no debemos olvidar que los gabachos nos arrebataron el Rosellón y eso es muy grave. Es una bofetada que todavía me duele, que no crean que los catalanes no tenemos memoria. No señor, yo no vivía en aquella época: ¿no ve que ocurrió en el siglo XVIII? Pero lo recuerdo como si fuese ahora mismo.

»Hijos tengo siete, la Virgen de Nuria no habrá querido darnos más. Porque a la Mercè, mi mujer, se le ha estropeado la matriz, o no sé qué dice el médico que se le ha estropeado. Yo de esas cosas no entiendo: la pornografía no me interesa, al contrario de *la Castellona* que siempre pone escenas de cama en sus novelas. Pero eso de la Mercè me sabe mal, sobre todo por Cataluña. Yo hubiera querido tener catorce hijos, porque si los catalanes no ampliamos nuestra capacidad de procreación nos veremos invadidos por los charnegos y la raza se extinguirá. Por eso hay muchos Padres de la Patria que procuran dejar una descendencia considerable. El otro día Quico Servià y yo examinamos de arriba abajo la guía telefónica para comprobar los apellidos catalanes que quedan en Barcelona, pues con eso de la inmigración estamos muy pero que muy alarmados. Piense que las inmigradas crían como conejas, de manera que cada hora hay más charneguitos.

»¿De literatura quiere hablar? ¡Uy, sí, hablemos, hablemos! Al fin y al cabo es mi oficio. Veo que Pascual Martí ha publicado un opúsculo sobre la psicología interna de los periquitos. Pascual es un gran amigo, pero no acabo de entender que, de vez en cuando, acepte encargos para escribir en castellano. Es una lástima, porque después vendrá a preguntarme qué me ha parecido el libro y no lo habré leído. Es que yo, por principio, no leo ningún libro en castellano; un día estuve tentado de leer a Valle-Inclán, pero pensé: «¡Que nos lo traduzcan! Hay la misma distancia de nosotros a ellos que de ellos a nosotros.» En cambio, compro todo lo que sale en catalán y lo leo sea bueno o malo. Y compro todos los discos de la Cançó, aunque no me gusten. Esto, señor irlandés, significa hacer Patria. Comprenderá que si la Patria catalana no la forjamos nosotros nadie vendrá a forjárnosla. Llevo unos días leyendo el *Quijote*, que lo han traducido a la lengua de Llull. El *Quixot* me está agradando bastante; ayer se lo decía a la parienta: «Este Miquel de Sarvantes, si no oliese tanto a castellanófilo, tendría una altura casi, casi internacional.» La semana pasada terminé de leer *La llar de Bernarda Alba*, que también lo han traducido. Se habla tanto de Frederic García Lorca que ya tenía ganas de leer alguna cosa suya. Mire, qué quiere que le diga: la barbarie andaluza está muy alejada de la sensibilidad catalana. Ahora bien, la traducción es perfecta, de una riqueza lingüística impresionante. Dudo que el original andaluz sea tan rico.

»¡Qué bien habla el catalán usted! ¿Que Lleonard le impulsó a aprenderlo? Pues es muy extraño. Es que él era un renegado. Muy buen chico, si usted quiere, pero un renegado como una catedral. Escribió más en castellano que en catalán; y que conste que eso se lo puedo demostrar porque, un día, Quico Servià y yo nos entretuvimos contando las líneas de los artículos que había escrito en la prensa castellana, y sumaban más que el número de líneas de sus cinco novelas en catalán. Le aseguro que no levanto falsos testimonios. Además, no es menester. Tenemos un ejemplo muy a mano: cuando ya se había hecho famoso gracias a esa gigantesca catapulta que significa la cultura catalana, se pasó a la castellana y, después, al inglés, que es un idioma bárbaro porque no viene del latín (en cambio el catalán sí viene del latín, ¡para que se empape!). Por otro lado, todo el mal que yo pudiera desear a Lleonard ya lo tenía, pobre bestia. Nos peleamos una vez, sí, pero no fue por motivos personales sino patrióticos. Estábamos en el Òrgan Cultural, que se fallaba el galardón Míster Cataluña Gramatical, y entonces Lleonard, para hacerse el gracioso, soltó una frase muy grosera: dijo que las cuatro barras de sangre que conforman nuestro ínclito escudo provenían de la menstruación de la mujer de Wifredo el Velloso. Era una provocación muy difícil de encajar, ¿no le parece? Como nadie salía en defensa de la Patria, tuve que intervenir yo. Quería batirme con aquel deslenguado. Y es que a mí pueden tratarme de hijo de puta, pero con los símbolos de la Patria no se juega, que es lo más glorioso del mundo, y ya lo dice aquel clásico, que el honor es patrimonio del alma y el alma sólo es de sant Jordi. Yo soy resistente, ¿sabe? De 35 años que tengo, se puede decir que he pasado 30 haciendo la resistencia. Sí, señor, que a los 5 años ya bailaba sardanas, y bailar sardanas era hacer resistencia y mucho, porque estaban prohibidas por los esbirros de Castilla. Y ya me dirá usted qué venía a explicarme aquel renacuajo, a quien nunca veías bailando sardanas para dar ejemplo a las masas, ni se jugó la vida haciendo campamentos. Porque en aquella época, los *boy scouts*, aquí llamados *escoltes* o *minyons de muntanya*, también eran resistentes de pro y nada había tan heroico como cantar en una lengua prohibida mientras escalábamos las santas montañas de Montserrat. Pero Lleonard, en lugar de los himnos de la Patria, cantaba canciones de los Beatles, Bob Dylan y aquella negra tan negra del jazz. Y si le hacías algún reproche tenía la cara de decir que escribía en castellano porque necesitaba ganarse los garbanzos y, como tenemos tan pocas salidas en nuestra lengua, pues a venderse al enemigo. Y yo ponía el dedo en la mismísima llaga, diciéndole: «Excusas de mal pagador. Debieras hacer como yo que, para no traicionar la lengua de mis antepasados, echo la hiel ocho horas seguidas en la Caixa y escribo una horita cada noche, cuando termina el telediario; y aunque sólo venda veinte ejemplares de mis novelas puedo ir con la cabeza bien alta. Mi literatura es de servicio y no de ganarme la vida y pasármelo bien, como *la Castellona*, que tiene el cinismo de disfrutar escribiendo con lo mal que está Cataluña. Mis libros son lo contrario: son el resultado de mi resistencia y mi sufrimiento. Y esto es un mérito. Y si me traducen a otras lenguas pues que me traduzcan, y si no, me importa un bledo, porque los catalanes debemos mirar por nosotros y, al fin y al cabo, nuestra lengua es intraducible; y para ver la propia obra desfigurada en idiomas que no vienen del latín, pues qué quiere que le diga...

»Y conste que en un principio yo apreciaba a Lleonard e incluso le invité un día a casa, a probar la *escudella* que hace mi mujer. Ella se quedó maravillada, porque mozos tan rubios como él no abundan en esta ciudad y, al parecer, los rubiales gustan mucho a las mujeres. La nena mayor, la Montserratona, mire usted cómo es, se escondía tímidamente cada vez que venía él y, en cierta ocasión, dijo que parecía un príncipe de esos que salen en los tebeos. Aquel día hubo un drama en casa, porque acabábamos de descubrir que la nena leía tebeos, y usted ya debe saber que, a excepción del *Baldufet* y un par más, todos los tebeos que venden en los quioscos son en castellano. Y mire si me dio fuerte, la rabieta, que aquel día íbamos todos a bailar sardanas en la fiesta del geriátrico Pujol y a la Montserratona la castigamos severamente condenándola a acompañar a su tía Nuri a ver una película de James Bond en castellano, para humillarla. En fin, cosas de familia. Muchos quebraderos de cabeza, pero también muchas satisfacciones. Yo he declarado a menudo que mis novelas las escribo en colaboración con los de casa, porque siempre les cuento un fragmento y ellos me dan una solución que nunca se me hubiera ocurrido. A veces incluso interviene la criada de los señores del entresuelo, que es charnega, y me ayuda a determinar la psicología de los personajes castellanos, que son una raza incomprensible. No se crea que en mis novelas salen muchos personajes castellanos, pero a veces es inevitable porque algunas ocurren en la Caixa y quieras que no tienes que colocar algún compañero de Extremadura o de Madrid. Gustarme no me gusta, pero si sólo pusiese personajes catalanes no quedaría nada realista.

»Ésta era una de las cuestiones que siempre discutía con Lleonard. Yo le echaba en cara que no presentase los problemas de un padre de familia de clase media o, por lo menos, que hablase de sí mismo, del itinerario que le había llevado de escribir en castellano a aprender el catalán por voluntad propia, sin que nadie le obligase. Con esta decisión se hacía perdonar muchos pecados. Porque lo que de verdad importa de un escritor es que se exprese en lengua materna; el resto es cosa suya. A mí, cuando me dicen que tal escritor es de derechas o que si el otro es un fascista, siempre pienso que, ante todo, es catalán, y que nos une una causa común; en lo que a las ideas se refiere, que cada uno se cuide de su propia conciencia, y quien esté libre de culpa que tire la primera piedra, como dice la Biblia de Montserrat. Por eso mismo perdonaba a Lleonard que siempre ambientase sus obras fuera de Cataluña y que, además, siendo un pobre obrero, escribiese como un príncipe. Yo soy esencialmente realista, y mis novelas suelen reflejar las veinticuatro horas de la vida de un personaje catalán en sus menores detalles. Últimamente utilizo mucho el diálogo, que intento reproducir con tanta exactitud como si estuviese grabado con magnetófono. Me parece que esto es un gran descubrimiento, y no me guardo de decir que estoy a punto de revolucionar nuestra literatura y, por extensión, la universal.

»Con todo cuanto acabo de exponerle, que es mucho y muy social, no quisiera que me tomase por comunista. ¡Ni hablar del peluquín! Yo creo en la democracia a la americana, que es la única solución viable para todos los países del mundo. Con Lleonard también nos peleábamos a menudo por estas cosas tan peliagudas de la política. Y es que él era más rojo que los tomates. Y, si puedo decir la verdad, me parece que utilizó su rojez de manera muy poco honesta, para prosperar él, no para ayudar al pueblo ruso. Un día se lo comenté a la Mercè, que primero no se lo quería creer, pero después no le quedó otro remedio que darme la razón. Pondría la mano en el fuego que él, tan inocente, tan ingenuo, sabía perfectamente a quién tenía que arrimarse, porque en el mundo de la cultura si no te arrimas a alguien que sea comunista, no haces carrera. Y esto me ha sucedido a mí, que los críticos bolcheviques que tanto abundan en esta Barcelona no me han dedicado nunca una triste crítica ni me sacan en los resúmenes del año. Mire usted: como si no existiese.

»Aquella tarde en el café de la Ópera, me hallaba yo reunido con Quico Servià, Jaume Company y Marteta Esplai, una poetisa muy simpática que se gana la vida haciendo de periodista de costumbres y siempre trae noticias frescas porque va de la Ceca a la Meca y se entera de todo, nos comunicó que Lleonard ya no vivía con *la Castellona*, y nos pidió que no lo pregonásemos porque era un secreto absoluto y no quería que la gente dijese que lo había revelado ella. A mí me extrañaron tantos escrúpulos porque la fama de correveidile no se la quita nadie, pero decidimos respetar sus deseos a condición de que ampliase detalles. Ella dijo que estaba entrevistando a *la Castellona* para la sección «Dones modernes» (2) y, en un momento determinado, aquélla recibió una llamada telefónica de manera que, sin quererlo, Marteta se enteró de cuatro quisicosas que si las publicase en *Lo Sputnik Català* podrían caer como una bomba. Frederic de Robert, que es un resistente admirable pero demasiado rojo, contestó que, si la historia era escabrosa,

2. «Mujeres modernas.»

nunca sería publicada en nuestro amado semanario porque estaba en manos de los carcas. Yo salté en defensa de *Lo Sputnik*. Todos sabemos que si Madrid lo ha autorizado es a condición de que no se ocupe de política ni ofenda la moral ni la religión; pero opino que lo importante es que dure y haga llegar el idioma catalán a nuestros hogares, de manera que es preferible tragar e ir ganando posiciones a la chita callando. Además, dejé bien sentado que si la censura servía para evitar que en catalán se escribiesen tacos y se prohibiesen historias subidas de tono e incitaciones a la revolución, bienvenida la censura y que Dios nos la conservase. Ahora bien, que sería deseable una censura catalana, esto no lo niego.

»Entonces llegó Lleonard. Quico Servià diría más tarde que le había visto bajar de un automóvil descapotable de esos de gran boato y que en modo alguno podía ser de *la Castellona*, quien se ve obligada a contar los garbanzos porque ha elegido vivir exclusivamente de su oficio cuando bien podría alternarlo con un puesto de taquimeca en la Caixa, como haría cualquier mujer juiciosa. Ahora que, para sorpresa morrocotuda, la que nos dio Lleonard. Llegaba con un aire satisfecho y tenía un chupón en el cuello, que no es precisamente una marca muy bonita para ir enseñando por ahí. Se había dejado los cabellos largos, y, aunque cueste creerlo, iba cargado de collares de los indios de la India y con dos anillos en cada mano. Nunca había visto yo tanto desdoro en autor vivo. Y no me tome por timorato: sé perfectamente que los existencialistas, como los Beatles, van disfrazados de manera estrambótica, pero a ellos se les puede disculpar, que para eso son existencialistas o *hippies* o como quiera usted llamarles. Pero un escritor catalán, no; un escritor catalán debe tener presente la circunstancia en que se mueve, circunstancia tan delicada que nos ha convertido en centro de atención de nuestros compatriotas y, por tanto, debemos servir de ejemplo a sus hijos, que corren el peligro de convertirse en vocalistas de cha-cha-cha, como mínimo.

»El lío de Lleonard con *la Castellona* siempre nos dio tembleques, porque era todo lo contrario de lo que debemos entender como modélico por parte de nuestro más joven escritor y una mujer con más años que Matusalén.

Huelga decir que la ruptura de relaciones nos tranquilizaba a todos, por lo menos mientras a *la Castellona* no le pasase por la cabeza buscarse un chiquillo de primera comunión. Pero Lleonard nos quitaba un peso de encima para ponernos otro. No tenía remedio. Ahora empezaba a vestir de una manera más que extravagante y, encima, alguien le acompañaba en coche esport, que ya me dirá usted de qué podía venirle a un pobre obrerito como él tener amistades con gente tan rica, si no era por caminos turbios o de colaboracionismo. Porque en esta ciudad lo del colaboracionismo (escribir en castellano como los esnobs de la parte alta) es el único camino para tener un cochazo de aquella envergadura. ¡También yo lo tendría si aceptase colaborar con el enemigo! Pero siempre preferí resistir escribiendo exclusivamente en mi lengua y conformarme con un seiscientos que he ido pagando a plazos. Es usted muy dueño de echarme en cara que me gaste el dinero en un cochecito en lugar de entregarlo al Òrgan Cultural, ahora que admiten donativos para la causa, pero es que uno es humano y también tiene sus debilidades, y un cochecito se necesita no sólo para ir al trabajo, sino también para salir los domingos a la montaña, único alivio que me queda, pues siempre hay campamentos de *boy scouts* donde pronunciar conferencias sobre la flora y fauna del Montseny, que sigue siendo una de las maneras más honradas de hacer Patria.

»Aquella tarde famosa, Lleonard nos dio el susto del coche, pero Marteta Esplai lo aclaró por lo bajo con cuatro explicaciones un poco picantes. Mientras esperaba, oyó decir a *la Castellona* que su Lleonard la había dejado plantada para irse a vivir con un agente literario. ¡Jesús, qué alivio! Significaba que el muchacho decidía sentar la cabeza y renunciaba a relaciones de carácter libidinoso con mujeres avejentadas. Yo aprobé que se decidiese a vivir con otro hombre en régimen de camaradería, como los legionarios. Si bien los hombres pueden llevar ramerillas a casa y hacer todo lo que los machos hemos hecho alguna vez con las ramerillas, permanece en secreto y nadie se entera y así la moral de la Patria queda a salvo. Esa cuestión de la moral de mis compañeros de oficio siempre me ha preocupado. Y cuando oigo que han cometido alguna travesura de carácter carnal intento taparla, que bastante criticados estamos los catalanes en otros aspectos, sólo faltaría que nos dijesen que somos viciosos y que nuestras esposas nos engañan con arquitectos y hacen todas aquellas porquerías que cuentan de los colaboracionistas (quiero decir de los que pasan el verano en Port Serrat, que por cierto parece Sodoma y Gomorra). Además, la Patria catalana todavía la estamos haciendo, y puestos a hacerla vale más que salga bien limpia; yo, la Patria catalana, la quiero como una patena. Es lo que dejaré como herencia a mis hijos y, antes que dejarles un país corrompido como Italia y Francia, cogería a todos esos esnobs que hacen porquerías en Port Serrat y los fusilaría en medio de la plaza de Cataluña. Por eso defiendo siempre a los celadores de la moral, como al matrimonio Llompart, que dirige una de nuestras editoriales más prestigiosas. Son una pareja modélica, pese a que durante la guerra habían sido del rojerío; pero como después cambiaron de actitud e hicieron voto de castidad, me parece que no sólo son dignos de reconocimiento público, sino que todavía tienen más mérito, como María Magdalena, que era de la vida y lo dejó para arrepentirse, cual corresponde a una que deja de ser ramera y se hace santa.

»Aquella última noche que Lleonard asistió a nuestras reuniones del café de la Ópera (después nos hemos visto obligados a cambiar de sitio, porque empezaron a venir los *hippies*, y si nos llega a ver algún conocido ya podíamos despedirnos de nuestra reputación), aquella noche, tuvimos una buena agarrada porque él se atrevió a criticar al matrimonio Llompart, que además del voto de castidad son dos personas catalanísimas, y él no tenía derecho a criticarlas, y todavía menos por motivos personales. Les echaba en cara que le hubiesen cortado algunos fragmentos de su novela y que, además, el señor Llompart amenazase con cambiar el final. Ya ve que la cuestión no era tan dramática, porque esas cosas el señor Llompart las hace muy a menudo, y todos lo sabemos, y entonces lo que uno tiene que hacer es aceptar y callarse, o bien ir a otro editor, pero nunca criticar en público como hacía Lleonard, que es una cosa muy fea. Si el país va mal, sólo falta que demos al enemigo la satisfacción de ver cómo nos arañamos entre nosotros. Además, en este caso él no tenía razón, porque si el señor Llompart cambia los libros es para mejorarlos. Una vez me cambió los diez últimos capítulos de mi novela *Mai no perdis l'esperança* («Nunca pierdas la esperanza»). La versión definitiva no sólo quedaba más esperanzada que la mía, sino que presentaba más valores nacionales, ya que el personaje positivo que en mi versión se llamaba Vincenzo y era de Nápoles, el señor Llompart lo catalanizó y pasó a llamarse Llorenç, nacido en Figueras. Así, el elemento positivo quedaba dentro de la patria. Y también debo decir que, al cambiar el final, el chico, que era empleado de banca, no se suicidaba sino que se quedaba con la chica, que tampoco moría de parto, como en mi versión. Con todo eso el libro perdía aquel tono un si es no es tan pesimista; y mire, todavía quedaba mejor porque bastante pesimismo hay en Cataluña, sólo falta que lo alimentemos nosotros los intelectuales, que tenemos a nuestro cargo el deber de levantar la moral colectiva. Por eso mismo también agradecí al señor Llompart que cambiase el título, que primeramente se llamaba *Los desesperanzados de la plaza de Letamendi* y ahora, como acabo de contarle, se denomina *Nunca pierdas la esperanza*. Y mire si fue de perilla, el cambio, que me servirá para una trilogía que en lugar de tres libros tendrá cuatro: *¡Siempre esperanza!* —escríbalo con dos admirativos, por favor—, *Padre, ten esperanza en el nuevo día* y *Los que siempre esperan*, que es la historia de los hijos del protagonista que ya se han hecho mayorcitos y no quieren entrar como meritorios en el mismo banco que su padre —él trabaja en la Banca Catalònia y los chicos prefieren una distribuidora de películas americanas—, y entonces se crea aquella especie de tirantez que las revistas de los sabidillos denominan «conflicto generacional». Como puede ver queda muy moderna y muy social y muy del día de hoy.

»Pero aquella noche Lleonard estaba demasiado dolido con los Llompart para entrar en razón y, llevado por su mala uva, empezó a insultarlos. Alegaba que no le habían enseñado las pruebas del libro, ni las galeradas de censura, y en esto se ve perfectamente que era un retorcido, porque todos sabemos que el señor Llompart nunca te las enseña, las pruebas, y te da el libro ya hecho, con los cortes que él considera pertinentes y con portadas preciosas, dicho sea de paso. Por otra parte, uno de los cortes a que se refería Lleonard estaba más que justificado: se trataba de un pasaje en que un niño de 17 años espiaba a un sacerdote que se lavaba los sobacos con jabón «Temblor». No sé si está usted en antecedentes, pero ese jabón es de una empresa propiedad del señor Malfred, uno de los mecenas más importantes del Òrgan Cultural y del Institut d'Estudis Catalans. Aquella descripción igual podía significar que Lleonard se burlaba de los Padres de la Patria como que hacía mofa de los sacerdotes, ya que presentar a un ministro de Dios que se está lavando los sobacos sólo puede ser interpretado de esta manera. Quiero decir que tanto Quico como yo y la Marteta reconocimos que los Llompart habían tenido toda la razón del mundo cuando cortaron aquella escena más propia de un ateo que de un escritor patriota. Y como Lleonard se encontró solo y sin nadie que respaldara sus razonamientos, acabó diciendo que, además, Llompart había cortado otro fragmento donde se acusaba a los americanos de provocar la guerra del Vietnam. Y entonces sí que estalló fuerte el zipizape; yo dije que de la tragedia del Vietnam (porque tragedia lo es, esto no se puede negar) no tienen la culpa los americanos, que lo que hacen es defender al país de los invasores comunistas, y Lleonard —tan rojo era— me tildó de reaccionario, y fue cuando acabé de perder los estribos, porque yo soy un resistente y está bien probado que lo soy, amigo mío, pues he bailado la sardana durante toda la posguerra y no he escrito un solo artículo en castellano, y soy de los que han enviado más cartas a los diarios solicitando que permitan decir la misa en catalán. Y Lleonard, al fin y al cabo, no era más que un mocoso que se lo había encontrado todo hecho y todavía venía a negar el pan y la sal a hombres como el señor Llompart, Quico y yo, que somos resistentes de toda la vida. Y él venga a insultarnos sin parar, con la lengua más sucia que se haya visto nunca en nuestra cultura. Nos decía que a todos nosotros se nos había hecho el alma de esclavos y que éramos capaces de bajarnos los pantalones en nombre de la patria. Y yo, que empezaba a estar mosca, arreé un soberbio puñetazo en la mesa y le dije que le convenía callar porque era un vicioso que había cohabitado con mujer mayor sin pasar por el matrimonio. Y cuando él se echó a reír y dijo que más valía ser vicioso que no un mal follado como todos los escritores catalanes, entonces comprendimos que alguien nos lo había cambiado, y nos levantamos y salimos a toda prisa Quico, Marteta Esplai y yo. Los tres teníamos demasiada dignidad para aguantar según qué escarnios.

»Cuando se lo dije a la Mercè se puso muy triste, santa mía, porque había conocido al primer Lleonard y ahora le dolía saber que se estaba volviendo tan mal bicho. Pero no tardamos en intuir que, en Barcelona, podía llegar muy lejos pues era turbio y sabía a qué capillitas arrimarse. No como yo, señor William, que nunca me ha gustado enjabonar a nadie y por eso me han dejado de lado de la manera más vil. Y me aguanto, ¿sabe? Porque yo tengo mi público, que es de patriotas de corazón. Un grupo de personas sensatas, que van a misa y se interesan por los problemas de la clase media y compran todo lo que se publica en nuestro idioma y hacen caso omiso de las ideologías de moda y de las costumbres que nos vienen del extranjero para corromper el espíritu más genuino y representativo de la raza catalana. Sé que nunca llegaré donde llegó Lleonard y en el fondo me siento orgulloso porque una persona como él no la encontraríamos ni en las calderas de Pedro Botero.

»No volví a ver al ruin hasta el patriótico evento que conocemos como la Gran Noche de la Musas Catalanas. Acababan de concederle el premio Roger de Llúria y, para más suerte, se exhibía del brazo de Blanca Alcover, aquella cantante mallorquina tan mona. Decían los enterados que sus padres tenían una fortuna y Marteta Esplai, más enterada que nadie, aseguraba que ella y Lleonard se casarían. De manera que Quico y yo decidimos que hay escritores que nacen con la flor en el culo. Pero como fuimos educados en el espíritu de los *boy scouts*, sabíamos que siempre es bueno alegrarse de los éxitos de los compañeros de lucha; así pues, corrimos a felicitar a Lleonard y de paso sugerirle que, con motivo del premio, bien podíamos celebrar una cena de hermandad. Pero hete aquí que, al vernos llegar, nos hizo un soberbio corte de mangas. Allí, en medio del Ritz, que es un hotel tan fino y, además, estaba lleno de personalidades de nuestra cultura, incluidos los Padres de la Patria. Le juro que me quedé de piedra. Me hizo un corte de mangas, señor William. Se lo juro. ¡Ostras, Pedrín, menudo corte de mangas me dedicó, el cabroncete! ¡Qué corte de mangas, Señor! ¡Qué corte de mangas!

8. EL EFEBO DEL ESCORPIÓN

Todavía chirriaba la cinta del novelista dominguero. Más que una voz, era un conjunto de gritos indignados. Mientras los escuchaba, me asaltó un ataque de risa.

—¡Mucho tuvo que dolerle el famoso corte de mangas! —exclamé—. No para de quejarse.

—Sería una premonición. Sin duda anticipaba el corte de mangas que Lleonard dedicó a toda Cataluña cuando ya era famoso.

—Un rechazo histórico. Después de hacerlo, ya no podía volverse atrás.

Venecia se derrumbaba a nuestro alrededor a medida que la noche lógica cabalgaba sobre la artificial y William volvía a introducir su obsesión particular: lo que Lleonard tuvo en la mano y dejó perder.

—O acaso lo que, en realidad, nunca tuvo —insistía—. Lo que continuaba buscando el día en que creyó llegada la hora de renegar de los suyos y protegerse bajo una cultura más segura. El dolor del gran poeta nacional, la normalización que aquella gente reclamaba con urgencia, no serían incentivos lo bastante poderosos para obligar a un joven a encerrarse en una lucha que amenazaba con decepcionarle profundamente. ¿No podría ser ésa la respuesta que he venido a buscar a Venecia? ¿No sería posible demostrar que el Plaerdemavida fue el perfecto *all Catalan* durante un tiempo hasta que un día comprendió que esto no era práctico ni rentable, que ser catalán representaba un obstáculo para su realización?

—Si la realización consistía en convertirse en un espécimen como el novelista dominguero, era, evidentemente, un destino muy triste.

—Perdona: grotesco.

—Triste y basta. Estoy de acuerdo en que es un ejemplo poco apto para alentar a un escritor joven. ¡Qué situación tan provisional! ¡Qué prestigio tan engañoso! Ese hombrecillo ganó, un buen día, el premio literario que le promocionaba a nivel público, después de muchos años de silencio forzoso. Se había pasado la vida convencido de que, escribiendo en catalán, servía a una causa todavía más alta que la literatura. Iba haciendo patria mientras escribía obstinadamente su novela, a modo de manifiesto. Iba poniendo todos los detalles de su experiencia vital, que es pequeña y gris, como si el manual del perfecto oficinista revelase de repente aspiraciones de obra maestra. Era la época de mayor influencia de Marcel Franquesa y su pensamiento burgués. Él podía decidir si la literatura catalana estaba necesitada de unas apariencias de modernidad que, al mismo tiempo, no comportasen peligro alguno contra el orden establecido. Un diálogo objetivista podría parecer moderno e incluso audaz para un determinado tipo de lectores que desconocían la evolución de la narrativa en el extranjero. La lucha del hombrecillo veíase por fin recompensada. Llegaba un reconocimiento artístico que para él sería el equivalente del deber patriótico. Pero un buen guerrillero no da, necesariamente, un buen creador.

—Ni este caso es una excepción. Novelistas malos los hay en todas las literaturas.

—Pero a nadie se le ocurre colocarles en primera línea por necesidades extraliterarias. Todos sabemos qué lugar ocupan Faulkner y cuál Margaret Mitchell. El drama se presenta cuando una cultura provinciana llega al extremo de creer que *Absalón, Absalón* y *Lo que el viento se llevó* tienen la misma importancia porque los dos contribuyen a la salvación de un idioma. Y aquí se plantea el problema humano de los escritores domingueros: su futuro siempre estará condicionado por unos criterios que ni siquiera se han planteado. ¿Cómo puede saber, el hombrecillo de la Caixa, que llegará una nueva generación de críticos dispuestos a destrozarle en nombre de intereses estéticos que él desconoce? ¿Cómo puede adivinar, desde su oficina, qué consignas decretan las revistas francesas que recibe Xavier Roldà? ¿Qué quieres explicarle de los códigos lingüísticos aplicados a la crítica literaria o de las posibilidades de la *ópera aperta* si, entre otras cosas, él nunca imaginó que su amado país pudiera abrirse más allá de Perpiñán? ¿Qué queda, finalmente, de su libro de combate cuando tiene que enfrentarse a los designios de una nueva generación?

—Todo eso es lo que convierte a esos escritores en un caso grotesco, además de triste. La historia de la literatura no se alimenta de obligaciones y deberes sino de obras realizadas. El destino de este hombrecillo-trinchera depende, lógicamente, del valor que las capillitas decidan otorgarle. O acaso queda un último consuelo: una fortuna crítica que pertenece al futuro y no a los intereses del presente. La última palabra siempre estará en manos de un público que todavía no ha nacido.

—*La Castellona* te diría que no tiene tiempo de esperar: el tiempo apremia y la vida de un escritor es tan corta como la de cualquier ser humano. También te diría: «el público sigue consumiendo libros catalanes a pesar de las decisiones de las capillitas de moda. Tenemos esa inmensa suerte: los críticos son mediocres pero, como nadie les cree, hacen un daño relativo...».

—No me parece un daño relativo, al contrario: es muy grave. ¿Te das cuenta de que, si creemos las palabras de *la Castellona*, estamos hablando de una cultura que se encuentra sin un soporte teórico válido?

—Los críticos existen pero están mal informados. Siempre según *la Castellona*, por supuesto. Pero no podemos descartar que vive permanentemente resentida con ellos porque no le hacen caso.

(«LA CASTELLONA»: «Francamente, tengo motivos para estar harta de críticos, teóricos, dirigistas culturales y manipuladores en general. Ponte en mi lugar, William Cumingham. Pasas los años difíciles sometida a los dictados de Marcel Franquesa y los de su escuela: ellos conforman el pensamiento de la derecha, que reina ancho y seguro de sí mismo, a veces agresivo, otras condescendiente, y con un punto de paternalismo que les obliga a no despreciarte del todo aunque seas de izquierdas porque, por lo menos, escribes en catalán. Y a ellos se les puede acusar de muchas cosas, pero su catalanidad está más que demostrada. Se organizan un pensamiento crítico coherente con las reglas de los novecentistas, que tendían a considerar la novela como un género menor en relación con la bella lírica. Con tales ideas, es lógico que te descarten de su panorama. De todas maneras se permiten un poco de indulgencia y aceptan considerarte una promesa. Cuando estás empezando te ilusiona creer que eres respetada por los monstruos sagrados, pero un buen día, después de publicar tu séptima novela, te cansas de ver que no se deciden a dictaminar una opinión precisa. ¿Cuántos años tendrás que pasar demostrando méritos? Sin recurrir al término "consagrado", que encuentro francamente estúpido, acaba por desanimarte que no te traten como un escritor adulto, digno de recibir una crítica que pudiera servirte de orientación. Empiezas a indignarte: contestas a una crítica equivocada, te atacan, contraatacas y, sin darte cuenta, te encuentras inmersa en la polémica de la cultura. Al principio participas en ella con entusiasmo, después un tanto decepcionada. Al final, asqueada, porque asquea hablar claro y que no te entiendan o que los demás estén convencidos de que hablan claro y, en cambio, no les entiendas tú. Te pasas los días pensando: "No es esto, no es esto." Y aguantas y sigues aguantando. Sabes que existe un remedio que otros escritores han escogido: la soledad absoluta, seleccionar a la gente, huir a toda prisa de la polémica de Barcelona. Pero es una falsa salida, porque los miembros de una generación como la mía, con el franquismo partiéndonos por la mitad, no podemos resignarnos a permanecer encerrados en casa, esperando la visita de las musas. Hay una conducta imperiosa. No es sólo la lucha civil: también existe la necesidad de enriquecerte culturalmente. Necesitas el contacto con tus compañeros de experiencia, el intercambio civilizado, el conocimiento de sus problemas con la estructura de la novela, el uso del lenguaje, la respuesta de sus mensajes a una necesidad colectiva y privada. ¿Y dónde buscas? Te hablo de los años 40, en el páramo absoluto que fue esta ciudad, en la carencia absoluta de las necesidades culturales más primarias... Como está tan de moda hablar de generaciones, coloco la mía como víctima propiciatoria de las posteriores. Cuando los pocos novelistas de mi generación nos encontrábamos más o menos instalados, llegaron los jóvenes intelectuales de los años 50, los que invocaban ideas de izquierda como las nuestras. Respiramos aliviados, creyendo que las cosas iban a cambiar; pero, entonces, los nuevos decidieron hacer cruz y raya con el pasado e inventarse un mundo a su medida. Eran los mandamases de la teoría, esos salomones de quienes han derivado las capillitas de hoy. Los *primus inter pares*. Resultaba que antes que ellos nadie había leído un libro, nadie se había opuesto al franquismo. Y venían a explicármelo unos marxistas de cuño tan nuevo que eran falangistas cuando los de mi generación nos la jugábamos en la calle. Esta ofuscación de posiciones es una actitud perfectamente posfreudiana —ya sabes, lo del hijo que se rebela contra el padre—. Y no lo tomes a modo de *boutade*: aquí todo el mundo te dirá si tal cosa es freudiana, si tal otra es marxista. No te fíes. De todos estos mandarines, no hay uno solo que haya leído Freud entero, todavía menos a Marx, que no es precisamente el colmo de la amenidad. Han tenido suerte con Erich Fromm, que se los sirve bien digeridos.»)

LAS APORTACIONES DE UNA MUJER tan tremenda como *la Castellona* aportaban un poco de humor a mi estado de ánimo, demasiado sombrío desde que llegamos a Venecia.

—Es cierto que está muy resentida. Es cierto que se lo toma como un drama personal... ¿También se acercaba a la obra de Lleonard en los mismos términos?

—Curiosamente, no. Le aplicaba las leyes del compromiso. En su artículo necrológico todavía habla de su traición antes que de sus cualidades como escritor. Le asociaba con las actitudes autodestructivas y citaba al escorpión, la bestia que ella relaciona con el destino de su tierra. Cuando el escorpión se siente acorralado, opta por picarse a sí mismo y muere por su propio veneno. Así Cataluña, según *la Castellona*, se autodestruye continuamente, en vez de realizarse.

Cualquier astrólogo de los que disponían su puestecillo entre las mercancías turcas que los embajadores desembarcaban en sus *fordachi* particulares, cualquier bruja tuerta de las que revelaban el destino de los villanos entre los harapos de una casucha de Torcello, habría podido predecir a William Cumingham que el título *Born under Leo,* tan deslumbrante, sólo correspondía a una faceta de Lleonard. El signo del león, además de influir en la estructura de su nombre, le otorgaba una característica básica de fuerza, perseverancia, dominio sobre los demás y seguridad ante el triunfo. Si prestamos atención a los horóscopos de peluquería, Lleonard, nacido bajo la fuerza del león, llevaba el destino de los triunfadores; pero entre los círculos de los astros más inoportunos amenazaba, con picadura suicida, el signo del escorpión, que conduce a los triunfadores por el camino de la autodestrucción y consigue derrotar la temeraria seguridad de los leoncitos.

¿Por qué no *Born under Scorpio*?, hubiera sugerido a William Cumingham, de existir la más remota garantía de que mi opinión sería escuchada. Nacido bajo el signo del escorpión. Exactamente como insinúa *la Castellona* en su famoso artículo donde, después de contar lo que Lleonard representó dentro de la cultura catalana, busca con gran impertinencia lo que nunca llegó a ser. Para ambientar adecuadamente su parábola, la autora abandona todo malabarismo psicológico y hace desfilar la ambigüedad de Lleonard por un ambiente y un fragmento de historia que ella conoce a la perfección: la Barcelona decimonónica, y aun la de antes: el mundo menestral de intramuros, las callejas gremiales, los ambientes donde nació y se desarrolló el primer ímpetu económico de la burguesía barcelonesa...

ESCRIBE «LA CASTELLONA»: «*De lo que voy a contar hace ya tanto tiempo que sólo los sabios y los poetas han guardado el recuerdo. Los menestrales de aquel barrio que llamaban de Ribera, porque el mar estaba tan cerca y era tan propicio, tendrían un primogénito llamado Lleonard que, con el tiempo, llegaría a tener los ojos atrevidos de ese otro Lleonard a quien lloramos hoy. Aquellos comerciantes enriquecidos generación tras generación verían con horror cómo las fuerzas borbónicas derrocaban la tranquila existencia de su barrio para levantar los baluartes inexpugnables de la Ciudadela. ¡Qué espectáculo cotidiano para nues-*

tro hereu*! Mientras iba creciendo, aumentaba a su alrededor la opresión contra su pueblo. Sus padres, pendientes sólo del negocio, pactarían sin duda con los invasores para recobrar la tranquilidad a cualquier precio. No así nuestro joven, su ánimo siempre indeciso entre la continuidad de la fortuna familiar y la opción de un acto de batalla en defensa de su pueblo. O quién sabe si, vástago inconformista de la nueva riqueza urbana, no la hubiera abandonado para trepar por las ramas del arte, con el consiguiente disgusto para su buen padre, incapaz de entender aquel universo invisible, de influencias misteriosas, que no se puede tocar ni pesar ni calcular* (1). *Y, con todo ello, inmerso en la dialéctica entre asunciones y abstenciones, el joven* hereu *seguía descubriendo diariamente que allí, en la Ciudadela, el cielo aparecía oscurecido por las horcas levantadas para ejecutar a los patriotas catalanes. ¿Podéis imaginar su ira? Joven indignado de hace dos siglos, necesitaría recoger, entre los cadáveres que aterrorizaban la honesta tranquilidad de la burguesía, una herencia de dolor, una voluntad de recobrar paso a paso las piezas perdidas de su identidad en una búsqueda decidida, que no le dejaría tiempo para morir estrellado como los héroes que tanto complacían a Lleonard Pler: rebeldes, gritones, espectaculares, propios de pantalla cinemascópica salpicada con unas gotas de byronismo de bazar. Y si pensamos que, de sus protagonistas, el que quedaba más cerca de nuestra problemática era florentino y se limitaba a drogarse, entenderéis que su furia resuene como un eco muy lejano, que su desesperación no mantenga ningún vínculo con nuestro drama de cada día, desde hace tantos. Y en este juego de opciones y abstenciones, recordaremos que también los complacientes burgueses de Barcelona asistieron impotentes a las ejecuciones de la Ciudadela, con una actitud ajena a nuestro devenir colectivo mientras el hijo acumulaba una ira que, si no se permitía desahogarla, quedaría tan extraña y exótica como los raptos autodestructivos de los héroes de Lleonard Pler. Y si tenemos que admirar esta obra interrumpida, este rayo de juventud fulgurante, no lo haremos*

1. Alusión a la obra de Santiago Rusiñol *L'Auca del senyor Esteve,* donde el hijo del protagonista se resiste a seguir la tradición familiar para dedicarse al arte.

sin recordar que en el fondo palpitaba el drama de una impotencia: la del propio Lleonard para trascender el mito de su juventud, mortífera porque no implicaba el aprendizaje para ingresar en el mundo de los adultos, sino el espejo de Narciso, en cuya superficie se contempló durante demasiado tiempo, fascinado por su propia seducción...»

De hecho era la dialéctica extravagante de Lleonard, escorpión y león a la vez, acaso buen burgués y, al mismo tiempo, su retoño más rebelde. Y, muy especialmente, era la síntesis de lo que pese a algunos partidismos izquierdistas expresaba con gran propiedad *la Castellona*: cualquiera que fuese la ira inútil que empujó a Lleonard Pler hasta Venecia, existían precedentes en la historia de Cataluña. Y el precedente más notorio tal vez fuese Cataluña misma. Así, una pregunta que William Cumingham se había limitado a apuntar cobraba una importancia inesperada:

—¿Y si Lleonard comprendió a tiempo que ser catalán era un obstáculo para su realización personal?

9. XAVIER ROLDÀ PRODUCTIONS PRESENTA LA REVELACIÓN DEL AÑO

Lo recibí aquí, en el estudio, y mi primera impresión no fue de carácter literario, sino más bien erótico. ¡Cuidado! No debes tomarme por lo que no soy. Pensaba en las amigas de la Gauche Dorée; las modelos, las editoras, la esposa de algún arquitecto... Pensé: «En cuanto le descubran Lola Roger, Sònia Rovira o Sinfonia Lluch, este adonis se pondrá de moda en tres días.» Naturalmente no quisiera que tal paráfrasis de frivolidad te diese una versión falsa de la protección que le ofrecí. Yo aludía a la cultura de Port Serrat, un fenómeno muy especial dentro del conjunto peninsular. Es el europeísmo, el cosmopolitismo, la negación de la Cataluña rural y de la España negra. Curiosamente no era el camino que pretendía seguir nuestro primer Lleonard. Llegaba con cartas un poco bastas, de un compromiso político furibundo y elemental, que nosotros habíamos superado para pasar a un estadio más complejo, más, ¿cómo te diría?, internacional. Para entendernos: los de Port Serrat habíamos sufrido en carne viva todas las contradicciones del comunismo después de la muerte de Togliatti; en cambio, aquel chico todavía pensaba que la revolución tenía que hacerse como en 1917. Ingenuo e impetuoso, venía a ofrecerme su humilde premio envuelto en un celofán de lo más patriótico y con intenciones de tomar el palacio de Invierno. Diríase que su verdadero lugar estaba en la lucha armada. Y ante tan heroicas aspiraciones no hay erotismo que valga. Claro que no descarto la posibilidad de un error: algunas jovencitas emancipadas sólo se ponen calientes si su amante hace política clandestina; pero eso no lo escribas porque es un truco que todos hemos aprovechado a la hora de ligar.

»Lleonard llegaba como tantos otros autores noveles que ven en mi aceptación una posibilidad de darse a conocer en el mundo de las letras. Ya sea en la cultura castellana, ya en la catalana, estos jóvenes me ahogan bajo una montaña de originales y los más afortunados o meritorios terminan siendo antologados, oportunidad que les permite ser discutidos y por consiguiente promocionados. Cuando han alcanzado tal posibilidad de revelación, cada uno es libre de buscar el prestigio como mejor le parezca. Y me refiero tanto al prestigio cultural como al político, porque es evidente que una selección rubricada por mi nombre nunca tendrá el mismo sentido estético ni las mismas connotaciones políticas que un artículo de presentación de Marcel Franquesa. Cualquier crítica favorable de este señor colocará al novel en el apartado del idealismo burgués y ya nunca podrá sacudirse la fama de reaccionario; en cambio, si yo le elijo para una antología, todo el mundo sabe inmediatamente que, sea bueno o malo, se trata de un escritor vanguardista y, naturalmente, de izquierdas. Éste era, insisto, el caso de Lleonard. Además, sus diferencias con los novelistas domésticos no se limitaban a la forma de vestir, sino que se extendían a su conversación y, desde luego, a su obra. Aportaba modernidad, quería romper de raíz con una tradición naturalista que, interrumpida por la guerra, volvía a aparecer con gran fuerza, y de la cual todavía vivimos exceptuando algunos casos excepcionales, apenas cuatro o cinco, ya que, por triste que sea reconocerlo, la cultura catalana tiene cinco o seis novelas importantes pero, desgraciadamente, ningún gran novelista.

(«LA CASTELLONA»: «No se comprende que alguien pueda decir estupideces como la de las grandes novelas sin grandes novelistas.... ¿Quién las ha escrito? ¿Cinco o seis fontaneros anónimos?»)

(NURIONA VALLS: «Yo he optado por no frecuentar a *la Castellona*. Tiene la obsesión de criticar constantemente a Roldà y a Barat, de manera que se me enciende la sangre porque ambos son amigos míos. Por otro lado todos sabemos que ella no los puede soportar porque en Edicions

Compromís no han querido editar ninguna de sus novelas y, encima, jamás han hecho crítica de los libros de sus amantes. Basta con decirte que Lleonard, que pertenecía a la raza de los trepadores, tuvo que dejar a su protectora para conseguir que Xavier y Ramon le hiciesen caso. Y esto va a misa.»)

(«LA CASTELLONA»: «La nena Valls sabe más que Lepe. La conozco demasiado bien. La conozco tanto que no encuentro extraño que Roldà le haya publicado dos novelas seguidas. ¿Cómo no iba a hacerlo si ella siempre le deja bien y le cita en todos los artículos venga o no a cuento? En lo que a mis amantes se refiere... ¡un poco de formalidad! El que me dejó más satisfecha era dentista, no escritor.»)

(MINIFAC STEIMAN A SILVINA MANRIQUE: «Los escritores catalanufos siempre se están peleando, siempre van a hostia limpia, pero, en el fondo, se quieren mucho.»)

—Tras demostrar a toda prisa que su ideología era de izquierdas Lleonard debió sentirse animado por mi amabilidad proverbial (cualquier escritor joven te dará fe; en esta casa siempre son recibidos como colegas, nunca como discípulos). Acto seguido, empezó a informarme sobre sus intereses literarios, que eran muy originales y anunciaban la contracultura. Ignoro de dónde habrá sacado Iscle Garsó la imagen de un Lleonard amante de los clásicos, conservador de las bellas letras, aficionado a un parnaso de glorias helenizantes, italianizantes y demás tendencias arcaicas tan veneradas por el sector tradicional de nuestra cultura. Todo lo contrario. En su conversación repudiaba los mitos de la Academia, maldecía la herencia del mundo griego (salvaba, eso sí, la magnífica corrupción que es Cavafis) y, en fin, me sorprendía con una lista de autores decididamente *maudits*. Era el año 67, y nuestras editoriales progresistas todavía no habían descubierto el mundo de la imaginación, las herejías surrealistas, el realismo fantástico, en resumen. Sin embargo, él ya era un *amateur du bizarre*. Alternaba a Marx y Lenin con la revalorización de la novela gótica; saltaba del revisionismo cultural en el seno del partido a un artículo sobre el satanismo en la obra de los románticos; mezclaba las teorías de Gramsci (que nosotros editábamos en catalán, y por vez primera en la península) con una polémica que incluía a Lewis, Sheridan LeFanu y Edith Warton. Sorprendía que, desde su origen humilde y siendo un vulgar autodidacta, demostrase una cultura tan exquisita, que llegaba a rozar lo decadente. Esgrimía las ideas más *aggiornate* sobre la revolución, pero acto seguido se declaraba enemigo jurado del realismo y, como yo, combinaba el marxismo-leninismo con el estructuralismo y la lectura de nuestra civilización a través de los signos (citaba a Barthes, la escuela de Praga y, para terminar, rebatía las opiniones de Umberto Eco y se atrevía a discutir al mismísimo McLuhan).

»Si hubieses vivido nuestra posguerra comprenderías que las extravagancias del muchacho constituían un soplo de aire fresco, y que encontrarse con una bestia literaria tan rara resultaba necesariamente esperanzador y excitante. Tenía algo de ruptura total con el pasado, incluso con el más inmediato. Precisamente en aquellos días me hallaba trabajando en la revisión de mis métodos críticos con la intención de cambiarlos en caso de urgencia, como acostumbro hacer cada dos años. Comprendía que estaba a punto de irrumpir una nueva sensibilidad. Esto era válido incluso a nivel peninsular. A través de la colección «Narrativas Libres», quienes nos movemos en el círculo de Alfonso Sarró, promocionamos en su momento la escuela del realismo social, pero era obvio que ésta ya había agotado todas sus posibilidades. En los últimos tiempos estaban apareciendo subproductos degradados, que resumían la literatura testimonial y comprometida emplazando a un obrero delante de una barraca de suburbio, sin la menor elaboración literaria. Al principio temí que Lleonard, por su ascendente social y filiación política, hubiese caído en las mismas trampas: panfleto puro, con la sana intención de los neófitos.

»Afortunadamente, me reservaba nuevas sorpresas. Con sólo abrir la novela que me ofrecía a examen encontré una frase de Nietzsche, una de Trotsky y otra de Marlene («He necesitado muchos hombres en mi vida para llamarme Shangai Lili»); esta última mucho antes de que la aproximación al *camp* y la apreciación intelectual de los mitos del consumo inundasen el mercado del pensamiento, aportando una nueva lectura de los productos subculturales y anulando las diferencias elitistas entre las viñetas de Superman y los cuadros de Rembrandt. Aquel y otros casos anunciaban la nueva sensibilidad a que me he referido y lo que resultaba más sorprendente es que Lleonard la oliese con tal fuerza profética. Releí las citas. ¡Provocación pura! ¡Un autor catalán que no se colocaba bajo la advocación de poetas locales! Y además de esta salida de tono —que los conservadores encontrarían ofensiva— era la suya una novela que no se desarrollaba en las comarcas catalanas o en los barrios populares de Barcelona, como las de Mercè Rododendro; todo lo contrario: como el título indica, la trama transcurría en Shangai y tenía una progresión que recordaba la estructura de sugerencias sociales a través de la intriga, en síntesis propia de Dashiell Hammett, así como la investigación de distintas capas sociales, partiendo de un *fait accompli* de apariencia inofensiva, típico del mejor Chandler. Esto sin perder de vista la crisis de identidad del País Valenciano que aparecía de forma subtextual en las magníficas escenas expresionistas de la peste de Shangai y la desolación sucesiva. Finalmente una última sorpresa: el joven protagonista era un joven alicantino que busca en los fumaderos de opio una existencia aventurera y encuentra sus propios rasgos en las estatuas de un templo budista, se identifica con un pasado cultural y antropológico que hasta entonces consideraba inferior —conste que todavía no habíamos editado a Lévi-Strauss— y, cuando se ha envilecido hasta llegar al crimen a causa de la esposa del gobernador inglés, se retira a un monasterio, donde reencontrará su identidad nacional —es decir, el valencianismo— sumiéndose en la meditación zen.

»De alguna manera Lleonard sentía la necesidad de la huida a Oriente, que los demás apenas empezábamos a intuir. La frase *l'imagination au pouvoir,* tan de moda un año después, ya tenía un precursor en nuestras letras, víctimas en general de una aplastante falta de imaginación.

»Para empezar, el producto era fascinante. Dime si podía pedirse más a un muchacho que acababa de salir del nido, por lo menos desde un punto de vista literario. Evidentemente la generación de Lleonard llegaba con una enorme ventaja sobre la nuestra: podía beneficiarse de la apertura del 62 que, sin ser nada del otro mundo, era agua en el desierto comparada con la situación anterior. Nosotros, los universitarios de los años 50, nos vimos obligados a tomar actitudes muy radicales a riesgo de incurrir en muchos errores. ¡Mal asunto ser joven en un lugar y un tiempo en que la juventud no era tolerada! Tuvimos que improvisar un criterio, descubrir las ideologías a tientas y completamente faltos de información. No debemos olvidar que, con la guerra, este país quedó huérfano de talentos de izquierda: casi todos emigraron al extranjero. No tuvimos maestros. El caso de Lleonard demuestra que en la actualidad las cosas son muy distintas: porque nosotros *somos* los maestros. Además, la juventud está de moda. Favorecemos, promocionamos, incluso escuchamos la opinión de estos párvulos con una condescendencia que nadie tuvo con nosotros, y les explicamos lo que nadie nos explicó y editamos para ellos los libros que leímos a escondidas. Claro que no todas las actitudes son iguales. Yo te hablo de los flexibles, no de ese otro sector de la cultura catalana —por desgracia vastísimo— que tiene por sistema rechazar cualquier cosa que suene a nueva, cualquier revolución en las costumbres, cualquier audacia que pueda alterar el orden establecido y apartarlo de la mística tradicional. ¿Te hace gracia? Pues éste es el estilo que priva. La nostalgia de las pequeñas cosas de una Cataluña rural, reaccionaria, preservada en la mentalidad de quienes la dejarían morir si incurriera en el libertinaje moral y el dominio de las izquierdas.

»Pero Lleonard llegaba a mi casa ignorando aquellas circunstancias: más bien parecía fascinado pues existía una moda de la cultura catalana que llegaba a Madrid y despertaba curiosidad, no sé si porque los intelectuales de la *berza* tenían mala conciencia por su desconocimiento de nuestro hecho diferencial o porque la lucha catalana implica una poderosa forma de oposición al franquismo. Lleonard era el admirable ejemplo de una clase social marginada que, mientras reaccionaba contra la dictadura, se esforzaba en recobrar sus señas de identidad. Este detalle hizo mucho en favor de su imagen. Mi mujer, a quien conocerás cuando regrese de Port Serrat, se conmovió extraordinariamente cuando él nos contaba las penalidades que había pasado en la cárcel (según parece le detuvieron mientras repartía propaganda subversiva en una fábrica de Valencia). Si tienes en cuenta que, acto seguido, contaba la dramática experiencia del hospicio y una vida de perro haciendo de camarero en Londres, comprenderás que incluso una mujer tan poco aficionada al melodrama como Ketty saliese inesperadamente al vestíbulo para derramar alguna lágrima.

»Es bien sabido que sólo necesitas leer dos o tres páginas de una novela para calibrar con cierta exactitud si se debe a un escritor de raza. La novelita de Lleonard marcaba la medida justa de tales posibilidades: ni una más ni una menos. No era la perfección de un maestro, pero tampoco la mediocridad de los escritores domésticos. Tenía nervio dramático, gusto por el lenguaje, habilidad para la vertebración, presencia de un universo creativo propio e intransferible y demás elementos necesarios para formular pronósticos positivos sobre su futuro. Cuando se lo comuniqué, bajó la cabeza, sin duda para esconder un delicioso asomo de rubor. Se negaba a creerme. Me pedía que no me dejase llevar por la compasión, que optase por la sinceridad aunque fuese demoledora. Debo decir que tanta modestia resultaba muy emotiva. Ya no digo su timidez. No se atrevía a mirarme a los ojos. Su actitud era la de un discípulo obediente, no la de un compañero de oficio. Ketty lo comentó más tarde: dijo que Lleonard tenía el aspecto más puro que había visto en muchos años y, sobre todo, en esta ciudad. Decidimos que era una suerte que todavía no tuviese amigos, pues en pocos meses podrían estropear la inocencia, honestidad de propósitos y rectitud ideológica que le convertían en caso único.

»Aquella noche tocaba reunión en el Òrgan Cultural. Es, como sabes, la entidad encargada de mantener el pulso intelectual de nuestro pueblo. Aunque tiene muchos detractores, cosa lógica en un organismo vivo, yo siempre he creído que es preferible colaborar y manipular desde dentro que no quedarse fuera y limitarse a una crítica destructiva. Sería largo de explicar. Lo comprenderás si resumo el caso del Òrgan como una coalición entre derechas e izquierdas, un *fifty fifty* que mantiene adecuadamente el equilibrio de la junta e impide que la balanza de ayudas monetarias, celebraciones, bolsas de trabajo, etc., se decante del lado que desean los carcas. Poco conseguimos los de izquierdas, pero menos conseguiríamos si abandonásemos la lucha. Alguien que disponga de más tiempo que yo podrá explicarte el escándalo que se produjo cuando concedimos el Premio de Honor de las Ideas Catalanas al poeta comunista Joan Penat, contra la opinión de quienes consideraban que debía ser para Guadalbert de Foixà, ilustre autor de loas patrióticas, que era octogenario y, además, gastaba poca salud. De hecho no duró siquiera un año. Se nos murió cagando en el water del Liceo un día que se empeñó en levantarse de la cama para escuchar *Tanhauser*.

»La opinión consideró que había sido un crimen dejar morir sin recompensa a un hombre de virtudes nacionales irreprochables, mientras el premio más alto y honorífico de nuestras letras lo recogía un rojo indeseable. Se dieron de baja muchos suscriptores del Òrgan, pero los que quisimos ser realistas sacamos una moraleja: se necesita amar mucho a Cataluña para embarcarse en este tipo de *merders*; y no lo digo por la desagradable manera en que murió Guadalbert de Foixà sino porque Joan Penat merecía el galardón, aunque no sea una figura cómoda para los bienpensantes, o quizá por esto mismo.

(ORIOL DE MANLLÉ, en su sección diaria «Con el mazo dando»: «*En esta pugna por el Premio de Honor hay cosas muy poco claras, y al igual que en otros años, la más indignante es que no figure como candidato Josep Plans, el escritor del Ampurdán, a quien no pocos consideramos el más grande prosista catalán de este siglo. Por lo que sé del asunto, los Padres de la Patria que cuecen nuestras cebollas culturales desde la mesa redonda del Palau Marfany, le reprochan que haya escrito demasiado a menudo en castellano. Pero yo me pregunto si treinta formidables tomos de obras completas en perfecto catalán, y los que vengan, no autorizan a conceder a este autor el codiciado título, o las codiciadas pesetonas* [*la pela, amigos, también es cultura*].»)

(«LA CASTELLONA», en un artículo de respuesta: «*Me parece justo recordarle a Oriol de Manllé que una de las cláusulas del Premio especifica que se concede a una actitud cívica y unos valores patrióticos. Estoy dispuesta a re-*

conocer los méritos literarios del señor Plans, pero no a olvidar que, en circunstancias muy penosas para la lengua catalana, se dedicó a utilizar el castellano, idioma a todas luces opresor. También recuerdo las aspiraciones fascistas que el escritor del Ampurdán se dedicó a servir sin el menor escrúpulo. Probablemente, el joven Manllé estaba entonces en pañales, en el dorado exilio de París junto a su padre; esto justificaría que, para él, un pleito pendiente con los traidores pueda cerrarse con veinte tomos de obras completas, por otro lado excelentes. Pero los que nos hemos movido en circunstancias menos privilegiadas que los que tuvieron la suerte de exiliarse, sabemos que ciertas culpas necesitan mucho jabón para ser lavadas.»)

(ORIOL DE MANLLÉ, en el famoso artículo «Lava que te lava «*la Castellona*»»: «*Yo acabaría proponiendo a mi dilecta amiga, la Sabelotodo, que si esta especie de recompensa al Mister Cataluña del Año hila tan delgado en los valores morales, lo entregue una monjita con tocas blancas, blanquísimas, versada en literatura pía y que, en lugar del medio millón, se conceda una fotografía a todo color de la madre Ràfols. Dedicada y en perfecto catalán,* és clar...»)

—Además de la polémica sobre las veleidades fascistoides de Josep Plans, nos ocupaba otra de parecido estilo y todos la vivíamos en términos de progresistas o reaccionarias. El debate lo habían provocado unas declaraciones de Plans («En este país, lo más necesario es tener una bicicleta para escapar si vuelven los de izquierdas»), declaraciones que contestó el prolífico y patriótico novelista Frederic de Robert diciendo: «Plans es un idiota.» La violencia del comentario rompía las apariencias de civilizada cortesía que las diversas fracciones de nuestra cultura han sabido demostrar incluso en los momentos de más sangrienta rivalidad. Aquella noche del Òrgan se produjo una batalla campal (pero educada) entre amigos declarados. *La Castellona* continuaba acusando a Plans de fascista. Vicent Piquer, que había venido en representación de la cultura valenciana, la agredió directamente recordándole que Plans la detestaba como escritora y como feminista (era cierto: decía que se servía del feminismo para putear y que escribía con el clítoris). En cuanto al combativo De Robert, afirmaba Plans que sus ciento noventa y tres novelas eran un solemne monumento a la mediocridad disfrazada de literatura experimental.

»Los más moderados reconocían que, pese a que la conducta de Josep Plans durante la guerra había sido muy censurable (dicen que llegó a ser espía de Franco), ciertas palabras no debían publicarse. Para ellos, la sinceridad dejaba en un lugar penoso la proverbial educación catalana.

»Ajeno a tales discusiones, dejé sobre la mesa la novela de Lleonard, que había terminado de leer mientras esperaba la llegada de los demás. Vicent Piquer se me acercó y, con aquella socarronería que no se sabe si es terrible o de simple coña valenciana, se apresuró a comunicarme que conocía personalmente al autor y dejó bien claro que había sido el primero en descubrirlo. En aquel preciso instante se nos acercó *la Castellona*. Al oír el nombre del «joven descubrimiento» soltó una risotada de esas tan suyas, tan brutales, que te dejan cortado. Piquer te lo puede decir, porque con esa mujer le pasa igual que a mí: no sabes por dónde cogerla, no es previsible, igual puede atacar por un artículo que escribiste el mes pasado como estar tierna y simpática y llenarte de besos por un libro que no has escrito. Sin embargo, aquella noche estaba de muy buen humor porque había conseguido que pasase a votación un proyecto de cursillos populares sobre la historia del feminismo catalán en la plaza de toros. La teníamos entusiasmada con el proyecto y ella presentaba, más que nunca, ese adorable aspecto entre drogada y calentísima que algunos consideran un signo de emancipación femenina y otros de sinvergonzonería. Fumaba puros pestilentes. Puritos baratos que no se correspondían en absoluto con nuestro presente neocapitalista. Así estábamos, tan confiados de su aspecto habitual y sin esperar ninguna salida de tono inoportuna. Pero he aquí que, de repente, enarboló la novela de Lleonard a guisa de bandera y nos soltó que al muchacho le había descubierto ella sola y que, precisamente, en el número de diciembre del *Montserrat-Cultur* saldría la crítica de *Morir a Xangai,* que había solicitado escribir, muy interesada. Y, si en el terreno crítico *la Castellona* no gozaba del menor crédito, como figura pública era muy respetada y dominaba un auditorio considerable, sobre todo entre las mujeres insatisfechas, que se tragan los tostones del feminismo, y los estudiantes maricas.

»La conversación en torno a las posibilidades de Lleonard atrajo la atención de Marcel Franquesa. Me extrañó que poseyese información de primera mano sobre Lleonard. Además de leer su novela, le había conocido personalmente y le consideraba un ser humano entrañable. El círculo se fue ampliando poco a poco. Y los elogios que el crítico teatral Xavier Màrfegas dedicó tanto a la obra como a la simpatía, ternura y modestia de nuestro jovencito, me hicieron sospechar que acaso mi veredicto no era el único necesario para la buena marcha de *Morir a Xangai* ni mi reconocimiento del autor un estímulo tan imprescindible como él me había dado a entender. De hecho, cinco personas de ideología y carácter muy distinto coincidíamos sobre los méritos de una primera obra o, por lo menos, de una promesa literaria, cosa que, si debo ser sincero, no suele ocurrir en Barcelona.

»Inmediatamente se desencadenó una discusión. Pese a que todos elogiábamos la calidad de la obra y el encanto de su autor, las admiraciones y los rechazos se bifurcaron y cada uno encontró influencias, propósitos y soluciones completamente distintos. Según Vicent Piquer, lo que resultaba admirable en la obra de su compatriota era el distanciamiento crítico con que había conseguido que los componentes de la colonia británica de Shangai, en 1901, reflejasen el fracaso de la burguesía valenciana como clase dirigente, sin perder de vista la problemática de la revolución industrial en Castellón de la Plana, bien representada en los dos primeros capítulos que, no por casualidad, transcurrían en una fábrica de textiles de Londres. De tal apreciación disentía totalmente Xavier Màrfegas, quien, desde su óptica teatral, encontraba un parecido extraordinario entre la esposa del gobernador inglés y la esposa infiel de una obrita de Ruzzante (una minoría la había visto en Italia, en la escenificación filológica de De Bosio) y, por tanto, consideraba lícito aproximarse a la escritura de Lleonard basándose en las influencias del teatro dialectal italiano, desde el Renacimiento hasta Verga. Por si algo faltase, Màrfegas descubría una recreación del lenguaje popular que anunciaba que Lleonard obtendría más gloria en el teatro que en la narrativa (y, esto, Màrfegas podía asegurarlo mejor que nadie, porque Lleonard le había visitado dos días antes para suplicarle que leyese su primera obra de teatro y le proporcionase algún consejo que sólo él estaba en condiciones de dar). Acto seguido Marcel Franquesa encontró en la novela una serie de tendencias decadentistas que tranquilizaban mucho en un momento como aquél, tan excesivo en textos sociales que tendían invariablemente a atacar a la burguesía. Sin perder de vista la opinión de Piquer, yo insistía en que la novela de Lleonard me recordaba la serie negra americana. Todos se escandalizaron, porque el género todavía no gozaba de la credibilidad que últimamente le han concedido nuestras editoriales más progresistas. La fecha y el lugar de terminación de la novela (Londres, 1965) señalaban bien a las claras que aquellas influencias eran posibles, pues Lleonard podía haber recogido la tradición de la novela negra en países más civilizados. Convencer a mis compañeros de que estar influido por James Cain o Dashiell Hammett no era ninguna deshonra para la cultura catalana me costó un buen rato, pero salvó la situación el prestigio izquierdista de Simone de Beauvoir: les recordé que, en su libro *L'Amérique au jour le jour,* expuso opiniones muy elogiosas sobre tales autores.

»Marcel Franquesa exclamó en tono despectivo:

»—Cosas más raras se han visto. Sin ir más lejos, al escritor de expresión castellana Azorín le interesaba eso del cinematógrafo.

»Mientras nosotros discutíamos, *la Castellona* se fue a telefonear. Volvió al cabo de un rato, enfundándose el anorak. Se despidió a todo tren y, con esa sonrisa maliciosa que le hincha las mejillas como a una rana cada vez que quiere arrojar una bomba, nos preguntó si queríamos algún recado para la joven promesa. Se daba perfecta cuenta de que nos estaba haciendo la puñeta. Mientras arrojaba la colilla que había estado masticando hasta entonces, nos soltó que podíamos llamar a Lleonard a su casa a cualquier hora siempre que no le pescásemos durmiendo. Incluso nos informó de los horarios del muchacho. Así supimos que vivían juntos.

»¿Y si, además, fornicaban?

»El pánico fue general.

»Todavía nos estábamos haciendo cruces y *la Castellona* ya volvía a atacar:

»—Si antes de escribir sobre literatura anglosajona os dedicaseis a digerirla, veríais que la novela de Lleonard proviene directamente de *The Marble Faun* de Hawthorne.

»Encontré de pésimo gusto que citase una obra que ninguno de nosotros conocía. ¿Era una encerrona? Lo medité en profundidad mientras conducía por una ciudad aburrida, de puro invierno. *La Castellona* había sido injusta conmigo. Al fin y al cabo, mi olvido hacia la obra de Hawthorne es fácilmente disculpable si tenemos en cuenta que, antes de la guerra, ya circulaba una traducción catalana de *La letra escarlata* y, por tal motivo, ese autor no constituiría un descubrimiento ni mucho menos un notición. Llegados a tal punto, comprenderás que la gula de crítico y la necesidad de un pequeño lucimiento personal cuentan en grado sumo, y nadie podrá condenar que esta misma gula nos empuje al descubrimiento original, a un saltar de autor en autor, de estilo en estilo, en una búsqueda de la novedad absoluta que convierte a la experiencia crítica en un safari apasionante y, *toujours*, ecléctico.

»Una vez en casa me quedé trabajando un buen rato. Hacía cuatro o cinco meses que preparaba un ensayo de aproximación a la estructura narrativa de Ivy Compton-Burnett, y la cosa ya empezaba a ser urgente por la ignorancia escandalosa que las masas proletarias tenían de esta autora y, sobre todo, de los principios de semiótica aplicada a la crítica literaria. Ketty, que suele compartir mis experiencias culturales hasta donde le es humanamente posible, se quedó en el *living* leyendo el libro de Lleonard sobre el cual le había pedido una opinión profana y, por lo tanto, imparcial. No niego que temía haberme dejado impresionar superficialmente por la persona física del autor en detrimento de mi objetividad. Lo cierto es que no podía concentrarme en el trabajo. Algo me torturaba. Comprendí que ya no se trataba de la calidad del libro de Lleonard, sino de todas las cosas que podía yo crear partiendo de él. He pasado muchos años trabajando sobre las modas literarias y, a menudo, inventándolas, y sé por experiencia que cualquier oportunidad perdida en este sentido puede significar la ruina definitiva. Desde que importamos la escuela del realismo crítico, enfrentándonos al idealismo burgués, hemos creado las figuras que han convenido a cada momento, y las que no han servido hemos sabido arrinconarlas para bien de la cultura. Partiendo del marasmo de la posguerra inventamos una escuela realista, después una reacción behaviorista, más adelante audaces tentativas de estructuralismo, y ahora mismo cultivamos el irracionalismo como reacción necesaria contra todos los movimientos precedentes. No debe extrañarte. Es un imperativo de cualquier cultura que se quiera evolutiva. Lo contrario sería encasillarse. Y yo siempre he sostenido que, entre perpetuar fórmulas agotadas e improvisar corrientes nuevas, es preferible ir hacia todo cuanto signifique futuro. Porque, si bien se mira, improvisar también quiere decir crear. Y la crítica es creación a partir de la creación o no es nada.

»Reflexiones profesionales aparte, debo recordar un problema que todavía era más preocupante: si *la Castellona* escribía la crítica de *Morir a Xangai,* todos considerarían a Lleonard discípulo suyo, y esto era algo que yo no podía tolerar en modo alguno. No sólo perdía un *poulain* y un descubrimiento: si se convertía en protegido de aquella mujerona yo me vería obligado a atacarle y en tal caso los resultados no podrían ser más inciertos. Quede bien entendido que he atacado y contraatacado cuantas veces lo exigieron los intereses de la cultura y creo que con esta declaración evito cualquier sospecha de pasar por intelectual cobarde. En el caso de aquel muchacho el problema era muy otro: yo no podía atacarlo igual que a los escritores domingueros porque era muy bueno, y si cualquier otro crítico salía destacando las virtudes de *Morir a Xangai* me arriesgaba a quedar como una patata. Quiero decir que con los jóvenes conviene ir con gran cuidado, porque pueden tener golpes escondidos. Y un crítico que se estime tiene que saber nadar y guardar la ropa.

»El conflicto se iba convirtiendo en obsesión. Recurrí a un somnífero pero resultó inútil. Pasaban de las tres de la madrugada y seguía sin conciliar el sueño. Tampoco Ketty, que en lo tocante a mis asuntos profesionales ha aprendido a ser muy sufridora. En un momento determinado, insinuó con extrema prudencia que mis preocupaciones provenían de algo muy grave. No podía ocultarle la verdad; luego no lo hice. Cierto que esperaba una reacción positiva por su parte, pero no tan fuerte. Cuando supo que *la Castellona* se había apropiado de la crítica de *Morir a Xangai* profirió un grito de horror. Rápida como una centella, saltó de la cama y tomó mi cabeza entre sus manos, acariciándola como si fuese la de un niño enfermo. Era uno de esos momentos que justifican la institución del matrimonio. Ella se hacía cargo de mi drama sin que mediasen explicaciones. Era obvio que el asunto afectaba muy directamente a mi futuro y por tanto al suyo. Evidentemente, la esposa de un crítico derrotado no puede seguir vistiéndose en Coll-i-Be. A una crítica robada pueden seguir otras, y al final sobreviene el desprestigio y el consiguiente descalabro económico.

»Al cabo de un rato despertábamos a mosén Beltran, director del *Montserrat-Cultur,* gran amigo nuestro y hombre de infinita comprensión. Al principio se asustó pensando que le solicitaban para llevar el viático a algún Padre de la Patria. O acaso que estaban a punto de fusilar a cualquier compañero de Comisiones. Me apresuré a tranquilizarle: se trataba de un asunto cultural. Él gritó el nombre de Cristo por tres veces consecutivas y aseguró que a las cuatro de la madrugada no hay cultura que valga un huevo. Yo no le escuchaba. Cuando se calmó, invoqué con urgencia mi derecho a la crítica de *Morir a Xangai*.

»Pero mosén Beltran me dio una noticia que por poco se me cae el teléfono de las manos: le habían llamado con carácter urgente Barat, Franquesa, Màrfegas, y otros tres colegas más secundarios: todos exigían la misma crítica. La situación era mucho más grave de lo que pueda parecer a primera vista. La idea de mi fracaso en aquella promoción de un talento joven se me hizo tan obsesiva que continué sin conciliar el sueño durante el resto de la madrugada. Me daba perfecta cuenta de que Ketty, a mi lado, lloraba.

»A la mañana siguiente, antes de ir a la editorial, desayuné con Ramon Barat, que tenía a punto el planning para una colección de textos clásicos catalanes que esperábamos empezar con cierta urgencia. Nos sentamos en un bar del paseo de Gracia y durante un buen rato no nos dirigimos la palabra. Era evidente que la situación se estaba haciendo cada vez más tensa. Yo tenía una pregunta preparada y él otra; pero ante todo era necesario un intercambio de confesiones. Lo hicimos: cada uno por separado habíamos recibido la visita de Lleonard y a los dos nos había dicho que éramos los únicos críticos capacitados para comprender su novela. No era difícil entender que el muchacho tenía una caradura considerable. Pero tal como va el mundo esto no era lo más importante. Mucho más lo era que Ramon y yo rompiésemos los vínculos que nos habían dado tanta fuerza. Materialistas dialécticos los dos, sólo diferíamos en la forma y él me trataba de tomista y yo a él de estalinista. Él había vivido en el historicismo desde hacía diez años y yo, en todo aquel tiempo, había sabido probar cinco escuelas críticas más. Pese a las diferencias, habíamos sabido crear el ambiente más adecuado para una cultura joven y teníamos mucho público entre los universitarios. Contábamos con discípulos muy preparados que habíamos utilizado para los prólogos de algunas ediciones e incluso a la hora de escribir críticas. Era toda una generación educada por nosotros y que estaba dando sus frutos en el terreno de la poesía y el ensayo. Sólo nos faltaba un narrador que, además, se dejase adiestrar. La personalidad político-social de Lleonard era lo bastante atractiva como para llenar aquel vacío y encontrar seguidores entre el público de su generación. Ramon estaba completamente de acuerdo conmigo. La operación podía salir redonda. Derrotaríamos a la derecha una vez más. Sólo había dos problemas: él temía que, en mi crítica, la pretendida carga social de *Morir a Xangai* derivase hacia el esteticismo, y a mí me aterrorizaba que la exquisita construcción formal anunciada a través de aquella primera novela se convirtiese en el panfleto literario que Ramón suele patrocinar. De todas maneras convenimos en que era preferible correr ambos el riesgo antes que permitir que, en manos de Franquesa y sus acólitos, Lleonard se convirtiese en el glosador número 36 de los problemas de los tenderos y las carniceras. La cultura catalana nos pedía aquella alianza una vez más.

»Como tengo más mundo que Barat me correspondió

decidir por mi cuenta y riesgo los aspectos más delicados de la maniobra. Tuve que decidirlo completamente a solas, encerrado en el despacho, que es mi sanctasanctórum. Fui sopesando posibilidades. Era absolutamente necesario que Lleonard rechazase la oferta de su protectora. Resultaba un poco difícil. Bien podría ser que el chico se hubiese dejado engatusar por las malas artes propias de mujeres con sexo furibundo. Se me ocurrió una solución más práctica: exponer a mosén Beltrán la situación licenciosa de *la Castellona*. Si corría la voz que se dedicaba a fornicar con un autor a quien ella misma elogiaba, podía producirse un alud de bajas de suscriptores. Otro recurso consistía en convencer al santo varón de que el prestigio de aquella endiablada mujer entre la gente joven empezaba a decaer porque se estaba aburguesando mucho, y eso no convenía a la imagen marxista que quería presentar el *Montserrat-Cultur,* como exponente de una iglesia catalana capaz de conciliar la sagrada hostia con la hoz y el martillo. Ambas soluciones eran factibles y sencillas de aplicar, pero pronto rechacé la segunda porque no me parecía muy limpia y, al fin y al cabo, *la Castellona* no deja de ser una buena amiga.

»El tiempo apremiaba. Era urgente conquistar la voluntad de Lleonard. Seguro que con una excelente cena en algún lugar de moda y un poco de *savoir-faire* a cargo de Ketty conseguiría llevarle a mi terreno. Después de vencer algunos escrúpulos sobre la responsabilidad de tentar a una conciencia política tan sólida a base de alienaciones consumistas, me decidí a telefonear al muchacho. La voz le temblaba de emoción, pobre criatura, y al tiempo que aceptaba mi propuesta añadió que no se atrevía a ir a un sitio demasiado lujoso porque no tenía corbata. Además, no estaba acostumbrado a aquel tipo de excesos y prefería que nos quedásemos en algún local de su ambiente. No podía negarme porque él era capaz de tomarme por un reaccionario y, en este caso, mi carrera se iba definitivamente al traste. Finalmente fuimos a una tabernucha que la Ketty encontró muy típica y yo, si he de serte sincero, sucia como la tiña.

»La crítica que publiqué en *Montserrat-Cultur* se titulaba «La generación del *pop*, el *in* y el *swinging* irrumpen en el campo de las letras jóvenes». Y debo reconocer que *la Castellona* no iba desencaminada: *Morir a Xangai* contenía muchas influencias de Hawthorne. Tal vez por esa razón Lleonard sería aceptado por los miembros más sofisticados de la Gauche Dorée con tan singular unanimidad...

10. LA TRATTORIA DE SORA ASSUNTA

¡Lleonard aceptado en la Gauche Dorée porque hubiese leído a Hawthorne o a cualquier otro maestro de la literatura universal! La suposición era ridícula y más aún que William Cumingham se la tragase. Seguramente tenía en muy favorable consideración a los miembros de aquel selecto grupito social que, todavía hoy, me inspira un desprecio ilimitado. A veces, en mis paseos nocturnos por las ruinas de Atenas, evoco los discursos autosuficientes, las sonrisas desangeladas, la pedante sofisticación de los famosos intelectuales dorados y no puedo olvidar cómo me maltrataron el día de mi regreso a Barcelona, aquel 1962. Sólo recuerdo sus ataques; y los recuerdo con rabia. Entonces emerge entre las ruinas la huella de los años pasados, la experiencia de los exilios, el éxito internacional de Lleonard y mis conversaciones con Jordi Lledó, y esta mezcla me hace estallar en una carcajada atroz que algún paseante, insólito a aquellas horas de noches tan hostiles, observaría con perplejidad. Pero yo me río muy a gusto, sí, porque es absurdo pensar que las incidencias evocadas por William tuviesen algo que ver con la gran cultura tal como yo la entiendo o que la incorporación de Lleonard a aquel conjunto deslumbrante de lujo y talento llamado Gauche Dorée presentase alguna remota conexión con el mérito intelectual o las glorias del espíritu.

Pero son las grabaciones de William las que hablarán de los embrollos de la Barcelona renaciente, de los remolinos de la Barcelona posterior a mi estancia de paso. Cuando aquel mundo se decidió a adoptar el rostro exacto de la década yo me encontraba lejos, siguiendo el nuevo exilio, y el regreso a la ciudad de mi infancia se había convertido en un recuerdo atormentador. Era una herida que sólo podía examinar con la distancia del teórico y, como máximo, con la imparcialidad de quien lo ha perdido todo. Y, no obstante, ¿podía conjugar el dolor que me produjo? Regresa, vuelve, no para de ir y volver ese terror del exilio; en mi caso un exilio después de otro y, en medio, la violencia de un encuentro frustrado.

Mientras el príncipe de la crítica catalana sugiere a William que Lleonard fue aceptado por la Gauche Dorée gracias a una providencial lectura de Hawthorne, yo recuerdo las agresiones de aquella noche del 62. Los admiradores distanciados de la revolución, los compañeros de viaje, invocaban continuamente el gran milagro cubano y, de rechazo, me acusaban de todos los males que sufría el mundo occidental por culpa del capitalismo. Me trataban como a un enfermo contagioso («gusano» es la palabra que se nos aplica, y todos la conocen); me consideraban el escrofuloso de las ideas, el reaccionario que tuvo la oportunidad de participar en un gran cambio histórico y lo dejó perder. Y me escupían todas esas acusaciones en el momento más espantoso de mi crisis, desprovisto de medios, sin cobijo, rechazado por mi propia esposa, una cerda castrista. Ni siquiera me quedaba la posibilidad de volver atrás, porque significaba la cárcel o pudrirme para siempre en un campo de trabajo. Ya era un milagro que las influencias de mi padre, revolucionario convencido, me hubiesen ayudado a salir de aquel infierno. Mas, ¡en qué condiciones! El gobierno me concedía el pasaje en un barco de carga y 100 dólares para sobrevivir. Ningún objeto personal. Ninguna posibilidad de ayuda. Mis tíos de Barcelona; algún pariente remoto del pueblo de papá, en un rincón de Alicante. Fuera de esto, la miseria absoluta y el dolor de no pertenecer a parte alguna.

En Barcelona busqué a mis amigos de adolescencia, a los compañeros de instituto y sólo me encontraba con reproches: «¿Ignoras las carencias, los impedimentos de los que nos quedamos padeciendo el franquismo? ¿No quieres saber cuál era la única alternativa de los que crecimos en esta posguerra? Nuestra esperanza es, precisamente, la oportunidad que tú acabas de rechazar.» Para todos ellos yo continuaba siendo el «gusano». Estaban convencidos de que la razón histórica la tenían mis verdugos. Y, con su repudio, me arrojaban de los clanes del pensamiento progresista. Era una forma de enterrarme en vida.

Pero yo ni siquiera era de derechas; si acaso, es la intransigencia de la izquierda la que me lo hace parecer. Durante la primera época de la revolución colaboré según mis posibilidades y con gran entusiasmo. Intervine en la campaña de alfabetización y en todos los movimientos culturales destinados a consolidar la nueva ideología. Y cuando la revolución ya estaba consolidada caí en desgracia por causas que todavía ignoro. Sé que hubo acusaciones de desviacionismo. Alguien me trató de peligro social. La puta de mi mujer confirmó la acusación. Lentamente me fui desilusionando. Sin descartar mi margen de error (¿quién puede jactarse de estar en posesión de la verdad?) exigí mi derecho a equivocarme pero a sentirme vivo. Proferí mi desilusión con un grito poderoso, que era, en aquel momento, un esfuerzo inútil y aislado, porque el prestigio de la revolución entre los medios intelectuales de todo el mundo era inmenso y su promoción ilimitada. Y repito que era muy fácil creer en ella sin vivirla día a día, consumiendo miseria, acumulando miedos. Era muy fácil escribir odas al castrismo viviendo las ventajas de un país capitalista y, al mismo tiempo, ocupando el lugar privilegiado de los personajes de élite. En cambio yo tenía que pedir dinero prestado para comprar ropa de urgencia en las rebajas de los almacenes más económicos de Barcelona; pues todo mi equipaje (ropa, libros, todo) me había sido confiscado antes de salir de La Habana. Yo, el prófugo, empezaba mi itinerario por pensiones de mala muerte, itinerario destinado al fracaso ya que, si alguna editorial o cualquier publicación de prestigio se disponían a contratarme, me encontraba con que por todas partes de Europa intelectuales parecidos a los de la Gauche Dorée habían propagado que yo era un fascista, que estaba pagado por la CIA, que era de ley apartarme como un leproso. Y los odiaba, sí. En mi derrumbe los odiaba mientras ellos seguían jugando al compromiso. Las izquierdas habían dictado una moda y la Europa que me acogía estaba poblada de enemigos potenciales, dispuestos a boicotearme, a mí y a cuantos pensaban como yo. Gusanos, sí. Otra suerte de gueto decretado por el teléfono misterioso de quienes dejaban la cultura de lado y se convertían en diletantes de la política, sin comprender que, cuando los verdaderos profesionales accediesen al poder, los liquidarían sin la menor vacilación, como me habían liquidado a mí. Y yo quería que Jordi Lledó lo supiese, que sus dieciocho años se salvasen. Una noche de aquel año 62 se lo grité, desesperado. Y entre unas calles desiertas de mi ciudad de infancia, Jordi Lledó no me hizo caso. Sólo se le ocurrió sugerir... que me matase.

Pero William Cumingham no aceptaba ninguna historia capaz de poner en cuestión sus opciones ideológicas.

—A la mierda tu individualismo repugnante. A la mierda tu Jordi Lledó, el chico que nunca llegó a nada...

—Dijo: «Mátate, gusano, mátate.»

—A la mierda cuanto no sea Lleonard... y su Barcelona.

—No me acuerdo ni de Lleonard ni de aquella ciudad.

—Es como una obsesión, o llegará a serlo. Sé que me obsesionarán. Lentamente, sin remedio. Aquella ciudad y aquella gente y Lleonard tal como era cuando empezaba; pero también en qué se había convertido cuando vino a estrellarse cerca de esos palacios mugrientos. Tú podrías ayudarme y, en cambio, no haces más que aturdirme con tus problemas y el recuerdo de un chico desconocido que, según entiendo, debió excitarte mucho.

Nunca me ha gustado que los homosexuales me tomen por cómplice. Negué rápidamente aquella suposición que podía banalizar mi gran problema, que podía convertir un drama histórico en una pequeña conspiración sexual. Lo evitaba hablando nuevamente de Cuba, de la represión, de mi mujer. Pero William continuaba desviándose de cualquier cuestión que no fuese la suya, obsesiva y primordial:

—Podrías darme la clave que me librase de Lleonard, y así podría concentrarme en su gente y mi libro sería lúcido, con la lucidez que ya no tengo, que no volveré a tener hasta el día en que el misterio de Lleonard ya no me interese; el día en que, finalmente, pueda concentrarme en otras preguntas: ¿quién es el engañador y quiénes los engañados? ¿Quién inventó a quién? ¿Dónde empieza el verdadero asesino de esta historia?...

—¿Ahora hablas de asesinato? ¡En fin! Yo podría explicarte por qué murió Lleonard. Pero es preferible que te diga, sin subterfugios, que saberlo no te serviría de nada.

—Haces como ellos. Cambia la táctica pero no el resultado. Yo me acercaba a aquella gente preguntando sobre Lleonard, pero la cuestión no debía de tener la menor importancia porque, de repente, en las explicaciones de todos ellos Lleonard dejaba de existir y salían otros personajes, otros problemas que le sobrepasaban continuamente. Su muerte ya no importaba a nadie.

—¿Ni siquiera lo que le mató? Quizá a ellos no les sirva, pero es posible que sea útil para alguien. La razón de su muerte.

—Es lo que tú me niegas. Y estoy seguro de que lo sabes. Él te lo diría. Mejor dicho: te lo dijo. En una trattoria como ésta, tal vez...

Era la trattoria de Sora Assunta. Dos días antes de morir, Lleonard me llevó a ella. Y ahora yo lo recordaba para William Cumingham:

—Exactamente aquí, en aquella mesa. Junto a la ventana que da al canal. ¿Te has fijado que es una mesa para dos? Más íntima, imposible. Mientras hablábamos de Barcelona veíamos llover sobre Venecia. Exactamente como hoy. Y, también igual que hoy, todas las lleonardadas de aquella noche caían por su propio peso. Me hablaba de sí mismo, porque este tema era invariable; se refería a la fama que había obtenido en Inglaterra; estaba entusiasmado con la interpretación de Olímpia Estruch en *Bachanal* y, de pronto, sin que viniese a cuento, empezaba a hablar de la gente que había dejado en Barcelona. No les menosprecies. Odiados o amados, respetados o criticados, son más importantes que Lleonard.

Yo miraba la mesa de la ventana. Ingeborg se había distanciado completamente de nosotros. Coqueteaba con un inglés relativamente marchito que exhibía un *blazer* azul cuyo escudo imitaba al de cualquier *college* de calidad. Con todo, las miradas que la cerda dirigía a William demostraban una jugada demasiado inocente, tan elemental como ella. Quería darle celos. Así de sencillo, así de estúpido. Tanto como para que William prescindiese completamente del juego para consagrarse al suyo propio, que también era el mío.

Cerró los ojos y preguntó por qué, habiendo tantos restaurantes en Venecia, yo insistí en llevarle a la trattoria de Sora Assunta.

—Era uno de los pocos lugares donde se le vio siempre solo durante un año. ¿Sabes que no le costaba nada coger el coche y dirigirlo hacia Venecia, y que permanecía aquí muchos días, especialmente durante el invierno?

—Lo ignoraba. Y me parece muy extraño. No es su estilo de ciudad. Él no podía soportar sentirse solo. En Londres tenía un amplio círculo de adoradores. Desde el estreno de *Bachanal* y la publicación de *Orgía de lobos* era un chico de moda, como antes lo fue en Port Serrat.

—Eres obsesivo con la idea de Londres y, además, vives encallado en 1965. ¿Cómo puedes pretender que, nueve años después, un Lleonard tan distinto continuase siendo el enamorado permanente de los espejismos psicodélicos, los bailoteos furibundos y otras nimiedades de la mitología *pop*? Posiblemente, la nueva década le había convertido en un espíritu solitario, alguien que hubiese aprendido a sufrir. ¡Ya ves tú qué ironía! Resulta que le estoy defendiendo, dándole una entidad que tú le niegas..., ¡yo, que siempre le negué todos los atributos con que vosotros le habéis adornado! Incluso me tocará demostrar que acaso era un poco humano y que su muerte no fue, como quieren los moralistas, el resultado de la velocidad que caracterizó su vida y sus triunfos.

—¡La velocidad! Tanto si murió de accidente como de un probable suicidio que tú no quieres explicar, *la Castellona* tenía razón: «Lleonard ha muerto joven y furioso como sus personajes.» Tu anodino Jordi Lledó podía morir de cualquier manera; pero él no. Él había creado este mundo de mitos violentos que dominaron su vida, empujándole hacia una idea de triunfo absoluto, la única capaz de mantenerle un poco vivo. Nada había en esa ciudad muerta que pudiese tentarle. Nada. Prefiero creer que sólo vino porque Olímpia Estruch le estrenaba *Bachanal* en los actos del Festival de Teatro. Venía para ser el glorioso, el único, el cínico de siempre, que se ha convertido en diosecillo...

De repente, se volvió hacia Ingeborg, que proseguía su

mediocre intento de conquista. Se ganó un buen zarandeo y algunos insultos muy sonoros, de manera que no volvió a juguetear con el caballero del *blazer*. Al contrario, quedó observando a William con una mezcla de respeto y admiración mientras le sostenía las manos, temblorosas, convulsas.

Pero él continuaba en manos de su espectro ideal.

—Pregunta a Lola Roger. Pregunta qué recuerda de Lleonard. Que te diga si pudo ser un pobre chico solitario. Si era la víctima que encontraría apropiado morir en esta ciudad muerta.

—Conozco a esta Lola Roger. Me la presentaron en el año 62. Es un prototipo universal. La mujer moderna, emancipada, desinhibida, frívola, descarada, izquierdista y por todo ello incordiante. Conviértela, además, en editora de libros sofisticados y el personaje quedará completo. Perfecta para ser una de las reinas potenciales de la Gauche Dorée.

Venecia se derrumba, los palacios tiemblan con acometidas del tiempo que no perdona. Toda la ruina de un esplendor apolillado se ve tragada por la noche antinatural y, entre tanto oro oxidado, William Cumingham, decidido a defender sus mitos, hace surgir la imagen de Lola Roger, última etapa del Lleonard más sentimental. Pero es una dama poco apropiada para aparecer entre ruinas: es necesario que la recordemos inmersa en la abrupta escenografía de Port Serrat, el pueblo atrapado entre el mar y los acantilados. El pueblo de los vientos contradictorios, que silban constantemente como un latigazo que escarneciese los cuerpos confiados de bañistas y poetas...

(LOLA ROGER: «Un flipper. Eso mismo. ¿No preguntabas qué recuerdo de Lleonard? Pues una máquina. El clinc-clinc-clonc del flipper. Lucecitas que se encienden y él gritando: "no digas nada, no hables, ya lo tengo, ya he hecho el millón". ¿No te parece extraño que entre tanta sofisticación, tanto amor y tantas hostias, yo sólo recuerde una máquina y unas bolitas? Pero es así, exactamente como te lo cuento. Cuando hablo del flipper a los de la Gauche Dorée me tratan de tarada mental. ¿Y qué recuerdan ellos, al fin y al cabo? Cuatro collares marroquíes y algunos chalecos paquistaníes que le colocaron las dos locas de Coll-i-Be, y la pareja tan dulce que formaban él y Blanca Alcover. ¡Ah, sí! También la pareja tope que formábamos él y yo, y la pareja que había formado con Guillem, y qué santa idea tuvo al plantar a *la Castellona*. Bien, ¿qué quieres que te diga? Yo recuerdo el flipper. Lo tenía instalado en casa, con aquellos dibujos horrendos que caracterizan a esas máquinas: los chicos vestidos de *cowboy* y las chicas de cabareteras del West, o los chicos vestidos de marinero yanqui y las chicas de hawaianas, con un *aloha* que se enciende si la bolita da en el blanco, tú ya me entiendes. Si yo hubiese asistido a su boda, le recordaría como un vago reflejo del rey Arturo pasado por el probador de Coll-i-Be: un novio medieval, rubio y con una coraza azul celeste; sólo faltaba el corcel blanco. No fue una boda del siglo, naturalmente, pero al menos aquí, en Barcelona, hizo mucho ruido. Bien, quiero decir en "el ambiente". De todas maneras "el ambiente" es Barcelona. En él empieza y termina la ciudad, Cataluña, España, todo. ¿No te lo ha contado Guillem Esteba? ¡Pobre imbécil! Si le hubiese comprado un flipper para él solito, no le habría perdido. Aunque si bien se mira fue Blanca quien se lo regaló y le perdió de todas maneras. Se conoce que eso del perder va como va: a Lleonard podías retenerlo por nada o perderle en un abrir y cerrar de ojos aunque le regalases un castillo de verdad.

»No pienses que quiero desmitificarlo. ¿A qué nos conduciría? El muchachito superexquisito de aquella época, la delicada creación de Guillem Esteba y las locas de Coll-i-Be, sería fácilmente desmitificable si lo situásemos en una inmensa nave abarrotada de flippers y chaveas vulgares que hacen zas-zas con los libros de estudio en el suelo, el moco colgando y un cigarrillo barato en los labios.

»Pero él tenía la máquina en su propia casa. La exquisitez del mito queda asegurada. Su horterez era absolutamente privada. Un secreto entre los dos. En su casa podía ejercitarse en el campeonato, sin necesidad de mezclarse con la chusma. Eso nunca. Impensable, vamos. Me lo habían descrito como el adonis más inalcanzable del Decamerone. El chico de moda, casado con la chica que él podía poner de moda y ambos bendecidos por quienes la decretan. ¿Puedes imaginarlo horas y horas en un sótano de flippers y futbolines, soportando el griterío de otros muchachos que nunca sabrían qué significa estar de moda, ni en qué círculos tan sofisticados se da este fenómeno? Impensable. El flipper era privado, una posesión de Lleonard, como Blanca, como Guillem, como yo... acaso diría que el flipper era más privado que todos nosotros... Tardé en darme cuenta pero al final tuve que tragarme la evidencia. Nosotros debíamos ser su aureola erótica, los reclamos que necesitaba para demostrar al mundo que era irresistible. Pero el flipper era como su diario. Sólo que lo utilizaba para insistir continuamente —venga golpes de pulsador— hasta que conseguía hacer el millón en cada partida.

»Yo recuerdo el flipper, ya ves tú qué cosas. A veces jugaba completamente desnudo, y te juro que era todo un espectáculo. Tenía un pene descomunal, pura hipérbole, hijo, y no sé si consciente o inconscientemente lo restregaba contra la máquina mientras le daba a los botones y las bolas corrían a pasearse entre los dibujos (no sus propias bolas, por supuesto: las del jueguecillo). Aquel verano Blanca tenía muchas actuaciones en comarcas, de manera que no regresaba por las noches a Barcelona. El diosecillo se convertía entonces en un típico soltero de verano y yo me quedaba en su casa, alegrándole las penas. No creas que era una situación envidiable. Mientras yo le esperaba en la cama él no dejaba de jugar su partida, siempre con el pene contra la máquina. Yo le decía que estaba harta y llegaba al extremo de insultarle. Me vestía y me largaba, irritada conmigo misma porque no conseguía apartarlo de su obsesión. No podía permitir que mi autoestima quedase tan por los suelos. De todos modos, él no me dejaba marchar. Me perseguía hasta el rellano, completamente desnudo, me abrazaba, me hacía cuatro gracias y, claro, yo perdía la voluntad. En algunas ocasiones acabábamos los dos jugando al millón. Siempre ganaba él. Y sin hacer trampas. Ya te he dicho que pasaba muchas horas pulsando botones. Tenía la práctica de la victoria. Un día Blanca me lo dijo: jugaba tanto al flipper porque quería aprender a ganar siempre. En este aspecto era un chico extraño. Ganaba cuando estaba a solas, en casa, con el flipper en la sala de estar, pero no podía compartir las partidas con otros chicos, como si no le gustase ver a su lado a alguien que ganaba más que él o siquiera igual que él. Por eso es imposible desmitificarlo a causa del flipper: no resultaba hortera, no apestaba a colectivo, no competía. Ganaba a solas, y si por casualidad hubiese perdido, nadie se habría enterado. Todos tranquilos. Y, además, aquel pene, compañero, aquel pene. ¡Qué envergadura! ¡No lo tiene cualquier chavea ni, desde luego, ninguna máquina...!)

SIN HABER PROBADO LOS RIGATTONE, ni siquiera el chianti, pero sí mucho güisqui aguado, William dijo:

—Me avergüenzo un poco por haber revelado secretos de alcoba. No era mi intención...

—... pese a que Lleonard, en el fondo, no debía de ser mucho más que un secreto de alcoba. ¿Es eso lo que te duele reconocer?

William contestó a los insistentes cariños de Ingeborg retorciéndole violentamente el brazo, y ella gimió como una perra.

—Es posible que me cueste demostrarlo a partir de ahora... —susurraba él—, pero todo el mundo me ha considerado siempre una persona normal. —Cortaba cada posible respuesta mía, casi escupía a Ingeborg cuando ella intentaba hacerle un masaje en el cogote con sus largos y bien cuidados dedos. Él seguía en manos de su fantasma. Inclinando el cuerpo sobre la mesa, farfullaba—: ¡Soy una persona normal que no tiene por costumbre reducir los problemas del mundo a principios y finalidades de alcoba! O de urinario público, o de prostíbulo. Además, los recuerdos de Lola Roger no son exactamente sucios. Y el Lleonard de Barcelona tampoco era el camarero hetaira de Londres. Toda esa gente le dio una representatividad, y lo que representaba le hacía superior.

—Diferente.

—Más alto que ninguna otra cosa. ¡Sí!

—Diferente y punto. Un sombrero para cada situación, una camisa para cada circunstancia. Una máscara... para un único carnaval. Y basta.

—Lleonard, el efebo dorado. Lleonard el hoplita de todas las batallas. ¡Él y su relación con el flipper! Aprendía a ganar, pero ¿qué ganaba?

—Aprendía a marcar millones. Sólo esto. No le des más vueltas.

—¡Yo lo sitúo en un lugar tan alto...! Todo en él me habla de esferas superiores. Y lo veo remoto, distante en esta nueva metamorfosis. Lo imagino como amante fervoroso de Lola Roger, cuando ya ha ascendido todos los peldaños de una aventura humana... tan extraña. Y veo que la historia está a punto de terminar mientras él ocupa todo su tiempo entrenándose en la victoria... ¡Y tú me dices que venía a Venecia para estar completamente solo!

—A solas en aquella mesa, sí.

—Y al otro lado de la ventana está la Nada. No veo las cosas por las que él luchó. ¡Esta ciudad está muerta!

—No debieras abandonar el método que te habías propuesto, amigo mío. Y sin embargo te apartas continuamente de él. Éste es el problema. La imagen de un Lleonard convertido en fragmentos dispersos de la Verdad te ciega de tal modo que no te deja ver al único Lleonard que puede existir. Lo desmenuzas de tal modo, deteniéndote en todo cuanto formaba su hechizo o su repulsión personal, que pierdes la referencia del origen.

—Lleonard era maravilloso en Londres y repugnante en Barcelona, pero ¿qué Lleonard en ambos casos?

—Sólo hay uno dividido en dos, tres o cuatro épocas de su vida. Pero, ya que insistes en la historia de las duplicidades, te echaré una mano piadosa. En el principio, él era un rostro desnudo, virgen, inexistente. Un día debió de enfrentarse al espejo y, no sabemos por qué motivo, no se gustó. ¡Con cuánto esmero empezaría a esconder cada rincón de su virginidad hasta que, de ella, arrancó una primera máscara! Cuando apareció en sociedad ya llevaba muchas, pero ninguna mataba al Lleonard verdadero. Él estaba debajo de todas las máscaras, como el lejano recuerdo de una primera partida desafortunada de la naturaleza. El cambio, la estafa era su cualidad inmanente. Ergo, era un engaño pero sin ningún dualismo. Todo de una pieza.

—No creo en bondades ni en cualidades inmanentes.

Su rostro, que tú quieres único, lo iban modelando los demás. Igual que sus máscaras.

—¿Eso sería el hombre o el mito, según tú?

—Éste era Lleonard, en todo caso. El resultado de distintas batallas contra el mundo. No era el tiempo en abstracto quien le iba colocando disfraces. Eran los elementos los que alborotaban su virginidad mientras él atravesaba el tiempo.

—Y el último secreto de Lleonard... ¿sabes qué nos revelaría?

—Este secreto no existe, no puede existir si no sale de sus batallas contra el mundo. Y tienes razón, mucho más de lo que crees, cuando dices que sólo si ordeno ese mundo de Lleonard lo desnudaré a él de todas sus máscaras, hasta que me sea restituido, de nuevo virgen, siempre solo.

—¿En la explicación de sus huidas?

—Sí. En la obsesión del que huye... y tú sabes que no lo hace por un impulso inmanente. Que lo empuja algún motivo muy poderoso.

Y es el agua de Venecia lo que nos impulsa historia abajo, arrastrados por olas que tienen el color rosáceo de algún mármol quebrado cuyos fragmentos provocan burbujas gigantescas. La marea, abarrotada de cadáveres provectos, empuja remolinos que engullen a las ojivas de marfil e incluso a las figuras de los Tetrarcas que navegan al antojo de la Laguna y la abandonan perdiéndose hacia las costas donde los mercaderes de la Serenísima solían llenar sus arcas con tesoros de un siglo muy perdido.

Seguía hablando William:

—En la memoria, el estío de Barcelona se me presenta como una fantasía diabólica, un castillo escacharrado, un hábitat de brujas, cuyas escobas empuja un brusco siroco que asciende por la Rambla, desde aquel mar grasiento donde flotan las ratas reventadas. ¡El escenario ideal para cualquier forma de muerte! Por eso te digo que se necesitaba ser Lleonard para venir a estrellarse en Venecia, teniendo tan a mano la lluvia estival en Barcelona. Bastaba la lluvia de Barcelona, cualquier tarde de verano, con el fenómeno de la *xafogor* que no puede traducirse a ningún idioma, con la disipación que muestra la caída de las primeras hojas, un derrumbe prematuro, que anticipa toda la tristeza del mundo. La sordidez de aquella ciudad se vuelve perenne como acaso necesitaba Lleonard, toda esa gente, y su pequeño país, tan maltratado. Bastaba la tristeza de una lluvia de estío en Barcelona, bastaba aquella gente, bastaba él mismo. Y aunque en su ciudad ya tenía suficientes demonios, vino a morir en Venecia, el pobre imbécil.

«Pero yo sé el secreto, y tú no lo sabrás nunca», pensé.

Del sarcófago de los días de William Cumingham en Barcelona aún debían salir más fragmentos del cuerpo de Lleonard. Ese cadáver prodigioso había sido desmembrado en fragmentos tan diminutos —un verdadero torrente de sangre y vísceras— que sólo un embalsamador muy experto podía devolver a su forma original. Pero la noche de Venecia, como el verano aplastado por la *xafogor* de Barcelona, no permitía la resurrección de la carne, sino la ofuscación de las almas. Y sobre nubes iridiscentes, entre cementerios encendidos, bajo rayos apocalípticos y océanos salidos de madre, cabalgaron, coléricos y encrespados, los cuatro jinetes fundamentales. Significaba que Oriol de Manllé estaba a punto para prestar declaración.

11. LA CONGA DE LA MUERTE DE ORIOL DE MANLLÉ

El único hijo del gran poeta Manllé me repasó de arriba abajo sin ahorrar insolencia. Es el tipo de miradas que domina como nadie. Siempre que hemos coincidido en cualquier centro de la noche, he observado que examinaba a sus víctimas con idéntica acritud, exhibiendo una carta de batalla que es preciso contestar de inmediato, a guisa de cuestión vital. Pero aunque nadie me hubiese hablado de las feroces contiendas del joven, yo las conocía a través de sus críticas teatrales y muy especialmente por sus artículos costumbristas en el *Tarde/Exprés*. Le sabía gobernador honorífico de los reventadores, espejo donde aspiraban a contemplarse los airados aprendices del prestigio obtenido por medio de la destrucción sistemática. Y, reconociendo en él al último representante de un linaje poético ilustre y, al mismo tiempo, al temido generador de una mala uva en ebullición permanente, asumí sin dilación el desafío para acceder a su intimidad o, por lo menos, a ese espejismo de la intimidad que forman dos barceloneses cuando regresan a casa, de amanecida, completamente borrachos y en busca de confesiones. La provocación como respuesta a la actitud provocativa de Oriolet de Manllé era imprescindible para ganar su respeto traducido a la vez en una sorpresa ante la agresividad del contrario, sorpresa expresada en una actitud excesiva como suya: los ojos desmesuradamente abiertos, la mano crispada sobre un vaso de güisqui, el tono rojizo de la piel que se enciende no bien el cerebro palpa alguna idea que considera brillante, los diminutos rasgos estremecidos por una ironía que nunca será pacífica, toda una oleada de furia constante, de asedio eterno contra las fortalezas de los demás o, en último caso, de refugios exigidos por un escepticismo tan despectivo como madurado.

Lleonard, el gran amigo, sabría sin duda que el campo de batalla era el domicilio, muy privado, adonde Oriolet de Manllé aprendió a llevar todas sus polémicas, quizá cansado de perder tantas inútilmente y decidido a asumir para siempre todas las ventajas que puede reportar la lucha en campo propio. Y en ese terreno Lleonard debió de encontrar el flujo salvaje que le seducía; cierto estallido de vida insatisfecha y a la vez insaciable, agazapado bajo el disfraz de una indiferencia de vencido. Era el temple que debía de aleccionarle cuando, igual que Oriol, decidió que no quería resignarse a perder la guerra luchando en el bando de los mediocres, desde cuyas trincheras todo está perdido de antemano.

Y, contrariamente a Xavier Roldà, el güisqui de Oriol marcaba la diferencia en términos de creación enloquecida, o realidades fatalistas, y no sólo de recibir invitados influyentes.

—Lo sé, *bwana*, lo sé; hay ingenuos que buscan en la cultura un producto del espíritu. Ocho siglos de pensamiento humano, algún siglo más próspero y otro más jodido, nos enseñan que el pensamiento de los sublimes se convierte en libro, y la Academia y sus hijos (hijos, pues, de puta) han contribuido a hacernos creer que esto sirve para algo. Pero ni la Academia ni el pensamiento ni las hostias de la rehostia sirvieron para avisarnos de que algún día tendría que llegar la «cultureta». Anota la palabreja, *sahib*, que la ha inventado mi menda y ha hecho fortuna. ¿Cómo no iba a hacerla si es un producto netamente catalán? No la cultura, no: la cultureta. El trapo sucio de la cocina del pensamiento; el estercolero donde se acumulan 30 años de imposturas artísticas, edípicos literarios, diarreas escénicas, vómitos cinéfilos y toda una serie de desvaríos arrojados en forma de bofetada contra lo que de muy noble pudo tener el espíritu en otros lugares y otros tiempos. ¡Menudo coñazo, *fellow*! Todavía hay idiotas que se lo creen, sí, que la literatura, en Barcelona, es fruto del espíritu. ¡Patachín, patachán: caca para los crédulos!

»Mira, cuate, a mí no me la dan con queso. Yo, de niño, en lugar de bizcochos, mojaba cultura superior en el chocolate. Gracias a mi padre, yo he mamado la cultura superior, así que no me la pegan con el descojone de la cultureta. ¿Lo quieres más claro? Pues remójalo un poco, que cinco güisquis no son nada (¡tango!). Atiende, Sitting Bull: a la impostura que representa hacer pasar por noble herencia del más elevado intelecto los productos miméticos de los escritores caseros, yo lo llamo cultureta, aunque le pongan premios para adornarla, como al jamón entre dos rebanadas de pan con tomate. A la estafa que significa representar a los grandes autores universales bajo esquemas copiados, ideologías prefabricadas, formulillas mal aprendidas en Italia o Alemania y que, para colmo, pretendan hacerlo pasar por logros originales de los tenderos catalanes (sí, niño, nuestros directores teatrales son tenderos disfrazados de estudiosillos de Brecht o Meyerhold o Grotowsky o quien toque mañana), a todo eso yo lo llamo cultureta y me meo de risa, y si vienen a hacerme el numerito de la respetabilidad les suelto un ja, ja, ja a la cara, ¿me entiendes?, una buena risotada a falta de meada en la boca, *yes*. Y todavía queda más, queda hasta para el negrito del colacao. A la revolución con tapas de piel y letras de oro en el lomo, a la revolución que se consume como una merendola en un campamento de izquierdosos-capuchinos-montserratinos, a la resistencia organizada desde el todopoderoso, omnipotente, aburguesado Òrgan Cultural, así como al prochinismo, promaoísmo, archicojonada, metaleche propio del *underground*, a todo esto yo lo llamo cultureta, sí señor. Y como la cultura la he mamado desde niño y la llevo muy bien digerida, y como mis dioses se sostienen desde hace tantos siglos, porque son señores muy serios, pues me río de la cultureta y de esos pardillos que se la montan día tras día mientras gastan bula de intocables. Prefiero mandarles al cuerno y perderme por las callejas del puerto, de madrugada, para ver cómo se pelean las putas de verdad, no las de la Gauche Dorée, que son postizas, pedantes y aburridas. Me acerco hasta el Barrio Chino para divertirme con el trato de los macarras, sí, me corro vivo husmeando la entrañable fetidez de mi ciudad y me tomo un pastiset en el bar de la Encarna, que me explica de cuando chupaba pollas en Marsella, y me pone un disco de la Piaf, que siempre me produce escalofríos. Y una vez a la semana paso por una librería de lance a venderme el paquetito de cultureta que me envían las editoriales catalanas por si quiero hablar de ellos en mis artículos. Me sacudo esos libros que no son nada y creen serlo todo. La salvación de Cataluña, *habibi*. Me los vendo a peso, porque yo no juego, no señor, no juego. Pido aire, aire, que si no me asfixio.

»Ésta es la ciudad del cotilleo. El lavadero de la indiscreción, el patio de vecindad de la calumnia. Esta ciudad nada tiene que ver con el espíritu. A los intelectuales del parnasillo local debiera caérseles la cara de vergüenza. No se dan cuenta de que ultrajan a las grandes mentes que les precedieron en el pasado. ¿La cultura, dices? ¿Del espíritu, hablas? ¡Ay, ay, ay, qué bromazo y cuán lúgubre! Nuestro público lector —si existe verdaderamente un público lector, que *moi, je m'en doute*—, esos ingenuos creyentes a quienes les han dicho que tal libro es puta madre de bueno —de *good, yes*—, que comprarlo equivale a salvar a Cataluña, ésos, ésos son los pobres amenazados, las verdaderas víctimas. Tienen que leer el libraco si quieren ser enterrados algún día en el Fossar de les Moreres, donde yacen bien apiñaditos los mártires de la represión borbónica. ¡Oh, de la noche a la mañana quedarás riquísimo de espíritu y de país, lector afortunado!... Y los mandarines —bien asentados en el altar correspondiente o en el prestigio que se han autootorgado— te bendecirán entonando los salmos del padre Lukács o de monsieur Barthes o de la abuela de Susan Sontag, depende del mes y de la luna... Oh, lector fiel, así vamos tirando, *n'est-ce pas?* Da gracias a la gracia divina impartida por Herr Franquesa o *il laureato* Roldà. Lóales, sí, porque hoy te has levantado de la cama iluminadísimo con los beneficios de las letritas que ellos te han impartido. Cuando te enfrentes al nuevo día, recuerda que sabes más que ayer, que eres más resistente que ayer —«¡Leed libros catalanes y no de otras culturas, hermanos de la congregación!»— y sobre todo no te olvides de completar tu comunión espiritual con un gran espectáculo en catalán: un buen vodevil, mientras sea en catalán, *ça va!* Lo aplaudiremos, *of course* que *yes*, lo aplaudiremos fervorosamente en nombre de la causa, en nombre de los posibilismos más bellos y más heroicos de todos los posibilismos de la Cristiandad. Y tú, lector, espectador, *mon semblable, mon frère,* tú habrás ascendido a ese envidiable estado de misticismo elevadísimo que empuja a los espíritus selectos a publicar sus pensamientos sublimes para que los propaguen los críticos o, mejor dicho, los publicistas divinos a los que llamamos críticos. (¿Y dónde conceden este diploma, señor irlandés?) *Hélas, las, las!* ¡La cultureta, reta, reta, puteta, puteta! Éste es, pibe, el círculo de alta espiritualidad garantizada (no deja manchas, es indeleble), el redondel que cierra la santa, intocable, inmejorable, irredenta cultura, culturona, culturaza de estar *pour la maison,* tolón, tolón.

»Un día se lo dije a Lleonard, sí; pero él se sabía el rollo de memoria. Él era muy listo. O acaso lo sabía desde el momento en que se decidió a montar su negociete. Pero un consejo no hace daño a nadie, el sabio también lo acepta. Yo le aconsejé que no se tragase lo de que mezclándose con las patochadas barcelonesas haría cultura de la fina: de eso nada, *boy,* tururú. Le dije: «abre los ojos, niño cándido, estudia bien el *milieu,* y si en las reunioncillas, encuentros, mesas redondas, kermesses, saraos, cominterns, parlerías, enredos en forma de polémica, capillitas, periodicuchos y demás hostias de toda esa gentecilla encuentras la menor referencia a una inquietud vagamente espiritual, te regalo una cesta de Navidad (es que nos acercábamos a las fiestas; de haber sido el verano le habría regalado unos corchos de los de antes de la guerra para que flotase en los baños de San Miguel, junto a una teta de *la Castellona*). Observa que arriesgar una cesta de Navidad ya es excesivo, es mucho más del dinero que estoy dispuesto a jugarme con esta gente. No quiero ganar un chavo pero tampoco perder ni cinco. Simplemente, me importan un pito. Todo el lote no vale nada. Novelistas, arquitectos, abogados ilustrados, notarios con alma de poeta —lo dijo Gustavete Flaubercete, creo—, teatreros independientes, contestatarios de pan con tomate (*bread and tomato,* no sé si me explico), undergrounds, undercoglioni, underculos y culos *tout court,* y no quisiera dejarme a los poetas, todos de corcho a excepción de tres o cuatro que piensan como yo y por eso no salen nunca de casa, no se mezclan, lo cual equivale a decir, en plan verbigracia, que no se contaminan. (Te revelaré la triste verdad de la cultureta: los artistas que valen, los que no son un *bluff*, viven en soledad absoluta, sólo se acercan a Barcelona para arrojar piedrecitas al mar y regresan a su refugio; no entran en el juego, no. Pero la cultureta es muy vengativa, y entonces se da un caso patético, patetiquísimo: esos solitarios no existen, nadie habla de ellos, se mueren de asco en un rinconcito de Mallorca o de Valencia. Y, sin embargo, yo te aseguro que son los mejores.)

»Pero Lleonard no tenía un pelo de tonto. No te diré que como escritor valiese lo que un testículo de Thomas Mann, pero al menos no fue tributario de la cultureta. Fijó los ojos en la cultura con mayúsculas y aspiraba a tenerlas también él, lo cual ya es algo. Pero, básicamente, tenía madera de trepador, lo cual no quiere decir que fuese el único que trepaba sino que era mejor que los otros. Y a mí esto me caía simpático, porque en esta ciudad todo quisque ha intentado trepar, pero todos se han quedado abajo, tan poca clase tienen. Quiero decir que también en esto hay jerarquías y Lleonard, mira tú, era de los preparados. *High quality*. Se aferró al tronco de la cultura y fue trepando con una rapidez tremenda. ¡Y yo, inocentón, todavía quería convencerle de la mediocridad de este mundo! Él se fingía ingenuo, sí. Con expresión de santito, defendía heroicamente todas las florecillas de la cultureta e intentaba disculpar el mediocre comadreo general invocando siempre la dichosa coartada del espíritu, la coña de los equis siglos de cultura humana nos contemplan; pero la verdadera verdad se la repampinflaba como a mí; se rió de todo quisqui desde el primer momento, y yo me lo pasaba pipa viendo cómo los demás se tragaban la píldora sin rechistar, cómo se reunían en los templos de la sabiduría vernácula, y después de adularse unos a otros acababan proclamando a coro: «Orgullosos estamos, Nos, los sumos sacerdotes de las letras, al consagrar a un efebo que cree con fervor en el Parnaso catalán. Al poder consagrar a un neófito ejemplar, un catecúmeno irreprochable, nuestro hijo tan bien parido...» Y lo coronaban con todos los laureles, sí, mientras él, infante ejemplar, se golpeaba el pecho, exclamando: «Señores, no soy digno, no soy digno, no soy digno de ser proclamado discípulo vuestro, yo que no he hecho la guerra, pobre de mí, yo que no he padecido el exilio, miserable de mí...» (Y aquí ve colocando todos los ejemplos típicos de la modestia marca Lleonard.) Que los otros le creyesen ya representa un problema histórico que da más miedo que gracia. Pero, a favor del difunto, cabe apuntar un gran mérito que dice mucho sobre su categoría de actor: nadie adivinó su interpretación hasta que hizo el gran *coup de théâtre*, el último acto: una salida sensacional con una gesticulación muy espectacular, un dobladillo de gran ópera romántica que merecía un aplauso. («¡Corte de mangas, guapos, corte de mangas y tachín-tachán!») ¿Y sabes qué dijo *la Castellona* cuando supo que la última novela de Lleonard ya no era en catalán? «¡Renegado asqueroso!», exclamó. Yo me reí de ella en la cara, incluso creo que solté un eructo muy sonoro. Perdona, acabo de soltar otro. Es falta de educación, ¿verdad? Pues salgamos, que estoy hasta las narices de tanto ruido. Nada, que pago yo. Si un día voy a Dublín, me lo devuelves. Vaciaré todas las botas de Escocia. Sí, bien, de Irlanda, pero es que el güisqui escocés es mejor y, además, prefiero que me invites a Escocia, que no habrá bombas. No me gustan nada las bombas. Un día se lo dije a Lleonard: «El día que ganen los nuestros, como dicen aquí, tú y yo nos largamos a la frontera sin perder ni un minuto.» No quisiera estar aquí el día que ganen los nuestros. ¡Ta-ta-ta-ta-ta! Los nuestros jamás me perdonarán que escriba en castellano ni que prefiera el güisqui escocés a los Aromas de Montserrat. Los nuestros son muy suyos, sabes. A mi padre, los nuestros le hicieron la vida imposible, sí, del todo imposible. Cuando vivíamos en París, por aquello de que se había terminado la guerra, le criticaban, lo destrozaban a tiras, pero no paraban de suplicarle que regresase: «Oh, maestro Manllé, vos nos hacéis más falta que nadie, vuestro magisterio nos es indispensable para sobrevivir. Además, vuestro público, las floristas de la Rambla, las verdes viñas junto al mar, todo, todo os espera...» Y cuando lo tuvieron aquí, ¡zaaaas!, a destrozarlo como pudieron. Yo no se lo he perdonado nunca, William, ni a ellos ni a mi padre. Porque él regresó de una tierra civilizada, sin tener en cuenta que yo tendría que crecer aquí, en este callejón sin salida que, poco a poco, se va convirtiendo en una cárcel. Si él no hubiese escuchado el canto de los hipócritas, yo me habría educado en París y sería una persona de provecho, sí. No estaría siempre pendiente de los trenes que parten hacia la civilización. No tendría esos treinta y cuatro años tan amargados; y me importaría un pito la mediocridad de Barcelona. No habría crecido en esta ciudad contando días hasta el momento en que ya no puedes escapar, hasta el momento en que los demás han conseguido deformarte de una manera tan deshonesta. ¡Carajo! Son cosas que le contaba muchas veces a Lleonard, en noches como ésta, noches de vino tinto y pastiset y un poco de pernod, mientras subíamos por la Rambla cantando canciones francesas y jugábamos a imitar a nuestros héroes favoritos. Sí, éramos un poco mayores para jugar, pero exclamábamos a voz en grito: «Yo soy el Bogart y tú Scarface... ¡Pum, pum, pum....! ¡Muerto!» Rambla arriba, sí, y en otras ocasiones Tuset Street abajo, con ese calor que te asfixia no bien sales de los locales refrigerados... ¡Qué don de Dios, la refrigeración! ¿Verdad, tú, que mana del cielo?

LAS NOCHES DE VERANO, en Barcelona, ¡cuánto tardan en pasar! Tienen un desarrollo cansino, una parsimonia que las eterniza, y, en las postrimerías, la claridad emerge como una suerte de reproche que te trata de maldito, porque no has conseguido dormir. Desde la hora de la cena hasta la salida de los espectáculos, las noches de verano, en Barcelona, todavía pueden ser soportables, con la magia de los instantes huidizos, pequeños impactos del devenir incierto, arrebatos cuya fuerza no sabrías percibir. Pero después, la noche es un flagelo que tortura el cuerpo sin que puedas dar calificaciones precisas, y te sorprendes de que los vientos de algún desierto remoto perduren en Barcelona, acaso porque nadie podría sospechar que un lugar tan placentero, una geografía que parece proponer la idea de un edén sobre la tierra, pueda dar variaciones tan crueles del calor. Tiene el catalán una expresión máxima de la angustia consiguiente, del sudor que el cuerpo destila; una expresión intraducible, que el genio de la lengua debía haber imaginado expresamente para esta tierra: es la *xafogor,* una cualidad muy personal del calor y el mar amancebados, como una quemazón líquida, como una respiración desecha en cataratas. El nombre tiene una resonancia fatigosa, difícil de pronunciar, el sonido es desconsiderado, con el sonido raspador de la equis, tan característico de esa tierra (*eixut, eixorc, eixereit,* dicen ellos). Por eso no basta con decir: «calor». Hablan más exactamente de la *xafogor,* y acaso la expresión, aunque dura, todavía se revela insuficiente para expresar el extenuante poder del fenómeno. Será el líquido resbaladizo que la piel roba a su propia fuerza; será el agotamiento de poderes físicos que de repente se sienten llamados por un fatum nefasto, inclasificable como la palabra que, inútilmente, quiere arrancar al fenómeno su ambigüedad fundamental. Y, mientras tanto, nos aplasta bajo un estado de humor insoportable, ni de excitación ni de cansancio, ni de muerte ni de vida, como si nos convirtiese en víctimas de un sueño pesado, mientras ves cómo van perdiendo forma la ciudad y sus personajes, aislados en compartimentos separados, partes especiales de una narrativa de retablos en relieve observados a través de un daguerrotipo cuyos cristales están empapados de vómitos y continuarán deformando las imágenes hasta que huyamos de la ciudad y sus espectros.

—Nunca llegarás a conocer esta ciudad —decía Oriolet—. No creas que es una ciudad cualquiera, la muy cerda. Es... misteriosa e imprevista. No te dejes engañar por el mito del *seny.* Que no te ofusque la ilusión de que llegas a captarla por entero. Te presentarán a los intelectuales, unos cuantos de un grupito, otros de los demás; después vendrán los editores jóvenes, los directores de periódico, algún autor teatral fracasado... un buen *digest* para tus artículos, sí señor. Pero la ciudad que nos parió siempre será un enigma para ti... y probablemente una ilusión para todos nosotros. O un sueño imposible. O el gigantesco aborto que vamos construyendo entre todos mientras pensamos que es ella quien nos construye. No te bastará con un mes, ni siquiera con un año. Yo mismo, que cada noche me mamo esas calles hasta la salida del sol, ¿qué he llegado a saber, de la Puta Hechicera? (1). Ya ves: tener los años de Cristo no me ha bastado. Todo se pierde. Y no te hablo de la gente, que a éstos sí puedo clasificarlos más o menos: puedo colocarlos en barrios distintos y cada quién tendrá un carácter particular, que sé identificar. Seguro que me saldría un buen libro de costumbres. Pero no te hablo de eso, no. Me refiero a los fantasmas físicos, las piedras vetustas, la sangre podrida de tantos mundos anteriores, todo cuanto convierte las noches de las ciudades en una necrópolis fascinante, en cabalgatas de espectros que nos pertenecen y que, en cambio, somos incapaces de nombrar. Atestan una puñalada a nuestras emociones y, sin embargo, ¿qué nombre tienen? Encuéntralo tú. Encuéntralo, si eres tan listo...

—Oriol...

—¡Oriolet, por favor! ¡Emplea el diminutivo, leche! Da igual que sea por amistad o para disminuirme. Empléalo, que ya es una costumbre. ¡Oriolet! El eterno adolescente, ¿vale? Todos ésos me tuvieron en su regazo cuando era niño. Mejor dicho: los mejores de entre todos ellos. Los de la época dorada. Porque esta ciudad conoció una época de oro, no vayas a pensar que siempre estuvo tan llena de mediocres. Hubo un tiempo en que sus habitantes pensaban. Yo lo sé, porque papá me lo explicaba a menudo. Había hombres importantes, William. Esta ciudad se hacía respetar. Los libros salían del pensamiento, no de las intrigas o el cotilleo; todavía no habíamos inventado la «cultureta» porque la cultura con mayúsculas ocupaba un lugar de honor. Eran hombres importantes. Me refiero a los intelectuales de entonces. Una traducción era una señora traducción, no daban a traducir Stendhal al primer niñato de izquierdas que sabe lamer el culo de los editores progres. Existía la política y existía el rigor: un anarquista podía ser audaz y un traductor competente, pero a nadie se le ocurría mezclar las atribuciones de ambos. La cultura y la política eran cosas distintas y al mismo tiempo sólidas, y los panfletistas eran provocativos y los poetas excelentes. Después de la guerra, to-

1. «La Gran Hechicera», apodo de la ciudad de Barcelona, debido a Joan Maragall.

davía pude conocer a los que quedaban de la gran época. Muchos exiliados se desplazaban a París para entrevistarse con papá: arrastraban todo el dolor del mundo, pero todavía encontraban tiempo para chupar la nueva sabiduría de París; porque el prestigio político lo tenían ya y la preparación intelectual no termina nunca, y esto lo sabe muy bien el que vale y, en cambio, el que no vale lo ignorará siempre. Cuando papá regresó a Barcelona, los que se habían quedado venían semanalmente a casa y celebraban tertulias como las de antes de la guerra. Yo los escuchaba, embelesado, y un historiador explicaba los problemas que le planteaba el estudio de la Cataluña carolingia, y los otros sabían perfectamente de qué iba el tema, estaban capacitados para discutir sobre él. Imagínate un salón intelectual de la Restauración, en el gran París. Igual nuestra casa. No como ahora, que si existiesen salones intelectuales tendrían que restaurarlos a todos. Yo me siento orgulloso de papá y su generación; en cambio, los pseudointelectuales de ahora me hacen enrojecer de vergüenza. «Oriolet tiene la misma cara de su padre», decían aquellos maestros (reconozco que lo eran y aunque no esté de acuerdo con algunas de sus ideas les respeto y nunca reventaré lo que me inspira respeto). Entre esa gente aprendí muchas cosas. Ante todo, las bases, las raíces, lo que les falta a muchos intelectuales de hoy. ¡Cómo van a sorprenderme! Y, sobre todo: ¿con qué clase de sorpresas? Atiende bien: antes de la guerra, cuando todos ésos todavía se chupaban el dedo, mi padre era rey. Y, además, había otros: todos eran soberanos de reinos dignos, sí. Esto era una cultura normalmente constituida, con un teatro que funcionaba, editoriales serias, colecciones prestigiosas, una prensa diaria tan abundante como creíble y una opinión pública muy sólida. Yo le decía a Lleonard: «Por todas esas cosas valía la pena sacrificarse; por las de ahora no debemos dar ni un mal pedo de gitano...» Pero, aparte de la ambición que le devoraba, aparte de su numerito personal y de su mala hostia, él mantenía una pequeña esperanza. En el fondo, se resistía a creer que todo estuviese tan perdido. Como tú sabes, salía de la nada, pero era un aprendiz dotado de enorme entusiasmo; quería asimilar con la mayor rapidez todas las experiencias que pudieran proporcionarle una base cultural y unas raíces. La búsqueda de los orígenes era muy importante, muy suya. Tengo la impresión de que se pasó la vida buscando algo en qué poder creer: sé que, de encontrarlo, se hubiera aferrado a ello con una fuerza incluso exagerada. Como yo mismo, sí, como haría yo si lo encontrase (pero, ¿dónde está la solidez? ¿En qué es posible creer, aquí y ahora, después de tantos cataclismos? ¿Qué maestros podemos elegir, si todos son tan mediocres?) A veces discutíamos sobre algún tema que él no dominaba. Eran discusiones muy encendidas. Yo le decía: «Tú eso no lo sabes, así que te conviene callar.» Y entonces él me desarmaba con una respuesta humilde: «Lo sé. Tú puedes hablar con conocimiento de causa porque te respalda el prestigio de tu padre y de toda su gente; tienes dos generaciones de intelectuales aristocráticos que te respaldan...» Y tenía razón, pero no se daba cuenta de que aquel *background* no era sólo un beneficio, sino también una rémora. Porque es muy jodido que te hayan enseñado a mirar el mundo desde una altura respetable y te encuentres que ya no te permiten verlo o que los demás lo miran desde el sótano. Dime, ¿con qué van a sorprenderme? Mi padre era rey, sí, y todavía resulta más formidable que no fuese el único. Mira esas calles, contempla la parte antigua de esta ciudad: aquí vive el corazón del pueblo y mi padre llegó a él. Y en él se ha quedado, pese a quien pese, aunque les duela a tantos bachilleres sin toga, a los intrépidos dictadores culturales de costumbre. Porque, cuando habían conseguido que regresase de París, le amenazaron con el silencio crítico, le convirtieron en un nombre proscrito, en el autor de una obra que decían superada (el gran invento de Barcelona: ¡somos tan cojonudos que lo tenemos todo superado!). Pero tú dedícate a pasear por esas calles, entra en cualquier casa y pregunta, pregunta... todavía escucharás los versos de mi padre; así podrás saber, al margen de críticos y fabricantes de antologías, qué autores llegaron realmente al corazón del pueblo.

»Además, papá no se limitaba a ser una biblioteca: en aquellos tiempos, el intelectual no era sólo cuatro libros de bolsillo comprados en París y unas modas teatrales importadas de Alemania. Viajaban, sí, vivían, nunca se encerraron en la cripta ni confiaban simplemente en hacer patria. Se esforzaban en crear una obra popular. Lo que ocurre ahora es todo lo contrario. Es una ridiculez, llana y simple. Un eufemismo de cultura.

ORIOLET-CARA-DEL-PADRE, JUSTAMENTE. El recuerdo del gran escritor convertido en persistencia obsesiva. Oriolet-cara-y-recuerdo-de-papá. El mismo color rojizo —dicen—; la misma socarronería con un punto de elegancia decimonónica, el despropósito barriobajero en el momento más inesperado, la cultura clásica mezclada con un eructo de marinero de Port Serrat (los marineros de antaño, descritos en el catalán suntuoso del viejo Manllé; los hombres del mar, sabios y antiguos como las rocas de la bahía; los lobos de vela y remo que escupían habaneras y se tomaban un *cremat* sin sofisticar, junto a las redes, antes de adentrarse en la noche de las olas embravecidas). Así, el parecido entre padre e hijo era un estilo literario y, además, el reniego de un payés desaliñado abriéndose paso entre exquisiteces mundanas: los cipreses de un prestigioso jardín de Pedralbes, transmitido durante dos generaciones avezadas a leer a Paul Morand y Blaise Cendrars. Oriolet rojizo, la piel replegada cuando se indigna, hinchada cuando se fascina, fragmentos del espejo del padre (los más viejos de la comunidad le llaman, cariñosamente, *el Manlleuet*), terrible como el padre y, lo mismo que él, atentando continuamente contra el mito del *seny*. Atentados clamorosos, que hacen que Oriolet mezcle a menudo la ira de los justos con los raptos de la arbitrariedad, mientras abre los ojos de par en par y ve cómo la cola afilada del escorpión se anexiona a su cuerpo, para herirle de muerte, destruyendo por siempre el cielo azul de un instante, la mágica visión de una existencia que se realizaba durante un tiempo y, de pronto, se apagó de manera inexorable.

«Así, paseo con Oriolet por las noches bochornosas de Barcelona —llenas de *xafogor*, sí—, pero sólo soy un magnetófono servicial que escucha, recoge, preserva las escépticas vibraciones de su monólogo. Y la ciudad que él propone tiene mucho que ver con las descripciones de Lleonard cuando era él mismo y no el magnetófono de las modas de su década. Surge la Barcelona deforme, reguero de fantasmas puteros y panteones mariconiles, ciudad calada de tiempo y lluvias ardorosas. ¿Es una invención de Lleonard? Me lo pregunto después de cada paseo. ¿Es una masturbación de Oriolet? Poco a poco descubriré que no. Estoy destinado a saber que esas cualidades tétricas son inmanentes a la ciudad; que van aumentando día a día, en la genuina *xafogor* del estío, en la húmeda soledad de las noches de invierno. De hecho, la gente más herida de Barcelona tiene una extraña predisposición a amar profundamente las calles que, en el fondo, les asesinan. Atrapados por esta pasión enfermiza, arrastran al forastero a un paseo fatídico en cuyo curso todos los rincones de una ciudad que sólo pertenece a los enfermos del alma nos va mostrando las seducciones del suicidio.

»Durante mucho tiempo, Oriolet de Manllé ha cantado esta Barcelona en sus artículos menos famosos y, sin embargo, los más válidos. Algunos han desaparecido de la circulación (servidumbre de la literatura periodística, consumida día tras día). Hay que encontrarlos igual que el buen catador de vinos sabe localizar las mejores cosechas, empleando ciencia y tiempo. Así, entre la colección de artículos biliosos de Oriolet, surgirá para el especialista la perla rara de un papel nostálgico y dolorido, consagrado a describir un paseo por las calles muertas, de madrugada, cuando el chorro de las mangueras matutinas coloca una pantalla cruel y reveladora entre las ruinas de la noche y el día gris que ya está abriéndose paso. Oriolet adora esos artículos, y con razón. Para unos cuantos elegidos guardan el mensaje particular de una soledad que sólo ellos están en condiciones de compartir. El dolor de esos fragmentos revela a los iniciados un entramado de espectros conocidos, referencias ambientales convertidas en un sepulcro cerrado, con la ciudad reducida a las dimensiones de una escenografía fantasmagórica, ignorada por quienes duermen el sueño eterno del *seny*. ¡Cuántos excursionistas domingueros, frescos y radiantes a las seis de la mañana, han visto a Oriolet sentado en una silla de la Rambla, rumiando las últimas flores marchitas del delirio! Hace ya horas que se esfumó la conciencia, y la sombra del alba ejecuta una melodía optimista, de sol y fiesta; pero Oriolet sólo la entiende como el sonido de un pedo maleducado que deposita en el día naciente una peste siniestra. La luz del día ensucia el diáfano cadáver de la noche, y cuando aparece el sol y una multitud optimista se entusiasma llenando vehículos playeros, Oriolet cierra los ojos con miedo a no abrirlos nunca más, y los labios, resecos a causa de tanto tabaco, aceptan la condena de la realidad. Se acuesta, vacilando. Entonces llegan las serpientes del sueño, capitaneadas por la terrible Cobra trífida. Oriolet salta de la cama, aullando. Rechaza obstinadamente la claridad mientras Maria del Mar acude en su ayuda, pero sintiéndose impotente porque Cobra continúa allí, con sus tres cabezas hinchadas y una cabellera que se arrastra por el dormitorio. Pero, en ocasiones, si el güisqui de Oriolet resultó alegre, noche y día se unen y la larga agonía del sábado desemboca en una mañana gloriosa, rica en pequeñas ceremonias privadas. Oriolet recorre el mercado de Sant Antoni, paraíso del libro viejo, y la ilusión que le acomete provoca un regreso a la infancia. Ese niño recuperado busca ediciones antiguas de los poemas de papá, rastrea entre la mal reconocida sabiduría de los cromos y tebeos de los años felices, descubre algún "programa" del cine de ayer ("O mío o de nadie, dijo Bette Davis antes de disparar sobre el hombre que amaba"), postales amarillentas con imágenes de santas y santitos pasadas de moda, o acaso algún volumen imprevisto de los autores *maudits* que encienden su imaginación. En casos así, el artículo del lunes hablará de las pequeñas cosas en cuyo oculto lenguaje el lector malherido reconocerá algún entrañable rincón del tiempo que se niega a regresar...

»Perlas raras, sí, alejadas de la mala uva de Oriolet, su faceta más conocida por un público morboso. Pero el cultivo prospera todavía mejor cuando la soledad acoge a la coartada del intelecto ultrajado. El dolor deja paso al desprecio, y entonces salta a la palestra la Barcelona pública de Oriolet de Manllé, la que ha venido satirizando durante cuatro años de fiestas y saraos, de representaciones teatrales y estrenos de cine, desfiles de modelos *pop* y *vernissages* para cobijo de todo tipo de ismos pictóricos. Es la hora de las cartas de batalla que rezuman agresividad, los panfletos de menosprecio, los desafíos que Oriolet de Manllé asume con una sonrisa de ironía bestial, convirtiéndose él mismo en estilo que pretende consagrar una estética de la destrucción.»

—¿Sabes cómo funciona la gran pocilga local? Acaba por ahogarte; acaba haciéndote exclamar: «Ese tipo que parecía tan inteligente, ¿con qué idiotez me sale ahora?» No se salva nadie. Y pasan los años y un día comprendes que ya no te apetece pelearte porque resulta que los contrincantes carecen de la menor categoría. Antes del artículo diario tuve a mi cargo la crítica teatral, sí, y me acusaban de que me lo cargaba todo. Pero yo había puesto una condición al director del periódico: no lamería el culo de nadie, diría cuanto me saliese de las narices y, sobre todo, no comulgaría con ruedas de molino (otro deporte de nuestras izquierdas, sí señor). Al principio, venga plácemes. Los de los grupos independientes levantaban los brazos al cielo en señal de agradecimiento. «¡Eureka! Por fin tenemos un crítico joven que arremeterá contra las podridas estructuras del teatro comercial, alguien que hará justicia a los marginados, el verdadero redentor de los progresistas.» Pero cuando vieron que yo no me andaba con paternalismos, que no salvaba la mierda porque fuese marxista, entonces llegó la de Troya. Sí, pasé a ser el odioso reventador, no sólo del teatro de derechas —a éste es lícito atacarlo— sino también del de izquierdas, que es intocable por estúpido, ineficaz y negado a la creación que resulte. Porque es cierto que existe un arte de izquierdas completamente vulgar e inepto, pero no convenía denunciarlo porque equivalía a «dar un arma al enemigo». No sabes las basuras que nos ha tocado soportar por culpa de esta actitud paternalista. Me decía el director: «Tenemos que defender a los del Teatre Popular porque hacen un teatro difícil, comprometido y, sobre todo, lo hacen en catalán.» Eran el *noli-me-tángere* oficial de esos años, los salvadores de nuestra escena, la gran esperanza de la Cataluña proletaria. Y yo encontraba que, junto a alguna cosa más o menos aceptable, hacían muchas que eran imposibles, aunque anduviesen disfrazadas de progresismo. Y me importaba un huevo, sí, porque ellos ni siquiera tenían la modestia de reconocer que podían equivocarse. Se consideraban inmejorables y, por tanto, nunca consiguieron mejorar.

»Yo detesto las falsas reputaciones, y las he atacado, me he divertido mucho atacándolas porque veía a esos panolis convencidos de que una falsa reputación puede convertirse en arma de la lucha colectiva. Y yo, contra tales imposturas, garrotazo. El famoso dogma nacional que dice: «Puesto que habla en catalán, Dios le dé gloria», siempre me lo he pasado por el culo. Siempre he pensado, con Joan Fuster: «Puesto que habla en catalán, cuidado con lo que dice.» Porque últimamente se han dicho en nuestra lengua muchas más barbaridades que cosas sensatas.

»Yo asistía a un debate sobre algún montaje de Chéjov en plan casero, y me encontraba que, presidiendo la mesa, se hallaba la plana mayor del partido, rama teatral. Esos señores dominaban la situación cultural de los progresistas. Siempre tenían a uno de los suyos colocado en lugares estratégicos, y los disparates que soltaban no son para contarlos. Nunca vi gente más inculta y confusionista que los teatreros marxistoides, pero tanto entonces como ahora eran intocables. Siempre hacen piña. Sólo queda la esperanza de que acaben devorándose entre ellos. Pero esto no sería ninguna novedad, porque aquí, en Cataluña, todos acabamos devorándonos entre nosotros.

(JOAN LLUÍS XUCLÀ: «No puedo tomármelo en serio. Cada vez que celebrábamos un coloquio, Manllé llegaba borracho o se dormía a la mitad. Al día siguiente, soltaba su artículo cargándosenos a todos, incluido el público. Y yo escribía una carta de respuesta pero nunca salía publicada porque, como todo el mundo sabe, es el niño mimado del director de *Tarde/Exprés*.»)

—Pues claro que me dormía. Era difícil aguantar que mentes tan esclarecidas subiesen al escenario dispuestas a organizar la cultura teatral y soltasen tantas idioteces, se contradijesen de manera tan estrepitosa y que, encima, exigiesen el parabién de los sensatos. Pero no creas que la dictadura del famoso Partido fue la única que nos tocó soportar. En el extremo opuesto se hallaban los del teatro experimental, los que pontificaban sobre Grotowski sin haber visto uno solo de sus espectáculos. Esos niñatos se cargaban olímpicamente todo cuanto no llevase el sello Grotowski. Y llegó un día en que ya no pude aguantarme más. En un centro parroquial celebraban una mesa redonda sobre Artaud —¡imagínale en un centro parroquial, pobre Antonin!— y yo acepté intervenir sólo para tratar a todos los ponentes de idiotas; para escupirles en la cara y reprocharles que, con su mediocridad, con su manía de hacernos creer que Cataluña es Europa, se inmiscuyesen tan descaradamente en una obra rabiosa y desesperada, la obra de un escritor que sufrió la desesperación en carne viva, que aceptó todos los retos de la existencia y no se conformó trabajando en el negocio de su suegro, como hacen algunos de esos hombres de teatro que se atrevían a criticarlo. ¡La madre que los parió! Sonreían con una suficiencia propia de la ciudad más culta del mundo, la única autorizada a decidir qué autores eran viables o estaban superados o cuáles serían los fundamentos estéticos del teatro del futuro, un teatro —o una literatura o un cine— que ni siquiera habían olido de lejos. Y, al día siguiente, yo exponía todos estos planteamientos en mi sección y me cagaba en esa tropa de ineptos. No costaba mucho, porque en el mundo de la cultureta —el trapo sucio de la cocina del pensamiento, *yes*— todas las imposturas son evidentes, todos los disparates encajan, son coherentes con la estupidez general, y a la larga uno ya no puede ignorar a qué intereses están sirviendo entre todos.

»Puesto que hablábamos de Lleonard, te diré que él estaría perfectamente al tanto, porque un día estalló: «Durante un tiempo ha sido divertido ser *enfant terrible*, y te diré que me gustaba hacerme el divino. Pero ahora comprendo que escandalizar a esta pandilla de mediocres es lo más sencillo del mundo: igual que ser importante entre ellos. No cuesta nada. Así pues, ya no me interesa ni me divierte ni me da prestigio porque, a mis ojos, todos ellos están desprestigiados. Así de sencillo.»

»También yo pensaba: «No me embarcaré en más polémicas, los contrincantes no valen la pena, no tienen ni media bofetada. Que hagan una Cataluña cristiana o comunista o anarquista o como les salga de los huevos. Lo que es seguro es que nunca la harán cultural.»

»Pero a pesar de los buenos propósitos, volvía al ataque. Harto de los del catalanismo, busqué en la parte castellanizante, los *botiflers* (1), como les llama la implacable *Castellona*. Entre ellos hay algunos escritores a quienes respeto y estimo, pero al mismo tiempo corre una pandilla de esnobs que dan grima. Ibas a la presentación del libro de algún «novísimo» y oías a Xavier Roldà y al editor-poeta Adolfo Sarró expresándose como si durmiesen con el *Tel Quel* entre las piernas. En casos así, Lleonard y yo nos mirábamos alucinados, intercambiábamos sonrisas de desprecio, nos entendíamos a la perfección: estábamos descubriendo otros grados de la estupidez intelectual, traducida ahora al castellano... o a esa curiosa variante del mal castellano que es el barcelonés de los finolis. ¡Puaf! No hacía falta escribir nada contra ellos, ni siquiera apetecía, pero resulta que tenías que entregar tu artículo por narices. En lo que a la sátira respecta, te la daban regalada. Y mientras iba escribiendo comprendía que todo daba lo mismo, que los de la cultureta catalana por un lado y los divinitos, divinazos, divinórum de la Gauche Dorée por el otro, eran una mierda montada en un tranvía sin ruedas. Que los unos escribían en catalán y los otros en «castellanu» —o en barcelonés, insisto— pero que a la hora de la verdad todos eran insuficientes, les faltaba algo primordial y ni siquiera se daban cuenta. En cuanto a la tolerancia, el *fair play*, ni pizca, *boy*, ni pizca. Bastaba con que arremetieses contra un figurón de mierda para que se molestase y empezase a tejer su miserable venganza. Y, según soplasen los vientos del *Tarde/Exprés*, acababas a hostia limpia con su director, Rodríguez Santaló, quien con una mano te pedía que fueses atrevido y violento y con la otra te ordenaba contención, respeto y patriotismo mezclado con unas dosis de escudella. Hacíamos progresismo, pero al mismo tiempo era conveniente nadar y guardar la ropa. Por un lado, las presiones de la censura franquista, por otro, los compromisos del director con la burguesía catalana y los ideólogos de la cultureta. No podías ironizar sobre la Gran Enciclopèdia de les Terres Catalanes porque era una empresa de vital importancia para el futuro del país. No podías

1. Históricamente, nombre dado a los catalanes partidarios de Felipe V. Por extensión, colaboracionistas.

meterte con el banquero Jordi Piñol porque era la gran esperanza blanca de la Cataluña derechista. Aquel anuncio tan *kitsch* de la Banca Catalònia, que garantizaba la seguridad del capital contratando a una jardinera japonesa que cuidase las plantas, también era intocable, porque la Banca se presenta como la única posibilidad de crear un capitalismo a nivel europeo, financia subrepticiamente gran parte de la cultureta y, encima, Jordi Piñol es un mártir porque ha estado en la cárcel. (De todos modos, un día te contaré la que organizaron Lleonard y la fotógrafa Melita a cuenta de la dichosa jardinera japonesa de la Banca Catalònia. ¡Fue un caso de lo más célebre!)

»Por si todo cuanto acabo de exponerte fuese poco, también contaban los intereses personales de los Padres de la Patria que, para colmo, anunciaban sus productos en el *Tarde/Exprés* y, como sabes, no hay periódico que sacrifique un espacio de publicidad ni por el final de la guerra del Vietnam. O séase que otra vez silencio forzado. Y, pese a tantos impedimentos, todavía salía algún artículo valiente y progresista, porque el cuerpo te pide que seas crítico a todo riesgo y el cartel te lo ganas cuando te muestras muy ácido, cuando sigues el deporte nacional del garrotazo, sea o no inteligente. (Y, además, ¿de qué serviría la inteligencia si los supuestos inteligentes exigen que te echen del periódico cuando te metes con ellos?) Así íbamos tirando. Güisqui tras güisqui y, en el ínterin, garrotazo. Y llegaba un punto en que las ganas de cargártelo todo ya eran sinceras y, contra lo que digan los adeptos del posibilismo, notabas que tu ira no era solitaria, que había muchos jóvenes conscientes de tantas imposturas y ansiosos de que llegase alguien capaz de enviarlo todo a la mierda.

»Que nadie diga que mis ataques son gratuitos. Quizá puedan parecerlo los resultados, pero las causas están justificadas, las causas exigen la carga violenta, el asco, la hostia limpia y una buena meada sobre toda esa gente. ¿O tenemos que seguir fomentando las apariencias de hermandad? He aquí el gran espejismo, la innoble hipocresía: la unidad de fuerzas frente a una amenaza común, cuando lo cierto es que todo el mundo se destroza a escondidas, todos se envidian unos a otros y se hacen la vida imposible a condición de que no se sepa, a condición de que los resistentes parezcan apiñados cual símbolo de la sublime unificación que otorga el martirio colectivo. «Hermanos, cofrades: permaneced unidos en la diáspora, entraremos de la mano en la Tierra de Promisión y leeremos el Talmud junto a la chimenea, entonando sardanas que, como sabéis, se parecen a las danzas de las pinturas griegas aptas para garantizar la pureza de una raza irreprochable. Entre todos construiremos todo, hermanos. O como dice el banquero Jordi Piñol: «Edifiquemos la patria con ladrillos de fe.» Y yo añadiría: «Aunque entre vosotros os arranquéis los ojos, ofreceremos al enemigo la perfecta apariencia de un beso de amantes.» Y así vamos tirando con el eufemismo de la realidad. Ahora bien: conmigo que no cuenten.

»Un día Lleonard lo dijo. Lleonard Furioso, lo dijo: «¿qué hemos ganado, tú, con tantos años de polémica sobre teatro y revolución, sobre novela y revolución, sobre pintura y revolución, pero nunca sobre *la* revolución?» Y estaba hundido, Lleonard Furioso. Hundido porque había cosas en las que acaso creía de verdad y le jodía que ya no fuesen posibles: y no porque se hubiese perdido la normalidad, sino la costumbre de vivir, pensar y escribir de manera normal. Porque todo eran sustitutivos farisaicos y él lo sabía. Por eso cuando salíamos del Pastís, de madrugada, completamente borrachos, subíamos por la Rambla gritando: «A quemarlo todo, a destruirlo todo, a los de derechas y a los de izquierdas y a los de en medio, a los unos por canallas y a los otros por memos: a los que se emborrachan y a los que se quedan serenos, a los de la esperanza excesiva y a los del cinismo canalla, que no quede ni uno, y olé.»

»Huelga decir que sufríamos. Y Lleonard un poco más que yo, porque era tan joven y las ruinas no le inspiraban pesimismo: todavía las contemplaba como si, sobre ellas, fuese posible edificar algo. Y es posible que, en el fondo de este maldito coñazo, también yo crea un poco en algo. Pero, ¿sabes?, me hubiera gustado vivir en un país civilizado, con una lengua que no precise de tantos sacrificios, y en el seno de una cultura que no exija tantas víctimas voluntarias.

»Lleonard escribió que somos hijos de una tierra cruel, pero yo no soy tan lírico y pienso que es la crueldad de los mentecatos y los impotentes. No soy de los que tiran la piedra y esconden la mano, al contrario: cuanto más observo a los miembros de la cultureta más comprendo que aquí ha fallado un cromosoma básico: uno que se ha fundido o se ha disuelto o ha estallado, y los otros cromosomas, todos a la vez, navegan aislados, hostiándose contra la Historia. Si Lleonard tuvo algún mérito fue el de recorrer a toda pastilla los itinerarios típicos de un intelectual barcelonés y descubrir que eran inviables. Pero, sobre todo, como joven que era, demostró que la desorientación de esos cromosomas nacionales no podía bastarle a un talento de verdad, a una inteligencia incontaminada, esa que necesita alimentarse de experiencias provechosas, esa que ansía respirar. Sin duda asumió una evidencia muy dramática: que tanto si agredes como si defiendes, al final sólo existe la desesperación.

»Pero seguíamos con los ataques y defensas habituales y con la coraza siempre presta, porque ya no sabes a qué hora del día puede alguien asestarte la puñalada. Continuábamos soportando las dos Barcelonas del pensamiento, entre güisquis y modas hoy atractivas, mañana no tanto, con un poco más de libertad en julio y libertad más restringida en setiembre. Así, en este plan, tres años seguidos de tira y afloja. Pero me parece que ya eran muy pocos los que creían que tratábamos con un organismo vivo, y cada vez iba cayendo mayor número de desilusionados. Y es cierto, completamente cierto, que el pueblo, el famoso pueblo, ni siquiera se daba cuenta y era como si también estuviese muerto. Y aunque es evidente que conozco las causas históricas y políticas de esta muerte, no por eso conseguirán hacerme creer que toda la culpa es del enemigo. Ni los optimistas ni los escépticos, ni los oportunistas ni los del posibilismo, podían ignorar que habíamos fallado en algo que iba mucho más allá de los problemas teatrales, literarios o económicos; algo que se extendía a toda una sociedad en curso de transformación. Sí, amigo William: Barcelona iba cambiando y nosotros emperrados en los mismos temas. El escritor nacido en Cataluña que escribe en castellano ¿merece ser considerado catalán? ¿El teatro es un arma política? Puede ser considerado cine catalán el que se hace en Barcelona hablado en castellano? ¿Existe una crisis en la novela catalana? ¿Significa el final de nuestra cultura que el premio Roger de Llúria quede desierto? ¿Somos una cultura burguesa o bien la cultura preferida por todos los obreros del mundo? *And so on, so on, so on...*

»Ya lo ves, *sahib*: tantos años discutiendo sobre el sexo de los ángeles y todavía no hemos comprendido que lo único importante de la polémica es que los ángeles tengan unos cojones como los de un toro. Precisamente lo que nadie tiene en esta cultura.

12. UNA CENA DE EMPAQUE

Y tú crees tenerlos? ¿Los únicos cojones auténticamente catalanes resultan ser los tuyos?

Era Nuriona Valls, la noche siguiente de la borrachera. Oriol de Manllé acababa de resucitar el axioma de las capacidades genitales de Cataluña. Nos hallábamos cenando en Casa Lluís, en agradable compañía: Xavier y Ketty Roldà, Oriol y Maria del Mar Manllé —de profesión, matrimonios desgastados por el uso—, y además Núria Valls, escritora joven, y Bernardeta Romeu, cantautora audaz de aguda sensibilidad disimulada bajo una capa de frivolidad muy del día.

Pero entre todos era la escritora quien más interesada parecía en rebatir las opiniones de Oriol de Manllé:

—Para los que nos jugamos el pellejo, tus opiniones son insultantes. ¿Por qué no te defines de una vez? La cuestión es mucho más seria que tu técnica de reventador oficial. Sueltas un insulto grave contra toda una cultura y, si alguien se atreve a discutirlo, respondes con una evasiva. Entretanto, te has cargado a un montón de magníficos resistentes con una broma estúpida...

—Con la esquela de defunción de la cultureta, sí. Y la remato como la «Vaca Lechera»: tolón, tolón. ¡Hala!

—Un epitafio demasiado fácil. El de siempre. Y ni siquiera te molestas en fundamentarlo. Todavía es hora de que te definas ideológicamente...

Oriolet de Manllé me arrojó un par de bufidos al oído:

—La nena Valls tiene esa obsesión. ¿A ti no te ha pedido que te definas ideológicamente?

Tuve que admitir que sí porque, de hecho, Núria Valls obligaría a definirse ideológicamente a la misma Pasionaria. Pero Oriolet ya tenía el cuerpo inclinado sobre la mesa, en dirección a la muchacha, quien a su vez se departía, al otro extremo, entre Xavier Roldà y Bernardeta Romeu. Encabezando la mesa, Ketty Roldà y Maria del Mar Manllé se limitaban a intervenir abúlicamente cada vez que la conversación se aceleraba con tonos demasiado violentos. Sin la Cobra del güisqui, la agresividad de Oriolet presentaba un ritmo seco, abrupto, en absoluto lírico. Y yo me preguntaba, maravillado, cuál podía ser la utilidad de un enfrentamiento dialéctico en una cena de aquellas características. Si Núria Valls conocía de sobras el tono de Oriolet y éste la actitud beligerante de la escritora cuando alguien se metía con Cataluña, ¿qué sentido tenía que ambos se jugasen los cuartos en una discusión tan previsible?

La muchacha pisaba fuerte, y con motivo. Era muy mona, y esta circunstancia no se da frecuentemente en las mujeres que se dedican a compaginar los libros con las trincheras. Podía adoptar una expresión de candidez que le permitía atacar con total impunidad, como si estuviese haciendo una travesura. Sabía jugar a los melindres con gran fortuna, pero de repente aparecía la ortodoxia y perdía el sentido del humor —si lo tenía— y en tal caso se apresuraba a dejar bien sentado que toda discusión era al servicio de la causa. Así supimos que le había sentado muy mal un artículo de Oriolet. Con anterioridad, ella había escrito una crítica muy elogiosa de una novela mediocre escrita por un jovenzuelo impresentable. Oriolet la acusó de demagoga. No es extraño. Cuatro temporadas después de la revelación de Lleonard Pler, el joven eterno, Núria Valls sostenía que era necesario promocionar a fondo la idea de una nueva generación de escritores en la literatura catalana. Tenía la obsesión de que los jóvenes debían ir por el mundo formando un grupo generacional y ayudándose unos a otros desde los respectivos medios de difusión. De todo lo dicho se deducía que cualquier pelea entre los novísimos equivalía a contribuir a la desmoralización y que Oriolet de Manllé era descaradamente aristocrático y extremadamente injusto al no considerar las necesidades objetivas de Cataluña y los impedimentos de tipo político entre los que se movían aquellos prometedores debutantes. Pero Oriolet contestó que entre la obra grandiosa de un viejo y los intentos mediocres de cualquier joven se quedaba con la primera opción, si bien daba la vuelta a sus propias afirmaciones y sostenía que entre el prestigio parnasiano de una vieja gloria y el anonimato de un joven defendería a este último si su obra era importante y la del santón era mediocre o sobrevalorada.

Bernardeta Romeu sacudía incesantemente unos rizos de pura frivolidad y pretendía restar dramatismo a la situación imponiendo un comentario que su público habría considerado atrevido sobre las pantorrillas de un famoso futbolista («¡Nena, no seas verde!», exclamó Ketty Roldà, fingiendo escandalizarse). Por su parte, Maria del Mar Manllé intentaba calmar a su belicoso maridito mientras Xavier Roldà, cómplice indulgente de la juventud excesivamente apasionada, se acariciaba la mejilla con la gentileza propia de quienes han visto demasiado en su largo recorrido por el ancho mundo. Distribuía unas dosis de *charme* que no hubiera superado ni el más experto de los Dorian Greys.

Quienquiera que piense que, en Barcelona, ningún pleito cultural es tan importante como para que no lo endulce una buena cena, tendrá en mente las fondas y restaurantes que, sin ser feudo de un grupo concreto, presentan la confortable particularidad de las geografías neutrales en cuyos solares todos los extremos se toleran, aunque no lleguen a tocarse. Y si el pequeño local Casa Lluís, en lo que fue ciudad intramuros, exhibía aquella noche un aspecto de aglutinador cultural, un catálogo de las tendencias más diversificadas, conviene decir que nuestra mesa daba testimonio fehaciente de ello, revelando el grado de exquisitez que pueden alcanzar las rivalidades cuando son, pese a todo, civilizadas.

Formábamos una mínima parte de la diáspora que sigue al término de un sarao cultural, cuando los invitados se dispersan y prolongan el fiestorro en algún local de moda. Nuestro grupo llegaba de un cóctel de bienvenida a un editor italiano de la izquierda extraparlamentaria. El referido cóctel había permitido al agente Guillem Esteba reunir en pleno verano a una serie de personalidades que, de no mediar su poder de convocatoria, jamás se habrían molestado en bajar de Port Serrat arriesgándose al bochorno de la ciudad y, muy especialmente, a los atentados de la extrema derecha, que aquel año se dedicaba a ayudar a la policía en la búsqueda y captura de rojos, catalanistas, curas obreros, abogados laboralistas e incluso exhibidores de cines de arte y ensayo que se atrevían a programar películas de Polanski o Eisenstein.

Pese al atractivo que los ocupantes de aquella mesa podían prestar a cualquier discusión sobre Lleonard, mi encuesta se resentía de la ausencia de Guillem Esteba, el Ganimedes oficial, que en aquellos momentos acompañaba a su invitado en otra cena con los miembros más conspicuos de la cultura heterodoxa local.

Oriolet imaginó la situación acorde a las conversaciones que se llevaban aquel año: qué editorial tenía capital del Opus, qué intelectual de izquierdas estaba pagado por la CIA, cuántos días de vida le quedaban al franquismo y si era importante para la causa nacionalista que los obispos fuesen catalanes o de Valladolid. Era difícil que en aquel diluvio de preguntas supuestamente vitales tuviese cabida el tema de Lleonard, único que me interesaba confrontar con Guillem Esteba. Pero consolaba pensar que aquella ausencia no era la única importante. De hecho, todavía me faltaba conocer a sus dos féminas principales (*la Castellona* y Lola Roger) y sabía muy poco de la pobre Blanca Alcover, que se consumía en una clínica para enfermos mentales, si bien ricos, en una de las islas soberanas de aquel mar tan azul.

Los dos hombres de la mesa ya me habían hablado de Lleonard o, al menos, de un Lleonard unidimensional. Pero las mujeres no habían hecho el menor comentario y tal vez dos de ellas (las esposas de los amigos del chico) me proporcionarían detalles de observación femenina aptos para ampliar mis conocimientos. En un momento determinado comprendí que la mecánica no podía funcionar. Fue cuando Núria Valls acusó a Lleonard de trepador y acto seguido Oriolet de Manllé la agredió recordándole que precisamente ella trepaba con métodos parecidos sin alcanzar los mismos resultados. O cuando Oriolet acusó a Lleonard de haber sido demasiado ingenuo al creer en la cultureta y Núria Valls contraatacó aclarando que si algo le redimía de su comportamiento posterior era, precisamente, aquel acto de fe.

De cada opinión sobre Lleonard surgían las contradicciones que yo necesitaba, las que todavía necesito vitalmente aunque tú me las niegues, guardando el secreto último y definitivo de su muerte. Sólo comprendía que, si para unos era un ángel y para otros un demonio, ninguna de sus dos encarnaciones quedaba clarificada, y una vez más a lo largo de mi encuesta cada uno revelaba más cosas de sí mismo que no de Lleonard. Mientras, Xavier Roldà se dedicaba a repartir encanto. Siempre era el gran papá de unos, de la misma manera que *la Castellona* era la gran madre de otros y Ramon Barat el tío mayor de unos terceros (pero, ¿de quién, sino de malditos como Lleonard, podría ser hermano mayor Oriol de Manllé?). De todos modos, el paternalismo de Roldà reveló un poco de mezquindad no bien se adjudicó los éxitos de Lleonard, atribuyéndolos a la crítica que le dedicó cuando empezaba.

Todavía estábamos en el primer plato. De pronto, oímos un gran alboroto. Nos volvimos todos hacia la puerta y Núria Valls levantó la mano para recibir adecuadamente a *la Castellona*.

Llegaba rodeada de adolescentes y saludando a todo el mundo a la vez. Era inevitable. Ella, que vive en el ombligo de la Barcelona más popular, había descubierto aquel local mucho antes de que se pusiese de moda. Era entonces un restaurante de público de barrio, la comida era excelente y los precios más que económicos. Después, cada escritor llevó a un diseñador y cada director cinematográfico acompañó a un arquitecto. Si incluso Minifac Steiman acabó siendo cliente fija, era sin duda porque el pequeño fonducho de intramuros había alcanzado una gran popularidad entre los círculos divinos, esos en cuyo lenguaje el viejo concepto de «popular» ya nada tiene que ver con el pueblo.

Me habían contado que las llegadas de *la Castellona* suelen ser espectaculares, con entonaciones distintas que pasan de la alegría a la sorpresa y de la indiscreción formulada en voz queda al grito declarado. Su espectacularidad indicaba claramente la irrupción de alguien que dominaba distintos sectores a la vez: una pequeña institución que repartía sus poderes entre las filas del teatro independiente y las de la Nova Cançó, entre los literatos moderados y las promesas de literatos radicales, entre algunos nombres de la prensa progresista y los cineastas minoritarios y, en resumen, entre todos aquellos que, en Barcelona, se dedican al arte y la cultura. Concretamente aquella noche, la entrada de *la Castellona* despertó el entusiasmo de los camareros, quienes la acogían con la complicidad reservada a los conocidos de toda la vida. Convertida en una especie de vecina frescachona y bullanguera, se desplazaba hasta la cocina, que comunica con el comedor interior, y proseguía, infatigable, su guirigai afectivo. Completamente introducida en la vertiente más popular de su carácter, el intercambio de efusiones entre ella y las dueñas semejaba la parodia de una confianza italiana, libre, desenvuelta y hasta un poco chabacana. De manera que los «usted ya no nos quiere» y los «ahora ya no viene tanto como antes» se impusieron por un momento sobre el jaleo general.

Naturalmente no cayó en la descortesía de pasar por nuestra mesa sin dedicarnos muestras de afecto. Cuando me la presentaron, me confirmó nuestra cita del día siguiente, recomendando, además, que no me perdiese por las callejas del Raval. Observé entonces a algunos de sus *poulains*, decididamente tiernos y un poco intimidados. Parecían servirle de escolta pero, lejos de defenderla, se habían recogido en un rincón, dominados acaso por la timidez propia de los párvulos que se encuentran de sopetón ante un mundo de consagrados. Todos eran muy lindos —actorcillos, sin duda— y despedían un agradable perfume a carne fresca y cerebros por desvirgar.

La Castellona, de cerebro desvirgadísimo, se dirigía a Xavier Roldà con una buena dosis de ironía (eran *the best of enemies*) y aspiró a quedar bien proponiendo una cena que, en el estado de sus relaciones, era sin duda inviable. Acto seguido abrió el fuego con Oriolet, quien se había encerrado en sí mismo, masticando maldiciones, pero se animó de repente, alentado por la explosiva simpatía con que la otra le inundaba. Y era evidente que, sirviéndose de una estratagema tan simple, *la Castellona* conseguía vencer la violenta muralla de timidez de aquel joven estrambótico.

Con las mujeres no existían distancias que salvar y *la Castellona* se limitó a mostrarse cómplice. Defensora impertérrita de la teoría que entiende la mediocridad de las esposas catalanas como un penoso resultado de la mediocridad del hombre catalán (que así las prefiere) también afirmaba que otras catalanas eran superiores a sus maridos, y era evidente que aunque fuese para ultrajar a los machos de la mesa otorgaba aquella deferencia excepcional a Maria del Mar y a Ketty. También dirigía complicidad a las dos más jovencitas, si bien aquélla incluía factores profesionales y pedagógicos. Había compartido numerosas reuniones clandestinas con Núria Valls y fue presidenta del jurado que le otorgó el premio de narraciones destinado a consagrarla como escritora. Tuve la impresión de que ambas se conocían demasiado para decidirse a ser enemigas declaradas. Pero *la Castellona* no perdonaba a la nena Valls que fuese la discípula predilecta del crítico que a ella la ignoraba rotundamente, Ramon Barat.

En cuanto a Bernardeta Romeu no había rivalidad de por medio, si acaso reproches de carácter patriótico. ¿Sabría perdonar *la Castellona* que la joven hubiese renunciado a la pureza de principios de la Nova Cançó incluyendo canciones castellanas en su repertorio? Era pedirle demasiado, pero cumple decir en honor de *la Castellona* que, si no aplaudía aquella decisión, tampoco la atacaba abiertamente. Apreciaba a Bernardeta por haber sido una de sus alumnas cuando todavía le permitían dar clases en la Universidad. En aquellos tiempos la joven combinaba los estudios de filosofía y letras con la canción progresista, traducida mayormente en críticas a la burguesía local y votos de adhesión a la lucha independentista del País Vasco. Aquella noche, la antigua maestra se limitaba a reprocharle que no la visitase con la frecuencia de antaño y que, en cambio, se hubiese convertido en una habitual de la Gauche Dorée y de la particularísima vía del «sofístico-socialismo» típica de Port Serrat.

Vista y no vista, *la Castellona* reclutó a su cohorte de adolescentes y los empujó hacia el comedor interior. Durante el resto de la cena la oímos reír o pontificar con intermitencias que permitían numerosas deducciones sobre su indudable comunicación con la gente joven. Yo me sentí feliz, porque la imagen había resultado satisfactoria, y la primera mujer de la vida de Lleonard había actuado sin pasos falsos que desmintiesen su pequeña leyenda.

Con aquel corpachón poderoso, las mejillas hinchadas y la colilla colgando de sus diminutos labios, me había proporcionado la imagen necesaria para cuestionar de nuevo las capacidades amatorias de Lleonard. Y, si Xavier Roldà se permitió el comentario de un Lleonard-Europa violado por una Zeus-*Castellona*, y Oriolet de Manllé insistió en el mito de la Gran Madre y algún posible edípico latente en Lleonard, Núria Valls lo resumió todo a base de explicaciones sociológicas de bolsillo y con un retrato-robot del trepador profesional que se aprovecha de una mujer mayor que él para chuparle su influencia social. Y Bernardeta, decidida a que la cena no se viese dominada por la negra seriedad, intentaba salvarla exclamando entre palmas: «¡Pobrecito mío! ¡Si era tan flamenco!» (Probablemente lo último que pudo ser Lleonard.)

La relación de *la Castellona* con los personajes de la mesa contribuyó a reavivar el anecdotario picante de sus amores con Lleonard, pero también les animaba a recordar cómo fue el muchacho en sus comienzos, cuando le conocieron todos ellos.

Un Lleonard todavía puro presidía los primeros recuerdos de la Valls, quien al mismo tiempo, se recordaba a sí misma tal como fue durante aquellos años en que su situación dentro del mundo cultural no estaba definida: cuando era una universitaria tremendamente combativa que intentaba abrirse camino publicando artículos a troche y moche, ya sobre cultura, ya sobre política de resistencia. Su obsesión por encasillar ideológicamente todas las metamorfosis de Lleonard, contribuía al embrollo, máxime cuando ella le había conocido en el consejo de redacción de una pequeña revista independiente y, partiendo de su actuación, pasó a considerarle un guerrillero de las ideas. No parece que se equivocase completamente, ya que en aquella ocasión el chico tuvo un comportamiento admirable.

La revista *Persistència* cayó víctima de una de las grandes falacias del franquismo. Una nueva y esperanzadora ley de prensa permitía a las publicaciones salir a la calle sin pasar por la pesadilla de la censura previa, pero exigía que los directores se responsabilizasen de las posibles sanciones y éstas eran tan rigurosas como las de antes. Una acumulación de expedientes bastaba para provocar el cierrre de una publicación, y los colaboradores de aquella *Persistència* que se complacía en recordar Núria Valls habían transgredido todos los tabúes del momento, confiando en que la libertad de expresión iba de veras. Era la trampa que utilizaba la dictadura para conceder sin otorgar.

Persistència fue clausurada por un problema administrativo de extrema complejidad pero de muy sencilla explicación: era necesario matarla como se mata una víbora. El pretexto legal fue una multa muy elevada en concepto de expedientes acumulados a lo largo de varios meses. Muchos aseguran que Lleonard estuvo al pie del cañón respaldando a las víctimas en todo momento. Parece ser que entonces le conoció Núria Valls.

Como sea que el año 1968 fue el de la esperanza, también era muy propio encontrar a un Lleonard esperanzado, y es evidente que esta virtud siempre favorece cualquier imagen pública, sobre todo cuando sucesos posteriores demuestran que la esperanza y el realismo no suelen andar juntos. Con todo, Núria Valls dedicaba elogios desproporcionados a aquel Lleonard apuntado a la tropa de los partisanos. Estaba decidida a hacerlo suyo. Era el único Lleonard a quien no podía detestar.

Introduje en la conversación una pregunta comprometedora:

—Según esta teoría, ¿qué hacemos con el Lleonard que se cargaba a medio mundo? ¿Dónde dejamos al *enfant terrible* despiadado y bestial?

—¡Y tan bestial! —exclamó Bernardeta—. Era iconoclasta por sistema. No tanto como Oriolet, que conste, pero cuando estaba de mala uva, ¡ay, hijo!, es que tiraba a matar.

Al recibir la mirada destructiva de Oriolet, no se le cayó la peca postiza por milagro. Concilió Ketty, en plan señorial:

—Mejor no hables, nena, que a ti nunca se te cargó.

—Porque éramos amiguetes. Además, ¿por qué se me iba a cargar? Ya me contarás. Nunca llegó tan lejos como este cafre —al sentirse aludido, Oriolet atormentó a una sepia con cuatro golpes de tenedor. Bernardeta insistía peligrosamente—: Esos que atacan tanto, debieran subir al escenario y ponerse a cantar: veríamos si lo hacen tan bien como parece deducirse de sus artículos. —Echó la cabeza hacia atrás, soltó una risotada estentórea, los rizos temblequearon, tragó a toda prisa un vaso de vino de la casa y añadió—: ¡Si no lo digo, reviento! ¡Si no lo digo, reviento!

Los intentos de frivolidad no prosperaron por culpa de un gruñido de Oriolet:

—Pues revienta, a ver si así te callas de una vez, que más te valdría. ¿Cómo quieres que Lleonard se te cargase, si te traducía canciones del francés? Pasaba por la Sociedad de Autores y a cobrar. ¿Qué esperabas? ¿Que hiciese ascos al dinero a cambio de un artículo honesto denunciando a las que cambiáis de camisa según sopla el viento de Port Serrat?

—¡Animal! Yo llevo una línea muy clara, y tú lo sabes.

—¡Y tan clara! Ya lo dije por escrito. De la política de tenderos propia de los tiempos heroicos de la Nova Cançó te pasas al castellano y luego resulta que la maniobra no sale bien. ¿O es que ahora vamos todos a fingir que no tenemos nada que callar? No te quedó más remedio que regresar a la canción catalana porque en ella todo es aceptado, incluso lo más mediocre. Alguien te diría que vale más ser cabeza de pescado que cola de león, y tú decidiste que es preferible un éxito de mierda en una cultura pequeña que un fracaso rotundo en otra más exigente. ¿Y crees que Lleonard no lo habría denunciado de no tener algo que ganar en la rifa?

Los rizos quedaron inmóviles de repente. Bernardeta concentró toda su furia en Oriolet y la sepia, mientras decía, casi escupiendo:

—Para obrar de este modo es menester ser un sinvergüenza... como otros que yo me sé. ¡Sí, señor! Otros que se cargan a media humanidad y cuando reponen alguna obra de su padre dejan que el interino escriba una crítica favorable y, luego, a pasar por Autores. —Indignada y con un do de pecho dedicado a Ketty—: ¡Ya está! ¡Ya lo he dicho! ¿Qué pasa?

Todos esperábamos una explosión de Oriolet, pero él no parecía sobreexcitado y sí, de repente, humilde y cabizbajo. La pausa favoreció que Xavier Roldà, paternal, suavizase la situación con un: «controlaos, hijos, controlaos». Y acto seguido, Oriolet respondió a Bernardeta, aunque mirándome a mí:

—No espero que lo entiendas pero existe una ética. Me daría apuro hablar bien de las cosas que amo.

—¿Puede esto conciliarse con la ética de los reventadores? —pregunté.

—Seguramente. No revienta quien quiere, sino quien puede. ¿No es cierto, nena Valls?

Directamente aludida, Núria Valls amenazó a Oriol con el combate abierto. Era obvio que estaba muy interesada en demostrar cómo llegó Lleonard al envilecimiento. Apasionada por la idea de un Lleonard que había utilizado la pureza para trepar (NABUCA DAIANO: «Y entonces, dulce mía, ¿dónde estaba la pureza?»), introdujo nuevamente el tema del compromiso ideológico con tantas y tan notables bifurcaciones que hasta consiguió que cupiera la guerra del Vietnam. Después preguntó por qué Lleonard, tan comprometido, no asistió a la manifestación de protesta ante la embajada americana. Y Bernardeta aprovechó la pausa para dejar bien sentado que, en tan histórica oportunidad, cantó un poema del marxista Joan Penat que ella misma se encargó de musicar:

Vietnam, Vietnam
per tu plorem
els catalans (1).

Pese a los reproches de Núria Valls, aquel 1968 todavía era el año en que Lleonard fue visto en todos los actos progresistas de la ciudad y, al recordarlo, ella profirió un lamento muy sentido en pro de las virginidades ideológicas. El afán perfeccionista del primer Lleonard la dejó deslumbrada y aún vivía de aquel recuerdo y lo utilizaba para justificarle. Evidentemente, el otro Lleonard, el famoso, el que traicionó a su lengua materna, no era la misma persona y, ciertamente, no podía haber sido engendrado por la cultura catalana ni ser considerado hijo legítimo del partido. En la misma línea de reproches, Núria Valls incluía la etapa reventista del mozo, etapa suficientemente ambigua como para no aclarar si era un acto

1. Vietnam, Vietnam / por ti lloramos / los catalanes.

revolucionario o un muy original método de trepar. Pues si Oriolet era el rey de la reventada a través del artículo periodístico, Lleonard fue el maestro de una nueva tendencia de la entrevista, que consistía en tomar a un personaje ilustre y presentar sus partes más débiles, para destrozarlo con cuatro apostillas sangrientas, si convenía.

Siempre conciso, Xavier Roldà recomendó un recuerdo: Lleonard no había considerado «oportuno» cargarse a Adolfo Sarró, el exquisito poeta-editor en lengua castellana porque le convenía tener acceso a su colección «Narrativas Libres», que gozaba de extraordinario prestigio a nivel peninsular. En cambio, no vaciló en cargarse a su amigo y protector Iscle Garsó en una célebre entrevista que, en vez de mostrar su parte ejemplar y reconocida como gloria nacional, prefería destacar las manías, fobias y aspectos carcamalescos de un hombre que estaba envejeciendo.

Desprevenida contra las revelaciones que Lleonard Pler venía a hacerle semanalmente, la cultura catalana se abrió a sus entrevistas sin oponer la menor resistencia. El público lector esperó con avidez aquellos ataques a las figuras más respetables de Cataluña. Se fue desarrollando cierta curiosidad enfermiza para descubrir las taras escondidas de cierto historiador hasta entonces irreprochable, o las mediocres frivolidades de aquel escritor, aparentemente serio y riguroso. De repente, un médico que desde hacía años vivía recluido en su chaletito de Horta descubría, por sus propias respuestas, que durante toda su vida había sido un reaccionario descomunal. En aquel juego de terribles agresiones, Lleonard acababa de inaugurar el estilo de entrevista que las élites más morbosas estaban necesitando. Mientras el personaje se limitaba a hablar de Stendhal o Tolstói, el joven furioso sabía demostrar, en una sola línea, que algo olía a podrido en el Ensanche. Bastaba que el entrevistado declarase su predilección por ciertos platos tradicionales para que Lleonard Pler instruyese a los lectores con un discurso sobre el fracaso de la burguesía como clase dirigente (otro tema favorito de aquellos años). Bastaba con que a la víctima no le gustase el *pop-art* para que Lleonard demostrase la inviabilidad de sus estudios sobre la Marca Hispánica o la casa condal de Ampurias. Tanta inteligencia subtextual le proporcionó una popularidad inusitada. Y la cultureta tembló, mientras Barcelona se divertía.

Sólo Nuriona Valls preguntaba, al cabo de los años, si Lleonard Pler no se habría aprovechado de las circunstancias contribuyendo a la creación de un culto a la personalidad basada en el desprestigio del talento ajeno. Insinuaba que en aquellos días empezó a cambiar el Lleonard preferido por los puros, el que en un último número de *Persistència* publicó un artículo, hoy muy difícil de conseguir, en que arremetía contra los Padres de la Patria que no habían sido capaces de conceder un préstamo de 50 000 pesetas para salvar aquella empresa ideal.

—Un entusiasta —exclamó Núria Valls—. Un patriota. No me molesta reconocerlo. Si me apuráis, reconozco algún mérito a sus bravuconadas porque las hacía en un momento en que nadie se atrevía a levantar la mano contra las *patums*. Durante un tiempo no decepcionó y, evidentemente, resultaba incómodo para la derecha. Pero la progresión no condujo hacia donde él prometía. ¿Es o no cierto?

—Si tú esperabas la barricada es evidente que no —dijo Oriolet—. Lo último que se podía hacer desde un semanario tan timorato como el *Sputnik* era el mayo francés. Seré más preciso: es lo último que puede hacerse desde las páginas de cualquier periódico español... aunque algunos crean hacerlo.

Núria Valls tosió, incómoda; Xavier Roldà hizo un signo de inteligencia a Maria del Mar, como pidiendo su intervención si Oriolet se excedía.

Pero él dijo:

—Todo nuestro problema es de cosas que no han llegado a ser, de cosas que quedan a medio realizar. Volvemos al principio de la discusión. Siempre se vuelve al principio en Barcelona.

—¿Y Lleonard en el *Sputnik*? —pregunté.

—Ya lo teníamos colocado —dijo Xavier Roldà, apoyándose en la mesa con exquisita negligencia—. El director le acogió con los brazos abiertos y le trató a cuerpo de rey. Después, cuando la intelectualidad progresista empezó a atacar al *Sputnik* y otras revistas de derechas, Lleonard se apuntó a los ataques y, como quien dice, no dejó títere con cabeza.

Un diabólico inciso de Núria Valls:

—Tenía una manera muy pintoresca de definirse ideológicamente, el muy pillín. Nos admiraba con un artículo de gran lucidez contra la burguesía y, al mismo tiempo, le hacía el juego comiendo a costa suya. Tenía dos caras: servía a una pobre revista de combate pero también al tradicionalismo carca y reaccionario del *Sputnik*. Seamos serios: una cosa no encaja con la otra.

Estalló, desbordado, Oriolet de Manllé:

—Nada encaja con nada, nenita. ¡Y ahora no protestes, guerrillera de las buenas intenciones, vestalita del fuego sagrado! ¿Todavía no has comprendido con quién te la juegas? —señaló a Roldà—. ¿De dónde crees que sale el dinero para editar tus libros revolucionarios? ¿De una suscripción colectiva entre los mineros de Asturias? ¿O es que los obreros de la Maquinista se quitan la comida de la boca para pagar las ediciones de Gramsci y Hauser?

Maria del Mar aconsejó a Oriolet que dejase de beber, lo cual no evitó que, con la llegada de los postres, él estrenase el primer güisqui. Xavier Roldà llevaba ya tres en el cuerpo, pero nadie dudaba de su habilidad para pasar la cuerda floja con un mínimo de elegancia. El problema es que hay borracheras groseras y borracheras distinguidas. Oriolet de Manllé, borracho, molestaba. Xavier Roldà, hechizaba. En cualquiera de los dos casos hay siempre verdades que hieren y verdades que, simplemente, informan.

Núria Valls continuó informando a su manera:

—Tú no estás al corriente, William. Los que pusimos tantas esperanzas en un primer semanario en lengua catalana difícilmente podremos perdonar que, a la larga, fuese otra ocasión perdida. Necesitábamos, necesitamos una prensa en catalán. Sabes perfectamente que durante todos estos años de cripta y con el poderoso influjo del castellano en los nuevos medios de comunicación de masas...

Intervino Ketty, aburrida:

—Seguramente a nuestro amigo no le importa demasiado este problema...

—¡Premio! —exclamó Oriolet, levantando el vaso—. Al míster le basta con la literatura catalana del siglo XV. ¿Brindamos a la salud de Lleonard, irlandés?

—Es una frivolidad —exclamó Núria.

—¿Lleonard el Hermoso una frivolidad? Que se lo cuenten a nuestro amigo. —Me señaló intencionadamente. Amenazaba con la insolencia. Cayó de lleno en ella—. Hablemos de su célebre pollón. ¿Lo tenía tan gordo como aseguran las mujeres de la Gauche Dorée?

No miré a nadie en concreto, pero dije:

—Parece ser que existe algún problema en el hecho de que yo sea la única persona de esta mesa a quien todavía no habéis insultado...

—¡Lleonard el Hermosísimo! —decía Oriolet, culminando el brindis—. ¿Te dio placer? ¿O es que a los irlandeses no se os pone dura?

—Estás haciendo una pésima representación —dije—. Si tienes algo contra Lleonard, ¿por qué no lo sueltas de una vez?

—No tengo nada contra él. Era la única persona de esta ciudad a quien quise realmente.

Yo continuaba sin mirar a nadie, pero añadí:

—El arma se vuelve contra el tirador. Empiezo a conocerte, larva de poeta. Lleonard tuvo el valor de hacer lo que tú querrías y no te atreves...

—El corte de mangas.

—Exacto. Debe de ser triste inspirarlo y que sea otro quien lo lleve a cabo.

—¡Mierdota! Quizá sea por esta causa que odio a Lleonard, además de quererle como a un hermano pequeño...

Con la alegría de una reventada a tiempo —pues Núria Valls continuaba pregonando problemáticas culturales y decidiendo quién era reaccionario y quién podía llegar a serlo si se terciase—, Oriolet insistió en su papel de niño corrompido. Entonces se volvió hacia mí con la sonrisa de anticipar sorpresas y los ojos revoltosos:

—Tú, para ser inglés, no citas mucho a Shakespeare.

—Soy irlandés —dije—. Y, además, lo cito a menudo. Casi en exceso.

—Es un tipo que siempre tiene alguna frase de provecho. Veamos: «Es buen predicador aquel que sigue sus propios preceptos; pues yo encontraría más fácil enseñar a veinte personas el camino del bien que ser uno entre esos veinte y seguir yo mis propias recomendaciones...»

—Porcia —dije.

—Porcia, sí...

Oriolet, cada vez más cerca de mi rostro, susurró:

—Shakespeare... Qué tipo tan formidable, ¿verdad?

—Sí. Un gran tipo.

—Seguramente podías confiar en él. Y si no, ¿qué nos importa? ¿Verdad que no sería muy grave que fuese un gran cínico?

—Me parece muy improbable —dije—. Es difícil escribir *Troilo y Cresida* y ser un cínico.

—En Barcelona sería considerado un cínico y cosas peores. Dirían los ortodoxos: «Es un trepador que se dedica a escribir obras para halagar el gusto de la reina.» ¿Verdad, Nuriona Valls, que consideraríamos al señor William poco brechtiano, que *La tempestad* no satisface las necesidades del realismo histórico, que *El sueño de una noche de verano* es reaccionario porque contribuye al irrealismo... *e così via*?

—Shakespeare es un fenómeno irrepetible —contestó la Valls.

—Cierto, cierto. Y si se produjese en Cataluña no estaríamos en condiciones de valorarlo. ¿Verdad, Xavier Roldà, que no lo incluirías en ninguna antología por no encajar con tus teorías? Acaso sea ésta la respuesta, la patética respuesta: la cultureta sería incapaz de reconocer a un genio porque se ha acostumbrado a los buñuelos de la mediocridad.

Mientras Núria Valls y Xavier Roldà discutían la necesidad de promocionar a los escritores de la última hornada, Oriolet se apartó definitivamente de la conversación, escondiéndose entre sus propios brazos. Yo sólo alcanzaba a ver los ojos desmesurados, perdidos en una niebla deformadora y empapada de vino.

—Sé que una noche de San Juan llegará el buen maese Shakespeare y me tenderá la mano. Él me hará de guía y, además, como es un gran histrión, me entretendrá durante todo el viaje recitándome sus versos y, si alguno no entiendo, porque el pollo gasta un inglés muy enrevesado, le diré que mezcle versos de papá, los mejores, sí, los que están más olvidados porque esta mierda de ciudad te mata con el olvido así que mueres, y muy a menudo no se molesta en esperar: ya lo hace en vida. Yo... yo me dejaré llevar por el amigo Shakespeare porque me consta que él sabe mucho de estas cosas. Él y yo seremos presidentes electos de la Isla del Tesoro. Haremos un *partouze* con Molly Bloom y Annabel Lee. Follaremos los cuatro y, acto seguido, viajaremos hacia otra estación. No hará falta tranvía: nos llevará *Moby Dick* sobre su lomo blanco. ¡Es una ballena muy cachonda! Conoce muchas historias que no han sido traducidas al catalán porque los mandamases del Institut d'Estudis Catalans aseguran que el idioma de las ballenas no tiene valor de cambio. La *Moby* nos llevará lejos de aquí, volaremos hacia paraísos que sólo ella conoce, paraísos de la literatura, donde la gente es de lo más fantástica. Gente muerta, pero más viva que todos los vivos del mundo... gente que, en sus escritos, han conseguido hacerme llorar. Estoy convencido de que la *Moby* nos los presentará... ¡No te burles, William, no! Será todo muy educado, como en una novela inglesa de aquellas tan bien escritas... No estarán Nuriona Valls, Xavier Roldà, ni *la Castellona*, no... «Monsieur Mallarmé, le presento al señorito Oriolet de Manllé» «Míster Dylan, aquí un joven que tenía muchas ganas de conocerle...» «Señor, Melville, un jovencito que será su criado para siempre...» Y después, en este cielo que preside *Moby Dick*, una sorpresa descomunal: mi propio padre, situado por fin entre los grandes. «Viejo Manllé —dirá la simpática ballena—: en agradecimiento a sus poesías escritas en la lengua más inútil del mundo, le traigo a su más rendido admirador, el niño Oriolet, que quería volar y por fin lo ha conseguido.» Y reiremos todos, y qué vino tan bueno nos darán las musas, y qué abundancia de mujeres bonitas y qué caudal de flores y cuántos pedos dejaremos caer, desde lo alto, para que se asfixien los cretinos de la cultureta. Nos abriremos de piernas mientras Rimbaud hace la maricona disfrazado de reina etíope y nos masturbamos todos con ideas sublimes de verdad, con ideas firmadas por Henry Miller y no por Mercè Rododendro. ¿Y sabes quién se encuentra entre todos nosotros, abandonado y desconocido, porque el prestigio oficial todavía lo pone en duda...? ¿Sabes quién me tiende la mano porque me quiere de verdad...?

—Lleonard, supongo...

—Lleonard, sí. El cínico, el trepador, el malnacido, pero también el que nunca fue feliz hasta que llegó a este cielo de los inmortales. Él, sí, que espera agazapado en un rincón y me tiende la mano para observar juntos los callejones podridos de la Barcelona antigua, a través de una nube toda azul. Y exclamamos a dúo: «Nunca fue nuestra, esta ciudad. ¿Cómo iba a serlo, la maldita? Pertenecíamos a este cielo o a este infierno y a ningún otro lugar.»

Había hablado en un tono muy bajo, y aun yo bajé el mío para decirle:

—Es un sueño. Todos bebemos demasiado.

—¡No, que es real! El sueño son las serpientes. Es Cobra, tocada con una cabellera muy, muy larga. Lo otro es mi vivencia preferida, la reencarnación de cada madrugada. Me siento en la puta acera, completamente solo, y levanto la mano hacia el amanecer, porque sé que un buen día los genios de la literatura me llevarán consigo. Pero es Cobra quien amenaza, y es tan terrible su aspecto y tan larga su cabellera que a menudo tengo miedo de cerrar los ojos...

Rompí el aspecto violento de las confidencias recuperando el tema principal: el género de ataques que la vitalidad de la cultura necesitaba y hasta qué punto Lleonard había sido un cínico que se aprovechó de la necesidad de vulnerar el orden, sólo para hacerse famoso.

Núria Valls cogió la idea al vuelo. Señaló a Xavier Roldà:

—Tanto atacar a todo el mundo, incluida la gente que le había ayudado, no entiendo cómo nunca te atacó a ti.

—No tenía motivos —contestó Roldà, cauteloso pero con cierta ironía—: ¿Por qué iba a hacerlo? Yo soy un crítico de cierto renombre. Y, además, era su editor.

Prosiguió Núria Valls, coqueta, incisiva e incordiante:

—Evidentemente, no tenía motivos para atacarte, ya que podías prestarle más de un servicio...

Entonces Oriolet saltó del sueño a la palestra y atravesó a la Valls con la mirada:

—Tampoco tú te lo cargas, Pasionarieta.

—¿Qué pretendes insinuar, payaso?

—Que tú tienes tantas conchas como Lleonard. No puedes estar de acuerdo con los métodos críticos de Xavier ni con su forma de vida entre los de la Gauche Dorée y otros botifleros; así pues, es una suerte para él que también sea tu editor. ¿O vas a decirme que todo obedece a la casualidad? ¡Anda ya! Si tú no fueses una escritora que ha vendido bien sus primeros libros, él no te daría ni un vaso de agua. Y si tú, Xavier, no fueses un crítico influyente, y un editor que sabe promocionar subproductos aparentemente progresistas, ¿crees que ella te miraría siquiera a la cara?

Xavier Roldà se pasó el dedo por el cuello. Sudaba. Evidentemente, no sabía qué responder. Por fin dibujó una sonrisa maquiavélica:

—Son las reglas del juego, hijo mío. Todos tenemos afinidades electivas.

—Dirás intereses creados. Y, encima, sin una pizca de calor humano. Me imagino cómo será vuestra vejez si cada uno deja de disfrutar de su posición actual. Si el intercambio de intereses no funciona tan a la perfección.

—Yo me encerraré en las Hermanitas de los Pobres —dijo Ketty—. No se me ocurrirá fiarme de nadie.

Pero Oriolet no estaba para ironías tan refinadas:

—¡Sin bromas! Somos lo que somos y por esto nos toleramos. El puterío, deporte nacional de la intelectualidad barcelonesa. Tú, William, observador imparcial que nos envía la mítica Europa: ¿crees realmente que el juego vale la pena? Ese *merder*, las dobles caras, el enjabonamiento continuo, la preocupación de dejar bien a uno, el medir con exactitud si cargarse al otro no es peligroso, si conviene a la causa revolucionaria o es perjudicial para el nacionalismo... ¡Y todo para que un buen día llegue un niño mono y os tome el pelo con gran estilo de aventurero de película barata!

—¿Tomó realmente el pelo? —pregunté—. ¿Era de verdad tan deshonesto?

—Yo no he dicho eso. No puedo decirlo. Pero, en cualquier caso, su manera de tomar el pelo no consistía en la deshonestidad convencional, sino en su enigma. Si nos engañó, fue con las cosas que nunca sabremos de él. Lo hizo con incógnitas como éstas: ¿era puro en la revistita de combate?; ¿acaso creía en lo que estaba haciendo, amaba a la honestidad y ahora nosotros somos injustos porque pensamos lo contrario...?

—¡Eso es irracional! —exclamó Nuriona.

—En este juego es Lleonard quien gana; y su jugada

es tan lógica, su moral parece tan clara, que sois los demás quienes quedáis irracionales. Sí, amigos: sois irracionales y absurdos los que tenéis las dudas ideológicas resueltas, los que creéis en la esperanza a prueba de bomba, los que vivís con todas las preguntas contestadas, excepto una...

Y yo, en tono salvaje, aferrando la manga de Oriolet:

—Tu pregunta sería: «¿Qué fue realmente Lleonard?»

—Exactamente: pregunta y problema. Y, por extensión, otro que no queremos reconocer, que nos resistimos a plantear: en un castillo tan ruinoso como el nuestro, y con defensores de músculos tan débiles, siempre estaremos expuestos a los asaltos más inesperados. Tenemos unos baluartes raquíticos. Cualquier desaprensivo puede llegar y conquistarlos. Y Lleonard no fue el único. Ni siquiera el más indigno.

13. MÉTODOS PARA TREPAR EN EL AÑO 1968

Este verano regresé a lo que había sido redacción de *Lo Sputnik Català*. En los despachos desiertos de los redactores, junto a las mesas abandonadas de los dibujantes o las estanterías donde antaño se guardaban originales y pruebas de imprenta, el director canturreaba un cuplet antiguo muy apto para indignar a Núria Valls y los nuevos combatientes, aquellos que no vivían de una memoria fascinada por la cultura de preguerra. La cantinela de Fantasio tenía resonancias muy burguesas, de amor a las pequeñas cosas, voluntad inexpugnable de considerar las fuerzas del pasado como las únicas dignas de levantarse a guisa de perennes baluartes contra los avatares del presente. De este sentimiento arcaico, obtuvo la revista su estilo irrepetible.

Era el estilo que ponderaba el propio Fantasio, tres años antes. Estaba yo de paso por Barcelona y me acerqué hasta aquella redacción, entonces viva; pretendía recibir en Oxford una suscripción de la revista que me permitiera seguir la evolución del catalán moderno. Con la suficiencia del perfecto patriota, Fantasio expuso las virtudes esenciales del nuevo vehículo de la raza. Y lo hizo muy complacido por mi interés, tan útil para tapar la boca a sus detractores. Al mismo tiempo, mostraba con orgullo la colección completa a fin de que comprobase el entusiasmo de quienes se habían prestado a colaborar en una recuperación sumamente histórica. Pero tenían razón los escépticos: a menudo, no basta con el entusiasmo.

Un tiraje inicial de 200 000 ejemplares, agotados en un solo día por un público expectante, disminuyó de forma escandalosa cuando se vio que la revista era una anticualla. Pero aquel descenso, que cualquier publicación planificada en términos comerciales consideraría una catástrofe, Fantasio lo consideraba reconfortante, como garantía de continuidad de un pensamiento del que *Lo Sputnik* sentíase tributario.

—Le hablo de los lectores fieles, los que nos quedan una vez pasada la curiosidad por los primeros números. Nos hemos librado del lector provisional, ese incordio que no para de quejarse y exigir reformas. Quedan los buenos, los que enlazan las manos en la sardana, con fuerza de hermandad: los almogávares de hoy, los que continuarán avanzando, siempre adelante, sin atender a la malignidad de las capillitas de la cáscara amarga. Esos lectores resistentes aman la pureza del idioma, la pervivencia de nuestras tradiciones más arraigadas, las esencias genuinas de una raza egregia, descendiente de los griegos de Ampurias y que siempre estará por encima de politiquerías, espejismos de basta modernidad y frustraciones de cuatro bordes insatisfechos y contestatarios.

La aparición de la esperanza impresa —y cómo se obtuvo el permiso de Madrid— no constituía un secreto para nadie. Aquella autorización, suplicada por los vencidos durante veinticinco años, se concedió a las personas que podían inspirar una confianza absoluta al régimen: los catalanes que, recién terminada la guerra, se apuntaron a la Victoria sin vacilar. Acaso por esta adecuación poética al mundo oficial, *Lo Sputnik Català*, leído en Oxford, me parecía el mensajero de un planeta remoto; un planeta que, si bien aceptaba acercarse a la hora de Occidente lo hacía sólo en sus formas externas. De vez en cuando, se insinuaba un tímido intento de modernización que, en la práctica, quedaba limitado a artículos sobre algún ídolo pop y los viajes del club Decamerone a Nueva York. Después, llevado por la determinación de ganarse a los jóvenes, *Lo Sputnik* patrocinó, con espíritu paternalista, los excesos miméticos de la Barcelona *swing*. Tal actitud implicó cierto atrevimiento, pero los Padres de la Patria la bendijeron sin vacilación, porque ofrecía la imagen de una Cataluña más cercana a los países civilizados que al subdesarrollo ibérico. La burguesía madre decidió sin dificultad que *Lo Sputnik* sería europeo o no sería.

Y, con todo, no se excedió. Aunque aspirase a llegar a los jóvenes invocando los colores psicodélicos de la década, los destinatarios naturales seguían siendo los padres, los tíos y las cuñaditas, por no hablar de una gran abundancia de abuelos. Hombres y mujeres que pagaban contribución; lectores perfectamente avenidos con sus propias ideas, cultivadores del *seny* quintaesenciado, imbuidos del convencimiento de que el legado greco-romano era primordial y que el paso de los moros por Cataluña fue brevísimo en comparación con otros territorios de la Piel de Toro. Partidarios de la pureza de sangre, si he de ser exacto.

Conversando con Fantasio, me enteré de todos los problemas que pueden amenazar a un director de periódico, y debo decir que sus lamentos no me resultaban desconocidos: cada director de cada publicación me los había expuesto, con la súplica de que las declaraciones no apareciesen publicadas en el extranjero, pues todos ellos temían una represalia política. A juzgar por sus palabras, parecía que dirigir un periódico fuese una especie de cadena perpetua. No obstante, se aferraban desesperadamente a su cargo porque la vanidad humana puede más que cualquier peligro, y un puesto como aquel situaba en una posición social privilegiada a personajes que, de otra manera, nunca habrían conseguido salir del anonimato.

Mayor curiosidad me despertaban las contradicciones propias de los mensajes ancestrales en una sociedad con ínfulas de ser moderna. *Lo Sputnik* se adecuaba mucho más a la técnica informativa de un pregonero de pueblo pero ello no evitaba que Fantasio lo considerase tan peligroso y explosivo como una revista subversiva. Observando a aquel personaje perfectamente instalado en una sociedad dirigente, pensé que la situación política debía de ser muy grave si el franquismo ponía impedimentos a gente tan poco sospechosa. No era menester mucho esfuerzo para comprender que Fantasio defendía la integridad de su clase social y, como máximo, se quejaba de que la voz de los amos pudiese ser censurada como si fuesen feroces comunistas.

Sin salir de ese espíritu, sin abandonar la fe en el tradicionalismo, el ansia de representatividad de *Lo Sputnik* se dirigió a los sectores más responsables con una última voluntad de puesta al día que, sin embargo, no alterase las estructuras en lo más mínimo. Esto determinó la modernidad del nombre y, a continuación, el capricho máximo, el *aggiornamento* del logotipo: un satélite espacial tocado con la tradicional barretina y una sonrisa picarona que evocaba los entrañables monigotes de la prensa humorística de los años veinte. Y, como pináculo de una fortuna que no todas las culturas han podido gozar, el poeta neomodernista Arnau d'Amalric (pseudónimo del autor de libros tan notables como *Cualquier tiempo pasado fue mejor* y *Remembranzas de la Belle Époque en la Bella Barcino*), completó la imagen pública del semanario con un verso que los *boy scouts* llegaron a entonar a plena voz cuando iban de peregrinación a Castellterçol, patria que fue de Prat de la Riba:

Lo llamamos el Sputnik,
es redondo cual manzana
y proyecta hasta la Luna
a la lengua catalana (1).

Tanto para Fantasio como para muchos de sus redactores, el semanario implicaba una suerte de dulce regreso a un artesanado que los nostálgicos consideraban infortunadamente desaparecido en las grandes publicaciones del ancho mundo. Buscaban el espíritu de clan, la seguridad tribal y el tradicionalismo típico de las revistas barcelonesas de propiedad privada. Eran un legado de padres a hijos, la continuidad del apellido trasladada al kiosco. Fundadas después de la guerra, y dentro de la ideología más conservadora, esas revistas aguantaban con firmeza, precisamente gracias a aquella identidad que el lector habitual sabía apreciar como una forma de enlace con el añorado paraíso pequeño-burgués. Era importantísima la privatización de la manufactura y, al mismo tiempo, la ley del ahorro. Ambas exigencias no habrían sido posibles si al frente del negocio no se hubiese mantenido de forma pertinaz el cabeza de familia, procurando frenar las innovaciones que algún hijo excesivamente alocado pensara aportar, con la excusa de una adecuación a las exigencias del neocapitalismo.

1. Si l'hem batejat Sputnik / i és rodó com una pruna, / és perquè enlaira la parla / fins als cràters de la Lluna.

Al Fantasio de mi primera visita a Barcelona le amargaba un detalle sintomático: al depender de una empresa periodística de altos vuelos, *Lo Sputnik* veíase obligado a cumplir con unas exigencias industriales que le apartaban de la tradición de las revistas familiares, en las que él mismo había sido un colaborador principalísimo, y también de las revistas de preguerra, órganos de expresión de clanes artísticos que pusieron color a su dorada juventud, cuando se las daba de poeta futurista. En este punto, la evocación de la Barcelona de los felices veinte se convirtió en una amenaza que Fantasio ejecutó sin la menor contemplación. Aquélla había sido la mejor de las épocas. La dictadura de Primo de Rivera tuvo un punto perdido de juerga cotidiana, una demagogia de locura consentida que los barceloneses de aquella generación suelen evocar como exégesis de una juventud devorada por el tiempo. No así la poetización del recuerdo. Ni siquiera el trauma de la guerra civil conseguía desacreditar la elegía por los tiempos de la bohemia, la creación combinada con la chirigota y la libertad carente de libertinaje. Los reproches contra las revistas concebidas a escala industrial empujaban a Fantasio a evocar las tertulias de la época dorada, y entonces la nostalgia estallaba en un desfile de nombres de pintores, caricaturistas, músicos, periodistas y plumíferos costumbristas a los que yo he olvidado y Barcelona también. Pero, en aquel viaje hacia el pasado, me sorprendía descubrir que existió una prensa catalana viva, conseguida y, sobre todo, abundante. El franquismo cortó de raíz aquella vitalidad, lo sé. Recuperarla era un objetivo y a la vez un desafío que los resistentes tenían planteado desde 1939. Quise interrogar a Fantasio sobre las posibilidades de supervivencia del periódico en catalán que todos anhelaban y las características ideológicas de los grupos de presión que pudieran patrocinarlo; pero la memoria de mi contertulio prefería la elegía pura; así, pues, continuó cantando las glorias de las revistas bohemias instaladas en un rincón del Ateneo o en la trastienda de algún librero de lance.

Se comprenderá que los mensajes marcianos de *Lo Sputnik*, tal como los recibía en Oxford, pareciesen la señal de alerta de un mundo de difuntos.

Pero este verano, mientras esperaba a Fantasio entre

las mesas vacías de la antigua redacción, yo me preguntaba si los mensajes de los muertos no continuaban sonando indómitos a los cañonazos del tiempo y siempre decididos a evocar continuamente las glorias de la nada. Aquel día Fantasio ya no tenía que hablarme del difunto *Sputnik*. Estaba destinado a evocarme un fragmento del itinerario de Lleonard hacia el éxito.

¿He de decir que Fantasio no había cambiado? Una gentileza clásica, una elegancia tópica, le presentaban como el árbitro de la excelencia, Brummell del *seny*, compañero de mesa disputado por las madamas de la buena sociedad y previsible degustador de las experiencias más hedonistas (siempre que el hedonismo no amenace la inmutabilidad del orden). Alardeó de sus prendas en el ascensor, cuando se quejaba de las complicaciones propias de quien se ve obligado a estar en más lugares de los que permite la humana ubicuidad. Habitual de todos los actos sociales que se celebran en Barcelona, es el cronista imprescindible, el grillo de los acontecimientos que hay que convertir en *potin* distinguido; el confortable medio de comunicación con los muy juiciosos lectores de su clase. Muertos los años sesenta, muerto *Lo Sputnik*, Fantasio todavía es el voceras de la Barcelona que se divierte, la que se ilustra, la que canta y la que ríe. Inevitablemente, bajo el patronazgo de la lengua castellana, hablada con la boquita muy cerrada para no delatar el acento local. Un prodigio de refinamiento provinciano.

Un señorón de aquellas características tenía que ser un óptimo *gourmet*. Lo demostró llevándome al restaurante apropiado: uno de esos locales donde un menú carente de inventiva se permite presumir de irreprochable. Contaba mucho la tradición. Y, para hablar de muertos, nada más apropiado que la comida acreditada por la augusta sombra de los bisabuelos y con paredes repletas de paisajes y caricaturas debidos a artistas barceloneses. Huelga decir que las revistas familiares más selectas y algunas guías gastronómicas francesas calibraron el prestigio ancestral de aquella masía urbana y la recomendaban sin reservas.

—Yo también fui joven —empezó Fantasio—. Yo también armé mucho ruido. Y, además, hice la guerra. ¡Pocas cosas pueden explicarme esos modernos...!

Era el primer, inevitable reproche contra Lleonard, Oriolet de Manllé y la entera generación del 68: la de los melenudos contestatarios. Y la indulgencia con las propias locuras de una ya lejana juventud derivó a una inevitable justificación de carácter bíblico: nada hay nuevo bajo el sol y, si bien es cierto que las generaciones vienen y van, la Tierra es siempre la misma. Si con su tono de padre medio severo y medio blando Fantasio atacaba o defendía la fuerza combativa de nuestro ilustre difunto, es asunto difícil de averiguar, porque después de los reproches de rigor desvió la mirada hacia 1967 y recordó al Lleonard que suele satisfacer la memoria de los conformistas.

—Era un jovencito tan eficiente como educado, incapaz de levantar la mirada de su mesa de trabajo, presto a elogiar continuamente el contenido de la revista y con ansias de mejorarla sin, por ello, desviarse jamás de mis directrices. Trabajó primero como corrector de pruebas. Si alguna disputa tuvimos fue pequeña y, si acaso, por cuestiones de tipo gramatical: la eterna polémica sobre la actualización del catalán. Él se obstinaba en eliminar cuantas expresiones se le antojaban arcaicas. En favor de su tesis sostenía que, si además de publicar continuamente textos de carácter tradicional, los dábamos en el catalán que tildaba de «reaccionario», corríamos el riesgo de vernos rechazados por los lectores jóvenes y la masa progresista. Eran apreciaciones bastante justas, si usted quiere y, de hecho, a mí me importaba un pimiento la cuestión del idioma —siempre he encontrado más fino escribir en castellano— pero imaginaba la de cartas de protesta que se nos vendrían encima, y es que en España no abundan los creadores pero en cada lector se encierra un erudito. Si tuviese que exponerle casos no terminaríamos nunca. Los archivadores todavía estarán llenos de cartas que denuncian una falta de sintaxis o el uso incorrecto de algún vocablo. Recuerde la polémica que levantó la publicación de un texto litúrgico en lenguaje puesto al día (el tema sería incumbencia de las revistas clericales, pero necesitan todo el espacio para hablar de Lenin, Marcuse y compañía...) Fue una verdadera catástrofe. Los reproches duraron más de tres meses. La conciencia religiosa de nuestros lectores estaba tan viva como su responsabilidad lingüística. Aducían que era inadmisible transmitir conceptos sublimes por medio del habla vulgar. Contra esta actitud se erigía la de quienes se acogían al espíritu postconciliar, una de cuyas conquistas fue la misa en vernáculo. Gracias al choque de antagonistas, la polémica llegó a la calle y convirtióse en la más vital del momento.

»Ya que hablábamos de Lleonard insistiré en que, dejando a un lado las cuestiones puramente gramaticales, no era en absoluto protestón. Evidentemente me refiero a su primera época, pues, cuando conoció a *la Castellona*, hizo un cambio de lo más espectacular: volvióse agresivo, impertinente, y circulaba por la redacción con un rey en el cuerpo. Yo creo que *la Castellona* lo estropeó. No le extrañe. Cosa que toca esa mujer queda ungida con una peste a sexo que no es de cristianos.

«Al recordar tan desagradables detalles, caigo en la cuenta de que las relaciones de Lleonard con *Lo Sputnik* fueron un poco extrañas, seguramente a causa de la evolución atípica que experimentaron tanto él como el semanario. De todos modos, si lo tomé bajo mi cargo fue obligado por una llamada de Marcel Franquesa. Me convocaba a un almuerzo en un restaurante trivial, casi abominable, con un *choix* indigno de cualquier persona dotada de paladar: sólo le diré que el mejor plato era el pollo a l'ast hecho en serie. Ante semejante panorama pasé con una ensalada y un *steak au poivre* remojado con un rioja de escaso respeto, pero Franquesa —¡horror!— se zampó tranquilamente dos pollos acartonados mientras me iba informando sobre el autor de *Morir a Xangai*. Hablaba de él con gran entusiasmo; un caso insólito, decía: un obrerito que aterrizó en Barcelona con la blusa y la alpargata y, de pronto, conseguía despertar la atención de cinco intelectuales a la vez. Inmediatamente me puse alerta: sabía quiénes eran aquellos intelectuales, conocía la fuerza de sus respectivas capillitas y lo que cada una pudiera pretender del recién llegado. Éstas eran, precisamente, las cuestiones que preocupaban a Franquesa. No había rendido cuentas del primer pollo y ya adoptábamos la primera decisión: aquel chico era el único narrador de menos de veinticinco años que las letras vernáculas habían dado últimamente, y si caía en manos de alguna capillita de izquierdas podía estropearse con aquella aterradora facilidad con que se malogran los jóvenes a causa de la moda de la rojez o víctimas del desconcierto propio de los verdes años. Franquesa cortó la conversación con la misma rapidez que la provocase: acababa de hablar con mosén Massaguer, director de una editorial de libros religiosos postconciliares (después se hizo marxista, como todos ellos). Entre Franquesa y el santo varón —insisto en que entonces aún lo era— consideraron oportuno encargar a Lleonard una pequeña encuesta sobre la situación de la Iglesia en el mundo obrero valenciano. Me asaltó un temor: era obvio que un tema tan espinoso no podía quedar en manos de alguien que llevase el agua al molino de las capillitas marxistas. Franquesa, con aquella su sonrisa medio beatífica medio venenosa que le dibuja una boca en forma de plátano, esforzábase en tranquilizarme: Lleonard era un chico fiable, de una admirable limpieza de propósitos y políticamente inofensivo, según daba a entender la frivolidad de *Morir a Xangai*.

»Aquella opinión chocaba con la de los críticos que consideraban a Lleonard un revolucionario, mas no debemos extrañarnos porque ya se sabe que, en cuestiones de críticos, cada uno ve lo que le conviene. Según Franquesa, la novela tenía una sobrecarga de esteticismo vacuo muy de agradecer en plena boga de la narrativa social. El tema delataba una poderosa voluntad de escapismo entroncada con una absoluta despolitización. Como sea que siempre temo que el autor se disfrace detrás de sus escritos, insinué que precisábamos de una nueva certeza. Mi amigo me la proporcionó: dos días antes de la famosa reunión en el Òrgan, Lleonard Pler le visitó en su domicilio confiándole que su mayor anhelo sería el de alcanzar la extraordinaria capacidad crítica, la enorme lucidez de pensamiento, la admirable dimensión ético-religiosa que Franquesa había demostrado en sus textos sobre mística y emanantismo en la poesía catalana contemporánea. Al mismo tiempo se confesó abiertamente apolítico, y no sin razón; pues, pobre obrero huérfano de padre y madre, había sufrido lo indecible y no deseaba ver su vida destruida por las lógicas represalias del gobierno contra las mesnadas de la izquierda. Afirmaba tener bien ganado el derecho a no pensar más que en la prosperidad material y el libre acceso a una existencia tranquila, junto a una esposa que debía ser honesta por cristiana y decente por catalana. Su única ambición de carácter político consistía en servir al idioma. Para decirlo de una vez: Lleonard era un mirlo blanco.

»Pero, por mirlo blanco que fuese, era menester tratarlo con cautela, pues los jóvenes siempre deparan sorpresas y son infinitas las trampas que pueden poner a la buena fe de la gente madura. A mí no me quitaba nadie de la cabeza que conviene desconfiar siempre de la juventud, pero Marcel aseguró que podíamos conjurar el peligro a tiempo si colocábamos a Lleonard bajo el control de una mano férrea, capaz de dirigirle en todo. La predisposición del muchacho no auguraba errores graves. Bien lo demostraba con su visita. Cierto que Xavier Roldà publicaría una crítica muy apta para consagrarle como un nuevo, rutilante astro en el firmamento de los escritores de izquierdas; pero, teniendo en cuenta que a Lleonard sólo le interesaba prosperar a toda costa, era lícito ver en su maniobra una simple cualidad arribista y en modo alguno ideológica. ¿Escandalizarme yo? *Pas du tout*. No siempre es malo el arribismo. Por el contrario, denota gran competencia para los negocios. Es decir, la cualidad que contribuyó a forjar la gloria económica de Cataluña y la base de su verdadero espíritu. Por otro lado, también podíamos aprovechar a un Lleonard que, aun siendo de derechas, se fingiese izquierdista. ¡Excelente idea! Era un disfraz tan astuto como útil: nos permitiría atraer a un público joven que nos habían robado las dos mil capillitas de la España bolchevique a base de complots complicadísimos y de exposición tan difícil como enojosa.

»Se trataba de mover las piezas de modo que Lleonard Pler continuase pareciendo puro e ingenuo y, sobre todo, rojillo. Para empezar le conseguiríamos un empleo fijo. En cuanto a su obra literaria, encontraríamos al tipo de editor de nuestra misma cuerda, alguien capaz de mantenerle bien amarrado fingiendo que le dejaba libre. Nadie más adecuado que el matrimonio Llompart. Aunque en la época de la República fueron de la cáscara amarga, se regeneraron bajo el franquismo, hasta el punto de acogerse al voto de castidad. Como sea que todos los libros editados por tan ejemplar pareja no salen a la venta sin que don Daniel efectúe una durísima censura previa, dejándolos siempre a la medida del buen gusto y de una moral intachable, era seguro que ninguna novela de Lleonard nos sorprendería con salidas de tono que pudieran resultar perjudiciales. Y mientras el eficaz matrimonio velaba por la salud moral del Lleonard escritor, yo me encargaría de vigilar la conducta del Lleonard periodista.

»Y es que Lleonard acababa de ver en el periodismo una forma de darse a conocer más directa que la literatura. La avidez con que observaba los textos de nuestros colaboradores daba a entender cuál era su verdadera ambición. Me decidí a promocionarle en serio; ahora bien, debería encontrar un tipo de artículo adecuado para dar rienda suelta a sus peculiaridades; sin excederse, pero demostrando siempre su originalidad. Era ésta la única arma con que contábamos. Obligarle a escribir reportajes sobre costumbres o folklore comarcal daría una imagen que, además de no encajar con la suya, había sido muy explotada por escritores más quemados desde un punto de vista profesional. Podía robarles el pan a algunos de nuestros colaboradores más provectos, que se habían visto superados por el paso del tiempo y no eran capaces de escribir sobre otras cosas ni su público se lo pediría. En tales circunstancias, se me ocurrió inventar una sección completamente joven, destinada a pulsar el ritmo de la Barcelona *pop*, tan en boga a partir de 1966. Los admirados yanquis nos han enseñado que la fabricación de una figura del periodismo debe partir de la imagen adecuada y, por otro lado, una puesta al día en tal sentido no traicionaba las esencias de nuestra revista, pues los catalanes siempre hemos tenido vocación internacional por definición. El anecdotario del arte catalán está lleno de figuras que se hicieron en París, entonces la Meca espiritual de nuestras almas cultivadas. Si bien los jóvenes de los años sesenta sustituían la atracción del París bohemio por la del *swinging* London, era una simple moda apta para demostrar que nuestra voluntad de europeísmo no se perdía. Como Lleonard había vivido en Londres, le sería fácil recoger un equivalente de aquellas modas en su nueva sección: las treinta y tres revoluciones de la vida pop barcelonesa expuestas en una crónica mundana e intelectual escrita con la actitud desenfadada de quien ya está de vuelta de todo. Así pues, entre mi sobrina monja y yo decidimos que sería muy bonito bautizar la sección con una conocida frase del acervo popular catalán: «Reus, París, London.» Al tiempo que tradicional, el título ostentaba la modernidad deseada. Sin embargo, Lleonard lo encontró provinciano y, después de muchas discusiones, decidimos el de «Barcelona ya es Londres», que tampoco fue de su agrado. De todos modos tuvo que aceptarlo a la fuerza, porque no podíamos pasarnos la vida buscando titulitos y porque, en última instancia, donde hay patrón no manda marinero. O como bien decimos en catalán: «*Qui mana, a can Ribot: l'amo o el porc?*»

¿Y SI FANTASIO MENTÍA? ¿Y si fuese cierto que la Historia, incluso la más inmediata, es el elemento más fácil de cambiar, la deformación más al alcance de los ocultadores sistemáticos? ¿Y si mentía porque además hablaba del ser humano, el otro elemento más susceptible de aparecer bajo rostros falsos, con todos los ángulos cambiados, porque sólo la Historia lo explica debidamente? Una deformación de la Historia equivaldría a una deformación del ser humano, y también al revés. Por esta razón temía yo a Fantasio y a la dignificada brillantez de sus ideas. ¡Qué oportunidad tan adecuada para el recuerdo y la exégesis de dos muertos ilustres en la esquela general de los años sesenta barceloneses! El lado bueno y el malo de Lleonard y del *Sputnik*, las leyendas de ambos, el mito del furor contracultural y el de un tradicionalismo cursilón y pasado de moda. Ambos cadáveres, el del *enfant terrible* y el del semanario, respondían a dos necesidades bien distintas, y a cada extremo de la cuerda floja la Historia reclamaba que ambas actitudes se desarrollasen. Pero ¿y si Fantasio mentía, cambiando la Historia? Era autor de textos muy reaccionarios, y Núria Valls, que colecciona recortes de prensa para una futura crónica de Cataluña bajo el franquismo, me enseñó un artículo característico de la Historia vista por Fantasio: «*Los extremistas tienden a dividir el mundo en dos mitades: antes y después de la guerra civil. Esto es completamente falso. Si se exceptúan las formas políticas, después de la guerra todo siguió igual que antes. En el teatro, en el arte, en el cine, en la literatura, en las costumbres.»* Y nadie había protestado ante semejantes afirmaciones, aun estando en su derecho quienes, después de la guerra, vieron sus libros prohibidos en beneficio de los artículos de Fantasio; los que vieron su idioma natal aplastado en favor del idioma impuesto por los aliados de Fantasio; los que tuvieron que aceptar que todo era distinto —dramáticamente distinto— mientras tragaban la sangre de la espera, la mortificación cotidiana, incluso la cárcel, lejos de las noches de gala del Liceo, los premios literarios consentidos, el cine de exaltación fascista o los cómodos alfilerazos de un teatro de alta comedia llegado directamente de Madrid.

¿Y si Fantasio volvía a mentir al referirse a la Barcelona de los sesenta? ¿Si el europeísmo nunca existió, si las casacas hindúes, las luces psicodélicas y la estética del póster sólo fuesen ese espejismo que emana continuamente de las pútridas ruinas de Venecia, con un toque de acuarela exagerado por todos los karmas de la memoria? La historia es el elemento más proclive a la deformación, sí, pero también el más agradecido. Sus formas, auténticas en el momento de estallar, se convertirán más tarde en objeto que puede manipularse, como el arqueólogo deshonesto explicando al profano que las ruinas de una modesta mansión pertenecen a los cimientos de un templo colosal, consagrado a la más poderosa de las divinidades.

¿Y si mentía, Fantasio, mientras ejercía su proverbial *bon goût* ante un civet de jabalí? La respuesta del *Sputnik* a las necesidades de una modernidad de baratillo, encargada a un rebelde prototípico de una sensibilidad naciente, sería un hecho cierto o bien un espejismo según el grado de deformación que alcanzase aquella Barcelona pop convertida por la nueva década en pura arqueología. Y, de acuerdo con cada probable manipulación, el ser humano, el ser Lleonard, sustraído de la leyenda que él mismo esbozó, preguntaba qué había de falso y qué de auténtico, qué de malo y qué de bueno en su correspondencia con la Historia que lo confirmaba o lo negaba, como él a ella.

Reemprendimos la historia del Lleonard trepador en el momento histórico adecuado y según las formas pertinentes. Formas que, en la memoria de Fantasio, estaban tomando un giro radical, dando a entender que la pureza de Lleonard podía ser extremadamente variable y su rectitud muy tornadiza...

—Es cierto que nuestro muchachito ejemplar empezó a mostrar una serie de extraños cambios coincidiendo con la progresiva popularidad de su nueva sección. Arrojado a ese mundo de irresponsabilidad y desorden que es propio de los jóvenes, se dejaría deslumbrar sin duda por el trato con una serie de personas que hasta entonces no tuvo oportunidad de frecuentar, siendo como era un pobre obrero falto de mundología. Sé que no es lícito culparle de muchas de las torpezas que cometió a partir de entonces: conviene tener siempre en cuenta la influencia de las malas compañías. Las que vamos encontrando a lo largo de nuestra vida nos demuestran que las madres de todos los tiempos estaban en lo cierto cuando prevenían constantemente a su prole. Tampoco carece de razón la sabiduría popular, y la madre suele ser un espejo que no falla, aunque esperemos a hacernos mayores para reconocerlo. Pasamos la edad del pavo, esa en que nos vemos expuestos a todo tipo de riesgos, y es aquí donde entra la voz del pueblo, asegurando con razón que la vejez debiera llegar antes que la juventud. Eso hubiera necesitado Lleonard, pues demostró una peligrosa debilidad que acabó por imponerse a sus virtudes: las que el *Sputnik* pretendía fomentar, a guisa de amantísima *alma mater*. Con la inocencia y la alegría de vivir que le eran connaturales, se dejó seducir por una gentuza que, amparados en la respetable coartada de las letras, el teatro independiente o la canción, no eran sino filocomunistas declarados y, como tales, tenían prohibido el acceso a nuestras páginas. No me cabe la menor duda de que se aprovecharon de Lleonard para ver publicadas unas declaraciones violentas, innobles y que, además, negaban el sentido que nuestros lectores más responsables otorgan al catalanismo. La admirable frase «Cataluña será cristiana o no será» nos la encontramos convertida en «Cataluña será socialista o es una mierda». Todavía tendremos archivadas las cartas de los suscriptores que se dieron de baja aquella semana. No hace falta que le exprese mi inquietud. Piense que yo había distinguido a Lleonard con mi confianza; incluso le permitía llevar sus artículos a la imprenta, sin pasar por mi revisión. Un día, al abrir la revista, encontré una columna de elogios al cantante Domènec, bestia negra de cualquier bienpensante y abanderado del comunismo en el País Valenciano. La columna era de Lleonard. Me vi obligado a pararle los pies, de otro modo me los paraba la censura estatal. Al mismo tiempo, alarmado por el cariz izquierdista que iba tomando la sección, decidí amonestarle: le hice ver que los comunistas tienden a aprovecharse de los intelectuales más valiosos y, una vez exprimidos, los abandonan a su suerte. Lleonard me contestó con una apología del Mayo francés que me dejó fulminado. Ignoro qué relación podía tener aquella orgía de sangre con la juventud sana, deportiva y cristiana que siempre he defendido. Sólo había una explicación: algún tornillo de Lleonard no acababa de funcionar. Alarmado, le recordé los refranes más ilustrativos de una colectividad basada en el *seny*. Pero Lleonard había abandonado la sabiduría de los maestros y prefería las innobles argucias de los grupos subversivos, esos que creen hablar en nombre de la inmensa mayoría, cuando ésta sólo aspira a vivir tranquila y a tener su cochecito y su televisor. Le recordé cuán lejos estará siempre del comunismo una ciudad que fue capaz de inventar la frase: «Barcelona es buena, si la bolsa suena.» Por fin conseguimos llegar a una *entente cordiale*: Lleonard se comprometía a no abordar temas políticos y yo le permitiría concesiones ligeramente eróticas que hasta entonces habíamos procurado evitar, no sólo a causa de la censura sino, muy especialmente, en atención a la sensibilidad del lector. Pero había llegado el momento de abrir un poco la manga y yo pensé que unas pinceladas de picardía no excesiva podían resultar oportunas y permitirían a Lleonard no perder completamente su imagen de «revulsivo» (como empezaban a llamarle en algunos ambientes). Los lectores no tardaron en darnos a conocer su reacción: un reportaje de tres páginas sobre las coristas del Molino y otro sobre los travestis del carnaval de Vilanova provocaron una nueva y alarmante baja de suscriptores. No diré que les faltase razón porque, como usted sabrá, las suripantas del Molino salen casi desnudas al escenario; en cuanto al otro artículo, el elogio de la mariconada (que Lleonard hacía de modo subrepticio) es una de las últimas ofensas que una sociedad cristiana puede permitir. Para rematar las cosas, sus relaciones con *la Castellona* y hasta con alguna cómica del Paralelo, le estaban creando una fama galante que podía asustar a nuestros lectores. (Baste con decirle que, en los antros donde suele reunirse la gentuza de teatro le pusieron de mote el «Plaerdemavida».)

»La situación exigía un nuevo enfrentamiento que terminó en verdadera batalla campal. Llegada era la hora de examinar todas las normas que Lleonard se estaba dedicando a quebrantar. Aquel año 68, los *hippies* todavía podían constituir una sorpresa desagradable, sobre todo si les imitaba un empleado de una casa decente como el *Sputnik*; un empleado que, además, tenía que dejarse ver en público. Aquél sólo vestía camisetas hindúes y —¡horrorícese!— llevaba una cabellera que le hacía parecerse no sé si a Jesucristo, no sé si a María Félix. Este aspecto contribuyó a difundir la imagen de un Lleonard *épatante* y muy del agrado de sus nuevas compañías, pero yo no podía permitir que fuese a costa de la buena fama de *Lo Sputnik* ni de la derecha civilizada, que nunca se las había visto tan frescas. Eran síntomas muy alarmantes y, cuando volví a almorzar con Marcel Franquesa —y otra vez en aquel espeluznante restaurante de los pollos en serie— insistí en la evidencia de que Lleonard nos estaba engañando a todos. Pero Franquesa continuaba empeñado en jugar sus cartas, porque el crítico literario podía más que el ideólogo, y nuestro empleado le interesaba enormemente como escritor. No obstante, también él había descubierto una maniobra que le desagradaba: con el fin de introducirse en la editorial de Roldà, de fama ostentosamente marxistoide, Lleonard no cesaba de calumniar al ejemplar matrimonio Llompart. Les acusó de mantenerlo atado con un contrato que le perjudicaba por incluir su obra en un catálogo de marcado carácter reaccionario y porque, además, el señor Llompart no publicaría su novela sin un prólogo destinado a rebatirla, acción que anulaba el efecto. En esto se ve claramente que la caradura del niño era descomunal, pues había firmado el contrato conociendo la costumbre de aquellos probos editores; una costumbre a la que se someten autores mucho más prestigiosos, llevados tanto por la imperiosa necesidad de publicar en tiempos de crisis como por la lógica elemental del «lo tomas o lo dejas».

»Empezábamos a comprender que Lleonard, con su aspecto humilde e ingenuo, era un retorcido que nos estaba engañando a todos para situarse en lugares que le permitieran saltar a otros más importantes. Se explica, así, que en muy poco tiempo llegase a conocer a los personajes cimeros de nuestra cultura, aprovechando la plataforma que *Lo Sputnik* le brindaba. Observará usted que su sección aparece encabezada por su fotografía de joven rabiosamente moderno. Lo exigió él mismo. Al principio, no supe percatarme de la manipulación; de hecho, jugaba con el valor juventud para destacar sobre la venerable vetustez de los demás colaboradores de la casa. Se estaba produciendo una alarmante inversión de valores: lo que podía atraer, lo que podía dar nombre y fama, ya no era el prestigio ganado a lo largo de toda una vida, sino la novedad y el cinismo. En cuanto a las *patums,* no crea que quedaron libres de sus ambiciones: accedió a la intimidad de muchas de ellas sin el menor escrúpulo. Tampoco los tuvo para cortejar a Marta Esplai, una excelente colaboradora que, además de escribir entrevistas, hace de fotógrafa y, dicho sea entre nosotros, pierde el norte cuando descubre una buena bragueta. Él la convenció para entrevistar semanalmente a una serie de catalanes ilustres a quienes acababa formulando una pregunta sobre la nueva literatura. Invariablemente tenía que salir citado Lleonard Pler pues, si bien se mira, continuaba siendo el único joven de que disponían. Si los grandes personajes eran de izquierdas, lo elogiaban por progresista; si de derechas, se admiraban de que, pese a su aspecto de joven furioso, mantuviera la tradición del espíritu clásico y una suerte de neohumanismo que le redimía. Con una simple entrevista pasaba a convertirse en amigo del entrevistado y, a base de escribir artículos elogiosos sobre la obra de los demás, consiguió que éstos le recompensasen escribiendo artículos sobre él o citándole en otras entrevistas. Si examina usted la colección del *Sputnik*, descubrirá que no dejó pasar una sola semana sin aparecer, en actitud amistosa, junto a sus más ilustres entrevistados. ¿Qué le diré de su repercusión pública? Llegó un momento en que, hablando con quienquiera, salía el tema del obrerete que llegó de Valencia con las manos vacías y en poco tiempo se había convertido en el único escritor que nadie osaba derribar del pedestal. Le aseguro que llegamos a padecer una epidemia de lleonardismo agresivo; y entonces decidí no padecerla yo ni, desde luego, la revista. La explicación es muy simple: su mundo ya no era el que podía interesarnos y él lo sabía, porque nuestro mundo no sólo dejó de interesarle sino que se convirtió en blanco constante de sus ataques, así como de unas campañas de difamación realmente indignantes. Él se alió con los enemigos del *Sputnik*; en consecuencia, cerré de golpe su carpeta y, debajo del nombre, escribí: «¡Desagradecido!»

»A los de mi oficio nos ha tocado aprender a aplicar la ley del talión sobre la marcha y mal que nos pese. En mi caso concreto le diré que no me dolió en absoluto poner a Lleonard Pler en la lista negra. En adelante, silenciamos tanto sus actos como sus obras. Recibí algunas cartas en su favor, pero las arrojé a la papelera. No me importa confesarle que publiqué de muy buen grado todas las que nos felicitaban por librarnos de tan repugnante sujeto. Cuando no llegaban ataques, los escribía yo mismo; así, daba satisfacción a todos aquellos lectores cuyo natural pudor se había visto ofendido por las salidas de tono de nuestro joven vándalo. Era forzoso que la revista quedase limpia de culpa, y limpia quedó.

»Antes de terminar, querría recordarle una historia que me ha intrigado sobremanera a lo largo de estos años. Vicent Piquer, que venía desde Castellón para ejercer como jurado en el premio Roger de Llúria, me preguntó por qué razón su paisano ya no estaba en *Lo Sputnik*. Piquer tenía esa expresión socarrona propia de los que quieren sacar algo sin dar nada a cambio. De su sonrisa de murciélago deduje que escondía alguna carta extraña cuyas formulaciones más crípticas sólo llegarían a conocer los lectores de algún artículo que publicaría años después. Pero entonces caí en la cuenta de que, entre el coro de voces entusiastas o reproches delirantes elevados en torno a la aparición del joven Pler, él era el único que nunca se pronunció ni a favor ni en contra. Tal actitud me chocaba, sobre todo tratándose de un coterráneo que, según mis noticias, solía frecuentarle con gran asiduidad cuando paraba por tierras valencianas. Pero recuerdo que la respuesta de Piquer fue tan contundente y extraña como su actitud. Dijo, textualmente: «Yo observo los toros desde la barrera. Espero a ver hasta dónde es capaz de llegar esa Barcelona de los *collons*.»

»Pero aquella misma noche, en el Ritz, el premio Roger de Llúria era adjudicado por unanimidad a Lleonard Pler. Al día siguiente los periódicos lo reproducían abrazado a Blanca Alcover, una cantante de la Nova Cançó que gozaba de gran prestigio entre ese público joven al que, por mucho que nos duela, debemos llamar inquieto. Era una muchacha bellísima, cálida, un regalo de los dioses. No habían transcurrido seis meses y *Lo Sputnik* se veía obligado a romper su silencio para anunciar que la pareja contraía matrimonio. Todavía recuerdo el titular porque lo escribí yo mismo y quedó muy bonito: «Nuestra boda del año: la joven Cataluña de la canción se va a Grecia en viaje de bodas con la joven Cataluña de las letras.» Huelga decir que Marcel Franquesa me felicitó efusivamente: le faltaba rostro para contener su sonrisa kilométrica. Lleonard Pler había cometido muchas torpezas, pero Marcel aseguraba que la coalición continuaba funcionando de maravilla. Y es que, actuando para la galería como un izquierdista, aquel joven rebelde continuaba sirviendo a los verdaderos intereses de la Cataluña ideal, pues era más de derechas que todos los componentes del Òrgan juntos. Así pues, observada la situación con perspectiva, resulta que Franquesa tenía más razón que un santo.

14. LOS VIEJOS DE TREINTA AÑOS

Malditas sean sus razones! —exclamó Núria Valls, indignada—. Si este energúmeno cree que nuestra lucha puede quedar trivializada en una alianza oportunista entre capillitas culturales, hace el juego más sucio que puede imaginarse en un renegado. Ahora pretende atribuirse laureles fingiendo que ha servido a alguna causa. Pero no hace falta que se esfuerce: nadie va a creerle. Incluso su contribución al franquismo tiene un carácter puramente pasivo. Salvando distancias, actúa igual que Oriolet de Manllé cuando confunde nuestras tensiones ideológicas con una simple polémica bizantina...

Intervine yo:

—Entiendo que todo consiste en un imperativo de supervivencia...

—Todo menos el señor Fantasio y sus amos. ¿Intentan pasar por políticos? ¡No fastidies, tú! Por lo menos el crítico Franquesa merece cierto respeto: no estás de acuerdo con él, sabes que su cultura ideal nunca será la tuya, pero es un tipo que se la ha jugado. Un perfecto espécimen de la ideología burguesa: quiere imponer su idea de nacionalismo y, si es necesario, dará la vida. Pero ese Fantasio, ¿de qué? ¿Cómo puede presumir de alianzas, pactos o servicios a la causa de la derecha si nunca se preocupó de cuanto no fuese su situación en la buena sociedad? Ni siquiera ha tenido huevos para coger un fusil y salir a la calle a defender a sus cómplices. Se ha aprovechado de la victoria y punto. Es de los que colaboraron a fundar el festorro, y para ellos el festorro continúa.

Bernardeta-la-rizitos conducía siguiendo el coche de Roldà por las angostas callejas de la parte de la ciudad estrangulada antaño por la tercera muralla. «Nena, no nos mates», gritaba Maria del Mar Manllé, pero sólo era una broma para cortar de una vez el discurso de la Valls. Por otro lado, parecía una recomendación innecesaria, pues Bernardeta-la-rizitos era lo bastante diestra para no estrellarnos contra cualquier esquina. Poseía esos resortes propios de conductores jóvenes y avezados que delatan ciertos privilegios sociales. Se sabía que, dos meses antes de cumplir la edad exigida para el permiso de conducir, unos padres obsequiosos le regalaron el primer seiscientos para desplazarse a la Universidad (aunque la Central se hallaba a dos manzanas de su domicilio). Naturalmente, en los años sesenta del renacer económico, un regalo como aquél no exigía que los papás fuesen excesivamente ricos, sólo acomodados dentro de un orden. Hijas de la reciente prosperidad, las tres jóvenes del coche habían disfrutado de una adolescencia universitaria bien protegida por idénticas seguridades, y resultaba sintomático que hoy, licenciadas las tres en Letras, pregonasen una rebelión social, política y sexual tan sofisticada como impertinente.

Aquella noche devoraban la angostura del Raval, sus calzadas estranguladas, sus esquinas irregulares, decrépito escenario que sólo conocían como una pálida referencia, medio pintoresca, medio canalla, de los orígenes de la ciudad que las configuró. No engañaban respecto a su origen burgués, que se escapaba de sus aspectos más vergonzantes para ir a buscar, en los centros más sórdidos de la ciudad vieja, una última forma de autorreconocimiento y, a poder ser, de disculpa. Concienciadas por las consignas preferidas de la progresía —catalanismo, antifranquismo, marxismo y feminismo— caían como sombras culpables en el mundo que consideraban popular, dispuestas a salir de él con la conciencia tranquilizada. El contacto con el pueblo les ayudaría a sentirse una parte del pueblo. Ignoro si tal espejismo se realizaba. Sería necesario llegar al antiguo camino de ronda de las murallas derrocadas, allí donde la pujanza burguesa construyó la irreprochable estructura del Ensanche, para que ellas recobrasen unos orígenes que, siendo los de su propia identidad, eran los que las empujaban a la revuelta.

Y yo recordaba que, precisamente sobre el Ensanche, escribió Lleonard algunas páginas que demostraban un rechazo similar, una hostilidad casi idéntica:

«*Quiero entender esta ciudad y, además, amarla, y no sé de qué me servirá. Me reconozco un tanto romántico y* la Castellona, *que lo presiente, me inculca los rincones más añejos de Barcelona a guisa de lección y me arroja a ellos, desnudo como estoy de amor por cualquier ciudad, por cualquier patria. ¿Qué quieren aprovechar de mi virginidad? La llenan con un montón de datos históricos y un amasijo de nombres ilustres; pretenden que lo tome en el sentido que a ellos les emociona y que, en cierta manera, los mantiene en pie. Y así, cuando ya he aprendido a amar los recovecos de la Barcelona antigua, me dicen que para entender perfectamente esta ciudad y mi propia Historia necesito cruzar el punto donde se levantaba la tercera muralla y recorrer paso a paso el Ensanche, las urbanizaciones del gran dinero, las calles que vieron la pujanza del* seny. *Como he decidido ser un niño obediente me impongo la lección, aunque no acabe de aprendérmela porque amo demasiado lo imprevisto. Aquí, en el Ensanche, todo se me da planificado. ¿Dónde está el entrañable tufillo de las callejas del mar? ¿Dónde el color dorado que los siglos fueron depositando en aquel gótico abrasado por tantas hogueras? Me dicen que prescinda de la fascinación y lo hago, pues es cierto que ahora me toca graduarme en lucidez. Sólo me queda recordar los tópicos: en un siglo de gran fortuna, los mercaderes prosperaron y la razón les fue pareja (¡siempre el mismo emparejamiento!). De todos modos yo sólo acierto a ver una provisionalidad llena de derrotas. Incluyo una anotación en mi bloc de experiencias necesarias: en el antiguo sueño de la ciudad-estado, este terreno exterior a la muralla todavía era virgen y un buen día los vencedores de la primera partida económica decretaron un testamento de verdades incontestables (o eso creían). Y ahora pienso yo: ¿de qué me sirven las evidencias sujetas al análisis si todo esto avanza hacia la nada? ¡Poco debía fascinarles el misterio! ¡Y con cuánta hostilidad me niego a abrazar su certeza, aquí difunta, bajo los adornos de piedra! Rambla arriba, con la brisa marítima acariciándome el cogote, todavía me excita el misterio informe de mil vidas que tropiezan continuamente. Frenética y desnuda, adecuada a cualquier sorpresa, llena de la admirable indecencia del contacto humano transmitido en armonías desorganizadas, esa vida de la Rambla se va perdiendo no bien mis pasos se alejan del mar y aplastan las invisibles ruinas de la muralla. Y hete aquí que ya me encuentro en la gran plaza de Cataluña, de feas apariencias, donde se abre otra Barcelona, dispuesta a proponerme el pacto con la razón. Incluso los espectros serán más educados, incluso podré darles un nombre. Pero hace ya tiempo que se borraron todos los nombres y el silencio, apenas derrotado por un bamboleo de hojas de plátanos envejecidos, sólo propone el eco distante de la razón vencida. El estío, que desnuda a la ciudad de habitantes, también favorece la sensación de sepulcro sellado. Los espectros ni siquiera murmuran. Roncan víctimas de una extraña enfermedad, duermen un sueño apolillado. En el gran teatro de la razón hace ya tiempo que se apolillaron los terciopelos del telón que clausuraba el acto. La razón, que nunca esperó tantas derrotas, pretende una resurrección efectiva sobre las ruinas del Tiempo. Y, al final de una miseria tan disfrazada bajo reliquias modernistas, el espejo de la historia quedó empañado con el vaho que infecta el aire y modela todas las formas, deshaciéndolas en pinceladas goteantes. Bajo la pesadez del estío, la prestigiada piedra de las tribunas del Ensanche, con sus miradores clausurados y sus espectros ausentes, destila sangre que muestra sus heridas. Pero la sangre del Ensanche siempre tendrá un exceso de* seny *que no conmueve a los astros...»*

Las barrocas impresiones de aquel primer Lleonard, ¿implicaban odio hacia una clase social, tal como exigía su ideología, o sólo un rechazo absoluto del *seny*, una negativa a participar en un mundo de formas y ética caducadas? Nunca lo sabremos. Por lo que a las mujeres del coche respecta, solucionaban la cuestión por medio de la revuelta personal. Ésta comprendía la moda de cenar en restaurantes populares, llevadas por un poco de escapismo y otro poco de obligación. Era evidente que, con aquel mundo, ellas sólo tenían en común un factor lingüístico, pero en el caso de Núria Valls también contaba la necesidad de salvar a Cataluña haciendo proselitismo a cualquier hora y en cualquier lugar. Durante la cena había llevado a cabo la Acción Patriótica del día recomendando a un camarerillo charnego de Casa Lluís que los dueños mandasen borrar del menú la denominación castellana «filete San Jacobo» y pusiesen en su lugar «filet Sant Jaume». Ella demostraba, así, la perseverancia de un *boy scout* leninista y la abnegación de una Florence Nightingale de la cultureta; pero a partir de entonces tanto el público forastero como el esnob se vieron obligados a preguntar en qué consistía aquel nuevo plato. Y el camarerillo charnego exclamó, alucinado: «¡Serapio, cómo está el patio!»

El coche iba repleto de las cosas que las tres mujeres habían conseguido y también de los impedimentos que hacían irrealizables muchas conquistas. Como lo sabían, no paraban de comentarlo (es bien cierto que resulta más difícil esconder una frustración que no una indiscreción). Y todo esto mientras el silencio de la Barcelona vieja se transfiguraba continuamente en las oscilaciones de carácter y fisonomía que concedían a cada esquina una alma distinta y un engaño diferente. (Muros abollados, pestilencias trepidantes, aceras atiborradas de basuras.)

De las tres mujeres, dos eran triunfadoras en la limitada medida que el triunfo puede tener en aquel mundo cerrado al mundo. («En Barcelona el fracaso no tiene importancia porque tampoco la tiene el éxito», ha dicho un experto.) La tercera mujer, gracias al matrimonio con un genio local, había renunciado a cualquier triunfo, dominada siempre por la cosmogonía singular de su macho; y en esta cosmogonía ella representaba el papel de reposo del guerrero. Sólo faltaba decidir quién esclavizaba a quién en su relación con Oriolet, el temido.

Núria Valls y Bernardeta Romeu formaban parte de la quinta de casadas prematuras, resultado de una fiebre matrimonial que agitó a Barcelona en 1968 y provocó, dos años después, la ola de las separaciones a toda prisa. Quien no conozca el paño, se sorprenderá de que las progresistas más radicales de aquella frenética generación aceptasen un sacramento tan opuesto a su ideología; pero también consolará saber que, pasada otra quinta, los nuevos rebeldes ya no cayeron en la misma trampa, y así, la generación de los separados jóvenes quedó, en Barcelona, como sinónimo de un error propio de los pioneros de la libertad. De todos modos, continuaba provocando admiración que, veinte años antes del radicalismo de la nena Valls, y en épocas de mayor estrechez moral y represión política, *la Castellona* ya afirmase la libertad de la única manera posible: mediante el rechazo total a legalizar las relaciones sentimentales.

Núria Valls y Bernardeta-la-rizitos representaban, a mis ojos, la apoteosis de las contradicciones de Lleonard y me obligaban a preguntarme qué extraña forma de coacción moral, social o acaso intelectual influyó sobre mi chico para hacerle caer en la trampa del matrimonio con Blanca Alcover. Tampoco conseguía explicarme cómo habían caído ellas en el mismo saco, si se jactaban de ser tan autosuficientes. De todos modos, una voluntad de buscar en los rincones más escondidos de la libertad humana revelaría que las dos mujeres, igual que otras parejas de la Quinta de los Separados, quedaron muy marcadas con la experiencia matrimonial y que, de alguna manera, salieron de su fracaso fortificadas. Por los escritos de una y las canciones de la otra sabemos que, a partir de aquellos incidentes, no aplicaron una metodología sentimental, sino un sistema defensivo. No una resignación a la soledad, sino una notable maestría a la hora de manipularla.

Cuarenta jóvenes de cierto renombre, casados y vueltos a separar en el término de un par de años, no señalaban el índice de una mayoría nacional, pero dentro del coche de Bernardeta-la-rizitos tuve la sensación de que el proceso sentimental era como un espejo deformante que reflejaba el crecimiento de aquellas a quienes, seis años antes, *la Castellona* llamaba simplemente «esas niñas». ¡Qué ejemplo de las trampas dispuestas contra los jóvenes intelectuales de Barcelona, empezando por las chicas del coche y continuando con Lleonard y su matrimonio ilógico! El sacramento hacía las veces de calendario. A las burguesitas rebeladas contra el espíritu de la burguesía-madre no les hizo falta el primer vestido largo de una noche de Liceo para saber a partir de qué momento se inscribían como adultas en los vaivenes de la vida.

Ambas se enamoraron de chicos extremadamente progresistas que, a la hora de la convivencia, resultaban no serlo en absoluto. Ellas decían que la estupidez del macho catalán las había convertido en feministas catalanas, de la misma manera que la inutilidad de la burguesía las había convertido en revolucionarias. Lo fueron, y mucho, durante sus años universitarios, y no se privaron de serlo, todavía, cuando ingresaron activamente en el mundo de la cultura. Así, en el interior del coche, Núria Valls y Bernardeta Romeu continuaban pontificando, erigidas cada una en portavoz de los respectivos gremios y superada cualquier tentación de subjetivismo (o eso creían). Pontificaban, sí. Dejaban muy claro que la situación del catalanismo era muy negra y que la gente de los primeros años setenta ya estaba cansada y sin las esperanzas que caracterizaron a la década anterior.

Examinado por alguien tan poco sospechoso de pesimismo antirrevolucionario como Núria Valls, el panorama era un yermo de cosas muertas; cosas que, sólo cuatro años atrás, dieron una razón de vivir a los espíritus sensibles que hacen y deshacen la cultura de aquella ciudad. Cosas que parecían alcanzar un pináculo y, sin embargo, se derrumbaron. Y si la Valls hablaba desde la cultura de militancia catalana, un personaje inédito, Nabuca Daiano, reafirmaría el pesimismo que descubría en otras trincheras barcelonesas: la de los castellanófilos divinos. (Nabuca de la Gauche Dorée, obervadora imparcial, también aportará su grano de arena aprovechando la privilegiada situación de oráculo que le permite el cargo de secretaria general del Decamerone.)

Núria Valls y Bernardeta-la-rizitos recurrían a la nostalgia (¡la tienen de un pasado tan reciente, pobres jóvenes aviejadas!) mientras evocaban una multiplicación de fenómenos típicos del Resurgimiento que, después, se fueron a pique: revistas que morían, cantantes que nunca más volvieron a abrir la boca, escritores de un solo libro, teatros vacíos, crisis cotidiana que reforzaba una crisis ancestral. ¡Y eso que se limitaban a su campo de catalanismo consciente y militante!

Al referirse al pensamiento barcelonés expresado en castellano, Nabuca Daiano añadía ruinas a la ruina. A mediados de los años sesenta llegó de la Italia democrática y quedó seducida por una ciudad donde cada elemento cultural se disponía a emprender la revolución. Cuando regresó a Barcelona, cuatro años después, sólo pudo dedicarse a recoger innúmeros lamentos por todas las cosas que quedaron sin realizar. Nabuca Daiano, que vivió intensamente la época culminante de la Gauche Dorée, encontró que entre los jóvenes leones de Port Serrat incluso las proezas de bragueta, antaño explosivas, habían sido sustituidas por un erotismo cansado, que sólo permitía a los cuerpos repetirse una y otra vez, sin el menor aliciente.

No había intelectual que no tuviese lamentaciones sobre las glorias de un pasado tan cercano. El presente se negaba al optimismo. Y si alguien se preguntaba qué debía pensar el pueblo, yo me pregunté una y mil veces si Barcelona tenía pueblo, en realidad.

Criticamos a menudo al intelectual que da la espalda a su pueblo pero, ¿no deberíamos hablar alguna vez de las colectividades que viven de espaldas a sus intelectuales? La conciencia es privilegio de los pueblos maduros, y esta conciencia no se deja engañar con felicidades ficticias. Barcelona se me ha revelado como un burgo que tiene el cinismo de ser feliz bajo el franquismo. Y, ante, la certidumbre de esta felicidad canallesca, las huidas de Lleonard acaso adquirirían un sentido nuevo, de una claridad prístina.

No así en la conversación que se desarrollaba dentro del coche. Habíamos dejado atrás las callejas populares; ahora, los densos bloques de cemento y cristal de la ciudad neocapitalista iluminaban de manera intermitente los rostros triunfales de mis compañeras. Al mismo tiempo prestaban a sus triunfos el aspecto de un anacronismo. Las dos llegaban a los treinta años saturadas de experiencias sentimentales pero, muy especialmente, contando con la realización de objetivos profesionales que para muchas personas justificarían toda una vida. Cualquiera fuese el grado de apreciación cualitativa que las obras de ambas me merecieran, era evidente que, de cara al público, habían pasado con cierto éxito el aprendizaje del propio oficio. Y, sin embargo, el anacronismo continuaba planeando sobre aquellas realizaciones, porque el prestigio, el éxito y un poco de fama habían sido conseguidos dentro de las dimensiones estrictas de la ciudad-estado, con todas las limitaciones de repercusión en un mundo de alcances mucho más vastos, un mundo que no contaba con ellas en absoluto (pese a que tanto la escritora como la cantante creían dominar toda la península). Yo las notaba, sencillamente, fuera del tiempo. No se percataban de las limitaciones de su ámbito de difusión. Y acaso nunca reconocerán que ejercen actividades modernas desde el seno de una cultura obligada a defenderse con métodos paraindustriales.

Esta suerte de triunfo a escala doméstica sólo se justificaba dentro de las imaginarias murallas que hacían permanente el espíritu medieval de Barcelona, y era sobrepasado por las circunstancias no bien se alejaban de ellas. Tal vez esta limitación y aquel espíritu hacían lógico que algunos intelectuales sintiesen tan arraigada la mística de la ciudad-estado. Y también explica que, cuando Lleonard quiso superarla y abrirse al mundo, se viese obligado a romper con todos los vínculos, perdidas para siempre las raíces y las causas.

Pero la rutilante ceremonia a que me conducían mis Ariadnas de aquella noche exigía una vez más los ponderados vínculos con la piel de Europa (*What about the heart*?, ha preguntado Minifac Steiman). En los barrios sofisticados que pudieran pertenecer a cualquier ciudad más o menos modernizada, la última noche de un local tan emblemático como el pub Tuset confirmaría que, empujados por la rauda huida de la Gran Década, treinta años ya podía ser la edad de los viejos, los desilusionados, los exhaustos.

¡Y pensar que aquel subterráneo fue el ágora de las inquietudes de la Gran Década! Aquella noche, todos los viejos de treinta años enterraban entre sus botellas un poco de juventud y un orgasmo del corazón. Y los latidos me llegaban con el recuerdo de las crónicas de un Lleonard de cinco años antes (¡sólo!). Crónicas que fueron provocativas, pero que hoy, en plena década de los setenta, ya sólo son una parte más del gran olvido...

ICONOGRAFÍA DE LA DÉCADA DE LLEONARD

CUENTAN QUE, MUY AVANZADA LA HORA, cuando los camareros empezaban a apagar las luces, Lleonard solía exclamar:

—¡Qué jóvenes somos, qué inteligentes, qué hermosos, cada noche del pub!

Los oficiantes de aquella ceremonia funeraria no llegaban con la intención de hacer sociología, sino a recordar los tiempos en que fueron maravillosos y a intentar recobrarlos durante unas horas, entre güisquis y porros.

Todos se habían engalanado con las partes más agradables de sí mismos, todos congregaban lo mejor de sus gremios. Periodistas, arquitectos, cineastas, escritores, filósofos, editores jóvenes, cantautores, todos estaban allí, como un catálogo tardío de la Barcelona que quiso alejarse de España para ponerse a la altura del mundo.

¡Danza de la Muerte entre la iconografía del Tiempo del Sueño Pop! Mi tiempo londinense, plagado de cadáveres jóvenes —porque Chelsea también ha muerto— se reproducía en la momificación de las imágenes iconográficas que Barcelona había copiado. El pub se hallaba situado junto a la mítica Cova del Drac, sótano de ambientación modernista que fue cuna de la nueva canción catalana, del jazz barcelonés, del Kabaret politizado. También eran experiencias que la moda arrastró consigo, y aquel pequeño local donde se expresaron los hijos de todas las revueltas se dedica en la actualidad a servir desayunos a los nuevos ejecutivos que llenan la antaño frenética Tuset Street. En cuanto al pub, desaparecerá completamente bajo el aspecto, en absoluto conmovedor, de una sucursal bancaria.

Pero aquella última noche todavía vivió el privilegio de un eterno presente.

El descenso al sótano, que seguía la tónica de los decorados modernista estilo Decamerone, las corpulentas butacas de cuero negro, los muros que diríanse forrados con siete u ocho mantos de cardenal, una humareda deshilachada pero nunca vulgar, una marea discordante de voces y gritos —discuten y pontifican—, el superpoblado mostrador, testigo de tantas conspiraciones políticas a pequeña escala, las pantallas imitación Lalique que iluminaron tantos proyectos irrealizables, las estanterías con las botellas de güisqui a nombre de cada habitual, los divanes donde solían hundirse los soñadores del porro, con la mirada errante sobre las imágenes que colgaban de las paredes, imágenes que cambiaban según la moda del semestre (y cada semestre era, entonces, un alud de modas), los símbolos de la década, cuando la fotografía era una asignatura obligada y el póster era rey, tótem inspirador y espejo múltiple en cuya superficie se contemplaba la mímesis de cada uno, con las apoteosis de colores recién importados de los centros internacionales de la modernidad...

Aunque oscurecida por la humareda y el tiempo, toda una iconografía característica continuaba sintetizando las aspiraciones más fabulosas de los años sesenta...

¡Iconos de la década! Brigitte Bardot, los minishorts, las botas hasta la rodilla; Jane Fonda surgiendo del agua como Venus refulgió entre la espuma; Marianne Faithful, chica de la motocicleta; la barroca cabellera de Raquel Welch tapándole los senos desnudos; *Make love, not war*; el niño judío del gueto de Varsovia y el fusil que lo amenaza; los ojos aterrorizados de la madre vietnamita; el gesto victorioso de Steve McQueen desde el sillín de su bólido plateado; las primeras fotos de Nueva York a cargo de un fotógrafo barcelonés para ilustrar un libro de García Lorca; los brazos esqueléticos de la maniquí psicodélica de Solsona; la chica del sombrero de copa y mallas negras que pasó de anunciar un programa de televisión a actuar como musa del cine independiente; Barbarella, Jodelle, Modesty Blaise, vampiresas atómicas o putarrones galácticos que vienen a quitarle el pan al indómito James Bond...

¡Iconos de los sesenta, iconos de Lleonard, iconos del pub!

Aquí se desposó la filosofía con la moda cuando el «joven filósofo» presentó su libro fundamental, acompañado con un cóctel de margaritas; aquí, el cine más formalista y el activismo político más estricto se dieron la mano amistosamente y, en ambos casos, los hijos de papá pudieron considerarse Godard por un lado y Carrillo por el otro; aquí se alimentaron los pequeños clanes de todas las nuevas escuelas de Barcelona, en novela, en cine, en teatro, en el humor de resistencia, en el tebeo subterráneo; aquí, el *underground* instaló la oficina desde cuyas mesas se decidía la desfiguración de las formas; aquí se firmaron los contratos verbales entre los nuevos escritores y los editores recién estrenados; aquí se rechazó lo antiguo en nombre de lo utilísimo; aquí se proclamaron las últimas prohibiciones de la censura, cómo andaba la venta de libros, las esperanzas del *boom*, el terror de la crisis, qué editorial se ha ido a pique, cuál se mantiene, cuál se va a separar de quién; Guillem Esteba se queda con unos derechos valiosísimos, ocho editoriales independientes se unen para crear una sociedad de libros de bolsillo *impegnati*; aquí se decidía quién era *impegnato* y quién no, el arte se hacía reaccionario por unos días y la subcultura hasta entonces ignorada saltaba a la palestra del progresismo; aquí aprendía a ser furiosa la gran Maruja Torres, arrojaba paridas el Sagarra, creaba *best sellers* de humor ácido el Perich; aquí se escuchó el primer grito de la nueva invasión literaria: «García Márquez viene a vivir a Barcelona; he tenido el honor de dirigirle la palabra a Gabo; Vargas Llosa se ha dignado saludarme; José Donoso me permitió que le besase la mano.» Aquí se implantó, irresistible, el exotismo de los sudacas, se invocó Tehotihuacan mezclado con la mística del Liceo, Cortázar alternó con la Moreneta, los boleros anticastristas de Olga Guillot sonaron al mismo tiempo que los manifiestos filo-castristas de Domènec; aquí, el eclecticismo se convirtió en cita obligada de cada noche y todas las noches se convirtieron en la habitualidad de la colonia pensante, mientras los mensajes auditivos —Donovan alterna con los Rolling— colisionaban astutamente con los iconos que se iban renovando mientras la década se inmolaba en manos del Tiempo, que la arrastraba Historia abajo... del mismo modo que agonizaba, en mi encuesta, la última noche feliz del pub.

Navegaba yo de grupo en grupo, soportando preguntas, escuchando respuestas que no me importaban, eligiendo entre polémicas que venía oyendo desde casi diez años atrás. Empezaba a experimentar el vértigo de los tumultos cuando Núria Valls me cogió del brazo, añadiendo una sonrisa melindrosa propia de las coquetas que pretenden pasar por ingenuas. Y aunque después me dijeron que Núria Valls tenía mucho de coqueta y ni un pelo de ingenua, aquella noche acepté de buen grado su imagen de párvula revolucionaria. Además no me quedaba otro remedio porque me proponía el encuentro con un revolucionario auténtico: uno del P.S.U.C., un antiguo delegado de su curso, que ahora alternaba las reuniones clandestinas con la labor de teórico de la literatura. Según me dijo, estaba trabajando en su tesina sobre el tema de la lucha de clases en la novela contemporánea.

El joven suquero exhibía una juventud un tanto ajada... Llevaba barba y unas gafas oscuras que le ocultaban la mitad del rostro. Como no paraba de hablar, se hacía muy difícil escucharle. Afortunadamente, Oriolet de Manllé estaba decidido a no dejarme desamparado. Me comentó al oído que él sabía cómo tratar a aquellos especímenes: «Déjamelo a mí, que reiremos a gusto...»

Nada evitó que el otro me abordase sin la menor consideración. Así, me vi implicado en una charla que no sabría decir si era cultural, económica o política, pero que proclamaba estentóreamente la infalibilidad de los dogmas; o de los suyos cuando menos, diez minutos destruyendo a toda la cultura universal en nombre del realismo marxista era como para acabarme la paciencia. Y cuando se atrevió a destrozar algunos clásicos egregios, Oriolet estalló de una vez:

—Te felicito, admirable amigo, y me congratulo de que nuestra cultura tenga, por fin, un redentor. *Hélas, las, las!* Ocho siglos consultando el oráculo para conocer el secreto de la escritura y llega un bienaventurado que lo ha conseguido, decidiendo que todo es una mierda. Para celebrar el evento, te invito a un güisqui con cianuro a la salud del espectro de Dante.

—¡No me confundas, borracho! Si me interpolas a Dante...

—Una adaptación poco juiciosa del concepto «interpolar»... —comentó Oriolet.

—... si me interpolas a Dante lo considero excesivamente frívolo. Perdona, pero tenía que decírtelo.

—Ya me lo has dicho. ¿Me dirás, también, que nunca has leído a ese frívolo de Dante? Lo estoy esperando.

—No es necesario leerlo. Todo el mundo sabe de qué va.

—En efecto: todos los obreros del mundo se la machacan a golpes de Convivio. Tus palabras me recuerdan que, en cierta ocasión, traté de idiota a un conocido millonario catalán que, al serle preguntado si había leído a Marx, contestó: «Dios me libre. Ni lo he leído, ni pienso leerlo nunca. Aparte de ser un asesino, era un imbécil.» ¿Sabes? Yo siempre he pensado que tan nociva puede ser la ignorancia de la derecha como la de la izquierda. Quiero decir que la idiotez no tiene ideología.

Intenté restar virulencia a la situación:

—Naturalmente, mister Oriolet no habla por usted. Continúe, por favor. Lo escuchamos con atención ilimitada.

—Usted me preguntaba cómo pienso enfocar mi ensayo sobre la obra de Lleonard Pler y yo intento demostrarle que está en función exclusiva del periodo histórico que la configura. Para ser más exactos: de las relaciones de Lleonard Pler con los condicionamientos socioeconómicos de que dependía. La biografía puede empezar perfectamente en 1967. Él llega a Barcelona, trabaja como mecánico y obtiene un jornal que será necesario estudiar (está clarísimo que debemos buscar el jornal base de 1967 y colocarlo en relación con el coste de la vida en aquel momento, si queremos tener una idea de su significación real). Inmediatamente, Pler pasa al *status* de obrero intelectual, de modo que sus relaciones económicas con la sociedad cambian radicalmente y entonces nos encontramos con el siguiente estado de cuentas: en *Lo Sputnik Català* le pagan a 500 pesetas el artículo, pero cuando su nombre empieza a sonar le ascienden a 1 000. Recordemos que en *Lo Sputnik* publica un artículo semanal. Mientras, traduce novelas de la serie negra para Edicions Compromís y las cobra a 20 pesetas la página. Escribe su librito sobre el cine soviético y le dan un anticipo de 7 000 pesetas por cuatro meses de búsqueda y trabajo. La cuenta anual del nuevo *status* de Lleonard es clarísima: un artículo semanal en *Lo Sputnik* da 52 000 pesetas al año. Tradujo diez novelas que tenían unas 120 hojas cada una (no podían ser más; se ha comprobado que la edición de tales libros no es rentable si exceden las 120 páginas, porque el precio de venta no puede pasar de diez duros; esta cantidad, que por un lado los coloca a precio prohibitivo para el *lumpen*, también retrata a las clases dirigentes, que no pagarían más de diez duros porque son conscientes de que, por un precio más elevado, ya pueden obtener un producto cultural más prestigioso, que es lo que de verdad les interesa para continuar manteniendo sus niveles elitistas). Continuemos: diez libros multiplicados por 120 páginas dan 1 200 hojas a 20 pesetitas. Por otro lado, tenemos las 7 000 pesetas del anticipo por el libro de cine y lo que obtiene del *Sputnik*, todo ello hace que los ingresos de Lleonard asciendan a 88 000 pesetas...

—Perdona: 83 000.

—¿Quieres decir?

—Te lo aseguro. En «literatura» estoy tan fuerte como tú.

—De acuerdo. Me parece que el primer capítulo da una idea bastante exacta de la situación del intelectual joven en la sociedad catalana de 1968. Al mismo tiempo, en el segundo capítulo, a través de la plusvalía de Lleonard podemos obtener las condiciones de...

—Cuidado. Me parece que te estás dejando un punto muy importante en la vida del joven...

—Sí. El estado de ventas de la editorial, imprescindible para conocer exactamente el grado de explotación a que estaba sometido Lleonard y las relaciones de la industria cultural catalana con su público.

—No.

—¿No?

—Quería decir que, en un momento dado conoce a Elisenda Castells, una mujer que ejerció una poderosa influencia en su vida.

—Ah, entonces ya son dos a ganar dinero. El capítulo que trata de su relación debe contemplar necesariamente los medios de producción de *la Castellona*. Si no me equivoco, ella traduce seis novelas, pero como son de Pavese, Pratolini, la Duras y bobadas por el estilo van a parar a una colección más seria: ella cobra diez pesetas más que Lleonard, y la editorial puede pagárselas porque los libros se venden de 150 a 200 pesetas. Si esto lo multiplicamos...

—Multiplícalo por lo que quieras, el resultado siempre serán las rebajas de El Corte Inglés.

—Perdona...

—Ni perdona ni hostias. Lárgate de una vez. Tú continúa escribiendo y por Navidad te mandaremos una foto de Rosa Luxemburgo pasándose un vibrador por el coño.

Y el joven se quedó con un palmo de narices, sobre todo porque era precisamente un reventador oficial quien acababa de reventarle a él. Pero, mientras se alejaba despotricando de nosotros con Núria Valls, acepté otro güisqui que me ofrecía Oriolet.

—Gracias por librarme de él —dije—. Por cierto, te estás convirtiendo en mi Virgilio.

—Dices bien, porque esto es un infierno. Pero Dante no habría colocado en él a los más malos, sino a los más imbéciles.

—No me hables. Creo tener el censo completo.

—Paciencia. El censo se va ampliando a medida que pasas días dentro de la cultureta.

—Si te consuela te diré que esto no es un privilegio vuestro. En cualquier país hay más imbéciles camuflados en el mundo cultural que en cualquier otro gremio.

—Pero aquí nos los atribuimos todos, porque somos masocas. Aquí pensamos que todas las desgracias nos han sido dedicadas en exclusiva.

—No os podéis quejar —dije yo—. Las tenéis en sobredosis.

Yo mismo podía certificar mis palabras aquella misma noche, en aquel mismo lugar, entre aquel personal. Recordé que, en un momento determinado, Lleonard dejó aparte sus sueños y obsesiones más privadas y decidió mostrarse extraordinariamente crítico con el mundo que vio el apogeo de nuestra juventud. Antes de morir, tuvo tiempo de mostrarse serio y reveló algunas características de la fauna del pub en una narración titulada *El niño rico*. Y aun cuando contenía muchas referencias del primer Scott Fitzgerald, un lector experto como Oriolet de Manllé supo descubrir la originalidad de los testigos de primera mano y el cinismo de un auténtico profesional de la lucidez.

15. EL NIÑO RICO, UN HÉROE BARCELONÉS DE LOS AÑOS SESENTA

Cuento de Lleonard Pler

No pretendo ignorar que la buena marcha de mi ciudad exige la economía antes que la inteligencia; con lo cual no pretendo decir que Barcelona no sea inteligente sino que tiene al dinero como prioridad principal. Los proclives al malentendido, lenguas picoteras, de inequívoca vocación marxistoide, querrán descubrir en mi aseveración más de un reproche. No es éste mi interés. Mi ciudad es y ha sido culta por vocación, siempre y cuando la cultura tenga una rentabilidad, preferiblemente inmediata; y en el caso del personaje que me dispongo a retratar, este detalle no es sólo configurador sino, en especial, determinante. Porque, gracias a la cultura, nadie es tan rentable como él mismo.

Mi personaje, el Niño Rico, *goza de fortuna familiar, además de la seguridad que inspira la admiración incondicional de quienes confunden la inteligencia con la cuenta corriente. Con ello no pretendo insinuar que el jovenzuelo no sea intelectual; quiero decir que es, sobre todo, rico. O, como comentó Joan Antoni Bruguera muy bien instalado delante de un* canard à l'orange: *«La economía de las editoriales catalanas depende fundamentalmente de que* el Niño Rico *se crea lo bastante perspicaz para entender a Gramsci, Lukács, Tom Wolfe y mosén Dalmau, todos a la vez.» O séase que* el Niño Rico *tiene unas ideas culturales y políticas muy claras.*

Patrocinado por antecedentes históricos muy evidentes, mi personaje escapa a los límites de la creación literaria y encarna la imagen del salvador de la cultura en todas sus manifestaciones. Se considera capaz de dedicarse a todas ellas, de redimirlas a todas y, desde que el Living Theatre actuó en Barcelona, se siente imbuido del espíritu de la modernidad y considera que él, y sólo él, puede salvar el muy violado cadáver de la escena vernácula. O, como dijo Oriolet de Manllé cierta noche del 68 en Bérgamo, bajo la sombra confortable de la estatua de Tasso: el hecho diferencial y predestinador de nuestra cultura no es otro que la envidiable capacidad del Niño Rico *para aprenderse de memoria y como mandan los tiempos treinta versos de poetas comprometidos, en la proscrita edición del Ruedo Ibérico. Cuando aquellos mártires le envían misivas en letra microscópica, agradeciéndole su gesto, el Niño Rico cuenta con unas credenciales magníficas para demostrar que entre sus admiradores también se encuentran las vacas sagradas.*

Quiero aclarar que mi amigo Oriolet no forma parte de ninguna conspiración para destruir la seráfica víctima de esta historia. De otro lado, la serenidad conceptual del crítico bressoniano Arnau Olivar también coincide en afirmar que el Niño Rico *es, ante todo, un poco acémila. No obstante, ama a la patria hasta los sacrificios económicos más increíbles. Se sabe que ha iniciado una colecta para fundar un complejo teatral que combine las lecciones del Berliner, las de Broadway y los happenings conceptuales. ¿No ha de merecer tanto eclecticismo más de un aplauso? Bien lo exige la decisión del Niño Rico de no limitarse al teatro para ayudar a Cataluña: así, piensa contratar al mismísimo Ingmar Bergman para que dirija una superproducción en Cinerama sobre el Compromiso de Caspe, con guión de Marcuse.*

Esto ocurría en aquella época en que el Niño Rico *se dedicaba tangencialmente a escribir sobre cine («ensayo socio-lingüístico del fenómeno cinematográfico», decía él). Y es que el dinero de papá le concede la autoridad de considerarse capacitado para el libre ejercicio de todas las artes, ya sea en la práctica ya en la meditación y el análisis. Es fácilmente comprensible. Desde la adolescencia lleva muy arraigada una voluntad de culturalizar el capital familiar. Y más de un malpensado se pregunta qué pretende sublimar con todo ello.*

Yo creo que su voluntad de sublimación le viene de nacimiento. Los dineros burgueses de papá se subliman en la obra redentora del niño, ansioso de cambiar en provecho propio y de la colectividad el sentido universalmente acep-

tado del «mecenazgo». Es decir: no emplea su dinero para ayudar a los artistas de mérito sino que, convencido de que los otros no son en absoluto meritorios, se convierte en artista que viene a engrosar nuestro panteón nacional. Así, los beneficios que el padre del Niño Rico *obtiene en el gremio de la hostelería dejan de oler a cocina cuando él los toma y consigue que, en el Templo del Teatre Català, se levante un telón que presupone redentor. Con esta maniobra, Àngel Guimerà es sustituido por los Angry Young Men y la Barcelona progresista tiene por fin el teatro que necesita.*

Mas, ¿por qué he de limitar la defensa de mi personaje a una especificación tan restrictiva? El Niño Rico *se mueve y desarrolla en terrenos mucho más vastos. ¿Acaso no es figura insustituible en los festivales de canción catalana, en los cócteles de presentación de cualquier escritor local, en todos los cine-clubs oficiados por curas eisenstenianos, en los weekends cinematográficos de Perpiñán, en los* vernissages *de pintorcetes* pop, *en las ruedas de prensa de las grandes figuras de la escena y en todo el inmenso crisol de manifestaciones culturales que sirven para ampliar los ilimitados campos de una inteligencia a la que, en principio, debemos considerar superior? Tal vez podríamos acusar al* Niño Rico *de cierta inclinación hacia el folklore —incluso al de tipo político—, pero no por ello ha de resultarnos menos emotiva su fidelidad al período histórico que llevó a su familia a la privilegiada situación que le permite financiar tantos desmadres culturales. Al fin y al cabo, los selectos parientes del* Niño Rico *opinan que este arrebato le pasará pronto y que, además, es preferible que la criatura gaste el dinero montando una obra comunistoide de Joan Penat que no largarse a París y, a imitación de los ricachones de principios de siglo, se deje sacar los cuartos por alguna corista llamada Ninette. Por suerte, los balas perdidas de Nueva Barcino se dedican primordialmente a la cultura y a las tomas de conciencia* a gogó. *Han cambiado a* la Bella Otero *o* *Ninon de Lenclos por Godard y Rohmer.*

Pero eso no significa que el Niño Rico *sea un esnob cualquiera. ¡Qué más quisiera el esnobismo! En todo momento procura conservar intactas las apariencias de formalidad y pulcritud propias de la raza, y eso también es motivo de agradecimiento por nuestra parte. A la imaginación delirante de otros jovencitos adinerados, que gustan vestir siguiendo lujosas imitaciones de los piojosos del rock, él opone la irreprochable seriedad de un atuendo siempre gris, con chaleco, corbata oscura y zapatos de un marrón discreto, cuyo brillo saca con servil diligencia una de las tres criadas charnegotas. Mientras los demás chicos, en su intento de parecer modernos, se disfrazan cada domingo con faralaes y colorines de indudable origen Chelsea, él garantiza lo más conspicuo de la seriedad catalana y, pudoroso, se adorna con un sport cómodo y discretísimo: jerseys y pullovers tirando a azul cobalto, color que considera el máximo de la frivolidad. Y, en su estudio, en vez de pósters de moda cuelga el artístico calendario del* Montserrat-Cultur, *que reproduce cada mes eventos de tanta importancia histórica como la Feria de Espárragos de Gavá, el Baile de Pubillas Jorobadas de Vallgorguina y el Concurso de Verduleras Ejemplares del Mercado de Santa Catalina.*

¿Significa lo antedicho que el Niño Rico *es* demodé? *En absoluto, sobre todo si tenemos en cuenta que ha corrido mucho mundo y está plenamente capacitado para saber que hay modas y modas: lo que hace es elegir las que encajan perfectamente con su imaginación. Ante unas torrijas acaso de Burgos, la indiscreta* Castellona *osó poner en tela de juicio el alcance de la referida imaginación. Mientras masticaba con notable impudor, se atrevió a insinuar que la famosa seriedad del* Niño Rico *no es una virtud, sino la coartada que esconde una imposibilidad de aproximarse a cuanto no sea obvio, a cuanto se aparte un ápice de las doce cosas —y ni una más— que su clan social le ha enseñado a apreciar.*

Particularmente, y contra tantas opiniones demoledoras, afirmo que la visión realista del Niño Rico *es digna de todo elogio y le permitirá llevar a cabo una obra artística tan seria como honesta. Cierto que si, hablando de una obra artística, decimos que es muy seria y honesta, queremos decir que está falta de cualquier otro aliciente; pero no era mi intención decirlo en tal sentido al referirme a los dones del* Niño Rico. *Su imaginación, como su sensibilidad, vuela mucho más allá de esas futilidades críticas y así lo demostró en Bérgamo cuando, delante de un espléndido ejemplo de románico pisano, se admiró de la perfección del arte renacentista (de la escuela brunelleschiana, aseguró). Pere Ignasi Fages dejó de hablar de Ungaretti y quiso comuni-*

carme esa suerte de vergüenza ajena que nos acomete cuando alguien de nuestro aprecio hace el ridículo. Se trataba de una vergüenza a no dudarlo exagerada: ¿qué eran aquellas opiniones, sino una rotunda prueba de la maravillosa imaginación de nuestro Niño Rico? *Es decir: hallaríamos a muy pocas personas que, enfrentadas a una obra de Antonioni, consiguiesen asociarlo con el expresionismo alemán, otra magnífica gesta de nuestro amigo.*

Pere Ignasi continúa siendo viperino y, al preguntarle yo qué opinaba sobre las capacidades culturales del Niño Rico, *dijo que lo consideraba un magnífico conductor. Cierto que* el Niño Rico *tiene cuatro coches y sabe conducirlos de maravilla, pero no entiendo qué relación guarda esa ciencia con su capacidad para apreciar un cuadro de Klee. Y aquí no acepto las críticas que recibió cuando dijo que, en cuestión de* champagne, *prefería el Veuve Cliquot al Klee. Al fin y al cabo somos humanos, y un resbalón ocasional debiera estarnos permitido. Y también me importa aclarar que mi apreciación no se debe a que* el Niño Rico *decidió nombrarme administrador de su compañía teatral. Se debe, sencillamente, a que tengo toda mi confianza puesta en nuestro* Niño Rico.

Mientras le veía dirigir a los actores la noche del ensayo general, comprendí que si ha sido tan criticado es a causa de la envidia de los impotentes, uno de los males crónicos de nuestra amada Barcelona. Había que ver cómo, en espléndida demostración de humildad profesional, atendía rigurosamente los consejos del ayudante de dirección, un elemento de extraordinaria valía que ha trabajado en el Piccolo de Milán y montado algunos clásicos en teatros estables del sur de Francia. Nuestro Niño Rico *anotaba con loable afán de aprendiz los consejos de aquel hombre más experimentado. Y dice mucho en favor de la perspicacia de mi héroe que todo cuanto el experto iba sugiriendo coincidiese punto por punto con lo que él tenía ya decidido con muchos días de antelación. Con lo cual queda demostrado que, aun sin estudios específicos,* el Niño Rico *posee un caudal de sabiduría que, bien aplicada, puede convetirle en uno de los puntales definitivos de la escena llamada vernácula.*

El día antes del estreno, todo ese odio que se ha ido fraguando en el alma de sus detractores estalló en labios de la primera actriz, la gran Rosa Maria Llinà. Su marido, más comprensivo, argumentaba que la inteligencia no se compra y que si el Niño Rico *no fuese el colmo de la inteligencia jamás habría tenido la idea de contratar a un ayudante de dirección tan eficaz y, sobre todo, tan coincidente con las decisiones que él mismo había adoptado. Pero Rosa Maria Llinà, viborona, recordaba que, dos noches antes,* el Niño Rico *todavía no le había expuesto o siquiera sugerido cómo debía resolver la escena más comprometida del drama, y cada vez que ella solicitaba ayuda, él se quedaba dormido como un leño. Parece ser que, en un momento en que ella recitaba su diálogo en broma,* el Niño Rico *acertó a despertarse y gritó entusiasmado que aquél y no otro era el tono adecuado y que por fin entendía la actriz el verdadero mensaje de la obra. Ante esta situación, la temperamental señorita intentó arrojarle una butaca a la cabeza. Y es que una diva, cuando es diva, lo es en todas sus cosas.*

Pero, ¿qué podrá la opinión de una vulgar cómica frente al respeto que el Niño Rico *se ha granjeado entre las mentes más esclarecidas de la intelectualidad local? Su seriedad en el pago de las cuentas de los más lujosos restaurantes, su privilegiada memoria para retener el teléfono de los santones de la cultura, la habilidad con que sabe escribirles postales desde cualquier país lejano, son detalles que le han permitido ganar la consideración de gente poco sospechosa de dejarse deslumbrar por el primer esnob que se les presente. Todos ellos tienen en gran estima al* Niño Rico *y algunos lo han demostrado al suplicarle que les dirija cualquiera de esas obras que todo autor catalán guarda en el cajón. Sé perfectamente que, dado el período de crisis que atraviesa nuestro teatro, todo el mundo se muere de ganas de estrenar, pero no sabría concebir que alguien pusiese su obra en manos de un jovencito en cuyo talento no confiase ciegamente.*

Para decirlo de una manera rotunda: el Niño Rico *es la única esperanza que nos queda, y bien supo demostrarlo el día en que se decidió a debutar como director teatral, eligiendo* Casa de muñecas *para irse entrenando con una obra sencillita.*

Todavía recuerdo aquella inolvidable noche de la consagración. La ciudad aparecía adornada aquí y allá, y acullá por los charcos de una lluvia repentina. Las calles tenían color de arenque ahumado. Sobre las aceras se disolvía el reflejo de la marquesina del Temple del Teatre Català. La salida del público presentaba la impagable emoción de los grandes sucesos históricos. Con el esfuerzo conjuntado del mejor equipo técnico que el dinero puede comprar, con la muy secundaria colaboración de un texto del señor Ibsen, que pocos acertaron a reconocer pues parecía de Arniches, con estos y otros muy selectos requisitos acababa de triunfar la inspiración del Niño Rico, *quien, así, ofrecíase al respeto y agradecimiento de toda una colectividad. Y cuando* la Castellona *entró a saludar a la compañía, exclamando: «Os ha quedado precioso», todos supimos que, una vez más a lo largo de la historia, un* Niño Rico *acababa de salvar a la cultura catalana.*

DECÍA ORIOL DE MANLLÉ, entre copas:

—Lleonard tenía razón. Yo también la tenía. Ambos denunciábamos un idéntico grado de estupidez. Y, sin embargo, no dejaba de constituir un milagro que, bajo el franquismo, Barcelona consiguiera parecerse tanto a Europa. Que aquí pudiésemos respirar a gusto mientras el resto de la península se asfixiaba. ¿Quién está autorizado a reprocharnos que, de puro entusiasmados, cayésemos en la confusión? ¿Quién puede acusarnos de cometer tal cantidad de disparates si nos apasionábamos tanto? Éramos eclécticos, heterodoxos, divertidos. Aquél era el momento en que los fotógrafos dictaban el gusto en literatura y las modelos decidían cuál era el filósofo más vigente desde los presocráticos hasta Hegel; las *go-go girls* se declaraban fervientes maoístas gracias a unos *minishorts* amarillos y algunos arquitectos de la extrema progresía preconizaban el regreso al *kitsch* como forma suprema de arte testimonial. Acercarse al pueblo significaba que Joan Manuel Serrat calzaba alpargatas de payés del Ampurdán. Tanto en el cine como en la literatura, la sensibilidad *underground* armó más ruido que en cualquier otro ámbito, de manera que sus nombres quedan más a mano o más familiares. Consulta la colección de la revista *Nuevo Fotogramas*: allí está todo, estamos todos, es el testimonio gráfico de aquel momento en que cada semana aparecían cincuenta nuevos genios del cine novísimo. Respecto a sus musas, tal vez se llamasen Vicenta y fuesen naturales de Lérida, pero acababan llamándose Moka o Lula y se abrían de piernas en la cama de cualquier arquitecto francés.

»En todo había el lado divertido, el *potin* que podía prolongarse hasta las tantas de la madrugada, la serpiente de verano que solucionaba la papeleta a los periódicos locales. Todo era muy europeo, sí, pero en absoluto catalán. Sabemos que esta sutil diferencia siempre resultará de difícil comprensión para la intelectualidad «de la Meseta», y supongo que también para un europeo auténtico, pero el caso es que la cultura catalana siguió adelante al margen de un mundo de expresión castellana que acabó de complicarse con la invasión de los sudamericanos. Esos fenómenos acabarían marcando la existencia de dos Cataluñas culturales. El resultado de tal híbrido —medio catalán, medio castellano— es lo que deberíamos llamar cultura barcelonesa.

Oriolet hablaba con ironía, pero también con una infinita tristeza por los paraísos perdidos. Y, sin embargo, aquella cultura por él invocada continuaba manifestándose por última vez durante aquella noche del *pub*. Mañana, cuando la piqueta empiece a demoler el local, toda la iconografía de los sesenta quedará en manos del olvido. Ahora, pregonaba por última vez sus mensajes, como un tributo a la década de Lleonard.

¡Iconos, iconos de nuestra juventud!

Terence Stamp con ojos de ángel maldito; Jean Shrimpton, gamba en minifalda; los tanques soviéticos sembrando destrucción por las calles de Praga; Rabanne viste a las mujeres con retazos de latón; diosas larguiruchas como Veruschka; músculos de alambre, piel negroide, óvalo astral, es decir Donayle Luna; la Vanessa, cabellos botticcellianos, rizos sujetos con una cinta *hippy* como protesta contra la guerra del Vietnam; una modelo de Ronald Traeger perseguida por Batman y Robin; Charlie Brown jugando a bolos con Mike Jagger; nadie puede estar más delgada que Twyggy («¡Nena, si ésa es un palillo!»); Adam Faith bailando el madison; miembros del Women's Lib detienen el tráfico en Nueva York; la mirada meláncolica de Julie Christie, sus labios suaves y húmedos que, para muchos, representan los labios del nuevo Londres; John Lennon disfrazado de Sergeant Pepper; Joan Baez asegura que no nos moverán; la multitud de melenudos de Woodstock; *Black is beautiful*; la fuerza combativa del nuevo cine brasileño; Bob Dylan haciendo rodar la piedra...

... y la piedra, afilada de tanto rodar, aplastó multitud de locales como el *pub* distribuidos por todos los rincones de un mundo que asistió, impotente, al final del sueño.

Hoy, los iconos y mensajes de la década de Lleonard sólo son el dominio del ejecutivo, las ordenadas oficinas de los dioses del marketing, las fachadas ultramodernas de los publicrelations; la peluquería reservada a los socios del club de golf, los parkings impersonales, los restaurantes de comida apresurada y las sastrerías que confundieron la moda masculina con un método de robo perfectamente organizado.

Se fue también Tuset Street, con todos sus iconos, con todas sus almas.

Y todavía hay quien recuerda que, en el difunto local de la Barcelona *swing*, el Lleonard de los años sesenta solía exclamar:

—¡Qué jóvenes somos, qué hermosos, qué inteligentes, cada noche del pub!

16. ESPECTROS DE UNA VENECIA SIN FLORECER

Arrastramos a William Cumingham al hotel, y cuando ya habíamos conseguido meterle en la cama todavía murmuraba nombres de lugares inexistentes y páginas de historias por escribir. Se aferraba a una botella vacía mientras atizaba un puntapié al mentón de Ingeborg quien, más servil que nunca, se había arrodillado para quitarle los zapatos. En el suelo, junto a un galán de noche, dormía el minicasete. Yo me preguntaba si no habría quedado inutilizado a fuerza de recibir golpes durante el regreso desde la trattoria de Sora Assunta.

La juventud de William, vulnerada en demasiadas ocasiones, ofrecía un aspecto desastroso y, mientras Ingeborg le insultaba en algún dialecto teutónico, yo me acaricié el nudo de la corbata pues, de todas las cosas, era la que en aquel momento me importaba que estuviese en orden. Alguien tenía que parecer lógico. Y la seguridad que proporciona el *seny* no dejaba de ser una garantía.

Con todo, la imposibilidad de situar la noche de Venecia en una hora concreta distaba mucho de tranquilizar, y hasta Ingeborg llegó a parecer sensata cuando dedujo que lo mismo podían ser las nueve de la noche que las ocho de la madrugada. Una oscuridad igual y sin recortes se extendía sobre todos los horarios. Una absurda anarquía suplantaba el orden de las cosas.

Estábamos sentados en el salón, ella y yo, indecisos y únicos. La mujerzuela se lamentaba de dolor en la barbilla (una exageración, aunque es cierto que sus dientes habían chirriado). Se preguntó unas treinta veces seguidas por qué continuaba al lado de su macho; y una sola vez, en un italiano contagiado de ramalazos populares, exclamó: «*Ma chi me lo fa fare!*». Completó el repertorio con un gesto grosero y un grito de «wafan culo». Parece ser que, antes de dejarse caer por Barcelona, fue modelo en Roma. Pertenecía a la generación de ilusas que se dejaron deslumbrar por los residuos de la Dolce Vita. No salió de ellos excesivamente refinada, a juzgar por su léxico. La permití desahogarse con un buen repertorio de tacos; después se pasó al idioma en que mejor podíamos entendernos: «Es un bestia. Un hijo de mala madre.» Y yo me limité a no contradecirla ni a conceder.

Pero era evidente que William viajaba con una hembra que no le importaba en absoluto:

—¿Para qué me invita, si después no me hace puto caso? Mutter diría: «¡Te aguantas, por seguir a desconocidos...!»

—¿No se conocían? —pregunté, un tanto desconcertado.

—Yo estaba de *go-go* en el Maddox de Playa de Aro. Él vino con el grupo de Chupita León y se quedó extasiado mirándome. Estaba borracho. Dijo que me parecía a un amigo suyo, el Lleonard famoso. Yo, eso del parecido, lo encontré de lo más original. Pero más que nada es que William está muy bueno. Los ingleses son una mierda, pero cuando sale uno guapo lo es más que nadie. Entonces pierdo el coño. No tengo remedio. Siempre ha sido así y siempre lo será. He nacido para arrastrarme como una perra detrás de los hombres, especialmente si son ingleses.

—Éste es irlandés —dije.

—¿Qué más da? Irlanda es una provincia de Inglaterra. Y una polla inglesa es una polla inglesa, al margen del acento.

—No lo tienen las pollas —dije yo—. No lo tienen.

Daba igual. Ella corría hacia el delirio. La autorizaban las constantes fabulaciones de William. ¿No le dijo que se parecía a Lleonard? Se parecía, sí. Lleonard cuando era rubio, naturalmente. El vikingo furioso que nos presentan las cintas. Pero, en tal caso, sería también un Lleonard de exuberante melena, pestañas postizas, labios carnosos y pechos redondos, duros, muy sugerentes. ¿Cómo sería sin su pene colosal y provisto de un delicioso sexo femenino entre las piernas? A saber si yo mismo no me prestaría a penetrarle. Acaso el desgraciado, convertido en mujercita, sabría por fin lo que es un buen macho.

Las butacas y divanes del salón eran mullidos y de aspecto ciclópeo. A nuestro alrededor, plantas, pinturas de género, retratos en miniatura, piezas de porcelana y algunos muebles Biedermaier que evocaban una atmósfera muy siglo XIX, conservada intacta y seguramente aumentada. Un paraíso adecuadísimo para los cultivadores de la nostalgia cultural. Nada impedía que, en un momento de reposo, leyendo periódicos franceses, ingleses y alemanes, los esnobs pudiesen alimentar el sueño de una Venecia de las letras: de las altísimas letras, si he de ser exacto. Con artificios tan bien organizados, es vergonzoso que nuestro siglo no produzca más obras maestras.

En aquel decorado, la tosca modernidad de Ingeborg era una contradicción flagrante. Y asimismo su itinerario.

Vestía según las exigencias de los años setenta: colores estrepitosos, vulgar *prêt-à-porter* minifaldero y un arsenal de bisutería barata. El itinerario del hotel tenía otros oropeles, combinaba otras verdades y otras mentiras, de modo que rechazaba a aquella valquiria llorosa que me obsequiaba con una disertación sobre los hombres malignos que no sabían comprender su «vida interior» ni su elevadísimo grado de espiritualidad, condiciones que le valieron el sobrenombre de «la Parsifala» en aquella Barcelona *swing*. Tantas idioteces emitidas por una auténtica idiota me permitían evadirme y buscar el recuerdo de otra noche presidida por Lleonard.

Fue precisamente la noche de su muerte.

Lo encontré en el invernadero, entre un grupo de kentias afiladas como puñales. Me esperaba tendido en una gandula de paja mientras iba fumando, uno tras otro, aquellos horrorosos *abdullahs* de su predilección.

En la decadencia del hotel, Lleonard debió de encontrar las garantías para entregarse a la melancolía más teatral. Era una forma de realización en la soledad, pero hago esta afirmación sin admirarle en absoluto. Aunque siete años atrás el poeta nacional de los catalanes le recomendase el aislamiento como elección, aquel refugio veneciano se limitaba a resumir el egoísmo de sus huidas. Lleonard esperaba que la soledad, la serenidad o la desesperación entrasen en su espíritu desde el exterior y le transformasen. Su estado de ánimo, las decisiones de su conciencia, dependían de la escenografía que le rodease, pero era incapaz de aportar nada, porque seguramente no tenía nada que aportar. Todo en él era tan vacío como un decorado teatral cuando termina la última representación de la temporada (¿y esto no explicaría que en su obra adquieran tanta preponderancia las escenografías barrocas convertidas en delirio?).

En tales circunstancias me importaban menos que nunca las estupideces de Ingeborg y su disertación sobre los machos que fascinan con el aspecto y después no funcionan en la cama. De otro lado, ni siquiera quedaba la curiosidad de averiguar por qué William la llevaba por Europa, colgada del brazo. Era posible que se pareciese a Lleonard pero en una copia muy barata del original. Así pues, el interés que me despertaba era muy limitado. Con una salutación de cabeza, austera y siempre eficaz, me despedí de ella y salí al jardín.

En la noche que podía representar cualquier hora (el único índice reconocible era que habíamos cenado) el jardín presentaba un aspecto de abandono total. El tiempo no había ahorrado destrozos. Un recinto hermético. Muros cubiertos por hiedras mutiladas, reducidas por el otoño a ramificaciones desnudas. El suelo, formado por losas tan antiguas como las primeras fundaciones de Venecia, estaba cubierto de hojas que la lluvia contribuía a ir pudriendo. Y las mesitas y las gandulas, que permitían a los escritores decadentes ensimismarse en la meditación, estaban ahora plegadas en el interior de la *loggia* que cerraba el jardín y, en cierto modo, lo presidía. Una imagen de Lleonard sentado allí mismo, cerca de las almenas, no me emocionaba en absoluto. Sin embargo, era la imagen idónea para fascinar a William Cumingham.

La seducción que el hotel y también Venecia ejercían sobre Lleonard eran difíciles de entender. ¿Qué suerte de héroe era aquel que acariciaba lánguidamente las piedras mientras murmuraba que los imperios caen, que la muerte triunfa, que el olvido es irremediable y estupideces por el estilo? ¿Qué hubieran opinado los admiradores de su furia, los adoradores de su juventud, de haberle visto enfrentado a la ruina, empeñado en recitar las lecciones de la muerte antes que las de la vida?

Continuaba imponiéndose aquella última obsesión sobre los imperios que nacen y los imperios moribundos y las pequeñas luchas de cada uno de nosotros contra el olvido. Y la vejez del edificio y la de sus renovaciones posteriores, colaboraba en la impresión de decadencia y obligaba a preguntarse por qué Lleonard, entre todos los lugares del mundo, había escogido Venecia para experimentar algún sentimiento de libertad.

La malicia del tiempo patrocinaba la malicia de Lleonard, y así, de cada momento que él quiso evocar, iban surgiendo más sentencias de muerte. Y si la memoria de cada edificio de Venecia sólo es la historia de la muerte que se fue acumulando sobre ellos, la *loggieta* renacentista que cerraba el patio aportaba, al menos, un punto de luz y reclamaba los derechos de la razón.

Pero una Serenissima clásica era lo último que Lleonard podía comprender. Yo recordaba cómo abominó de la *loggia*, pequeña pero culta, que retomaba los arcos de la romanidad juiciosa (pues la otra, monumental y augusta, siempre se excedió). Si en algún punto de su itinerario Lleonard alcanzó a profundizar en el legado clásico, lo hizo en calidad de inversión. En vez de fincas, en lugar de acciones bancarias, comprendió que era más rentable invertir en sabiduría. Era el momento en que el joven airado, el monstruo furibundo, el bárbaro de las entrevistas espectaculares, descubría que un exceso de *contestazione* no resulta agradable a todos los paladares; que los histerismos románticos no gustan a quienes son lo bastante prestigiosos para otorgar el prestigio, y que el *seny* exige su propio reflejo cuando quiere admirar realmente, cuando debe hacer un pronóstico que no lo comprometa. ¿En qué momento descubrió Lleonard que no todo el mundo se deja seducir por una disertación sobre los contenidos semánticos de los comics o una aproximación a los mensajes icónicos del *politikitsch*, y que se prefiere una conversación civilizada sobre las odas de Píndaro? Se hallaba en la segunda etapa de su escalada, cuando ya se dirigía a ámbitos culturales más exigentes o, si se quiere, a la estima de la burguesía culta, partidaria del arte eterno y las referencias inmutables. Seguramente en atención a ellos, efectuó una escandalosa síntesis de la sabiduría eterna en un libro de viajes por Grecia que nunca pude terminar de leer. Para sus nuevos admiradores glorificó la seguridad de unos cánones que, en realidad, le aburrían profundamente, mientras negaba las ideas de una vanguardia furiosa con cuyas vaguedades había estado engañando a sus lectores precedentes.

Pero, en el romántico desorden de aquel jardín veneciano, encontré un Lleonard británico: el de las últimas horas de su vida, el de las visiones fatalistas sobre el mito de los finales y el atractivo de los apocalipsis. De su figura bellísima, que ya no podía ofrecerme sorpresas, salía la revelación de alguna postura inédita que no denotaba un cambio de actitud, sino más bien el enriquecimiento de trucos conocidos pero con aportaciones más espectaculares, formuladas de cara a la galería. Aquí, en Venecia, ya no llevaba la máscara del diosecillo furioso ni aquella aureola de prestigio académico que deslumbraba a las madamas barcelonesas, fáciles de conformar. Aquí se presentaba con la autocomplacencia del filósofo desengañado, el apóstol de la predestinación, el gurú escéptico que ha descubierto todos los *cul de sac* de la existencia y cuantos muros infranqueables se yerguen a partir del último peldaño de la sabiduría humana. Convencido de la inutilidad de cualquier acción, se instaló en un escepticismo evanescente, sublimado a base de suspiros etéreos, convirtiendo cada gesto menefreguista en una indiferencia cósmica. Yo ignoraba a qué nueva campaña publicitaria respondía aquella postura tan poco olímpica; pero sabía que la interpretación de Lleonard durante las horas que pasásemos juntos intentaría consolidarla en todo momento. ¿Acaso le sugirieron que, cuando se ha llegado tan lejos, el asco hacia el éxito queda muy bonito? Pese a todo, sentíase caritativo: concedía a los pobres mortales que ser un dios no es ninguna ganga.

La perfección que el otoño otorga a los jardines colgantes de los grandes palacios góticos convertidos en hoteles de ambientación inglesa, en ciudades muertas con estética de pintor impresionista, favorecía la ficción en que se había embarcado Lleonard, aportando, además, la decoración necesaria a las veleidades de su abandono. Era fácil comprender que no se podía elegir un lugar más apropiado para el camafeo viviente que aspiraba a componer. De rechazo, la desolación del jardín, el suave desorden de las hojas que crujían sobre las losas verduzcas, el gris de la tarde, no hubiera hallado mejor correspondencia con cualquier otra alma sensible abandonada a su propio destino. El jardín y Lleonard formaban el cromo que, años atras, Xavier Roldà habría considerado antipublicitario para el lanzamiento de *El jove cremat*.

¿Cuáles eran las características de aquel lanzamiento? William Cumingham todavía no había llegado a la amarga realidad del Lleonard triunfador. Yo, en cambio, estaba en posesión de la clave, y la escondía astutamente.

17. «LA CASTELLONA»

Me recibió fumando un puro, y el símbolo divertía, no exactamente por su peculiaridad *—demi-mondaines* famosas ya los fumaban— sino porque, desde el principio, encajaba con las descripciones que todos me habían hecho de *la Castellona,* como si el caliqueño y una figura rotunda, que los años contribuían a ir fortificando, fuesen los signos que la ayudarían a pasar definitivamente a la pequeña historia. (SEÑORA FERRER: «Nunca la veréis sin una colilla en los morros. ¡Qué queréis que os diga! No queda nada bonito en una mujer. Y nadie me quitará de la cabeza que, como mínimo, se droga.»)

Con un solo gesto de sus poderosas manos se colocó detrás del escritorio y apoyó los codos en la máquina de escribir, dispuesta a escucharme. Comprendí que era una de las personas de esta historia que podría dar una cinta con menos cantidad de evasivas y seguramente sin el menor subterfugio. Aunque el precio fuese el error y numerosas contradicciones, inevitables en aquella tierra, estaba claro que *la Castellona* se arrojaría a ellas sin miedo, a la manera del atleta que, con la carrera perdida, prefiere morir antes que volver atrás.

Huelga decir que tenía algo de atlético y yo esperaba me lo mostrase en su vertiente espiritual. De momento, mientras me guiaba por un corredor larguísimo, lleno de libros amontonados en estanterías y por el suelo, pude comprobar otra faceta de su leyenda, gracias a una declaración de dinamismo cotidiano que algunos pudieran considerar agotador.

—Me has pescado en un momento de mucho trabajo. Un momento malísimo, de terminar artículos, corregir un guión de cine, preparar una conferencia, revisar un coloquio sobre feminismo y apresurar una traducción de las de *pane lucrando*. Pero haré un hueco y hablaremos, hablaremos mucho porque vienes recordando a Lleonard y él me habló de ti muy a menudo. Sé perfectamente que eres irlandés. Ya no es solamente Lleonard lo que nos guía. Yo siento desde siempre una enorme simpatía por Irlanda. Podríamos decir que se debe a algunas concomitancias —la situación política, el problema del idioma— pero también porque, en calidad de lectora furibunda, estimo muchísimo a dos grandes hombres vuestros: Joyce, especialmente, y después O'Casey. A este último he llegado a interpretarlo sobre el escenario. Ya ves tú: por si me faltase trabajo, todavía colaboro como actriz y directora con los chicos del Teatre Popular Català.

Recordé someramente la síntesis de crónica familiar que ella misma ofreció en una recopilación de breves textos autobiográficos: «*Crecí acostumbrada a los libros. En casa constituían la herencia de tres generaciones. Eran el ocio, el aprendizaje de la vida, los confidentes, los defensores o acusadores de toda causa. A veces, incluso sustituían al mobiliario. En casa, un buen libro siempre ocupó el sitio de los jarrones o las lamparitas que son para hacer bonito y resultan no serlo en absoluto...*»

Evidentemente, el entorno confirmaba sus palabras. Aquel pisito de la Barcelona antigua parecía la trastienda de un librero de lance; cientos de libros de bolsillo alternaban con ediciones antiguas, volúmenes acreditados que formaban parte de la biblioteca del señor Just Batllori, abuelo materno, erudito de la Rambla y autor de un importante florilegio de canciones populares. Además de la biblioteca, dejó a su nieta algunos muebles de estilo isabelino: macizos, oscuros, muy gastados. Y, destacando entre todos ellos, una enorme butaca de terciopelo rojo donde ella solía sentarse, ya para leer durante horas enteras, ya para deleitarse con la televisión («sobre todo películas de mi época», suele decir, refiriéndose a Fred Astaire).

Comparecía ante mí *la Castellona* libresca (novelera y teatrera, especialmente) con la personalidad garantizada por sus adoraciones (los grandes autores) y sus fobias personales (los críticos). De paso me ahorraba el sermón de carácter victimista, siempre previsible en las *patums* de envergadura. Olvidaba yo que *la Castellona* no era en absoluto una vaca sagrada convencional; pero mi dominio del catalán todavía debió de parecerle un caso demasiado insólito como para no utilizarlo en favor de su propia causa, reflejada en una de sus facetas más características como escritora: el apasionamiento por el idioma en *soi*.

—Teniendo en cuenta que trataste a Lleonard ya parece más natural que hables tan bien el catalán. Sí, hombre, sí, casi perfecto. Ya quisieran muchos de Madrid, los intelectuales del famoso «diálogo», los del «puente Cataluña-Castilla», que mucho hacernos el rendibú y muchos artículos comprensivos y que si Espriu esto y el Espriu aquello y venga a presumir de que entienden el catalán («Hablad, hablad, que el catalán es muy fácil») y después te interrumpen a cada palabra para preguntarte: «¿Qué significa *ou*?», y cuando tú les explicas que significa «huevo» se quedan de piedra picada, se dan cuenta de que con el catalán te ocurre igual que con el chino: si no lo estudias no entiendes ni papa. Pero tú, William, lo haces muy pero que muy bien. Ya comprenderás que me corresponde agradecértelo. En fin de cuentas todos los miembros de culturas pequeñas somos hermanos.

No era el suyo un agradecimiento servil: cuando menos no como el de los intelectuales que habían acogido mis conocimientos como una especie de limosna que les llegaba de la civilización, a la manera de las notas que las páginas literarias de algunos periódicos barceloneses suelen publicar cuando una narración corta de Pedrolo aparece en alguna revista minoritaria de Uganda o si los finlandeses incluyen dos páginas de Pla en algún opúsculo sobre culturas exóticas. Entendí que el agradecimiento lingüístico de *la Castellona* nunca iría a besar los pies de cualquier profesor voluntarioso, por los motivos aludidos u otros semejantes. Mi dominio de un idioma extremadamente minoritario convertíase en un hecho natural para una mujer acostumbrada a creer en una igualdad sin fronteras, una igualdad vigente desde que el mundo es mundo.

—Veo que apuntas algunas palabras. Claro, hablo muy de prisa. Perdona pero, viendo que soltabas algunas expresiones muy coloquiales, no he querido inhibirme. Lleonard también solía apuntarse todas las palabras que desconocía. Se vio obligado a construirse un vocabulario paso a paso, como una hormiguita del idioma. Y yo, que soy una enamorada del mismo, lo contemplaba extasiada, porque su batalla con el léxico tenía algo entrañable, como un acto de amor. *Voilà Lleonard, voilà le langage!* Esta relación era de un calor impresionante. Una de las cosas majísimas que él podía tener... una magnificencia que nadie podrá negarle, pese a todas las imposturas con que nos agredió al final.

De *la Castellona* surgía continuamente una naturalidad que inclinaba, si no a aceptarla sin vacilaciones, sí a esperar que éstas fuesen mínimas. Porque yo llegaba predispuesto a la feroz batalla con la leona, a luchar contra la fiera que todos me habían descrito (anécdotas que, por otro lado, debían de ser ciertas) y en cambio descubría que, en la mezcla entre la severidad y la placidez, era ésta la que acababa por imponerse. *La Castellona* era un fenómeno de dinamismo, una fuerza irresistible que prescindía de cualquier forma de pedantería, favoreciendo así que la primera impresión comunicase un certero efecto de comodidad. Conseguía ella la suya propia con su dedicación al puro y el reposo en el sillón del abuelo Ballori (con brazos rematados por dos cabezas de león). Así instalada, utilizaba las leyes tácitas de la hospitalidad para expresar que yo le era simpático. Y el siguiente paso demostraba que no tenía problema alguno para introducirse en el terreno personal... aunque yo llegase revestido con coraza de dagas afiladas.

Abrió un ejemplar de *Cretan Dreamers*:

—«A William Cumingham, desde aquella noche de Charing Cross. Yo, ingenuo a pesar de todo...»

Lo había leído sin quitarse el puro de la boca. Acto seguido lo dejó imprudentemente junto a un montón de páginas mecanografiadas, se abalanzó por encima del desorden y me tendió el libro, abierto en la página de la dedicatoria.

—Tendrás que aclarármela. Tengo esta curiosidad y no pienso reprimirla.

—¿Aclarar que me dedicase una novela? Es normal. Éramos muy...

No me extrañó que ella cortase cualquier posible respuesta con preguntas tan anticipadas como:

—¿Puedo ser sincera, William? —Y acto seguido—: Sé perfectamente que también consiguió seducirte. Es lógico. Típico de Lleonard. Pero no vayas a pensar que me interesa descubrir si os acostasteis o no. Cosas vuestras. Me interesan mucho los *couriers du coeur* como fenómeno sociológico, pero nunca tuve vocación de confesora. Me intriga, simplemente, la frase «a pesar de todo». Parece ser que tú, o alguien, quien fuese, no estaba demasiado convencido de su ingenuidad, cosa bastante natural porque él hizo cuanto estaba en sus manos para desmentirla. Pero debía de pensar que «a pesar de todo»... y necesitaría que alguien lo leyese. Quién sabe si era para comunicar al mundo que podía sacarse un último as de la manga y mostrarlo de una vez sin enigmas. Quizá su baza decisiva fuese esta frase. En cualquier caso, me gustaría saber qué quiso comunicarnos...

—¿Con una simple dedicatoria? Perdona, pero exageras un poco.

Otro veloz contraataque en forma de interrupción:

—¿Exagero? Me extrañaría. No hay una sola de sus dedicatorias que no tenga interés para alguien influyente. ¿Te importa repasar esta serie de mensajes privados? —Se incorporó con inesperada agilidad y, con dos espectaculares manotazos, dejó sobre la mesa los libros de Lleonard, que conservaba en una estantería especial de una biblioteca destinada por entero a la narrativa catalana—. La primera novela está dedicada a Vicent Piquer, la segunda a Iscle Garsó, la tercera a Xavier Roldà... así hasta llegar a la octava, incluyendo el volumen de su teatro, dedicado a Olímpia Estruch. Estas dedicatorias tienen el valor de informar sobre un caso muy notable de desfachatez literaria. Todas van en busca del prestigio. Observa que tres líneas bajo el nombre del cumplimentado implican un mensaje personal, la indicación de un estado de ánimo, el agradecimiento porque la lectura de la obra ha contribuido a salvarle de la incultura. Pero fíjate también en otro detalle: él sería consciente de que estas cosas «no se hacen» porque en algún momento abandonó su estrategia. Es como si, de hecho, pidiese perdón y pretendiera redimirse con una última pirueta, muy atractiva por cierto.

—«Ingenuo a pesar de todo» —repetí—. ¡Quién lo diría!

Yo recordaba perfectamente el suceso invocado por la dedicatoria de Lleonard; acabábamos de ver *The night of the Iguana* en el Loew de Leicester Square; era una típica noche otoñal, había llovido, se apagaban las luces de las marquesinas, Charing Cross aparecía desierta y yo me eché a llorar. Entonces le insulté violentamente.

Pero no quería recordar qué errores le reprochaba con mis insultos.

—En cualquier caso no es el último interrogante que plantea la obra de Lleonard —comentó *la Castellona*, aspirando su puro—. Esa obra es, de arriba abajo, un intento de explicarnos una misma historia: el descenso a unos abismos impenetrables que el autor no se atreve a revelar. Se limita a avisarnos de su existencia, pero no tiene valor para darles un nombre. Entonces se embrolla en la creación de un mundo abigarrado, neurótico, que le conduce a la exasperación. Nos pinta el retrato de un único problema, que es el suyo.

Entre ella y yo, los libros de Lleonard: portadas de colores psicodélicos, con alusiones agresivas o simplemente gritonas; todos los rostros jóvenes que su prosa había descrito, aparecían dibujados con muecas tensas, asustadas o furibundas, sin que nunca dejasen de ser bellos ni de representar el modelo físico de su década: la ambigüedad, el hermafroditismo, las ansias de provocar continuamente a través del aspecto. Y al levantar los ojos me encontré con la mirada fija y la sonrisa de gran seguridad que servían a *la Castellona* para exhibir su victoria en una primera batalla, a la que me había conducido con astucia indefinible. Y todo mi cuerpo se inclinaba hacia las portadas mientras el rostro se paralizaba en una expresión que sin duda sería la de un tonto de remate.

La sola obligación de repetir un par de palabras ya me exigía un enorme esfuerzo de lucidez. Pero lo hice:

—No quiero esconderte ningún recuerdo. En efecto, aquella noche le insulté violentamente. Le dije que era cruel, egoísta, despótico y, además, un calientapollas desconsiderado. Es posible que, años después, quisiera convencerme de que, en el fondo, era un santo. Pero llegaba demasiado tarde. Ya me había quemado, el maldito.

—Si lo que acabas de decirme es cierto, William, nada impide que dejemos funcionar a este trasto. Espero que tendrás pilas de recambio. Y no olvides que soy una gran lectora de Agatha Christie...

—¿Es decir...?

—Que tú, sin darte cuenta, estás escribiendo una novela policíaca. Cierto que no hay ningún crimen, cierto que el barón no será envenenado ni el detective acusará a la chica de la muerte de la abuela paralítica o la secretaria se quedará con el joven del club de golf cuando se demuestre la inocencia de ambos. Pero, tú, yo, los personajes que has entrevistado, las calles de esta ciudad, no hacemos otra cosa que proseguir la encuesta que dio material a Lleonard para escribir todas sus novelas. Y no «a pesar de todo» sino «a causa de».

—Te harás cargo de que el magnetófono es una convención...

—Amigo William: si como escritora no contase con las convenciones, podría estar vendiendo tomates en el mercado del Ninot. De manera que adelante.

Volvió a inclinarse sobre los libros, entre el papeleo, hacia el micrófono que yo había apoyado en el carro de la máquina de escribir. Me extrañó que no acabase su invocación con alguna frase popular destinada a dejar bien claro que ya me había dedicado demasiado tiempo. Pero viendo su cara regordeta, con las mejillas encendidas y abundantes que se movían al ritmo de su incesante parloteo, pensé en el comentario de Ramon Barat cuando la pintaba como una castañera retratada por un pintor impresionista en el momento de liar un paquete de boniatos...

EMITE SU OPINIÓN «LA CASTELLONA»

—EN UN PRINCIPIO ERA EL VERBO convertido en cotilleo. No paraban de hacerlo. «¡Afortunada *la Castellona*, que lo tiene instalado en casa!» «Claro que *la Castellona* ha ganado el Roger de Llúria: desde que va bien servida escribe mejor que antes...» Metieron baza todos los grupos, tanto los de la derecha como los de la izquierda. A fuerza de intromisiones el comadreo alcanzó a los lectores, los modestos seguidores de nuestra novelística, ajenos a la república literaria pero que nos son fieles y saben quién es quién y qué demonios ocurre entre los quiénes. En una literatura tan minúscula, y a falta de otras ventajas, todavía podemos contar con el afecto del lector que, año tras año, acude a los puestos del Día del Libro y contempla reunidos a sus pequeños resistentes, los tiene a mano, dispuestos a darle conversación, a concederle una dedicatoria más extensa que la que pudiera escribir un autor más ocupado por contar con una mejor promoción simplemente por escribir en castellano. Aquel lector, que al mismo tiempo es un amigo, comenta el libro que te compró el año anterior, dice que le ha gustado tanto como el de dos años antes, te pregunta qué preparas, compra a veces un par de ejemplares. —Es un regalo de aniversario. ¿Puede dedicarlo a nombre de Conchita? A usted la lee siempre. Éste todavía no lo tiene. ¿Hace mucho que ha salido? Ponga un pensamiento bien bonito...—. Y este público fiel, el que nos queda a pesar de los críticos, las modas y los desmanes de la *inteligentsia*, ese público se acercaba a mí perfectamente enterado del cotilleo; se amontonaba para ver de cerca a Lleonard, para comprobar si era cierto que podíamos permitirnos el lujo de un escándalo a escala europea y, aún más, si tenía yo el valor de exhibirlo. Porque Lleonard estaba a mi lado, firmando su premio, los dos juntos, sin manías, porque te aseguro que yo no tengo por costumbre esconderme de nada, ni siquiera de un error. Y como, por otro lado, él no era un error en mi vida, lo exhibía con orgullo ante los demás, deseaba que lo viese todo el mundo, sí, que se enterasen de lo nuestro y que los más retorcidos se muriesen de rabia.

»No era una victoria elemental. No equivalía a decir: «Me lo he llevado yo. He sido la más rápida.» Todo lo contrario: era la confirmación de una actitud vital y, también, de mi voluntad de ser feliz a cualquier precio. Y podían decir los demás que yo era una lagartona, y aplicarme cuantos tópicos melodramáticos les pasasen por la cabeza: que si los años que yo le llevaba, que si el antojo me pescaba en plena menopausia... ese tipo de hablillas, ya sabes. Una cosa quedaba clara: situaciones como la mía exigen un gran coraje si no quieres correr el riesgo de que la conducta de independencia mantenida a lo largo de los años se quede en teoría que te atemoriza aplicar justo cuando puede serte útil para alcanzar la felicidad. Una renuncia en este aspecto sí que sería propia de cobardes. Y ésta es una de las cosas que una mujer sola no puede permitirse.

»También debo decirte que no era la primera ni la tercera vez, y esta repetición daba cierta autoridad a los timoratos, esos que empiezan a escandalizarse desde el momento en que te colocaron en el apartado, para ellos turbio, de los intelectuales. Esta palabra todavía les huele a azufre. ¡Con cuánta vacilación suelen pronunciarla las señoronas finústicas! Desde que el mundo es mundo están acostumbradas a considerar al ambiente artístico como un antro confuso y turbulento; están acostumbradas a saber que aunque la música de *La Bohème* sea preciosa, su mensaje no deja de ser inquietante: cuanto más las conmueve la tisis de Mimi, más las solivianta la frivolidad de Mussette. Sí, la mujer que va «*soleta per la via*» y resulta que no es aventurera ni acaba enferma en un hospital de arrecogidas, esta mujer les parece un fenómeno inexplicable. Huelga decir que los más ñoños de una burguesía liberal y medio ilustrada como la nuestra intentarán salvar los prejuicios con la hipocresía que les es propia. Les conviene fingir una actitud civilizada. Así pues, reaccionarán igual que cuando se sientan en el Liceo y saben que la música de Puccini es capaz de redimir a cualquier descarriada. La tolerancia perfecta, los vicios perdonados desde una butaca confortable, con el terciopelo raído por tres generaciones de culos ennoblecidos por el dinero.

»También está la señora muy *comme il faut*.

»Este tipo de lectora burguesa es un espécimen muy corriente en nuestra ciudad, y es tan hipocritona que todavía finge horrorizarse. Y eso es muy gordo, porque te aseguro que no me lo he propuesto nunca: bastante trabajo tengo ya, otras opiniones me importan. A esas Bovary reprimidas, un poco o un mucho cultivadas por tradición familiar, les daremos el nombre genérico de «señora Ferrer». Todavía ocupan, en la vida social barcelonesa, un puesto destacado. Aunque consumen la creación literaria, la han colocado desde siempre en un gueto inquietante. Una mujer que escribe novelas, una mujer que obtiene dinero por su trabajo colocando un pensamiento detrás de otro, que es «soltera y sola en la vida» y, en cambio, ni es virgen ni ganas de serlo, esa mujer las saca de quicio, representa un caso raro que conviene explicarse a base de atribuirle todos los excesos que ellas no se atreven a soñar para sí: tiene que ir bien servida, bien drogada y, si es posible, cambiando de pareja cada noche. Esa mujer, cuando se le acerca la señora Ferrer y le murmura al oído: «Elisenda, mona, ¿sabes que circula el rumor de que te has vuelto lesbiana?», esa mujer se limita a aspirar su purito y ríe por lo bajo, contestando: «No espero que lo comprendas, querida, pero lo que circula por ahí es que soy feminista.» Y se divierte de lo lindo al ver que a la señora Ferrer le da el soponcio de todos modos.

»Pero todo esto ya era normal: si los cimientos no se hubiesen conmovido significaría que alguna enfermedad incurable amenazaba a nuestros bienpensantes. Su actitud, por sabida, no me molestaba tanto como el cotilleo del mundillo intelectual; los chistes baratos de los críticos, las bromitas de los poetas, novelistas y otros conspicuos representantes de nuestro pensamiento. En este terreno, el de la supuesta élite, era donde más dolía la maledicencia. ¡Era fácil para ellos pasar de una polémica de tono elevado a conversaciones más propias de verduleras! Podían saltar fácilmente de los problemas del realismo o las desviaciones de la ortodoxia marxista, al planteamiento de las posibilidades de cama que ofrecía una pareja tan llamémosla irregular como la que formábamos Lleonard y yo. El chascarrillo barato, la frase brillante e incisiva, saltó a los periódicos y llegamos al extremo que incluso una crítica literaria se hacía en función de mi relación con Lleonard y no de mis virtudes o defectos como novelista.

»Cierta noche, durante una cena con los Roldà, el majadero de Xavier pretendía colarme ironía de la fina. Me cogía muy picada, porque sabía que una semana antes, en una reunión de escritores supuestamente serios, él dedicó tres buenos cuartos de hora a decidir si mi relación con Lleonard era de carácter edípico, si yo me había vuelto menorera y estupideces por el estilo. Nuriona Valls, que se dedica a llevar recaditos de una capillita a otra, me hizo la clásica llamada piadosa para informarme de lo que había dicho Roldà: «Si *la Castellona* tiene un hijo, saldrá con el cabello muy rubio, dirá «che» en lugar de «papá» y «mamá» y antes de hacer la primera comunión escribirá *Eugenia Grandet*.» Naturalmente, se la tuve guardada; y así, aquella noche de la cena, mientras él continuaba buscándome los tres pies con algunas indirectas sobre Lleonard, le respondí criticando duramente su actitud y tratándole de chismoso oficial. Él reaccionó como suele: con una expresión de angelito herido. Más falso que un duro sevillano, contestó: «Hija, no podía imaginar que esas menudencias te afectasen tanto. Pues, ¿no dicen que eres una mujer liberada?» La Ketty, que es más persona, padecía lo indecible.

»Todo el mundo sabe que yo tengo un gran sentido del humor, que sé tolerar todo tipo de bromas, pero a condición de que tengan un mínimo de categoría. Por desgracia, nuestras mentes ilustres no saben en qué consiste la ironía sutil. Todavía cultivan un chismorreo de patio de vecindad, de conversación en lavadero público. Han conseguido culturizar una tendencia de este país que me horroriza: el *xaronismo*, una peculiaridad casi intraducible pero que, en cualquier caso, se parece mucho a la chabacanería.

»Para colmo, una parte de la ironía de Roldà tenía la vana pretensión de obedecer a razones culturales. Era la que se refería a *Eugenia Grandet*. Las otras partes eran fáciles de adivinar: lo de los cabellos rubios era una alusión clarísima a los de Lleonard y el «che» una doble alusión a su origen valenciano y, al mismo tiempo, a su ideología izquierdista. Tú te preguntarás qué pinta Balzac en todo esto. Bien, a finales de los años cincuenta Roldà regresó de París completamente influido por las teorías del Nouveau Roman y el dichoso behaviorismo. Como es un alumno muy aplicado, empezó a publicar una serie de artículos cargándose la novela tradicional sin distinguir a Stendhal de un vulgar folletinista. Cuando le tocó el turno a Balzac, decidí no seguir aguantando idioteces y publiqué un artículo muy sonado, rebatiendo todas las opiniones de Roldà y acusándole de sembrar confusionismo. El pollo se lo tomó como un atentado contra su prestigio porque, encima, es de los del «no me toques, que me tiznas». Pero es que, hijo mío, nos encontramos el Nouveau Roman hasta en la sopa y, además, todo el que no escribía como Nathalie Sarraute o Robbe-Grillet era sospechoso. Actitud tan drástica no impidió que, tres años después, Roldà regresase de Roma con las obras de Lukács bajo el brazo y entonces resultó que Balzac volvía a ser genial, porque si bien es cierto que no encajaba con los postulados del Nouveau Roman, había tipificado la realidad y, mira por dónde, quedaba historicista, que era precisamente lo que exigían las nuevas teorías. Así pues, durante otros tres años y antes de que a Roldà y a sus acólitos les diese por el realismo mágico, todos estuvimos sometidos a lo que Vicent Piquer llamó «el evangelio según san Lukács». Y solía añadir: «*Recollons!* ¡Acabaremos todos escribiendo al ritmo de los viajes del licenciado Roldà!»

(NÚRIA VALLS: «Es el cotilleo de nunca acabar: vas a casa de *la Castellona* y allí no paran de criticar a Piquer, Roldà o Barat. A mí esto me afecta mucho, porque los tres son amiguetes y los respeto. Además, pienso que nuestros maestros deben estar siempre de acuerdo. De lo contrario: ¿qué vamos a hacer los discípulos?»)

—Ese tipo de bromitas, que mezclaban a Balzac con los problemas de cama de nuestros escritores, me indignaba profundamente. Si a los cotillas de la cultura añadimos los reventadores, te encontrarás ante un panorama de maledicencia que empezaba a ser preocupante. Después de tantos años de silencio obligado, la dictadura nos permitía abrir un poco la boca y nosotros lo aprovechábamos para devorarnos mutuamente. Y a veces salían malparadas una serie de personas que estaban rindiendo servicios muy importantes. Esto todavía resultaba más dañino. Teníamos el caso de Oriolet de Manllé, el terrible oficial, el reventador sistemático. Es el niño mono del director de *Tarde/Exprés,* el caballito de Atila de nuestro ambiente intelectual. Te confieso que no lo puedo soportar. Detesto su necesidad de destruir, su tendencia a la crítica arbitraria, ese derrotismo sistemático, como si se estuviese peleando continuamente contra el mundo y, lo que es más triste, como si no pudiese perdonar que algunas personas hagan cosas que él es incapaz de hacer. Desde su plataforma diaria se dedica a cortar las cabezas de todos los que no podemos defendernos, pero sabe guardarse de quienes podrían devolverle la bofetada. Un valiente de tal calibre parecería el más indicado para poner una bomba en Capitanía, pero también es el más idóneo para encontrar sustitutivos a la imposibilidad de hacerlo y, así, descarga toda su agresividad contra las meteduras de pata de Roldà, los Brecht mal montados de Xuclà y, naturalmente, mis escritos. ¡Ay del que se equivoque, ay del que tenga un fracaso! Deberemos rendir cuentas a su augusta autoridad, como si él fuese la conciencia del país. En tales condiciones, no te extrañe que convirtiese en bufonada mi relación con Lleonard. Una vez más, la crítica y el cotilleo coincidían para degradar la intimidad de las personas, convirtiéndolas en figuritas de pim-pam-pum.

»Todavía me indignaba más que Lleonard se apuntase a la obsesión destructiva de aquel chinche. No me hubiera importado que lo hiciese de manera responsable, pues, por otro lado, siempre he aplaudido el ataque cuando es juicioso y obedece a un análisis profundo. Yo respeto que los jóvenes —esos jóvenes en cuya llegada confiábamos— se levanten contra la injusticia de los viejos, porque éste es el deber histórico de la juventud, pero detesto el engaño implícito en el ataque por el ataque y, sobre todo, odio la infecta tradición del chismorreo. Quería y quiero la verdad dicha a la cara, pero exijo a quien la dice el coraje de mantenerla con una actitud coherente. Porque no me gusta ver las estrellas en pleno día, porque nunca he comulgado con ruedas de molino, tolero todavía menos que me las administren quienes piensan supuestamente como yo, quienes luchan por el mismo ideal. Y por tantas cosas a la vez, y todas tan evidentes, no podía evitar que me dominase la indignación cuando resultaba que Lleonard, objeto de aquellas bromas chapuceras, era el mejor amigo del joven Manllé. Y por el hecho de quererlo, se obstinaba en conseguir que, encima, le quisiese yo también.

»—Tú no entiendes a Oriol —me decía—. Nunca podrás entenderle. Su ira es demasiado moderna. Va mucho más lejos que la vuestra.

»—Demasiado lo entiendo. Lo veo llegar de una hora lejos. Me daría risa si no me hiciese llorar, sencillamente.

»—Porque carece del optimismo de guerrilleros de supermercado que os caracteriza a todos vosotros.

»—El léxico no es tuyo. Se lo has robado a él.

»—El léxico y otras cosas. Y la primera de todas dice más o menos así: «El escepticismo es la única forma de lucidez realmente válida y consecuente cuando la cultureta se alimenta de optimismos reaccionarios.»

»—Una frase muy brillante. Y la que nos faltaba a los vencidos. Pero me gustaría averiguar qué relación guarda contigo. Nunca podré entender cómo se llega a considerar lúcido a Oriolet de Manllé. Si alguna cosa es, es un resentido.

»—Es alguien que dice verdades como un templo. Si esto es resentimiento os podéis confitar vuestra lucidez, vuestras esperanzas patrioteras, vuestra moral de trincherita. Con todo esto no decís una sola verdad.

»—Si va atacando a diestro y siniestro, es evidente que un día u otro acertará en algo. ¿Dónde ves tú el mérito?

»—El mérito reside en su negativa a hacer nada de lo que vosotros consideráis básico, sagrado, histórico. Nadie ha entendido que sus «articulillos», como tú los llamas, tienen mucho más valor que todos vuestros libracos juntos... Tu amigo De Robert puede publicar trescientas sesenta y cinco novelas al año —¡ojo, no le des la idea, que es capaz de escribirlas!— pero nunca tendrán ni un átomo de la verdad que asoma en cualquier puya salvaje de Oriolet. Os dejáis deslumbrar por la cantidad, la productividad, las armas de combate y el famoso y acartonado posibilismo. Pero, definitivamente, Oriolet ha retratado mucho mejor que vosotros las miserias de la cultureta. Y, mira por dónde, este mérito lo debe a su rechazo, a la negativa a producir nada de lo que sois capaces de consumir. Resulta que el borrachín, el bufón de la corte, viene a enseñaros salidas. Lo que pasa es que es muy duro reconocerlas, ¿verdad?

»—Yo no contestaré nunca al caos con el caos. A mí me matarán, Lleonard, pero será con las armas en la mano.

»—¡Al servicio de la famosa realidad, claro!

»—La realidad famosa y triste. Si esos meses de convivencia no han servido para que nos comprendas, me parece que ya no hace falta seguir hablando. Pero he de decirte algo: antes de que llegaseis Oriolet y tú, esta cultura las ha pasado de todos los colores, todavía las pasa y sin duda pasará muchas más. Pero sabes perfectamente que puedes tratarnos de muchas cosas menos de reaccionarios. En esta batalla se ha dejado la piel demasiada gente valiosa como para que ahora vengáis cuatro mocosos a destruirlo todo.

»—No me comprendes. No nos comprendéis. Está bastante claro, creo yo.

»—Si vienes a añadir destrucción a la que ya tenemos, es evidente que no te entiendo.

»—Si fueses mi madre sé lo que me dirías: «Cuidado con las malas compañías.» ¿Sí o no?

»—Te diría: «Cuidado con los necios, los resentidos y los sucios de espíritu.»

»—¿Sabes qué te respondería?

»—Puedo imaginarlo perfectamente.

»—Respondería: «¡Mierda, mamaíta; mierda!»

»—Es natural, hijo mío. Es de lo más natural.

—Y EL COTILLEO CONTINUABA. «¡Afortunada *la Castellona*, que lo tiene en casa!» Sí, es cierto que lo tenía, pero dicen que fue el amante de media Barcelona y, en cambio, nunca llegó a ser el mío. Si quieres te enseñaré su habitación, el pequeño santuario que supo crearse: el refugio inviolable. Recuérdame que te muestre también la cama: los chismosos la convirtieron en monumento nacional, en el espacio «do más pecado había». Todos imaginaron la batalla campal a que mi furia de menopáusica incontinente arrastraba cada noche a un angelito tan rubio, a un serafín tan indefenso. Sé perfectamente que lo dijeron. No pasaba día sin que alguien me trajese la información a domicilio, porque siempre hay almas caritativas que figuran que te quieren bien y, de tanto quererte, te dejan para el arrastre. A veces, en el correveidile de turno descubría una voluntad de curiosear todavía más fuerte que no el chisme que venía denunciando. ¡Seguro que quería ver la cama! No podía reprochárselo: al fin y al cabo se trata de una muy notable pieza de anticuario, con baldaquín y todo. Creo que mi otro abuelo, el Vallmarí, ya la heredó de algún lejano antepasado junto a una excelente biblioteca que fue a parar directamente a la hoguera cuando entraron los nacionales. Y no porque fuesen libros políticos, sino por ser sencillamente libros.

»Lleonard escuchaba a los maledicentes con expresión divertida y, ¿sabes?, creo que muy, muy complacido. No te negaré que este detalle me desagradaba. Aun ahora no sabría decir si presumía de que le considerasen príncipe consorte o de lo que esta situación tenía de conquista. En cualquier caso, lo que ignoraban los espías era que el conquistador bajaba las armas cuando se largaban a altas horas de la madrugada y él tenía que enfrentarse a la realidad: una realidad llamada mujer, que no es precisamente la más sencilla del mundo. Pero, como tampoco lo sois los hombres, yo heredaba un problema que, en principio, sólo le concernía a él.

»Cada noche cerraba la puerta con llave y quedaba completamente solo; no puedo decir que lo «estaba» sino que, esencialmente, «era» solo. En ocasiones le oía agitarse sobre la cama, con movimientos continuos, bruscos, que delataban alguna inquietud o no sé si alguna ansiedad. Yo sentía no poder ayudarle, ni siquiera darle a entender cuánto lamentaba su soledad y, a la vez, cómo le agradecía que la escondiese en esta casa para asociarla con la mía propia, mientras yo iba ganando una dicha muy distinta a la que los demás me atribuían. Él me proporcionaba una extraña forma de compañía que nunca sirvió para unir nuestros cuerpos, ni siquiera nuestros labios. Una compañía hecha de gestos de confianza, alguna mirada tierna, o la caricia de cada noche, cuando se retiraba con un silencio violento donde no cabían mi indignación y sus miedos, sino mi lástima y, por su parte —nunca he llegado a saberlo, pero lo imagino—, el dolor de no poderme ayudar, sin darse cuenta de lo mucho que me estaba ayudando por el solo hecho de acompañar mi vida. A aquella misma hora, en los ambientes teatrales, los *underground* o en cualquier cena de sesudos literatos, los cotillas estarían comentando que esta casa se había convertido en el gran paraíso del sexo. Ellos imaginaban a Lleonard como el gran semental de Barcelona, pero él, tras esta puerta, lloraba sin permitirme entrever su soledad, acaso por miedo de revelar una verdad insuperable que podría alejarnos para siempre.

»Si quieres reflejar a Lleonard no puedes dejar de lado este gran problema de su soledad insondable, la que nunca proclamó a grito abierto, la que siempre se negó a explicar; pero, al mismo tiempo, tampoco debes presentarle ni remotamente enamorado. Y de mí menos que de nadie, amigo mío. Llegó a esta casa un buen día y otro cualquiera se marchó sin dejarse nada. Iba hacia Guillem Esteba, y toda la felicidad que recuerdo tuve que fabricármela yo misma, porque él siempre fue incapaz de desdoblarse en algo que se pareciese a cualquier forma de entrega. Era una reserva extraña, lo fue desde el principio. Y no creo que nadie, hombre o mujer, llegase nunca a superarla. A él le bastaría con dejarse caer entre nosotros, justo en la encrucijada de una juventud tempestuosa y adorable; le bastaría con permitir que lo amásemos. Consentía y, a cambio, recompensaba con una ternura remota, con la felicidad autoforjada, esa que suelen permitir quienes carecen de corazón. ¿Era así cuando tú lo conociste? Pues te compadezco, William, créeme que te compadezco sinceramente. ¿Recuerdas qué sencillo era caer en su trampa? Cuatro saltitos de niño mimado, la sonrisa de serafín irreprochable, la pose de timidez —¡y yo, estúpida de mí, me indignaba porque era de la opinión de que necesitaba vencerla!—, y siempre aquellos ojos alarmados, que parecían a punto de llorar e inspiraban tanta ternura... ¡Qué canalla podía ser, qué canalla!

(NÚRIA VALLS: «*La Castellona* sólo emplea un insulto: «¡El grandísimo canalla! Pero, dicho por ella, es más contundente que una maldición.»)

—Podría decirte que lo quise, que lo admiro mucho, que conservo de él un recuerdo inolvidable y, sin embargo, nada impide que fuese un canalla o, si lo prefieres, un malnacido. Y esto es lo que Barcelona no supo descubrir a tiempo. Lo criticaron por su aparente terrorismo cultural, se indignaron por sus historias de cama, por su atrevimiento en el vestir o la osadía de sus escritos, pero estoy convencida de que la parte más abyecta de su personalidad no la percibió nadie. O a saber si no quisieron enterarse. A veces estoy tentada de pensar que le habrían tolerado cualquier fechoría (aquella manera de ir asesinando gente con su carita de inocentón), que le habrían tolerado incluso el chasco que nos dedicó largándose al extranjero si, a cambio, no rompía sus últimos lazos con la catalanidad, enviando un artículo cada seis meses a una de nuestras revistas más crípticas.

»Pero no destruiré a Lleonard, no te preocupes. O por lo menos no destruiré lo bueno. No destruiré su obra, porque soy consciente de que es lo único sincero que él tuvo, más allá de su trillado número de *vedette*. Nadie podrá pedirme que guarde silencio cuando se trata de combatir a Lleonard como persona o al símbolo elevado a los altares de la patria, pero nunca destruiré sus virtudes, si es esto lo que te interesa saber. Lucharé como una leona. ¿Sabes qué es una bestia que mata por sus hijos?

EN UN MOMENTO DETERMINADO, Elisenda Castells queda inmóvil, aplasta la colilla de un enésimo purito y se levanta de la butaca del abuelo Batllori dejando el respaldo empapado de sudor. Insiste momentáneamente en los desastres del cotilleo, hace algún comentario agresivo contra los criticones, se detiene de nuevo para indicar que la conversación ha sido demasiado larga y ya es de noche; y, lentamente, un poco desidiosa, formula la pregunta habitual en cualquier entrevistado: «¿Todavía funciona este trasto?» Señala el magnetófono y yo me limito a pararlo. Ella comenta —tal vez con razón— que quedan más días que longanizas. Pero sé que no dispongo de tantos para mi encuesta; todos los días son pocos para llegar a descubrir qué fue realmente Lleonard entre toda aquella gente: qué fue aquella gente con Lleonard y, ahora, sin él.

Pero, poco a poco, el crepúsculo me restituía una certeza inquietante, la certeza que tuve con mi primera entrevista y que toda esta gente me iba ratificando con cada encuentro: que en aquella cabalgata de personajes reales, en aquel desfile de revelaciones, Lleonard iba perdiendo protagonismo, quedaba en segundo término, corría el peligro de desvanecerse.

Y resultaba inútil que preguntase a *la Castellona* por qué Lleonard había salido tan poco en la conversación y en cambio salía continuamente todo su mundo. Ella iniciaba una tanda de movimientos inquietos, trotaba de un lado a otro, buscando un enorme bolso de paja que empezó a atiborrar con el equipo «indispensable» para salir de cena: dos paquetes de cigarrillos negros y uno de puros, un mechero con el logotipo de la Banca Catalònia, un pañuelo de bolsillo y otro para la cabeza, una agenda a punto de reventar, un frasquito de lavanda y el texto de una obra teatral que debía entregar a no sé quién a altas horas de la noche. Rápidamente me explicó que estaba ensayando aquella obra con los independientes del Teatre Popular. Interpretaba el papel de una vendedora de gallinas complicada en los aconteceres de la Semana Trágica.

Acto seguido me hizo saber que, si quería conquistarla por completo, debería satisfacerle un capricho muy especial. Aseguraba que el día en que alguien la llevaba a un restaurante chino era considerado festivo. De manera que, sin recordar exactamente en qué día estábamos, decidimos festejarlo.

Así, me llevó hasta un restaurante chino situado en pleno Barrio Gótico.

El interior parecía copiado de una pésima representación escolar de *Turandot*: gongs dorados, dibujos de almendros en flor, murales fotográficos reproduciendo pagodas y confucios, muchos globos y fanales verbeneros, un jardincillo imperial diseñado con cuatro guijarros, un poco de musgo, un puente rojo de madera lacada y, debajo, un Yang-Tsé diminuto, propio de belén navideño, pero con peces de verdad.

Cuando ya nos hallábamos bien acomodados, regresó Lleonard convertido, como de costumbre, en el convidado de piedra. *La Castellona* evocó con gran ternura el lado esnob del obrerete que un día le demostró sus sofisticados conocimientos de cocina china, pero yo le contesté que, cuando Lleonard trabajaba en Londres, cenar en un restaurante chino ya no era exactamente un acto de esnobismo. Quedó maravillada, sin cambiar en absoluto su opinión. Tenía una tozudez tan ingenua que la encontré encantadora antes que provinciana. Porque, bromas aparte (bromas que sería muy fácil hacer) todos los elementos nuevos se iban introduciendo en su conversación con aquella misma, espléndida naturalidad con que aceptaba el idioma, los libros o los puritos como parte de los derechos esenciales del hombre y, ya en el caso que nos ocupaba, derechos tácitos de su ciudad. No miraba más lejos, no buscaba allí donde las modas ya habían sido superadas hasta convertirse en costumbre, sino que, encerrada entre las murallas de Barcelona y con los pies firmemente asentados en su Historia, daba por hecho que cada día fuese distinto del anterior, que cada moda sustituyese a la de antes y que ahora mismo pudiese sentirse completamente deslumbrada por un plato exótico o, cuando menos, inusual. Con idéntico ánimo correría a las puertas de su ciudad-estado y contemplaría la llegada de las carabelas genovesas, repletas de sedas y damascos, o las tropas catalanas que llegaban de Neopatria, victoriosas y cargadas de novedades. Y era de justicia imaginarla de aquella manera porque era *la Castellona* y, contrariamente a otros progresistas, no necesitaba recurrir al pretexto del maoísmo para justificar su ilusión por unos rollos de primavera.

Pero introducía en su conversación el tema maoísta, hacía su elogio o su crítica, se alejaba en el tiempo y buscaba, en las raíces y traumas de su país, el punto a partir del cual la historia se había ido desarrollando de una manera que hacía lógicamente impensable una forma barcelonesa del prochinismo. Tomaba y rechazaba las teorías con precisión exacta, con un placer por la polémica que no podía ser improvisado. Comprensiva y maternal, sonreía ante los errores de los jóvenes extremistas y acto seguido mostrábase severa si el extremismo no se basaba en el mínimo de responsabilidad que estaba acostumbrada a exigir; porque sus frustraciones partían de una gran derrota y el enemigo no eran precisamente los mandarines de la Ciudad Prohibida. («Hablar de Mao mientras todavía tenemos a Franco vivo y bien vivo es un acto de frivolidad imperdonable.») Después, se declaraba contraria a las místicas de importación, picaba los entremeses, se reconocía adicta a las salsas y acababa formulando su muy particular crítica contra la moda del hippismo; entonces sonreía ante el inefable recuerdo de un Lleonard disfrazado de *hippy* rico, en las fiestas de la Gauche Dorée, y se preguntaba cuál podía ser la utilidad de la meditación zen cuando una debe salir cada mañana a comprar el pan en una tienda de la calle del Hospital, tiene que enfrentarse a los dirigentes de las editoriales catalanas y, de noche, ponerse a traducir a toda pastilla novelas francesas para ganar cuatro chavos. Y apuntaba que era ridículo ejercer como místico de familia bien y pasarse la vida invocando a Khrisnamurti, entre porro y porro, desde las mesas del Decamerone. No soportaba los mimetismos. Llevaba en la sangre toda una tradición cultural y, en ella, las chifladuras misticoides, tan de moda aquellos años, se cambiaban por el contacto dinámico con unas calles y unas murallas que mandaría derruir sin vacilación para levantar en su lugar nuevos santuarios...

—Dedicados a la Razón —añadió, riendo, cuando yo se lo comenté.

—Seguro. Pero, ¿dentro o fuera de Barcelona?

—Dentro, por supuesto. Yo nunca me iría de Barcelona. Aunque cada día queden menos terrenos para edificar templos a la Razón, es mi ciudad. La adoro.

La fortuna nos obsequió con la llegada del camarero, un chinito casi adolescente y particularmente glorioso. Acaso porque, de manera instintiva, se me fue la mirada detrás de tanta belleza, me sentí un poco avergonzado. Pero *la Castellona* se apresuró a dedicarme una sonrisa de complicidad, seguida de un comentario:

—Se parece mucho a aquel actorcillo tan guapo del *Romeo y Julieta* de Zeffirelli, sólo que éste tiene los ojos almendrados.

—Cierto. Parece un retrato del Renacimiento.

Al punto comprendí la banalidad de ciertos modelos culturalistas convertidos en frase de emergencia, como cuando un millonario de Filadelfia, absolutamente inculto, comparó a Minifac Steiman con la Venus del Milo y la Inefable le propinó un soberbio cachete: «Para que viese el cabrón que no soy manca.» Así, *la Castellona*, acaso para remediar la cursilada, comentó:

—Si acaso, será del Renacimiento chino. Tú qué dirías: ¿tuvieron su Botticcelli, aquella gente?

También se quedaba en una frase de muy bajo vuelo. Quise nobilizarla aludiendo a los estudios de Berenson y Symonds, pero me pareció que estábamos forzando la máquina. Tal vez a causa de tanta banalidad ambos nos echamos a reír espontáneamente, y al cabo de unos momentos ella me agradecía que le recomendase soja para sus rollos de primavera (Lavinia O'Lear los prefiere sin soja, pero esto no quiere decir nada). Después, continuó con la maniobra de la perfecta complicidad:

—Siempre me ha intrigado saber cómo os las arregláis en casos así.

—Cómo nos las arreglamos, ¿quiénes? ¿Los irlandeses?

—Los irlandeses, los holandeses y los de Finlandia. Me refería a los homosexuales... —No me permitió reflexionar. Al instante me disparó—: Es evidente que te atrae el Romeo de Pekín...

—O de Xien o de Hong-Kong...

—O de Santa Coloma de Chin-Pon-Chan, igual da. El caso es que te atrae. Probablemente, una dama barcelonesa se horrorizaría y, por lo tanto, fingiría no darse cuenta. Pero *la Castellona* no sólo se da cuenta; además es muy indiscreta y te lo dice a la cara. Entre otras cosas porque no le gustaría ser un estorbo... si es así como lo hacéis para ligar.

No me dejaba hablar. Era inútil. Seguía y seguía. Mientras, el restaurante-pagoda se llenaba con los maullidos de una desgraciada que cantaba *Strangers in the night* en cantonés.

—¡La madre que la parió! —exclamó *la Castellona*. Y acto seguido—: Bien, dejémosla berrear y vayamos a lo nuestro. Reconozco que mi teoría puede parecerse a la visión que, de vuestros asuntos, tiene la gente de orden. Ya conoces la versión más corriente: es de carácter vicioso. Según los bienpensantes, tú deberías arrojarte frenéticamente sobre esta monada de chinito y corromperlo en el acto.

—Nada indica que, a la hora de pagar, no le entregue bajo mano una nota con el teléfono de mi hotel. ¿Lo encontrarías vil?

—Siempre he pensado que la vileza de la seducción está en función exclusiva de cómo se lo pase el seducido. Pero, insisto, mis remordimientos no vendrían de tolerar la deshonra de este hijo de Buda (por otro lado no creo que le descubrieses nada nuevo, pues no aparta sus ojos de ti). Te lo diré bien claro: si tengo remordimientos es porque me parece interrumpir algo que deseas.

—Sintiéndolo mucho, me veo obligado a desengañarte: el Romeo chino no me interesa en absoluto. No sé qué ocurre con la gente de orden ni con los otros componentes del gueto homosexual; en lo que a mí se refiere, este bomboncito equivale a ciertas aficiones pictóricas: empiezas con los impresionistas, cada temporada cambias de gusto y un buen día decides que no hay nada como Giotto. El origen te ayuda a vivir. El regreso a las fuentes.

—¿Cuáles son las «fuentes» de un homosexual que se queda encandilado ante el primer chinito lindo y, acto seguido, lo niega?

—Lleonard.

Se produjo un silencio. Fue muy largo. Lo cortó ella, mirándome directamente a los ojos:

—Lleonard está muerto. Supongo que eres consciente de ello.

—No.

Lo dije por primera vez y era probablemente la primera vez que lo sabía. Puesto que ya era evidente, siguió otro silencio prolongado, granítico. Mi respuesta contenía todas las posibilidades para señalar el final de la noche. Pero hay que conocer poco a *la Castellona* para presuponer que será otro y no ella quien marque los finales.

—Esto es peligroso. Supongo que lo sabes.

Desvié los ojos hacia una taza de té.

—¿Está muerto para ti? —pregunté.

—Muerto y enterrado, naturalmente.

—¿Tú irías con el Romeo chino?

—Yo no tengo necesidad, pero tú la tienes y, además,

sin bromas. Y el problema es que te reprimirás en nombre de un Lleonard hipotético. —Se detuvo. Medía con lentitud la violencia que la conversación me inspiraba. Volvió a cortarla antes de que yo estallase—: No te molestas, espero. Quiero decir que me está permitido ser indiscreta...

Callo porque, una vez más, me siento desvirgado por los ojos de *la Castellona* que, ahora, ya no ríe, que ahora habla pausadamente, sin fijarse en Romeo Fu-Man-Chu, quien nos ha servido ya las cuatro especialidades distintas y aptas para que ella, ilusionada como Shirley Temple con sus juguetes de oro, se sienta un punto herética respecto a los gustos ortodoxos de su ciudad.

(«¿Y si fingiese? ¿Y si le gusta más la escudella?», habría preguntado Minifac Steiman.)

—¿Puedo ser indiscreta o no?

—Depende. Tal vez debería sentirme halagado. Me consta que lo tuyo no es cotilleo. Pero tampoco es posible que mis asuntos de cama te hagan perder el sueño. No puedo ser el único homosexual que conoces: las mujeres de personalidad poderosa cautiváis a los mariquitas cultivados de todo el mundo. En resumen: no soy un conejillo de indias que te llegue de improviso, a los cincuenta años de vida.

—Cincuenta y cinco. Por fin llegas a conclusiones prácticas: mi actitud no es la de una cotilla profesional. Por cierto: estamos llevando una conversación a la inglesa. Tantas vueltas y revueltas para llegar a Lleonard...

—Después de conocer a Lleonard... Bien, tú ya me entiendes...

—No te entiendo en absoluto. Después de conocer a Lleonard, el mundo continúa. Y la realidad ofrece tantas opciones que da miedo pensar que la muerte ha de llegarnos sin haberlas vivido todas. Con el tiempo escaso que se nos concede, ni siquiera habremos tenido ocasiones de olerlas. Y ahora mismo, tú reprimes la vida. No es un sermón. Es simplemente que sé que no soy un estorbo. Que estarías solo, Romeo Fu-Man-Chu te parecería maravilloso, habríais intercambiado miradas y tú, en lugar de decidirte, seguirías con una obsesión que es, evidentemente, enfermiza. ¿Me equivoco?

—¿Enfermiza porque mi ideal es un efebo muerto?

—No, no exactamente. O no sólo por esta causa. Enfermiza como los mitos, eso es. Como las místicas que alejan de la realidad y se limitan a consagrar su reflejo. Y ni siquiera el más tipificador, ni siquiera el que se acerca a la verdad. Corrígeme si me equivoco. Tú vienes a Barcelona y Lleonard está muerto, y se da el caso de que no viniste nunca cuando él vivía. ¿Qué temías descubrir entonces? ¿Cuál era el miedo? Es posible que te reprimiese un deseo de vida, que te condenase a la contemplación de sus encantos, porque así era él, lo sabemos todos. Ahora continúas reprimiéndote, te escondes todo cuanto pudiera recordarte a la vida y lo ofreces a una estatua. Su templo funerario no te da miedo porque, digan lo que digan, los muertos asustan menos que los vivos. Déjame seguir, déjame hacer de pitonisa. Me has explicado el sentido de la dedicatoria o, mejor dicho, la hemos descifrado entre los dos, porque tú nunca te planteaste que pudiese tener algún sentido. Conozco el ejemplo. Tenemos a la pareja que nunca llegará a realizarse. Uno que adora, el otro que se deja adorar. Cierto día se produce una pelea, una batalla estúpida, normal, cotidiana. Tú le acusas de egoísta, de cínico, le reprochas su frialdad y te cabrea que él aguante tantas acusaciones con la sonrisa cándida, la actitud ausente, la mirada de angelito. Tú sabes que todo esto es falso y le espetas: «¡No pongas esa cara, no me engañes, de ingenuo no tienes nada, hijo puta, calculador, monstruo, vampiro...!» y unos cuantos confites más. Continúas adorándole, él es cada día más adorable; le has levantado un pedestal, a él se le suben los humos a la cabeza, va subiendo cada vez más arriba, hasta que, para glorificarlo, ya no basta con una estatua. Cambia de rostro y te brinda la metamorfosis que tu despecho esperaba: la imagen del trepador que sería en el futuro. Ya no vuelves a verlo. Os intercambiáis unas pocas cartas; años después os saludáis en la presentación de su libro inglés, entre vosotros no ocurre nada, tú no te acuerdas de aquella noche hasta hoy, pese a que, hace un año, él te envía su segundo libro en inglés y aparece una dedicatoria que muestra su necesidad de contradecir tus acusaciones de ocho años atrás. No se sabe por qué razón, el pequeño monstruo, el gran egoísta, quiere recordarte aquella antigua pelea. Y un detalle que nadie conocía tuvo que ser auténtico, tuvo que ser sincero... si tanto se empeñaba en reivindicarlo. Era una bandera muy pequeña, un estandarte que él te restregaba por las narices, mientras tú...

—Mientras yo reprimía la vida, naturalmente. No constituye ningún secreto. Posiblemente sea... que yo también sentí la soledad de Lleonard. La sentía cada noche, como tú, y pensaba que era una soledad convencional, hasta que un día comprendí que era algo peor: era una clausura.

—Sé adónde quieres ir a parar —dijo ella, en tono severo—. Se había encerrado en una suerte de placer que los demás no podíamos darle. ¿Es esto?

—Es imposible que lo conociese. La clausura sí, pero el placer nunca. Sólo esta idea me consolaba. Porque era ir suspirando a su lado, reprimiendo la vida, como dices, pero esperando que él aceptase regresar a ella. A la vida, sí. A menudo he pensado que llegó a conocerla. Seguro que en brazos de alguien fue el amante furioso, la bestia en vez de la divinidad. Pero esto nunca lo he sabido. El cabrito se fue.

—El muy cabrito... —murmuró *la Castellona*, seguro que con ternura.

—El perfecto canalla, como dices tú. Un buen día echó a volar. Y lo hizo con una crueldad criminal, porque él sabía que en todo el mundo sólo había un Lleonard.

—Es la parte enfermiza de la cuestión. Y perdona.

—Rubio y moreno, con ojos negros o azules, en la vida de una persona sólo hay un Lleonard.

—A los efectos que más me interesan: en la vida de una cultura, un Lleonard servirá para que lleguen otros mejores...

—Y ahora me tocará atacar a mí.

—No seas tan barcelonés. No hemos organizado esta charla como una sucesión de golpes bajos. Y, si he de serte franca, me decepcionaría mucho que te lo tomases así. Más claro el agua: me gustaría que Romeo Fu-Man-Chu te prestase algún pequeño servicio...

—Tal vez tengas razón. Es decir: puede que no la tengas.

—No, eso no. Los juegos de la ambigüedad no van conmigo. Ni siquiera me sirven de refugio. Yo, lo único que tengo es la realidad. Todo me viene de ella: amores, obra, país, victorias o derrotas. Es cuando sé que me muevo en mis dominios. Cosas que puedo tocar. Tengo razón o no la tengo. El resto son complicaciones inútiles.

Ahora que hemos alcanzado el punto culminante de la brega, ella actúa igual que yo cuando debía percatarme del sentido de la dedicatoria de Lleonard. Calla, me restituye esa capacidad de concentración que el monólogo roba y el diálogo exaspera, se queda mirándome fijamente, sin disimulos, con la copa a la altura de los labios. Al final soy yo quien decide sin que ella me coaccione. Y, cuando la miro a los ojos, deja la copa y se vuelve dulce, casi melosa.

—Me habías prometido enseñarme cómo se mezcla esta comida diabólica. Lo dulce con lo agrio, ¿verdad? ¿Queda poco chino si mojo pan en la salsa?

Una vez más le agradezco su facultad de desintoxicar situaciones. Me conquista continuamente. Y ahora, convertido en el más humilde de sus admiradores, rindo mi fuerza a su adorable persuasión.

—Tu pregunta es un acto de humildad, supongo.

—¿De qué me estás hablando? Si te pido ayuda es porque aspiro a encontrarle un sentido a este rompecabezas gastronómico. ¿Me haces tú la mezcla?

Carne y cerdo agridulce, ternera al curry y un poco de chuen-chop, ¿quién podría encontrar sofisticada la mezcla más elemental de la cocina china prostituida por Occidente? Pero yo agradecía su ignoracia del asunto a la infantil *Castellona* de aquella noche: la aprecié todavía más cuando reveló sin disimulos que toda su experiencia en materia de comida china se limitaba a cuatro salidas al extranjero. Y así continuaba con la inocencia, real o fingida, formulándome preguntas sobre el mundo anglosajón, de cuyos logros se declaraba admiradora («Una sensación de civilización realizada, no sé si me explico. Una envidia, sí. La *civiltà* de tradición debe de tener sus recompensas. Es gratificador poder escribir como vosotros. Un pensamiento liberal garantizado por la práctica. Es lícito envidiarlo, ¿verdad?»), y acto seguido me decía que, sin renunciar a la cultura francesa, que durante generaciones ha influido a Barcelona, se declaraba ferviente admiradora de la narrativa anglosajona y sobre todo de los escritores que poseían el don de saber explicar una historia («y Lleonard lo tenía, pobre bobo, esto no se le puede negar»); después volvía a citar a autores ingleses y se reconocía deudora de muchos de ellos («pero pocos críticos han descubierto mis deudas con los anglosajones; me han atribuido otras influencias que nunca he tenido; a Lleonard le ocurrió lo mismo: le encontraron influencias de gente a la que ni siquiera había leído; y eso que era tan fácil descubrir sus antecedentes; no se necesita ser crítico para rastrearlos») y acto seguido —¡por si faltase algún imprevisto!— me contaba que sus primeras conversaciones con Lleonard trataban de literatura anglosajona y que una admiración similar hacia los mismos autores determinó que se citasen más a menudo y que, finalmente, se consumara su relación.

Llegados a este punto sonreí con cierta malicia. Ignorando cuántos casos se habrán dado en que Hardy, Conrad y Lawrence actuasen de alcahuetes *post mortem*, no insistí; pero una comprobación repentina se convirtió en tentación demasiado fuerte para ocultarla: *la Castellona* había cometido el error de sustituir la plena realización erótica por un debate sobre grandes narradores prolongada noche tras noche.

¡Y me acusaba de enterrar mi fuerza vital bajo la adoración a una estatua!

Pero no parecía leer mis pensamientos. Me miraba con mucha ternura, respetando mis silencios. Y yo, que soy un conversador menos generoso, le escondí mis sospechas. O, todavía más vil, correspondí a su generosidad con una vulgar frase literaria, un tópico culturalista que ella recogió con humor y contestó con la boca llena:

—¡Siempre acabamos citando a los grandes hombres del pasado! Nos sirven para todo. No sé qué pintamos los otros escritores. ¿Qué diantres queda por decir?

—Seguro que a Shakespeare ya le fastidiaba que Plutarco llegase antes que él...

—No digo que te falte razón. Toda esta gente que nos gusta, los que nos sustentan, también se encontrarían saturados de experiencias anteriores. Pero no te extrañe que nos seduzcan tanto los amigos de lo imposible. Yo soy una buena lectora de novelas, vamos, lo que se dice una lectora agradecida. Puedo quedarme boquiabierta ante una narración bien contada, esa que te hace exclamar: «¡Qué bien me explicas las cosas, autor!» En otras ocasiones me atrae el universo novelesco o la fuerza de algún personaje irresistible: Fabrizio del Dongo, Lord Jim, Julián Sorel, por ejemplo; no te será difícil reconocer el tipo. Además, me apasionan las hormiguitas como Henry James, los trabajadores del estilo, los que excavan y excavan y van dando vueltas sobre el mismo tema, con esa dinámica subterránea que el lector debe rastrear para sorprenderse cada vez más; porque no es cierto que aquello «ya lo habíamos leído antes»; por el contrario, suele ser el resultado novísimo de una experiencia anterior y el germen de otra que ha de continuar. Me interesa mucho ese libro repetido setenta veces, el genio que se muerde la cola a voluntad pero que, de hecho, está desarrollando una cola todavía más larga. Y, por supuesto, muero de admiración ante los suicidas literarios (a los otros, los reales, no puedo soportarlos porque amo demasiado al mundo). Me entusiasman los escritores que dan el gran salto mortal, sin red, y repiten una y otra vez, hasta estrellarse en la pista, si es necesario. Y aunque se estrellen mil veces, ¡cáspita!, lo que nos han dejado es más grande que la vida.

—Y supongo que tú no eres de éstos...

Desgraciadamente, descubrimos una impertinencia cuando ya está dicha. Intenté arreglarlo:

—Perdona. No hablaba con segundas. Quería decir...

Ella me señaló con el tenedor:

—Vigila tus palabras cuando te «pelees» con los intelectuales de Barcelona. Y seguramente también con los de cualquier país. Pregúntate si existe algún escritor que no esté convencido de efectuar el gran salto mortal con cada una de sus obras, aunque por supuesto no lo confiese. De todas las formas de expresión, la literaria es la que cuenta con el privilegio de haber sido elegida para expresar el pensamiento en su estado más puro, para transmitir la especulación intelectual, espiritual y social en sus más altos grados. Siglos de prioridad garantizan la tradición de la letra sobre todas las demás. Y, como es lógico, el resultado nos autoriza a pensar que, entre todos los artistas, somos los más indicados para la inmortalidad. Quieras que no, el escritor tiene el complejo de la permanencia; en fin de cuentas es lógico: le han enseñado a creer que cada una de sus frases pasará a engrosar por derecho propio la memoria universal.

—¡Las pretensiones de inmortalidad! Son famosas en todo el mundo.

—Pues yo carezco de ellas; quiero decir que sólo las tengo a escala local y con miras estrictamente patrióticas. La fortuna futura hará el resto, si ella lo desea, pero de momento sólo tengo la pretensión de engrosar una lista de catalanes ilustres que, por razones obvias, son completamente desconocidos en el resto del Estado español. Cuando pienso en el ostracismo de estos grandes escritores me enfurezco y pienso que, mientras iban escribiendo, no podían presentir que la historia sería tan injusta con ellos. De casos así aprendo una lección de modestia. Entonces bajo la cabeza con humildad...

—Y pronuncias un *mea culpa*.

—Ellos no lo necesitan. Hicieron lo que debían. Y en mi caso concreto, qué quieres que te diga, carezco del masoquismo cristiano que es requerimiento indispensable de una contricción adecuada. Ni soy moralista ni tengo la obsesión de genialidad que exigen los saltos mortales. La literatura es como un circo. La audacia de los trapecistas nos comunica la incomparable emoción del vuelo sobre el vacío y el orgullo que, como humanos, produce descubrir que nuestra especie es capaz de superar todos los riesgos. Igual que el domador de leones. El peligro es tan seductor que el solo hecho de enfrentarlo ya nos obliga a ver en aquel hombre una reencarnación de los antiguos titanes. Y, tú bien lo sabes, a lo largo de los siglos siempre existió una fecunda línea de admiración hacia el titanismo. Pero, sin salir del mismo circo, también admiramos la constancia de aquel pobre simplón que sólo tiene un número de relleno, y aun en el intermedio: vestido con un jaqué raído, hace unos juegos malabares perfectos o consigue sostenerse con un solo dedo sobre tres sillas. Traslada el circo a la literatura y tendrás mi caso. Pertenezco a la paciente raza de los que van probando: una diletante honesta me parece más útil para nuestra circunstancia que no el genio desencadenado; una pequeña constructora, una experta en el ir tirando, sienta mejor a mi carácter que el suicida apoteósico. Y no me engaño porque conozco todos los campos ya trillados, maravillosamente trillados, que fui encontrando antes de ponerme a escribir. Conozco los defectos de mis obras —incluso habrá alguno que no he sabido ver—, y asimismo intento no ofuscarme sobrevalorando sus virtudes. Sé que he sido víctima de injusticias tremendas, me rebelo contra ellas y, naturalmente, no soy de las que se callan; pero nadie me ha oído expresar aspavientos de genialidad. Acaso la ventaja de tanta contención resida en que nunca asustaré a mis amigos cortándome una oreja.

—¿A qué raza de escritores pertenecía Lleonard, según tú?

—Una pregunta muy bien formulada, porque él pertenecía por entero a la raza de los escritores, eso no lo dudes. Pero encajaba en un apartado que nunca estamos en condiciones de clasificar. Era de los onanistas. Una raza que no acabamos de entender, porque nos aparta de la realidad y propone otra a la que da horror acercarse. Te explicaré una anécdota muy sencilla: cierta escritora francesa, amiga de Lleonard, tenía todos sus libros, pero no sabía el catalán ni el castellano. Consideraba que tenía la obligación de conocer el pensamiento del autor; le interesaba —palabras literales— «cuál era su contacto con la realidad». Lleonard, que era un lince, le tradujo unos fragmentos en que los personajes hablaban de Dios, de la realidad social de Cataluña, de la miseria en el Tercer Mundo, etcétera. Y la mujer se quedó deslumbrada al comprobar que los contactos de aquel joven con la realidad eran tan poderosos, tan ejemplares. Pero le faltaba saber algo muy importante: y es que cada momento que la obra de Lleonard sale de sí misma para acercarse a la realidad se vuelve falsa, postiza, es una gran estafa. Porque la realidad no la olió ni de lejos. Escritor de raza, perdía toda su fuerza cuando tomaba a otros por modelo y no a sí mismo; cuando pretendía ser el portavoz de los avatares de su siglo, o de su clase social y a ti, lectora, se te caía la cara de vergüenza porque comprendías que todo aquello le importaba un pito. Podría haber sido genial masturbándose en sus narraciones, sacando el hígado por la boca, envileciéndose en el acto de escribir sin miedo. Este coraje es el que pudo dar... el que llegó a dar en algunos momentos estremecedores, cuando se decidía a revelarnos que también él guardaba una parcela de dolor más fuerte que todas sus máscaras.

—En cambio, tú le escondes a él como escritor.

—No querría que fuese así. De ninguna de las maneras.

—Exactamente como los demás esconden al Lleonard persona. ¿Es que, entre todos, habéis hecho un pacto? Porque todavía no entiendo si pretendéis colocarle en un panteón de marfil o quemarlo para siempre.

Después de meditar unos segundos, dijo ella:

—Escúchame bien: como escritor me interesa y lo he defendido y nunca dejaré de defenderlo. Pero siempre por lo que era, no por lo que nunca fue. Éste es el sentido de mi artículo: ataco la imagen del perfecto revolucionario, el Moisés que venía a restituirnos la Tierra Prometida... Hice algunas concesiones necesarias, como las hago con los grandes autores: yo nunca escribiría según su estilo, pero no puedo evitar admirarlo cuando era él mismo... y no los dictados de Ramon Barat, Roldà o Piquer. Si murió antes de madurar, yo no tengo la culpa. Pero abomino de la imagen que necesitaba la crítica, no sólo porque lo desfiguraba sino porque ha sido dañina para nuestra cultura...

Pero Romeo Fu-Man-Chu interrogaba sobre si el café o la cuenta y ella se levantó de improviso (no nerviosa, no; se levantó, simplemente). Su siguiente propuesta no daba opción a resistencia alguna: «A café invito yo. Déjame escoger el sitio, te gustará mucho más: es de teatreros, un público joven y divertido...» Y cuando volvió a tomar asiento quiso rematar la jugada desviándose hacia los grandes temas colectivos. Era otra forma de traicionar al espectro de Lleonard.

—Puedo imaginar tus reservas: te habrán llenado la cabeza asegurándote que hablaré mal de mis enemigos culturales, que llevaré toda el agua a mi molino, y se equivocan y te equivocas tú, porque, personalmente, ellos no me importan en absoluto y si los saco a colación es porque afectan a Lleonard y, además, van contra la cultura como lo que realmente son: falsos maestros. Son los más nocivos del mercado porque engañan a toda una generación que está muy necesitada de maestros.

—¡Espera! Creo recordar que Lleonard tocó este tema en un artículo.

—Seguro. Pero, si no te importa, ahora no estaba hablando de él. Dejémoslo en paz y tranquilidad, aunque sólo sea por un rato. Los demás, sin ser tan famosos, también tenemos derecho a ser escuchados.

—Pero... Lleonard me habló de algo muy concreto, y yo no lo recordaba; es decir, nunca volví a recordarlo hasta ahora. Atiende: ¡se está convirtiendo en un recuerdo urgente! Lo que tú acabas de decir, él lo había escrito, sí. Se refería a algo que era básico, una parte de lo que buscaba y nunca llegó a encontrar.

—Sé a qué te refieres. También lo escribió en su última novela catalana. Como todos sus personajes, el héroe, un poeta *en train de se faire,* huye de los suyos, inicia la reivindicación del periplo romántico y, como es lógico, pues Lleonard gustaba de los finales solemnes, pide ayuda a Dante.

—Igual que en el artículo.

—Exactamente. El mismo verso. Nunca sabremos si leyó la *Commedia* entera, pero debemos suponer que lo hizo, aunque siempre citase el mismo fragmento.

—Eso vuelve a ser cinismo.

—Me limito a seguir su ejemplo. Él era un maestro de las citas, como te habrán contado.

—Ahora eres cruel...

—Y tú melodramático. Te sale la ópera por las orejas. ¿Qué supones que somos? ¿Norma y Adalgisa, amigas de por vida pese al amor de aquel centurión inconstante? ¿Y quién tendrá que arrojarse a la hoguera? Porque cada vez que se toca el tema Lleonard saltas como si nos fuese la vida a uno de los dos. Ya te lo dije antes: cuando le levantas el altar de la ambigüedad, cuando pretendes convertirlo en personaje fascinante, te alejas de la verdad de manera cada vez más peligrosa. Y la verdad es que desconfío de los especialistas en *quotations*. Circulan por ahí demasiados imbéciles que se las dan de eruditos por aprenderse cuatro o cinco poemas de memoria. Y eso no tiene mérito. También lo hacen los niños para el banquete de Navidad.

—Pero tú me hablas de la realidad, y resulta que esta noche hemos descubierto tres realidades distintas de

Lleonard. Sabemos que se aprovechó de todo el mundo, que trepó deshonestamente estafando los sentimientos de muchas personas. Pero, por encima de esta evidencia, continúa predominando una cuestión básica.

—¿El verso?

—¡Exacto! Quiero recordarlo y no puedo. Dejaría el cerebro en el intento y no lo conseguiría.

—Ahórrate el cerebro para menesteres más importantes. Yo recuerdo el famoso verso. Es cuando Dante dice a Virgilio: «Tú eres mi maestro y mi autor, / tú eres el único de quien yo obtuve / el bello estilo que me ha dado honor.» Así, pues...

Como soy un alumno espabilado, otorgo a *la Castellona* la libertad de reflexión que ella me ha concedido en varias ocasiones a lo largo de la noche. Acaricio el plato con el cigarrillo, sigo jugando mientras ella, por vez primera en todos los *rounds* de la conversación, desvía la mirada y finge que también juega. Pero esta retirada no es creíble, no convence y ella debe de saberlo. Lentamente vuelve a levantar la cabeza, se lleva el puro a los labios y termina con una media sonrisa, que todavía no es de derrota. Se contenta con una tregua. Yo insisto:

—Con lo que acabas de decir, Lleonard vuelve a hacer otra metamorfosis. No es un aprovechado, o no es solamente esto. ¡Es un chiquillo perdido! Es el discípulo que buscó ansiosamente a un maestro y nunca llegó a encontrarlo. En cierta manera, esta búsqueda fracasada lo redime.

—¿Lo redime de qué, el grandísimo canalla? Tuvo en sus manos todos los números de la rifa. Sólo necesitaba elegir. ¿Maestros? Tantos como quieras. Para dar y vender. Los críticos de izquierdas y los de derechas, los catalanistas y los castellanufos, los del cine y los del teatro... Tenía todos los maestros que puede necesitar un discípulo aplicado.

—Y, aun así, los mandó a todos a la mierda. Su rechazo no puede ser casual. Si disponía de tantas cosas como aseguras, ¿cuál podía faltarle?

Ella queda pensativa. No sabe qué contestar. Y yo decido que acabo de ganar una batalla.

—¿Qué quería? —pregunta, abstraída—. Nos tuvo a todos. ¿Qué más podía desear?

Se incorpora, se cuelga el bolso al hombro y observa con desprecio la servil reverencia de nuestro dulce chinito. Al instante reemprende el curso de sus meditaciones y me espeta:

—Eres un traidor.

Me parece que sonreía. O que estaba muy seria. Me parece.

SALIENDO DE LA CRIPTA de Romeo Fu-Man-Chu, dejada atrás la amenaza de los dragones rojos, el decorado volvía a ser gótico. Era de nuevo Barcelona, oponiéndose a las luces, propias de verbena pequinesa, que habían situado nuestra conversación lejos de su contexto, arrinconándola entre edenes artificiales, sueño bastardo de mil oficinistas con mirada de merluzo. Pero, a la salida, el ocre atemperado de las piedras medievales encarnaban, por fin, la procesión de espectros privados que convierten cualquier conversación europea en una endogamia predestinada al fracaso.

Iluminadas, las piedras aumentaban la sensación de imperio de los difuntos, pero no recompensaban nuestra atención con ningún mensaje de magia. Se deformaban en proyecciones serenas de todos los espacios, pero incluso las pesadillas que pudiesen provocar se adscribían a un orden demasiado drástico. Las agujas de la catedral, los arbotantes de la antigua Generalitat —el franquismo la ha convertido en una vulgar Diputación, me informó *la Castellona*—, las torres cúbicas de la muralla romana, todo semejaba una acumulación de gargajos que no llegaban a deshacerse porque los agravios del Tiempo los habían solidificado en exceso.

Caminábamos, sin prisa, junto a los muros de las antiguas administraciones de la ciudad medieval. Una luna escasa, enfermiza, iluminaba rincones imprevistos que mostraban un circunspecto desfile de donceles y damiselas pompeyanos, porque entre el gótico tradicional surgían los palacios de principios del XIX, con sus más prestigiosos esgrafiados. Y era lícito imaginar un Lleonard afrancesado, un currutaco byroniano por convicción, que se embozaba en su capa negra mientras una ventolera tan traidora como tópica le desordenaba los cabellos, peinados en un *vol au vent* que le haría aún más atractivo.

La Castellona insistía en el nuevo postizo de nuestro personaje:

—Te brindo un Lleonard para tu uso exclusivo. Un objeto pintoresco, colocado aquí, entre estos muros, y con ganas de aprender muchas cosas. ¡Lleonard-objeto, he aquí otro aspecto de la cuestión! Demasiado a menudo elaboramos grandes teorías sobre la mujer-objeto y el lugar miserable que ocupa en la sociedad. Pero, ¿no es cierto, William, que el hombre-objeto también existe, aunque disfrute de una mayor consideración por el solo hecho de ser hombre? El hombre-jarrón, el hombre-estatua, el hombre romántico que una colgaría en el comedor para que lo admiren las visitas...

—Vamos, el equivalente del macarra.

—No, eso no. Macarras no he tenido, y no por tabúes morales, sino por imperativos de ahorro. Lleonard no era exactamente un mantenido, no vivía de mi sueldo, si es esto lo que te han contado, pues de alguna manera tienen que justificar nuestra relación. Sería absurdo que me matase traduciendo novelas hasta la madrugada para comprarle una camisa. En Cataluña, la cultura no da para vestir chulos. Una escritora catalana tiene que conformarse con que la quieran por sus propios méritos. Poco dinero pueden sacarnos. Por suerte, Lleonard tenía una ventaja: no te daba nada, pero tampoco te pedía cosas. Y lo tenías a tu alcance para contemplarlo siempre que querías, aunque de lejos.

—Cuando hablas de hombre-objeto ¿te refieres a las proporciones de su miembro llamémoslo viril...? —Al punto me percaté de haber incurrido en un lamentable error de estrategia—: Perdona. ¿Es grosero que lo piense?

—Que lo pienses, no. Es grosero que lo digas. Y, además, queda sumamente estúpido limitar a Lleonard a un problema de medidas.

—Eran considerables.

—Eran monstruosas, según aseguran los más afortunados; es decir, los que llegaron a verlas. Pero ni siquiera este detalle limitaría a Lleonard a la categoría de objeto y debo decir que tampoco sería la virtud que me llevaría a exhibirlo en el comedor. No soy de la clase de mujeres que, al llegar a una cierta edad, se obsesionan hasta tal punto. Con una medida corriente me basta y sobra. En cuestiones de amor, mis objetos —si prefieres puedes llamarlos fetiches— siempre han sido de carácter intelectual antes que físico. Si de mí dependiese, los freudianos se morirían de hambre. Porque, además, no tengo frustraciones declaradas. Contra lo que aseguran, nunca sentí el drama de no dejar descendencia; al revés de Guillem Esteba, que hacía la vida imposible a Lleonard quejándose de que su relación le impedía realizar su mayor anhelo: perpetuarse en un hijo. (¡Y lo triste es que ni siquiera el macropene de Lleonard tenía el poder de dejarlo preñado, pobre imbécil!) Yo, como podrás comprender, no esperaba que mi amante o los anteriores, me diesen el espejismo de realizarme como mujer a base de ir pariendo retoños; y, si hemos de ser exactos, tampoco me dediqué a sublimar la ausencia de este deseo convirtiendo a Lleonard en el hijo que nunca tendré. Yo me refería al hombre-objeto desde un punto de vista intelectual, sí, porque era la continuidad del intelecto lo que le exigía; y era enseñarle a conquistarla, lo que me excitaba. Era apasionarme con su sorpresa ante la infinita variedad del mundo, era comprender cuán lleno de vida estaba cuando se convertía en una esponja de la sabiduría de los demás. Y constituía todo un privilegio ir colocando adornos en aquel objeto prodigioso, aquel trasto fascinante, todavía en estado primitivo...

—¡De todas las idealizaciones del mundo! ¿Cómo es posible que Lleonard consiguiese engañar a nadie con el cuento de su primitivismo? Es simplemente cómico. ¿De verdad llegaste a creer que era un *naïf*?

Y el recuerdo de Lleonard mirándose en el espejo e imitando la sonrisa cruel de los chuletas de Caravaggio, me proporcionó una evidencia que sería altamente reveladora de las idealizaciones de *la Castellona*, si ella misma no acabase de descubrir su propia contradicción.

Un ovillo de callejas estrechísimas nos condujo hasta una placita gótica, adornada por una iglesia de fachada barroca, pero modesta, que parecía suspendida como por milagro sobre la nada absoluta. Una fontana con motivos pastorales derramaba sus chorros sobre el musgo acumulado en el brocal. Todo sumamente idílico. Y *la Cas-*

tellona hundió la mano en el agua y acto seguido se remojó la frente.

—Primitivo, aplicado a Lleonard, no significa ignorante. Quiere decir que conservaba la voluntad y el empuje de los neófitos de la cultura; que nunca renunció a la inocencia con que se enfrentaba a todas las experiencias, a cualquier lección. Tal vez un examen atento de sus escritos o sus conversaciones nos revelaría que el precio era una cierta superficialidad; en cambio, contienen la sorpresa del alba y la inmensa alegría del descubrimiento. Imagino tu respuesta: él sabía esto y aquello y lo de más allá, y yo estoy dispuesta a admitirlo, a reconocer que poseía un gran caudal de conocimientos. Pero todos fueron arrancados a la incultura en que su estado económico lo situaba y que él siempre se esforzó en superar. Y yo pensé que sería maravilloso irle formando en todas las cosas que me han sustentado desde niña. Él fue un descubridor deslumbrado por las múltiples vidas de Barcelona, de su historia, lengua y tradiciones. Y aquí entré yo, dispuesta a hacer que mi ciudad se convirtiese en la respuesta a todas las cosas que él necesitaba desde hacía tanto tiempo. Por eso te digo que, aquí, en el Barrio Gótico, puedo brindarte otro Lleonard. Y éste sí que sólo es mío.

»Huelga decir que yo no andaba excasa de motivaciones personales: que estaba sola, sí, que mi último compañero, el director teatral, se había casado con otra y, sobre todo, que el giro de los cincuenta años me había despertado una extraña forma de tristeza; ningún dolor, nada especialmente trágico, pero sí aquella sensación tan amarga del tiempo huido; la seguridad de que las cosas, las personas, los sentimientos ya eran irrecuperables y que, pese a mis necesidades de sentirme joven, tenía que sentar la cabeza o poner *seny,* como dicen los bienpensantes de esta santa diócesis. Si en lugar de seguir mi obstinada cantinela de independencia, me hubiese casado a tiempo, ya podría ser abuela. Es evidente que mis amigas burguesas tenían razón: pasados los cincuenta, hijo mío, una mujer empieza a tener responsabilidades. Pero las principales responsabilidades de una persona (no digo una mujer barcelonesa, que es otra cosa muy distinta) ya las tuve recién terminada la guerra, y eran de carácter cultural y político. Las otras responsabilidades, las del código que mis amigas empezaron a obedecer desde la cuna, no me interesaban en absoluto, ya que las había convertido a todas ellas en modelo de las represiones que detesto. Infringí, pues, todos mis deberes y miré a mi alrededor, y Lleonard estaba cerca y me ayudó a salvarme. Era como si dijese: «No retrocedas, tu lucha es lícita, lo contrario de tu ansia de vivir es la muerte total.» Y yo le hice caso y me lo hice a mí misma. Y no era necesario que Lleonard luciese una camisa nueva para estar seductor, ni que perdiese el tiempo dedicándome palabras maravillosas y tratándome de sílfide, sirena y tía buena. Me habría dado un ataque de risa, dejaría de creer en la inteligencia de los aspirantes a escritor, porque, si de medidas hablamos, las mías no son precisamente las de Sofía Loren y ya te he dicho que no me gusta que me hagan ver las estrellas en pleno día. No hubiera aceptado que Lleonard me engatusara y él siempre tuvo el buen gusto de abstenerse. Por muchas vueltas que le demos, él era el joven y yo la que lo había sido; él la criatura bellísima y yo la dama simplemente aceptable (bueno, tuve mi momento, pero nada espectacular). La señora Ferrer no lo entendería, pero los años de Lleonard y los míos no se encontraron para inventar juegos sexuales, sino para realizarse como sólo sabe hacerlo la inteligencia. Y el sentimiento salía beneficiado y el sentimentalismo damnificado. No es que me lo parezca; es que lo sé.

»La Barcelona antigua, donde nací y he vivido siempre, donde él recuperaba paso a paso los fragmentos dispersos de nuestra historia como pueblo, fue el escenario más romántico para ese choque de juventudes. Mi alegría de sentirme joven y la suya de serlo. La idea de que, construirle a él, significaba reconstruirme yo. Quiero decir que construyéndonos los dos —porque uno nunca acaba de construirse, lo sé— era ir reconstruyendo al mismo tiempo una gran proeza cultural que nos atañe hasta lo más profundo. Y corrimos mucho aquel verano. Hicimos noche en una Barcelona que él desconocía: la de todas las callejas que me sabía de memoria, la de tanta historia maltratada que me esforzaba en explicarle con todo detalle. Sólo para él, reviví antiguos manuscritos, códices extraviados, romances transmitidos de padres a hijos, rincones predilectos de los soñadores, fábulas y anécdotas, chistes y frases hechas, personajes de otro tiempo y otras crónicas, mientras él abría los ojos como un ventanal para recoger, en la experiencia diaria, su gran crónica de otros años. Él era la furia de los años sesenta y, al mismo tiempo, encarnaba la nostalgia por un país maduro. Alguien ha escrito que se hubiera sentido a sus anchas entre las murallas de una ciudad-estado italiana, pero yo te diré que, esencialmente, se habría sentido más cómodo en su realidad política, porque ser hijo de una tierra de vencidos es un drama que no todo el mundo está en condiciones de asumir. Esto se le revelaba aquí, en la ciudad gótica. Encontraba un período de realización que, si bien corto y remoto, le convenía. Encerrarse en él era mucho más tranquilizador. Aspiraba a una historia que pudiese seguir paso a paso, sin interrupciones, y en cuyo curso incluso las tragedias serían más cómodas de lo que nunca podrán ser las pequeñas alegrías de nuestra historia de vencidos. Se arrojó apasionadamente a esta visión y supo extraer la moral que, una vez más, servía a su tranquilidad. Al mismo tiempo, convirtió a sus personajes en fugitivos eternos. Y mira tú qué ironía: en momentos tan difíciles para la supervivencia de Cataluña, la atención de nuestro mundo cultural quedó acaparada por unos adolescentes que nunca crecerían porque, igual que su autor, llevaban implícita una condena a la inmadurez.

—Siguiendo con mi descubrimiento sobre Lleonard y el maestro que nunca encontró, yo haría una aportación que acaso resulte importante. Lo que tanto Lleonard como sus personajes llevaban implícito era una especie de «muerte histórica». ¿Por qué no considerar este punto?

—Porque yo nunca aceptaré la teoría del maestro imposible ni la de la muerte histórica. Tú y yo no estaríamos aquí si las aceptase. Cuando él nos escogió, sabía perfectamente que estábamos malheridos. Bien podía imaginar que su carrera no iba a desarrollarse sobre un lecho de flores. Y, sin embargo, recibió muchas más de cuanto cabía esperar. Todos perdieron el tino por él; unos más y otros menos, por supuesto, pero llegó un momento en que esta ciudad apestaba a lleonardismo. Había motivos para detestarle, y algunos lo hicieron. No digo yo que fuese sin causa. Pero, como conocía todos sus defectos, preferí coleccionar sus virtudes, incluso al precio de aceptar que entre ellas no se encontraba la lucidez. Él prefería refugiarse en un mundo de sueños barrocos de cuyo fondo surgían los amores imposibles de una cortesana francesa y un neorromántico valenciano perdidos entre los estragos de la peste de Shangai... Aventuras imposibles, sí, sueños irrealizables de todos sus héroes que, a partir de la segunda novela, fueron jóvenes como él e, igual que él, quemados. Ninguno de esos jóvenes encontró un refugio satisfactorio, todos fueron a morir de asco rodeados por los escenarios exóticos que la belleza de otros tiempos les ofrecía. El Lleonard que quiero brindarte es precisamente el que sacaba de plazoletas como ésta unos decorados que sirviesen de tumba a sus héroes modernos. Son esas plazas de la Barcelona antigua las que encuentras siempre en sus novelas, aunque él las trasforme y sean de Florencia, el Palatino romano o los edificios comunales de Brujas.

—Y tú le reprochas que, de estos escenarios, no sacase la vida. ¿Es esto?

—Que no sacase vida para sí. Que, muerto para la realidad, se dejase atrapar por los aspectos más negativos del culto a la juventud, tal como los sabios oficiales empezaron a negociarla aquel año (porque en los años sesenta, la juventud era un negocio, no lo dudes). Lo digo claramente en mi artículo: no le perdono que, de furioso, sólo tuviera el aspecto más periférico, la parte romántica, el atractivo cinematográfico y, aun, del peor cine hollywoodiense. El Lleonard que yo pretendo restituirte era el que descubría, maravillado, el mensaje de estas piedras y lo hacía suyo para encontrar unas raíces. Ahora bien, el otro Lleonard, el imitador de la más artificiosa modernidad, ése no me interesa en absoluto. Sus defectos, tanto los de la obra como los de la persona, fueron tema de polémica durante algunos meses y continúan siéndolo en según qué círculos. De todos modos, él no podía decir que le habíamos engañado. Si acaso, le engañaron los cuatro cantamañanas que le prometieron la luna. Los conscientes, los que estábamos interesados en el verdadero Lleonard y no en su numerito publicitario, ésos le demostramos desde un principio que ser escritor y ser catalán no eran dos carreras en absoluto sencillas y bajo ningún concepto cómodas.

»Seguíamos viviendo palmo a palmo la ciudad de Barcelona y nos alimentábamos de todas sus vibraciones desde que fue fundada hasta el día maldecido en que el enemigo la aplastó bajo su bota. Lleonard era nuevo como su década y yo era vieja con todos los siglos de Barcelona, pero ambos hicimos un estallido estrepitoso, y si abres uno cualquiera de sus libros encontrarás que nuestros recuerdos van al unísono y que yo siempre aparezco, incluso en su odio. Porque me odió, lo sé perfectamente. Habíamos llegado a un punto en que dependía demasiado de mí, que cada línea que escribía tenía que leerla yo forzosamente, y mientras esperaba mi opinión mantenía un silencio amenazador, me miraba con expresión tan dura que era fácil comprender que ya nunca podría perdonarme aquella su dependencia.

»Así fue en todos los aspectos de nuestra relación y de la suya con mi mundo. Insisto en que nunca le escondí nada, como tampoco lo hicieron mis compañeros de fatigas. Al contrario, le mostramos todas nuestras miserias, pero no podíamos decirle que somos una «muerte histórica», porque eso es falso. Porque, en tal caso, nosotros estaríamos muertos, y me parece evidente que todavía existimos. ¿O es que no te habías dado cuenta?

SÉ QUE, POCO A POCO, en este interminable debate conmigo mismo, dudaré si me he dado cuenta o si me interesa realmente hacerlo, y la pregunta volverá y no sabré si esa conversación ocurrió nunca; si los muros góticos, los Camelots modernistas, la escenografía que se sostiene con agujas evanescentes sobre una triste parodia de identidad colectiva, si ellas, si ellos, si el mismo Lleonard, tuvieron algo que pudiese interesar a Occidente.

Pero yo había elegido el rompecabezas y a medida que *la Castellona* me iba revelando más cosas de Lleonard, dudaba de que mi encuesta fuese una novela policíaca, ni siquiera una muestra de sentimiento gótico, como tú pretendes, o una obsesión medio freudiana, medio lúdica, como la del inspector de policía que alucinaba frente al retrato de Laura muerta. Como no soy un poeta sublimador, y Lleonard fue todo lo contrario a un ideal de pureza, tampoco era posible una relación trovador-dama que diese como resultado el mito poético. Como tampoco estoy adscrito a ninguno de los partidos que agrupan a toda aquella gente, era difícil que pudiese escribir la crónica exacta de sus hechos. Entre todos me iban sobrepasando, sus palabras convertíanse en revelación de cosas propias, y el resultado era desconcertante, pues no sólo me escondían a Lleonard sino también la verdad original, inconfundible, de las relaciones entre Barcelona y Lleonard. Y también pudiera ser que, en último caso, fuese yo quien no sabía nada de nadie.

—Te lo brindo de nuevo —dijo *la Castellona*—. El Lleonard más conmovedor. Yo, aquí, lo quise mucho. Aquí, en mi ciudad gótica, estuve loca por él.

Entramos en el local que un día fuese el centro de cierta moda progresista. Lo encontramos casi vacío, abúlico, tristón, pero *la Castellona* resucitó, con sus explicaciones, el regocijo del pasado. La decoración seguía manteniendo una de las tendencias preferidas de los años sesenta: la mimesis del Modernismo. Colocaba en medio de los muros góticos las fútiles apariencias de un saloncito burgués perfectamente reconstruido en todos sus detalles. En realidad, se trataba de una tienda de guantes que estuvo a punto de ser derruida para construir una inevitable sucursal bancaria. Todos los adornos fueron trasladados a otro contexto. Después se les añadió unas mesas de mármol con pies de hierro, como las que yo había visto en los baruchos de la parte vieja de Barcelona y en los casinos de pueblos remotos, cuando llega el invierno y los payeses juegan a la brisca, indiferentes a cuanto no sean las oscilaciones del tiempo y los feroces azotes de la tramontana.

La Castellona ofrecía datos y detalles: el local podía presumir de historia renovada y de un significado distinto al de sus orígenes. Era propiedad de tres hombres muy conocidos del teatro local: un director, un autor y un decorador. Exceptuando a este último, que había adornado indiscriminadamente desde obras de calidad a vodeviles selectos, los otros dos destacaban por sus abstenciones antes que por sus opciones (he aquí una dialéctica genuinamente barcelonesa). Como tantos otros personajes del moderno teatro catalán se habían embarcado en demasiadas empresas imposibles y, al final, decidieron que era preferible el trabajo anónimo, con grupos independientes, antes que la sumisión a un engranaje comercial generalmente prostituido (prostituciones comerciales o prostituciones políticas venían a ser muebles muy parecidos de un único burdel). Así, aquel bar obedecía a una estética de la Barcelona burguesa, pero al mismo tiempo implicaba la pequeña ilusión de los marginados por conseguir un refugio de comunicación con sus iguales.

El director teatral, el decorador y el autor habían construido su madriguera mezclando a Domènech i Montaner con Aubrey Beardsley y a Guillermina Motta con *My Fair Lady*. Algún cineclubista aplicado podría exclamar: «¡Como los rojos de Minnelli!» Y sería una catalogación muy exacta de las recuperaciones propias de la Barcelona de los sesenta, porque de alguna manera el rojo decoraba los principales locales de moda con vocación de excitar los sentidos, no de tranquilizarlos. Unos accesorios secundarios —pantallas y biombos con adornos florales, arañas de copiosas lágrimas o esculturas de hadas y elfos evanescentes— añadían evocaciones de un microcosmos atacado e injuriado por la ideología progresista pero que resurgía continuamente desde el fondo de la resistencia política. Alguna triste ironía de la herencia imponía que los jóvenes airados de Barcelona proyectasen su revuelta entre los símbolos predilectos de la clase enemiga.

Yo había perdido demasiado tiempo entregado a divagaciones estéticas. Finalmente, con la audacia propia de los héroes más violentos de Lleonard, conseguí introducir una frase que cortaba las interminables descripciones de *la Castellona*:

—*So, these were Lleonard's places...!*

—Los lugares de Lleonard, sí —exclamó ella, suspirando—. Las cavernas de su quinta. Me cogían con retraso y, aun así, me dejé atrapar sin oponer resistencia. Ahora mismo, pasado tanto tiempo, ¡cuántas veces regreso con parvulillos que van apareciendo! Insisto en que la leva de los más jóvenes no es mala compañía. De todas maneras, en este lugar resulta un poco doloroso hacer memoria y comprobar que han pasado ocho años. O tal vez soy yo quien, al tener unos cuantos de más, imagino que ocho son todos los del mundo. Cuando Lleonard se estaba abriendo camino teníamos la costumbre de hacer el recorrido diario por la noche de los marginales. Era el nido de un grupo y cada grupo contenía un pensamiento embrionario, una actitud distinta ante la vida. Para la cena, tabernas o pequeños restaurantes del Raval que conservaban la modestia y despreocupación del buen pueblo: después, rematábamos la noche en uno de estos bares... éste o cualquier otro, lo mismo daba pues cada local era el nido de un grupo distinto y cada grupo contenía un pensamiento embrionario, una actitud radical frente a la vida. Dejemos de lado que amase o no a Lleonard, pues él era un compendio de todos esos jóvenes abiertos a lo nuevo. Mezclada con ellos, yo he tenido la impresión de que la vejez no existe y que, en cambio, hay una madurez excepcional, afortunada, que nos permite ser eternamente jóvenes. Siempre he detestado el mito de Peter Pan, el grandísimo embustero, el engañabobos que prolonga la imagen feliz de una existencia inmadura. Por lo mismo, estoy autorizada a odiar, también, la imagen de la vejez aislada en su castillo decrépito y respetable, lleno de serenidad, conformidad y esa resignación que ayuda a esperar pacientemente la hora de la muerte. Pero también debo decirte que estamos en el país de la primavera eterna. Siempre un montón de pascuas floridas; siempre el más prometedor de los inicios. Y yo, a pesar de todas las desilusiones que me ha tocado vivir, acabo por creerme esas pascuas. ¿Qué quieres? Será mi carácter.

Inmediatamente venían obligadas una observación y una paradoja: la nostalgia por los años sesenta también dominaba a *la Castellona*; y lo que fue la década, como lo que pudo haber sido y no llegó a ser, me era mostrado sin concesiones a la frivolidad, mientras en un local que, como tantos otros, nació de la coalición entre la urgencia y el imposible, bailaba una forma muy etérea de Lleonard vivo.

«Otra vez resucita —pensé yo—. ¡Ya vuelve a estar aquí!»

Lleonard bailaba una *valse chaloupée* sin pareja y siguiendo las melancólicas notas de una pianola, sobrecargada con difusas fotografías de cupletistas de los años veinte. Pero de vez en cuando surgían de la nada las notas chirriantes de un acordeón de esquina oscura o el trémolo de un violín de *clochard* conmovido...

Era evidente que *la Castellona* también veía el baile de Lleonard, porque sus ojos se volvieron duros, casi impenetrables, seguramente para contrarrestrar algo que yo acababa de descubrir en ellos: una lágrima.

La denuncié. Le dije que el recuerdo estaba a punto de hacerla llorar.

—¡Melodramático hasta el final, tú! —contestó, displicente. Y añadió, con acritud—: ¡Eres un visionario!

Pero se vio obligada a secarse la mejilla.

Lleonard continuaba bailando entre las mesas vacías. Era un espectro tan lleno de vida que no sé quién, en todo el mundo, se le hubiera resistido. Bailaba desde el mostrador a una mesa, de ésta a otra, recortando los espacios con golpes y arabescos de su cabellera magistral; acompañaba cada melodía con un salto hacia el mostrador y, una vez subido a él, levantaba el brazo para brindar con una jarra de cerveza igual que aquellos príncipes del cinemascope que se humanizaban probando el sabor de la bohemia en una Heidelberg de opereta.

Sólo que el Lleonard de aquellos días, el contestatario desconocido, no quedaba en absoluto operístico y sus compañeros estaban verdaderamente furiosos y su danza era la de los *maudits*. La sombra se diluía y volvía a aparecer y su danza dejaba de ser nostálgica para convertir en aullido las polémicas predilectas de aquellos años. ¿Qué filípicas pronunciaba Lleonard Furioso, agarrado con una mano a la columna del mostrador y esgrimiendo, con la otra, la jarra del ritual? ¿Qué arengas proclamaba, entre los jóvenes vencidos de antemano pero en modo alguno amansados? ¡Ay, la danza de la muerte de Lleonard entre las mesas de los antiguos guerrilleros de la cultura! ¿Era posible que tanta vitalidad hubiese pasado para siempre? Regresaba al bar la parranda de ayer mientras *la Castellona*, distraída y emocionada a un tiempo, me apretaba la mano, aconsejándome que desterrase de una vez la pesada carga del recuerdo.

Pero sus ojos continuaban siguiendo todos los pasos

de la danza de Lleonard. Y con la nostalgia resultante de la danza muerta y el recuerdo de la época en que todas las danzas estaban vivas, alimentó ella su añoranza más recóndita.

—La vida parece ambigua y, sin embargo, es muy clara. Lleonard baila entre los suyos, pero ellos ya no están aquí. El pájaro joven tiene tendencia a cambiar de nido y deja el antiguo en manos de las nuevas crías. También el anticonformismo cambia a menudo, aunque la base y el consuelo que nos proporciona sean los mismos. Un ímpetu idéntico, una misma reclamación del derecho a equivocarse pero a no detenerse nunca. Y, con todo, ¡qué distintos son los signos externos, de un año a otro! ¡Qué incomunicación tan insalvable entre los rebeldes que hoy salen del cascarón y los de hace sólo siete u ocho años!

Generaciones parricidas. El hijo asesina al padre, pero el hijo no puede estar seguro de no ser asesinado cuando llegue el turno del relevo. Como sea que la danza de Lleonard había cesado y sus rasgos se disolvían completamente en el endiablado juego de espejos modernistas, la pista quedó virgen para los novísimos, absortos hasta entonces en una polémica cultural que no había cambiado sustancialmente a lo largo de los años. Una pareja de adolescentes vino a ocupar el lugar dejado vacante por los exhaustos o, simplemente, los que se habían caído de la rama. El baile de la parejita se levantaba contra cualquier mito anterior —Lleonard incluido—, manipulaba todas las danzas posibles, y *la Castellona*, espectadora de una nueva encrucijada de los años, sonreía con complicidad profesional, compinche de todas las trampas del Tiempo. Seguramente no descartaría la posibilidad de que la parejita llegase a ocupar las plazas que habían quedado vacantes en el aula principal de su famoso parvulario. Y sabría que, si los dos novísimos tenían diferencias con ella, no era menos cierto que también las tenían con Lleonard.

—Ya lo ves: de esta gente tan nueva, yo no sé nada. ¡Siempre los hay que van naciendo después de todos los nacimientos previstos!

Salimos de la antigua guantería y los terciopelos rojos, y las ninfas de los espejos y los mármoles de las mesas fueron sustituidos por las espectaculares fachadas que marcaron el primer auge de la burguesía barcelonesa, no bien salió del barrio de Ribera. Bajo los artísticos fanales de la calle de Fernando, *la Castellona* iba reconstruyendo retazos de una herencia legítima, y era inevitable que yo la relacionase con el barcelonismo expresionista de Lleonard, cuyo universo creativo es inseparable de aquellas calles con esquinas tributarias del Barrio Chino. De un ovillo sumamente complejo, que combinaba las lonjas mercantiles del medioevo, las batistas de la burguesía y el sexo mugriento de las rameras, él extrajo un almanaque de formas alteradas a la vez que insolentes, un canto lírico, subjetivo y satánico que convertía a la ciudad en una encarnación del Mal. Así comprendí por fin la intransigencia crítica de *la Castellona* cuando elogiaba a un Lleonard onanista y le acusaba de equivocarse no bien pretendía aproximarse a la realidad.

Si de esta dialéctica se derivaba algún valor auténtico de la relación entre Lleonard y la literatura: ¿quién más autorizado que *la Castellona* para entusiasmarse con ella hasta más allá de la muerte?

Asimismo, y siguiendo las acusaciones que ella me había espetado, intenté trascender el círculo que Lleonard cerraba a mi alrededor y me obligué a entender los círculos privados de *la Castellona*. Y como sea que desconocía su obra, aparte de algunos ensayos periodísticos y su notable novela sobre la burguesía urbana del XIX, era lícito que me preguntase qué habría dejado Barcelona en las páginas de Elisenda Castells o, cuando menos, en su personaje público.

Observadas desde este punto de vista, las formas de Barcelona se presentaban bajo otras luces y, de pronto, aspiraban a convertirse en mito literario.

Pero ya estábamos en la Rambla, ya nos movíamos entre las turbulencias de la Rambla y, como en todas las ciudades-museo, la dinámica de la paseata multitudinaria, la trifulca, el desorden y el continuo tropezar con cientos de cuerpos errabundos anularon cualquier posibilidad de meditación.

Llegados al café de la Ópera, tuve ocasión de comprobar nuevamente cómo se realizaban las estrechas relaciones entre mi acompañante y los jóvenes del microcosmos-ombligo que llamamos cultura marginal.

De alguna manera, las titánicas ubres de *la Castellona* habían amamantado a casi la mitad de aquellos cachorros y cada uno de ellos era consciente de los provechos que llegó a succionar durante un primer período de aprendizaje. En la terraza, inmediatamente detrás de las mesas, explotaba el fragor de los automóviles, mientras chicos y chicas de distintas procedencias saludaban a *la Castellona* evitando el respeto debido a los maestros, antes bien con la algazara que despertaría una diva cultural, una madre potentísima y una gran soberana de las abejas. La influencia de *la Castellona,* hija natural de la Rambla, se extendía sobre aquellos especímenes inclasificables que pertenecían, por voluntad propia, a un mundo marginado de todo, pero que no dejaba nada por tocar. Y debo decir que los grupos eran perfectamente reconocibles, pues formaban islas muy concretas de especialización profesional o ideológica. Pero nuestra mesa sólo fue una isla de privacidad durante pocos minutos. La frecuentación abusiva del refugio empezó con aproximaciones tímidas y terminó con una afluencia notable de jóvenes en cuyo honor *la Castellona* aceptaba pontificar a discreción. La lista de visitantes tendía a clarificar especialidades y, acto seguido, actitudes, dándose por descontado el progresismo de las ideologías en litigio. Tanto éste como las conversaciones no tardaron en revelarse propios de un gueto, y el lenguaje, las paráfrasis, las onomatopeyas, los calificativos, demostraron una estructura en exceso críptica para un recién llegado como yo. Entendí que, entre todos, convertían la cultura en oficio. Sin embargo la Rambla latía de contrastes y tropiezos, indiferente a una paradoja última y definitiva: que los debates preferidos por los conversadores eran el teatro popular, la literatura popular, la arquitectura popular y, en cambio, el pueblo pasaba de largo, ajeno a sus esforzados defensores.

Desde la tribuna que representaban las mesas del café de la Ópera, los portavoces de la cultura del pueblo continuaban pontificando y, en nombre de esta actitud, los acontecimientos culturales de Barcelona veíanse sometidos a una serie de críticas cuya consistencia variaba según el grado de inteligencia o credibilidad de los polemistas; según si sus tomas de partido eran muy recientes o bien antiguas y, por tanto, desilusionadas por un abuso de servicio. Estaba claro que el microcosmos tenía sus grandes estrellas y sus actores secundarios. Y los primeros seguían pontificando y los segundos les aplaudían, conscientes de que, haciéndolo, también se aclamaban a sí mismos, pues ¿quién de entre todos ellos no estaría convencido de ser el mejor?

La presunción del propio grado de excelencia salía a la superficie, no con declaraciones explícitas, pues los elogios que el mediocre se dedica a sí mismo raras veces son directos, sino que se basan en destrozar sistemáticamente todo aparato cultural no montado por él. Así, un caudal de comentarios breves pero perversos dejaba para la crónica futura el retrato estremecedor de un enorme cementerio donde, paradójicamente, sólo quedaba con vida el comentarista. Era inevitable que una representación teatral fuese un desastre porque no había quedado suficientemente brechtiana, pero, al mismo tiempo, la obra de Brecht mejor montada era un fracaso político si la aplaudía un público burgués, contraviniendo así el espíritu revolucionario del tudesco; tal poeta, tal novelista no eran viables porque no reflejaban en el subtexto la dinámica de la lucha de clases, pero, a ojos de otro polemista, aquella novela o aquel poema eran «imposibles» porque supeditaban el orden narrativo a una exposición demasiado panfletaria y obvia del problema social; de manera que tendría que pasar mucho rato para que el recién llegado comprendiese que todas aquellas lenguas se estaban refiriendo a una misma obra. Y lo que resultaba más extraordinario era que el ataque sistemático contra los creadores provenía de quienes no daban golpe.

No obstante, en aquellas mesas sí había algunos que hacían algo, y la diferencia más apreciable entre ellos y el verdadero genio era una absoluta falta de comprensión y, huelga decirlo, el desconocimiento total de la generosidad cuando correspondía juzgar las obras ajenas. En cuanto a las suyas, descubrí que era imposible leerlas de no ir guiado por un interés hacia la circunstancia histórica que las había producido, nunca por su propio valor. Dictaban, empero, una opinión. Y el pueblo, constantemente aludido, proseguía su camino Rambla abajo,

DICIEMBRE, 2

El coño de *la Castellona* apesta. La polla de Guillem Esteba debe de estar para el arrastre. ¿No habrá un gladiador que sepa derrotarme? ¿Ni un solo verdugo que sepa darme mi merecido?

DICIEMBRE, 20

Barcelona está en permanente ebullición. Cada día hay un festejo u otro. Libros, teatro independiente, conferencias, proyecciones privadas, *happenings*... Tengo tantas invitaciones en la redacción que podría llenar mi seccioncilla sólo con poner sus textos.

La ebullición de Barcelona se corresponde exactamente con la mía. Somos una generación rutilante. En el año que empieza, todos hablarán de nosotros. Significa que hablarán de mí.

¡Ay, aquella soledad de Ampurias, junto al mar de mis griegos! Cada noche sueño con un atleta escapado de los museos. Salta de la cuádriga, va desnudo como el universo, tiene la polla como una rama de roble. Echo a correr. No ha de atraparme. *La Castellona* no para de hablar de Virginia Woolf. Lo que nos une es la literatura. No hay nada más.

DICIEMBRE, 23

Estoy harto de hacer entrevistas. Entre el rato que duran y el tiempo que empleo buscando documentación no gano ni para pipas. Y, además, ¿qué leche me importan a mí los entrevistados? No me inspiran respeto. Y, sin embargo, busco desesperadamente alguien a quien pudiese respetar...

Ruido. Yo seré el ruido. Seré el rayo que hace crujir las palabras. Quebrantaré la tenebrosa calma de esta tierra. Soy el caballo de Atila, eso soy. Cabalgaré sobre vuestros campos y un día, un buen día, me las haréis vosotros, las entrevistas. Lo juro. El entrevistado será Lleonard, a quien los dioses protegen.

DICIEMBRE, 25

¡Navidad! En fecha tan señalada he recordado a papá y mamá. Me siento ridículo cada vez que me acuerdo de «aquello». Como dicen los de la Gauche Dorée, me viene el alipori. ¿Tantos años hace, de «aquello»? Y los curas, los jesuitas, los malditos hermanos. También me acuerdo de ellos cuando llega la Navidad. Cago sobre el recuerdo de los curas. Cago sobre todos los recuerdos. Vomito sobre el cadáver de mamá. Abro el culo para recibir la polla de papá, que en paz descanse. ¡Qué polla tenía, el cabronazo!

DICIEMBRE, 31

Ni papá ni los curas acertaban a castigar a un cerdo como yo. Merezco un campo de concentración lleno de nazis. El más fuerte de todos los oficiales me está destrozando el culo con su puño enguantado. Todavía es poco castigo. Ignoran el alcance de mis culpas. ¡Confieso, confieso, confieso! Antes de introducirme en el horno crematorio me sujetan entre cinco y todos los verdugos se orinan en mi boca. ¿Cómo iba a sospechar que papá es su capitán? Y, sin embargo, nunca aprendió a orinarme como ellos. Sólo un verdadero nazi sabe tratar a un miserable como yo. Soy una larva. Soy un excremento con patas.

ENERO, 1

He pasado las fiestas traduciendo a Simenon. Ser escritor catalán es penoso. No da ni para comprar el periódico. ¿Se acabará esta situación el día que alcance el prestigio?

¡El prestigio! ¿Dónde se compra? ¿Qué imbécil, entre tantos imbéciles, me otorgará de una vez el famoso prestigio?

19. LAS VENECIAS

Era la mañana de la tercera noche veneciana. Nos despertamos con ánimo de charla que William Cumingham aprovechaba para buscar, en la caída de la Serenísima, más discursos plagados de moralejas. Los edificios aparecían empapados por colores de exultante tenebrismo. El accidente meteorológico que aplastaba las reliquias urbanas sólo permitía un presente decrépito. Desde hacía tres jornadas, la oscuridad no era la anomalía que clausura el curso de las cosas, sino una nueva habitualidad de Venecia, una mortaja insospechada que cubría los edificios desiertos, siglos ha, porque sus espectros salieron rumbo a un veraneo sin retorno. Y los ojos negros de Lleonard —o azules, como quiere Barcelona— todavía proyectaban sobre nuestro paseo la ironía de los secretos demasiado góticos.

Resultaba absurdo preguntar la hora. ¿Era el desayuno lo que acabábamos de tomar? Una noche auténtica cubrió nuestro sueño. La noche artificial hacía incomprensible el despertar. Los límites se diluían en una promiscuidad desconcertante.

—¿Qué hora será? —preguntó William.

—No lo sabremos. Es posible que nunca volvamos a saberlo. Quizás el mundo esté terminando hoy sobre Venecia.

Sentados tras los cristales de cualquier cafetería decimonónica, el pensamiento de cada uno engendraría una batalla de conceptos que se perdía en los irresueltos remolinos que se producen en el capuccino cuando lo agita la cucharilla. Con los ojos fijos en ese lago de café que la leche o la crema albean, la dinámica no se dirige a parte alguna y la intimidad se niega a acompañarnos. En cambio, la caminata, inquieta, obligará a las palabras a salir de nuevo, empujará el recuerdo de Lleonard a invadir la voluntad del oyente; provocará, en resumen, un juego. Porque esto era y no otra cosa aquella larga conversación con William Cumingham. Un juego endemoniado, tramposo, innoble a veces; un intercambio de subterfugios, un combate de preguntas omitidas y respuestas silenciadas.

—Yo caminaba junto a Jordi Lledó. Los ojos de Jordi Lledó, lo recuerdo bien, eran oscuros como sus cabellos, y me miraban fijamente, como si quisiesen atravesarme. Ningún espíritu de los que acompañan mis paseos nocturnos por Atenas consigue provocar una sensación tan incómoda de sentirme juzgado.

—¿Por qué te obstinas en hablarme de ese Jordi? —exclamó William, nervioso—. Sólo me importa Lleonard, en aquella ciudad y aquella década. Lleonard, por fin soberano. O que empieza a serlo. Porque hay muchos Lleonards, lo estoy comprobando.

—Sólo hay uno —insisto yo—. Lleonard portavoz de una verdad única. ¿Tanto te aterroriza, que necesitas a muchos para exorcizarle?

—Lleonard múltiple. Lleonard retablo. Sus rostros vuelven a multiplicarse. Su moral es ambigua...

—Es una y sola. Como él mismo. Cínico y basta. Frío y calculador...

—... y apasionado y tierno, sí. Dulce y canalla, pienso. Rubio y moreno. Y yo todavía lo recuerdo con los ojos negros pese a que los barceloneses le encontraban los ojos tan azules.

—Rostro único. La perfección de las esculturas helénicas. Ningún misterio.

—No. Rasgos imperfectos, descoyuntados: su belleza impresiona porque hace publicidad del caos.

—Lleonard-Venecia, pues. No te lo niego. Pero vuelvo a decir: *too gothic*. Le acompañan percusiones bárbaras. Le aureolan escandalosos ecos de un melodrama barato. El peor Donizetti.

—Emerge magnífico, medieval, ruskiniano, amo y señor de la admiración general, en cualquier puesto del Día del Libro. Consagra la mitificación de la década, con su atuendo acaso otomano, acaso paquistaní.

—¡Qué imagen tan barata quieres venderme!

—Esclaviza mi voluntad con el impacto de su juventud proclamada a los cuatro vientos, acariciada por el perfume de las rosas que son el gran símbolo de la jornada. Sant Jordi exige la rosa a la par que el libro, pero la tradición se altera con la presencia de Lleonard convertido en el caballerito de una corte de fábula.

—No te engañes. Alquila su juventud para facilitar las ventas de su libro. Es la juventud prostituida.

—Una corrupción poética del Mediterráneo y de todos sus significados, envía Rambla arriba una brisa que le agita la cabellera, larga y esponjosa como la de un paje del Renacimiento y negra como exigen los putos de Caravaggio.

—Cabellera rubia como correspondía a la imagen exótica que mejor pudiese promocionar la editorial de cara a las mecanógrafas, las bibliotecarias y las amas de casa que comprarán el libro junto a la rosa, imaginando que es Lleonard quien se la entrega con un pensamiento de amor.

—El exotismo del atuendo que le han endosado las de Coll-i-Be admira y escandaliza a partes iguales; lo primero a los modernos, lo segundo a los carcas. Y él levanta la mirada con arrogancia y pregunta a sus admiradores a nombre de quién ha de dedicar el libro.

—Nada de arrogancia. Lo hace con la más encantadora de las sonrisas. Con esta mediocre novela, está vendiendo su amabilidad.

—¡Es la revelación del año, imbécil! Es consciente de las puertas que está abriendo a la cultura.

—Las mismas que está cerrando a su sinceridad. Tú y yo sabemos que nunca volverá a ser sincero. Y éste es el Lleonard único, el que yo sé.

Retomamos el caudal de colorines que preside la conjunción de tantos elementos dispersos por los decorados de la Sereníssima. El aire, mezclado con la humedad que surge, pringosa, desde el fondo de la Laguna, solidifica multitud de vapores que se disuelven en un color tan sospechoso que parece nieve veraniega. La evidencia del caos pictórico (pues nos hallamos en el interior de un lienzo inmenso) querría acostumbrarnos a prescindir completamente de la luz. La abstracción temporal me saca de quicio, el presente ilógico me confunde, escapo, furioso, del dominio de mí mismo, me siento irracional no bien consulto el reloj y me percato de que la misma noche de los tres últimos días nos esconde la realidad de la mañana, incluso imposibilita el mediodía. ¿O acaso ya nunca volverá la certeza de la hora precisa, la razón irreprochable de los imperios de la luz en el momento que exige la lógica y no otro?

Pero la lógica narrativa no se cuenta entre las virtudes de la memoria, y menos de una memoria tan agitada como la de William Cumingham. Era capaz de volver atrás, de ir mucho más allá de las mitificaciones propuestas por las cintas de Barcelona e insistir en un Lleonard tan primitivo que sólo podía ser suyo. El Ur-Lleonard, para ser exactos.

—Es el de Londres, sí, el de aquel año 65, cuando empezábamos a vivir la intensidad de nuestra década. Imagínate por un momento a ese Lleonard que sólo yo poseo, ese que no puede ser de nadie más. Sé que lo tengo, perdona, estoy bien seguro, presumo de saber que nadie llegó a conocerlo como yo, que ninguna persona, ni de la cultureta ni de la Gauche Dorée, vio cómo sus cabellos negrísimos iban creciendo, cada vez más largos y ensortijados, adecuándose a la moda que la década empezaba a exigir. Nadie como yo vio su nacimiento al mito de la modernidad; un mito que, después, encontraría su réplica en una Barcelona obsesionada por asimilar la vida que en otras geografías se producía con la naturalidad de un itinerario histórico no interrumpido... ¡Ah, él tuvo ese poder de asimilación mucho antes que su ciudad! Londres empezó a dictarle unas modas sin las cuales nunca habría sido Lleonard y él las acató sin el servilismo que convertía a muchos otros en esclavos destinados a desaparecer no bien el tiempo empezase a renovarse. Las divertidas fluctuaciones de la moda le permitían alternar los trajes grises o de cheviot, perfectamente conservadores pero ceñidos a la altura del pecho, con los pantalones pata de elefante y culo estrechísimo. Y, con todo, era lo bastante listo como para no abusar de esas manifestaciones que estaban alterando el curso del eclecticismo...

Bajo las bóvedas de los áureos palacios, peripuestos pajecillos solían disponer mesas inmensas sobre cuyas delicias inclinábanse los cuellos emperifollados de los altos dignatarios, mientras las damas, de escote opulento y enormes mangas de seda recamada, permitían que los esclavos negros, tocados con turbantes de satén, las aireasen con abanicos de plumas teñidas de púrpura. Los candelabros eran de oro, los cubiertos de plata, los cortinajes de rebuscado damasco, los efebos brunos y de mirada oscura como el Lleonard que William recordaba. Imponentes cardenales, de mantos carmesí ribeteados con armiño blanco, descendían por escalinatas de mármol presididas por gigantescos búcaros de terracota mientras enanos vestidos de lamé argentado sostenían las colas de las cortesanas, sobre cuyas testas se encumbraban complejos trenzados que empezaban a rivalizar con las columnas salomónicas...

—... Él vestía con una extravagancia justa, poseía el sentido preciso de lo elegante mucho antes de llegar a Barcelona con unos tejanos raídos y un sucio jersey por todo llevar. El equilibrio de su físico correspondía al término medio que era, en todo, su virtud natural. Se gastaba el sueldo en ropa clásica de la mejor calidad, tanto detestaba que, al salir del trabajo, los londinenses intuyesen que era un *parvenu*. A veces consentía en ser un retrato de su Edad del Sueño Pop. Imagina por un momento el voluble, constante cambio de las formas y elogia al punto su habilidad para asimilarlas en la medida de su conveniencia. Frecuentó todos los lugares de moda, clubs, pubs, cavas, cinemas *classic*, conciertos y los mil y un *parties* que concluían de madrugada, en algún apartamento privado. La década le entregaba un mensaje nuevo, rutilante, y él lo recogió con avidez, dispuesto a transmitirlo al mundo. Colores, música, vestidos, filmes, drogas, bares y restaurantes, todo formaba parte de un sueño que él estaba destinado a convertir en literatura...

Las procesiones de Gentile Bellini, los desfiles que exhibirían sus fastos bajo los grandes balconajes, las faldas bordadas con rubíes y esmeraldas, los mantos de terciopelo que serpenteaban sobre los mosaicos bizantinos de las grandes basílicas, todos pudieron contener a Lleonard en el momento de ser evocado, pero nunca cuando estaba vivo. Como los carnavales resplandecientes que remontaban el tráfico expectante del Canalazzo, Lleonard pronto será una memoria muy débil y poco más.

¿Acaso no sería así, como una hipócrita escenografía manierista, la Barcelona que Lleonard encontraba a su regreso de Londres? Era, efectivamente, la Barcelona que recibía las costumbres estrepitosas de la década con los corazones abiertos de par en par, como si después de siete siglos le devolviesen los añorados consulados alejandrinos. O así lo creía William Cumingham:

—Eran precisamente los consulados de la imaginación, los que me esperaban en la parte elegante de la ciudad. La boutique Coll-i-Be representó durante unos años el símbolo de una moda completamente innovadora, que combinaba el *seny* y la locura en un cóctel que, para un extranjero, siempre resultará inclasificable. Las suntuosas escenas retratadas por los *veduttisti* venecianos, se transmutaban ahora en el desquicio de ropas y bisutería, preferentemente de origen exótico, que llenaban a modo de zoco todos los rincones de Coll-i-Be. Además de un almacén de caprichos, era el punto de encuentro de los miembros más destacados de la Gauche Dorée y madriguera de muchas conspiraciones en materia de artes plásticas, sobre todo las que se decantan hacia la vanguardia y las que proponen la recuperación del arte popular, principalmente la alfarería.

»Sostenían la batuta del negocio dos personajes insólitos y cautivadores: la señora Roser Viuviu y la señora Magda Cabrerols. La primera ofrecía el aspecto de una exploradora de las culturas más exóticas, con cuyos productos se adornaba o, mejor dicho, se recargaba, porque era difícil encontrar en cualquier tribu salvaje hembra negra, india o mixteca que pudiese soportar sobre su cuerpo tantos colgajos de hierro en sus formas más diversas, complejas y, conviene decirlo, pesadas. Roser Viuviu era, en síntesis, un museo etnográfico viviente. En cuanto a Magda Cabrerols, parecía una excelente dama burguesa que se hubiera modernizado acortándose la falda, pero sin apartarse un ápice de su clasicismo de casta. De cualquier modo, ambas mujeres eran precursoras de algo que aún no ha sido estudiado.

»¿Estudió alguien, sin embargo, la década *pop* en Barcelona? Vuelve a ser tarea de arqueólogos.

»Mientras contemplaba los atavíos hindús-aztecas-tuaregs de la incomparable Roser, reconocía que tenían razón quienes creyeron en una Barcelona completamente original; la Barcelona que resucitaba pletórica en formas desmadradas, en explosiones hipermodernas tan desconcertantes bajo el viento mediterráneo, tan inexplicables a los pies del Tibidabo...

20. COLL-I-BE, BOUTIQUE DE LO MÁS «IN»

Me sabe mal, darling, pero estos días andamos atrafagadísimas, es que no te lo puedes imaginar: con el cansancio que llevo de Marraquech, esperaba pasarme unos días en Port Serrat, tendida al sol, tipo lagarto, pero nada, aquí me tienes, a formar filas, porque la boutique, si bien puede decirse que marcha sola, necesita todo el día alguien que atienda a la parroquia y tenga garbo para dar palique a los amigos; y Magda, mi socia (la conocerás dentro de nada, ha ido a tomarse un carajillo), pues a la pobre le ha caído encima todo el trabajo de la semana que he pasado en la morería, y mañana mismo se larga a Port Serrat, que ya le toca. Y, mira, lo de las tierras lejanas forma parte de los viajes que es obligado hacer, porque otra cosa que la boutique exige es la renovación de novedades (lo último, lo *in*, lo super) y este año tenemos una demanda loca, sobre todo de artículos exóticos, muy bien acogidos por la parroquia que es de lo más consumista, tal vez demasiado porque llegará el día en que no tendré tiempo para ir a renovar a Marraquech, con los niños que crecen tan de prisa y mi marido, que es tan mirado, tan del orden, y la casa que acarrea más problemas que un cuartel (no tenemos chacha, porque queda burgués, sólo tres asistentas y dos *baby-sitters*); además está la vida social, que no puedo descuidar de ninguna manera y esta ciudad, ahora en verano no tanto porque los acontecimientos *in* tienen lugar en Port Serrat, pero dentro de un mes, con la *rentrée*, ya será de locura, venga presentaciones de libros y discos y los espectáculos de teatro-Kabaret y el viaje del Decamerone, que este año será muy sonado porque nos llevan a Las Vegas a ver eso de la arquitectura electrográfica, que es lo más tope del tope entre los arquitectos jóvenes, y de paso nos detendremos en Nueva York para hacer compras y ver *Hair* y *Oh, Calcuta!* ¿Tú las has visto? Sí, claro, hace tres años. Es que aquí, con lo del franquismo, ni *Hair* ni *La rosa del azafrán*, como quien dice. Volviendo a lo mismo: que en la *rentrée* esta ciudad será la paranoia. Pero ¿crees que, mientras, tenemos un minuto de descanso? ¡Uy, qué va! Pasado mañana se casa Virginia Canals (la Cani, para los amigos) y es una ceremonia superíntima (sí, hombre, por lo de él, que estaba casado y se ha pasado dos años haciendo la Sacra Rota y, mientras, la Cani ha tenido el niño); bueno pues, aun siendo íntimo el bodorrio, no sé cómo se las arregla la gente, que se presenta todo el mundo y, claro, no va a ir desnuda, la gente; pues, hala, a Coll-i-Be y, además, avisando dos días antes. De paso, Lucrecia do Cangaceiro, Flo Serret y Lola Roger, en fin, todas las que se dedican a cosas editoriales, se preparan para la Feria de Frankfurt (la del libro, darling, la del libro) y a una habrá que acortarle la falda y la otra quiere una chilaba de las últimas que he traído y la de más allá un conjunto de cuero; porque las mujeres de esta ciudad, emancipadas todo lo que quieras, pero a la hora de vestir quieren lo último, no vaya alguien a confundirlas con las de Madrid, que son tan horterillas y están tan *out*, todo lo contrario de esta boutique, que más *in* no puede ser. Sin ir más lejos, ahora mismo tengo en el probador a las hijas del doctor Rull... ¡Excuso decirte! Intelectuales ni pizca, seguro que en su vida han cogido un solo libro, pero una de las mejores familias de Barcelona: dinero, no saben el que tienen. Sí, looove, sí. Hace ya una hora que están revolviendo el género. Son capaces de llevarse todas las novedades y me harán quedar fatal con las íntimas. Claro que quien llega primero y paga contante y sonante tiene derechos adquiridos; me tocará hacer otro viaje a Marraquech, y mira que empiezo a estar harta; la primera, la segunda, incluso la tercera vez, una maravilla, no voy a negarlo, pero ahora me da más pereza que yo qué sé. La temporada próxima, al Japón, que parece que lo japonés vuelve y si no vuelve tranquilos, que lo haremos volver.

»Ay, mira, ya está aquí Magda. Nena: ¿lo tuyo era un carajillo o una paella valenciana? ¡Dios mío! ¿Nini Llopis? ¡Qué casualidad! ¡Suelta, suelta! ¿Has podido saber lo del cáncer? Ya puede negarlo, ya. Para mí que lo tiene. Sí, mujer, la familia se lo esconde pero ella tiene una cara de cancerosa que para qué. Tú haz como quien no lo sabe: todavía dirán que ha salido de la boutique y nos tratarán de chafarderísimas.

»Ahora que caigo, tú querrás ir al grano, darling. Lo sabemos todo, lo sabemos todo: nos lo ha contado Guillem Esteba, que estuvo aquí a primera hora de la tarde; viene muy a menudo, todo el mundo viene a menudo a darnos conversación, de otro modo no sé qué haríamos Magda y yo (¿verdad Magda, que no sabemos qué haríamos?); créeme: estar al frente de un negocio da tanto aburrimiento como quebraderos de cabeza, y mira que de éstos llega a dar; suerte que entre tantos amigos y conocidos no tenemos tiempo de aburrirnos: ahora se deja caer uno, después otro, a veces varios de golpe y todos tienen algo que contar porque esta ciudad es un nido de noticias; no es que sean importantes fuera de aquí, nada explosivo, no creas; como el cáncer de Nini, que nunca ocupará la cabecera del *New York Times* porque, en Manhattan, lo que sobran son cánceres de matriz, pero aquí un *little* cáncer puede ser explosivo, ¿no ves que nos conocemos todos?; a veces lo difícil es no escuchar, y no es que siempre guste, porque lo que han llegado a oír esas paredes Dios quiera que no me venga la mala idea de ponerlo en un libro, que entre reputaciones derrumbadas y suicidios instantáneos, no te digo yo, no te digo yo. Guillem Esteba es de los que pasan a diario, como vive tan cerca, pero últimamente lo veo muy desmejorado, pobrecito; él pretende que no, pero yo se lo noto; el otro día lo comentaba con Magda, comentábamos: «¿Verdad, tú, que Guillem ha envejecido mucho, en cosa de dos o tres meses?»; los demás pueden decir lo que quieran, pero no tenía tantas arrugas y, además, le cuelga la papada que parece un pavo de Navidad (sí, Magda, tiene papada, por eso quiere dejarse barba), además se le nota como marchito y dicen que bebe los vientos por un actorcillo del Teatro Popular; pero, créeme, esto también es señal del drama que le ha tocado pasar, que los dramas se los pasa cada cual como buenamente puede y unos se quedan encerrados en casa un año seguido (como Chineta Lluch cuando la plantó el fotógrafo italiano) y otros corren detrás de los primeros pantalones que les salen al paso. Y es que, mira, lo de Lleonard nos ha dejado a todos que es una cosa que no se puede explicar; a todos menos a *la Castellona,* que hasta dirías que le han quitado un peso de encima y ahí la tienes más fresca que una rosa y escribiendo artículos necrofílicos un día sí y otro también; no es crítica, ¿eh?, que es comentario; además, ¿qué quieres criticar, si él ya está muerto? Mira, mira: aquí tenemos la última fotografía que nos hicimos con motivo del viaje del Decamerone a Roma (Nabuca Daiano alquiló un avión especial y vimos *Midnight Cowboy* y fuimos a bailar al Pipper's toda la gente de Barcelona; los importantes, quiero decir, el resto de la población no); como puedes ver, todos nos disfrazamos de romanos imperiales y lucíamos de pena, todos menos Lleonard, que si te fijas parece un emperador jovencito de lo bien que le sentaba la clámide y la corona de laurel: claro que no puede decirse sólo de esta foto, toda la ropa le sentaba de maravilla, daba gusto vestirle, al revés de muchos que llegan forrados de dinero pero cuando les pones un sari hindú o un chaleco armenio (¡todo auténtico, todo auténtico!) pues parecen perdularios, porque todo el mundo se atreve a vestirse *in,* pero después se encuentra una con los modelitos y las tonterías llevadas por unos saldos de gente que es un descrédito para el negocio; y eso con Lleonard no ocurría, sólo un poquito al principio, cuando todavía frecuentaba a los de la cultureta y aparecía siempre sin afeitar (¡con lo feos que quedan los rubios sin afeitar!) y sólo tenía un jersey raído, unas botas de *cowboy* y unos *jeans* para todo llevar; pero Guillem Esteba lo tomó por su cuenta, lo cambió de arriba abajo y él venga a estrenar ropa carísima (¿verdad, Magda, la de duros que costaría el vestuario de Lleonard?); de todos modos no nos interpretes mal, no pretendemos decir que todo saliese del bolsillo de Guillem, Dios nos libre de suponerlo siquiera, porque esto sería como tratar a Lleonard de chulo de putas y nosotras ponemos la mano en el fuego para asegurar que un chulo de putas, lo que se dice un chulo de putas, no lo era en absoluto; pero que de la noche a la mañana se encontró con un vestuario que costaba una fortuna, esto va a misa; y, mira, de todos modos sabía lucirlo, parecía un baronet tanto si llevaba una galabeya del Nilo como un vestido de *El dique flotante*, aunque justo es decir que recibía mensualmente el *Vogue Uomo* y el *Arbiter*, que así ya podía inspirarse, como también hace Ventureta Serra, uno de nuestros decoradores más famosos (¡ahora dirigirá cine, como todo el mundo!); siempre va hecho un figurín, Ventureta, y te lo digo sin el menor interés, que al fin y al cabo no se viste aquí, pero es muy amigo y también viene a cotillear; fue precisamente él quien llegó corriendo para darnos la noticia de la muerte de Lleonard, que nos quedamos de piedra y Magda tuvo que tomarse un coñac, porque es muy sensible... y yo también lo soy, no vayas a pensar, pero he aprendido a endurecerme con la de cosas que he visto en Marraquech, con tanta miseria, hijo, y tantas desigualdades sociales a la vuelta de cada esquina; recuerdo que una vez vi cómo un land-rover atropellaba a un moro tercermundista y, mira, cuando has visto una cosa así, pues no te queda más remedio que endurecerte... Y Magda también ha visto cosas muy fuertes, no creas (explícale lo de la yaya de Túnez y el escorpión mortífero, Magda) pero un muchacho que muriese tan joven y tan guapo (porque era guapísimo, ¿o no lo era Magda?), pues es el tipo de muerte que te deja KO y por eso nos extrañó que Ventureta estuviese más contento que unas pascuas y nos quedamos las dos de una pieza cuando le oímos exclamar: «Esta puta de Lleonard ha recibido su escarmiento»; con franqueza, no era el momento más apropiado para expresar su despecho, y conste que no lo decimos sólo nosotras, cuando lo comentamos en riguroso secreto con Fede Vergés, tanto él como las otras veintiséis personas de la reunión lo encontraron muy poco elegante y acusaron a Ventureta de ser una maricuela muy rencorosilla y adujeron que si Lleonard le había robado a Guillem era *pour cause*, porque el difunto era un bomboncito y el otro tiene aquel color como cenizo y además es medio jorobado; pero los pocos partidarios de Ventureta alegaron que era muy noble de su parte lamentarse de que Lleonard le estuviese sacando tanto dinero a Guillem, y aquí es donde saltamos nosotras ¿verdad, Magda?, porque es lo que decíamos siempre: ¿qué va a hacer Guillem con tantos caudales?; porque si bien se mira tiene que estar forrado (¿tú cuánto le calculas, Magda?); antes, cuando sólo llevaba autores españoles, no lo estaba tanto, pero desde que se pusieron de moda los sudamericanos se ha comprado la casa de Port Serrat, que es un palacio, los dos áticos en Pedralbes, que son de cine, la masía de Palafrugell, que ni los Grimaldi, y además tiene acciones en no sé cuántas editoriales; y es lo que decíamos Magda y yo: para tener tantos posibles y pasarse las noches buscando por los bares de maricones y al día siguiente venir a llorar como una perra pues era preferible que tuviese a Lleonard como un rey que, además, el chico se lo ganaba, porque para aguantar a Guillem se necesita mucho estómago (no digas que no es un histérico, Magda) y sobre todo porque Lleonard era un cielo. ¿Sabes aquel tipo de personas que te las meterías en casa?, pues así, tan de ley era y sobre todo tan fiado, como demostró cuando, teniendo el problema económico resuelto (ya me dirás qué le faltaba, Magda) dejó plantado a Guillem para casarse con Blanca Alcover, que aunque su familia tenga una fortuna tampoco son los Lloyd's de London; a nosotras nos tocó desmentir a muchas lenguas picoteras durante la fiesta del casorio que, si he de serte franca, mejor no haber ido porque todo lo que pasó después ya se veía venir (¿verdad, Magda, que nosotras dijimos antes que nadie que aquello no podía durar?); ahora es feo decirlo, porque el infeliz ya cría malvas, pero las hizo de todos los colores, con *la Castellona*, Guillem y Lola Roger, los dejó con un palmo de narices, con lo mucho que le querían, y digo yo que si obró así con personas de tanta experiencia (que los tres han corrido la Ceca y la Meca y el Valle de Andorra) pues ya me dirás qué no haría con una *al·loteta* que no sabía nada del mundo; y eso que nosotras la avisamos (¿verdad, Magda, que se lo dijimos?) pero ella estaba tan enamorada que, mira, como quien oye llover; se iba probando el vestido de la ceremonia (se casaron de «pop», Lleonard vestido de Ivanhoe y Blanca como Vanessa Redgrave en *Camelot*); viendo que no nos hacía caso, Magda y yo venga a repetir si se lo había pensado bien y que todavía estaba a tiempo; eso sí: sin decir una sola palabra contra Lleonard, a quien queríamos tanto que le habríamos hecho de alcahuetas si nos lo llega a pedir. Pero no vayas a pensar que hacemos de alcahuetas.

¡Y ahora! Lo que nos faltaría, bastante trabajo tenemos. Y eso que ocasiones no han faltado, porque conocemos a todo el mundo (ya te he dicho que, por Coll-i-Be pasa el *tout*, arquitectos, esposas de escritores, modelos, fotógrafos, todo el mundo). Para que veas que si no hacemos de alcahuetas es porque no queremos, sólo te diré que el otro día vino un psiquiatra muy conocido (no des nombres, Magda, que después todo se sabe), y pretendía que le arreglásemos un *rendez-vous* con Lolón Fonoll que tiene al marido escribiendo en Port Serrat y ella, mientras, pendoneando en el Decamerone; y nosotras, que de tan buenas somos tontas, en vez de hacer la vista gorda nos pusimos éticas y nos negamos a dar el teléfono de Lolón, que bastante embrollada está con Josep Maria Rius sólo faltaría que todavía lo embrollásemos más y se supiese que Chusi, la mujer del psiquiatra (muy buena clienta, muy buena clienta), se entiende con el marido de Lolón, el dichoso Paco, de quien no quiero hablar, no quiero hablar, ya te lo contarán en Port Serrat, tienes que subir a Port Serrat, este fin de semana estará todo el mundo; también estará Lola Roger y como sin duda sabrás, ella y Lleonard, en fin, qué te voy a contar, si precisamente a causa de aquel asunto acabó turulata la pobre Blanca, con el marido pegado a las faldas de la otra y ella, pobrecita mía, obligada a acostarse con todo el mundo, de lo contrario los sofisticados habrían dicho que era del año de maricastaña y una reaccionaria y una retrógrada y todo lo que decían si un matrimonio no aceptaba la libertad sexual (sí, Magda, esto es la libertad sexual, ¿qué demonios creías que era?); todo el mundo quería practicarla, sobre todo en las fiestas de Mariona Remull, una de las cuales se hizo muy célebre porque todos los invitados estaban borrachos o emporrados y Mireia Taulet, a quien después acusaron de anticualla, se molestó mucho porque Mariona Remull fingía una torcedura de tobillo para conseguir que Pere Roig (el marido de Mireia, hombre) le hiciese masajes encima de la cama y mientras tanto Toni Llofriu y Jeroni Bru hacían cositas en la cocina (vamos, que follaban, ¿verdad, Magda, que él se la tenía bien metida?) y la Isabeló Brunet y Ricardito Suñer, con la excusa de que él quería enseñarle los planos de un water de diseño, se estaban magreando en el estudio de arriba y con todo esto Mireia Taulet, que es de lo más celosa y hacía rato que vigilaba a Pere Roig y a Mariona, se puso hecha una furia y empezó a gritar: «¡Coño! ¡A mí me dirán reaccionaria, pero a esa hijaputa le quito las ganas de joder para un año seguido!»; entonces fingió que tenía mucho cariño a Mariona y le dijo: «Ven, ricura, que te haré yo unas friegas que se te irá el dolor de golpe» pero en lugar de hacerle friegas, le retorció violentamente el tobillo y gritaba: «¡Te vas a joder con tu marido, gorrina!» y la otra venga a llorar y todo el mundo intentaba separarlas, pero en aquel preciso instante se oyó en la calle una perdigonada y era Guillem Esteba con un fusil en la mano, que quería suicidarse por amor, pero de tan grifado como iba fallaba todos los tiros y gritaba: «¡Lleonard, Lleonard!» y junto a la puerta se oía también a la pobre Blanca, que venga a llorar y a gritar «¡Lleonard, Lleonard!» y la Magda y yo, que somos muy sensibles a esos desgarros del corazón, corrimos a consolarla, en la seguridad de que los demás ya se consolarían solos, que están muy hechos al pendoneo y en cambio ella no, pobrecita, tan dulce e indefensa y tan enamorada de su maridito, que estaba pelando la pava con Lola Roger en el malecón y, mientras, la infeliz de Blanca nos confesaba, entre llantos, que había hecho un matrimonio más blanco que su propio nombre y las pistas de Baqueira Beret, así como lo oyes, ella y Lleonard no habían consumado el matrimonio y Blanca sufría lo máximo al ver que con ella no funcionaba su machito y en cambio con Lola Roger, sí; claro que esto no lo supo nadie, pero puedes tener toda la certeza del mundo, menuda es la Roger para ir con alguien que no funcione y además que no iba engañada porque todo el mundo sabía que Lleonard era maricón, aunque nosotras, mira, siempre desconfiamos de que lo fuese del todo; claro que se había tirado a Guillem (sí, Magda, seguro que se lo tiraba él, porque Guillem siempre ha sido muy mujer), pero esto no quiere decir nada porque conocemos a muchos maricones que están casados y bien casados (¿te acuerdas, Magda, del doctor Garduix, que tenía dos hijos y sin embargo se lió con aquel ebanista?); y además Lleonard debía de ser muy potente en lo del sexo, lo digo por el instrumento, que no puedes imaginar lo enorme que era;

nosotras lo sabemos porque en una fiesta de Nabuca Daiano jugábamos a las prendas y le tocó desnudarse a él y todos nos quedamos viendo visiones hasta el punto que pensamos si no sería efecto de la marihuana, que dicen que aumenta los tamaños. A nosotras no nos gusta hablar de esas cosas, que por algo tenemos dos maridos que son las torres de la Sagrada Familia, pero no nos hará creer Lola Roger que, con aquellas medidas tan gigantescas, sólo hablaba con Lleonard de literatura. Y mira cómo era el niño que todavía obligaba a la pobre Blanca a ir con otros hombres porque decía que, si se negaba, serían tratados de fascistas y esto de ninguna de las maneras, porque la pobre Blanca podía ser algo sosita (sí, Magda, un poco sosa sí era; una cosa no quita la otra), pero siempre actuaba en actos progresistas y cantaba en las manifestaciones y puso música a los poemas de Mao, que aquel año quedaban de lo más *in*; pero, mira, con Mao o sin Mao, al maridito se lo follaba la otra, que era más larga, y ella venga a sufrir porque adoraba a su Lleonard y después de aquella noche vino cada día a la boutique, a llorar como una Magdalena y en más de una ocasión coincidió con Guillem Esteba, que también abría el grifo y créeme que entre los dos nos montaban cada numerito que era un no vivir y la gente se hacía cruces porque normal, lo que se dice normal, no lo era, eso de encontrar a dos personas llorando en una boutique donde todo el mundo está siempre como unas castañuelas; y las ropas, sombreritos y collares y tambores y trompetas tibetanas que vendemos podrán ser cualquier cosa menos tristes y por eso le hemos puesto un nombre de lo más divertido y que además nos viene de primera porque introduce un elemento popular de los que ahora se llevan: Coll-i-Be, que equivale a jugar a los caballitos y la gente siempre bromea preguntando si es la Magda la que hace de jamelgo y yo de jinete o viceversa, de manera que continuamos mondándonos de risa y pensando que la vida son tres días y no nos afecta ni el frío ni el calor ni que algún cabroncete venga a tratarnos de hijaputas. Que en esta ciudad siempre hay quien te lo dice, como le ocurrió al pobre Lleonard en el famoso asunto de la jardinera japonesa de la Banca Catalònia. ¿No estás al corriente del caso? Pues busca a alguien que te lo cuente, nosotras tenemos que cerrar la barraca porque hoy se celebra un *vernissage* de arte conceptual y no podemos faltar porque estará todo el mundo. Sí, Magda, sí, todo el mundo sin excepción. ¿No ves que el arte conceptual es lo más *in* del momento? Y cuando Roser de Coll-i-Be dice que algo es *in* o algo está *out* pues, mira, es el evangelio. Igual que cuando dije: «Eso de la jardinera japonesa de la Banca Catalònia traerá cola.» Y a ver si no tuve razón. Que te lo cuente Melita, que hizo las fotos. Y si no consigues localizarla, pregunta al banquero Jordi Piñol y a los otros Padres de la Patria. Pregúntales, pregúntales sobre la jardinera japonesa de la Banca Catalònia, y quedarás bien servido.

ES CIERTO QUE LA VIDA son dos días, no hace falta licenciarse en filosofía para descubrirlo, y Barcelona lo comprendió sin recurrir a sus dudosos filósofos. Los años sesenta declararon abierto el compromiso entre pensamiento y espectáculo y, muerta la década, quienes la habían protagonizado seguían viviendo de sus logros o imposturas e intentaban rescatarlos desesperadamente, tanto en sus formas de diversión más barrocas como en las del barroquismo especulativo más desenfrenado. Como bien había dicho Oriolet de Manllé, en todos los ambientes reinaba un confusionismo lúdico y expectante a la vez. Pese a todas las crisis, cada noche del verano deparaba la posibilidad de entrar en contacto con grupos nuevos, tendencias diversificadas, rivalidades en permanente ebullición, esa carga de heterodoxia no reconocida sin cuyo concurso resultaría imposible comprender la inquietante ubicuidad del gran útero barcelonés.

Mientras la Gran Madre se abría de piernas para que yo la penetrase con mi incesante curiosidad, las de Coll-i-Be se dignaron introducirme en sus ambientes y Núria Valls en los suyos. Pasaba así de los *hauts lieux* de la noche barcelonesa a la intimidad de los escritores jóvenes, con su vida más modesta y supervivencia irregular, como la propia Núria Valls. Una noche me hallaba discutiendo sobre *body art* en el Decamerone y a la siguiente cenaba en el seno de un hogar progresista con la inevitable reproducción del *Guernica* en el comedor y discos de revolucionarios sudamericanos a guisa de permanente música ambiental. En el Decamerone me sentía arrullado por una decoración que pretendía transportarme al Maxim's de la Belle Époque; en cambio, en los hogares de la intelectualidad progresista se me helaba el ánimo entre espacios vacíos, paredes blancas, corredores de estanterías metálicas sobrecargadas de libros de bolsillo, cerámica popular y ponchos peruanos sobre un modesto sofá que podía convertirse en catre si urgía esconder a algún camarada del País Vasco.

En esos apartamentos de la progresía, mi encuesta se negaba a avanzar. Era evidente que Lleonard no llegó a conquistarlos, como hiciera con los de la Gauche Dorée y, si lo hizo, perdió todo vínculo con ellos cuando empezó a ser famoso. Ni el éxito ni la fortuna son perdonados por quienes se quedan en el lugar que el triunfador dejó vacante, y todos aquellos amigos de Núria Valls eran el equivalente de lo que fuese Lleonard cinco años antes. Cuando no hablaban de política o de las quisicosas de la cultura catalana, polemizaban sobre las miserias del intelectual en una sociedad masificada y obtusa. El inesperado desafío que representaba la irrupción de la sociedad de consumo todavía dominaba todas las teorías y quienes no aceptaron integrarse lo pagaban con una marginación que se añadía a la propia de todos los clanes cerrados.

Continuaban, así, mis noches barcelonesas, excursiones siempre repetidas por los recovecos más intrincados del útero magnánimo. Podía ocurrir que, en algún restaurante, coincidiese con Oriolet de Manllé acompañado de algunos periodistas de *Tarde/Exprés* o bien con *la Castellona* y sus muchachitos del Teatre Popular o con Nuriona Valls rodeada de gente del Partido. Ella era un contacto que yo procuraba evitar, sin ser consciente. No tenía nada en contra; antes bien la encontraba simpática y lo que de ella había leído me interesaba bastante. Incluso podía llegar a admirar sus exigencias de honestidad, pero tenía algo que me obligaba a permanecer en continua tensión. Tal vez fuese la insistencia de su ortodoxia, acaso su obstinación en recordarme a cada momento los elementos más trascendentes de la vida. No podíamos hablar de nada que no acabase por ejercer una influencia decisiva sobre el devenir universal. Y dentro de aquella obsesiva concienciación destacaban, naturalmente, la cultura catalana y sus avatares. Hablando con Núria Valls no podía dejar de recordar en todo momento que estaba escribiendo un libro y que ella preparaba diez artículos a la vez.

Un buen día me llevó a cenar a un restaurante popular —era inevitable— situado en la parte alta, la antigua villa de Sarrià. Yo buscaba información sobre las experiencias de Lleonard en el seno de la Gauche Dorée, pero ella, siempre ideóloga antes que cotilla, se limitó a abominar rotundamente de aquella forma de vida. En lo que a Lleonard se refiere, sólo dijo: «¡Lástima de chico!» Era evidente que consideraba su fortuna como una desgracia. En tales condiciones, comprendí que no conseguiría sacarle nada más que reproches.

—Me gustaría hacerte comprender que tu encuesta está equivocada de base... —dijo, contundente.

Pese a todo, hablaba con acento muy dulce y sin dejar de coquetear. Como sabía que yo no pico con las mujeres, deduje que su coquetería era un fin en sí misma. En el fondo era una encantadora niña mimada que se esforzaba por hacerse mayor.

—Desde la época de Lleonard han ocurrido muchas cosas importantes —siguió diciendo—: cosas vitales para el futuro de Cataluña y el resto del Estado español.

Me eché a reír. Sus ojos eran bonitos y ella lo sabía. No necesitaba que nadie le enseñase a utilizarlos.

—Sé que me hablarás de la lucha antifranquista —dije, sin dejar de reír—. Y también sé que, acto seguido, abogarás por el triunfo del proletariado universal.

—No me atrevería a tanto en una sola cena. Pero si te molestas en analizar el panorama, comprenderás que tu libro no puede limitarse a la exaltación de una figura individual. ¿A quién puede interesar el caso de Lleonard? Nuestra historia contemporánea es mucho más apasionante.

—Pero en Inglaterra no vende —dije, secamente—. Para convertir a Cataluña en *best seller* necesitaríais que la dictadura cometiese acciones más espectaculares. Deberíais comprarle a Franco una guillotina, pagándola a medias con los vascos. Esto os valdría la portada del *Times*.

Ella no acababa de entender mi ironía y, para demostrarlo, recitó una extensa sarta de nombres heroicos y sucesos estremecedores: un encierro de intelectuales en los Capuchinos y otro en Montserrat; el conmovedor macrorrecital poético en el Gran Price; las angustias de la política hecha en la clandestinidad; las asambleas de estudiantes en la Autónoma; los ultras atacando el local de la Gran Enciclopedia; la fundación de la Asamblea de Cataluña; el esfuerzo de conjunción de todas las fuerzas democráticas... Y acabó sugiriéndome que, en vez de hablar de Lleonard, entrevistase al presidente Tarradellas en su exilio de Saint-Martin-le-Beau.

—No creo que los de Sibyl Books aceptasen el cambio —dije, decididamente aburrido—. Ellos quieren a Lleonard. Y cuanto más mítico quede, mejor.

Era inútil hablar de mitos con Núria Valls. Se negaba a la imaginación, se aferraba obstinadamente a la realidad decidiendo sin duda que si la mitificaba perdería eficacia. Naturalmente, yo había oído hablar de los sucesos que me contaba y de muchos más. A buen seguro que en cualquier otro momento me habrían apasionado. Pero aquella noche era imposible. No salía Lleonard.

De otro lado, me preocupaba la historia que él vivió y, dentro de ella, un personaje que podría ser yo mismo en traducción barcelonesa. Me refiero a Guillem Esteba. Faltaban tres días para nuestra cita. El solo hecho de conocerle me mortificaba profundamente. ¿Quién podría reprochármelo? Las heridas de un amor insatisfecho reaparecían al cabo de los años. Guillem Esteba había sido el amante de Lleonard y yo, en cambio, no conseguí nada de él. El muchacho de 1965, en Londres, fue perverso; el difunto de 1974 volvía a serlo. Después de muerto, me enfrentaba a un contrincante. ¡Y qué contrincante! Me lo mostró de lejos Núria Valls, cierta noche de Liceo. Una función especial fuera de temporada. No podía encontrarse un marco más adecuado para ver a aquella locaza por vez primera.

No quería mirarle para no rabiar. Así, como te lo digo: igual que una modistilla. Era más práctico seguir los lances amorosos de don Carlo y Elisabeta di Valois. ¡Vana ilusión, por cierto! Más que lances, diríanse hachazos contra el prestigio de Giussepe Verdi.

El espectáculo era apenas un pretexto para que las señoras luciesen vestidos supuestamente bonitos —algunos daban risa; otros, vómitos— y las pollitas encontrasen algún novio a la altura de su excelente condición. Según me contó Núria Valls, existe en Barcelona toda una generación de niñas bien que acabaron por odiar la ópera a causa de aquella época en que sus padres las obligaban a permanecer en el palco, intentando atraer las miradas de los galanes más o menos elegibles.

Pero elegir un galán de la Barcelona pija es algo que se parece mucho al suicidio. De aquí que aquellas burguesitas se me antojasen cadáveres en potencia.

De vez en cuando, atendía a la representación con el fin de contar a mis amigos operísticos de Londres aquella increíble cabalgata de desastres escenificados: un bosque de papel que temblaba al paso del tenor, una plaza gótica en el Madrid de Felipe II, cuatro focos que, por mal disparados, dejaban a la soprano a oscuras, un coro que entraba a la buena de Dios y una orquesta que sonaba como si los maestros estuviesen despellejando a una tribu entera de gatos callejeros. Pero todos elogiaban los esfuerzos de la propiedad privada, que permitía la celebración de unas temporadas únicas en España y de vez en cuando rompía la hucha para pagar los precios desorbitados de alguna figura de fama internacional. Esas ocasiones, por cierto escasas, hacían las delicias de un público entendido y exigente que se repartía por las localidades de los últimos pisos y veíase obligado a sufrir las impertinencias de quienes sólo iban a exhibirse. De todos modos, resulta inexacto llamar impertinencia a lo que era auténtica grosería. Los propietarios de los palcos no paraban de hacer ruido. Entraban y salían en plena representación, ya para cenar en el Círculo, ya para recibir a sus amigos en el antepalco. En esas reuniones pretendidamente refinadas los buenos burgueses de Barcelona reían y conversaban clamorosamente y, en resumen, convertían la representación en una caja de resonancia que permitía combinar el aria de una Éboli con los gritos propios de las verduleras enriquecidas. De hecho, eran unos burgueses pésimamente educados. Si *maman* llega a estar en el Liceo los habría insultado con gran desprecio.

Por los pasillos o por el Salón de los Espejos paseaban algunos mariquitas de élite. Su presencia era un índice del espíritu permisivo de la ciudad: en plena dictadura, el Liceo se convertía en un mercado de la carne tácitamente reconocido y aceptado. Sabemos que en todos los teatros de ópera del mundo abundan los mariquitas, pero los del Liceo podían presumir de un privilegio que los hacía especiales: venían a la ópera desde niños, se hicieron mayores en sus palcos y a partir de un momento determinado irían envejeciendo en ellos. El Liceo había sido un parvulario y estaba a punto de convertirse en un geriátrico. Pero acogía a los nombres más conspicuos de la mariconería barcelonesa de clase acomodada: desde Fede *la Waleswka* —por la Garbo— hasta Joe *la Delfín Verde* —por imitar a Lana Turner—, pasando por *la Saltitos* —porque se rompió un brazo esquiando—, *la Sabrina* —porque era esquelético como Audrey Hepburn— y la gran *Lulú Belle,* que se parecía a Dorothy Lamour cuando hacía de mala. Todos llevaban motes de los años cuarenta o cincuenta y sólo los más jóvenes se atrevían con referencias más inmediatas, aunque sin arriesgarse a un exceso de modernidad. Así, a Ventureta Serra lo llamaban *la West Side Story* —por su dinamismo—, a Raul Piulach *la Darling* —porque era rubio como Julie Christie— y a Rubencito Albertí *la Carmen Jones,* porque de tanto tomar el sol en Sitges se había quedado negro.

Y, naturalmente, estaba Guillem Esteba a quien llamaban *la Librera* a causa de su oficio.

Lo clasifiqué inmediatamente y sin el menor asomo de piedad. Era el típico homosexual maduro que se empeña en conservarse a toda costa y a cualquier riesgo: iba bien vestido, bien encorbatado, bien calzado y no digo bien peinado porque se estaba quedando calvo. Tenía papada, como me anunciaron las de Coll-i-Be y un barrigón que empezaba a ser indiscreto. Dicen que no era así cuando lo conoció Lleonard, pero yo me negaba a creer que fuese mucho mejor. En resumen: lo consideré un personaje completamente vulgar, a quien no quedaba otro remedio que adorar a alguien, porque nunca encontraría a nadie que le adorase a él.

Ahora comprendo que mi primera impresión era excesivamente implacable, producto de unos celos que llegaban con mucho retraso y conseguían la censurable proeza de atentar contra mi objetividad. Así me lo hizo ver uno de los mejores amigos de Guillem Esteba. Se trataba de un reputado melómano, hijo de una de las grandes familias venida a menos tras la muerte del padre y la sucesiva quiebra de sus negocios. No era un caso extraordinario en la historia de la alta burguesía barcelonesa, y aquel nuevo amigo, Joaquim Más, tampoco resultaba un caso atípico. Todavía vivía de la exquisita educación que recibiese cuando la familia era potente, y la aplicaba en trabajos que requerían elegancia, cultura y *savoir-faire*. Pero si ha de pasar a la pequeña crónica del homosexualismo más selecto es porque cada sábado celebraba fiestas de hombres solos en cuyo curso irrumpía la inmortal *Lilí Barcelona*. Que no era sino el propio Joaquim convertido en dama mundana, cosmopolita y un punto cínica que siempre llegaba del Liceo, tomaba una copa de Moët Chandon mientras comentaba la representación con los invitados y se despedía a toda prisa porque a la mañana siguiente tenía que conducir hasta Montecarlo o aquella misma noche le esperaban otros quince compromisos sociales en distintas casas de la ciudad (todas ellas principales).

Como sea que algún escritor catalán cantó la gloria de *Lilí Barcelona*, me limitaré a decir que quedé convertido en uno de los más fervientes admiradores de la dama y en amigo íntimo de Joaquim Más. En una de aquellas reuniones de hombres solos, él o *Lilí* o ambos a la vez se empeñaron en rectificar parcialmente mis primeras impresiones sobre Guillem Esteba. Y si bien es cierto que tanto a *Lilí* como a Joaquim les encantaba criticar —¿y a quién no, en este tipo de fiestas?— tenían asimismo la especialidad de suavizar la situación cuando alguien se había excedido en sus críticas. Que es, precisamente, lo que yo acababa de hacer.

—¿El pobre Guillem un personaje vulgar? —exclamó *Lilí* o Joaquim—. Chiquilla, no hay para tanto. Nunca ha sido Miss Universo, pero tampoco está de derrumbe. Al contrario, no para de ligar. Y no vayas a pensar que es de los que compran chaperos andaluces. *Jamais!* Le gustan refinados. Del Liceo para arriba. Sí, guapa, es de los que meten mano al paquete de los pipiolos mientras en el escenario se desgañita la Montse. ¿Te extraña lo del ligue? *Parbleu!* ¡Ahora me tocará explicarte cómo se mariconea en el Liceo! Mira, coges tu entrada y te quedas detrás de la platea, mezclado con los demás. No tienes pérdida porque sólo hay locas. Todas buscan lo mismo. Hay mucha carroza suelta, pero siempre puedes llevarte algún filete. Guillem, que es muy señora, tiene abono de toda la vida (como yo, irlandesita, no vayas a pensar) pero deja a sus primas en el palco y baja a mezclarse con los del «asunto». De todos modos, eso de ser aventurera no le hace feliz. Es de los que siempre esperan que les caiga un amor eterno. Yo se lo tengo dicho y repetido: «Tú folla, guapa, y déjate de hostias.» Pero, mira, cuando liga con uno ya piensa en el matrimonio. Por eso ha tenido tantos divorcios: más que la Hedy, la Judy y la Lana juntas. Cuando conoció a ese Lleonard perdió el rumbo. Iba de culo, pobre Guillem. Me parece que fue la primera temporada en su vida que se tragó una ópera entera, porque el rubio era un esnob de esos que fingen disfrutar con la música y no quería moverse del palco ni a tiros. Era muy largo, ese escritorzuelo. Sabía perfectamente que tenía la sartén por el mango. Dominaba al pobre Guillem. Para evitar la competencia, le prohibía que tratase con chorbitos más jóvenes que él. Bueno, lo de «pobre Guillem» es un decir, porque el tal Lleonard estaba como un tren. Ya lo quisiera para mí. Piensa que soy la gran *Lilí Barcelona*, la auténtica reina del Liceo y todavía es el momento que pueda tirarme un biendediós de aquel calibre. Oye, nena, tú que eres irlandesa: ¿no sabrás por casualidad si Sean Connery entiende? ¿Es escocés, Connery? Ay, mira, que sea lo que quiera, pero dime de una vez: ¿le va la marcha o no le va la marcha?

Al día siguiente de la fiesta de *Lilí Barcelona*, Roser de Coll-i-Be me depositaba a la puerta de la Agencia Literaria Guillermo Esteba. Antes de poner el coche en marcha, me recomendó afectuosamente:

—Trátamelo bien. Piensa que es el único maricón que tenemos en la Gauche Dorée.

Así supe dos cosas: que la Gauche Dorée no frecuenta el Liceo —sus miembros son demasiado modernos— y que el señor Esteba ocupaba entre todos ellos el lugar de privilegio reservado a las rarezas auténticas. Era una pieza de museo y como a tal decidí tratarlo mientras él me dirigía una mirada de desconfianza, hablando con un deje de rencor muy parecido al que yo sentía. Pero decidimos conducirnos con cierta finura, porque a fin de cuentas, también yo soy el único maricón reconocido en el amplio espectro de hispanistas y catalanófilos que pueblan los ámbitos universitarios de la todavía eficaz Europa.

21. GUILLEM ESTEBA, «EL GANIMEDES»

Le agradeceré que prescinda del desorden. Estamos pintando la parte delantera, y nos hemos visto obligados a sacar los libros almacenados durante dos o tres años. Aquí los tenemos, a montones, hasta que el trapero venga a recogerlos. Es el triste destino de los libros que envejecen demasiado de prisa, o los que no hemos podido colocar a nadie. Cada vez nos llegan más títulos del extranjero. Sólo faltaría tener que devolverlos al remitente. Algunos son puro disparate. Dígame usted a qué editor puede interesar una historia de la apicultura en el estado de Louisiana. Por supuesto, mi obligación es averiguarlo. Reconozco que a veces es agotador. De todos modos, no me quejo: es un trabajo divertido; de lo contrario, no lo haría. Con el título de abogado en el bolsillo, podría montar un gabinete y ahí me las den todas. Pero, si he de serle sincero, le diré que no me resultaría tan rentable, porque este negocio funciona, al menos mientras dure el *boom* de los latinoamericanos: tengo algunos que son una auténtica mina y a cambio de sus obras puedo colocar toda la mierda que viene detrás. Este negocio es como las cestas de Navidad: si quieres que te agradezcan una vulgar lata de aceitunas, has de tener la astucia de mandarla acompañada de un par de barras de turrón de primera calidad. Pero, no me pregunte mi opinión sobre los autores que vendo. No puedo opinar. El negocio es el negocio. Yo a vender, y de literatura que hablen los literatos.

»Pero creo que usted desea otra clase de información. Mire, lo tengo anotado en mi agenda personal: «Llega el Guillermo de Londres. Tema más probable: ¡¡Lleonard!!» Con doble signo de admiración, ¿ve? ¡Así que es el Guillermo de Londres! El niño me habló de usted en alguna ocasión... más de las que yo deseaba, para serle franco. Creo recordar que se conocieron hace tiempo, cuando él no existía como escritor ni nada parecido. Un tanto a su favor, amigo. O quizá al mío, depende, porque yo me lo beneficié en el momento culminante, cuando era un tope y no el aprendiz de muchas asignaturas. Acerca de usted sé lo que él quiso que supiera. Lleonard no se andaba con chiquitas. Borró todas las historias que no le convenían... pero nunca he logrado descubrir si eran muchas. Varias, sí, por supuesto. ¿Era usted una de ellas? Debí tragarme la preguntita. De todos modos, él no se limitó a esconder un pasado: poco a poco, mientras se creaba a sí mismo, iba borrando todo lo que vivía. Pensándolo bien, estamos empatados, Guillermo de Londres. Empatados en el sentido de que ambos carecemos de toda importancia. Nos borró a los dos: primero a usted, porque llegó antes; después a mí, porque se dirigía al encuentro de alguien. ¡Empatadísimos! Así pues, ya no podemos competir; le haré el favor que me pide y le explicaré *deux ou trois choses que je sais de lui.*

»Me quedo corto. Sé muchas cosas de Lleonard. Guardo un archivo de cada uno de mis representados. Carpetas con los contratos, las críticas, e incluso las facturas personales: piso, coche, teléfono, todo, porque a algunos latinoamericanos, cuando vienen a Barcelona, les llevo la vida. El archivo de Lleonard es el más completo. Contiene críticas, noticias de carácter mundano e incluso fotografías dedicadas de los personajes importantes que iba conociendo. Por supuesto también están los panegíricos publicados a raíz de su muerte. La verdad es que muchos de esos artículos son inservibles de cara a una promoción internacional: son demasiado catalanufos, involucran a Lleonard en una problemática puramente local, una serie de tinglados que no interesan a nadie más allá del Ebro. Los reportajes que lo presentan como un *fils du siècle* me resultan más útiles. ¡Oh, sí: el joven romántico, el incomprendido, el solitario, el rebelde indomable...! En fin, la rehostia.

»¡Lleonard! Le hablaré de él todo lo largo y tendido que desee y, créame, lo haré con sinceridad y sin rencor. Tratándose de él, es difícil no sentir rencor y, encima, ser sincero. Pero, a cambio, usted me prometerá no utilizar mi nombre. Compréndalo: conviene velar siempre por el negocio, y Lleonard es uno de los más prósperos (sudamericanos aparte). Su muerte ha conseguido lo que parecía imposible: hacerlo más comercial. Asquerosamente comercial, ésa es la verdad. Llegan a pedirme libros suyos que no valen nada, los que son pura fórmula, pastiches de sí mismo. Ha llegado un momento en que ya no vendo los derechos de traducción de una obra, sino la posesión de un cadáver amado. De todos modos, creo que eso era lo que él pretendía. Necesitaba que lo quisieran bajo cualquier pretexto. Era un maestro en el arte de hacerse querer. Dominaba el secreto. Usted, Guillermo de Londres, seguro que lo sabe. En fin: los cuatro últimos años de la vida de Lleonard están en esas carpetas. Busque, si quiere, y mastúrbese a gusto, si le place.

»La primera carpeta la rotuló él mismo. Vino a recogerme una noche que teníamos Liceo. Siempre me quedo un par de horas más en la oficina porque no puedo fiarme de esas chicas (muy eficientes, sí, pero no les pidas iniciativas). Como le estaba diciendo, Lleonard vino a buscarme y, mientras me ponía el smoking, se entretuvo curioseando el archivo. En seguida advirtió que no represento a ningún autor que escriba en catalán. Considero que llevan a cabo una resistencia muy conmovedora; pero yo vendo literatura, no trincheras. El negocio es el negocio y, si me viene la desdichada idea de contratar un libro en catalán, dígame a qué editorial extranjera lo ofrezco, a no ser que salga algún sibarita como usted, de esos que se dedican a hacer traducciones voluntarias para que cuatro especialistas se relaman de gusto.

»Mientras me hacía el lazo, Lleonard recitaba los nombres de escritores barceloneses que represento: todos escriben en castellano, lo que les ha valido la animadversión de los catalanufos (así llamamos en la Gauche Dorée a los de la cultureta). Aquella temporada se llevó mucho la polémica sobre si esos escritores de expresión castellana pero nacidos en Barcelona tienen derecho a ser considerados catalanes. Una polémica de ámbito doméstico y, además, para minorías, porque el público prescinde olímpicamente de estas cuestiones. Pero Lleonard pedía mi parecer, justamente cuando sólo faltaba una hora para que empezase *Manon* y, además, en un día de tráfico infernal (recuerdo que andaba cerca la Navidad). Él insistía. Le dije abiertamente que no creía en la cultura catalana; la considero envarada, vieja, nada provocativa. En el fondo, también él era de la misma opinión; pero existía alguna extraña fuerza que lo arrastraba a defender aquella olla de grillos y, peor aún, a meterse en ella. Creo que, en este aspecto, era un iluso. En sus relaciones con la cultureta fue sincero, no lo niego. Durante los primeros tiempos de nuestra amistad, todavía era muy ortodoxo y frecuentaba con asiduidad a los catalanufos, lo cual contribuía a embrollarlo más y más. En las capillitas de la barretina le llamaban «el converso» debido a su desaforado entusiasmo. Era el mismo que demostraba aquella noche, mientras en lugar de arreglarme el lazo me lo desbarataba. ¡Dale con que yo tenía el deber de ayudar a quienes escribían en mi lengua! Me acusaba de renegado. Yo me defendía con los razonamientos que acabo de exponerle y con otros que ahora no vienen al caso.

»Entonces cogió un rotulador y una carpeta vacía y escribió su nombre. «¡Ya tienes un autor que escribe en catalán!», exclamó. Me hizo gracia. Además, no me dio opción a discutir. Me abrazaba hecho unas mieles, como sabía hacer cuando se proponía. Me susurraba al oído que las desgracias de mademoiselle Manon se la traían floja. Nos olvidamos completamente del Liceo. Fuimos a mi apartamento y escuchamos Cole Porter hasta que él se quedó dormido, a mi lado, con aquella expresión tan suya, mitad de angelito mitad de bufoncete. Yo percibía el contacto de su piel, y le aseguro que nunca me había encontrado con algo tan cálido, tan suave. Era como un sueño. Pero, no se asuste: no fuimos a más. Ni yo me atrevía ni él lo deseaba. Un beso y punto... pero, ¡vaya besazo!

»Al día siguiente, Laura, mi secretaria personal, archivó la carpeta con el nombre de Lleonard. No se permitió comentarios. Quizá advirtió que yo estaba más alegre de lo habitual. Pero era más que alegría: estaba enloquecido. Aunque nunca utilizase la carpeta recién rotulada me ponía al servicio absoluto de su titular.

»Mejor nos tuteamos. La verdad es que eso de encontrarse con la réplica de uno mismo en versión irlandesa no ocurre muy a menudo. Además, vete tú a saber cómo acabará esta conversación. No quisiera reproducir el caso de las películas extranjeras *spanish version*. Sí, hombre, los personajes se tratan de usted y, después de un corte de la censura, se lanzan al «tú» con una facilidad que, a quienes no los hemos visto follar, se nos antoja ridícula. Porque es evidente que dos Guillermos hablando de Lleonard pueden terminar en la cama sin intervenciones de la censura. En todo caso de la policía pero, a estas horas, estará ocupadísima registrando hogares más comprometidos que el mío.

»Decíamos que, con Lleonard, todo era fácil. ¡Oh, sí lo fue! Más de lo que imaginaba cuando lo veía de paladín de *la Castellona* y comentaba: «¿Cómo es posible que este rubito tan fabuloso ande con esta vaca?» Aquí, en Barcelona, circulan pocos niños tan rubios. Cuando descubres alguno, supones que se trata de algún diosecillo griego, y perdona la cursilada. Después resultó que Lleonard, de griego, nada; y, de diosecillo, menos. Estaba al alcance del primero que tuviera poder para colocar una gacetilla en cualquier periódico. No hablemos, pues, de los editores. Pero reconozco que eso sólo ocurría en el aspecto estrictamente profesional: en cuestiones de cama, nadie pudo acusarle de un solo desliz.

»Finalmente, coincidimos en un vernissage. Además le pescaba sin *la Castellona* pero el muy tunante no se decidía a ponerse el cartel de «libre». Llevaba colgada del brazo a una de esas pedorras que tuvieron cierto éxito en la canción catalana, porque además era feminista radical, pero un buen día se afeitó el bigote y ni su madre volvió a acordarse de ella. Esa noche se presentaba un montaje de arte de *environment* a cargo de Telònius Martínez, un flipado que estaba armando el gran cirio al demostrar todas las posibilidades artísticas que puede generar la combinación entre un alambre, un neumático y un póster del Che. En el vernissage estaba todo el mundo. *People who really counts*, ¿me explico? Fotógrafos, escritores, pintores, arquitectos, la prensa, gente del cine y del teatro... la gran Barcelona de los años sesenta, aquella Barcelona resucitada donde Lleonard sería un personaje importante y, quizá, de los más significativos.

»Tendrías que haber vivido la posguerra para comprender lo que aquel resurgir significó para todos nosotros. Hasta entonces, cuando alguien quería divertirse, no tenía más remedio que coger el portante e irse a Madrid o, los más sibaritas, a París. Decíamos: «Barcelona está muerta, Madrid es más capital», y cosas por el estilo. De repente, en cosa de dos o tres años, el juego se invirtió: los intelectuales de Madrid llegaban en peregrinación a Barcelona y se bajaban los pantalones ante el aire de cosmopolitismo que aquí respirábamos. Uno se sentía superior cuando aquellos trogloditas exclamaban: «Barcelona está más cerca de Europa, de hecho es Europa; sois más libres, más modernos, más la hostia.» Escuchar tales alabanzas constituía uno de los grandes placeres de Lleonard que, de acuerdo con una polémica muy del momento, llamaba a los intelectuales castellanos «los de *la berza*». Le encantaba llevarlos al Barrio Chino, al Molino, a ver los travestís del Copacabana, a todos los locales, cuanto más guarros más divertidos, que contrastaban con un Madrid triste, atrasado, escorialense... Tienen a Franco residiendo a cuatro pasos, pobretes. Seguro que esta vecindad resulta nociva para la salud.

»Volviendo al vernissage: no fue Telònius Martínez quien me presentó a Lleonard, sino Jordi Araulell, el pintor conceptualista que precisamente entonces coqueteaba con los de la cultureta. Acababa de realizar la escenografía de una *Antologia de poesia de combat*, o cualquier otro rollazo por el estilo, de esos que las compañías de teatro independiente nos imponen cada dos por tres (¡son la pera!, tachan de reaccionario a quien se niega a soportarlas). Como pintor, Jordi no es precisamente un genio, pero estuvo de moda durante mucho tiempo porque pasó por la cárcel. Cierto que fue por casualidad. La bofia lo confundió con su hermano gemelo, que es de Comisiones, pero el caso es que el pobre Jordi las pasó canutas, así que tiene su prestigio muy bien ganado, y, ¿qué quieres que te diga?, pintores infinitamente más chapuceros que él han vivido del cuento, sin torturas físicas y por el mero hecho de ser *compañeros de viaje*. Yo mismo lo fui, porque, de lo contrario, quedabas *out of fashion*.

»La noche que me lo presentaron, Lleonard sostenía una conversación ejemplar con Ghislaine, la mujer del cineasta Salvador Riudoms, heredero de Lácteos Riudoms.

Ella es francesa y multimillonaria (aún más que el marido), pero respira barcelonismo-leninismo por los cuatro costados, lo cual dice mucho en favor de sus simpatías. La conversación entre Lleonard, Salvador y Ghislaine era apasionante: los tres aducían las razones de peso que los habían arrastrado a abominar del Partido. Ella se sentía muy ofendida por la represión de la Unión Soviética en el asunto de la Primavera de Praga, y Salvador se resistía a renunciar a la línea experimental de su cine y, más aún, a que los suqueros lo tacharan de escapista en las reuniones celulares. De modo que había decidido cambiar el nombre de su yate y, en lugar de *Pudovkin*, le pondría *Preminger*.

»La actitud de Lleonard se basaba en razones de superior solidez ideológica: censuraba al Partido por demasiado blando. En su constante ambición de prestigio, fue lo suficientemente listo como para acertar el momento exacto en que uno quedaba mejor sintiéndose desilusionado que llevando el carnet en el bolsillo. Y eso tenía mucho mérito, porque él no perteneció al Partido ni de lejos.

»Después de aquel primer encuentro, yo deseaba verle de nuevo. Por desgracia, no frecuentábamos los mismos ambientes. Es comprensible. Para la gente sofisticada de Barcelona, un chico que, por fanatismo o chifladura, había decidido escribir exclusivamente en catalán, no ofrecía demasiadas garantías de convertirse en alguien indispensable: un nombre que cuente. Los de la Gauche Dorée hablaban normalmente en catalán, pero pocos consideraban que esta lengua pudiese ser un vehículo cultural de gran alcance. En el mejor de los casos, era una forma de diferenciarse de los piojosos de *la berza*; pero, si se imponía elegir una lengua de expresión literaria, preferíamos el castellano sin lugar a dudas. En cuanto al idioma oficial del Decamerone era el internacionalismo. Todo aquel que no fuese cosmopolita, era pésimamente considerado. O nadie le consideraba, que es peor.

»Entonces, la Barcelona europeísta estaba obligada a vivir la noche. Los más bebedores castigaban el hígado con un último güisqui, que en realidad eran diez; los inquietorros se dejaban caer por la librería del Drugstore, en busca de lecturas fáciles para antes de dormir (generalmente cómics y alguna ciencia-ficción). A última hora, las tendencias se bifurcaban y los del «ambiente» (las mariconas, vaya) seguíamos Ramblas abajo, hacia los bares del Barrio Chino, abiertos hasta altas horas de la madrugada; pero también podíamos acabar en el Copacabana, donde actuaban travestidos que no resultaban excesivamente caros. A aquellas horas el local estaba lleno hasta los topes, de manera que a los que no nos gusta pagar podíamos conseguir un ligue de último momento, en intentonas a veces desesperadas. Yo siempre confiaba en encontrarme con Lleonard, pero era una esperanza irracional, porque nada indicaba que fuese entendido, sobre todo considerando que vivía con *la Castellona*. Pero Jordi Araulell dijo que ésta era precisamente la mejor prueba: «Después de acostarse con esa foca, cualquier chico se vuelve alérgico a los coños para los restos.» Aunque se trataba de una razón irrefutable, nunca encontré a Lleonard en los locales de alterne. Pero su recuerdo me dominaba. Cada vez que descubría a algún chorbito rubio de espaldas, iba a su encuentro para verle la cara. Era inútil. Ninguno era como él. Y, aunque no podía recordarle con precisión, sí sabía que era único.

»Por fin consiguió localizarlo Fede Vergés, un abogado de mucho renombre, hijo de una de las mejores familias de la ciudad (Paños Pol: sobran palabras). Fede tenía conexiones con los catalanufos porque estaba liado con un poeta asiduo de *la Castellona*. Le pedí que, a escondidas de esa zorrona, arrastrase a Lleonard al Decamerone; le costó porque el niño estaba traumatizado a causa de una experiencia desastrosa: ¡le habían prohibido la entrada en dos ocasiones! El detalle me enterneció, sin sorprenderme. Todo el mundo sabe que, en aquella época, el Decamerone era superselectivo. La *crème de la crème* aterrizaba cada noche y, dado que a partir de determinada hora de la madrugada el local estaba de bote en bote, los porteros se veían obligados a elegir entre dejar en la calle a un cliente habitual o negar la entrada a los de la chusma. En lo que a Lleonard se refiere, ten presente que, hasta que lo cogí por mi cuenta, vestía de manera desastrosa: unos tejanos que se tenían tiesos de puro sucios, la camisa desabrochada hasta el ombligo (¡en pleno invierno!) y una chaqueta de cuero llena de *badges*.

Al Decamerone se puede ir de esport, pero a condición de que seas tope, porque ya se sabe que la gente con clase puede parecer un caballero aunque vaya de mendigo. Si te apetece, después de cenar, nos pasamos a por un güisqui, así podrás comprobar personalmente lo que te he dicho. Pero no te hagas demasiadas ilusiones: estas exigencias de finura pertenecen al pasado; ahora el Decamerone abre sus puertas a cualquier pelón. Acabará como el Drugstore: al principio era un local que señalaba el índice de la modernidad más selecta; pero, al cabo de un año, era pasto de los piojos resucitados: grupos familiares, chupatintas, dependientes de comercio, reclutas, y, a altas horas de la madrugada, putones, chulos y esa clase de mariconas de clase media que todo lo abaratan. Una noche, Toni Llofriu, la diseñadora, se quitó las gafas oscuras que toda ninfómana debe usar desde que las lució Anouk en *La dolce vita*. Tras observar la barra del Drugstore abarrotada de gentuza, la Toni soltó una frase destinada a hacerse célebre: «Chicos, aquí ya no se puede venir.» Significaba, claramente, que una nueva época empezaba para los bares de moda.

»Todo iba muy de prisa. El mundo se había vuelto extraordinariamente veloz. Vivíamos inmersos en una fiebre de cambio constante. La década estalló un poco más tarde que en Londres, y es cierto que era de importación; pero, de todos modos, nos llegaba mucho antes que a los del resto de la península. Devorábamos con avidez la libertad que se nos concedía después de una adolescencia triste y lúgubre, después de una imposibilidad de ser jóvenes que nos había marcado profundamente.

»En tales circunstancias, el juego de Lleonard se ramificó con la misma velocidad que impulsaba los cambios de la década. No existía tecla que no tocase y, mientras pulsaba astutamente las del prestigio, empezó a tantear las que dictan la moda. Le presenté a algunos modernos, sí; pero en honor de la verdad, debo reconocer que supo conquistarlos él solito, ya que, como te he dicho, no necesitaba padrinos. Tenía la fórmula secreta para estar siempre al día. Acababa de dejar de lado el marxismo dogmático. A partir de entonces, esgrimió el arma que tanto los eclécticos como los desencantados estaban esperando: el intelectualismo que coqueteaba con la percepción *camp* y se acogía a una mitomanía, sentimental y analítica a la vez, capaz de mezclar Conchita Piquer con Marcuse para conseguir un no va más de penetración sociológica. Jaleado por un ambiente que favorecía aquel tipo de eclecticismo, aprendió a polemizar sobre literatura con los críticos, sobre arquitectura con los arquitectos, sobre moda con los modistas, sobre cine con los cinéfilos, y, cuando los fotógrafos le oyeron hablar de Cappa, Weston y Avedon, empezó la irresistible ascensión de Lleonard a los altares de la moda.

»Y todavía nos preguntábamos qué novedad podía aportar.

»No tardamos en enterarnos. Recuerdo que estábamos en el Tramontana de Port Serrat, tomando el aperitivo frente al mar, como cada domingo. Todos habíamos sido invitados a la presentación de una novela escrita en catalán *(Morir a Xangai)* original de aquel bombón que Fede Vergés se trajo al Decamerone un mes antes. El local elegido para la presentación era un centro parroquial de un barrio obrero. Recuerdo que Marquitos Llopis dijo: «Esos catalanufos siempre serán unos ramplones.» A Marquitos se le escuchaba; vamos, que tenía audiencia porque una vez, en Nueva York, cenó con Andy Warhol, y cuando Capucine estuvo en Barcelona le hizo de guía por el Barrio Gótico. Fue, pues, Marquitos quien decidió que la elección del local quedaba muy *new yorker*. Recordó que, la temporada anterior, Minifac Steiman patrocinó la presentación de un poeta watusi en un matadero de Brooklyn. Digan lo que digan, el catalán no resulta tan exótico como el watusi; pero no deja de ser una rareza. Así pues, acordamos que mezclarse con la fauna de la cultureta en un centro parroquial quedaba de lo más salvaje.

»Como te he dicho, la carta del catalanismo no era la ideal para conquistar la estima o la admiración de la Gauche Dorée. Lleonard podía aspirar a que lo aceptáramos, y a divertirse con nosotros, pero no a que lo leyéramos. Todo cuanto publicase estaba destinado a un mundo pequeño y ramplón que en modo alguno nos concernía. En realidad, sólo leyeron sus primeros libros quienes pertenecían a las familias más arraigadas en la pequeña historia de la ciudad. Los demás esperamos la versión castellana y, en algunos casos, la francesa. Con esto quiero decirte que el prestigio alcanzado por Lleonard entre los de la Gauche Dorée fue únicamente social o perteneciente al ámbito que, dentro de la carrera de cada cual, podemos calificar de «accesorio».

»Por si lo ignoras, te diré que la carrera, el oficio tal como se entiende en la Barcelona sofisticada, reviste unas características muy peculiares. Un arquitecto, un escritor o un pintor pueden gozar de alta consideración sin necesidad de que su obra se conozca, ya que, desde un punto de vista social, la obra es lo que menos importa. No se trata del concepto inglés de *career*, con el que nombráis un itinerario que conduce al éxito en la propia especialidad. Aquí, la especialidad es un título a exhibir, un *matter of fact* que debe acompañarse con los «accesorios» que conforman una aureola especial, aquel *something little extra* sin cuya posesión no se llega a nada. Un arquitecto que no ha publicado un artículo sobre literatura norteamericana en alguna revista *beat* será pésimo como constructor de edificios sólidos, y, siguiendo la misma regla de tres, un poeta que no escriba sobre arquitectura o un fotógrafo que no sea experto en novelística sudamericana son sospechosos de ser poetas pésimos o fotógrafos ineptos. Por otro lado, los accesorios favorecen que el arquitecto, el poeta y el fotógrafo aparezcan en las revistas y en los periódicos, preferiblemente si no hablan de arquitectura, poesía y fotografía. Y es, por supuesto, impensable que los tres no aspiren a dirigir una película de vanguardia.

»Teniendo en cuenta que he necesitado diez años para comprender estos principios fundamentales, considero una proeza que Lleonard los captase en tres noches de Decamerone, un vernissage y dos inauguraciones de boutiques. Aplicando sus conocimientos con mano maestra, convirtió la presentación de un simple libro catalán en la noticia del día. Y me consta que se lo montó él solito, porque el matrimonio Llompart, tan lúgubres, tan poco amantes de sensacionalismos, habrían rechazado violentamente la idea sin estudiarla siquiera.

»De hecho, la señora Llompart profirió un grito de horror cuando cuatro monjes encapuchados se abrieron paso transportando un ataúd, cantando el *Dies irae* y empuñando cada uno de ellos un cirio pascual. Huelga decir que el prólogo prometía. Los invitados nos apartamos hasta formar un estrecho pasillo por el que avanzaba la tétrica comitiva. De repente, se apagaron las luces. Siguió una confusión de las de no te menees. Todo el mundo gritaba, todo el mundo corría a tientas. Entonces se encendió un foco rojo y vimos que los miembros de la comitiva accedían a un pequeño escenario y, con singular devoción, depositaban el ataúd en el suelo. Cuando se abrió, todos empezamos a gritar como la señora Llompart pero, al contrario que ella, estábamos encantados y aplaudíamos entusiasmados. Porque, del interior de aquel receptáculo de la muerte, salió Lleonard, dando un salto espectacular. Y nunca mejor dicho lo de «espectacular», ya que se exhibía casi desnudo. Por todo atavío lucía un diminuto tanga de piel tigrada, como los de los modelos de las revistas eróticas para hombres. Y a fe que estaba bueno, el muy bribón. Un cuerpo perfecto, untado de aceite, que parecía de bronce. Mientras permanecía inmóvil, diríase que era una estatua clásica. Pero el efecto no duró mucho pues, de repente, se oyeron las notas tristonas de un célebre violoncelo: los altavoces emitían *El Pessebre,* interpretado por Pau Casals, que es uno de los mitos intocables del catalanismo. En aquel momento, aparecieron dos *go-gos* vestidas con bragas y sujetadores de metal a lo Rabanne. Los habituales de Port Serrat aplaudimos a rabiar porque las modelos eran Ingeborg *la Parsifala* y Cuquita *la Psicodélica,* que se prestaron al acto por amistad a Lleonard y porque, además, se lo querían follar, las muy cerdas. Él brincaba de un lado a otro del escenario, contorsionándose al modo de los ritmos africanos o improvisando movimientos muy parecidos a los del acto sexual, mientras los monjes de la comitiva mortuoria arrojaban libros a la concurrencia, con gran disgusto del matrimonio Llompart, que son muy tacaños y no regalan un mal libro ni a la prensa.

»El carácter báquico que la fiesta iba adquiriendo los horrorizaba aún más; horror, por otro lado, lógico en unos editores que habían profesado voto de castidad. El señor Llompart corría entre el público, soltando insultos. Temí que matara a Lleonard a golpes de rosario. La señora Llompart aparecía medio desmayada entre el director de *Lo Sputnik Català* y *la Castellona* que, por primera vez, censuraba en público una actuación de su amante. Xavier Roldà las pasaba canutas para contentar a los dos bandos: tenía que hacer creer a los catalanufos que reprobaba aquel acto, y, al mismo tiempo, pretendía convencernos, a los modernos, de que estaba perfectamente *in*, título que puso en riguroso entredicho el día en que se negó a acostarse con el primo de Rupert Viadé, el director de orquesta. Nuriona Valls, que es una tía coñazo, también vacilaba entre considerar el *happening* como una liberación propia de las formas rituales de la fiesta popular (como diría Carlos Fuentes) o una simple estrategia burguesa ideada para confundir la voluntad revolucionaria de las masas trabajadoras mediante el aturdimiento tribal. Y, entre todos ellos, Fede Vergés señaló el cuerpo frenético de Lleonard y, sin disimulo alguno, me dijo: «Fíjate en el paquete. Es de dibujo de Tom de Finlandia.» Y, en efecto, el niño marcaba una trompa descomunal que se iba animando con el baile. Fue un milagro que, a fuerza de frotársela bajo el tanga, no eyaculara al son del sublime chelo del maestro Casals.

»Por menos motivo han nacido mitos eróticos.

»Cuando los bailoteos cesaron, Lleonard vino directamente a mi encuentro. Se había vestido, pero llevaba la camisa desabrochada hasta dejar todo el pecho descubierto, como solía. Me puso una copa de champagne en la mano. *La Castellona* estaba ya en la puerta, dispuesta a marcharse con dos o tres poetas jóvenes. Recuerdo perfectamente que Lleonard la siguió con mirada irónica mientras me decía, en voz queda e insinuante: «¿Brindamos por la difunta?» Me pareció un comentario cruel, implacable, pero lo aplaudí porque, al fin y al cabo, yo era el beneficiado. «¿A reina muerta, rey puesto?», le pregunté, entrechocando nuestras copas. Entonces Lleonard me dedicó aquella expresión tan provocativa, de niño bueno que sonríe con timidez mientras te clava una mirada que te recorre de pies a cabeza, dejándote helado. A modo de respuesta me preguntó, simplemente, dónde íbamos a cenar.

»Sí, William, aquella noche supe que Lleonard podría elegir el lugar más lejano del universo y yo lo seguiría sin vacilar. Y él también lo supo. Conocía perfectamente sus posibilidades de suscitar adoración en los demás. ¿Cómo no iba a conocerlas si era su autor? Poco a poco, sin dejar nada en manos del azar, había ido fabricando la adoración que recibiría a partir de aquella noche. Fue el gran maestro de la autocreación, y no me cabía la menor duda de que nos utilizaría a todos para seguir autocreándose más y más, hasta alcanzar una dimensión que nada ni nadie conseguiría rebajar. En aquel momento se hallaba en lo alto de un pequeño pedestal del que todavía podían apearle: un empujón de los catalanufos, una indiferencia por parte de los modernos bastaba para derribarlo, y, a pesar de todo, él sabría cómo levantarse de nuevo una, dos, cien veces. Sólo que a partir de los periódicos del día siguiente, ya no necesitaría hacerlo. Podía descartar tranquilamente el temor de verse obligado a partir de cero.

»La prensa joven acababa de convertir la presentación de *Morir a Xangai* en un símbolo de los años sesenta. El tótem de la nueva sensibilidad. En la Barcelona que renacía, Lleonard empezaba a nacer como un personaje insólito, que despertaba curiosidad. La posterior promoción del libro tampoco fue casual: durante su etapa como periodista demostró ser lo suficientemente listo como para procurarse la amistad de muchos compañeros que le sirvieron espléndidamente a la hora de difundir los elementos innovadores de su novela y, sobre todo, para denunciar los cortes perpetrados en ella por el matrimonio Llompart. Tales cortes, que no perjudicaban en absoluto la comprensión de la obra, resultaron doblemente favorables a sus propósitos: inesperadamente se convertía en un apóstol de la libertad de expresión, en la víctima de la tiranía capitalista y de las manipulaciones de un cierto nacionalismo de derechas.

»Llevo muchos años en este oficio. Distingo al instante todos los engaños que se esconden detrás de una promoción. Si Lleonard no los conocía todos, seguro que intuía los más importantes. Por otro lado, tenía como meta no quedarse aquí durante toda su vida; quería salir al exterior y ser leído en otras lenguas que no fueran, nunca más, la que había elegido de manera tan misteriosa. Su ambición era Lleonard Pler, no la literatura. Era un nombre para pronunciar con distintos acentos, capaz de deslumbrar con todos ellos. Y hay que juzgar su triunfo «social» entre los catalanufos, los teatreros o los de la Gauche Dorée, desde este mismo ángulo. El de la adoración que necesitaba para olvidar su pasado, algo que sufrió en algún momento concreto de su existencia y que, sin saber de qué se trataba, surgía cada noche en su soledad de hombre.

»Llegamos al punto más delicado de mi historia, y aquí es precisamente donde necesito tu ayuda, tu confianza, la explicación de cómo fue Lleonard contigo, con cualquier otra persona que, sin mentirse a sí misma, pudiera considerarse su amante de verdad. Porque yo permanecí a su lado durante toda esa época y apenas conseguí tocar su cuerpo. El deseo que sus ojos revelaban al buscar los míos se extinguía cuando yo intentaba corresponderle y, todas las noches que duró nuestra relación, se encerraba en su dormitorio, dedicado a escuchar discos de ópera hasta que despuntaba el día. (Era un fan de la Callas, lo cual también lo convertía en un precursor porque, digan lo que digan, en aquella época todos preferíamos a la Sutherland.) Cuando se disponía a retirarse ofrecía el aspecto más patético que puedas imaginar. Se le veía abatido, como envejecido. Se encerraba en su intimidad y en modo alguno cedía a las confidencias. Sólo daba una alternativa: aceptarlo tal cual era o dejarlo. Yo lo acepté, siempre recluido en sí mismo, y construí aquel otro Lleonard tan aplaudido: el altivo maniquí destinado a un mundo de apariencias en el que ni siquiera su literatura importaría excesivamente. Y, detrás de ese mito, siempre estuvo su espantoso silencio, y, sobre todo, los recortes que la chacha solía encontrar en su habitación: figuras de hombres desnudos, recortados de las revistas que recibía de Dinamarca. Sólo sé que los quemaba, empezando por los pies, sin poder evitar que, a veces, pequeñas partes de esos cuerpos escaparan del fuego y quedasen por el suelo, chamuscadas, como restos de un estremecedor sacrificio humano...

»¡Y yo lo amaba, rediós, lo amaba con locura!

»Cuando empezamos a vivir juntos, pretendí que éramos una pareja legalmente constituida. Al principio, él se resistía a aceptar dinero y continuaba matándose a trabajar en encargos de mera finalidad alimenticia. Yo veía cómo se dejaba la vista trabajando diez y doce horas al día en traducciones, artículos y entrevistas, total para ganar lo mismo que una fregona. Después, algunas mariquitas malignas han dicho que él sabía de antemano que yo acabaría dándole dinero, y mucho. Sólo puedo aventurar que si Lleonard llegó a prever mis reacciones, señal de que eran las lógicas. Si quería disfrutar de su compañía el mayor tiempo posible, tenía que arrancarlo de la máquina de escribir, al menos durante las horas que no dedicaba a su obra de creación. No me avergüenza decir que fue mi mantenido. ¿A quién le importa, al fin y al cabo? Mis antepasados, cuando tenían una querida, la retiraban. ¿Qué no estaría dispuesto a hacer yo, que tenía un gran amor?

»Para mí, Lleonard era un rey, y nunca se ha visto a un rey paseando a pie: así pues, le compré el primer Porsche que se vio en la Gauche Dorée (de paso, me hice llevar a todas partes, porque siempre he sido muy perezoso para conducir). Como tampoco se ha visto que un rey ande hecho un perdulario, lo llevé a las mejores tiendas para que lo convirtieran en un figurín (si antes lo hice con Ventureta, que es un Picio, ¿qué no haría con él, que era un Apolo?). Cuando me veía obligado a desplazarme a París, Londres o Nueva York por motivos de trabajo, me lo llevaba conmigo, y no nos apeábamos de los Ritz o los Plazas (ya lo hacía antes de conocerlo y no estaba dispuesto a descender de categoría por el simple hecho de que él no pudiera pagársela). Quizá me excedí regalándole el piso de Pedralbes y el apartamento de Lloret; pero, pensándolo bien, no sé para qué quiero tantos pisos si en el que vivo me siento más solo que la una.

»También supe intuir que mis obligaciones no se limitaban a ayudarle económicamente, ya que eso sólo le solucionaba los problemas más inmediatos. Tenía que empujarle en su carerra, único medio de lograr que los demás lo consideraran por sí mismo y no como un apéndice de mi poder o mi dinero.

»Aquel objetivo empezó a obsesionarme mucho más de lo habitual en mi trato con otros escritores. Al principio, conservaba la lucidez necesaria para comprender que Lleonard no estaba suficientemente preparado para promocionarlo como gran figura de las letras; pero, al poco tiempo, perdí el mundo de vista y llegué a creer que, con su único libro, era digno del Nobel. Hablaba de él en tales términos, y maldije a la Academia sueca por haberle negado el premio en beneficio de aquel Samuel Beckett. Cierto que, de vez en cuando, me daba cuenta de mis excesos y me detenía a reflexionar. Decidía que el mundo no era completamente injusto con mi niño, sino que él no estaba lo bastante maduro. Pero, en cuanto volvía al delirio, consideraba su falta de madurez como un mérito de juventud que los demás estaban obligados a reconocer. Era evidente que él se lo merecía todo, porque era joven, era audaz y tenía prisa. Ésta se me contagió. Era urgente que recibiese la consagración, era imprescindible que todo el mundo viese en él al joven dios de mi inventiva. Por momentos, no sabía si le amaba a él o a la personalidad que yo estaba creando. Pero no tardé mucho en descubrir que esa personalidad estaba ya creada desde hacía tiempo, y que yo me limitaba a construir un entorno que le resultara propicio; un decorado y una figuración que, al fin y al cabo, seríamos todos nosotros.

»Continuábamos inmersos en la euforia de los años sesenta; devorábamos los días a dentelladas, sin pensar que, una vez recluidos en casa, la incomunicación caería sobre nosotros, como si fuésemos personajes de Antonioni con la bragueta de los de Pasolini. Los fines de semana subíamos a Port Serrat. Él podía escribir tranquilamente horas y horas mientras la tramontana, implacable como las horas de invierno, nos obligaba a seguir encerrados, enfrentados el uno al otro, sin hacer el amor. Si yo me atrevía a insinuarlo, él se replegaba inmediatamente al piso de arriba, que habíamos convertido en su estudio, y allí se realizaba a su modo, si es que existió para él algún modo de realización. En lo que a mí respecta, me quedaba empalmado y tenía que buscar el placer por la vía solitaria, así que durante aquella época, y por vez primera en muchos años, me estuve matando a pajas.

»En tales condiciones, Lleonard terminó la redacción de su segunda novela, *El jove cremat* (1).

»Se acercaba la Gran Noche de las Musas Catalanas, pintoresco evento que, como sin duda sabes, es la fiesta

1. *El joven quemado.*

mayor de la cultureta. Si escuchas las peroratas de los catalanufos, te dirán que no se trata de un simple festorro de carácter social, como los premios gordos de la literatura castellana, sino de una celebración eminentemente patriótica. No sé qué decirte. Esos fanáticos siempre recurren a la literatura como pretexto para conmemoraciones que nada tienen que ver con lo literario. Por eso es absolutamente obligado que todo salga bien. Porque, si algo no funcionase, perjudicaría al país catalán, al idioma, a la moral, a la religión, a la economía e incluso a la geografía. Es el problema de los que quieren salvar tantas cosas a la vez. Dudo que consigan salvar alguna.

»Dos meses antes de la famosa noche, Xavier Roldà me convocó a una cena secreta en uno de los reservados del Vía Veneto. Según me dijo por teléfono, estaba entusiasmado con la novela de Lleonard. A nivel estratégico, no me sorprendió. Después de su crítica favorable a *Morir a Xangai*, Roldà no tenía más remedio que continuar apostando por el niño. Para ser exactos: le convenía hacerlo en nombre de una modernidad que llevaba años preconizando y que la cultureta necesitaba con urgencia. Pretendía que Lleonard pasase de joven promesa a figura consagrada. Y tenía que ser cuanto antes.

»Francamente: era mi máximo deseo.

»No fue mi representatividad de amante «oficial» lo que inspiró a Xavier la idea de que pudiera ayudarle, sino el hecho de que, hoy por hoy, sea el único agente dotado del poder necesario para lanzar a un escritor español en el extranjero. Y Xavier sostenía la necesidad de que Lleonard «saliese» fuera para fortalecer en el interior su imagen de símbolo juvenil, aureolada por el prestigio de los traducidos.

»No comprenderás la anécdota que me dispongo a contar si no tienes en cuenta los hilos que, en aquellos últimos años, habíamos movido para exportar algunos nombres de la literatura española. Las novelas que yo conseguía colocar basaban gran parte de su fuerza en la temática antifranquista. Pero, en los últimos tiempos nuestra situación producía bostezos, por repetida, y la cadena de acontecimientos que estaban alterando la conciencia universal a lo largo de los años sesenta nos relegaba a un segundo plano. Ya no podíamos imponer una literatura basándonos en la simpatía o la compasión que inspirábamos a Europa. Los sudamericanos nos estaban ganando con gran ventaja, porque, puestos a exhibir la miseria que tanto gusta a los franceses, la suya era más pintoresca, más violenta y barroca que la nuestra, y, quieras que no, las chabolas latinoamericanas siempre resultan más tercermundistas que las de Las Hurdes. Y no podemos olvidar los avances de algunos sudacas en el terreno experimental. Así las cosas, las editoriales extranjeras sólo me pedían narradores argentinos, cubanos, peruanos o chilenos. Era evidente que debíamos replantear el papel de santones que, dentro de la cultura peninsular, representasen los escritores del *realismo social*. Tanto Roldà como Sarró decidieron prescindir de ellos con la misma determinación con que los habían impuesto. Aunque parezca sorprendente, se dedicaron a destruir su propio invento, y algunos de aquellos escritores realistas no han vuelto a levantar cabeza.

»Al principio, creímos que podíamos explotar la aparición de una nueva sensibilidad capaz de presentar una imagen neocapitalista de España. Pero, como precisamente esto era lo que se hacía en el resto de Europa, nosotros seguíamos sin interesar: nos limitábamos a ser una fotocopia. Y yo, muy consciente de tal circunstancia, tuve por fin coraje para objetivar la situación del niño y decidir que una promoción en el extranjero era impensable por el momento. Sus novelas resultaban poco españolas, en el sentido casi negro que los europeos esperan de dicho concepto. Tanto *Morir a Xangai* como *El jove cremat* evidenciaban un gran desarraigo; eran historias y estilos que podían salir de la pluma de cualquier escritor cosmopolita, y nuestros posibles compradores tampoco nos consideraban preparados para alcanzar esta categoría. Hasta que Lleonard escribió *Winds of Death*, inspirada en una ejecución al garrote vil, los editores ingleses no descubrieron en él ningún rasgo de originalidad. Y es más, la traducción de esta novela fue posible porque, anteriormente, Lleonard había entrado en Inglaterra de la mano de Olímpia Estruch y avalado por el escándalo de *Bachanal* en el ámbito del World Stage Festival. Fue un impacto teatral lo que abrió paso a un éxito literario.

»Pero aquella afortunada colaboración con la Estruch

tardaría cuatro años en producirse; entretanto convenía plantearse unas ambiciones más razonables. Teníamos que empezar por la base, es decir, asaltando el mercado en lengua castellana, también muy difícil para los escritores en catalán. Y en eso sí podía ayudarme Xavier Roldà.

»Curiosamente, se ofreció a hacerlo sin que yo se lo pidiera.

»—Podríamos conseguir que *El jove cremat* apareciese en edición castellana en un plazo máximo de tres meses. Y no en una colección cualquiera. Estoy seguro de que Adolfo Sarró seguiría mis consejos y colocaría a Lleonard en «Narrativas Libres», entre Musil y John Updike.

»La oferta me sorprendió. Esta colección representa la meta más difícil para los escritores consagrados y el sueño imposible de cualquier autor novel. Para un francés, la meta es Gallimard; para un italiano, Einaudi; para cualquier español, «Narrativas Libres». Es el prestigio de la calidad y del izquierdismo a la vez. Paralelamente, la personalidad de su director está revestida de un carácter casi mítico en el mundo de la edición más exigente.

»Además de impulsor de «Narrativas Libres», Adolfo Sarró es uno de los abanderados de la cultura barcelonesa en lengua castellana y el promotor del premio de novela Lanzarote, que siempre se ha caracterizado por un refinamiento a escala internacional. Es, también, un poeta muy considerado (más de lo que se merece, según los críticos de derechas) y el hombre a quien se mueren por conocer los jóvenes escritores que llegan de la *meseta* en busca de experiencias que los ayuden a olvidar sus orígenes cavernícolas. Siempre ha sabido rodearse de excelentes colaboradores (los teóricos más exquisitos y cosmopolitas, como Xavier Roldà, Ariel Ferrañer y Salvador Motas) y entre sus aciertos editoriales se cuenta el haber introducido en la península las obras más representativas del realismo italiano y, después, del Nouveau Roman francés.

»Retrocedamos un poco. Como suele suceder en Barcelona con las empresas culturales mínimamente ambiciosas, aquel período dorado de la edición estaba destinado a acabar como el rosario de la aurora. Las colecciones dirigidas por Adolfo Sarró significaron un hito histórico; pero, al mismo tiempo, resultaban deficitarias, porque, aquí, las minorías siempre son más minoritarias de cuanto esperan los minoristas más sublimes. Tal fatalidad pudo quedar en capricho disculpable si Adolfo Sarró hubiese contado sólo con su propio bolsillo, pero la editorial era un negocio compartido con los herederos de la familia Boix, quienes, hartos de perder dinero con el Nouveau Roman, acusaban a Adolfo de irresponsabilidad gestora y exigían el control al que su parte de capital les daba derecho.

»Mientras los interesados se tiraban de los pelos, la intelectualidad barcelonesa se dividía en dos bandos: los que defendían a Adolfo, erigiéndolo en portavoz de la calidad y la conciencia progresista, y los que daban la razón a la familia Boix argumentando que Adolfo estaba arruinando a la empresa mientras se forjaba su propio prestigio dentro y fuera de España.

»Ponerse en manos de una editorial que podía cerrar de un momento a otro equivalía a quedarse sin una distribución razonable o, en el peor de los casos, a que el libro se pudriera en un almacén hasta que los acreedores lo vendieran a peso en cualquier feria de ocasión. De todos modos, no lo dudé ni un instante. Daría *El jove cremat* a Adolfo, cuya leyenda frente al lector exigente de ámbito castellano continuaba intacta. Eso sí, insertaría una cláusula exigiendo la anulación del contrato en caso de que la empresa se viera obligada a cerrar, y otra estableciendo que el autor podría comprar el sobrante de la edición a precio de coste, para evitar que acabase liquidada a precio de lance. De esta manera, una circunstancia en principio adversa podía resultar beneficiosa para Lleonard gracias a mi experiencia. Era necesario actuar de prisa, antes de que los Boix echaran a Adolfo a la puta calle y el trato quedara en agua de borrajas.

»Éstas eran algunas de las razones que me inclinaban a conceder a Xavier Roldà cualquier favor a cambio de su oferta.

»No sólo la mantenía, sino que la ampliaba hasta el punto de brindarse a escribir el prólogo de *El jove cremat*. Más oportuno, imposible. El nombre de Roldà era bien conocido entre los intelectuales de la *meseta*. Con la antología *Doce recientes* había conseguido que se hablara de algunos cuentistas de la novísima generación; además, tuvo la astucia de seleccionar a seis de Madrid y otros seis de Barcelona, con lo cual contentaba a sirios, troyanos y hasta fenicios que hubiera. Eran detalles que, sumados al prestigio vanguardista de «Narraciones Libres», contribuirían a deparar una irrupción estelar de Lleonard en el mercado castellano. Y, como decía Xavier, iría acompañado por nombres como Robbe Grillet, Italo Svevo y Giorgio Bassani. Sin ellos saberlo, lo apadrinarían desde un catálogo cimentado en el prestigio.

»Pero antes de cerrar aquel pacto, Lleonard debería hacer el famoso favor a la cultura catalana. Y Xavier lo solicitaba en nombre de todos los miembros del jurado del premio de novela Roger de Llúria.

»—Espero que sea lo último que nos piden los catalanufos —dije—. Con dos novelas seguidas, Lleonard ha cumplido de sobra con la cultureta.

»—Es un favor de nada. Se trata de hacer de *sparring* en el premio Roger de Llúria.

»Al principio me indigné. ¿Cómo se atrevía a proponer a Lleonard para un mísero puesto de finalista? ¿Aquello era lo que entendía por promoción sensacional? ¡Un segundo lugar más o menos honorable en un premio de provincias! (Lo siento: por más que los patrioteros se empeñen en darle un carácter nacional, ¿quién ha oído hablar del Roger de Llúria al sur de Tarragona?)

»Sin embargo, Xavier tenía sus razones. Por irracionales que fuesen, tendría que escucharlas antes de reaccionar:

»—Ya te he dicho que la novela de Lleonard es excelente; es, con mucho, la mejor de las que optan al premio; pero este año lo tiene perdido de antemano. Lo diré sin rodeos: aunque se presentase Marcel Proust redivivo tendría que quedarse con las ganas. Sabes perfectamente que las connotaciones del Roger de Llúria no son exclusivamente literarias...

»—¡Hostia! ¿Hay algo exclusivamente literario en esa literatura vuestra? ¿A quién tenéis que contentar esta vez?

»—El jurado se ve moralmente obligado a premiar la obra de algún exiliado de los que regresan a la patria. Estamos pensando en Benvingut Bruquetes. Vuelve después de treinta largos años en México y no podemos arriesgarnos a repetir el desliz que significó el caso de Gualdalbert de Foixà. Recuerda que se nos murió inesperadamente mientras premiábamos a Joan Penat, que todavía tiene cuerda para cinco o seis años.

»—Cierto. Aquél la palmó cagando en el Liceo. ¿Teméis miedo de que éste se os muera meando en el campo del Barça?

»Xavier permanecía inmutable. Como única concesión, se limitaba a juguetear con la boquilla.

»—Durante dos o tres años nos corresponderá promocionar la literatura de los exiliados. Es un acto de justicia. Un deber nacional a la vez que histórico. Yo mismo me emociono cuando lo pienso...

»Por supuesto, no presentaba una sola de las características que presuponen emoción. Y yo me permití una carcajada sardónica.

»—Si queréis cumplir con vuestro deber patriótico, premiad a diez exiliados, a treinta ex combatientes y a toda la «quinta del biberón» en bloque, pero dejad en paz al niño. Mejor será que reservemos *El jove cremat* para una ocasión menos patriótica pero más rentable.

»—Seamos prácticos: si lo proponemos como finalista no es para que se gane un dinerillo; como todos sabemos, teniéndote a ti con el talonario a punto...

»Lo consideré una impertinencia, pero era preferible obviarla y dejarlo proseguir:

»—Cuando te hablo de un favor es porque necesitamos un finalista joven y furioso para contrarrestar el deplorable efecto que ha de producir un viejo que ya chochea. Últimamente, la cuestión del catalanismo está perdiendo puntos entre la juventud. El paso al castellano de algunos miembros de la Nova Cançó, los repetidos fracasos del Teatre Popular y de la última película hablada en catalán, así como el hundimiento de algunas editoriales y el cierre de *Lo Sputnik*, constituyen desastres que empiezan a preocupar a las conciencias más despiertas. Nos urge ir encontrando apaños. Si Lleonard queda finalista tenemos garantizado un público joven. Al mismo tiempo contentamos a los santones y a los patriotas homenajeando a Benvingut Bruquetes, cuya prosa estará muy anticuada si tú quieres, pero no es del todo mala.

»Esto es lo que conviene a la cultureta —pensé—; pero

quiero averiguar en qué te beneficiará a ti, Javierillo. Porque, evidentemente, le beneficiaría en algo muy concreto. Recuerda que se había dedicado a promocionar a una serie de jóvenes barceloneses que escribían en castellano, y eso lo convertía en blanco de las sospechas de la ortodoxia catalanista. Así pues, necesitaba patrocinar a Lleonard. Y, al mismo tiempo, a Lleonard no le vendría mal aquel patrocinio. Porque era posible que su situación no fuese tan sólida como creíamos.

»El revuelo organizado con el *happening* de la presentación de *Morir a Xangai* le prestaba una imagen de inconformista radical y, por extensión, una gran popularidad entre la juventud; pero, a la par, se había creado una serie de enemigos entre las gentes de orden a quienes era preciso combatir con un prestigio universitario que sólo Xavier Roldà y su alianza con Ramón Barat podía proporcionarnos.

»Aquella noche, cuando Lleonard vino a recogerme para ir al estreno de una película de Gonzalo Suárez, le comuniqué mi decisión respecto al premio Roger de Llúria. Él sabía que no tolero interferencias en mis gestiones, pero la privilegiada situación que ocupaba en mi vida le autorizaba a romper las reglas y a emitir su opinión. Era de esperar que estallaría una pelea. Ni siquiera la insinuó. Con una modestia inhabitual en alguien tan ambicioso, entrecerró los ojos y contestó que cualquier decisión que yo adoptase sería la perfecta. Se ponía en mis manos.

»Estuvo extremadamente dulce. Un angelito. Me lo hubiera follado allí mismo, en la moqueta, como en las películas de la Escuela de Nueva York. Pero sabía, por experiencia, que era impensable. No por el hecho de no encontrarnos en Nueva York, sino porque en el culo de Lleonard no había dios que entrase. Tendría que masturbarme. Al fin y al cabo, paja más, paja menos, ya no importaba.

»Mientras yo seguía pasando las noches al ritmo de mi muñeca, llegó la Gran Noche de las Musas Catalanas. Lleonard hizo una entrada deslumbrante: cargado de collares bereberes sobre la famosa casaca hindú que para la ocasión le endilgaron las locas de Coll-i-Be, y rodeado de modelos, arquitectos jóvenes, las esposas de dos escritores latinoamericanos residentes en Barcelona y todo el personal moderno necesario para dejar bien claro que lo único que le mantenía vinculado al espíritu de aquella fiestecilla era una identidad idiomática. Sólo se permitía una concesión a los catalanufos, presuntos consumidores de productos de la Nova Cançó: iba del brazo de Blanca Alcover, una chica preciosa, de las pocas que no se habían pasado al castellano. Por supuesto, él se las arregló para fotografiarse siempre a su lado.

»Era genial. Un auténtico maestro de la publicidad. Con toda la tramoya acorde a un finalista y el *attrezzo* que conviene a un triunfador.

»Las votaciones del jurado avanzaban. La novela *Rosa de Getsemaní,* firmada por un tal *Pepet Llofriu* iba en cabeza. No cabía la menor duda: tanto el título como el pseudónimo eran propios de un escritor que perdió el último tren antes de la guerra. El segundo título presentaba las características de los de Lleonard: *Huracà de violència.* El pseudónimo *Manelic Xicoi* también resultaba muy doméstico. Seguramente, Lleonard lo había adoptado para desorientar pues, como sabrás, Manelic es el protagonista de *Tierra Baja,* el clásico por antonomasia del teatro catalán. Era absurdo inquietarse. El niño seguía el juego tal como yo esperaba.

»Llegó el momento de anunciar el veredicto final. Los miembros del jurado iban subiendo a una especie de tarima adornada con la bandera catalana y no sé cuántos kilos de claveles. Presentaba el acto una famosa locutora y rapsoda que se expresaba con ese peculiar sentido de la simpatía entre cursi y dinámica que caracteriza a las más ramplonas de su gremio. Advertí que todos los miembros del jurado tenían cara de mala hostia. Xavier Roldà, en especial, estaba blanco como la cera. Me sorprendió. Sé que, en algunos premios, las deliberaciones suelen ser muy encarnizadas; pero, en el presente caso, era imposible. Si Xavier no me engañó, el premio estaba decidido con anterioridad.

»Pese a la sensación de escepticismo que dominaba al jurado, la locutora estaba más alegre que unas pascuas. Diríase una mensajera de la Fortuna. Con voz que pretendía resultar confidencial, prestando un acento irreprochable a cada palabra, anunció el veredicto. El público contenía el aliento. Intensa emoción. Riguroso suspense.

Por fin, los nombres encerrados en un sobre supuestamente secreto. Primero, el finalista: la novela presentada con el título *Huracà de violència* se llamaba *Ronda de mort a Xoximilco*. Tema: las dificultades de adaptación de un exiliado catalán en México durante el mandato del presidente Cárdenas. El pseudónimo *Manelic Xicoi* correspondía al escritor octagenario Benvingut Bruquetes, conocido también como el B. B. del exilio.

»Me quedé petrificado. En consecuencia, el ganador tenía que ser...

»—Bajo el pseudónimo de *Pepet Llofriu* se esconde el escritor Lleonard Pler. La novela presentada con el título *Rosa de Getsemaní* es... *El jove cremat*.

»Odié a aquella gorrina que pronunciaba el nombre de Lleonard como en pleno orgasmo. La hubiera estrangulado, pero no tenía fuerzas ni para mover las manos. Me quedé completamente abatido, como si hubiera fumado un mal porro. Oía aplausos, gritos, ovaciones y quién sabe si la marcha triunfal de *Aida*. Lleonard subía al estrado, los fotógrafos le rodeaban, algunas admiradoras menopáusicas le pedían autógrafos y exclamaban que era una monada de escritor, tan rubito, tan modosito, tan tierno. Me sentía fuera de juego. Sin duda presentaba un aspecto sumamente ridículo, y así me encontró Ketty Roldà, que se acercaba con expresión igualmente desconcertada. Me comunicó que su marido quería verme con urgencia y en riguroso secreto. Era también mi caso. Alguien debía explicarme lo ocurrido, y ese alguien sólo podía ser Xavier Roldà.

»Me esperaba en la *suite* elegida para las deliberaciones. Había tanto humo que empecé a toser. O quizá no fuera el humo la causa, sino los nervios. Veía muchos ceniceros repletos de colillas: señal de que se había celebrado una votación en serio. Pero era una patraña. Otra, quiero decir.

»Palos sí hubo, y a la vista estaba. Ansioso, pregunté a Xavier por qué incumplió nuestro pacto en el último momento. Él no paraba de dar vueltas alrededor de un sofá con tapicería floreada. Intentaba encender un cigarrillo. Le temblaba la mano. Le di fuego. A cambio, recibí un ademán brusco, de recelo absoluto. Como si yo fuese un apestado.

»Me miraba de pies a cabeza. Aquella insistencia me abrumaba. Al final, estalló, hecho un basilisco.

»—¿Sois los dos unos canallas, o sólo Lleonard? ¿Es una jugada tuya? Él me obligó a jurar que no lo sabrías; pero, ¿quién me asegura que no fuiste tú quien le aconsejó que me lo exigiera?

»Tardé un buen rato en aclarar que yo no tenía la menor relación con lo que él insinuaba. Una vez convencido, y sin abandonar su expresión patética, empezó a contarme una inesperada versión de los hechos:

»—Hace unos días se presentó por sorpresa en la editorial. No era el Lleonard de siempre. Estaba muy cambiado. Ni asomo de aquella dulzura que nos encandila. Todo lo contrario: tenía una expresión dura, casi brutal, y se expresaba en tono agresivo. No tardé en conocer la causa: venía a comunicarme que no pensaba conformarse con lo de quedar finalista: quería el primer premio. Naturalmente, me lo tomé a chunga. «¡Vaya con el niño caprichoso!», exclamé. Pero él no reía. Me miraba fijamente a los ojos, como dispuesto a asesinarme. Esbozaba una sonrisa glacial. Yo me iba poniendo nervioso, pero él como si nada. Demostraba un absoluto dominio de sus emociones. En un momento determinado, dijo que me convenía complacerle. Si me negaba, aprovecharía sus contactos con la prensa joven y denunciaría nuestro acuerdo con toda clase de detalles. Yo no conseguía salir de mi asombro. Intenté hacerle comprender el carácter político del Roger de Llúria, su importancia para la normalización de la cultura catalana. Soltó una carcajada salvaje y, desde luego, completamente antipatriótica. Lo había calculado todo: tenía previstas las repercusiones del escándalo y la manera de manipularlo. Si denunciaba aquella impostura, se demostraría que la cultureta vivía del engaño, y él quedaría como un auténtico patriota porque tenía el coraje de denunciarlo. En manos de Oriolet de Manllé y sus compañeros, la anécdota se convertiría fácilmente en un debate entre la honestidad de los jóvenes y la hipocresía de los más consagrados...

»Yo no supe qué decir. Sólo podía saltar en defensa de mi amante, y así lo hice:

»—Lo que cuentas no es cierto. De serlo, Lleonard me

lo habría comunicado antes. Conoces de sobras mi poder sobre él.

»Tal pretensión me hizo sentir ridículo. También Xavier lo puso en duda con una sonrisa cínica y un tono de voz burlón y desgarrado.

»—¿De qué poder me hablas, iluso? ¿Pues no te digo que, en su nuevo trato, Lleonard incluyó la condición de que tú no sabrías nada? El granuja quería tener todas las cartas en la mano.

»Todo había sido demasiado rápido. Necesitaba reflexionar. Lleonard me había mentido o, peor aún, ocultado cosas. ¿Quería evitar que lo condicionara o temía mi rechazo a un juego tan sucio? Porque mi negativa era segura. Pero, ¿qué estoy diciendo? No, no quiero colgarme medallas de honestidad. Yo hubiera aceptado pues, al fin y al cabo, también deseaba el triunfo del niño sobre cualquier otra consideración. Así pues, él había calculado mal su jugada con una serie de movimientos innecesarios. Pero algo me dolía más: había jugado sin contar conmigo. ¿Qué pretendía? Sin duda, demostrarme que era perfectamente capaz de desenvolverse por sí mismo, que yo no era tan imprescincible como siempre creí...

»Al margen de mis razonamientos, Xavier seguía profiriendo quejas, lamentaciones y amenazas. Manejaba la boquilla como si fuera un puñal. Y huelga decir que apuntaba hacia mi pecho.

»—No tienes idea del papelón que acabo de hacer ante el jurado. Algunos de sus miembros nunca me lo perdonarán. Su dignidad ha quedado en entredicho. Una cosa es hacer trampillas inofensivas por razones patrióticas, y otra muy distinta es que las trampas salgan al revés y perjudiquen a la patria. Y, en última instancia, a nadie le gusta ver su reputación en manos de un indeseable.

»¿Mi niño, un indeseable? Era más de lo que estaba dispuesto a oír. ¿De qué presumía aquel cínico? Tanta honestidad olía a chamusquina. ¿Fui injusto con él? ¡Me importa un pito! Todo antes que recelar de Lleonard. Puede parecer una sumisión mostruosa, lo sé; pero la asumía con gusto y sin la menor duda. Para mí, un pelo del culo de Lleonard valía infinitamente más que todos los libros de la cultura catalana juntos.

»Me enfrenté a Xavier Roldà, con las uñas afiladas, prestas al ataque:

»—¿De qué te escandalizas? ¿De que él haya sido más puta que vosotros? Se ha limitado a manipular a quienes pretendían manipularlo. Y la cultureta no ha salido tan perjudicada: el premio más premio de todos los premios que se hacen y deshacen (2) os proporciona un ganador joven y un finalista recién llegado del exilio. Sólo os falta una feminista y tendréis el cupo completo.

»Xavier resoplaba de rabia. Al final, se hundió en un sillón, sin saber qué hacer. Por primera vez desde que lo conocía, se mostraba totalmente desarmado. Y me resultaba muy difícil no soltar una carcajada. Al fin y al cabo, era una victoria de mi niño. Lejos de considerarlo despreciable, se me antojaba un trapacero delicioso. ¡Cuán obcecado puede llegar a ser el amor de un agente literario!

»—¿Qué harías en mi lugar? —farfulló Xavier, casi sin aliento...

»—Yo correría a abrazarlo. Más que nada para salir en la foto. No descuides tu publicidad, hombre.

»De repente, mudó de expresión. Respiraba agitadamente. Estaba renaciendo. Volvía a ser un batallador de la cultura.

»—Tienes razón. ¡Toda la razón! ¡Franquesa se nos habrá adelantado! Seguro que está intrigando como un loco para que le retraten al lado de Lleonard. Se atribuirá el triunfo de la nueva generación y nosotros quedaremos como unas reliquias.

»Corrió hacia la sala de prensa, dispuesto a librar encarnizadamente la batalla de la foto. Estuve a punto de seguirlo para reírme un poco, pero ya no me quedaban ánimos para más combates. Sentía una pesadumbre que nada tenía que ver con la honestidad intelectual, profesional y otras sandeces que nunca han de coartar el camino hacia el éxito. Mi mal era muy otro. Me dolía que Lleonard me hubiese ocultado aquellas acciones, porque la ocultación implicaba una falta de confianza que nunca merecí. De algún modo, su actitud nos convertía en dos

2. Frase alusiva a la sardana: «La dança més bella de totes les dances que es fan i es desfan.»

extraños. Y esa situación no era nueva. Sí, William, sí. A veces, al comprobar cómo había cambiado, me preguntaba si alguna vez fue el niño ideal que imaginé, o siquiera la criatura encantadora que los demás suponían. En los últimos tiempos venía soportando sus salidas diarias, que se prolongaban hasta la madrugada, lo sabía metido en todo tipo de fiestas y actos sociales y esa vida tan intensa me dejaba fuera de combate porque yo esperaba todo lo contrario. Me hartaba aquel ambiente, conocía demasiado a todo el mundo, todos me aburrían, y sólo aspiraba a pasar los fines de semana en la casa de Port Serrat, con mi niño, contando con la posibilidad de que el invierno fuera especialmente crudo y evitase la llegada de los habituales, que podrían interrumpir nuestro idilio. Pero el sueño era ya imposible. Comprendía que aquella figura pública, aquel pequeño ídolo disputado por los fotógrafos, las modelos, los jovencitos del cine *underground* y los arquitectos de moda, era, en realidad, un monstruo que yo había inventado y que, de repente, se volvía contra mí, como antes sucediera con mis maniobras para auparlo en su profesión. Estaba por creer que me había utilizado, como antes hizo con otra gente. *La Castellona* le proporcionó el acceso a los santones de la cultureta, y él, fingiéndose un obrerete puro e ingenuo, supo conquistarlos para su escalada. Yo lo había llevado a las fiestas de la Gauche Dorée, donde también venció sin más armas que su hermosa sonrisa. En cualquier caso, ¡siempre él y su poder absoluto!

»Más tarde comprendí que disponía de armas más poderosas que una vulgar sonrisa de mantenido. Que todo estaba calculado desde un ámbito en el que ni siquiera el erotismo contaba. Era la ambigüedad pura, simple y destructiva.

»Al día siguiente desayunamos en la terraza aprovechando un diciembre que se presentaba con una bonanza de la que carecen muchas primaveras. Toda la prensa anunciaba el triunfo de la joven literatura sobre la de los viejos. Lleonard, siempre sorprendente, comentaba que «habíamos» ganado. Así, como te lo cuento, en plural. Mientras le preparaba sus zumos preferidos, me iba pasando los periódicos de Madrid que, por razones obvias, no suelen prestar atención a los asuntos catalanes, a no ser que tengan connotaciones políticas y, en tal caso, especialmente brutales. Para mi sorpresa, aquel día dedicaban mucho espacio al premio *Roger de Llúria*, llamándolo «de Lauria» por razones de traslado ambiental. Otro prodigioso trabajo de promoción. Lleonard ya no era un desconocido en Madrid. Sus conexiones con el mundo de la prensa habían servido para difundir la noticia, incluso con titulares de tamaño desacostumbrado.

»Con voz apesadumbrada, pero sin dejar de comer kiwis, murmuró:

»—Nunca me lo agradecerán. Aunque quisieran, nunca podrían pagarme lo que he hecho. Pero es que, además, no querrán.

»—¿Qué han de pagarte, además del dinero del premio?

»—El servicio que estoy prestando a la cultura catalana. Nunca lo entenderán.

»Pensé que se trataba de otro ejemplo de su cinismo encantador. Pero, ¿y si no lo fuese? ¿Y si la cultureta le importaba como al principio? ¿Y si se estaba prestando a hacer de cebo para convertirla en noticia? En tal caso, era una idea excelente. Al fin y al cabo, resultaba más divertido hablar de él que de un geriátrico de vacas sagradas. Cualquier periodista con un poco de sentido práctico agradecería su generosidad, tanto si era real como fingida. Al convertirse a sí mismo en espectáculo, les facilitaba el trabajo.

»Para más sorpresas, todos los miembros del jurado hablaban maravillas de la obra premiada. Lleonard se había hecho perdonar, ignoro con qué artes. O quizá sucedió otra cosa; era posible que, a la vista de los acontecimientos, Xavier Roldà y los demás *capos* de la cultureta considerasen mucho más oportuno tragarse el orgullo y la dignidad, y participar en el juego apostando por Lleonard. No eran los únicos: también recibí la llamada de tres editores que se interesaban por los derechos de la traducción castellana de *El jove cremat*. Aunque yo los tenía apalabrados con «Narrativas Libres», el que otras editoriales se interesasen sin mi intervención directa era muy importante. Y, sobre todo, significativo. Demasiado. Era lógico que me sintiera dolido otra vez, y así lo expresé:

»—¿Para qué demonios necesitas un agente si haces lo que quieres?

»Lleonard sabía cómo reaccionar en semejantes momentos. Se sentó en mis rodillas y empezó a mordisquearme la oreja, como solía hacer cuando estaba mimoso; pero recordé que eso era precisamente lo que Lauren Bacall le hacía a Gregory Peck en aquella comedia deliciosa de Minnelli. ¡Caray con el niño! ¡Ni cuando estaba afectuoso podía prescindir de modelos previos!

»—Al agente lo necesito para que me quiera mucho —susurraba—. El amor es lo más importante. ¿Qué haríamos sin amor?

»¡Parecía tan sincero! Su rostro mostraba una intensa emoción. Llevaba el albornoz abierto de manera que su pecho quedaba al desnudo, rozando mi rostro. Era el pecho más dulce que soñar se pueda. Era liso, tierno, muy bronceado. Seguro que los labios se deslizarían por aquella superficie como si besasen terciopelo. La tortura de tenerlo tan cerca y no poderlo tocar era excesiva. Fuera de mis casillas, empecé a lamerle el pezón mientras murmuraba que no podía aguantar más, que necesitaba follármelo de una vez. Y entonces sucedió algo sorprendente: en lugar de agredirme con su rechazo, como era habitual en él, Lleonard se dejó caer en el suelo gritando:

»—Me he portado muy mal. Soy un cerdo. Merezco que me castigues hasta dejarme medio muerto. Merezco que me folles sobre mi propia sangre.

»Mientras le mordía el pezón, él echaba la cabeza hacia atrás, se clavaba las uñas en el vientre, perdía el control hasta extremos de total desvarío. Me miraba con expresión frenética y a la vez con una angustia que se parecía mucho al remordimiento. Creo que se sentía tan culpable como afirmaba. Repetía continuamente que se había comportado como un canalla, que reconocía su vileza y no podría reprocharme ninguna de las atrocidades que me dignara infligirle. Yo no comprendía qué me estaba pidiendo.

»Entonces empezó a soltar las máximas brutalidades que puedas imaginar. Un cúmulo de porquerías incompatible con una relación como la nuestra. Abría la boca y me suplicaba que le humillase con lo más abyecto. Disculpa, pero fue así, como te lo cuento. Y conste que me duele lo indecible recordarlo. Aquél no era el diosecillo que ocupaba mi altar, no guardaba el menor parecido con el ídolo que me había deslumbrado. Me desinflé. No podía remediarlo. Me limitaba a decir: «Perdona, no quería ofenderte; eres mi dios, eres mi Antinoo, estás muy por encima de lo que me pides.»

»Él no dejaba de emitir gritos histéricos. Y, en un momento determinado, me escupió a la cara, como si intentase provocarme:

»—Tú no tienes por qué rogar —gritaba—. Tú tienes que mandar. Pero eres como todos: os faltan cojones, sois débiles, sois esclavos...

»Creo que, en aquel momento, metí la pata.

»—No grites, reyecito de la casa. No grites, que subirán los vecinos.

»De repente, me acusó de ser una vulgar tieta. Me miraba con un desprecio hiriente. ¿O acaso era odio? No lo sé, pero comprendí que no quería verme. Se cubrió precipitadamente con el albornoz y desapareció hacia su habitación.

»Volvió al cabo de media hora. Intenté cortar la violencia del reencuentro con alusiones a su éxito de la noche anterior. Los elogios tenían el poder de calmarlo. Los halagos le prestaban una apariencia de seguridad. Bromeando, le dije que formaba muy buena pareja con Blanca Alcover. Recobró su risa más esplendorosa. Era como si nada hubiera ocurrido. Y, cogiéndome una mano con afecto inesperado, me obligó a reconocer que el corazón de Cataluña vería con muy buenos ojos un *flirt* entre los dos famosos más jóvenes de la cultureta.

»Se casaron al cabo de seis meses. Blanca cumplía dieciocho años. Era evidente que, en la década de los sesenta, la juventud tenía todas las de ganar. Si algo no podía permitirme era hacer el ridículo; así pues, opté por fingir conformidad. Lo cierto es que supe quedar como un caballero haciendo de padrino del novio en una boda sensacional. Pero aquella noche, después de muchos güisquis, miré por enésima vez las fotos de los periódicos y, sin pretenderlo, vomité sobre el rostro de la novia. Tanta incontinencia me hizo reír y, acto seguido, llorar amargamente. Recuerdo que pensé: «Me lo has robado, cerda, me lo has robado. Pero te juro por mis muertos que, lo que es su polla, no la catarás.»

—¿LLEGÓ A CATARLA? —pregunté, divertido.

Guillem Esteba había bebido mucho. Estábamos en su apartamento y me acariciaba el muslo. Y yo bebía más que él, de modo que iba perdiendo la vergüenza. Le acariciaba el culo con mucha dulzura, porque imaginaba que era el de Lleonard.

—¿Catarla, ella? Seguro que no. Era una polla inalcanzable. No conozco a nadie capaz de afirmar: «Lleonard me la metió...»

—¡Ah! Pero, ¿conoces a alguien que pueda decir: «Se la metí a Lleonard»?

—Tampoco, tampoco. Tenía el ojo del culo cosido. Ni el aire le entraba.

—¿Sabes cómo era mi Lleonard? Era un príncipe, sí, un principito reservado, remoto, nunca al alcance de nadie. Había recorrido todos los placeres de un Londres en plena ebullición, hecho a su medida de aprendiz, pero ningún placer logró retenerlo y mucho menos esclavizarlo. Los que trabajábamos en el restaurante sabíamos que los clientes pagaban por ir con él y suponíamos que era el mozo mejor enculado de Chelsea. Pero un buen día el Coronel lo despidió después de una violenta regañina. Supe que Lleonard se dedicaba a hacerse pagar sin corresponder con ninguna de las prestaciones que los clientes esperaban a cambio de su dinero. Y huelga decir que se quejaron no sólo porque se consideraban estafados sino, también, por la enorme desilusión que suponía no obtener aquel cuerpo prodigioso.

—¡Que se mueran! No voy a ser el único que pagó sin obtener nada a cambio.

—Yo no pagaba y también me sentía estafado. Lo esperaba cada noche, ansioso por compartir sus problemas. Llegaba de madrugada, muy nervioso, tan trémulo y helado que no era difícil adivinar prolongados paseos arriba y abajo de King's Road, siempre taciturno, siempre aislado de todo el mundo. Y yo no cejaba en mi vigilancia;

al contrario: esperaba que me pidiese ayuda. Era inútil. Nada podía hacer. Sólo quedarme allí, esperando, como toda su gente...

—¿A mí me lo cuentas, tía guarra? ¿Qué crees que hacía yo? ¿Sabes qué significa pasar la semana esperando la oportunidad de estar solos y que él prefiriera quedarse en el Decamerone, horas y horas, recibiendo los halagos del personal? ¡Y siempre aquella puerta cerrada, los atletas de papel, los crucificados agónicos! Pasaba la noche con aquellos mártires invisibles, y yo esperando, sí, esperando siempre, como un imbécil. Se puede luchar contra un enemigo de carne y hueso, pero es imposible habérselas con unos machos de papel.

—Haces bien en mencionarlos porque también yo me encontré en una situación semejante.

—¿Te refieres a los recortes?

—Su habitación era un santuario. No permitía que nadie entrara en su ausencia. Subí muchas veces cuando estaba él, pero aún así, había algo que me intimidaba. Nunca me atreví a curiosear entre sus libros, como sería normal entre amigos íntimos. Todo aparecía impregnado de una atmósfera inquietante, como a punto de desintegrarse si lo tocaban unas manos que no fuesen las suyas.

—Ahórrate el preámbulo —dijo—. Sé que un día no pudiste resistir la curiosidad...

—Hablas por experiencia, lo presiento. Yo estaba muy celoso y los celos conducen directamente a la indiscreción. Temía que existiese alguien en su vida: si no se realizaba conmigo, si tampoco con los clientes... con alguien tendría que realizarse. Pensé que encontraría alguna pista entre sus papeles. Una foto, cartas, alguna dirección... Aquel día, Lleonard libraba del restaurante y había aprovechado para ir a la ópera. Era la ocasión perfecta para investigar. Me sentí culpable, lo confieso; pero, de todos modos, lo hice. Ningún rastro de amantes o de aventuras ocasionales, ni siquiera de amigos. Sólo encontré aquellas revistas de *body-building*. Las que recortaba, no para quemarlas, como dices, sino para confeccionar una especie de *collages* muy extraños. Aprovechaba las imágenes de aquellos atletas prodigiosos para reconstruir escenas del martirologio cristiano. Añadía dibujos que los situaban en la ambientación deseada: solía ser la Roma pagana, preferentemente el circo o un calabozo. Ambientes adecuados para justificar la tortura de aquellos cuerpos egregios que, por cierto, eran vulgares machos yanquis adictos al ejercicio físico. Él los mitificaba con la sublimación de las situaciones; los ennoblecía colocándolos en el centro de una iconografía adaptada de cuadros clásicos. Es todo cuanto pude averiguar. Me tranquilicé, pero sólo provisionalmente. Cuando dispuse de tiempo para reflexionar, comprendí que aquellos atletas de papel eran más peligrosos para mí que cualquier amante de carne y hueso. Como bien dices, nadie puede luchar contra el delirio.

Aunque gemía de placer a causa de mis caricias, Guillem Esteba se permitió una carcajada:

—Me das lástima. Te comportaste como una esposa celosa. Una esposa de clase media.

—Protesto. Esposa, sí; pero de clase media, jamás. En todo caso, siempre *high class*. Y no debo de ser el único.

—No lo eres. Confieso que también yo registré su estudio. También pensé: «Habrá otro hombre, o quizá una mujer. Con alguien tiene que alegrarse...» Pero aquellos recortes demostraban que sólo existía él. Es extraño que sus otros amantes no te hayan hablado de los recortes. Es extraño que una mujer tan sincera como *la Castellona* se mostrase reservada en esta cuestión...

(«LA CASTELLONA»: «¿Los recortes de Lleonard? Sí, hombre, sí. Mártires desnudos, Sebastián asaeteado, Lorenzo en la parrilla, Cristo crucificado y toda la parentela. Sé que guardaba fetiches por el estilo en su habitación. ¿De qué me acusas, bobo? No tenía por qué contártelo. Algún secreto tenía que haber entre Lleonard y yo. Además, el fetichismo era inevitable. Me constaba que no había otra mujer; y, en lo que a hombres se refiere, creo que les tenía miedo. ¡Algún desahogo necesitaba! El otro día te di una pista. Te dije que pertenecía a la raza de los escritores onanistas. A no ser por el onanismo, ¿crees que hubiera podido escribir lo que escribió? Lástima que se quedase a medias. De haber sido más valiente, se habría atrevido a describir los secretos de aquellas noches en solitario. Y en beneficio de sus novelas, te lo aseguro.»)

Mientras Guillem Esteba me lamía la oreja, yo seguía rezongando conceptos decretados por el güisqui...

—Lleonard me obsesiona y continuará obsesionándome. Es más que un escritor: es el símbolo de todos los culos que nunca poseeré.

—O del amor que nunca alcanzaremos. Ni tú ni yo ni nadie. Porque un culo y un amor son una misma cosa. Sólo lo sabe quien ha amado de verdad. El amor tiene que ser un cuerpo y un alma. Solamente los hipócritas, los fariseos, los falsos amantes, separan el alma del cuerpo.

—¿Y si Lleonard nos hubiera amado con el alma porque su cuerpo no le servía para nada?

—En tal caso era un criminal, porque al negarnos su culo divino nos negaba una parte del amor.

—A veces sueño que los años sesenta empiezan de nuevo. Somos jóvenes y hermosos como lo fue Chelsea en aquellos días. Nuestra iconografía vuelve y se deja retener. Un culo gigante sobrevuela Chelsea y me aplasta. Levanto la lengua buscando el orificio y, entonces, el culo huye lejos, lejos, perdiéndose entre las estrellas. Los supervivientes de los años sesenta pedimos que sea declarado monumento nacional...

—Su culo y también su polla. Era una obra maestra de la escultura. Te confiaré un secreto: mi cocktail preferido es el Alexandra. Por eso me hubiera encantado ver a Lleonard corriéndose. Para espolvorear un poco de canela en el semen y bebérmelo a las ocho de la tarde, vestido de smoking.

—Estás borracho.

—Claro que lo estoy; pero, ¿por qué lo dices?

—Estas borracho porque pretendes hacerme creer que nunca bebiste el semen de Lleonard.

—Nunca, chico, nunca. Ni beberlo ni verlo. Ni supe de su existencia.

—Lo niegas para que no sienta envidia. Para que no pueda decir: «Esta maricona vieja lo consiguió, y, en cambio, Lleonard nunca se corrió conmigo.»

—No soy una maricona vieja. Soy una niñita con tirabuzones dorados. Soy la niñita ideal para Lleonard. Para ponérsela dura de una santa vez, como si fuera Blanca Alcover...

—Si jugásemos a empalmarnos ya iríamos por la mitad. Mira qué dura se me ha puesto...

—Eres Lleonard...

—¿Necesitas que sea Lleonard para que se te levante? Pues te ocurre lo mismo que a mí.

—Abrirás el culo, Lleonard mío, y por fin te penetraré...

—Entonces, Lleonard eres tú...

—Soy Lleonard dispuesto a follarte.

—Soy Lleonard y deseo que me folles...

—Te follo, Lleonard, por fin te follo, por fin te estreno, Lleonard, y he de dejarte destrozado...

—¡Hasta el fondo, Lleonard mío, hasta el fondo!

Lleonard poseyéndose a sí mismo era mucho más de lo que él se hubiera atrevido a soñar. Era la suprema excitación de quien, seguramente, no tuvo otra en su vida.

22. A PROPÓSITO DE JORDI LLEDÓ EN 1962

Mientras la accidentada memoria de William Cumingham deambulaba entre obsesiones que conviene rechazar, la tercera noche de Venecia se alborotaba sumiéndonos en la depresión. Una rágafa tenebrosa oscurecía la cúpula de la Salute, y el aire desplegaba un torpe diseño de pinceladas azulinas, amarillentas, rojizas, que teñían los edificios de la Dogana antigua. Góndolas semejantes a ataúdes surgían de la nada, y el lejano fragor de embarcaciones más impulsivas negaba al silencio su origen necesario. Los palacios del Canalazzo eran formas indecisas que creaban, en el puntillado del agua, un reflejo de claridad constantemente quebrada por el trémolo de las ondas viscosas.

Era la pantalla ideal donde proyectar las heridas de mi regreso a Barcelona y a las fiestas de la Merced.

Hablaba de Jordi Lledó ante la absoluta indiferencia de William. Cualquier problema quedaba arrollado por el recuerdo del Plaerdemavida convertido en fetiche. En cambio, la ciudad que yo intenté recobrar, en el año 62, voceaba continuamente el nombre de Jordi Lledó.

Aquel personaje seguía representando un maleficio lo bastante dramático como para que yo considerase llegado mi turno de intervención. *La Castellona* estaba en lo cierto cuando decía que los no famosos también tenemos derecho a un espacio literario idéntico al ocupado por Lleonard. También disponemos de algún arcón atiborrado de mitos rotos.

Bajo la noche y la llovizna, Venecia fue de nuevo Barcelona, y aun cuando el silbido de un *motoscafo* nos recordase la proximidad de algún canal, yo me hallaba caminando en silencio por el paseo que conduce al barrio de Gracia. Regresaba al año 62. Volvía a contemplar las fachadas modernistas largo tiempo evocadas como símbolo de la ciudad. Aquella tarde lo único que sentía era una gran fatiga, una suerte de pesadez en la forma de caminar, de cerrar firmemente los ojos para combatir las imágenes del pasado. Dos días antes, en el barco, fue incluso peor. Apoyado en la barandilla de proa, contemplaba el Mediterráneo, el mar que reencontraba al cabo de tantos años. La angustia me impedía siquiera pensar. Había pasado la noche en vela, porque los recuerdos pesaban más que la fatiga. Ahora deambulaba por las calles del ayer, sin descubrir, tampoco, estímulos que me incitasen al razonamiento. Como un autómata.

En el suelo, broza amarillenta; en el aire, una sobrecarga de humedad, un presagio de tormenta, signos todos de que el verano no tardaría en morir. Sólo los festejos de algunas calles ancladas en el pasado conseguirían que la agonía de los días resultase más benigna. A buen seguro que en los bosques, en el campo, en todos los dominios de la naturaleza, el otoño se anunciaría con sus tonos dorados. Aquí se limitaba a ser una última prolongación de algo que ya carecía de sentido. El bochorno era un mísero residuo de cualquier cosa.

Paso a paso, reaparecía la Barcelona de la infancia.

Sólo acertaba a recordar aquellos días serenos como una vaga referencia en la memoria de mis padres; un recuerdo continuamente invocado en Cuba, cuando la familia se reunía en torno a la mesa. Entonces, se hablaba de la ciudad que habíamos dejado atrás, náufragos del exilio. Y la recordábamos con palabras catalanas que se iban degradando en beneficio del acento local, melodía subyugante que tanto yo como mis hermanos fuimos adoptando hasta que la mezcla nos prestó un ritmo atípico y, según los cubanos, encantador.

Curiosamente, la terquedad de los idiomas logra vencer a las melodías más atractivas y, durante quince años, el catalán continuó siendo el medio de expresión doméstico. Mis padres se empeñaban en mantenerlo como baluarte inexpugnable, que les servía para continuar anclados en su propio tiempo. Amaban a Cuba profundamente, pero seguían viviendo en la Barcelona de la República.

En mi caso, reencontrar la ciudad y los barrios de la

infancia equivalía a arraigarme en un retazo de mi historia más veraz. Pero si la nostalgia poseía el tono de las calles que me vieron crecer, también tendría el rostro del amigo que fue compañero de juventud en mi otra tierra, la segunda patria; la que, finalmente, consta en mi pasaporte. Ese amigo no sólo era la única persona a quien podía acudir, sino el compendio de muchas horas felices y el que tuvo la excelente idea de huir de Cuba antes de que la situación fuese a peor. Uno de los primeros que intuyeron los engaños de la revolución.

Cuando René me abrió la puerta, lo reconocí sin dificultad. Nos abrazamos en un arrebato de desesperado afecto, de pasión amistosa pero triste, porque ambos sabíamos que el reencuentro se realizaba en una dimensión completamente desconocida, tan distinta de lo que fuimos en La Habana. Era un abrazo largo, prolongado sin criterio alguno. Desde un rincón del apartamento, la joven llamada Lola Roger nos observaba ligeramente sorprendida, con la extrañeza propia de las mujeres ante la amistad masculina, que las excluye. Sin duda le molestaba que, en aquella alianza creada por los antojos del Tiempo, ella no tuviese cabida.

Ella: rubia, con efectos de oro viejo; rostro anchuroso, las facciones gruesas, los labios firmes y duros. Muy mediterránea. Un tono de piel color del sol tomado posiblemente en Port Serrat. No puedo precisar si era guapa, pero resultaba muy interesante, con cierta pretendida negligencia que escondía actitudes de dominadora. Después supe que era una amante poderosa y una compañera inteligente. También supe que la editorial donde trabajaba era un nido de la progresía más avanzada. En aquellos años equivalía a decir «la comunista».

Era inevitable que, desde el primer instante, me mirase con hostilidad. Intentó paliarla definiéndose como una perfecta preparadora de cócteles.

—Después conocerás a Jordi Lledó —dijo René—. Es buena gente, muy preparado, muy cinéfilo pero también medio poeta, medio novelista. Nos lo presentaron el otro día, en un cine-club.

Ella reía con suficiencia.

—¡Pobrete! Es muy poca cosa. Y, vestido de recluta, menos que poco. Una vulgaridad aplastante. Encima tengo que darle un disgusto. Me pasó una novelita que acaba de escribir. Es impublicable.

—Te lo llevas aparte y ventilas el asunto con cuatro excusas. Odio las situaciones violentas. Además, insisto en que el muchacho es muy válido. Sólo tiene un problema: es tremendamente *ñángara*.

Por un instante, la palabra *ñángara* me devolvió al argot específico del exilio. *Ñángara*, una forma dialectal para designar a los convencidos, los que se han quedado, los adictos impenitentes. *Gusanos* para los que conseguimos salir. Gusanos que siempre arrastraremos la condena del desarraigo.

Lola Roger ofrecía posibles bebidas. Me daba igual. Cualquier cosa. Había perdido el hábito del trago como medio de relación social. Observaba el entorno: un *atelier* de líneas modernas, sencillas pero sofisticadas; un rincón íntimo, comunicado con el estudio y el laboratorio. René era un fotógrafo intelectual y de intelectuales; también un gran esnob. En la pared, un muestrario muy *chic* de lo que se llevaba aquel año: Lotte Lenya, Visconti, Godard y Ana Karina, la Moreau con cara de insatisfecha, *Hiroshima, mon amour*, gente *top* de Nueva York, el cartel de un recital de Marlene, *L'année dernière à Marienbad*... En la repisa de la chimenea, un cesto de mimbre lleno de postales Belle Époque; por todas partes, objetos Art Nouveau comprados a los brocantes de distintos países. Y una discoteca que combinaba la música clásica más fácil con el jazz menos difícil. El disco que puso Lola Roger pertenecía al inevitable estilo de moda: el barroco italiano (especialmente Vivaldi y el *Adagio* de Albinoni).

Ella se sentó en el suelo, con la cabeza entre las rodillas de René, de manera que parecían una pareja bien avenida. Sería estupendo que durase más que otras. René siempre fue un picaflor. Cuando vivía en Nueva York, llegó a tener dos mujeres en un año; en Roma, ocho. En los cinco años transcurridos, y siguiendo el mismo ritmo, habrían pasado treinta y cinco amantes.

Los hay que saben montarse la vida. Yo tuve que contentarme con una sola mujer, y, para colmo, una cerda castrista. Todavía la maldigo. La mala pécora que pasó de susurrar palabras de amor a acusarme de *peligro social*. Mientras me torturaban, ella paseaba intelectuales parisinos por las escuelas y fábricas de la nueva Cuba. No recibía mis gritos, sino los desaforados elogios al gran milagro de la revolución.

Más adelante, René me contaría que llevaba un año con Lola Roger. Estaba casada; pero este detalle no contaba en absoluto. Algunas barcelonesas procedentes de la alta burguesía y convertidas en valiosas profesionales despertaban de una educación retrógrada y muchos años de aburrimiento junto a maridos impuestos. Al menos, eso me contaron. También supe que muchas de ellas ansiaban entablar vínculos con profesionales modernos, aparentemente intelectuales, moderadamente maduros y que conservasen cierta presencia. En cuanto a René, decía: «Me he convencido de una vez por todas: en estos asuntos, lo más importante es la comunicación. ¡Ah, no lo niegues! Ante todo, comunicación. Da igual que ella prefiera a la Sarraute y yo a Michel Butor: lo importante es que a los dos nos interese el Nouveau Roman.»

Aquella noche, Lola Roger prescindía de la alta literatura. Acababa de conocer a un magnífico ejemplar de revolucionario renegado. Y su mirada, dura y penetrante, indicaba que no estaba dispuesta a perdonar nada. Exactamente igual que mi mujer. Por desgracia, René tuvo que poner el dedo en la llaga.

—Dijiste en tu carta que tus viejitos prefieren no salir de Cuba.

—No quieren ni oír hablar del tema. Sobre todo, papá. Ten en cuenta su pasado antifranquista. Cree que cuanto ocurre en la isla equivale a la revolución que intentaron llevar a cabo en España. Y mis hermanos son de la misma opinión. Forman parte de la *élite*. El partido les recompensa generosamente.

—¿A ti no te recompensó? —preguntó Lola Roger, incisiva.

—Yo no hice méritos —dije, secamente.

—Desde luego, la generación de la guerra civil era más enérgica que la nuestra —contestó ella—. O quizá suceda que la fidelidad a los grandes ideales ha pasado de moda.

Una mona letraherida. Lo sabe todo, apesta a lecturas mal asimiladas, me hablará en teoría de una doctrina cuyas consecuencias he sufrido en mi propia carne...

Insistí en que no quería hablar de política.

Lola Roger acariciaba los libros de arte cuidadosamente repartidos por el suelo. Ni siquiera se dignó mirarme al comentar:

—Si tus hermanos pertenecen a una *élite* significa que han trabajado duro. A lo mejor, si hubieses hecho lo mismo, estarías en su misma situación.

—Yo me conformé consumiéndome en un calabozo —dije, sin perder la calma—. Si no te da asco, puedo desnudarme y enseñarte lo que es capaz de hacer en los testículos un buen torturador cubano.

Con el tiempo, René se había convertido en el anfitrión ideal. Uno de esos que sabe cortar a tiempo cualquier situación incómoda.

—Cambiemos de tema, hermanico —dijo, afectando indiferencia—. Lola es capaz de montarnos una revolución para el uiquend. Con esa bemba y vestida de miliciana, habría desempeñado un excelente papel en la sierra, junto a toda la perrada. Así que no te la creas ni media. Fidel y Stalin a la vez están hablando por su papaya.

—¡Serás ridículo...! —exclamó ella, atravesándonos con una mirada de indignación—. No logro comprender que alguien sea capaz de mandar a su país a hacer puñetas en un momento histórico crucial; que pueda desarraigarse como si nada y continuar su vida con fines tan egoístas.

—No me estoy dando por aludido, linda. Vivo fuera de la isla desde los primeros días de la revolución. Y para nada mezclo la ideología. Si me marché fue por razones de puro monei: en Niu York me pagaban mejor que en Cuba, y lo mismo en Roma. Y acá se me presenta un gran futuro porque España empieza a descubrir el *advertaising* y hay pocos fotógrafos con una preparación como la mía.

Advertí una mirada desdeñosa en los ojos de la hembra. Acusaba directamente a su amante:

—Tu trabajo no tiene cabida en un país empeñado en una enorme tarea de reconstrucción. ¿Quién necesita allí fotógrafos de moda, que deformen la realidad a base de *flous*? La nueva Cuba tendrá algo mejor que mostrar al mundo, digo yo.

«La mierda —pensé—. La mierda y la represión. El crimen legalizado.» Y ella continuaba pontificando. Merecía que la escupiese a la cara. ¡Ah, discutir sobre la legalidad del crimen cuando se ha perpetrado mil veces! Elaborar excelsas teorías a partir de la mentira, resolverlas a base de *grandes paroles*, sin contar con la experiencia directa, sin vivir la represión castrista, con los compañeros pudriéndose entre rejas.

Cuando el tocadiscos hubo cumplimentado los vicios europeos de Lola Roger, esta accedió a halagar la inevitable nostalgia de su amante y, pese a los pocos días transcurridos desde mi exilio, la mía propia. Sonó pues la gran Celia, *Cuba's Queen of Rhythim*...

Yo soy de Cuba la voz
soy de la Cuba de ayer
soy el símbolo del sol
soy caña y café
soy el sabor tropical...

Llamaron a la puerta. Era el chico. Venía de caloyo. Tendría dieciocho años, porque estaba cumpliendo el servicio como voluntario. Disfrutaba de un permiso. René me dijo al oído que era de muy buena familia. Resultaba difícil advertirlo porque el color caqui borra cualquier rastro de distinción. Al margen del atuendo, Jordi Lledó no presentaba características especiales. Era el típico estudiante que se busca a sí mismo. Todos hemos vivido esta etapa y, por aspavientos que hiciésemos, los adultos prescindían de nosotros. Quizá los adultos tuvieran razón, y aquel recluta lo aceptaba, porque no pretendió deslumbrar con luminarias inexistentes. Otros jóvenes lo hacen; él, no. Sabía escuchar. Dicen que es indicio de sabiduría. Si el chico no era sabio podría llegar a serlo. Era del tipo esponja, me dijo René: absorbía toda información a su alcance, se mostraba particularmente ávido en materias culturales y poseía una conciencia política muy despierta.

Al igual que Lola Roger, estaría al corriente de mi peripecia vital. René se habría explayado a gusto, de modo que sobraban preámbulos. No era necesario apartarnos de nuestra conversación con el fin de disimular. El chico se entretenía pasando revista a los objetos del *atelier*. Decidido a sentirse como en su propia casa, se dejó caer sobre un montón de almohadones mientras Lola le daba a elegir entre varias bebidas.

—Un cuba-libre...

¡Tenía cojones la criatura!

Seguía Celia en lo suyo: dame candela para gozar, el perico bolondrón. ¡Ay, pero La Habana, que linda! San Luis y la Mejorana, qué bonito es Camagüey, todavía no hemos bailao, cómo te añoro Cubita, Borondogo le dio a Bernabé, caramelo, caramelo rico, se formó el rumbón, azúcar, azúcar...

Jordi y Lola hablaban de las últimas películas, de algún amigo pintor o de un libro de lectura obligada. Eran los lujos culturales que yo añoraba. Lujos negados durante años. Sinónimos de libertad.

Tan inevitable como el interrogatorio sobre Cuba era que la parejita joven rompiese con quejas sobre el estado de la cultura bajo el franquismo. Los lujos no eran tales. Las películas las habían visto en Perpiñán, los libros procedían de una librería clandestina, el amigo pintor acababa de salir de manos de un conocido torturador de la comisaría de Vía Layetana. Y, semanas antes, el propio Jordi Lledó fue apaleado en el curso de una manifestación estudiantil, y si llegan a detenerle cumpliendo el servicio militar habría dado con sus huesos en la cárcel. «A cada cual su cruz», pensé yo. Y era evidente que todas las tiranías se parecen; pero no todo el mundo lo acepta. Mientras yo reconocía las atrocidades del franquismo, ellos continuaban glorificando la represión cubana.

Cuando el muchacho me dirigió una mirada tímida, indefensa, comprendí que estábamos hermanados por adversidades históricas parecidas. La Historia nos destrozó la vida antes de empezar.

Jordi Lledó tal como era en 1962: dieciocho años bajo el orden franquista del que mis padres huyeron, precisamente, el año en que él nació. Yo regresaba a ese orden cuando él ya había padecido sus consecuencias. Es como si un ser joven nos devolviera la juventud, tanto en sus opciones como en sus rechazos. La inexperiencia de Jordi Lledó se convertía en la mía. El entusiasmo de Jordi Lledó —que se manifestaba en una vehemente disquisición sobre la primera película de Antonioni tolerada por la censura— era el que yo aún conservaba hacía unos años, cuando salía con René de la cinemateca de La Habana comentando un ciclo de Fritz Lang. Poco a poco, la memoria reencontraba en un ser nuevo la huella de una historia perdida en el tiempo. Exactamente igual que el día antes, cuando el barco hacía su entrada en el muelle y yo recobraba todas las impresiones de una Barcelona que ya nunca podría ser la mía.

Y Celia dándole al son:

¡Gracias Dios mío por la vida que me has dado!
Lo primero que yo hago al despertar
es dar gracias a Dios todos los días
rezarles a todos los santos
y agradecerles la dicha mía...

En estas, dijo Jordi Lledó:

—Me gustaría que me hablases de Cuba con más detalle. Sólo conozco la revolución a través de referencias culturales. Como puedes suponer, la censura franquista deforma las noticias.

—Pérdida de tiempo —dijo René, sarcástico—. Ya salen de Cuba deformadas por la propaganda oficial.

Lola Roger le dirigió una mirada que era un latigazo de desprecio, como diciéndole: «No eres nada, no perteneces a lugar alguno, ni siquiera puedes ser tratado de *gusano*: ¿cómo podré tratarte de amante?»

Yo sólo pensaba en la necesidad de construir una nueva vida a partir del cero absoluto.

—Para un hombre que está empezando un tercer exilio existen pocas cosas importantes. Me sentí cubano, lo repito. ¡Si hasta conservo el acento! Pero no pude con el comunismo. Es una atrocidad. Tened en cuenta que no dejan salir a nadie, y a quien sale le facturan sin dinero ni equipaje.

Sacados de su contexto pueden parecer argumentos triviales, propios de esos escritores de derechas que hablan pestes de la Unión Soviética porque no pudieron comprar un bolígrafo. Sí: anécdotas triviales en teoría, hasta que te afectan personalmente y, afectándote, te hunden. Hasta que te encuentras deportado, sin equipaje y con una cantidad irrisoria en el bolsillo para reemprender tu vida en algún lugar que aún ignoras.

La experiencia humana quizá resultaría menos trivial. O quizá no. Al fin y al cabo, ¡qué me importaba!

O quién sabe si me importaba que Jordi Lledó recibiese mi mensaje sin interferencias. De modo que me dirigí únicamente a él:

—Pasaban los años, y esta España dejaba de ser nuestra físicamente, mientras se afirmaba, aún más nuestra, en la memoria sentimental. Nos nacionalizamos cubanos y mi hermano nació en la isla. Como algo positivo debo de tener, diré que, al igual que papá, fui hostil al gobierno de Batista. Me exilié voluntariamente. París, Munich, Londres... ciudades de paso, nunca un arraigo sincero en ningún lugar, bajo ninguna circunstancia. Pero en aquella época, ya no me sentía un exiliado español. Era un exiliado cubano.

René no podía resistir la tentación de completar la historia:

—¡Pero qué bella la vida entonces! Recién llegaste a La Habana nos hicimos íntimos. También fue okei la universidad. Siempre estuvimos en una onda parecida. Yo intenté explicarte la isla, ayudarte a comprenderla, mi hermano.

—Y ahora tendrás que ayudarme a comprender Barcelona, esta ciudad que ya no conozco, que ya no puede ser mía...

¡Qué caminos tan distintos! ¿Adónde conducían? Ninguno de los dos lo sabía entonces. Puede que el presente no fuese sino una encrucijada sin atajos posibles. La fatalidad del cosmopolitismo. La condena de las gentes internacionales. Lo cual equivale a ser mucho o a no ser absolutamente nada.

—Tú, René, te largaste a tiempo, justo cuando todo empezaba a cambiar. Yo me quedé porque, lo repito, creía en el cambio. Mi padre gozaba de buena posición porque los de Fidel conocían su pasado antifascista. Le dieron un buen cargo en la universidad. Gracias a su influencia he podido salir. Si de mi mujer dependiese, todavía seguiría encerrado. Los amigos siguen pudriéndose entre rejas. Nuestros compañeros de juegos, René, están todos encarcelados. Nunca los soltarán. Y, aunque los suelten, ¿quién les ayudará a huir de Cuba?

Nadie parecía interesado en un proyecto de fuga. Sólo

Jordi Lledó se atrevió a afirmar que, para que el mundo avance, es necesario que algunas especies desaparezcan. Y tal declaración de principios implicaba una crueldad que me fue imposible asumir de golpe.

Pero, al día siguiente, me dejó en la pensión una carta tan inesperada como curiosa: «Perdona el tono amateur que, sin duda, tendrá mi redacción. La paso a tercera persona para evitar la vergüenza que me provoca una confidencia desnuda. Imagina que un muchacho como yo conoció ayer a un exiliado del país que más admira. Coincidieron en un momento crucial de la vida de este muchacho: cuando se debate entre la educación recibida y la necesidad de rechazarla abiertamente. Pues bien: pese a cuanto pudiera pensar ética y políticamente de este exiliado envejecido antes de tiempo, el muchacho descubrió de repente que lo apreciaba como algo en que él mismo podía convertirse en el futuro. Era inútil incluirle en el elegante *atelier* de un fotógrafo de modas con pretensiones de intelectual. Inútil, también, que encajase con sus amigos revolucionarios de la universidad. Contrariamente, curiosamente, el muchacho amaba en aquel hombre todo cuanto significa de ruina; y, acaso por esa atracción enfermiza, el muchacho sentía despertar en su interior al gran asesino histórico. Él sabe que éste es el único ser realmente lúcido. Es el que comprende que, para que progrese la dialéctica del mundo, sobran las especies parasitarias. Y entonces es cuando este hombre lúcido, el gran asesino, empuja a los sobrantes a convertirse en suicidas.»

Aquella carta me dio miedo. Yo buscaba desesperadamente si no el beneplácito de la nueva generación, sí, al menos, su comprensión; en cambio, un joven me rechazaba... sin dejar de demostrarme un curioso apego. ¿Era yo el suicida al que se refería un recluta podrido de teoría? ¿Era él, entonces, el asesino histórico? Demasiado pronto para saberlo, porque aún era imposible saber qué sería Jordi Lledó en el futuro.

Cenamos en una tasca de camioneros que estaba de moda entre los esnobs del barrio. René intentó amenizar la situación a base de anécdotas frívolas de alcance internacional. El elenco evocado pertenecía a un universo artificial, sintético, una galaxia de planetas donde triunfan los engaños de la apariencia y la ambigüedad. Lo demostró René desviando su discurso hacia los problemas de fotogenia que le planteaba cierta modelo italiana. Entonces, Jordi comentó que la conversación y el lugar se repelían mutuamente. El muchacho todavía era puro, y, aquel otoño del 62, estaba dispuesto a dejarse sorprender por cualquier detalle del mundo pretendidamente intelectual que empezaba a frecuentar. Metía en un mismo saco a pensadores y a profesionales, a artistas y a esnobs. Yo mismo me daba cuenta de que aquél era el mundo que me recibía, y también me sentía incapaz de comprenderlo, pese a haberlo vivido en otras latitudes. Compartía la cena con tres tamborileros que tocaban la melodía de una ciudad desconocida. René oficiaba el nuevo culto de la imagen y la apariencia. Lola Roger intentaba eludir su destino de esposa burguesa coqueteando con el mundo de las ideas. Y Jordi Lledó, el menor de los músicos, esgrimía un ramillete de ideas confusas y otro de propósitos inciertos. Por un lado, quería ingresar en la Escuela de Cine de Madrid para estudiar dirección. También le tentaba la arquitectura. Según oí decir a la Roger, acababa de escribir una novela impublicable, un típico pastiche adolescente que a buen seguro estaría a caballo entre el realismo madrileño y *l'école du regard*. Por el momento, se empeñaba en insistir en el tema cubano. La maldita revolución le interesaba más que nada en el mundo. Recitó un poema del comunista Joan Penat donde se proclamaba, con gran dosis de optimismo, que Cuba nunca más volvería a estar sola. Recordé a Juan Alfonso, a Osvaldo, a José, a todos mis compañeros atrapados en la cárcel o en algún campo de trabajo. Recordé a la harpía de mi mujer. Me moría de ganas de llorar. Me sentía maniatado, amordazado. Sólo me apetecía charlar de asuntos intrascendentes. A través de la conversación con René deseaba recobrar un universo de frivolidad que el castrismo expulsó muy lejos de Cuba.

René nos entretuvo evocando sus encuentros con Cecil Beaton. Comentó que era un *gentleman* de los que ya no quedan. Elogió sus retratos de Edith Sitwell. Sonaron otros nombres: Hepburn (las dos), los Windsor, Weissmuller, *princess* Margaret. Puro *name dropping*. También recordó la noche en que Richard Avedon le hizo ver su laboratorio y, después, lo llevó a una fiesta, en el Village, donde estaban Tennessee Williams, Gore Vidal, Ethel Merman... René utilizaba los grandes nombres como tarjeta de presentación. Al parecer, cuando citaba entre sus conocidos a Truman Capote y a Luchino Visconti los esnobs de Barcelona quedaban muy impresionados. Era el perfecto *name droper*. Así, las figuras más celebradas de la frivolidad neoyorquina iban salpicando la conversación. Jordi Lledó nos devolvía nuestras invocaciones del sueño *pop* mediante una mirada furibunda que me lo hizo detestable. Carecía de sentido del humor. Le quedaban muchos recovecos de frivolidad por descubrir, muchos elementos *pop, camp* o *queer* que necesitaba apreciar para flexibilizarse. Seguía reaccionando con actitud huraña: despreciaba la alienación del mundo moderno convertida en juguete para intelectuales que frecuentan tascas populares y se permiten alejarse de los problemas candentes. En cambio, manifestó su admiración por los obreros sucios y mugrientos, que debían cumplir el turno de noche en la fábrica vecina y lo interrumpían para tomarse un carajillo. Hablaba de ellos como de una fuerza revolucionaria potencial.

René cambió de registro para comentar las posibilidades estéticas del tugurio. Acaso para congraciarse con su amante estaba emperrado en recordarnos que no se limitaba a retratar modelos escuálidas: también podía hacer maravillas con los ambientes más miserables. Por algo era autor de las mejores portadas realistas de la colección «Narrativas Libres», la famosa creación del editor Sarró. También ilustró un libro de Richard Mir, el reputado poeta social. Era lógico que éste lo acogiera en su círculo y que René se brindase a servirme de introductor. Sería a la noche siguiente.

Durante el día, proseguí la búsqueda de la infancia.

Eran las fiestas de la Merced, y Jordi Lledó, empujado por la curiosidad (¿o fue lástima?) quiso acompañarme en mi primer recorrido declaradamente nostálgico. Paseábamos sin rumbo, en espera de que la fiesta nos arrastrara, prestos a dejarnos poseer por la algarabía. Me enfrentaba al dolor de los reencuentros. La ciudad y las fiestas de la infancia, antes de mi primer exilio, antes de que La Habana representase la adolescencia y Roma, París y Nueva York me vieran convertido en hombre que intentaba hacerse a sí mismo.

Y las fiestas surgían como el recuerdo de papá, joven aún, de papá cuando me llevaba a ver los desfiles de gigantes, cabezudos y vírgenes de manto azul. Pero todas las cabalgatas terminaron con la huida a Cuba, y, al huir de ella, también terminaron las jugosas danzas de los negros del barrio de Belén y llegó definitivamente mi muerte social. No pertenecía a ningún lugar. Dos exilios y, ahora, otro. Y Jordi Lledó caminaba a mi lado, en silencio, por las mismas calles y avenidas que un tiempo separaba y otro, más provocador, reunía. Ambos habíamos vivido los mismos escenarios, pero el tiempo dispuso un abismo. Sólo las pequeñas cosas podían ayudarnos a superarlo, reuniéndonos en una dimensión común que era la inmortalidad de Barcelona.

El reencuentro se producía de una manera natural. Yo estaba maravillado, no me avergonzaba proclamar a gritos mi sorpresa ante los recuerdos que se mantenían en pie: el primer colegio, el instituto, el terreno de casas derruidas donde montaban el circo ambulante, un cine de la calle Provenza, otro cercano a la Diagonal, donde vi las primeras películas americanas permitidas al terminar la guerra: *Piloto de pruebas*, *Un yanqui en Oxford*, y algo de la Garbo, *Margarita Gautier*, si mal no recuerdo... Todo Metro, en cualquier, bienaventurado caso.

—La chacha me llevaba cada sábado a este mismo cine —comentó Jordi—. Para los niños de entonces era el día de los sueños. Aquí vi *Ivanhoe* y *El príncipe valiente*.

—Sería ya en los años cincuenta.

—Sí, como a mediados.

—Yo, en Cuba, estaba terminando la carrera. Ya no era un niño. Esas películas no me interesaban, siquiera como entretenimiento.

—En cambio yo todavía era el niño perfecto para apreciar todo tipo de torneos y batallitas. Me encantaba, ¿cómo llamarlo?, el medievalismo romántico.

Lástima que tuviese que mezclar su deliciosa nostalgia con una expresión típica de Lukács. Es el problema que siempre tendrán los monosabios. La metedura de pata de los marxistas precoces.

Pero si los años separan, las minicosas unen. En este

instante, Jordi Lledó y yo aparecemos juntos en el recuerdo, unidos en aquella experiencia común, en la coincidencia de un pobre cine de barrio que ya no existe.

Las hojas que pronto se desplomarían sobre las aceras empezaban a balancearse, anémicas, en lo alto de los árboles. En todas las calles de la nueva Barcelona crecen árboles, con follajes que se resecan prematuramente. A partir de aquí, mis regresos serán, siempre y a cualquier lugar, una alfombra perenne de hojas fallecidas.

—Si en la vida de un cinéfilo existe una graduación que le permite entrar en la madurez, yo recuerdo que, en este local, me gradué en cine serio. Aquí organizaban sesiones de cine-club casi clandestinas, porque en aquella época las películas importantes estaban prohibidas.

—Aquí fue donde, ocho años después, me llevaron a ver *La Cenicienta*. Al salir nos quedamos atónitos: ¡estaba nevando! Fue maravilloso porque, como sabes, en Barcelona casi nunca nieva.

Pero aquel año 1962, volvería a nevar en Barcelona. La ciudad entera quedó sepultada bajo un manto insólito. Fue la blanca Navidad del año que iniciaría la nueva era de los más jóvenes, el nacimiento definitivo de una década fantástica que arrancó del día en que murió Marilyn.

Al día siguiente recibí otra carta: «Pese a todo cuanto te dije en mi nota anterior, ayer te estaba queriendo con un afecto que no era humano sino, sencillamente, histórico. ¡Qué enormidad la de este encuentro! Del tiempo transcurrido entre tu época en la escuela y la mía en sus mismas aulas, obtuve una lección tan provechosa como dolorida. El mismo color en aquellas paredes tristonas, parecida miseria en el ambiente, idénticos traumas en dos tiempos tan distintos. Entre tus treinta y cinco años y mis dieciocho sólo existe, seguramente, este nexo de unión. Pero tú eres un ser condenado por la Historia y yo lo espero todo de ella. Pido a mis contradicciones que no se resuelvan en provecho tuyo. Necesito la lucidez. La que tuve al rechazarte, al arrojarte todo mi desprecio. La necesito mucho, porque soy hijo de los años cincuenta y temo estar definitivamente perdido...»

No esperaba aquella carta, tampoco el desprecio de Jordi mientras seguíamos paseando por las calles del Ensanche y se emocionaba con mis experiencias tanto o más que yo.

Nos encontramos con René y la Roger para cenar en otro restaurante de cariz popular. Fue un rito parecido al de la noche anterior, otra carga de esnobismo y eternas disquisiciones de René sobre su oficio, las cotizaciones internacionales y la falta de profesionalidad de las modelos españolas. Nos obsequió con una lista de señoritas francesas que sabían lucir como nadie los trajes de Balmain, Dior y Saint Laurent. A continuación, algunos elogios al magisterio de Chanel, a quien veneraba. Y es sabido que quien venera a Coco se dedica a torturar a los demás recitando su espléndido anecdotario.

Lola Roger dirigió a su amante una mirada sospechosa: como si, de repente, descubriese que no le interesaba tanto como creía. ¡Ay, ojos asesinos de las mujeres cuando descubren que el hombre que las posee no comunica la seguridad que aparenta! Imagino que Lola Roger se estremecía voluptuosamente al recibir aquel pene caribeño, pero puede que tanto poderío se limitase a proporcionarle placer. Las mujeres como Lola suelen ser demasiado conscientes y, por serlo, piden más de lo debido. Sólo un homosexual sensible está capacitado para comprenderlas; pero, como es homosexual, nunca las poseerá. Lo tienen negro, pobres cerdas.

Paseamos por la parte alta de Barcelona discutiendo acerca de la belleza, la revolución, la incomunicación, la Nouvelle Vague y los inciertos colores del alba. Así llegamos a casa de Richard. A pesar del nombre no era inglés de pura cepa. Sólo por parte de madre. El padre era catalán por los cuatro costados: un Mir, nada menos. Tres veces por semana, reunía a veinte o treinta personajes que tragaban güisqui, parloteaban tumbados por los sofás, redactaban manifiestos artísticos y políticos, y, a veces, hacían algo parecido al amor. Aquella noche, se oía una imprescindible música de *jazz,* siempre adecuada para favorecer una melancolía elegante. La media luz era seductora. Algunos cuerpos bailaban casi desnudos, sin apenas desplazarse, como si estuvieran pegados. Al otro lado de los amplios ventanales, la ciudad aparecía colmada de diversidades humanas y desgarros sociales.

Richard, reyezuelo de Port Serrat, el de la casa-estudio

donde se congregan los catalanes castellanófilos que además están *engagés, impegnati* o comprometidos, como prefieras llamarlo. En la aparente prosperidad de la Pax Matritensis, miles de obreros trabajan, el torso desnudo al sol, para que ellos puedan teorizar sobre sus problemas. En las universidades, cantidad de estudiantes serían expedientados —si no apaleados— para que ellos pudieran firmar una carta de protesta. Nuevas campañas de anulación colectiva se extenderían por todo el país y ellos podrían escribir un poema titulado «Mala conciencia» o «Pavana para los mártires hispánicos de la vendimia francesa».

Conocía el espécimen, sí, lo conocía de sobra. En Cuba fui como ellos. Un niño bien, un primogénito de familia ilustrada que se dejó deslumbrar por las promesas de la revolución y se apuntó a ella mientras era posible planificarla desde el diván. Cuando me ordenaron levantarme me desperté en una celda tenebrosa, de cinco metros para tres personas. Todas mis esperanzas acabaron en una pesadilla que se prolonga en un exilio constante.

Y los comunistas de los nuevos barrios residenciales me observaban con un desprecio idéntico al que me había dedicado Lola Roger y, antes, mi propia esposa. Sólo Jordi Lledó intentaba comprenderme, con su sonrisa de niño indefenso. Al menos, eso creí. Quise ver indefensión en aquella sonrisa. Y, por unas horas, mantuve la esperanza.

Tendido a mi lado, sobre una caterva de almohadones que reproducían temas del *pop* yanqui, el chico permanecía atento a cada una de mis reacciones y las comparaba con las de sus amigos. No iba de recluta, pero presentaba el mismo aspecto mediocre que descubrí el día anterior. Era muy insignificante. Quizá por eso parecía tan tierno.

Nadie ignoraba que un elemento perturbardor se había infiltrado en la reunión. Me observaban dispuestos al ataque, pero yo no estaba preparado para una dialéctica entre gente tan documentada. Me limitaba a citar la experiencia directa, al drama que va ahogando progresivamente, como una mordaza de la conciencia. Intentaba decirles que no podían hablar de la revolución sin haberla vivido. Y, por mucho que me esforzase, ellos proseguían su viaje particular, seguramente porque una revolución soñada siempre tendrá más fuerza que una revolución de la que se reniega.

Mi llegada arrastró la fiesta a momentos de crisis. Comprendí que me iba deslizando por un terreno inseguro, porque a cada uno de mis ataques contra el régimen cubano, me respondían los invitados con desaforada violencia, enumerando los males que sufrían bajo el franquismo.

Repetí las palabras que me sirven de escudo desde que salí de Cuba.

—No soy de derechas. Huir de la isla no me convierte en un fascista.

Es cierto: nunca he caído en esta trampa. Atacar el comunismo no me arrastrará a defender al fascismo. La dictadura dominante en España no me inducirá a aprobar la falta de libertad en Cuba. Y así lo repetí una y otra vez, hasta que me vi obligado a hacerlo a gritos.

En el silencio que acogía mis palabras, volví a reconocer las pesadas cargas que abrumaban a aquellos personajes: libros quemados, versos prohibidos, canciones que sólo podían sonar en la clandestinidad. Era un yermo cotidiano que se resolvía, noche tras noche, en las muy diversas formas del desconcierto, sin más consuelo que el coloquio torpe, repetido entre la evanescente humareda de la marihuana o con el pastel de hachís masticado con languidez, saboreando cuanto tenía de prohibición. Y alguien me dijo que existía el peligro de que la policía irrumpiese de repente a golpes de porra, acusando de reunión subversiva a un vulgar *party* de esnobs más o menos ilustrados.

Las conversaciones —¡tantas!— proseguían en tonos discordantes. Pasaban de Gramsci a Roland Barthes, de Vincent Minnelli, recomendado por *Cahiers*, a Guido Aristarco, recomendado por el partido, rama imagen; saltaban del Picolo, que los teatreros habían visto en Milán, a la conversación que el «joven filósofo» sostuvo con Sartre y doña Simone en la terraza de Flore. Recordaban los discos de Leo Ferré y de Brassens, que todos descubrieron en un inolvidable primer viaje a París, antes de que la policía les retuviera el pasaporte. Y, mientras, el güisqui seguía fluyendo en cantidades desorbitantes y algunos cuerpos se iban quedando desnudos, ansiando un olvido inmediato, por provisional que fuese. Empezaron a bailar, lentamente, Lola Roger aplastada entre René y Maurici, el pintor casi cubista, mientras un muchacho considerado el geniecillo de la imitación baudelairiana se arrastraba entre las piernas de un puto de alto *standing*. Y yo sentí miedo, mucho miedo, porque no bien aquellas miradas aburridas pretendían ser lúcidas se volvían hacia Cuba con una expresión de entusiasmo que implicaba mi descrédito.

Reconozco que incurrí en la mayor superficialidad al comentarle a Jordi Lledó, en son de burla:

—No os quejéis tanto del franquismo. ¿Crees que podríais hacer una bacanal como ésta, en un país socialista? Os metían a todos en un campo de regeneración.

Serían las palabras de cualquier vecindona, lo reconozco, y así debió considerarlo Jordi, porque me dirigió una mirada llena de rencor, acaso de odio, pero violenta en cualquier caso porque, después de empujarme lejos de sí, salió corriendo entre cuerpos amontonados, pestazo a güisqui y una vieja canción de la Greco que hablaba de un Saint-Germain-des-Près donde no existía el mañana...

Bajamos corriendo las escaleras —en realidad, yo lo perseguía— y así salimos a la calle solitaria, oscura, de un barrio residencial a cuyas impolutas esquinas nunca llegarían los ecos de la fiesta popular que habíamos disfrutado aquella misma tarde.

—Ayúdame —grité—. Estoy muy solo.

Él caminaba sin volverse atrás. Yo lo seguía, gritando aún:

—Todos los regresos conllevan una meditación sobre el fracaso. Cada vez que regresas a algún lugar, te sientes inclinado a hacer balance.

Él se detuvo. Preguntó secamente:

—¿Te refieres a tu fracaso político?

—A mi fracaso absoluto. A tres exilios. A un desarraigo constante.

—Sólo me interesa tu fracaso político. Me horroriza pensar que a todos nos puede suceder.

Mantenía su expresión rabiosa y, por un instante, le encontré despótico.

—¿Qué proyectos tienes? —preguntó.

—Iré a la universidad de Lyon. Un amigo cubano puede conseguirme una plaza provisional como lector de español.

Creí que todo se desarrollaría como hasta aquel instante. Esperaba la complicidad que me había demostrado en los escenarios que presenciaron mi infancia y, al cabo de unos años, la suya. Una complicidad que habíamos descubierto en el Ensanche, en las Ramblas, entre los muros del barrio gótico o en las calles de las putas, desahogando nuestro humor en la contemplación del sexo chabacano.

Pero, ante nosotros, sólo aparecían las aceras mojadas de una calle impersonal. Aquel último encuentro carecía de los adornos apoteósicos que siempre decoraron cualquier escena protagonizada por Lleonard Pler. No quedaba barroquismo alguno para el insignificante Jordi Lledó. Ni siquiera una pizca de inspiración romántica. Sólo la ambientación desabrida, sintética, impersonal de una película de Antonioni.

Pero la historia, que se beneficia de cualquier inconveniente, aprovechó aquel espacio baldío para organizar un funesto desfile de personajes que sintetizaban la grandeza y caída de los milenios. Empezaron a desfilar cohortes de egipcios, hititas, jacobinos, *condottieri* de Verona, centuriones romanos, bárbaros de Germania, coolíes chinos, gólems de mil guetos inquietantes y vampiros nosferaturizados dispuestos a chupar la sangre de toda la ciudad.

En tono pausado y seguro, dijo Jordi Lledó:

—Mátate.

Tuve que mirarle a los ojos para entender. No fue una comprensión difícil. Tenía ojos de asesino.

—Mátate —repitió—. No es preciso que vayas a Lyon. Contaminarías a tus alumnos. Mátate aquí mismo. Eres peor que un *gusano*: eres un enfermo contagioso.

No sabía cómo reaccionar. Me estaba aplicando la teoría del criminal histórico. Y el suicida era yo, forzosamente.

Continuaba repitiendo su sentencia, sin perder la calma.

—Mátate, *gusano*. Mátate.

Era lógico que me sintiera especialmente neurotizado.

Era lógico que perdiese los estribos y que, en medio de aquella soledad, rompiese a gritar todos los temores que mi drama vital me había enseñado a alimentar:

—¡Lo conseguirán! ¡Engatusarán a todos los jóvenes del mundo! Implantarán el comunismo y el mundo conocerá una nueva Edad Media. ¿No lo comprendes? Una era triste y oscura, hecha de tiranía y fealdad...

—Mátate. No vaciles. Mátate de una vez.

Ni siquiera me miraba. Empezó a caminar. No me atrevía a seguirle. Le dije que le telefonearía al día siguiente, cuando estuviera más tranquilo. Intentaría convencerlo, sí. Antes de abandonar Barcelona, intentaría ganarlo para mi aprecio.

A medida que se alejaba, sentí que mi soledad se iba acentuando. Cuando desapareció en la distancia, la soledad fue inconmensurable. Y, sin embargo, no había alcanzado su máximo grado de saturación. Lo alcanzaría a partir de entonces, progresiva y calculadamente, porque en cuantos países intenté reposar mi exilio hallaría réplicas idénticas de aquella actitud. A partir de aquel día, todos los rostros de la intolerancia me devolverían la imagen de Jordi Lledó. Por eso me obsesiona su recuerdo, por eso le he odiado, le odio y nunca dejaré de odiarlo.

PERO WILLIAM CUMINGHAM reía como si acabase de contarle un cuento humorístico. Y la noche de Venecia —una tercera jornada de noche artificial— nos devolvía las carcajadas como un eco que me humillaba profundamente.

—¡Qué canallas podéis ser los de izquierdas! —exclamé—. No sabéis perdonar. Asediáis a la víctima directamente y, poco a poco, la váis aplastando en nombre de ideales superiores.

—No seas tan sensible. No me desintereso de tu drama personal; me río porque también yo sufrí ataques parecidos. También Nuriona Valls me reprochó que no practicase el nacionalismo irlandés. Como puedes ver, el modelo de aquella Lola Roger que conociste en 1962 ha tenido algunas y muy notables sucesoras. Puedo hablarte de las mujeres de la Gauche Dorée, de las del partido, de las feministas y hasta de alguna vendedora de bacalao dispuesta a socializar su puesto en el mercado de Santa Catalina.

(NÚRIA VALLS: «No quisiera darte una imagen de aguafiestas, pero me irrita pensar que, de no ser mujer, ni siquiera estaría obligada a pedirte disculpas. Si mis reproches te los hiciese un hombre, pensarías que se equivoca y cambiaríais de conversación o lo discutiríais a fondo, depende; pero él no estaría obligado a exponerte a cada hora sus antecedentes para ofrecer una imagen de credibilidad. Si fuese hombre, me respetarías porque no tolero comportarme como algunos intelectuales de esta ciudad, que tratan los grandes temas de manera tan banal. Lo siento, tendrás que soportarme como mujer, aunque te cueste un esfuerzo. Soy muy exigente respecto a las obligaciones que mi generación tiene el deber de cumplir. Cuando digo que hay mucha gente que se juega el pellejo lo digo porque es verdad y porque lo es de un modo muy dramático. No puedo dejar de creer en la eficacia del esfuerzo colectivo. Se demostró a raíz del encierro de los intelectuales antifranquistas en Montserrat. Nunca olvidaré que Lleonard se excluyó voluntariamente. Es cierto que vivía de nuevo en Londres, pero le llegaron avisos desde todos los frentes. Incluso recurrimos a sus íntimas amigas, las dos de Coll-i-Be, que participaron muy activamente en la acción desde la aparente inmunidad que presta un negocio tan frívolo como el suyo. ¿Sabes qué les contestó, el niño bonito? Que no podía encerrarse en Montserrat, con sus compañeros de resistencia, porque ese mismo día le tocaba ópera en el Covent Garden. ¿Cómo pretendes que no censure sus abstenciones? ¿Qué mérito quieres que le encuentre, aparte el de la cama? Si acostarse con él no hubiese sido tan caro como dicen, seguro que me lo habría follado. Pero la lucha es otra cosa, y no puedo permitirme el lujo de desertar porque me he comprometido con demasiadas luchas a la vez, y siempre convencida.»)

—¡Igual que Jordi Lledó! —exclamé, con una carcajada—. Él también coqueteaba con muchas causas. Era un catacausas. Las probó todas y, después, las fue abandonando una a una. En este aspecto, Lleonard y Jordi Lledó tenían algo en común. Ambos traicionaron a las elevadas ideas que predicaban. Dime, ¿Núria Valls también te aconsejó que te matases?

—No llegó a tales extremos. Jóvenes tan ortodoxos como tu Jordi Lledó no abundan. Y resentidos como tú, tampoco. ¿Es posible que sigas odiando a un pobre chico inexperto y perdido en las indecisiones ideológicas propias de aquellos años? Quién sabe si no se habrá convertido en un ejecutivo que renunció a sus ideales, como tantos de nuestra generación...

—He guardado este odio durante años confiando en lo que acabas de apuntar. He esperado la ocasión que me justifica: el momento de devolver la puñalada. Aquel Jordi Lledó tan combativo, puso el listón muy alto, y este listón era él mismo. Nadie llega a semejantes extremos de intransigencia si no es capaz de seguir una línea de conducta modélica. Cuando no lo hace, debe pagar. Tiene que existir todavía alguna forma de ética que respete estos principios.

—Tu ética debe de ser muy peculiar, ya que actúas según la intolerancia que censuras en los demás. Te estás convirtiendo en un inquisidor. Me aterra pensar que sea así la revancha de las víctimas que consiguen liberarse y de los pueblos que despiertan de la opresión.

—Ignoro cómo actuan los pueblos, porque ya no pertenezco a ninguno. En lo que a mí respecta, te diré que cumplo las leyes del odio. Las leyes que aplico a la conducta de Jordi Lledó y las que apliqué a Lleonard.

Me miró con algo más que respeto. Y yo tuve la certeza de infundirle miedo.

—Desde hace unas horas me viene rondando una idea. Hay algo que me ocultas y que, al mismo tiempo, quieres que sepa. Con franqueza, ¿acaso estás intentando decirme que Jordi Lledó y Lleonard Pler son la misma persona?

Después de tantas vueltas, me veía obligado a incurrir en la estética que más detesto: la del sentimiento *too gothic*.

Me limité a preguntar:

—Mi respuesta, ¿ayudaría a tu libro?

—Ayudaría a mi personaje, que es tan importante como el libro.

La afirmación era propia de la narrativa del siglo XIX. Era, exactamente, la reivindicación del personaje. En la novela actual ya no los hay. Gracias a las influencias de Robbe Grillet y compañía, la máxima aspiración de la novela actual consiste en contarnos la vida interior de un armario de luna o los conflictos mentales de un cubo de plástico. Deberemos, pues, agradecer a William Cumingham que intente trascender un simple encargo periodístico-literario para reinstaurar los derechos del humanismo.

—Según *la Castellona* estoy escribiendo una novela policíaca, pero no lo creo. Si en mi novela existe un crimen, es más dramático que los de los *thrillers* convencionales. Si existe una víctima, es un país entero, no una baronesa. Y los móviles de los culpables y los atenuantes de las víctimas alcanzan repercusiones tan magnas que me da miedo descubrirlas.

Pero me encogí de hombros. Si él podía permitirse un juego literario, yo podía permitirme un juego vital. Además, hay cosas que debemos descubrir a solas, sin ayuda. Sobre todo cuando el rencor nos domina y aspiramos a desahogarnos esgrimiendo contra los demás la misma crueldad que un día nos aplicaron...

—Podría ser Lleonard —dije—. Sin embargo, Jordi Lledó no proyectaba largarse a Londres. Tenía planeado vivir en Madrid así que acabase el servicio militar. Aspiraba a perfeccionar su castellano, para continuar escribiendo en este idioma. En Madrid continuaría sus estudios. No iba a trabajar, como hubiera hecho el pobre Lleonard. Vivía como un estudiante acomodado. No en un *colegio mayor* ni en una pensión infecta. Compartía un apartamento del barrio de Salamanca con dos chicos que conoció en la mili. Uno era hijo del director de un banco valenciano; el otro, del propietario de no sé cuántas salas de cine de la región. El primero, un tal Félix, me ha visitado varias veces en Atenas. No creo que haya subido una sola vez a la Acrópolis, pero conoce a todos los vendedores de droga de la plaza Omonia. Por si te interesa, te diré que este joven atolondrado me contó que Jordi se distinguió en el cuartel por su especialización en actividades algo pintorescas. Dicho claramente: era el juguete preferido de un capitán que gozaba de una reputación muy sospechosa.

William Cumingham esbozó una mueca de asco. Yo me divertí. Estaba poniendo el dedo en más llagas de las calculadas.

—Por supuesto, son detalles que no me interesan.

Se olvidó añadir que los detalles le hacían daño. No digo que no fuese éste mi deseo. Intenté atacar con otras armas:

—... Jordi Lledó quería publicar en castellano. Recuerda que el año sesenta y dos, en el apartamento de René, daba el coñazo a Lola Roger con una novelita que había escrito mientras cumplía el servicio militar. Ya ves, mi chico abominable también realizó un primer esfuerzo literario. Y si ahora pudiésemos leerlo, tal vez sabríamos dónde empieza realmente Lleonard Pler, el primer escritor joven de las letras catalanas.

William Cumingham me miró con ironía. Seguramente, sabía algo que me ocultaba. Era como si me dijera: «Quiero saber hasta dónde eres capaz de llegar con tu odio. Porque, gracias a mi encuesta, sé perfectamente hasta dónde he llegado yo con mi sumisión.»

Pero el juego tenía que seguir tal y como estaba decretado. Así que dijo:

—Todos los escritores que aparecieron en los años sesenta se caracterizan por influencias muy parecidas. Pero Lleonard era distinto. Incluso su adscripción a la lengua catalana fue excepcional. En Londres, en el año setenta y cinco, todavía se esforzaba en parecer lo bastante indefenso para incitar a los demás a protegerlo. Cuando encontré trabajo en la Winter Press, me empeñé en echarle un mano. De repente, desapareció. Al cabo de cinco años supe que, en un remoto lugar llamado Cataluña, se había convertido en escritor famoso.

—Yo no volví a ver a Jordi Lledó, pero sus palabras, su frialdad nunca han dejado de obsesionarme. Me espetó claramente que necesitaba mi muerte para realizarse. Y, durante años, he necesitado su muerte para realizarme yo. ¿Te interesa saber si Jordi Lledó, aprendiz de escritor en lengua castellana, era Lleonard?

Y, ahora, de repente, se negaba a saberlo.

—Es imposible. Lleonard quería escribir en catalán desde el principio.

—¿Te lo dijo de un modo explícito? En tal caso, ¿cómo justificas que un lechuguino tan moderno, tan absolutamente *in*, decidiese escribir en una lengua minoritaria, de alcances meramente domésticos, con todas las limitaciones de difusión que esto supone?

—Porque era un verdadero creyente. Del mismo modo que tu Jordi Lledó era un acérrimo defensor del marxismo, Lleonard era un partidario convencido de la lengua catalana. En aquella época, todavía contaba el apasionamiento, no lo olvides. Las grandes causas no pertenecían al recuerdo ni las revoluciones a la nostalgia: creíamos en todas. Y, al afirmarlo ahora, invoco la actitud romántica, la sublime locura de los conversos.

—¿Así de sencillo?

—Tan sencillo como todas las conversiones que la época propició. Algunos jóvenes se hicieron taoístas; otros, sufíes. ¿Por qué no podía Lleonard convertirse al catalán? Es una religión como cualquier otra y cuenta con adeptos tan fanáticos como los de las sectas más ortodoxas. Es la única decisión que nadie puede censurarle, la que le proporcionó el respeto general, incluso el de sus detractores... Por cierto, ¿crees que los empleados de la Galleria dell'Accademia habrán terminado la huelga? No quiero irme sin ver los Carpaccios.

No acepté aquel corte tan brutal.

—De todos modos, fue una conversión poco rentable. Ese pobre diablo se apuntó a un eufemismo de país.

Resultaba patente que William deseaba cambiar de tema. Pero no por las razones que yo creía. No porque se negara a saber, sino porque ya sabía y lo que había sabido no le gustaba en absoluto.

—Las cintas han hablado antes que tú —dijo, con voz trémula, y acariciando a Ingeborg por primera vez—. Me hablas continuamente del chico que se convirtió en tu asesino histórico. Y, para los intereses de mi libro, sólo necesito saber quién fue el asesino de Lleonard. La idea del país no me sirve, porque Cataluña bastante tenía con sobrevivir; la idea del eufemismo tampoco, porque implica evasión, y, para comprender el rechazo de Lleonard, tengo que enfrentarme a ese país como si fuera un hecho real. Necesito toda mi lucidez para decidir si he visto un inmenso cementerio o un campo florido, en plena primavera. Pero tú haces trampa con una mala fe impresionante. A lo largo de este paseo absurdo, me ocultas las motivaciones de Lleonard y, por extensión, las de toda su gente...

23. FLOR DE ESCÁNDALO

Continuaba la noche artificial de Venecia. Caminábamos casi a tientas por el Campo San Barnabà mientras el mar se ahogaba a sí mismo bajo los cimientos de la ciudad. El camino era una sucesión de porches de madera, en un *calle* más ancho que los dos canales que lo cerraban. Al abandonarlo, descubrimos que el agua superaba su propio récord de niveles y oscurecía el musgo de las fachadas contra cuyas bases se estrellaban restos de comida, papeles estrujados, mondas de frutas y alguna rata muerta. Y, de aquel cúmulo de miseria, siempre trazado con pinceladas histéricas, William Cumingham seguía arrancando recuerdos del país que nunca existió. Quizá para para ponerle un punto de alegría, su encuesta rememoraba el escándalo más célebre de Lleonard Furioso...

—Por fin conseguí que alguien me contase el extraño caso de la jardinera japonesa de Banca Catalònia. Todavía los hay que no se explican por qué desapareció, de repente, siendo una de las reinas de la noche barcelonesa. Malas lenguas insinúan que quedó embarazada de un dignísimo Padre de la Patria; otras aseguran que se vio obligada a largarse por orden expresa del banquero Jordi Piñol quien, a raíz del escándalo, la consideró un pésimo signo propagandístico para una entidad que tanto se distinguía en pro de Cataluña. Y, dado que Jordi Piñol se dedicaba a la alta política y su lema era «Edifiquemos la patria catalana con ladrillos de fe», no podía permitir que una viga tocada por la carcoma de la vergüenza continuase cumpliendo su función de sostén en tan emblemático edificio. Cuando no se es digno de Banca Catalònia no se es digno de Cataluña, y sólo Jordi Piñol tiene poder para decidir quién está libre de culpa para tirar la primera piedra contra Cataluña y su banca. Era evidente que Lleonard no se contaba entre los elegidos. Y numerosos testigos de la época aseguran que la animadversión que Jordi Piñol sentía contra él fue precisamente a causa de la pobrecilla Loto Dulce.

»Pero, mientras cenábamos en el Canari de la Garriga, Núria Valls manifestó su desacuerdo con la opinión general:

»—Nada de bromas. El conflicto arranca de mucho antes. No tenemos memoria, o no nos conviene tenerla. El banquero Jordi Piñol se la guardaba a Lleonard desde que éste le plantó cara por el asunto de la revista *Barres i Foc*. Fue menos espectacular que el caso de la famosa jardinera, cierto; pero muchos lo consideramos más grave porque volvía a demostrar la intransigencia del nacionalismo de derechas con cuanto contradiga a sus intereses. El banquero Jordi Piñol ha prestado grandes servicios a la cultura catalana en la clandestinidad; pero no hay que olvidar que, de vez en cuando, muestra unas aficiones de censor altamente sospechosas. En el caso de la revista *Barres i Foc* perdió el timón. No niego que salió un poco rojilla. Comprendiendo que los jóvenes de los años sesenta no se conformarían con pósters de cantantes catalanes y guías de excursionismo, intentamos abordar temas de urgencia, propios de la nueva sociedad. Por otro lado, el proceso de modernización afectaba también al aspecto estético. Es imposible proponer contenidos innovadores con una iconografía del año de Maricastaña. Era la época en que los intelectuales reivindicaban el cómic como fenómeno cultural, y el director de la revista, Emili Llauradó, que además de excelente pedagogo es un cachondo, encargó a Lleonard un guión satírico sobre una ciudad imaginaria que se parecía sospechosamente a Barcelona. Para que el guiso resultase más suculento, los personajes eran los protagonistas de nuestra vida cultural. Aparecían todos, resultaban todos perfectamente identificables y todos demostraron un gran sentido del humor, aceptando la caricatura e incluso la crítica. Todos excepto el banquero Jordi Piñol. Aunque su caricatura era totalmente inofensiva se puso hecho un basilisco. La reacción fue inmediata. Amenazó con el cierre de la revista si el director no retiraba el motivo de ofensa. O sea que fue un caso flagrante de censura, todavía más grave que la franquista, porque se hacía desde la resistencia y amparándose en la coartada del nacionalismo. En mi opinión, esto es mucho más importante que la historia de Loto Dulce; pero la gente tiende a recordar los asuntos escabrosos, los que tienen morbo. Es típico de una sociedad alienada. En la Unión Soviética no ocurriría.

»Repetí la conversación a Oriolet de Manllé, tomando copas en el Pastís. Él saltó inmediatamente contra la nena Valls.

»—¿Por qué no se mete la lengua en el culo? Alguien debería explicarle de una vez que para jugársela no se necesita pertenecer al sacrosanto partido. Hay gente que está haciendo una labor muy importante sin necesidad de definirse ideológicamente. Que no diga la nena Valls que no tenemos memoria. Algunos tenemos mucha. Sobre todo yo, porque en aquella trifulca me tocó pagar los platos rotos. ¡El broncazo que me soltó el director por defender a Lleonard cuando él denunció el caso de *Barres i Foc*! Como te he dicho, mi director permitía que me cargase la mitad de este mundo y buena parte del otro, pero tratándose de bromas a costa de Jordi Piñol invocaba la salvación de Cataluña y cojonerías por el estilo. Decía que una entidad como Banca Catalònia era *tout à fait* benemérita. Yo replicaba: «¡Releche! Para benemérita ya tenemos la guardia civil!»

»Aunque, para escándalo, el de la jardinera japonesa. Mucho más divertido que el de *Barres i Foc*, hombre, mucho más coñón. Yo, cuando hay que provocar, me apunto sin pensármelo dos veces. Y en aquella ocasión corrí a apuntarme a toda prisa porque el tema era como para chuparse los dedos. Ya me había ensañado anteriormente en un par de artículos. Porque, chico, el anunciete de la Banca Catalònia te dejaba flipado, era digno de aparecer en esas antologías del *kitsch* que hacen los italianos. Se veía a un ejecutivo con cara de panoli y un buen fajo de billetes verdes en la mano. El memo vacilaba, no se decidía a depositar el dinero en la Banca. De repente, ¡zaaaas!, se le aparecía la jardinera japonesa, con quimono incluido, *boy*, con quimono, la tía. Sostenía la regadera como si fuera una varita mágica. Y recuerdo que el texto decía: «Velamos tanto por nuestros clientes que hemos contratado a una jardinera japonesa para que cuide las plantas del vestíbulo. Así cuidaremos su capital.» Es posible que el enunciado fuese más barroco; pero, en síntesis, éste era el mensaje que propugnaba. Por supuesto, los mínimamente sensatos nos mondábamos de la risa. De todos modos, quien mejor puede contarte la historia de la jardinera japonesa de Banca Catalònia es la propia interesada. Tengo entendido que actualmente trabaja en una sala porno de Amsterdam. Sube al escenario y se pone a mear a chorro corrido.

NOTICIA DE LA JARDINERA JAPONESA DE BANCA CATALÒNIA

—AQUÍ AMSTELDAM, AQUÍ AMSTELDAM. Sí, soy la muy lespetable señolita Loto Dulce. ¿Desde dónde llama? ¿Desde Balcelona? ¿Quién es usted? ¿Un peliodista? ¿Un cablón de esos que escliben en los peliódicos? ¡No dilé una sola palabla! ¡No dilé una sola palabla! No quielo sabel nada de Cataluña. Me siento muy moltificadita; lesentida, no, pelo moltificadita, muchísimo. Tengo el colazón paltido y el alma helida. Llolalía ahola mismo. Cataluña es muy desagladecida, muy pelo que muy desagladecida. ¿Dónde encontlalán una jaldinela tan decolativa como Loto Dulce? ¡En ningún lugal, en ninguno! ¿Dónde encontlalán una chinita más catalanizada que Loto Dulce? ¡Ah!, ¿ignola usted que no soy japonesa de veldad? No señol, no lo soy. Soy chinita, de las de toda la vida. Loto Dulce es nomble de guela. Me llamo Golondlina-del-alba-soble-los-campos-de-Occidente-cuando-el-sol-delite-el-locío-y-los-líos-se-llenan-de-vida. Complendelá usted que, como nomble de guela, lesultalía demasiado lalgo. Tuve que cambiálmelo al escapal de Guilín. Sí, señol; tuve que escapal: los jóvenes y activos gualdias lojos de Mao asaltalon la pleciosa casa de mi papá entle los almendlos flolidos y descublielon un ejemplal del esclitol flancés Hugo, Victol, y lo quemalon vivo, poble papá, con otlos diez mil esclitoles de Guilín que también elan desviacionistas. Mi mamá, Clisantemo-glolioso-nacido-entle-los-nalcisos-y-las-peonías-del-jaldín-de-los-pavos-leales, tenía liblo de cocina que nos había legalado misionelo de Zalagoza, liblo de cocina español titulado *Calmencita la buena cocinela*, y como tía suya fusilada polque tenía un ejemplal de *Olivel Twist*, mi mamá se asustó y me dijo: «Huyamos, niña, huyamos que el holno no está pala bollos.» Pol eso pusimos tiela pol medio y también polque el misionelo nos pagó viaje a Zalagoza, que es mucho tlecho, Guilín-Zalagoza, es mucho tlecho. Pelo el misionelo, helmano Telmo de la Asunción, había tomado glan deleite en las vilguelías que mamá le hacía en la cama las noches de invielno y, aunque en Zalagoza hace un flío que pela, los dos se calentaban a gusto. Yo me abulía en Zalagoza, sí, me abulía, y los maños me humillaban polque tengo la piel un poco amalilla y los ojitos de almendla. Y yo lloraba mucho, mucho; pelo, al final, suelte tuve de mi piel, polque glacias a la piel del colol de mis antepasados me sulgió una plopuesta pala el cine. ¡De veldad, de veldad!; en la levista *Fotoglamas* leí que necesitaban doncellas de piel amalilla pala una película de japoneses que lodaba Clistophel Lee en Balcelona, y allí me plesenté, sí, me plesenté. Mi papel ela colto —tocaba el gong y glacias—; un agente de modelos, que no de putones, me vio y dijo que ela una japonesa muy mona y yo a punto estuve de desengañalle y decil que no soy nipona, que soy hija de Guilín, pelo le vi tan entusiasmado que pensé: «Aplovecha, niña, aplovecha, que aquí no saben distinguil entle las divelsas y cololidas lazas del Lejano Oliente.» Y, mile, me conveltí en Loto Dulce, y, venga a hacel de japonesa pol los ambientes *in* de Balcelona, hasta el extlemo de que siemple me hacían cantal:

Sayonala, antes de paltil,
antes de alejalme te quielo decil:
Sayonala, sayonala, goodbye..., goodbye...

»¡Pelo le digo que no quielo hablal de Balcelona! ¡No, polque me moltifica; me moltifica! ¿Dónde encontlalán una oliental más fiel que Loto Dulce a los plincipios de la Cataluña etelna? Si incluso aplendí poemas de Salvadol Espliu y lomanzas de Joan Manuel Selat. ¡Cómo lo siento!

Llolo sin cesal. ¡No soy culpable de que la fotóglafo Melita y el esclitol Lleonald me engañalan con falsas plomesas! Y quienes peol se poltalon fuelon los Padles de la Patlia. Sí, polque el banquelo Joldi Piñol me plometió tlabajo pala cinco años y, además, me dijo que si Cataluña se hacía independiente y él llegaba a la plesidencia me nomblalía cónsula del Mikado celca de la Genelalitat. Pelo el banquelo Joldi Piñol se ha poltado muy mal con la poble Loto Dulce; ojalá Flanco no se muela nunca y no haya Genelalitat ni hostias. ¡Oh, qué malos son los catalanes! Soble todo aquella paleja, el esclitol Lleonald y la fotóglafo *undelglound.* ¡Sinvelgüenzas, más que sinvelgüenzas! ¡Boldes, más que boldes! Antes que volvel a Balcelona, plefielo hacelme el hala-kili. Pelo no selá necesalio, no, polque aquí en Amsterdam me quielen mucho. No tengo que disflazalme de jaldinela japonesa pala halagal a los clientes de Banca Catalònia. Aquí tlabajo de altista, que es lo mío. Me planto en medio de la pista y hago pipí. No sabe usted qué éxito tengo haciendo pipí al estilo de Guilín. Y vivo como una leina, sí señol. Y si algún día alguien me dice que vuelva a Balcelona, pieldo los estlibos y glito: «¡Me cago en Buda, cablón, me cago en Buda.» Y pala más sabel a Salamanca; y, si no, a la fotóglafa Melita, que es la culpable de todo...

EL OJO INDISCRETO DE MELITA

—SÍ, GUAPO, MELITA SOY YO. ¿Qué esperabas encontrar, una cafetera? Melita me llaman los amigos, sí, y me hacen un favor, porque el nombre que me pusieron en la pila de bautismo, jope, estarían todos pedo, ese día... Me pusieron Melania. ¿Te suena? Sí, monín, la pánfila de *Lo que el viento se llevó*. Es que mi madre era una chalada del cine de antes. Menos mal que no me puso «Mogamba». Anda que, con lo de Melania y la cara de santiña que tenía yo, si no espabilo me quedo en beata. Encima soy de las que fueron a las monjas. Un poco más y no salgo de sus garras. ¡Qué educación nos dieron, las tías!

A golpes de disciplinas las corría yo a todas, Rambla abajo. Claro que salí, ¿no se nota? Con una cámara en el coño y muchas ganas de echarme el mundo por montera. Fue salir del refajo de las reverendas y darme de morros con los años sesenta. Eso era vivir, eso me sirvió. Las monjas, nada de nada. Hombre, si acaso para inspirarme cuando voy de disfraces. Tengo un hábito de Dama Negra, que lo compré en aquellas tiendas de Roma donde venden calzoncillos para los cardenales y *samarretas* para los abades. Un amigo mío preguntó si tenían condones para monaguillos. El dependiente lo mandó a tomar por saco (le dio él mismo, por supuesto). A mí, otro dependiente me quería colocar lencería de Christian Dior, que al parecer es lo que gastan las reverendas modernas: hasta un hábito de Givenchy, me quería vender el mal nacido aquel; pero yo le dije: «¡Cállate, esaborío! ¿Cómo voy a ir vestida de Audrey Hepburn por el convento? La madre superiora es muy antigua; para decirte que no le gusta que comulguemos en tejanos. ¡Es que es prima hermana de María Goretti, so capullo!» Así que me compré un hábito de los de toda la vida y, como iba en el viaje del Decamerone, me disfracé de Dama Negra, y Pitito de Teresiana y todos se troncharon de risa. En vista del éxito, me pongo el hábito siempre que hay juerga y a veces saco el cilicio y todo, que un trasto así, en pleno Decamerone, no sabes lo que divierte al personal. La otra noche entramos vestidas de monja yo y la Lucrecia do Cangaceiro, la editora, que es una brasileña muy guapetona y muy marchosa. Llevábamos un par de porretes de más y, en cuanto a güisqui, ni te cuento: media Escocia, llevábamos. En una mesa había algunos de la cultureta; sí, guapo, los catalanufos, los de la Enciclopedia Catalana esa en la que Jordi Piñol ocupa ocho páginas y Madrid tres líneas. Estaban de lo más desplazados, como doña Juana la Beltraneja en un concierto de Jimmy Hendrix. Eran una provocación, tan pulcros y modositos; así que dije: «Vamos a tomarles el pelo, Lucrecia, hija», y pusimos la cara esa que ponen las santas cuando levitan y, mientras, recitábamos una salve a ritmo de Copacabana que les dejó muertos. Y uno de ellos, un gafitas que tengo visto de las manifestaciones, va y me dice: «¿Qué hacen vuestras reverendas en este lugar a tan altas horas de la madrugada?» Entonces va la Lucre y, poniendo cara de mística, les suelta: «Alquilamos la matriz para recoger fondos. Que somos del Domund, hijoputa.» Yo es que me mondaba. Y para arreglarlo voy y les digo: «La madre Chochín se equivoca. Está borracha de tanto beberse el agua del Carmen a morro. Ella quería decir que nos manda mosén Dalmau.» Aquí se les levantaron las orejas, porque el mosén de marras y el otro —¿cómo se llama el otro? ¡ah! sí, el Llimona, hombre, el Llimona—, pues son ambos dos muy respetados por la progresía y siempre están metidos en todos los conflictos sociales, encierros y manifestaciones, que parecen ubicuos, leche. Para decirte que nada más nombrarlos ya nos trataron de otra manera los cuatro catalanufos, que hasta les dábamos un respeto, tú. Y seguro que hubiéramos podido tomarles más el pelo si en este momento no llega Toni Llofriu gritando: «Niñas, arreando pa'l Jazz Colon, que ha llegado un cargamento de marineros italianos y el bacalao me pide guerra.» Los catalanufos se quedaron de piedra picada, y la Lucre y yo nos quitamos las tocas, hicimos unos pasos de cancán y salimos colgaditas del brazo y cantando: «Bella, ciao, bella ciao, ciao, ciao...» Detrás nuestro, el gafitas gritaba: «¡aeaeí!' la fotógrafo que ayudó a aquel renegado en el escándalo de la jardinera japonesa de Banca Catalònia!» Y entonces aullaron los otros tres al unísono: «¡maeaeaeaeaeaeae, marrana, indecente...!»

»La verdad es que el caso de la jardinera japonesa de Banca Catalònia fue muy, pero que muy bestia. No nos echaron a Lleonard y a mí de Barcelona porque hay un dios. (¿Que dónde? ¡Qué sé yo, en algún lugar lo habrá! ¿O es que no has visto *Los diez mandamientos*, guapo?) La que pagó por todos fue la pobre Loto Dulce, que se nos quedó en el paro. La verdad es que el suyo era un trabajo muy descansado; vamos, que se los ganaba sin dar golpe, la muy cabrita. ¡La tenían todo el día ante las plantas de la Banca, con la regadera en la mano, dando confianza a los inversores, tú! No sabes lo que nos reíamos cuando el Manllé la sacaba en sus artículos. Nunca me he tronchado tanto como en uno en que a la jardinera japonesa de Banca Catalònia se le pudrían los crisantemos de aburrimiento viendo una obra de Brecht. En aquella época nos reíamos siempre (menos en los montajes del Teatro Popular, que ante aquello se habría dormido el propio Lenin). Nos lo pasábamos mejor que ahora. La gente era la hostia. Yo la he retratado a toda. Hice una exposición que se llamaba *La Gauche Bombón*, y, si miras el catálogo desde la penuria actual, te darás cuenta de la gente puta madre que había entonces en Barcelona.

»Anda, tú, hablemos en catalán, que en aquella mesa está *la Castellona*. Igual se chiva a los del Òrgan Cultural y me vetan en las editoriales y casas discográficas de su jurisdicción y ya no me encargan más fotos para portadas y carátulas. Hombre, tú, que yo vivo de esto. Del ojo de la cámara, guapo, no del del culo.

»No me cuesta nada, hombre, soy barcelonesa por los cuatro costados, pero hablo en castellano porque me sale de los ovarios. Eso sí, si llegan los de Madrid, hablo en catalán y que se jodan, por mesetarios. Depende de si me obligan o no. A mí, en cuanto me obligan a algo, me lo hacen aborrecer. Así, como te lo digo. No conoces a los catalanes ortodoxos: si no pronuncias correctamente te cae un anatema. Y yo pronuncio como puedo, que soy del Ensanche, coño, que no soy Mercè Rododendro. Pero tendremos que aprender a hablar con propiedad porque si ganan los catalanistas nos obligarán a tragar y a pasar por el tubo. ¿Que no? Pues al tiempo, niño, al tiempo. Seguro que irán a garrotazo y tentetieso, cazando brujas por las esquinas.

»Mejor hablemos del caso de la jardinera de Banca Catalònia, que es más díver. Fue cosa fina, palabra. A la pobre Loto Dulce la dejaron sin regadera. ¡Y mira que llegaba a ser simpática! Ella decía que era chinita. Yo creo que era coreana. Pero, lo que fuera, se la veía muy oriental. Con el quimono del anuncio parecía recién salidita de *La casa de té de la luna de agosto*. Las fotos eran mías, naturalmente. Nos reímos mucho. Yo, con las modelos, lo paso bomba. Las conozco a todas y todas me explican sus dramas. Mi estudio parece un confesionario; como las sesiones son largas, me van contando sus penas de amor. Siempre tienen alguna, porque aunque parezcan frívolas son muy sentimentales y se cuelgan del primer baranda que les sabe marcar los puntos. A más de una he tenido que decirle en plena sesión: «No llores, cerda, que se te corre el rímel.» Son buenas tipas, pero algo mochales. Para mí que tanta dieta las deja sin neuronas. Además, su carrera es corta y no son previsoras. Deberían tener sus ahorrillos y montar algún negociete. Pero, claro, quizá sea pedir peras al olmo: ¿te imaginas a Veruschka al frente de una mercería? Otras sueñan con una buena boda, con un príncipe italiano, como Julie Christie en *Darling*; pero la mayoría pueden darse con un canto en los dientes si pescan a un charcutero. Durante los años sesenta, en Barcelona teníamos modelos a porrillo. Nos llegaban de Alemania, de Italia, de Francia y de todas partes. Cuando no tenían trabajo, hacían de *go-go girls*. Algunas llegaron a ser famosas. Cuquita *la Psicodélica* era la más llamativa. Tenía un físico muy extraño: larguirucha, medio negruzca, con ojos de vampira. En la Edad Media la habrían condenado a la hoguera por fea, pero en los años sesenta quedaba de locura. Vanine era la mejor: muy inteligente, tú, siempre al día de lo que estaba de moda en el extranjero y con ingenio para saberlo aplicar sin que a los demás nos diese el alipori. ¡Qué distinción, la tía! Fue más lista que casi todas: ha montado una agencia de modelos que le va de fábula. Y no hay que olvidar a la Peretti, Elsa, una auténtica reina. Fue musa de artistas y de intelectuales, pero ella era más importante que todos los otros juntos. Barcelona era poca cosa para Elsa. Ahora vive en Nueva York. Diseña joyas para Tiffany's y es amiga de Andy Warhol, Bianca Jagger y todo el personal que cuenta.

»¡Ah, sí, yo fotografié a muchas modelos! Pero la Loto era la más dulce, por lo de ser chinita, digo que será. Siempre se ha dicho que las chinitas, las japonesas, las coreanas —¡o de donde sean, la geisha que las parió!— pues que son todas de azúcar candi. Así la Loto. ¡Qué delicadeza, cuánta elegancia natural! No me cansaba de fotografiarla. En el caso del anuncio de la Banca Catalònia, las sesiones duraban una eternidad y se nos murieron cuatro plantas, pero la culpa no fue nuestra. El banquero Jordi Piñol quería revisarlo todo personalmente. Era el cuento de nunca acabar. Llegaba y decía: «Oiga, Melita, ¿le parece apropiadamente japonés este gesto de la señorita? A mí es que se me antoja algo brusco. Intente usted arrancarle una expresión más confidencial. ¿Comprende, Melita? Ha de quedar muy familiar. Tiene que ser la hermana, la prima, la cuñadita que los catalanes podrían tener en Kyoto. Debe imponer la idea de que Banca Catalònia, más que una entidad bancaria, es un hogar. Hay que dar a entender que la Banca es el Lourdes del gran dinero. ¿Comprende, Melita?» Yo le decía que sí, que lo comprendía perfectamente, pero que no tocase las plantas, que estaba hasta el clítoris, de tanto repetir. Y un buen día, me suelta: «Oiga, Melita, este ficus me parece un tanto pomposo, poco del Mikado, para entendernos. ¿Usted no lo sustituiría por otra más delicada?»

»Reprimiendo las ganas de ponerle la cámara por sombrero, aproveché el inciso para mencionar una cuestión.

»—Oiga, Jordi Piñol, quiero ampliar el estudio y estoy sin una puta pela. Digo yo que, si este coño de Banca suya es tan familiar como dice, bien podría darme un crédito personal y, sobre todo, acelerar tanto trámite de mierda. ¿O no?

»Sin dejar de retocar los pliegues del quimono de Loto Dulce, dijo:

»—Perdone la pregunta, ¿siempre es usted tan malhablada?

»—No, compadre Piñol. Cuando me sale del chocho, soy muy señora. Vamos al grano: habemus crédito o no habemus crédito?

»—¡Ay, ay, ay! ¡Estos artistas...! ¡Siempre pidiendo, Melita, siempre pidiendo! Pero ya veremos lo que se puede hacer. Usted procure que le quede un anuncio bien japonés, sin abandonar las esencias de la catalanidad y, de las pesetonas, ya hablaremos, ya hablaremos.

»¡Rediez con Jordi Piñuelo! En fin, preciosidad, hablemos de la Loto, que es más estimulante. ¿Dices que ahora está en un *porno-show* de Amsterdam? Pues tiene que ganar un buen pastón. Es que en lo suyo era única. Cuando Lleonard me lo contó, no podía creerlo. ¡Me escachuflé de risa! Sabrás que el niño era muy fantasioso, pero la especialidad de la Loto superaba lo imaginable. Aunque también al escritor Candelo José Vela se le atribuyen excentricidades de igual calibre. Sí, hombre, dicen que el tío es capaz de absorber un litro de agua por el ano. La Loto lo hacía al revés. Expelía el líquido que ya tenía dentro. ¿No lo entiendes? Pareces tonto. Mira: se tumbaba en el suelo, completamente desnuda, se concentraba profundamente, inspiraba fuerte y, de pronto, ¡zas!, echaba el pipí hacia arriba, en forma de surtidor. ¡Era una maravilla, tío! Cierta noche, un grupo de amigos nos emporramos aquí, en el estudio, y Lleonard pidió a la Loto que hiciera una exhibición. Yo tuve una idea genial. Coloqué filtros de varios colores en los focos. Y, cuando ella puso el chorro en marcha, mi ayudante le enfocó directamente el parrús. ¡Parecía las fuentes luminosas de Montjuich! ¡Una pasada, chico, una pasada!

»De todos modos, Lleonard fue más imaginativo. ¡Qué ocurrencia tuvo, el mamoncio! Hacía tiempo que buscaba la ocasión de mortificar al banquero Jordi Piñol y a otros Padres de la Patria. Como sabes, amenazaban con cerrar la revista *Barres i Foc*. Lleonard siempre fue muy amigo de sus amigos y, sobre todo, de los progres y de quienes le habían ayudado en sus comienzos, que era el caso de los integrantes de la revista. Ten en cuenta, también, los motivos ideológicos. Todos odiábamos cualquier forma de censura. Y lo de *Barres i Foc* no era un caso aislado. Pito Llorens acababa de sufrir un buen palo con el presupuesto de su segunda película. Lo recuerdo, porque yo estaba de foto fija. Tras mucho rogar, Pito consiguió que el señor Curull, dueño de la sopa Pavita Linda, aflojase la pasta. Al principio, el mecenas puso una sola condición: que la película se exhibiese en catalán. Pero, al saber que el asunto iba de izquierdas, retiró las pelas y, además, instigó para que le imitasen los demás Padres de la Patria, empezando por Banca Catalònia y siguiendo por Jabón Temblor y Joyería La Perfecta.

(SEÑOR CURULL: «Entre esos progresistas, la cuestión del mecenazgo está muy mal entendida. Invertir dinero en empresas culturales me proporciona prestigio, pero no tolero que éste se vuelva contra mí. Es como pedirle al zar de todas las Rusias que pagase de su bolsillo el pelotón de fusilamiento. ¿No son marxistas? Pues que les pague las películas *la Pasionaria*. O mejor: a finales de mes, descontaré a mis obreros una parte de su sueldo. Que financien ellos el teatro y el cine que ha de instigarles contra los amos. Mientras no sea así, mientras las películas tengan que salir de mi bolsillo, sólo digo que quien paga manda.»)

—El caso de la jardinera japonesa de Banca Catalònia les fastidió mucho. Yo, al principio, no sabía qué pretendía Lleonard; pero, cuando me lo contó, ¡chico!, me puse a llorar de risa. Su plan era como poner el dedo en la llaga del tradicionalismo catalán a través de una de sus costumbres más queridas.

»Como tú sabes, al llegar la festividad del Corpus se exhibe en el claustro de la catedral de Barcelona un huevo que se sostiene encima de un surtidor, ceremonia que recibe el nombre de «el huevo que baila». A mí, como puedes comprender, el huevo ese me la trae floja; pienso que con tal de que algo baile o se menee, señal que estamos vivitos y coleando, pero los catalanes de pro tienen a aquella ceremonia por cosa sagrada. Y no te digo cómo era el niño Lleonard cuando algo sacralizado se ponía en su camino. Como las modelos suelen ser muy dispuestas y además estaban todas loquitas por el crío —ciegas, además de tontas— él sabía sacarles lo que quería. Aprovechándose de su encanto particular, conquistó a Loto Dulce para que accediera a prestarse a un experimento inofensivo. La tuvimos sin mear durante doce horas, pobre mula, y, cuando ya no podía resistir más, la tumbamos en el suelo y le ordenamos que hiciese su número. Lleonard la animaba, gritando: «¡Arriba, nena, arriba!» Y el chorro de la tipa, alsa, sube que sube. Te juro que era el diluvio universal. Yo me estaba cabreando, porque ya veía el parquet hecho una pena. De repente, Lleonard sacó un huevo de gallina pintado con los colores de la bandera catalana y lo depositó en el tope del chorrito y, ¡hostia, tío, el huevo se tenía en pie, se tenía en pie!

»—¡Parece el huevo bailón de la Catedral! —exclamé, extasiada.

»No se ha visto en toda la tradición de Barcelona un huevo con tanto ritmo. Y además, el chorro de Loto Dulce superaba a todas las fantasías que pueda hacer Candelo José Vela con su ponderado ano bebedor.

»—¡Fantástico! —sentenció Lleonard—. Sácale una buena foto y tendremos la mejor felicitación de Corpus para los Padres de la Patria. Y que se noten bien los colores de la bandera catalana.

»Son las típicas bromas a las que uno se apunta sin dudarlo. Son coñas que dan que hablar, te ayudan a pasártelo bomba y, además, resultan inofensivas. O, al menos, eso creía, porque después, hijo, ¡la que se armó! Y ya podía Lleonard poner su típica carita de inocente. Sabía muy bien a qué clase de personas quería provocar y qué tipo de sacrilegio podía dolerles en lo más íntimo.

»Cuando tuve listas las copias de la Loto con el huevo bailando en lo alto de su meada, Lleonard se presentó cargado de cartulinas y se puso a hacer felicitaciones estilo *christmas*. Se divertía como un niño. Decía: «Si esto funciona, para Navidad vamos a Montevideo a recoger el cadáver de Margarida Xirgu y lo mandamos a trocitos a los Padres de la Patria.» Le dije que, tratándose de huevos, podía contar conmigo para lo que fuera; pero que, con difuntos, no quería saber nada. Que acudiera a las de Coll-i-Be, que se apuntan a una guerra nuclear y, si viajaban hasta Montevideo, además de apechugar con el cadáver de la Xirgu, volverían cargadas de artículos exóticos para la tienda.

»Como de costumbre, fueron ellas las primeras en vocear el escándalo. Al parecer, Lleonard, entregó en mano la felicitación a Jordi Piñol para evitar la posible indiscreción de alguna secretaria. Al banquero le pareció un gesto muy gentil, y hasta le invitó a un café con leche y dos magdalenitas, porque cuando alguien le caía bien era generoso por naturaleza. Y yo te aseguro que, contrariamente a lo que dice Núria Valls, el banquero siempre demostró mucho afecto por Lleonard. Al menos, en mi presencia.

»¡Imagina su reacción al ver la foto de la Loto y el «huevo que baila».

»¡Uf, ya se ha ido *la Castellona*! ¡Menudo alivio! Ahora podemos largar en castellano. Yo es que me siento más cómoda. Y ya pueden llamarme renegada, que me la suda. ¿Que no tengo acento de Valladolid? Pues igual con el catalán: acento del Decamerone, que es ni fu ni fa pero al menos me entiendo con todo el mundo, y, si alguien no me quiere entender pues que le den morcilla malagueña. Como a los Padres de la Patria con el chocho de la pobre Loto Dulce. No les hizo ninguna gracia. Pues que pongan los de sus esposas, y ya veremos cómo quedan. Más mugrientos y llenos de telarañas que yo qué sé. No te digo cómo estaría el de la señora Espí: pura mojama. Sí, hombre, fue la culpable de que le quitasen la regadera a Loto Dulce, aunque ahora le echen las culpas a Jordi Piñol. Y es que con todo el escándalo se descubrió que la china, además de fingirse japonesa, era la querida del señor Espí, el fabricante de chocolates. ¡Menudo zángano! No le puso a Loto una pagoda, pero un piso en la parte alta, sí, y de mucho precio. Y además supongo que le compraría un hule. Por los meados lo digo.

»De todos modos, quienes conocen al banquero Piñol consideran impensable que la pelmaza de la señora Espí llegase a influirle. Dicen que el banquero es un Bismarck y que, una vez tomada una decisión, no hay quien le baje de la burra. Si echó a Loto Dulce sería porque la Banca está obligada a conservar ante sus clientes una imagen impoluta e irreprochable. Lo del hogar del dinero parece que funciona, sobre todo entre los conservadores de toda la vida. Además, el banquero tiene un concepto muy elevado de la familia y la moral, y esto, trasladado a su empresa, le obliga a guardar las apariencias de modo muy estricto. No me extrañó en absoluto que nos mandase llamar a Lleonard y a mí a su despacho. Lleonard lo consideraba una especie de triunfo, como si hubiese vencido la batalla del día D hora H. ¡Qué ingenuo podía ser a veces! ¿Pues no iba gritando por el paseo de Gracia que la Banca se bajaba los pantalones ante nosotros? Yo, que voy más a lo práctico, pensaba que la entrevista me venía de perlas, porque así podría insistir en lo de mi crédito.

»Jordi Piñol nos recibió mostrando un talante muy afectuoso, yo diría que incluso dulce. En nada respondía a la imagen tiránica que pintaban de él los de la izquierda. Parecía un plácido burgués que intentaba poner orden en el hogar y, mal pensada que es una, ganar adeptos a su causa. El problema era que, a mí, la causa catalana me la traía floja, y el hogar del capital, ni te digo. Y a Lleonard también, por supuesto. Más que a nadie. Por aquel entonces yo empezaba a saber que su hogar era el ancho mundo y su causa él mismo.

»¡Miau! ¡Ahora llega la Núria Valls! Me pongo a hablar catalán a todo meter, que ésta también es de las que van con recaditos. ¿Que no? Pues mira: es culo y mierda con Xavier Roldà, que menudo cotilla está hecho. Y como la niña escribe en todas partes, igual lo utiliza un día que no tenga tema. Además, que ya te digo que hablar en catalán no me cuesta el menor esfuerzo. Que lo hago como quien mea. Con perdón de la Loto.

»El banquero Piñol tenía una aspecto majestuoso, vamos, una planta de esas que impone. Era muy alto y envarado, y lucía un cabello abundante y rizadísimo. Movía continuamente las manos finas y estilizadas, de dedos largos y afilados; de vez en cuando se los retorcía, como animándose a empezar el sermón. Pero, antes, dedicó unas palabras muy simpáticas a Lleonard, e incluso a su obra escrita en catalán sin referirse, ni por asomo, a sus artículos en castellano, aunque eran muchos y, algunos, muy importantes. Te resultará fácil imaginar los elogios: que si lo consideraba una esperanza de las letras, que si Cataluña necesitaba muchos jóvenes como él y las monsergas de siempre. Y estoy segura de que el hombre era sincero. Al menos, hablaba en un tono muy confidencial. En un momento dado inclinó el cuerpo hacia adelante, como dispuesto a confesarnos.

»Hablaba el catalán más correcto que se ha oído en estos predios desde que desvirgaron a Mariona Rebull en un palco del Liceo.

»—¡Ay, Lleonard, Lleonard! ¿Por qué nos das estos disgustos? ¿No comprendes que nos haces daño y te lo haces a ti mismo?

»Lleonard lo miraba con aire ausente, haciendo morritos y soplándose el flequillo, como solía cuando necesitaba interpretar el papel de niño incomprendido. Hasta a mí me dio como una penita. ¿Quién se atrevería a castigarlo si estaba tan indefenso?

»A partir de aquel momento, la conversación se desarrolló como sigue:

»—Exagera usted, banquero. Me apetecía divertirme y me he divertido. Tampoco hay para tanto... ¡Total, por una birria de huevo!

»—¡Hombre, Lleonard! ¡No deja de ser un huevo que baila!

»—¡Ostras, Piñol! Porque le meten un chorro debajo. ¡Así ya puede! ¡Así bailaría cualquier huevo!

«—Pero, fuera de Cataluña, no hay ningún huevo que baile. ¿Cuántos países conoces que se les haya ocurrido esta idea? ¡Sólo a nosotros, los catalanes! Por eso el huevo danzarín es un símbolo de nuestra inventiva nacional. Los símbolos de la patria catalana son muy importantes, Lleonard. ¿No sabes que mucha gente los ama? Aunque fuera por respeto a los patriotas, no debieras jugar con los símbolos. ¿Qué pensarías si alguien utilizara a la Virgen de Montserrat para anunciar el ron Negrita?

»—¡Bravo, Piñol, bravo! ¡Se le ocurren a usted mejores ideas que a mí! ¡Póngala en práctica, póngala en práctica!

»—¡No tienes remedio, Lleonard, no tienes remedio!

»—¡Buaaaa! (Bostezo.)

»—Pero tú, Lleonard, ¿amas a Cataluña?

»—Hombre, sí.

»—¿Mucho o poco?

»—Mucho.

»—¿Más que a qué?

»—No lo sé. Más que a Madagascar, siempre.

»—¿Ves cómo es imposible hablar contigo en serio? Madagascar es un país muy respetable, pero sólo es eso, un país. En cambio, Cataluña es mucho más que un país. ¿Lo comprendes, Lleonard, o no lo comprendes?

»—Caray, Piñol, me lo pone usted muy difícil. El Barcelona es más que un club, la sardana es más que una danza, la Banca es más que un banco, Montserrat es más que un santuario y el catalán más que un idioma. Aquí todo es más que algo. Pero yo sólo quiero ser Lleonard y escribir bien, que lo mío me cuesta.

»—Lo vas logrando, lo vas logrando.

»—¿Cómo que lo voy logrando? ¡Soy cojonudo! ¿O no soy cojonudo, Melita?

»—La hostia, hijo —murmuré yo, medio dormida—: La *very* hostia.

»Jordi Piñol no se daba por vencido. Creo que tenía la mañana didáctica, y la dedicaría al didactismo, a costa de quien fuera. El sermón nos había tocado en suerte a nosotros; pues paciencia. Todo por el crédito.

»—No niego que escribas bien. Al contrario, al contrario. Ya quisieran los castellanos escribir como tú. Pero corres un gran peligro: a base de numeritos, la gente puede olvidar tus valores de escritor y aplaudir sólo tus extravagancias. Al principio, los *enfants terribles* resultan graciosos, pero acaban cansando. Como aquel golfillo francés..., ¿cómo se llama?... Rimbaud. No me dirás que no cansa, con tantas rarezas. Vigila, Lleonard; vigila que no te pase lo mismo que al Rimbaud de marras.

»Lleonard se quedó pensativo. Era evidente que Rimbaud aparte, el banquero no iba desencaminado. Tampoco era la primera vez que surgía el tema del escritor a quien devora el *enfant terrible*. El propio Lleonard lo sacó a colación más de una vez y no sin miedo.

»El banquero seguía en sus trece, sus catorce y sus dieciséis...

»—Comprendo tu furia y, es más, no niego que Cataluña la necesite. Eres muy joven y tienes mucha prisa. Pero piensa en el inmenso trabajo que tenemos por delante, y en el que nos aguarda, que será más duro, mucho más duro, cuando llegue el día de la reconstrucción nacional. La prisa de nada sirve, y la furia menos. Recuerda mi lema: «Edifiquemos la patria catalana con ladrillos de fe.»

»Advertí que el banquero se expresaba como un padre. Ignoro si lo hacía con todo el mundo, o sólo con nosotros. El caso es que era un sistema muy eficaz. Escuchándole, se me escacharraba la matriz. Y seguro que, en otras circunstancias, Lleonard también hubiera caído en la trampa. Pero, aquel día, estaba fuera de sí. Quizá en exceso. Al fin y al cabo, no es bueno pasarse de la raya. Todo era cuestión de ladrillos de fe y punto.

»—¿Pretende tomarme el pelo, Piñol? ¿Qué patria quiere edificar, carcamal, si sólo vive de símbolos fosilizados?

»—Los símbolos no son privilegios de una ideología, ni siquiera de una clase social. Pertenecen a todos, Lleonard, a todos. Y no me refiero únicamente a nuestra bandera, la egregia *senyera*. Te estoy hablando de las pequeñas cosas que, a lo largo de los siglos, han configurado nuestra identidad como pueblo. El enemigo de Castilla intentó arrebatárnosla, pero no lo ha conseguido, ni ha de conseguirlo nunca. Por toda Cataluña están apareciendo esperanzadoras formas de recuperación. Una fiesta popular, una costumbre ancestral, un plato típico... todo nos ayuda a recordar cómo éramos para volver a serlo en el futuro. Para nosotros, la deliciosa escudella es tan importante como, para ti, Thomas Mann; el noble vibrar de la sardana es más valioso que tu Mozart; los Xiquets de Valls, con su enaltecedora torre humana, nos son tan necesarios como a ti Le Corbusier. Yo siempre hablo de la necesidad de hacer patria. Ahora te hablaré del crimen que supone deshacerla. Y, si deshacer una patria ya hecha es un genocidio, deshacerla cuando aún está por nacer, es un pecado mortal, porque equivale al aborto. ¿Comprendes ahora?

»—Ni una palabra. Pero me la suda. Sólo le diré que los símbolos me resultan insoportables porque sustituyen a las cosas realmente importantes. Yo quiero estas cosas y no me conformo con sustitutivos. Odio sus símbolos y arremeteré contra ellos, caiga quien caiga.

»—¡De acuerdo! Si tan valiente eres, ¿por qué no arremetes contra la bandera española?

»—La bandera española me importa un pito porque no es mía. Ni siquiera me tomo la molestia de odiarla. Pero a la *senyera* la quiero más que a mi propia vida, y, en nombre de este amor, tengo el derecho de cagarme en ella cuando lo considere necesario.

»Ignoro si Jordi Piñol entendía a Lleonard. Yo, ni pizca. Era como oír a un marciano. ¿Pues no resultaba que era un patriota? En tal caso, el chocho de Loto Dulce era como la *senyera* pero en bestia: servía de propaganda a la causa de una Cataluña más original que no la que promocionaban los tradicionalistas. Era una patria desinhibida, irreverente, iconoclasta. La mezcla se me antojaba como ácrata. Tenía su miga. Pero, evidentemente, no era la patria que el banquero llevaba entre ceja y ceja, y bien claro lo dejó invocando la memoria de Cambó, Prat de la Riba y Torras y Bages, un cura que se dedicó a la política o al patinaje artístico o yo qué leche sé.

»—Soñamos con una Cataluña ideal —dijo el banquero, para terminar—. Y escucha bien lo que te digo, Lleonard: en esta Cataluña, no daremos cabida a un determinado tipo de gentuza. Ni traidores, ni bordes, ni castellanosos, ni ateos, ni exaltados, ni criticones, ni borrachos, ni homosexuales, ni prostitutas, ni bohemios, ni comunistas. ¿Entendido?

»Lleonard le miró fijamente a los ojos. Se encogió de hombros y salió del despacho sin inmutarse ni despedirse ni nada. Eso sí, cantaba *Els segadors* traducida al esperanto.

»—¡Ay, qué chico, qué chico! —gemía el banquero—. ¡Cómo ha cambiado! ¡Si sus pobres padres levantasen la cabeza! Y sobre todo ella: ¡esa madre, Melita, esa madre!

»Al oír tales palabras me quedé turulata. ¡Pues que lío, Rigoletín! Ahora aparecían unos padres que no eran los de la patria. ¡Los padres de Lleonard! ¡Imposible! ¿No decía que era huérfano, que había crecido masticando miseria y procedía de un hospicio de Valencia o de algo más abajo, de Murcia o Albacete? Así se lo dije al banquero.

»—¿De Murcia? —exclamó Jordi Piñol, furibundo—. ¿Cómo se atreve a insinuar que nuestro primer escritor joven es charnego?

»Rectifiqué en un periquete. Yo quería mi crédito a la desesperada. No iba a jugármelo por una metedura de pata racial. Bastantes quebraderos de cabeza me había proporcionado el *show* de la Loto, y las repercusiones políticas del «huevo que baila». De modo que decidí no tentar al destino, cualquiera que fuese la raza de Lleonard.

»—Tranquilícese, Piñol, que yo ni digo ni dejo de decir. Me limito a repetir lo que Lleonard ha ido pregonando sobre su vida. ¡Y usted en la luna! ¿Es que sus asesores no leen los periódicos?

»Le resumí la cuestión en un *flash*. Desfilaron todas las versiones de la vida de Lleonard antes de llegar a Barcelona. Seguro que le pareció un disparate, pues se llevó las manos a la cabeza, al tiempo que gritaba:

»—¡Este chico está como un cencerro! ¡Si yo traté mucho a sus padres! Jaume y Remei. Dos bellísimas personas. ¡Qué daría él por llegarles al tobillo! ¡Santos de altar, eran! ¡Santos de altar!

»Me contó una historia de lo más extravagante y que contribuía a embrollar las siete vidas de Lleonard. Esos padres que aparecían tan de improviso eran una excelente familia de la Bonanova. Casta refinada y pela tope, vaya. Se dedicaban al negocio textil. Al parecer, Lleonard no tuvo ocasión de disfrutarlos mucho, porque se pasaba la vida en un colegio de jesuitas y, al llegar el verano, lo mandaban a Inglaterra, a un internado donde recibía una educación de milord para arriba. El banquero lo conocía de aquella época: era un adolescente muy aplicado que hablaba y escribía el inglés como un nativo. En cuanto a los padres, un primo de la mujer de Piñol les administraba las fincas.

»—Los pobres murieron en un accidente de automóvil; pero Lleonard no quedó arruinado. ¡Vamos, bajo ningún concepto! Puedo asegurárselo porque el primo de mi mujer continuó administrando su herencia. —Se interrumpió brevemente. Demasiados sermones en pocas horas. Optó por cambiar de táctica. Después de tomarse un respiro y arreglarse la corbata, pulsó un botón que, al punto, dio paso a una secretaria gafuda y con cara de rape hervido.

»Le dio algunas órdenes mientras me decía: «Por cierto, hace poco hablamos de un crédito, ¿verdad? Eso está hecho, amiga cliente, eso está hecho...

»Cuando la secretaria se hubo largado, me preguntó:

»—Y dígame, Melita: usted que habla tan bien el catalán, usted que, según mis informes, tuvo la inmensa suerte de nacer en Barcelona, ¿cómo es posible que llegue a ser tan castellanufa?

»—Mi madre es de Logroño y mi padre de Santander.

»—¡Qué le vamos a hacer! No es ninguna deshonra. Al contrario, tanto la Rioja como Santander son regiones perfectamente dignas. De todos modos, si le sirve a usted de ejemplo y fuente de coraje, recuerde que Guimerá era canario y escribió *Tierra Baja* en catalán.

»—¿Y qué quiere usted, que yo escriba *Mar y cielo* en mallorquín?

»—No llego a tanto, no llego a tanto. Y no se sienta incómoda: aspiramos a integrar, pero siempre por las buenas. Debemos poner la gloria de nuestra cultura al alcance de los castellanos que viven entre nosotros. Ellos saldrán ganando, porque es preferible recitar versos de Carner que canciones de Marifé de Triana. Y usted, Melita, si hablase en catalán mejoraría mucho. Quedaría más fina, más señora, más... no sé cómo decirle... más europea y todo. En fin, lo conseguiremos, lo conseguiremos. De momento, vamos al grano: su crédito, admirada cliente. De todos modos, cuando vea los documentos redactados en castellano no se me escandalice. Lo oficial nos tiene maniatados. Seguimos en la esclavitud, Melita, ¡seguimos en el oprobio! *(Sniff.)*

»—Usted deme el dinero en el idioma que le salga de las huevos, que yo lo cogeré en el idioma que me convenga.

»Recogí el montón de papeles que me ofrecía. Daba miedo. Si alguien quedaba en la esclavitud no era el pueblo catalán ni hostias: era una servidora, y por lo menos durante diez años. Pero en honor de Jordi Piñol debo reconocer que se hacía cargo del drama, porque mientras me acompañaba hasta la puerta iba diciendo con expresión apenada:

»—Y ahorre, Melita, ahorre. Piense que el día de mañana nadie lo ha visto. Yo que usted, no ampliaría el estudio. Total, para retratar a cuatro marranas no es menester tanto dispendio.

»Lleonard me esperaba en el vestíbulo. Se entretenía acariciando las plantas que la Loto solía regar en días mejores. Su expresión, antes de rabia, era ahora de nostalgia. Seguramente, recordaba las horas tan divertidas que habíamos pasado fotografiando a la chinita. Pero yo no podía quitarme de la cabeza la historia de los padres fantasmas. ¡Joder, qué tío! Le hubiera dado una mano de hostias por todas las mentiras que nos había colado durante tanto tiempo. Pero, como el banquero acababa de insinuar que me prefería en plan señora, me limité a tratar a Lleonard de hijoputa, mamón y pichafría.

»Un viernes, camino de Port Serrat, surgió el tema, pero de un modo tan pintoresco que fue como no mencionarlo.

»—¿Tú no tienes odio a las monjas? —me preguntó.

»—Ya las he perdonado. Total, se habrán muerto y estarán todas en el infierno, fotocopiando misales.

»—Yo nunca podré perdonar a los jesuitas. Ni tampoco a mis padres, que me dejaron en sus manos. Odio a mamá porque era débil y a papá por su crueldad. He crecido en el pavor de parecerme a él. Todavía hoy, al oír en sueños las campanadas a medianoche, me despierto empapado en sudor, temiendo haber heredado su inagotable sed de mal; y, sin respetar el cuarto mandamiento, lo odio con todas mis fuerzas. No puedo recordar de otro modo aquel Cagliostro, aquel Kane, aquella Elsa Banister en masculino que arruinó la vida de mamá y la mía propia. Ella acabó colgándose de una rama en el jardín de los cerezos. Yo he vivido soportando un estigma vergonzoso: el haber sido violado por mi propio padre a los diez años. Y a partir de los once, por los jesuitas, uno tras otro. ¿Sabes que, mientras me iban penetrando, me obligaban a comerme mis propias caquitas?

»—¡Por Dios, Lleonard, no me cuentes esas cosas, que puedo perder el control del volante y nos escoñamos vivos!

»Ya te he dicho que nos había hecho comulgar con demasiadas trolas como para aguantar otras. Además, no soy curiosa. Pensé que, si algún día le apetecía contarme la verdad, lo haría. Y, si no, nos iríamos a ver una película de Carlos Saura y santas pascuas.

»Pero, una noche de invierno, al volver del Decamerone, lo encontré plantado en la puerta de mi casa. Llevaba una maleta y le acompañaba un desconocido. No era de nuestro ambiente. Al contrario: era un tipejo muy serio; ¿qué digo? serio, es poco: era antipático a matar. Llevaba gafas oscuras y un tabardo. Y Lleonard lo llamaba «mi capitán». He oído rumores acerca de ese tipo de cachondeo; pero nunca los he vivido, ni ganas. Tampoco soy aficionada a montar tríos, y Lleonard lo sabía, así que no entendí muy bien qué buscaban. Quizá necesitaban una última copa o iban cortos de porros, y como mi casa siempre está abierta a los amigos, pues todos venían a asaltarme. Pero Lleonard me demostró, una vez más, que su capacidad de sorprender al prójimo era inagotable: ¡quería una sesión fotográfica aquella misma noche! No lo mandé a freír espárragos de puro milagro. O, mejor dicho, no lo hice porque, de pronto, el hombre de las gafas oscuras sugirió un precio que casi me desmayo. No sé si era rico, pero se gastaba los duros. Decidí que no era tan tarde. En aquel momento pensé en el crédito de Banca Catalònia. Necesitaba muchos encargos de aquel calibre para poder pagarlo. Encargos extras, de los bien cotizados. Claro que hubiera preferido que no fueran tan repentinos ni estrambóticos. Pero eso, tratándose de Lleonard, era pedir demasiado.

»En el estudio, el hombre de las gafas oscuras puso los puntos sobre las íes: él dirigiría la acción. Eso me lo dice en horas normales y le mento a la madre; pero, aquella noche, me sorprendió baja de defensas o alta en güisqui, que es lo mismo. ¿Al tío se le antojaba dirigir? Pues de perlas, corazón: menos trabajo para la menda. Bastante tenía con ir colocando focos. Al principio, Lleonard tuvo el detalle de ayudarme, pero no tardó en dejarlo porque tenía que maquillarse para la sesión. Le había hecho montones de fotos, de modo que conocía su cara al detalle. Pero es que aquella noche tenía que retratarle el cuerpo. Querían un desnudo.

»Por suerte no era un desnudo integral. Ya comprenderás que no tengo prejuicios morales; pero, desde el punto de vista estético, el desnudo masculino es más bien feúcho: ¡con esa butifarra que os cuelga entre las piernas! Conviene iluminarla muy bien para que no quede ridícula, y yo, con la cogorza que llevaba encima, no me sentía como para ponerme a hacer experimentos de luminotecnia. Por eso accedí a que el hombre de las gafas dirigiera el sarao. Se había repantigado en un sillón y trasmitía órdenes a Lleonard, que las obedecía como un perrito o, mejor dicho, como si fuese otro Lleonard. Estaba muy inquieto, pero sabía perfectamente a lo que iba. Me recordó que, entre los decorados que acostumbro utilizar como telón de fondo, hay uno que representa un jardín romano. Bueno, de hecho es una petardez, una fantasía que igual puede sugerir un trozo de *Quo Vadis?* que las atracciones del Tibidabo. Pero Lleonard sostenía que era lo más romano que había visto en su vida y, sin inmutarse por mis maldiciones, me obligó a montarlo. En este punto, el hombre de las gafas oscuras me mostró una reproducción de un cuadro de esos del Renacimiento italiano. Hombre, no puedo garantizar la fecha ni el estilo, pero te aseguro que un Tàpies no era. Reproducía a un típico san Sebastián medio en porretas y con los brazos atados a la espalda (recuerdo que en otros le cuelgan del árbol, pero se conoce que la postura de los mártires va a gusto del consumidor). En cualquier caso, la figura era muy sugerente, y si una se fijaba con atención descubría que se parecía a Lleonard. No como dos gotas de agua, desde luego; vamos, que no eran Pili y Mili, pero entre los cabellos largos, los labios carnosos y aquella mueca que nunca se sabe si es dolor o de voluptuosidad, sí se daba un aire a aquel mártir que, dicho sea de paso, más bien parecía una locaza desorejada. Y aún se le pareció más al quitarse toda la ropa y empezar a maquillarse el cuerpo. Llevaba un taparrabos exactamente igual al del cuadro. Para quitar violencia a la situación se me ocurrió preguntar si el modelito era un diseño de las hermanas Carrús, que hacen los vestidos de la Montiel y luego va ella diciendo que son de Rabanne. Pero la broma no tuvo éxito; al contrario: Lleonard me dirigió una mirada asesina. Fue como si acabase de profanar la santa misa.

»Obedeciendo a una indicación del tío de las gafas, Lleonard se colocó bajo los focos, con las manos atrás, como si las tuviese firmemente atadas. El otro sacó del maletín un ejemplar de la novela *Fabiola* y se puso a leer unos párrafos correspondientes al asaetamiento de san Sebastián. ¡Menudo *trip*! Dirán que la novelita de nuestra infancia la escribió un cardenal, pero al lado de aquellas descripciones las revistas sado que venden en las *sex shops* de Perpiñán parecen *Sissi emperatriz*. Bien debía entenderlo Lleonard, pues iba simulando cuantas expresiones de dolor sugería la voz del otro. No me gustaría pasar por calumniadora, pero creo que al niño se le empalmó; mejor dicho, ni calumnias ni hostias: se le puso en porte de obelisco. Y el de las gafas no sólo la tenía empalmada sino que, además, se frotaba el capullo por encima de los pantalones. ¡Y mientras, yo, de un lado a otro dándole a la cámara! Ciertas nochecitas no se pagan con todo el oro del mundo. Cumplí como una buena profesional que, además, vive esclava de un crédito a Banca Catalònia. De todos modos, le hice jurar a Lleonard que, si se decidía a utilizar la foto, prescindiría de mi nombre. Después de la peripecia del «huevo que baila», no quería más complicaciones. Y, conociendo al niño, era perfectamente capaz de enviársela al abad de Montserrat sugiriéndole que lo canonizase. Al fin y al cabo, era el escritor joven que más trabajaba en pro de la cultureta. Y un Sebastián empalmado tampoco es cosa que se encuentre una cualquier día en cualquier iglesia.

»Nadie llegó a ver aquella foto. Desapareció de la circulación; así, como te lo digo. Guardo el negativo, naturalmente, pero nunca he querido publicarla, por amistad. Si Lleonard, que era tan exhibicionista, se empeñó en guardársela, sus razones tendría. Claro que, de hacer copias, me habría llevado unos buenos duros. Sobre todo si se la llego a ofrecer a Guillem Esteba, que aún se la estará meneando a la salud del difunto. ¡Y no te digo si la ve Lola Roger! Ésa siempre me daba el coñazo para que le hiciese de alcahueta con Lleonard. ¿Qué dices, que no conoces a Lola Roger? Es fantástica. Todo lo contrario de Blanca Alcover, que era más bien sosita. Una cara divina, una voz maravillosa, pero un plomo de tía. De acuerdo, inspiraba personajes a Lleonard; pero, jopé, con tal de no soportarla era preferible hacer un esfuerzo de imaginación e inventárselos. De todos modos, es digna de lástima. Las pasó perrunas con el marido siempre pegado a Lola Roger, y ella obligada a encamarse con todo quisqui, de lo contrario le hubieran dicho que era una mojigata y una reaccionaria y una retrógrada y todo lo que decían en la Gauche Dorée si un matrimonio no aceptaba el amor libre. Te lo contará Nabuca Daiano, que lo sabe todo, lo airea todo y es una tipa de lo más legal.

»¡Ya se ha ido la niña Valls! Pues cambiemos de idioma, leche. Esta ciudad me tiene loca. Ahora hablas en una cosa y al cabo de un momento en otra. ¡Qué unifiquen los idiomas de una vez o me largo a los madriles! ¿Dices que el banquero Piñol tiene razón? ¿Que quedo más fina hablando en catalán? Será porque no domino los tacos, y un taco, si no se conoce la etimología, es mejor no soltarlo, porque te arriesgas a quedar como el culo. Pues lo dicho: tienes que subir a Port Serrat, porque estará todo dios, los arquitectos, los fotógrafos, las modelos, los escritores, los pintores, los del cine, todos, todos estarán en Port Serrat este fin de semana. De lo contrario, se acabaría el mundo.

24. EUFEMISMOS HISTÓRICOS CONJURADOS EN EL ALTAR DE NABUCA DAIANO Y EN EL BIDÉ DE MINIFAC STEIMAN

Mi contacto con el último dominio de Lleonard antes de que eligiese la soledad tenía que ser Nabuca Daiano, también llamada *la Incalculable*. Frecuentarla constituía una suerte de obligación aceptada con anterioridad a mi viaje y materializada mediante una correspondencia que tramitó un amigo común. Tanto interés no sorprenderá a quienes saben que Nabuca Daiano se ha convertido en el contacto obligado de cualquier extranjero que llegue a Barcelona y pretenda acogerse al privilegio de ver de cerca a las figuras estelares de la Gauche Dorée. En su condición de vínculo entre mundos que le otorga un cargo tan estratégico como el de secretaria general del Decamerone, Nabuca Daiano resulta tanto más valiosa por ser extranjera y de izquierdas, condiciones que le conceden un importantísimo grado de perspectiva muy apto para convertirla en catalizador de todo el ambiente. Una propicia ración de amable cotilleo hace el resto.

Cuando la Barcelona sofisticada dice Nabuca Daiano, quiere decir oráculo. Sencillamente. Ella sabe todo, adivina todo y se codea con todo el mundo. O, para ser exactos, con todo aquel que cuenta en lo artístico y lo literario.

Al igual que Minifac Steiman *la Inefable*, Nabuca Daiano *la Incalculable* es una tópica representante del Occidente civilizado que se siente atraído por esas tierras salvajes, retrógradas y oprimidas; tierras que invocan la civilización occidental con pretensiones de formar parte de ella algún día. En este aspecto, ambas mujeres representan dos instituciones que las esperanzas y desesperanzas de la Gran Década no han hecho sino prestigiar. Los consulados no oficiales de Italia y de Inglaterra pasan por el apartamento de Nabuca, en Barcelona, y por el soberbio caserón modernista de la Steiman, en Port Serrat. Pero los auditorios que aplauden las representaciones de cada una son distintos y opuestos. Así como en el cochecito meramente utilitario y siempre destartalado de Nabuca Daiano han comido pipas, e incluso habrán hecho el amor, algún Brigada Roja de Brescia o cualquier representante del Gay Power genovés, el Dodge escrupulosamente cuidado de Minifac Steiman ha servido para mostrar las ruinas de Emporion a alguna colaboradora de la doctora Mead o a la cuñada de quién sabe qué miembro del Parlamento de la Cámara de los Lores.

Se comprenderá que Minifac Steiman, relacionada principalmente con la burguesía de solera, adoptase Port Serrat como imitación de la colonia de honorables residentes ingleses que antaño militaron en la bahía de Pollensa. Una vocación de George Sand de pacotilla la llevó a Mallorca con la intención de escribir un «invierno» que, a la larga, ella misma consideró irrepetible. La experiencia la decepcionó. Poca inspiración, poco veneno podía extraer de una sociedad tan saturada desde el punto de vista literario que incluso llegó a servir como teatro de operaciones a algún personaje de Agatha Christie. Dado que no quería ser considerada una escritora de consumo (aunque sus atrevidas novelas constituyen el alimento cotidiano de muchas amas de casa) dado que aspiraba al escándalo cultural superior, Minifac decidió que no podía buscar el exotismo en unos ambientes que, aun siendo muy *jet*, aparecían en los libros de bolsillo a la venta en las sucursales provincianas de la Smith and Sons, junto a revistas de pasatiempos y manuales de jardinería fácil. Aterrorizada por aquel peligro, soñaba Minifac con la alta cultura, y más de una burguesita cursi de Port Serrat la suponía musa de ringorrango; de ahí que quedase de buen tono recibirla y devolverle la visita. Evidentemente, ninguna de sus innumerables lectoras anglosajonas —también había mucha taquimeca— se atrevió a exigirle un escape hacia la genidalidad y forzoso es decir que tampoco ella estaría dispuesta a darlo si implicaba perder posiciones en las listas de *best sellers*. No obstante, seguía empecinada en parecerse a George Sand... y precisamente bajo esos rasgos la idealizaban sus seguidoras, esas que se estremecían leyendo historias de valquirias famélicas azotadas por el fatalismo del sol mediterráneo y la musculatura de machotes indígenas que las dejaban extenuadas detrás de una roca. Pero las indefensas lectoras nunca sospecharían que la frustración más secreta de *la Inefable* seguía siendo que *Un Invierno en Mallorca* ya estuviese escrita y, algo más grave, que las circunstancias distasen mucho de favorecer un escándalo insular a escala parecida. Mucho llovió desde los días en que los agresivos campesinos de Valldemosa se dedicaban a incordiar a la Sand y a su consumido músico Chopin; pero Minifac, que no pensaba en lluvias tan lejanas, entendió que desafiaría al mundo compareciendo en Deià con un amante necesariamente tísico. ¡Modesto desafío en una isla que cambió el orgullo decimonónico por un humillante servilismo a las hordas de los vuelos *charter*! Inefable siempre, Minifac Steiman sintióse muy decepcionada al comprobar que los indígenas no la lapidaban y, que, tanto el Deià como la Pollensa del siglo, sólo daban para escribir una crónica mundana de alto estilo, mezcla de cotilleo selecto y charletas con pintores de medio pelo o escritores latinoamericanos, abundantes por doquier. Así, pues, tuvo que contentarse escribiendo sus crónicas bajo el llamativo título de *Exiled in Paradise*, aprovechó la ocasión para saludar a Robert Graves, se hizo presentar a Joan Miró (más tarde escribiría que lo imaginaba más señorón) y mandó al amante tísico a Vevey, Suiza. En un sanatorio de aquella pulcra localidad, el caduco messié moría de una embolia, mientras sodomizaba a cierta enfermera pelirroja.

En busca de paraísos menos literarios, Minifac Steiman aterrizó en Port Serrat y se convirtió en emperatriz. Nadie le puso la corona o, si acaso, sólo su editor quien, más ingenuo que ella, consideraba genial el mamotreto titulado *The Guitars of Sin*, es decir, *Las guitarras del pecado*, en edición sudamericana. (Sabido es que fue publicada en México, pues la censura española consideró improcedentes los numerosos y coloridos coitos entre la hija de un pastor galés y un guardia civil andaluz que, según la autora, «tenía en el prepucio aromas de nardo y eyaculaba agua bendita de Semana Santa [*sic*]».)

El andalucismo de Minifac Steiman dio gato por liebre a quienes no sabían geografía; pues, en realidad, *The Guitars of Sin* resultaba ser un vademécum de los vicios y angustias vitales de la bohemia de Port Serrat, en Cataluña. Localizaciones geográficas aparte, la crítica inglesa lo consideró «el documento más audaz sobre la España franquista jamás escrito», forjando una leyenda que colocó el libro en las listas de *best sellers* del mundo civilizado (aunque tal éxito puso en crisis el grado de civilización del siglo). Como suele suceder cuando la industria de la cultura y el gusto subcultural se confunden, los libros de autores catalanes que trataban honestamente la problemática local nunca fueron traducidos a idiomas comprensibles, de manera que la visión de Minifac quedó como único testimonio del Port Serrat de los años sesenta, su bohemia, sus orgías y sus vergüenzas ocultas.

Naturalmente, una experta portserratina como Nabuca Daiano tenía algo que objetar, y sabía hacerlo con el humor característico de las personas que no se dejan sorprender porque han visto el plumero a demasiada gente.

—Es un libro fantástico, un prodigio de inventiva. Está entre el *kitsch* inintencionado y el surrealismo involuntario. Ella lo ignora, por supuesto. Igual piensa que ha escrito *Bajo el volcán*... si es que lo ha leído, claro.

—¿Tan inculta es?

—No, al contrario: es cultísima. Pero, básicamente, es anglosajona, y, excusa si te ofendo, los anglosajones pasáis por los lugares sin apearos de vosotros mismos. Casualmente, acabo de comprar en París una novela de Paul Bowles que transcurre en Marruecos. Una historia magnífica, pero sin ningún elemento marroquí. Una novela típicamente colonialista. Minifac actúa exactamente igual con Port Serrat. Con una diferencia: Bowles es un gran escritor, y ella una pedorra.

Me lo contaba mientras conducía el coche por la sinuosa carretera que serpentea entre montañas peladas y abismales. Es el tenebroso anillo que estrangula Port Serrat y sus playas, en la cadena acuática cuyos eslabones confunden a Cataluña con Francia.

—Minifac empieza por convertir Port Serrat en una especie de Gibraltar sofisticado. En el pueblo nunca hubo tantos ingleses, y menos aún, residentes. ¡No puedes imaginarte qué cantidad de complejos, cuántos traumas, qué muestrario de perturbaciones! Todos viven sumidos en la incomunicación. Salen seis o siete homosexuales atormentados a causa de su tara; un pintor que pierde la dignidad por una adolescente —una copia de Lolita—, tres cónsules alcoholizados debido a la impotencia sexual, y dieciséis o dieciocho extranjeras que se arrastran como perras salidas en busca de españoles fogosos. Para rematarlo, hay una lesbiana tan arrepentida que queda preñada de un «matador» llamado Paquito di Monteverdi von Pérez.

Solté una carcajada. Pero debo de ser excesivamente anglosajón, porque se me ocurrió comentar:

—Es exactamente la idea que tenía de Port Serrat. Todo el mundo me lo ha descrito como una sucursal de Sodoma y Gomorra...

—¡Más bien Sodoma y Andorra! —exclamó Nabuca, con una risita malvada—. El famoso erotismo de Port Serrat se desarrolla a nivel puramente doméstico. Ten en cuenta que, a estas alturas, las mujeres de la Gauche Dorée están aprendiendo a hacer funcionar los penes de sus hombres. Y no se trata de ningún reproche, ya que sus hombres ni siquiera se han molestado en aprender cómo funcionan ellas. Es cierto que hablan mucho de libertad sexual; pero, de momento, no la ejercen más allá de los territorios reconocidos por la ley. Una persona adulta te diría que son como niños. Vivían creyendo que el mundo empieza en los Pirineos, y con la llegada de los años sesenta, creyeron que empieza en Perpiñán. Han pasado de hacer las cosas a escondidas a exhibirlas públicamente, e incluso a presumir enarbolando el sexo a modo de bandera progresista. Es cierto que intercambian maridos y esposas, pero hay que reconocer que siempre son los mismos. En Italia diríamos que todo se soluciona a través de un erotismo cansino. Lola Roger te lo contará mejor que nadie. Al fin y al cabo, sabe aprovecharse de las circunstancias mucho mejor que todas sus compañeras de generación juntas.

Nabuca Daiano hablaba un catalán muy refinado, que

traducía un italiano extraordinariamente culto. Me divertía su acento y su voz infantil, que la hacía parecer mucho más joven, casi infantil. También su aspecto andrógino, dotado de un atractivo travieso del que no molesta a las amigas exuberantes porque no presenta competencia alguna, y, en cambio, complace a los maridos, hartos ya de tanta pretendida exuberancia. Era muy rubia, de cabello rizadísimo, como si llevase una escarola en la cabeza. Podía interpretar el papel de duendecillo en una representación escolar de *El sueño de una noche de verano*. De aquí que, en su boca, las historias más escabrosas sonasen a cuento de hadas.

Seguía pintando el cuadro costumbrista que me aguardaba en Port Serrat:

—No niego que esa ingenuidad de los modernos de Barcelona es lo que me atrae de su pequeña sociedad. Fue una de las razones que me empujaron a quedarme a vivir entre ellos. Contrariamente al resto de España, aquí se siente una en Europa. Al mismo tiempo, la tragedia del franquismo interrumpe una evolución que, en Europa, nos está deshumanizando.

—Lamento decirte que también tú adoptas una actitud completamente anglosajona.

—Me he expresado mal. Soy una burguesita de Turín que se siente barcelonesa por los cuatro costados; pero no me subyuga en absoluto el exotismo de los mundos primitivos. Si este país me interesa es porque conserva la posibilidad del descubrimiento continuo, de algo que se va construyendo aunque sea a trancas y barrancas. En Italia, por el contrario, nos empeñamos en creer que todo está construido y superado. Así, pues, no sabemos qué hacer porque creemos que lo hemos hecho todo.

Mientras yo reflexionaba sobre esas palabras, Nabuca seguía enumerando las peculiaridades de Minifac Steiman.

—Seguro que cuando le hables de Lleonard chocarás con su hostilidad. No sé si sabes que él la insultó en público. Aquel día, yo estaba en Milán, pero me lo contaron. Dicen que fue terrible...

Ignoraba dicha circunstancia: pero, conociendo las inclinaciones ninfómanas de Minifac Steiman y el atractivo que Lleonard ejercía sobre las mujeres —ya conocemos su poder sobre los hombres— no resultaba muy difícil imaginar los motivos de la pelea. Pregunté si se trataba de un asunto de bragueta. Pero Nabuca Daiano soltó una de sus carcajadas características: fresca, rotunda y sin nada que ocultar.

—En absoluto. Afortunadamente, ni Minifac ni Lleonard llevaban sus romances a la palestra pública, como suelen hacer los liberados de Port Serrat, que no pueden cometer adulterio sin aspirar a que aparezca en el telediario.

Enumeró los últimos *affaires* conocidos entre los habituales de Port Serrat. Ninguno de ellos ofrecía un interés especial. El arquitecto socializante que obligaba a su mujer a acostarse con un socio, para resultar modernos. No me interesaba. El diseñador de cafeteras, sillas y retretes que compartía el lecho con su mujer y dos jovencitas de dieciocho años cuyos amantes hacían el salto del tigre con la quinta mujer de un pintor y la prima hermana de un transexual negro que frecuentaba la casa de Dalí. Algo complicado, pero no apasionante. Y sólo cuando Nabuca me habló de un profesor de teoría de la imagen que se hacía masturbar por un anticuario mientras leía párrafos de Umberto Eco, consideré que la originalidad todavía se agazapaba en alguna alcoba de Port Serrat.

Tales búsquedas de libertad se me antojaban imitaciones de las del resto del mundo, igual que los pósters del pub y las modas exóticas de Coll-i-Be. Por toda Europa pululaban ejemplos de una generación que encontró en el sexo un motivo de lucha, y, en este aspecto, los años sesenta fueron la década que favoreció tanto los aciertos como los errores de la libertad ganada a pulso. Quedaba por averiguar de qué lado se inclinaba la balanza en Port Serrat. Y, cualquiera que fuese el grado de inclinación, en nada afectaba a Lleonard. Él siempre fue un caso al margen. Aunque ignoraba qué clase de caso.

—Por supuesto, hubo la historia con Lola Roger —decía Nabuca—; pero fue diferente.

—¿En qué sentido?

—Más espiritual. Cuesta creerlo, lo sé, porque Lola Roger es de las que va al grano; pero, en este caso, es evidente que intentaron conseguir la confluencia de dos espíritus superiores. ¡Ah, las bellas letras lo disculpan todo! Yo sólo les reprocharía el daño que causaron a Blanca Alcover, pero consuela pensar que sería un daño inevitable. En el amor, siempre lo es. Alguien ha de salir perdiendo. En este caso, fue la pobre *al·loteta*. Y Minifac, que lo sabía, montó un cirio de los que hacen época.

—¿Minifac? ¿Qué pinta ella en el asunto?

—Cuando vivía en Mallorca, se hizo muy amiga de los Alcover. Eran la típica familia respetable, poderosa a nivel local, que «adopta» a una extranjera y le abre las mejores puertas. En contrapartida, cuando la hija empezó a cantar, Minifac le organizó el primer recital en la iglesia de Port Serrat. Con la ayuda de las dos locas de Coll-i-Be, consiguió reunir a la flor y nata de las letras y las artes, de modo que el prestigio intelectual de Blanca quedó definitivamente establecido. Luego, cuando Blanca y Lleonard se conocieron, Minifac informó favorablemente a los padres, informe lógico pues sabemos que Lleonard tenía el don de encandilar. Después, vino lo del romance con Lola. Minifac rompió con su protegido y apoyó incondicionalmente a la esposa ultrajada. Durante unos meses no ocurrió nada digno de mención porque nunca coincidieron los tres en un mismo sarao. Un buen día, después de un *vernissage* muy concurrido, todos los grupos acabaron cenando en la Horta del Castell. Lola y Lleonard se sentaron juntos y estuvieron toda la noche haciendo manitas, mientras Blanca se dedicaba a sufrir, como solía. Minifac hizo suya la causa de la víctima y empezó a insultar a Lola. Al parecer, la puso verde. Entonces, Lleonard intervino violentamente. Le devolvió los insultos, multiplicados. Y no tratándola de puta —¿quién no se lo habrá dicho?— sino desprestigiándola profesionalmente. La dejó a la altura de una vulgar autora de folletines. Pero, de repente, se quedó como horrorizado ante sus propias palabras, hasta el extremo de abandonar la cena a toda prisa. Nadie volvió a verle en toda la noche. Hubo quien dijo que, con los ataques a la obra de Minifac, tenía la impresión de acusarse a sí mismo.

—Muy interesante. Si mal no comprendo, tuvo un ataque de mala conciencia.

—Según Lola no fue el único. Tenía remordimientos, seguro. Sufrió un cambio muy alarmante para quienes estaban acostumbrados a ver en él un príncipe de la frivolidad. Se obsesionó con la literatura como si le fuese la vida. Aconsejado por Guillem Esteba, acababa de publicar una novela muy mediocre. No sé si estás al corriente, pero Guillem se empeñaba en imponer a su niño en el mercado en lengua castellana. Siempre he creído que, con aquellos intentos de proteccionismo salvaje, el pobre abandonado pretendía recuperar su amor a largo plazo. De momento, le instó a seguir alguna fórmula de éxito seguro. Aquel año hacía furor la moda *Love Story*. Todo el mundo asegura que Lleonard lo hizo a regañadientes, pero el caso es que escribió directamente en castellano *Así en el cielo como en la tierra*, una historia de amor purísimo entre *hippies* metidos en paisajes paradisíacos. Era la novela perfecta para leer mientras escuchas una de esas cancioncillas *folk* rebosantes de amor universal, tan típicas de la época. Pura mermelada.

Recordé cómo Guillem se convirtió en Lleonard y yo me convertí en Lleonard para conseguir que Lleonard pudiera hacer el amor consigo mismo. Era evidente que un hombre que se presta a semejantes juegos jamás olvida, aunque el amor haya terminado. Sigue deseando lo mejor para su objeto imposible, y, empujado por este deseo, puede llegar a perder una lucidez que ha sabido demostrar en otras facetas de su oficio. Una vez perdida, la lucidez tarda mucho en regresar, y en algunos casos no lo hace nunca. Esos amantes obsesivos arrastran al error al objeto amado. Lo sé, porque yo hubiera hecho exactamente lo mismo tratándose de Lleonard: procurarle un enorme éxito popular sin advertir que lo estaba alejando del prestigio.

Pero Nabuca Daiano seguía con su relato, mientras el coche tomaba la última curva antes de adentrarnos en la bahía de Port Serrat.

—Culpa del libro o no, el caso es que, aquel último verano, Lleonard fue víctima de una profunda crisis espiritual. Estaba intratable. De vez en cuando, desaparecía de la circulación, dejando plantadas a Blanca y a Lola. Algunos aseguraban que se recluía en un lugar ignorado para consagrarse a la meditación. Pero, sinceramente, un Lleonard místico me resulta inimaginable...

(SILVINA MANRIQUE: «Perdoná que te lo diga, pibe: toda esa gente no comprendió a Leonardo. Él fue un eje de nuestras peregrinaciones espirituales. Vos tenés que saberlo: él era un santón. Tenía poderes. Me consta que platicaba con el Supremo Maestro.»)

¡Ah, *les grandes paroles*! Siempre habrá alguien dispuesto a considerar sublime la vulgar neurosis aplicada a la personalidad del artista, como un último azote de la divinidad. Y éste era un elemento que la cultura catalana no había conocido en los últimos años. Conoció la religiosidad retrógrada de los católicos furibundos, respaldada por la intolerancia de la Iglesia franquista. Abundaron los curas nacionalistas, el catolicismo obrero, el cristianismo-leninista y alguna secta acogida a los decretos del Yahvé bíblico. Pero una mística bucólica, multicolor, cosmopolita y sofisticada suponía una nueva experiencia. Y el portavoz de la novedad se llamaba, como de costumbre, Lleonard Pler.

(MIREIA SALVADOR: «Llevaba muy arraigada la idea de Dios. Para él, todos los fenómenos tenían un origen esencialmente religioso. También podríamos hablar de *pathos* en el sentido griego. No llega a traslucir en su obra por culpa de su maldito temor a hacer el ridículo; pero, si hubiese tenido el coraje de expresarlo como parte de su magno compromiso con la eternidad, habría escrito el libro del Gran Inicio.»)

Palabras ridículas para un episodio cierto. Pues Lleonard tuvo un rapto de misticismo, y éste era su deber si quería mantenerse fiel a los devaneos de su generación. Era la época de los gurús, los harekhrisnas, la música de inspiración oriental, los caminos que conducen a Katmandú y los viajes astrales que sirven para adentrarse en un nirvana capaz de compendiar el tao, el suismo, la herejía cátara y el dualismo persa.

Y mientras la memoria recobraba las oscilaciones de aquella década que posibilitó la invención de tantos paraísos artificiales, el coche dejó atrás la última curva de la montaña y, allí, a nuestros pies, aparecieron las olas más turbias que jamás vieron mis ojos. Enfrentada a las tinieblas se desplegaba la abrupta, antipática escenografía de Port Serrat.

—DICEN QUE CUANDO LOS GRIEGOS descubrieron los destellos que el sol arrancaba a una arena todavía virgen decidieron quedarse para implantar una raza con pretensiones de perfección.

—¿Eso dicen?

—Nada menos —contestó Nabuca, riendo—. Pero no se comprende que tanto los griegos como los de la Gauche Dorée eligiesen un paisaje tan hostil. Entre unos y otros consiguieron poner de moda un lugar que si por algo se caracteriza es por sus malas vibraciones.

Vientos contradictorios, empeñados en una lucha furibunda, azotan las callejuelas medievales, las arrastran por los rincones más abruptos de la bahía; luego, las recogen para arrojarlas contra las aristas de los acantilados; las precipitan contra las olas embravecidas, que las engullen con un chapoteo insistente en cuyos remolinos bregan las basuras de las cloacas de El Baluard, esa muralla que ahoga la parte medieval y la clausura. Y allí, otras olas igualmente furiosas vierten aullidos sobre una arena tan negra como la pizarra que presta su color único a un paraje que diríase volcánico.

Entramos en el pueblo por la Ribera de los Esclavos, una especie de paseo circundante que, después de la Victoria, recibió el nombre de José Antonio Primo de Rivera. A medida que avanzábamos, iba apareciendo una rambla deliciosa, que Lleonard solía relacionar con una estampa decimonónica; una miniatura dulce y evocadora —evanescentes sombrillas de las damiselas, *canotiers* de los galanes— con acacias produciendo un suave fraseo a cuyo influjo los veraneantes barceloneses jugaban a la petanca mientras alguna *vieille dame* de Narbona pintaba a la acuarela el recinto siempre prisionero del burgo medieval.

Desde el coche, la bahía parecía inmóvil, muerta en su idílica somnolencia. No así la Ribera de los Esclavos. Por un instante, el atardecer del gran Port Serrat amalgamaba la geografía con la moda, como obedeciendo los decretos de la Gran Década. Aquí prosperaba una multitud sofisticada —o con ansias de parecerlo— que bajaba a conversar en la tertulia del Tramuntana, lindante con la playa, o bien holgazaneaba en los divanes del Hostal, al otro lado del paseo. Las añejas imágenes, propias de un daguerrotipo, quedaban sustituidas por un arpa birmana cuyos desplazados sones surgían de una *cave* de paredes encaladas en cuyos asientos de mampostería se amontonaba una Babel de jóvenes melenudos: holandeses ataviados con túnicas persas, rubicundas alemanas de pelos alborotados o construidos a modo de robustas giraldas, adolescentes galos disfrazados de hindúes o *hippies* de inmaculado atavío que se pasaban furtivos cigarrillos de hachís transportados de país en país, a modo de avío permanente. Así, por uno y muchos instantes Port Serrat se convertía en página de revista de modas, secuencia de película inglesa, o copia más o menos lograda de las sociedades internacionales que se reúnen en las villas blancas de la costa tunecina y sestean al nostálgico son del *maluf*.

Pero las imágenes colonialistas empezaron a escasear a medida que íbamos dejando atrás la algarabía de la rambla, donde Nabuca saludó a un montón de gente. Nos dirigíamos hacia la colina del Indiano, abierta sobre el mar. Desde allí, el barrio modernista dominaba la bahía como un alcázar de tranquilidad. Gracias a ella, reconstruí las largas horas de Lleonard, escribiendo en aquel refugio ideal. No le resultaría difícil evocar gestas de sierpes acuáticas, proezas de contrabandistas y sortilegios de brujas burlonas. También contemplaría las barcas de los últimos pescadores parpadeando como luciérnagas sobre el mar ennegrecido, con numerosas calas llenas de presencias mágicas y viles cavernas amadrigadas entre el pueblo y los acantilados del Cap Llemosí. El conjunto recobraría el tono de una herencia magistral que algún milagro acertó a defender de las desfiguraciones provocadas por el turismo masivo. Recobraría, Lleonard, el Port Serrat salvaje que no se parece a ningún otro lugar de la costa. Y yo mismo me sentí impresionado por aquella originalidad conservada pese al irrisorio afán de estar al día representado por el hotel Bellmar y algunas mansiones de los nuevos ricos, adscritas a las pretensiones de una arquitectura reciente, un quiero y no puedo que no encajaba con el universo mítico ni con la negrura del terreno. Pero, a lo lejos, se adivinaba la presencia de otras tres torres vigías, recuerdo de la amenaza de los piratas berberiscos que se arrojaban sobre Port Serrat con aterradora asiduidad. Y antes del recodo que conduce a la Cala Bruixota, sobresalía, triunfante, el Mont lo Cel, en cuyas vertientes se apuntala, cual nido de gaviotas, la ermita de San Sebastián, con el antiguo cementerio de los apestados.

¡Qué extraordinaria variedad de provocaciones descubriría un Lleonard transfigurado por los arrebatos del misticismo! Sólo para él, despuntaban cuantos espectros pueblan las supersticiones de los milenios, pero también sus dramas modernos, también la consagración de un terreno perpetuamente dolido en un clamor destinado a recordar los estragos de la filoxera, la plaga que arrasó la totalidad de viñedos, dejando a esos montes completamente desnudos. Y, entre tantas presencias, el errático paso de una cabalgata de espíritus que desfilan bajo los arcos de la judería, el antiguo Call, convertido en amalgama de las principales galerías de arte, pues Port Serrat también es celebrado feudo de pintores y marchantes. O lo era, antes de que la Gauche Dorée lo convirtiese en su refugio favorito.

Aquel año, la fotografía sustituía provisionalmente a la pintura: los fotógrafos eran considerados un valor cultural de primera magnitud, y acerca de los mejores se decía que superaban a Vermeer en el tratamiento de la luz y a Goya en la expresividad. Tan milagrosas habilidades justificaban que, cada semana, se celebrase un lucido *vernissage*. La buena sociedad de Port Serrat solía frecuentarlos con auténtica avidez; al fin y al cabo, era una excusa excelente para matar el tiempo y vestirse para la noche. Con tales premisas, comprendí que nos sería imposible rechazar la invitación al sarao de la gentil superfotógrafo Melita, pero Nabuca Daiano, tan experta, hizo correr la voz de que llegábamos reventados de Barcelona y no teníamos intención de salir de casa. Se lo agradecí, porque mi encuesta no buscaba más escenas colectivas —me refiero a fiestas y festejos— antes bien requería la ayuda de la experiencia privada; ayuda que, en aquel punto, ya sólo podía proporcionarme Lola Roger. De ahí que *la Incalculable* demostrase otra faceta de su ponderado *savoir-faire* organizando un encuentro íntimo en forma de cena. Sería en su encantadora casita de pescadores, asentada sobre las últimas rocas, que es como decir colgada sobre el mar.

Mientras esperaba en la terraza, güisqui en mano, me dejaba dominar por los poderes del paisaje. Recordé que Lleonard escribió unas páginas terroríficas sobre Port Serrat, en descripciones que serían el resultado de una neurosis fácilmente contagiosa. Algo parecido a la claustrofobia, porque una de las características del pueblo es su dificultad de acceso y, por tanto, de salidas. Rodeado por el anillo de montañas, sólo dispone de un medio de contacto con el exterior: la carretera del Món (1), nombre que habla por sí solo. En caso de una catástrofe telúrica que anulase aquella pobre salida, sólo se podría huir por mar, y, aun éste es demasiado tenebroso para inspirar confianza. Incluso yo experimentaba cierta angustia mientras contemplaba, a lo lejos, los famosos bloques de apartamentos de los arquitectos vanguardistas —todos en un solo edificio, como cumpliendo con un espíritu gremial—, y, adosadas a la montaña, las casitas de tejas con pizarra negra, cubiertas de musgo en pleno verano, como si se tratase de una aldea situada en un profundo valle pirenaico. A no ser por la presencia del mar, habría jurado que me hallaba en aquellas remotas alturas y aun las más perdidas.

Nabuca Daiano tenía razón: nada en Port Serrat recuerda los aspectos convencionales de cualquier playa de moda, nadie la consideraría el lugar ideal para unas vacaciones placenteras. El pueblo, pastiche de tantas piruetas de la historia, nunca se ofrecerá al recuerdo como si fuese un cromo, ni el erotismo de sus habituales será una remembranza de acuarelas pacíficas, ordenación implacable de formas y colores novecentistas regidos por una voluntad casi lineal de la luz. Los únicos soberanos de Port Serrat son los vientos y el negro determinismo de la pizarra. Y Lleonard, al percibirlos, negaría a la memoria

1. Carretera del Mundo.

una chispa de poesía bucólica y sabría que, más allá de las últimas mansiones, la vida sólo accedería a darle un pozo esmerilado por la tramontana, una sima de paredes verticales, lisas y cortantes como la perfecta estructura del cristal. Y sabría también que, en Port Serrat, ninguna línea, ningún color, le proporcionaría la paz de espíritu; por el contrario, aquel paisaje, maltratado desde siempre por los afilados cuchillos de la naturaleza, le induciría a pensar en la infamante repetición del desastre. Como si, al llegar por la carretera del Món, la realidad se convirtiese en una profunda, estéril matriz alimentada por la insistencia de los contrasentidos.

Pero también existía el Port Serrat que recibió a los colonos griegos en escenas dignas de un tapiz neoclásico: la virginidad por descubrir, la playa encendida bajo el esplendor de los zarpazos solares, las olas de un azul purísimo y una cresta tejida con hilillos de oro sobre cuyo vaivén destacan las naves foceas, con las velas finalmente inmóviles después de arrostrar mil odiseas, esquivando trampas entre las tempestades del Mediterráneo.

La bahía tal como era aquel amanecer en que los griegos la pisaron por vez primera, y los mosaicos que lo recuerdan y las ruinas de la Neópolis, detrás de las montañas; y los arruinados peristilos de los romanos y las barcazas ya inservibles de los pescadores que, hasta hace pocos años, intentaban vivir del mar, debido a la pobreza clamorosa de la tierra. Port Serrat y el pozo formado por el recinto medieval, en el interior de las murallas, y las casas modernistas de la punta del Indiano, donde, siglos atrás, los hijos de Roma construyeron la única villa que se atrevió a surgir de detrás de la montaña. Port Serrat, sí, con las ruinas del templo circular, en el islote de Na Barruda, que abre la bahía a quienes llegan por mar; y ese islote y todos los trirremes que se estrellaron contra sus peñas en noches de tramontana criminal o, siglos después, cuando los pescadores se dirigían a la subasta del pescado, en Cala Jugadora...

Así evocaba yo el pasado clásico de Port Serrat, considerándolo la suerte de estímulo que, en un determinado momento, pudo inducir a Lleonard a refugiarse en un espacio legendario. Pero Nabuca Daiano se burló abiertamente de mis pretensiones:

—*Ma ormai tutto quanto è roba da storici...*

A nuestro lado, Lola Roger sonreía desdeñosamente, sin demostrar el menor interés, quizá por un exceso de habitualidad con el mito del Port Serrat clásico; mito que, de niña, le contarían hasta el aburrimiento los mayores de una familia barcelonesa, típica de la burguesía más culta: abonados del Liceo y suscriptores de la «Bernat Metge» (2); tertulianos de botica y articulistas en ratos de ocio; dramaturgos amateurs y socios del Palau de la Música Catalana; algún que otro político federalista y dos o tres aspirantes a clérigo...

¡Ella! Lola Roger, nada menos. Tú la describiste a la perfección. No había cambiado en los doce años que nos separaban de vuestro encuentro: rubia, casi albina; rostro anchuroso, rasgos duros, labios suculentos, aspecto nórdico y, al mismo tiempo, complexión muy mediterránea, ya que su piel era tersa, bronceada por el sol que tomaba durante largas excursiones en barca, bordeando las costas más inaccesibles de Port Serrat. No sé si era guapa; en cambio, sé que apasionaba. Mantenía cierta pretendida negligencia que ocultaba actitudes de gran dominadora. Había rapidez en sus movimientos, energía en sus opiniones, y fuerza en toda su actitud.

Le comenté por encima lo que sabía de Port Serrat, gracias a las explicaciones de Nabuca. Soltó una carcajada.

—Tiene razón, pero olvida algo importantísimo: los de mi generación nos hemos visto obligados a aprender el «abecé» de la vida moderna sobre la marcha. Al empezar los años sesenta, éramos una pandilla de ñoños. Piensa que mi marido y yo todavía asistíamos a cursillos de formación de matrimonios cristianos. Muchos que hoy son progresistas reconocidos y comunistas hasta la médula estaban en las mismas condiciones. Así que no hay de qué avergonzarse. Con la educación que recibimos, es un milagro que saliésemos tan potables. Mi marido me preñó cinco veces seguidas, que se dice muy pronto. Siempre que me refiero a él lo llamo «el padre de mis hijos». Es un título que nadie puede discutirle, porque en aquella época la idea del adulterio era más que impen-

2. Prestigiosa colección de clásicos grecolatinos en catalán.

sable. Cinco niños, dirigir un hogar burgués y preparar los ejercicios espirituales no dejaban tiempo libre para pecar. Además, que no había ocasión: todos nuestros amigos eran fieles a sus esposas. En vista del panorama actual, puede parecerte increíble pero es exactamente como te digo: esos arquitectos, fotógrafos, ensayistas y filósofos eran de misa y comunión diaria. Y esas mujeres que ahora ves tan liberadas, tan de ponerse el mundo por montera, ejercían la misma profesión que yo: parir hijos en serie y quedarse encerradas en casa, haciendo la vida imposible a las criadas andaluzas...

Insistía en la cuestión predilecta de la Gauche Dorée cuando se hablaba de cambios existenciales: los años sesenta, por supuesto. Una década lo suficientemente piadosa como para arrancarlos de las garras del oscurantismo. Lola Roger la celebró descubriendo que el hombre con quien se había casado demasiado joven, era un estorbo en su vida, entre otras razones, porque él no se sentía a gusto con una sola mujer, y ella no estaba dispuesta a llevar cuernos que no fueran compartidos. Lo solucionaron viviendo cada cual por su lado y manteniendo una situación doméstica aparentemente normal. «Lo llevamos de una manera muy civilizada —me decía—. Por cada aprendiz de escritor que me gusta, él se acuesta con tres pendones, preferentemente modelos o chicas *go-go* que sólo hablen sueco. Si hablan francés ya se siente incómodo, porque está obligado a entenderlas. O, al menos, a intentarlo. Y esto no se cuenta entre sus especialidades.»

Mientras Nabuca Daiano improvisaba una cena fría, Lola Roger esbozaba los rasgos fundamentales de su rebelión. Reprochaba a su familia que, siendo letraheridos, se hubieran limitado a darle una educación elemental o, al menos, la justa para ejercer como esposa y madre hasta el día del juicio. Como no estaba dispuesta a esperar tanto tiempo dejó a los niños en manos de las criadas y se matriculó en la universidad, precisamente en una época de profunda concienciación política. La efervescencia la arrastró y, algo más importante para sus intereses, la puso en contacto con una serie de jóvenes destinados a convertirse en el grupo más notable de la Barcelona que escribía en castellano: el núcleo que los críticos madrileños dieron en llamar «la literatura de la periferia». Pero Lola Roger no se sentía periférica en absoluto, de modo que convirtió sus relaciones intelectuales en el centro del mundo. Algunos de aquellos jóvenes tan prometedores se convirtieron en sus amantes; otros, en camaradas para toda la vida. Unos y otros la pusieron en contacto con Adolfo Sarró, que en aquel entonces conocía el momento culminante de su prestigio y, sobre todo, de su poder. Estar junto al editor en calidad de colaboradora, y del hombre como amiga y confidente, era una situación tan privilegiada que Lola Roger se convirtió de inmediato en una mujer poderosa. Alguien que era importante fuera de la cama. La única forma de importancia que el padre de sus hijos nunca llegó a plantearse.

—En estas condiciones me encontró Lleonard...

—Supongo que no te importará hablar de él...

Me miró con expresión de extrañeza. Parecía mujer poco aficionada a los secretos.

—Por supuesto que no. Al fin y al cabo fuimos amantes... —Se interrumpió, reconsiderando sus palabras. Después, añadió—: Quiero decir que, de cuantas formas puede adoptar el amor, alguna correspondería a la nuestra. Y aunque no sea así tampoco vamos a rompernos los cascos. Una relación como la que tuve con Lleonard no tiene por qué parecerse necesariamente al amor. Puede ser grandiosa en alguna de sus manifestaciones, y una estafa en otras. No negaré que, según cómo, puede parecerse al crimen. Pero, en tal caso, entra en juego la voluntad de la víctima. Y no todas somos tan sumisas como Blanca Alcover. Algunas nos atrevemos a plantar cara... aunque se nos rompa el alma.

25. LOLA ROGER, ADÚLTERA Y LETRAHERIDA

El Òrgan Cultural se encuentra en un bellísimo palacio situado en una de la calles medulares de la Barcelona renacentista, a la sombra de Santa María del Mar. Parece que fue una época muy próspera en la historia de mi ciudad. No sé qué decirte. No entiendo mucho de esas cosas. Me guía un fuerte sentimiento barcelonés, que supongo heredé de familia, pero el llamado hecho diferencial sólo me sirve para evitar que me confundan con otras tribus de España. No soy una fanática ni me considero de la cultureta pero tampoco me gusta que me tomen por tercermundista. ¿A eso le llamas racismo? ¡Me importa un huevo!

»El caso es que, aquella tarde, me sentía obligada a asistir a una de las carnavaladas del Òrgan porque los catalanufos celebraban el regreso del poeta parnasiano Roderic de Vall d'Usona, apodado *el Excels* (1). Era el más ilustre de los exiliados que se disponían a regresar aquel año. Sumaban tantos que Josep Plans, con su habitual mordacidad antiizquierdas, escribió: «¡Diantres!, si regresan todos los que se largaron con el rojerío, no cabremos en Cataluña. Nos tocará exiliarnos a los que nos quedamos.» La broma tenía gracia, pero a mí no me la hizo porque, en mi niñez, pasé por el trance del exilio. Claro que no fue tan dramático como el de los demás. Mi padre sólo era un liberal sin filiación política comprometedora; un *bon vivant* con veleidades artísticas, un hombre bueno y sencillo, a quien sólo podían acusar de un irresistible amor a las artes y a su ciudad. Una vez superado el susto de la Victoria, pudo beneficiarse de las primeras amnis-

1. «El Excelso.»

tías sin grandes dificultades. Pero nunca he olvidado las largas noches de invierno, en un castillo próximo a Montpellier, cuando papá, muerto de nostalgia, nos entretenía a mis hermanos y a mí leyéndonos las obras maestras de la poesía catalana, entre ellas, las del *Excels*.

»Pensé que saludar a aquella eminencia era también un homenaje a la memoria de papá. Además, resultaría especialmente emotivo por celebrarse entre aquellas paredes rebosantes de catalanismo, aquella noble arquitectura gótica que congregaba a las mentes más ilustres de la ciudad. Digamos que me sentí víctima de un inesperado arrebato de patriotismo. «Paciencia —pensé—. Ocurre en las mejores familias».

»Llegué al palacio Marfany con retraso; en el patio casi tropecé con los Roldà, que estaban en el mismo aprieto y, además, con el terror de ser criticados, pues Xavier pertenecía al comité de recepción. Le dije que tranquilo: el padre de mis hijos era miembro del Òrgan y, mira por donde, yo llegaba a la hora que me daba la real gana y, además, sola. La Ketty me dijo: «Te tratarán de borde, como mínimo.» Contesté que me importaba un huevo. Y es que, en realidad, casi todo me importa un huevo. En especial, lo que considero innecesario. Y pocas cosas lo son tanto como el filósofo Armando Reixach, que en aquel momento bajaba la escalinata, con expresión anonadada. «Es el feudo de la tercera edad —gritaba—. ¡Y ni una gota de güisqui! Sólo Aromas de Montserrat.» Y siguió corriendo hacia la salida, mientras se deshacía el nudo de la corbata con notorio alivio. Sin duda le daría mucha rabia ponérsela por obligación. (Aquel año, la corbata era considerada un símbolo burgués; en consecuencia, nuestros burgueses rebeldes se resistían a usarla.)

»El salón de actos contenía una aglomeración apabullante. Imposible dar un paso. De todos modos, Armandito Reixach exageraba en lo de la vejez: de hecho, la cultureta estaba representada por tres generaciones de cada especie zoológica: novelistas, ensayistas, poetas, historiadores, teatreros, arquitectos, periodistas, editores, médicos, abogados y notarios. Los más formales vestían traje gris y corbata oscura y se distinguían del resto de la humanidad por llevar bajo el brazo un boletín del Òrgan con la lista de los últimos donativos económicos (¡todavía no se les ha ocurrido pedir donantes de sangre!). Entre los distintos círculos destacaba un grupo completamente incomunicado de los demás: era el de los novísimos, que contemplaban el espectáculo con actitud de perdonavidas. Algún miembro de la Gauche Dorée, de la rama que coquetea con el catalanismo, exhibía corbata alocada, tipo Carnaby Street, y americana y calzado esport, todo poco solemne para el evento. También circulaban dos almas en pena del Decamerone: la modelo alemana Ingeborg *la Parsifala* y una *go-go* negroide que se hacía llamar Cuquita *la Psicodélica*. Iban tan minifalderas que las esposas de los mecenas se escandalizaron. De hecho, nadie comprendía qué pintaban aquel par de petardas en un acto tan decoroso. Alguien me dijo que acompañaban a cierto poeta mallorquín, un auténtico latazo, uno de esos arribistas que se introducen por todas partes sin ser remotamente deseados. El de marras se llamaba Biel Cohen y, por supuesto, era chueta, que es como en Mallorca llaman a los judíos. Vivía muy acomplejado por tal causa, pero su complejo no se justificaba en aquel acto: la sociedad barcelonesa nunca fue tan racista como la mallorquina y, además, una parte de nuestra progresía se identificaba con los judíos desde que Espriu utilizó el tema de la Golah como metáfora de la esclavitud del pueblo catalán. De todos modos, aquel Cohen no me caía simpático: tenía fama de envidioso y me constaba que había criticado a la mayoría de mis amigos. Pero la gente mezquina finge no darse cuenta del rechazo ajeno. Les conviene ignorarlo y seguir su camino. Así pues, se me acercó, con su sonrisa hipócrita, para decirme que, si le enviaba las novedades de la editorial, escribiría la recensión en una revista minoritaria de Mallorca. Le contesté: «¿Más minoritaria que la propia Mallorca? De libros, ni hablar. Cómpralos.» Dijo: «No hay dinero.» Contesté: «Hazte prestamista.» Seguro que un chuetón entendería aquel lenguaje.

»También estaba el arquitecto Sergi Rabassa, puntal del catalanismo moderado, socialista embrionario y socio fundador de la editorial de Roldà. Me colgué de su brazo. Empezó a contarme el proyecto de unos jardines tipo Babilonia para los niños pobres de las chavolas. Yo estaba más interesada por saber si era cierto que los chicos de

Jordi Piñol invertirían dinero en Edicions Compromís, salvándola así de la bancarrota pero a costa de imponer sus directrices derechistas. Sergi prometió contarme cómo se estaba desarrollando la batalla si yo le chivaba qué porcentaje de acciones de «Boix y Sarró» quedaban en poder de Adolfo y cuál correspondería a la familia Boix, cuya fuerza también podía comprometer seriamente nuestra política de izquierdas. Le dije que acostumbro considerar *top-secret* los asuntos concernientes a mi trabajo. Me interesaba mucho más precisar cuándo volveríamos a hacer el amor, porque la última experiencia, en el *meublé* de los espejos, fue muy satisfactoria. (En confianza, Sergi Rabassa es el arquitecto que mejor folla de Port Serrat.)

»Estábamos concretando una próxima cita cuando llegó Roser Coll-i-Be disfrazada de pobre madre peruana, con un poncho kilométrico y trenzas postizas que arrastraba por el suelo, a modo de escoba. Gritaba como una loca: «¿Habéis visto al *Excels*, habéis visto al *Excels*? Es muy viejecito y muy mono. Parece uno de esos apóstoles que salen en las estampitas.» Desde luego, quería verle de una vez, pero los asistentes formaban una aglomeración tan densa que sólo acertaba a atisbar un bosque de nucas. Una estatua de san Jorge y otra de la virgen de Montserrat, estarían asfixiadas entre tanto humo. Se lo comenté a *la Castellona*; ella se echó a reír, diciendo que tanto san Jorge como la Moreneta estarían curados de espantos, pero el abogado Oriol Vidal, que es clasicista y esposo de Roser, la interrumpió con la pretensión de que, en el siglo XV, un tal Della Robbia vino expresamente desde Florencia para inmortalizar a la patrona de los catalanes. Pensé que, al llegar a casa, consultaría la *Britanicca* para saber quién era el tal Della Robbia. Mientras Roser regañaba al marido por aburrido, llegó Magda Coll-i-Be, vestida de zíngara y dando saltitos: «Está toda la crema, nena, la crema de la supercrema.» Miré a mi alrededor. Era una crema un tanto sosa y limitada a los representantes de las capillitas estelares del catalanismo. Algunos legendarios se aplicaban en conversaciones de carácter cultural (nunca temas políticos: había demasiada policía secreta mezclada entre los asistentes). Blai Noguer, el ceramista centenario, decía que a finales de siglo conoció al *Excels* en un café-concierto del Paralelo, y Fantasio aseguraba que la desaparición de los cafés-concierto había significado la muerte de la entrañable Barcelona frívola. Pau Nebot, pintor eternamente neoimpresionista y reputado *gourmet*, comentaba al director de *Tarde/Exprés* —otro comilón de notable predicamento— que si quería degustar no sé qué clase de quesos tenía que desplazarse hasta no recuerdo qué pueblecito de Bretaña. La periodista y tortillera Pepa Xon me amenazaba con una entrevista para hablar del problema de la emancipación femenina «como nadie se ha atrevido a hacerlo». Le aconsejé que entrevistase a doña Carmen Polo de Franco; tendría mucho que decir al respecto. Y, detrás de toda aquella multitud, reunidos en un círculo impenetrable que los dirigentes del Òrgan cumplimentaban como a los Reyes Magos, aparecía el grupo de los ricos, los Padres de la Patria, los que soltaban los doblones para sostener la cultura catalana en sus más distintas variantes.

»Casi ahogada por el exceso de crema, seguía sin localizar al *Excels*. Una poetisa con traje sastre y bolso tipo reina de Inglaterra aseguraba que se moriría de vergüenza si el jefe de la oficina la viese fumando. Una bibliotecaria, con abrigo *évasé* blanco y sombrero muy cursi, tipo cestita de frutas, opinaba que la poesía moderna se estaba poniendo muy ordinaria y que siempre preferiría la exquisitez de poetas como el *Excels*. Tres lindos *boy scouts* vestidos de tiroleses y guiados por un instructor con cara de seminarista se abrían paso entre el gentío para hacer entrega al *Excels* del escudo de su corporación. Aprovechando el espacio recién abierto intenté colocarme cerca del ilustre, pero en aquel preciso instante me encontré cara a cara con el padre de mis hijos. Comentó cuánto mejor hubiera sido llegar juntos, por lo del buen efecto, y yo pensé que la propuesta llegaba con varios años de retraso. Él dijo que había conseguido saludar al *Excels* y lo encontraba muy bien conservado, para sus ciento dos años. Volví a recordar a mi padre, sí, a papá tal como fue durante aquellas remotas noches de Montpellier, junto al fuego de la chimenea, cuando nos contaba historias de la extinguida bohemia barcelonesa. En sus recuerdos aparecía un cortejo de personajes fascinantes: todos eran artistas brillantísimos, todos eran expertos en el arte de la tertulia, todos aspiraban a convertir Barcelona en una prodigiosa manifestación de arte e ingenio.

»*El Excels* me impresionó; pero por motivos distintos a los que yo esperaba. No tenía la presencia imponente, la magnífica aureola que popularizaron las revistas literarias de preguerra. Al contrario: era diminuto, arrugadito, enclenque. Parecía la momia de un niño consumido. Cuando los *boy scouts* le entregaron un frondoso ramo de retama, hizo un esfuerzo para sonreír, pero sólo consiguió esbozar una mueca grotesca que le desfiguraba la boca, torciéndola hacia abajo. Hubo unos instantes de alarma general. Los miembros de la junta directiva fueron presas del pánico. La esposa del *Excels*, una princesa italiana de cabellos teñidos de color malva, soltó un bastón de empuñadura dorada y gritó: «*Oh, Dio, li ha preso, li ha preso!*» El poeta Joan Penat exclamaba: «¡Le ha dado el ataque, le ha dado el ataque!», mientras Xavier Roldà sugería que era urgente practicarle la respiración artificial y el menor de los *boy scouts*, casi un niño de pecho, empezaba a lloriquear: «Mamá, pipí; mamá, pipí.» Marcel Franquesa profería a pleno pulmón la típica pregunta: «¿Hay algún médico en la sala?» Inmediatamente aparecieron treinta y dos médicos y todos eran poetas vocacionales, de modo que se arrojaron sobre *el Excels* con auténtica devoción de colegas mientras el banquero Jordi Piñol, decidido a evitar el escándalo, intentaba dispersar a la multitud aclarando que *el Excels* sólo era víctima de un ataque de emoción y que no tardaría en recuperarse. Entre tantos empujones, la *principessa* rodó por los suelos y un historiador la recogió diciendo: «*Non sarà niente,* mujer, *non sarà niente.*» Todos los invitados se abalanzaban sobre los médicos, de manera que ya era imposible vislumbrar nada. El prócer Curull gritaba que alejasen a los fotógrafos para evitar que en los periódicos apareciese una imagen del *Excels* echando baba, lo cual podría convertirse en un arma peligrosa en manos del enemigo. En medio de tanto jaleo, me agaché para recoger un libro que alguien habría dejado caer sin darse cuenta y que aparecía completamente pisoteado. Era un ejemplar de las míticas *Anacreòntiques de l'exili*. Con un poco de tiempo podría encontrar la estrofa que papá solía leernos, con la voz impregnada de ternura:

Leda, ullpresa per l'ígnia blancor del cigne amat,
oblida el lligabosc que el blau del cel cobeja
i del temple enjoiella l'arquitrau... (2).

»Pero los gritos de los presentes, y aun los versos del ilustre vate, pertenecían a una causa que me resultaba ajena sin dejar de producirme una ternura infinita. También tristeza. Eran demasiados sentimientos a la vez, de manera que decidí airearme un poco. Mientras paseaba por la capilla del palacio, advertí la presencia inmóvil de aquel chico tan decididamente guapo que en los últimos tiempos ocupaba tantas páginas en los periódicos y de quien hablaban maravillas las más exageradas de Port Serrat. Sólo que en aquel caso, no podía hablarse de exageración. Estaba buenísimo. La inmovilidad le prestaba el aspecto de una escultura; el vestuario, la petulancia de un *dandy*. Llevaba un *blazer* azul, pantalones claros, una camisa negra abierta hasta la mitad del pecho y un *foulard* oscuro. Se apoyaba en la pila del agua bendita, con una mano en el bolsillo y las piernas cruzadas. El rostro quedaba en una media penumbra pero dos cirios de llama vacilante proyectaban sobre sus cabellos un reflejo tenue, que los hacía increíblemente dorados. Y al recordar que se llamaba Lleonard, me excitó todavía más.

»Me recordaba a alguien. Era difícil precisar a quién. Chicos como él no abundan. Lo conocí hace tiempo. No podía ser. Una cara como aquélla no se olvida fácilmente. Si acaso, me recordaba a alguien que no era él. Alguien que se le parecía, aunque empeorado.

»Me senté en un banco sin dejar de observarle. En cierto modo, desmentía su fama: no parecía tan bárbaro como aseguraban los carcas. Al contrario: se portaba como un auténtico caballero.

»—No está permitido fumar —susurró—. Y, aunque lo estuviera, los Padres de la Patria te dirían que, en una mujer, queda de lo más feo.

2. «Deslumbrada por el ígneo albor del cisne amado / desdeña Leda la yedra que azul celeste anhela / y del templo engalana el arquitrabe...»

»Ahora se apoyaba en el banco con ambas manos, inclinando todo el cuerpo hacia mí, de manera que nuestros rostros quedaban muy cerca. Tenía los labios húmedos o, mejor, empapados. Comentó que el gótico de la capilla era muy deficiente. Y añadió, sin más:

»—Eres muy rubia.

»Le contesté que su mujer era muy morena.

»—Mi mujer todavía tiene que actuar. Ha musicado un poema del *Excels*.

»—Si no se da prisa, tendrá que cantarlo en su funeral.

»—Descuida, no se morirá. Los de la cultureta necesitan que el símbolo les dure unos días más. Tienen que amortizar los dos pasajes de avión. Cuestión de ahorro: las arcas de la resistencia no andan boyantes. Además, necesitarán exhibirlo. Lo llevarán a Montserrat, a Ripoll y a Poblet. Le harán comprar una rosa y un libro el día de Sant Jordi. Lo fotografiarán abriendo una cuenta corriente en Banca Catalònia. Si Dios existe, no permitirá que muera porque sería la muerte de Cataluña y, por si no lo sabes, Dios y toda la corte celestial velan por Cataluña. Pero, en última instancia, no puede morirse sin haberme conocido.

»—Pues, ¿tiene que conocerte?

»—¿Por qué crees que estoy aquí? ¿Para aguantarle la guitarra a mi mujer? Yo también voy de estrella. Los patricios quieren provocar un encuentro entre dos generaciones. Y, por si no te habías dado cuenta, yo soy la Cataluña joven.

»—Pues reconozco que «Cataluña» está buenísima.

»Entrecerró los ojos, como si fuera tímido.

»—Más que buenísima, es dulce. Dice la canción que uno lo descubre cuando está lejos de ella (3). Conviene, pues, disfrutarla a tiempo.

»Pensé que sí, que él podía ser dulce. Su fama me llegaba aureolada por la furia de los *blousson noirs*, el fragor de motos y descapotables, la apoteosis de una década que nos había visto nacer para llevarnos a vivir a mil por hora. Pero todo esto eran elementos accesorios, como las

3. Alusión a la canción *L'emigrant*: «Dulce Cataluña / patria de mi corazón / quien de ti se aleja / de añoranza muere.»

fotos de prensa, las declaraciones virulentas, la fama de un erotismo desenfrenado. Podía ser el mantenido de todos los Guillems del mundo, el chulo de muchas Castellonas, el pasquín promocional de la frivolidad de Coll-i-Be; pero, a pesar de todo, parecía la dulzura personificada.

»Nuestro ambiente habría propiciado aquel encuentro antes o después de la muerte del *Excels*. Pero tal vez coincidíamos en aquella capilla gracias a una predestinación que ya no era solamente la de la ciudad. Era la de los adúlteros en potencia. De no habernos casado con parejas imposibles, de no presentársenos la posibilidad de que nuestra atracción mutua implicara transgresión, quizá nunca habríamos coincidido.

»Lamentablemente, tuvo que interrumpirnos Roser Coll-i-Be. Tan de prisa iba que una trenza peruana se le quedó prendida del altar de santa Eulalia. Primero gritó: «¡Ya os habéis conocido! ¡Uy, qué bien! Os entenderéis de maravilla. Estáis hechos para ligar.» Y a continuación, sin darse tiempo a recobrar el aliento: «Corre, Lleonard, que te esperan para presentarte al *Excels*. ¿Tienes el villancico a punto?» Lleonard preguntó si el viejo no había quedado aplastado entre tanto gentío, y Roser, cogiéndole de la mano, explicó que el patatús del *Excels* había sido una falsa alarma, un ahogo provocado por el *boy scout* que le entregase el ramo de bienvenida. Al pequeño idiota se le escapó que la retama procedía de un paisaje cantado por el *Excels* en un poema adolescente y, por tanto, remoto.

»La persona del *Excels* ofrecía muchos aspectos que me recordaban a mi padre. En el genio poético de antaño, en la llama *ormai superata,* había algo de destrucción, como algún sueño magnífico que quedó archivado para siempre en un penoso archivo. Conozco muy bien el nombre de lo que perdió aquella gente, cuando yo era una niña y me metieron en un automóvil desvencijado para huir hacia la frontera, lejos de un mundo que se desmoronaba. En cualquier caso, era algo que consideraba irrecuperable. Y, si bien aceptaba el genio y la belleza de aquellas luchas, también veía en ellas el último estallido romántico de una supervivencia que luchaba desesperadamente contra mi razón.

»Toda la concurrencia se dispuso en círculo para asistir al encuentro entre *el Excels* y Lleonard: el pasado y el presente de la Gran Causa. Me acerqué por dos razones: la primera, porque no quería perder la ternura que el viejo poeta me había despertado; la segunda, porque acababa de decidir que, una vez finalizada la comedia, nadie me robaría a Lleonard con un «vamos todos a cenar a l'Estevet» o «nos encontramos a última hora en el Decamerone». Esta vez, no permitiría que me fastidiasen el plan con la excusa de la vida social. Había tenido a Lleonard muy cerca y, él, lejos de calmar mi curiosidad, la había acentuado, de modo que una cita inmediata era absolutamente necesaria. Faltaba decidir cuál era el mejor veneno para librarse de su mujer y quién debía administrarlo.

»Entra así en escena la maldita Blanca Alcover.

»Era realmente hermosa; no sólo bonita: hermosa a tope. Podía resultar espectacular y, en cambio, optaba por parecer muy serena. Tenía los cabellos negros y larguísimos. Llevaba un chaleco turco encima de un vestido largo y vaporoso que revoloteaba a cada movimiento, al igual que los collares que le habían endosado Roser y Magda. Parecía una sultana que se concediera la gracia de adoptar una actitud etérea, como si nada de este mundo la pudiera rozar y mucho menos afectarla.

»Por un instante, la idea de aquella belleza tan joven me fastidió. La observaba sin disimulo ni simpatía. Mientras esperaba para cantar, militaba en el grupo formado por los barbudos de Edicions Compromís. Me parecía algo pánfila, pero era lógico: contemplaba con auténtica devoción a su marido, joven como ella y, en aquel instante, centro de la atención general. En realidad, era el gran protagonista. Roldà le estaba presentando al *Excels*, pero éste seguía soltando babas secadas por su *principessa*, que apenas se tenía en pie, pues, a resultas de la caída, el bastón se le había roto en dos mitades y tenía que sostenerse en el puto aire.

»El crítico Franquesa inició el turno de discursos, con pomposa gesticulación:

»—Como bien podéis observar, egregio Roderic, Cataluña no muere. Su semilla, floreciente, magna, cósmica, se alberga en el talento de este jovenzano, ayer una promesa, hoy una óptima realidad.

»Los barbudos de Roldà comentaban las contradicciones, demasiado evidentes, del encuentro entre *el Excels* y Lleonard Furioso. Aunque esperaban que éste ejercería las funciones de contestatario oficial, también se olían que, de un momento a otro, y con el pretexto de la cortesía, pudiera pasarse al bando del enemigo burgués. «Sería capaz de vender a su propia madre», comentó Biel Cohen con una expresión mitad de ira *underground,* mitad de envidia clásica. En cambio, los santones de la cultura trataban a Lleonard como si fuera de vidrio, sin duda por temor a una reacción estrepitosa contra la gloria nacional.

»Las afirmaciones de supervivencia, tan repetidas por los presentadores que siguieron, obligaban al *Excels* a corroborarla con algún discurso destinado a demostrar que estaba vivito y coleando. Lleonard esperaba su turno con las manos en los bolsillos y soplándose el flequillo, sin el menor respeto. *El Excels* tartamudeaba. Todo el mundo guardaba un silencio reverente, en espera de las palabras iluminadas. *El Excels,* pobrecito, se esforzaba mucho; pero no se le entendía. Probó otra vez. Nada de nada. Emitía unos ruidos incomprensibles, como una sucesión de hipidos reproducidos a través de un altavoz averiado. Los barbudos sonreían con suficiencia. «¿Ves como está gagá?», dijo el chueto. Lo hubiera estrangulado, y no por motivos racistas. Aquella furia destructiva se me antojaba gratuita, cruel, mucho más estúpida que las maniobras de quienes habían instrumentalizado a un pobre viejo en nombre de unos intereses que ya no podían ser los de antes de la guerra. Al mismo tiempo, el espíritu de la década me reclamaba junto a los jóvenes, porque también yo había vivido demasiados años escuchando frases que no conducían a ninguna parte, recogiendo o dando dinero para luchas que no estallaban, llevando tabaco a la cárcel para amigos que se pudrían, aislados, mientras sus camaradas seguían celebrando mesas redondas, mítines y conferencias clandestinas. Quería abofetear a los barbudos y, al mismo tiempo, decirles: «Tenéis razón, la historia está de vuestra parte, pero colocad una bomba o callad de una vez.» Bien, comprendo que, para un extranjero, tanta contradicción no es cosa fácil de entender.

»Al que seguía sin entendérsele palabra era al *Excels*. Era un mar de babas. Roldà, Franquesa, Joan Penat y los demás volvieron a echársele encima y preguntaban: «¿Qué decís, Roderic? Repetidlo despacio, despacito.» Joan Penat tuvo que secarse unas gotas de baba del *Excels*. Todos preguntaban qué decía pero *el Excels* se limitaba a repetir «cuac, cuac, cuac», como un pato asustado, mientras la mano izquierda se le paralizaba de nuevo, y Franquesa, desesperado, dijo que era preciso entenderle antes de que el esfuerzo le provocara otro ataque, que podía ser definitivo. Así, pues, acercó el oído a la boca desdentada del poeta. Finalmente sonrió, victorioso, anunciando que el viejito dedicaba un elogio al catalanismo juvenil encarnado en Lleonard. Y todos exclamaron: «¡*El Excels* se ha manifestado! ¡*El Excels* ha reconocido a Lleonard como símbolo de la joven patria!» A continuación, oleadas de aplausos, periodistas tomando notas, y, al día siguiente, el diario falangista *Solidaridad Nacional* proclamando en grandes titulares: «*El Excels* de las Letras Catalanas saluda a Lleonard Pler con una frase bíblica.» O algo por el estilo.

«A partir de entonces todas las miradas confluyeron en Lleonard que ya se había sacado las manos de los bolsillos y se las frotaba en un gesto de gran villano teatral que encajaba a la perfección con el personaje descrito tanto por sus adversarios como sus adoradores. Magda Coll-i-Be se me acercó y, mientras Lleonard se humedecía los labios, dispuesto al ataque, me dijo: «¡Dios nos asista! ¡Quién sabe lo que puede soltar!» Le contesté que tranquila: aquel bribón sabía perfectamente que no estábamos en el lugar apropiado para soltar impertinencias. Me contestó que yo no podía prever las reacciones de todo un Lleonard con sólo media hora de amistad. Le aseguré que sí, que podía. Dijo que, en tal caso, era la única persona en el mundo dotada de dicha hazaña. De hecho, Lleonard parecía darle la razón, pues seguía gesticulando con grandes aspavientos, como si preparase el numerito más sensacional de toda la temporada circense. Roser Coll-i-Be, dominada por el nerviosismo, se retorcía una trenza.

»Lleonard levantó un brazo, a la manera de un orador antiguo. Con voz solemne, declamó:

»—Amigos, ciudadanos, catalanes, prestadme oído... Vengo a recibir al *Excels,* no a ensalzarlo...

»—¡Pobres de nosotros! —exclamó Ketty Roldà, horrorizada.

»—¡Qué bien se expresa! —suspiró una poetisa con mirada de menopáusica—. ¡Es un inspirado!

»Lleonard proseguía en el mismo tono:

»—El mal que hacen los hombres les sobrevive: el bien queda siempre enterrado con sus huesos...

»—Le temo más que al mismísimo diablo... —rezongaba Marcel Franquesa.

»Xavier Roldà miraba a su protegido con un nerviosismo idéntico al de Franquesa: izquierdas y derechas temían que su coalición produjera resultados nefastos, ya que Lleonard no parecía dispuesto a abandonar su papel de *enfant terrible.* Pero yo estaba tranquilísima, y muy segura de que mi chico era más listo que ellos y más oportuno que muchos oportunistas.

»... enterrado con sus huesos, sí... Pero no ha de ser así con *el Excels.* ¡Que no sea!

»Una ola de alivio rozó el ánimo de la concurrencia. Mientras me divertía comprobando el arrebato de algunas expresiones, descubrí que Oriolet de Manllé fumaba descaradamente a mi lado. Con sonrisa de perdonavidas, exclamó:

»—*Julio César.*

»—¿De qué me hablas?

»—Acto tercero de *Julio César,* de Shakespeare. Discurso de Marco Antonio, debidamente adaptado a las circunstancias de palacio.

»—¡No fastidies! ¿Y si lo notan los próceres?

»—¿Esos zafios? ¡Qué han de notar! Primero deberían aprender a leer.

»Siguió diciendo, en voz alta, que los congregantes sólo eran capaces de reconocer el comienzo de la *Plaza del Rubí,* y aún para no provocar las iras de Mercè Rododendro, que tiene muy mala leche. Seguro que el desdén se contagia, ya que deseé con todas mis fuerzas un numerito escandaloso, rotundo, que matara al *Excels* de una vez para ver cómo reaccionaban los Padres de la Patria. ¿Sentía Lleonard lo mismo que yo? Me hubiera gustado que así fuese para establecer entre ambos un vínculo abominable, capaz de unirnos contra los demás, Blanca incluida. Sin embargo, no hubo vínculo. No hubo contacto telepático entre mi odio y el de Lleonard. Él se limitaba a adoptar una actitud adecuada, diría que buscaba foco, igual que un primerísimo actor. Comprendí que lo único que realmente le importaba era gustar a los demás, deslumbrarles del modo más directo y superficial, con el arma que tenía más a mano: su belleza.

»Remató el monólogo de manera técnicamente irreprochable:

»—Sed, entre todos, *el Bien Regresado,* siendo como érais *el Excelso*. Sed, para la eternidad, el más loado mensajero del frondísimo jardín de los gloriosos bardos que difunden por el orbe, con honra y decoro, las más genuinas esencias de la catalana lengua. ¡Ah, hermanos de la congregación: agradezcamos a los númenes que nos devuelvan al *Excels*. Contemplemos, en su senecta majestad, a un elegido de las Musas y a un discípulo predilecto de Apolo Citereo. ¡Oh, maestro: escanciad sobre nosotros los elementos del genio, para que la Naturaleza, elevándose por encima de sí misma, pueda proclamar al mundo entero: «¡He aquí un hombre!»

»Y, con un golpe de flequillo realmente magistral, se arrodilló a los pies del *Excels*, repitiendo: «¡Vitor, vitor!»

»—Ahora les ha parodiado el final de *Julio César* —rubricó Oriolet, tronchándose de risa.

»—¡Qué valor tiene! —exclamé, admirada.

»Vicent Piquer, que asistía al acto en representación del País Valenciano, me pellizcó la mejilla, comentando:

»—A lo que hace este *xiquet* los franchutes lo llaman *cabotinage*. ¡El muy ladino vale un Perú!

»Las expansiones de Xavier Roldà, de Marcel Franquesa y de Joan Penat resultaban indescriptibles. Entre la sorpresa, el alivio y la satisfacción, todo cabía, incluidos los aplausos del público y las beatíficas expresiones de las bibliotecarias que exclamaban: «¡Qué guapo es!», mientras Lleonard se ponía en pie con otro golpe de flequillo francamente heroico. Y todos los presentes advirtieron que de sus ojos azules brotaban un par de conmovidas lágrimas.

»—*Piange! Piange!* —exclamó la *principessa,* llorando a su vez.

»—*Visca Catalunya!* —tartamudeó *el Excels,* sin que nadie le escuchase ya.

»Fascinación colectiva, encoñamiento total, orgasmo hiperpatriótico. Y solté una carcajada tan sonora que el padre de mis hijos me propinó un codazo de reconvención. A mi lado, Vicent Piquer seguía aplaudiendo a Lleonard. Parecía más orgulloso de él que si fuese su propio hijo.

»En pleno delirio, la gente volvió a formar grupitos alegres y confiados. Celebraban la continuidad del espíritu cultural que no decae, la fuerza que no flaquea, el manantial que no cesa; iban de un lado a otro intercambiando comentarios de admiración, se disputaban la oportunidad de felicitar a Lleonard y dejaban al *Excels* y a la *principessa* en manos de los Padres de la Patria (les gusta alardear de amistades ilustres, que sus buenos duros les cuestan). El tumulto se hacía cada vez más intenso, el humo aplastaba las bóvedas de crucero y diríase que san Jorge y la virgen de Montserrat ya no podían reprimir la tos. Los novelistas domingueros rodeaban a Lleonard y decían que si continuaba demostrando ponderación y sentido común llegarían por fin a un entendimiento mutuo. *La Castellona* contemplaba el espectáculo con la colilla en los labios y una sonrisa de bondadosa ironía y yo pensé que era una mujer con la que podría entenderme la mar de bien. Muchas cosas nos separaban, cierto; pero las dos teníamos conciencia de que ser mujer en Barcelona no era ninguna ganga. Al cabo de un rato, cuando me permitiese el lujo de elegir yo a Lleonard y no al revés, alimentaría la conocida ilusión de que ser mujer en Barcelona es un privilegio comparado con la condena de ser hembra en España. Pero, en el fondo, lo creería durante poco rato. El adulterio proclamado a los cuatro vientos como forma de emancipación, el trabajo que me proporciona un estipendio para sentirme autónoma, todas esas cosas no implican libertad ni igualdad con el hombre. No quiero engañarme. Aunque tenga más dinero que el padre de mis hijos, aunque escriba más libros que todos mis amigos o llegue a disponer de un pene como los suyos, no seré libre hasta dentro de varios siglos, porque en cualquier lugar del mundo las mujeres todavía son bestias. Y, en el fondo, todos los hombres creen que esta condición incluye también a las que nos consideramos liberadas.

»Pero aquella noche yo estaba decidida a ejercer mi espejismo de libertad; a creer que mi decisión de ser yo quien eligiera a Lleonard y no él a mí, era un derecho ganado a pulso como victoria de mi sexo. El padre de mis hijos se acercó con suma amabilidad, mezcla de la de antaño y la que utiliza desde que pusimos los puntos sobre las íes. Debo reconocer que es todo un señor. Proponía cenar en plan popular con las locas de Coll-i-Be, Melita, los Roldà y otros amiguetes y, después, tomar la última copa en el Decamerone. Pero ya he dicho que las salidas colectivas no entraban en mis planes o, cuanto menos, en mis deseos: éstos se concentraban en Lleonard, que parecía muy confundido ante el asedio de los escritores domingueros. Pensé que si conseguía salvarlo de aquellos pelmazos le prestaría un servicio muy valioso, de esos que se cobran en el acto. El guirigay iba en aumento, de modo que Xavier Roldà se vio obligado a pedir un nuevo silencio por respeto a Blanca, que se disponía a cantar. Yo miraba a Lleonard con tanta insistencia que el padre de mis hijos decidió echarme una mano. Dirigiéndome una mirada de complicidad, señaló a Blanca. Era como si dijese: adelante con el chico, que de la esposa me ocupo yo. No tuvo necesidad de insistir. Mientras Blanca empezaba su cancioncilla panfletaria, fui directa hacia Lleonard. Uno de los domingueros le decía, a gritos, que a ver si los invitaba a cenar a todos para celebrar la tradución al castellano de *El jove cremat*. El muy acémila confundía un libro con las juergas de la mili. Yo no tuve vacilación: con la mejor de mis sonrisas, me colgué del brazo de mi chico. (Adolfo, días después, me dijo: «Éste te ha atrapado, Lola. No es un juego. Es tu chico.») En voz alta, exclamé: «Se supone que tenemos que hablar de su contrato, señor Pler. Hagámoslo cenando, que de hoy no puede pasar.» Él me entendió a la primera. Escapamos a toda velocidad, dejando atrás aquella turba de catetos. Blanca, sin dejar de cantar, nos seguía con la mirada mientras la suya era perseguida por la del padre de mis hijos.

»En la escalera, Lleonard se quitó el *foulard.* Mantenía la camisa negra abierta hasta el ombligo. Con los ojos entrecerrados, soltó un suspiro de alivio. Me dio las gracias por haberle salvado. En broma, contesté: «Por lo que cuentan de ti, creía que eras más hábil en salvarte de las garras de escritores y *boy scouts.*» Él soltó una gran carcajada. «De ésos sí, pero ¿quién me salva de mi mujer? En este caso, necesito de un tercero... ¡y muy experto!» La respuesta me pareció machista y algo cruel con la pobre Blanca.

»De repente, me arrepentí. ¿Por qué tenía que compadecerla?

»¡La pobre Blanca! Era la típica frase destinada a hacerse célebre. ¡La pobre Blanca! A partir de esa noche, transcurridos apenas seis meses de la famosa boda, ella sería la víctima y yo la pérfida destructora del hogar más joven entre los hogares famosos de Barcelona. Yo sería la buscona, la *otra* más tópica de todas las *otras* de la historia de la infamia femenina. Yo, implacable, rompía la perfecta armonía de un amor puro, casi adolescente. «¡Pobre Blanca!» «¡Pobre *nina,* pobre *al·loteta.*» Pues yo te digo: ¿pobre, por qué? En todo caso, por la zorra suerte de nacer mujer, no ya en Barcelona ni en Mallorca, sino mujer simple y llanamente. En este aspecto, de acuerdo. En lo demás, entramos de lleno en una forma del melodrama todavía vigente entre los progresistas de Barcelona. Éstos creen que, por el mero hecho de intercambiar esposas y maridos cada quince días, han superado todos los tabúes morales, sociales y sexuales. Marido y mujer pueden ponerse cuernos todos los días pero, ¡ay de la maligna que se empeñe en tener un amor extramarital permanente y sincero y que, además, le funcione! Aquí salen a relucir las Bovary, las Kareninas, y una se convierte en la más traicionera del folletín. Eso de «pobre Blanca» todavía corre de boca en boca. Ya ves tú, Lleonard muerto y enterrado, ella cazando moscas en un manicomio y continúa circulando esa estúpida incomprensión, ese negarse a entender que ella, la pobre Blanca, lo tenía en casa, lo poseía por ley, podría parir trescientos hijos suyos y no pasaba nada. En cambio, ¿cuántos años podía durar conmigo?... A las buenas, dos o tres; pero, al final, acabaría con la legítima. Ella lo cuidaría en el lecho de muerte mientras yo tendría que secar los mocos al padre de mis hijos, que me importa menos que nada. ¿Pobre esposa? ¡Anda ya! ¡Cuánto más justo no sería decir: pobre amante!

»Y pobre de la adúltera vocacional que deja entrar en su vida a un adonis como Lleonard.

»Cenamos en una *trattoria* llena de espejos en los que Lleonard se contemplaba con el menor pretexto. Su exhibicionismo me intimidaba. De hecho, empezamos la velada afectando acciones que no nos correspondían; al cabo de un rato, ignoro por arte de qué magia, yo dejé de fingir y, con la llegada de los postres, me encontraba buscando a un Lleonard más sincero, o que deseara serlo. Pero él todavía no se dignaba a quitarse la máscara. Al contrario: parecía dispuesto a ponerse varias, una encima de otra, sin abandonarse nunca a sí mismo. Diría que, partiendo de una extraña variante de la sinceridad, estaba interpretando un sinfín de papeles. Era de una coquetería infinita. Nada resultaba afeminado en él, o, al menos, no era afeminado de manera desagradable; pero no acertaría a clasificar su necesidad de gustar a toda costa sin relacionarla con la sobrecarga de coquetería que acababa por aplastarme, poniéndome a su merced absoluta.

»Le llevé a un *meublé* cuyas habitaciones estaban, también, forradas de espejos. Reproducimos en ellos una situación idéntica a la anterior. Sólo que, ahora, ansiaba que Lleonard me poseyera de una vez, y, al mismo tiempo, temía que, pasada la posesión, se apagase repentinamente mi interés como en otras ocasiones. Pero cuando lo tuve a mi lado, completamente desnudo, él confesó que no funcionaba; y lo dijo con una expresión imperturbable, que no permitía adivinar sus sentimientos. Entonces lo tuve en una dimensión mucho más tierna de cuanto pude imaginar al establecer aquel juego. Tomé su desdicha y la mecí, como si me hubiera nacido un hermano. Perdona, es el tipo de estupidez ideal para la circunstancia. Y siguen las estupideces, ahora en forma de *digest freudiano*: le dije que no debía temer nada, que conozco a algunos neurólogos ideales para curarle de una dolencia que, probablemente, sólo era de carácter psíquico. No parecían importarle demasiado mis deducciones. Se durmió como un leño, con la cabeza entre mis brazos, y yo conecté la radio y me puse a fumar. En realidad, pasé toda la noche dándole al humo.

»Una locutora elogiaba las ventajas de algo llamado *cupones ahorro para el hogar*: yo acariciaba los rizos dorados de mi chico sublime; no me había recuperado del estupor y sólo acertaba a pensar que el asunto de los cupones era ajeno a mi vida y a la de todas mis amistades. «Si compra cupones de ahorro para el hogar, compra ventaja.» ¡Jopé, qué chollo! Por diez puntos, te regalaban una vajilla de duralex, y si reunías cincuenta tenías opción para el sorteo de una estancia de tres días en el Monasterio de Piedra. No podía salir de mi asombro. A veces la televisión emite anuncios por el estilo, pero revestidos de una apariencia más moderna. La radio, con la voz chabacana de unos locutores que intentaban resultar confidenciales, parecía cosa de otra galaxia. Era extraño. Si alguna vez veo televisión (sólo cuando dan alguna película antigua, por lo del *camp* y la nostalgia) esos productos anunciados como la salvación providencial de los hogares españoles se me antoja algo ridículo, el *kitsch* idóneo de una época y un país que es el nuestro y en el que sin embargo no vivimos.

»Mis amigos y yo somos otra cosa. Trabajamos con libros, los vivimos, vemos cómo los originales pasan a imprenta, cómo llegan las compaginadas y, cuando el diseñador nos muestra la portada, experimentamos una ilusión casi infantil porque el monstruo está a punto de nacer. Nuestro producto pertenece a otro país que nosotros consideramos el centro del universo. Los libros son una corriente que nos arrastra y llega a condicionar nuestras conversaciones, nuestro comportamiento, incluso nuestro modo de amar. Y de repente me entero por la radio de un *meublé* que en algún lugar existía otro país situado a años luz del de los libros, un país cuyos habitantes arrinconan la letra impresa del mismo modo que nosotros arrinconamos la televisión; y en este país, para mí estrambótico, había millones de mujeres que coleccionaban *cupones ahorro del hogar* y discutían sobre detergentes en lugar de decidir si era oportuno publicar a Italo Svevo; mujeres que perdían la tarde eligiendo una cortina en vez de colgarse de un teléfono para insultar a una agente literaria; mujeres que hacían la colada, barrían, cocinaban y cotilleaban en lugar de pasarse toda la mañana organizando el consejo de redacción. En algún lugar del país cuyo instrumento básico eran la tele y la radio, las mujeres ignoraban la existencia de un emporio de sofisticación llamado Decamerone, y nunca verían a sus maridos como a un hermano impotente que les naciera entre las sábanas de un infecto *meublé*, sino como al macho único, para quien coleccionarían los cupones que les proporcionarían inmortales vasos de duralex o un viajecito de fin de semana a una Arcadia llamada Andorra.

»Los *cupones de ahorro para el hogar* patrocinaban la audición de la «exótica melodía» *Moliendo café*; gracias a los cupones yo podía acariciar los rizos dorados de mi hermano recién nacido y acunarlo con más propiedad, ya que nos mecían las voces pastosas de un grupo de sudacas. Afortunadamente, los cupones no nos dejaban solos, a merced de nuestro mundo de libros. Si acaso, a merced de nosotros mismos en un ambiente rotundamente tópico: una habitación muy hortera, con estucos pseudoorientales, una media luz más tristona que erótica, cuatro rosas de papel en un jarrón de plástico encima de una consola funcional bastante deteriorada, cortinas de estampados cubistas cubriendo las ventanas, cuadritos que imitaban las gitanas de Romero de Torres y una columna azul en cada ángulo de la cama, donde Lleonard dormía como un lironcete sin concederse un alto para oír *Moliendo café* ni, a continuación, *El baúl de los recuerdos*. No necesitaba despertarse. No necesitaba añadir el menor comentario. Había tenido el tiempo suficiente para comunicarme que lo más asombroso de su vida, el gran coñazo de toda esa historia, era que disponía de un macropene que no servía para nada.

»Al día siguiente caía un sol de muerte. Me vestí a toda velocidad, rezongando que llegaría tarde al trabajo. El sublime Lleonard no se inmutaba ante semejantes preocupaciones: se limitaba a comentar que la ducha del *meublé* le daba asco por la cantidad de gente vulgar que la habría utilizado antes. Al cabo de un rato, se declaraba incómodo y pegajoso. Nadie lo diría: no dejaba de contemplarse en el espejo, mientras se peinaba con los dedos. Parecía tranquilo, orgulloso de su comportamiento, como si durante la noche hubiesen ocurrido muchas cosas, y todas altamente satisfactorias. Los espejos lo convertían en un espectáculo de lujo, multiplicando su cuerpo perfecto, que absorbía toda mi atención. Su espalda resplandecía al sol que se filtraba a través de las persianas. Al desviar la mirada, descubría su pecho cerca de mis labios y sentía unas ansias locas de besarlo dulcemente. Su piel era deliciosa. Era para pegarse a ella como una lapa, y no abandonarla nunca. Quería decírselo, llenarlo de elogios. No era necesario. Ya lo hacía él. Hablaba de sí mismo, y punto. Se arreglaba, y punto. Ni siquiera se tomaba la molestia de mirarme. Era demasiado perfecto para dispersarse en la contemplación de los demás.

»Volví a pensar en su parecido con alguien. ¿O fue él mismo? Imposible. Si lo hubiera conocido antes, lo recordaría. Pero quizá lo conocí cuando no era tan perfecto. Si lo fuera, se habría convertido en un recuerdo imborrable. ¿Quién puede olvidar la perfección? En cualquier caso, ¿dónde lo había conocido? Acaso cuando no era en absoluto perfecto, ni siquiera atractivo...

»Llegué a la editorial preocupada, sin la alegría que suelen producir las aventuras con jovencitos como Lleonard, aunque más vitales. No sentía la emoción de la aventura que empieza, llega a su punto culminante y concluye con el nacimiento del nuevo día. No sentía el pequeño, delicioso dolor de dar la aventura por cerrada y si te he visto no me acuerdo. Era como si todo estuviera por empezar. Y lo sentía a través de una inquietud confusa, de unos recuerdos que sólo incluían cuatro o cinco imágenes de Lleonard ensalzando continuamente su propia belleza. Lo recordaba, risueño, en la *pizzeria*, observándose de reojo en el enorme espejo situado a su lado, mientras hablaba con gran naturalidad, como si hubiese vivido siempre rodeado de espejos invisibles. Espejos en los que contemplarse mientras vivía, conversaba, reía, amaba, escribía o lloraba.

»Esa coquetería, presente incluso en el primer dolor de hombre que se atrevía a comunicarme, me contagiaba la necesidad de contemplarme yo. Había pasado la noche en vela con los cupones y, después, con las *cocinas* Herkey, patrocinadoras del espacio «Cante mientras se ducha», pero no aparentaba fatiga. No sé si los de la editorial la adivinaban. Era imposible. Supondrían que había dormido en mi propia cama, y que la Secundina me despertó a la hora de costumbre. Ni una sombra de cansancio, ni un asomo de arrepentimiento. Mi rostro era una máscara de inexpresividad, y ni siquiera Adolfo, cuando le presentase las listas de los tirajes, podría dirigirme la broma de todas las mañanas comparándome con Molly Bloom, Constance Chatterley o alguna de esas reinas del sexo que tanto le gustan. Nada de eso. En absoluto. Los restos de la aventura no provocarían chanzas culturales ni de ningún otro estilo. La aventura quedaba oculta y lista para archivar. No tardaría en morir.

»Pero estaba haciendo la política del avestruz. De morir, ni hablar. La aventura pudo haber muerto si el cuerpo de Lleonard se hubiese limitado a ser atractivo, como otros que he conocido. Digamos que un poco más. Con esa rutina del placer bien dosificado, el recuerdo del machito estaría entre los del montón. Pero recordaba su actitud al vestirse. Supongo que cualquier otro, en circunstancias parecidas, se habría sentido inferior o como mínimo avergonzado; dramatizaría la situación y no sin causa. En cambio, él exhibía una cierta superioridad, como dando a entender que su atractivo no disminuía un ápice por culpa de la impotencia, antes bien aumentaba gracias a ella. Como si supiese que el mundo estaba obligado a adorarlo un poco más debido a su limitación.

»En mi mundo de libros íbamos de cabeza. El gráfico de producción estaba creciendo más que otros años. No seguíamos el movimiento lógico del mercado, que suele ser raquítico, pero convenía dar respuesta a los ataques de la familia Boix ofreciendo una planificación espectacular. Tan frenética actividad me excitaba. Podía ser un buen pretexto para no pensar en Lleonard. Era lógico, pues, que en aquel momento bendijera las preocupaciones inherentes a mi trabajo. Siempre ha sido así. De hecho, cuando acepté colaborar con Adolfo no lo necesitaba económicamente, ya que el padre de mis hijos dirige un negocio familiar mucho más rentable que cualquier editorial. Pero las circunstancias de las que hablé al principio, me empujaban a sentirme realizada con una ocupación más culta que la exportación de pieles. Mi trabajo me ayudó al cien por cien. Continúa ayudándome.

»Adolfo siempre dice que soy su mano derecha, que

sin mí no sabría qué hacer. Me conviene creérmelo, me gusta creérmelo. Y debo reconocer que tampoco yo sabría vivir lejos de nuestro mundo de libros, ese mundo que me da una entidad con la que no podía soñar a principios de los sesenta. Si algo me salva de la vulgaridad es, precisamente, esas bifurcaciones que ha ido tomando mi vida, no limitada a la actividad editorial sino abarcando todo un círculo de personas que viven del talento y de la creación. Son las que han ido conformando mi entorno social y afectivo. Además, gracias a la influencia de Adolfo, he podido adquirir una formación intelectual muy sólida, al tiempo que contribuía con mi propio esfuerzo a la buena marcha de una empresa que siempre estuvo al servicio de la cultura más exigente y comprometida...

(«La Castellona»: «A riesgo de parecer pesada, te diré que mi pleito contra la generación de los años cincuenta no sólo alcanza a quienes viven en el seno de la cultura catalana, sino que lo hago extensivo a los castellanufos. En despectivo te lo pongo, ya ves. Son los catalanes que escriben en la lengua opresora. Y el más peligroso de todos siempre será Adolfo Sarró, porque es el que goza de mayor prestigio. No se limita a tratar a la cultura catalana con indiferencia sino que en más de una ocasión se portó como un enemigo declarado. No la ataca de frente, por supuesto, sino mediante una omisión sistemática en los lugares donde más importaría destacarla. Al igual que Xavier Roldà, es un habitual de eso que llaman congresos internacionales. Siempre es el invitado especial de la *España resistente*, el que dicta la opinión que los extranjeros tendrán de nosotros. Y lo más grave es que no se limita a silenciarnos. Su maniobra editorial ha sido un foco de castellanización mucho más peligroso que la de otras editoriales dedicadas a publicar novelas de consumo, ya que practica una política de alta calidad y, naturalmente, el daño incide en el tipo de lector que más nos interesa. Un lector culto, preparado y exigente. Además, los escritores catalanes no tenemos acceso a "Narrativas Libres" y, francamente, no logro comprender cómo Xavier Roldà ha sido capaz de colaborar en esta maniobra. Xavier cuida mucho su imagen en Madrid, cierto, pero esto no debería impedirle echar una mano a los de aquí. ¿Que si podría hacerlo? ¡Por supuesto! ¿Acaso no está en una situación de poder? Es miembro destacado del consejo de lectura de Boix y Sarró y, además, fue miembro del premio Lanzarote el año en que Frederic De Robert, nuestro novelista más importante, se presentó con su mejor novela y no ganó...»)

(Ramón Barat: «Esa mujer a veces da en el clavo. Xavier está demasiado fascinado por la *élite* de los renegados. Me inclino a pensar que deja en segundo término su función de intelectual comprometido y sólo piensa en los ecos mundanos. De todos modos, no estoy de acuerdo con *la Castellona* cuando habla en favor de una literatura elitista. Andamos sobrados de poetas exquisitos, gramáticos iluminados y excelsos eruditos. Lo que nos falta es una literatura auténticamente popular. Lectores exigentes, tenemos. Ahora necesitamos una masa lectora.»)

(«La Castellona»: «Me permito insistir en el asunto del premio Lanzarote, que los interesados prefirieron silenciar por la cuenta que les trae. Frederic de Robert mandó una novela en catalán que era un ejemplo magnífico de narrativa del absurdo aplicada a la vida de Federica Montseny, examinada desde una perspectiva galáctica. Una de las cláusulas del premio permite presentar obras escritas en "todas las lenguas que se hablan en la península Ibérica". No niego que Xavier Roldà tuviera algo que ver con la imposición de esta cláusula —por mala conciencia, seguramente—, pero su gestión pierde toda eficacia cuando resulta que, de siete miembros del jurado, seis no saben catalán. De ahí que la novela no sea leída sino contada de palabra por el miembro, digamos políglota, del jurado. Francamente, resulta de lo más curioso que alguien sea capaz de resumir 2 876 páginas de una novela —que, además, era de carácter simbólico y carecía de línea argumental concreta— a unos señores encargados de votarla como ganadora o descalificarla. Claro que no hay por qué sorprenderse; basta recordar que Roberto Irigodo, residente en Francia desde hace muchos años, también mandó al premio una novela que, después, ha sido calificada entre las más importantes de la moderna narrativa española [¡Los pobres castellanos llaman narrativa a cualquier cosa!]. Su triunfo parecía cantado, ya que es íntimo del grupo Sarró, colaborador de la casa y cuenta con notables conexiones en el mundo de la cultura parisiense; concretamente, es el asesor de literatura castellana de Maison Bainard y, según dicen algunos malignos, el responsable de que dicha editorial no publique a ningún novelista español que suponga una competencia seria para él. Como puedes suponer, estas disputas entre barceloneses castellanizados me importan un comino. ¡Que se destrocen entre sí y nos dejen una Cataluña bien limpia! Pero me interesa subrayar que incluso un hombre tan influyente como Irigodo pagó caro el error de pensar por su cuenta, al margen de las consignas de Sarró y compañía. El tal Irigodo, junto con otros escritores y cineastas europeos, firmó una carta de protesta contra la represión en Cuba, y, a pesar de haber demostrado su izquierdismo en otras ocasiones, su nueva actitud lo apartó del espíritu de clan que hasta entonces imperaba en Boix y Sarró. Se vio obligado a retirar la novela del premio Lanzarote y su nombre ni siquiera apareció en la lista de finalistas, para que su fama no resultase perjudicada. Pero todo el mundo sabía que el eximio Adolfo Sarró había presionado enormemente para no verse implicado en una campaña anticastrista, y el premio se lo llevó un escritor madrileño que tenía relaciones de cama con la mujer de un miembro del jurado. Para que comprendas cómo funcionan estas cosas, te diré que el egregio novelista de la Meseta mandó su novela sin terminar y escrita en un rollo de papel higiénico. [Decidí que, si algún día se les ocurre pedirme una novela para "Narrativas Libres", les mandaré un par de capítulos en un orinal.]»)

26. DE CRÍPTICOS MENSAJES

La noche de Venecia duraba ya demasiados días. Alguien empezaba a hablar de pánico general. Palacios, iglesias, puentes y escalinatas, todo quedaba definitivamente oculto a nuestras miradas. Había miedo en el aire, los habitantes de la Sereníssima moderna evitaban salir a las calles malditas, y, de hacerlo, parecían espectros de un retablo medieval que tratase el tema del Armagedón. Impermeables negros, gabardinas oscuras, paraguas temblorosos y muchos sombreros. Diríase que los alegres venecianos de otrora decidían cumplir penitencia. También William Cumingham aparecía nervioso, pero su obsesión era lejana: llegaba con el recuerdo, se mecía en las declaraciones de sus personajes barceloneses y se confundía bajo el peso de sus embrollos. De manera que recobró las últimas palabras de *la Castellona* y comentó:

—Llevada por la furia, cae en el mismo pecado del que acusa a sus enemigos: en lugar de limitarse a un ataque literario, recurre a un asunto de cama y lo convierte en chisme. Ignoro si la calumnia es exactamente un *venticello*, pero sí he podido comprobar que, en Barcelona, la maledicencia es contagiosa y se adueña incluso de los mejores. Por otro lado, *la Castellona* nos oculta que el inventor del papel higiénico como instrumento literario está considerado por los críticos como uno de los mejores autores de la nueva narrativa española. Pero, ¿qué importa a estas alturas...? *La Castellona*, toda esa gente, siguen hablando de temas que se apartan de Lleonard. Van a lo que les interesa. Cuanto más hablan, cuanto más se desahogan, mejor voy comprendiendo que, entre todos, han convertido la cultura en un campo de trampas innobles. No dudo que Lleonard, a partir de un momento determinado, debió de sufrir el efecto de tantas emboscadas; seguro que éstas llegaron a influir en su conducta. Pero, si aspiro a saberlo, tengo que apartarme de la crónica y encerrarme de nuevo en la parte más interesante del personaje, la que justifica mi obsesión: la parte humana. Es la que la crónica de esta gente me niega. Exactamente igual que tú cuando escondes a Lleonard en provecho de aquel jovencito que nunca llegó a nada.

Era un reproche; pero, al mismo tiempo, un reclamo. Hacía ya rato que escuchaba sus obsesiones sin interrumpirle con las mías. Sin embargo, en aquel preciso instante no quise reprimirme:

—Jordi Lledó exigió que me matase. El chico que había aparecido como una réplica de mí mismo se convertía de repente en mi verdugo. El joven en quien me había identificado me imponía una condena histórica. Era, en definitiva, un asesino.

—Vas demasiado lejos con tus recuerdos; pero no me sorprende. Todos los exiliados cubanos que he conocido sois obsesivos: sólo habláis de vuestro rencor.

—Te equivocas: no es rencor, sino odio. Un odio mortal que no se cura con los años; por el contrario, va creciendo y exige una víctima. Por fin llega el día en que me la cobro; pero el odio pervive. No se calmará hasta que Cuba sea libre y yo pueda escupir sobre la tumba de mis verdugos.

—¿Ves? Ahora eres como los catalanes.

—¿Y cómo son los catalanes en tu opinión?

—Monotemáticos. Estas cintas lo demuestran perfectamente.

—Pues no me queda otro remedio que ser repetitivo: soy un catalán educado en Cuba. Se trata de dos realidades sumamente singulares. Dos frustraciones en una.

—Me temo que acabaremos bailando a los sones de la Sonora Matancera. También puedes recurrir a los lamentos anticastristas de la Guillot... ¡Te estoy adivinando, mascarita! De un momento a otro, empezarás con la nostalgia caribeña. El bohío, el malecón, el manisero, la bayabesa... ¡Uf, erais una cultura tropical y ahora os estáis convirtiendo en una cultura del tópico! ¡Acabaréis por hartarnos a todos!

—Después de pudrirse durante seis meses en una cárcel castrista, uno tiene derecho a ser pesado. Sé que no resulta elegante; pero el derecho persiste y te lo tomas. Si regresas a tu ciudad natal y te recibe el rechazo de todos tus amigos, el mundo se desmorona, quedas destrozado, sin esperanzas de reponerte. A partir de este momento, cualquier agresión se convierte en una cuchillada mortal. Desde que me exilié de Cuba, no he dejado de recibir cuchilladas, una tras otra. Jordi Lledó abrió la ronda.

Entonces, William me miró fijamente. Y pronunció la pregunta con la precisión de un latigazo.

—¿Por eso odias tanto a Lleonard?

Acababa de decirlo. Por fin empezábamos a entendernos. Lleonard Pler y Jordi Lledó asociados. Dos en uno. Criminal junto a asesino.

Pero también yo dije al principio que soy el mago prodigioso, el rey-sacerdote, el prestidigitador capaz de alborotar a voluntad los ritmos de esta historia, el augur fatalmente destinado a saber demasiado acerca de la década y acerca, también, de Lleonard. Por tales razones me consideraba capacitado para prolongar la broma proponiendo a William una nueva adivinanza.

—Jordi Lledó posee un secreto de Lleonard. Y el otro te lo oculto yo.

Pero William me dedicó una expresión de socarronería. Creo que estaba haciendo grandes esfuerzos para contener la risa.

—¡Qué iluso eres! No me estás ocultando nada. Yo sé mucho más de cuanto tú crees saber. Durante un recital de habaneras, en Port Serrat, Lola Roger me confesó que un día consiguió recordar dónde y cuándo había conocido a Lleonard. No era rubio. Tampoco hermoso. Iba vestido de recluta. Y, como es natural, se llamaba Jordi Lledó.

(Lola Roger: «Imposible recordarlo con precisión. Fue un visto y no visto. Era en el apartamento de mi primer amante, sí. Un imbécil, un fotógrafo cubano que, más tarde, se fue a vivir a Los Ángeles. Había un chico que se llamaba... Jordi no sé qué. No, el apellido no lo recuerdo. No era nada interesante, pobrete. Un chico insignificante. Cumplía el servicio militar como voluntario en Valencia o Castellón. Sería natural de aquellas tierras, pues tengo entendido que los voluntarios pueden elegir destino. Me dio a leer un texto con la pretensión de que lo recomendase a la editorial. Resultaba ilegible. Pura pornografía adolescente. Pasadas las fiestas de la Merced, regresó al cuartel, o a su casa, quién sabe. Nunca más volví a verle. Se parecía a Lleonard; pero no podía ser él. Lleonard era inconfundible. No tenía comparación...»)

—Lola Roger está en lo cierto —dije—. Lleonard no tenía igual. Y, en cambio, quizá resulte que él y Jordi Lledó fuesen la misma persona.

He aquí un punto y aparte en la sucesión de comas que Venecia dictaba bajo la llovizna, entre la niebla, sin un rayo de luna. Habíamos ido a recalar en una ciudad dormida en plena muerte sólo para descubrir que Lleonard Pler era un impostor de sí mismo.

Pero me irritaba profundamente que William Cumingham venciera en aquel juego de malentendidos pese a obrar en mi poder una carta que yo consideraba primordial para mi estrategia. Una estrategia que, al mismo tiempo, se revelaba tan ingenua como la de Lleonard al creer que estaba construyendo el enigma más gótico de aquella ciudad tan habituada a los goticismos.

—Me acusas de ocultar datos de la muerte de Lleonard; pero yo me pregunto quién de los dos esconde más cosas. A partir de ahora, tú. Desde antes de llegar a Venecia sabías que Jordi Lledó era Lleonard. ¡Y eso que él hizo lo imposible por ocultarlo!

William ya no se molestó en contener una risotada. Casi me la escupió.

—Ahora pasas a interpretar el papel del ingenuo. ¿Cómo podías suponer que disponías de más información que yo, si me he pasado el verano hablando con esa gente? Todo cuanto pudieras contar lo sabía a partir de mi conversación con Guillem Esteba. Él estaba obligado a tener una copia del documento nacional de identidad de todos sus representados. Y, como él, también el matrimonio Llompart, la Sociedad de Autores y el cajero de *Lo Sputnik Català*. Más simple imposible. En un país donde el documento nacional de identidad es imprescindible para cualquier actividad pública, no existe la posibilidad de montar grandes misterios. Lleonard estaba obligado a acreditarse incluso para cobrar un miserable artículo de quinientas pesetas. En semejante situación, no hay misterio gótico que valga.

—¿Y eso, que sabías al llegar a Venecia, no cierra definitivamente tu encuesta?

—Al contrario: es un detalle insignificante. Cualquier detective segundón pudo descubrirlo la primera vez que me hablaste de Jordi Lledó. El caso habría quedado archivado dando lugar a una encuesta mucho más apasionante: cómo dejó de ser Jordi Lledó para convertirse en Lleonard Pler. El mecanismo completo que lo condujo a una transformación tan prodigiosa. Eso es lo que lo convierte en un caso espectacular. Eso lo engrandece hasta el extremo de convertirlo en el mito que me excita continuamente...

—Creo que ésta es la idea que intentas transmitirme desde que llegaste a Venecia...

—Desde el principio, te dije que sus orígenes no me interesan tanto como su final. En un momento determinado abandonó todo lo que había conseguido en el mundo de la cultureta. ¿Por qué lo hizo? No creas que lo ignoro: recuerda que soy yo quien ha grabado estas cintas. También soy yo quien ahora juega contigo. Y seguiré haciéndolo hasta que no me cuentes qué ocurrió la noche de su muerte. Sé por qué mandó a la mierda a Cataluña y también por qué, mucho antes, en Londres, yo no pude servirle como amante. Sólo necesito saber por qué se mató, y, por fin, tendré mi libro.

William Cumingham creía dirigir el juego; pero, en realidad, no hacía sino prolongar la obsesión. Estaba en lo cierto al decir que su encuesta ya no era la novela policíaca que pretendía *la Castellona*. Hacía tiempo que se había convertido en un descenso a su propio infierno; un infierno tanto más terrible porque siempre se reflejaba en los ojos que lo habían inspirado.

Quizá fueran los ojos de Lleonard cuando hacía un nuevo balance de la mezcla de atracción y repulsión que Barcelona le inspiraba: *Y, una vez más, la ciudad se revelaba hija de puta. Sé que Barcelona lo es. Amada y mimada, primorosa como una hija tonta que cuidamos entre todos; limpia y pulida entre todas las perlas del Mediterráneo; pero puta al fin y al cabo. Ciudad asesina, hoy y siem-*

pre; ciudad aficionada a esa clase de reencuentros que también mi personaje sufrirá. Si el precio de conquistar una cierta grandeza consiste en abandonar Barcelona para siempre, todos estamos obligados a pagar un alto precio por la predestinación que nos obliga a regresar...

Era, naturalmente, el monólogo de uno de aquellos especialistas en el exilio interior que a Lleonard tanto le gustaba parir. Era el tópico literario que mejor le funcionaba. Pero también podía ser uno de los motores del exilio al que el propio Lleonard se condenó durante sus dos últimos años de vida. Transcurrido este tiempo, Barcelona seguía siendo la puta de siempre y el odio de Lleonard se convertía en el más descomunal de todos los tópicos.

Y empujado por la misma estética, William seguía recordando las horas doradas de Port Serrat, cuando ni siquiera el deseo anunciaba los impertinentes mensajes de la muerte:

—Terminábamos de cenar en la terraza de Nabuca Daiano. Hasta nosotros llegaban los ruidos del sábado portserratiano mezclados con el insistente chasquido de las olas contra los muros de la casa. Lola Roger había pedido el concurso del alcohol para seguir recordando. Estaba en lo cierto cuando dijo que Lleonard no tenía igual. Por eso también ella cayó en la trampa. Ella, sí, tan experta, tan Gauche Dorée, tan hija de Port Serrat que se creía de vuelta de todo, la muy ingenua, y, en cambio, no estaba de vuelta de algo que se llamaba, simplemente, Lleonard Furioso.

27. LOLA ROGER PUESTA A PRUEBA

Cuando leí *Orgía de lobos,* Lleonard residía de nuevo en Londres. Era la primera noticia suya que recibía desde aquellos días de Port Serrat. La novela era corta y concisa, escrita en un estilo clásico y con un lenguaje demasiado académico: Lleonard dominaba el inglés con sorprendente perfección, pero le faltaba tiempo para comprometerse utilizando un lenguaje coloquial, directo y vivo. El resultado era muy distinto al de sus novelas catalanas e incluso a las que escribió en castellano. Carecía de la furia, la pasión, incluso la insensatez que lo llevaba a mezclar todos los estratos del idioma con barroquismo arrollador. En este sentido, *Orgía de lobos* era una novela glacial. Las limitaciones lingüísticas obligaban a una precisión que dejaba más al desnudo la atrocidad del contenido. En cuanto a los personajes, no necesité ir más allá del segundo capítulo para comprender que la madre era yo; tampoco resultaba difícil reconocer a Blanca en la ingenua, ni a Guillem en el padre pervertido. Tratándose de una creación literaria, la parte autobiográfica se desviaba en un momento dado y el autor nos hacía avanzar a los tres hacia el delirio. Formábamos una familia muy singular. El desdichado protagonista —¿quién sino el propio Lleonard?— vivía sometido desde la infancia a los excesos de una educación más que espartana. Primero, bajo los jesuitas. Después, descubría que su propia casa —un caserón modernista situado en una playa muy parecida a Port Serrat— se había convertido en un siniestro calabozo entre cuyos muros los tres personajes principales le harían sufrir hasta la agonía. Imposible dar con un héroe más atormentado, incluso en el sentido físico del término. Era una especie de san Sebastián adaptado a la mitología *pop*. En aquella extravagante idealización, yo me convertía en un sucedáneo de la madrastra de Blancanieves, una perversa que se disfrazaba de dómina y sometía al adolescente a toda clase de vejaciones. En cuanto a Guillem, era un padre muy apuesto que se dedicaba a humillar al hijo mediante la práctica continua de la flagelación y la coprofagia... Dado que la práctica de este deporte constituía una rareza en Barcelona, el libro causó sensación. Me refiero a la edición sudamericana, por supuesto; pues la censura española lo prohibió, colaborando así a la creación de otra de las facetas que contribuirían a cimentar la leyenda de un Lleonard rebelde, indomable y transgresor.

»Lo encontré sencillamente sarcástico. Convertirnos en material literario significaba mucho cinismo; pero aún me irritó más que, para hacerlo, tuviese que asesinarnos. Y no intentes consolarme diciendo que la muerte del amor siempre incluye la amenaza de crimen. Eso sólo consuela si, antes, ha habido amor. Y ahora hablo de mí, que ya va siendo hora. Por lo que a Lleonard se refiere, creo que nunca supo en qué consistía aquel sentimiento. Si acaso, sabía expresar la sensación que produce. Una vez vivida, seguía contemplándose a sí mismo. Para desahogarse jugaba al *flipper*. Ya te lo he contado. No me obligues a repetirlo.

»Desde el principio fui consciente de hallarme ante la esterilidad. El sublime Lleonard no engañaba; decía: «No funciono», sin más explicaciones. Seguramente creía que con la sinceridad era suficiente. Él conquistaba y se mostraba sincero con su presa. El resto era problema de la presa. Intuyéndolo, no hubiera dado un duro por una relación con él. No puedo permitirme el lujo de perder el tiempo explorando la dimensión desconocida del primer niño pijo que deslumbra con un físico despampanante. No tengo vocación de exploradora, y la noche con Lleonard en el *meublé* de los espejos era una advertencia: si no le olvidaba, corría el riesgo de convertir mi vida en un safari. Sin embargo, no lograba dejar de pensar en él. Tenía que contener mis deseos de telefonearle. Si decidía hacerlo, descolgaba el auricular y, de repente, me arrepentía pensando que le correspondía a él dar el primer paso. Me indignaba con Lleonard y, a continuación, conmigo misma. Vivía pendiente de un chico que no me había dado nada. ¿Por qué, pues, aquella obsesión? Era como una enfermedad. Tenía que curarme, y pronto. Disponía de varios machos conocedores del remedio adecuado; pero, aquel fin de semana, estaban todos en Andorra viendo películas prohibidas. Pensé en la posibilidad de acercarme al festival, pero me tocaría cargar con todo el lote de Bressons, Pasolinis, Godards y los inevitables checos y polacos recién salidos del cascarón. Además, una hora de placer no justificaba un viaje tan largo. Ningún hombre lo merece. Siempre tenía a mano a Sergi Rabassa que detesta el cine y se había quedado en Port Serrat, leyendo. Me alegré de que no se hubiera dejado atrapar por los cinéfilos. Entre otras razones, porque es el mejor follador del gremio de arquitectos.

»Perdona. Es la segunda vez que te hablo de él en tales términos, y esto podría minusvalorarlo, pobre Sergi. No sería justo. Como profesional es muy valioso (le divierte decir que las casas que construye no se desmoronan, como las de los arquitectos más jóvenes y presuntamente geniales). También es un notable teórico y un intelectual muy inquieto. Creo que no es restarle méritos añadir que resulta un tipo interesante, un buen ejemplar de otoñal bien conservado y con aspecto de padre comprensivo, apto para encender la imaginación de las dieciochoañeras. Por lo visto, hace furor entre las universitarias. *Tant mieux* para su autoestima. Se pierde por las jovencitas, pero no desprecia ni por asomo las iniciativas de una mujer madura y experta. Contrariamente a lo que todos creen, nunca hemos sido amantes fijos. Todo lo más, mantenemos una relación erótica de cierta envergadura que ha ido desembocando en una *amitié amoureuse* muy civilizada. Sólo me plantea un problema: se empeña en parecer más joven y eso crea situaciones que me producen alipori.

»De todos modos, aquel fin de semana hicimos el amor en el apartamento de Jorge Corona, otro de los arquitectos estrella, hombre extremadamente refinado, siempre caballeresco, profesional competente y poco dado a perder el tiempo en disputas y polémicas inútiles. Aquella semana estaba ausente —en la Feria de Abril o en el Rocío, no recuerdo—, de modo que su apartamento nos vino de perlas. Era el mejor decorado de Port Serrat, con una vista que abarcaba desde el barrio de mansiones modernistas hasta la ermita de los apestados. Era el marco ideal para que sexo y romanticismo llegaran a un acuerdo. En tales condiciones, la tarde con Sergi resultó *okey,* una de esas experiencias que entretienen sin apasionar. Típicamente Port Serrat. Él, como de costumbre, se sintió muy satisfecho por haber demostrado que sabía proporcionar placer a una mujer, y como broche final, me recordó que le había hecho seis hijos a la suya, Remei Sistachs, quien, por cierto, todavía cree que la vida sigue igual que en la época de los cursillos de formación para matrimonios cristianos. A Remei le gustaría tener siempre a Sergi pegado a sus faldas, y que la cargase con un hijo al año. Lástima que, entre todos, le han metido en la cabeza que está obligada a ser moderna y emancipada, y a tener tantos ligues como el marido. ¡La pobre se aburre de lo lindo, porque le han tocado en suerte los adúlteros más impresentables de Port Serrat! Exactamente igual que Blanca cuando Lleonard le obligaba a hacer lo mismo para no ser tratados de reaccionarios. Y la muy burra se habría acostado con el mismísimo Quasimodo para no dejar en mal lugar a su maridito.

»Algunos hombres se cobran el placer que se dignan conceder condenándote a escuchar sus problemas. Sergi trataba los domésticos con Remei y guardaba los intelectuales para mí. Aquella temporada tenía un problema bastante grave, que ponía en peligro su imagen política. Como ya te dije, entre las muchas teclas que toca, da clases en la universidad. Aquellos días, además de la lucha antifranquista, teníamos las constantes disputas entre los diversos grupos políticos y, por si fuera poco, con los grupúsculos más extremistas, que se dedicaban a organizar la *contestazione* italiana al estilo barcelonés. Sergi quedó atrapado entre dos fuegos. Cuando sus alumnos lo acusaron de burgués reaccionario, no daba crédito a lo que oía. Era burgués, naturalmente —pertenece a una de las mejores familias de Barcelona—, pero creía que sus textos en pro de la socialización de la arquitectura lo redimían ante los contestatarios. Explicar a un jovencito trotskista las contradicciones de nuestro mundo intelectual resultaba bastante complicado. Todos apostaban fuerte, o creían hacerlo. Ante tanto empuje, Sergi y los de su quinta se estaban quedando rezagados. Los chicos le montaron una huelga, reprochándole que sus teorías se contradecían ostentosamente con la vida que llevaba en el seno de la Gauche Dorée. Reaccionó muy mal. Al sentirse atacado con sus propias armas tuvo tal disgusto o tanta vergüenza que tardó un mes en volver a clase.

»Sergi tiene vocación de mandarín cultural. Aspira a serlo desde varios frentes (la arquitectura, la edición, el ensayo, la política catalanista...). Al mismo tiempo, pertenece a esa clase de hombres que creen que todo el mundo está obligado a quererles; si alguien lo ataca, se siente completamente indefenso. De ahí que viva obsesionado por las agresiones de los arquitectos jóvenes, los de vanguardia. Yo intentaba consolarle recordándole que se trataba del típico resultado de la lucha generacional: también él se opuso a sus antecesores para afirmar su personalidad. Por lo visto, la gente olvida esas cosas; y Sergi, más. Tenía miedo de perder el tren de la modernidad y se veía obligado a demostrar continuamente que estaba *up to date*. Es algo parecido a lo que le ocurre a Xavier Roldà, que también anda angustiadísimo si no consigue subirse a todos los trenes a la vez. En aquella época, estar al día implicaba una dedicación continua. Ten en cuenta que todos iban de cabeza por asimilar influencias del extranjero. Hacer de esponja se convirtió en una necesidad vital, y exhibir los conocimientos que íbamos chupando era el deporte oficial de Port Serrat. Todos hablaban como hombres del Renacimiento. En este aspecto, los arquitectos más jóvenes gozaban de una credibilidad quizá excesiva. Porque, pensándolo bien, a fuerza de mezclar informaciones dispersas, llegaron a decir muchos disparates.

»Lo más grave era que algunos presumían de jóvenes cuando ya no lo eran tanto. Seguíamos arrastrando el lastre de los años sesenta: la juventud como valor de cambio y carta de presentación. Teníamos muchos jóvenes eternos, además de Lleonard. Entre los nuevos arquitectos, nadie como Chema Vives sabía alardear de juventud agresiva y permanente. Era la bestia negra de Sergi, y a la inversa. Eran incompatibles. Chema también pertenece a una de las mejores familias de Barcelona, pero de la parte castellanufa. Con los años, ha demostrado ser un gran creador, pero, en el Port Serrat de aquella época se limitaba al alboroto aparatoso y a la extravagancia sin sentido. Ninguna disciplina le resultaba ajena, todos los saberes del mundo cabían en sus dominios. Por desgracia, los utilizaba para cargárselos. Era de los que tienen que partir de cero para afirmarse. En nombre de la modernidad, arremetía contra Sergi y cuanto él representaba: el enlace con la tradición y, en especial, lo del catalanismo. No descarto la envidia, por supuesto, ya que no puedo descartarla de ninguna de las actividades que configuran nuestro mundo intelectual, pero no doy mucha importancia a la de Chema porque, pensándolo bien, también Sergi envidia profundamente a Ricardito Suñer, que aquel año iniciaba su aparatosa proyección internacional mientras él se quedaba en el terruño, construyendo fincas para los ricos en la costa. Y ya no me meto en averiguaciones respecto a quién envidia Ricardito porque está convencido de que es el mejor y, por consiguiente, que no existe nadie digno de su envidia.

»Chema adoraba a un teórico italiano a quien tuvo como profesor cuando estudiaba en Roma. El hombre era una mezcla de Marcuse, Eco y McLuhan de la arquitectura y del diseño. Como estábamos a punto de publicarle un libro en Boix y Sarró, decidimos invitarlo a pronunciar unas conferencias promocionales en el Colegio de Arquitectura. Naturalmente, Guillem Esteba se ofreció para darle una fiesta en Port Serrat. El ofrecimiento obedecía a intereses particulares. Guillem quería que el italiano conociera a su protegido Lleonard Pler, como un paso esencial para la promoción del joven en el extranjero. La política de contactos es de las que mejor funcionan en el mundo editorial, y Guillem sabe dirigirla como nadie. Es el alcahuete perfecto.

»No pude asistir a la fiesta, pero las de Coll-i-Be me contaron que Chema Vives se pasó la noche persiguiendo al italiano, y haciendo lo imposible para ganarse su estima y, al mismo tiempo, demostrar a los de Port Serrat que eran íntimos amigos. El mozo también seguía su política de prestigio, y conste que no se lo reprocho, porque todos lo hacen. Sin embargo, creo que lo hizo muy mal. Jugaba con los elementos que le habían proporcionado fama: el ataque sistemático, la contracultura, la chabacanería y la rabieta pretendidamente juvenil. Cinco veranos antes, esas salidas de tono podían tener gracia; pero Chema ya había cumplido treinta años y sólo parecía joven en relación con quienes tenían cincuenta. En un momento dado del show, su ídolo le ordenó, delante de todo el mundo, que dejara de hacer el idiota. Aquella reprimenda pública constituía toda una novedad, ya que nadie había tenido el valor de frenar las impertinencias del rebelde. Muerta de risa, Magda Coll-i-Be me contó que el pobrecito se quedó petrificado. El ilustre teórico le espetó que ya estaba demasiado crecidito para hacer de adolescente histérico y que no había nada más triste y ridículo que un *hippy* envejecido.

»Si alguien celebró la escena fue Sergi. Consideraba que la humillación pública de Chema lo resarcía de los ataques que continuamente le dedicaban él y sus compañeros de modernidad. «¡Un *hippy* envejecido!», exclamaba una y otra vez, relamiéndose de gusto. Le dije que se aplicase el ejemplo. Envejecer dignamente podía suponer un atractivo, no un atolladero.

»Del mismo modo que Sergi tenía terror a quedarse rezagado en el campo teórico, le angustiaba llegar a la última playa del sexo. Era una de esas actitudes que consiguen enfriarme. El miedo a la decadencia me horroriza porque implica reconocer que ésta existe y nos espera a todos. Por eso quería evitar a toda costa una conversación *post coitum* sobre el tema. Prefería hablar de cuestiones editoriales, que domino. Cuando las cosas se ponen feas, convertir una sesión de amor en una de trabajo siempre da buenos resultados. Además, quería aprovechar la oportunidad porque estaba empeñada en que Sergi escribiese un libro para mi nueva colección de ensayo. Todas las mujeres de Port Serrat que nos dedicamos al mundo de la edición tenemos que coquetear con algún arquitecto. Un par de ellos y algún filósofo son imprescindibles en cualquier catálogo que se precie de sofisticado. Para evitar que Sergi me abrumara con sus problemas, me dediqué a elegir, de memoria, algunos de sus artículos dispersos que podríamos recoger en un volumen. Hicimos otra vez el amor. Después, jugamos a imaginar un título para el libro: debería incluir la palabra «polémica», y los conceptos «reaccionario» y «progresista» como antagonismos aplicados a la arquitectura. Tratado así, en la cama, la confección del libro resultaba divertidísima. Naturalmente, Sergi estaba encantado. ¿A quién no le complace demostrar que posee un bagaje teórico sólido, coherente y capaz de dar prestigio a sus obras? Todo contribuye a engrosar el currículum, y eso, para un arquitecto aspirante a mandarín, siempre cuenta.

»Al día siguiente pensé que nuestra tarde de amor no me había procurado las compensaciones deseadas. Seguía dominada por la imagen del adonis rubio que encandilaba a la Barcelona *in*. Era la presencia más persistente que recordaba en los últimos años.

»Después de reflexionar sobre las desventajas de un nuevo encuentro, me vi obligada a reconocer que Lleonard me interesaba por encima de todo; y yo suelo luchar por lo que me interesa. Pero nada de lucha: cuando le telefoneé no opuso la menor resistencia. Casi aseguraría que no sólo esperaba mi llamada: la daba por cierta. Seguramente fue así desde la mañana siguiente a la escena del *meublé* de los espejos. O quizá no. En cualquier caso, a partir de aquel momento empecé a repetir «quizá» a todas horas.

»Blanca se encontraba en Mallorca, visitando a sus padres. Lleonard estaba listo para salir conmigo aquella misma noche. No tuvo que insistir. Cogí la propuesta al vuelo, pues la fortuna, al revés del cartero, nunca llama dos veces. Fuimos a cenar a una masía de las afueras. Había poca gente. Mientras tomábamos el aperitivo, junto a una chimenea rodeada de objetos rurales, surgió el tema del *kitsch*. Guido Dorfles lo había puesto de moda. No recuerdo qué caminos recorrió la conversación hasta desembocar en Cohn-Bendit: ¿qué había sido de él, después de los cirios que montó hacía sólo un par de años? Era el momento perfecto para hablar de las revoluciones abortadas. Demasiado doloroso. Preferimos pasar a otro tema. Tratamos de los que apasionaban a nuestros amigos arquitectos: aquellos días predominaban Alvar Aalto y la Bauhaus. Pasamos al cine. Lleonard se moría de ganas de ver la última película de Jodorowski. Hablamos del movimiento Pánico. Luego, de la prensa. Nos gustaban mucho los artículos de Manolo Vázquez Montalbán en *Triunfo*. También las crónicas de política internacional de Haro Tecglen. Elogiamos los artículos de historia de Néstor Luján en *Destino*. Pero lo que más nos divertía eran las casas de nuestros amigos fotografiadas en la sección «Esnobísimo» de *Fotogramas*. Había material criticable, y nos ensañamos con algunos que, en su voluntad por estar en la onda internacional, practicaban el más lamentable quiero y no puedo. Nos reímos a gusto.

»Lleonard necesitaba fotos nuevas y había quedado con Melita en el Decamerone para discutir el vestuario. Acepté permanecer junto a ellos calladita y sin molestar. También podía sentarme en otra mesa y reunirnos después. Si algo no faltaba en el Decamerone eran amigos y conocidos. Incluso sobraban. Yo no quería compartir a mi chico. No podía tolerar que la cena en la masía tocase a su fin. Intentaba prolongarla una, dos, tres horas más, sugiriendo nuevos temas de conversación y alargándolos hasta el agotamiento. Si era preciso, hablaríamos hasta de la madre que parió a Góngora. Lleonard caía en la trampa. Hablaba sin cesar. Creo que le excitaba un cuadro de David Hockney. A continuación, hablaba de *pop art*, se detenía un rato en el *environment* y comentaba la muestra de arte africano que había visto en Amsterdam. No callaba.

»A mí me bastaba con mirarlo. Había velas en la mesa y, como la noche en la capilla del palacio Marfany, el pelo rubio de Lleonard adquiría un resplandor especial. Pero no lo añadía a su rostro. Ni falta hacía. Era aún más hermoso de lo que yo recordaba. Por primera vez en mi vida, me faltaban adjetivos para definir a un hombre. Lleonard no sólo era apuesto, tampoco guapo; no se limitaba a estar buenísimo. Poseía una cualidad que yo sólo había visto en las estatuas griegas y en algunos cuadros del Renacimiento. Poseerlo era poseer una obra de arte. Me ponía a cien. Y aún me excitaba más al pensar que lo había conocido en el año 62, cuando era tan distinto. Un recluta insignificante, un ser vulgar. ¿Cómo había conseguido convertirse en aquella especie de divinidad? Imposible saberlo, ni siquiera afirmar si se trataba de la misma persona. Él no tenía ningún interés en hablar de nuestro primer encuentro. Quizá le incomodaba recordar que le rechazé una novela. O quizá fue a otro autor. Simplemente, Jordi No-sé-qué. Luego, no era él.

»Pero no estaba dispuesta a adentrarme en reflexiones profundas. Él era Lleonard, el hombre más apasionante que había conocido. Y al reconocerlo, no pude contenerme.

»—Me gustas mucho.

»Se encogió de hombros. Ofrecía un aspecto de resignación que resultaba muy divertido.

»—Es inevitable. Gusto a todo el mundo.

»Era histriónico. Conocía todos los trucos. Pero creo que me estaba agradecido. O quizá me convenía creerlo. Quizá.

»Iniciamos una relación sentimental que, invariablemente, repetía la noche del *meublé*. Volvimos a rodearnos de espejos. Él se contemplaba; yo me dedicaba a adorarle. Por el momento, no pedía más; pero estaba convencida de que todo cambiaría con el tiempo.

»Seguimos practicando la política del avestruz. Vivíamos un romance parecido a los del cine. Tanto que incluso faltaban escenas eróticas cortadas por la censura. Algún entendido en la materia diría que se trataba de una variante muy original de la represión; yo sabría defenderme argumentando que, de todos modos, existía la ventaja de la sorpresa. Y es que si alguna noche Lleonard aceptaba ir más lejos, se masturbaba mirándome y yo me sentía profundamente agradecida. Significaba que mi cuerpo le parecía atractivo. Mejor eso que nada. Al menos, lo alejaba unos instantes de sus espejos privados. Toda una hazaña.

»Me consta que era muy envidiada por las mujeres de Port Serrat. No sabían de la misa la media, pero las apariencias resultaban deslumbrantes. Al fin y al cabo, tener un lío con un ejemplar como Lleonard siempre da prestigio. Si añades que se lo había robado a una muchacha bellísima y famosa con la que formaba un matrimonio modélico, comprenderás que motivos para presumir no me faltaban. Un buen día, las de Coll-i-Be me dijeron que todos me tenían por una privilegiada. Estuve en un tris de creérmelo. Pero sólo en un tris. Y es que, a pesar de los alibis que el amor me brindaba, no era tan ingenua como para aceptar que mi situación era la perfecta.

»Hablé del asunto con Toni Llofriu, una de las diseñadoras de la editorial:

»—No hay hombre que sea un privilegio —dijo Toni, riendo—. Si acaso, lo es la situación que tú misma te organizas. El resto son pretextos inventados por las que nunca ligan y, cuando lo consiguen, se creen obligadas a dar las gracias.

»Toni había pasado por la editorial para mostrarme un proyecto de portada. Decidimos almorzar en La Tortillería. Como es habitual en días laborables, estaba de bote en bote. El local era la gran moda entre los profesionales de varios frentes de la modernidad. Lo había decorado el fotógrafo Rencós con murales que reproducían el espíritu del momento: la reivindicación del blanco y negro, los trazos duros, las líneas casi quemadas. El conjunto sugería un nuevo realismo que, en algunos casos, se limitaba a repetir temas hipersofisticados, propios de *Vogue*. Aparecía la misma modelo utilizada para el logotipo del Decamerone. Esnobísima pero dinámica, elegante pero accesible. La década hablaba de revoluciones, sí, pero siempre desde el esteticismo.

»Toni pidió una tortilla de chocolate y otra de grosella. Yo, una de patatas, estilo proletario pero a precio de Tour d'Argent. Ella bromeó refiriéndose al pasado laboral de Lleonard. ¡El pobre obrero perseguido! Me parecía absurdo que alguien creyese todavía aquella patraña. Igual era preferible. Quizá resultaba comercial. Quizá los mitos más raquíticos de la vieja izquierda seguían funcionando a nivel de sofisticación. Quizá...

»Como ves, seguía viviendo en el país de los «quizá». Necesitaba una certeza de tipo práctico. La exigía de una vez por todas. Y Toni Llofriu es de las que se lo han pasado divinamente en la vida a base de aplicar la lógica cartesiana al erotismo.

»—¿Qué harías tú con un chico como Lleonard? —pregunté.

»—Lo que hago con todos. Llevármelo un fin de semana a Colliure, y a follar a destajo.

»—¿Por qué Colliure y no otro sitio?

»—Porque primero los llevo a visitar la tumba de Machado. Eso les pone muy calientes. Sobre todo a los progres de Madrid. Si ven la tumba de Machado, se les levanta de maravilla. También follan muy bien si les recuerdas el fusilamiento de García Lorca.

»Introdujo un tema de plena actualidad: «Los progresistas follan peor que los de derechas; en cambio, los de derechas no motivan tanto.» Me quedé algo perpleja; hacía mucho tiempo que no reflexionaba sobre la cuestión. A principios de los sesenta, sí. Entonces buscaba un compromiso entre la libido y el cerebro. Hacer el amor y, antes o después, comentar alguna novedad literaria. Ponerte caliente mientras tu amante te metía mano en un *vernissage* de Tàpies. Por aquel entonces estaba liada con el fotógrafo cubano. Las experiencias sexuales me pillaron desprevenida. Pasar de los cursillos de formación para matrimonios cristianos a la sexualidad adúltera implica una decisión muy violenta, que debemos justificar con coartadas de diversa índole. No conozco a ninguna mujer de mi generación que no las haya padecido todas. Toni es quien se lo ha montado mejor. Suele decir que bastante trabajo tiene con procurar que los hombres la satisfagan, sólo le faltaría buscar la ideología. En cambio, Núria Valls dice que, si no se compenetra ideológicamente con un hombre, no puede funcionar con él, ni siquiera como aventura de una noche.

»Me gustaría parecerme a Toni. Asegura que nunca ha podido resistirse a la llamada de la carne, que no le interesa en absoluto resistirse y se queda tan ancha. Se come con la mirada al primer tío que le sale al paso, especialmente a los obreros de la construcción. Por eso siempre usa gafas oscuras: dice que a la gente no le gusta ver a una diseñadora catalana que pasa por un andamio y se queda examinando el pecho de un albañil andaluz.

»Me habló de cierto taxista que la hizo muy feliz. También había un dependiente de farmacia. Según ella, le enseñaron el abecedario, la aritmética y el latín, todo a la vez.

»—Tú ríete, pero te aseguro que las mujeres de nuestra condición vivimos engañadas. Demasiado encerrarnos en Port Serrat. A base de ir siempre con los mismos, perdemos la costumbre de comparar. Pronto seremos como aquellas grandes familias cuyos miembros se casan entre sí y, como consecuencia, tienen hijos feísimos. Mira, yo me he encamado con toda la nómina de Port Serrat, sobre todo con los arquitectos. Un día rompí la monotonía y me acosté con un tipo normal y corriente. No le pregunté en qué trabajaba ni perdimos el tiempo hablando de diseño o literatura. ¿Sabes qué aprendí? Que existe una encantadora guarradita llamada felación. Ninguno de nuestros arquitectos, filósofos o novelistas, tan al día, tan de vuelta de todo, me la había pedido nunca. Y son tontos, pues además de mantenernos a nosotras en la ignorancia se fastidian ellos.

»Me estaba impacientando. Mi problema no era aquél. Mi problema consistía en amar con locura a un chico que estaba de moda. Sin embargo, existía un elemento que no debí descartar: Lleonard era el equivalente de la falta de felaciones. Lleonard era la carencia absoluta de sexo. Debí advertirlo entonces y ponerme en guardia.

»Por fin, Toni se dignó abandonar su tono académico y escuchar mis temores. Suspiró profundamente, al tiempo que apuraba su cerveza. Mi historia parecía sumirla en un sentimiento romántico que, por cierto, no suele experimentar.

»—Yo que tú, no me rompería el coco. La gente de moda siempre corre el riesgo de pasar de moda. Es el evangelio, niña. Sucede igual que los restaurantes: durante una temporada vamos cada día al mismo, coincidimos todos los conocidos, a ninguno se le ocurre otra idea más novedosa. Un buen día, sin razón alguna, se decide que ya basta, que abur, y nadie vuelve a poner los pies en ese local. Recuerda lo que ocurrió con el Drugstore. Ahora no se puede ir, con toda esa mezcla de gentuza...

»—Lo dijiste tú misma cierta noche memorable. Desde entonces, no hemos vuelto.

»—Ni ganas, chica. Pero recuerda que, durante un tiempo, fue el acabóse de la sofisticación. ¡Pues no fuimos veces a tomar un refrigerio de madrugada! Y la inauguración, brillantísima. Lujo total. Incluso tuvimos aquellas estrellas de Hollywood tan conocidas... ¿Cómo se llamaban?

»—Merle Oberon y George Hamilton.

»—Si tú lo dices... Es que, en cine, cuando me sacan de Mizoguchi y Kawarelowicz me quedo en babia.

»—No seas esnob, reina...

»—Soy esnob, preciosa. Por suerte. De lo contrario, ¿cómo podría tratarme con vosotros? ¿Y qué sería de mi trabajo? Una diseñadora tiene que ser esnob a la fuerza. ¿Tú me encargarás un diseño si no estoy al corriente de lo último que se hace en Milán?

»—Mejor que estés al día de lo que se hace en otra ciudad. Todos los diseñadores barceloneses chupáis de Milán. ¡Menudos copiones! Acabaréis por venderme el mismo proyecto a la vez y luego tendré que indemnizar al italiano que lo inventó.

»Me sentía un tanto inquieta, William. Has podido comprobar que pertenezco a la clase de profesionales que saben llevarse el trabajo a la cama; pero, en aquella época, mi cama estaba ocupada por un problema que nada tenía que ver con el diseño ni con la edición. Se llamaba Lleonard. Mejor dicho: seguía llamándose Lleonard. Siempre se llamaba Lleonard. No dejaría de llamarse Lleonard.

»Toni tenía las cosas más claras. No era de las que agotan nombres a fuerza de repetirlos. Podía permitírselo. Asegura que no se ha enamorado nunca. Eso siempre proporciona cierto distanciamiento. El que yo había sabido guardar hasta entonces. El que necesitaba recuperar.

»—Déjale que disfrute con su fama —dijo Toni—. Cuando los periódicos se cansen de hablar de él, lo tendrás para ti solita. Eso si no te cansas tú antes. Porque bien pudiera suceder que sea su imagen pública lo que en realidad te atrae. Recuerda que el éxito despide un erotismo muy particular...

»—No es mi caso. El éxito de Lleonard empieza a ser un engorro.

»—Entonces, tranquila. A los hombres demasiado afortunados les conviene sufrir algún pequeño fracaso. Y menuda es Barcelona, para ahorrártelos. Cuando esté hundido, tu adonis se sentirá solo y sin que nadie le apoye. Si alguien lo hace será por lástima o para presumir de ello. No olvides que a los catalanes nos encanta el fracaso ajeno. En cierto modo, es comprensible. Contrariamente al éxito, el fracaso tiene la ventaja de no despertar envidia, que suele ser un sentimiento muy incómodo. El fracaso de los demás nos lleva a la piedad y así nos sentimos más presentables a nuestros propios ojos.

»Era muy sabia. También cruel. En realidad, me decía que si yo aspiraba a llegar al corazón del auténtico Lleonard, antes tenía que presenciar la muerte del Lleonard idolatrado por los demás.

»De momento, él no parecía dispuesto a dejar de ser aquel idolillo de andar por casa.

»Un chico de moda necesitaba el contacto con la moda permanente, y eso era Port Serrat en aquella época. Antes de que los habituales nos hartásemos de vernos las caras a diario y empezara el éxodo que nos dispersaría por distintos lugares del Ampurdán, Port Serrat era el *haut lieu* por excelencia, la cita máxima, el lugar de encuentro a cuyo atractivo era imposible negarse. Hacerlo equivalía a renunciar al mundo.

»Yo subía a Port Serrat después de pasarme la semana viviendo sólo para la editorial. Necesitaba recobrar el sentido de la pereza. Exigía los ratos tendida en la arena, repasando muy por encima la prensa dominical; me apetecía el aperitivo en el Tramuntana, las excursiones en barca, la natación en alguna cala escondida, el ímpetu salvaje que nos impregnaba, como un baño de roussonianismo sofisticado. Pero el placer no sería completo si, cada noche, no poníamos en práctica todas las aficiones adquiridas: las que nos habían ayudado a sobrevivir en la esterilidad de la España negra, convirtiéndonos en los miembros más destacados de una civilización ultrarrefinada. Te he dicho, y te habrán dicho, que Port Serrat aglutinaba la flor, la nata y la guinda del mundo cultural barcelonés, siempre alejado del provincianismo de la cultureta y abierto a todas las posibilidades de los mensajes cosmopolitas. Vivíamos la década con plena intensidad, y recordarás y recordaremos que fue la década de la constante evolución. Era el movimiento continuo, una ininterrumpida cadena de encuentros que, además de entretener las largas horas del verano, contribuían a enriquecer la polémica de aquellos años únicos. Y así los días y las noches se completaban a base de exposiciones de todo tipo, conciertos de órgano en la iglesia, visitas de intelectuales extranjeros, conferencias, *vernissages, happenings* enloquecedores...

»Mientras la vida de Port Serrat seguía su curso, Lleonard y yo continuábamos nuestro idilio, que los demás convertían en una especie de entretenimiento comunitario. Pero no me atrevería a asegurar que aquella situación le disgustara. Creo que más bien le complacía, pues era como otra manifestación de sus espejos portátiles. Ahora se reflejaba también en los ojos de la gente, y lo cierto es que nunca faltaban ojos dispuestos a admirarle. Sin que yo lo advirtiese, nuestro idilio se estaba convirtiendo en una constante reunión de pelmazos dedicados por entero a la constante celebración de Lleonard; en un cortejo de badaluques que elogiaban su belleza, aplaudían sus opiniones, le reían las gracias y lo llenaban de halagos, potenciando cada uno de sus encantos, reales o atribuidos. Más que un novelista, parecía un actor cuyo grado de autoestima dependiera del aplauso de los demás. Era de los que necesitan la continua renovación del elogio. Lo buscan, se lo ganan y, cuando lo tienen asegurado, parten en busca de alguien que les elogie más y mejor. De esa clase de personas, decís en inglés que viven *fishing for compliments*. Es una expresión muy exacta. Y Lleonard era el Gran Pescador.

»En tales circunstancias mi papel no era muy brillante que digamos: no había conseguido llenar el vacío que intuía detrás de su éxito. Es una evidencia muy fastidiosa para una mujer que se respete a sí misma. Quizá me equivocaba. Quizá idealizaba a mi chico. Quizá el vacío no existía y el éxito le llenaba tan intensamente que no necesitaba nada más. En tal caso, la situación todavía era más patética; al menos, para mí. Porque yo seguía considerando su éxito como un inconveniente.

»En cierta ocasión, Guillem Esteba me comentó que, cuando vivía con Lleonard sentía la necesidad de estar siempre a solas con él, encerrados en la misma jaula, lejos de todos, estrechamente identificados el uno con el otro. Al parecer, esta necesidad es una de las manifestaciones más pintorescas del amor. Y yo empezaba a sentirla de un modo muy peligroso. Estaba reaccionando igual que Guillem. Quería tener la exclusiva de mi amante, pasar las horas mirándole a los ojos, hurgando en su intimidad. Al mismo tiempo, comprendía que se trataba de una actitud irracional, ya que equivalía al aislamiento absoluto, y, por tanto, a renunciar a todos mis intereses y a mi personalidad. Todas las cosas, todas las personas de las que insistía en distanciarme formaban mi mundo, ese mundo que me había ayudado a liberarme del patético destino de las mujeres convencionales. Quería renunciar al intercambio con gente que pensaba como yo, que vivía de los intereses necesarios a mi desarrollo. ¡Y todo para depositar mi libertad a los pies de un niño caprichoso!

»De todos modos, no corría peligro. Él no demostraba la menor intención de actuar como yo pretendía. Si aspiraba a la soledad tenía que creármela yo misma. Y no era, ni por mucho, una soledad elegida, cómoda ni saludable. Al contrario: surgía después de buscar a Lleonard entre la multitud y no encontrarlo nunca.

»De vez en cuando, él abandonaba Port Serrat sin dar explicaciones. ¿Le aburría nuestro vasallaje? ¿Necesitaba nuevos esclavos? Tanto la incógnita como el comportamiento del amado me mortificaban profundamente, ya que durante sus ausencias me tocaba soportar a mis rivales: Blanca y Guillem. Andaban todo el día pegados a mí. Como si nos identificáramos con una misma causa o fuésemos aliados de guerra o, al menos, heridos en la misma batalla. Parecíamos la Sagrada Familia de Port Serrat. Cada noche aterrizaban los dos en casa y acabábamos cenando en la Horta del Castell o emporrándonos en los sofás del Hostal. El imbécil de Guillem me odiaba y la sosa de Blanca me dirigía miradas de ternera degollada. Cuando se entristecía más de lo habitual, cogía la guitarra y cantaba canciones de Joan Baez, de Bárbara o de Bob Dylan en catalán. ¡Me tenía harta con tanta cancioncilla! No sabíamos nada de Lleonard, o, en cualquier caso, sólo alguna mentira. Nos decía que se encerraba a escribir en un hotel del valle de Bohí porque había descubierto que el románico le inspiraba. Pero los tres sabíamos que aquel hotel no existía, ya que, cada cual por su lado, habíamos hecho nuestras averiguaciones. Ahora me avergüenza contarlo; pero es cierto, lo hice. Ya ves: yo, Lola Roger, una mujer de los años sesenta, actuando como las mujercitas que siempre detesté. Como una retrógrada esposa española que se dedica a hacer de detective para descubrir las infidelidades de un marido demasiado juerguista.

»Mientras yo languidecía poniendo velas al recuerdo de mi amante, llegaban noticias de un Lleonard polémico, agresivo y peleón; un gallito que contribuía a encender mis quimeras mientras crecía su atractivo. Era Lleonard Furioso, el paladín de las causas anticonvencionales, el defensor impertérrito de las ideas arriesgadas, el único capaz de convertir cualquier escándalo doméstico en una cruzada en pro de la libertad universal.

»Como de costumbre, la gente de la cultureta proporcionaba motivos para que un joven encolerizado diese rienda suelta a su indignación. Aquellos días, se desataron en Barcelona una serie de polémicas en cadena y con una base común: el derecho de los escritores catalanes a escribir en castellano sin dejar de ser considerados catalanes. Más que una polémica era un *revival*. Algo así como *Lo que el viento se llevó*, que la reponen una y otra vez, y siempre con éxito asegurado.

»La polémica estalló por un artículo de Oriol de Manllé en *Tarde/Exprés*. Puso como un pingo a uno de los Padres de la Patria y, en consecuencia, se repitió el famoso caso del banquero Jordi Piñol con la revista *Barres i Foc*. Pero, en esta ocasión, no habría retirada de capital por la sencilla razón de que el periódico pertenecía a una poderosa empresa privada, una familia de aristócratas catalanes que prescindían de la cultureta por considerarla de interés minoritario; en todo caso, *el Marqués* —que así llamábamos al poderoso magnate— se limitaba a tolerar, como una veleidad local, el catalanismo federalista y liberal del director del periódico, Miquel Rodríguez Santaló. Y éste sí tenía fuertes compromisos con la ortodoxia catalanufa.

»Rodríguez Santaló practicaba una política muy inteligente, que no descuidaba la antigua y eficaz estrategia de nadar y guardar la ropa. Por un lado, intuyó la existencia de un público nuevo que necesitaba un periódico joven y agresivo. *Tarde/Exprés*, que iniciase su camino con paso vacilante, como un periódico que no era ni carne ni pescado, se fue convirtiendo en el portavoz oficial de la Barcelona progresista. Al contrario que otros directores, que seguían aferrados a nombres decrépitos, Rodríguez Santaló supo rodearse de periodistas y escritores de la nueva escuela e incluso fue lo suficiente civilizado para tolerar las típicas infiltraciones de los comunistas. Por otro lado, le halagaba profundamente que los Padres de la Patria lo distinguiesen con su amistad. No ignoraba que el pueblo era una fuerza revolucionaria en potencia pero recordaba que, por el momento, el poder seguía en manos de la burguesía. Y él luchaba entre dos fuegos, y con mucho mérito, pues a fuerza de poner velas a Dios y al diablo, el periódico salía muy bien, resultaba oportuno y nos divertía a todos.

»El artículo de Oriol de Manllé, origen de la tragedia, centraba sus befas en el Jabón Temblor, propiedad de uno de los Padres de la Patria más combativos. Este personaje, el señor Malfred, también era propietario de una editorial muy importante. Gracias al dinero ganado con el jabón y los cosméticos pagaba su secreta vocación de letraherido poniéndola al servicio de la causa catalana. Desde un punto de vista profesional, no le niego méritos. Los ricos castellanos dilapidaban sus fortunas en borracheras; los nuestros, al menos, hacían cultura. Lástima que dependieran tan estrechamente de los intereses nacionalistas que predisponen a la intransigencia y, frecuentemente, a la ramplonería.

»El señor Malfred editó, por vez primera en la península, obras importantes de la literatura universal que, por culpa del franquismo, tuvieron que ser publicadas mucho antes en Sudamérica y lógicamente en lengua castellana. Mi generación se alimentó de esas ediciones legendarias. Al producirse la pequeña apertura de los años sesenta, sólo quedaban libres los derechos en lengua catalana. Así, las nuevas editoriales se encontraron con un catálogo de títulos que ya los quisiera Adolfo para «Narrativas Libres».

»En respuesta al optimismo de los años sesenta, la editorial del señor Malfred se lanzó a un ritmo de publicación exuberante y a una promoción desmesurada. Era un cúmulo de lectura selecta destinada a un país que no leía. El mecenas iba perdiendo dinero a manos llenas, hasta que un buen día se vio obligado a cortar suministros. La crisis tuvo su origen en los acontecimientos bélicos del Oriente Medio, principal punto de ventas de Jabón Temblor y otros cosméticos de la empresa. El negocio iba mal, la editorial lo acusó y Oriolet de Manllé aprovechó las circunstancias para escribir un artículo terrible titulado «Literatura y Temblor», donde se burlaba de que la supervivencia de la literatura catalana dependiese de si las judías se perfumaban los sobacos para disparar tiros en el Sinaí. Y terminaba diciendo Oriolet que el jabón, el *rouge* y la gran literatura eran incompatibles. Al mismo tiempo, se preguntaba qué futuro le aguardaba a una cultura que dependía de la venta de jabones, yogures, sopas, pieles y bisutería. Y en un nuevo y brillante artículo titulado «Los mecenas también lloran» acababa diciendo: «Del turrón que se venda en Navidad dependerá que pueda publicarse Truman Capote en perfecto catalán.»

»Hacía tiempo que el señor Malfred se la tenía jurada a Oriolet y, en consecuencia, a todos los *enfants terribles* emperrados en criticar a una cultura que no podía defenderse. Dispuesto a terminar con aquella situación, hizo que uno de los escritores de su editorial redactara unas aleluyas que denunciaban como traidores, renegados y vendidos a toda una serie de nombres, entre los que constaban los de Bernardeta Romeu y Lleonard Pler. Dado que ella acababa de editar un disco en castellano y él estaba próximo a publicar su primera novela escrita en ese idioma, todo el mundo comprendió que los ataques de Malfred tenían un alcance mucho más importante de lo que parecía a primera vista. Y, una vez más, el problema de la lengua dio pie a una larga serie de ataques, defensas, insultos y vituperios. Cuando el señor Malfred se sintió acorralado por las reacciones de los exaltados, los otros Padres de la Patria acudieron rápidamente en su ayuda. Alegaron, en favor de su actitud, los sacrificios económicos a que se habían visto obligados para ayudar a la cultura catalana. Entonaron la retahíla habitual: el mantenimiento del teatro Maria Vila, del Òrgan Cultural, del Institut d'Estudis Gramaticals, de los grupos folklóricos, del Premio de Honor, de la Gran Noche de las Musas Catalanas y otras meritorias instituciones. Basándose en su ponderada filantropía, se consideraban autorizados a proscribir a todo escritor que, en nombre de la profesionalización o de la subsistencia, se expresase en la lengua opresora.

»En estas, intervino Lleonard. Esgrimiendo los mismos argumentos, denunció una evidencia escandalosa: los Padres de la Patria, que mantenían una actitud tan intolerante contra escritores y periodistas, no vacilaban en servirse del castellano para anunciar sus productos en la prensa, la radio y la televisión. Es decir, que la sopa Pavita Linda, el Jabón Temblor, los Lácteos Riudoms y la peletería Tocó se aprovechaban de los medios de difusión para sus necesidades comerciales, pero, en cambio, ese mismo eclecticismo era motivo de condena para quienes necesitaban combinar ambos idiomas con miras a una esencial supervivencia económica. O algo peor: si los obreros de la pluma no aceptaban el voto de pobreza, los ortodoxos les lanzaban el anatema, tachándoles de renegados.

»El señor Curull contestó en tono lastimoso:

»—¿Dónde quieren que anuncie la sopa Pavita Linda si apenas tenemos prensa en catalán?

»Y Lleonard y Oriolet estallaron diciendo que la Pavita Linda era la gallinácea más renegada de Cataluña, pues actuaba en la publicidad como los escritores catalanes que escriben en castellano.

»Yo soy incapaz de comprender que personas con dos dedos de frente pierdan el tiempo en polémicas de tal índole, y aún comprendo menos que éstas puedan tener consecuencias. Pero las discusiones de aquel verano trajeron cola y muy larga. Al parecer, los Padres de la Patria consideraron que el artículo de Lleonard era aún más grave que el de Oriolet. Éste se burlaba de ellos con su cachondeo habitual, pero Lleonard les clavaba la banderilla al denunciar abiertamente su fariseísmo. Y, en medio de aquella astracanada, el director de *Tarde/Exprés* no estaba dispuesto a renunciar a su plato en los banquetes de la alta burguesía.

»Según nos contó después Oriolet, el banquero Jordi Piñol intercedió personalmente ante Rodríguez Santaló para que el buen nombre de los Padres de la Patria quedase reivindicado de cara a la opinión pública. Aquellos hombres no sólo representaban las grandes fortunas del país; además, podían ayudar a Jordi Piñol a convertirse en gran figura política cuando llegase el momento oportuno; que no era otro que la muerte de Franco y la liberación de Cataluña. Si bien es cierto que otros resistentes respetaban la candidatura de Josep Tarradellas, president de la Generalitat en el exilio, la figura de Jordi Piñol tenía grandes adeptos entre la alta burguesía y el nacionalismo de derechas. Por otro lado, Rodríguez Santaló, tan cuco él, sabía que si alguien estaba capacitado para encarnar a su Cataluña ideal éste era el banquero potenciado económicamente por su grupo, nunca Oriolet de Manllé y sus zarrapastrosos amigos de la bohemia. Y no hablemos ya de un chico como Lleonard, que había mantenido relaciones homosexuales y ni siquiera se molestaba en ocultarlo.

»Era ésta una cuestión que nadie osaba invocar: seguía siendo tabú para los carcas y espinosa para los progresistas. De pronto, alguna mano negra —¿adivinen cuál?— decidió que el homosexualismo podría ser un arma tan buena como cualquier otra si se utilizaba en provecho de la gran patria catalana. Así, pues, ni el montón de excelentes artículos que Lleonard venía publicando en *Tarde/Exprés* ni la estima que los lectores le demostraban sirvieron para evitar que Rodríguez Santaló pronunciase su famosa acusación:

»—Cuando este chico viene a entregar el artículo, tengo miedo de que me meta mano. Los maricones me horripilan. Siempre hacen proselitismo, como los judíos.

»Pero judíos y cristianos consideraron insólito que Rodríguez Santaló descubriese a aquellas alturas algo que era del dominio público desde que Lleonard hizo su fulgurante irrupción en el seno de la cultureta. El mismo *Tarde/Exprés* había divulgado con orgullo que las actitudes de Lleonard aportaban un nuevo sentido de la moral y, por tanto, significaban una bocanada de aire fresco. ¿A qué obedecía, pues, el cambio de opinión del periódico y de su director? Consultado el banquero Jordi Piñol sobre el caso, parece que dijo:

»—Es evidente que los homosexuales son personas; pero también es cierto que *no* son personas como nosotros. Respecto a las lesbianas, nada puedo decir. Nunca he visto lesbianas en Cataluña. Eso significa que no hay ni una.

»Era la declaración de principios más adecuada para que la contestase Núria Valls, y ella no se hizo esperar. A los dos días publicó un artículo muy valiente donde venía a decir que, si el banquero Piñol estaba en lo cierto, Cataluña sería un país muy aburrido, y que, si la cultureta podía prescindir de las lesbianas, la alta cultura también podía prescindir de los banqueros. Pero Núria todavía iba más lejos y acusaba de fascistas a quienes se dedicaban a sacar a la luz los trapos sucios de los personajes públicos. Conviene recordar que las leyes franquistas consideran la homosexualidad como un caso de peligrosidad social y la castiga con penas muy severas. Era lógico que Núria Valls rematara su artículo diciendo: «Considero increíble que gentes que invocan continuamente a la democracia se dediquen a hacer de confidentes de la policía.» Así las cosas, Jordi Piñol se vio obligado a publicar un artículo en *Tarde/Exprés* pidiendo el cese de aquella guerra de acusaciones e insultos que contribuían a difundir una imagen caótica de lo que él consideraba una esplendorosa realidad cultural. Terminaba sugiriendo que todos los intelectuales, entrelazando las manos como en la sardana, empezasen a luchar por una Cataluña limpia, impoluta e irreprochable y transmitiesen esta imagen al mundo entero.

»Pero, a mí, la idea de una Cataluña tan limpia me aterró.

»En cambio, no me asustaba el pasado de Lleonard. Cierto que hubo la historia con Guillem, pero todo el mundo sabía que, antes, calentó el lecho de *la Castellona*, y, en aquel momento, compartía otro con Blanca. En todo caso, mi problema era muy distinto; era comprobar de una vez por todas si aquel chico prodigioso podía funcionar con alguno de nosotros o con cualquier habitante del planeta. Era el gran desafío que se me presentaba. Un reto grandioso.

»¿Qué mujer no se siente excitada ante la posibilidad de redimir al hombre que ama? ¿Qué mujer es capaz de resistirse a la tentación de ser la primera que le despierta al placer, la que lo convierte en un hombre total? Además, hacía mía la causa de un Lleonard convertido en víctima. Como comprenderás, me estaba organizando otra coartada perfecta. Era preciso aplicarla. Así, vencería mis recelos previos. Incluso Rodríguez Santaló se sorprendería al ver que, conmigo, Lleonard era menos marica que cuando escribía en su periódico de mierda.

»Del mismo modo que Lleonard Furioso me enardecía, otro Lleonard me fascinaba: un Lleonard más respetable y digno, el joven intelectual que sabía granjearse el respeto de los grandes santones. Tanto como me molestaban la adoración y el halago de los imbéciles me admiraba la deferencia con que le distinguían historiadores, lingüistas o científicos; gentes que, lejos de aplaudir un éxito inmediato, esperaban la correspondencia inteligente, la conversación culta y la certeza de que Lleonard no les traicionaría con un arrebato de frivolidad. Sus nuevos e inesperados valedores formaban parte de aquella *élite* que nunca aparece en los periódicos, que no hace política de partido ni se involucra con las discusiones de café, pero que constituye la parte más seria de cualquier cultura importante. Estaba convencida de que era el ambiente apropiado para Lleonard y que haría bien desmarcándose de los demás. Al comentárselo, me contestó, entre risas, que mi opinión no era nada original: mucho tiempo atrás, el poeta Iscle Garsó ya le había aconsejado la soledad. Y también Vicent Piquer insistió en el mismo consejo, un día que cenábamos en una marisquería de Peñíscola adonde tuvimos que llevarle casi a rastras (él apenas sale de su nido, atiborrado de libros y papeleo). Como nunca esperé que fuese la persona adecuada para emitir una opinión acerca de los escándalos culturales más recientes, me divirtió comprobar que estaba perfectamente al día. Y lo demostró con una sonora carcajada de desprecio:

»—Mira, *xiquet*: esa tropa de mostrencos no ha comprendido que la cultura la hacemos los que nos quedamos en el terruño. Cuando vengo a Barcelona, compruebo que todo el mundo intelectual está revuelto. Si me quedo dos días, corroboro que nadie se habla con nadie. Si discuten sobre cualquier libro, se tiran los trastos por la cabeza. ¡No os digo cómo se ven esos fregados desde mi casona de L'Aldelbei! ¡O qué opina de ellos Josep Plans, desde su refugio del Ampurdán! En fin, ya lo dice el Tenorio: «Son pláticas de familia de las que nunca hice caso...» Y tú, bonico, sigue mis consejos. Tú a lo tuyo, que es escribir, y los demás a criar bilis y a devorarse entre ellos, que será para lo único que valen, aparte de servir de combustible en alguna falla barriobajera...

»El afecto que Piquer dedicaba a Lleonard me recordaba que fue precisamente él quien, en 1967, le dio algunas tarjetas de recomendación a utilizar cuando llegara a Barcelona. Y, una vez más, cruzó por mi memoria el recuerdo de aquel recluta, tan parecido a Lleonard, que conocí años atrás. Seguía pensando que era él y, al mismo tiempo, estaba convencida de que era imposible. Sólo Lleonard sabía la verdad, pero nunca dejó entrever si quería que yo la supiera. Era una conversación pendiente, una duda que todavía me inquietaba. Y cuando, un día, intenté planteársela le encontré tan remiso a evocar su pasado que preferí desistir.

»Recuerdo que habíamos salido de Port Serrat muy temprano con la intención de llegar a media mañana a la mítica masía de Josep Plans, en la llanura ampurdanesa. Estaba obligada a cumplir uno de esos compromisos enojosos a que, de vez en cuando, te obligan los contactos del mundo editorial. La directora de una revista literaria madrileña, una de esas del famoso *puente para el diálogo*, quería dedicar un número especial a la literatura catalana y me pidió que, aprovechando la influencia de Lleonard, hiciese alguna entrevista a personajes que normalmente no las conceden. Huelga decir que Josep Plans era uno de los más inaccesibles. Como sabes, vive recluido en su guarida y sólo mantiene con el mundo exterior las relaciones imprescindibles a que le obligan los artículos que Cataluña entera —y yo, en primer lugar— devora literalmente cada semana. Los textos publicados por Plans desde 1939 fueron escritos en castellano debido a las circunstancias políticas, y muchos lectores de mi edad no conocíamos lo mejor de su producción anterior a la guerra civil. La progresiva reedición de sus textos en lengua catalana nos colocó ante un auténtico monumento literario, de modo que, aquel año, la apreciación crítica y popular de Plans estaba a la orden del día. Y también las polémicas que, entre los sectores más ortodoxos del catalanismo, seguía despertando su funesto pasado político, con las consabidas veleidades fascistoides.

»Aproveché el viaje para revisar algunas notas tomadas del primer volumen de las *Obras completas*. De vez en cuando no podía evitar la tentación de observar a Lleonard con la dosis de admiración habitual y siempre creciente. Aquella mañana la merecía de manera muy especial. Al volante del Porsche rojo, regalo del imbécil de Guillem, representaba la antítesis del personaje a quien nos disponíamos a visitar. Como es sabido, Josep Plans es el símbolo visible del payés conservador. En contraste, Lleonard vestía un atuendo que resultaba provocativo incluso para Port Serrat: pantaloncito corto y muy ceñido, de modo que casi parecía un eslip; camiseta de pescador, de tirantes, y casi pegada a la piel. Su cuerpo bronceadísimo, su piel lustrosa, los músculos divinamente moldeados, le convertían en un reclamo del erotismo estival en cualquier isla de moda. Y, pese al exceso de modernidad, la imagen no contradecía en absoluto al paisaje que nos rodeaba: un paisaje particularmente glorioso. Antes de que el sol los ahogase, disolviéndolos en manchas difusas, los colores aparecían suaves y con los contornos precisamente delimitados. La horizontalidad sólo era interrumpida por las estribaciones de la sierra del Montgrí. Los campos acusaban una sensación de inefable serenidad. Era la geografía apta para convertir la pasión más encendida en bálsamo de paz. Y yo lo apuraba hasta la última gota, porque Lleonard consentía en parecerse al Ampurdán.

»Hacía un buen rato que no hablábamos. Él no manifestaba deseos de hacerlo. La concentración impuesta por la carretera prestaba a su rostro una imagen de solemnidad que acentuaba poderosamente el equilibrio y la nobleza clásica de sus rasgos. El sol no tardaría en herirle los ojos, pero él se negaba a usar gafas oscuras, acaso por respeto a la imaginería griega que encarnaba. Cuando nos detuvimos en las ruinas de Ampurias, percibí que sus ojos reflejaban con exactitud los tonos del lugar. El azul de los ojos de Lleonard y el del cielo de Emporión coincidían en un mismo tono y proponían el mismo tema: el recuerdo de los marineros focenses que desembarcaron en aquellas playas. Los mismos que fundaron Port Serrat, según me contaba papá, a la cabecera de mi cama, para ayudarme a conciliar el sueño. Y así resultaba que, en las noches de la infancia, yo me dormía presintiendo los ojos de Lleonard.

»Después de visitar la zona arqueológica, reanudamos el recorrido por caminos cada vez más estrechos. Tan angostos se hicieron que en algunos tramos sentí sobre mi cuerpo el roce de la tierra, como si fuese un manto que envolvía el Porsche a guisa de permanente comunicación. Los colores, el bochorno, la presencia del terruño, todo me recordaba a Vicent Piquer y su refugio valenciano. Era cierto que la actitud de Josep Plans se parecía a la suya. Formaban dos partes de una cultura que se aferraba a la mitología de la tierra, a su permanente certidumbre. Eran dos telúricos que, de vez en cuando, se reunían para dialogar sin pretensiones.

»Volví a pensar en la dificultad de entrevistar a Josep Plans. ¿Cómo aproximarme a un hombre tan alejado de mis tendencias decididamente urbanas? Él encarnaba un mito literario sobre el cual nunca tuve ocasión de reflexionar. Afortunadamente, Xavier Roldà dedicó a su figura pública uno de aquellos enloquecidos artículos basados en la vestimenta de los escritores convertida en sistema de signos.

»Revisé el texto mientras Lleonard conducía en absoluto silencio. Tras mucho insistir sobre el *signifiant* y el *signifié* y a base de metonimias y de sinécdoques, Roldà llegaba a la conclusión de que el maestro del Ampurdán usaba boina hasta para alternar en sociedad. ¡Genial descubrimiento!

»Al llegar al célebre «Mas l'Esquerp», nos recibió una mayordoma jorobada y enteramente vestida de negro. Permitió que Lleonard la besase en la mejilla, pues se conocían; en cambio, a mí, me dirigió una mirada de extrema desconfianza. Me pareció antipática, por no decir estúpida. Mientras nos guiaba al piso superior, reparé en algunas particularidades de la masía. La más destacable era su incómoda vetustez.

»Nadie se había preocupado por restaurarla, como hacemos los barceloneses, o, al menos, nadie se había tomado la molestia de decorarla de modo que resultara simpática. Todo lo contrario. Era un decorado siniestro, que encajaba con la mayordoma. Para no hablar del propio dueño.

»Josep Plans nos esperaba en un espacio inmenso, una sala que en otro tiempo fue un granero y ahora aparecía llena de estantes de madera antigua atiborrados a su vez por infinidad de volúmenes encuadernados en un estilo no menos vetusto. Era fácil deducir que se trataba de una biblioteca familiar, confeccionada año tras año y ampliada a lo largo de otros muchos.

»A medida que avanzábamos hacia nuestro anfitrión, comprendí que nos enfrentábamos a un gigante de las letras, un clásico vivo, alguien que, para bien o para mal, ya estaba en la historia. Nada tenía que ver con los escritores a quienes yo solía tratar por mi trabajo editorial. Éstos eran importantes, pero no imprescindibles. En cambio, Josep Plans había llegado a serlo a través de los avatares y, seguramente, la dureza que sólo proporcionan los años. Era un elemento de extraordinaria consistencia. Un roble que se expresaba con voz de trueno.

»Le salió más que potente cuando, tras examinarme de pies a cabeza, comentó a Lleonard:

»—Ya me han advertido que llegaba usted acompañado de una dama. —A continuación, dedujo—: Pero ésta no es la legítima. No es la que canta. ¿Quién demonios es ésta?

»—Una amiga que quiere hacerle una entrevista —contestó Lleonard, francamente divertido ante los gruñidos del otro.

»—¿Y por qué la acompaña usted? ¿No tiene nada mejor que hacer? Veamos, ¿ha escrito hoy sus líneas reglamentarias? ¡Ni un día sin línea, Lleonard, ni un día sin línea! Así que mucho ojo con las mujeres: siempre apartan de los libros. No me lo invento yo, no crea. Autores de más enjundia lo han dicho y repetido con harta frecuencia...

»—Serán los misóginos —intervine yo, sin tomarme la molestia de fingir simpatía.

»Plans me dirigió una mirada desafiante y, mientras refunfuñaba contra la condición femenina, nos invitó a sentarnos alrededor de una mesa inmensa, donde sólo había una bandeja con tres vasos y una botella de moscatel. De vez en cuando, le daba a Lleonard unas palmadas en la espalda, y el muy bobo parecía encantado. Adoptaba la actitud de un discípulo obediente que no disimula su admiración hacia el maestro, sin importarle que tienda a las impertinencias. Y don Josep Plans tenía la reputación de soltarlas a destajo.

»—Está usted muy flaca. ¿Es que no come? ¡Ah, claro,

por la moda! Pues siga la moda, sígala, que ella pasará y usted se quedará hecha un pellejo y en consecuencia compuesta y sin novio. Le estará bien empleado, por crédula. ¿Y por qué lleva pantalones? Las mujeres con pantalones hacen carretero. Y usted, Lleonard, ¿cómo se le ocurre salir de casa en calzoncillos? ¿Y a qué viene esta camiseta de albañil? Parece usted un turista alemán. No caiga tan bajo. El Ampurdán nos lo han echado a perder los turistas. Cada vez que veo a alguno, atiborrado de colorines ridículos, lo llevaría a los tribunales por atentar contra el paisaje. Pocas bromas en este sentido. ¿Ha contemplado con atención nuestro paisaje? Es circunspecto, formal, importante. Es como un caballero bien trajeado.

»Creo que había entendido nuestra relación desde un principio. Pensé si no sería éste el motivo de su actitud hostil, de su abierto desprecio hacia mi persona.

»—¿Pretende entrevistarme? ¡Va usted aviada! ¿No sabe que las entrevistas me encabronan? Mire usted, madama, mi oficio consiste en describir a los demás, nunca a mí mismo. ¿A quién le importa mi manera de ser? No tengo un pelo de exhibicionista. Me ocurre lo contrario que al señor Lleonard: él ha nacido para que lo miren. No sólo porque es joven y apuesto, sino porque le gusta armar alboroto. Ya lo superará, Lleonard, pero mientras dure, *profitez-en!* Y sin mujeres, créame, que a la postre siempre se aprovechan de nosotros. Siempre acaban presidiendo nuestro entierro. ¿No se le ha ocurrido pensar que hay más viudas que viudos?

»Cuando hablaba dirigiéndose a Lleonard, le miraba a la cara; en cambio, al dirigirse a mí, ni siquiera se dignaba desviar la mirada. Era una manera muy sibilina de demostrar hacia dónde encaminaba sus simpatías y, sobre todo, su respeto.

»—Le seré franco: las mujeres que escriben me sacan de quicio. —Yo me disponía a protestar; pero él me detuvo con un bastonazo contra la mesa—. No me contradiga, madama. Las mujeres son excelentes para muchas cosas; pueden ser insustituibles en otras; pero, a la literatura, no debieran ni asomarse. Cuando lo hacen es porque les falta algo... ¡Seguro que un buen macho!

»—A lo mejor les faltan oportunidades sociales —dije en tono provocativo.

»—¿Oportunidades? Mire usted, si la mitad de la literatura escrita por mujeres fuese obra de sus maridos ni siquiera habría visto la letra impresa. Se habla de ellas porque constituyen una anomalía. ¡Y encima se quejan de estar marginadas! ¡Puñeta! La mejor novela catalana escrita por una mujer, *La plaza del Rubí*, es una historieta rosa adornada con algunas ideúchas de izquierdas. Seguro que doña Mercè Rododendro la parió una tarde que se le antojaba recordar las calles de Barcelona desde el exilio. ¿Y qué nos cuenta esa buena señora? Los recuerdos de una cretina que ve pasar la guerra mientras va de bailongo por las fiestas de su barrio. En cuanto a otras escritoras catalanas, ¡menuda tropa! La señora Caterina Albert, alias Victor Català, espléndida, porque escribía como un macho. La señora Clementina Arderiu componía versos encantadores, delicados, pero no tienen comparación con los de su esposo, el señor Carles Riba. Y ahí está *la Castellona*: plagia novelas extranjeras y, además, es una puerca escribiendo y en su conducta privada. Y esa señorita, la Valls, tiene unas tetas importantes, pero es comunista, y, de los comunistas, conviene desconfiar siempre por importantes que tengan las tetas. Los comunistas se dedican a proscribir a la gente de mérito y, a cambio, nos imponen gentuza que no vale un moco de gitano. ¿Se ha molestado en hojear el último libro de monsieur Sartre? Es ilegible. Lo regalan a los prisioneros de Siberia, que son los únicos que disponen de tiempo para tragarse semejante ladrillo...

»Partiendo de Sartre, se dedicó a citar una larga serie de gente impuesta por el partido a las editoriales y los medios de comunicación barceloneses. Y cuando se disponía a despotricar contra mis mejores amigos, me apresuré a cambiar de conversación.

»—Quería preguntarle acerca de la cultura catalana; pero se me ha adelantado.

»—¿La cultura catalana? Querrá usted decir la de Barcelona. Allí lo guisan y allí lo comen, y, como no tienen ni zorra idea de cocinar, meten la pata continuamente. ¿No lee usted los disparates que escriben? Mi amigo Vicent Piquer, que está al corriente de tales nimiedades, me dice que los intelectuales barceloneses viven a la greña. ¿Qué leche discuten? Tienen que aburrirse en grado máximo. A menudo me invitan a dar conferencias y a participar en eso que llaman mesas redondas. ¡Se habrán creído que soy el rey Arturo! Como supondrán, les mando a parir panteras. Mire usted, Lleonard: cuando un escritor lo es de verdad, se reserva la polémica para escribirla, no la desperdicia en cháchˇaras inútiles. Para escribir se necesita una enorme fuerza de voluntad; escribir cuesta, y mucho. Es menester una gran dedicación, ya que, al fin y al cabo, se trata de un oficio y no hay un solo oficio que pueda perfeccionarse a base de manuales. En Cataluña hay mucha gente de manual; pero, ¿cuántos escritores que se ganen la vida escribiendo? Josep Pla, mi amigo Porcel, Piquer, Moix, usted y, modestamente, yo. Después, sigue una interminable retahíla de médicos, notarios, abogados y farmacéuticos que también se dedican a la literatura. Incluso hay un veterinario que compone versos a la manera de Ronsard. ¡Dígame usted qué tendrá que ver el gran poeta francés con el arte de sanar cerdos! También circula por ahí una considerable porrada de curas plumíferos. Como se han quedado con las iglesias vacías, en algo tienen que entretenerse, así que escriben o se dedican a la política. Los hay que cultivan ambas disciplinas con gran persistencia y resultados catastróficos para la literatura, el idioma y la política. Antes teníamos una literatura clerical muy notable. Hoy en día, la literatura clerical la hacen los novelistas de domingo por la tarde. Esos escritores son los sustitutos de los curas: sólo que han cambiado la sacristía por un despachito en la Banca, la Caixa o la Enciclopèdia de les Terres Catalanes. ¿Cómo quiere usted que escriban buenos libros si para hacerse una paja tienen que pedir permiso al jefe de personal?

»Ante tal cúmulo de desastres, se me iban ocurriendo una serie de objeciones que no estaba dispuesta a callarme. Empecé por las mujeres que escriben y las mujeres en general, pero era obvio que Josep Plans seguía sin tomarme en serio. Hablaba exclusivamente en función de su servil discípulo.

»—Haga el favor de liarme un cigarrillo, Lleonard. El señor médico del pueblo dice que el tabaco mata; pero le aseguro que más de prisa debe de matar el aburrimiento. Yo no lo sé, pero lo supongo. Nunca me he aburrido, no he tenido tiempo. He viajado mucho, he vivido al máximo, y, si alguna vez noté que empezaba a aburrirme, caí dormido como un lirón, tan cansado estaba. Yo soy lo contrario de los intelectuales de este país: tienen demasiado tiempo libre, y entonces se aburren, y a fin de curarse el aburrimiento, se meten a pensar. ¡Eso es peligroso, muy peligroso! Si el pensador se llama Montesquieu, conviene escucharle; si quienes piensan son esos filósofos de pan pringado que crecen como setas en Barcelona, más vale echar a correr. Hablábamos del aburrimiento. ¡Parece un producto típico de este país! Para mí que es culpa de la guerra civil. Se perdió tanta sangre que nos quedamos sin una gota, y lo que ahora corre por las venas de la gente es puro sidral. No me contradiga, Lleonard, no me replique, que le llevo muchos años. Los suficientes para hacerme cruces ante la ñoñez que se ha apoderado de este país. Mire usted: el otro día me arrastraron a la fiesta mayor de Torroella, a escuchar un recital de eso que llaman canción catalana. Me quedé estupefacto. ¡Habráse visto cosa más triste! Cuando yo era joven, salía la Bella Chelito buscándose la pulga, y, ¡rediós!, el teatro era un terremoto. Ahora sale ese chico, Lluís Plaf, y, ¡recristo!, se te caen los cojones al suelo. Es que no canta, lloriquea. Dos horas se pasó gimoteando, la criatura. Y el público todavía más deprimente. Parecíamos en misa. Un silencio solemne, como si se les hubiera aparecido la virgen de Lourdes. Mientras aquel pasmarote seguía cantando, los feligreses empezaron a encender velas y a corearle todas las alusiones de tipo político. ¡Vivir para ver! ¿Cómo es posible que esos comunistas se atrevan a censurar a los católicos si acaban haciendo lo mismo? ¡Caca de la vaca, hombre, caca de la vaca! Cuando me dieron la vela correspondiente, a punto estuve de metérsela en el culo al Lluís ese, a ver si despertaba de una vez. Y, si no, que una garrida payesa del Ampurdán lo coja por su cuenta y le dé un buen meneíllo. En cuanto a su esposa de usted, Lleonard, es muy guapaza, una mallorquina que tiene lo que hay que tener, y muy en su sitio, pero dígale que se olvide de zambombas, guitarras y canciones tradicionales y nos alegre un poco los pelendengues. Espabílela, Lleonard, espabílela, que eso, al salir a un escenario, se nota. Mire usted: antes, salían la Goya, Carmen Flores o Dora la Cordobesa, y uno notaba que iban bien folladas. Básicamente bien folladas, no sé si me explico. La cuestión del arte, era secundaria. Pero, de entrada, te encontrabas con unas hembras que pedían guerra y la daban... mujeres dabuten, como dicen en el género chico... Bien, hablemos de cosas serias. ¿Cómo vamos de lecturas? ¿Ha seguido usted mis consejos? ¿Qué autores le acompañan?

»—Los que usted me aconsejó —dijo Lleonard, obediente y sumiso—: algo de La Bruyère, y también Bossuet, Leopardi, Fénelon y algunos sudamericanos recientes...

»—¿Sudamericanos, dice? Calle, hombre, calle. Presta demasiado crédito al marketing. He leído a algunos de ellos y conozco personalmente a varios. Mi editor me los ha ido trayendo a casa. Tengo entendido que a este comunistoide llamado García Ejárquez le compran los adjetivos a peso. Él, personalmente, es una especie de indiecito impresentable. Llegó vestido con un mono de pintor de brocha gorda. La mujer, que también debe de ser india, iba despeinada y con un poncho horrible. Al verles llegar con aquella facha, les dije: «Oigan, cuates, hagan el favor de dejar la llama en el corral.» Regresaron a Perú sin dirigirme la palabra.

»—Creo que se equivoca, Plans. El peruano es Vagas Nosas.

»—Éste era más señor. Recuerdo que al menos llevaba corbata. A media cena me endilgó un discurso sobre *Madame Bovary* y, acto seguido, sobre *Tirant lo Blanc*. Le interrumpí con cierta brusquedad: «¿A mí me viene usted a contar el *Tirant lo Blanc*? ¡Sí que les enseñan literatura en la selva!» Por lo visto, también se picó. Pero, oiga usted, Lleonard, que vengan los indios peruanos a contarnos los clásicos europeos tiene muchos cojones, ¿eh?, ¡pero que muchos cojones! Y ese otro, el argentino, un tal Llorgues, que se nos fue rodando por las escaleras y casi se rompe la crisma....

»—Es que no ve muy bien.

»—En efecto —dije—. Está perdiendo la vista.

»—Se le nota. No se entiende nada de lo que escribe. ¡Rediez con los laberintos literarios! Aquí, en el Ampurdán, diríamos que sufre alucinaciones. En fin, ¿de verdad lee esas cosas? No lo haga, hombre. Caerá en la tentación de imitar *Cien años de soledad*, y, como tendrá que ambientarla en Lérida, hará usted el ridículo. Los catalanes nos estamos cubriendo de ridículo con tanta imitación. Últimamente he leído, muy por encima, una novela de Frederic de Robert, un bodrio titulado *Paral·lels/Distorsió/Sentimental/Hemisferi/Vintinou*, que pretende ser experimental. Mire usted, Lleonard, ese buen hombre ha traducido tanto del inglés que se le han pegado todos los estilos de los demás. No pierda el tiempo en experimentos de pan con tomate. Relea a los clásicos. Hágalo toda la vida. Al terminar, será más sensato que antes.

»—Alterno a los clásicos con un libro de Hemingway que no conocía.

»—¡Qué dice ahora! ¿Quién le ha aconsejado leer a Hemingway? Es un tarambana. Mire usted: un hombre puede ser un borracho, malgastar el tiempo de safari en safari y hasta hacer el bestia en los Sanfermines, pero lo que no puede hacer es literatura siendo yanqui. ¿De qué les viene? Un yanqui sólo tiene que romperse los cascos inventando aspiradoras. ¡Oiga, ya es algo! A las mujeres del Ampurdán, las aspiradoras de los yanquis les han solucionado la vida. Ahora tienen más tiempo libre para chafardear como cotorras.

»En este punto ya no fui capaz de contenerme. Tanta misoginia alcanzaba los límites de la irracionalidad más absoluta.

»—¿Y usted no chafardea? —pregunté, desafiante.

»—Yo hago lo que me da la real gana. Practico este deporte desde quién sabe cuántos años, y lo seguiré practicando caiga quien caiga. Como habrá podido comprobar, sigue usted cayéndome pésimamente. En cambio, el señor Lleonard, me agrada. Me agradó desde el primer día. Aquí todo el mundo se llama Jordi, Pere o Jaume. Usted tiene un nombre sólido, sí. Muy artístico. Grandioso. Tiene que estar a la altura de semejante nombre. Si yo me hubiese llamado Lleonard, Alejandro o Marco Aurelio, otro gallo me cantara.

»—No puede usted quejarse —dijo Lleonard—. Hablando de gallos, a usted le han cantado muchos, y todos muy bien.

»—¡Tonterías! No crea que pretendo dármelas de modesto; pero si alguna virtud poseo es un gran sentido de la realidad. Yo he amado la literatura y la tierra. Es lo que hay que amar siempre, Lleonard. La tierra, el trabajo y el dinero. Es lo único que proporciona seguridad. La tierra siempre permanece, ya lo dice el Libro. ¿Puede alguien afirmar algo más importante? Existen verdades inefables, diáfanas, únicas. Después de la tierra, está la buena literatura, que debe ser clara, rotunda, concisa como la tierra y rentable como el dinero. Eso no significa que una obra literaria sea mejor ni peor, pero quiere decir que la gente la ha comprado. En este país, es una gran victoria, porque la gente, salvo guías de excursionismo y los despropósitos de los curas leninistas, no compran un libro ni por equivocación. En todo caso, cuando se celebra alguna festividad especial, o llega el santo de la propia o la cuñada. De vez en cuando, los burgueses compran algún volumen lujosamente encuadernado con la intención de deslumbrar a su fulana.

»Lleonard se tronchaba de risa ante una sarta de choteos que me ofendían como mujer y como ente civil.

»—En Cataluña sólo tenemos dos cosas importantes: los ricos y las queridas de los ricos. La gente de dinero merece un respeto, pues retener el dinero es todo un arte. El que sabe retener el dinero es un campeón, no lo dude. En cuanto a las queridas... ¡ah, las queridas! No sé si se conserva la especie, pero las que conocí en mi tiempo dominaban todas las artes de la seducción. La mujer ha nacido para retener al hombre. La que sabe hacerlo es una reina.

»—Creo que en esta cuestión no llegaremos a un acuerdo —protesté.

»—Lo imagino, madama. Usted y yo estamos destinados a no ponernos de acuerdo en nada. Pero estoy hablando con mi amigo, el señor Lleonard. ¡Todo un colega, un gran tipo! Conoce el terreno que pisa, y esto siempre es importante. Lástima que se meta demasiado con los burgueses. Ya me lo han contado. No los ataque tanto. Sobre todo, a la Banca Catalònia. Tenga en cuenta que, algún día, puede usted necesitar un préstamo. Tiene que escribir con sinceridad, pero sin hacer el primo. ¡Esconda cosas, Lleonard, esconda cosas! No hay libro que merezca toda la sinceridad de su autor. Con frecuencia, la sinceridad es la autodefensa de los mediocres. A veces leo que algún autor entiende la literatura como un acto de servicio. ¡Puñeta, que lo nombren agente de la circulación! Lea a los grandes sinvergüenzas, Lleonard; lea a los deshonestos y, a los demás, a los íntegros, déjelos para las bibliotecarias y las monjitas. Han pasado por el mundo infinidad de escritores que fueron buenísimas personas, excelentes ciudadanos, revolucionarios ejemplares, y hoy no se acuerda de ellos ni su madre. Y, de pronto, aparece un mangante que escribe por placer o por dinero y resulta que éste permanece. A mí, sin ir más lejos, podrán llamarme canalla, tacharme de fascista, y hasta negarme esa patochada de Premio de Honor, pero lo que he escrito ha llegado al público, y he acostumbrado a la gente a leer en catalán. Que, al fin y al cabo, es como leer en italiano, pero en estado salvaje.

»Aquellas palabras me indujeron a reflexionar. ¿Acaso Plans hablaba en aquellos términos para defenderse de las acusaciones que le dirigían los del catalanismo ortodoxo? ¿O simplemente aconsejaba a Lleonard que hiciera caso omiso de las acusaciones que le llegaban en la misma dirección?

»—Cultive la amistad de los ricos, Lleonard. Y pacte con la Banca Catalònia, que algún día puede necesitar su ayuda.

»—Por favor, Plans, no me hable de Banca Catalònia. Este asunto me crispa.

»—¡No exagere, Lleonard; no exagere! ¿Total porque el banquero Jordi Piñol ha dicho que es usted maricón? ¡Hombre, compréndalo: un caso como el suyo nos ha pillado desprevenidos! Tenga en cuenta que, en la literatura catalana, no habíamos tenido ningún maricón. Se sospechó de Guimerá, pero no se ha podido demostrar. La mariconería de usted, Lleonard, es cosa sabida; además, no para de fomentarla. Basta con leer lo que escribe. El otro día, hablando precisamente de su caso, le dije al banquero Piñol: «Oiga, nos viene al pelo disponer de un Oscar Wilde para poderlo exhibir. Tenga en cuenta que siempre sacamos a Espriu del ataúd y la gente acabará durmiéndose.» ¿No es usted maricón de ley, Lleonard? ¡Pues amortícelo, cojones! En las literaturas extranjeras, una perversión como la suya se cotiza mucho. En París y Nueva York, por ejemplo, vale muchos duros. Y si la Banca Catalònia descubriese una buena lesbiana para mandarla a los congresos que se celebran por ahí, también nos iría de perlas. ¡Siempre mandamos comunistas y curas! ¿Que hay un congreso en Bolonia? Les facturamos a la lesbiana. ¿Que hay un simposio en Berlín? Le mandamos a usted. Y, de paso, se alegra un poco, hombre, que se le está haciendo cara de barcelonés. ¡Hale, ya hablaré del asunto con Piñol! Le sugeriré que la Banca le organice un paseíto por Berlín. Colóqueles una conferencia sobre las raíces alemanas de la obra de Gaudí o una cretinez por el estilo y, por la noche, dedíquese a hacer el calavera. Si Berlín todavía es como en el treinta y dos, volverá usted nuevo. Más alegre que unas pascuas volverá. Con permiso de la señorita, claro. Y de la legítima.

»—¿Qué quiere usted decir, Plans?

»—Que usted va a por todas, Lleonard. De un lado es maricón y del otro tiene la propia y la fulana. ¡Releche, deje algo para los demás!

»Se mostraba muy amable; pero sus teorías seguían sin gustarme. Y me indignaba ver a Lleonard aplaudiéndole como si estuviera en el circo. Naturalmente, cometí el error de intervenir. Plans me servía la oportunidad en bandeja.

»—Y recuérdelo Lleonard: las mujeres siempre aspiran a fastidiarnos.

»—Serán las que usted ha conocido —exclamé.

»—¡Todas! Y no me contradiga; de lo contrario, no habrá entrevista.

»—¡Métase la entrevista donde la quepa! —exclamé, casi a gritos—. Además, con todo lo que lleva dicho, tengo bastante información para diez artículos.

»Mientras Lleonard le ayudaba a incorporarse, Josep Plans me dirigió una expresión burlona, declaradamente cínica, que acentuó mi indignación.

»—Lo suponía. Por eso he dicho lo que quiero que reproduzca... y que es exactamente lo que llevo predicando desde hace mis buenos cuarenta años. Como puede usted comprender, madama, a los escritores nos es imprescindible repetirnos para evitar que nos tomen por el pito del sereno. No pretenderá que me desnude para una vulgar entrevista destinada a una publicación de izquierdas que no lee ni Dios. Si fuese para el *Paris Match*, hablaríamos del asunto. Pero, en tal caso, serían ellos los que no querrían: las revistas serias, las importantes, se dirigen a la inmensa mayoría, y a la inmensa mayoría no le importan en absoluto los pobres escritores catalanes. Y ahora que ya no está en acto de servicio, le haré una proposición: cuando esté harta de perder el tiempo con este panoli, venga a visitarme sin su cuaderno de notas y vistiendo una buena *lingerie* de las que lucían las putas berlinesas de entreguerras. Le meteré un cipotazo que se acordará del Alto Ampurdán para los restos. ¿Entendido, madama?

»No podía tolerar aquel trato. Me sentía vejada, víctima de las manifestaciones más abominables de la animalidad masculina. Pero me recobré en un segundo. Entonces le miré con insolencia... o quizá con una pretensión casi ridícula de parecer insolente.

»—¿Intenta dar a entender que todavía se le levanta?

»Me miró de arriba abajo, propinándome, además, un ligero bastonazo en el culo. ¡Aquel viejo se atrevía a todo!

»—Mire, guapa, usted no se preocupe de si se me levanta. Mejor piense si le cabe a usted. *C'est bien compris?*

»A punto estuve de abofetearlo. Afortunadamente, Lleonard me cogió del brazo para arrastrarme escaleras abajo. No reía. Contrastando con mi rabia, su mirada rebosaba admiración. No hacia el maestro, sino hacia mí. Como si mi insolencia lo excitarse. Otro misterio.

»Ignoro si le hubiera gustado saberlo, pero a mí me sucedía algo parecido. El respeto que Plans le había demostrado volvía a producir un efecto reflejo: acentuaba mi deseo, favoreciendo la ilusión de que mi amante era un macho dotado de gran poder. Evidentemente, ambos experimentábamos sentimientos idénticos, pero que no llegaban a coincidir.

»Don Josep Plans nos despedía desde el rellano.

»—¿Hablará con Piquer? —preguntó—. Si lo hace, dígale de mi parte que el invento continúa funcionando de maravilla.

»Lleonard soltó una carcajada de complicidad con el viejo, pero en absoluto conmigo.

»—¡Gracias por la parte que me corresponde! —exclamaba, con ostentoso orgullo.

»Una vez más me sentí excluida. Y eran demasiadas

exclusiones en una sola mañana. Estaba decidida a intervenir. Quería ser partícipe de cuanto afectaba a mi chico. Quería ser partícipe del mundo entero, si le contenía.

»—¿A qué invento se refiere ese sátiro?

»—¡Vete a saber! Habré publicado últimamente algo que le ha gustado.

»El Porsche arrancó con brusquedad. En realidad, casi brincó. Señal de que el conductor estaba nervioso o, al menos incómodo. Quizá esta sensación me llevó a insistir:

»—Tú le has contestado muy convencido. Has dicho: «Gracias por la parte que me corresponde.»

»—¿Eso dije? Sería para darle la razón. A los viejos hay que dársela siempre. Así se callan.

»Resultaba evidente que no quería hablar del asunto. Daba igual. Estaba dispuesta a proponerle otro. A lo largo de la entrevista me había divertido que él, tan sofisticado, tan urbano, tan revolucionario, llegase a conquistar el afecto y el respeto de un hombre que era el símbolo de la Cataluña rural y la encarnación del *seny* de la derecha. Pero Lleonard no dio importancia a mi observación. En realidad, aquella mañana, todo se le antojaba irrelevante.

»—Naturaca —dijo—. Ya sabes que me meto a todo el mundo en el bolsillo.

»Podía decirlo sin rubor, pues era cierto. Nadie se le resistía.

»Había otra cuestión que me preocupaba: los consejos de Plans. No los consideraba apropiados para un joven que tenía la obligación de ser combativo y, sobre todo, independiente. Le puse en guardia ante el peligro de tales teorías. Constituían la base del pensamiento de derechas.

»—¡Pues vaya novedad! —contestó algo molesto—. Josep Plans será un reaccionario, pero le respeto muchísimo.

»He ahí una declaración sorprendente. ¡Y en boca de Lleonard Furioso!

»—Nunca habría imaginado que tú, precisamente tú, pudieses respetar a alguien.

»—Y sin embargo es así. Puedo respetar e incluso querer. No citaré más nombres de derechas para no parecerte sospechoso. Te pondré el ejemplo de Ramón Barat. No sólo le quiero porque me ayudó con sus consejos en mis inicios; además, le respeto profundamente porque ha sido capaz de ser lo que yo nunca seré. Y me gustaría, ¿sabes? Envidio a los hombres que viven años y años dedicados al estudio, que se consagran a él en cuerpo y alma, y se conforman con una recompensa que, a menudo, sólo hallan en sí mismos. En el caso de Ramón, el afecto que sus alumnos le dedican me emociona. Nunca olvidarán los conocimientos que ha sabido inculcarles y hasta es posible que sean ellos los que escriban el libro que él no ha llegado a escribir. Lo importante es el acto de servicio, la paz con uno mismo.

»—Puedo creer cualquier cosa que me cuenten de ti, pero no te imagino convertido en un profesor modesto, anónimo, consagrado al servicio de los demás. Nadie podría creerlo.

»—Mi personalidad tiene muchas facetas ocultas. Entre todos, deberíais saberlo.

»—No me queda humor para investigar tantos recovecos. Sólo me apetece pasear por algún pueblecito. Uno cualquiera, pero que sea muy pequeño. Lo necesito. No sé por qué, pero en este momento detesto Port Serrat.

»Lleonard seguía hablando de las personas respetadas: personas a las que consideraba realmente importantes. Profesores, investigadores, arqueólogos, hispanistas... gente que aspiraba a la gloria anónima antes que a la fama de un día.

»Fue entonces cuando decidí soltar la bomba que me estaba atormentando en las últimas semanas:

»—Y, entre tantos intelectuales, ¿a quién eliges como acompañante cuando huyes de Port Serrat?

»Ni siquiera se inmutó. Detuvo el coche en la entrada de Caldet. Seguramente, habría alguna fonda donde comer. Las hay excelentes en la región. Locales que no constan en el decálogo de la moda. Locales anónimos, como las gentes a quienes Lleonard respetaba.

»—Has pronunciado el verbo fatal: «huir». Si tienes la certeza de que huyo, no debieras preguntar con quién. Toda huida es siempre una solución privada.

»Caminábamos sin rumbo por las afueras del pueblo. Nos entretuvimos apreciando los trabajos de restauración de una diminuta iglesia románica. Era de una sencillez casi rudimentaria: equivalía a la absoluta negación del estilo. Tanta pureza nos conmovió. Además, compartíamos por fin una emoción. Él me cogió de la mano, como si fuésemos una pareja de verdad. Recobraba su locuacidad habitual. Empezó disertando sobre la teoría que pretende que el Ampurdán sea la cuna del románico europeo; después, se empeñó en discutir la validez de las películas de nuestros amigos, las de la sacrosanta Escuela de Barcelona tan sofisticada, tan experimental, con tantas pretensiones de europeísmo. Pero te juro que aquellas paridas no me interesaban en absoluto. Llegaban en el momento más inoportuno.

»No podía dejar de pensar en la mentira que, días antes, habíamos descubierto Guillem, Blanca y yo. Era un asunto de apariencias turbias y, sobre todo, provocaba sentimientos negativos. Dicen que, tras incidentes semejantes, los amores nunca vuelven a ser lo que fueron. La semilla del recelo ha dado un fruto venenoso.

»Cometí el primer error. Volví a preguntarle dónde estaba su refugio. Sin inmutarse, contestó:

»—Ya te lo dije. En el valle de Bohí.

»—¡Mentira! —exclamé. Y lo repetí tres veces. Necesitaba dejar bien claro que me estaba equivocando a conciencia.

»El error estaba en marcha. Él lo recogió, para devolvérmelo con una mirada de desdén y un rictus de suficiencia propio de dominador profesional.

»—¿Has contratado a alguien para que me siga? ¿Te has atrevido a tanto?

»—Por supuesto que no.

»—Menos mal. Sería indigno de ti. Te rebajaría. Destruiría la imagen que tanto me atrae.

»Su reacción no podía ser más sorprendente. Y la sorpresa se acentuó cuando volvió a adoptar la actitud infantil, desvalida, casi humillada: la misma que asumiese ante Josep Plans.

»—En un momento determinado, una mujer puede ser fuerte, dominante, tiránica. En un momento determinado, una mujer puede colocarse por encima de su amante y tratarle como a un perro. Algunas saben hacerlo muy bien.

»Seguía hablando en aquellos términos. Creo que pronunció la palabra «esclavitud». Disertaba acerca de las perversas amazonas que se complacen torturando machos. Lejos de prestar atención a sus gestas, yo me dejaba atormentar por las dudas que él me inspiraba. A punto estuve de convertirme en una perra que saca la lengua ante la presencia del amo. Y si algo me consolaba, era saber que compartía la perrera con otros dos esclavos.

»En Port Serrat, sólo Guillem, Blanca y yo ignorábamos que Lleonard se dedicaba a seguir las giras internacionales de Olímpia Estruch. No sé cómo reaccionaron los otros dos; yo me sentí profundamente humillada al saberlo por vía indirecta. Más que una falta de confianza era un acto de absoluta deslealtad. Ni siquiera tuvo la delicadeza de decírmelo personalmente. Lo descubrí por azar, en un periódico italiano que Nabuca Daiano bajó a la playa. Lleonard aparecía fotografiado junto a la Estruch en una de las jornadas del «Maggio Fiorentino». Se trataba de una mesa redonda de esas que reúnen a los nombres más importantes de la escena internacional. La presencia de Lleonard resultaba a todas luces injustificada: ni formaba parte del mundillo teatral ni cumplía funciones informativas. Sentí muchos celos. Naturalmente, no podía afear a la Estruch: no soy de esas mujeres que culpan a la rival sin pensar que es el hombre, y sólo el hombre, quien debe responsabilizarse de su traición. Aunque mis amores con Lleonard estaban alterando mi modo de ser, no había llegado a tales extremos. Por otro lado, Olímpia Estruch goza de mis simpatías desde hace muchos años. Cuando mi padre ponía al servicio del teatro catalán gran parte de su esfuerzo personal —y de sus escasos dineros— nos hablaba con gran entusiasmo de una joven principiante. Afirmaba que poseía los registros de la Xirgu y una ambición desmedida. Además, a papá le sorprendió gratamente que aquella aprendiza aprovechase las largas horas de desplazamiento de un pueblo a otro de Cataluña, en tren o en el autocar de la compañía, para devorar libro tras libro. ¡Era insólito en la historia de la escena local!

»Aunque poca gente lo recuerda, Olímpia Estruch debutó en el teatro catalán y, por razones que no conozco con detalle, lo mandó a hacer puñetas y se largó a Madrid, a finales de los años cincuenta. Una mujer que tuvo el valor de adoptar tal decisión y planificar una carrera artística desafiando la animadversión de mucha gente, merece la complicidad de todas las mujeres que, en cualquier faceta de la vida, nos hemos encontrado en una situación parecida.

(Núria Valls: «El ejemplo de Olímpia Estruch es nocivo para las nuevas promociones. Significa la apoteosis de la traición. Si todos hiciéramos lo mismo, ¿qué sería de nuestra cultura? Cuanto más la admiran en Londres, más se aleja de nuestros entrañables teatros. Cuanto más la aplaudan los parisinos, menos vitoreada será en nuestras Ramblas. A mí me da pena. A cambio del aplauso internacional, ha olvidado el indispensable calor del barrio al que uno pertenece y el orgullo de sacrificarse en aras de una cultura mártir. ¡Desdichado aquel que, en vez de llorar en compañía de su pueblo prefiera reír a solas, en el egoísta placer de los apátridas...!»)

—La admiración y el respeto hacia Olímpia Estruch se volvían en mi contra. No se trataba, en absoluto, de una enemiga vulgar. Al contrario: era una mujer fuerte, poderosa, muy atractiva. Alguien escribió que poseía la fascinación de una esfinge arcaica. Es posible. En su sonrisa asoma siempre algo indeciso, un trazo de misterio indescifrable. Al menos, eso dicen sus admiradores. Además, en aquella época, la Estruch contaba con un factor que impactaba fuertemente a los intelectuales: en lugar de anquilosarse en un teatro viejo y caduco, apto para proporcionarle una repercusión fácil e inmediata entre un público burgués, se lanzó a experimentar formas innovadoras con directores de gran renombre internacional. Había adoptado públicamente una posición antifranquista que la convertía en el ídolo de la progresía; pero era, básicamente, una triunfadora, y yo no ignoraba que Lleonard se dejaba impresionar con gran facilidad por la aureola del éxito. Si a eso le añadimos la magia de la ficción, comprenderás que las bazas de la Estruch eran las más seguras. Ni Guillem, ni Blanca ni yo dispondríamos nunca de otras semejantes.

»Lo comprendí cuando Lleonard publicó su famoso artículo titulado «Retrato literario de una leyenda teatral»: «Actores, público, argumento, todo desaparece del escenario en beneficio de una realidad distinta y superior. Sólo percibo la presencia del genio transmitido en un instante fugaz, destinado a morir en sí mismo (y el teatro no es sino la muerte continuada de cada instante de vida mítica). Así, a solas con mi tesoro de fantasía, se establece un idilio entre mi soledad y la de dos mitos primordiales (la Diosa que se convierte en Fedra sobre la escena del Griego de Montjuich versus la turbia prosperidad de mi Barcelona gótica). Quiero vivir intensamente este onanismo, quiero apurarlo como un cáliz por cuanto sé que la voz opaca de la Diosa y las murallas de mi ciudad medieval se unen para cantar la gloria de la ruina y el eterno esplendor de la belleza. ¡Omnipotente diva! En sus rasgos trágicos, en su mirada infernal, en la estremecedora fuerza de su alarido, se encuentra el renacimiento de la utopía.»

»Aquel acto de adoración pública era lógico en un mitómano empedernido como Lleonard, pero provocaba en mí otra reacción típica de esposa celosa. Equivalía a descubrir una carta de amor en el bolsillo. Una carta algo cursi, como suelen serlo las de este tipo. Y el resultado era rematadamente pequeño-burgués. Una serie de reacciones vulgares y, por tanto, indignas. Y para mayor mortificación llevaba cuernos por partida doble. Porque Blanca, la legítima, seguía coleando. Otro motivo de tortura.

»Advertí que, cada vez que yo intentaba desprestigiar a Blanca, Lleonard se irritaba. No toleraba críticas contra una mema a quien, según los demás, dejaba arrinconada por mi causa. ¿O acaso nunca arrinconó nada, ni por Blanca, ni por mí ni por nadie? Tratándose de Lleonard, todos íbamos por la vida contentándonos con victorias pírricas.

»Un día me dijo que Blanca era intocable. Poco le faltó para añadir que la tenía en un altar.

»—Es mi inspiración —dijo—. Cuanto de sensible hay en mi obra, procede de ella, y sólo de ella.

»—¿Y yo qué soy? —pregunté, al borde de la histeria—. ¿Qué demonios soy yo?

»—Eres mi ama. La Gran Dominadora. Podrías manejarme según tu voluntad.

»Me pareció el límite del cinismo. ¿Cómo podía hablar de dominio? Una dueña que gime como una perra en celo tiende a representar un pésimo papel. Seguro que era más sustancioso el que correspondía a la tercera mujer, la suprema, la gran diva, la aplaudida, adorada y siempre reinante diosa de la ficción.

»—¿Y Olímpia Estruch? —pregunté, ya sin temor a caer en el ridículo—. ¿También la tienes en un altar o no se conforma con tan poco espacio? ¿Te exige un templo entero?

»Se limitó a decir:

»—Soy yo.

»No me dio la gana aguantar otra frasecita brillante. Le insulté vivamente. Él, sin abandonar su expresión de gravedad, repitió:

»—Olímpia Estruch soy yo. Así de simple.

»Recordé que, en algunas entrevistas, al preguntarle qué soñaba ser de niño, contestaba que quería ser Olímpia Estruch. Lo consideré un despropósito producto de su afición a sorprender a los lectores. Cuando aquella noche lo repitió, opté por concederle un crédito cultural; seguramente se trataba de una *boutade* consistente en colocar sus relaciones con Olímpia Estruch a la sublime altura del amor cortés, el de los trovadores que se identificaban con la amada hasta el extremo de conformar un solo ser. Sería, aproxidamente, lo de Melibeo soy, Melibeo me llamo...

»De todos modos, aquella idealización también me hería profundamente. Blanca le inspiraba. Con Olímpia se identificaba. Yo era una pobre histérica que ni siquiera se atenía a su papel. Sólo sabía una cosa: cuales fuesen las respuestas de Lleonard, ya nunca conseguiría librarme de la cárcel de indignación y recelo en que me hallaba sumida. Es decir, viviría siempre al filo de una constante intranquilidad.

»Si se hubiese limitado a un único conflicto, Lleonard no habría sido Lleonard. Y Minifac Steiman no sería *la Inefable* de no intervenir directamente en asuntos que, en principio, no le incumbían en absoluto. Ella sabía prescindir de este detalle. Y, dado que era diestra en el arte de apropiarse de cualquier situación que ofreciera posibilidades dramáticas, convirtió a la pobre Blanca en causa personal y agravio intransferible. Seguramente, no estaba dispuesta a perder la oportunidad de trasladar a la vida real una escena de sus novelas. Yo fui su víctima propiciatoria. Una mañana de domingo bajé a recoger la prensa en la librería de Port Genoví, y allí estaba ella comprando su irrenunciable ejemplar del *Times*. Las terrazas de los bares estaban llenas de conocidos, detalle que contribuiría a estimularla, pues una Minifac sin público tampoco sería Minifac.

»—Si no presumiese de ser muy *lady*, diría que estoy hasta la almeja de esta situación. Como quiera que lo soy, he mantenido el silencio de los sepulcros en Port Serrat, pero me he pronunciado donde debía, es decir, en la Isla de la Calma. Creí mi deber advertir a los padres de Blanche sobre los dramas que se gestan en estos andurriales. Ellos, haciendo gala de ejemplar cautela, están al llegar con carácter de extrema urgencia.

»Su modo de hablar me daba risa; al parecer, había aprendido el castellano a través de los novelistas del siglo XIX, y no de los mejores. Cuando le preguntaban cuál era su escritor español preferido, solía citar al padre Coloma. Si se sentía moderna, añadía a Benavente.

»La situación que acababa de crear exigía una respuesta burlona y, además, rápida. Así que dije:

»—¿Y a ti quién te ha dado vela en este entierro?

»—Entierro es, no voy a negarlo. En cuanto a la vela, me la tomo yo. Mi pobre Blanche sufre lo indecible con este trasiego a que la obliga el tal Leonardo; ese ir de hombre en hombre para quedar moderna, cuando ella lo único a que aspira es a amar y a ser amada, cual protagonista de alguna de mis novelas más aplaudidas. Pero el Leonardo de marras no es, nunca fue, uno de mis galanes más admirados. El muy cerdo no se contenta con pegársela contigo. Ahora resulta que hay una más. Una cómica, por añadidura. ¿Qué pretende, ese vil? ¿Demostrarnos que es el semental del reino?

»Otro motivo de risa. La insensata creía en la fama erótica de Lleonard. ¿Cómo explicarle que aquel fogoso semental nunca funcionó conmigo? ¿Cómo hacerle entender que, si cambiaba tantos amores por la adoración de una diva, era precisamente por ser ésta la única forma de erotismo que no le exigía entrega, ni le obligaría a establecer contacto con cuerpos que nunca serían tan hermosos como el suyo? Si deseaba enclaustrarse definitivamente en su narcisismo no encontraría receptáculo más adecuado que el altar de Olímpia Estruch.

»Pero Minifac Steiman proseguía con su obsesión particular:

»—Los Alcover han decidido que Blanche y ese chulo vayan a vivir a Mallorca. De lo contrario, cortarán el cupón.

»No tardó en aparecer la escritora ultrajada:

»—Porque ya sabrás que el pollo vive del dinero de los suegros. ¡Así ya puede escribir noveluchas de vanguardia y presumir de experimental! También lo haría yo, si tuviese las espaldas tan cubiertas. Pero yo estoy obligada a complacer a mi público, de lo contrario no me como ni un gramo de caviar.

»Después de insultarme porque en «Narrativas Libres» nunca habíamos editado ninguna de sus novelas y, en cambio, publicábamos a la Duras, me hizo responsable de transmitir a Lleonard la noticia de que los suegros lo desterraban de Port Serrat. Era un encargo incómodo y, sobre todo, doloroso desde el punto de vista personal. Pero lo cumplí, una noche en que hablábamos de literatura entre las barcas de la playa de los pescadores.

»Su reacción me sorprendió. No era de furia, como yo suponía. Al contrario, se encogió de hombros y, con tristeza más bien discreta, dijo:

»—Pensándolo bien, no es ningún drama. Me hará bien alejarme del bullicio. Mi obra saldrá ganando.

»Ante respuestas de este tipo, una desea que se la trague la tierra. Él no pensaba en mí. Tampoco en Blanca ni en Guillem. Sólo contaba la necesidad de dedicarse en cuerpo y alma a una nueva obra de la que hablaba como si estuviese destinada a redimir la literatura occidental. Comprendí que, después de tanto tiempo coqueteando con la frivolidad, la creación reclamaba sus derechos. El detalle de que Olímpia Estruch fuera la depositaria, no tenía la menor importancia. La necesidad de la creación surgía de algo más profundo. Y, al parecer, quemaba.

»No tardé en saber que había empezado a trabajar en un texto dramático. Pretendía dar un paso definitivo en su carrera escribiendo directamente en inglés, excepto el papel de Olímpia, que estaría escrito en latín para facilitarle el trabajo (los ingleses, tan cuidadosos con vuestro idioma, tenéis la ventaja de no distinguir los errores de pronunciación de una catalana hablando en latinorum). El argumento era demencial. Una acumulación de suplicios infligidos a unos mártires cristianos, en la Roma de Nerón, con saltos al holocausto judío bajo el poder nazi y a las barbaridades de la Inquisición española, todo ello mezclado en un escenario que pretendía alternar continuamente las coordenadas tiempo/espacio. Lleonard decía que, leyendo el libreto de *Parsifal,* se apasionó por una acotación en la que Wagner precisa que el decorado cambia de repente y el tiempo se introduce en el espacio. En esa concepción del mundo, pretendía él condensar todas las oscilaciones del dolor y de la inspiración religiosa en una osmosis que, poco a poco, iría derivando hacia una celebración del placer absoluto.

»Explicada por Lleonard, la obra me parecía un híbrido destinado al aprecio del público esnob de los festivales internacionales. Y eso sí era un logro, cosa poco probable. Se necesitaba ser un genio para dar coherencia a semejantes materiales. Por otro lado, la idea me recordaba un texto que leí años atrás, un disparate impresentable de algún autor novel. No podía recordar el nombre, claro. Por la editorial pasan muchos textos que nunca llegan a publicarse. Adolfo confía más en mi criterio que en el de los lectores, y, a veces, me pide que eche un vistazo a algún original que le llama la atención por algún motivo determinado. El texto al que me refiero debió de sorprenderle por su carga escatológica. Recuerdo que me repugnó de un modo muy particular. Por una vez, los criminales de la censura nos hicieron un favor: la novela era tan absolutamente impublicable que pude rechazarla sin necesidad de escenas violentas con el autor.

»O quizá aquella novelita ni siquiera pasó por la editorial. ¿No me la dio un recluta insignificante, un chico vulgarote, con un físico anodino? En cualquier caso, ¡cuán frágil es la memoria del lector! Si me hubieran asegurado que estaba combinando aquellos recuerdos con los de una lectura adolescente de Tolstói o Dostoievski, lo habría creido a pie juntillas.

»Mientras Lleonard nos contaba la génesis de *Bachanal,* Guillem se iba crispando por momentos. Acabó fuera de sí, como si odiase a su representado. Lo llenó de insultos. Le reprochaba que aceptase un encargo sin acudir a su consejo. No tenía en cuenta todos los favores recibidos. No confiaba en sus gestiones. Es decir, vomitó los reproches típicos de un amante herido que cae en el error de mezclar el negocio con los sentimientos. Y ante la ridícula actuación de aquel papanatas y el alipori que me inspiraba tanta sumisión, comprendí que yo iba por el mismo camino, y que, además, me estaba haciendo un embrollo con algo mucho más importante que cualquier negocio: mi salud mental.

»Lleonard no estaba dispuesto a tolerar escenas melodramáticas ni agradecer favores que no venían a cuento. Prefería recurrir a las actitudes típicas de sus personajes. Decidió que le convenía tranquilizarse conduciendo a toda velocidad. Le pedí que me permitiese acompañarlo. Eso, al menos, no podía negármelo. Ya que no me había ayudado a conseguir un clímax sexual, que me dejara saborear hasta el final el clímax del desengaño. (La frase es cursi, lo sé; pero comprenderás que a esas alturas, nada puede preocuparme menos que las cuestiones de estilo.)

»Conducía como un loco por la carretera del Món. Se aferraba al volante con rabia, como si quisiera destrozarlo. Yo me sentía heroína de las películas con persecución final. Mis cabellos ondeaban al viento, mientras una especie de huracán más potente que la propia carrera despeinaba el dorado flequillo de mi amante. ¡Qué momento tan propicio a las idealizaciones! Imposible imaginar otro mejor. Éramos jóvenes, airados, furiosos, bellos, sofisticados, hijos ideales de los años sesenta. Éramos la hostia. Y cuando estaba a punto de creérmelo, una voz interior me advirtió: «¡Cuidado, Lola Roger! Le estás siguiendo el juego. Estás siguiendo su película y ni siquiera te das cuenta de que te han adjudicado un papel secundario. Un papel de mierda, guapa. Acaba la película de una vez o la película acabará contigo...»

»Cuando la velocidad empezó a asustarme, con el paisaje a punto de saltarnos a la cara, Lleonard detuvo el coche en medio de un pinar que crecía en desorden al borde de un acantilado. No podía faltar la luna llena. El mar resplandecía con tonos plateados y diríase que el agua estaba surcada por una autopista de sueños inolvidables. Yo escuchaba de nuevo mi voz interior: «¡Cuidado, Lola Roger, cuidado! Las trampas del cine americano no van contigo. Tú has sido chica cine-club. Tú eres mujer de *nouvelle vague*.» Dicho consejo sólo encerraba un error: en el cine americano los hombres casi nunca lloran y, en cambio, Lleonard estaba llorando. Con la mejilla contra el volante, maldecía el laberinto en que se estaba debatiendo. Permití que se desahogara. Si él quería darme explicaciones, que fuesen con serenidad y lucidez. Daría cualquier excusa por válida mientras no la dictase el histerismo. En cuanto a mí, estaba muy lejos de la histeria y, además, deseaba evitar las idealizaciones a cualquier precio. Bastante había idealizado. La broma tocaba a su fin.

»—Esta maricona senil no me comprende —gimió Lleonard—. Nunca me ha comprendido. Necesito descansar un poco de su tutela. Y, sobre todo, necesito salir de Cataluña. Me ahogo, Lola. Además, si me quedo, me hundirán. Los mismos que me han ensalzado me destruirán. Y Guillem, el primero. Si acepto sus consejos, acabaré convertido en una triste réplica de Minifac Steiman.

»El niño crecía. El adolescente adquiría un compromiso con la gravedad. Era un hombre que se asfixiaba, que estaba perdiendo las ilusiones y necesitaba nuevas alas para reencontrarse a sí mismo. Sólo la huida tenía sentido, y yo me obligué a comprenderlo. No podemos detener el vuelo de los pájaros que huyen. Si lo hacen es porque el nido ya no les sirve. Ni siquiera les resulta válido como refugio. Y, probablemente, tampoco a los que se quedan. Pero éstos ya se han acostumbrado a vivir sin alas. Ya ni siquiera son pájaros.

»Así huye también el tiempo y las imágenes que, de nosotros mismos, hemos ido proyectando en él. Las idealizaciones de los niños prodigiosos a quienes el tiempo también ha de arrastrar.

»Sólo entonces me decidí a recordarle abiertamente cómo era en el piso de René: un recluta tímido y poca pena, un ser insignificante que me pedía opinión sobre una novela tan anodina como él.

»Me miró con más simpatía que nunca. No era amor, lo sé, pero algo era. Y algo es un poco más que nada.

»—En cierta ocasión dijiste que me habías reconocido. Te agradecí que no insistieses. Tampoco debes hacerlo ahora. Nuestro recluta ya no existe. Tuvo un final desastroso. Todavía ignoro si murió crucificado o convertido en libro. ¿Qué relación existe entre ambos suplicios? Lo ignoro. Sólo sé que tenía que desaparecer. Era un pobre bobito.

»Una vaguedad. Otra. Todas las que mi chico había utilizado para engatusarme poco a poco, para atarme con cadenas de estricta irracionalidad. ¿Quién era capaz de comprenderlo? Y, de hecho, ¿quién tenía interés en hacerlo? Yo, naturalmente. Yo, que había perdido el tiempo de un modo lamentable. Y ahora que lo sabía me repetí a mí misma que pertenezco a la generación de mujeres que, un día, descubrieron el propio cuerpo y asumieron que tenían la obligación de utilizarlo.

»Esa reflexión, ese recurrir a mis convicciones, me ayudó a comprenderme a mí misma. Debo reconocer que no suponía ningún consuelo. Me había comportado como una imbécil. Estaba a punto de convertirme en imbécil para el resto de mis días. Vivía sometida a una sexualidad frustrante. Saldría de aquel amor sin haber experimentado siquiera el placer. Había luchado con todas mis fuerzas para mantener viva una relación que, si al principio me atrajo, fue precisamente por lo que tenía de transgresora. A cambio, sólo viví los engaños de un amor burgués. Ni siquiera llegué a conocer el sexo del Plaerdemavida. Sólo su esterilidad. Y no me gustaba. No podía gustarme en absoluto.

»El amor, o lo que fuese, no me servía para nada. Mi cuerpo, que aprendí a liberar día a día, estaba a punto de desaparecer en beneficio de una quimera. ¡Tantas luchas para romper el círculo vicioso que me aprisionaba, tanto esfuerzo para huir de los convencionalismos que me anulaban, y todo para que un pobre impotente me arrastrase a su terreno! ¿Cómo pude caer en una trampa que anulaba todas mis conquistas y las de mi generación? Y, por si algo faltase, mi chico me agredía con una última ofensa: me decía que necesitaba huir de nuestro mundo para salvarse. Sería capaz de sacrificarme sin miramientos. Era preciso actuar, y rápido. Podía esperar a que la situación se decidiera por sí sola; pero esto volvería a dejarme en su poder, haría que me sintiese más miserable. Un asomo de lástima destruiría todas mis defensas. Y no podía permitírmelo. Ninguna mujer puede permitírselo.

»Entonces decidí mandar a la mierda al Plaerdemavida.

»Y mientras regresábamos a Port Serrat, por las últimas curvas de la carretera del Món, pensé: «Muy bien, precioso Lleonard, glorioso Lleonard, niño bonito. Me has hecho daño, pero te aseguro que no durará toda la vida. Yo no colecciono *cupones de ahorro para el hogar,* ni me gusta el melodrama. Yo soy Lola Roger. Soy de Port Serrat. Soy de los años sesenta. Te he convertido en un dios y no te bastaba, pero debo reconocer que la culpa no ha sido tuya: la imbécil he sido yo, por idealizarte. Si no asumo mi responsabilidad todo habrá sido inútil. He sido una cretina, pero ya no lo soy. ¡Te vas a tomar viento, rey de España! No puedo decirte que me quedo tan ancha, pero sí que me dejas más madura.»

»Y eso es cuanto puedo contar acerca de Lleonard Pler, de Jordi Lledó y de la madre que los parió. O, como dijo Josep Plans, de quien los inventó a los dos, quienquiera que fuese el inventor. Amén. Amén. Amén.

28. NUEVA VENECIA

William Cumingham continuaba vacilando por la noche artificial de la Sereníssima y, aunque yo le abría camino, dudo que me viese. La falsa mujer fatal llamada Ingeborg se dedicaba a ahuyentar a los fantasmas más ilustres de la Laguna: nada podía resultarles más antagónico que la combinación de colores eclécticos exigida por el gusto moderno. Así, abigarrada, psicodélica y, en mi opinión, esperpéntica, la modelo abrazaba a su macho suplicando que se decidiese a ejercer como tal. Insistía en el aspecto más insatisfactorio del viaje. Ni amor ni sexo ni afecto. Se habría divertido más quedándose en Port Serrat, repetía la insensata. Pero, a veces, los desesperados necesitan compañías desesperadas, y la valquiria lo estaba desde el momento en que empezó a forjarse ilusiones. No era culpable de que las suyas no fuesen las de Venecia. La memoria la llevaba una y otra vez a realidades más estimulantes.

La memoria devolvía un Port Serrat que no correspondía a la autenticidad sino a la mímesis. Las casitas de pescadores habían desaparecido y sólo destacaba la refulgente sucesión de imágenes que la década decretó: boutiques de caóticos colores —puertas amarillas, cristales azules, vigas rojas, muebles reciclados—, un galimatías de rótulos foráneos —nombres preferentemente ingleses—, una acumulación de *badges* que decían «Carnaby Street», «Take me», «I'm virgin», «Make love, not war», y, por todas partes, colgantes de influencia salvaje; faldas de punto que quedaban dos palmos por encima de la rodilla, mantones de Manila que, rescatados de antiguas verbenas, se lucían en la playa a modo de cubre cuerpo hawaiano; marabúes desenterrados de los camerinos de cupletistas difuntas; minishorts de cuero negro, largas botas de charol, chaquetas vaqueras... todo ello entre pósters de sufragistas que deseaban un próspero 1917 a las mujeres desamparadas del mundo, y reproducciones de divinidades hindúes ante cuya presencia se tronchaban de risa las diosas madre del Mediterráneo.

Para mí, el recuerdo de aquel mundo era sólo una lúdica vibración de la década que no poseí, la que el exilio me arrebató mientras me iba robando la juventud. Se lo dije a William por enésima vez: paseo por las noches de Atenas, pero estoy viendo las calles de Barcelona, ceno en algún rincón del Plaka y oigo el rumor de las Ramblas, y, cuando intento conciliar el sueño, sólo recuerdo el gran reto histórico que me arrojó Jordi Lledó para convertir mis años sesenta en una huida sin esperanzas.

Pero a veces surgen situaciones nuevas que obligan a replantear no sólo una vida, también toda una intriga. Por ejemplo, la que alteraba el juego entablado entre William y yo. La confusión total de identidades empezaba a divertirme tanto como desconcertaba a mi contrincante. El labio de Lleonard superponiéndose a la boca impersonal de Jordi Lledó; los ojos negros prodigiosamente profundos que William había mitificado, surgiendo de los ojos azules recordados por Lola Roger; la larga melena rubia, el vaporoso flequillo de Lleonard Furioso contra la cabeza rapada de un recluta inoportuno...

Pero William estaría sintiendo muestras de debilidad, ya que de repente exclamó:

—¡Oye: terminemos de una vez con esa historia de las identidades! Cada noche sueño con Lleonard, pero ya no es como antes. Las dualidades que presentía se han ido confirmando, y, por si fuesen poco obsesivas, todos sus rasgos son resultado de los del otro chico. La boca de Lleonard nace de la de Jordi Lledó, que me sonríe con un rictus maléfico y este rictus se transforma en el de Lleonard, y Lleonard desaparece y resurge el maldito Jordi, a quien no conozco... Llego a la conclusión de que, a estas alturas, ya ni siquiera sé cómo se llamaba ninguno de los dos.

—Es que Jordi Lledó no se llamaba Jordi Lledó...

—¡Oh, basta de adivinanzas! ¡Basta!

—Jordi Lledó se llamaba Lleonard Pler.

—¡Pero Lleonard Pler es un pseudónimo!

—Al revés: Jordi Lledó fue el pseudónimo de Lleonard Pler durante unas horas. Así, como lo oyes.

—Entiendo, pues, que fue Lleonard quien existió y no el recluta al que considerábamos su antecesor.

—Jordi Lledó es el chico que sólo existió un momento. Lo supe de la manera más absurda. Después de aquella noche, necesitaba hablarle a toda costa, pero él no daba señales de vida. Pasaron unos días. Lola Roger me contó que tuvieron una corta entrevista en una cafetería del Ensanche, pues él quería recuperar su novelucha, por mala que fuese. La Roger ignoraba su dirección. En realidad, ni se molestó en pedírsela: así se ahorraba la incomodidad de volverlo a ver. Ya te dije que era un muchacho insípido, vulgarote, incapaz de interesar a una mujer de aquel temple. Sólo podía interesar a alguien como yo, alguien a quien él había condenado a muerte. Intenté recordar algún detalle que me informase sobre su posible paradero. Durante la cena en la tasca obrera se le escapó que cumplía el servicio militar en Valencia. Se suponía que regresaba al cuartel al cabo de unos días. Sería difícil que volviésemos a vernos. Pero yo continuaba empeñado en un nuevo encuentro. René me ayudó a llevar a cabo algunas pesquisas. El resultado fue sorprendente: el recluta Jordi Lledó no existía, nunca había existido.

Me detuve un instante. No sólo porque Ingeborg acababa de tropezar con unas bolsas de basura, sino porque deseaba que mi historia suscitase mucha expectación en el aturdido cerebro de William Cumingham. Al cabo de unos minutos, dije:

—Transcurrieron algunos años hasta que oí el nombre de Lleonard Pler por primera vez. Exactamente fue en Atenas, cuando conocí a su compañero de apartamento madrileño; ya sabes, el pijo disoluto. A partir de entonces, nunca volví a seguir la pista de Jordi Lledó, sino la del tal Lleonard. No quería perder su rastro a ningún precio. Necesitaba saber en qué estaba degenerando el altísimo modelo de conducta que me exigió aquella famosa noche.

Una sonrisa malévola empezó a dibujarse en el rostro de William Cumingham. Una sonrisa que me autorizaba a sospechar nuevas estratagemas:

—Así que, entre todos los nombres del mundo tuvo que llamarse, precisamente, Lleonard Pler.

—En realidad, el banquero Piñol dijo a Melita que conocía a Lleonard Pler desde la infancia, nunca a Jordi Lledó. ¿No caíste en ese detalle? Estás perdiendo facultades, mi amigo. Has precipitado mi juego descubriendo que Jordi Lledó y Lleonard eran una misma persona; pero, ahora, te devuelvo la pelota con otro ejemplo de indiscutible lógica: Lleonard Pler depositó la herencia de sus padres en Banca Catalònia. Una vez más, la historia es de una simpleza asquerosa. Sencillamente ridícula. Si acaso, puro absurdo. Y el juego está llegando a su fin y tú sigues sin averiguar nada nuevo...

Sin embargo, yo descubría en aquel instante que William Cumingham tenía armas escondidas y estaba dispuesto a utilizarlas. Porque, dejando de fingir, rió burlonamente, sin temor a herirme:

—Exactamente: sigo sin averiguar nada que no llevase perfectamente averiguado.

Así pude demostrar yo cierta perplejidad:

—¿Es decir?

—Que en el documento de identidad de Lleonard Pler leí exactamente Lleonard Pler. ¿Qué otra cosa iba a poner?

—Jordi Lledó, por supuesto.

—Ése sería tu deseo, el que has mantenido durante las noches de Venecia. Desearías complicar de tal modo a mi chico con el tuyo que Lleonard desapareciese completamente y sólo quedase la obsesión de las identidades. Hasta tal punto pretendes desmitificar lo que él consiguió, que mantienes vivo durante doce años el recuerdo de alguien que sólo existió durante dos días. Tu venganza consistiría en anular lo grandioso de Lleonard para encumbrar lo mediocre de tu ejecutador.

En este punto, me adueñé del papel que William Cumingham interpretase antes de mis revelaciones. Y en el paquete iba incluida la angustia.

—¡Basta ya con ese embrollo de las identidades! Si yo mismo las monto y combino, ¿cómo es posible que ahora se vuelvan contra mí?

—Tú mismo acabas de apuntarlo: nos estamos moviendo en los terrenos del absurdo. Referente a la cuestión de los nombres: si era un detalle fácil de averiguar no es menos cierto que resultaba muy fácil escondértelo. No han de ser sólo tuyas las trampas. Porque tú, con tal de demostrarme que conoces todos los datos del enigma, te sientes autorizado a suponer que, además, son ciertos. Desgraciadamente para tu juego sólo puedes venderme la verdad de su muerte. Nada más. Ninguna certeza, ni una sola evidencia que nos ilumine sobre su personalidad. Cierto, consigues que los dos rostros se mezclen en mi mente, pero no olvides que desde hace años mi mente y mi corazón están programados de acuerdo a los ritmos de Lleonard. Incluso en sus carencias, en su profunda infelicidad...

—Repítelo otra vez. Me estás haciendo muy feliz.

—Él nunca lo fue.

—¿Lleonard o Jordi Lledó?

—¿Tú o tu sombra? ¿Yo o la mía?

—¿Adónde pretendes llegar?

—A lo que, en el fondo, está moviendo tu maldito embrollo. El juego de las máscaras ya nos comprende a todos. Tú, un catalán desarraigado y, encima, un cubano sin patria. Yo, un enamorado que nunca alcanzó el objeto de su amor y, que al bucear en la muerte, convierte su literatura en acto de necrofilia. Somos máscaras que giran y giran alrededor de un jovencito desdoblado que esconde tras su triunfo un castigo muy cruel, suficiente para pagar la agresión que te dedicó. Un pobre impotente, como dice Lola Roger. Un niño exitoso que nunca conoció el éxito personal. Un desgraciado en resumen. Llámese Lleonard Pler o Jordi Lledó, él tenía los estigmas de Cataluña: la impotencia y la capacidad autodestructiva del escorpión.

En plena confusión de las identidades, incluso los insondables designios de la felicidad llegaban a confundirse. William Cumingham había acudido a los artificios de Venecia sólo para recordar que el pene descomunal del Plaerdemavida jamás rindió un solo servicio; para descubrir que Jordi Lledó, jovencito de buena familia, puro, combativo y ejemplar, se fue envileciendo hasta convertirse en el ser más tramposo de cualquier garito, en el escritor más embustero que ninguna cultura haya conocido. Y, para terminar, William Cumingham perdía tres noches bajo la lluvia más criminal que Venecia recordaba sólo para revelarme una serie de tópicos: que Lleonard Furioso envidiaba la madurez intelectual, el rigor insobornable de Ramón Barat, y que, al no alcanzarla, no pudo ser feliz...

¿Y si resultaba que no había descubierto todo aquello en Venecia? ¿Y si traía la lección perfectamente aprendida desde Barcelona? ¡Qué encuentro tan inútil sería el nuestro! Un juego de trampas innobles que, por fin, aceptaban darme alguna alegría en la infelicidad de Jordi Lledó. Al final, tuve que apechugar con el destino de las víctimas. Y esta acción, que me congratulaba con la fortuna por ir contra el asesino, dolía más aún a mi rival de juego por demostrar el infierno de Lleonard.

—Ni siquiera nos deja el beneficio de pensar que llegó a sentirse realizado...

—Típico de niño consentido —decidí—. *La Castellona,* con su inimitable gracejo popular, diría que fue la princesa del guisante. Todo para él y que nadie se atreviese a negarle nada. ¿Qué más podía desear, el maldecido, si lo tuvo todo?

—Todo, sí. Incluso la obligación de pagar muy alto el precio de tener demasiado en Barcelona. Lo cual, en última instancia, equivale a no tener nada.

—La adoración de los demás le confortaría. Era así de petulante.

—Al contrario: le llegó el turno de sentir en carne propia *l'avara poverta di Catalogna*. Parece que ya no se sentía tan adorado. Empezaba a recibir críticas muy duras, irónicamente contra libros mejores que los que había escrito cuando era tan elogiado. Empezó a quejarse de sabotajes, también de prohibiciones inexplicables. Algunos periódicos lo ignoraban, algunas antologías prescindían de su nombre. Al principio, sus reacciones parecían una neurosis propia del escritor demasiado habituado al halago; pero, pensándolo bien, no se trataba del primer caso de manipulación de un intelectual que, un buen día, deja de ser útil a los manipuladores. La creatividad reside en el espíritu del artista, pero el poder de darla a conocer está en manos de las capillitas y de los medios de comunicación. El geniecillo, el niño mimado empezó a descubrir la fuerza de los enemigos ocultos. El director de una página literaria podía ser un novelista sin éxito que se la tuviera jurada porque él tenía demasiado; el responsable de cultura de una revista influyente podía considerar que no cumplía adecuadamente con la causa marxista, y, en cambio, el director de una publicación de derechas podía juzgar que era demasiado leninista. Y las sacrosantas revistas de la cultureta lo boicoteaban porque había decidido escribir en castellano.

—Pero él no era un escritor dominguero. Si no entiendo mal, había alcanzado un nivel de popularidad muy elevado. ¿Cómo podían eliminarlo con tanta facilidad?

—Es cierto que nunca le faltó el favor del público y que la venta de sus libros seguía constituyendo su arma principal. Podía aguantar un poco más, pero estaba comprendiendo que no es prudente esperar a que te asesinen. Y la cultureta cuenta con excelentes asesinos profesionales. Decidieron que ya no le quedaba nada por decir, e insisto en que esto ocurría cuando estaba escribiendo mejor que nunca. Además, el tiempo no perdona a nadie. Quién sabe si intuyó que la modernidad estaba experimentando grandes cambios. Los que se suben a ese tren tienen que saber que el pasaje se renueva constantemente, que su *conditio sine qua non* es autodestruirse para facilitar la consagración de cualquier recién llegado que esté más al día. Si en 1967 Lleonard sedujo al todo Barcelona gracias a sus experiencias en Londres, seis años más tarde sus continuadores tenían la ventaja de haber estudiado en Berkeley o vivido unos meses en Nueva York, plazas de mayor relumbrón entre los modernísimos. La nueva década se afianzaba con métodos distintos a los de los *swinging sixties*. Crecía una nueva generación ansiosa de responder violentamente a los acontecimientos que estaban conmocionando a España. La lucha política era más urgente que la liberalización de las costumbres, a la que tanto contribuyó con sus actitudes el primer Lleonard. Cuando los de Port Serrat ya se sabían el *Kama Sutra* de memoria tuvieron que encontrar otros juegos. Todos optaban por el radicalismo político. Los más jóvenes consideraban insuficiente la furia de los sesenta. Un *enfant terrible* con ansias de impresionar tenía que salir a la calle con una bomba en la mano. Como siempre, Lleonard obró a la inversa de lo que todos esperaban. Llevado por su necesidad de prestigio, se inclinó definitivamente hacia los clásicos. Tal actitud, que en cualquier cultura normalizada se hubiera considerado un signo de madurez, en Barcelona fue condenada por esnob o reaccionaria, según los grupos. Mientras él se esforzaba por familiarizarse con las obras del XVIII francés, aconsejadas por Josep Plans, los otros hablaban de trincheras en la universidad y barricadas en las fábricas. Las innovaciones se extendían al mundo de la edición. Llegó el auge del libro político, incluso en sus aspectos más burdamente sintetizados con miras a una mayor divulgación. Un estratega de la cultura como Xavier Roldà sabía perfectamente a quién convenía promocionar. Se pusieron de moda las mujeres comprometidas. Como decía Josep Plans, la calidad de la escritura era lo de menos; bastaba con que fuesen mujeres y, además, politizadas. No comparto totalmente esta opinión; pero sí es cierto que, en un momento determinado, la calidad pasó a ocupar un lugar secundario. Al público progresista le encantó que las mujeres, en lugar de vocear en los mercados, lo hicieran en los libros. Roldà, que un día apostó por Lleonard, jugaba ahora la baza de Nuriona Valls. Escribía correctamente, era trabajadora, combativa, fiel, patriota, feminista y muy radical. Además, era muy mona y vestía bien. Desmentía la leyenda empeñada en que una escritora comunista sea, forzosamente, una estropajosa.

Proseguíamos nuestra aproximación, subyugados por los mohosos contornos de la Venecia moderna, bajo las tinieblas que, a lo largo de tantos días, ocultaban el oropel del pasado. Y se me ocurrió plantear una posibilidad que ya era la culminación del despropósito:

—Lo más cómico del asunto es que era el momento propicio para un joven dogmático como Jordi Lledó. Los años sesenta exigían revolucionarios, pero él ya no lo era en absoluto. El pobre iluso había sido devorado por el infame Lleonard.

—Insisto en una pregunta: ¿y si se hubiese suicidado?

—¿Quién? ¿Jordi Lledó?

—Lleonard, por supuesto. Tú lo sabes. Dímelo de una vez. Hasta ahora te he dado más información que tú a mí.

—Es que tú me la has dado toda, y, en cambio, yo nunca te daré la que esperas.

—¡Parecemos niños jugando con dos cromos que se llaman Lleonard Pler y Jordi Lledó!

—Exactamente. Pero, detrás de cada cromo, está la muerte.

—¿El suicidio? ¡Dímelo de una vez!

—¿Por qué motivo iba a suicidarse? ¿Por una mala crítica? ¿Por caer en desgracia ante el director de *Tarde/Exprés*? Tratándose de Lleonard, resultaría ridículo.

—Y ahora dirás: *too gothic,* lo sé.

—En todo caso, diría: *too ideal.* Demasiado perfecto, sí. Recuerda que sólo había una cosa en el mundo que amase más que a su propia vida.

—Su juventud.

—No: el mito en que la había convertido. Exactamente igual que la década de los sesenta. Fueron los años jóvenes del siglo y también han muerto.

—¡La juventud! El oficio de ser joven era más importante que el arte de vivir. Sé que es eso lo que pretendes decirme. Pero también sé que, al abandonar Port Serrat, dejó de lado aquel oficio. Si continuaba practicándolo en su escondite, sería para deslumbrar a una sola persona. No podía perder el ejercicio de la seducción, y, en aquel momento, quizá fuese Blanca la persona a la que deseaba seducir. O acaso sea cierto que necesitaba vitalmente la soledad...

—Te diré cómo era esa soledad. No la del poeta nacional. No una soledad noble, ética, redentora. Era mezquina, egoísta y vil.

—Todo lo contrario: se disponía a llevar a la práctica, con gran dignidad, los consejos que le diera su poeta un día ya muy lejano. Y cuanto contradiga esa evidencia desviará mi encuesta. No puedo permitírmelo. El juego continúa y debo desplazarme a la isla de Mallorca, y luego a tierras valencianas, para ganarte las próximas bazas. Porque mientras tú te niegas a confiarme el secreto de su muerte, yo sé, desde hace tiempo, quién lo inventó y por qué.

29. BLANCA ALCOVER

Una calurosa mañana de estío, Nabuca Daiano me acompañó a la isla. Mientras la atravesábamos, camino de la bahía de Pollensa, me informaba sobre los portentos de dos años atrás:

—Dicen que los señores Alcover respiraron de alivio cuando consiguieron encerrar a Blanca y su Lleonard en la isla. Arreglaron una enorme casona que poseen en el llano de Binissalem, de manera que los dos pudieran trabajar en paz. Ignoro si esto no sería una excusa. En realidad, la cercanía implicaba la seguridad de tenerlos bien vigilados. Y conste que me limito a repetir palabras de Minifac. Ella seguía considerándose la celadora de la felicidad de Blanca. El traslado a Mallorca se cuenta entre los triunfos de su diplomacia.

También Minifac Steiman había decidido huir de Port Serrat en plena temporada. Quería terminar una novela de amores incestuosos situados en las islas Seychelles, y consideraba Mallorca lo bastante tropical para inspirarla. Realmente, era imposible ser más inglesa en la apreciación del paisaje y la circunstancia. Tanto que llamaba «barraca» a su refugio, un enorme palacio neoclásico que contenía una fortuna en obras de arte.

Ella las valoraba relativamente. Como máximo, les otorgaba un valor de ambientación. Decía que eran ideales para serenar el espíritu durante las sesiones de meditación trascendental celebradas en compañía de Silvina Manrique, una argentina que se movía en el mundillo editorial de Madrid; una hipersofisticada que creía en todas las magias y rendía culto a todos los dioses de la humanidad a condición de que procurasen buena suerte. Al respecto, suele decir *la Castellona*: «Si no creo en el dios de los católicos, que dicen que es el verdadero, ¿cómo voy a creer en los demás?»

Los habituales de Port Serrat aplaudieron la ausencia de Minifac, con la esperanza de que se prolongase indefinidamente. Todos quedaron algo decepcionados cuando ella anunció que nunca perdía más de dos meses escribiendo una novela. Aun así, los más realistas decidieron que dos meses sin Minifac era mucho más de cuanto Port Serrat se había atrevido a desear en los últimos quince años.

Mientras entrábamos en Pollensa, Nabuca me puso al corriente de la situación. Blanca se encontraba en un sanatorio situado en la zona más solitaria de la isla. Sus familiares no le permitían recibir visitas, y mucho menos a la prensa. Minifac se mostró muy condescendiente al ofrecerse para interceder en mi favor, y, sobre todo, al acompañarnos al sanatorio. Pero no todo resultaba tan sencillo: dispondríamos de su ayuda para cuanto se refiriera a la enferma, pero sería difícil pedirle objetividad al hablar de Lleonard. Aun desde antes del famoso incidente de Port Serrat, las relaciones entre los dos escritores nunca fueron precisamente gentiles.

—Iba pregonando entre la Gauche Dorée que uno de los riesgos del éxito es acabar escribiendo como yo —exclamaba Minifac—. ¡Sería cabroncito! Podía criticar mi estilo, pero buscaba el éxito por los mismos medios.

Las imprecaciones contra Lleonard, basadas en rivalidades gremiales, me remitían a una polémica muy propia de Port Serrat, y no eran esos los pensamientos más apropiados para distraer mi mente mientras recorríamos los rincones más desiertos de la isla. Una sucesión de llanuras secas, pobladas de zarzales y olivos constituían la única forma de vida que desfilaba ante mis ojos. Era un paraje característico de las zonas predesérticas, una remembranza del Mediterráneo africano evocado por las canciones de Blanca Alcover, las que ella rescató del cancionero popular o de labios de los últimos campesinos y las casi extinguidas lugareñas. Solían ser canciones de labranza, danzas guerreras, coplillas festivas e himnos de corsarios, exponentes todos de un repertorio que pertenecía a los etnógrafos más que a los vulgares cultivadores de la canción de consumo. Dicho repertorio demuestra que la Alcover fue una cantante dotada de un muy elevado grado de autoexigencia, y aún queda gente que se pregunta cómo pudo desaparecer tan rápidamente de la profesión y de la vida pública.

La gentil Bernardeta Romeu no puede evitar una notable carga de amargura cada vez que habla del tema. Había sido la mejor amiga de Blanca, aunque sus respectivas actitudes ante el nacionalismo fuesen diametralmente opuestas. Blanca representaba la estricta ortodoxia, la que se negaba a cantar en cualquier otro idioma que no fuera el catalán, e incluso había rechazado ofertas muy suculentas de algunas casas discográficas de Madrid. (Y, en esa férrea resistencia, encontramos otra prueba de la enérgica jovencita que fue antes de conocer a Lleonard.) En cuanto a Bernardeta, sabido es que posee un carácter mucho más pragmático, y, así, pretendió alternar el catalán con el castellano en cuanto se percató de que la Cançó sólo daba para comer una vez al día. Y esa única comida era el desayuno a condición de limitarse a una rebanada de pan con tomate... y si era pan solo, mucho mejor.

Su voz ocupa un lugar primordial en las cintas de Barcelona. Y es de las que se expresan con más rencor y amargura:

—A la pobre Blanca la volvieron loca entre todos. Ignoro qué le hizo Lleonard; pero he vivido con un tipo de los que alternan el separatismo con el marxismo y sé muy bien de qué pie calzan. Mi ex maromo es Pito Llorens, el inmortal pionero del cine catalán. Sí, hombre, ese merluzo que sostiene la teoría de que, para promocionar cuatro peliculitas de mierda, Cataluña debiera abrir oficinas de ventas en Hollywood, París y Roma. El que dice que, cuando llegue la hora de la independencia, habrá que prohibir la exhibición de películas habladas en otras lenguas que no sean el catalán. Sí, hijo, sí: Pito Llorens, también conocido como el Sant Jordi Goldwyn Mayer. Ése solía acusarme de renegada; pero, a mí, su patriotismo chapucero me daba risa. En cualquier caso, el problema de la lengua destrozó la pareja: ya ves el grado de tiranía que puede ejercer, sobre todo cuando una de las partes implicadas es intolerante y la otra ha decidido prescindir de bobadas y a vivir, que son dos días. Esta última era yo, naturalmente. Lo pagué muy caro. Ten en cuenta que, cuando tomé la decisión de incluir algunas canciones castellanas en mi repertorio —sin eliminar las catalanas, que conste—, los amigos de mi maromo me hicieron la vida imposible. Organizaron una campaña de prensa realmente demoledora, e incluso piquetes que acudían a mis recitales para boicotearlos. Llegué a recibir amenazas de muerte. El asunto empezaba a ser grave. Tenía mis razones para actuar de aquel modo: una nunca cambia de actitud porque sí. Cuando la Cançó empezó su andadura, con el grupo de los Jutges Ferms (1), yo acababa de cumplir dieciocho años y todo se me antojaba heroico, romántico, incitante. Los adultos del grupo contaban con alguna profesión que les garantizaba la supervivencia; los más jóvenes estudiábamos en la universidad y contábamos con la protección económica de nuestras familias. En semejante situación todo funcionaba espléndidamente y podíamos permitirnos el lujo de pensar en Cataluña antes que en nosotros; pero un buen día una se descubre crecidita y ve llegada la hora de arrinconar los juguetes. Seguía creyendo en mis principios, pero pretendía vivir de mis actuaciones, y para conseguirlo tenía que abandonar el amateurismo y profesionalizarme. El camino pasaba inevitablemente por el castellano, de otro modo renunciaba a los medios de promoción más importantes, como la radio o la televisión estatal. Comprenderás que un profesional serio no puede permitirse tales renuncias. Blanca opinaba lo contrario: era de las que se emperraban en mantenerse dentro de la ortodoxia y el voluntarismo, lo cual significaba ser amateur hasta el final. Era de la cuerda de Lluís Plaf, el más radical del grupo. Debo reconocer que su radicalismo ha sido nefasto para la gente como yo. Todavía en la actualidad, no se limita a imponer su criterio en los asuntos de la Canción: lo hace extensivo a todos los ámbitos de la cultura. En las entrevistas que le dedican, Lluís se erige en censor de pintores, escritores, actores y de todo aquel que, en su opinión, se aparte de la pureza de principios. Yo no lo aguanto. Su representante, el todopoderoso Ciscu Oliver, me ha perjudicado cuanto ha podido, y te juro que puede mucho.

1. *Jutges Ferms*: «Jueces Férreos.»

Me consta que me ha vetado en los locales sometidos a su control, tanto en Cataluña como en Valencia y en las islas. Empezó desde la base. En aquella época los cantantes catalanes nos movíamos dentro de circuitos muy limitados: fiestas mayores de pueblo, asociaciones culturales y mítines políticos. Pues bien: incluso tan ínfimos reductos consiguieron cerrarme Oliver y Lluís. Algunos compañeros los apoyaron por miedo a las represalias: si se ponían de mi lado, se arriesgaban a que aquellos mafiosos también los vetasen, acusándolos de «castellanistas». En medio de esa campaña de hostilidad, intenté proseguir mi carrera al margen de los circuitos que acabo de describirte. Blanca me demostró ser una amiga de verdad, y no por vínculos espirituales con la Cançó ni hostias por el estilo, sino porque siempre tenemos muy mala suerte con los hombres y eso, quieras que no, une mucho. Ella seguía su camino, muy exigente y sin concesiones: canción popular en su estado más puro. Era una auténtica reina del mejor *folk*. Entonces aparecieron nuevos síntomas de crisis que afectaron profundamente las estructuras de la Cançó. Los progres no iban a oír música, sino proclamas políticas y si eran demagógicas mejor; de ahí que reclamasen a los cantantes más politizados en perjuicio de quienes aspirábamos a una carrera estrictamente musical. Blanca fue una de las primeras víctimas del desastre. Los que responsabilizan a Lleonard de que ella se jubilara prematuramente mienten de la manera más descarada. Las actuaciones escaseaban cada vez más y el reparto del pastel no alcanzaba a tantos como necesitaban trabajo. Resulta más fácil culpar a Lleonard que reconocer el fracaso de todo un movimiento. En Barcelona, siempre elegimos el camino más fácil a la hora de lanzar acusaciones. Preferimos destrozar a las personas que criticar una idea, quizá porque nos hemos acostumbrado a cobijarnos en las ideologías y ya no sabemos caminar por nuestra cuenta. En cualquier caso, la falta de actuaciones fastidió mucho a la pobre Blanca. Muchísimo. Porque, prescindiendo del triunfalismo mitinero, cuando un artista ha conocido el aplauso del público lo necesita durante el resto de sus días. Los cómicos de la vieja escuela tenían razón al basar el éxito en el propio trabajo y no en la explotación de circunstancias ajenas al arte...

»Prescindiendo de las opiniones de Bernardeta Romeu, un hecho era cierto: para Blanca era de vital importancia estar a solas con el amado y justificaría el aislamiento geográfico consagrándose a sus investigaciones sobre la canción popular y a recibir clases de zambomba. Evidentemente, o aprendía a tocar tan singular instrumento en los campos de Mallorca o no lo aprendería en ningún sitio. El problema era otro: quizá la zambomba no fuese la mejor arma para retener a un chico tan furioso, a un adonis tan acostumbrado a causar sensación. De todos modos, las armas de Blanca constituían una incógnita, tanto, que nunca sabremos si existieron. En cuanto a Lleonard, creo con absoluta certeza que necesitaba la soledad para vomitar todo cuanto ocultó a las pequeñas colectividades que lo habían encumbrado. Necesitaba hurgar en lo más profundo de sus abismos interiores para expulsar, sobre el papel primero, sobre un escenario después, el mensaje más espeluznante de su vida: el universo cruel, despiadado y repulsivo de *Bachanal*.

»Y algo más curioso: volvía a refugiarse en un espacio que le horrorizaba. Antes fue Port Serrat, el pueblo aislado del mundo por una cadena de montañas negras; ahora sería un pedazo de tierra estrangulado por el mar.

»El miedo a las islas debe de constituir un trauma tan difícil de justificar como el extremo opuesto, el concepto de *islomanía* al que algún clásico se sintió adicto. No era este el caso de Lleonard. Desde niño, sólo confiaba en la tierra que sus pies pudieran pisar permanentemente, sin interrupción. En cambio, las islas le producían un pánico atroz, pues nunca le permitirían huir por sus propios medios. Me lo dijo en cierta ocasión, a gritos, desde lo alto de un acantilado en las abruptas costas de Cornualles. El cielo de enero prometía una tormenta pavorosa y las olas se estrellaban contra las peñas con tanta furia que el cataclismo parecía inmediato. Cuando bromeé recordando el hundimiento de la Atlántida, Lleonard contestó, horrorizado, que, de ocurrir algo semejante, la isla de Inglaterra sería una trampa mortífera. ¿Cómo podía sentirse isleño en Mallorca? Él respiraba en continental, sentíase fuerte y seguro en espacios sin suturas, donde la huida es posible y no disponía de la menor ayuda contra los elementos inesperados.

»Y menos aún contra algunos escritores jóvenes de la isla de Mallorca.

»Te he contado que, en cierta ocasión, Minifac Steiman quedó profundamente decepcionada al comprobar que los mallorquines no la trataban con la hostilidad que dispensaron a George Sand y a su músico tísico. En este aspecto, Lleonard Pler no tendría motivos de queja, pues su llegada fue acogida con escasa simpatía por parte de algunos intelectuales de la nueva generación. Ciertamente, tan adversa circunstancia no se produjo entre las verdaderas autoridades culturales, los santones, los eruditos. Éstos lo recibieron con la generosidad propia de los maestros; con la oportunidad de pasar placenteros atardeceres de verano en tertulias de excepcional calidad, dialogando sobre temas preferentemente clásicos. Él había demostrado su destreza como cautivador de mentes académicas sirviéndose de cualquier viaje hacia culturas pretéritas, y eso le otorgaba un prestigio que sabía combinar con su reconocida y agresiva modernidad. Pero ni clasicismo ni modernidad le sirvieron de ayuda a la hora de enfrentarse a los intelectuales jóvenes, celosos de cuanto iban construyendo en su paraíso artificial y completamente opuestos a cuanto se aparte de su minúscula dictadura. Jinetes de los extremismos más exacerbados lo acusaban de estar poco politizado, de ser poco hipertextual y escasamente homosexual. El pobrecito había leído a Roland Barthes para impresionar a Xavier Roldà, pero no tuvo tiempo de leer a Julia Kristeva para convencer al envidioso Biel Cohen; en Barcelona había roto todos los tabúes por sus relaciones sexuales con Guillem Esteba, pero no militó en el Gay Power de San Francisco ni jamás se le ocurrió disfrazarse de flamencona, por tanto, los activos homosexuales mallorquines lo consideraban poco comprometido con la causa. Incluso el oportunismo mejor planificado presenta siempre algún fallo. Y, mientras en Cataluña los ortodoxos acusaban a Lleonard de colonizado por escribir en castellano, en Mallorca lo tachaban de colonizador por pertenecer a la cultura catalana.

»Sin embargo, pocos eran los escritores mallorquines

que, al igual que los valencianos, no intentaban abrirse camino en Barcelona. Que fracasasen y se vieran obligados a quedarse enclaustrados en la isla o en la Albufera, haciendo votos de patriotismo local, es otra historia. Recuerdo que, un mes antes, Xavier Roldà insistía en ese tema al evocar, una vez más, el momento histórico de la irrupción de Lleonard en las letras catalanas.

Tomábamos café en el Tramuntana de Port Serrat, y Roldà se desenvolvía con la negligente frivolidad que suele utilizar para restar importancia a los asuntos demasiado severos:

—Al parecer, siempre estamos obligados a hablar de la resurrección de los años sesenta. Fue un momento demasiado importante y determinador para que podamos olvidarlo. Como podrás comprender, en tales circunstancias la pequeña dosis de libertad vigilada se administraba desde la capital, es decir, Barcelona. Tengamos presente el ejemplo de las revoluciones: la cultura urbana es la que marca el tono. Pero, aquí, en cuanto nos vimos las orejas, empezaron a dejarse oír voces periféricas acusando a Barcelona de sojuzgar al resto de los Países Catalanes. ¡Qué cosas han llegado a decir los descontentos! El caso de los mallorquines proárabes es de lo más espectacular. Una teoría, que no estoy capacitado para juzgar, asegura que Mallorca posee, sustancialmente, un sustrato árabe, y que la influencia catalana, a partir de la conquista del siglo XIII, conllevó un drama de identidad que se intenta comparar con la colonización europea de los países africanos. El grupo contrario, al que pertenecen quienes defienden la idea de una Mallorca catalanista, opina que este problema es de por sí demasiado grave para complicarlo con otros que retroceden a un pasado tan lejano. Un grupo de jóvenes mallorquines pretendió involucrarme en la polémica cierta noche que estábamos de copas en el *pub* Tuset. Sumidos en la plena, agradable placidez del *dolce far niente*, el problema de los moros mallorquines resultaba más que extemporáneo. Lo evité como pude, con la intención de no ofender a nadie. Siempre lo he considerado una actitud muy eficaz; una cultura como la nuestra, en permanente estado de reestructuración, necesita unidad en lugar de escisiones partidistas. Pero los mallorquines estaban muy agresivos. Me acusaron abiertamente de colonizador cultural. No me inmuté. Ni siquiera dejé de sonreír. Más contundente que ellos, pregunté a cada uno si no resultaba sintomático que yo, miserable colonizador, acabase editando todas sus novelas. ¿No demostraba este detalle que la colonización les iba como anillo al dedo? Pues tócate las narices: ellos seguían acusando. Surgió la comparación con Argelia como sucursal cultural de París. Lleonard salió en mi defensa (Lleonard siempre defendía a sus editores: en este aspecto, era muy legal). Debo reconocer que replicó con sumo acierto. Dijo que, para tener tantos escrúpulos, hay que ser muy puro, resistir al pie del cañón y publicar la novelita en el anonimato o metérsela en el culo. O posibilismo o abstención total. Evidentemente, el joven había madurado mucho en tres años.

»El problema de los escritores mallorquines arabizados es de suma importancia para esta historia, ya que el grupo incluía a Blanca Alcover. Huelga decir que sus padres se llevaron un susto descomunal. Los Alcover eran señores de toda la vida, poseían tierras y fincas, presumían de nobleza, se codeaban con los descendientes de la inmortal marquesa de Pax y conservaban las reliquias de una santa familiar en la capilla del palacio de Ciutat (2). Disponían de todo lo necesario para disfrutar de vida feliz y situación de postín en una isla idílica, pero tenían una hija particularmenre inclinada a dar disgustos. No sólo los mortificaba con la alarmante cuestión de los antepasados moros: además, se empeñó en estudiar Económicas en Barcelona. Tres viajes en avión tuvieron que hacer aquellos padres mártires para sacarla de la comisaría adonde fue a parar por su repetida intervención en manifestaciones antifranquistas. Para colmo de males, se le ocurrió embarcarse en la nave de la Nova Cançó. Tras informarse de la naturaleza de aquel movimiento, sus padres estuvieron en trance de patatús: «¡Además de musulmana, separatista!», dicen que exclamó el señor Alcover, apurando un trago de coñac españolísimo.

Minifac Steiman recordaba el drama con visos de patetismo:

2. En la isla de Mallorca se llama así a la ciudad de Palma.

—La pobre Catalina estaba convencida de que a su hija la pescaron con malas artes los del separatismo. Recuerdo que dije al respecto: «Querida, a esa misma edad empezó su carrera Doris Day.» Y ella repuso: «Pero no cantando en catalán.» Yo contesté: «Por supuesto: cuando Doris Day empezó, el catalán aún no existía.» Ella me dijo si estaba yo loca, porque al parecer el catalán existe desde tiempo inmemorial. Lo encontré fascinante: ¡un idioma que existe desde hace tantos años y lo habla tan poca gente! Tengo que escribir algo sobre ese enigma antropológico. El público inglés se sentirá tan fascinado como si de Kenya se tratase.»

Al llegar al sanatorio, yo seguía reflexionando sobre las mezclas étnico-lingüísticas que condicionaban nuestro trayecto, pero no podía dejar de pensar en los elementos de exotismo que presentaba el físico de Blanca Alcover. Los que, sin duda, influyeron en el posible enamoramiento de Lleonard.

(BERNARDETA: «Lleonard era un mitómano. Dicen que se casó con Blanca por el dinero del padre, pero estoy convencida de que lo hizo impresionado por su leyenda. ¡Oh, sí, Blanca la tenía! Era una de esas bellezas dulces que tanto gustan a los hombres, aunque después lo nieguen. Y si la belleza no bastaba para incitar los sueños de Lleonard, había otro factor: el exotismo. Al contemplar a Blanca, cualquiera hubiera dado la razón a la facción proárabe de la isla. Parecía una tunecina de piel blanquísima. Una odalisca, una recitadora de fábulas, una sultana...»)

Pero la imagen que me aguardaba en el sanatorio no correspondía con aquellos rasgos propios de ensueño orientalista. No era un Delacroix redivivo, tampoco un Ingres andante ni un Gérôme animado. En todo caso, aquella Blanca parecía arrancada a la imaginación de un prerrafaelista. Tal efecto no se debía únicamente a su lánguida expresión, la extrema palidez de la piel o la luenga cabellera negra que se agitaba con la suavidad de un óreo transmutado en poesía. Además, vestía una túnica de lino transparente, y la tenue luz filtrada a través de un pequeño ventanal arrancaba a la tela inciertas fluctuaciones que recordaban la imaginería de las doncellas *hippies* paseando por las solitarias playas de Creta.

Blanca Alcover se acercaba acompañada por tres monjas. Llegaba convertida en sombra errante, imagen evanescente, virgen acechada por alguna fatalidad de la conciencia. Se tocaba con una corona de flores silvestres. Y cantaba:

Hermosas flores recojo,
bellas flores que arrojaron,
los que en vida, amigos fieles,
tan dulcemente le amaban...

Ante semejante visión, Minifac Steiman no pudo contener las lágrimas. Se abalanzó sobre Blanca, con los brazos abiertos, y exclamó:

—*O heat, dry up my brains, tears seven times salt...!*

Nabuca se apresuró a contener a la insensata novelista, mientras Blanca vagaba entre los presentes, como una sonámbula. De vez en cuando, tropezaba en una suerte de balanceo que la hacía más etérea... Pensé que no nos veía; pero, al llegar junto a mí, eligió unas flores y, entregándomelas con extrema dulzura, musitó:

—Os doy romero, para recordar. Tomadlo, caballero, y esas florecillas también. Pensamientos son, para pensar....

Nabuca también se hallaba al borde de las lágrimas. Consolando a Minifac, gemía:

—¡De su locura brota la sabiduría, pues hermana el pensamiento y el recuerdo...!

Blanca vagaba de un lado a otro, ora sonriendo a una monja, ora recibiendo la caricia de una enfermera, y a todas ofrecía flores silvestres a la par que cantaba:

Se fue, se fue,
bajo tierra está,
una alfombra de césped
lo cubre ya.

—*This nothing's more than matter...* —gritaba Minifac. Y añadía—: ¡No me reconoce! ¡No me reconoce!

Pero Blanca le acariciaba una mano mientras depositaba sus flores mágicas:

—Aquí tengo buen hinojo para vos; hinojo y campánulas, mi señora. Y ahora, un poco de ruda para mi señor, y ruda para mí también habrá. Recordad que es la hierba de la gracia. No la llevéis como yo, no, que soy tan desgraciada. También tengo una margarita. A vos os daría un ramo de violetas, pero todas se marchitaron al partir mi dios Lleonard...

Ahora fue una tal sor Lupe quien se emocionó, intentando que Blanca, en su balanceo, no perdiera definitivamente el equilibrio.

—¡Dolor y aflicción, todo lo convierte en hechizo y belleza!

—Delira por la muerte de su marido —comentó una monja vetusta—. Todas apostamos a que la pobrica está como un cencerro.

—Se entiende, sor, se entiende... —dijo Nabuca, molesta por la realista intervención de la anciana.

—¡Pobre *al·loteta*! —exclamó otra monja—. ¡Qué perra vida nos manda a veces el Altísimo!

La enferma seguía cantando antiguas canciones sobre el poder mágico de algunas flores.

¡Y pensar que aquella voz enamoró a tantos auditorios! Los críticos habían escrito que poseía los colores del Mediterráneo, pero tal cursilería no agotaba sus posibilidades ni su estremecedora belleza. El color sobrio y tierno, el *fiatto* cerúleo que prolongaba cada verso, la inalterable concisión de cada palabra, el cristalino vibrato con que iba en pos de los clamores de su tierra, todo cuanto enardeció a la Barcelona de los años sesenta quedaba ahora limitado al repertorio de una muerta en vida...

Sobre su tumba llueve
un manantial de lágrimas.
Adiós, galán, adiós...

—*Idó*, no!, *Idó*, no! —repetía—. Tengo flores para él, tengo oraciones para mi dios Lleonard...

Tras un interrogatorio, breve y prudencial, conseguí que hablase. Trabajo vano, pues ya lo había hecho con sus canciones y su patetismo. Pero, completamente bañada por la luz, todavía susurró:

—Escuchad, mi señor, escuchad: dicen que estoy ida, sí, porque pido la guitarra y canto coplillas a mi dios Lleonard; dicen que soy lunática y mis damas de honor me tiran del pelo, me despeinan, brutas que son, porque ellas quieren ver Televisión Española en lugar de oír a Lluís Plaf, que es un patriota, un Juan de Arco de la canción catalana es Lluís Plaf; y ellas sí que están idas, las marranas, que sólo ven Televisión Española, guarida del dictador, y en cambio yo soy princesa de los Jutges Ferms y todavía recuerdo todas las canciones de resistencia y las canto cuando viene Lleonard mi dios, cuando Lleonard se acerca, sí, desnudo como un Cristo y adornado con su corona de espinas y derrama sangre en mi boca y yo le digo: «¡Guarro, sucio, la boca es para cantar a Cataluña, no para que me la llenes de sangre, puerco, más que puerco!», y entonces él se saca el hígado y la hiel y me los restriega por la lengua, y no me deja de cantar las canciones de madonna Bernardeta. *Idó* no, *Idó* no, que madonna Bernardeta decidió cantar en castellano y la llamaron traidora, renegada y botiflera, y, en cambio, a los de los Jutges Ferms nunca nos insultaron, siempre cantábamos en catalán y por eso nunca nos llamaron renegados, traidores, botifleros, y por eso puedo mirar cara a cara a Lleonard el Hermoso, sin avergonzarme, cuando viene y me hace comer sus pulmones y yo siento la sangre chorreando por mis labios mientras la guitarra pía que piarás, como uno de esos gorriones que maté con una piedra, sí, se coge el pajarillo y se le aplasta con un pedrusco, y cuando ya no queda ni rastro de plumas te bebes la sangre para afinar la voz. *Idó* no, *Idó* no, prefiero vino de misa, porque la sor no me regañará como cuando machaco ruiseñores para beberme la sangre, y con la que sobra lleno un cáliz que ofrezco a los pies de Lleonard crucificado...

Una monja llamada sor Parrala, se llevó las manos a la cabeza, escandalizada.

—Otra vez con el delirio. Cada vez que menta a su marido, ofende al Señor.

Minifac Steiman, que era protestante, quedaba algo desconectada de aquella imaginería.

—¿Acaso ve a aquel chulo sometido a crucifixión? Será un vago recuerdo de *Ben-Hur*.

Pero Blanca Alcover seguía dando vueltas por la estancia, ahora con las manos cruzadas sobre el pecho, en actitud de plegaria.

—Yo no voy con flores a María, que voy con flores a Lleonard, yo lo adoro, lo contemplo clavado en cruz, con la corona de espinas sobre los rizos rubios y la sangre chorreando por la frente, nadie me cree, mi señor, pero yo me arrojo a sus pies y le beso los clavos, ay, y beso también la sangre de su pecho y el público se levanta y grita «Libertad, Amnistía, *Estatut d'Autonomia*», y por eso somos héroes y heroínas de la Cataluña libre y no sabéis cómo emociona ver las velitas, sí, sí, el público progresista enciende mil velitas en pleno torneo mientras nosotros cantamos todo el repertorio de la revolución y Lleonard, desde su cruz, me ordena abrir la boca y me la llena de sangre y yo la bebo y canto y canto mientras el público grita «Cataluña libre» y de repente entran los moros con su cimitarra y se arrodillan ante mí y comprenden que por fin soy princesa y yo contesto que soy la isla de Mallorca que antaño fue sojuzgada por cristianos del rey Jaime (3) y he cometido culpa por amar a un cristiano y allá está él, clavado en cruz, coronado de espinas, con el sexo derramando nieve para que beban las puercas de Port Serrat mientras el esbirro grita: «Por Alá, es el dios de los cristianos», que eso gritaban en los tebeos los sarracenos parientes míos pero herejes rematados, que no creían en la Beateta (4) y yo soy mora pero creo en el Cristo de Binissalem, la Beateta y los muslos de Lleonard crucificado, muslos fuertes y poderosos, que me llaman a gritos, como su sexo de nieve, mientras los compañeros de la Cançó cantan la Internacional en el mitin que acoge la nevada de mi fogoso amante...

Las monjas estaban tan horrorizadas que consideraron inoportuno prolongar la entrevista. Las imágenes que Blanca aireaba eran lo bastante claras para comprender

3. Alusión a las «Coplas a la conquista del reino de Mallorca», de Anselm Turmeda, donde la Isla es una reina sojuzgada por los cristianos.

4. Sobrenombe popular de santa Catalina Tomás.

sus preocupaciones personales; pero, sobre todo, para revelar las obsesiones que Lleonard debió de exteriorizar en la isla después de ocultarlas al resto del mundo durante años. Incluso a quienes aspiramos a ser sus eternos esclavos.

—¡Preciosa, dulce Blanche...! —gemía Minifac, mientras intentábamos arrastrarla hacia la salida.

—Aguardad, aguardad —exclamó la muchacha—; quiero acabar mis coplillas y a fe que he de hacerlo sin palabras malsonantes:

San Valentín amoroso
celebra hoy su jornada
yo acudiré a tu ventana
con los rayitos del alba
en tu ventana estaré
para ser tu bienamada...

»*Idó,* no llega san Valentín; *idó,* no viene el día de los amores, por eso no grito Libertad, Amnistía, por eso no canto las alabanzas a los muslos de Lleonard el Hermoso; pero escuchad, caballeros, atendedme, señoras, si veis a mi paladín decidle que le espero al atardecer; que le bajen de la cruz para que me posea junto a la fuente y yo pueda lamer sus heridas y me limpie los ojos su sangre amada. Decídselo a él y, a vosotros, *adieu*. A vos, mi señora, y vos, mi señor, os tendré presente en mis oraciones. Y para todas las almas cristianas también rogaré a mi dios Lleonard. Con él quedad. Con él quedad... *adieu*.

Fue la última visión de Blanca Alcover. Una vaga, insoportable manifestación de la belleza destruida. Una sombra maravillosa que se alejaba entre sus guardianas, difuminándose lentamente en la distancia, mientras a su paso iban cayendo flores que olían a noches mágicas en bosques de auroras boreales.

Ya en el coche, Minifac Steiman seguía considerando las motivaciones más obvias de la pobre, desvencijada conciencia que dejábamos en la penumbra del asilo.

—Los médicos han dicho que las obsesiones de mi pobre Blanche reproducen algo que vio o algo que la obligaron a hacer...

—¿Y para llegar a esta conclusión estudiaron toda

una carrera, esos escolapios? —preguntó Nabuca, divertida.

Yo no tenía ánimos para adentrarme en el terreno del psicoanálisis. Pensaba en el Lleonard de Londres; recordaba los placeres que me había negado, las horas recluido en su habitación, claudicando bajo la losa de la impotencia. ¿O no fue eso exactamente? ¿Y si la impotencia fuese otra de sus máscaras, incluso la destinada a ocultarse, en profundidades inabordables y más patética que todas las demás?

En las disertaciones de Blanca acababa de descubrir elementos que ofrecían un aspecto insólito de la impotencia, al menos tal como la concebimos quienes nos consideramos normales. Había algo que satisfacía a Lleonard mucho más de cuanto éramos capaces de imaginar quienes le amamos. Ni *la Castellona* ni Lola Roger ni Guillem Esteba supieron satisfacerle, pero era evidente que alguien lo consiguió, despertando aspectos desconocidos de su cada vez más ambigua personalidad.

Pero la ambigüedad no era condición que Minifac Steiman se dignara atribuir a Lleonard. Para ella todo era diáfano, rotundo y transparente. Era un canalla, y nada más.

—Especialmente, después del escándalo —matizó.

Presté oídos, dominado por la sorpresa.

—¿Un escándalo? ¿A qué te refieres, bruja?

Ella se mostraba muy orgullosa de podernos sorprender. Y eso que empezaba a resultar difícil.

—Es una lástima que la insularidad impida a las noticias picantes viajar hasta Barcelona. Ésta habría mantenido ocupados a todos los cotillas del Decamerone durante meses.

La revelación merecía compartir un almuerzo con Minifac. Soportarla era una muy dura; experiencia pero, a cambio, obtendríamos alguna recompensa. Información, a falta de otra cosa.

«La Inefable» nos obsequió con un detalle inteligente. Enemiga del tópico —no porque ella no fuese tópica, sino porque detestarlo quedaba bien—, propuso evitar las aglomeraciones de la costa y buscar un restaurante en el interior. Era una masía situada en medio de la isla, en una zona solitaria y seca, yermo negado para cualquier forma de bucolismo. Formaba una parte de la naturaleza áspera que rodeó la vida de Lleonard durante la gestación de *Bachanal*.

Los campos parecían abrasados, las cigarras entonaban una melodía insistente y adormecedora, el bochorno retrasaba el paso del tiempo y la conversación se deslizaba con la pereza propia de un mediodía ahogado por su propio agobio. Tomábamos el aperitivo bajo una frondosa parra que prestaba sombra a las mesas distribuidas alrededor de un pozo que, según los propietarios, pertenecía al pasado árabe de la isla. Acordamos eludir el tema. Otros me interesaban más y, para suerte de mi curiosidad, Minifac Steiman se sentía muy comunicativa. Más tarde, Nabuca me dijo que el odio hacia el prójimo suele desatarle la lengua. Y Lleonard continuaba ocupando un lugar de honor en el catálogo de sus odios oficiales.

—Todo empezó de manera inesperada, en el transcurso de un *garden party* que los Alcover ofrecían al nuevo gobernador militar; una fiesta que, sin ser espléndida, quedó vistosa y en cuya preparación pusieron singular empeño los anfitriones, conscientes de que, en materia de influencias, uno nunca sabe a quién tendrá que recurrir algún día. Los padres de Blanche siempre fueron antifranquistas —de otro modo yo no les hubiera tratado—, pero también se pirran por todo lo oficial, de manera que yo me divierto más, pues los antifranquistas de la isla son muy aburridos y no se les ha pegado en absoluto el cosmopolitismo que suele redimir a cualquier forma de aburrimiento insular. A lo que íbamos: entre el séquito del gobernador destacaba un capitán que provocó cierto impacto entre las damas. Era un tanto maduro para mí, pues tendría unos cuarenta y cinco años, pero no dejaba de atraerme su aspecto extremadamente viril, con porte de mandón, ya os podéis figurar el modelo. Los padres de Blanche, que estaban orgullosos de Leonardo desde que se decidiera a retirarse al campo, sin querindongas de por medio, esperaban que entretuviese al gobernador con sus ocurrencias, que eran muchas, y siempre de elevado estilo cosmopolita, lo cual equivale a decir apropiadísimas para recibir (algo que poca gente sabe hacer hoy en día, ¿estáis de acuerdo?). Pues bien, Leonardo, pese a estar tan preparado para tales emergencias, apenas hizo caso del gobernador y, en cambio, se quedó toda la noche dando conversación al capitán de marras. Él siempre fue un vulgar adulador, sabía a quién arrimarse: por tanto, aquella extraña adhesión a un vulgar subalterno despertó mis sospechas, sobre todo porque el capitán se parecía a Marcello Mastroianni cuando tenía las canas bien puestas. Un cuarentón muy *sixties*, muy como quisieran ser los cuarentones de la Gauche Dorée, que, lamentablemente, parecen cincuentones. Estaban los dos enfrascados en la conversación, abstraídos de cuanto les rodeaba, y, ¡asombraos!, Leonardo, siempre tan altivo, aparecía intimidado, como un niño ante el maestro que le hace víctima de una reprimenda.

Nabuca interrumpió con un comentario:

—Era una actitud típica en él. Sobre todo cuando admiraba a alguien.

—Seguramente necesitaba tanto admirar que, al conseguirlo, se abría completamente.

La Inefable dio unas palmadas, no para llamar al camarero sino para imponernos silencio.

—Acaso porque nunca fui malintencionada, o sólo lo justo, acaso porque el asunto no me importaba en absoluto, no volví a pensar en ello y regresé a mi retiro de la bahía. Además de distintos compromisos sociales, me esperaba mi novela *The Sexual Beast* —seguramente no la habréis leído, pero vosotros os lo perdéis—. Creía yo que Blanche y su Leonardo eran felices en el bucólico nidito de Binissalem, entre otras cosas porque no recibía ninguna llamada de los padres dándome el coñazo, ya por la carrera de la niña, ya por el comportamiento del yerno. Recuerdo que teníamos una primavera muy plácida, pues Lavinia O'Lear aprovechó para bañarse y regresó a Londres tostadísima. Es propio de ella presentarse sólo cuando hace buen tiempo, pero en aquella ocasión tenía que entrevistar a una wagneriana muy antigua, una que solía ser excelente en Isolda, y, pese a lo sublime del personaje, se volvió nazi o algo por el estilo. Reside, la orondísima, en una especie de castillo teutón que estropea la credibilidad de la bahía. Como sea que siempre me ha aburrido la ópera y, además, algunos de mis amantes judíos me han enseñado a detestar a Wagner, decidí esperar a Lavinia en la terraza del Esquellot, tomando el sol y un drinkito. Estaba absorta en la contemplación del paisaje, siempre ideal, cuando descubrí a una pareja que no me era desconocida: un caballero maduro y atlético y un jovenzuelo rubio y francamente bien parido. Estaban discutiendo violentamente junto a una lancha motora. Eran Leonardo y el capitán de algunas noches antes. Tengo siempre una pizca de curiosidad, o no sería la amena narradora que me precio de ser. Si verlos juntos ya avivó mi curiosidad, el trato que aquel hombre infligía a nuestro Leonardo fue una revelación en toda regla: lo agarraba por el pescuezo y, zarandeándolo, le obligaba a avanzar a empujones hacia un recodo que se formaba entre las rocas. Y lo más extraordinario del caso es que Leonardo, a quien nunca pude soportar por su altivez y despotismo, volvía a mostrarse manso, humilde, casi como un criado.

Ante tales palabras, Nabuca profirió un grito de desacuerdo:

—¡Lleonard en plan criado! ¡Imposible creerlo!

—Pues no lo creas; a mí ni me va ni me viene. Sé lo que pensáis y no voy a decir nada en mi descargo, salvo que siempre fui amiga de mis amigos. Pensaba ante todo en la pobre Blanche y, de rechazo, en su madre. La felicidad de ambas estaba en manos de un desalmado, un abyecto que, sin duda, suponía que el honor de los demás era tan barato como el suyo. Y, aunque nada vi que en principio fuera reprobable, su actitud de horror al percatarse de mi presencia me demostró que tendría algo que esconder. Yo intenté disimular, preguntándole por Blanche, pero él no se atrevía a mirarme a la cara. Cuando se volvió, obedeciendo a un grito del brusco capitán, descubrí que tenía la espalda llena de arañazos. Quedé preocupada, ¿a qué negarlo?, pero Lavinia O'Lear había organizado en mi casa una cena en honor de cierto barítono retirado, y bastante trabajo tuve tratando de evitar que cantase, como suelen hacer éstos a la menor ocasión. Huelga decir que acabé rendida, atendiendo a mis invitados —pocos; aunque, en mi casa, pocos siempre son treinta—. Cuando ya todos se habían ido recibí una llamada sorprendente. Era Leonardo, que solicitaba una entrevista pese a lo intempestivo de la hora. Se hallaba en una cabina del puerto. Había conducido desde Binissalem sólo para hablar conmigo. Aprovechándome de su urgencia, decidí ser clara desde el principio. ¡Tendría que oír todos mis reproches! Recibiría, por fin, mi desprecio. *Indeed!*

»Al verle me afiancé en mi decisión. Llevaba un ojo a la virulé. Y, si esto no exige claridad, que baje Dios y lo juzgue.

»—Querido, usted no para de darnos disgustos. Cuando no humilla a su adorable esposa engañándola con una pelandusca de la Gauche Dorée, se dedica a...

»Me interrumpió con brusquedad, como temiendo mis conclusiones.

»—Usted, como escritora, tendrá cierto conocimiento del corazón humano.

»—Es evidente, querido. Mis novelas son todo corazón, como ha dicho usted a menudo en tono de burla. En cambio, para escribir sus bodrios basta con conocer el sexo. Ateniéndome a su universo creativo debo comunicarle que lo que esta mañana intuí entre las rocas me olió a chamusquina. Ese hombre...

»Me cortó violentamente.

»—Ese hombre es el capitán Mudarraz. Estuve bajo sus órdenes cuando hice el servicio militar.

»—Me alegra saber que hizo el servicio militar. Esto le humaniza a usted. Pero han pasado algunos años. Por mucho que explote el mito de juventud, los veintiocho no se los quita nadie.

»No le gustó en absoluto aquel atentado contra su leyenda de joven eterno. Menos aún le gustaría que desenmascarase la situación. Porque ya ni siquiera había gato encerrado; por el contrario, el felino acababa de saltar y efectuaba unos maullidos que rayaban el oprobio.

»—Me habla usted del corazón humano. ¿Ha pensado en su esposa, esa dulce, abnegada joven que estará tomando sus clases de zambomba en Binissalem? Nunca podré entenderlos a ustedes, los maricones. ¿Qué le da ese capitán que no le dé mi dulce Blanche? —Al punto me di cuenta de mi ingenuidad. Tuve que rectificar—:

Perdone, debo entender que le da con un miembro del que la infeliz carece.

»Esperé su reacción más violenta. Sin embargo, apareció ante mí como un suplicante:

»—Vivo prisionero de prisiones que no puedo revelar. No es lo que usted se imagina y, sin embargo, es peor. Yo no había visto al capitán Mudarraz desde hacía mucho tiempo. Jamás esperé volverlo a encontrar. Cuando lo descubrí entre los invitados de mis suegros, fue como si el pasado resucitase.

»Sabía que conmigo no servía su acreditada expresión de niño bueno e indefenso. He descrito a demasiadas ingenuas en mis novelas como para impresionarme con un aprendiz. Tampoco me dejaría vencer por su indómito orgullo. ¿Altanerías a Minifac? ¡Hasta aquí podíamos llegar!

»Optó por parecer hundido. Diríase una desdichada víctima del LSD, que tanto se llevaba en aquella época. Tentada estuve de sentir piedad, pero me resistí.

»—En cualquier caso, querido, no es necesario ser una experta en el corazón humano para comprender la situación. Este capitán le sodomiza a usted o usted a él. No tiene vuelta de hoja. Si acaso, de espalda.

»—Ojalá fuese así —murmuró él, para mi sorpresa. Y añadió—: Le diré que jamás he sido sodomizado ni he sodomizado a nadie. En esto mi mujer puede estar tranquila. Soy virgen del ano.

»—¡Por Dios! No pedía yo tantos detalles.

»(¡Y es que *ellos* pueden ser tan repugnantes...!)

»—Un pequeño consejo: —dijo él, en tono amenazante—: debería usted ahorrarse cualquier comentario en público sobre el capitán. A usted, como extranjera, no le conviene estar a malas con las autoridades. Y todo el mundo sabe que en el ejército español no hay maricones. Lo que me ata a don Gonzalo de Mudarraz procede de la más estricta disciplina castrense. ¡Y le ordeno que no se ría de mí!

»Era cierto que me había echado a reír. Pero, ¿quién podría resistirse ante aquella situación tan ridícula?

»—Pues sí, niño: me río de usted. Y no por lo que me cuenta: si ha decidido hacer de Adelita, es su problema. Será usted la cantinera más insólita de cualquier cuartel del mundo. Pero me río porque esta situación se parece mucho a las que describí en mi famosa novela *Beau Roland* o *Pasión de legionario*. ¡Tanto criticarme y luego, en la vida real, copia mi estética! ¿No le pedirá cuentas, su Roland Barthes?

»—Búrlese usted, si le apetece, pero atiéndame. Quiero rogarle, suplicarle, hincándome de rodillas si es preciso, que no cuente a mi mujer o a mis suegros mi encuentro con el capitán.

»—¿Y cómo justificará este ojo morado y los rasguños de la espalda?

»Él sonrió con aquella aviesa picardía que siempre fue tan celebrada.

»—Todos los jóvenes furiosos estamos destinados a sufrir algún percance con el coche. Existe una próspera iconografía al respecto. Yo mismo la he utilizado con gran ventaja en *El jove cremat*. Sabré disimular, no se preocupe. Un pequeño trompazo contra un árbol servirá para justificar todas mis magulladuras. Usted limítese a prestarme su ayuda y, si puedo atreverme a esperar tanto, su comprensión.

»—¿Mi comprensión, dice usted? Sepa que las locazas sólo me divierten cuando bailan en el Covent Garden.

»—Ya es algo, señora. Porque, a mí, las gilipollas no me divierten nunca. Como dice la protagonista de *Morir en Shangai*, «antes de humillarme debí saber que no tenías alma». Según mi traductor, por supuesto. En catalán, era distinto.

»—¡Provincianillo! A mí me han traducido a tantas lenguas que no podría precisar detalles tan baladíes.

»Evidentemente, no quedaba ya nada que añadir. Se despidió del modo más cortés que la situación permitía —es decir, sin escupirme— y lo vi alejarse a toda velocidad en su Porsche pecaminoso (¿no se lo había comprado Guillem Esteba a cambio de oscuras prestaciones? ¡Pues era pecaminoso, leche!).

»Por supuesto, llamé rápidamente a Catalina Alcover para relatarle lo sucedido. ¡Cuál no fue mi asombro al escuchar que Blanche le había expuesto ciertas sospechas! La pobrecita tenía muy cortos alcances en lo que se refiere a las cosas de la sexualidad, así pues, estaba lejos de imaginar que las relaciones de Leonardo con su capitán pasasen a mayores. Pero le extrañaba mucho la actitud de ambos durante los últimos días. Concretamente desde que se instalaron en Binissalem, recibían con frecuencia la visita de aquel hombre. Mientras ella seguía con sus clases de zambomba, ellos se dedicaban a dar largos paseos en lancha o a nadar en alguna cala recóndita. Pero tal circunstancia no era lo bastante extraña para despertar sospechas en alma tan ingenua. Se limitaba a inquietarse profundamente por los cambios efectuados en la conducta de su marido. Ante el capitán, volvíase manso, humilde, le atendía con una solicitud que nunca había demostrado con nadie. Era como un perrito fiel. Cuanto peor le trataba el otro, mejor ladraba.

Nabuca Daiano se mantenía firme, defendiendo la imagen de un Lleonard indómito.

—Seguro que son figuraciones de Blanca. Quizá ya estuviera enferma en aquella época...

Pero el desdén de Minifac Steiman se afianzaba de tal modo que se convertía en dogma de fe.

—El exagerado, incomprensible afecto que todos profesáis a ese chulo os hace ver las cosas al revés. Para cualquier mente normal, el enfermo sería él. Por lo menos, al principio. Yo no sé si debería contar esas cosas, pero un buen día obligó a Blanche a cometer ciertas acciones que cualquier mujer encontraría reprobables, si no abiertamente indignas. Al negarse ella, la cubrió de golpes. La acusaba de ser una mísera hembra y de encarnar una debilidad que odiaba profundamente. Gritaba que sólo conseguía sentirse a gusto entre los seres que sabían demostrar superioridad: es decir, de cabo chusquero para arriba. El caso es que la infausta Blanche no volvió a verlo hasta la noche del escándalo.

—¿Qué ocurrió aquella famosa noche? —pregunté, impaciente.

—La buena sociedad nunca lo supo con certeza, porque el Gobierno Militar echó tierra sobre el asunto. Nosotros pudimos enterarnos por el servicio. Dos personas cuidaban de la finca, pero aquella noche sólo estaba Madó Bárbara, que a causa de su avanzada edad apenas puede dormir y la vigilia le aguza el oído. Contó que el capitán Mudarraz se había quedado a cenar y que se entretuvo conversando con sus anfitriones hasta altas horas de la madrugada. A eso de las cuatro, Madó Bárbara oyó gritos en la bodega. Se incorporó y empezó a gritar a su vez. Nadie acudía. Oyó un gran estrépito, nuevos gritos, llantos y ruidos metálicos. Algo parecido a grilletes y cadenas, según contó después. Bajó como pudo la gran escalinata del siglo XV (creo recordar). Ya en el zaguán —del XIV, si no me equivoco— se encontró con Blanche, que lloraba desesperadamente. Iba en camisón y ofrecía un aspecto deplorable. No paraba de gritar, al tiempo que señalaba hacia la bodega. Hacia allí dirigió sus vacilantes pasos Madó Bárbara, armada con un rotundo garrote. No fue necesario. Sólo encontró a Leonardo, quien, además, resultaba inofensivo a causa de su penoso estado.

»Había perdido el sentido y mucha sangre. Estaba maniatado en unos garrotes clavados en el suelo y colocado en postura de cruz latina, como un Jesucristo. Iba completamente desnudo, pero con el cuerpo adornado con muy variados elementos: cadenas que le oprimían brazos y muñecas, pinzas que le atenazaban los pezones, agujas que le atravesaban el pene y todas aquellas fruslerías que las mentes noveleras no tardamos en asociar con los calabozos medievales. Por si algo faltase, tenía la cara llena de excrementos. Tan delicado material se deslizaba también por los labios y el pecho, mezclándose con su propia sangre. Fue inútil preguntar a Blanche. Se hallaba en una suerte de trance que ya nunca abandonaría. Sólo días después, a fuerza de muchos interrogatorios, intuimos que en cierta ocasión ella había descubierto a su marido y al capitán entregados a tan pintorescas ceremonias y, muy especialmente, a aquellos singulares banquetes. Aunque jamás la obligaron a intervenir, lo que vio la noche de autos superaba toda su capacidad de resistencia, porque el capitán Mudarraz ya no encontraba novedad alguna en las aficiones gastronómicas de Leonardo y pretendía que, para variar, se comiese su propio pene. Cuando Blanche irrumpió en la ceremonia, el verdugo estaba arrodillado sobre el cuerpo de la víctima, cuchillo en mano y dispuesto a la carnicería. Fue entonces cuando la niña empezó a gritar desesperadamente, atrayendo la atención de Madó Bárbara. Ésta se encargó de pedir auxilio en las casas más cercanas. En cuanto al capitán, había desaparecido. Nadie lo vio durante algunos días. Al cabo de una semana se dijo que había abandonado la isla a toda prisa. Ese judío tan cotilla, Biel Cohen, que detestaba a Leonardo y a los triunfadores en general, contó que en el apartamento del capitán fueron hallados distintos instrumentos de disciplina, además de una cruz de aspas, una corona de espinas y... cinco orinales. Y había por doquier estampas que reproducían escenas de la pasión de san Dominguito del Val, san Sebastián y otros pintorescos figurones del sufrimiento cristiano.

Minifac Steiman concluyó su relato con la satisfacción del insulto directamente infligido. Yo pensaba en otras cosas. Tiernos adolescentes clavados de pies y manos en el Muro de las Lamentaciones, centuriones conversos, sus músculos traspasados por flechas y espinas, diáconos tendidos en lechos de brasas y púas; es decir, nada que yo no hubiera visto, años antes, en los dibujos y fotografías de la habitación de Lleonard. Nada que Guillem Esteba no encontrase cada mañana, en idénticas circunstancias y al cabo de unos años más.

La llegada del primer plato dio un pretexto ideal a Nabuca Daiano para desinteresarse del tema. Apartando la comida con expresión de asco, exclamó:

—Si tomo un bocado puedo devolverlo en un segundo. Esa historia es tan tétrica que parece anglosajona.

Minifac Steiman resoplaba con tal furia que espantó al camarero.

—Querida, tampoco puede decirse que los italianos seáis el paradigma de la castidad. Recuerda los censurables asuntos de Mesalina, Popea, Semíramis, Helena de Troya y otras italianas de rompe y rasga.

Pero, en aquel momento, una discusión de alcance internacional resultaba inapropiada. El drama —si lo era— se reducía a unos límites muy concretos. Y, casualmente, eran los límites que me afectaban.

Mientras Minifac se levantaba para saludar a unos conocidos, dije a Nabuca Daiano:

—Sin duda fue una experiencia terrible; pero no me ha sorprendido. Conocía el repertorio.

—*Accidenti!* —exclamó Nabuca, literalmente aterrada—. ¿También eres practicante?

—No necesito serlo. Vi un paralelismo en el Aldwych Theatre. En la obra que Lleonard escribió para Olímpia Estruch.

Necesitaba estar solo. De vuelta a Ciutat, acompañé a Nabuca al hotel, y al poco rato me hallaba deambulando por las callejuelas que rodean la Seo. El crepúsculo teñía los antiguos palacios con tonalidades purpúreas. En algún rincón de aquel barrio preservado de los estragos del tiempo descubrí una iglesia presuntamente gótica. No me atrevía a decidir qué buscaba; pero, lo que fuese, no aparecía en aquel recinto. Sus imágenes eran demasiado abigarradas para excitar la imaginación. Santos y santas ataviados con los exorbitantes adornos del barroco. Casullas, dalmáticas, mantos, todo en oro, en plata, en blondas y damascos, y todo más que recargado. Ningún misterio.

En una capilla algo apartada de las demás, descubrí un Cristo de soberbia prestancia. Su sencillez era el emblema del erotismo que desprendía. Colgaba de la cruz con el cuerpo más desnudo que jamás vi en una obra de la Contrarreforma. El artista había diseñado una musculatura más propia de un atleta helénico que de un símbolo del cristianismo. Parecía obra de un hereje, y para confirmarlo, resultaba ser el crucificado que poblaba los sueños de Blanca Alcover; el crucificado que tiene el rostro, los músculos y el sexo de Lleonard.

A todas las obsesiones que me habían excitado desde siempre, se sumaba el más insólito mensajero celeste que pudiera intuir el delirio humano.

30. OLÍMPIA ESTRUCH EN CREPÚSCULOS DE ESTÍO

Faltaban dos piezas en la magnitud del rompecabezas: Olímpia Estruch y Vicent Piquer. Mientras un trasto de tren descendía por las rutas postreras de la Tarraconense, el camino hacia uno favorecía el encuentro con la otra. La vecindad de sus obstinados refugios, la clausura en estas tierras difíciles, perdidas de la mano del intelecto barcelonés, les prestaba cierto parecido, aunque en nada se pareciesen. Pero, después de contemplar las últimas playas que fueron colonias de la augusta romanidad, las violentas impresiones de las tebaidas surcadas por el tren me indujeron a pensar que quienes allí se refugian deben de sentir una imperiosa necesidad de olvidar o de ser olvidados.

Esas tierras indómitas pregonan un sinfín de historias ignoradas. Desde las torres vigías romanas a las ciudadelas morunas el mito étnico se iba complicando hasta originar el caos total. Y yo no dudaba en acogerme a él. En realidad, tres tragos de güisqui tomados de una petaca excesivamente caldeada no me ayudaban a definir ideas ni a ordenar conceptos.

Un inglés adicto a los clásicos del Penguin Books oiría el relincho del caballo del Cid. Un catalán instruido hablaría del rey don Jaime. La épica de los conquistadores era susceptible de ser reproducida a lo largo de los siglos como si se tratara de un panfleto turístico dotado de cierta categoría literaria. Pero el Mediterráneo posee magias extrañas y yo las he padecido todas. Así, con el cansino traqueteo del tren, me llegaba la melodía de muchas coplillas paganas, himnos y salmos que brotaban de los troncos de los olivos, musculados cual atletas olímpicos y siempre en pie de guerra como los soldados de Maratón. Sólo el viento conseguirá abatirlos, y aún será el de las montañas, viento que es también masculino y sopla con el estrepitoso hálito de los gigantes.

Como Olímpia Estruch en su cobijo, ese mar es poderoso y, a la vez, débil. Del África toma el fuego, la furia, el temple de la pasión enardecida; de Europa, recibe cierta inclinación por las medias tintas, así como la contención y la voluntad de conservar la insignificancia de un instante único, apto para ganar el voto conservador que impide el triunfo absoluto del titán berebere, clamoroso y ardiente. Las voces paganas oscilan en este combate: depositan un romance épico que va fluctuando desde las costas de Delos a las rocas del Circeo; traen un cántico de marineros de Esmirna que navegan en pos del velo prohibido de Tanis; regresan con primitivas percusiones guerreras convertidas en cantos de labranza que saltan desde los rotundos terruños de Sicilia y se mezclan con la galana dulzura de los trovadores provenzales buscando, más abajo, los agónicos gemidos del cantaor andaluz, cuya voz parece tender un puente de oro con el soñado continente de Atlántida.

Sé que, por mucho que lo frecuente, nunca conseguiré comprender este mar. Así, mientras el ferrocarril revela un decorado repetitivo de tierras aparentemente vírgenes, me abandono a la melancolía de los hedonismos inexplicables. Entra en escena el mitómano que siempre he sido, como también lo fue Lleonard. A fuerza de mitificar me revelo un hijo ingenuo de los años sesenta. ¿Cómo, de lo contrario, sería capaz de conciliar a la Olímpia Estruch de esos solares calcinados con la que conocí en Londres, en el momento de su gran triunfo, en lo más alto de su formidable escalada?

¿Quién es ella? ¿Qué representa, en definitiva?

Olímpia Estruch edifica su propio alcázar sobre el escenario, y, desde allí, domina la realidad, la transfigura, proyecta un poder irresistible donde el arte de la interpretación se hace secundario, y en el que nunca buscamos las connotaciones dramáticas acreditadas, tales como el tono académico del dolor o la adecuada medida de la alegría. Ella, que fue clásica, se ha hecho esencialmente moderna. En Londres, su presencia sobre escenografías superavanzadas y debidamente estrambóticas, me había impresionado con la intensidad que sólo proporcionan tres o cuatro experiencias artísticas en la vida. Siempre ha sido así. Un aullido inesperado, una agonía al margen del texto, revelan cierta insólita brujería que escapa al control del cerebro. Es una fiera presta a devorar a los públicos más rebeldes y, cuando ya lo ha conseguido, se convierte en una criatura electrizada por la sorpresa de su propio triunfo. Aseguran que ha sacrificado muchas emociones personales en beneficio de su arte, ya que sólo vive para el teatro. De ahí que, en cuanto acaba la representación y se reintegra a la realidad, ésta se contagie, convirtiéndose en un escenario inmenso.

La noche que cenamos en Londres, yo observaba su actuación fuera del teatro. La magia del mito se tambaleaba, aunque no para ceder al empuje de una cierta normalidad, antes bien proponiendo una serie de dualismos que lo hacían más apasionante. La esfinge sonreía, abandonaba la postura convencional y daba vida y movimiento a la magia que los demás le habían atribuido. Su papel en el mundo era perfecto: llevaba hasta su culminación la imagen del artista divinizado, imagen que el Arte necesita para sobrevivir dentro de los Grandes Supermercados de la Creación en que hemos convertido todas las artes. Y quienes sabían que la figura de Olímpia Estruch empezó a diseñarla de propia mano, veinte años antes del gran *essor*, se maravillaban de que pudiera autocrearse con tanta facilidad, acaso hasta más allá de donde ella misma creía.

Recuerdo que cenamos en un restaurante hindú de Kensington. Y también que yo estuve poco afortunado al fingirme un gran entendido en teatro moderno. Pretendí deslumbrarla proponiendo una conversación sobre su estilo interpretativo. Después de pensarlo detenidamente, me atreví a afirmar:

—Tú no amas el lirismo...

—No especialmente. ¿Por qué lo dices?

Me encogí de hombros. No sabía qué responder. Ella me intimidaba. Sonreía de un modo muy enigmático. Demasiado, para un primer encuentro.

Pero sabía cómo tratar a los intimidados. Se apresuró

a ayudarme, colaborando en una conversación que no le interesaba en absoluto.

—¿Así pues, crees que debería ser lírica para expresar lirismo en el escenario? No mientas. Sabes que podría ser un monstruo de la naturaleza y, pese a ello, expresar...

—... los pensamientos más sublimes del mundo, lo sé. Te excuso de la teoría, ya que alimenta a gran parte de la crítica tradicional: no se necesita alma para expresar la grandeza del alma. Y, sin embargo, ¿no crees que tu gran momento como actriz consistiría en expresar lo que tú misma te niegas?

Me miró burlonamente. No es que yo no lo mereciese.

—Creo que intentas hacerme una radiografía demasiado barata —exclamó, riéndose por fin—. Ahórratela: me han hecho bastantes de este tipo. Cuando llego a estar bien en escena es porque he acertado a expresar lo que quiero. Pero, compréndelo, venderme el alma por un papel, incluso el mejor del mundo, resultaría poco práctico.

—Antes no eras bella. En cambio, la gente recuerda que tus heroínas lo eran a morir.

—No te compliques. Eran otros cánones. Me tenían por bella. Una belleza convencional, muy de los primeros años cincuenta. Llenita. Un si es no es carnicera. La típica moza que gusta a los obreros de la construcción. Resultaría un físico pasable si hubiese optado por ser soprano lírica; pero es difícil convencer a un auditorio internacional proponiendo una Nora o una Hedda Gabler convertidas en la típica estampa de la tía buena.

Me quedé algo sorprendido.

—¿Debo entender que en el año 1955 te planteabas ya una carrera internacional, desde un pequeño escenario barcelonés?

—En el año 55 nadie, en toda España, entendía qué significaba ser internacional. Sin embargo, yo sabía que llegaría más lejos que los demás. El deseo imperioso, la furia por salir del franquismo, conseguían que incluso Franco se convirtiera en una ventaja. Una palanca, para entendernos.

—¿Y decidiste cambiar?

—Tenía que cambiar. Quería ser Olímpia Estruch.

Al contemplarla, resultaba imposible olvidar su itinerario hacia la belleza. Lo decían sus ojos intensos, alargados a golpes de bisturí; lo repetía la boca, sensata y delicuescente, que concedía a la mirada un derecho superior a la viveza, haciendo que ésta iluminase inesperadamente el enigma del rostro. Al igual que los ojos de gata misteriosa, el rostro incluía un cúmulo de etapas de construcción que el cotilleo del submundillo teatral todavía recordaba. Y huelga decir que recordaban mal. No bastaba con decir: «Mira, la Estruch se ha operado la nariz», o, «¡Si sólo fuera la nariz...!». No bastaba con atribuir toda la magnitud del milagro a los magos de la cirugía. Era como una escultura que la propia voluntad iba labrando a la medida exacta de lo que quería ser y de quien, probablemente, ella misma estaba enamorada de ser. Como el artista ama su propia obra, Olímpia Estruch amaba la obra en que ella misma se había convertido. Probablemente, seguía burlándose de la criatura muerta veinte años atrás: una Olímpia más gorda, de facciones vulgares, bigote incipiente y ojos redondos como dos bolitas de naftalina.

Aquella noche de Londres me pregunté cómo sería el gentil monstruo cuando anidaba en su inexpugnable intimidad. Y he aquí que, al cabo de dos años, un día de verano particularmente caluroso, aquel ferrocarril desvencijado atravesaba un imperio de olivos romanizados y peñas pobladas por un sinfín de remembranzas árabes y avanzaba al encuentro del mito.

En el vientre pelado que la naturaleza creaba entre dos montañas, formando un valle que moría devorado por el mar, apareció un pueblecito minúsculo, hecho de casitas blancas en las que destacaba una estación que diríase de juguete. El humo de la locomotora era la única capa de color vivo en tanta desolación, edificios incluidos. El humo se expandía sobre la cal de los muros, envolviendo a los perros desesperados que se asfixiaban en busca de sombra bajo alguna acacia descabalada. La desnudez de aquella realidad hería los ojos. El sol acentuaba la crueldad del impacto. El pueblo, la estación, los campos y las montañas peladas, todo aparecía fragmentado, como entrevisto desde detrás de una persiana líquida por la que gotearan los límites de la vida.

Olímpia Estruch apareció de pronto entre la humareda. En lugar de saludarme exclamó, riendo, que si yo no llevaba gafas de sol, en el estanco del pueblo las vendían.

A ella, las gafas oscuras le cubrían la mitad del rostro. A pesar de su sonrisa, y de la mano amistosa que me tendía, yo sólo acertaba a ver la esfinge enigmática, la máscara inescrutable que hemos aprendido a asociar con sus mejores interpretaciones. Ya libres del humo, observé que llevaba un vestido largo hasta los pies. Era exótico y pintoresco: un vestido típico de campesina croata, comprado en el museo etnográfico de Belgrado, después de unas actuaciones en el festival de aquella ciudad. Y decidí que así, y sólo así, se presenta una diva progresista que ha optado por asumir todas las enseñanzas de los años sesenta.

MIENTRAS EL MERCEDES nos conducía a sus propiedades de L'Aldelbei, junto al mar, Olímpia jugaba con sus cabellos largos y yo temía que fuese imposible ir más allá en el terreno de la mitificación, ya que era sumamente perfecta tanto en su aspecto como en sus actitudes. Quedaba el misterio. Amigos comunes me habían asegurado que su retraimiento era invulnerable, y que yo sólo obtendría lo que ella quisiera concederme. La esfinge no aceptaba cambiar de sonrisa delante de cualquiera. Existía una estrecha relación entre su necesidad de abrirse y el grado de confianza o de admiración que llegase a sentir por una persona.

Por el momento, actuaba como en cualquiera de sus apariciones públicas, y si no lo hacía con gran aparato sí delataba la seguridad de quien conoce a la perfección tanto sus recursos como sus dominios. Empezamos a hablar y, al cabo de unos instantes, se mostraba comunicativa y risueña, como en la noche de Londres. Pese a ello, no ahorraba fascinación. En el juego de la inteligencia, donde cada asalto es tan importante, su astucia se revelaba sumamente valiosa. Demostraba el buen gusto de dominar los tres temas básicos de nuestra charla —política nacional, literatura y teatro—; pero sabía acogerse a un prudente tanteo en lugar de apostar por una afirmación dogmática. Yo era consciente de que semejante exhibición era un mero preámbulo, y que sería menester reservar los golpes y contragolpes para el momento en que Olímpia Estruch se decidiera a quitarse la máscara.

Las dificultades de trabajar bajo la dictadura, sus peripecias con el orden público y las prohibiciones derivadas de la película antifranquista rodada en África, eran temas más que sabidos, conclusión natural de que España estaba desaprovechando a sus mejores artistas. Yo sabía que aquella musa de los espectadores de izquierdas se había ganado un poder de convocatoria a cuya fuerza no podían sustraerse ni siquiera los espectadores de derechas, que asistían masivamente a sus representaciones aunque, al salir, la maldijesen. Era una inspiradora de adoraciones o indignaciones; pero nunca de indiferencia. Estaba curtida en la polémica y sabía que éste era uno de los aspectos más rentables de su personalidad y, por lo mismo, de su éxito. Pero, a la vez, conservaba la dosis de libertad absoluta y los aspectos de rebeldía necesarios para que, a su lado, no se respirase la desagradable atmósfera de los triunfadores envanecidos, antes bien la complacida holgura de quien siempre estuvo situado en la cima del éxito. Distaba mucho de ser una *parvenue* en el Olimpo de los más grandes.

Escuchaba con exquisita deferencia las novedades de carácter cultural que yo le iba transmitiendo; a cambio me comunicaba su opinión con una voz dulce, lenta y mórbida, que se alejaba de las heroínas trágicas que le habían dado fama y se introducía impúdicamente en el estilo de las grandes seductoras. Hablábamos sin cesar. Sin embargo, ella conocía el proyecto que me había llevado hasta su madriguera. Tampoco ignoraba que no podía permitirme el lujo de perder el tiempo.

Así pues, me preguntó abiertamente por el estado de mi encuesta en Barcelona. Me atreví a manifestar parte de mi decepción.

—He venido en busca de datos sobre Lleonard; pero Lleonard siempre huye. Algo de su máscara personal acaba siempre usurpado por vuestras máscaras.

—¿Qué somos, pues? ¿Un baile de disfraces?

—Un cuadro de Ensor: un conjunto de máscaras que rodean la máscara de la Muerte. ¿Lo conoces?

—¿Crees que perdí el tiempo en Nueva York?

La hubiera abofeteado, gritando: «Tienes respuesta para todo, mujer endiablada.» Pero es que, encima, proponía preguntas.

—Si todos esos compañeros necesitan hablar tanto de sí mismos será que no se sienten realizados. Yo me siento realizadísima y, por tanto, puedo hablar de Lleonard. Y si quieres empezar la conversación igual que aquella noche en Londres, si quieres hacer de inquisidor sobre mi arte y sobre el de Lleonard a la vez, te sugiero un buen tema: «¿Qué siento cuando recito sus textos?»

—Buena pregunta. ¿Qué sientes?

—La sorpresa de descubrir una nueva forma de repulsión. La lírica del asco.

Era inútil esperar que alguien me explicase cómo se masticaba aquella teoría, ya que seguramente Lleonard y ella se la habían guisado a dos manos, como un recurso para salir airosamente del paso cuando correspondía responder a las preguntas de la prensa internacional. Pero, antes de adentrarnos en teorías, será preciso informar sobre el éxito de Olímpia Estruch y Lleonard Pler en el extranjero.

Un florilegio de críticas londinenses reclaman el derecho a ser atendidas: «Todo el *pathos*, toda la tragedia de la España martirizada» *(The Times)*; «Una banderilla triunfal clavada en el lomo del toro ibérico» *(The Guardian)*; «Violenta, barroca, agresiva como un auto de fe y espiritual como un cuadro del Greco» *(Theatre Arts)*; «Sexo, repulsión, odio y ansias de libertad combinando Krishnamurti con las lágrimas de las vírgenes sevillanas» *(First Act)*; «Un vómito de sangre teñido con los colores del Mediterráneo...» *(Daily Mirror)*.

Era el estilo de elogios que se prestaban a comentarios irónicos por parte del elogiado, si éste es inteligente. Y Olímpia Estruch demostró que lo era al comentar: «Me ayudan en mi proyección internacional, pero reconozco que nos tratan como a marcianos.» Al cabo de un momento, añadió:

—¡Y menos mal que me negué a incluir ciertas cosas! Estuvimos en un tris de pelearnos, Lleonard y yo.

—¿Y qué podía pedir que sobrepasara el cúmulo de atrocidades que vi en el Aldwych?

—Que comiese excrementos en la escena del Calvario.

A continuación, tenía que vomitarlos sobre un ejemplar de *El capital*. Me negué rotundamente. La furia más lícita puede resultar ridícula si incurre en la gratuidad.

—Conozco perfectamente las críticas —dije—. A los remilgosos del exterior, del mismo modo que les encanta una España prehistórica, les conviene un Lleonard primitivo.

—Es un gran error —dijo ella—. Lleonard era cultísimo. Cuando se fingía «buen salvaje» sabía exactamente a qué jugaba. En las ruedas de prensa de los grandes festivales internacionales daba respuestas rebosantes de irracionalidad para favorecer una imagen que vendiese la obra. Pero, en realidad, era un caníbal que tenía en la choza la colección entera de «La Pléiade»...

Pero, como siempre, Olímpia Estruch iba más lejos.

—*Bachanal* es un discurso incesante sobre la sublimación del ser humano por medio del dolor. Dicho así, parece una especie de parábola cristiana, de aquellas que mi generación tuvo que tragarse en la escuela, a palmetazo limpio; pero tiene un subtexto mucho más inquietante: es el discurso de una sexualidad que sólo se realiza sometida al martirio y en nombre de una extraña concepción de la divinidad. Lleonard cuenta unas necesidades tremendas. Estoy segura de que sólo las comprendió alguien a quien consideraba su amo y señor. Su dios a través de su propia sangre.

Una vez más, me sentí dolido por aquel tipo de aclaraciones. En algún lugar, un «amo y señor» consiguió subyugar a un muchacho que los demás nos empeñábamos en colocar en un altar. Un amo y señor fue más listo que todos nosotros, que nos dejamos dominar por la constante beatificación del niño dorado. El descubrimiento me afectaba tanto que podía hundirme. Convenía disimular. Seguro que Olímpia Estruch se daba cuenta de mis sentimientos. Las mujeres siempre se dan cuenta de esas cosas. Pero procuré rehuir el tema con las mismas armas que ella esgrimía: la teoría pura, siempre necesaria y, por supuesto, nunca eficaz.

—Has apuntado algo muy interesante —dije—. El martirologio cristiano abunda en historias semejantes. Si examinas las crónicas de Eusebio de Cesarea o las actas de los mártires, verás que, en cuestión de sangre, no se andaban con chiquitas. Al contrario: hay una extrema complacencia en la descripción del suplicio y en la placentera reacción de las víctimas, en nombre de un ideal superior. Después de ver *Bachanal* comprendí que, en el caso de Lleonard, la experiencia religiosa fue mucho más importante de cuanto dijo la crítica. Es el subtexto al que te has referido. Al mismo tiempo, quizá serviría para explicar la inquietud que la personalidad de Lleonard despertaba en las buenas conciencias de Barcelona. ¿Cómo podían imaginar que el Cristo de Lepanto y la masturbación pudieran formar parte del mismo menú? Yo mismo lo ignoraba cuando nos conocimos en Londres; y, hoy en día, todavía no logro comprender si la cosa viene de tan lejos.

Olímpia Estruch acogió mis disertaciones con una sonrisa extrañamente suspicaz. Estaba dispuesta a sorprenderme y todavía no lo había conseguido. Así, pues, tuvo que retroceder en el tiempo:

—Hará más de diez años, creo que en el 62, cayó en mis manos una novela titulada *El esclavo armenio*. ¡No puedes imaginar qué texto tan extraño y perturbador! Aunque estaba escrito con los pies, era una apasionante colección de vejaciones que iban más allá de la razón e incluso de la exactitud histórica. Un mundo turbio, personificado en un oficial de la Roma pagana que aplacaba sus más feroces instintos mortificando a un pobre esclavo cristiano. Hoy nos parecería una imitación más o menos lograda del marqués de Sade, pero la novela fue escrita en un momento en que la censura hacía impensable que este autor o cualquier otro por el estilo pudieran estar al alcance de un recluta recién salido de la adolescencia...

—¿Un recluta, dices?

—Lleonard, naturalmente. Cumplía el servicio militar cerca de aquí.

Respiré con resignación. Al fin y al cabo, todas las sorpresas seguían respondiendo al nombre que yo esperaba.

—Era inevitable que fuera él... —dije, en voz muy baja, como para mí mismo.

—Volvamos a la novela —dijo Olímpia Estruch—. Se la pasé a mi vecino, el escritor Vicent Piquer. También quedó impactado, no tanto por el argumento como por la desfachatez con que el narrador lo asumía y, sobre todo, le daba la vuelta. Se convertía en la confesión de un esclavo al que le gustaba serlo. Pero había otro elemento más sorprendente aún: ¡aquella novelita contenía la génesis de *Bachanal*! Cuando, al cabo de diez años, Lleonard vino expresamente de Mallorca para leerme la obra, seguía repitiendo una misma historia o, al menos, seguía viviendo de obsesiones parecidas.

Era exactamente lo mismo que intuyó Lola Roger cuando, en una accidentada noche de Port Serrat, Lleonard exponía su proyecto teatral a Guillem Esteba. Y, en aquel argumento que viajaba a través de los años, yo encontraba de nuevo uno de los aspectos más inquietantes del Lleonard escritor. El gran onanista a que se había referido *la Castellona*.

Cuando Olímpia Estruch terminó su disertación, comenté:

—Lo que me cuentas no es nada extraordinario. Siempre he creído que la génesis de muchas obras importantes se halla en escritos prematuros que ni siquiera hemos llegado a conocer. Un diario de adolescencia, unas cartas, un breve poema de verano, se transfiguran, con tiempo, en el supremo misterio de la creación.

Le conté, sumariamente, que en el famoso 62 también Lola Roger leyó aquella novelita durante un permiso que el recluta Lleonard pasó en Barcelona.

—No lo sabía —contestó, sin dejar de jugar con sus cabellos—. En plena efervescencia del marxismo dogmático, era muy difícil que una mujer como Lola pudiera interesarse por una historia basada en la atrocidad o, seamos sinceros, en el culto a la escatología. Cualquier persona mínimamente comprometida la hubiera rechazado inmediatamente. Aún no había llegado la hora de los heterodoxos...

—Lola Roger asegura que estaba escrita en castellano. Y eso sí que me sitúa ante un aspecto muy pintoresco del itinerario de Lleonard, tanto desde el punto de vista personal como literario.

—En los jesuitas, Lleonard recibió una educación castellana. Y desde los diez años, pasó los tres meses de verano en internados ingleses. En tales condiciones, difícilmente podía ser un buen conocedor de la lengua catalana.

—No me aportas ningún dato nuevo. ¡El pobre inmigrante que conocí en Londres era, en realidad, un chico de buena familia, como yo! Cuando me enteré, a través de Melita, comprendí por qué tenía un inglés tan refinado, por qué los esnobs londinenses se maravillaban con su estilo. Pero no puedo olvidar que, al cabo de cuatro años, se revelaba como escritor en lengua catalana. ¿Qué pasó entretanto?

—Vicent Piquer, que siempre practica el proselitismo, le aconsejaba continuamente que intentara escribir en catalán. La verdad es que era su lengua familiar. Pero, mientras Piquer intentaba convencerle de la grandeza de su conversión, Lleonard sólo pensaba en colocar *El esclavo armenio* en una editorial castellana y empezar, así, una carrera rutilante a nivel peninsular. Contaba con el atractivo de su juventud y con el factor escándalo. Conoció un fracaso tras otro. A partir de un momento determinado empezó a barruntar una teoría muy osada: en una cultura tan pequeña como la catalana tendría menos competencia, sería más fácil publicar una primera obra y, luego, situarse en un lugar de preeminencia. A través de las conversaciones con Piquer, sabía que aquella gente necesitaba nombres. Recibirían con himnos triunfales a cualquier jovencito que se presentase como salvador de la patria.

—¿Intentas decirme que la catalanidad de Lleonard Pler nace de una decisión tan mezquina? Es como si lo convirtieras en un comerciante. Un vulgar manipulador.

—Fue su decisión. Lo lamento por tus ilusiones.

Finalizó el arreglo de sus cabellos. En realidad, sólo había contribuido a despeinarlos. Exclamé:

—Sin romanticismo, sin convencimiento... ¡Una simple decisión fría, calculada, mediocre! Te diré más: ofensiva para toda esa gente que he conocido en Barcelona y que lo acogió con los brazos abiertos. ¡Y pensar que hubo quienes depositaron en él sus esperanzas de resistentes! ¡Su actitud es abominable, Olímpia, abominable!

—Consuélate pensando que, si él actuó mal, los demás supieron cobrárselo. Un día me dijo que estaba harto, que no podía soportar por más tiempo los lazos que lo ataban a Cataluña. Se había apuntado a una cultura minoritaria, con la esperanza de que todo sería más sencillo y le serviría de catapulta para saltar a empresas más importantes. Después resultó que se veía obligado a soportar los inconvenientes propios de una cultura importante, pero sin ninguna de sus ventajas. Cuando empezaron a silenciarlo, se dio cuenta de que podían aplastarle con mucha facilidad.

—Cierto, pueden. En una cultura vasta siempre hay alguien que te defiende. En una pequeña, un boicot de tres puede acabar con cualquiera...

El coche dejó atrás una enorme verja que exhibía las dos máscaras del teatro. Era particularmente adecuada la de la comedia, ya que se reía de todo. Sin prestarle atención, Olímpia Estruch prosiguió:

—Tenía miedo de que acabasen por destruirlo. Y no sólo porque se cansasen de sus servicios, sino también porque podían quemarlo a base de malgastarlo en una serie de empresas que no valían la pena. La situación empeoró con su segunda novela en castellano: fue atacado desde todos los frentes. Recuerdo que aquella persecución me dio mucho que pensar. El caso de Lleonard no me resultaba ajeno. Y te confieso que era como revisar mi propia vida. Las largas horas deseando volver a Barcelona, pasear a mi aire, perdiéndome por mis calles más queridas, y, al mismo tiempo, el miedo al regreso, ya que mis incondicionales detractores están allí, impacientes, esperando mi estreno... ¿Te sorprende? Tengo algunos detractores muy persistentes: los que nunca me han perdonado que haga teatro en castellano. Con su actitud, han conseguido enrarecer mis relaciones con la cultura catalana. He intentado suavizar la situación interviniendo en películas en esta lengua, incluso produciendo alguna. También espectáculos teatrales de vez en cuando, y jamás me he negado a actuar en recitales y mítines políticos. Pero hay gente que nunca se siente satisfecha. Cuanto más das, más te exigen, y la ortodoxia suele exigir una exclusiva total. Te confieso que esa situación me duele muchísimo, pero pertenezco a esa clase de personas que creen que las dificultades, debidamente aprovechadas, pueden convertirse en ventajas. Y ahora creo que, si mis relaciones con el teatro catalán hubiesen sido más gratas, tal vez me habría apegado a él exclusivamente, quedándome toda la vida en los escenarios de Barcelona.

Pensé que aquellas suposiciones no carecían de verosimilitud. En Barcelona me habían hablado del destino de las actrices de su generación. Las que emigraron a Madrid sin alcanzar su misma fortuna; pero también las que se quedaron en casita, entregadas a la salvación de la escena catalana, y acabaron sus días dedicándose al doblaje para sobrevivir. Porque, entre otras cosas, la famosa «exclusiva» no permitía a los actores ganarse la vida con cierta regularidad.

—Barcelona ofrece muy pocas oportunidades, y, una vez concedidas, se arrepiente y te las quita. Todo aquel que ha amado la ciudad lo sabe. Yo la primera. Porque la amo profundamente, y cuando la visito me siento otra persona. Reencuentro la energía de mis inicios profesionales, la fuerza de los primeros sueños. Pero Barcelona crea relaciones excesivamente enfermizas. Cuanto más la amas, más la sufres. Y llega un momento en que te preguntas si el amor siempre tiene que implicar sacrificio. Piensas: «¿Por qué Londres, París o Roma me corresponden con amor y satisfacciones, y, en cambio, Barcelona siempre me paga con disgustos?»

—Evidentemente, cuando hablas de Barcelona no te refieres a la ciudad.

—No, por supuesto. Me refiero a los que manejan los tinglados de la cultura. Incluido el mundillo teatral, que pese a todos sus despropósitos y su aparente frivolidad, entra dentro de la cultura. Así pues, las víctimas somos quienes trabajamos en el teatro. Supongo que los novelistas, músicos o pintores tendrán sus reclamaciones al respecto, pero cada palo debe aguantar su vela y yo bastante tengo con la mía.

La tarde se adormecía en el horizonte y el cielo se tornaba neutro, se limitaba a insinuar un azul perezoso, un color sin personalidad que, poco a poco, se trocaría en un blanco desleído. La montaña no se beneficiaba en absoluto de las mutaciones celestes. Sólo había rocas resquebrajadas, peñascos en forma de cuchillos y algunos zarzales enmarañados. La desolación presentaba una aureola rosácea que sugería mundos irreales.

Llegamos a la entrada de la casa. Era una especie de búnker inmenso que imponía al paisaje las leyes de la arquitectura más avanzada en un conjunto de espacios completamente desnudos que parecía surgir de las entrañas de la tierra, a modo de plantón natural. Y, al final de un extenso pinar, aparecía la playa, abriéndose como una invitación. Era lógico que la aprovechara para tomar un baño crepuscular, sin los fantasmas de Barcelona. Quedaban muy lejos y eran poco deseados.

DESPUÉS DE LA CENA tomamos el fresco en una gran terraza abierta sobre el jardín. El calor no predisponía a la conversación activa. Sólo el marido de Olímpia, don Alberto, intentaba distraerme explicando las dificultades económicas de una empresa privada dentro de las estructuras del teatro comercial, así como chismes e incidentes varios de la última temporada teatral madrileña. Hablaba de una cuestión candente: se preparaba una huelga masiva organizada por los actores españoles exigiendo una serie de reivindicaciones laborales que sus predecesores nunca se atrevieron a reclamar. Olímpia Estruch callaba: era actriz de izquierdas y, al mismo tiempo, empresaria, y a nadie le gusta exhibir sus contradicciones en una perfecta noche de verano, propicia únicamente a recibir la tentación de la placidez. Y si algo podía hacerla más apetecible era un disco de Callas, de manera que Olímpia se autoconcedió la apetencia.

Mientras se dirigía hacia el tocadiscos, yo admiraba la permanente continuidad del mito. Sabía que la fascinación requiere práctica, y era evidente que ella no pensaba dejar de practicar, siquiera en horas de ocio. Vestía una amplia chilaba roja que correspondía exactamente a la imagen que yo esperaba de una verdadera Olímpia y, al mismo tiempo, a la de la cantante que nos encendía la imaginación bajo los rasgos de Norma.

El recuerdo de los años transcurridos desde que la niña Estruch pisó por vez primera un escenario barcelonés no podía encontrar acompañamiento musical más adecuado ni ambientación más sugerente. La noche invocaba la ayuda de la memoria sin permitir concesiones a la dulzura convencional. Una diva trágica merece que el cielo se desplome a sus pies con el estrépito del apocalipsis. Y eso es exactamente lo que pretendían las sombras que nos acechaban por doquier y los sinuosos caminos que la luna abría entre un batallón de nubes acumuladas de improviso.

Desde el búnker triunfal de miss Estruch resulta muy difícil trasladarse a la lóbrega Barcelona de posguerra a través de la memoria o de la crónica. No era un recuerdo que permitiese las divagaciones culturales a que se habían lanzado casi todos los personajes de mis cintas. Al contrario: la Barcelona de Olímpia Estruch era la de los suburbios tristones, la de la miseria más mediocre porque no se atreve a decir su nombre; la Barcelona obrera, la de los días que se repiten, monótonos, sin acceder nunca a la superación. Y bien pudo suceder que Olímpia Estruch se quedase pegada para siempre a un telar o al mostrador de cualquier comercio de no entrever, en las luces de la escena, un faro que iluminaba alguna posibilidad de huida. Por suerte, sus padres eran grandes aficionados al teatro y, lejos de robarle su vocación, comprendieron que ésta implicaba una posibilidad de escapatoria. No ignoraban que, entre la miseria y la lucha encarnizada es preferible dejarse en ella el pellejo antes que esperar pasivamente a que te lo arranquen poco a poco.

Siguió el camino de todas las aprendizas, pero con resultados espectaculares que llamaron la atención de algunos directores. El mundo del teatro, tan reducido, es al mismo tiempo una eficaz caja de resonancia que permite a los valores retumbar al poco de revelarse. Así, corrió el rumor de que la jovencísima Estruch había alcanzado seis éxitos consecutivos en un teatro independiente que se movía dentro de los círculos del voluntarismo más agotador. Pero, debido a que realizaba su actividad en uno de los pocos centros recreativos que quedaban en la Barcelona de posguerra, el grupo disponía de una libertad de acción imposible de conseguir en el engranaje comercial. El centro se comprometía a ofrecer a sus asociados un nuevo programa cada semana, obligando a un ritmo de ensayos tan trepidante como provechoso para la preparación del intérprete. El aprendizaje se iba consumando de manera drástica. Los buenos aficionados recuerdan que cierta noche de verano la joven Estruch obtuvo un gran éxito personal interpretando *Fedra* en el Teatro

Griego de Montjuich. El público contuvo la respiración. La trágica precoz mostraba unas facultades naturales no vistas en Barcelona desde hacía muchos años. Fue un acontecimiento inolvidable, logrado a cambio de esfuerzos desproporcionados. Cinco meses de ensayos para tres únicas representaciones. Los periódicos hablaron de revelación esplendorosa. Las críticas eran declaraciones de amor. Lamentablemente, el éxito sirvió de poco: sólo para que unos estudios de doblaje se percataran de que la voz de Fedra era la más idónea para que se expresasen en correcto castellano Jeanne Crain, Debra Paget y otras señoritas del cine americano de la época. Entretanto, Olímpia se había casado con Alberto Estén, un director algo mayor que ella y con numerosos contactos entre la profesión madrileña. Su experiencia fue muy provechosa. Alberto le enseñó a vivir para el teatro. Durante meses, seguía ensayando obras destinadas a una o dos representaciones. Llegaron algunos éxitos estimables: una gran Andrómaca en el teatro Griego, la *Antígona*, de Anhouil —tan revulsiva para la época—, una famosa Laurencia, cierta Marguerite Gautier y algunas piezas del repertorio catalán. Tenía dieciocho años y había alcanzado una posición como pocas actrices desde la época de la Xirgu. Ésta fue, al menos, la etiqueta que le adjudicaron: «la nueva Xirgu», y también: «la gran trágica del teatro catalán». Y mientras iba ganando prestigio, tenía los mismos problemas económicos que antes de ser prestigiosa. Sófocles y las lentejas no acababan de entenderse.

En aquella época, como en todas, la carrera de un actor dependía de una llamada telefónica. Se produce una situación de provisionalidad que puede desembocar en la angustia. Es desesperante tener que ser contratado y que los contratos no lleguen o, cuando lo hacen, sea para trabajos mediocres de los que sacrifican el talento y van minando las posibilidades de evolución. En aquel patético panorama, el caso de Olímpia Estruch no constituía una anomalía: un papel en un vodevil, dos sesiones en una película histórica, siete u ocho *takes* en unos estudios de doblaje... Corría ya el año 58, y la situación no presentaba síntomas de cambio. Tanto Alberto como ella comprendieron que, si querían salir de aquel pozo, era imprescindible la autogestión. Encontraron un título providencial para debutar como empresarios: una excelente comedia inglesa nunca representada en España por culpa de la censura. Disponía de los elementos suficientes para atraer al público mayoritario y, al mismo tiempo, establecer la reputación de Olímpia Estruch como actriz comercial. El éxito le permitiría embarcarse, después, en empresas de mayor envergadura. Tenía la edad del personaje y, si adelgazaba, tendría también el físico. Perdió quince kilos. Sin embargo, había otro inconveniente: una nariz demasiado grande, espléndida para encarnar a una planchadora de barrio, pero poco creíble para enamorar al joven *dandy* de la comedia y, de paso, fascinar al público. Olímpia Estruch aceptó protagonizar un serial radiofónico de muy escasa distinción y, con el dinero, se hizo operar la nariz. Estaba dispuesta para dar el gran salto: sólo quedaba formar la compañía. Al margen de los técnicos, se necesitaban ocho intérpretes y, entre ellos, algunos primeros nombres de la escena española, pues la astuta principiante quería salir al escenario bien respaldada. Su grado de exigencia era alto, muy por encima del de los espectáculos «de tresillo» imperantes en la escena comercial. Pero, en el mundo del teatro, la exigencia costaba mucho dinero, y los seriales radiofónicos o el doblaje de *estrellitas* de la Fox no daban para tanto. Continuar interpretando vodeviles en catalán tampoco era rentable. Estaba muy deprimida. Después de tantos éxitos, únicamente le ofrecieron el papel de la niña Nuri en *Tierra Baja*. («¡Ni siquiera la protagonista, Marta!», suele decir ella.) Sin embargo, las buenas conciencias pretendían tranquilizarla: «Deberías estar contenta. Al fin y al cabo, tienes la suerte de trabajar en el Templo del Teatro Catalán. Antes que tú, este escenario lo pisaron la señora Vila, la señora Morera, la señora Baró...» Pero la Estruch estaba harta de tanto abolengo escénico. ¿Cómo se las apañaron aquellas damas para alcanzar la gloria dentro de unas estructuras tan raquíticas? Cualquiera que fuese la gloria no era la que a ella le convenía.

Un buen día decidió acudir a los grandes mecenas, los que habían comprado el teatro Maria Vila cuando estaba a punto de ser derruido para convertirse en edificio de apartamentos. Aquellos adinerados próceres podían financiar la creación de una compañía de calidad aceptable. Olímpia Estruch llenó un álbum con críticas maravillosas y empezó a entrevistarse con todos los Padres de la Patria, uno por uno. Su marido la acompañaba. Los mecenas los examinaban con divertida curiosidad. El propietario de Pavita Linda se mostró particularmente gentil con Alberto: «¿A que le apetece un buen habano? Ustedes, los artistas, no tendrán ocasión de fumarlos a menudo.» Y otro de aquellos señorones dio unas palmaditas en la espalda de la damita joven y, en tono amable, pronunció la frase típica: «Ustedes, los artistas, es que no paran de pedir...»

Nunca se había sentido tan humillada. Pero necesitaban el dinero; así pues, a tragarse el orgullo y continuar en la lucha, mostrando el álbum de críticas, de oficina en oficina. Al cabo de tantas visitas y mucha retórica, estuvieron a punto de obtener el gran favor. Lamentablemente, los Padres de la Patria descubrieron una mancha en el historial de Olímpia Estruch: entre las obras que había interpretado sin cobrar, ensayando a la salida del trabajo y sacrificando horas de sueño, figuraban algunos títulos en lengua castellana. Concretamente, obras de Lope, Calderón y Tirso. Frente a semejante deshonra, el señor Curull se vio en el doloroso trance de adoptar la actitud del verdugo obligado a cumplir con su deber. Tras una larga pausa, declaró: «¿No cree usted, Olímpia, que para aspirar a una ayuda económica debiera haber prestado más apoyo al teatro catalán? Veo en su carrera mucho madrileñismo y demasiados personajes extranjeros.» Hubo un silencio violento. Los personajes citados pertenecían al gran repertorio universal —Julieta, lady Macbeth, Medea—, pero al prócer no le ofrecían la menor garantía. A continuación sugirió que, para hacer méritos, programase por su cuenta temporadas exclusivamente en lengua vernácula. Al cabo de dos o tres años, reconsideraría el préstamo. El joven y artístico matrimonio se quedó de piedra. El futuro se presentaba negro. En realidad era la negrura absoluta. ¡Dos temporadas pagando el alquiler del teatro y los sueldos de técnicos y actores sin la menor garantía de llegar al público! Porque una de las gracias del tan ponderado teatro catalán era que el público lo ignoraba olímpicamente, excepto cuando se trataba de los éxitos de Sagarra y de algún vodevil de verano. Olímpia y Alberto pasaron muchas horas considerando la situación. Dos temporadas de penuria, con todas sus pertenencias empeñadas o la posibilidad de malvivir esperando contratos utópicos. Y todo ello a pesar de las críticas más apoteósicas con seguidas por una actriz en Barcelona. Olímpia decidió que, en vez de «la nueva Xirgu», sería preferible que la considerasen «la nueva Charlie Rivel». Sin pronunciar una sola palabra sería considerada «catalana universal».

Como sucedió con otros intérpretes catalanes, la necesidad de sobrevivir la condujo directamente a Madrid, pasando por Valencia, donde recibió algunas ayudas (de ahí su predilección por esas tierras). La caja de resonancia de Madrid, más eficaz que la de Barcelona, había captado los ecos de sus éxitos en el repertorio. Una capital con sentido de la absorción hace las cosas como es debido, y Madrid proclamó a los cuatro vientos las sucesivas proezas de la joven trágica. Fedra profirió sus lamentos entre las inmortales piedras de Mérida y la caja de resonancia estuvo a punto de estallar. El éxito favoreció la continuidad del esfuerzo... sin eliminarlo por completo. Ni en Madrid ni en Nueva York atan los perros con longanizas, y cuantas más oportunidades se presentaban más dura era la competencia y más encarnizada la lucha. Tras experiencias muy duras, dos empresarios se interesaron por la compañía Estruch y arriesgaron algún dinero. Olímpia irrumpió en la escena comercial con un éxito tan portentoso como astuto y digno. Cuando el espectáculo viajó a Barcelona, lo hizo con el reparto original: grandes figuras de la escena castellana que no dieron crédito a sus oídos cuando, en los saludos finales, fueron pateados por primera vez en toda su carrera. Después se supo que quienes se negaron a ayudar a Olímpia Estruch cuando vivía en Barcelona, organizaban campañas en su contra por actuar en el idioma enemigo. A don Alberto le entraron ganas de matar a los provocadores. Ella decidió dejar que pasase tiempo mientras iba progresando en la conquista del público. Dos temporadas más tarde, los adoradores de Olímpia Estruch constituían una raza especial, dispuesta a aclamarla en cualquiera de sus manifestaciones.

Mantenía su domicilio en Barcelona, pero no pudo

borrar el estigma de renegada. Esperó diez años, sin que se produjese el menor cambio. Cada estreno en su ciudad natal —como anunciaban solemnemente los periódicos— conllevaba el peligro de un ataque salvaje. Regresaba con todas las garantías que otorga un éxito internacional, pero no era suficiente: los salomones locales la destrozaban viva. Unos por poco patriota; los mejor informados, porque no estaba a la altura de su fama. Era mejor actriz cuando hacía vodeviles en catalán. Cada premio que obtenía en Europa, no hacía sino rebajarla. Cuanto más alto era su nivel de exigencia, cuanto más prestigiosos e internacionales eran el director, el escenógrafo y los actores, peor era el resultado de los espectáculos de Olímpia Estruch. Y mientras los dirigentes de los partidos de izquierda la respetaban y buscaban su colaboración, mientras los piquetes de la extrema derecha la amenazaban por roja, Núria Valls y otros miembros de la progresía catalanista pregonaban que se había vuelto reaccionaria.

El reputado y glorioso crítico, teórico y autor sin éxito Xavier Màrfegas se convirtió en el vocero oficial de los «fracasos» de Olímpia Estruch desde todos los cargos que ocupaba (eran muchos y, en opinión de *la Castellona*, injustificados, ya que era pésimo en todas sus tareas y sólo exigente en sus críticas contra los demás). Después de muchos ataques a lo largo de los años, Màrfegas llegó a la importante conclusión de que Olímpia Estruch no sabía actuar. Afortunadamente, ella podía conformarse con las críticas del *New York Times*, *Le Monde* o *La Stampa*, que su detractor barcelonés contradecía constantemente, intentando demostrar que en el extranjero no entendían en absoluto de teatro. Pero Olímpia Estruch, que entendía la vida, abandonó Barcelona para siempre. De haberse quedado, podría exhibir una crítica elogiosa en cualquier periódico local —a no ser que la vetase el director—; pero, a cambio de semejante reconocimiento, se habría pasado la vida interpretando obras costumbristas mientras, para sobrevivir, continuaba prestando su voz a Jeanne Crain, Debra Paget y otras princesas de la Fox.

Fue un recuerdo demasiado prolongado para no exigir un güisqui como recompensa. Me lo serví yo mismo, pues en casa de Olímpia Estruch sólo se bebe vino tinto (*la Castellona* suele decir que se trata de un alarmante síntoma de españolización). Mientras bebíamos, Olímpia sonrió con cierta picardía, porque recordaba que Lleonard se hizo abstemio en sus últimos años.

—Abstemio en todo —dije, amargamente.

—Debo entender que él fue decisivo en tu vida.

—Extraordinariamente. Más de lo que yo mismo pensaba cuando le conocí. Ha resucitado, sin previo aviso, y se dedica a destrozarme.

Pero no quería hablar de mí, sino del señorito Pler y de la señora Estruch. En las batallas entre olímpicos, los pobres mortales debemos contentarnos cumpliendo las funciones de un magnetofón o encarnando el ojo de una cámara.

—Lo que más me apasiona de Lleonard es su proceso de transformación. ¿Por qué lo asociaré tanto con el tuyo?

—Compruebo que sigues con tu obsesión por los paralelismos. Ahora bien, si hablas de transformaciones, debo decirte que los años sesenta nos transformaron a todos. Cuando terminaron, ya no éramos como siete u ocho años antes. No conozco a nadie que, pasada la década, no fuese más moderno, más sabio y más audaz. A mí, particularmente, me ayudó mucho el trabajar con directores argentinos residentes en París: son gentes que absorben todo lo imaginable y, además, saben transmitirlo. También debo gran parte de mi formación actual a las giras internacionales. Cuando se trabaja en un mundo tan cerrado como el nuestro, el contacto con profesionales de otros países enriquece forzosamente. A no ser que uno sea impermeable, claro. Y yo nunca acepté serlo.

—¿Quién ayudó a Lleonard en su transformación?

Vaciló por un instante. Se sobrepuso, afirmando:

—Yo... sin darme cuenta.

—Lleonard insinuó a Lola Roger que tú y él érais una misma persona. Tal idea la enfurecía.

—Comprenderás que su furia me interesa poco. Lleonard también me habló de sus celos, y yo lo consideré una ridiculez tratándose de una mujer inteligente. Pero, ya que has mencionado el tema, hay un detalle que pudiera incomodarla, y con razón. Me refiero al increíble cambio de Lleonard. Si Lola lo conoció antes, debió comprender que la persona que lo inspiró tenía un enorme poder sobre él, o, por lo menos, sobre su imaginación. ¿Has leído todas las entrevistas que le hicieron?

—He reunido muchas; pero siempre se pierden algunas. Ten en cuenta que, excepto en *Pravda*, le entrevistaron en todas partes y en varias ocasiones.

—Seguro que recuerdas su afición por la paradoja y los juegos verbales. Durante un tiempo jugó a escandalizar, pero, básicamente, a desconcertar. Cuando le preguntaban: «¿Qué quería usted ser de mayor?», él no contestaba astronauta, futbolista, corredor de coches o escritor... Decía: «Olímpia Estruch».

Solté una risita de suficiencia:

—Realmente, le encantaban las paradojas.

—Es que *quería* ser Olímpia Estruch.

Se me pasaron las ganas de reír. Ella prosiguió, con absoluta tranquilidad:

—Quería ser Olímpia Estruch. Así, como lo oyes.

Permanecimos unos minutos en silencio. Necesitaba digerir aquella *boutade* que, irónicamente, distaba mucho de serlo. Mientras reflexionaba, Olímpia entró en su estudio y, al cabo de unos momentos, regresaba cargada con cinco álbumes de fotografías. Abrió uno perteneciente al año 1950. Aparecían escenas de sus primeras actuaciones en dramas de carácter regional, con decorados de papel y la concha del apuntador bien visible en primer término. Dispuesta a sorprenderme, buscaba las escenas que la reproducían junto a otros actores y actrices de la época. Finalmente dio con un grupo de payeses con barretina y pubillas con red y maniquetes.

Su pregunta parecía un desafío:

—¿Me reconoces?

—Imposible —dije—. Esto es teatro prediluviano.

Me iba pasando álbumes anteriores a la época de su metamorfosis definitiva. Seguí sin reconocerla hasta llegar a las fotos pertenecientes a 1958. El contraste con los años que la mostraban completamente anónima a mis ojos le permitían aparecer victoriosa en su experimento final.

—Me has vencido —dije, riendo—. Y no es extraño. Los camaleones siempre tendréis las de ganar.

—¿Reconocerías al Lleonard anterior a Londres?

—Por supuesto. Lo reconocería entre mil diosecillos.

Después de aconsejarme que me conformase con los humanos, pasó a mostrarme un álbum de 1962. Las fotografías eran en blanco y negro. Todas reproducían a Vicent Piquer jugando al fútbol con tres chicos vestidos de caqui. Deduje que se trataba de zagales del pueblo disfrutando de un permiso. Era difícil decidir cuál de los tres presentaba un aspecto más mediocre.

Olímpia Estruch me desafió otra vez:

—¿Serías capaz de decirme quién es Lleonard?

Tanta fealdad, tanta vulgaridad, era impensable en cualquier etapa del Plaerdemavida. Acepté mi nueva derrota, mientras Olímpia Estruch señalaba al objeto de nuestras dudas. Recordé las descripciones de Lola Roger: un chico apocado, en absoluto atractivo; un ser insignificante, anodino, que se llamaba Jordi Lledó. Exactamente el que tú conociste al regresar de Cuba.

Olímpia Estruch me pasó una foto más reciente. Estaba con Lleonard la noche del estreno de *Bachanal* en Londres. Él llevaba otra vez el pelo oscuro y una melena casi tan larga como la de ella. Y, a no ser por la diferencia marcada por la clámide de la actriz y el *smoking* del escritor, hubiera creído encontrarme ante una misma persona, desdoblada.

—Te he dicho que Lleonard quería ser yo —comentó Olímpia Estruch—. Tendrás que reconocerle mucho mérito. Piensa que yo, al transformarme, imitaba el ejemplo de Maria Callas quien, a su vez, quería parecerse a Audrey Hepburn...

—¿A tantas mujeres quería copiar Lleonard? Ignoraba que acabase convertido en una locaza de tal envergadura.

—Sé que hablas por hablar. Lleonard no tenía vocación de travestí, ni siquiera era mariquita. Quizá alguien diría que se trataba de un enfermo. Pero yo sé que era una persona que aspiraba a crearse una realidad-otra, como dicen los modernísimos. Casi llegó a conseguirlo. Si me eligió como modelo, no puedo sino felicitarme. Su máscara me aporta una belleza de la que carezco: el aspecto más clásico de la belleza. Ese canon que sólo se obtiene mediante una maniobra cultural de gran refinamiento.

Compartimos una excelsa carcajada. Y es que Lleonard, vestido con la clámide de Fedra, era más de lo que nadie se atrevería a suponer. Pero yo conocía otros aspectos que él desarrolló muy lejos de aquella casa, en el Londres del 65, cuando le creí un pobre inmigrante que sobresalía entre los demás por su clase excepcional. Son los aspectos que he evocado constantemente, por toda Venecia. Los aspectos que seguiré pregonando por todo el mundo.

—Lo que me cuentas no me sorprende en absoluto. Al cabo de tres años, en Londres, imitaba los cuadros de Caravaggio. Y, más tarde, la cultura catalana se tragó que era un obrero procedente de estas tierras.

—Me consta que lo creyeron.

—A pies juntillas —dije, recordando la idiotez de las capillitas barcelonesas.

—¿Y por qué no? Tratándose de un artista, los demás siempre aceptan la imagen que se les sirve. Es como si formásemos parte de una dudosa investigación arqueológica: nos construyen a partir de fragmentos nebulosos. En cualquier caso, Lleonard supo aprovecharlos. La credulidad ajena le fue muy útil para su escalada. Comprendió antes que nadie el poder de la imagen. Un poder que sería decisivo a lo largo de la década.

—¿No crees que todo eso desmerece su posición como escritor? Desde hace rato sólo hablamos de él como figura pública y, de vez en cuando, como maníaco sexual.

—No puedo hablar objetivamente de él en términos literarios. Recuerda que me paseo por medio mundo interpretando sus textos. Eso hace que lo adore y lo odie a partes iguales. Fueron muchos años de devoción mutua. Del Lleonard escritor te hablará mejor que yo Vicent Piquer. Lo he invitado a cenar mañana. Podrás interrogarlo a tu gusto.

La miré, un tanto sorprendido:

—Tu amistad con ese hombre me parece de lo más pintoresca. Tiene fama de solitario.

—Comprendo tu extrañeza. ¡Una cómica y un intelectual de prestigio! ¿Me encontrarás también pintoresca si te digo que no soy menos solitaria? Ésta puede ser la razón de que nuestra amistad dure ya veinte años. Concretamente, desde que Alberto y yo decidimos construir esta casa. Acabábamos de instalarnos, todo estaba revuelto, con albañiles, electricistas y pintores que iban y venían; entonces, en pleno trasiego apareció Piquer. Llegaba para hacer los oficios del perfecto vecino. En lugar de ofrecernos azúcar y sal, me invitaba a visitarle siempre que necesitase conversación o un buen libro. Desde entonces hemos mantenido una relación ininterrumpida. A veces discutimos. Le gusta reñirme porque hago montajes demasiado modernos o por mis manifestaciones de desencanto respecto al teatro catalán; sin embargo, es un liberal de buena cepa y la reprimenda queda en cuatro risotadas. Seguimos con nuestras tertulias, siempre útiles para mí. En estas playas, las noches de invierno son muy largas, y, por solitario que seas, un rato de compañía provechosa se recibe como una bendición. A veces me decido a conducir y vamos a cenar a algún pueblecito del interior. Él me habla de lo último que ha leído y yo le pongo al corriente del teatro que veo en el extranjero. Como puedes comprender, es un acuerdo ideal, muy enriquecedor para mi formación. Siempre me ha gustado rodearme de gente que posea más conocimientos que yo, o que tenga más experiencia.

Yo consideraba que habíamos hablado poco de Lleonard; pero Olímpia Estruch no era ave nocturna y anunció la inapelable decisión de aplazar a Lleonard y al mundo entero para la mañana siguiente. Y mientras las negras montañas ponían la noche bajo la advocación de los difuntos, me entretuve leyendo algunas páginas de Vicent Piquer sobre la historia y costumbres del País Valenciano. Literatura tan fina que me pareció estar leyendo a algún maestro del XVIII muy, muy civilizado.

Tuve sueños furibundos. Las visiones que los sacudían eran previsibles. Dos estatuas pugnaban por imponerse y ganar mi voluntad. De la imagen perpetuamente rejuvenecida de Olímpia Estruch recorriendo los laberintos del mundo a golpes de clámide, surgía una nueva, sobrecogedora imagen de la estatua que era centro de mis obsesiones: Lleonard y sus mil rostros, Lleonard y cada máscara que se veía obligado a ponerse cuando descubría que la realidad era más poderosa que sus previsiones; cuando el cálculo y el análisis lo abandonaban y una cuchillada de pasión modificaba su estatua, y entonces dejaba de ser un cadavérico reflejo de la realidad y se lanzaba a saborear la vida. Sólo mi sueño se la negaba, pues lo reproducía de acuerdo con sus propias obsesiones: como un cristo atlético, apenas cubierto con un tanga de cuero negro y tocado con una corona de espinas diseñada en la *boutique* más *in* de Carnaby Street.

AL DÍA SIGUIENTE, Olímpia Estruch recurrió a la confianza para pedirme que la dejase en paz: era un manera familiar de indicarme que respetase la dosis de soledad diaria imprescindible para pensar en sus proyectos profesionales o, acaso, para sacudírselos provisionalmente, en busca de un poco de serenidad. Mientras se encerraba en su mundo personal, aproveché para conocer el pueblo. Era de un primitivismo encantador, una mezcla del Magreb y las Cícladas transmitida a través de una permanente sucesión de callejuelas angostas, casitas blancas, esquinas abarrotadas de claveles y geranios y una playita salvaje entre cuyas rocas todavía faenaba un grupo de pescadores viejos.

La casa de Olímpia Estruch era lo bastante inmensa e intrincada como para justificar una visita casi turística. Era una sucesión de espacios vacíos, distribuidos en forma celular alrededor de una piscina. Los muros eran blancos, como los del pueblo, y el vanguardismo del diseño veíase constantemente interrumpido por las colecciones de alfarería que la actriz iba adquiriendo durante las giras por España y, más recientemente, por los países africanos donde la llevó el rodaje de su película prohibida. Por supuesto, había libros por doquier. Me fijé en la fecha. Muchos pertenecían a los primeros años cincuenta. Toda la novela contemporánea editada en Sudamérica, así como una ingente cantidad de poesía y clásicos. También todo el teatro universal, desde textos dramáticos a libros de teoría. Una comprobación me conmovió: guardaba los primeros libros importantes de su vida, los que solía leer en el autocar, de gira por los pueblos de Cataluña, en aquella época que solía evocar con admiración el padre de Lola Roger, según me contó ella misma. Y adiviné que Olímpia conservaba aquellos volúmenes destartalados, a guisa de tesoro, porque eran los mudos testigos de su primera formación y la memoria viva de una tenacidad fuera de serie.

La imité, buscando el silencio. Aunque el aislamiento auditivo no era absoluto (incluso aquí resultaban inevitables los bramidos de algún televisor), por lo menos había una calma escueta, seca, que diríase arrancada a la esterilidad del paisaje. Más allá de la casa, seguía el triunfo de la mineralidad. El terreno se difuminaba bajo el abrasador impacto del sol. Las hogueras del firmamento se sumaban a las que ascendían de la tierra. Los vientos empezaban a chocar contra la casa; no eran feroces, pero tampoco tranquilizadores. Hasta mí llegaba el susurro de un ciprés joven, cuya muerte decretase días atrás el jardinero (he visto a Olímpia Estruch vendando las ramas, como si se tratase de un hijo tarado). El cipresillo brotaba de las baldosas del vestíbulo, se integraba a la arquitectura, y animaba, precariamente, la extrema desnudez de los muros encalados.

Sumida en las mutaciones del día, Olímpia Estruch se acogía a las ventajas de los verdaderamente solitarios. Iniciaba entonces una serie de acciones que, por su habitualidad, conviene conjugar en presente.

Cuando nadie la observa, Olímpia Estruch se entrega a esas acciones vulgares que pudieran comprometer su mito de esfinge. El jardín le proporciona numerosos pretextos. Corrige la errónea inclinación de una palmera casi infantil; protege con unas ramitas los tallos demasiado altos de unas dalias; corta las margaritas secas y, con gesto contrariado, comunica que el terreno es demasiado áspero y el agua en exceso calcinosa para las plantas delicadas (en especial, las azaleas y las hortensias). Se declara vencida. Está mintiendo. La necesidad de sentirse momentáneamente normal le impide abandonar la tarea. Va de un lado a otro, recogiendo la colada, disponiendo la mesa, preparando un aperitivo en una cocina tan inmensa que diríase la de una fábrica. Hace todo en absoluto silencio. Más tarde se tumba en el césped y se concentra en un curso de inglés o en un libro de De Quincey. En un momento dado se arroja a la piscina, pero sin permitirse hazañas espectaculares. Si se siente observada, esboza una sonrisa de cortesía; en cambio, si logra preservar su intimidad, nada con brazadas lentas, o permanece tendida en un colchón flotante, ensimismada, como quien medita (¿es el momento adecuado para optar por algún proyecto?). Al salir del agua, recobra la vestimenta que sus adoradores admiramos en sus interpretaciones de trágica: es una túnica berebere, de ancho vuelo, que el viento mueve de acuerdo al ritmo del cabello. Por la tarde, tras escuchar cualquier música agradable y leer algún texto dramático inédito, se concederá el placer de volverse laboriosa por gusto, sin obligación alguna de serlo: guardar en enormes cestos de mimbre el vestuario de la última gira, pegar recortes de prensa, ordenar libros, limpiar discos... Finalmente, acepta otro reposo y se queda apoyada en la baranda de poniente, mirando el mar.

Aquel día decidió que ya había dedicado suficientes horas al aislamiento. Le apetecía conversar con el invitado. Yo estaba dispuesto a hacerlo; mejor dicho: estaba ansioso. Nos encontramos en la terraza, delante de su estudio, vestidos para cenar. Al fondo, el mar despedía tonalidades metálicas. Entre el horizonte y el cielo, un carmesí mortecino. Nubes zoomórficas estaban a punto de devorar los últimos restos del sol.

MIENTRAS ESPERÁBAMOS A VICENT PIQUER, Olímpia echaba mano de su repertorio habitual. Pero lo que mi voracidad de mitómano habría aceptado con agrado en cualquier otra ocasión, ahora sólo me producía impaciencia. No quería que ningún artificio me apartase de mi tema esencial. Lo abordé preguntando:

—¿Cómo eran los padres de Lleonard?

—Muy ricos. Por lo demás, una pareja normalísima. Barceloneses convencionales. Diría que casi mediocres. Las relaciones con el chico no fueron excesivamente afectivas, cosa rara teniendo en cuenta que era hijo único. Él apenas hablaba del asunto. De todos modos, me parece lógico. Pasó la infancia de internado en internado, y, al quedarse huérfano, se fue a Londres, pero no a estudiar como antes. Quería vivir en plan bohemio. Quería ser un héroe de los años sesenta, aunque con las espaldas bien cubiertas.

Reaparecía el espectro del restaurante de Belgravia. Bailaba, como siempre, entre elementos inamovibles: los que su década hacía perdurar en la memoria. Pero aquella especie de sentimiento necrofílico correspondía a la crónica; en cambio, lo que yo necesitaba eran aspectos de Lleonard que me ayudasen a completar un drama. Pregunté si era cierto que sus padres murieron en accidente. Olímpia Estruch me miró con expresión sarcástica.

—Rigurosamente cierto. Pero veo que el desenlace no te gusta. En cambio, yo considero muy atractiva la idea de que los padres y el hijo muriesen del mismo modo. Es propio de tragedia griega. ¿Te parece demasiado simple? Supongo que preferirías que Lleonard se los hubiese cargado con una buena dosis de arsénico. Pides demasiada novelería. En el fondo, eres como él. Cada vez que conversábamos era como si me estuviese aprendiendo un nuevo drama para estrenarlo al día siguiente.

No supe qué decir. En modo alguno quería desdramatizar a mi personaje. Aunque me había propuesto la seriedad, tendía a buscar los elementos más expectaculares. Quizá debí preguntarme si eran necesarios para mi libro o para mi obsesión. Y esta última podía enloquecer adecuadamente cada vez que pensaba en el escritor a punto de llegar...

—¿Y qué pinta el tal Piquer en la vida de Lleonard?

—¿Qué pinta? —preguntó ella, incómoda ante el tono agresivo de mi pregunta—: Fue un estímulo intelectual. Mantenían una correspondencia regular, muy provechosa para Lleonard. Le debía gran parte de su formación. —Sin duda, esbocé otro gesto de extraordinaria expectación, ya que se apresuró a añadir—: Cuidado, no se trata de lo que estás imaginando. Los homosexuales deberíais aceptar que una mitad de la población masculina del mundo no pierde necesariamente la cabeza por la otra mitad. Si te consuela, añadiré que Piquer sólo vive para sus libros. Nunca se dejaría deslumbrar por el primer jovencito que el azar le pone a tiro.

Me quedaba la opción de ser cáustico. Lo intenté:

—¡No querrás hacerme creer que encontró a Lleonard debajo de una col!

—Debajo de una col, no; encima de una roca, sí. En el espigón, para ser más exactos. Yo estaba con Piquer, aquella noche. Ya te dije que en invierno suelo pasar unos días en L'Aldelbei. Todavía hace doce años era un pueblo muy tranquilo. Nada tan agradable como pasear por sus callejas desiertas. A partir de las seis de la tarde, no se veía un alma, no se oía una voz, ni siquiera las de la televisión, porque entonces la gente no tenía. Se amontonaban todos en un local comunitario, una especie de corral llamado tele-club. Aquella noche, Piquer y yo vagábamos por las callejuelas que desembocan en la playa. Él se había pasado el día enclaustrado en la biblioteca y tenía ganas de respirar un poco. También yo necesitaba un buen paseo. Llevaba horas peleándome con una serie de proyectos profesionales. Se estaba acabando el año y ya preparábamos el espectáculo que debíamos presentar el Domingo de Resurrección. Teníamos cinco meses por delante; pero, en teatro, cinco meses no son nada; si quieres hacer buen teatro, todo el tiempo del mundo no basta. Por si fuese poco, padecíamos los interminables trámites de censura. Era la primera obra de Genet que se representaba en España y todavía no teníamos la autorización reglamentaria. Era lógico que estuviese preocupada, cansada y con ganas de airearme. (Más tarde, los hechos dieron la razón a mi pesimismo: tuve que improvisar otro espectáculo porque la censura prohibió la obra. De hecho, tardamos siete años en poder presentar Genet en un teatro comercial y, encima, los sénecas de Barcelona tuvieron el valor de reprocharnos que la obra llegaba tarde y estaba superada.) Aquella noche exponía mis cuitas a Piquer, mientras paseábamos por la playa. Él bromeaba, como de costumbre: «La culpa es suya, por frecuentar autores de la modernez. Tendría que hacer a Racine y Corneille.» Yo le contesté como su idealismo merecía: «¡Pues sí que estos señores me llenarían el teatro!» Y así, entre risas y contra el frío, íbamos vagabundeando por la arena cuando, de repente, oímos unos ruidos extraños. Parecían gemidos. Al principio creímos que serían de algún animal herido. Todo el mundo conoce mi devoción por los perros, de modo que convencí a Piquer para acercarnos al espigón. Continuaban las quejas, casi gritos. La noche era muy densa, apenas teníamos visibilidad. Al llegar a las rocas, no descubrimos a animal alguno. Los gemidos eran de una persona. Un chico vestido de recluta.

—¡No falla! ¡Siempre tiene que aparecer el recluta! —exclamé, decidido a tomármelo con ironía.

—Tenía motivos para quejarse. Iba con el uniforme hecho trizas y tiritaba. Además, tenía la cara y el cuerpo ensangrentados. Daba verdadera lástima. Y en aquel momento...

—... *en eixe moment* comprendimos que le habían propinado una tunda de campeonato.

Era Vicent Piquer. No habíamos advertido su presencia. Acababa de llegar, acompañado de Alberto pero sin escuchar sus explicaciones y sí las de Olímpia, a quien dirigió una mirada socarrona, acompañada de un raudo beso en la mejilla. La escena no rebosaba delicadeza; por el contrario, los gestos del escritor eran bruscos y torpes como los de los lugareños; de todos modos, quedaban perfectamente adecuados para la circunstancia y respondían en todo a su imagen pública...

Pretendía hablar sin inmutarse en lo más mínimo:

—Hay que reconocer que se trata de nuestra novela particular. No la del esclavo, sino la protagonizada por el propio Lleonard... Han transcurrido doce años y todavía no le hemos encontrado un buen título. Bien dijo el otro que: *une vie humaine paraît presque toujours incomplète*. ¿Por qué fragmento iba usted, Olímpia?

—Le estaba contando el episodio de la playa. Pero no he terminado.

Olímpia Estruch hizo las presentaciones de rigor. No fue necesario extenderse en el protocolo. Era evidente que Vicent Piquer poseía toda la información sobre mi persona y mis actividades. Así pues, prescindiendo de toda afectación tomó asiento en una gandula de mimbre y, después de pedir un güisqui, prosiguió el relato.

—*Verge del Remei!* ¡Qué nochecita nos dio, el criaturo! Pocas veces vive uno escenas como aquella. También se ha de decir que ejemplares como Lleonardet hay pocos.

Lo recuerdo perfectamente, Olímpia. Usted pasó a recogerme para ir a cenar al chiringuito de la playa. En aquel entonces aún podíamos. Los veraneantes de Madrid no habían construido esos ridículos chaletitos estilo suizo, ni se veían tantos baretos y *night clubs* perfectamente innobles. Decidimos dar un paseo para digerir la cena. Una buena digestión es cosa importante, notable y plausible. Seguro que Rabelais dijo algo al respecto. Bastaba para justificar una buena charleta. Y, si no hablábamos de Rabelais, ¿de qué hablaríamos?

—Seguramente, me dirigía usted los reproches de siempre... —contestó Olímpia, riendo.

—Ahora no me pinte como un ogro. Yo sólo le echo en cara que se esté volviendo demasiado moderna. ¿Por qué lo hace, mujer? Ganas de destacar. Hoy en día todo el mundo quiere ser moderno; clásicos, lo que se dice clásicos quedamos cuatro que, dicho sea de paso, somos los buenos. Eso, el día de mañana, será un síntoma de muy alta consideración. Formaremos una *élite* del pensamiento contra la tiranía de la masa, que cada vez se está volviendo más indocta y esclava —levantó hacia mí el güisqui que Olímpia acababa de servirle—: Anote, Olímpia, anote. Y tome ejemplo de nuestro huésped: en lugar de ser moderno, se ha dedicado a estudiar la literatura catalana medieval. ¿Qué opinan de tan vetusta afición sus amigos de Londres? Seguro que tiene usted que explicarles quiénes somos y en qué zona del tercer mundo nos encontramos... ¿Saben que hasta disponemos de luz eléctrica?

Vicent Piquer me impacientaba. Era un continuo perderse por intrincados vericuetos superpoblados de brillanteces y calambures, sin decidirse a entrar en materia. Era evidente que pretendía jugar conmigo, demostrarme que sólo me consideraba un viajero corto de vista, incapacitado para comprender las realidades a las que me aproximo. Afortunadamente, Olímpia Estruch acudió en ayuda de mis espectativas:

—No disimule, Piquer. Recuerdo que se quedó usted muy impresionado...

—Veo que no nos libraremos del dichoso niño. ¿Cómo quiere usted que no me impresionara, si el pobrecito parecía un Lázaro...? Menos mal que esta mujer es muy fuerte, William; para mí que es valenciana, y no barcelonesa.

—A las mujeres nos toca hacernos las fuertes cuando no lo son los hombres. Si llega a ser por usted, el chico todavía estaría gimiendo en las rocas. —Y, dirigiéndose a mí, añadió—: Abreviando, te diré que conseguimos llevarlo a casa, y sin el menor mérito por mi parte: Alberto vino con el coche. *C'est tout.*

—Pues claro que tiene mérito. Ya lo dice el clásico: *Maxima debetur puero reverentia*. Aquel pobre *puer* estaba tan sucio y lleno de sangre que tuvimos que bañarlo. Recuerdo que deliraba. Con las raquíticas fuerzas que le quedaban se aferraba fuertemente a su mochila. No quería soltarla de ninguna de las maneras. Después supimos que guardaba en ella la novelita *dels collons*. Cuando lo tuvimos desnudito, comprobamos que tenía la espalda hecha una verdadera lástima. Vamos, como si le hubieran flagelado. ¡Talmente un Ecce Homo! Yo bromeé para desintoxicar un poco la situación. Recordé las novelas de mi juventud. Nuestro zagalillo, medio envuelto en una toalla, parecía aquel adolescente de Blasco Ibáñez que, cada noche, iba a torear bajo la luna en cueros vivos y, al crecer, se convertía en el famoso matador Juan Gallardo.

—En realidad, Piquer fue la primera persona que mitificó a Lleonard a causa de su aspecto indefenso. Estaba considerablemente debilitado. Con un hilillo de voz, apenas audible, nos suplicaba que no avisásemos a sus padres ni, desde luego, al cuartel. Por suerte estaba de permiso y le quedaba tiempo para recuperarse.

Tanto la señora Estruch como el señor Piquer contemplaban con auténtica nostalgia aquel encuentro fortuito. Reconstruían la peripecia como si estuvieran vistiendo a una muñeca.

—Pasamos unos días muy agradables —dijo Piquer—. Resulta que no era un *xiquet* vulgar. Tenía modales y era muy leído. Sabía un montón sobre libros. Me dije: *Corvo rarior albo*. Pasábamos horas hablando de literatura. Fue entonces cuando me soltó que acababa de escribir una novela. Debo confesar cierta debilidad personal por los niños prodigio, y aquel, con su aspecto de víctima, quedaba de lo más conmovedor. Pero, al leer la historia del esclavo, se me erizaron los cabellos. Si recapacitaba, me caían los pocos que me quedan. Aquella novela parecía la obra de un crápula y, en cambio, su autor era un parvulillo dulce e indefenso. Le pregunté de dónde había sacado tantos frenesís. Dijo que se los enseñaron en la escuela. Me quedé petrificado: «¿Eso cuentan, ahora, los jesuitas del demonio?» Pero no se haga ilusiones, William: parece ser que no. Los jesuitas enseñan el repertorio de costumbre, pero el *xiquet* se lo había condimentado a su gusto añadiéndole ciertas experiencias del servicio militar; cosas del cuartel, disciplina, machismo y garrotazo y tentetieso, usted ya me entiende. Claro que, como dice Ovidio, *militat omnis amans*, pero no creo que se refiriera al servicio militar español. De todos modos, el chico cumplía con las leyes de la hospitalidad y, además, me servía de distracción. Después nos tratamos con asiduidad. Hasta que lo licenciaron venía a pasar los domingos en L'Aldelbei. En ausencia de madame Olímpia se quedaba en mi casa. Me costó un potosí en electricidad, porque siempre se dormía leyendo. Era un glotoncete de letra impresa. Y daba gusto verlo, tan aplicado, tan discretico. Además, no causaba problemas. Un serafín, vamos. Un santo. Y, como es sabido: *Pourtant un petit peu de bonté...*

—Hasta aquel día... —intervino Olímpia.

—¡Pardiez con el día! Bien inesperado fue. Los súbditos de Castilla dirían que Lleonardet «volvió a las andadas». Yo digo que nunca las abandonó. Hombre, sorprenderme, lo que se dice sorprenderme, no me sorprendió en absoluto. Yo siempre pensé que si la novelita del esclavo resumía sus anhelos, alguien tendría que ayudarle a ponerlos en práctica. Bien mirado, podría conseguir a solas resultados parecidos machacándosela a martillazos, no en vano decimos en el reino de Valencia que cada cual se la casca como puede, pero el tipo de heridas que mostraba exigía la ayuda de otro, y además bien bestia. Por fin supe quién era ese otro. El día de autos, el *xiquet* se presentó inesperadamente en el mismo, lastimoso estado de la noche que lo conocimos: como si le hubiesen aplicado garfios ardientes en la espalda. No hice el menor comentario pues *afflictio non est danda afflictio*. Me limité a telefonear al boticario, solicitando su auxilio, cuando, de pronto se detuvo un automóvil del que se apeó un personaje extraño y antipático. Mismamente un Marte que iba arrojando a su paso los rayos de Zeus. Venía hecho una furia. Dijo que era el capitán de Lleonardet y que tenía la obligación de devolverlo al cuartel en el estado en que estuviera. Parecía dispuesto a todo: «*Périsse l'univers pourvu que je me venge!*» Lo arrastró al interior del automóvil y se lo llevó de L'Aldelbei, en justo cumplimiento de sus amenazas. Digo que sería para arrearle una buena zurra. A mí no me embabiecaban. Aun vistiendo de paisano, aquel cafre tenía los rasgos del capitán de la guardia imperial que torturaba al esclavo de la novelita de Lleonard. Y yo comencé a temer aquello de «*le style est l'homme même*».

—Era el mismo tipo de hombre que Lleonard exigía para el papel de verdugo de *Bachanal* —informó Olímpia Estruch—. Se trata de un personaje que pasea de un lado a otro del escenario, a modo de *leit motiv* destinado a recordar constantemente la presencia de la crueldad a lo largo de la Historia. Lleonard tenía la obsesión de encontrar un macho que respondiese exactamente al modelo que tenía entre ceja y ceja: un modelo que recordaba aquellos ridículos atletas de las películas de romanos, tan hipertrofiados y todo esto. El director, que naturalmente era argentino y homosexual, se entusiasmó con la idea de convertir el espectáculo en un gran *collage*. Empezamos las pruebas con actores principiantes; pero ninguno respondía al modelo físico invocado por Lleonard. De vez en cuando, decía que el verdugo tenía que poseer una serie de cualidades especiales, entre militarista, aristócrata y agresivo. Finalmente, encontramos un galán maduro, un mejicano con un físico muy interesante. En realidad parecía un campeón de lucha libre, pero más refinado. Desde el momento en que ese hombre se incorporó al espectáculo, Lleonard no se perdió un sólo ensayo. Los miembros de la compañía bromeaban sin parar, convencidos de que había tomate. Curiosamente, Lleonard nunca dirigió la palabra a su intérprete soñado. Se limitaba a contemplar sus evoluciones y a sugerir determinados detalles del vestuario, si así puede llamarse a un escueto tanga de cuero negro, capuchón y botas de centurión romano. La verdad es que, todavía hoy, el personaje me produce una extraña sensación. Al conocer la historia de Lleonard, y la de sus obsesiones, esa presencia, brutal y hermosa a la vez, me angustia profundamente.

—Le está bien empleado por no hacer Racine —intervino Piquer—. Por no limitarse a Corneille.

Recordé la conversación con Minifac Steiman. Mis contertulios conocían perfectamente el escándalo de Mallorca; pero consideré necesario disminuirlo en nombre de mi propia tranquilidad.

—De todos modos, el papel de ese capitán en la vida real es más bien penoso —dije—. Todos los datos que poseo parecen confirmar que Lleonard era impotente.

—¡Hombre, es que de no serlo, no habría escrito aquellas cosas tan estrafalarias! —dijo Vicent Piquer con absoluta naturalidad—. Además, para servir de objeto a las palizas de otro mastuerzo, no se necesita ser un semental. En cuanto al capitán, qué quiere que le diga, con arrear una buena somanta a un cuerpo bien dispuesto se quedaría más que servido. Y aunque el clásico asegure que: *Blenditia, non imperio, fit dulcis Venus,* no es menos cierto que el vulgar siempre dijo: «Ande yo caliente, y ríase la gente.»

Era la hora de la cena. Olímpia Estruch había reservado mesa en un pequeño restaurante de la playa. Como buena anfitriona, estaba empeñada en que yo probase la típica zarzuela de L'Aldelbei. Me molestaba profundamente que Vicent Piquer pudiera confundirme con un turista convencional; pero, dado que él se apuntaba a la manduca con un entusiasmo rayano en el fervor, olvidé mis prejuicios. Lo mismo hice en el momento de formular una exhaustiva lista de preguntas sobre el estado de la cuestión catalana en el País Valenciano. Nadie mejor que él para explicármela; pero como la estaba padeciendo día a día, prefirió hablar de madame de Sevigné y su notoria correspondencia. Llevábamos comentadas algunas misivas, cuando conseguí introducir nuevamente mi obsesión particular en la conversación:

—Cuanto más pienso en la historia que me habéis contado, más increíble se me antoja.

—Es posible; pero es la única que tenemos —contestó Piquer, algo molesto conmigo por interrumpirle en un tema de lucimiento. Pero el error ya estaba hecho, y él continuó informándome—: Quiero añadir que siempre tuve en gran estima a Lleonardet. No sólo seguimos tratándonos, sino que me escribía desde Londres poniéndome al corriente de todas sus aventuras. Me refiero a las culturales, claro.

—No comprendo su actitud. ¿Cómo lo recomendó usted a los intelectuales más serios y conspicuos de Barcelona sabiendo de qué pie cojeaba? ¿Tanta fe tenía en su talento?

—Tener, tenía mucha, pero hubo otras razones. Si me dedicase a avalar a todos los jovencitos que prometen, me jugaría el prestigio cada día.

—¿Los hay tan buenos como Lleonard?

—No. Ni tan originales. Ni menos aún que se atrevan a exhibir sus intimidades con tanto descoco. Por eso acepté entrar en el juego.

—¡El juego! —exclamó Olímpia Estruch, como si por fin le descubriesen algo que ignoraba—. ¿Es que además hay un juego?

—Mujer, fue una apuesta —contestó Vicent Piquer.

—¿Una apuesta? ¡No lo puedo creer!

—Mi amigo Josep Plans y yo nos apostamos una cena en el motel Ampurdán. Fue cuando Lleonardet regresó de Londres tan cultivado, tan moderno, tan bonico... y, sobre todo, con aquellas aficiones tan innobles, no sé si me explico... Tanto Plans como yo estábamos hasta la coronilla de nuestros colegas de Barcelona. Si ha hablado usted con él, sabrá a qué me refiero. Barcelona es un nido de modorros. Los católicos son unos fariseos y los marxistas son *boy scouts*. Y, además, están los *modo palliati, modo togati*. Y gente tan timorata como los Padres de la Patria. Plans siempre dice: «Necesitamos un batallón de putas berlinesas, a ver si despabilamos un poco a esos urbanitas.» ¡Ya ve usted qué teorías gasta el vejete! En fin, tiene la obsesión de que es menester recalentar a Cataluña. Recuerdo que aquella velada estábamos con el ánimo juguetón. Le conté la historia de Lleonardet. Me dijo: «¡Pare el carro, pare el carro! Usted ha leído demasiado al marqués de Sade»; pero a medida que yo me iba explicando, el personaje le atraía más y más. Recuerdo que, al cabo de mucho rato, exclamó: «Se me da a mí que el mozo es de armas tomar. Al menos, parece un tipejo diferente. Siento cierta curiosidad por comprobar si nuestros amigos de la alta cultura serían capaces de asumir a una bestia de tal calibre...» «Lo dudo», dije. Pero él insistió: «Tenga en cuenta que tragan con todo. Tenga en cuenta que son pobres barceloneses.» Su típica expresión de pícaro se iba acentuando. Señal de que la idea le excitaba: «Piquer, usted, que tiene credibilidad, mande a su Lleonardet a don Iscle Garsó, ese coñazo de «poeta nacional». Es un hueso duro de pelar, se lo aseguro. Para mí que va por el mundo con un manual de ética entre las piernas. No hace falta que le diga más. Si, como espero, ese pequeño vicioso consigue engañarlo, me invita usted a cenar al Motel. Si lo rechaza, pago yo.» Una vez cerrado el trato escribí varias tarjetas de presentación, para que Lleonardet empezase a causar estragos en Barcelona...

Yo debía de presentar una extraña consternación. En cambio, Olímpia Estruch soltó una carcajada:

—¡No tiene usted vergüenza, Piquer! ¡Ni la conoce!

—¿Era éste el invento al que se refirió Josep Plans? —pregunté, casi a gritos.

—Más o menos. Él tiene la manía de que Lleonardet fue un invento nuestro. No es exacto. El *xiquet* tenía madera. Nosotros le abrimos una puerta. El resto se lo organizó él solito. Y lo hizo muy requetebién. Vamos, una filigrana.

—Pero, ¿cómo fueron capaces de llevar a cabo semejante apuesta?

—¡Hombre, en el Motel se come de maravilla! —exclamó Piquer, liando un cigarrillo—. *Pontificum cenae,* se lo aseguro.

Indudablemente, Josep Plans hubiera reaccionado igual. Yo sólo fui capaz de decir:

—Me siento francamente hundido. Tendré que dar la razón a quienes afirman que Lleonard fue un producto prefabricado..., un canalla que sólo buscaba una fama rápida y dinero inmediato.

—¡Alto, alto! No exagere, que de mis labios no ha salido esa sentencia ni otra que se le parezca. ¿De qué dinero inmediato me habla? Ignoro qué le pagan en Inglaterra por estudiar la literatura medieval catalana; pero le aseguro que, aquí, los escritores siempre estamos con el agua al cuello. No conozco a ningún plumífero de nuestro ámbito lingüístico que sea un Creso. Si Lleonardet hubiera querido hacerse rico, estaba capacitado para negocios mucho más rentables que la escritura; con hacerse relaciones públicas habría ganado infinitamente más. En cuanto a la fama, ¿qué quiere que le diga?, ni siquiera en los Estados Unidos se ha visto que los *fans* asedien a William Faulkner y se maten por conseguir un botón de su chaqueta. Si tanta fama quería Lleonardet, sólo necesitaba hacerse rockero. Tal como van esas músicas modernas, no hace falta ni una pizca de voz. El hecho, la *veritas*, es que él optó por ser escritor, y eso significa algo. Como mínimo, un empeño superior.

Habíamos salido del restaurante. Acompañábamos a Vicent Piquer hasta su casa. Como toda persona que trabaja por la noche, le acometían unas irresistibles ganas de hablar en cuanto daban las doce. Tenía cuerda para rato, y lo demostró mientras paseábamos por el espigón donde, hacía años, él y Olímpia Estruch descubrieron a Lleonard.

—Nunca podremos juzgar las razones de un escritor. ¿Por qué decide serlo y cuándo? ¿Por qué tiene que ser eso y no otra cosa más sensata, provechosa y rentable? Y, si el escritor reúne todas esas virtudes, ¿qué le conduce a elegir un oficio tan inseguro, inconstante y fatigoso? Mírelo por donde quiera, siempre habrá incógnitas. ¿Cómo es posible que detrás de una escritura genial se esconda un ser mediocre en otras facetas de la vida? ¿Es posible que la apariencia sofisticada de Lleonardet escondiese tanta suciedad, tanta escatología? El materialismo dialéctico, hoy en boga, nos ha enseñado a analizar la realidad rechazando el misterio; pero estoy seguro de que una dosis de misterio tiene que haberla. De lo contrario, ¿cómo enfrentarnos a un caso como el de Lleonardet, de quien nada sabemos, aunque creamos conocerlo?

—¿No sabemos nada de Lleonard? —pregunté, desalentado.

—Como máximo, cuatro masturbaciones literarias. De lo demás, nada de nada.

Fue el último discurso de Vicent Piquer antes de retirarse con sus libros, en una complicidad que prolongaría hasta el amanecer. Pero todavía dedicó un tributo de admiración a su amiga. El mismo que, según ella, le dedicaba cada noche, al despedirse delante de su casa, regresando del mismo restaurante:

—Yo sólo puedo añadir, querida Olímpia, que Oscar Wilde tenía razón al decir que la escena es el refugio de la gente demasiado bella. Esta temporada lo está usted particularmente. Se nota que duerme bien y digiere a la perfección. En cambio, yo no sé si no debería tomar un poco de sal de frutas. En este restaurante hacen una zarzuela demasiado gustosa. Lástima. La noche pide platos de menos vuelo. En cuanto a Lleonardet, ¿podríamos corregir al señor Wilde y deducir que la literatura es el refugio de la gente que no sabe qué hacer con su belleza? Es probable. Quizá necesiten guardarla en algún sitio, y ésta sea a fin de cuentas la experiencia literaria.

Besó la mano de su amiga, y, a continuación, desapareció detrás de la pesada puerta de una casona de pueblo sin más identidad que una abrumadora vetustez..

De regreso a la finca, dando un paseo, Olímpia y yo añadimos silencio al silencio de las callejuelas blancas. Al cabo de un rato nos hallábamos cruzando el campo abierto, meditabundos. Y ella no aceptó romper el silencio hasta que ya estábamos frente a la verja de las máscaras del teatro. Pero sólo formuló una pregunta:

—¿En qué piensas?

—En mi libro. Cuantas más cosas voy averiguando acerca de Lleonard más perjudicada queda su imagen. Me estoy quedando sin personaje. Resulta que la parte más provocativa de su obra se debe a la aportación de un capitán flagelador que entra y sale de escena cuando le conviene. Su belleza física, tan ponderada, es una imitación de la tuya. Su catalanismo heroico, una vulgar artimaña para abrirse camino. Y su célebre triunfo nace de una apuesta entre dos cínicos para combatir el tedio en una noche de invierno... ¿Qué queda, pues, para mi libro?

Olímpia Estruch me toleró un último güisqui en la terraza. Iba doblando sillas, vaciaba ceniceros, colocaba vasos en una bandeja. Ponía orden tranquilamente, con un preciso sentido de las pausas, a su vez propicias a la reflexión. Seguramente, estaba preparando una salida de gran actriz. Pero, antes de dedicármela, dijo:

—¿Y si Lleonard fuese realmente aquel *xiquet* desvalido que encandiló a Vicent Piquer? Piénsalo bien.

—¡Un pobre huérfano! —exclamé, sin poder contener una carcajada—. ¡Un inocente palomino!

—Es tarde y no creo que pueda prestarte más ayuda. No podré añadir nada que Lleonard no pusiera en *Bachanal,* nada que no esté en el escenario. Sólo te diré que, la última vez que nos vimos, en Venecia, parecía muy contento. No sólo por la buena acogida dispensada a nuestro espectáculo, que ya no constituía una sorpresa, tan rápido se acostumbra uno al éxito. Es que, además, había puesto punto final a una novela en la que tenía depositadas muchas ilusiones. Precisamente, esperaba la visita de un amigo de Atenas, un profesor de español a quien no veía en los últimos doce años. Pero él insistía en recuperar alguna parte de su vida que le interesaba más que cualquier otra. Nos sucede a todos. Nunca es conveniente cortar de tajo. Y te diré que él, contrariamente a lo que creía, no lo había conseguido. Recuerdo que, cinco o seis días después del estreno de *Bachanal* en Londres, cuando ya habían salido las críticas, celebramos el éxito en un restaurante de Belgravia. Un restaurante donde trabajó como camarero años atrás...

Y yo recordé las dulces horas perdidas de aquel Lleonard que nadie tendrá. El Lleonard que sólo será mío, aunque la magnífica Estruch se empeñe en resucitarlo como parte de sus propiedades.

—No he terminado —dijo ella—. Tratándose de Lleonard, todo ofrece distintos puntos de vista. En Venecia era feliz; en cambio, dos meses antes, en Londres, se sentía solo y desdichado. No lograba comprenderlo. Quizá alguien le reprochó que no estrenase la obra en Barcelona; quizá considerase que un estreno en Londres no era tan conmovedor como un estreno barcelonés, en presencia de todos sus amigos. El caso es que no parecía nada feliz. Y me lo dijo abiertamente:

»—Siempre que me veo obligado a elegir, cometo algún error. Quizá nos equivoquemos confiando demasiado en nuestras facultades. Quizá nuestra libertad no sea gran cosa. Puede que ni siquiera valga la pena hablar de ella.

»Protesté de inmediato:

»—Tenemos que defender siempre el derecho a la propia elección. En nuestras manos está decidir lo que ha de hacernos verdaderamente grandes. Decidir el sexo, el aspecto físico, el idioma y, si conviene, el propio país. Nadie puede ser tan débil que se conforme con lo que le ha sido dado. Y, si te quejas, no tienes perdón. ¿Cómo te atreves a sentirte triste? Tienes a la crítica más exigente de Europa rendida a tus pies y sólo se te ocurre pensar en un culo de mundo llamado Barcelona.

»Sonrió con tristeza. Y, acariciándome la mano, con aquella melancolía tan suya, tan infantil, inmadura, murmuró dulcemente:

»—Pero aquel culo de mundo era mío. Sí. Aquella ciudad de mierda es lo único que he tenido. Lo único que llegué a amar.

AQUELLA NOCHE ME VISITÓ otro Lleonard. Aparecía en la cima de su triunfo. Fue en Londres, hacía menos de dos años. ¿O acaso uno? Da igual. Los sueños no exigen exactitud, y el mío se consagraba a la celebración de Lleonard, no a la del tiempo. Fue durante la cena de presentación de su primer libro traducido al inglés. Estaba muy cambiado. Nada tenía que ver con el efebo rubio que fascinó a los catalanes. Para los londinenses, volvía a ser el Lleonard que yo conocí en el año 65: pelo negro, ojos oscuros, mirada penetrante, taimanería canallesca, propia de un garzón de suburbio romano. Continuaba llevando a sus últimas consecuencias las lecciones de la década difunta. La moda había evolucionado, pero el culto a la apariencia seguía dirigiendo los ritmos del mundo. Lucía un maxiabrigo de piel que no llegaba a arrastrar por el suelo gracias al elevado tacón de las botas. Era Lleonard caravaggesco convertido en dandy decadente. Presentaba un aspecto soberbio. Sin duda para explotarlo adecuadamente, se detuvo en lo alto de la escalera y, desde allí, contempló a los invitados con expresión altanera. A continuación, inició un parsimonioso descenso escoltado por su agente —yo todavía ignoraba que era Guillem Esteba— y rodeado por algunos directivos de Sibyl Books y sus respectivas esposas. Se dedicaba a saludar a los invitados siguiendo los consejos de la relaciones públicas, una dama definitivamente conquistada por el hechizo marca Lleonard, ese hechizo que todas sus víctimas conocemos a la perfección. En cuanto a él, se limitaba a subyugar. Cuando un camarero le quitó el abrigo, lanzó la cabeza hacia atrás, agitando la cabellera en el más puro estilo Carole Lombard. Nada que objetar: era la muestra de sofisticación *camp* que Londres esperaba. Sorprendió aún más favorablemente el atavío que llevaba debajo del abrigo: una suerte de casaca de terciopelo rojo sobre una camisa de mangas de anchos vuelos. Servía a la perfección para prestarle la apariencia de un noble florentino. No me fue difícil comprender el juego: su último modisto, Malcom LaTour, de King's Road, le había diseñado un aspecto renacentista, tan favorecedor y audaz como, en otro tiempo, fueron los chalecos afganos de las dos locas de Coll-i-Be. Pero el exotismo resultaba demasiado visto: incluso los *hippies* más exigentes —quizá los últimos— adoptaban una decidida vuelta a lo clasico. Y así, entre los *smokings* de los invitados, la figura de Lleonard parecía escapada de un museo. En mi sueño, en mi recuerdo y en aquella fiesta, él continuaba estableciendo sus propias reglas. Resignado a obedecerlas para siempre, me dormí enlazando sus representaciones más atractivas: Lleonard soberano, Lleonard principesco, Lleonard surgiendo de un universo literario que se introducía constantemente en el mundo real y lo derrotaba...

El día fue más cruel. No me encontré frente a mis visiones, sino ante la mísera realidad del inepto ferrocarril que me devolvía a Barcelona a paso de tortuga impedida. Un calor asfixiante. Un güisqui pésimo. Un ejemplar del *Montserrat-Cultur* que reproducía el último artículo de *la Castellona* en respuesta, como era habitual, a una agresión de Oriolet de Manllé.

Mientras en L'Aldelbei, yo daba libre curso a mis delirios, en Barcelona continuaban las batallitas:

No soy victimista, nunca lo he sido; pero tengo la obligación de decir ciertas cosas, de repetirlas sin miedo a ser acusados de reiterativos, como la gente joven hace últimamente. Y hay que decirlas para cerrar el pico a los renegados, para quienes es más fácil jugar la baza de los vencedores y aprovecharse de sus ventajas sin remordimiento alguno. Porque diríase que nos olvidamos de que estamos viviendo bajo un estado de emergencia, y, aunque para algunos Barcelona se parezca a Carnaby Street, para nosotros la lucha no ha terminado.

Esta lucha constante es la historia de mi vida. Lo siento, pero es la única que tengo. No puedo ofrecer al lector una lista de victorias ni pertenezco a un pueblo habituado al éxito. Soy hija de una derrota y mi pueblo acumula un fracaso tras otro. Y considero una canallada que los partidarios del éxito se obstinen en olvidarlo.

Cierto. Tenía razón. La verdad hablaba por su boca; pero la razón, la verdad y la certeza también pueden encerrar mucha retórica, y yo empezaba a estar harto de ella. Sólo me quedaba un día más en Barcelona. No me apetecía enfrentarme al continuo intercambio de reproches y acusaciones que venía presenciando durante tres meses. Pensé si no sería una excelente idea convertirme en un vulgar turista y recorrer algunos itinerarios de esos que a nada comprometen. Una mañana estúpida recorriendo el puerto en golondrina. Una paella en algún merendero de la Barceloneta. Comprar discos de flamenco en cualquier tienda de *souvenirs* y subir al huevo de Colón para tomar algunas diapositivas de la ciudad. Lamentablemente, la vida me ha preparado para no ser vulgar, y, en cierto modo, me ha fastidiado. Pero, además, soy una persona profundamente educada y estaba citado con Núria Valls para el almuerzo, y con Oriolet de Manllé para la cena. Ambos habían sido muy gentiles conmigo, me habían hecho de cicerone y no iba a despedirme con una simple llamada telefónica.

Núria Valls me llevó a un restaurante situado junto al funicular que sube al Tibidabo. Desde aquella altura, Barcelona se exhibía como una complaciente señorona que ansiaba ser contemplada. Núria Valls me dio sus libros, como hace cualquier escritor de cualquier país cuando pilla a un colega extranjero. Al comentar el artículo de *la Castellona*, advertí que la joven estaba completamente de acuerdo con su contenido.

—Esta vez, Elisenda tiene razón. Yo también batallo continuamente para que mis compañeros entiendan lo que ella afirma en su artículo. Que recuerden todos que estamos viviendo bajo una dictadura. Y aunque dicen que el dictador muestra síntomas de debilidad, lo cierto es que está bien vivo y no creo que tenga el menor deseo de diñarla.

Pero yo me sentía deprimido. Volver a la realidad me alejaba de mis cautivadores fantasmas. Sólo el güisqui me daba ánimos. Podía prescindir perfectamente de reglas gastronómicas y pasarme el almuerzo consumiendo un trago tras otro.

—Regreso a Londres muy aturdido —dije, frotándome los ojos—. Para circular por Barcelona necesitaría una lista de enemigos declarados. Algo así: «Xavier Roldà no se habla con *la Castellona* quien no mantiene relaciones con Ramon Barat que, a su vez, detesta a Marcel Franquesa que odia a Oriolet de Manllé, el cual no soporta al banquero Piñol que se la tiene jurada a Olímpia Estruch, despreciada por Xavier Màrfegas, quien se burla continuamente de *la Castellona* a quien le encantaría quemar vivos a todos los miembros de la Gauche Dorée...» Con una lista de este tipo quizá conseguiría entendérmelas con vosotros. Pero no dispongo de tiempo para confeccionar listas. O será, sencillamente, que no me apetece. Tengo la seguridad de que el tiempo nos ha sido concedido para emplearlo en cosas más provechosas.

—¿Lo único que has entendido, en esos dos meses, es que no tenemos nada mejor que hacer que pelearnos?

—He entendido que toda esa gente forma parte de una olla de grillos incomprensible para quien no tenga vocación de ortóptero. Una fauna horripilante que tiene la desfachatez de esgrimir ideas sublimes, conceptos egregios, mientras ocultan las más bajas pasiones del mercado.

Núria Valls bebía vino blanco, autorizado por el partido, supongo. O no lo supuse. Me daba igual. Tanto que, sin darme cuenta, empezaba a soltar incorrecciones.

En cambio, ella era la eficaz hormiguita de la dialéctica. Y aquel día se mostraba especialmente laboriosa:

—Tú, observador que nos envía la mítica Europa, estás recurriendo a una trampa indigna. La gente no se detesta por capricho. Ni siquiera en Barcelona. Si nos otorgases el derecho a considerarnos seres pensantes, comprenderías que ese estado de cosas no se reduce a una simple polémica bizantina. Si a Roldà no le gustan los libros de *la Castellona* sus razones tendrá. Si *la Castellona* niega capacidad crítica a Roldà tiene que ser por algo más que resentimiento, pues es una mujer instruida. Si Marcel Franquesa ensalza a un mediocre escritor dominguero, actúa de acuerdo con un razonamiento previo. Y si los progresistas rechazamos el pasado político de Josep Plans lo hacemos por motivos perfectamente razonables. Al fin y al cabo, todo forma parte de nuestra lucha, que está basada en la razón. Pero comprendo que no lo entiendas. Si ni siquiera nos comprenden los intelectuales más voluntariosos de Madrid, ¿cómo iba a hacerlo un extranjero?

Igual que en otras ocasiones, Núria Valls jugaba a la seducción. Se lanzaba a las disertaciones más ortodoxas esgrimiendo los acreditados encantos de una damisela de provincias. No por ello me escandalizaba; al contrario: su actitud la hacía más humana. Pero quién sabe si no era yo el que empezaba a deshumanizarse. Quién sabe si no había vivido demasiado tiempo abrazado a la sombra de un diosecillo. Y seguía velando por sus intereses, puesto que dije:

—He buscado alguna novela de Lleonard, pero no están en las librerías. Sólo en la Internacional he encontrado sus títulos ingleses. No me digas que es un problema de distribución, porque están todas las tuyas. Creo que lo estáis anulando con demasiada facilidad. Al parecer, siempre necesitaréis un Eugeni d'Ors para sentiros plenamente realizados. Quien no está de vuestro lado está contra vosotros. Creo que sois demasiado vengativos para unas venganzas tan raquíticas.

Se quedó algo sorprendida.

—Estamos en lo de siempre: tú sólo piensas en Lleonard. Pues ya es hora de hablar con claridad: él fue útil a la literatura catalana en un momento determinado; pero, ahora, carece de toda importancia. Un día te dije que lo que está en juego es mucho más importante que un escritorzuelo esnob que, por vete a saber qué razón, decidió que no le conveníamos. Siguiendo la misma regla de tres, ¿por qué debiera convenirnos él a nosotros?

Me encogí de hombros, y seguí bebiendo un güisqui tras otro. Núria Valls estaba decidida a no interrumpir su lista de justificaciones.

—Conozco perfectamente las partes más contradictorias de nuestra lucha. Las contradicciones que nos hacen avanzar juntos en la resistencia, unidos por una moral de «hermandad» absolutamente provisional: pobres con ricos, honestos con bordes, derechas con izquierdas. Quizá olvidamos con demasiada frecuencia que, reclamando todos una misma cultura, una misma nación catalana, lo reivindicamos desde bandos que, de hecho, son enemigos mortales. Eso te obliga a formar parte del cortejo fúnebre del abad Escarré, sin ser católica ni por el forro; eso te induce a cantar himnos nacionalistas a coro con el señor Curull, el señor Malfred y otros Padres de la Patria, aún sabiendo que ante el primer síntoma de bulla marxista, se sumarían a las filas del fascismo para salvar sus intereses, como hicieron en otra ocasión... Ni comulgas ni comulgarás nunca con ellos. Pero sigues al pie del cañón, con paciencia y espíritu de lucha. Llegará un día en que tendremos la oportunidad de matizar posiciones; pero, hoy por hoy, es la lucha lo que importa. Puede que así me sienta autorizada a formular reproches muy duros a quienes no se atreven a dar la cara. Tal vez por esto Lleonard nunca figurará...

Le interrumpí con un inesperado puñetazo sobre la mesa. Recuerdo que se asustó.

—¡Basta ya! —grité—. ¡Basta de discursos, basta de mensajes, basta de demagogia!

Mi violencia no le gustó. Se limitó a mirar con menosprecio el vaso vacío.

—No deberías beber güisqui comiendo. Y, menos, tres seguidos.

—Bebo el güisqui que me da la gana. Y más necesitaría, después de pasarme todo un verano entre vosotros, buscando y buscando, para no llegar a ninguna conclusión...

—¿Es posible que no hayas comprendido nada? ¿Lo dices en serio?

—Lamento decirte que muy poco. Sólo buscaba a Lleonard y lo habéis borrado del mapa.

—De acuerdo. Las cartas sobre la mesa. A ti te asquean nuestras batallitas, ¿verdad? Pues a mí me asqueáis los intelectuales extranjeros que venís a Cataluña sin saber nada de nosotros. ¿Qué creéis que somos? ¿Ratas de laboratorio? Antes de hablar, informaos.

—¿Qué coño dices, imbécil? Llevo diez años, ¡diez!,

dedicando mis esfuerzos a dar a conocer vuestra literatura a los ingleses.

—Sí, hombre: las obras maestras de la literatura medieval. Ya estamos hasta el gorro de que siempre nos vengáis con esa limosna e ignoréis el resto... ¿Qué opinarías si nosotros hablásemos de la literatura inglesa limitándonos a Chaucer y Shakespeare?

—¡No fastidies, guapa! Ni *la Castellona* es Virginia Woolf, ni Frederic de Robert es Conrad... En cuanto a la celebérrima obra de Josep Plans, ¿a qué se reduce una vez traducida? Oh, sí: maravillosas descripciones de las tierras mediterráneas; es decir, nada que no hayan escrito en inglés Lawrence Durrell y otros cientos de autores.

—No voy a caer en tu trampa. Sé que no somos los mejores, pero tampoco los peores. Lo que ocurre es que otros saben venderse mejor...

—¡Más subterfugios! ¿Cómo te atreves a decir que no intentáis venderos? ¿Qué haces cuando me regalas tus libros? ¿Qué hace Xavier Roldà cuando me cita en uno de sus textos? En Barcelona os vendéis todos, como en cualquier otro sitio: el problema es que no os compra ni Cristo.

Se levantó, indignada. La retuve cogiéndola del brazo con una furia inexplicable. Una furia que me arrastraba a destruir cosas a las que había dedicado gran parte de mi vida intelectual.

—¡Espera! —grité—. No te atreves a llegar al fondo de la cuestión... Tienes miedo porque, hacerlo, te destrozaría de raíz.

Me miraba con desprecio. Y no digo que me resultase inexplicable.

—Mis raíces son muy fuertes. Me extraña que no lo advirtieses antes.

—Ahora, desde mi ira, empiezo a comprender vuestro problema. Por eso huyó Lleonard. Por eso os mandó a la mierda. Él entendió que formáis parte de una cultura de la que se puede prescindir fácilmente...

—¡No sabes lo que dices!

—Sí lo sé. Existen culturas imprescindibles y otras que no lo son en absoluto. La vuestra pertenece a esas últimas. Como máximo, es un lujo, una limosna, una bandera, pero nunca una necesidad.

—Estás borracho. No tengo intención de escucharte.

—Me escucharás, porque yo os he escuchado a todos vosotros. Me habéis llenado la cabeza de hipótesis absurdas. En cambio, ahora, tengo una visión clara, diáfana. Perseguís algo que huye continuamente. Eso os da vida, pero es una vida artificial porque el engranaje que habéis construido no es históricamente imprescindible. Escucha: si no hubiera existido el Renacimiento italiano, la historia de la humanidad cojearía. Si Francia no hubiera producido un Siglo de las Luces, el mundo lo padecería. No podríamos prescindir de la experiencia griega. Ni del romanticismo alemán. Ni siquiera del Siglo de Oro español, mal que os pese a los nacionalistas. Son momentos imprescindibles, porque sin ellos nuestra civilización quedaría reducida a la mitad. Pero si la cultura catalana desapareciese, no ocurriría absolutamente nada. ¿Comprendes? El mundo seguiría igual, nadie os echaría en falta. ¡Podrían escribirse muchas historias sin vosotros! Por eso te digo que quienes habéis querido eliminar a Lleonard sois los que estáis realmente muertos... vosotros y cuanto os precede sois un espejismo.

Había enrojecido, a medida que había ido escuchándome. Al final, no pudo contenerse. Incluso chillaba.

—¿Eso es todo lo que has sido capaz de entender? Pues te felicito: ni Franco habría llegado tan lejos. Pero, ahora, me escucharás a mí: es cierto que no hemos inventado el barroco, es cierto que ni siquiera hemos inventado el románico pese a las teorías del farmacéutico de Figueras. Pero nos estamos inventando a nosotros mismos. Y lo conseguiremos cueste lo que cueste y pese a quien pese.

Recogió sus cosas, con gestos violentos y sin darme tiempo a contestar. Le dije, secamente:

—Olvidas darme tus libros...

—No hace falta. No soy Virginia Woolf. Afortunadamente, claro. Si lo fuese, ya estaría criando malvas. En cambio, ya ves: estoy viva, ¡y mucho!

Parecían palabras de *la Castellona*. ¿O de cuántas escritoras a la vez? ¿De cuántas realidades convertidas en discurso? No quise saberlo. Aquella realidad se había vuelto enfermiza y me incomodaba profundamente. Me hallaba en la situación ideal para dejarme guiar por los

Cuatro Jinetes de Oriolet de Manllé. Y de cuanta peor leche estuvieran, mejor.

Realicé la típica, habitual visita a librerías y editoriales, y todavía me quedó tiempo para pasear por el Ensanche, contemplando las fachadas modernistas. Aunque era la hora punta, las calles se iban vaciando. De pronto, diríase la víspera del Juicio Final. Me enteré de que la ciudad estaba pendiente de un acontecimiento inesperado para mí: aquel atardecer, el Barça jugaba en algún país extranjero y la televisión retransmitía el partido. Una ocasión tan decididamente inmortal obligaba al mundo a recluirse en la sala de estar durante más de dos horas. Barcelona quedaba a mi disposición. Las calles góticas, los bulevares burgueses, las deslumbrantes fachadas modernistas, todo me sería concedido con el impagable privilegio de la soledad. Sólo necesitaba encontrar al Virgilio apropiado. Oriolet de Manllé aceptó gustosamente el cargo. Y, poco a poco, fue recuperando, sólo para nosotros, los aspectos más nostálgicos de la ciudad abandonada.

Me advirtió que llegaba de mala hostia. Acababa de entregar el artículo para el día siguiente y el director le había suprimido una bromita sobre el Barça. Arremetía, pues, contra Rodríguez Santaló, contra *Tarde/Exprés*, contra los progresistas, contra los carcas, contra el hecho de que el Barça fuera más que un club y contra todos los platos tradicionales de las tierras catalanas. En resumen: no había nada de lo que no se declarara contrario.

Mientras tomábamos la primera copa en un local vacío del paseo de Gracia, se interesó por mi encuesta. Como era de suponer, también arremetió contra Olímpia Estruch. Y sólo empezó a animarse cuando le conté la cena con Vicent Piquer y nuestras deducciones sobre la génesis de *Bachanal*.

—Nadie tan adecuado como Piquer para comprender los aspectos onanistas de la obra de Lleonard. Debe ser otro pajero de tomo y lomo. Tanta soledad, tantos libros, tanto consagrarse a un sólo trabajo, tiene que ser fatal para la salud. Eso si no eres un caso de desfachatez literaria como Lleonard y trasladas las pajas a la máquina de escribir. Si no conviertes la página en blanco en confesor espiritual. En definitiva, quizá es lo que hacemos todos. Pero mejor será no criticar a nadie. En sexo, como en literatura, cada cual se lo monta como puede.

Paseábamos hacia las Ramblas. Las mejillas de Oriolet habían enrojecido más de lo habitual y yo todavía me sentía bajo el efecto de los güisquis del almuerzo. No le hablé de mi conversación con Núria Valls. No la habría comprendido, y, además pudiera aprovecharla para sus artículos. Y, al fin y al cabo, yo tenía derecho a reservarme mi atroz descubrimiento: la negación absoluta del sueño cultural que mantenía en pie a toda aquella gente.

Pero quizá él ya lo supiera; pues, de repente, exclamó:

—Resulta que a Lleonard le gustaba sufrir a lo bestia. Pues tuvo suerte, el tío. Se iría de Barcelona muy bien servido.

Al día siguiente, en el avión, recordaría aquellas últimas horas en Barcelona como una enmarañada madeja de contrasentidos. Recordaría que, de repente, empezaron a oírse cientos de bocinas reunidas en una audición anuladora. Siguió un estruendo de cohetes, como si se inaugurase una fiesta mayor. Era la fanfarria típica de una noche triunfal, acompañada por una clamorosa respuesta de los nuevos barceloneses que, hasta aquel momento, habían permanecido encerrados delante del televisor. Ahora, bajo el estrépito de los cohetes, las Ramblas se llenaban de coches y una inmensa orquesta de claxons se iba organizando para acabar en himno uniforme, apoteósico, redundante. Hombres, mujeres y niños tocados con la típica barretina desplegaban enormes banderas con los colores del club. Era una imagen consoladora. La imagen de un pueblo feliz. La culminación de una colectividad realizada. ¿Qué coño predicaban los trotskistas, los maoístas y los sapientísimos intelectuales? La cultura estaba en la calle. La cultura era un balón chutado con un ímpetu que ningún libro podría igualar.

Mientras la multitud nos arrastraba de un lado a otro, Oriolet me suplicó que volviéramos a la soledad. El imperio de la masa suele infundir miedo y, además, existía la posibilidad de que la intervención de la fuerza pública convirtiese el entusiasmo en un baño de sangre. No se necesitaban justificaciones. Era fácil esgrimir la acusación de «manifestación no autorizada». Además, había el peligro de que la fiesta del deporte derivase hacia una afirmación nacionalista. Es cosa sabida que la bofia española no se anda con chiquitas. De modo que, cuanto más nos alejáramos del jolgorio, menos posibilidades tendríamos de vernos mezclados con la tragedia.

Iniciamos la típica noche de los exiliados interiores. Habíamos tomado los excelentes cócteles de Boadas, estábamos borrachos de pernod del Arco del Teatro, nos habíamos entonado con Beaujolais en un restaurante de calidad, y, finalmente, llegaron los güisquis y la ronda de todas las noches: pasar por El Sot, donde acude la gente de teatro, ligar con una aprendiza de actriz, deslumbrarla llevándola al Decamerone, bajar con un grupo al Jazz Colón, ver a los mariquitas que se dirigen en masa al Copacabana, hacer las Ramblas, evitar los coches quemados en la manifestación que, como temíamos, clausuró el triunfo del Barça, mostrar el documento de identidad a la policía que todavía vigilaba la fuente de Canaletas, rehacer las Ramblas, ahora en dirección al mar, sentirse arrullado por los valses de un colombiano afónico en no sé qué tasca del Raval, catar el aguardiente de la Encarna al son de los desgarros de la Piaf, quedarse en el local después de que la Encarna bajase la puerta metálica, hablar de amor con las putas desocupadas, salir finalmente a la luz del día y dejarse acariciar por los primeros rayos de sol en un bar del paseo de Colón saboreando un helado por todo desayuno...

Después, fuimos vagando hasta la estación de Francia. Con la escasa lucidez que me quedaba, pensé que el itinerario era ilógico: yo tenía que coger el avión y, además, al cabo de seis horas. Continuaba sometido a la guía de Oriolet. Y si me resistía a seguirle, me cogía del brazo y me suplicaba que no me marchase porque no podía soportar que alguien sepa partir de algún lugar sin mirar atrás. Y vimos las vías y un tren que emprendía la marcha. Era de los que todavía dejaban un rastro de humo.

—Siempre hay un tren que se dirige a París —gemía Oriolet—. ¿Cuál será? Hoy no lo veo. ¡Y cuidado que los tengo controlados, a esos trenes que parten hacia el mundo! ¡Ojalá encontrase alguno! Siempre hablo de París; pero Londres también debe de ser una ciudad civilizada. Todos los trenes parten hacia lugares civilizados. Pero si encuentro uno y no tengo cojones para tomarlo, será peor. ¡Mi padre era más importante que yo y no los tuvo! ¡Qué gente, la de su época, William! Gente grande, intelectuales en serio, te lo digo yo. Pero mi padre tomó un tren de regreso ¡y eso no estaba previsto! Siempre hay que tomar el tren que parte, siempre. ¿Lo hago, ahora? Sin equipaje. Viajar sin equipaje debe de ser la hostia marinera. ¡Qué magia tiene esta estación! Pero también es muy cabrona, ¿sabes? Hazme caso, sahib, que soy experto en estaciones. Oye: ¿dónde está eso de la civilización? ¿Por qué es tan civilizada la civilización? Los que viven en ella, ¿se dan cuenta de que son civilizados? Deberían estar muy contentos y celebrarlo. Sólo hay una vida, nadie puede exigirnos que la sacrifiquemos en el caos. Nadie. Porque los trenes, al partir, se llevan fragmentos de nuestra juventud. ¿Comprendes, William? Es nuestra juventud lo que se va con cada tren que perdemos. Y a cambio sólo nos dejan la sordidez de Barcelona, sólo estas vías vacías y, cada noche, la amenaza de Cobra con su cabezón hinchado...

Le conté cómo preparamos el rosbif en Irlanda, pero no le interesaba. Quise hablar de las relaciones entre Guatemala y Estados Unidos, pero se burló de mí. Ni siquiera le interesaba saber que me gusta Henry Miller tanto como a él.

Al final, sumido en la resaca, se me ocurrió la pregunta fundamental:

—¿Crees que los ángeles tienen sexo, Oriolet? Y, si lo tienen, ¿será masculino o femenino?

—¡Qué me importan, a mí, los ángeles! Son las vías del tren, las que tienen sexo. Las vías del tren tienen unos cojones como un toro. Nos dominan. Señalan por dónde tiene que huir, poco a poco, nuestra juventud...

Lo abracé porque me inspiraba ternura. Y, aunque le dejé la chaqueta manchada de vainilla, lo agradeció.

—¡Ay, Oriolet, Oriolet! La juventud se ha ido de todas partes. El mundo ya no es joven. El siglo chochea.

—Es verdad. La juventud se largó con viento fresco. Y nos ha dejado huérfanos, la muy puta. Nos ha dejado sin nada, la cabrona.

El humo del tren se fue perdiendo a lo lejos. Oriol había soltado unas lágrimas y apretaba el helado con tanta fuerza que le quedó la mano pegajosa. Entonces recordé que cuando era adolescente, existía un mundo de mitos privilegiados al que era posible recurrir en casos urgentes. Y todas las horas del mundo lo son, en la adolescencia.

—Escucha, Oriolet: ¿jugamos a Flash Gordon?

Noté que sus mejillas enrojecían. Con paso vacilante, adoptó una actitud propia de boxeador en activo.

—Prefiero jugar al Hombre Enmascarado... —gritó.

—¿Y ese quién es? No lo conozco. Será español. Consumo doméstico.

—¡Qué ha de ser español! ¡El Hombre Enmascarado era *The Phantom*, animal! ¡*The Phantom!*

—¿*The Phantom*, dices? ¡Macanudo, *boy*, macanudo! Pues yo seré *The Phantom* y tú un pigmeo, porque eres más bajito.

Y aunque sólo faltaban seis horas para volar hacia esta Venecia, Oriolet y yo jugamos un buen rato a ser el Hombre Enmascarado, de quien los pigmeos de la selva solían asegurar que era el «espíritu que anda». Así, como te lo digo: el espíritu que camina y camina y camina sin detenerse jamás.

SEQUENCE FINALE: VENECIA, AÑO 1974

La noche artificial de Venecia estaba tocando a su fin. Una luz diáfana empezaba a arrancar tonos reales a las formas progresivamente concisas. Entre las filtraciones de un sol dubitativo, que hendía la neblina con un polvillo dorado, cúpulas, balconadas, ventanucos, arcos, esculturas, todo nos era restituido como una proclama del regreso a la suntuosidad. Diríase el alba y, en cambio, pasábamos del mediodía.

Con el tiempo justo para tomar el avión de Londres, William Cumingham me había convocado a un último almuerzo en el restaurante del hotel decimonónico. Él apenas probó bocado. Seguramente le había sentado mal una noche tan prolongada. Seguía remojando el día con un güisqui tras otro. Estaba perdiendo la afición por el juego. De hecho, diría que ya ni siquiera jugaba. Tenía una expresión de vencido, al decir:

—Cuando nos encontramos en la primera jornada de esta maldita noche, yo llegaba de Barcelona con un propósito: superar el encargo de Sibyl Books y convertir la vida de Lleonard en una crónica de su país y su cultura. Quise concentrarme en esta problemática, pero no lo he conseguido. Tanto nuestras charlas como esas cintas sólo han servido para reafirmarme en mi vieja obsesión. Ya lo ves: se está haciendo de día sobre Venecia y, en cambio, mi noche continúa.

Ni la mañana ni el almuerzo nos permitieron estar completamente ociosos. Por el contrario, escuchamos la última cinta con las palabras de Olímpia Estruch. Una voz como la suya siempre constituye un regalo, pero yo me había limitado a retener la parte de su historia que me afectaba directamente. La que me permitió descubrir que Lleonard estaba extraordinariamente interesado en mi opinión. Y era bueno saberlo, pues no he escondido que siempre lo consideré un escritor mediocre, y, al recordarlo ahora, insinúo que tal opinión también podía ser una de mis trampas. Pero William Cumingham no debía saberlo. Todavía no. Me gustaba jugar un poco más. Sólo acepté hacer alguna concesión en favor de nuestro espectro preferido.

—Creo que era sincero. De alguna manera yo formo parte de su pasado, una época que acaso continuaba interesándole más que nada.

—¿Y ese detalle no te ayuda a perdonarlo?

—Ya te he dicho que no le perdonaré nunca. Y todavía te diré más: el odio fue el único incentivo que me impulsó a desplazarme a Venecia. Ni su obra me interesaba ni su imagen me era simpática. Aun así, acepté asistir al estreno de *Bachanal*. Él flotaba en plena gloria, pero se dignó atenderme con un interés, una solicitud, que no dispensaba a las eminentes personalidades que suelen merodear en torno a la diva Estruch. A medida que la representación avanzaba, yo sólo permanecía atento a las reacciones de mi autor. Como todo el mundo sabe, el estreno resultó un gran éxito. Me indigné, naturalmente. Eran el texto, el montaje y el estilo de interpretación que no podía aprobar en modo alguno. Después se celebró una fiesta en honor de la compañía. Él tuvo la gentileza de invitarme. Volví a ser el huésped de honor. No te negaré que su actitud me despertaba cierta curiosidad. También su físico. ¡Cómo había cambiado desde aquel día en que fue Jordi Lledó! Lejos quedaba el desastroso corte de pelo, la descolorida expresión de un recluta mediocre. Sus maneras parecían ahora las de un príncipe, o acaso un joven, portentoso califa. Tenía los cabellos más negros que puedas imaginar en un doncel de Arabia. Los ojos, igualmente negros, se habían acostumbrado a traspasar a cualquier interlocutor, pero no a mí. Cuanto menos, aquella noche se mostró manso, indeciso, como temiendo que mi opinión sobre *Bachanal* fuese negativa. Tan atemorizado estaría, que ni siquiera me dio tiempo de pronunciar un veredicto. «Antes de decir nada, lee mi última novela —dijo—: Haré que esta misma noche te la manden al hotel.»

En el rostro de William Cumingham apareció una sorpresa que no disimulaba una gran dosis de indignación:

—La novela que no ha leído nadie. La que todos suponemos desaparecida en el accidente. ¿Por qué tenías que leerla tú, que tanto detestas a Lleonard? ¿Por qué no quienes nos hemos pasado la vida defendiendo su obra?

Le corté. No quería anticipar una sola palabra sobre la novela. No quería jugar la carta definitiva. La guardaría hasta el último segundo. Cuando él ya no pudiera asaltarme con una nueva pregunta.

—Tal vez pensaba que en toda su vida sólo fue sincero en una ocasión: precisamente la noche en que quiso arrojarme al suicidio. O acaso pretendía demostrar que, si bien traicionó los ideales de Jordi Lledó, había conseguido hacer, a cambio, algo de provecho.

William Cumingham soltó un suspiro desesperanzado.

—Después de tanto parloteo, esto es lo único que sabremos de Lleonard.

—Yo sé lo que ocurrió la noche siguiente, pero ésta es la parte de tu encuesta que nunca podrás completar.

—Y así me quedo con una historia que habrán escrito los demás. *Born under Leo:* la peripecia de un canalla que de vez en cuando se dignaba parecer humano. O la historia de muchos canallas empeñados en estropear a un pobre muchacho que, en el fondo, creía en todo lo que simulaba. Una novela policíaca, como pretendía *la Castellona*, pero con una indigna trampa para el lector: nadie sabe quién fue el criminal. Ni siquiera queda claro quién es la víctima.

El reloj, a menudo enemigo, vino en mi ayuda por una sola vez en una larga vida. En aquella ocasión resultaba práctico que los minutos fuesen transcurriendo sin piedad, porque quería librarme de William Cumingham; y al mismo tiempo ansiaba que pasasen también las doce horas que me quedaban para tomar mi avión y reencontrar finalmente la soledad de Atenas, que yo mismo elegí, tanto tiempo atrás. Todas las cintas de Barcelona sólo servían para confirmar que aquella elección había sido la más sensata.

Hacía rato que no me acordaba de Ingeborg. Nadie se hubiera acordado; mejor dicho, nadie que no perteneciese a su gremio. Era el tipo de mujer apto para interesar a mi amigo René, que actualmente vive en un impresionante *loft* de Los Ángeles, dedicado a fotografiar a seres sin alma. E Ingeborg, para confirmar su adscripción al mismo rebaño, continuaba adoptando aquellas actitudes de imbécil rematada, aquellas expresiones de perrita caliente que algunos llaman coquetería. Era una rival muy pobre del espectro de Lleonard. Y aunque por el sólo hecho de llevarla colgada del brazo, William Cumingham pretendiese presumir de macho, era evidente que el espectro podía descansar tranquilo: su obseso admirador nunca le pondría los cuernos.

—¡Estoy harta, estoy harta y estoy harta! ¿De qué le sirvo? Desde que salimos de Port Serrat no se ha dignado meterme mano.

—Ni lo hará —dije—. Los maricones son una especie muy rara. Pero éste, además, lleva el estigma de la muerte.

William se había distanciado de nosotros para pagar la factura del hotel. Cuando nos reunimos en el vestíbulo, llevaba una maleta metálica con las cintas de Barcelona. Quería conservarlas como equipaje de mano, por miedo a que se perdiesen. Yo llevaba un maletín negro. Y, en un tono que pretendía ser gracioso, comentó él:

—*Hi, boy!* Parecemos dos espías sacados de las películas de la serie negra. Puro Warner.

—O medio Paramount —contesté—. Espías en blanco y negro.

—¿Qué llevas en el maletín? ¿El microfilme que deben recoger los rusos en el Berlín Exprés?

—Lo sabrás llegado el momento.

—Pues ya puedes darte prisa. Apenas quedan dos horas para que salga ese maldito avión.

Su aspecto no dejaba de ser curioso: trinchera y sombrero de ala ancha, como los agentes especiales de las películas que acababa de invocar. Yo iba vestido exactamente igual. Para redondear la escena, Ingeborg había renunciado a los estridentes colorines propios de su oficio y lucía un *tailleur* marrón y una boina negra, ligeramente ladeada y siguiendo el estilo de los años cuarenta, que los esnobs volvían a poner de moda. Y aunque la renacida tarde de Venecia reclamaba a gritos los colores que le fueron negados durante cuatro noches, la visión nos era restituida en blanco y negro, como William podía exigir.

Tenía que acompañarles al aeropuerto. Durante el recorrido me arrepentí, porque Ingeborg continuaba con su discurso y William seguía sin apearse de su obsesión.

—¡Maldita Venecia! Me has enseñado a detestarla, minuto a minuto. No importa que Lleonard muriese tan cerca. Sus cenizas se las llevó el viento y las diseminó por la tierra firme, como él habría deseado. En estos canales ya no hay nada, absolutamente nada, que podamos retener.

—Siempre nos quedará Calatayud —dije yo, guiñándole el ojo.

Cuando habíamos abandonado definitivamente la ya enojosa caducidad de Venecia, nos hallamos integrados a un mundo mucho más impersonal: en las formas metálicas e inhóspitas de un aeropuerto de muy escasa distinción. Y la poca que tenía era como la de todos los aeropuertos del mundo. La uniformidad de la eficacia pura. El hábito de la mediocridad.

Mientras avanzábamos hacia el control de pasaportes, William Cumingham no cejaba en su insistencia:

—Te guardas la revelación que podría ayudarme. Escúchame bien: todo lo que he sabido de Lleonard no sirve para darnos una imagen auténtica de él, ni siquiera de la gente de las cintas. ¡No me dejes partir así! Dime de una vez si era una víctima o un canalla...

—¿Y qué importa, si tú lo adorarás de todos modos?

—Sabes perfectamente que importa mucho. Según lo que tú me contases, la vida de Lleonard sería una inmensa falsedad...

Abrí el maletín negro. Contenía el original de *Summer's End.* Había llegado el momento de depositarlo en manos de William. Pero él continuaba hablando:

—... sería el último recurso de una cultura desesperada que necesitaba con urgencia un escritor joven, por mediocre que fuese.

Hablé muy pausadamente:

—Aquella noche Lleonard se dejó olvidada su novela. Que, por cierto, es excepcional. Una auténtica obra maestra.

Recibió el original con expresión alucinada. No sabía

cómo reaccionar. No le quedaba mucho tiempo. Una azafata impertinente estaba reclamando a los pasajeros rezagados. Ingeborg ya había pasado el control y también le llamaba a gritos desde el otro lado. Creo que incluso sonaban los motores ensordecedores del aeroplano. Todo estaba a punto para la partida y a William sólo se le ocurría acariciar frenéticamente el texto de Lleonard.

—¡Una gran novela! ¿Estás seguro?

—Te lo acabo de decir: una obra maestra. Cuesta creerlo, pero este chico tenía un talento fuera de serie. ¡Qué pérdida tan lamentable!

Era el último instante. Ya sólo quedaba tiempo para un grito furioso, indignado, pero también indefenso:

—¡Maldito gusano! —gritaba William, mientras la azafata le empujaba hacia el control—: ¿Por qué me lo escondiste hasta ahora, cerdo fascista?

Exactamente: ¿por qué se lo había escondido?

Me encogí de hombros, no con indiferencia, sino con desdén. Caía sobre la pista aquella neblina dorada que el sol había despertado por encima de Venecia. Hasta mí llegaban las mil y una fetideces de la Laguna. William continuaba gritando la misma pregunta hasta que su voz se perdió entre la niebla y a continuación ya sólo se oyeron, tumultuosos, los motores del aeroplano.

Y yo sólo sabía que aquella escena era el final de una larga amistad.

CUANDO WILLIAM CUMINGHAM se hubo perdido completamente, regresé a Venecia. Equivalía a recorrer de nuevo los caminos del odio.

Mientras la góndola navegaba por el Canalazzo, los palacios de cada orilla íbanse rasgando y de su interior no surgían estancias prodigiosas, joyas de la historia del arte, postales para uso de estetas, sino los tenebrosos muros de una cárcel cubana. A cada paso me iba ahogando la estrechez del calabozo donde se consumían mis amigos de juventud. Oía la voz del torturador, los canallescos reproches de mi mujer, la agonía de un poeta en la mazmorra vecina. Entre una algarabía de voces y aullidos, regresaba Jordi Lledó acusándome de «gusano». Y al cabo, un largo itinerario internacional por pensiones de mala muerte, cuchitriles siniestros, redacciones que me rechazaban, mientras la voz diáfana de mi chico ejemplar continuaba incidiendo, continuaba atormentando. A mi alrededor, Venecia exclamaba «belleza» y yo sólo oía «peligro social».

Y la imagen de aquel muchacho puro, sincero, entusiasta, de aquel Jordi Lledó destinado a cambiar el mundo, se mezclaba también con los recuerdos de la noche en que murió Lleonard.

Yo avanzaba igual que entonces. Los mismos palacios, los mismos puentes, idénticas iglesias, visiones multiplicadas asfixiando las visiones del peregrino con un modelo obsesivo. Finalmente, regresé al jardín del hotel gótico con añadidos barrocos y mobiliario del XIX. Y en aquel espacio vacío y triste volví a ver a Lleonard exactamente como era la noche en que murió.

Lo hallé rodeado de kentias, tendido en una *chaise longue* de paja, mientras fumaba, uno tras otro, aquellos horribles *abdullahs* de su predilección. El jardín presentaba un aspecto de abandono total. Un recinto hermético, muros cubiertos por hiedras mutiladas, reducidas a ramas desnudas. Todo el suelo, de losas tan antiguas como las primeras fundaciones de Venecia, estaba cubierto por las hojas que la lluvia pudría. Y las mesas y sillas de mimbre que servían a los poetas nostálgicos para contemplar el cruce de canales, estaban ahora plegadas dentro de la *loggia* que cerraba el jardín y, en cierto modo, lo presidía.

La seducción que el hotel y al mismo tiempo Venecia ejercían sobre Lleonard no era difícil de entender: favorecía la melancolía y fomentaba la tristeza. ¿O no era un Lleonard triste y melancólico aquel que acariciaba continuamente las páginas de su manuscrito, mientras decía que los imperios se derrumban, que la muerte triunfa, que el olvido es inevitable y estupideces por el estilo? ¿Qué hubieran dicho los admiradores de su furia, los adoradores de su juventud, si le hubiesen visto enfrentado a la ruina, empeñado en aprender lecciones de ella antes que de la vida? Y la vetustez del edificio, transformada y vuelta a transformar, colaboraba en la impresión de decadencia y obligaba a preguntar por qué Lleonard, entre todos los lugares del mundo, eligió Venecia para experimentar algún sentimiento de libertad.

Me esperaba con el estilo de languidez que acabo de describir. Era como si el último año en Inglaterra y la costumbre del éxito internacional no le hubiesen servido para nada estimulante. De lejos, me pareció terriblemente apático. Sólo mi llegada contribuyó a despertar su interés, aunque fuese por el instante de un breve encuentro.

Pasaba continuamente la mano sobre el original de *Summer's End,* que le había devuelto pocas horas antes. Resultaba visible que se había estado releyendo a sí mismo y no una, sino varias veces. Esperaba mi veredicto con auténtica ansiedad. Nunca sabremos por qué, pero así era. En cambio, yo sé por qué me permití un comentario sarcástico:

—Ya tenemos otra crónica de los venturosos años sesenta. Benditos sean. ¡Habrán servido para todas las emergencias!

Él no había captado la ironía implícita en mis palabras. Su rostro adoptaba una expresión lírica, casi entrañable:

—¡Ah, sí! Aquella década excepcional. Los sueños que tuvimos. El ansia de vivirlo todo a cada instante. Los años que ya nunca volverán... —Se detuvo. Era como si acabase de asaltarle un mal presagio. Con expresión todavía más tierna, me preguntó—: ¿Tú crees que también será así la juventud?

—Puedo asegurarte que lo es. Y la tuya más que la de otros. La has prolongado en exceso.

—Mañana cumplo veintinueve años. El próximo paso ya será la fatídica treintena. No te negaré que siempre me preocupó, pero hoy me siento optimista y, sobre todo, satisfecho de mí mismo. Estoy seguro de haber escrito una gran novela.

La década maravillosa. En ella coincidieron todos los colores, todas las músicas, todas las luces. En ella se celebraron todas las formas de la exaltación. Fue la gran época del mundo, pero no la mía. Yo pasé aquellos años expulsado de todos los lugares. Mientras el mundo se entregaba a la celebración de la vida, yo me veía insultado, escupido, tratado de tara social. La gente como Jordi Lledó me señalaba con un dedo implacable, y quienes tenían poder para proscribir me aplicaron rigurosamente todos sus anatemas. Yo era, sería siempre, el que trabajaba contra la historia. Y por fin, un buen día, un refugio en Atenas: una soledad rodeada de ruinas, un legado que sólo permitía el aislamiento y el incesante cultivo del odio.

¡Iconos de la década de Lleonard! Iconos jóvenes, rutilantes, luminosos. En cambio, para mí, la mazmorra, el interrogatorio brutal, el barco que me devuelve a Barcelona y el apartamento donde conocí a un pequeño canalla que se hacía llamar Jordi Lledó. El gran asesino histórico.

—Creo que esta vez lo he conseguido —continuaba diciendo Lleonard—. Además, mi inglés ha mejorado mucho. Seguro que la novela sorprenderá a los críticos. Te apuesto lo que quieras a que será considerada entre las mejores del año...

—Hace sólo tres horas que acabé de leerla —dije, sin permitirme la menor expresión. Bien al contrario: con absoluta frialdad.

Me miraba de hito en hito. También era una mirada expectante. Por primera vez desde el reencuentro le veía lleno de ilusión. Era el niño eterno que espera una golosina en forma de cumplido. No podía hacerle mejor regalo que mi aprobación. ¿Acaso no me había llamado a Venecia para recibirla? Era justo que se la concediese. Al fin y al cabo, era el autor de una obra maestra.

En cambio, pregunté:

—¿Cómo es posible que no te decidas a escribir algo mínimamente serio?

Quedó sumido en la perplejidad. Al principio, no me creía. Acto seguido, se apresuró a defenderse:

—¡No sabes lo que dices! Con menos méritos, algunos escritores han pasado a las antologías. Por no decir a la historia.

—Pero tú no pasarás, Jordi, porque tú, como escritor, no existes. No has existido nunca.

Hice una pausa. Era ideal para aumentar la tensión. Era ideal para contemplar a placer su mirada estupefacta. Cuando la hube disfrutado, volví al ataque:

—Una triste sociedad literaria te utilizó en calidad de símbolo, como un torero o un vocalista de las letras. Tú lo has repetido en varias ocasiones: interesaba demostrar que una cultura de andar por casa podía producir milagrosamente una generación excepcional. Te tocó la lotería. Eso es todo.

—Es la imagen que me han creado. Yo, como escritor, soy otra cosa. ¡Siempre seré otra cosa! Y tú sabes que es cierto.

Se aferraba al manuscrito de *Summer's End* con la desesperación del que ansía salvar la vida de su hijo preferido. Pero yo no estaba dispuesto a creerlo. Había mentido en demasiadas ocasiones. Él mismo era una mentira.

—Te diré lo que has escrito, pobre imbécil: un novelón digno de Minifac Steiman. Ya ves: cuando alguien convierte la cultura en mercancía pueden ocurrir este tipo de cosas. No te pongas nervioso, hombrecito. Tendrás que escuchar hasta el final, como yo lo hice aquella noche de Barcelona, cuando me ordenaste que me matase. No me diste la oportunidad de diseñar mi futuro, pero yo te la doy. Y, si he de serte sincero, no lo veo demasiado brillante. Cumplirás treinta años y ya no podrás jugar la carta de la juventud. Aparecerá una nueva generación que buscará otros modelos; la tuya irá envejeciendo y exigirá un autor serio y maduro. Debiera serlo mucho, el Lleonard destinado a reflejar los nuevos tiempos que se avecinan. Tendrías que olvidar ahora mismo tu mito ridículo, conseguir el equilibrio entre la sinceridad contigo mismo y con los demás. La sinceridad que nunca has tenido.

—Este libro es completamente sincero. Me he dejado el alma en él. Esperaba que esto se notaría. Es una gran novela. Yo sé que lo es.

—¿Quién esperas que se acuerde de ti? Serás otro espejismo de tu década. Un oportunista más. El padre de cuatro criaturas estereotipadas que bailaron al son de los años sesenta. Hiciste lo que ellos exigían. Y ahora eres el joven eterno que, sin embargo, no podrá serlo por más tiempo.

—¡La juventud! —exclamó él—. Siempre pensé que yo era su amante. ¡Ah, sí! La juventud se enamoró de mí y, a cambio... ¡le he sido tan fiel!

—Recoge mi desafío, Jordi Lledó. Continúa siendo el joven eterno. ¿No comprendes que no tienes otra salida?

Quédate en la leyenda. Prolonga la juventud hasta el absurdo y hazte leyenda.

Me miraba boquiabierto; le horrorizaba el abismo que intuía más allá de mi propuesta. Sin embargo, alguna voz se alzaría con más fuerza que la mía, porque el horror fue cediendo y empezó a vislumbrarse la única luz digna de brillar más que su propia vida: la inmensa falacia de la juventud. Y, cuando lo hubo reconocido, quedó completamente resignado. Ya no oponía la menor resistencia. Por fin podía transmitirle mi mensaje:

—Mátate.

Oí su respuesta como un eco patético, como un rumor prematuramente envejecido:

—Tal vez la juventud ya no me será fiel a partir de ahora...

—Mátate, Jordi Lledó. No esperes más.

Él esbozaba una sonrisa entre perpleja y tierna. La sonrisa que le sirvió para ganarse tantas voluntades.

—Mátate de una vez.

Se incorporó cansinamente, con lentitud casi senecta. Y todavía dijo:

—Durante toda mi vida he dominado a los demás y yo necesitaba desesperadamente ser dominado. Sólo cuando alguien lo consiguió pude conocer el placer. Y ahora sé que nunca volveré a conocerlo, porque vuelvo a dominar yo. Domino a la juventud, domino al tiempo y domino a la Muerte, poniéndola al servicio de mi obra.

Yo tenía las manos entrelazadas sobre su novela. Él ni siquiera se acordó de recogerla. Era una obra maestra que no podía rendirle el menor servicio.

Y así lo vi alejarse, acompañado por una melodía de los Beatles y los gritos de miles de estudiantes que alborotaban cierto mes de mayo por las calles de París. Con él salía del invernadero el cortejo de seres prodigiosos que poblaron la juventud de tanta gente. Con él se alejaban las alegres imágenes, las luces psicodélicas, los rutilantes colores de la Gran Década. Pero, igual que aquellos mitos rotos, estuvo a punto de morir humillado y envejecido. Porque avanzaba con el cuerpo encorvado, los brazos colgando sin fuerza, la cabeza baja. De repente, antes de alcanzar la puerta, se detuvo. Permaneció recapacitando unos segundos. Debió decidir que aquella actitud no era digna de alguien que se disponía a preservar para siempre una imagen rutilante hecha a la medida de una década excepcional.

Me miró por última vez y, al hacerlo, empezó a recomponer su postura. Enderezaba el cuerpo, erguía la cabeza, agitaba violentamente la negra cabellera. Su actitud tenía, por fin, la altivez de un príncipe que prefiere la pira antes que renunciar al trono.

¡Magnífico Lleonard!

A partir de aquella salida todo se pierde en los dominios de la imaginación, conjurada en las noches de Atenas, mientras paseo lentamente por las ruinas del ágora romana, piedras agotadas sobre las que deposita el invierno un manto blanco que no consigue esconder las huellas de hogueras milenarias, tan parecidas a la que había de carbonizar el cuerpo de Lleonard.

Saltó sobre su hipógrafo mecánico y lo aceleró a ciento veinte por hora; se arrojó violentamente sobre los jardínes a punto de florecer, pisoteó los cultivos del estío, devoró la nieve de las altas cumbres, y ni la tempestad ni el hielo ni la aridez de los desiertos de su siglo lograron someter aquel temple de irreverente juventud.

Buscaba su objetivo sin vacilar.

Los escasos testigos del accidente contaron que, junto a la autopista, se erguía un roble de ramas musculosas como los brazos de un atleta de Esparta y tan antiguo como los versos de Virgilio. Contaron que el Porsche se precipitó directamente contra el árbol. Fue un impacto tremendo seguido de una explosión infernal. Al punto empezaron a surgir llamaradas tan altas que imposibilitaban cualquier intento de ayuda. En la habitación del hotel decimonónico quedaba un bloc de notas por estrenar, un ejemplar de *Books and writers* que hablaba de *Orgía de lobos*, unas casetes de óperas de Verdi, dos o tres Charlie Browns en italiano, un programa de la actuación de Olímpia Estruch en La Fenice y una fotografía de Blanca Alcover.

Y algunas noches, entre las ruinas de Atenas, evoco el holocausto que preservaba para siempre la admirable juventud del héroe. Sé que levantaba el brazo desesperadamente, buscando un camino entre la humareda mientras las llamas iban consumiendo su pecho soberbio, sus prodigiosos pezones, el pene magistral. Imagino cómo crujía su carne y oigo un aullido de lobo adolescente que la tramontana arrastra hacia un remoto rincón del Imperio, allá donde se encuentra el país más hermoso a orillas del mar adornado con la color más azul. Muy al norte, en las ruinas de Chelsea, una centuria de *hippies* floridos y un orfeón de doncellas ye-yes lloraban a ritmo de guitarra. Y Jordi Lledó conseguía dominar al mito mientras la década de los sesenta moría definitivamente con la última máscara de Lleonard.

FIN DE LA NOVELA

Roma, primavera de 1969
Barcelona, 1971-1972
Corrección definitiva:
Madrid-Barcelona, otoño de 1991
Roma, primavera de 1992

ÍNDICE

Este libro se imprimió en los talleres
de Cayfosa Industria Gráfica
Ctra. Caldes, km 3,7
08130 Santa Perpètua de Mogoda
(Barcelona)

LE LIVRE DE PACHA

Éditions du Revif
19, cité Nollez
75018 Paris
editionsdurevif@yahoo.fr

Véronique Sales

LE LIVRE DE PACHA

Éditions du Revif

1

Récit du chaman dans le bois de bouleaux

La campagne était blanche et grise, comme souvent à l'automne. Il arrivait aussi, bien sûr, qu'elle fût rouge, du beau rouge des flammes, ou jaune, d'un jaune sombre comme l'or des parures funéraires, ou verte, mais à cela André s'attardait moins ; blanche et grise, brumeuse, hérissée, elle lui allait droit au cœur.

Il revenait de Vierzon et se rendait à Paris. C'était, ce voyage en train, un engourdissement des sens et de l'esprit, quelque chose à quoi il fallait s'accoutumer, à moins, se dit-il en se laissant aller au mouvement des roues, au bercement et à la chaleur, tandis qu'au-dehors il devait faire froid (c'était certain, froid comme il avait eu froid le matin même en sortant dans le jardin recouvert de neige, on était en novembre, tout était blanc derrière la vitre désormais, ce qu'il y avait de gris dans le paysage, sur les champs, accroché aux arbres, s'étant évaporé), à moins qu'il ne cherchât plus à s'accoutumer à quoi que ce soit, il avait trop sommeil.

Assez médit de nos semblables ! avait proclamé Isaac en quittant la table du dîner. Il y avait eu un instant de stupeur, l'étonnement, l'attention retenue, comme on retient son souffle, une vague rumeur de confidences et de rires, un coup de vent passant au-dessus de l'étang, et puis ils s'étaient égayés, des oiseaux qu'un coup de feu tiré dans les joncs disperse, ou un cri dans les bois : ils avaient tournoyé, noirs et bruyants, tout autour du salon, désordonnés, nombreux, avant de s'y poser à nouveau, chacun à sa place, sur les fauteuils, sur la bergère qu'on avait tirée devant le feu, sur les tabourets aux pieds de bois gris, immobiles, aux aguets encore puis, l'affolement passé, jacassant à nouveau sans vergogne, posés là au hasard, gracieux, désinvoltes.

C'était, chez Isaac, meublé en dépit du bon sens. Personne n'aurait pu, quand Pavel en faisait la remarque, l'attribuer à la rancœur ou à la suffisance : le fait était unanimement reconnu, il n'y avait qu'Isaac pour s'encombrer d'un tel bric-à-brac, des lampes le long desquelles montaient des guirlandes (de la vigne et du lierre) de bois doré, des cartonniers remplis de papiers, de factures, de lettres, de vieilles choses qu'il ne consultait jamais, ce qui était vieux, disait-il, lui embarrassant l'esprit, empêchant ses facultés de jugement et de décision, des fauteuils d'un cuir abîmé, de la vaisselle au fond de laquelle de petits personnages en uniforme, des femmes en costume coloré, souriaient d'un sourire inquiétant, des tentures accrochées aux murs, aériennes, prêtes semblait-il à s'envoler au moindre souffle, parsemées de fils d'or et d'argent, précieuses, c'était sans doute la raison pour laquelle il les avait choisies, dans le bazar de Tachkent ou celui de Samarkand, puis rapportées chez lui à grand frais, au retour de l'une de ses disparitions légendaires, avec d'autres objets acquis en contrebande, plaques de bois ou d'ivoire ouvragées, feuilles d'or, colliers de cailloux translucides, et d'autres étoffes encore, ternes, élimées, déposées sur les meubles, à la forte odeur de musc, les recouvrant comme si elles y étaient retombées, les tapis volants d'Isaac, aux reflets d'argent et de rose, abandonnés là, pour un moment, quand il revenait de l'un de ses voyages, poussiéreux, raides, immobiles, prêts à repartir pour l'Orient, et puis des peintures, crues, délicates, ou bien ombreuses, soviétiques, des personnages livides, correctement habillés, assis dans des trains de banlieue aux vitres voilées, derrière lesquelles on devinait des arbres, d'étonnantes perspectives de béton blanchi, étirées à l'infini sous des ciels bleus et froids, des livres aussi, écrits dans toutes les langues, une corne de narval dressée en équilibre dans un coin de la bibliothèque, parmi les animaux empaillés, aras, canards, zébus, une carapace de tortue et un petit crocodile pétrifié, sec et vindicatif, posé sur le piano, où il semblait prêt à mordre, toutes choses qu'il avait distribuées au hasard dans l'appartement de la rue Delambre, plus tard dans la maison de Soubise. À Soubise, cela s'était propagé, comme une maladie. Toute la maison (de vieux murs, des planchers disjoints, des portes qui fermaient mal, d'obscures échappées sur les bois, à travers les carreaux sertis de plomb) en avait été contaminée. Isaac était doué de la curieuse capacité de priver les choses de leur âme, de les emplir entièrement de la sienne ; l'observation méritait qu'on s'y arrête, la question subséquente étant évidemment de savoir s'il disposait du même pouvoir sur les individus, et s'il en userait.

Parmi toutes ces vieilleries, comme les appelait Ingrid, il y en avait dont il avait hérité simplement, et qui lui étaient moins chères, évidemment, la fortune d'Hugo Streller, que personne n'avait jamais cherché à évaluer s'étant également, au cours des années, convertie en objets, en souvenirs, en tableaux : il ne savait plus quoi en faire, disait-il, cela lui pesait, véritablement, un fardeau, son plus cher désir était de s'en débarrasser, et s'en débarrasser avait consisté à le transmettre à son fils, le seul héritier qu'il ait reconnu comme tel – les autres, si déférents et soucieux de lui plaire, il les avait lésés, autant qu'il était possible, usant pour cela d'artifices compliqués, avec l'aide d'un notaire qui avait trouvé à l'affaire, à ce qu'elle avait d'inique et de ténébreux, un attrait intellectuel. Comme ils étaient bien élevés et n'estimaient pas disposer de droits particuliers du seul fait qu'ils étaient les enfants légitimes d'Hugo et qu'ils avaient vécu avec lui les premières et fastidieuses années de leur vie, il proclamait volontiers, et jusqu'en leur présence, qu'Isaac était, de tous ses fils, le seul qui pût prétendre à sa reconnaissance. Personne n'avait le cœur de l'avertir qu'il était trop tard, que la gratitude, la rancœur, le remords, tout ce qu'on a souffert, espéré, redouté, tout cela se défait, inexorablement, que véritablement il était trop tard, que la distance s'augmente des années, qu'il demeure, entre les êtres, résistant à la connivence, des espaces immenses, et que c'est un bienfait, finalement, cette légèreté, cette évanescence, des plaques de gel cédant au vent et au soleil, l'âme, soi-même, de jour en jour plus silencieuse, inconnaissable, c'était la leçon des années, ce dont Isaac aurait dû l'informer, lui qui se trouvait pourvu d'une telle prescience des individus et des situations – peu enclin, il est vrai, à la partager ; Hugo pourtant, paradoxal, turbulent, en aurait eu grand besoin, lui qui se montrait, en toutes circonstances, si péremptoire, démuni.

Isaac avait reçu ces offrandes, comme il faisait en général, avec urbanité, sans ostentation. Pavel le soupçonnait sur ce point d'un peu de calcul, ou d'esprit de revanche, et le lui avait dit. Fâcheuse erreur d'interprétation, avait répondu Isaac sans animosité (il en était incapable), qu'y a-t-il sérieusement que je pourrais exiger de mon père, ou attendre, vous savez bien qu'il est totalement, déjà, passé du côté de la terre et de la cendre, et que je l'y suivrai. Pavel, dans sa sagesse ou sa désinvolture, qui étaient peut-être une seule et même qualité, s'était contenté de cette réponse. Elle ne l'avait pas dissuadé de poursuivre – de continuer à vilipender Isaac, à le méconnaître et l'aimer. C'est que Pavel avait établi à son propre usage un code singulier, une ligne de conduite toujours applicable et nécessaire, une philosophie pratique qui consistait à peu près en cet axiome : les choses que l'on pensait, il valait mieux les dire, toutes, et peu importait la forme choisie. Il n'avait pas fini de s'interroger sur cette intraduisible et candide expression, si désuète, française, « y mettre les formes », intraduisible dans sa langue mentale tout au moins, celle qui, comme il disait, tapissait son esprit, faite de raccourcis et de métaphores, le russe qu'il parlait, à haute voix, quand il était seul, une langue dans laquelle il s'apostrophait, se prenait à témoin, se morigénait, sonore, sibylline. Il tenait pour acquis que les formes sont un regrettable vestige de l'Ancien Régime, qu'il fallait à toute force s'en débarrasser au contraire, trancher dans le vif, larguer les amarres, envoyer par-dessus bord l'ancien monde et, comme il disait, toute la mascarade ; en quoi Pavel se montrait irréductiblement étranger, soldat égaré, avant-coureur d'une horde prête à déferler sur l'Europe, le fantassin mongol entrevu par Marai, un soir de 1944, au bord du Danube, dans le brouillard glacé, éclaireur d'une armée errante, impatiente, avide, tenant la littérature pour quelque chose de sacré – Pavel, du moins sous sa forme la plus récente, car l'autre, le précédent, celui dont on avait perdu le souvenir, dont on s'étonnait qu'il portât le même nom, ce spectre revenu hanter les vivants sous des vêtements, avec une figure, qui n'étaient pas les siens, fascinant cas d'amnésie et d'adaptation, un survivant en somme, survivant aux livres qu'il avait écrits, aux femmes qu'il avait connues, à l'amour qu'on lui avait porté, au dépit, à la mélancolie qui le rongeait, disait-il, comme une lèpre, cet ancien Pavel, disparu pour toujours, était pour sa part un homme d'esprit et d'excellentes manières, un homme que l'on aurait reçu chez soi sans inquiétude ; tandis que celui-ci, qui avait pris sa place, avec sa faconde, son arrogance, la fixité maligne de son regard, l'amusement qui virevoltait sur son visage, le plus souvent mal à propos (il y a en moi, confiait-il, un démon qui ne peut s'empêcher de rire), on l'évitait autant qu'il était possible, on le tenait à distance, craignant qu'une fois installé chez vous il n'y prenne ses quartiers et n'y donne libre cours à sa nature, imprévisible et malveillante.

À force de se dépouiller de tout ce qu'il avait acquis en faveur de son fils, Hugo avait fini par ne plus ressembler du tout à ce que l'on attendait, en général, dans le monde où il avait vécu, d'un homme comme lui, de ce que son entourage appelait un honnête homme, c'est-à-dire quelqu'un de convenable, ou encore, comme disaient, parmi ses frères et ses cousins, ceux qui avaient le sens le plus affirmé de la famille et des usages (ceux qui veillaient à l'éducation de leurs enfants et témoignaient de la reconnaissance à leur femme), quelqu'un de fréquentable. Lui aussi, on avait, finalement, renoncé à lui demander de venir dîner, même ceux de ses amis qui persistaient à le trouver intelligent, ou bel homme – Hugo, malgré toutes ses turpitudes, est resté très bel homme, observait-on avec une forme de respect, comme devant une étrange et, à ce titre, instructive manifestation de la nature, à la fois pittoresque et satanique, et curieusement ce charme qu'il avait conservé lui était encore compté comme une qualité ; c'était en tout cas plus quantifiable, tangible, précisément observable et de ce fait rassurant, que son intelligence, son esprit, comme on disait, la liberté de ses propos, ou plutôt leur caractère incongru, définitif, pesé certainement, si calculé pour déplaire, pour surprendre et inquiéter, qu'on avait pris l'habitude de considérer cette malice et cette agilité comme les pires, les plus durables et affirmés de ses défauts, ce qui faisait le fond de son caractère : Hugo, disait-on, était brillant, et il ne faisait pas de doute qu'étant aussi brillant, et en retirant une telle assurance, il était sorti du cercle des gens que l'on pouvait fréquenter sans dommage. La première fois qu'André avait été admis en sa présence (c'était l'impression que donnait Hugo, le premier affront que l'on recevait de lui, ce qu'il vous opposait, d'emblée, la distance, le périmètre sacré qu'il n'était pas question de franchir : il vous admettait en sa présence, avec une bienveillance appuyée et très peu d'intérêt), il lui avait fallu un peu de temps pour faire coïncider ce qu'il voyait, ce désastre, cet apparat, à ce qu'il en avait entendu dire. Aucun abandon chez Hugo, ni légèreté, ni fantaisie ; l'esprit de sérieux et d'analyse, une malignité si vive qu'elle s'apparentait à de la drôlerie, une extraordinaire aisance, également, et une détermination féroce, entièrement vouée, semblait-il, à conduire à sa perte l'interlocuteur. Hugo lisait un peu, des Mémoires, des récits de gens qui avaient fait la guerre, l'une ou l'autre, des moralistes français, de la théologie (il était très pieux) et en faisait étalage ; c'était cela, aussi, qui impressionnait, son fonds de commerce : l'allusion et la référence, obscures, incisives.

Il avait eu beaucoup d'ambition, jadis. Il avait fallu que les contours de son existence, le contexte, le décor, les détails, tout ce dont on parlerait autour de lui, diffère, étonne. Il avait voulu marquer les esprits, peut-être se montrer digne de quelque chose, mais avant tout remarquable, oui, c'est cela qu'il avait voulu avant tout, se distinguer, en tous points, de la sage cohorte de ses condisciples, ceux qui comme lui avaient suivi les cours d'une institution religieuse, puis été envoyés en pension en Suisse, en Angleterre, qui avaient assisté à la messe tous les dimanches, témoigné de la déférence à leurs parents, couru les bals, qui avaient aimé des jeunes filles, en avaient épousé d'autres, avaient eu des enfants, des goûts, des manies, des principes, avaient chassé avec leurs cousins, étaient revenus l'été dans la maison de famille, et qui, pendant tout ce temps, depuis leur enfance minérale jusqu'à leurs années de prospérité, avaient agi comme il le fallait, s'étaient montré, comme il était naturel, charitables, avisés, fidèles, cupides et insolents quand il le fallait, avaient prodigué des conseils, donné l'exemple, établi des règles de conduite qui ressemblaient, pour l'essentiel, à celles qu'on leur avait enseignées, et les avaient suivies.

Hugo Streller avait grandi entouré d'égards et de bienfaits ; ses désirs avaient été exaucés, tous. Ses professeurs et ses camarades lui avaient témoigné de l'admiration. Il avait été bon élève, insoumis, audacieux, avait acquis une petite notoriété dans les affaires, épousé Dora, eu des garçons, quatre, qui avaient du respect pour lui, meublé ses différentes maisons avec un peu d'originalité, qui se traduisait essentiellement par un goût prononcé pour les animaux empaillés, l'oie des forêts de Scanie, le renard blanc et l'ours, qu'il faisait venir à grand frais d'Esztergom, où il avait son fournisseur, et c'était à chaque fois, lors de l'arrivée d'un nouvel animal, imposant et lustré, dans l'appartement sombre de la rue du Ranelagh, des applaudissements et des rires étouffés – les enfants ne s'en étaient pas lassés. Dans l'exercice de ses fonctions, comme il disait, il avait été dur et sans scrupules ; c'était à peine s'il se souvenait d'avoir jamais éprouvé de l'estime (peut-être, et encore, toujours mêlée d'un peu de méfiance) envers qui que ce soit. Le monde des hommes, celui qu'il avait connu, celui de ses partenaires et des ses subordonnés, était un monde de politique et de basse police, et il savait bien que ceux qui se montraient les plus rebelles à l'autorité qui était la sienne, de droit divin, si par malheur elle leur était revenue, ils l'auraient exercée avec autant de condescendance et d'obstination que lui, et peut-être moins de discernement, car lui au moins, la considérant comme une attribution dont nul n'aurait pu le priver, n'en avait jamais été surpris, encore moins enivré : il n'avait aucun souci de sa propre légitimité, elle allait de soi, c'était un fait, ou encore, disait-il volontiers, une donnée de la nature, comme il est naturel que la pluie mouille et que le soleil réchauffe. Il en était persuadé : il différait des autres. Il avait une opinion, argumentée et scintillante, sur chaque chose. Personne ne trouvait grâce à ses yeux, sauf ses enfants, peut-être, Dora certainement. Il avait affronté l'existence, ce qui encombre et résiste : l'adversité, affirmait-il, il l'avait saisie à bras le corps – il était assez difficile de savoir ce qu'il entendait par là, précisément ; il était convaincu en tout cas, et rien ne l'avait délivré de cette idée fixe, d'avoir mérité toutes les grâces qui lui étaient échues, cette splendeur, cette opulence, cette interminable fête à laquelle il conviait, bonhomme, la théorie de ses courtisans. Pour toutes ces raisons, pour cet orgueil et cette ténacité, cet esprit de ruse et de méthode, cet inextinguible amour de soi, André était persuadé d'avoir affaire, à chaque fois qu'il se trouvait en présence d'Hugo, à un imbécile ; mais il avait renoncé à en convaincre qui que ce soit : la fortune d'Hugo Streller, sa vanité, sa connaissance, superficielle, sociale, de quelques livres, sa capacité à disserter sur les affaires humaines, son génie de l'improvisation, mais plus que tout sa fortune et son habitude du monde avaient à tout jamais dissuadé son entourage de le prendre pour ce qu'il était – ou n'était pas, qui sait ? Peut-être, après tout, la réussite façonne-t-elle un caractère, le solidifie-t-elle et l'organise-t-elle, tout autant que le malheur ? Peut-être Hugo était-il surgi, infaillible, monumental, de ces années de félicité, pour leur édification à tous, et peut-être serait-il plus sage de se pénétrer de cette leçon, de ce qu'elle avait d'amer et d'incontestable ?

Et tout le reste, la nouvelle vie d'Hugo, ses nouvelles habitudes, le deuxième personnage qu'il avait patiemment travaillé pour la scène depuis quelques années, avec autant d'application et d'ostentation que le premier (peut-être un plus grand souci du détail, un goût plus affirmé pour le baroque, l'asymétrique, le miroitement des surfaces et le chatoiement des couleurs), cette seconde imposture qui était venue s'ajouter à la première, le choix qu'il avait fait de s'enterrer vivant, comme il disait, à soixante ans passés (il disait que c'était bon à savoir, à cet âge-là, l'effet que cela faisait, d'être enterré) dans un taudis, au vrai un grand appartement vide, du côté du boulevard Richard Lenoir, où s'entassaient, à côté de quelques chaises et d'un lit qu'il avait emportés avec lui quand il avait quitté la rue du Ranelagh, Dora, les enfants, ses habitudes anciennes, ses livres, les poubelles, qu'il ne descendait qu'une fois par mois, l'hygiène, affirmait-il, étant un souci bourgeois, où l'on avait coupé l'électricité, parce qu'il jugeait grossier qu'on crût bon de lui envoyer des factures (il avait de la même manière renoncé au téléphone, mais disposait encore de l'eau courante, bien qu'il parût l'utiliser à regret, changeant rarement de vêtements, arborant le plus souvent une barbe de quelques jours, qu'il rasait soudain, mû par on ne savait quelle impérieuse et subite coquetterie, par ailleurs ne mangeant presque plus, dormant encore moins, mais continuant à boire, des vins excellents, qu'il faisait venir de Hongrie : il se vantait que son foie, après tous les excès qu'il avait commis, semblât à ses médecins âgé d'une centaine d'années, au moins), où il n'ouvrait plus les volets, où la télévision allumée nuit et jour diffusait des nouvelles qu'il feignait de prendre très au sérieux, et cette générosité insensée dont il faisait preuve à l'égard d'Isaac, son premier fils, l'aîné, répétait-il avec une émotion affichée, tout le reste, une fois de plus l'extravagance alliée à l'esprit de méthode, le calcul et l'exubérance, ce contentement de soi qui débordait, en chaque circonstance, toujours, quoi qu'il advienne, tout cela paraissait à André relever exactement, trait pour trait, de la même vanité et de la même sottise ; mais il n'y avait personne avec qui il pût, ou osât, partager cette certitude – Pavel, peut-être, et encore, à demi-mot.

Isaac au contraire, distant, débonnaire, pourvu d'un beau visage de pierre, qu'avaient usé les années, était, tout le monde autour de lui le savait, le tenait pour une vérité indiscutable, un dogme sur lequel on ne reviendra pas, un homme sans ambition, sans humeurs, sans souci de soi ; ce n'était pas une confidence qu'on aurait recueillie de lui (il en faisait si peu, on aurait même pu dire, mais le fait était assez étrange pour qu'on préférât ne pas l'évoquer, que, de confidence, il n'en faisait aucune), simplement le fruit de l'observation. Isaac n'était pas exactement un homme comme les autres, et l'idée ne serait venue à personne de le traiter comme tel. À quoi cela tenait-il précisément, outre sa grande discrétion et son exceptionnel désintérêt pour soi (qui n'avait rien à voir avec de la modestie), nul n'aurait pu le dire. Il était très populaire, c'était une chose qui se vérifiait chaque jour : on était attentif à son bien-être, à ses désirs, si parcimonieusement exprimés, comme si c'avait été un miracle que de le savoir en vie, comme s'il avait été le rescapé d'une catastrophe ou le dernier descendant d'une lignée éteinte. Il recevait ces hommages avec bonne grâce, un parfait naturel, et sa froideur d'étranger. Pas mal, mon vieux, pas mal, répondait-il à André qui lui demandait comment il se portait, et d'une bourrade le faisait entrer dans le salon, s'exclamant qu'ils n'allaient pas demeurer au-dehors, par ce temps, qu'on fût en hiver ou en été : tous les excès, le froid, la chaleur, l'amitié qu'on lui témoignait, lui étaient déplaisants. Isaac n'était pas un homme de chair, mais de marbre. Ingrid ne s'y trompait pas, qui le rudoyait ; d'elle, Isaac acceptait tout, avec tant de courtoisie qu'on pouvait s'interroger, affirmait Pavel, sur l'amour qu'il éprouvait réellement pour sa femme.

À Soubise, tout ce fatras ouvrait sur un jardin, qui avait demandé beaucoup de soin à Isaac. Il avait paru en ce domaine, comme en tant d'autres, incertain, affairé, et toujours, semblait-il, à mauvais escient. Il avait des idées sur l'arrangement de la nature, qu'il avait recueillies dans les livres : c'était, confiait-il, son côté lyssenkiste. Il rêvait de fontaines jaillissantes, de canaux, de collines élevées à partir de rien, de dénivellations effrayantes où l'on aurait jeté des rochers, d'allées sablées, rectilignes, venant briser la ligne de la façade, et puis perdues, de l'autre côté, dans le carré de sapins. Il y avait fait pousser du buis, qui prenait mal, des hortensias, un peu partout des arbres fruitiers. Mais ce qu'il préférait c'était, au fond, près de l'étang où il tentait d'acclimater des carpes et des canards (les carpes mourant, le plus souvent, d'indigestion, car il les nourrissait trop, les canards finissant dévorés par les renards, qu'il appelait les loups : encore trois de tués par les loups, annonçait-il en rentrant au matin dans la cuisine chaude, revenant encore plus raide de sa promenade dans la neige, avec ce sourire féroce et contraint qui était la chose la plus déconcertante qu'il eût été donné à André de voir, si déconcertant qu'il avait à chaque fois envie d'assurer Isaac qu'on n'avait plus vu de loups, depuis bien longtemps, si près des villes, mais il se ravisait), le bois de bouleaux. Le vent, affirmait-il, y faisait un doux bruit d'au-delà. Les carpes et les tanches, il leur donnait à manger lui-même, d'énormes miches de pain frais qu'il allait acheter à la ville, comme il disait, dans la grand-rue de Souvigny, chez un boulanger où il avait ses habitudes. Voici monsieur Streller, qui nourrit ses poissons : c'était avec cette phrase qu'il était accueilli, invariablement, par l'employée du magasin, une jeune femme qui s'était amourachée de lui et tenait à le lui faire savoir ; elle lui souriait avec une candeur dont elle ne faisait plus depuis longtemps preuve envers personne, et cette amabilité qu'on lui témoignait le froissait, comme toujours, tandis qu'il entrait dans le magasin en soulevant le rideau de cuir, s'efforçant de ne rien laisser paraître de son mécontentement, hésitant un instant entre le soleil et la pénombre, comme il faisait lorsqu'il franchissait le seuil de la maison de Soubise, avenant, rigide, colossal, puis avançait bravement, tandis qu'autour de lui les conversations s'interrompaient.

Il entrait dans le vestibule, dallé de noir et de blanc, puis descendait au sous-sol, dans la cuisine, où il déversait les fleurs, le pain, les journaux, les bouteilles, enfin tout ce qu'il avait acheté au village, avec son appétit d'ogre. Quand il revenait de la chasse, c'était le même désordre, les bécasses, les faisans, renversés là, leurs plumes d'apparat, leurs yeux de verre, soyeux, odorants, inertes – les décombres, l'inachèvement, la prodigalité. Car Isaac était chasseur ; c'était un plaisir auquel il ne conviait personne, n'ayant pas, disait-il, le goût de la compagnie – il se reprenait aussitôt, dans un souci de bienséance, puisque l'appartement de la rue Delambre, aussi bien que la maison de Soubise, étaient pleins de monde, en toute saison, quelles que fussent l'heure et les circonstances : à la chasse, s'entend, précisait-il, où le silence est de mise, et la patience, et la ruse, vertus peu collectives.

Assez médit de nos semblables ! L'apostrophe ne les avait, passé le premier moment d'émotion (tout de surface d'ailleurs, et peut-être imputable à la griserie de la fin du dîner, à la satisfaction du mouvement, enfin à la simple gaieté), guère troublés. Ils s'étaient retrouvés assis, selon une configuration différente, dans le salon peint de gris et de bleu, et leur murmure avait repris, joyeux, bruissant, inutile, tandis qu'André allumait une cigarette sans se mêler à la conversation - c'était une chose qu'on disait souvent de lui, avec un peu de familiarité et d'approximation dans l'idée : qu'il ne se mêlait pas, et il était assez vain, convenait-il, pour en retirer de la fierté.

Ses facultés d'analyse et d'émerveillement étaient ce soir-là entièrement concentrées sur Pavel, qui avait lui aussi subi une métamorphose, et pas des moindres, et qui ne se résumait pas, pour ce qui le concernait, à un simple changement d'identité, de caractère, de raison sociale : cela, expliquait-il, ces triviales résolutions d'après dîner qui amènent à changer de maison, quitter une femme pour une autre, se laisser pousser la barbe et feindre une vive inclination pour l'anarchie et la libre pensée, ces oripeaux dérisoire et mal taillés, il les laissait à Hugo Streller ; ce qu'il avait vécu, lui, expérimenté, cette souffrance qu'il avait traversée, c'était le feu d'une révélation. Pavel Kiriline, celui que l'on croisait ici ou là, dans le jardin de Soubise, rue Delambre, à qui l'on rendait visite chez lui, au calme de son petit appartement de la rue de Savoie, où il campait, disait-il (il était féru de métaphores militaires et effectivement peu soucieux du confort moderne), où il semblait qu'il eût jeté, à l'emporte pièce, les débris du butin qu'il avait accumulé durant ce qu'il appelait ses années de brigandage et de désarroi, Pavel Kiriline, tel qu'il apparaissait à l'Institut, pour y prononcer une communication savante sur les Tchouktches ou les Toungouses, ou bien dans les villes d'Europe où l'on venait écouter ce qu'il avait à dire, sa parole énigmatique et inspirée, était un avatar, mais au sens propre : une créature inscrite dans la succession des temps, le cycle des renaissances et des saisons, témoignant, par sa présence ici-bas, à ce moment donné, de la cruauté et de la terrible pertinence d'une loi à laquelle il ne pouvait se soustraire. Il avait, au cours des siècles, revêtu des formes différentes : des hommes, des mammifères, des poissons, peut-être, ajoutait-il en souriant, des femmes ; son esprit, cependant, était demeuré le même, volatil et serein. Vieilli, désinvolte, pénétrant, il était aujourd'hui la réincarnation de tout ce qu'il avait été, tout ce qui avait fait sa nature et sa puissance, dans d'autres lieux, si éloignés de ceux-ci qu'on en avait perdu le souvenir, la notion, que toute représentation en aurait été approximative, imparfaite. Il y avait toujours en lui, de ce fait, quelque chose d'impur et de transitoire. C'était peut-être, qui sait, confiait-il parfois, sa deux cent cinquante sixième apparition sur cette terre, ou bien la deux mille trois cent soixante quinzième ; parfois, rêveur, il disait que c'était une chance, une bénédiction, que de traverser ce monde marécageux et froid sous les traits d'emprunt de Pavel Kiriline, une récompense, certainement, pour toutes les bonnes actions qu'il avait accomplies sous une forme antérieure, bénigne, bienheureuse, douée de la faculté d'innocence – celle d'Antsiluuq peut-être, ou bien du cervidé céleste ?

Inscrit dans cette lignée discontinue dont il était inutile de rechercher l'origine ou la cohérence (il n'y en avait pas, aucune en tout cas que puissent lire ses contemporains, hommes de peu de foi, de peu d'imagination, et c'était vraiment, professait-il, le mal de cette époque, la lèpre qui déjà en avait disjoint les membres, la gangrène qui bientôt toucherait le cœur, cette faculté de dérision, le goût du sarcasme et de la réflexion), il s'estimait autorisé et même encouragé à changer, autant qu'il le pouvait, au cours de chacune de ses existences circonscrites et divisées. Il y introduisait à chaque fois tout ce qu'il pouvait d'imprévu et d'arbitraire. Il avait ainsi théorisé son inconstance, sa prodigieuse faculté d'adaptation, son sens aigu du précaire et du merveilleux. Il changeait donc, il évoluait en lui-même – c'était l'une de ses expressions favorites. Il multipliait, dans le cours de ses transformations successives, d'autres mues, qu'il lui incombait, et à lui seul, à sa volonté propre et limitée, de mener à bien, des modifications de détail ou de structure, insignifiantes, déclarait-il, secondaires, au regard du grand bouleversement qui avait eu lieu et de celui qui s'annonçait. De ces renoncements et révolutions il se trouvait bien, ayant retiré de cette certitude d'avoir existé déjà et d'exister encore, à jamais, une très grande liberté d'allure et de ton : adressez-vous à l'autre, si toutefois vous arrivez à mettre la main dessus, avait-il coutume de répliquer quand on s'inquiétait de le voir changer d'avis, faire valoir une opinion dont il avait déclaré, quelques mois plus tôt, qu'il fallait s'en défier comme de la peste ; ou bien, si, le voyant grossi au-delà de ce qui était imaginable, et resplendissant, l'on s'enquérait d'une maladie dont il avait souffert peu de temps auparavant, annonçant avec bravade qu'elle n'aurait pas de rémission : ah, répondait-il, c'est que je ne suis plus du tout ce que j'étais, l'esprit n'est plus le même, le corps non plus, que cet esprit habite, et nous voici, mon corps, mon esprit et moi, arrivés au terme d'un processus de régénération dont on a jusqu'à aujourd'hui vu peu d'exemples. Son aplomb, son insolence, en somme son inépuisable inventivité avaient fini par dissuader de le contredire ou de chercher à le prendre en défaut : c'était peine perdue.

Il y avait dix ou quinze ans de cela, avant la notoriété, l'amitié d'Isaac, son installation rue de Savoie, ses communications à l'Institut et la publication de ses livres, surtout le dernier, qui avait fait sensation, Paul Kiriline était un homme affable, effacé, pas encore totalement débarrassé de la manie qu'il avait de jurer par tous les saints du calendrier orthodoxe, prompt à s'amuser de lui-même. Je suis un parvenu, déclarait-il, appuyant cette affirmation d'un rire qui n'en finissait pas, pourvu que ça dure – il voulait dire l'intérêt qu'il suscitait, qu'il attribuait principalement à son accent russe, et à une vie sentimentale agitée. Et puis il avait changé. Il était devenu bavard, farouche, péremptoire. Il avait renoncé à la plupart de ses amis des premiers temps, et s'entourait désormais d'hommes importants, convaincus de la nécessité de l'ordre et de la morale, qu'il y a des lois générales, que le monde est peuplé d'imbéciles ; il les écoutait avec cette forme d'intérêt, résolue, qu'il portait à tout, indifféremment – c'était peut-être de l'indifférence. Et lorsqu'il croisait dans un dîner quelqu'un de l'autre temps, dont le regard se posait sur lui avec un peu d'embarras, et le trouble que l'on ressent à voir remonter à la surface un débris du naufrage, mais si vermoulu, gonflé par les eaux, méconnaissable, qu'on ne peut plus lui attribuer de nom ni d'utilité, il s'empressait de donner le change, davantage encore, si c'était possible, de ne plus rien laisser paraître de ce qu'il avait été, de se montrer enfin, avec autant d'éclat qu'il était possible, tel qu'il était désormais, exubérant, batailleur, implacable. Pour André seul il faisait une exception : il demeurait avec lui identique à quelque chose, ni l'un ni l'autre ne savait exactement quoi, qui s'apparentait à ce qu'il avait été, ou bien à ce qu'il était ; il se donnait cette peine. Avec André seul, depuis des années, il se montrait naturel ; André était le seul à savoir à peu près à quoi ressemblait, en quoi consistait, équivoque et triomphant, le naturel de Pavel Kiriline.

La veille au soir, à Soubise, il s'était assis, devant la fenêtre qui donnait sur le jardin, dans un fauteuil de cuir qui partait en lambeaux, occupé, dans le cours de la conversation, discourant ou écoutant, mais alors avec une fixité étonnante, du regard et de tout son visage fatigué, à en arracher un à un les morceaux, posément, qu'il posait sur ses genoux avant de les porter à sa bouche et de les mâcher précautionneusement – c'était machinal, expliquait-il obligeamment quand il se sentait observé, il ne fallait pas y attacher plus d'importance que ça, l'effet probablement, le souvenir, de ces dix ou douze jours qu'il avait passés sur la banquise, au large de Point Barrow, à la fin des années 1980, perdu au milieu des glaces, trois camarades avec lui, dans la nuit polaire, sans autre ressource que de mastiquer de la viande de phoque, gelée, et au bout d'un certain temps la peau de leurs vêtements, puis le cuir des attelages : ils avaient enfin tué leurs chiens pour s'en nourrir, et à ce moment de son récit il s'interrompait, laissant en suspens au-dessus de la tête de ses interlocuteurs, une langue de feu, une menace voilée, une preuve de plus de l'existence d'un dieu, qui s'était cette nuit-là pour eux, compatissant, métamorphosé en homme, qu'un de ses compagnons était mort d'épuisement, et qu'ils l'avaient mangé aussi. Les heures passant, il s'était montré de moins en moins prolixe, puis vraiment taciturne. Il était intervenu une dernière fois, avec une forme de paresse, pour aller contre ce qu'il appelait le discours commun, la doxa, les poncifs de notre triste modernité. C'était pourtant, d'ordinaire, un aimable causeur, réticent à se rendre à l'avis du plus grand nombre, de ce fait spirituel, irritant.

Vers minuit, la société s'était dispersée ; on allait dormir. Pavel avait entraîné André au-dehors, dans le froid suffoquant de la nuit, remplie d'un brouillard blanc qui s'était d'abord développé à l'abri des arbres, puis dispersé dans tout le jardin, jusqu'à venir, comme une mer, frapper contre les murs de la maison. Il était allé s'asseoir, sur le banc de pierre, au bord de l'étang où les carpes d'Isaac tournaient en rond, avec les années blanches et noires passées à Kirilskoie, la maison vide (on avait brûlé tous les meubles, il faisait si froid l'hiver, mais les soirs d'été, dans la lumière oblique, étaient incomparables), le visage rond de Véra, la tombe de Platon, où ne reposait aucun corps.

Il avait cru mourir, combien de fois, et pire que cela, il avait été enseveli vivant. Il avait eu peur, il avait été seul, en proie à des tourments si obscurs, imagés, criards, vibrant de mille couleurs opaques qui ne sont pas de ce monde, un vitrail que le soleil ne traverse pas, que nul ne pouvait en avoir l'idée. Comme on l'avait abandonné ! À chaque fois il en revenait pourtant, réapparaissait, se retrouvait d'un coup à la surface de l'eau calme au fond de laquelle un jour ou l'autre il coulerait à nouveau. Ses camarades, au lycée de Novossibirsk, à la faculté de Moscou, le retrouvaient à chaque fois inchangé, c'était du moins ce qu'ils supposaient, une certitude étroite et confortable, ce qu'on a vu au fond de l'eau, supposaient-ils, n'affectant pas la moelle, l'être, l'os, la chair et le sang, n'y introduisant aucune altération des tissus, insidieuse ; ce que l'on voit au fond de l'étang noir, au milieu des poissons qui tournent en cercle, virevoltent, s'en vont et reviennent, ne modifiant pas, imaginaient-ils entre eux, à voix basse, dès qu'il avait le dos tourné (mais leurs voix résonnaient dans sa tête, la moindre d'entre elles, le moindre chuchotement dans la cathédrale) la texture des songes, la mesure et le raisonnement, la vie de l'esprit. À chaque fois il revenait d'entre les morts, et ils l'accueillaient comme si de rien n'était. Il reprenait sa place parmi eux, oubliait ce qu'il avait vu, se conformait à ce que l'on attendait de lui : on était, autour de lui, si amical, si désireux de le voir recouvrer la santé, le bon sens ! Ils avaient un nom pour chaque état de conscience, chaque trouble de l'humeur, et il s'y conformait. Il était, à cette époque, discret et raisonneur, travailleur aussi, le garçon le plus accommodant du monde.

Ce qui était curieux, et qu'il avait fini par comprendre, mais avec difficulté, au bout de quelques années, c'est à quel point son humeur dépendait des circonstances extérieures. Il avait cru tout d'abord, infecté par des années d'exégèse occidentale, que les états de sa conscience n'étaient imputables qu'à lui-même et qu'il y avait à chacune une cause, décelable, qu'on éradiquerait – avec elle ce que son âme contenait d'inavouable. Quand il partit pour Iakoutsk, il était très malheureux. Il avait vingt ans, à peu près ; il croyait que c'était de se trouver si loin de Kirilskoie et d'avoir dû quitter Véra sur le quai de la gare. Il était passé par Bratsk, dont il avait traversé le lac sur un bateau à vapeur où s'entassaient les poules et les cochons, Parchino, de là suivi le cours de la Lena. Le voyage avait duré près de trois semaines ; il avait pleuré toutes les nuits dans le wagon de bois, le plus doucement possible, pour qu'on ne l'entende pas, persuadé que c'était d'avoir laissé Véra derrière lui, de ne pas savoir quelle nature et qualité de paysage, ou de lumière, il trouverait, plus loin dans le nord, et, en général, de ne pas savoir – ce qu'il devinait, une masse énorme, proliférante, pesant sur lui et l'empêchant, une douleur.

Le professeur Bour, sous la direction duquel il travaillait à l'Université, lui avait demandé d'aller collecter sur le terrain quelques renseignements supplémentaires : il terminait une somme sur les Yakoutes, et s'était fatigué de les fréquenter ; c'était, expliquait-il avec bonhomie, qu'il avait déjà séjourné chez eux une dizaine de fois, et que la curiosité n'a qu'un temps : il en était repu, avait-il confié à Pavel un soir qu'il le recevait chez lui, parmi sa ribambelle d'enfants – des filles uniquement, une bonne dizaine, l'aînée jouant du piano avec une extrême vélocité, la plus petite assise par terre entre eux et se balançant d'avant en arrière, cognant à chaque fois sa tête contre le mur, pas très fort, d'un mouvement régulier qui la faisait sourire. Au bout d'un moment, alors qu'ils se retrouvaient seuls, il l'avait mis dans la confidence : c'était pour s'éloigner de sa femme, autant qu'il était possible, qu'il était parti si souvent ; il avait vieilli et ne comprenait plus cette passion dont il avait été la proie, s'éloigner d'elle, autant qu'il pouvait, et de ses filles, dont le nombre grandissait chaque année, au point, songeait-il tout haut, sans acrimonie, qu'il n'était pas sûr d'être le père de toutes. Les lumières scintillaient, intermittentes, de l'autre côté de la rue ; le bortsch fumait sur la table, phosphorescent : on y avait mis, en plus du chou et de la betterave, beaucoup de citron. Le professeur Bour disait qu'il n'avait plus qu'un seul désir à présent – il était devenu l'homme d'un seul désir, quelle misère, quel soulagement : demeurer dans l'appartement étriqué, enfumé, à les regarder grouiller autour de lui, à les entendre piailler, rire et discourir. Pavel avait vu, dans ce souhait et cet aveu, l'expression d'un grand désarroi ; or il était déterminé, autant qu'il le pourrait, à rendre service. Ils avaient mangé jusqu'au matin, des poissons marinés, une oie farcie, du chou encore, du riz et des champignons, puis un dessert que Prascovie faisait à merveille, luisant de sucre ; c'est ainsi que Pavel était parti.

Il s'agissait de demeurer seul, pendant six semaines, au-delà de Batamai, dans l'un des défilés qui traversent les monts Verkhoiansk – un peu plus, un peu moins seul qu'il l'avait jamais été jusque là, qu'il l'avait ressenti avec l'acuité et le discernement qu'il mettait dans tout ce qu'il éprouvait, expérimentait, jusqu'à l'écœurement, comme si ç'avait été à chaque fois pour de bon (tout le reste de son existence évanoui, dilapidé, l'instant et l'émotion surgis d'un coup du fond de lui, acérés), il aurait été incapable de le dire. Bour comptait sur lui pour rapporter de ce séjour d'ultimes indications sur la façon dont les Yakoutes avaient survécu à la collectivisation des troupeaux : il était arrivé au dernier chapitre de son livre, qu'il avait intitulé, précisément, « Survivre », et les observations de Pavel lui seraient précieuses ; il l'attendrait, regardant rêveusement le soir tomber au-dessus des toits, priant pour qu'Evguenia respecte enfin le tempo de son adagio, que Natacha ne se fracasse pas la tête contre le mur – ou qu'elle se la fracasse, enfin ?

Pavel était arrivé au terme de son voyage un matin ; il faisait si froid qu'il avait eu l'impression que la terre avait cessé de tourner, et que c'était la fin des temps. Il avait été accueilli par une famille qui comptait cinq enfants, des petits garçons turbulents comme des singes, vêtus de fourrure des pieds à la tête, si bien qu'on ne les distinguait pas du tout, dans une tente conique couverte d'écorce de bouleau. Les femmes portaient, sur leur tunique de peau, des broderies en crin de cheval et des morceaux de mica qui changeaient de couleur quand changeait la lumière. Finalement, c'est six mois entiers qu'il était resté là-bas, tandis que Bour se languissait derrière la fenêtre, dans la rumeur des rires et la chaude odeur du bortsch : c'était si loin, il faisait si froid, Pavel s'était retrouvé comme engourdi, imaginant, avec ferveur, qu'on l'avait oublié.

La question, remarqua-t-il, changeant un peu de place et de position sur la pierre froide, et de volume aussi, observa André (Pavel se fondait dans la nuit, au point qu'il changeait comme elle de contours et d'épaisseur, il avait cette étonnante faculté d'exister, comme elle, avec une densité particulière, cela tenait à la retenue de ses mouvements, à son rire qui ne finissait pas, alors même qu'on l'aurait cru, non, il durait encore, ténu, un murmure), qu'il convenait de se poser, à ce point de son récit, était de savoir pourquoi il était revenu, ce qui avait bien pu le pousser à ce renoncement – c'en avait été un, terrible, et après celui-là pourquoi pas tous les autres ? Sans doute y avait-il eu, dans cette décision, un sentiment indu, faiblissant, qui tempêtait au-dedans, parce qu'il était en voie d'extinction peut-être, une flamme qui vacille et s'éteint, un sentiment d'appartenance, à d'autres mondes que celui-là, aux villes, aux fleuves dont les rives sont habitées – certainement, un manque d'imagination.

Là-bas, le silence s'augmente de la neige, et de cette étrange propriété qu'a l'horizon de se confondre avec la terre, sous le ciel de neige : il est impossible, au crépuscule, de distinguer l'un de l'autre, et le crépuscule dure des semaines entières. Chez les Tlingit, où les forêts sont si hautes qu'on y est absorbé, comme par la neige et l'éclat de la neige, il avait pris une femme en mariage, il y avait vingt ans de cela, ou quinze, il ne savait plus bien, à moins que ce ne fût chez les Algonquins, où il avait vécu au bord des marécages. À chaque fois, lors de ces voyages, de façon prévisible et immédiate, son esprit rejoignait son corps, enfin. Il avait séjourné sous l'eau grise, glaciale, qui ronge la surface de la terre, contre laquelle on se bat. Il y avait vu des créatures fabuleuses, qui ne vous lâchent plus une fois qu'elles vous ont saisi dans leurs ongles de fer ; on meurt doucement dans leurs tentacules de fer, sans mal et sans difficulté : plus d'un homme a souhaité connaître cette fin-là, plutôt que les mille morts que nous souffrons ici-bas, toute cette douleur accumulée, qui ne sert à rien, tandis que ces bêtes-là, dans les profondeurs, sont magnanimes – avides et magnanimes. Il avait traversé les montagnes du pôle, d'où l'on voit la rotondité de la terre, d'où l'on redescend immensément vieilli, méconnaissable : il faut après cette expédition rester trois nuits entières auprès du feu, le plus près possible, pour chasser de son âme les démons qui s'y sont installés, quand on était si haut ; c'est la clarté du feu qui les effraie, et pour finir les renvoie d'où ils viennent – ils disparaissent, on les aperçoit une dernière fois, serpentant sur la neige, puis s'évanouissant dans l'obscurité. Pavel avait lu dans le feu des choses qui n'avaient été révélées qu'à lui, qu'il avait prédites et qui s'étaient réalisées, en grand nombre, si bien qu'il avait eu peur de lui-même ; il y avait des secrets qu'il ne divulguerait pour rien au monde : ils concernaient les animaux, et certaines âmes qui gravitaient autour d'eux, en ce moment-même.

À chaque retour, il avait rajeuni. Il était à nouveau cupide, amoureux. Et, l'une après l'autre, mues probablement par une connaissance exacte de ce qui leur convenait le mieux, les femmes qu'il avait aimées l'avaient quitté, avec plus ou moins de tristesse et de solennité, de compassion, d'honnêteté, mais la même détermination, qui l'avait laissé anéanti. Il avait toujours, pourtant, éprouvé un grand goût pour la solitude, toujours contrarié : on rencontre des gens, la vie en est pleine, on les aime, les femmes particulièrement, on veut les avoir à soi seul, on y parvient, la solitude paraît superflue, on aura bien le temps, plus tard, avec le recueillement, le salut de l'âme, toutes les bonnes résolutions, s'amender, savoir, et la vie s'écoule, on se découvre infidèle, oublieux de ce que l'on se doit à soi-même ; c'est pourtant dans la solitude qu'il avait fait les rencontres les plus décisives de sa vie, des rencontres dont André n'imaginait pas la puissance, parce qu'il n'avait aucune idée de la langue dans laquelle on avait parlé à Pavel, ni de ce qui lui avait été dit. À chaque fois qu'on l'avait abandonné, pourtant, ç'avait été le même égarement, l'amour, comme au premier moment, qui durait encore, aucune résolution ne pouvait aller contre, qui ne savait plus où s'employer et se nourrissant de lui-même l'empoisonnait, à chaque fois la même peine, cette intransigeance des sentiments qui vrille et exalte, à laquelle on s'accoutume, on s'y endort, on en est fait, le corps entier en est pétri, perclus, vibre et résonne. Il y avait en lui, décidément, d'infinies capacités de dévotion. Il les avait aimées, toutes, de tout son cœur, passionnément. Il n'avait posé aucune condition, il n'avait fait preuve d'aucune retenue. Il se souvenait de chacune, de ses traits d'esprit, de ses vulgarités, ses mensonges, de l'émotion singulière qu'elle faisait monter en lui, avec le désir : Salomé, qu'il emmenait boire un chocolat chaud surmonté d'un dôme de crème d'une blancheur veloutée, épaisse, et manger des gâteaux, rue de Rivoli, puis aux Tuileries, regarder les enfants tourner sur les chevaux de bois, dans la poussière et le soleil, Marie qui ressemblait à un oiseau, elle était légère comme une plume, amère, aguerrie, Apollonia, qui s'était si vite éloignée, Solveig, que l'on ne pouvait pas atteindre (elle avait accumulé, au cours des années, une confiance en soi qui tenait du prodige, un orgueil, une dureté magistrale, elle avait une réponse pour tout, déconcertante), Véra, qui lui avait dit qu'il était le meilleur des hommes. Elles ne se ressemblaient pas ; il n'avait poursuivi à travers elles aucune chimère. Elles étaient dissemblables, étranges. Il avait vécu avec chacune une vie entière, un immense chagrin, un bonheur qui l'avait élevé bien au-dessus de l'animalité. Il avait cru à chaque fois mourir de douleur, il s'était juré de rester fidèle, à chacune, quoi qu'il arrive ; c'était de sa vie qu'il s'agissait, c'était à lui-même et à la vie écoulée qu'il avait voulu faire allégeance. De toutes ces résolutions il n'était pas resté grand-chose, qu'un peu d'entêtement qui ne savait plus où se porter. Ce qu'il notait chez lui de plus tenace, c'était la persistance du désir, au-delà des années, des défaillances de sa mémoire, de l'étrangeté ; pour cette raison, il valait mieux ne pas chercher à les revoir, Marie, Salomé, Apollonia, car le passé s'invite, immanquablement, dans ces retrouvailles contre nature : on est jeune à nouveau, inquiet, à nouveau ému, plein d'indulgence, mais il n'y a là rien d'innocent, de léger, de précaire. Oui, c'était à cela, finalement, conclut-il, que pouvait se résumer l'essentiel de son existence : il cherchait, autant qu'il était possible, à éviter, dans le cours paisible des jours, l'intempestive irruption du désir.

Le ciel au-dessus d'eux, du moins ce qu'on pouvait en voir à travers les branches dures et nues des arbres, disloquées par le vent froid, était noir et miroitant, comme à Tortisambert.

Le mois dernier, en Ecosse, Pavel avait fait une expérience déconcertante, c'était la dernière chose qu'il tenait à faire savoir avant de se retirer pour la nuit – il avait tout à fait pris la forme d'un ours à présent, c'est à peine si André entendait sa voix. Il était arrivé à Edimbourg un matin, très tôt. Au château, il s'était arrêté pour observer la mer, d'où montait le brouillard, sous un soleil blanc : l'eau, le ciel, le bronze des canons, tout paraissait minéral et translucide, du quartz. Il avait regagné son hôtel dont le jardin était parallèle et semblable à vingt autres jardins, dans Royal Terrace, bordée de belles maisons de pierre, où il est si bon de marcher, la nuit, et d'apercevoir, à travers les hautes fenêtres, la vie tranquille, les lampes étincelantes, le dîner que l'on finit sur une nappe immaculée, les livres, la fumée des cigarettes, un vertigineux aperçu de paix et de modernité, l'Occident dans ce qu'il a de meilleur, riche, réfléchi – Edimbourg, une ville monumentale au milieu des marécages, sous un soleil blanc qui attend. Le lendemain, il avait pris la route de Callender et Piltochry. C'était le milieu de l'après-midi ; la lumière s'était épanouie, dissociée, dans les remous d'un vent tranchant. De la butte qui domine la petite ville de Stirling, où tournoyaient les corbeaux, on voyait, au-delà des collines, jusqu'à la mer. Cette nuit-là, il avait dormi près d'Inverness, dans une grande maison blanche avec des rideaux de tulle aux fenêtres. C'est le troisième jour que la rencontre avait eu lieu.

André, pétrifié, alluma une cigarette. Vous n'avez pas froid, Pavel ? demanda-t-il. Il fait bien moins froid ici qu'au mois d'octobre, la nuit, sur la lande qui borde le Loch Morar, grommela Pavel. Et certainement bien moins froid qu'à Kirilskoie : là-bas, en décembre, le thé se solidifie dans les tasses, on a les pieds engourdis et bientôt durs comme du bois, on aimerait être transformé en bois, d'ailleurs, pour de bon, pour ne plus rien sentir, et se trouver jeté dans le poêle, où l'on se consumerait enfin ; les gens gèlent, là-bas, véritablement, on ne compte plus le nombre d'amputations qu'il faut effectuer, chaque hiver, sur des hommes, des femmes et des enfants. Nous dormions près du poêle, mais cela ne suffisait pas ; ce n'était pas le sommeil qui nous prenait, nous jetait dans une obscurité lourde de mauvais rêves et de fantômes, c'était le froid. La nuit de Noël, c'était une délivrance que de parcourir en traineau les vingt verstes qui nous séparaient de l'église de Kut, cela nous réveillait, cela mordait, le vent était un loup qui avait sauté dans le traineau et nous arrachait la figure. C'est ce que je disais à Platon : sens-tu le loup qui nous mord les mains, si tu n'es pas sage je te jetterai sur le chemin et c'est toute sa meute qui viendra te dévorer. Qui sait, c'était peut-être, tout simplement, ce qui était arrivé à Platon ? Il s'était peut-être trouvé trop engourdi pour continuer à avancer ; c'est peut-être le froid qui l'avait contraint à renoncer – à avancer, à vivre. On n'avait rien retrouvé de lui, rien que des traces de lutte dans la neige (une bien faible lutte, des traces bien légères, il était si petit), avec un animal qui l'avait emporté, sans doute, pour nourrir ses petits. Pierre et Ilaria étaient restés persuadés qu'il avait été enlevé par des bohémiens, parmi lesquels il avait fait fortune comme cracheur de feu. Véra, quant à elle, tenait pour certain qu'il avait été enlevé par l'esprit des eaux, qui flottait au-dessus des marais, tout près : sans doute, dans les jours qui avaient précédé, avait-on d'une façon ou d'une autre enfreint les règles, que tout le monde connaissait cependant ; sans doute l'une des domestiques avait-elle commis l'imprudence de rapiécer un vêtement, le soir, dans la cuisine, ou bien l'un des garçons était-il allé chercher du bois dans la forêt ? Elle disait que, tant qu'il n'y aurait rien à offrir en échange, on ne le retrouverait pas. Or il n'y avait rien à offrir en échange : le domaine était à l'abandon, toute la famille entassée, durant les journées d'hiver, dans une pièce que l'on chauffait comme un four – rien à échanger, rien à offrir, à monnayer. Pendant des semaines, Véra avait apporté à la roussalka, devant les grilles du jardin, un repas de lentilles, de poisson et de semoule où elle avait déposé du sucre de couleur ; elle était saisie d'une terreur mortelle en s'aventurant jusque là, portant le plateau recouvert d'une serviette brodée, et le déposant dans la neige. Cela n'avait servi à rien.

Il faisait vraiment nuit à présent ; la lune était voilée, les étoiles aussi. Si les poissons dorés passaient encore dans l'eau noire, on ne les voyait plus ; mais peut-être dormaient-ils, redescendus au fond des eaux, placides, épars, ayant entendu ce qu'il y avait à entendre du récit de Pavel – déjà avertis de l'épilogue.

Le troisième jour, il avait pris un petit déjeuner à Fort William, sous une pluie battante, dans un restaurant indien où on lui avait servi des nans à l'ail plus gras que du beurre, des œufs de caille et du thé noir. Plutôt que de la pluie, c'étaient des paquets d'eau et de vent qu'on recevait dans la figure. Il n'y avait personne dans les rues. Les petits enfants, si on les avait laissé sortir, se seraient envolés aussitôt : on les aurait vu passer au-dessus des jardins, des maisons aux toits d'ardoise, au-dessus des lochs et de la lande, jusqu'à la mer, comme des ballons ; bientôt, on n'aurait plus entendu leurs cris, ou bien on les aurait confondus avec ceux des oiseaux. Il avait projeté de passer la journée à Fort William, mais il pleuvait si fort qu'il n'y avait rien d'autre à faire que de reprendre la voiture et de continuer vers l'ouest : à Kirilskoie, quand il ouvrait un atlas, devant le feu, il imaginait que le bout du monde se trouvait là, à peu près au niveau des îles Hébrides. Il avait donc longé le Loch Shiel, tandis que l'eau s'écoulait des collines tout autour, en ruisseaux de boue, et que le vent l'appelait (on l'entendait venir de loin), arrachant les branches, cassant les arbres. Le ciel était un lac noir où les nuages passaient comme des vagues. A Mallaig, au bout du monde, la terre s'était dissoute dans l'océan, où brillait la lune.

C'est dans la lande, entre le Loch Morar et le Loch Arkaig, qu'il était venu vers lui en dansant, comme il faisait quand il était heureux. Il était chaudement vêtu, c'est la première chose que Pavel avait vérifiée : il portait une pelisse d'astrakan et des bottes vernies, comme s'il revenait de la veillée de Noël ; il était si petit et si bien emmitouflé qu'il paraissait aussi large que haut, et tout son visage resplendissait de la joie d'être là. Le lendemain, Pavel était retourné à la civilisation, par d'autres landes marécageuses, passant devant d'autres lacs, parsemés d'îlots plantés d'arbres ployant dans le vent, un passage s'ouvrant entre deux collines, puis à nouveau la lande et l'eau ; il était avec lui partout. À Edimbourg, la lumière tombait drue, comme le premier matin. C'était le cœur du monde, et Pavel y était. C'était la chose la plus tangible du monde, qui résistait à l'évocation, un elfe qui traverse la lande – c'est malheureux, tout de même, ajouta-t-il, jetant à André un bref regard d'interrogation et de mécontentement, le peu de puissance d'évocation dont nous disposons, vous et moi, et l'individu en général, c'est curieux, comme nous ne disons rien qui vaille, je veux dire rien qui vaille la peine de s'y arrêter, n'avez-vous pas fait ce constat, y a-t-il une seule chose que j'éprouve et que vous soyez assuré d'avoir éprouvée de la même manière, ne sommes-nous pas dupes de la tentaculaire magie des mots ? André répondit que ce n'était pas impossible – il n'avait pas d'idée sur la question, il en avait sur très peu de choses d'ailleurs, c'était, disait Isaac, ce qui lui conférait le peu d'autorité dont il disposait. Et vous, s'enquit encore Pavel avec bienveillance, qu'est-ce que vous écrivez, en ce moment ? Rien d'abouti, déclara André ; c'est un peu mon souci, en ce moment.

Ils décidèrent de rentrer : il faisait un froid glacial à présent, si froid, remarqua Pavel, qu'on allait peut-être voir surgir les loups au détour du chemin, silencieux et agiles, leurs yeux luisant dans l'obscurité, méchants, et bien plus intelligents que les hommes.

La conversation s'était poursuivie une bonne partie de la journée du dimanche, dans le jardin recouvert par le givre, et au-delà, dans les bois raides et noirs, un sépulcre, s'enorgueillissait Isaac.

– N'allez pas prendre froid, Kiriline, il fait un temps de chien, et vous n'êtes pas couvert, mon vieux, avait-il dit à son hôte qui avait refusé de prendre son manteau et s'était contenté, pour sortir, de poser sur ses cheveux gris une toque de fourrure qui lui donnait l'air d'un vieux satrape – c'est que Kiriline est un ours, disait aussi Isaac, lorsque, dans un accès de sollicitude, il cherchait à excuser les bizarreries de son convive : il n'a pas besoin de s'habiller pour l'hiver.

L'ours affichait, à cette époque, une sérénité dont André seul mesurait l'étendue, entrevoyait l'insondable profondeur. Il était satisfait de lui-même et du monde. Il avait écrit huit ou dix livres, dans un style sobre, parfois allusif, qui plaisait au plus grand nombre – il avait des disciples et des détracteurs. Il en terminait un autre. Il lui faudrait encore y consacrer plusieurs mois de travail, et l'affaire serait entendue : il comptait clore à son avantage une querelle qui avait ému ses confrères l'année passée, au cours de laquelle on lui avait fait un mauvais procès ; certains, qu'il croyait acquis à ses idées, l'avaient trahi, mais à ces désertions en rase campagne il était préparé, n'attendant, disait-il, rien de ses semblables, ayant lui-même éprouvé la terrible volupté de la lâcheté. Il était temps toutefois de rétablir la vérité, affirma-t-il ce matin-là, compassé. André avait craint, marchant silencieux à ses côtés dans l'allée gelée, que ce discours fantastique suscite l'incrédulité de la compagnie ; mais le peu d'irrespect qui répondit, à ce moment-là, aux déclarations de Kiriline fut le fait de Todor – irascible, à son habitude.

Todor était un violoncelliste bulgare, réputé pour le peu d'aménité dont il faisait preuve en société, sa dévotion affichée à la personne d'Ingrid, son ignorance des bonnes manières, qu'on ne lui reprochait plus, puisqu'Isaac avait l'air de trouver cela naturel ; on imputait plutôt, désormais, son manque d'éducation à son origine turque, ou slave, on ne savait plus très bien : c'était irrémédiable, il était arrivé chez nous trop tard – au point où l'on en était, il était probable qu'à dix années de là il persisterait à se lever avant la fin du dîner, à souffler la fumée de ses cigarettes dans le visage de ses voisins et à tambouriner sur la table quand la conversation l'ennuyait. Il avait mangé les pigeons farcis que l'on avait servis la veille avec un air féroce, sans doute, supposait André, le seul artifice qu'il eût à sa disposition pour dissimuler son air glouton. Todor était également réputé pour son dédain des convenances et l'amitié ostentatoire qu'il portait à Isaac - il était ostentatoire en tout, mauvais genre, disait-on avec indulgence, parce qu'il y avait bien une chose qu'il fallait lui reconnaître, l'extraordinaire virtuosité avec laquelle il usait de son instrument. C'est si aimable à vous de m'inviter avec ce prodige, moi qui ne vis, vous le savez, que pour la musique, avait dit Anne – une gentille fille déclarait Isaac, parce qu'elle était jolie, ou bien parce qu'elle paraissait sotte et que pour cette raison il voulait la prémunir de tout ce que le monde lui apporterait de déconvenues, si c'était en son pouvoir : il lui témoignait la déférence que l'on doit aux simples. Elle parlait beaucoup de musique, Schubert, Rossini, Britten, interrompant le cours d'une phrase pour fredonner une mélodie à laquelle on trouvait plus ou moins d'attrait, cela dépendait de l'instant, de la qualité de la lumière et de l'effet qu'elle produisait sur le visage d'Anne, lisse, mélodieux lui aussi, une combinaison de lignes et de mouvement qui produisait presque, tant elle approchait de la perfection, l'illusion de l'esprit.

Elle avait des cheveux si épais et si sombres qu'on aurait dit du goudron – certaines femmes, avait expliqué Pavel, parmi les Tchouktches, ont des cheveux comme ceux-là, bleus et brillants, qu'elles enduisent de graisse de phoque ou de baleine et, avec les tatouages qu'elles ont au visage (des figures concentriques, colorées, venues se superposer à leur figure première, l'embellir, la distendre et la charger de signification, des traits de couleur superposés aux traits de la chair, qui les emprisonnent et les prolongent, leur donnent un tout autre sens, un dessin qui raconte une histoire et les pourvoit, toutes, de merveilleux visages parlants) et les bijoux de fer et d'os qu'elles portent aux poignets et aux oreilles (des pendeloques qui font quand elles se retournent un joli bruit qui s'égrène et qui dure), c'est un de leurs charmes, le charme dont elle usent pour se rendre maîtresses des hommes : elles sont altières, capricieuses, riant entre elles, et leurs plaisanteries sont autant de malédictions qu'elles lancent aux visiteurs. Anne faisait partie de ces femmes qui envoûtent ; sous ses cheveux noirs que le vent ébouriffait, et cela la faisait rire, un visage si blanc qu'on l'aurait dit peint, et des yeux immenses, qui regardaient. Sur la plage de Jonesport, elle restait assise en plein vent, prenant entre ses mains, à poignées, le sable gris, tenant sa petite fille serrée contre elle, il y avait tellement de vent ; elles riaient sans qu'André y comprenne rien, elles avaient leur propre langage, dont elles n'usaient qu'entre elles, mais volontiers en sa présence, comme pour lui signifier qu'il n'était pas de la même espèce. Quand ils rentraient tous les trois, à la nuit tombée, dans la maison de bois, il se dépêchait de faire un feu ; Prudence était trempée : sa mère n'avait, comme d'habitude, pris aucun soin d'elle, et la petite fille ne s'en portait pas plus mal.

Anne avait, durant quelques années, habité Stockholm, où André allait la rejoindre ; c'était avant la naissance de Prudence. Il s'y rendait l'été, au mois de juillet. Ils passaient toutes les nuits, entrant par la Porte bleue dans l'île de Djurgarden, où ils s'endormaient sur l'herbe, dans le clair crépuscule qui durait une heure ou deux, et puis à nouveau le plein soleil, le cri des mouettes, le bruit du moteur des petits bateaux entrant dans la rade, et ceux de la ville. Il y allait en hiver aussi, pour la sainte Lucie : tous les ans, le 13 décembre, pendant une partie de sa vie qui avait été pure, cristalline et dénuée de sentiment (Anne était sa sœur, disait-il à qui voulait l'entendre, comme sa sœur, ils avaient quasiment été élevés ensemble, ils avaient eu cela en commun, cette malédiction), ils regardaient passer dans les rues encombrées de neige les enfants qui portaient des guirlandes de lumière dans les cheveux. Anne se serrait contre lui ; elle disait qu'elle n'avait jamais eu aussi froid, elle était réduite, ajoutait-elle en riant de son rire léger, à sa plus simple expression, le froid l'avait réduite à rien, à l'os, au cœur. Elle se serrait contre lui, douce et souple, ingrate (il le savait bien, il la connaissait par cœur), le vent qui venait de la mer froid et coupant comme la mort. C'était la fin du monde, ils étaient seuls au monde et avançaient cependant ; son rire gelait sur ses lèvres, il y perlait, alors elle riait plus lentement, précautionneusement, elle économisait son souffle, pâle et resplendissante à la lumière de la lune, vivace, une mauvaise plante qu'on arrache – mais il lui revenait, invariablement, dans la clarté du mois de juillet, le long du Besches Vag, où ils se retrouvaient dépossédés, exsangues : la lumière autour d'eux, surnaturelle, les avait absorbés.

Elle chantait, avait fait une carrière quelconque et s'en était contentée, car ce qu'elle aimait, c'était chanter ; cela seul illuminait son visage pâle et plein.

On avait ce soir-là, par complaisance car ses œuvres n'avaient jamais connu le moindre succès et étaient tout à fait oubliées, même de lui, joué quelques pièces de Gabriel, qui s'était toujours montré très empressé auprès d'Isaac et dont personne ne savait ce qu'il avait pensé, imaginé, rêvé, durant les soixante-dix années qui avait précédé ce jour. Tout ce que l'on pouvait dire de Gabriel, c'est qu'il n'avait jamais fait défaut à Isaac. Il avait eu à cœur de lui inculquer quelques principes – trop rares, reconnaissait-il, mais il en avait si peu à sa disposition. Tout ce qu'il possédait, il en avait d'emblée fait don à Isaac, au petit garçon qu'il avait été ; Isaac ne lui en témoignait aucune reconnaissance, le tolérant semblait-il dans son entourage, le laissant vivre à sa cour, lui distribuant, comme aux autres, largesses et affabilité – sans entrain.

À vingt ans, Gabriel s'était pris de passion pour l'enfant. Il était maladroit, alors, encombré de lui-même, dans toutes les circonstances de la vie, sauf celles qui d'une façon ou d'une autre avaient à voir avec Isaac. Il connaissait ses goûts et ses manies, il trouvait un sens à chacune de ses colères, il interprétait chacun de ses caprices, en somme il était au mieux avec lui – c'est d'ailleurs ce qu'il avouait avec simplicité, à l'époque : la seule chose que je souhaite, c'est de rester dans les bonnes grâces d'Isaac. Personne n'avait compris pourquoi, mais il s'y était employé et avait réussi. C'était désolant, de constater le peu qu'il restait de cette connivence, à vrai dire presque rien – de l'attention qu'il avait portée au petit garçon, de la patience dont il avait fait preuve envers et contre tout ; c'était pourtant quelque chose, peut-être la seule chose, que Gabriel avait menée à bien, sans expérience particulière, mû au contraire par un grand désir d'apprendre et de s'amender. Il était alors si juvénile et embarrassé de lui-même qu'il en paraissait presque beau ; à présent, fragile comme du verre, et ses propos, pour la plupart, inintelligibles. Il avait sa chambre dans la maison de Soubise ; il y était chez lui, disait Isaac, et abusait de cette hospitalité, se trouvant sans doute aussi bien à Soubise que dans son petit appartement, au-dessus du jardin des Plantes, y demeurant parfois seul alors que tous les autres étaient partis, affirmant avec sa candeur coutumière, tandis qu'il leur disait adieu sur le perron, dans le crépuscule, que rien ne le rappelait, lui à, Paris, qu'il serait aussi bien ici, puisqu'il y avait de la musique et des arbres. Il avait, pendant le dîner, dessiné pensivement, sur la belle nappe blanche, avec autant d'application et d'insouciance que si elle eût été en papier, une étrange tête de femme surmontée d'une couronne de fleurs – les tiges des fleurs immenses, élancées, flexibles, s'enroulant autour de son assiette.

À la fin de la journée, Isaac les avait raccompagnés à la gare. Fâcheux séjour, hein, André, avait-il lancé, parvenu sur le quai, dans un éclat de son rire fugace et déroutant. André n'avait pas répondu. Soyez à l'heure, jeudi, à l'église, avait ajouté Isaac, alors que le train s'ébranlait dans le brouillard, en guise de conclusion, ou d'avertissement.

On arrivait à Orléans. André détourna son regard de la vitre froide derrière laquelle s'agitaient trois ou quatre corps sans âme (dimanche après-midi, à Orléans !) et voulut adresser un mot obligeant à Inès, assise à côté de lui, qui n'avait rien dit jusque là. Il y renonça, mais ses pensées restaient attachées à elle – souveraine de la ville enchantée sous le lac, dont on devine, à travers l'eau claire, les coupoles et les jardins, quand le vent est tombé, la surface d'opale immobile : Inès, la part belle et désirable de son existence, sa vie même.

Il savait ce dont elle souffrait. Quand il l'avait amenée dans la vieille maison de Tulle (cela faisait partie, avait-il imaginé, de ce qu'il lui devait, et de ce qu'il se devait à lui-même, que de l'emmener à Tulle : puisqu'elle avait décidé d'être sa femme, il faudrait bien qu'elle le voie, de ses yeux, qu'elle le respire, jusqu'à en suffoquer, qu'elle le sache, pour toujours, à quoi cela ressemblait, l'espace affreux où il avait grandi), elle était demeurée exactement ce qu'elle était, à la stupéfaction d'André. De quelle matière était-elle donc faite pour résister ainsi au maléfice ? Quel était son secret, de qui l'avait-elle appris ? Il ne s'en était pas informé, n'avait même pas laissé deviner sa surprise ; et c'est résolument, comme on conclut un marché avantageux, avec un peu de scrupule, très au fait de son propre intérêt dans l'affaire et pas sûr de ce qu'elle y gagnerait, qu'il l'avait épousée. Ce qui était admirable, c'était qu'elle ait, depuis, si peu vieilli, ou de façon si subtile, profitable, qu'il lui semblait, à dix ans de distance, que son trésor s'était accru, qu'il avait prospéré, gagné en éclat, en sonorité ; il ne le dilapiderait pas, quoi qu'il arrive : ce n'était pas en son pouvoir.

Ce à quoi il fallait parvenir, à quoi il s'attachait, c'était la fin de l'histoire – pour les commencements, il n'avait jamais eu de mal. La construction d'ensemble était claire à présent ; cela s'ordonnait parfaitement. C'était clos et composé, un conte comme il aurait aimé qu'on lui en lise, quand il était enfant, qui lui aurait fait peur et qui l'aurait ravi. Tout ce qu'il écrirait désormais aurait pour fonction de le distraire et de le captiver : ce seraient les contes qu'on ne lui avait pas lus, dans la salle à manger froide aux vitres de couleur. Il y en aurait des dizaines, pour remplir toutes ces années écoulées ; cela finirait par former un très gros volume, et il aurait enfin, l'ouvrant au hasard, passant d'un chapitre à l'autre, découvrant chaque histoire, comme une merveille à lui seul réservée, le sentiment de la plénitude. Au début, les personnages étaient figés, archétypaux, minuscules, adossés les uns aux autres comme ces petites figurines de plâtre mal dégrossies, peinturlurées, entassées dans l'obscurité du grenier, la grande chambre au plancher blanc où l'on montait par un escalier aussi raide qu'une échelle, si chaude l'été, quand l'averse bourdonnait sur les tuiles, si froide l'hiver, la neige virevoltant derrière la lucarne, dans la lumière de la lune, où il rangeait ses livres, ses avions de bois et de métal, les bateaux qu'il confectionnait avec le plus grand soin, des mois durant, assemblant une pièce après l'autre, utilisant l'or et l'argent pour l'inscription de la proue, du rouge et du rose pour le grand visage en dessous, aux longs cheveux blonds, du bronze pour les canons, déployant les voiles de coton, fixant les cordes et les haubans, lustrant les uniformes des artilleurs, aux boutons de cuivre, et les culottes de drap des matelots ; au début, ils étaient aussi petits que Nils Holgersson passant la nuit dans la ville engloutie, allant et venant à la recherche de passants dont il pourrait apprendre l'histoire – en vain : c'est une ville engloutie, ses églises, ses portes monumentales, ses murailles, ses enseignes de couleur, les cris des marchands, le roulement des charriots sur les pavés, le sifflement du vent dans les tours, la nuit éclatante, tout repose déjà, et pour toujours, au fond de l'eau. Puis ils prenaient forme ; ils grandissaient. Leur ombre s'allongeait sur le mur, s'y installait. Ils étaient indélogeables désormais, vigoureux, loquaces, vivants, d'une vie douloureuse qui résonnait dans la sienne, s'en nourrissait, s'y dilatait : il aimait les rejoindre, retrouver au milieu d'eux, chaque jour, identique et profond, ce sentiment de triomphe, l'impunité. Et puis, après avoir vécu de leur vie propre, leur petite vie parfaite, pleine de sens, âpre et finie, ils disparaissaient, passant la porte des enfers, d'où ils ne revenaient pas.

Avait-il seulement écrit un mauvais livre ? Il n'en était pas sûr ; plutôt conscient de son bon droit, de son droit à dire ce qu'il avait à dire, à laisser s'introduire dans sa vie cette vie parallèle, chaude et imagée, qui donnait tant d'ampleur à la sienne, la peuplant de tant d'ombres, solides et légères, allant et venant, au-devant de lui, sur le chemin. Non ; aucun bon livre non plus, probablement. C'est que, de tout temps, il avait été fasciné par la forme – en quoi il différait de Pavel, que cette faiblesse amusait : vous êtes si prévisible, mon pauvre ami, si classique que cela tient du prodige, est-ce que vous n'allez pas un de ces jours sortir un peu de vous-même, si peu que ce soit ce sera toujours bon à prendre, et nous écrire quelque chose qui sente un peu mauvais, qui écœure, qui bouscule ? Décidément, non. Décidément, il n'y avait rien qui comptât davantage que la forme. Chaque phrase méritait la plus grande attention, la totalité de son attention. Chacune était inscrite, ses sinuosités, ses ruptures de rythme, ses dissonances et ses innombrables répercussions, étirée, travaillée, polie, jusqu'à lui donner la douceur du marbre et l'éclat du métal, jusqu'à ce qu'elle trouve exactement la forme souhaitée, celle qui lui convenait, la seule, la sienne propre, à son exacte mesure, qu'il avait fallu dégager de la gangue des conventions, des usages, exhumer, à travers des siècles de littérature, le trésor amoncelé de toutes celles qu'avant celle-là il avait lues, aimées, apprises, ou déjà écrites. Il pouvait réciter chacune, y passer des jours, y revenir la nuit : c'est la nuit qu'elles prenaient toute leur force poétique, quand il s'endormait, quand s'estompaient les considérations de grammaire et de symétrie ; endormi, il en produisait de magnifiques, déployées, insolites, de merveilleuses phrases dépourvues de toute signification immédiate, mais vibrant, par-dessous, d'un sens immense, péremptoires, pertinentes, qu'il oubliait aussitôt réveillé, alors qu'il s'était répété, en dormant, celle-ci, celle-ci, au moins, c'est la plus achevée, la seule qui mérite toute cette peine, elle vaudra tous les livres – c'était prodigieux d'arriver à tout dire en si peu de mots. Au réveil, il en flottait encore autour de lui des bribes, si lumineuses qu'elles donnaient à la journée qui suivait une tonalité particulière, resplendissante ; et puis plus rien.

D'un bout à l'autre de l'exercice, c'était cette minutie qui faisait tenir le livre ensemble, debout, serré, cohérent, du début à la fin. C'était à quoi il excellait : la forme, ce qu'on ne dépassait pas, le territoire circonscrit, un jardin à la française, un peu de vent à la cime des arbres, rien qui dérangeât l'équilibre de l'ensemble et la clarté des perspectives. Pourtant, il le savait bien, Pavel n'avait pas tout à fait tort ; l'injonction n'était pas tout à fait dépourvue de bon sens. De quoi se mêlait-il, c'était la question que l'on se posait le plus souvent à propos de Pavel, la conséquence de son génie et de son désir de bien faire, pur, étincelant, indissociable de son admirable désir de séduire ; mais il arrivait qu'il fût de bon conseil :

André le savait bien, il en avait fait l'expérience, il fallait accorder un peu de place, aussi, à ce qui advient à l'improviste, au détour d'une allée, sous un ciel changeant, à l'automne, quand le sol est gorgé de boue, les canaux envahis par les feuilles, qui les obstruent, quand l'odeur de la vase remonte, que les oiseaux noirs se rassemblent dans le ciel en vagues stridentes – un peu de place au cri strident de la vie. Il avait eu cette capacité de l'écouter et de le comprendre ; il avait, jadis, accordé cette attention à ses propres rêves, s'étant assigné pour tâche d'en faire le récit et le commentaire. Cela avait duré quelques années ; il venait deux fois par semaine, au matin, chez un aimable érudit qui ne faisait jamais l'exégèse de ce qu'il entendait, quelque instructif, ou détestable, qu'ait été le cours du propos. Ce discours discontinu était venu se superposer, s'entremêler, mêler sa trame vive, imprévue, aux moindres remous de la vie, donner à la vie une épaisseur, un prolongement, qui l'envahit, l'alourdit, la dévoile : on y est si attentif, jour après jour, que les moindres péripéties, les plus étranges, de cette deuxième existence transparaissent à chaque instant sous la première et l'écoulement linéaire, doux et prévisible, des jours. C'est une deuxième langue que l'on parle couramment, quelque chose de fluide et d'éloquent, souterrain, imagé, le récit des origines, et l'on vit d'une vie double, fantasque, mystérieuse. Et lorsque c'est terminé, on n'entend plus une seule voix s'élever du fond de la nuit : quelque chose se referme ; un monde entier, le monde nocturne, celui d'en dessous, dont le langage était pourtant si fort et clair, est soudain revenu au silence et à l'oubli. Tout a disparu, l'envers ne fait plus qu'un avec l'endroit ; le naturel, l'univoque ont tout absorbé dans leur clarté tranquille. Il n'y a plus de place pour l'onirique et l'impalpable, disparus avec la discrétion et la célérité des rêves, qui ont dit ce qu'ils avaient à dire et n'y reviendront pas.

Il avait eu, aussi, des moments d'aphasie. Il n'avait plus

rien à dire, il était délivré de lui-même, de cette voix qui parlait en lui sans jamais s'interrompre, au point de couvrir, souvent, celle des autres, de ce monologue obstiné. Et puis cette connivence s'établissait à nouveau ; il y avait à nouveau quelque chose à transcrire, à célébrer. C'était le dégel, comme le long du chemin, quand il arrivait à Tortisambert, des plaques d'eau et des plaques d'herbe, drue et mouillée, d'un vert acide, l'eau translucide, par endroits salie, un rayon de soleil tombant droit sur la façade de pierre – le soir, quand il s'éloignait de la maison et se dirigeait vers les bois, il apercevait à travers les arbres, à une grande distance, de l'autre côté du vallon, une haute maison aux vitres allumées, d'une lumière jaune qui résistait, qui faisait obstacle à la nuit, et il arrivait qu'il abandonnât ses convives pour s'aventurer, à travers les prés, les flaques d'eau, la boue, jusqu'au-delà de la ligne des arbres, et guetter, de l'autre côté du vallon, cette lumière immobile ; c'était le dégel, comme à Söderhamm, au crépuscule, les cris des enfants recouverts par ceux des hirondelles qui survolent la cour, de plus en plus bas, ceux des geais, ceux des mouettes, comme à Millinocket, quand on quittait la route de terre pour arriver aux premières dunes, et qu'on prenait en pleine figure les paquets de vent remplis de sable, le dégel, des ruisseaux de boue qui se déversent dans les champs, la lumière du soir enfin différente, enfin un peu de rose au ciel et sur les pierres jaunes de la façade, la douceur et la densité des choses, le bonheur.

Bien entendu, il avait eu des doutes, et depuis longtemps, sur la qualité, la nécessité de l'ensemble. Des activités utiles, il en connaissait ; il y avait des médecins, des charpentiers, des éleveurs de veaux et de cochons, il y avait même Axel S., qui fabriquait des livres, qui les vendait, s'enrichissait, un peu, de ce commerce, comme on gagne sa vie dans celui du fil et des aiguilles, ou des harengs. Et puis il y avait l'activité d'André, si ce à quoi il employait son temps pouvait porter ce nom, ce parti pris du dépaysement, ce goût diabolique pour l'oisiveté : il aurait préféré croire que cela ait pu être utile, une fois, à quelqu'un – mais comment, auprès de qui, en obtiendrait-il l'assurance ? Peut-être valait-il mieux considérer cela comme une occupation ni plus ni moins ambitieuse et légitime que de tailler du bois, faire la cuisine, lire des livres : c'était la conclusion à laquelle il était arrivé, ces derniers temps, à Tortisambert, sous la pluie, observant la ligne des arbres, la brume s'épaississant, d'un instant à l'autre, sur la prairie, d'abord grise et volatile, puis blanche, impénétrable, dressant sa muraille devant la forêt, estompant les contours de la maison dont toutes les lumières brillaient dans le crépuscule, la maison des fées et des elfes, droite dans le vent et la pluie, un navire de pierre qui tenait bon dans les tempêtes.

Délicieux, ce séjour que nous avons fait chez Isaac, dit-il avec un total manque d'à-propos et de conviction. Inès ne répondit pas, n'ayant sans doute attaché, comme il était heureux, et naturel, aucun intérêt à ce qu'il venait de dire.

André se demanda s'il y avait, ou non, un sens au sourire qu'Anne lui avait lancé, le matin même, alors que certains se préparaient, dans une agitation de bon aloi (des rires, des chuchotements, des exclamations parce que l'un avait oublié son chapeau, que l'autre ne retrouvait plus ses gants, qu'un troisième affichait son assentiment, on ne savait pas bien à quoi), à aller à la messe, d'où ils étaient revenus, deux heures plus tard, chargés de souvenirs frais et vivaces qui apparaissaient et disparaissaient dans leur conversation, traversée de lueurs, de commentaires sur le sermon, sur l'assistance, bigarrée, disaient-ils, sur le temps qu'il faisait, toutes circonstances qui leur avaient donné une bonne humeur résonnant pendant tout le déjeuner, inentamable, comme leur bon teint rose, que rien ne put altérer. Tandis qu'ils s'en allaient et qu'il les regardait s'éloigner, resté seul dans le vestibule avec Pavel, elle s'était retournée, la dernière sur le perron, avant de refermer avec fracas derrière elle la porte d'entrée. Pourquoi ce sourire, et pourquoi ce fracas ? Il trouvait distrayant de se poser la question sans y chercher de réponse, tandis que le train traversait la campagne où l'on ne distinguait plus rien, le brouillard étant monté des rivières et s'étant enroulé, compact et feutré, autour des arbres.

2

L'extraordinaire aventure de Vasil Vlassov

Plovdiv au début de ce siècle comptait autant de mosquées à bulbes, de minarets et de façades de couleur que de maisons à pans de bois, comme on en voit dans les vieux quartiers des villes turques. Au centre, pas de fleuve. Autour, des collines vertes plantées de sapins noirs, dressés comme une armée en ordre de bataille. À peine sorti des faubourgs, réduits du reste, circonscrits à quelques maisons où les jardins étaient plus grands, à quelques hangars où l'on entreposait des ballots et des caisses de marchandises à destination de l'ouest, on trouvait des ours et des loups. L'hiver on avait l'impression, dès qu'on arrivait sur la grand-route, le ciel se confondant, entièrement blanc, avec la montagne, de perdre tout sens de la distance et de la mesure, d'entrer dans un monde dont on ne reviendrait pas sauf – ou bien pas seul : les rencontres que l'on faisait dans la montagne, quand la neige l'avait recouverte et que les bruits n'y étaient plus les mêmes que dans le monde habité, il était vain, par la suite, de chercher à s'en défaire ou à les oublier ; elles vous accompagnaient pour le reste de votre existence, solennellement : ils étaient sur le qui-vive, revêches et vigilants, les esprits que l'on avait rencontrés une fois dans la montagne, et qui ne vous quittaient plus.

Les deux frères Vlassov, Vasil et Nicolaï, en avaient fait l'expérience, au cours de l'année 1912 – la chronique de la famille, comme celle de la ville, en avait gardé la trace. L'aîné, Vasil, avait disparu un matin qu'il était parti, contrairement à ses habitudes, en même temps qu'un convoi d'étoffes et de soieries qu'il acheminait vers Haskovo et Edirne – de là, elles iraient plus loin encore, jusqu'aux rives de la mer Noire et Istanbul. Peut-être n'avait-il pas une entière confiance dans les hommes qu'il avait payés pour l'escorter, de grands brigands comme il y en a dans les récits de Gogol, avec des sabres damasquinés et des moustaches noires, à la ceinture une gourde de kvas, sans foi ni loi. Peut-être avait-il envie de voir du pays ; peut-être avait-il quelque affaire à régler à Edirne, sur laquelle il avait préféré garder le secret ; peut-être recherchait-il la compagnie d'une femme et Plovdiv ne convenait pas, évidemment, à cet appétit : chacun savait ce qu'y faisaient ses voisins, et son épouse, la belle Varvara, qui lui avait donné trois fils, aurait appris la moindre inconduite – cette dernière hypothèse étant toutefois la plus extravagante, car Vasil avait la réputation d'être un homme très pieux, ce que ne démentira pas la suite de l'histoire. Quelle qu'ait été la raison de son départ, il quitta ce jour-là de grand matin sa vaste maison de pierre.

C'était la fin de l'hiver, les premiers signes du printemps : dans la rue, jusqu'aux portes de la ville, la neige fondue et la terre étaient mêlées. Vasil était le premier. Il paraissait plein de hâte et d'entrain. À un détour que faisait le chemin, alors qu'ils étaient sortis de Plovdiv, déjà bien éloignés des dernières maisons dont les cheminées fumaient, d'une fumée blanche qui se diluait aussitôt dans le ciel de neige, il prit de l'avance. On le vit bien droit sur son cheval qui caracolait, emmitouflé dans son beau manteau de fourrure au col brodé, sur la tête la toque grise dont Varvara prenait le plus grand soin. Il avait un air important et bon qui faisait qu'on le reconnaissait entre cent, qu'on disait de lui, avec admiration, c'est Vasil le marchand, qui ne vieillit pas, et qu'on ne se risquait pas à discuter lorsqu'on était en affaires avec lui. Il prit le trot, puis le galop, dépassa les sapins noirs et disparut.

Le convoi continua sa route : il n'était pas question de flâner en chemin, au risque de voir la marchandise se gâter, ou les voleurs fondre sur elle. Du reste, la nuit tombait vite, et l'on avait prévu, pour le premier soir, de camper dans un bourg éloigné. On envoya simplement un homme d'escorte à Plovdiv, pour donner l'alerte ; et deux autres dans la montagne, au travers des rangées de sapins noirs, pour partir à la recherche du maître. Ces deux-là ne revinrent pas ; il est probable qu'ils furent mangés par les loups, à moins qu'ils n'aient rencontré les brigands et n'aient préféré adopter leurs coutumes et leur mode de vie, peut-être plus conformes à leur caractère.

Quand on arriva à Debar, quelques jours plus tard, Serguei n'était pas retrouvé. Quand le convoi fut à Haskovo, on n'avait pas davantage de nouvelles. La belle Varvara s'habilla de noir et s'enferma dans sa chambre. Elle refusait de manger et seule sa vieille nourrice, Atanassia, avait la permission d'approcher d'elle ; mais elle ne pouvait la distraire de son chagrin. Le convoi atteignit enfin Svilengrad. C'est alors que Nicolaï, le cadet des Vlassov, qui était demeuré à Plovdiv, envoyant courrier sur courrier dans les villes des alentours, remit la direction de la maison à l'un de ses domestiques et s'en fut lui-même dans la montagne à la recherche de son frère.

À ce point de l'histoire, les versions divergent. Selon l'une d'entre elles, Nicolaï aurait erré plusieurs jours et plusieurs nuits dans la forêt avant de retrouver Vasil – il serait plus juste de dire : avant de se retrouver face à ce que Vasil était devenu, avant de devoir faire face à cette métamorphose. D'après un autre récit, les recherches ne durèrent que quelques heures, au bout desquelles les deux frères se rejoignirent sans encombre. Quoi qu'il en soit, lorsque Nicolaï se trouva tout d'un coup en présence de Vasil, au beau milieu de la forêt de Debar, celui-ci était méconnaissable : son visage avait changé, comme si des années s'étaient écoulées depuis sa disparition, un poids immense de neige et de givre (il en était couvert, tout gelé, raide comme un spectre, dit plus tard Nicolaï, des pieds à la tête), alors que le temps, le temps du moins tel que tout le monde à Plovdiv l'avait compté, ne s'était accumulé sur lui que pendant quelques jours, une quinzaine tout au plus ; d'où venait donc qu'il semblait revenir d'un très long voyage, bien au-delà d'Edirne et d'Istanbul, des rives de la mer Noire et de Nessebar ? Il y avait sur ses vêtements, ou ce qu'il en restait, car de la toque et du manteau de fourrure on ne retrouva aucune trace, des marques de lutte : ils étaient lacérés par endroits, comme par les griffes d'un animal gigantesque.

Vasil n'y voyait presque plus, entendait assez mal, et revenu à Plovdiv ne reconnut personne, ni sa femme Varvara, ni ses trois fils, ni aucun de ceux qui jusque-là lui avaient été chers ; aussi crut-on qu'il avait fait la rencontre des esprits qui se réunissent pour nuire aux hommes, qu'il avait surpris leurs secrets, et qu'il en était puni. Il disait, quant à lui, que son cheval s'était emballé, l'avait jeté à bas, qu'il avait vu un ours, qu'il avait lutté contre lui, que ce combat avait duré trois jours et trois nuits, qu'il avait cru y laisser la vie, et que par miracle, alors qu'il était à bout de forces, un être surnaturel, dont il n'avait pas discerné les traits, l'avait secouru et mis la bête en fuite. Il n'y eut personne pour croire à ce conte ; mais quand Vasil demanda qu'on lui permette de finir ses jours au monastère de Batchkovo, dans la prière, car il n'aurait pas assez du temps qui lui restait pour remercier le ciel de la faveur qui lui avait été faite, on accéda avec empressement à son désir : dans la marche des affaires et la gestion de la maison, il n'était plus bon à rien.

On le mena donc à Batchkovo en grand équipage, quand l'été fut venu. Il y avait là tous les marchands de la ville, l'évêque, Varvara qui elle aussi choisit, à quelques temps de là, la vie religieuse, leurs trois fils et Nicolaï. Ils avaient revêtu des manteaux de laine légère, rouges ou blancs, cousus de fils dorés. L'air était chaud : on n'entendait que le bourdonnement des abeilles et le bruit de l'eau. La montagne tout entière retentissait du ruissellement des cascades ; c'était comme s'il avait plu tout au long du jour, une rumeur de déluge dans la chaleur du mois de juin.

Nicolaï devint le chef de la famille. On ne parla plus guère de celui que l'on appelait le reclus de Batchkovo, qui se promenait, disait-on, en parlant à haute voix dans les jardins du monastère, alors même qu'il n'y avait personne alentour, en tout cas personne que l'on pût voir. Sans doute les créatures de la montagne, qui avaient investi ses pensées et ses songes, n'étaient-elles pas décidées à l'abandonner à lui-même après un tel triomphe : sans doute leur était-il doux de cheminer lorsque le soir tombait lentement, l'enveloppait, comme une vapeur, un brouillard où l'on discernait de moins en moins bien son visage, où il importait peu, finalement, qu'il eût si vite et si étrangement vieilli, un air tiède et soyeux, tout imprégné de l'odeur des roses.

3

Un mariage à Saint-Germain l'Auxerrois

Une pluie funèbre, poisseuse, avait enduit Paris d'un vernis de mauvais aloi. Les façades et le pavé des rues scintillaient sans éclat ; tout paraissait factice, perlé, superflu. On voyait, de la chambre où se trouvait André, au premier plan, avant le fouillis de cheminées, de toits et d'antennes de télévision, une petite maison de brique, de l'autre côté de la cour – les bureaux d'une administration où figurait encore, en lettres capitales sur le fronton triangulaire, la dénomination mystérieuse : HYDROTHÉRAPIE-DOUCHES-BARÈGES.

André était seul, comme souvent. Il allait et venait dans l'appartement sombre, y mettant de l'ordre : le courrier qu'Inès ne lisait pas, les livres qu'elle ne lisait pas davantage, mais qu'elle achetait et entassait, dieu savait pourquoi, des livres d'images, remarquait-il, à croire que les mots avaient pour elle très peu de sens, les fleurs qu'elle laissait faner, cela emplissait l'espace d'une odeur de pourriture, ses dessins, qu'elle éparpillait un peu partout, comme pour signifier qu'il y avait, tout de même, quelque chose qu'elle avait fait, sur quoi elle était prête à rendre des comptes, ses livres à lui, dans la bibliothèque qu'il avait fait repeindre d'un vert cru, poussiéreuse à présent, solennelle, d'où l'on voyait, par les fenêtres ouvertes, des escaliers, des terrasses sur lesquelles on avait fait pousser des buis et des bambous, des cours, du lierre, des arbres, un entremêlement exotique, verdoyant, et par-delà les toits, les soirs d'été, un ciel pourpre, paisible, profond.

Il se rendait ce jour-là à une extraordinaire cérémonie. C'était un mariage que nul n'avait prévu, entre deux personnes qui avaient vécu une vie entière, que l'on croyait établies, prêtes à quitter ce monde sans faire d'histoires, soucieuses des convenances. Pourtant, rien de tout cela, l'âge, la fortune, la fatigue, le souci des commérages, n'avait prévalu. Il fallait donc imaginer, et c'était déroutant, qu'elles étaient encore accessibles au désir – quoi d'autre ? Elle, peu loquace, perpétuellement distraite semblait-il, ou préoccupée (mais par quoi, avec cette constance ?), belle, et si sévère qu'il n'y paraissait pas, que la beauté était la dernière chose que l'on aurait songé à lui reconnaître ; lui, mélancolique, soucieux avant tout de l'effet qu'il produisait, beau parleur, misanthrope, depuis quelques années déjà ne sortant plus de chez lui qu'à la nuit tombée, affectant de parler le grec et de préférer la poésie à la prose, ou en prose la forme brève, de louer plus que tout l'élégance qui était, disait-il, la plus grande des vertus, et qu'il alliait à un étrange laisser-aller, tout de surface. C'étaient Claire et Hugo Streller, les parents d'Isaac, qui l'avaient abandonné à sa naissance, estimant qu'ils ne sauraient pas quoi en faire, l'avaient confié à de lointains cousins, s'étaient eux-mêmes abandonnés, par la suite, à ce qu'ils appelaient à présent leurs mauvais démons, avaient été amoureux, chacun à son tour, s'étaient mariés, avaient eu d'autres enfants, avaient voyagé, perdu, pour ce qui le concernait, l'usage d'un bras, dans un accident dont personne n'osait parler (Isaac disait que c'était un requin qui l'avait emporté, au beau milieu de l'océan Indien, mais on n'était pas obligé de le croire, et Pavel, quand il était fait devant lui mention de cette légende, souriait d'un sourire furtif qui ne laissait aucun doute sur le fait qu'il en savait beaucoup plus que ce qu'il consentirait à en dire), appris, quant à elle, la peinture, ayant développé un petit talent d'aquarelliste, en ayant fait son passe-temps favori, ce qui lui donnait un air un peu posé auquel on n'avait pas été habitué jusque là, un air intelligent, précisait Isaac sans acrimonie, chez elle assez insolite.

Elle avait été élevée dans ce qu'elle appelait elle-même, d'un ton sérieux et indifférent, une excellente famille ; elle en avait admis les principes, elle les avait fait siens, elle avait eu à cœur de les transmettre à son tour aux quatre beaux enfants qu'elle avait élevés avec précaution. Il y avait plus fortuné qu'elle, elle le savait bien ; il y avait des gens plus accomplis qu'elle ne l'était elle-même. Hugo faisait partie de ce cercle auquel elle n'avait pas accès. Elle n'avait pas regretté son départ – si l'on pouvait appeler ainsi la décision qu'ils avaient prise ensemble, un matin de printemps, elle assise bien droite en face de lui, impérieuse et distraite, pressée d'en finir, de mettre un terme à ces complications inutiles, lui déjà préoccupé par d'autres choses, dont il ne jugea pas bon de lui faire part, surpris d'avoir pu passer tant de temps à ses côtés sans ressentir d'ennui, alors qu'il en était, ce matin-là, pétri, solidifié, inerte, tout entier dévoué à ce que serait le matin suivant, et puis les autres jours, délivré d'elle, de leur petite aventure, des petites habitudes qu'avaient prises leurs corps, comme à l'insu de leur âme. Elle ne l'avait pas regretté, au contraire : qu'aurait-elle fait de lui ? Ils étaient si jeunes ; ce qui les avait réunis était si déraisonnable, si peu destiné à durer. Elle n'avait jamais aimé personne, aucun homme en tout cas, ajoutait-elle hâtivement quand elle consentait à parler d'elle-même, abrupte, peu disposée à l'introspection, si bien qu'elle usait généralement de formules dilatoires et n'essayait pas de donner le change – à qui, pourquoi ? Aucun homme : peut-être entendait-elle par là qu'elle avait, au moins, aimé ses enfants ; mais rien ne permettait de l'assurer : elle avait si peu fait pour eux, se contentant de les élever, au mieux, de pourvoir à leurs besoins, de les préserver de tout ce qui aurait eu à voir avec l'appétit, la corruption des corps, la contingence. Elle avait pourvu à tout, comme on avait pourvu à tout pour elle, lorsque ç'avait été son tour, dans l'immeuble de la rue Nicolo, qu'elle revoyait en rêve (comme elle en rêvait, alors que des dizaines d'années s'étaient écoulées depuis qu'elle en était partie, et pourtant elle en avait rêvé cette nuit même, de ce chiffre, 33, inscrit en lettres noires au-dessus de la porte cochère, du hall dallé qu'elle traversait, joyeuse, c'était un jeu, d'une dalle à l'autre, avant de rentrer chez elle), l'immeuble, la rue, tout le quartier, le cirque de pierre du Trocadéro, la gare de la Muette, et puis au bord de la mer, à Arzon, dans le grand hôtel où ils s'installaient tous les ans, au mois de juillet (elle voyait le feu d'artifice reflété dans la glace dorée au-dessus de la cheminée, elle en entendait le bruit, cela tonnait, la maintenait éveillée, ravie, jusqu'au milieu de la nuit), ou bien à la campagne, près de Senlis, dans la maison bâtie sous le règne de Louis-Philippe, aux toits d'ardoise compliqués, toutes les fenêtres ouvrant sur la prairie, qui faisait aussi partie de ses rêves (mais dans ses rêves dure et immobile, une surface de pierre où passait le vent), où les amis de son père se retrouvaient, au mois de septembre, pour la chasse, qu'on entendait rire, bien après la fin du dîner, à travers les salons déserts, ivres : elle venait leur dire bonsoir en faisant cérémonieusement le tour de la grande table où l'on avait allumé les chandeliers, dans une fumée de cigarettes si épaisse que la tête lui tournait, et puis revenait dans sa chambre par le petit escalier, aux fenêtres rondes comme des hublots, qui montait en tournant sur lui-même jusqu'au troisième étage, les murs recouverts d'un tissu aux grosses fleurs rouges, épanouies - en remontant, le soir, elle s'arrêtait à chacune, pour regarder le ciel et les bois, mais le matin, quand elle descendait, c'était aussi vite que possible, entendant les bruits et les conversations dans la cuisine, et cela lui perçait le cœur, parce qu'ils vivaient, s'affairaient, en bas, et qu'elle n'y était pas. Elle en avait une très vive conscience, de leur tour qui était venu après le sien, de la vie de ses enfants qui désormais prévalait sur la sienne, un souvenir très vif, de l'intransigeance et du manque d'imagination de sa propre mère, qu'elle avait réfléchis, comme un miroir, sans y prendre garde, sans effort : elle avait veillé sur eux, comme il fallait, ses deux filles d'abord, ses deux fils ensuite, polis, aimants, la payant de retour, de gentils enfants, lui disait-on, et elle en était fière, c'était quelque chose qu'elle avait mené à bien. Aucun homme : peut-être étaient-ce ses parents qu'elle avait aimés, comme il convenait, auxquels elle avait rendu, autant que cela avait été possible, ce qu'elle leur devait. Elle avait été les voir tous les jours, quand il le fallait ; elle leur apportait des fleurs, leur faisait la lecture, avait caressé les cheveux de sa mère, allongée sur son lit dans la douceur du printemps (on laissait la fenêtre ouverte, l'air était pur comme aux premiers temps du monde), comme elle avait caressé ceux de ses propres enfants lorsqu'ils étaient petits, et malades : sa mère était une très petite fille à présent, très malade, et il était facile de rester à côté d'elle, de se pencher sur son visage apeuré, de lui demander si elle n'avait pas trop chaud, ou trop froid, de lui donner à boire, d'attendre qu'elle s'endorme, dans la lumière de ce printemps, le plus pur qu'on ait vu depuis longtemps, moins facile de la rassurer, comme les petits enfants – ce dont elle avait peur, elle, à si juste titre, était si proche maintenant, si ténébreux, là, dans le fond de la chambre, et Claire avait si peu d'imagination. Elle n'avait aimé aucun homme – personne, qu'elle-même. Qu'y avait-il à cela d'étonnant ou de répréhensible ? On l'avait flattée, recherchée, on lui avait rendu hommage, on avait fait son éloge, elle en avait été digne, digne de ceux qui l'avaient précédée, de ce que l'on attendait d'elle, capricieuse, appliquée, très jolie, toujours. Elle déclarait donc, avec son habituelle impudence (sereine, une habitude, une façon d'être, qui donnait à croire qu'elle disposait d'un peu d'intériorité, et d'une certaine liberté de jugement), qu'elle n'avait pas aimé l'homme que Dieu lui avait donné, et qu'il lui avait repris, après plus de trente années d'un mariage heureux. Elle disait Dieu, elle aurait pu dire la providence, ou le hasard : elle était probablement (mais sans le savoir, ayant reçu sur ce point une éducation très stricte, le baptême et le mariage, la communion des enfants, l'école religieuse, un ou deux pèlerinages, des prières apprises qu'il lui arrivait de réciter, pour elle seule, dans les circonstances où on lui avait enseigné qu'elles étaient bienvenues), et c'était une preuve de plus de son bon sens, de ce qu'il avait d'étriqué, de rassurant, un affleurement aussi, sous la fine surface de la civilisation, de ce qui demeurait en elle de trouble et de rétif, superstitieuse, rendant un culte (mais sans le savoir, affirmait Pavel, à son insu, dans le secret de son âme la plus noire et méconnue), à ses dieux lares, fidèles et propices, faciles à contenter, satisfaits de ses offrandes, de l'intention simple et étroite qui y avait présidé, et qui avaient en retour veillé, chaque jour, sur son foyer. De fait, il ne lui était jamais arrivé malheur. On n'avait pas abandonné Claire, on ne l'avait pas reniée. On écoutait le peu qu'elle avait à dire ; on redoutait sa franchise.

Pendant près de cinquante ans ils n'avaient plus entendu parler l'un de l'autre, ce temps écoulé s'étaient rencontrés par hasard dans un dîner, ayant changé de visage, de manières, de milieu, ayant souffert, eu la nostalgie du passé, ayant calomnié le monde, s'en étant accommodés aussi, convaincus qu'il n'y avait plus rien en eux qui pût rappeler ce qu'ils avaient été, et peut-être était-ce préférable. Ils s'étaient trouvés l'un et l'autre, ce soir-là, immédiatement soucieux de se plaire et déterminés à y réussir, sachant que ce serait peut-être, de tout ce qu'ils avaient entrepris, le plus simple et ce qui se passerait le plus naturellement de commentaire, assurés du peu de détours et de faux-semblants qui leur seraient nécessaires, à eux qui s'étaient déjà, il y avait si longtemps, aimés, et puis fatigués l'un de l'autre, sans qu'il y ait eu entre eux ni douleur ni deuil, pas même l'illusion de la souffrance, rien qu'un dégoût qui s'était emparé d'eux et les avait laissés déconcertés, avides seulement de vivre. C'était peut-être, cette simplicité, cette forme de découragement préliminaire, ce qu'ils avaient jugé de meilleur augure, quittant du même pas compté (comme ils avaient vieilli, comme ils avaient changé, c'était encore une chose qu'ils partageaient !) l'appartement où ils avaient passé la soirée, chez des gens qui avaient rassemblé ce soir-là tous les amis qu'ils connaissaient, car c'était le premier de l'an. On y avait bu de la vodka, écouté un petit orchestre magyar, on s'était rassemblé autour d'un ours, introduit à l'aube dans le grand salon rouge, gavé de soporifiques : l'odeur des hommes suffisait à éveiller sa férocité, et pour le produire ainsi, dans des appartements parisiens, il fallait prendre des précautions ; il était resté, somnolent et gras, assis au milieu du salon, tandis que les enfants tournaient autour et que les plus hardis des adultes s'approchaient jusqu'à le toucher, le regardant bravement au fond de ses petits yeux noirs et stupides. La plupart étaient ce soir-là costumés en chinois, c'était le souhait de leurs hôtes, mais certains avaient renoncé à tant de fantaisie (il faisait si froid), et la moitié de l'assistance observait l'autre, vêtue de brocart, de soie rouge et bleu, de petits chapeaux noirs, les femmes portant de lourds chignons, les yeux faits, le teint blanc. Claire et Hugo faisaient partie des moins aventureux. C'était à cela, d'abord, qu'ils s'étaient reconnus : elle, au milieu de jeunes femmes maquillées et bavardes, silencieuse, frêle, blonde, comme au premier jour, avec cet air de ne pas savoir, et de s'en moquer, qui tenait à distance ; lui épaissi, avisé, entouré – il était si savant. Il s'était approché d'elle, lui avait dit qu'elle était toujours aussi jolie, et c'était vrai, ou à peu près – son visage lisse et lumineux aussi inexpressif qu'il l'était, cinquante ans auparavant, quand ils avaient décidé, Isaac au milieu d'eux, cet être tombé du ciel, beaucoup trop précieux pour leurs petits cœurs épuisés par l'amour qu'ils avaient éprouvé l'un pour l'autre, de se séparer : ils n'avaient plus rien de commun, ils n'avaient d'ailleurs rien partagé de plus, jusqu'à ce moment, que leur jeunesse indécise, leur amour d'eux-mêmes, l'attrait des corps, un vague ennui. Il avait regardé avec elle, du balcon enneigé, la tour Eiffel illuminée, avait respiré son parfum, observé sa nuque et ses cheveux blonds ; elle lui avait paru, véritablement, plus belle qu'à vingt ans, quand son petit corps, sa petite âme et ses petits tourments s'ouvraient au vent du large, que ses yeux clignaient dans la franche lumière du mois d'août, qu'elle ne savait pas, et pourtant argumentait, décidait, faisait valoir son bon droit, indiscutable et dérisoire. De ce moment, ou presque, Claire et Hugo avaient recommencé à vivre ensemble, à tâtons d'abord, avec une sorte de pusillanimité, puis hardiment. Ils avaient cohabité, n'essayant plus, évitant même, de procéder à quelque échange que ce soit. Leurs goûts, leurs souvenirs, leurs rancœurs, ces matériaux amoncelés entre eux, étaient distincts, définitivement. Ils n'éprouvaient plus, ni l'un ni l'autre, aucune envie d'y revenir, laissant tout cela, cette accumulation superflue, se ternir par plaques, moisir et se raréfier, n'y accordant pas plus de prix qu'aux vieilles choses qui les encombraient encore et qu'ils entreposaient chez eux comme au hasard – à quoi avaient-ils jamais accordé de prix, si ce n'est à l'infime et périssable cours de leurs émotions, à quoi avaient-ils veillé, si ce n'est, patiemment, tenacement, et cette ténacité leur serait peut-être comptée un jour comme leur plus grand vertu, peut-être la seule, à leur propre bien-être ?

Pour ce qui concernait Isaac, il n'avait pas eu, estimaient-ils, à se plaindre du sort. Ils l'avaient retrouvé intact. C'était un garçon sans rancune, à qui d'ailleurs, parce qu'on savait ce qui vaut mieux, on n'avait pas menti. Ses parents d'adoption étaient des gens honnêtes ; Isaac avait été leur fils unique et ils avaient voulu son bonheur – du moins, sa tranquillité. Quant à Claire et Hugo, ils n'avaient souhaité usurper aucun droit, estimant n'avoir aucun titre à sa reconnaissance – à peine à son amitié. Ils s'étaient montré discrets, estimant avoir agi pour le bien de tous, n'ayant rien dissimulé de leur histoire ni de la sienne, n'en ayant tiré aucune vanité, n'en ayant pas éprouvé de confusion non plus.

André descendit l'escalier sans hâte. Inès le rejoindrait à l'église, ayant fort à faire en ce jour mémorable pour seconder sa sœur, c'est ce qu'elle lui avait dit avec naturel, et qu'il avait accueilli de la même façon. Il avait l'habitude de voir la supériorité d'Ingrid, en tout, toujours, reconnue ; il avait l'habitude de lui céder la place et personne n'imaginait qu'il le fît à contrecœur.

À Tulle, c'est dans le grenier qu'il jouait, le soir surtout, et le dimanche, parce qu'on y était plus loin de tout : loin du chaud soleil, du vent, des cris, de l'ombre qui s'était infiltrée dans le vestibule, le salon aux vitres rouges et vertes, la salle à manger où l'on regardait la télévision, la chambre des parents, qui s'y était installée à demeure, des siècles auparavant, pesait maintenant, partout, divisait, d'un côté son territoire, de l'autre quelques fragments de lumière, de plus en plus rares à mesure que les années passaient, et régnait. C'est dans le grenier qu'il avait entreposé ses livres, ses soldats de plomb, ses caravelles.

Jean entrait le premier, toujours ; c'était le plus fort, le plus décidé, à l'affût de ce que disaient les adultes, pénétré de son importance, Horus à tête de chien, et puis Joseph, plus gros, de sorte qu'il était facile de les distinguer, placide, bon garçon affirmaient ceux qui ne le connaissaient pas, gourmand jusqu'à s'en trouver possédé, endolori : la première chose qu'il faisait, le soir, en rentrant de l'école, c'était d'aller droit à la cuisine, d'ouvrir le placard auquel on lui défendait d'accéder et de manger du chocolat, à pleines mains, les yeux agrandis de plaisir, à étouffer, tandis que Jean, sur le pas de la porte, le regardait sans mot dire, attendant que ce soit fini, et puis montait avec lui, les deux loups qu'ils étaient, jusqu'au grenier. Ils tournaient autour de lui, pour commencer.

Incontestablement, Jean avait l'initiative. Ils dispersaient les livres, fouillaient dans la caisse aux soldats, donnaient des coups de pied dans l'alignement des bateaux, sous la lucarne – la nuit, la lune en éclairait les voiles blanches, ouvertes comme des ailes : on aurait dit de grands papillons blancs et jaunes, comme on en trouve sous les tropiques, phosphorescents. Il n'y avait pas de recours contre leurs méfaits – les adultes avaient assez à faire avec leurs propres soucis : sa mère avec ses parents, ses innombrables frères et sœurs, l'interminable procession de sa famille, à toutes les heures du jour, dans la maison, et les visites à domicile, les varices, les ulcères, le vieux monsieur qui n'y voyait plus, celui qui n'avait plus toute sa tête, celui dont les jambes étaient devenues une plaie d'où sortait le pus, un de ces jours on l'amputerait, et les querelles avec les voisins ; son père, féru de lectures malpropres, comme disait sa femme, sans qu'on sût ce qu'elle entendait par là, car ses lectures il ne les partageait pas, s'enfermant dans la cuisine, seul lui aussi, y passant la nuit à compulser de mystérieux ouvrages dont la lecture le transportait, le maintenant éveillé jusqu'au matin, bouleversé, vitupérant.

C'était une bonne chose au fond, une règle qu'André avait apprise : il était seul, il n'y avait pas de recours ; ce monde était habité par les loups, on n'y trouvait un peu de silence et de réconfort qu'au plus profond de la nuit, dans la lumière de la lune, où les bateaux aux voiles jaunes et blanches planaient, phosphorescents – la mer noire, la nuit tout autant, simplement trouée de la petite lumière du phare, tenace, précaire, merveilleuse, qui appelait. Qu'est-ce donc qui l'appelait ce soir au-dehors, comment se faisait-il qu'il fût si indéfectiblement et profondément heureux, quel nom donner à cette quiétude qu'aucune circonstance ne pouvait altérer ? Vers quoi se diriger ce soir qui n'appartiendrait pas à ce cercle enchanté, alors que la nuit tombait, brillante, obscure, mêlée de neige, qu'il descendait l'escalier recouvert d'un vieux tapis rouge, à chaque palier les mêmes vitres vertes et jaunes, un curieux décor carolingien au travers duquel on ne discernait pas les lumières du dehors, traversait la cour de l'immeuble, le sol pavé glissant sous ses pas, les trois murs blancs et bas, surmontés d'un toit d'ardoises, derrière lesquels s'étageaient, par dizaines, d'autres murs et d'autres toits en terrasse, passait sous la voûte et le fronton de pierre, jusqu'à la rue ? André était l'homme le plus heureux du monde ; c'était un secret qu'il n'aurait confié à personne.

Dans la rue de Rome, la foule était celle du soir, agitée, comme la mer, grondante. La pluie recommençait à tomber, parcimonieusement. Il s'arrêta un instant pour regarder les trains de banlieue rangés immobiles, l'un contre l'autre, en contrebas. C'est alors qu'il se tenait là, devant les grilles de fer, transporté dans un autre monde, celui des départs en vacances, le dimanche matin, au mois de juillet, un poids de tristesse et de désarroi au fond du cœur, parce qu'il allait quitter sa mère pendant plus d'un mois, et qu'elle ne témoignait, de cette séparation, aucun regret (il partait au bout du monde cependant, à des heures, des jours, des semaines, à mille lieues sous-marines, se répétait-il tandis que le train l'emportait), c'est alors qu'il s'entendit appeler par son nom.

André, André ! criait, depuis le trottoir d'en face, Paul Kiriline, en agitant les bras. La rue entière, la foule, les trains immobiles, les lumières, la fumée, le fracas des voitures, la pluie, tournaient lentement autour de lui, comme dans un kaléidoscope, leurs surfaces inanimées, brouillées dans un scintillement d'étoiles. Il était visiblement au comble de l'impatience. N'y tenant plus, il traversa la rue (c'est vraiment au péril de sa vie, songea André, il n'y a pas de doute, il est fou) et s'agrippa à lui. Quelle extraordinaire coïncidence ! cria-t-il. On s'écartait d'eux, comme de deux clochards en pleine querelle.

Kiriline venait de terminer un chapitre qui lui avait coûté : il avait veillé, réécrit, travaillé, expliqua-t-il, comme un damné. Il était tout près désormais de l'achèvement, mais c'était le plus difficile : ne pas céder à la furieuse envie d'en finir qui le saisissait dès qu'il était content de lui. En somme, il avait besoin de tranquillité pour arriver au bout : où se trouverait-il mieux qu'à Tortisambert, dans la maison où, les nuits d'hiver, le vent frappait contre les murs au point de les disjoindre, sifflait sous les portes, glacé, mêlé de pluie, cognait aux vitres, si bien qu'on avait l'impression de se trouver en haute mer, à la dérive, qu'elle avait rompu ses amarres, grinçait et résistait ? Pavel s'y trouvait bien – le climat n'avait pas d'influence sur son humeur. Vous ne me refuserez pas l'hospitalité, André, insista-t-il. Le froid l'avait statufié.

André n'avait rien prévu que de fastidieux pour les heures qui allaient suivre. Il eut aussitôt (il lui en coûtait si peu de modifier ses opinions, son humeur, et même ses préférences, ou ses convictions, du moment qu'on le lui demandait), la nostalgie de Tortisambert, des cerisiers difformes, du silence qui serait solidement établi autour, quand ils l'atteindraient dans la nuit noire, sous l'éclat de la lune, ayant traversé le brouillard, l'averse, le vent, dans la voiture où il ferait bien chaud – Paul avait l'air épuisé et s'endormirait vite, il veillait trop tard, travaillait trop sans doute, comme ces gens qui se morfondent. Mais oui, répondit-il donc, faisons ce voyage ensemble.

Ils descendirent la rue de Rome jusqu'aux terrains vagues qui bordent la gare Saint-Lazare, champs, cimetières, églises, grands magasins, puis au-delà, le boulevard Haussmann et la rue de Rivoli, sous une pluie torrentielle.

Il y avait, à Saint Germain l'Auxerrois, moins de monde qu'on l'eût pensé, étant donné l'étendue des relations de Claire et Hugo Streller ; mais ce peu d'affluence semblait faire leur affaire.

Inès était assise au fond de l'église. André prit place à côté d'elle, sans savoir si c'était ce qu'il convenait de faire. Il était, en général, difficile de savoir ce qui pouvait satisfaire Inès, ce qu'elle attendait de son prochain : elle était habitée d'une exigence immense, et n'en disait rien ; elle n'était jamais explicite, laissant la constance et le mécontentement, voilant son caractère, planer au-dessus d'elle et de tous ceux qui l'approchaient, ceux qui avaient cette audace, cette imprévoyance, un vautour qui finirait par lui dévorer le cœur, André le savait, il en avait pris son parti – nul n'avait le pouvoir de le délivrer de cet ensorcellement, vivace, comme aux premiers jours, les premiers temps bénis de leur mariage, à Nauplie, à Monemvassia, le bruit du ressac si fort, au milieu de la chambre, qu'ils avaient l'impression de dormir tout contre l'eau, dans la chaleur étouffante, Inès à distance de lui (elle n'était jamais familière, jamais irréfléchie), identique, indéchiffrable, son chagrin, son ressentiment, une ombre immense planant au-dessus d'eux, irrévocable, veillant sur eux, tutélaire. Elle l'entendit venir, mais ne se retourna pas vers lui. Son profil, régulier, demeurait morne, morose, tant qu'elle ne disait rien ; quand elle s'animait et consentait à un peu de partage, parcimonieux et serein, comme le moindre de ses mouvements, sa beauté revêtait quelque chose de surnaturel : elle avait dans les gestes, la voix, grave, le regard, une grâce, une puissance surnaturelles.

Quand ils sortirent de l'église, après la cérémonie, Claire paraissait enluminée – une pomme de Noël. C'était l'effet du froid, sans doute, ou bien celui de l'imprévu, d'un peu de griserie descendue sur elle comme l'esprit saint, songea André, se rappelant bizarrement qu'il y avait cru, à l'esprit saint, et qu'il descendrait sur lui aussi, un jour ou l'autre : il en était persuadé, le soir, revenant du collège par les rues mal éclairées, jusqu'à la rivière, le long de laquelle il marchait pour rentrer chez lui – jusqu'au lendemain matin ; jusqu'au lendemain matin, il faudrait attendre, dans la salle à manger froide, que le cérémonial s'accomplisse, les retrouvailles d'abord, amères, jusqu'à l'agonie, le silence ensuite, sa mère et son visage de méduse, son père fuyant, acerbe, entre eux la nappe blanche, les couverts, la nausée, manger, consentir, se lever de là plus lourd et minéral que les gisants des cathédrales, puis assis, au salon, dans l'un des fauteuils recouverts de tapisserie, attendre, lire, jusqu'à l'écœurement encore, enfin monter, rigide, bien droit, près de pleurer, dans la chambre sous le toit, refermer la porte derrière soi, pousser le verrou et ne pas s'en trouver plus tranquille, parce qu'ils étaient là derrière, parce que c'était de leur souffle, de leur vie, de leur âme qu'était emplie la maison, parce qu'ils l'avaient conçu, lui, le misérable petit garçon qu'il était, parce que c'était d'eux qu'il était issu, enfin les visions et les terreurs de la nuit, la lune derrière la vitre, qui n'éclairait rien – lorsqu'il se relevait cependant, et s'approchait de la fenêtre pour vérifier que le monde était toujours présent, immense, inchangé, au-dehors, elle était là, ayant bougé dans le ciel, au-dessus des maisons, et la nuit passerait, c'était certain, cette clarté en témoignait, il suffisait de durer jusqu'au lendemain matin.

Il chercha une trace du passage de l'esprit, un frisson, une lueur, sur le visage de Claire, et crut l'y avoir trouvé. Quand on se remémorait l'âge de Claire, tout ce par quoi elle avait passé pour se trouver là, en cette fin d'après-midi boueuse, vivifiée par la neige, on éprouvait de la surprise d'abord, un peu d'effroi ensuite, comme devant une anomalie de la nature, un phénomène de foire, une difformité ; mais il n'y avait rien qui ne fût naturel dans ce visage – ce qu'il y avait de plus naturel, sans doute, dans ce fragile édifice qu'était le corps de Claire, étant l'absence de toute joie et de toute chaleur. C'était cela, peut-être, qui l'avait préservée de la déréliction, et infirmait les fadaises que l'on colporte sur le bonheur : il n'y avait rien de plus hostile et de plus étrangement préservé que le visage de Claire – il faudrait trouver un qualificatif pour rendre compte de la placidité de ce visage de madone, de l'inappétence de Claire pour toute autre chose que soi-même. C'était la réprobation qui avait préservé Claire des effets du temps – une effrayante vacuité, sûre d'elle-même, une triomphante transparence. À côté d'elle, Hugo Streller essayait de se montrer jovial : leur vie accomplie, deux enfants rentrant chez eux émus, titubants, désireux uniquement qu'on les laisse tranquilles, soucieux, comme sont les enfants, de deux ou trois détails qui avaient trait à leur confort immédiat, emportant dans leur chambre un secret qu'ils ne partageraient pas, le souvenir de leurs exploits, des dégâts causés, des mensonges, repus, mélancoliques, envahis simplement par l'envie de dormir, d'oublier tout le reste, qui est sans conséquence, et de se réveiller le lendemain aussi insouciant et effrontés qu'ils l'ont toujours été, persuadés de leur toute-puissance et de leur immortalité. Ils partaient le soir même en Turquie, et dieu savait où par la suite, déclara-t-il avec une sorte de hargne.

C'est un grand jour, proclamait Gabriel à la cantonade. On s'arrêtait à peine auprès de lui, persuadé que l'on était, depuis des années, de son insignifiance et du peu de poids (du peu de sens, du peu d'efficacité) des paroles qu'il prononçait. Il n'y eut ce jour-là, comme d'habitude, pour s'entretenir avec lui, que Todor, qui lui demanda son avis sur la manière dont l'organiste avait interprété la Bénédiction nuptiale. Très mal, répondit Gabriel, ses traits insipides, des traits de vieillard à qui l'âge convient, finalement, comme un état qu'on a choisi, tremblant de déconvenue ; rien ne lui avait fait plus de mal, depuis longtemps, ajouta-t-il : c'était tout de même une chose à laquelle on aurait dû veiller, que la musique fût convenablement exécutée.

Il n'y avait pas très longtemps qu'il était revenu parmi eux, et il peinait à retrouver sa place. Pendant les quelques années qui avaient précédé celle-ci, il s'était esquivé, évanoui dans l'air pur de l'hiver, sans que l'on ait pu déterminer si cette escapade avait été fondée en raison ou s'il ne s'était agi que d'un caprice, si Gabriel avait obéi à quelque loi obscure, s'il avait, par cet exil, cherché à assurer son salut, à se débarrasser du vieil homme en lui, ou qui sait, tout bonnement, à courir l'aventure ; cela importait peu, car nul ne l'avait regretté : c'est à peine si l'on s'était aperçu de son départ. C'est que Gabriel savait à merveille se rendre indésirable. C'était chez lui une forme de talent, peut-être le seul don qu'il ait reçu en partage, et il avait eu à cœur de le faire fructifier, il avait eu cette patience et cette obstination, cette connaissance de soi aussi, qui ne sont pas qualités si fréquentes : il l'avait portée à la perfection. Il n'y avait rien, en général, de plus inopportun que la présence de Gabriel, rien qui portât moins à la nostalgie que son absence. Comment se pouvait-il qu'un individu suscitât si peu d'attachement, aucun intérêt, à peine un peu d'impatience ? Le phénomène avait été vérifié, par chacun, durant les trois ou quatre années précédentes, même si l'on s'était abstenu, par égard pour Isaac probablement, d'en faire l'exégèse : Gabriel avait disparu, et cela n'avait pas fait de différence. L'explication qu'il avait donnée de cette escapade avait été communément admise. Comme Isaac avait semblé la trouver à son goût, elle était devenue une vérité officielle : Gabriel avait émigré, comme il disait, vers le sud, parce qu'il y faisait plus chaud. Ses vieux os, avait-il ajouté, avaient besoin de repos et de chaleur. Or l'idée que le squelette de Gabriel, ses os (bien plus que son apparence de spectre ou son esprit, dont on n'avait pas encore avec certitude prouvé l'existence), avaient ressenti si fort, au point de le clamer, ce besoin de voyage et de mouvement, paraissait recevable. Ce qui demeurait en Gabriel, ce qui faisait foi, parce que c'était silencieux, indésirable, assez peu enclin à la vie sociale, dépourvu de toute ferveur, c'était le paquet d'os qu'il était, au bout du compte, pas davantage : les os de Gabriel sont partis prendre le soleil, disait-on avec malice, ou bien Gabriel et ses vieux os se sont installés au bord de la mer, ou bien il paraît qu'Isaac a reçu des nouvelles du paquet d'os, c'est donc qu'il tient encore debout. Rien de tout cela n'avait amusé André, que très peu de chose suffisait pourtant à divertir, parce qu'il avait décelé, dans cette déclaration de Gabriel, un affreux éclair de vérité, quelque chose de trivial et de véridique, une injure à tous ceux qui l'avaient entendue et n'en avaient pas été suffoqués – rien à voir avec l'idée, poétique et partagée, que Gabriel avait participé, avec d'autres oiseaux d'une espèce fabuleuse, à laquelle il appartenait (malheureusement affublé, pour son désagrément et un temps immémorial, d'une forme humaine), à un parcours aventureux, où seul l'instinct l'avait guidé, et choisi, au terme de ce périple, de s'abandonner au hasard, dans une ville dépeuplée, au bord de la mer. C'est à Nice qu'il s'était établi d'abord, ensuite à Valence, cité-frontière, limbes, région intermédiaire. Puis il était revenu, et sur ce retour également s'était montré peu loquace.

À Nice, où il passait la plus grande partie de l'année (l'été, il revenait à Paris pour quelques semaines, si maladroit, exotique, qu'on aurait dit un ara de la Sonde enfermé derrière les vitres embuées du Muséum, égaré, chatoyant, regrettant les îles de la Sonde, la mer opaque et les cris des singes), il habitait, à Cimiez, au rez-de-chaussée d'un grand immeuble blanc qui avait été un hôtel, un appartement vaste et vide qui donnait sur un jardin très ordonné ; le jardin, sur la mer. Le matin, il se levait tôt, allait s'asseoir sous les palmiers qui bordaient l'allée circulaire, et écoutait : d'abord, rien d'autre que les oiseaux, un peu plus tard le crissement des cigales ; puis la ville entière s'ébrouait, grondait, enfin la mer elle-même avançait vers lui, densifiée, striée, tandis que les avions venus de l'ouest descendaient tout près de l'eau. Il allait déjeuner dans un restaurant où il avait ses habitudes, près du port. Il s'installait dans le coin le plus obscur de la salle, le plus loin possible du soleil. Il commandait des poivrons et des anchois, un verre de vin blanc, mangeait lentement, ne parlait à personne, et rentrait chez lui en traversant des rues blanchies par la chaleur. L'après-midi, il dormait un peu, dans sa chambre aux volets fermés à travers lesquels la lumière passait : une pénombre dorée, pleine de poussière et de l'odeur de la mer. Le soir, il allait se promener le long de la plage. Il ne dînait pas, mais il lui arrivait d'acheter une glace à la crème, qui s'élevait au-dessus du cornet en volutes épais et sucrés ; la fraise, la framboise et le citron étaient ses parfums préférés : il attendait qu'on le serve, impatient et satisfait, devant le petit camion décoré de lettres pimpantes, au milieu des enfants qui le bousculaient, s'invectivaient, et s'éparpillaient dans l'obscurité.

Il lui arrivait d'en avoir assez, et il attribuait cette lassitude au manque de mouvement. Alors il partait pour l'Italie, à Bellagio où il avait d'autres habitudes. Il retrouvait, dans le même hôtel, la même chambre, avec un balcon qui donnait sur le lac. Les soirs de mauvais temps, il regardait les nuages s'amonceler au nord, bleus, noirs, les barques rentrer, les étourneaux glisser en piaillant au ras de l'eau, et se rendait au débarcadère, où les ferrys accostaient dans le vent et les remous. Il lui arrivait aussi d'aller sur l'autre rive en bateau, traversant le lac et le vent vif du mois d'avril, pour aborder dans le jardin de la villa Carlotta, multiforme, excroissant, tropical, parmi les murailles de roses et de bambous, les rhododendrons géants, les cactus, les caoutchoucs et les palmiers, sous lesquels l'ombre était épaisse, fraîche, à peine parsemée de taches de lumière. Ou bien Naples, à Amalfi – à Sorrente où, vingt ans auparavant, il avait rejoint Kiriline et la magnifique Apollonia.

C'était la semaine de Pâques : ils avaient pensé que ce serait pittoresque. Le soir, Kiriline les emmenait dîner dans un restaurant qui s'appelait la Lorelei : une terrasse de béton, une tonnelle, une vue vertigineuse sur la mer, d'un bleu sombre qui noircissait au crépuscule. La nuit tombait, on apportait des bougies sur les tables, des bateaux passaient à une distance infinie, en contrebas, si loin qu'on n'en voyait que le sillage blanc, et un peu de fumée. C'était l'époque bénie d'Apollonia : comme Kiriline l'aimait ! Elle avait la peau brune, des yeux noirs et rieurs qui observaient. Elle était pleine, voluptueuse, emportée, menteuse, et jeune, d'une jeunesse solaire, méditative. Elle éblouissait et ne le savait pas : elle ne savait rien de son éclat ombreux, de sa jeunesse, de sa puissance. Gabriel avait eu auprès d'elle le sentiment que sa vie était ramassée en lui tout entière, tendue, l'intuition soudain de tout ce que le monde contenait d'âcre et de bouleversant, une sensation physique, une prémonition, aussi brusque et irradiante que la douleur. Un soir, il l'avait effleurée, et puis prise dans ses bras, dans la rue déserte et parfumée, devant la Lorelei – Kiriline était allé chercher la voiture : il avait décidé d'aller jusqu'à Positano, pour le plaisir de rouler, dans la nuit noire, au-dessus de la mer ; Apollonia s'était arrêtée un instant contre le mur, dans l'odeur des lilas et des roses, elle avait enlevé sa chaussure, un caillou s'y était glissé, son bras rond et nu était la plus jolie chose qu'il ait été donné de voir à Gabriel, puis elle avait relevé d'un coup vers lui son visage plein, ses yeux rieurs, et il l'avait embrassée, avec une avidité qui lui faisait mal encore, quand il s'en souvenait, parce qu'elle ne serait pas assouvie, son corps tendu contre le sien, la nuit tiède autour d'eux, l'appel de Kiriline qui revenait, son rire, sa joie à l'idée de traverser la nuit noire le plus vite qu'il serait possible. Les jours qui avaient suivi, elle l'avait regardé avec un peu plus d'intérêt, mais à peine, ses yeux rieurs dans son visage sombre. Comme Kiriline l'aimait ! Il avait acquis une connaissance parfaite de ses moindres humeurs, il devinait ses pensées, savait si elle s'ennuyait, le pressentait avant elle, désertait les lieux dans lesquels elle avait manifesté de l'impatience, l'écoutait comme un oracle, faisait rouler entre ses doigts ses cheveux bruns, s'enquérait de sa fatigue, de sa tristesse, cherchait à la faire rire. Quand ils rentraient à leur hôtel, où pour rejoindre leur chambre ils traversaient des allées bordées d'arbres chargés d'oranges grosses comme des pamplemousses et de citrons roses, il ne la quittait pas des yeux, tandis qu'elle marchait devant lui dans l'une des ses robes imprimées de fleurs ou de rayures, ou d'autres motifs encore, bariolés, deux ou trois boutons ouverts sur ses seins ronds et sombres. Après tout, ce n'était certainement pas ce que l'on pouvait attendre d'Apollonia, qu'elle inspirât de la révérence, ou même une forme d'attrait intellectuel. Kiriline l'aimait, il traversait à ses côtés un univers enchanté, il n'y aurait pas pour lui de pire malédiction que de la perdre. Il avait survécu à ses amours, bien sûr, et c'était heureux ; mais ce qu'il y avait perdu, qui pourrait l'évaluer ? Quand on les avait vus, comme Gabriel les avait vus, dans la nuit étoilée de Sorrente, Pavel transfiguré, Apollonia rayonnante, on ne pouvait imaginer qu'il ait réchappé de ce cataclysme identique à ce qu'il était. Ce qu'il fallait reconnaître à Pavel, ce qui était chez lui digne d'éloge, c'était cette compassion qui avait réchappé de chaque naufrage, son amour des créatures, une forme de charité : ce qui l'avait maintenu vivant, un prolifique et polymorphe amour des femmes. Il serrait Apollonia contre lui tandis qu'ils regardaient défiler, dans la soirée moite du vendredi saint, une procession sordide, des capuchons blancs, le coq, les clous, dans un vacarme affreux, lui demandait si elle n'avait pas faim, ou pas sommeil, veillait à ce qu'elle dorme assez, lui faisait goûter ce qu'il estimait être le meilleur, riait à ses reparties, les plus drôles comme les plus stupides, l'appelait sa sibylle au visage latin, s'arrêtait parfois de lui parler pour poser sa main, doucement, sur ce visage immobile et moqueur.

Quelques années plus tard, Gabriel avait été jusqu'à

Paestum, seul cette fois ; il avait parcouru les ruines, bien résolu à éprouver quelque chose, au moins une forme d'inquiétude devant la majesté des lieux ; mais rien. Peut-être, avait-il conclu, que l'enchantement des lieux tient aux rêves qu'on y a faits, au désir immense qu'ils contiennent, et cette partie de l'Italie, la banlieue colorée de Naples, les jardins de Caserte, Positano, Amalfi, avait-elle perdu toute puissance d'évocation, en l'absence d'Apollonia. Pourtant, il savait, d'ordinaire, se contenter de peu. Il n'était pas difficile à satisfaire, à divertir : c'était, disait Isaac, un vieux monsieur sans histoire – sans histoire, on tenait à cette dénomination exiguë, réconfortante, bien qu'il fût admis (Gabriel n'en faisait pas mystère) qu'il avait été malheureux, toute sa vie, les innombrables années qu'elle avait duré, du fait d'une seule femme, qu'il avait aimée, disait-on, au-delà de ce qui était raisonnable, et lui était resté, sa vie durant, fidèle, alors même qu'elle n'éprouvait pour lui rien d'autre que l'intérêt mêlé d'effroi qu'on ressent pour qui vous est dévoué sans vous connaître, qu'elle lui avait simplement témoigné ce qu'il fallait de bienveillance pour le maintenir auprès d'elle, malgré le temps et la distance, vivant, certes, mais d'une vie mutilée, proscrite, inconséquente ; sans histoire, car il se défendait d'être sentimental, lui qui n'avait tenu, à travers les années, l'isolement, l'oubli, que par la grâce de cet unique sentiment, circonscrit, putride, cette gangrène, cette douleur qui le maintenait réveillé, ce fantastique emballement de son cœur qui l'avait maintenu toutes ces années lié à elle. Sa vie avait passé, sans Claire et entièrement dévouée à sa cause. Il n'en était rien résulté et il approchait de la fin ; c'est tout ce qu'il aurait à déclarer, une passion qui n'avait servi à rien qu'à le faire tenir, rien à déclarer que cette malédiction, qui l'avait rassasié, et qui l'accompagnerait à la fosse commune.

Mais le sermon était de qualité, commenta-t-il. C'est rare, de nos jours. D'une assez bonne tenue – assez rare, depuis Vatican II. Todor l'écoutait, mâchonnant ce qui restait d'une cigarette, et ne disant rien. Il était blond, pour ce qui lui restait de cheveux, portait des lunettes cerclées de fer et des costumes sombres (c'est l'intellectuel communiste avait tenté d'expliquer Pavel à André, n'allez pas chercher plus loin, ce sentiment d'appartenir à une caste qu'ils ont tous, un brahmane en somme), un homme de l'est, comme il se présentait lui-même, grand, solide, doté d'un visage sans expression, des yeux clairs qui ne laissaient rien paraître, à peine un peu de froid entêtement. Un observateur distrait eût pu lui trouver l'air narquois. Etait-il sardonique, condescendant, stupide, sûr de son génie, ou simplement mal élevé ? Telles étaient les questions qu'André s'était posées, successivement, la première fois qu'il l'avait vu. Il avait à présent une petite idée de la réponse. Todor était, profondément, complaisant. Il était aussi colérique et modeste, peu confiant en ses propres qualités et content de lui, déférent et tenace, pas toujours sincère mais en donnant l'impression, parce qu'il disait les choses telles qu'elles étaient, sans emphase, immédiatement avisé des faiblesses du raisonnement adverse, et décidé à en faire le meilleur usage : dans la conversation, une aisance sans apprêt, une patience, une attention qui flattaient, dans ses convictions changeant, péremptoire, en général réfléchi, impatient de paraître sous son meilleur jour et de faire aussi peu de concessions qu'il serait possible.

Auprès de lui, Inès et Ingrid échangeaient des confidences, Ingrid, à son habitude, donnant l'impression de ne pas se trouver à sa place – elle se livrait à cette usurpation méthodique avec un irritant naturel. Anne était là aussi, avec sa fille, qu'elle avait cru bon de prénommer Prudence, âgée d'une douzaine d'années, que l'on entourait de beaucoup de soins, car le sort avait été cruel envers elle : elle n'avait pas connu son père, mort il y avait bien longtemps, avait déclaré Anne, et personne ne l'interrogeait à ce sujet plus avant, pas même l'enfant. Elle avait des yeux ronds et gris comme la cendre. Elle avait fait le choix, il y avait déjà des années de cela, de ne pas dire un mot qui ne fut mûrement pesé, et totalement nécessaire. C'est la raison pour laquelle elle ne parlait presque pas. On croyait jadis, quand elle était plus petite et qu'Anne l'emmenait parmi ses amis, le dimanche, à la campagne, ou bien l'été, au bord de la mer, et que les enfants virevoltaient autour d'elle, criant, chantant, s'interpellant, ou bien qu'elle assistait muette à la conversation des adultes, qu'elle était récemment arrivée d'un orphelinat étranger et qu'elle ne parlait pas bien le français, ou encore qu'elle était affectée d'une grave maladie nerveuse dont l'issue n'était pas certaine (les médecins, probablement, ne s'étaient pas prononcés avec clarté, c'était préférable, on voyait des rémissions étonnantes) et qu'il valait mieux se comporter avec elle comme si de rien n'était. On s'adressait donc à elle avec beaucoup de douceur et de précaution ; elle était sensible à ce traitement, sans bien en comprendre la cause. Peut-être, avait-on supposé d'abord, les choses allaient-elle s'arranger avec le temps ; mais il semblait, à mesure que les années passaient, que cette phase d'adaptation dût durer très longtemps – il paraissait de plus en plus aléatoire d'essayer d'en prévoir la fin. Prudence n'y mettait aucune mauvaise volonté : il ne s'agissait pas de bouderie ou d'effronterie, encore moins du désir de se faire remarquer. De fait, elle ne s'était adaptée à rien de ce qui faisait sa vie : ni à sa mère, ni aux manières de sa mère, ni à son visage enjoué, ni à sa féroce volonté de paraître, et pas davantage aux amies qu'elle s'était faites, à ses grands-parents, à leur maison, dans la banlieue d'Ussel, où elle passait une partie de ses vacances, ni, en général, à rien de ce qu'elle voyait et entendait. Quand on s'éloignait de la rue écartée où ils habitaient, qu'on perdait de vue les dernières maisons, on arrivait à des prairies, des vallons, au milieu desquels passait la petite route sur laquelle

Prudence s'aventurait souvent – laissez-la faire, elle connait le chemin, elle reviendra. C'était quelque chose qu'elle avait obtenu sans difficulté : qu'on la laisse faire, se taire, s'aventurer, revenir quand bon lui semblait, et elle était si déterminée, si docile et déterminée, qu'elle ne renoncerait plus, c'était une évidence, à ses prérogatives. À la fin de l'été, Anne revenait la chercher. Sa grand-mère Élisabeth apportait du porto dans de petits verres décorés qu'elle posait précautionneusement sur la toile cirée : elle avait de l'arthrite et cassait beaucoup de choses ; et autant que de casser les petits verres aux figures colorées, elle redoutait de se faire tancer par sa fille ou son mari – non merci, disait Prudence quand on lui proposait du jus d'orange. Élisabeth faisait ce qu'elle pouvait pour lui plaire, mais il n'y avait pas moyen. Ce qu'elle aimait, et qu'elle se permettait parce que la petite fille semblait l'aimer aussi, mais sans rien dire, comme d'habitude, c'était la coiffer, le matin, devant la glace, longuement, en s'y reprenant à plusieurs fois, comme on fait avec une poupée, pour le plaisir – l'immobilité de la poupée, son visage rond dans la glace, la lumière dans ses cheveux dorés. Prudence ne se nourrissait que de bonbons et de fruits, et encore, très peu ; Anne avait renoncé, avouait-elle avec forfanterie, à lui inculquer quelque principe que ce soit, en ce domaine comme dans tous les autres.

Au mariage de Claire et Hugo Streller, elle s'était tenue très droite, au premier rang, avait tout observé avec le plus grand intérêt, refusé, d'un signe de tête qui ne souffrait pas la réplique, de passer à travers les rangées de chaises avec le panier de la quête, et était ressortie souveraine à la lumière, droite et silencieuse, vêtue d'un petit manteau rouge boutonné jusqu'au cou – sans doute la personne la plus lumineuse, la plus dure et la plus droite de l'assistance, avait pensé André en la voyant ainsi resurgir au soleil, son élément.

Il faut accepter de vieillir, avait dit Gabriel en guise de conclusion, en s'éloignant un peu sur le parvis. Personne n'avait eu envie de savoir ce qu'il entendait par là. Mais refuser de mourir ! avait commenté Pavel, avec le sourire confiant qui accompagnait ses déclarations les plus insolites. C'était la fin de l'après-midi. La pluie s'était dissoute dans le crépuscule. Les phares des voitures s'allumaient. Todor manifesta une impatience que Pavel jugea outrée, le prenant par le bras et déclarant qu'il n'aimait pas les cérémonies ; comment ce malotru pourrait-il aimer les cérémonies, glissa Pavel à André, un babouin se soucierait-il d'être reçu à Versailles ?

Pour sa part, il souhaitait se retrouver au plus vite, la nuit tombée, dans la campagne, à Tortisambert, à contempler le ciel immense et froid, ayant traversé des plaines illuminées, dépassé les falaises de craie et les tours de Porcheville, quitté l'autoroute déserte, ses deux viaducs barrant d'un trait des vallées étroites, ayant reçu une fois de plus, au-delà de Sainte Foy de Montgomery, l'avertissement inscrit en lettres raides sur le panneau de tôle, *Vous êtes dans la vallée de la Vie*. Nous sommes dans la vallée de la vie, André ! s'exclamait-il invariablement – car, comme il aimait le souligner, il était un être de répétition ; avez-vous bien saisi toute la magnificence et la brutalité de cette déclaration préliminaire ? N'allez pas prétendre, après cela, que le monde n'est pas chargé de signes ! Il neigeait pour de bon à présent, dans quelques heures tout serait recouvert. Cela plairait aux enfants, songea André, tous ceux qu'on croisait dans la rue par ces journées d'hiver, les joues rougies, se bousculant à la porte des écoles, criant, affairés, impérieux, s'engouffrant sous le porche des immeubles, où l'on entendait résonner leur rires.

Hugo faisait une petite allocution conclusive. Il était temps : le vent soufflait, le bruit des cloches s'était arrêté ; en somme, grandissait et persistait l'envie de passer à autre chose. Ce furent quelques remerciements, une allusion à Isaac, qui n'en parut pas flatté, pas étonné non plus, des considérations sur ce qui allait suivre – principalement le voyage en Turquie, dont il semblait attendre beaucoup. Claire était pimpante et pressée de partir.

André s'éloigna avec Paul Kiriline. Quand ils montèrent dans la voiture, Todor échangeait encore, sur le trottoir, une remarque avec Gabriel, qui les fit rire tous les deux. Isaac, stoïque, massif dans son manteau gris, complimentait sa femme – on se demandait bien de quoi.

4

Mille e tre

Le soir tombait, les invités s'étaient dispersés. On avait assisté au départ embarrassé d'Hugo et de Claire. Cela faisait froid dans le dos, avait décrété Pavel, cette vie commune qui commençait où elle aurait dû se terminer – glaçant, de s'accorder aussi peu de temps (ils sont au pied du mur, et il leur reste si peu de forces !), et, d'une certaine manière, admirable. André pour sa part leur avait trouvé l'air jeune – heureux, maussades, toute leur jeunesse ayant ce jour-là reflué en eux, Hugo surtout, dont l'emploi sur cette terre était peut-être de faire bonne figure, quoi qu'il dût lui en coûter : les jeunes gens sans scrupules qu'ils avaient été.

Leur fils, ils n'avaient pas cherché à lui donner un nom – à quoi bon, ils ne tiendraient aucune place dans sa vie, n'y joueraient aucun rôle. C'est donc Gabriel qui s'en était chargé. Il l'avait fait un matin du mois de novembre, bruissant du murmure qui avait entouré cette naissance, tandis que la pluie tombait au-dehors. Des volets claquaient à l'étage au-dessus, qu'on avait oublié d'amarrer solidement au mur, et dans le jardin de la clinique, qu'il avait traversé aussi vite qu'il avait pu, noyé, spongieux, les flaques se rejoignaient, formant un tapis d'eau, sale et miroitante. Il se félicitait, à cette époque, d'être dépourvu de l'illusion commune selon laquelle on est, pour partie au moins, responsable de ce qui vous arrive. Il n'était maître et responsable de rien ; il avait la sagesse de le savoir, il avait abdiqué toute expression de sa volonté. Ou plutôt, de volonté, il n'en avait jamais eu.

Ses parents avaient tenu une pharmacie dans ce que son père appelait les beaux quartiers, et s'étaient enrichis dans ce commerce. On n'en savait pas davantage : Gabriel possédait une qualité très peu répandue, qui consistait à ne retirer, de la situation sociale, de la destinée, des déboires et des succès de sa propre famille, ni fierté ni embarras, à vrai dire de n'avoir envers elle aucune considération, d'aucune sorte, très exactement rien à en dire – il semblait, aussi, qu'il ne gardât aucun souvenir, jamais, de ce qui avait précédé l'instant présent ; en tout cas, il n'en parlait jamais. C'était alors un garçon discret, vigilant, très peu porté à moquer, aussi bien qu'à souscrire ou réfuter – pour toutes ces raisons, déjà, très peu recherché. Comment il avait rencontré Claire, et Hugo, c'était un mystère ; sans doute Hugo avait-il, comme il faisait généralement, happé ce corps obscur dans l'éclat de sa gloire. Quand il entra dans la chambre où elle se trouvait, derrière les vitres la rumeur de la pluie, au-dessus le fracas des volets qui battaient contre le mur, et qu'elle lui demanda le plus naturellement du monde de choisir un prénom pour l'enfant qui dormait dans la chambre à côté et qu'elle ne l'autorisa pas à voir car il avait besoin de calme, il dit Isaac, celui qui rit, qui donne motif de se réjouir à ses parents incrédules, Isaac, qu'on a emmené au sommet de la montagne, dans le pays de Morija, et à travers lui, avait annoncé l'ange, c'est toute ta postérité qui sera bénie et multipliée, comme les étoiles dans le ciel et le sable au bord de la mer – il lui était si reconnaissant, si aveuglément dévoué, il était accouru, luttant contre le vent et l'averse, montant le grand escalier qui menait à sa chambre, parcourant les couloirs en faisant un effort pour ne pas regarder, à droite et à gauche, par les portes ouvertes, ce qu'il se passait de terrible dans les chambres où des enfants étaient nés cette nuit-là. Quelques jours plus tard, apprenant qu'ils n'avaient aucune intention de le garder (qu'en auraient-ils fait ?), il avait proposé à Claire de se charger de son éducation. Il avait, dit-il, alors qu'elle le recevait dans le grand salon de la rue Nicolo, quelques économies ; il veillerait sur le petit garçon comme si c'était le sien. Il se tenait devant elle, embarrassé, attentif à tous les bruits du dehors. Elle était assise en face de lui, recevant ce prodige à sa cour, par curiosité, et le temps passait, s'interposant entre eux, factice, inadéquat, inutile. Elle lui répondit qu'elle avait pris d'autres dispositions : elle avait des cousins avec lesquels elle avait passé un accord ; Isaac ne manquerait de rien. La vérité, c'est qu'il n'était venu à l'idée de personne que l'on pourrait, un jour, de quelque manière que ce soit, accéder à un désir de Gabriel. Bien sûr, conclut-elle, il serait le bienvenu chaque fois qu'il souhaiterait rendre visite à Isaac ; et elle lui accorda la faveur d'être son parrain.

Gabriel s'acquitta de cette charge avec beaucoup de sérieux. Le monde était sonore et accueillant. Il n'en avait aucune crainte ; il l'aimait au contraire, vaste et ignoré, derrière la fenêtre de la rue Monge, ouverte sur les serres boursouflées, rutilantes, et les cèdres du Liban. Il avait obtenu l'emploi qu'il convoitait dans l'administration du Muséum. C'est en 1962 qu'il y avait pris ses fonctions – il avait un peu plus de vingt-cinq ans, et les arbres, ce printemps-là, exhalaient un parfum si fort qu'il en était presque incommodé, quand il allait déjeuner sur l'un des bancs de l'allée des mandrills, qui le regardaient avec animosité ; les enfants passaient tout près de lui en soulevant des tourbillons de poussière. Il fut heureux, dans la pénombre fraîche du musée, durant les quarante années qui suivirent. Son bureau se trouvait tout en haut du bâtiment, sous les toits de zinc, crépitant sous la pluie, au soleil une fournaise, si isolé qu'il n'y venait presque personne. Gabriel ne suscitait ni malveillance ni commisération ; il faisait son travail avec conscience. Ces quarante années passèrent comme un rêve – les rêves qu'il faisait, l'été, au crépuscule, dans l'odeur des lilas et les cris des aras ; ce à quoi il rêvait, les soirs d'hiver, quand la nuit tombait à quatre heures, qu'on avait fermé les grilles et que les enfants étaient partis, c'est qu'on l'avait oublié, qu'on ne viendrait plus, et il s'en satisfaisait également. Tous les dimanches, quand Isaac fut un peu plus grand, il prit l'habitude de parcourir avec lui les allées de la ménagerie, les salles obscures, s'arrêtant devant les bocaux où flottaient les mollusques ; au printemps, quand les arbres étaient en fleurs, ils entraient dans la cour de la mosquée, et Gabriel racontait, pour autant qu'il s'en souvenait, les aventures d'Haroun al-Rachid. Plus tard, il l'emmena au concert. Ce que l'enfant pensait de leurs promenades et de leurs distractions, Gabriel ne s'en souciait pas ; il était sûr de son assentiment, rasséréné de l'avoir auprès de lui et de l'introduire, aussi peu que ce fût, à ce qu'il y avait de remarquable dans le monde. En somme, tout avait été pour le mieux ; rien n'avait été laissé au hasard. Isaac avait été élevé dans l'idée que la discrétion est la plus grande vertu. Il n'y a rien de plus délétère que de reconnaître aux enfants une place particulière dans le cœur et l'esprit des adultes, professait Gabriel : nous avons oublié ce que nous étions, et c'est tant mieux, on en concevrait un remords infini, si l'on se rappelait les pensées que l'on a conçues, les vœux qu'on a prononcés, les décimations qu'on a souhaitées, le mal qu'on a dit, celui qu'on a fait, tout cela, par bonheur, enseveli sous la bienheureuse accumulation des années, cette neige scintillante, immatérielle, pour la plus grande tranquillité de ce que nous sommes devenus.

André rentra chez lui en passant par le boulevard Haussmann, devant les grands magasins illuminés ; cette année-là, on avait disposé sur les façades, jusqu'aux toits, des échafaudages compliqués, des architectures orientales de toutes les couleurs, qui brillaient dans la nuit froide. Inès était partie de son côté. Il lui arrivait, pendant plusieurs jours, de ne pas le rejoindre rue de Rome et de préférer rentrer chez elle, dans l'extraordinaire appartement qu'elle habitait avant de le connaître, rue Caulaincourt, au sixième étage, dont les vitres d'atelier donnaient à l'ouest, en plein ciel : au premier plan, plus bas, du zinc et des cheminées, une immense étendue de pierre, de fer et d'acier, interrompue ça et là par un bosquet d'antennes, une passerelle entre deux façades noires, l'abîme d'un boulevard, un peu de brume ou le cours des nuages ; au-delà, la Seine, les faubourgs, des forêts, un monde, si large, indéterminé, ouvert sur les confins, qu'on croyait, plus loin encore, deviner la mer ; tout autour, un ciel sans limites, d'un bleu sombre, où passaient des avions, croisant au-dessus de la ville, laissant, à la nuit tombée, sur l'horizon doré, d'exacts sillages blancs. Inès y habitait une pièce étroite, au fond de laquelle elle avait placé un divan, sur lequel elle dormait ; André n'y avait jamais été convié plus de quelques heures, aussi ne savait-il pas ce qu'elle pouvait y faire d'autre que dormir, et réveillée de regarder les nuages, les toits, les terrasses, certaines si fleuries qu'on aurait dit des jardins suspendus, un rougeoiement de fin du monde au coucher du soleil, et les étoiles.

Il savait ce dont elle souffrait. Il la connaissait ; c'était facile, elle était d'une pièce, sans ajouts, sans remords, sans fioritures, sans empiècements ultérieurs : telle qu'elle était apparue en ce monde, telle, exactement, elle demeurait, faite d'un bloc, un bloc de suffisance, de bonté, de pierre dure. Il savait ce dont elle souffrait ; tout ce qu'elle éprouvait trouvait en lui son aboutissement et sa signification. Il y avait longtemps qu'ils n'en faisaient plus un sujet de conversation : probablement en avaient-ils épuisé le charme, l'un et l'autre. Peut-être avait-elle retiré, des récits qu'elle lui faisait, un sentiment de déperdition, comme si quelque chose de précieux s'était écoulé d'elle, qu'elle avait gâché, dilapidé, la liqueur enchantée que versent les fées dans le verre des hommes dont elles veulent s'assurer la fidélité ; peut-être s'était-il détourné de la monotonie de cette souffrance, de ses accès, de ses signes avant-coureurs, qui se reproduisaient à l'identique, à des mois, des années de distance, de l'apaisement qui suivait, toujours le même, ce retour à soi qui prenait la forme de l'oubli, cette joie à laquelle elle revenait comme à son état naturel, sa grâce et sa légèreté naturelles, la gaieté qui l'irradiait tout entière, qui la traversait comme un rayon de soleil, à Pylos, à Nauplie, quand elle marchait devant lui décidée, et se retournait en riant dans le chemin qui longeait la mer, bordé de lauriers. Comment avait-il vécu, toutes ces années où il ne la connaissait pas ? Il s'en souvenait à peine. Était-ce du bonheur, sans elle ? Il devait bien convenir que oui ; du bonheur d'une intensité rare, lumineux et froid comme le givre qui recouvrait, dès le début de l'automne, les grandes prairies autour de la maison, que n'interrompait aucune clôture, aucune rangée d'arbres, aucun soulèvement de collines, lumineux et froid comme la neige qui dès le mois de novembre avait enseveli le chemin qui descendait vers le lac, le lac lui-même, ses rives basses, ses îles plantées de bouleaux.

Pendant des semaines, il ne quittait pas la maison de Millinocket. Un matin, l'envie lui venait de prendre sa voiture et de parcourir la route à moitié goudronnée qui menait à Smyrna Mills : une rue rectiligne, trois commerces, une banque ; c'était la plus grande concession qu'il pût faire à la civilisation. Il s'y approvisionnait en livres, en café, en sucre et en chocolat, pour deux ou trois mois. Il n'allait pas plus loin : au-delà, c'étaient les grandes étendues dont on ne discernait pas les contours, des mers intérieures comme on n'en avait pas l'idée en Europe, le Shin Pond d'un gris uniforme, sur lequel se levaient des tempêtes, Froid Lake que les ours traversaient, y jouant et chassant comme sur la banquise, que le dégel traversait de fond en comble, dans un bruit d'avalanche. Les plages de sable et la mer, c'était à Jonesport, où il arrivait que l'on retrouve des baleines échouées, énormes et bleues, des perles de glace sur leur museau noir qui se soulevait encore un peu, tandis qu'elles agonisaient ; au-delà, les côtes de Nouvelle

Écosse émergeaient du brouillard, ciselées et sombres. André avait choisi, pour y vivre, le plus vaste pays du monde, inépuisable, neuf, le premier monde, intact, partout l'air de la mer, et la vie qu'il y avait vécue n'était comparable à aucune autre. Anne venait lui rendre visite, avec sa petite fille. Ils l'emmenaient à la ville pour la divertir. Elle regardait les vitrines et les lumières, éblouie, effarée : elle appartenait plutôt au nord, au froid, à la neige – elle y avait fait son nid, derrière la maison, sur le chemin qui descendait au lac, elle s'y enfouissait tout entière, comme un animal, il fallait l'en déloger, elle en ressortait souple et tiède, vermeille, il l'emportait bien serrée contre lui, c'était elle qui lui tenait chaud, jusqu'à la maison. L'été, sur la plage de Jonesport, elle poursuivait les mouettes, tournoyant et imitant leurs cris. Ils rentraient à la nuit, une nuit radieuse, pleine d'étoiles, ensemencée, légère, qui, à mesure qu'ils avanceraient vers la forêt et l'ombre gigantesque du mont Katahdin, se ferait plus épaisse, scintillante, chargée de bruits qui n'appartenaient qu'à elle, bruissant dans les arbres et les fougères ; Prudence l'écoutait, et chantonnait. C'était peut-être, finalement, sa volonté à elle, têtue, silencieuse, qui les avait ainsi maintenues, toutes deux, pendant toutes ces années, auprès de lui, restant auprès de lui le temps qu'il fallait, quelques jours ou quelques semaines, et puis regagnant l'Europe, deux oiseaux migrateurs qu'il oubliait aussitôt qu'il les avait quittés. Le jour où il était reparti pour de bon, ayant fermé tous les volets de bois, il avait dû s'appuyer contre le mur, à l'aéroport de Bangor, transpercé par une douleur dont il avait cru mourir. Derrière les parois vitrées, les avions décollaient dans un silence total ; il avait repris sa valise, et regagné Paris.

Il y a du malheur, tout de même, disait Isaac. Bien entendu, il y en avait : cela flottait à la surface, irréparable, les débris de rochers, acérés, affleurant sur la moraine du Dirt Glacier, dont on parcourt les fjords en barque, au milieu des remous, du fracas des icebergs qui se décrochent des parois et s'enfoncent dans l'eau froide, avant de revenir d'un coup à la surface comme des îles, s'entrechoquant, volant en éclats, tandis que sur les terrasses de glace, tout autour, accrochées aux falaises bleues qui empêchent la lumière du jour, poussent des arbustes verts et jaunes, des fleurs, des lichens, emprisonnés dans la glace. Il y avait du malheur, bien entendu, des visages sculptés par le malheur, durcis, abîmés par le malheur et la désillusion, s'en étant nourris aussi et fortifiés, comme d'une maladie qui s'installe et prospère, qui est désormais chez elle, irriguant, emplissant de sève, une dernière fois, ce corps qu'elle disloquera, à l'œuvre déjà, vigilante, irrémédiable. Il y avait du malheur, des visages sereins, stupides à force de malheur, de désappointement et d'envie, et de l'immense amour qu'ils avaient les uns pour les autres – des corps qui n'oublieraient pas, des âmes purifiées, pleines de ressentiment, de souvenirs tranchants et lourds, ce qu'on n'a pas compris, ce qu'on n'apprendra pas, le temps perdu et ce qu'on a gagné, le trésor avec lequel on s'en ira. Il y avait du malheur chez Isaac. Il disait qu'il n'éprouvait aucun amour de lui-même, et c'était vrai ; c'était un désagrément qu'il ressentait plus ou moins fortement selon les moments, et qu'il affrontait, comme le reste, avec la dureté, le manque d'égards, la constance dans les sentiments qui lui appartenaient en propre. Il avait changé cependant, ces dernières années ; il y avait quelque chose qui affleurait désormais, tout près, qui était venu modifier un peu son apparence : par moments, semblait-il, c'était l'âme même d'Isaac qui transparaissait sous ce visage fatigué – l'âme, le cœur solide de la statue, usé, triste, impénétrable. Parfois, autre chose luttait et subsistait aussi. On décelait alors, dans le regard clair, froid, inexpressif, et le beau visage d'Isaac, un charme vif et fugace, un autre Isaac surgissant à l'improviste et comme par mégarde pour supplanter celui-ci, et c'était une déconcertante expérience que de se trouver ainsi face au jeune homme qui avait été laissé en chemin, de deviner qu'il y avait eu un jour au monde un autre Isaac, solaire, aimant, et qu'il avait disparu.

Il savait ce dont elle souffrait. Elle éprouvait une terrible accoutumance à l'amour – celui qu'elle ressentait, celui qu'on lui portait surtout, et c'était à peu près la même chose, l'un produisant et façonnant l'autre, lui insufflant sa force et son pouvoir de nuisance. Il n'y avait rien qui pût émouvoir Inès, la convaincre, comme la dévotion qu'on avait pour elle, d'où qu'elle vienne, quels qu'en fussent les premiers signes : un peu de maladresse en sa présence, d'arrogance ou d'inquiétude, et elle cédait, elle était emportée par le flot. Elle aimait les hommes, leur simplicité, le désir qu'ils avaient d'elle, l'étonnement qu'ils laissaient paraître devant son discernement, sa mansuétude. Elles les aimait, indifféremment, l'un après l'autre, ou bien plusieurs à la fois, sans jamais retirer à l'un quoi que ce soit qu'elle voulût accorder à l'autre, non, également, avec une égale ferveur et le souci de leur plaire en tout. Elle les payait de retour, très exactement : elle n'était jamais en reste. Elle se repaissait de leur amour et du sien, c'était le sel de son existence, la couleur même et la densité de la vie. Elle les dévorait, l'un après l'autre, songeait André, des coquilles vides qu'elle laissait sur le sable, et s'éloignait, évidée elle aussi, à chaque fois, désorientée, dépourvue d'artifice et de mémoire. Il y avait chez elle un amour de soi et de ses semblables dont il n'avait jamais rencontré l'équivalent : elle était rêveuse, équivoque, infiniment curieuse des êtres. Et dans ce qui l'émerveillait, la maintenait à l'affût, pleine d'appétit, une faim radicale, poignante, que rien ne pouvait assouvir, elle mettait tant de conviction et de souffrance que certainement, à la fin du XIXe siècle, on l'aurait considérée comme affligée d'un mal dont il aurait fallu la guérir, enfermée dans l'une de ces casernes de pierre noire, forteresse hygiéniste au milieu de la ville, toute dédiée aux progrès des mœurs et à l'amendement de l'esprit : on aurait, à toute force, tenté de l'en délivrer, comme d'une malédiction, d'un sort qu'on lui aurait jeté ; et elle aurait peut-être, qui sait, fini par y renoncer en effet : il est possible qu'on puisse être délivré, comme d'un mal, de cet appétit des autres, de cette curiosité, de cette sollicitude, pour les autres corps, les autres âmes, ces visages, ces sourires, auxquels elle s'était heurtée, chaque jour lui semblait-il de sa vie adulte, cet extraordinaire chatoiement des êtres, de leurs propos, de leurs silences, de leur extravagance, ce qu'ils ont de grave, de démoniaque, d'ordinaire. Elle avait échappé à la guérison ; mais les superstitions demeuraient telles que nul n'aurait pu la croire, nul n'aurait cru à sa sincérité et au poids de son émotion, qui aurait connu le nombre, les noms, l'un après l'autre dûment consignés dans le grand registre qu'elle tenait de ses aventures, *mille e tre*, les visages, officiels, exacts, de tous ceux qui l'avaient aimée et qu'elle avait aimés en retour – elle les avait tous aimés, avec la patience et la passion d'une ascète, fiévreusement, totalement. Ce qu'elle éprouvait, à chaque fois, c'était le besoin, ce désir si fort qu'il ressemblait à de l'attachement, qu'il en avait la consistance et la durée, d'être consolée ; et puis aussi, aussi fort et obtus que ce désir-là, celui de consoler et de comprendre, celui de déchiffrer, de se trouver au plus près – le terrible et vain souci d'être secourable. Prodigue, elle avait choisi de distribuer à chacun autant qu'elle pourrait. Il y avait, disait-elle, une puissance souveraine dans ces rencontres : c'était souverain, un remède, un viatique – tout valait mieux que le sommeil et la mort. Elle aimait les moindres moments, poser la main sur ces visages, surtout ceux que le temps avait corrompus ; elle aimait la pudeur et l'impudeur des moindres moments, les confidences et les mensonges, les souvenirs des hommes, leur fatuité, ce à quoi elle n'aurait pas accès, le reste de leur vie, ce qu'il y avait chez eux de vulgaire et d'inconnaissable, ce à quoi ils avaient renoncé. À chaque fois, de toute cette douleur commune, elle avait pris sa part, et ils s'en étaient trouvés mieux : il n'y avait pas un seul d'entre eux qui ne fût reconnaissant à Inès de ce qu'elle lui avait accordé, son temps, son esprit, la merveilleuse douceur de ses gestes et de sa peau, et ne s'en fût trouvé mieux, plus averti, amendé par cette épreuve, l'avoir aimée et délaissée. Quand la séparation avait lieu, à chaque fois elle croyait qu'elle en perdrait la raison, laissée à elle-même, c'était ce qu'elle avait redouté le plus, seule, autant qu'on pouvait l'être, puis endormie, le visage trempé de sueur et de larmes, réveillée par un sanglot plus fort que le sommeil, impuissante, enfermée dans les ténèbres, incapable, avec l'impression d'étouffer, d'être devenue dure et lourde comme une pierre, seule dans le noir, pour toujours, oubliée. Puis elle se détournait, et passait à nouveau de l'un à l'autre, mue par l'amour qu'on lui portait, et qu'elle avait à cœur, si vivement, d'anéantir, et elle-même et eux avec.

Qu'est-ce donc qui avait conduit Isaac à concevoir cette curieuse certitude, qu'il avait un soir confiée à André, à Soubise, alors qu'ils étaient seuls dans la salle à manger déserte, devant le feu, sur la table une bouteille de vin qu'ils venaient de terminer – qu'il y a un bon dieu ? Il y a un bon dieu, André, avait-il déclaré, quoi que vous en pensiez, et André s'était gardé de le contredire. Si seulement, avait-il pensé : si seulement on pouvait se fier en cela, comme en tant d'autres choses, à Isaac, à sa sagesse, à sa prescience ! En sortant de l'église, quelques heures plus tôt, il avait posé sa main sur la joue de Prudence, puis dans ses cheveux, comme il aimait le faire, depuis qu'elle était enfant, toute petite, à Ussel, une boule qui roulait sur le sol, qu'il ramassait sur le tapis du salon tandis qu'elle s'empêtrait dans ses jambes, s'en échappait comme un animal, s'immobilisait d'un coup, gonflée du rire qu'elle avait retenu et qui la secouait entièrement, un rire grave qu'elle avait oublié en grandissant, et quand il avait beaucoup joué avec elle, elle s'affalait soudain dans ses bras, n'en bougeait plus, y restait agrippée ; il fallait la décrocher d'André, doucement, comme si elle avait été faite d'une matière fragile et cassante, pour la monter dans sa chambre où on la déposait sur l'édredon rose et doux, gonflé de parfums, la poussière et les fleurs, l'été, toutes les nuits précédentes, sans prendre la peine de la déshabiller ou de la recouvrir, posée là comme une poupée, tiède, amollie, Inès tenait à lui enlever ses chaussures, Anne fermait les persiennes, on ne l'entendrait plus jusqu'au lendemain matin - elle serait, pour la plus grande partie des heures qui allaient suivre, observant les mouvements de la lune derrière les volets, qui laissait des trainées blanches au plafond, écoutant le bruit régulier de l'horloge au bas de l'escalier, qui faisait peur, mais permettait au moins de savoir où on en était dans l'océan de la nuit, d'y naviguer au plus près, occupée à étaler sur l'édredon rose le trésor qu'elle avait constitué patiemment, depuis des semaines, c'était le même rituel chaque fois qu'elle se retrouvait là, un objet après l'autre, qui s'enfonçait lentement dans le doux édredon rempli de plumes, jusqu'à s'y enfouir et disparaître, les ciseaux dorés de sa grand-mère, son dé à coudre, un mouchoir qu'Anne avait brodé il y avait des années de cela, avec du fil rouge et vert (un petit sapin qui tenait à peine debout, une maison au toit pentu, des animaux bizarres, un cerf, un ours qui ressemblait à une marmotte), une fleur qui avait séché, des billes de couleur, opaques, qu'elle enfonçait dans sa bouche, méticuleusement, parce que c'était interdit, attendant d'étouffer puisqu'on le lui avait prédit, des morceaux de coton, un scarabée, de la monnaie, des cailloux à la forme parfaite, gris et polis : ce n'est pas une petite fille, c'est une pie que nous avons couvée, disait sa grand-mère. Il avait écarté ses cheveux blonds et laissé un instant la main sur sa joue, jusqu'à ce qu'elle s'impatiente. Elle était née à Stockholm, juste avant l'arrivée de l'hiver, il s'en souvenait bien, c'est là-bas qu'il avait fait sa connaissance ; Anne l'emmitouflait comme un enfant esquimau. Il avait auprès d'elle le sentiment du sacré, de l'étonnement devant tant de savoir et de simplicité, cette envie de nuire, cette capacité à le faire, cette ruse et cette absence de malignité, cette profusion d'idées, de sentiments, cette jubilation qu'elle mettait en tout, c'était manifeste, même à se taire, à observer, à vérifier : qu'elle demeure donc, aussi longtemps qu'il serait possible, et que cela lui serait profitable, ensevelie dans le silence, que les adultes persistent à lui témoigner ce respect mêlé d'inquiétude qui la maintenait à distance, comme elle souhaitait l'être, et ne lui faisait pas de mal, qu'elle avance, droite et déterminée, comme elle s'y employait depuis des années, et c'était un exploit remarquable pour une aussi petite personne, produisant autour d'elle, partout où elle passait, un merveilleux effet de vent et de lumière – la sagacité des anges, leur sens du devoir et leur équanimité.

5

Bettina, Marit et Ottilie

Söderhamm est une petite ville de Suède, à une centaine de kilomètres de Stockholm. Quand on a quitté les faubourgs, traversé la forêt qui s'étend au-delà, transpercée de lacs qui gèlent en hiver, si fort qu'on y construit des maisons sur la glace, où les enfants jouent sur le sol plus dur que la pierre, poussant des cris qui résonnent à travers l'air froid, semblables aux cris des oiseaux, perçants, de détresse parfois, c'est le golfe de Botnie, ses marées et les intempéries.

On racontait qu'une année la tempête avait été si forte que trois navires avaient sombré par le fond, corps et biens, à trois nuits d'intervalle ; corps et biens, c'est ce que répétait l'oncle Rodolphe, déterminé à ce que nul doute ne subsistât sur la fin de l'histoire, un peu menteur, hâbleur, satisfait de lui-même : quand il était jeune, disait la mère de Lars, qu'on ne pouvait soupçonner de médisance, il était très heureux auprès des femmes, un peu sorcier aussi supposait-on, parce qu'il avait jeté un sort à l'un de ses voisins (la maladie l'avait pris, une fièvre qui l'avait laissé tout noir, un spectre, puis il avait rendu l'âme), et pour toutes ces raisons, pour sa bonne humeur, excessive, pour sa fortune, dont il était prodigue, Lars ne l'aimait pas. Il avait cru cependant ce récit des trois bateaux engloutis. Le soir, quand le vent soufflait, il s'approchait au plus près du rivage, malgré l'interdiction qui lui en avait été faite. La mer était noire, la nuit tout autant, trouée de la petite lumière du phare d'Agön, tenace, précaire, merveilleuse, qui appelait.

Ingmar Storsjön était établi, comme son père avant lui, son grand-père, et probablement d'autres encore, une lignée respectable et dure au travail, dans le commerce des harengs. C'était un métier, disait Ingmar, et pour bien s'y connaître il fallait être né dedans. Le soir, quand il rentrait chez lui, l'odeur le précédait, grasse et sucrée. Elle avait fini par imprégner les murs de la maison, les planchers de bois, les tentures. L'air qu'on y faisait entrer l'été, quand on ouvrait toutes les fenêtres et que les jeunes filles riaient au-dehors, n'y changeait rien. La maison de Söderhamm sentait le hareng ; c'était une chose à laquelle Lars s'était habitué, comme au bavardage de ses sœurs, à leur rires étouffés devant le grand poêle de la cuisine, à leurs chuchotements, aux rêveries de sa mère, à son bonnet de dentelle qu'elle portait même la nuit, même au moment de se mettre au lit, si bien que Lars ne sut jamais, jusqu'au dernier moment, quel était son véritable visage, le vrai visage de la fée qui le prenait dans ses bras quand il avait un chagrin, chantant de veilles chansons finnoises dont il ne comprenait pas un mot, et lui donnait en cachette, tant qu'il en demandait, des sucreries, du chocolat, du réglisse, toutes choses qu'elle entreposait, dans des bocaux de verre, au fond de la cuisine, et qu'elle ne dispersait que pour lui.

Il était le dernier-né, et le seul fils. Il avait très tôt perçu toute l'ampleur de cet avantage. Ses trois sœurs étaient aimables. Elles savaient qu'il avait sur elles la préséance et ne la lui disputaient pas. Elles ne se disputaient pas entre elles, non plus, pour obtenir de leurs parents quelque avantage que ce fût. Elles étaient inégalement jolies, et pourvues de dons différents. Ottilie, l'aînée, était la moins belle, pour cette raison peut-être très aimée de sa mère, qui lui parlait comme à une petite fille, avec le sérieux que l'on réserve aux petites filles, pour leur faire des recommandations et les mettre en garde, de sorte qu'elles ne déçoivent pas les espoirs qu'on a placés en elle. Lorsque Lars quitta la maison de Söderhamm, en 1843, Ottilie y vivait encore, âgée de trente ans, ou un peu plus, et souriait sans rancune aux plaisanteries que l'on faisait autour d'elle de ce qu'elle n'était pas mariée. Bettina, la cadette, avait acquis, pour Dieu sait quelle raison, une réputation d'effronterie qu'elle ne méritait pas, et dont elle tâchait, par toutes sortes de subterfuges, de se débarrasser ; c'était en vain. Marit, la troisième, était celle que Lars préférait, sans doute parce qu'elle avait longtemps dormi avec lui dans la chambre du premier étage dont les volets, les soirs de grand vent, cognaient contre le mur, dans le même lit au gros édredon de plume, si doux, léger, volumineux et blanc, un nuage, qu'ils y disparaissaient tous les deux, apeurés, enchantés, tout au fond de la nuit la plus noire, et puis refaisaient surface, essoufflés, éblouis.

Un rêve qu'il faisait souvent, à cette époque, était celui d'une maison dans les bois, recouverte de mousse, qui s'élevait à peine au-dessus du sol, où l'on ne pouvait pénétrer sans précautions extraordinaires. Une fois qu'on y était, le dedans était un peu comme le dehors, bordé d'étangs, le silence et l'ombre, la tranquille sensation d'être seul. Dans une auberge de Hudiksvall où il était allé, avec d'anciens camarades, un après-midi d'hiver, boire beaucoup d'alcool pour passer le temps, l'obscurité s'amassant derrière les fenêtres embuées, le bruit des conversations et des rires autour d'eux, d'un coup, seul et sûr de son immortalité, amoral, singulier, c'était de ce rêve-là, précisément, qu'il s'était souvenu, et la sensation de puissance, l'exaltation qui l'avaient envahi, c'était de là qu'elles avaient surgi, de la maison des esprits qui, parce que le soir tombe, avec le vent, se tiennent tranquilles, aux aguets, paisibles, bienveillants, au-dehors la forêt gagnée par les ombres, au-dedans l'édredon de plumes sous lequel Marit et lui s'endormaient, et se réveillaient en sueur : elle se levait, allait à la fenêtre, regardait la lune blanche, immense, dans le ciel noir, et revenait auprès de lui.

Assez tôt, Lars avait senti s'installer entre son père et lui une mésentente, un désaccord, tacite, et de plus en plus encombrant, déterminant ce qu'ils étaient l'un pour l'autre, le cours de leurs pensées et de leurs discussion. Cela tenait, probablement, au commerce des harengs.

À Söderhamm, tout le monde se connaissait ; la plupart des gens étaient cousins. Envers cette débordante famille, Lars ne nourrissait aucun respect, pas de prévention non plus. Ce qu'il aimait, c'étaient les fêtes, les festivités comme disait sa mère, qui les aimait aussi, et veillait à ce que ses trois filles y apparaissent aussi jolies qu'elles pouvaient l'être, presque aussi belles qu'elle. Car elle était belle, c'était le souvenir que Lars en gardait, d'une beauté étrange, qui convenait très peu au milieu dans lequel elle se déplaçait. Il semblait, à sa démarche, au son de sa voix, à la difficulté de ses gestes, à leur douceur, à son air d'emprunt, enfin à la distance qui persistait, invisible et palpable, entre elle et les choses, et qu'elle déplaçait avec elle, insensiblement, cérémonieusement, il semblait qu'elle se heurtât, qu'elle se fût heurtée de tout temps aux parois de verre d'une prison enchantée : elle y était enfermée et avait acquis une merveilleuse habileté, ensorcelée qu'elle était, à ne pas le laisser paraître. Il fallait bien connaître Britta, la connaître par cœur, l'étroitesse de sa volonté, son sourire qui ne distribuait pas de gaieté, rien que de la bonté, mais sans limites, pour savoir ce qu'elle avait dû endurer et quel miracle c'était qu'elle pût ainsi se maintenir et se mouvoir, à la surface des choses, étrangère, dépossédée.

On mangeait beaucoup, lors de ces repas de famille. On y buvait aussi. Ils sortaient de là, ses cousins et lui, écœurés, tombaient dans la neige, y restaient abrutis un moment, sans même l'impression du froid, rentraient dans la pièce bouillonnante, illuminée, chaude et bruissante de toutes les humeurs de la foule qu'on y avait réunie, grondant comme un troupeau. Dans ces circonstances, Lars, qu'on disait taciturne, le paraissait plus encore ; il était stupéfié, de la sensation d'appartenir au troupeau, de s'y trouver au chaud, d'y vivre de la vie grondante des animaux.

Combien de temps reste-t-il encore, combien de temps avant la mort ? C'était une question qu'il se posait jadis, et curieusement moins, à mesure que les années avaient passé. Elle était prégnante à cette époque, démultipliait à l'infini le son des voix, vibrait. Les années passant, c'est la vibration de la vie qui l'avait emporté, les lumières intermittentes, le bruit, le désordre, l'inconséquent mouvement des êtres, la pérennité de ses impressions. Il ne connaissait rien à rien ; il lui restait tout à apprendre, ce serait l'œuvre de chaque jour : il n'en aurait jamais fini avec la gratitude, l'inépuisable joie, sortant dans la neige et la nuit, de se retrouver seul et de réfléchir, de réfracter, au centuple, comme la glace le soleil, de contenir et de répercuter, comme l'air froid du golfe de Botnie les cris des enfants, l'immense, éprouvant, insatiable bonheur du monde.

Ç'avait été toute une affaire, un remue-ménage, beaucoup d'échos et de commentaires, une réjouissance de plus, un événement, que son départ. Il en avait d'abord averti sa mère, son père ensuite, et puis ses sœurs, par ordre de préséance, l'ordre de son cœur, le seul qui lui parût légitime, Marit, Ottilie, Bettina. Aucune ne parut surprise. C'était apparemment quelque chose que l'on avait prévu, quelque chose d'irrémédiable, que le départ de Lars ; c'était peut-être un soulagement. Il quitta les lieux au printemps, aussi sûr de son fait qu'elles l'étaient elles-mêmes, aussi confiant, indifférent, qu'elles l'étaient, derrière lui, réunies sur les marches de la maison de bois, dont toutes les fenêtres étaient ouvertes, les rideaux blancs gonflant et volant au-dehors, au vent très doux du mois de juin, puisqu'elles n'avaient pas jugé bon de l'accompagner jusqu'à la voiture publique qui faisait le trajet de Söderhamm à Uppsala. Quant à Ingmar, il était ce jour-là occupé, comme la plupart des autres jours, à vérifier l'état dans lequel se trouvaient les harengs que l'on débarquait par caisses entières sur le pavé glissant du port.

6

Kirilskoie

À Kirilskoie, il n'y avait rien de plus beau que l'été, rien de plus austère et calciné. Les soirs d'orage, à la fin du mois d'août, une brume opaque s'élevait du sol, alourdie de l'odeur des foins. En juillet, jusque tard dans la nuit, les feux s'élevaient hauts et clairs dans les champs moissonnés, rouges et bleus, les enfants dansant autour, intrépides, des sorciers s'adressant à l'âme ténébreuse du monde.

Au-delà de l'allée de peupliers commençait le bois de bouleaux. C'est Pierre Kiriline, le père de Pavel, qui l'avait fait planter, suivant un dessin géométrique qu'il avait tracé d'abord sur son carnet d'esquisses, avec les fusains qu'il taillait quand il se trouvait seul dans la salle à manger où flottait encore l'odeur du thé à la rose, celui que Sofronia préférait, et des pommes de terre grillées, dans le silence de l'aube – une élaboration savante, chaque plant à sa place, une composition qui témoignait d'un remarquable esprit d'ordre et de mesure, bientôt contrecarrée par la nature, qui avait rempli chaque interstice, comblé les vides, répandu partout le lierre et la mousse, étouffé les pousses les plus fragiles : il ne restait presque plus rien du plan originel, c'était clairsemé par endroits, ailleurs si dense qu'on n'y passait plus. Pierre s'en plaignait à Nicolas quand il faisait avec lui le tour du parc ; mais cela n'avait pas de suite, comme ce qu'il disait, en général, ou ses accès de mélancolie, auxquels personne n'aurait songé à remédier, les femmes ayant fort à faire avec les enfants, les enfants avec eux-mêmes, et il y avait beau temps qu'Ilaria n'accordait plus à son mari que l'attention placide et sans conséquence qu'elle portait également aux domestiques, aux oiseaux dans la volière, aux voisines qui venaient d'assez loin prendre le thé à Kirilskoie, parce qu'on y servait les meilleurs tartes aux fruits de tout le district. Pierre pour sa part était porté à vérifier, chaque jour, que personne autour de lui ne souffrait d'aucun désagrément, que les enfants étaient heureux et dégourdis, comme il disait, que Sofronia ne manquait pas de confitures et recevait régulièrement les journaux qu'elle avait la manie de lire, d'un bout à l'autre, comme si ç'avaient été des livres, qu'Ilaria avait bien chaud tout au long de l'hiver : il en était comptable, de cela comme du reste, pointilleux sur tout ce qui touchait à l'équilibre de l'ensemble, au bien-être matériel de tous les habitants de Kirilskoie, aux moindres calculs de l'économie domestique. Il était pieux, mais sacrifiait à ce culte en privé ; c'était une manière de l'ancien temps, des prières et des rituels qu'on avait oubliés, et c'était tant mieux : il se méfiait de ce qu'on enseigne aux enfants, il n'avait pas cherché à transmettre aux siens quoi que ce soit, juste le souci de soi, autant qu'il pouvait. Il n'avait pas bonne opinion de lui-même ; peut-être n'en avait-il aucune. Il ne pensait pas qu'il y eût quoi que ce soit, qui lui appartînt en propre, qui méritât d'être discuté, légué, préservé. Il était dépourvu de vanité, de vices comme d'éclatantes qualités, tout entier tourné vers les autres, leur préservation, leur bonheur, à défaut leur tranquillité. Il ne croyait pas qu'il y eût quoi que ce soit qu'il pensât, qu'il eût vécu ou éprouvé, qui valût la peine d'être dit, à qui que ce soit – à ses enfants moins qu'à quiconque, car il avait conçu un respect soupçonneux, inquisiteur, presque inquiet, de leur indépendance et de leur libre arbitre : il avait fait le vœu de ne les influencer en rien, jamais, de ne jamais se laisser aller à cette extension abusive de sa souveraineté. Il voulait être entre eux et le monde comme une paroi de verre, les protégeant, autant qu'il pourrait, et rien au-delà – ne rien interposer entre eux et les choses, pas de déformation du miroir, pas d'ombre portée. Il s'était promis, et il était resté fidèle à cette promesse, de ne rien leur dire de ses préférences ou de ses goûts. En avait-il ? C'était devenu, à des années de distance, difficile à déterminer ; certainement, une insatiable curiosité de la littérature, la gourmandise, l'amour des femmes, de leur compagnie au moins, de leur conversation, de leur aisance, qui avait sagement échoué, qui s'était étiolé, dans la demeure de Kirilskoie, auprès d'Ilaria. Ce qu'il leur avait peut-être transmis, tout de même, à tous les quatre, les garçons (il paraissait ne pas s'intéresser à Tatiana, elle était si petite), malgré lui (c'était plus fort que lui, probablement), c'était une forme de fatalisme ; il en faisait profession – dans tous ses propos, épars et laconique, le souvenir d'autres étés dans la maison de Kirilskoie, quand Nicolas l'emmenait en carriole au village, que Sofronia l'habillait pour les déjeuners du dimanche et l'embrassait en riant, il était si joli, qu'on allait chercher le lait dans la cour de la ferme, qu'on se rendait, à la fin de l'année, à Novossibirsk, sur Krasny Prospekt, où habitait sa tante Afinissa, qui affichait d'étonnantes opinions politiques et s'habillait comme un homme.

Il était né trois ans après la Révolution, mais c'était comme s'il se souvenait de l'ancien temps. Il n'y avait là de sa part aucune forfanterie, aucune nostalgie non plus ; c'est simplement qu'on lui en avait parlé, sa mère, ses sœurs, toute la famille établie dans la région de Novossibirsk et qui avait, à peu près, survécu à tout, et comme d'habitude il avait fait siennes les impressions de son entourage, ou du moins s'était-il ingénié à les perpétuer. Il était né au moment de l'offensive des Blancs contre Kiev, après l'arrestation de Koltchak, avant le désastre de Crimée – c'est en hommage au général Wrangel qu'on lui avait donné ce prénom, quand la capitale du district s'appelait encore Novonicolaievsk et qu'au passage du train les paysannes se rassemblaient sur le quai pour offrir aux voyageurs des gâteaux confits dans le miel et du thé brûlant où fondaient des morceaux de sucre. Pierre était un homme bon, taciturne, complaisant. Il était mort le 8 juillet 1976, à la fin de l'après-midi, dans le bois de bouleaux où il se promenait, à son habitude, observant les progrès de sa plantation, d'un arrêt du cœur, que rien n'avait laissé prévoir, à leur stupéfaction à tous – Pierre n'avait jamais laissé supposer qu'il pourrait manquer, à qui que soit, ou à n'importe laquelle des promesses qu'il aurait faites. Pour cette raison, oui, il est probable que la stupéfaction l'avait emporté sur la tristesse. C'est Pavel qui l'avait trouvé : il avait vingt ans, et se trouvait de retour pour un mois de vacances. Il avait buté sur le corps allongé dans les herbes. Le soleil passait encore, diffus, plat et décoloré, à travers les branches des arbres, dans la clairière où il était tombé : un soleil renversé, l'envers du soleil, pâle et blanc comme il était souvent, à Kirilskoie, après une journée d'été, une lumière de fin du monde, incertaine, bientôt dissoute dans les vapeurs du soir ; les feux de joie avaient brûlé jusqu'au matin dans les champs embaumés. Le bois de bouleaux, un tremblement de la couleur de l'argent, un peu d'ombre dans la chaleur du mois d'août, Pavel s'y réfugiait quand il voulait venir à bout d'une pensée compliquée, malaisée à faire cohabiter avec les autres, avec ce qu'il avait appris, ou croyait savoir ; ou bien il allait dans la bibliothèque, que l'on ne chauffait plus depuis longtemps, dont on n'ouvrait pas les volets non plus, parce que Pierre était persuadé que la lumière est ce qu'il y a de plus mauvais, pour les livres, pour les yeux, pour le teint des femmes : en été, c'était un bonheur, dans le bourdonnement des mouches, à l'écart de l'intensité vibrante de l'extérieur, rongé par le soleil (la rivière amoindrie au fond du jardin, les arbres immobiles, d'un vert translucide qui ressemblait à du gris), d'y rester assis sans rien faire, à contempler simplement, dans la pénombre fraîche, les allées et venues de la lumière et des ombres sur les murs, à écouter le soir venir, une altération des bruit, des odeurs, des voix, de plus en plus vives, dans le couloir, à l'étage, dans le jardin, le chagrin de Sofronia qui pleurait, tous les soirs, comme font les tout petits enfants – elle ne pouvait s'en empêcher, des larmes silencieuses d'abord, qui coulaient le long de son visage sans qu'elle cherchât à les essuyer, puis un vrai désespoir, qui ne se calmait qu'à la nuit, quand la nuit était pour de bon entrée dans la maison, froide, secourable, alors Sofronia s'endormait, sur son fauteuil qu'elle n'avait pas voulu quitter, et Pierre la portait dans sa chambre où Véra venait la déshabiller. Le soir, on entendait des rires étouffés dans la chambre de Platon, qui se cachait derrière les rideaux, roulait sous la table, refusait de se mettre au lit, Tatiana debout au milieu de la pièce dans sa chemise de nuit trop grande, ses tresses noires relevées sur la tête, espiègle. C'était pour elle que Platon faisait l'important – le petit garçon le plus vif que la terre ait porté, le préféré de Sofronia, de Pierre et d'Ilaria : chacun remarquait qu'il jouissait d'un traitement de faveur et il lançait à ses trois frères des regards narquois, riant de ce rire étouffé que Pavel aurait reconnu entre mille, le rire de qui s'est mal conduit et sait qu'on ne lui en tiendra pas rigueur, qu'on n'osera pas s'en prendre à lui, en raison de sa petite taille et des protections officielles dont il dispose ; il était vrai, c'était de notoriété publique, que le petit Platon était le mieux aimé de ses parents, de sa grand-mère, de sa petite sœur qui le suivait comme son ombre où qu'il aille, dans les couloirs et les escaliers de la maison, les allées du jardin, les méandres du bois de bouleaux, le long de l'étang, au-delà, dans le chemin creux qui longeait la rivière, où ils allaient au crépuscule s'asseoir pour écouter les crapauds.

Quand ils rentraient en se bousculant dans la grande prairie où roulaient les cailloux, chacun s'efforçant de courir plus vite que les autres, Pavel, bien qu'il fût l'aîné, n'avait pas toujours le dessus. C'était Dimitri le plus rapide ; Ossip était rêveur et maladroit. Platon, et c'était pour cela qu'on l'aimait (tous, la famille, même la plus éloignée, quand elle arrivait à Kirilskoie en visite,Véra, bien qu'elle eût juré fidélité à Pavel, les inconnus venus de la ville passer la soirée avec Pierre, qui s'enfermaient dans son bureau pour discuter d'affaires, la cuisinière, la femme de chambre, les sœurs d'Ilaria, deux jumelles méchantes comme des teignes, qu'on hébergeait), était docile, d'une douceur extrême, que ses frères appelaient de la duplicité - d'une blondeur éteinte, comme s'il avait eu, déjà, les cheveux blancs, des yeux gris comme l'eau : c'est un prodige, prophétisait la vieille Sofronia, cet enfant ne ressemble à personne, ce sont les fées qui l'ont abandonné chez nous, un jour elles viendront le reprendre. Mais pourquoi l'avaient-elles abandonné, pourquoi, entre toute les maisons de la province, avaient-elles choisi celle-là – il y en avait beaucoup d'autres, pleines d'enfants, où la petite créature des tréfonds serait passée inaperçue, où elle aurait grandi en paix, maintenant les occupants du lieu sous son pouvoir magique ? Et d'où venaient-elles ? Habitaient-elles, comme le croyait Ossip, tout près, du côté des marais, où l'on ne va pas (les adultes le défendent, parce qu'on s'y noie, dans les relents de la vase, la terre cède d'un coup sous les pas, c'est un sable gris qui ressemble à de la cendre), ou bien beaucoup plus loin, aux confins de l'Altaï ? S'endormaient-elles au fond du lac Teletskoie, d'où elles ressortaient au matin ruisselantes, ou bien sur le plateau d'Ukok, où la terre est grasse, l'herbe drue comme dans les contes ? Comment se déplaçaient-elles dans ce monde imparfait, serait-il facile de les reconnaître, était-ce une science que l'on acquérait dans les livres, avaient-elles des traits communs, un regard, une inflexion de la voix, revêtaient-elles tout simplement l'apparence des femmes, n'importe lesquelles, y en avait-il d'autres parmi eux, de ces créatures expertes et méchantes, la vieille Sofronia qui sait, qui pleurait chaque soir d'être exilée loin de son pays natal, de l'autre côté de la steppe, vers les montages d'or et le mont Belucha –

quelle langue parlait-elle, quand elle marmonnait devant la fenêtre ouverte ?

Pavel régnait, avec une regrettable absence de perspective et d'idée directrice, sur cette petite communauté. Il aurait volontiers délégué ses pouvoirs à Ossip, à qui ils revenaient de droit ; mais Ossip n'en voulait pas, ne sachant pas ce qu'il en aurait fait. Il était à peine plus jeune, mais plus grand, mieux bâti, un visage régulier et boudeur qui donnait l'impression qu'il s'ennuyait en toutes circonstances, lorsqu'il jouait avec ses frères, lorsqu'il révisait ses leçons dans la salle à manger, près du poêle, ou jouait du violoncelle, un instrument qu'on avait sauvé de l'époque précédente et avait été longtemps beaucoup plus grand que lui – c'était Pierre qui réparait l'archet, avec l'aide de Nicolas. Tout naturellement, c'est donc Dimitri qui avait hérité du commandement, de sa dignité et de ses attributs. C'était Dimitri qui choisissait les endroits où l'on partirait au petit matin, dans les bois, pour écouter, renversé sur le sol, les premiers chants d'oiseaux, qui décidait, impérial, que Véra et Tatiana méritaient d'être bannies, et quelques jours plus tard, magnanime, acceptait de les recevoir à nouveau à sa cour, qui expliquait quels mensonges on était tenu de faire et ceux qui étaient inutiles, qui indiquait ce qu'il fallait penser des conversations des adultes et de leurs opinions, qui se moquait des visiteurs, avec beaucoup d'esprit et un grand talent d'imitateur, savait ce qui allait advenir, parlait des langues étrangères, connaissait l'emplacement des trésors et avait appris, bien qu'il se refusât à partager ce secret, où l'on va après la mort ; et Dimitri n'avait pas de disciple plus fervent, plus résolu que Platon.

Des quatre garçons, Pavel passait pour le plus étrange : on lui parlait peu, car il répondait, se plaignait sa grand-mère, par charades, et Sofronia n'aimait pas que l'on fasse le malin, surtout à ses dépens ; Ossip était l'esprit fort, Dimitri le meneur d'hommes. L'été, ils allaient tous les quatre dans la grange, fermée par deux hautes portes de bois, à laquelle on accédait en passant devant le pigeonnier, le chenil, le poulailler, une allée sombre bordée de baraques instables, une odeur forte, de paille et d'excréments, qui leur montait à la tête (et ils s'imaginaient méchants, tout-puissants, dépourvus de toute clémence les uns envers les autres, même plus cette solidarité d'animaux qui les maintenait ensemble), une odeur qui n'avait rien à voir avec les parfums de Kirilskoie, les fleurs d'Ilaria, le chèvrefeuille et le jasmin dont elle remplissait les vases, ses poudres, ses eaux de Cologne, tous les colifichets des femmes, non, une odeur âpre, vivifiante, qu'ils respiraient à fond, mêlée au vent. La grange était sale, le plancher recouvert de sciure. Une échelle menait aux étages, des plates-formes de bois aux lattes disjointes (c'était dangereux, disait Sofronia, il aurait fallu condamner l'endroit), où l'on montait comme aux haubans d'un navire. Leur jeu favori consistait à y amener Platon, sous un prétexte quelconque, tout en haut, puis à redescendre aussi vite qu'il était possible et à le laisser seul, à refermer derrière eux les portes de bois et à l'entendre piétiner, crier qu'il avait peur de descendre, c'était trop haut, supplier qu'on vienne le chercher ; Tatiana les suppliait elle aussi, en vain, et finissait par venir à son secours comme elle pouvait, elle était si petite – du moment qu'elle était là il cessait de pleurer et passait sans rien dire par où ils avaient passé.

Ils ne rentraient pas tout de suite à la maison. Ils voyaient, à travers les branches des peupliers qu'agitait le vent, les lumières s'allumer derrière les fenêtres, faisaient un détour par la prairie et s'asseyaient au bord du ruisseau, écoutant les crapauds, observant les sauterelles qui bondissaient autour d'eux, immergés dans l'herbe haute, plus haute qu'eux, où ils s'allongeaient, observant le ciel qui devenait violet, les petits nuages pourpres passant lentement au-dessus d'eux, au loin une buse qui tournoyait. Le froid devenait plus vif, on entendait l'appel de Sofronia, pressant, puis hostile, Véra enfin descendait en courant l'allée de sable et surgissait tout à coup au-dessus d'eux, sa robe gonflée par le vent, son beau visage affranchi de toute inquiétude : elle savait où les trouver, elle ne s'était pas fait de souci pour eux, ils aimaient se retrouver seuls au bord du ruisseau, comme s'ils avaient été au bord du monde, en retrait, l'observant, en tirant des leçons confuses et magnifiques. Ou bien, quand ils voulaient être vraiment tranquilles, ils s'attardaient au-delà du bois de bouleaux, là où les cris de leur grand-mère ne portaient plus – ce n'est pas un endroit où les enfants devraient aller, menaçait-elle, car les loups dévorent les hommes : ils passent, les soirs d'hiver, si près des maisons qu'on entend leur souffle et qu'on voit leurs yeux jaunes luire dans l'obscurité. Platon répondait qu'il n'avait pas peur ; il retrouvait facilement son chemin dans la forêt, Tatiana derrière lui, fière et fidèle. Le soir, devant le poêle, ils chuchotaient tous les deux, assis tout près l'un de l'autre. Elle était sa favorite, c'est ce qu'il lui avait dit, d'ailleurs plus tard ils se marieraient : Dimitri lui avait révélé que dans certains pays, de l'autre côté des mers, les frères et les sœurs pouvaient le faire, c'était sans dommage, et même préférable, parce que de ces mariages naissaient des enfants qui avaient des cheveux d'argent et une sagesse sans limites ; elle porterait pour la circonstance une robe comme on en voyait dans les boutiques de Novossibirsk, brodée de fils d'or et de plumes de paon. Les violons joueraient toute la nuit. Platon avait trouvé, de l'autre côté de la forêt, un jour qu'il s'y était aventuré seul, dans une clairière entourée de parois de verre, des pierres précieuses, chaudes et chatoyantes, qu'il lui rapporterait. Il avait vu danser les esprits ; il les avait entendu proférer leurs formules magiques, et les avait apprises. L'un d'entre eux avait une barbe si longue qu'elle s'enroulait trois fois autour de son corps, un autre des yeux noirs qui projetaient des rayons ; le troisième chantait, à mi-voix, les mêmes berceuses que Sofronia, qui donnaient envie de s'endormir dans la neige.

Peu importait, finalement, que Platon ait été dévoré par les ours, emporté par Drioma, l'esprit du soir, et sa cohorte qui siffle dans les airs, ou par les bohémiens qui cette semaine-là étaient passés sur la route – Sofronia avait demandé qu'on rentre les poules et qu'on donne du pain aux voyageurs, ce que Nicolas avait fait, posté au bout de l'allée, le plus loin possible de la maison : il s'était approché d'eux, les avait salués en soulevant sa toque de feutre, leur avait offert les trois grandes miches rondes qu'on avait confectionnées le matin même, pour eux, dans le four de la cuisine, et ils l'avaient remercié en faisant sur lui de grands signes de croix. Peu importait ; ce qui demeurait tangible (ce serait la forme la plus tangible de la douleur qu'ils éprouveraient tous, à partir de ce moment), c'est que dès le soir de sa disparition, le soir même, il ne restait plus aucune trace de son aventure. La neige était tombée, silencieuse, solennelle, sur le monde autour d'eux, et avait tout enseveli ; Drioma en avait recouvert la terre derrière lui, d'un grand geste de semeur, dissimulant ses traces, emportant dans ses bras l'enfant endormi au son de sa berceuse. Véra était partie à sa rencontre, comme elle avait l'habitude de le faire, sur le chemin de sable, jusqu'au ruisseau, puis dans l'autre sens, jusqu'à la forêt, mais il n'y était pas. Il n'était pas rentré, elle n'avait pas vu sa petite silhouette sortir du bois, reconnu la chanson qu'il chantait à mi-voix pour ne pas avoir peur, et qu'on entendait, de loin, avant de le voir – il était si petit. L'été qui avait suivi la disparition de Platon, elle allait encore au bout de la prairie, près du ruisseau, dans les herbes hautes, et revenait seule, quand le soir orange était tombé ; Tatiana n'avait plus du tout le droit de s'éloigner de la maison.

Comme André l'avait prévu, Paul s'était endormi peu de temps après qu'ils eurent quitté Paris : le temps d'émettre quelques opinions, et il lui avait échappé, comme un enfant qui a trop joué, qu'on a réprimandé et qui disparait d'un coup, sans rien laisser de lui qu'un corps affalé sur un fauteuil, d'où l'esprit s'est éclipsé ; Kiriline était, il le reconnaissait lui-même, sujet à ces éclipses – de sa conscience, de sa volonté de bien faire, de son appétit de savoir. C'était un agréable compagnon : prolixe, mais par accès, comme on peut être sujet à des accès de gaieté, à une envie de rire. Isaac disait qu'on lui aurait accordé le bon dieu sans confession, et qu'on aurait eu tort ; il disait aussi qu'il fallait veiller à ce que Pavka ne se donne pas en spectacle – c'était une inclination qu'il avait, peut-être une conséquence de son naturel généreux, mais une fois que l'animation était retombée, la sienne, celle de la société où il se trouvait, il regrettait ce qu'il appelait ses instants d'égarement. André considérait au contraire que la vérité des êtres réside dans leur allégresse, leur immédiateté, dans ces instants où, déconcertés, diserts, ils laissent crever le vernis des bonnes manières et de la réserve, affleurer leur simple contentement, leur satisfaction maligne ou débonnaire, selon les cas, les circonstances, l'adéquation des circonstances à leurs désirs. C'est une des raisons pour lesquelles il aimait la compagnie de Kiriline : à l'improviste, au détour d'une phrase, d'un éloge qu'il s'adressait à lui-même, d'un aveu qu'on n'attendait pas, Pavel cédait à un rire sonore qui déformait entièrement son visage, plissait ses yeux de magot, ou bien à un autre, plus discret, véritablement enfantin celui-là, procédant à bas bruit, l'égayant, mais à peine, fugace, malaisé à saisir et à interpréter.

Isaac disait aussi que Paul en avait assez fait comme ça, et chacun savait à quoi il était fait allusion : bien entendu, à cette période obscure, opaque en tout cas à l'entendement de la plupart, où la Vierge lui était apparue – elle avait quelque chose à lui dire. Ç'avait été, la première fois, comme d'engager une conversation, à la table d'un restaurant, avec une voisine qui ne paye pas de mine mais dont l'obligeance vous va droit au cœur. Elle était, de toutes les créatures qui avaient jusqu'à cet instant peuplé les rêveries de Pavel, la moins achevée, celle qui lui avait le moins coûté. Pour toutes ces raisons, pour la facilité avec laquelle il l'évoquait, pour la bonne volonté dont elle avait fait preuve à son égard, pour la pauvreté de son apparence et de son vocabulaire, c'était celle qu'il préférait. Il avait, à l'issue de cette rencontre avec elle (matérielle, insistait-il, une vraie rencontre, comme on en a avec une personne, à qui l'on se heurte, que l'on respire, qui entrant dans une pièce y laisse une odeur, un peu plus de chaleur, dont les cheveux sont doux au toucher, blonds, épais, emmêlés), passé deux années de sa vie à recevoir ses visites, qu'il attendait, qui lui étaient chères, et bien plus que cela, qui avaient fini par former la part la plus secrète et solide de son existence. Elle s'introduisait auprès de lui à n'importe quelle heure de la journée (mais jamais plus d'une fois dans la même journée), lui donnant sur toutes choses, même les plus infimes, son avis équitable, autour d'elle comme sur les photos du siècle précédent, un peu de lumière voilée. C'était juste après la mort de Pierre – quelques semaines plus tard : elle lui était apparue en plein jour, dans l'éclat de l'été. Et puis, ces deux années écoulées (de toutes celles qu'il avait vécues, disait-il, les plus tumultueuses, sacrées, et à ce moment son visage prenait un tel air de regret et de gravité qu'André se demandait pourquoi la croyance était si chichement dispensée aux hommes, et la ferveur), elle l'avait quitté. Il l'avait attendue des jours durant, la nuit aussi. Il avait d'abord, c'était bien naturel, craint de lui avoir déplu, de ne pas s'être montré assez humble. Il l'avait invoquée en vain ; il avait redouté sa malédiction, désespéré de tout. Et puis elle avait accompli pour lui un autre prodige : elle l'avait convaincu qu'il avait une place dans le monde, et qu'il y serait bien. C'était donc clos, achevé, irréfutable, cette période de sa vie qu'elle avait traversée. Rasséréné, il était revenu à la lumière. Il était parti pour Moscou, à l'université, s'était consacré à ses travaux, avait passé avec le vieux Bour, dans l'appartement rempli de jeunes filles, autour du bortsch phosphorescent, des soirées où il buvait jusqu'à s'en donner la nausée, réfutant les théories occidentales sur le peuplement des confins. En somme, cette connivence qu'il avait établie avec elle, ç'avait peut-être été un préalable au reste de sa vie, quelque chose de propitiatoire et d'inévitable – il fournissait l'explication avec la modestie et l'indécision de qui s'informe, suppose et serait reconnaissant de recevoir la réponse appropriée ; ou bien, peut-être, l'effet troublant de la modernité, dont il commençait à se faire une idée, sur une sensibilité archaïque (il fallait imaginer à quoi cela ressemblait, Kirilskoie, en plein été, quand l'air pesait, jusqu'au crépuscule, dans un épouvantable tourbillon de mouches, celles qui s'étaient posées sur le visage de Pierre, livide, incandescent, il les avait écartées comme il avait pu, s'il était arrivé plus tôt est-ce que cela aurait changé quelque chose, combien de temps Pierre avait-il eu la patience de l'attendre, enseveli sous ce voile noir, et l'hiver, quand les enfants qu'on a laissé s'égarer au-dehors disparaissent et ne reviennent plus, pouvait-on seulement imaginer à quoi cela ressemblait ?), un choc qu'il avait fini par absorber tant il avait en lui de ressources qui lui étaient propres – et, grâces en soient rendues à Pierre, l'inépuisable ressource du fatalisme. Il était temps d'aller jusqu'aux pôles, d'apprendre des langues inconnues et de parler aux esprits.

Ils avaient quitté Paris, dépassé Versailles, Mantes, la centrale de Porcheville dont les deux cheminées fonctionnaient encore dans la nuit froide : elles fonctionneraient toute la nuit, noire et froide, et c'était une certitude réconfortante, qui avait quelque chose à voir avec la civilisation et la conviction d'y appartenir, que de la traverser de part en part jusqu'à la mer, de savoir que la route jusqu'au bout serait bordée de villes, de villages, de maisons, que les forêts même, dans ce vieux monde indéfiniment identique, paraîtraient habitées, qu'elle demeurerait, la présence des hommes, leur persévérance, leur génie de bâtisseurs ; la fumée blanche, compacte, échappée des deux cheminées de Porcheville, rejoignait au ciel noir et froid les étoiles, scintillantes, par milliers, réfléchissant exactement, au-dessous, les milliers de lumières scintillant en contrebas de la route : il n'y avait rien de plus beau que cette plaine immense et sombre transpercée de lueurs, à droite, à gauche les falaises de craie, l'état de nature, tout ce qui, imprécis, inquiétant, s'apprêtait à surgir de la nuit. Tel était Kiriline, l'inquiétude et l'expansion, cette impression de plénitude qu'il donnait, peut-être parce qu'il était lui-même si plein, on ne savait de quoi. De toutes choses Kiriline, plein de lui-même, paraissait avoir eu son content et surnager, flotter, tournoyer, se heurtant aux rives et poursuivant son chemin, flamboyant, sur l'écorce du monde. Cet assentiment à tout, qui le portait, sa sincérité étaient, d'où qu'ils viennent, bons à prendre : il n'y avait pas, conclut André tandis que les arbres noirs passaient comme des ombres, les uns après les autres, par dizaines, par centaines, derrière les vitres de la voiture, de meilleur compagnon que Kiriline, plus accommodant, imprévisible.

La dernière fois qu'il avait vu Véra, c'était, vingt-cinq ans plus tôt, sur le quai de la gare de Novossibirsk. Il retournait à Moscou ; elle l'avait accompagné jusque là. Elle portait une robe jaune qui ne lui allait pas très bien (elle avait le teint trop pâle, affirmait Ilaria, pour porter des couleurs si claires) et un chapeau de paille – comment faisait-elle, dans un accoutrement pareil, pour avoir ce port de tête, cet air d'être en visite, alangui et décidé ? Pavel se demandait encore, des années plus tard, si elle avait fait ce jour-là un effort pour s'habiller mieux, pour paraître plus jolie, elle qui était si belle, parce qu'elle l'accompagnait sur le quai de la gare, qu'il repartait à Moscou, pour toute une année, qu'elle se doutait, peut-être, qu'elle ne le reverrait plus, ou plus dans ce temps resplendissant de leur jeunesse, et qu'elle avait voulu qu'il ne l'oublie pas – c'était dérisoire, elle était la chair de sa chair, l'âme de son âme ; ou bien si elle n'avait, comme il était plus probable, pensé à rien qui fût de l'ordre de la séduction, de l'apparat, si elle n'avait pas mis, ce matin-là, affolée, désolée, sentiments dont elle ne dit rien et sur lesquels il n'avait aucune certitude, ce qu'elle avait trouvé, une vieille robe suspendue dans l'armoire, un chapeau, au hasard, parce qu'elle s'était dit qu'il ferait chaud, que le soleil pourrait lui faire du mal – elle était un peu rouge quand il l'avait embrassée, et chaude, et parfumée. C'était la fin du mois d'août, l'air était moite, gorgé d'eau : il pleuvait depuis des jours, des torrents d'eau ; il semblait que toute l'eau du ciel, celle des marais et celle de l'Ob se fussent déversées sur la plaine, des torrents d'eau, des fleuves qui avaient saturé la terre, un marécage, noir et gras. Mais ce matin-là la pluie avait cessé ; tout était boueux et odorant, l'air d'une pureté intacte, les fleurs emportées par la tempête mêlées à la terre, hachées, un humus rose et blanc, si parfumé que c'était devenu, au fil des heures, étouffant. Il était apparu nettement, ce jour-là, que Véra était la plus âgée, beaucoup plus âgée que lui et que l'enfant changelin lui-même, Platon, vieux pourtant de mille ans, ou davantage. C'était elle, c'était elle, avait-elle répété ce soir-là, comme une litanie, comme si elle avait perdu l'esprit, qui aurait dû sortir avant que la nuit tombe, elle avait cru entendre les voix des enfants au-dehors, elle ne s'était inquiétée de rien, où était-il à présent ? Il semblait qu'elle eût perdu l'esprit – ce soir-là seulement : le lendemain, après la nuit qu'ils avaient passée à rechercher des traces dans la neige à la lueur vacillante des lampes, elle était redevenue ce qu'elle était. Et dans cette tourmente une chose n'avait pas varié : l'amour pur et véridique qu'elle vouait à Pavel - toute la nuit, à sa manière et dans sa folie, il le savait bien, elle avait veillé sur lui.

Au bout d'une heure, ou un peu plus, la conversation s'était donc interrompue ; Pavel s'était endormi. On passait par Orbec, sa grande rue illuminée où s'empressait une foule affairée, les enfants bruyants et bondissant comme ces trolls qui s'établissent autour des maisons et, du moment qu'on ne trouble pas leurs habitudes ou leur repos, qu'on ne blasphème ni ne ment en leur présence, veillent sur les habitants du lieu, ou ceux qui sont installés plus haut dans la montagne, où ils font paître des troupeaux invisibles, qu'on entend mugir dans le fond d'un vallon, ou piétiner dans les chemins, des enfants qui couraient au milieu de la foule sérieuse des adultes, saisissant la neige à pleine mains et l'écrasant avec volupté sur leur visage (c'était si frais, si dense), où les boutiques rutilaient, celles où l'on avait suspendu des cuissots de chevreuil et des sanglier entiers, celles où des chapelets de saucissons et des jambons tombaient par grappes des poutres du plafond, celles où s'empilaient les fruits, les liqueurs, des gâteaux aux formes volumineuses, toutes étincelantes dans l'air froid de la nuit, Vimoutiers, où le carillon tintait le dimanche matin avec la même limpidité que dans les villes allemandes, Bayreuth, Bamberg, Passau, le battement ténu d'une seule cloche, persistante, qui s'interrompt soudain, le silence qui suit paraissant lui aussi sonore, continu, musical, dans la fraîcheur du matin. Au sud, c'était la route de Trun, Argentan, le bruit des pas sur les pavés, peu d'arbres et d'ombre, une rivière encombrée de lichen et d'îlots, Falaise, où il avait emmené Prudence, il y avait quelques années de cela, voir le feu d'artifice du 14 juillet – elle avait eu peur et s'était blottie contre lui. L'été, il prenait son café très tôt, dans le jardin qu'il taillait sans beaucoup de méthode, où poussaient des poiriers et des lilas, un arbuste exotique aussi qui, une année de sécheresse, avait fleuri deux fois, la deuxième somptueuse, une profusion de fleurs blanches sous laquelle les branches ployaient. Il s'installait dans le bureau qu'il avait aménagé à côté de sa chambre, d'où il contemplait la campagne alentour : pas un bâtiment, pas un chemin, rien que des arbres et des collines. Le soir, il relisait *Oblomov* ou *La Frégate Pallas* ; vers minuit, il se levait avec peine, pressentant ce qu'il devrait faire s'il voulait devenir un véritable écrivain – ce à quoi il s'employait depuis des années, muni d'un grand désir de bien faire et de quelques idées générales, de quelques impressions aussi, de choses qu'il avait vues et cru comprendre, de confidences qu'on lui avait faites, du souvenir qu'il gardait, ou s'efforçait de garder, c'était un exercice difficile, de ceux qu'il avait aimés et qui s'étaient détournés de lui, convaincu désormais, tant de temps ayant passé depuis ses premiers livres, qu'il n'est pas si facile de réussir ce qu'on a entrepris, et que ce qu'on a réussi ne méritait peut-être pas tant de peine.

La route devenait plus étroite ; on approchait de la maison. André descendit de la voiture pour ouvrir le portail de fer. Kiriline, réveillé en sursaut, l'observait avec impatience. Il faisait un froid terrible, qui lui rendit sa gaieté. L'année précédente, il avait indiqué à André, juste au-dessus du toit d'ardoises, la constellation du Cygne, qui surplombe le ciel d'été, plus loin Acturus brillant comme un phare, et Véga de la Lyre, dont la présence l'émouvait, confia-t-il, au-delà de ce qu'il pouvait avouer ; il avait annoncé que lorsque se produirait l'explosion de Bételgeuse, l'éclat en serait si fort qu'en pleine nuit il ferait grand jour, et c'est pour bientôt avait-il conclu, tout au plus deux millions d'années. À Kirilskoie, ils se relevaient tous les quatre, la nuit, pour observer les étoiles. C'était Dimitri qui en faisait le commentaire. À l'étage en dessous, Sofronia pleurait encore un peu : elle était couchée, Véra y avait veillé, et elle gémissait par intermittence. Un soir d'été, Platon était tombé dans l'étang recouvert de lentilles d'eau, au fond de la forêt : le chemin qui y menait était bordé de jonquilles et de campanules, la forêt entière ondulait, jaune et bleue ; peut-être que Dimitri l'avait poussé, à moins que ce ne fût Ossip – mais non, Ossip était doux et rêveur comme une fille. On l'avait ressorti de l'eau, raide, ruisselant, et il avait marché vers la maison sans se plaindre du froid, pénétré de l'offense qui lui avait été faite. Il était certain que dans ce monde ou dans l'autre Dimitri devrait en rendre compte, il ne perdait rien pour attendre – à moins que ce ne fût Ossip. Ils avaient couru derrière lui, en riant et en se bousculant, dans la prairie où les flocons des chardons s'élevaient et s'envolaient autour d'eux, vaporeux, un brouillard qu'ils saisissaient à pleines mains, riant plus fort et l'appelant par son nom d'enfant, Tocha, Tocha, pour mieux se moquer de lui ; Platon ne se retournait pas.

Ils avaient faim ; André fit cuire des pommes de terre dans le feu et servit un cidre infect – exquis, grommela Kiriline, qu'un cigare apaisa. Seul dans sa chambre, les volets fermés, la nuit impénétrable autour de lui, au-dehors le cri d'un oiseau et le bruit du vent qui se levait (bientôt il viendrait ébranler toute la maison, avec la pluie, on se retrouverait enfin en pleine mer), Kiriline disparu à l'étage au-dessus (on entendait ses pas sur le plancher), André songea qu'il n'y avait rien de plus fini et de plus étendu, dans l'extension infinie du monde, que sa propre existence, qui comprenait le monde tout entier. Le lendemain, enfin, il arpenterait les champs, délivré de tout souci, jusqu'au coucher du soleil au-dessus des collines, rouge et rond, dans la direction de la mer.

Or la journée du lendemain ne fut pas aussi paisible qu'il l'avait escompté : Pavel lui fit le récit de son infortune.

Il avait appris, il y avait de cela quelques mois, que bientôt il n'y verrait plus, et qu'on n'y pouvait rien : il n'y aurait rien à faire, cela viendrait et l'emporterait, aurait le dessus, sur lui, sur sa vie précieuse et pleine. Un jour, il n'y verrait plus du tout ; il était jeune pourtant, à peine plus de cinquante ans, songez donc, insista-t-il, la force de l'âge, je me sens aussi fort qu'un ours – apeuré, naturellement, et de ce fait amoindri, presque invalide. Depuis quelque temps, une raideur l'avait saisi, comme un froid, dans tout le corps – soit désapprobation devant ce coup du sort, soit volonté de s'en remettre désormais, pour tout ce qui concernerait la conduite de son existence et ses relations avec ses semblables, à la mécanique, à la simple forme et au simple mouvement, parce que ce qui se passait à ce moment-là dans son âme, il préférait ne pas avoir à le connaître. Le pire n'est jamais sûr, remarqua André, assez sottement. Pour ce qui me concerne, répondit Pavel comme à contre-cœur, il serait plus avisé de prendre l'exact contre-pied de ce proverbe, qui ne nous renseigne sur rien d'autre que sur l'incommensurable imbécillité des nations : le pire est au contraire tout ce qu'il y a de plus sûr.

La malédiction qui pesait sur lui était pour lui un objet de scandale ; mais, avant tout, expliqua-t-il, elle l'avait surpris. Il avait été surpris, imaginant que bientôt il n'y verrait plus, sortant de l'hôpital Laennec un matin de ce mois de septembre, alors que le temps était exceptionnellement doux, le ciel au-dessus du square Boucicaut balayé de fond en comble – durant la nuit, tout avait changé, le climat, les façades et tout ce qui s'y reflétait, jusqu'au grain des immeubles qu'on démolissait sur le trottoir d'en face : c'était un grand chantier qu'on avait ouvert, des pans de mur s'étaient écroulés, laissant voir d'autres murs, derrière, d'autres immeubles dont on ne soupçonnait pas l'existence, des perspectives, des escaliers de fer tournant tout autour, dans une étrange sarabande des premiers temps industriels, des terrasses, une autre ville derrière celle qu'on connaissait, plus blanche, brute et compliquée que la ville officielle, resplendissante, étagée, une ville arabe au bord de la mer. Il y avait ce matin-là dans la rue de Sèvres, se mêlant aux cris des oiseaux, une joyeuse rumeur, une allégresse qui ne correspondait en rien à l'humeur de Pavel ; c'est ce qui l'avait le plus étonné, cette discordance. Passant sous le porche de pierre pour s'avancer dans la lumière, si vive à cet endroit, il s'était dit qu'il passait la porte de l'autre monde, le monde des ténèbres et des tourments, que c'en était le porche et l'entrée, qu'il était devant, enfin, qu'il n'y avait plus à reculer, tergiverser, tenter de conjurer le sort ; c'en était fait, se dit-il avec une forme de jubilation, tâchant de se persuader qu'il était entré dans le monde sonore et qu'il abandonnait celui de l'éclat, contemplant la réfraction acide de la lumière sur la pierre, les étincelles qu'elle laissait sur les vitres, la profondeur qu'elle donnait au ciel, échouant à trouver à cette parabole une morale, à son histoire une conclusion, fût-elle provisoire, à deviner ce qui serait sauvé dans ce naufrage, si quoi que ce soit d'ailleurs en valait la peine.

Il avait attendu longtemps, dans une grande salle qu'on avait divisée en y juxtaposant des cloisons de bois, où étaient entassés des appareils qui semblaient sortis d'une académie savante du XIXe siècle. On avait fait passer devant ses yeux des lumières vives, de différentes couleurs, des verres que l'on sortait d'une petite boîte en bois bien astiquée comme il y en avait, quand il était enfant, à l'école de Novossibirsk, dans les salles de sciences naturelles, le tout dans la pénombre, et une odeur de pharmacie qui s'était avérée, tout compte fait, rassurante. On lui avait dit, une fois qu'il avait été introduit dans un bureau aux murs recouverts d'un revêtement qui ressemblait à de la paille, mais bien propre, dont pas un brin ne dépassait, qu'il n'y avait plus d'espoir. Bientôt, il n'y verrait plus. L'air, les objets, les visages, s'opacifieraient d'abord, et puis disparaîtraient. Il y avait peut-être à ce phénomène une explication : peut-être avait-il été trop exposé, inconsidérément, dans sa jeunesse, à l'éclat des pôles ; mais c'était incertain : d'autres avaient souffert du même mal sans remède, qui n'avaient pas vécu dans la même splendeur. D'autres étaient donc passés par là, s'étaient avant lui aventurés au bord de ce gouffre, et il ne l'avait pas su, on n'en avait rien dit. C'était une chose qui se produisait, qui avait lieu, communément ; quel pouvait bien être le sens de tout ce malheur accumulé ? C'était au rez-de-chaussée clair et bien ordonné de l'hôpital Laennec, d'où il était ressorti, ayant traversé la cour, à quelques pas de la fontaine de style égyptien, se répétant qu'il n'y avait plus d'espoir et n'en étant pas véritablement convaincu, se demandant ce que cela signifiait, exactement, que cette privation dont on l'avait informé avec des mots qu'il avait compris, eux : il y avait donc, pour cette situation nouvelle, un vocabulaire approprié, intelligible – c'était tout simplement, ce qui lui arrivait, quelque chose qu'on lui avait dit, et qu'il avait compris. Il n'y avait plus qu'à rentrer chez lui avant qu'il fasse nuit. La rue de Savoie avait acquis, pendant son absence, dans l'intervalle et tout ce qu'il avait eu de maléfique, d'autres contours, une forme étrange. C'étaient les immeubles qui avaient changé, mais pas seulement : le ciel aussi, au-dessus de lui, et le gigantesque disque laiteux de la lune, surgie à une très faible distance des toits de zinc, immobile, menaçante. Il était resté un moment devant la porte de l'immeuble à regarder le ciel noir, à peine plus dense, écrit Thoreau, que l'eau de l'étang sur lequel on pêche pendant les nuits d'été, si noir qu'on a envie d'y jeter sa ligne et de voir quels merveilleux poissons incandescents on pourra en rapporter ; puis il était rentré chez lui, et avait pleuré.

Est-ce qu'on oublie, demanda-t-il, finalement, tous ceux que l'on a aimés, et plus particulièrement, définitivement, sans recours, lorsqu'on n'y voit plus ? Est-ce qu'on finit par oublier leurs visages, comme on oublie les traits et la voix de ceux qui sont morts : s'il n'y avait pas de photographies, il est probable qu'ils n'auraient plus pour nous qu'une existence idéale et abstraite, un semblant d'existence, quelque chose d'informe et d'inutile, de vaporeux, s'élevant dans le ciel d'été, la poussière des chardons qui s'envolait et retombait sur eux comme un voile, ils se débattaient là-dedans, riaient, proféraient les jurons que Nicolas leur avait appris et que Sofronia leur avait interdit de répéter, appelaient leur frère qui ne se retournait pas, reviens, Tocha, nous allons te faire roi – que faire de ce qu'il en reste, des cendres qu'ils ont laissées, de tout ce qui demeure, volatil, dans la poussière blanche de l'été ?

Dans ses premières années, Platon était un peu habillé comme une fille : Ilaria avait tellement souhaité ne plus avoir de garçon ! Sofronia était d'accord avec elle sur ce point : elle leur disait qu'ils faisaient trop de bruit ; elle ne tirait aucune fierté de les compter parmi sa descendance. Véra, la fille de sa fille, c'était autre chose. Eux, les trois fils maudits de son fils, ils n'avaient rien de commun avec elle ; ils ne lui ressemblaient pas d'ailleurs, ni à personne de sa famille. C'étaient les descendants de Tikhomir, son deuxième époux, le meilleur, qu'elle avait épousé il y avait si longtemps qu'elle ne se souvenait même plus de la première impression qu'elle avait ressentie quand elle était arrivée à Kirilskoie, à la fin du mois de mars de l'année 1920, neuf mois exactement avant la naissance de Pierre, et qu'elle avait découvert, à travers les branches des arbres, la façade grise dans le crépuscule. Non, personne, parmi ses propres parents, ne s'était trouvé affublé de ces traits de mongol, ce regard noir, cette effronterie – comme ils étaient mal élevés ! Pavel, Ossip et Dimitri étaient des Kiriline, des esprits malins, qu'elle avait en horreur : elle disait qu'elle attendait avec impatience de les voir grandir et s'en aller, s'éloigner d'elle pour de bon, quitter Kirilskoie et n'y plus revenir. Elle ne cherchait pas à leur faire croire qu'elle s'intéressait à eux, ou qu'ils avaient droit à sa sollicitude. Elle n'avait pas de ces complaisances ou de ces superstitions ; elle négligeait, en général, les faux-semblants et redoutait le temps perdu – Pierre était bien assez sentimental. Ils étaient, se plaignait-elle à Ilaria, sa pauvre bru, aux domestiques et à Véra, tous les trois, turbulents et menteurs, Ossip surtout, qui parlait tout seul, ne croyait à rien, blasphémait, ne dormait pas : c'était un possédé, on le retrouvait dans le couloir, ou bien dans l'escalier, au milieu de la nuit, parfois même dans la chambre de ses parents où il surgissait sans mot dire, elle en était terrifiée et avait songé à faire venir l'exorciste, mais Pierre le ramenait à son lit en lui parlant très bas ; Mitia en savait autant que les adultes, ce qui est un péché, et Pava ne valait guère mieux, toujours prêt à la contredire ou se moquer. Elle ne les aimait pas, mais les connaissait mieux que quiconque ; il n'y avait rien qu'ils pussent lui dissimuler, elle savait par cœur leurs ruses et leurs artifices : n'avait-elle pas aidé à les mettre au monde, tous les trois, assisté à ces souffrances dont ils étaient la cause et dont ils n'avaient pas l'idée, qui restaient fichées au fond du corps de leur pauvre mère, elle en aurait juré, elle savait ce que c'était, elle avait enduré mille morts à la naissance de Pierre et celle de Nadejda avait été un supplice – elle en ressentait encore la terreur et la nausée. Pierre, ce bienheureux, n'avait rien voulu savoir de tout cela : ses cinq enfants lui étaient tombés du ciel, il les avait reçus, chacun, comme un miracle, avec la conviction que son immense amour pourrait en accueillir bien davantage, qu'il en aurait aimé, avec la même passion, dix ou vingt, qu'il aurait veillés sur eux avec la même abnégation. La petite Véra, qui était arrivée chez eux alors qu'elle ne marchait pas encore, il l'aimait comme si elle avait été la sienne, vraiment, à l'égal des autres ; il lui était impossible de ne pas aimer, avec une force, une attention qui s'apparentaient à de la détresse, indistinctement, tous ceux qui avaient besoin de lui, les faibles, les enfants, les simples d'esprit, sa vieille mère qui pleurait le soir dans son fauteuil de bois, que l'on sortait dehors en été, et alors elle pleurait dans la nuit tiède, résonnant du chant des crapauds, ses domestiques, sa femme, ses petits garçons, et Véra qui s'était agrippée à lui le soir où on l'avait amenée à Kirilskoie et ne l'avait plus lâché pendant les quinze années qui avaient suivi : elle était partout avec lui, comme son ombre, lui apportait ses pantoufles, son cigare, son verre de liqueur, restait assise à ses pieds sur le plancher de la véranda, attendait qu'il monte dans sa chambre pour rentrer dans la sienne, une enfant sauvage à qui on ne pouvait faire entendre raison – Ilaria s'y était essayée, au début, elle avait voulu lui inculquer quelques règles, en vain, et Véra avait poussé, dans l'ombre de Pierre, veillant sur les petits garçons, prenant soin de Sofronia, rétive, rêveuse, d'une beauté remarquable, qui faisait augurer le pire.

Platon avait donc porté, pendant une ou deux années, jusqu'à la naissance de Tatiana, des robes brodées, des cols de dentelle, des bracelets d'or sur lesquels on avait gravé son nom. Sofronia embrassait son joli visage des milliers de fois, tous les jours. Elle ne pouvait se passer de lui, disait-elle ; elle le gardait dans sa chambre du matin au soir, riait avec lui de tout ce qui l'amusait, au matin se réveillait endolorie, soucieuse : avait-il bien dormi lui aussi, autant qu'il fallait, croîtrait-il en force et en sagesse, connaîtrait-il les mille ans de bonheur qui lui revenaient de droit – les fées envieuses ne veillaient-elles pas, des hauteurs de l'Altaï, à ce qu'il ne fût pas distribué trop de bonheur ? Pavel croyait que l'on jouit, chacun, d'une part de bonheur répandue sur le monde, une quantité vive et finie, un peu de lumière, tranchante, un jour et pas davantage. Quelques années après la disparition de Platon, Ilaria n'était même plus sûre de l'avoir porté ; non, disait-elle en secouant la tête, celui-là, Tocha (elle semblait même avoir un peu de difficulté à se rappeler son nom), je ne me souviens pas de l'avoir porté, et Pierre sortait de la pièce où ils se tenaient, annonçant que c'était l'heure de fumer son cigare – non, je n'en ai pas le souvenir, je ne crois pas qu'il était de mon sang celui-là, d'ailleurs il ne nous ressemblait pas, je ne me souviens pas de l'avoir porté. Ensuite, on les avait envoyés tous les trois au collège : Ilaria était trop fatiguée pour s'occuper d'eux. De ce moment, Pavel ne vit plus Véra que pendant les vacances, et à chaque fois elle avait changé, à chaque fois crû comme une plante, à chaque fois plus éloignée de lui et, semblait-il, toujours amoureuse, quel étrange phénomène, amoureuse du garçon gauche et sombre qu'il était : ni Ossip ni Dimitri ne pouvaient prétendre à cet honneur, c'était à lui seul qu'il était échu. Il lui semblait, à chaque fois qu'il la revoyait, que le temps approchait où le charme qui pesait sur elle serait dissipé, où elle le verrait enfin pour ce qu'il était – un garçon balourd, mécontent de lui-même. Un jour, enfin, il était rentré à Kirilskoie et elle n'y était plus ; il avait éprouvé la pire douleur et le plus grand soulagement de sa vie.

Cet enfant est un prodige, disait Sofronia, il sait tout mieux que les dieux : elle croyait encore qu'il y en avait plusieurs, ou bien elle avait oublié la doctrine qu'on lui avait enseignée, selon laquelle il n'y en avait qu'un, ou l'avait négligée, comme insignifiante – tant de temps avait passé depuis qu'on le lui avait dit, et rien n'était venu prouver la véracité de cette théorie. Il était habillé de bleu en hiver, de blanc en été : un costume de drap avec des boutons dorés, qui lui donnait un peu l'air d'un officier, et des chaussures qu'il gardait si longtemps qu'il en avait les pieds endoloris. Il grandissait sans qu'on s'en aperçoive, ses vêtements devenaient bientôt trop petits, ses poignets dépassant, ses genoux usés jusqu'à la corde : Ilaria n'attachait pas d'importance à ces choses, Pierre non plus, il n'y avait que Sofronia pour dire qu'il allait comme un vagabond ; était-ce étonnant, après cela, que les vagabonds l'aient pris ? A quoi pouvait-il bien ressembler alors, c'était ce que se demandait Pavel à présent. Comme cela disparaît rapidement, une contenance, un visage, comme cela s'amenuise et disparaît au bout de la route, parmi la troupe chantante des bohémiens en voyage, un enfant charmé par le joueur de flûte, qu'on ne nous rendra pas – c'était en vain qu'on avait pleuré, supplié, allumé des cierges devant les icônes. Platon avait quitté cette terre, sa famille, ses habitudes, Tatiana qui l'avait attendu pendant des années, redoutant de faire du bruit, de bouger et de rire, comme si la moindre manifestation de vie l'avait un peu plus éloignée de lui – il lui avait fait ses adieux, sans cérémonie, dans le secret de son cœur courageux, tout seul, à Kirilskoie, au bout de l'allée de tilleuls, dans cet espace étroit et ténébreux, entre la route et les champs, où passaient les marchands, les bohémiens, les ours et les loups, les créatures de la forêt qui enchantent les enfants et les entraînent, éperdus, au fond des eaux.

Bientôt, Pavel n'y verrait plus. Il était terriblement atteint, et on le prévenait alors qu'il était trop tard : dans quelques temps, quelques années, quelques mois, on pouvait le lui assurer, il n'y verrait plus ; il n'y avait rien à faire, ce n'était pas la peine de s'indigner, la science avait tout de même ses limites, on n'était pas immortel, non plus. André l'observait sans rien dire, fantasque, son sourire que rien n'entamait – qu'est-ce qui aurait bien pu décontenancer Kiriline ? L'air frais et clair du matin, soulevant les rideaux de la cuisine et virevoltant autour d'eux, passait entre eux comme un esprit qui aurait ce jour-là, avec à propos, fait preuve d'une grande légèreté et d'un peu de malice.

7

Trois sœurs

C'est devant le bassin des Tuileries qu'Inès avait pour la première fois adressé la parole à André. L'automne, interminable, soulevait en elle, comme les jours passaient, une nostalgie de l'hiver, de ses bourrasques, de la rue de Téhéran criblée par l'averse, quand elle revenait seule de l'école, une fois de plus, Ingrid ne l'ayant pas attendue. Elles s'étaient mises d'accord là-dessus pourtant : elles s'attendraient toujours, en haut de l'avenue de Messine, aux grilles du parc, une fois franchis les allées, les perspectives, les vallonnements, et la frontière de l'avenue Ferdousi, incolore et plate, un fleuve qu'il faut traverser malgré le danger, avant de retrouver le fracas familier de la rue, une fois franchi le jardin aussi clos et coloré qu'une serre, et divers, selon qu'on y entrait par l'avenue Ruysdael, par l'avenue Van Dyck (civilisé par là, minéral, solidement ancré dans la ville, amarré aux rues de Vigny et de Murillo), ou par la rotonde, phare battu par les flots, au-delà le boulevard de Courcelles, la campagne et les forêts, les monuments gothiques et la façade du lycée Carnot, ou par l'avenue Vélasquez, et c'était tout à fait un autre monde, Saint-Augustin solennelle, rutilante, où elles assistaient à la messe le dimanche, et sortant sur la place éblouies par le soleil allaient acheter des gâteaux dans une boulangerie qui vendait des pains en forme d'ours, de chapeau chinois ou d'éléphant, la main dans la main de leur père, un homme sérieux et toujours préoccupé de l'intérêt de ses filles – mes petites filles, disait-il, alors même qu'elles avaient grandi, toutes les trois, l'avaient quitté, et négligé. Oui, il arrivait que, malgré leurs conventions, et le soin qu'elles avaient mis à les stipuler dans le moindre détail, les apprenant par cœur, les récitant avec cérémonie, le matin, au petit déjeuner, quand on les avait laissées seules dans la cuisine parfumée de chocolat et qu'elles en récapitulaient à voix basse, avec la peur d'oublier et celle d'être surprises, qui les faisait rire, la liste, avant qu'on revienne, il arrivait qu'Ingrid n'en tînt aucun compte, fît passer son bon plaisir avant le droit des gens, et rompît tout à coup, sans s'en expliquer, ce qui avait donné lieu entre elles à tant de tractations. Comme elle s'en expliquait peu, comme elle était impérieuse, haïssable, et comme on sentait vite affleurer en elle, palpable, éclairant son visage d'un merveilleux sourire, la volupté qu'elle éprouvait à causer la peine d'Inès, puis à l'entretenir, l'approfondir – comme elle y prenait plaisir, comme sa joie tissait entre elles, solide, d'un magnifique fil d'or, tendu à l'extrême, un ravissement que rien ne pourrait anéantir, comme elles s'aimaient, et comme on avait raison, autour d'elles, d'être jaloux d'elles, envieux de leur entente, de ce qu'elles fussent toujours ensemble, et d'accord, s'amusant de tout, chuchotant et se faisant des serments inintelligibles au reste de leur famille !

André était assis sur une chaise de fer et regardait le mouvement des bateaux. Il y avait plusieurs jours qu'Inès l'observait, sortant de temps à autre de sa poche un carnet sur lequel il notait, comme à regret avait-elle remarqué, des idées qui sans doute lui avaient traversé l'esprit, à moins que ce ne fussent, s'interrogeait-elle, des recettes de cuisine, des indications naturalistes sur les arbres qu'on voyait s'agiter, sous l'effet du vent, de l'autre côté du bassin, ou des calculs sur la vitesse de locomotion des nuages, celle des oiseaux, celle des bateaux de bois que faisaient naviguer les enfants. C'est ce qui fit l'intérêt de son observation : elle ne savait à quoi s'arrêter, rien de ce qui le concernait ne paraissait aller de soi. Elle le trouva mal bâti, maladroit : il n'y avait dans ses gestes, dans sa façon de se déplacer, rien qui l'émût. Il lui apprit, quand ils eurent fait connaissance, qu'il écrivait des livres. Elle se le tint pour dit : c'était à quelqu'un qui écrivait des livres qu'elle avait affaire, il lui faudrait s'en accommoder. Quand il l'embrassa pour la première fois, elle en ressentit de l'embarras, presque de l'effroi ; elle se dit qu'il faudrait s'accommoder également, et ce ne serait pas facile, de cet effroi et de cet embarras. La première fois qu'il dormit avec elle, elle fut étonnée de tout ce que ce corps recelait de mystère et d'univocité. Elle apprit à en retirer toute la jouissance qu'il pouvait lui donner, comme elle savait tirer parti de toute chose – c'était le contraire du désir.

André l'avait aimée dès l'abord. Il lui savait gré de ce qu'elle fît aussi peu de difficultés pour le satisfaire : il avait été habitué à plus de réticences. Leur mariage fut une affaire conclue en peu de temps, une affaire rondement menée, disait Isaac – comme Isaac disait les choses, sans malignité, si bien que les intéressés eux-mêmes souscrivaient à ses jugements. Ils avaient été, le jour de la cérémonie, appliqués à se conduire comme il fallait, à ne décevoir personne. Inès était moins jolie que de coutume, trop apprêtée, songea André, et il n'eut pas le mauvais goût de l'en aimer davantage. Qu'en dit la pie grièche ? lui avait-il demandé après qu'elle eut annoncé leur union à Ingrid. Rien, avait-elle répondu, étonnée de ce que l'on pût traiter aussi cavalièrement sa sœur, et résignée à ce que, les années passant, il y eût, admis autour d'elle, des gens qui ne fussent pas éblouis par la clairvoyance d'Ingrid, et ne lui reconnussent pas en tout la primauté.

À l'origine, elles avaient été trois - il y en a trois, c'est ce que répondait leur père aux questions émerveillées ou soupçonneuses des gens que l'on croisait dans la rue, entre le boulevard Malesherbes et la rue de Téhéran, s'étonnant de leur extraordinaire ressemblance et de leur beauté. Ingrid et Solveig étaient nées le même jour. Elles étaient exactement identiques : les mêmes yeux d'un bleu sombre qui s'était un peu éclairci avec les années, les mêmes traits lisses et pleins, les mêmes cheveux blonds. On les prenait l'une pour l'autre, même leurs parents, qui faisaient semblant de s'y retrouver mais, d'emblée, dès les premiers jours de cette cohabitation qui les avait surpris et peut-être définitivement brouillés avec leur progéniture, avec l'idée qu'ils se faisaient d'eux-mêmes et de ce que c'est qu'une famille, avaient, par paresse ou allégeance à la loi du plus fort, renoncé à savoir laquelle était Ingrid, laquelle Solveig, et finalement s'en étaient trouvés bien. Qui cela concernait-il, au fond, qui d'autre qu'elles, que ce fût l'une ou l'autre qui aimât s'endormir avec la fenêtre ouverte, Ingrid ou Solveig qui ait pris l'habitude de pleurer quand arrivait l'hiver parce qu'elle n'était pas sûre que le printemps reviendrait, que l'une ou l'autre fût orgueilleuse ou charitable, et peut-être l'étaient-elles tour à tour ? Peut-être n'avaient-elles qu'une âme pour deux corps (c'était, disaient-elles, une hypothèse que la science n'avait pas invalidée), une seule intelligence, un seul cœur, et lorsque la vie se déployait en l'une d'elles, avide, tournoyante, peut-être se faisait-elle plus parcimonieuse, inquiète, chez l'autre ; peut-être avaient-elles une certaine quantité de vie en commun, qu'il faudrait préserver des vicissitudes, la flamme qu'il faudrait protéger du vent, ce n'était pas beaucoup, une seule vie, pour deux petites filles, même de très petites filles, comme elles étaient, qui n'exigeaient pas beaucoup – peut-être avait-il fallu que l'une cède la place à l'autre, une fois qu'elles étaient devenues adultes. Elles passaient des heures entières, assises l'une en face de l'autre, à répéter leurs prénoms, en se tenant par la main ; c'était une litanie qui n'en finissait pas, rien ne pouvait les en distraire : Ingrid, Solveig, quatre syllabes dépourvues de sens aussitôt qu'elles les prononçaient, Inveig, Solgrid, facétieuses, incantatoires. Inès n'aurait pas pu en jurer, mais elle les soupçonnait d'avoir plusieurs fois, au cours de ces premières années, changé d'identité, si elles en avaient une : il n'était pas sûr que celle que leurs parents avaient prénommée Ingrid fût bien demeurée la même, et fût celle qui répondait à ce nom aujourd'hui – c'était peut-être la malheureuse Ingrid qui était morte, et pas, comme tous l'avaient cru et déploré, comme on s'en était désolé, comme le bruit en avait couru par toute la terre, enveloppant de nuées l'âme de ses sœurs, la joyeuse Solveig.

Le temps passant, cependant, et une fois qu'elles étaient devenues adultes, il avait fini par se produire quelque chose : il y avait eu quelque chose de changé, quelque chose de singulier, dans le maintien, le regard, le ton de la voix, qui ne trompait plus, qui ne laissait plus de place à l'indifférenciation ou à l'erreur. Ingrid était sur le qui-vive, rancunière, avisée, Solveig facilement émue, enjouée, pleine de préventions, fidèle : c'était une volonté en marche, une puissance que Solveig, quelque chose de dur et au fond d'indifférent, qui allait et ne s'arrêterait pas – il y avait beau temps qu'elle avait laissé Ingrid et Inès sur le bord du chemin. Des trois, elle avait toujours été la plus vive et la plus décidée, emportée parfois, dotée d'un aplomb, d'un esprit d'à-propos, dont elle avait, d'autant, privé ses sœurs – elles avaient approuvé ce partage, elles y avaient consenti. Il semblait qu'Ingrid et Inès aient passé le plus clair de leur existence à observer Solveig, avec envie, et qu'elles aient fait le vœu de se dévouer à elle, à sa réussite, à son bonheur : il semblait qu'elles avaient passé tout ce temps à la regarder se frayer un chemin, tandis qu'elles restaient toutes les deux à l'écart du tumulte. C'est Solveig, disaient leurs parents, qui est la reine des abeilles, il faut croire qu'on naît pour commander ou pour obéir. Comme elle avait eu peur, Solveig, pourtant, d'un bout à l'autre de son existence, de ce temps qu'elle avait passé parmi eux, qu'elle leur avait accordé ; comme elle avait eu peur, et su tout ce que la vie suppose, d'une douceur qui fait chavirer le cœur, d'une douceur à couper le souffle, si douce et paisible qu'on ne sait à qui adresser toute la gratitude qu'on en éprouve – à qui d'autre qu'à soi-même ?

C'est avec cette détermination qu'elle les avait quittés, trois ans plus tôt, soudainement, sans tapage : trois années, c'était un temps très bref, au regard du temps de Solveig, du temps qu'avait duré son séjour sur la terre – une période infiniment distendue, résonnante, chargée de signification. Beaucoup de discrétion et de détermination, ses plus grandes qualités, les plus manifestes, c'est ce qu'elle avait mis dans ce dernier jour. Ses deux sœurs ne s'y étaient pas trompées : l'agitation qui avait prévalu ce jour-là dans la maison de Soubise, les allées et venues, les exclamations et les sanglots, tout cela n'était pas de son fait ; elle les avait quittés avec la détermination, le souci des apparences et le goût du secret dont elle avait toujours fait preuve – pourquoi à ce moment, pourquoi ce matin-là plutôt qu'un autre avait-il fallu ouvrir brusquement la porte de la chambre, repousser les volets qui avaient claqué contre le mur, laissant entrer la claire lumière du mois d'août, pourquoi cette nuit d'été, si chaude et parfumée que Solveig avait laissé la fenêtre ouverte, avait-elle été la dernière, était-ce la plus accomplie, la plus chaude et parfumée, c'est ce qu'elles s'étaient demandé, en vain, un secret de plus que Solveig avait emporté avec elle, une de ces choses essentielles qu'elle savait et ne leur disait pas. Il y a des morts imprévisibles, dirent les médecins, des disparitions subites, sans signe avant-coureur, rien qu'on aurait pu prévenir, ou guérir, pas de remords à avoir, de soin qu'on aurait pu prendre, une fatalité : ç'avait été si mystérieux, soudain, irréparable, dans le calme bonheur de ce matin d'été, qu'Inès et Ingrid en avaient retiré, si c'était possible, plus de confiance encore dans la sagesse et la détermination de Solveig.

Elles avaient été élevées en Suisse, à la campagne, près de Genève : au loin des champs, plus près une allée de marronniers, touffue, luisante, laquée par la pluie, plus près encore une prairie qui descendait en pente douce jusqu'à la rivière, une autre encaissée, sombre, où l'on avait planté un cèdre épais, ramassé ; plus loin, le terrain labouré où l'hiver il était difficile de marcher (les plaques de givre se brisaient sous les chaussures comme du verre), le potager avec ses carrés de tomates et ses carrés de fraises, tous d'exactes dimensions, en son centre la serre où elles s'enfermaient en plein été, pour mieux ressentir l'insidieuse sensation d'étouffer, le long du mur des fleurs dépareillées, le verger au-delà, où poussaient des pommiers et des poiriers, tordus comme sous l'effet d'un ouragan : elles n'avaient pas le droit d'y aller mais y entraient quand même, et n'avaient pas constaté qu'on y cultivât quoi que ce soit d'inusité ou de menaçant, des pommes d'or, un arbre de la connaissance, un haricot géant ; c'était, une fois de plus, une lubie de leurs parents, délimitant, dans le paysage, une multitude de cercles mouvants, superposés, traçant des frontières au-delà desquelles il y avait, disait-on, du péril. Enfin, l'orée des bois, plantée d'arbres verts et noirs dessinés au pinceau sur le ciel bleu. C'était des bois que venaient les animaux sauvages, les lynx, les renards. Un soir, le petit chien avec lequel elles jouaient et qu'on avait oublié dehors avait disparu – ne t'approche pas, ne regarde pas, Ingrid, avait dit, au matin, la gouvernante assise sur le perron et tenant quelque chose entre ses mains, le renard l'a mangé. Tout cela, concluait André quand il en entendait le récit mille fois recommencé, n'avait rien à voir avec l'existence turbulente et médiocre de Jean et de Joseph, qu'on n'avait pas considérés comme une entité singulière, dont on n'avait pas interprété les propos, qu'on n'avait pas comparés, cherché à dissocier ou à émanciper, qu'on n'avait pas plus ou moins aimés parce qu'ils étaient deux, exactement semblables, ni vilipendés, ni donnés en spectacle, dont on s'était chargé, simplement, un souci de plus, pour lequel on ne recevrait aucune récompense ;

et ils s'étaient comportés, durant toutes ces années, comme s'ils n'avaient pas eux-mêmes soupçonné leur propre étrangeté, à quel point ils étaient singuliers, monstrueux : ils ne s'étaient rien dit qui ne pût être dit à un autre, ils n'avaient pas fait les mêmes rêves, souffert des mêmes maladies, conçu au même moment les mêmes pensées inavouables. Du reste, de la texture et du poids de leur vie, que savait-il ? Tout ce qu'il avait éprouvé là-bas, jusqu'à la nausée, connu, les lits aux édredons gonflés, accueillants comme des nuages, où l'on s'enfonçait comme un plomb, on en avait le souffle coupé (tant de douceur et de silence, où l'on disparaissait sans espoir de retour, si seulement c'était aussi facile d'être mort !), toute la nuit le battement sourd de l'horloge, un cœur qui ne veut pas s'arrêter (comment fait-on pour mourir, si seulement cela pouvait être aussi facile, si seulement c'était quelque chose où l'on s'enfonce, comme dans le crépuscule bleu, transpercé des cris des hirondelles), le bruit des trains qui passaient tout près, le voisin auquel il allait rendre visite tous les soirs, énorme, souffreteux, traînant de gros chaussons informes, parce qu'il avait la goutte et que ses pieds violets ne rentraient plus dans des chaussures (il avait un perroquet auquel il parlait, qu'il avait fait empailler quand il était mort, et il lui parlait encore, on entrait chez lui par un curieux couloir aux parois de verre, une étroite antichambre où il faisait très chaud, aux carreaux poussaient des plantes caoutchouteuses qu'il avait, disait-il, fait venir des îles, il avait été dans l'océan Indien et l'océan Pacifique, rencontré des sauvages mangeurs d'hommes et des aventuriers qui seraient rentrés chez eux s'ils avaient pu, mais quand on est si loin la terre est sens dessus dessous, on a oublié quel est le plus court chemin, il avait vu ce que l'humanité compte de plus laid et d'impur, connu des femmes qui jetaient des sorts et qu'on aimait plus que sa propre vie), tout cela s'était déposé en lui, y avait sédimenté, s'y était solidifié, très loin d'eux, exactement comme s'il avait été seul, et il s'en félicitait aujourd'hui. Il avait épaissi depuis, durci ; il avait vieilli, et il en avait fait son profit.

Pavel avait aimé Solveig avec abnégation – lui cédant exactement, sans marchander, ce qu'elle exigeait. Elle était si belle que cela le laissait interdit ; cela lui faisait perdre ses moyens : il la prenait dans ses bras, et puis plus rien, que l'impression d'être un petit garçon, avec très peu de choses à dire, encore moins à prodiguer. La première fois, chez elle, en montant l'escalier il était déjà malade, une envie de vomir et de s'en aller, une curieuse forme d'inappétence. C'était une période de sa vie, bien close, où la chasteté avait prévalu – pourquoi pas ? Il lui suffisait de s'endormir dans les bras de Solveig. C'était peut-être la seule chose qu'il souhaitât véritablement : dormir avec Solveig, ne plus rien connaître d'autre que l'amour de Solveig, son pardon. Elle avait semblait-il, elle aussi, trouvé son compte dans ce compagnonnage si discret. Je n'ai pas apporté beaucoup de bonheur à Solveig, commentait-il parfois, et d'une certaine manière elle m'en a su gré : ce que l'on dit de l'appétit des femmes, ou de leur amour-propre, est erroné ; la vérité, c'est qu'elles n'ont pas besoin de nous, en rien. Solveig, exubérante et glacée, il en avait été si fier, si amoureux, qu'on aurait pu croire (il y avait cru) que cet attachement farouche, intransigeant, suffirait à la maintenir en vie. Cependant, elle avait quitté les lieux, sans même laisser paraître qu'elle en avait l'intention, que quelque chose d'autre, d'obscur, froid aussi, mais d'une autre manière, l'appelait - qu'elle avait, disait Pavel, d'autres obligations, qu'elle était véritablement ailleurs, lorsqu'on avait le soupçon qu'elle n'était plus là, quand elle s'absentait, comme elle faisait souvent, dans le cours d'une conversation, et puis revenait à elle, à son interlocuteur, souriante, inchangée. Elle ne s'était pas réveillée ; il était rentré dans la chambre au matin, y ayant laissé, l'heure d'avant, une femme énigmatique et rieuse, et avait retrouvé à sa place une forme qui n'avait plus rien de familier. Par la suite, il s'était institué, sans que personne ne cherche à le contredire, l'héritier spirituel de Solveig – le mieux placé, parce qu'il avait été, dans les derniers temps, si proche d'elle, de son âme imputrescible et de son corps resplendissant, pour témoigner de ce qu'elle avait été, de son esprit et de son caractère, auprès de ceux qu'elle avait abandonnés. Si personne ne s'était élevé contre cette usurpation, c'est parce qu'elle était dérisoire et vouée à l'échec : Solveig avait échappé à tous, de son vivant – ses parents, ses sœurs, tous ceux qui avaient cru la connaître et ne s'étaient jamais retrouvés en elle ; qu'est-ce que Pavel, fort de l'attrait qui entre eux avait duré quelques mois, les derniers il est vrai, de ce fait empreints d'une certaine splendeur et de solennité, avait à dire, que savait-il de ce qui avait animé Solveig, et l'avait maintenue éloignée d'eux ? On ne lui en voulait pas, cependant, de se montrer si présomptueux. On se souvenait de sa détresse, qui avait été infinie – qu'est-ce que cela valait, pourtant, à l'aune de ce qu'Inès et Ingrid avaient connu, enduré, dérobé de Solveig, les deux misérables années, à peine, qu'il avait passées avec elle ? Il était bien le seul à croire que cela fût pourvu de sens.

Ayant grandi, elles n'étaient plus revenues en Suisse. Elles avaient aimé des hommes, les avait abandonnés, pour des raisons dont elles ne parlaient pas quand elles étaient réunies – c'était rare à présent, elles n'en avaient pas l'occasion ni le désir. Elles s'étaient éloignées de leurs parents, irréprochables, sournoises ; elles étaient pourvues de toutes les qualités qu'ils avaient imaginées pour elles, elles étaient en tous points remarquables et sûres d'elles-mêmes. Isaac disait de plus en plus rarement à Ingrid qu'il l'aimait, à présent. Ils l'avaient l'un et l'autre remarqué, mais n'avaient pas jugé bon de s'y attarder. Peut-être pensaient-ils que cela ne valait plus la peine d'être mentionné, quelque chose qui allait de soi, une réalité qui était entrée dans les mœurs, un tiers importun qu'on ne sait comment éloigner : l'amour d'Isaac pour Ingrid, leur enfant. Quand il se risquait encore à l'en assurer, elle le regardait avec malignité – l'esprit facétieux d'Ingrid, que nul ne pouvait exactement prévoir, ou déjouer.

Il y avait une dizaine d'années de cela, au mois de juin, elle était partie en voyage et requis la présence d'Inès, qui n'avait pas dit non. Le goût d'Ingrid en effet avait façonné le sien : on ne pouvait plus déceler ce qui appartenait à l'une et à l'autre, laquelle avait laissé déborder sur l'autre ses propres inclinations, ses préjugés et la forme de paresse qui lui était particulière, et dans cette communion il n'y avait plus de place pour ce qui fâche, ou le malheur – il n'y avait plus entre elles, apparemment, de jalousie, ni de souci de la préséance. Une nuit, alors qu'elles dormaient, dans les faubourgs de Salonique, la terre avait tremblé. Ingrid avait cru que c'était la fin de sa vie, qu'une divinité juste était venue, enfin, lui signifier qu'elle avait eu tort d'aller jusque là, tort d'aimer, comme s'il n'avait pas été le sien, son propre corps, ou bien parce qu'il était le sien, au contraire, et qu'elle le connaissait mieux que tous les autres – ce qu'elle aimait, le soir, quand il avait fait bien chaud, c'était reposer la tête sur son bras, au creux du coude, et y déposer un baiser, avec une douceur dont personne n'avait jamais fait preuve envers elle ; ou bien, c'était possible aussi, le ciel avait voulu, à grand bruit, rompre l'enchantement qui pesait sur elle et sur Solveig, conjurer la malédiction qui avait fait d'elles des siamoises, un cas comme elle aimait tant en lire la description dans les traités de tératologie, qu'on faisait admirer dans les cirques (il y en avait eu, depuis le début du siècle, plusieurs, de ces petites filles qu'il n'était au pouvoir de personne de séparer, et qui grandissaient confondues, scellées, unies l'une à l'autre par une détresse si dense qu'on n'aurait pu la trancher sans les tuer), ce destin qui voulait qu'il n'y ait pas une émotion que ressentît l'une sans la voir aussitôt traverser l'autre (mais déformée, réfractée, analogue, pas exactement identique, et à cet écart aussi elles s'étaient habituées), de part en part. Elle avait eu si peur qu'elle avait préféré écourter leur voyage. Elles avaient pris un train dès le lendemain, renonçant à la puzsta et aux rives du Danube, noir et industrieux quand il passe à Budapest. Elles étaient rentrées à Paris en s'arrêtant à Sofia, où elles demeurèrent une soirée, et où, comme elles s'ennuyaient, elles avaient été au concert. On jouait ce jour-là, c'était inscrit sur le mur du théâtre en majuscules rouges sur fond noir, un concerto pour violoncelle de Chostakovitch ; Todor était le virtuose.

C'est ainsi qu'elles firent sa connaissance. Il s'apprêtait à rentrer chez lui, très mal disposé envers lui-même. Il souhaitait rester seul, ouvrir la fenêtre, regarder le ciel, espérant inutilement que la chaleur retombe, ou qu'elle émigre, loin des toits, des tours, des coupoles : il attendrait que la nuit vienne pour de bon, avec elle un peu de fraîcheur, l'oubli de soi, de l'intérêt pour le vent qui venait des montagnes, autre chose enfin que ses pensées emprisonnantes, pesant comme un remords. Dans le hall de l'opéra déjà désert, alors qu'il allait sortir, Ingrid s'approcha de lui pour le complimenter – derrière elle, à trois pas, Inès, sa suivante. Il les emmena chez lui, ouvrit la fenêtre, parla de lui-même, volubile, avec une forme d'hostilité à leur égard, diffuse, explicite, qui plut à Ingrid. Elle resta avec lui cette nuit-là, revint au matin dans la chambre d'hôtel qu'elle partageait avec Inès, s'assit sur le lit et passa la main dans les cheveux de sa sœur, comme elle avait l'habitude de le faire, pour la réveiller. Plus tard, Ingrid et Todor furent inséparables : inséparables, remarquait Gabriel à haute voix quand il les voyait revenir ensemble, du fond du jardin, dans le salon de Soubise, rempli des branches de lilas qu'Inès avait déposées partout ; Isaac levait à peine la tête de son livre et leur accordait un sourire distrait, un peu plus appuyé à Ingrid - un peu plus de chaleur, quelque chose d'attentif. Todor, c'était manifeste, ne cèderait pas un pouce de la place qu'elle lui avait accordée. D'où tirait-elle donc cette puissance ? De son insouciance, supposait Pavel, de sa crédulité.

Ce qu'il y avait de réjouissant à Plovdiv, c'étaient les jours de foire. Ces jours-là, Magdalena, la grand-mère de Todor, s'habillait de son mieux, accrochant à sa robe des rubans de toutes les couleurs. C'était une jolie fille, vive, accomplie ; son père le lui disait depuis qu'elle était en âge de le comprendre. Quand elle entendait ces compliments, la vieille Fedora protestait qu'il n'en sortirait rien de bon, que Magdalena serait vaniteuse, qu'elle ne trouverait pas d'époux. Or Magdalena en avait trouvé un, le meilleur qu'on pût souhaiter : Nicolaï, le fils cadet du plus riche marchand de Plovdiv ; il avait une réputation de grande probité. La noce, qui dura trois jours, avait eu lieu le 18 septembre 1920, à Pazardjik, où Magdalena habitait. Il y avait des soldats français établis dans les faubourgs de la ville, mais ils ne se mêlèrent pas à la fête, et ne la troublèrent pas. Le dernier soir, le père de Magdalena la prit à part et lui dit que sa beauté ne suffirait pas à lui conserver son époux : il lui faudrait se montrer avisée, économe, habile peut-être, pour continuer à lui plaire – sans forfanterie, sans rien d'arrogant ou de malhonnête. Sur ce dernier point, il n'avait pas de souci à se faire : Magdalena était honnête ; il semblait même que ce fût là sa qualité première, éclatant dans son sourire sans grâce. Todor aimait la regarder dans ces moments-là, quand elle souriait, qu'elle était joyeuse, alors éloignée de lui à une grande distance, qu'il ne comblerait pas.

Quand il l'avait connue, elle avait vieilli déjà, et, comme on disait dans la famille, souffert plus que son dû. Son mariage avait été malheureux, ses enfants souvent malades ou simples d'esprit ; elle avait vu passer plusieurs guerres et la révolution. C'était elle qui avait élevé Todor, dont la mère avait passé le plus clair de son temps dans le recueillement et la lecture ; son père, ayant fort à faire avec ce qu'il restait de leur fortune, l'avait lui aussi négligé. Magdalena avait vu la fin de la seconde guerre balkanique ; c'était l'un des souvenirs qu'elle préférait raconter à Todor, quand il était petit : les soldats démobilisés avaient parcouru les rues à cheval, les gens s'embrassaient sur le pas de leur porte. Elle se rappelait un grand fantassin à moustaches, le visage ruisselant de sueur, qui l'avait enlacée, tandis qu'avec sa sœur elle se tenait devant la maison de son père, regardant la foule passer, et se réjouissant, dans le bruit des cloches, de ce remue-ménage. De la Grande Guerre, elle ne disait pas grand-chose ; elle y avait perdu l'un de ses cousins, qu'elle aimait. Après cela, il n'y avait plus rien eu, apparemment, de mémorable dans son existence. Il semblait à Todor que plus le temps avait passé, s'accumulant autour d'elle, plus ses souvenirs s'étaient amoindris, étiolés, avaient perdu de leur éclat. Tout ce que sa vie avait eu de vif, de pimpant, d'illusoire, d'agité par le vent, exposé au soleil, les baignades dans la Maritza avec ses sœurs, les cerises qu'elles cueillaient aux arbres à la fin de l'après-midi, les promenades à dos de mule, le dimanche, dans les champs de roses, les amoureux qu'elle avait eus, tout était à présent enseveli sous la terre.

Elle était devenue très grosse, avec des cheveux blancs, un tablier propre sur sa robe grise, soucieuse de bien agir, c'est-à-dire qu'on ne lui fît aucun reproche, comme le lui avait conseillé son père, sur l'état dans lequel elle tenait la maison, sur l'éducation de Todor, sur ce que l'on trouvait à table à l'heure des repas. Todor reconnaissait son pas, son souffle, le parfum de vinaigre et de savon dont ses vêtements étaient empreints, où qu'elle fût allée. Il savait toujours, par une prescience qui tenait sans doute au fait qu'il avait passé des années enfermé avec elle, vivant, se nourrissant d'elle, s'en réchauffant, s'en apaisant, où elle se trouvait, dans quelle partie de la maison ou du jardin, comme il savait, quand il l'entendait s'engager dans l'escalier de bois, qu'elle mettrait à le gravir un temps qui lui paraissait infini, tandis qu'il l'attendait immobile dans son lit, les lumières éteintes et la nuit venant frapper à la vitre, avec la bourrasque.

Il ne se souvenait pas d'avoir éprouvé, à l'origine, de goût pour la musique. Il se souvenait surtout du sourire qui avait changé le visage de Magdalena quand il lui avait annoncé qu'il serait musicien, qu'il donnerait des concerts, qu'on le connaîtrait dans toute l'Europe. Cette stupeur qu'il décela chez elle, pétrie de tristesse, l'amena en retour à poursuivre son projet, qui n'était qu'une rêverie, à échafauder, entre elle et lui, cet empilement de vœux, de regrets, de choses qu'on ne dit pas et qui ont plus de poids que toutes les sensations tenaces du corps, contre quoi elle était, il le savait, tout à fait démunie. Elle se ferait du souci pour lui ; elle craindrait que son ambition soit déçue, qu'il ne fasse pas fortune, comme il se l'était promis, et de le voir revenir. Elle souffrirait de son absence, car il était, comme elle le lui confia dans sa bonté, dont il n'avait pas encore atteint les limites, ce à quoi elle tenait le plus au monde. C'est ainsi qu'il entra au conservatoire de Sofia – plein de ces résolutions, habité par le démon de la vérification, ayant appris de lui qu'on ne vérifie bien les sentiments d'autrui qu'en les passant au tamis de la douleur : c'est là seulement qu'on aperçoit le fond, le tréfonds, la dure réalité de l'âme, ce qui résiste au temps, à la pitié, au joyeux mouvement des jours, car la joie est suspecte, changeante, et n'enseigne rien. Il avait été un bon élève. Il apprenait vite, s'il n'avait pas de génie. Il acquit ainsi une petite notoriété, qui lui suffit, car il était à la fois ambitieux et modeste, ambitieux d'une petite ambition, qui se satisfaisait de peu. Il savait ce qu'il pouvait attendre de la vie ; il ne se montrerait, avec elle, ni exigeant ni obséquieux, mais prévenant, comme envers une amie qui ne fera pas défaut.

Magdalena avait été souffrante, puis véritablement malade. On l'avait d'abord reléguée dans une partie de la maison, puis éloignée pour de bon : une époque avait pris fin, la belle époque dont elle avait été l'âme. On l'avait transportée dans un établissement qu'on avait choisi sans lui demander son avis, évidemment, on ne lui aurait pas fait cet affront : on savait bien qu'elle n'avait rien à en dire, ou qu'elle aurait prétendu, pour leur être agréable, ne pas préférer la maison de Plovdiv, l'ombre que faisaient les arbres dans la cour, la rumeur qui montait du magasin, mêlée à celle de la rue, qui ne cessait qu'avec le soir. C'était un bâtiment qui avait quelque chose à voir avec de l'antique – quoi exactement, le quartier qui l'entourait, du moins les deux ou trois rues adjacentes, vétustes, désertées, la grille de fer clôturant l'ensemble, encadrée de deux pilastres surmontés d'une sphinge (l'autre avait disparu, descellée, cela avait dû faire beaucoup de bruit, dans la nuit nette et chaude de l'été, le martèlement de cette chimère, qui ornait probablement à présent un petit jardin de la banlieue de Sofia, partagé entre les fumées noires et le brouillard blanc, ou bien le jardin d'hiver d'un grand hôtel, ou encore le bric-à-brac d'un appartement d'ancien régime), les grands arbres plantés derrière, soigneusement taillés bien qu'on manquât de personnel, le parc, traversé d'une petite rivière asséchée en été, boueuse en hiver, aux allées bien entretenues, où l'on poussait les chaises roulantes des vieilles dames comme Magdalena, qui ne marchaient plus et cependant voulaient encore, quand il faisait beau, prendre leur thé dehors ? Peut-être était-ce simplement, puisque l'établissement était la propriété d'une communauté de religieuses qu'on y voyait aller et venir, le long des couloirs propres, joviales, vêtues de gris, la grande croix qui surmontait l'édifice et qu'on avait laissée là depuis le début du siècle, comme par mégarde, qui suffisait à donner à l'ensemble cet air vieillot et théâtral.

C'était en tout cas, ce décorum, ce qui chassait de l'esprit de Todor, dès qu'il avait passé les grilles, la moindre appréhension ; il se demandait si c'était l'idée de la religion, ou bien son apparat, qui produisait sur lui cet effet bénéfique.

À Plovdiv, la chambre de Magdalena donnait aussi sur le jardin, mais il n'y avait pas de rivière, sinon celle où l'on allait pêcher la truite, beaucoup plus loin, au-delà des dernières maisons, là où la nuit les rues n'étaient plus éclairées et ressemblaient aux chemins de la campagne : un prodigieux continuum, un monde enchanté, là où la ville se résorbait dans les champs, cédait à la nature, à sa voracité, y était engloutie, les maisons dispersées, le vent plus froid, les loups plus proches, et les ours, les lépidoptères aux yeux d'émeraude, les mauvais génies qui enferment les enfants dans des grottes d'où ils ressortent extrêmement vieux, n'ayant rien appris, menteurs, insouciants, affreusement proches de la mort. C'était un jardin mal orienté, où l'on avait à grand-peine fait pousser des roses. La chambre de Magdalena, la plus belle de la maison, occupait le centre du premier étage. Elle avait un balcon de bois où Todor jouait quand il était enfant : quand il courait d'un bout à l'autre, commandant un navire, les lattes roulaient comme la mer sous ses pas ; il en manquait une ou deux, par dessous il apercevait les pavés de la cour, et les vagues. À l'intérieur, Magdalena avait fait placer, le long du mur, un piano droit sur lequel elle avait joué quand elle était jeune fille et qu'elle avait tenu à faire hisser là, bien qu'il y en eût un autre, plus grand, dans le salon – celui-là, comme personne ne l'utilisait, on avait fini par le recouvrir d'une housse, que Todor soulevait quand il traversait la pièce, pour appuyer sur l'une ou l'autre touche, devant la porte ouverte sur la cour où l'on entendait les abeilles bourdonner dans le soleil : mi, fa, sol, c'était dissonant, il lançait cela à l'aventure, comme une menace, mais cela ne produisait aucun écho, vibrait un instant très bref, n'interrompait même pas le bourdonnement des abeilles, n'atténuait pas l'éclat du soleil sur les meubles bien cirés. Celui qui se trouvait dans sa chambre, Magdalena elle-même ne s'y asseyait plus depuis longtemps. Elle avait disposé dessus des petits récipients en pâte de verre où elle enfonçait des bouquets de violettes, avec cette brusquerie, cette agilité qu'elle mettait dans chacun de ses gestes. Todor n'avait jamais rien vu d'aussi joli. Elle avait accroché au mur des fleurs séchées, du buis qu'elle avait fait bénir, et placé sur la cheminée, devant la glace dorée, une pendule sous globe qui était quelque chose d'extraordinaire, car outre la pendule elle-même, qui avait la forme d'un char ailé tiré par un dragon, autour duquel virevoltaient des astres, il y avait, sous le globe, des fleurs de verre, bleues et blanches, parfaitement imitées, le pistil, la corolle, les pétales, et trois petits oiseaux dressés sur leurs pattes, vindicatifs, avec des aigrettes de strass et des yeux qui étaient des perles rouges. Comme si cela n'avait pas suffi, cette cohue, ou comme si ce petit univers n'avait pas été assez bien protégé sous le globe de verre, ou par une curieuse réminiscence des rituels de la messe, Magdalena y déposait un linge blanc, un beau mouchoir de lin ajouré qu'elle étalait par là-dessus, comme on fait aux cages des oiseaux pour qu'ils puissent s'endormir.

Il y avait enfin, dans cette chambre imprégnée d'une odeur d'eau de Cologne et de lavande, à la fenêtre, des rideaux que Magdalena avait cousus elle-même la première année de son mariage, au-dessus du lit aux montants de bois un crucifix, en face un portrait du Christ adolescent, entouré d'anges et de vapeurs, qui laissait Todor émerveillé. Le Christ avait été transporté dans la chambre de l'établissement de Sofia où l'on avait installé Magdalena, ainsi que la pendule sous globe, ses fleurs et ses oiseaux de verre. Pourtant, on n'avait pas l'impression, quand on entrait là et qu'on y trouvait Magdalena assise près de la fenêtre, vêtue de ses beaux habits comme une poupée de cire, une statue de sainte dans une église, de se retrouver à Plovdiv ; le charme n'y était plus. Todor s'asseyait sans rien dire dans un fauteuil où il lui arrivait de somnoler, quand l'après-midi était chaude et que Magdalena s'était endormie en face de lui. Parfois, elle avait si mal aux jambes, ses jambes gonflées, pleines d'eau, bleutées, qu'il y passait la main, tentant d'y faire revenir un peu de vie et de fluidité ; mais les jambes de Magdalena, froides et lourdes, pesaient sans qu'il puisse leur prodiguer de chaleur. Quand elle était bien réveillée, il l'emmenait prendre le thé dans le jardin. Ses cheveux aussi avaient perdu de leur éclat : elle ressemblait de moins en moins à la magnifique petite fille aux cheveux blancs, avec ses habits d'un autre siècle, qu'il avait connue ; son visage était moins rond, mais ses yeux bleus identiques, tandis qu'elle répétait, les gardant fixés sur lui, quelle bonne nouvelle, quelle bonne nouvelle, parce qu'il était venu, ou pour toute autre raison qu'il ne connaissait pas. À Plovdiv, elle s'habillait à la hâte, nouait son fichu, s'enveloppait dans son tablier, descendait l'escalier de son pas précipité qui faisait trembler la maison et battre plus fort le cœur de Todor. Elle ne demeurait jamais assise, sagement, en face de lui. Il n'aurait pas su dire s'il préférait l'avoir ainsi devant lui, immobile, empêchée, toute à lui, ou s'il aurait mieux aimé l'entendre s'échapper, monter et descendre, rire et s'exclamer, tandis qu'il sautait sur le balcon de bois, donnant des ordres lui aussi, à tout un équipage, commandant la manœuvre, en plein midi calculant sa route sur les étoiles.

Du moment où il avait fait leur connaissance, il avait su à laquelle il fallait s'adresser, compris qu'Ingrid avait été dotée d'un titre, d'un pouvoir, dont elle n'entendait pas se défaire : elle n'abdiquerait jamais, fût-ce en faveur de sa chère petite sœur, et Todor ne fit aucune difficulté pour lui rendre l'hommage qui lui était dû ; Inès, pourtant, était la plus belle. Il avait, par la suite, habité Berlin, Londres, Bruxelles, enfin l'avait retrouvée, et ils n'avaient pas cherché à dissimuler le goût qu'ils avaient l'un pour l'autre, qu'Inès encourageait, comme elle avait toujours fait des caprices de sa sœur – avec une forme de curiosité. Il y avait peu de choses dont Todor fît plus de cas que de l'intelligence d'Ingrid – était-ce parce qu'elle lui avait prêté tant d'attention, ou parce qu'elle ne s'était étonnée de rien ? Elle lui était dévouée – à lui, à ce qu'il était, cette bizarrerie, cet entêtement, cette apparence de désinvolture qui ne trompait personne, ce souci de la morale qu'il affichait, pas pour se faire pardonner, ni pour passer inaperçu, mais par ingénuité, croyance d'enfant dans ce qui est bien et ce qui est mal : il était pétri de la croyance qu'il y a du bien et du mal, et persuadé de se trouver d'emblée du côté du mal.

Au début, il lui avait su très mauvais gré de sa sollicitude, maussade, comme quand Magdalena le surprenait en train de se gaver de crème et de pain blanc, perché sur le tabouret de la cuisine, dans la rue les grelots des chevaux, dans le jardin le cri d'un geai, derrière lui, puis contre lui, son visage rond, si doux, partout son odeur de vinaigre et de lessive, et la rage que ressentait Todor, d'avoir été découvert, que cela n'eût pas de conséquence, qu'il fît si beau ce jour-là, et que ce jour dût passer comme les autres : une rage pleine et entière, qui sentait la lavande et le vinaigre, acide, prégnante, à laquelle il ne renoncerait pas. Puis il s'y était habitué. Il persistait à ne lui trouver aucun défaut. Les années ayant passé, il avait assisté à un curieux phénomène de dédoublement, voyant peu à peu se détacher, de la femme qu'il connaissait et côtoyait, comme un esprit, l'image de celle qu'il avait rencontrée. L'une s'était dissociée de l'autre, naturellement. C'était déconcertant, songea-t-il, quand furent venues, et bien installées entre eux, tapies, des animaux hostiles, ce qu'il appelait les années noires, les autres ayant été bien rondes, volumineuses et dorées, d'un beau reflet de fruit, d'une saveur que rien ne lui rendrait, c'était étrange, cette propension qu'avait Ingrid à se défaire de ce qu'elle avait été, sans effort, sans même la sévérité du deuil. Elle avait laissé de côté, abandonné sur le bord de la route la petite fille qu'avait connue Inès, fait de même avec la femme qu'aimait Todor et, de cette étrange déperdition de soi-même, elle surgissait, à chaque fois, radieuse : elle pratiquait avec une parfaite habileté cet exercice qui consistait à passer au travers d'elle-même, à se dissocier, s'éparpillant et se recomposant, un être de métamorphose, le dessin au fond du kaléidoscope, et Todor n'en éprouvait aucun ressentiment. Qu'était devenue Ingrid, où était-elle, fallait-il se désoler de l'avoir perdue, au nom de quoi – c'était en cela que résidait son charme, ne l'avait-il pas aimée pour cette raison ? Il y avait une seule chose, finalement, qui d'elle était restée, qui n'avait pas été modifiée par cette obscure nécessité du mouvement à laquelle elle obéissait : Todor, ou la présence de Todor auprès d'elle, ou ce qui la maintenait, indéfectible, auprès de Todor – compassion, vanité, autre chose encore, de moins distinct ? Isaac, qui n'est pas regardant, a épousé Ingrid et le violoncelliste bulgare, disait Gabriel quand il était en veine, d'un ton qu'il s'efforçait de rendre badin.

Il y avait eu un moment, très long, distendu, mystérieux, de la vie d'Isaac, qui s'était écoulé en l'absence d'Ingrid. C'était alors un homme impétueux, insatiable, taciturne. Il fallait, pour avoir accès à lui, aller au-delà – au-delà de ses préjugés et de son ignorance. Nul n'était indifférent à Isaac, et généralement pour le pire. L'ordonnancement des dîners qu'Inès donnait rue de Rome était totalement modifié, du moment qu'il y était attendu : lorsqu'il entrait dans une pièce, sa présence, immédiatement reflétée sur toute la surface de l'assemblée, produisait sur chacun une très perceptible altération de l'humeur, de la contenance, et même du cours des propos ; l'heure de la fluidité, du compagnonnage et de la facétie était passée, remarquait André, surpris de ce cérémonial et de ce qu'il impliquait d'inéquité entre les individus, contrevenant si clairement aux idées qu'il avait jusqu'à présent formées sur l'égalité des talents, qu'il avait crus, conformément à la parabole, justement répartis entre les créatures – plus de joie ou de malignité à celui-ci, mais alors plus d'intelligence ou de pusillanimité à celui-là, et à chacun cette étincelle du divin qu'il convenait de réchauffer et de maintenir à l'abri de la bourrasque, illuminante. Or ce qui faisait intrusion chez lui, lors de ces dîners où paraissait Isaac, c'était cette déplaisante évidence : Isaac, quoi qu'il arrive et quels que fussent les autres convives, attirait sur lui l'attention ; il était inconcevable, il n'était jamais arrivé, qu'Isaac passe inaperçu. C'était affaire à la fois de solidité, d'épaisseur, de consistance du corps et de la démarche, en bref quelque chose qui tenait à la machine qu'était Isaac, et à la fois d'une forme de férocité, explicite, dans le regard et les manières – qui tenait, cette fois, à l'animal qu'il était. Quant à l'esprit d'Isaac, ou à son âme, il s'avérait inutile, pour cette première analyse, de s'y arrêter. Ce qui faisait foi, c'était sa détermination, si claire, déclarée, à ne céder en rien à la complaisance ou à l'amour-propre, à cette inclination que l'on a, d'ordinaire, à rechercher l'assentiment, ou au moins l'indulgence. Il semblait que rien n'échappât à la faculté d'investigation d'Isaac, à ce procès qu'il faisait, sans relâche, au moindre de ses interlocuteurs, où rien ne serait retenu à décharge – il était résolu, c'était évident, à ce que rien ne lui en échappât, inquisiteur, inquiet, et persuadé que, de tous ceux qui l'entouraient, il était sans doute l'un des moins dignes de rédemption. Etait-ce le désagrément qu'il ressentait de cette promiscuité qui le rendait si prompt à la colère – pourtant, dépourvu de toute rancune ? Tel était Isaac, l'animal et la machine, sa cruauté, sa prodigalité – acerbe, malaisé à comprendre ou deviner, affichant une pure jubilation de déplaire et d'irriter, un grand désir de mettre à mal et de mettre à bas. Il y avait chez lui un appétit de contredire et de prouver qui ne s'épuisait pas ; car l'intelligence d'Isaac, acérée, prompte à définir, circonscrire et conclure, ne lui laissait pas de répit : c'était une forme de son impatience.

Il possédait un magasin d'antiquités dans l'impasse de Valmy. Il était réputé pour sa connaissance des arts exotiques, principalement ceux de l'océan Indien, d'où ses nombreux voyages, jusqu'en Afrique du Sud, où il avait habité ; mais de cet épisode qui enchantait André (imaginant, à partir de la seule mention de ces années, quelque chose de ténébreux et de fantastique, les mines d'or, la guerre des Boers et la première existence de Fantômas, lorsqu'il était encore sujet britannique et répondait au nom de Gurn), il ne disait rien, pas plus que du reste d'ailleurs. Il avait visité les îles de la Sonde, dormi sous des palétuviers, ou d'autres arbres dont il ne savait pas le nom, certains rouges, au tronc noueux et flexible, comme un corps, indiquait-il sans mettre dans cette remarque une once d'émotion érotique, d'autres encore, énormes, transparents, avec des gousses odorantes qui descendaient en grappes jusqu'au sol, et des fleurs de toutes les couleurs, séjourné à Asuncion, au Paraguay, un peu plus de temps qu'il n'en accordait d'ordinaire aux villes qu'il traversait : il avait confié un soir, à Soubise, à l'issue de l'un de ces dîners animés qu'il présidait sans rien dire, dans l'un des intervalles de la conversation, alors qu'on avait épuisé tous les sujets de politique et de morale et qu'on allait parler de littérature, qu'il n'y avait rien de plus poignant que les rues d'Asuncion, un soir du mois de décembre, qui est là-bas le plein été. Cette confidence, ou bien son caractère elliptique, avait diverti Kiriline, qui était parti de son impudent éclat de rire, auquel Isaac ne s'était pas arrêté – aussi loin qu'André pût se souvenir, il n'avait connaissance de rien qui eût décontenancé Isaac, ou l'ait pris au dépourvu. L'irruption d'Asuncion, ses rues noires et ses baraques de bois, la chaleur et les odeurs, d'arbustes, d'essence, de cuisine, la foule et la rumeur, disparate, mélodique, persistant alors même qu'on s'était éloigné du centre, avait produit sur eux un effet d'une telle dissonance que des convives moins habitués aux frasques d'Isaac auraient éprouvé beaucoup de peine à reprendre, après cela, le cours serein de leur conciliabule ; mais on était entre soi, et ni la remarque d'Isaac ni le rire de Kiriline ne purent altérer la bonne humeur générale. André fut le seul à regretter qu'on ne se fût pas arrêté à cette clarté jetée sur les siècles obscurs : Isaac, décidément, n'était pas un conteur ; il n'y avait rien qu'il sût ou voulût rendre intelligible à ses semblables – sans doute parce que des semblables, c'était admis, il n'en avait pas. Rien ne l'irritait autant que l'ornementation, dans les livres et dans le cours de l'existence – pour les objets, bien sûr, c'était différent ; chacun en avait pris son parti, comme de ne rien savoir de ce qui l'habitait. D'où ce goût pour l'antiquité lui était-il venu, comment avait-il réussi dans ce que Pavel appelait son trafic, comment y avait-il acquis une réputation, quel avait été, dans cet itinéraire, la part du hasard, celle du désœuvrement, celle de l'obstination ? Nul n'aurait pu le dire. Qu'il fût dur en affaires ou, comme le bruit en courait aussi, dispendieux, las de cette occupation comme du reste, c'était impossible à savoir, puisqu'il n'en disait rien.

Puis il avait épousé Ingrid, et ils avaient emménagé rue Delambre, où l'on avait laissé entrer le désordre qui irriguait la maison de Soubise, en bousculait les murs, ouvrait les fenêtres, s'épandait jusque dans le jardin : un désordre proliférant, un peu de la libéralité d'Isaac et de son esprit d'entreprise, qui se donnaient là libre cours, s'assagissant un peu l'hiver, quand le givre striait la surface de l'étang, car la saison d'Isaac, c'était plutôt l'été, quand le magnifique désordre accumulé autour de lui, vivifié par la lumière et la chaleur, gagnait le jardin, les allées et toute la campagne alentour, jaunie, crissante, odorante, quand la maison s'illuminait de toute cette clarté, incandescente à midi, puis tiède, jusqu'au crépuscule, rose et paisible, qui traversait le salon, se heurtait aux glaces, aux murs, aux lames luisantes du parquet, aux parois laquées du piano, à tous les visages, qui en retiraient, également, une forme de splendeur et de sérénité, le plus tranquille et inexpressif d'entre eux étant alors celui d'Isaac – l'accord avec la nature était l'un de ses attributs, le prolongement de sa vie dans la vie des choses, ce qu'il leur insufflait, à son insu ; peut-être même pouvait-on déceler, obscur, persistant, un prolongement de sa vie, de son souffle, dans les êtres qui l'entouraient, ceux du moins qui lui étaient les plus chers, ou les plus proches, Ingrid, Gabriel, qui eux aussi vivaient, de façon souterraine, indécelable mais certaine, de sa vie à lui. Ainsi, à Soubise, la profusion et la vivacité de la lumière ; rien de tel rue Delambre, où l'extravagance se nourrissait de la pénombre – un salon où l'on faisait de la musique, le bureau d'Isaac, celui d'Ingrid, la salle à manger, leur chambre, et c'était tout, puisqu'ils n'avaient pas d'enfants : partout le clair-obscur et le silence, qui étaient peut-être, après tout, la face cachée d'Isaac, peut-être pas la moins véridique.On ne savait pas ce qui avait présidé à sa rencontre avec elle : un propice arrangement des astres, la bonne volonté d'Inès, un ennui partagé. Dans la foule innombrable qu'ils avaient l'un et l'autre traversée, jour après jour, nul, auparavant, n'avait su leur donner cette sensation de réconfort : ce fut ce soir-là, dans le salon d'Inès, les rideaux tirés sur la rue de Rome pavoisée aux couleurs de l'été, en présence d'une assemblée qui ne soupçonna pas ce qui était en train de se produire, si près, dans le crépuscule doré et le doux bruissement des rires, l'accès à un monde où il n'y aurait, enfin, plus aucune place pour la peur, enfin l'usage d'une langue commune ; et l'enchantement avait duré, depuis, toutes ces années. On connaissait, à cette époque, très peu d'amis à Isaac, le plus ancien se trouvant être Kiriline, à qui il était arrivé de déclarer, sous l'emprise de la boisson probablement, qu'il trouvait Streller assez farce ; c'était évidemment la chose la plus incongrue que l'on pût entendre sur Isaac, si distant, enclin à la colère, à laquelle il cédait par accès, comme un voyageur revenu des Tropiques cède au palud et revient à la vie, à l'issue de ces moments de fièvre, fatigué, rajeuni : neuf et dispos, tel était Isaac après l'un de ses éclats de colère qui ne laissaient pas grand-chose debout, et André avait de ce moment conçu pour l'esprit d'analyse de Kiriline, ou son irrévérence, qui étaient à peu près la même chose, une forme de respect – assez farce, Streller, avait-il laissé tomber, sur le ton de la confidence, le rire imprimant à son large visage un air d'innocence et de malice qui subjuguait.

La boutique d'Isaac, comme disait encore Pavel, était ouverte tous les jours, même le dimanche ; mais on n'y voyait plus beaucoup le propriétaire, qui avait un bureau dans l'arrière-cour, où il passait de temps à autre, s'asseyait, ouvrait son courrier, y répondait parfois, et surtout regardait les comptes : à cette occupation, exclusivement, il paraissait éprouver un plaisir particulier, un pur plaisir intellectuel, avait-il avoué à André. Qu'est-ce qu'il peut bien fabriquer, tous les jours que dieu fait ? questionnait Kiriline, et l'interrogation était partagée. Que faisait Isaac ? On l'a dit, il voyageait ; il persistait à rechercher le dépaysement, puis l'écœurement du retour, dont il ne se trouvait jamais bien. Il avait beaucoup voyagé seul et voyageait, désormais, avec ou sans Ingrid, c'était selon – ses propres soucis, son caprice à elle ; il y avait, disait-elle, tant de choses qui la retenaient rue Delambre : les livres qu'elle écrivait, pour les enfants, la délicieuse compagnie de sa sœur, celle de Todor, choses auxquelles elle ne renoncerait pas, apparemment, même pour Isaac, ou qu'il ne lui demandait pas de quitter pour lui, ou qu'il avait admises, entre elle et lui, comme l'obstacle et la règle, qui le réconfortaient – elle n'était pas seule au monde, elle n'y serait pas seule quand il aurait disparu. Il était plus âgé qu'elle, et c'était une idée à laquelle il revenait souvent, que dans quelques années il aurait quitté ce monde : elle ne le laissait pas en repos ; il comptait les jours qui lui restaient, chaque matin s'interrogeait, combien de jours encore ? Il voyageait, il aimait Ingrid, plus que sa vie même, il le lui avait dit, à sa façon, retenu, redoutant de l'émouvoir autant que de susciter sa reconnaissance – on ne lui était pas redevable, personne, de rien, on ne lui devait rien, il n'attendait rien du reste, de personne : cette supplique était, chez lui, la forme exacerbée de l'irritation et de l'inquiétude ; il voyageait, il aimait Ingrid, et bien entendu cela n'y changeait rien : il comptait les jours, et sa mélancolie s'appesantissait de tous les jours écoulés.

Ce qu'Ingrid pensait, au fond, de l'arrangement de leur existence, c'était ce qu'on n'avait pas non plus réussi à savoir, sauf, peut-être, Inès, qui ne faisait pas de commentaires, ni d'allusion aux secrets partagés avec sa sœur. Il y en avait pourtant, bien plus qu'on n'en pouvait deviner : un amoncellement, l'interminable conversation, fragmentaire, qu'elles avaient commencée lorsqu'elles étaient très petites, l'amoncellement des heures qu'elles avaient passées à tisser, défaire et retisser le cours heureux des jours, solidifié désormais, l'humus, les feuilles et la terre, ce que la pluie et le soleil en avaient fait, qui retournait à la terre, et fructifiait. Tout ce que l'on pouvait supposer, c'est qu'Ingrid, qui n'avait pas de passions, apparemment, rien que des sensations, savait gré à Isaac de l'extrême attention qu'il lui portait. Lui, au moins, n'avait jamais rien concédé à l'incertitude : qu'on pût confondre Ingrid et Solveig, s'adresser indifféremment à l'une ou à l'autre, dans les mêmes termes, voilà ce qui n'était, définitivement, pas dans sa manière ; elles étaient pour lui dissociées, Ingrid invulnérable – le dernier jour, quand elle s'était penchée sur Solveig, dans la chambre où l'on avait ouvert les volets à la grande lumière du mois d'août, qui ne leur avait laissé aucun répit, aucune chance, aucune zone d'ombre où se réfugier, ç'avait été la chose la plus terrible qu'il leur ait été donné de voir, Ingrid penchée sur ce visage qui était le sien, avec une expression de calme et de connaissance telle qu'ils n'en avait jamais vue à personne, l'impression qu'elle donnait de savoir, de tenir pour certain, quelque chose qu'ils ne soupçonnaient même pas.

Dans les premières années, Isaac se demandait à quoi Gabriel pouvait bien employer ses dimanches, le soir, quand il l'avait quitté, après l'avoir déposé chez ses parents, rue Blomet, vers cinq heures, l'heure où l'on y prenait le thé, que la mère d'Isaac servait dans un plateau d'argent, avec un cake qu'elle faisait elle-même, truffé de fruits confits si gros, rouges et verts, sans autre goût que celui du sucre, que c'était à chaque fois pour Isaac une épreuve que de les avaler, ce qu'il faisait pourtant, sans rien dire, avec la componction qu'on lui avaient enseignée, et du thé de Chine noyé dans du lait, dont elle versait à chacun deux tasses. Il fallait manger, boire, manger encore, à se rendre malade. Isaac quittait le salon tandis que le roulis emportait et disloquait les objets autour de lui, parcourait le couloir jusqu'à la dernière porte sur la droite, celle de sa chambre, où plus rien ne pouvait lui arriver de fâcheux : ses parents n'y venaient jamais. Ensuite, jusqu'au dîner, où ils se retrouvaient tous les trois dans la salle à manger pour manger à nouveau, et ne pas échanger plus de quelques mots, car les parents d'Isaac étaient convaincus qu'il y avait une foule d'événements et de réflexions dont il fallait le tenir écarté, préservé songeaient-ils avec fierté, sachant par ailleurs que cet enfant n'était pas vraiment le leur (cela, c'était une pensée dont il ne pouvaient eux-mêmes se préserver, qui les tenait parfois éveillés, la nuit, avec la crainte qu'on vienne un jour leur demander des comptes, la crainte qu'il fût lui-même, d'une façon ou d'une autre, bien le fils de ces gens-là, qui avaient osé l'abandonner, c'est-à-dire qu'il ne finisse par révéler, qu'y pourraient-ils, le fond mauvais de son caractère, c'est pourquoi ils s'efforçaient, se taisant, lui préparant du thé, le laissant passer des dimanches entiers avec ce bon Gabriel, d'éloigner autant qu'il était possible ce moment où Isaac ferait enfin, c'était inévitable, la rencontre d'Isaac, de ce qu'il y avait en lui d'obscur et d'irréconciliable) et qu'il n'était par conséquent pas nécessaire de tout partager avec lui, qu'ils l'avaient recueilli mais qu'un jour ou l'autre il s'éloignerait d'eux, ses hôtes, et ce serait pour tous les trois une délivrance, la fin de l'après-midi était un long moment d'écœurement et de désolation ; il attendait, en regardant, derrière la vitre de sa chambre, le mur du couvent sur le trottoir d'en face, les trois arbres verts et la croix de pierre au-dessus du porche, que la nuit vienne pour de bon, qu'il puisse enfin se coucher, et se retrouver, par magie, ayant été entraîné dans les ténèbres, au matin du lundi, où il courrait dans la rue jusqu'à l'école, pour son triomphe.

Que faisait donc Gabriel quand il l'avait quitté, qu'y avait-il qui l'appelât ainsi ailleurs, puisqu'il déclinait toujours l'invitation à rester pour le thé ? Isaac avait, à l'époque, épuisé toutes les suppositions : Gabriel n'avait pas faim, ou l'estomac fragile, ou peu de conversation, n'aimait pas ses parents, ou bien le thé et les sucreries, ou bien avait hâte de se débarrasser de lui. On le voyait s'éclipser (il n'y avait pas d'autre mot : d'un instant à l'autre il n'était plus là), on entendait le bruit du porche qui se refermait derrière lui, et puis plus rien ; Gabriel avait disparu et cela ne modifiait pas l'équilibre de l'espace, ni le mouvement du temps. Quant aux autres, ce rituel, pour autant qu'on pût nommer ainsi quelque chose d'aussi furtif, ne semblait pas les préoccuper : c'était une caractéristique de Gabriel, qu'Isaac ne connaissait qu'à lui, que d'être oublié avant même d'être parti, absent et oublié alors même qu'il était encore là. C'était une ombre qui s'introduisait par effraction dans l'appartement de la rue Blomet, à laquelle on concédait Isaac pendant quelques heures, l'offrande qu'on lui faisait : il se contentait de peu, qu'il emporte donc l'enfant, s'il suffisait de cela pour le satisfaire, qu'il s'en nourrisse, s'en repaisse, pendant quelques heures, le dimanche, et qu'il le ramène, ponctuellement, à cinq heures, où était le mal ? Il n'y avait qu'Isaac qui fût assez doué d'imagination pour croire que Gabriel avait une vie propre, qui se poursuivait quand ils n'étaient pas là, qu'il était plus qu'un comparse dans l'extraordinaire aventure de leur propre existence, qu'il pouvait souffrir ou se réjouir, enfin qu'il vivait, ou à peu près, de la même vie, exigeante et réelle, que les animaux. Une fois, comme ils étaient passés chez lui, de retour du Jardin des Plantes, parce qu'il faisait froid et que Gabriel lui avait offert une tasse de lait chaud, Isaac avait vu, en passant dans le vestibule, par la porte ouverte du salon, un manteau posé sur le dossier d'une chaise, bleu, avec des boutons de corne et un col de fourrure, un joli manteau de femme, sur la chaise des gants jaunes et partout, lui sembla-t-il, un parfum qu'il ne connaissait pas. Il se demanda, ce fut la première chose qui lui vint à l'esprit, ce que ses parents en auraient pensé ; du mal, sans doute : sans doute cela les aurait-il surpris, et mécontentés. Il se fit l'ambassadeur de ce mécontentement, évitant, dans la cuisine où la vaisselle n'avait pas été faite depuis plusieurs jours, ce qui mit le comble à son dégoût, de croiser le regard attentif de Gabriel. De ce jour, il l'aima moins, et conçut pour lui l'admiration douloureuse qu'on éprouve pour ceux qui vous ont fait du tort – il était persuadé qu'il avait surpris quelque chose qui ressemblait à de l'amour, qui avait en tout cas à voir avec le sentiment. Lorsqu'il se reportait à cette époque, par la suite, qu'il évoquait cette circonstance singulière, le manteau bleu aux boutons de corne, le parfum, léger, le lait chaud et l'air affairé de Gabriel, il songeait qu'il avait eu accès, par effraction, à un pan minuscule de la réalité : certainement, il y avait eu d'autres histoires, qui avaient commencé et qui avaient fini, du désarroi peut-être, pour Gabriel, et du plaisir, de l'appétit assouvi.

Et puis il y avait eu ce jour malencontreux, un souvenir, entre tous, glacé et volatil, ouvrant sur le monde souterrain et les feuillages noirs des Champs Elysées. Alors qu'il montait vers la maison de Soubise, dans la neige qui était tombée cet après-midi là sans discontinuer, il ressentait, déjà, cette cataclysmique sensation de froid qui n'allait plus le quitter – il voyait ce pôle qui ne l'effrayait pas ; il peinait mais avançait quand même. C'est au moment où la maison lui apparut, derrière le dernier monticule de neige, que Gabriel, qui marchait avec lui, le tenant par la main, lui dit ce que personne ne lui avait jamais dit, sans ménagement, au contraire, avec une clarté qui lui vrilla jusqu'à l'âme – ce serait, cette cruauté, une énigme qui empoisonnerait sa vie, bien plus étrange, et pernicieuse, que l'autre, dont Gabriel venait de lui révéler l'ampleur, la gravité, les infinies ramifications, ce soleil noir irradiant, et pourtant Dieu sait qu'elle avait aussi, celle-ci, un irréductible pouvoir de corruption, grâces en soient rendues à Claire et à son humble génie ! C'était l'année de ses douze ans, pas encore révolus, comme disait son père avec solennité – son père était un individu solennel, plein de l'idée qu'Isaac lui avait été donné, qu'il ne l'avait pas mérité, et que cela se paierait, un jour ou l'autre. Gabriel le prit par la main, sous prétexte de l'aider à marcher dans la neige, mais Isaac ne s'y trompa pas : c'était pour se trouver plus près de lui que Gabriel avait fait ce geste qui ne lui était pas habituel, plus près de sa douleur irradiante et solide ; elle avait sans doute pour lui une vertu réchauffante, dans ce froid, cette étendue de neige, sous ce ciel blanc et bas. Gabriel lui dit que ses parents n'étaient pas ceux qu'il croyait, qu'on l'avait abandonné, donné aurait été le terme le plus exact, cédé, et pour rien, quand il était tout petit ; il lui dit également qu'il s'était lui-même, Gabriel, proposé pour remplir cette fonction, qu'il l'aurait volontiers élevé et aimé comme son fils, mais qu'il n'avait pas été agréé. Il dit cela, parmi d'autres choses, et les mots qu'il prononça à ce moment-là entrèrent tous, un à un, l'un après l'autre, dans l'ordre et lentement, dans l'esprit d'Isaac : il s'était proposé, mais il n'avait pas été agréé ; était-ce cette curieuse précision, ou ce vocabulaire désuet, ou encore autre chose, qui décida Isaac à se laisser tomber, non, à s'asseoir à l'endroit où il se trouvait, dans la neige, ou bien la fatigue, ou encore l'impression que plus il avançait et croyait se rapprocher de la maison plus elle reculait en réalité, s'éloignait, se trouvait hors de portée, ou, plus probablement, la certitude soudain, et pour la première fois, qu'il n'y trouverait aucun répit ? Gabriel ne parvint pas à le persuader de se relever ; il dut aller chercher du secours. Ni l'un ni l'autre n'ébruitèrent la confidence qui était passée entre eux ce jour-là, comme une lame. Isaac en conçut de la fierté ; mais, tout bien pesé, il n'était pas sûr que Gabriel eût attendu de lui ce silence, qu'il garda toute la soirée, transi, et par la suite, pour des raisons différentes. Les années avaient passé ; Ingrid et lui n'avaient pas eu d'enfant, et c'était heureux : un enfant, qu'en aurait-il fait, de quelle manière l'aurait-il abandonné, de quelle subtile et narquoise manière qui n'aurait trompé que lui, Isaac, qui lui aurait donné le change à lui seul, pendant quelques temps au moins, sur la bonté de ses intentions ? Pour elle non plus, il le savait bien, cela n'avait pas d'importance : il était devenu, lui ayant fait le récit de cette aventure, son petit cœur qui battait fort, sa petite taille et son obstination à ne pas se relever, son obstination aussi, depuis, à se contenter de pas grand-chose, irréprochable, vaillant, celui que l'on avait abandonné et que rien ne déconcerterait plus, Isaac, si dur à la peine, son cher petit garçon.

Inès non plus n'aurait pas d'enfant. André se souvenait parfaitement, avec une minutie excessive, une hypertrophie de la sensation et du souvenir, comme un point douloureux dans son corps, de l'hiver où elle l'avait demandé en mariage : c'était elle qui l'avait demandé, à sa façon, presque compassée. Quelques semaines auparavant, alors qu'il était allé acheter un livre dans le quartier de Saint-Sulpice et rentrait chez lui en évitant les flaques d'eau, les voitures, les passants (quant à la pluie, il était difficile de l'éviter : elle tombait tout droit, obtuse, impénétrable), marchant vite sur le trottoir miroitant, content de rentrer chez lui, songeant à la tempête qui s'était abattue la nuit précédente sur le Pas-de-Calais, aux inondations provoquées (il avait un goût immodéré de l'eau, des vagues, de tout ce qui s'infiltre, reflète, recouvre), pensant à Inès, aussi, avec une sorte de forfanterie qui ne lui plaisait qu'à moitié, s'apprêtant à traverser la rue de Vaugirard, il avait bousculé quelqu'un qui venait en sens inverse, très vite, à cause de la pluie, pas au mieux de son apparence : Inès, ruisselante et riant de bon cœur. Il s'était enquis avec un début d'irritation de ce qu'elle faisait là. Et vous-même, André ? avait-elle interrogé avec une attention soucieuse qui paraissait empruntée : on pouvait s'attendre à tout, semblait-il, de la part d'Inès, à de l'empathie, de la déception, de la sollicitude (c'étaient en tout cas les sentiments qui se lisaient le plus clairement sur son visage admirable), certainement pas à cette attention fixe, un peu embarrassée. Prétextant qu'on ne s'entendait pas, à cause du bruit de la rue, du mouvement de la foule, de la pluie enfin, il l'avait emmenée dans un café de la rue Madame. Il avait la chaude et féroce impression d'être le loup des contes. C'était décidé, songeait-il, il ne resterait plus auprès d'elle très longtemps. Au-dehors, la pluie tapait contre la vitre : comme les parois du café autour d'eux étaient de verre, cela tapait fort, et résonnait ; il semblait que quelque chose s'insurgeât, mais était-ce contre eux, contre lui, contre cette soirée d'automne qui n'avait pas encore la magnificence et la raideur de l'hiver, qui partait à vau-l'eau ? Il semblait qu'ils fussent réunis par hasard sur un bateau emporté au large, forcés de cohabiter pour un moment, espérant s'en sortir, chacun, et peu importait ce qu'il adviendrait de l'autre. Il profita d'une accalmie pour dire qu'il était heureux de l'avoir rencontrée, et cet usage de l'antériorité introduisit, c'était inévitable, un abîme entre eux ; ce fut du moins l'impression d'André : Inès pour sa part n'y vit qu'un petit espace qui un jour ou l'autre serait franchi de nouveau.

Quand il rentra chez lui ce soir-là, c'était le plus fort du ressac dans la rue de Rome : la marée était parvenue, en nappes d'une eau noire, au plus près des immeubles. Il avait hâte de se remettre à son travail interrompu, de se retrouver, par un tiède matin du mois d'août 1822, sur les quais ensoleillées du port de Toulon, où l'on embarquait à grand fracas des caisses longues et sombres comme des cercueils, comme eux scellées de cuivre, sur le pont lavé à grande eau, luisant et frais, de *La Coquille*, prête à prendre le large pour l'île de Soledad, où l'on collecterait les spécimens d'une flore inconnue, plus de trois mille, et des insectes aux couleurs fantastiques, qu'on étiquetterait soigneusement, chaque soir, piqués d'épingle et mis sous verre, d'incontestables dénominations latines, à l'encre bleue, et les étuis de cuir pour les instruments de mesure, qui permettraient d'établir exactement le tracé de la côte de l'archipel Dangereux, de démontrer l'égalité de l'aplatissement des deux hémisphères, et de tracer la figure générale de l'Equateur magnétique ; à midi, il faisait aussi chaud qu'au pôle, dit Garnot en s'essuyant le front des deux mains – il n'y avait pas plus enthousiaste que lui, et convaincu de la nécessité du voyage. Quand le navire s'ébranla, la mer, qui filait en dessous, était d'un bleu d'acier, le ciel blanc, incandescent aux confins.

C'est quelques semaines plus tard, apparemment très confiante dans son don d'improvisation et sa faculté de persuasion, qu'Inès lui avait proposé de devenir sa femme. Il se souvenait avec émotion de l'hiver qui avait suivi cette grande décision – c'en était une, car il avait cru, vraiment, qu'il ne se marierait pas, que personne ne l'aimerait assez pour lui donner le splendide baiser qui permettrait sa métamorphose.

C'était le mois de décembre. La pluie tombait gelée sur les manteaux et les trottoirs, demeurait un instant visible, éparpillée en cristaux minuscules ; André la contemplait de sa fenêtre, puis sortait à sa rencontre. Sur le boulevard Haussmann scintillant comme une vitrine qu'on aurait aménagée et dévoilée d'un coup le matin de la fête – une forêt surgie dans la ville, clignotant de ses milliers d'ampoules, jaunes, rouges ou blanches, comme la pluie mêlée de givre, d'une splendeur qui n'avait rien d'artificiel, au contraire, une irruption de la nature dans l'ordre minéral, la vie enfin insufflée aux façades, aux balcons, aux toits d'ardoises, aux pavés, enfin l'intermittence de la vie : la ville, ses rues, ses habitants, ses fumées et ses nuages se trouvaient enfermés dans une merveilleuse boule de verre taillée à leur mesure, où tombait, en une pluie cérémonieuse, calibrée et régulière, des flocons de coton. Bientôt, ce serait Noël. André s'en réjouissait, comme lorsqu'il était enfant et que l'on préparait la crèche dans le salon, à Tulle : le papier froissé, pour commencer, que l'on déployait et qui faisait un bruit de torrent, figurant les montagnes, les vallées et les bois, puis la grotte, et les petits personnages de bois peint, aux joues vermeilles ; c'étaient les rois mages qu'il préférait, et parmi eux Balthazar, avec son turban de soie et sa houppelande qui paraissait si chaude et si vaste qu'il rêvait de s'en envelopper et d'y attendre la fin du monde, l'éclipse du soleil et de la lune, la chute des étoiles, le dernier raz-de-marée. Dès qu'il avait atteint la Madeleine et la Concorde, tout semblait plus légitime, les réjouissances plus près de se produire, annoncées avec un sens certain du décorum. Comme il aimait traverser la Seine et se retrouver, impatient, de l'autre côté, celui des grands édifices républicains, du Luxembourg et de la Mosquée, des animaux exotiques et des fossiles, du lion de bronze tourné vers le sud, des catacombes et des hôpitaux, du soleil sur les tours de Saint-Sulpice, chez Inès enfin ! Il attendait beaucoup d'elle : si elle lui avait proposé d'être sa femme, si elle s'était penchée vers lui sans frémir, avait approché son visage du sien, c'est qu'elle aussi avait quelque chose à apprendre de lui, qu'il y avait en lui quelque chose dont elle voulait s'assurer, qu'elle avait reconnu le bien-fondé de cette exigence qui avait surgi en elle, qu'elle allait s'employer, désormais, à la satisfaire. Il n'y avait, André en était sûr, pas un mot qu'elle prononçât dont elle ne fût convaincue, pas une phrase qu'elle n'eût pesée, et cependant tout ce qu'elle disait était marqué par la grâce ; elle était l'être au monde le plus rebelle au calcul et au raisonnement.

Si la pluie tombait trop fort, il l'emmenait sous les arcades de la rue de Vaugirard, d'où ils regardaient l'averse se répandre en ruisseaux, écoutaient son tapage, si persistant qu'il s'attendait à voir des barques passer devant eux, un fanal suspendu à la coque, et s'éloigner vers la pleine mer, ayant dépassé les colonnes votives de la Piazetta. De quoi parlaient-ils donc, qu'avaient-ils donc trouvé à se dire qui demeurât en suspens dans l'air froid, comme la pluie froide qui tombait autour d'eux, les glaçant, comme un souffle, sans les heurter ? De quelle matière translucide, froide et nécessaire étaient donc faites leurs conversations, qu'y avait-il là qui le transportât ainsi au-dehors, tous les après-midis, et le dimanche, qui lui fît traverser le huitième arrondissement noir et bariolé, puis la Seine, passer sur la rive gauche comme on arrive à bon port, et voyant Inès qui l'attendait au lieu convenu, son beau visage sans expression (à peine, quand elle le voyait, cet air soucieux qui la changeait un peu) fît battre son cœur plus vite ? Elle lui avait demandé de vivre toujours avec elle, de ne pas l'abandonner – c'est ce qu'elle avait dit, en le regardant bien en face, et il avait accepté. Qu'est-ce qui avait parlé en elle, avec cette sécheresse et cette clairvoyance ? Qu'était-ce, qui venait de si loin, de tout ce qu'elle avait vécu avant de le connaître, de toute l'existence d'Inès, ce qu'elle avait eu de bizarre et d'aventureux, à quoi il n'avait pas été convié ? Pourquoi pas, après tout, un grand sens des convenances et de l'adéquation ? Inès était de ces créatures que le hasard met sur votre chemin sans savoir que vous avez démérité. Tout ce qui lui arriverait désormais serait son œuvre, patiente et bénéfique. Depuis, et il en retirait un grand sentiment de puissance, cette intuition s'était vérifiée : l'attachement qu'il avait pour elle avait crû encore ; c'était une loi capitaliste, une magnifique illustration de ce qu'est la propriété, la thésaurisation, de ce qui est fructueux, qui rapporte, comme on peut le dire d'un sol, ou d'une fortune, et rassure.

8

À Vanikoro, en 1828

Il était allé avec Dumont d'Urville jusqu'aux falaises de glace du pôle sud. Il s'était frayé un chemin à travers la banquise : parfois, il avait fallu que les marins descendent sur le sol gelé pour hâler le navire, grinçant et vibrant autant que s'il avait été en haute mer.

Une autre fois, ils avaient retrouvé, au large de Vanikoro, une ancre et deux barques, immergées à une grande profondeur, qui peut-être avaient appartenu à l'équipage de La Pérouse. Ils les avaient remontées et déposées l'une près de l'autre sur la plage, où elles avaient achevé de rouiller et de pourrir. L'ancre, gigantesque et noire, luisait sur le sable, miroitait comme un fragment d'aérolithe, résonnait presque. Il y avait posé la main, s'étonnant de la sentir tiède sous sa paume, pas froide comme le métal, non, tiède, un organisme, une étoile tombée et pas encore éteinte, quelque chose qui vivait et respirait, d'un souffle égal, comme, à quelques mètres à peine, le bruit de la mer. Il avait monté la garde auprès d'elles, jusqu'à la nuit, si obscure que les constellations y paraissaient flotter, surgies d'un gouffre, remontées à la surface, et ne se trouver là, immergées et fixes, que pour un instant. Il avait questionné les indigènes qu'ils avaient rencontrés, qui d'abord s'étaient tus, ou avaient menti par crainte de représailles, et pour finir avaient affirmé que La Boussole *avait chaviré (ils l'avaient vue se coucher sur l'eau claire, puis disparaître) et que* L'Astrolabe, *retenue dans un banc de corail, avait pu être vidée et démontée : ses hommes avaient survécu, construit une embarcation de fortune, sur laquelle ils avaient hissé une voile, mis le cap à l'ouest, vers les îles Salomon, et plus personne ne les avait revus.*

Ils avaient décidé d'édifier un monument à la mémoire des

disparus, sur la plage, juste au-delà de la ligne des arbres : un curieux petit édifice de briques, surmonté d'un toit conique. Ils avaient fait donner le canon et partir les salves des fusils : les marins, rangés l'un près de l'autre au bord de l'eau, bleus et blancs, semblaient des soldats de plomb qu'on aurait alignés tout contre l'horizon, où de plus en plus, à mesure que le soir tombait, se précipitaient les nuages, confondus avec la fumée que laissaient derrière elles les bordées – trois fois trois coups, espacés.

C'était sur l'île de Vanikoro, dans l'après-midi du 14 mars 1828. Au mois de mars, à cette latitude, la chaleur pesait, oppressante, jusqu'au soir. Dumont d'Urville était déjà gagné par les fièvres ; Jacquinot présidait à sa place la cérémonie.

Il avait vu le périophtalme de Freycinet, rampant dans la vase de la rivière Dabao. Il s'était arrêté au bord de l'eau, était même entré dans l'eau, qui n'était pas froide, et l'avait dessiné, à côté des aras de Timor, sur un grand cahier aux feuilles jaunes cousues ensemble, et le sambar de la Sonde, que l'on amena plus tard au Jardin des Plantes : il survécut au voyage et mourut en captivité, loin des îles de la Sonde, auprès des serres de métal où fleurissaient des plantes grasses et colorées, géantes, voluptueuses, à quelques pas de la Mosquée et de la galerie des minéraux.

Il avait vu filer, devant la coque vernissée de L'Uranie, *les embarcations des pirates malais, qui avaient eu peur et s'étaient enfuis. À ce moment, il était malade lui aussi, et mit des mois à se remettre de cet accès de fièvre. Plus tard, quand il fut revenu en Europe, cela le reprit de temps à autre, parfois à de très longs intervalles, alors qu'il croyait en être débarrassé, l'hiver, quand le temps était au beau, au sec, au calme, au froid très purifiant de Noël, l'été quand il faisait si chaud qu'on n'entendait plus, autour de la maison, un seul crid'oiseau.*

De ces années heureuses où il avait traversé le monde, et toutes les mers, il avait gardé l'habitude de dessiner, assis à l'ombre, des bateaux aux voiles déployées, des cormorans, des baleines et des singes à la fourrure si soyeuse qu'on aurait dit des plumes. Quand le temps lui paraissait passer trop lentement, ou trop uniformément, il sortait de chez lui, allait jusqu'au Muséum, et là, derrière les grilles, dans l'affreuse odeur des fauves et des macaques, il observait le ptinilope, ses ailes bleues et jaunes, son cou blanc gonflé et doux comme du coton, et le nasique de Bornéo, avide et réprobateur.

Les naturalistes, sous la direction de Jacquinot, avaient fait monter à bord de La Zélée *un spécimen inconnu de marsupial carnivore, qu'ils avaient baptisé sarcophile satanique – il était parvenu vivant lui aussi au Muséum. Ils avaient longé la Grande Barrière, croisé des icebergs filant à grande vitesse vers le sud, contemplé l'Erebus en activité au milieu des glaces. Ils avaient fait escale à l'endroit même où l'équipage du* Terror, *le jour de l'An 1841, danserait sur la neige, les visages peints de couleurs multicolores, sculpterait des statues de femmes et excaverait une salle de bal dans la banquise.*

9

À Paris

En rêve, c'était à New York, des immeubles glissant le long de l'eau, au-dessus d'un quai aussi large qu'un embarcadère : le bateau dans lequel il était monté, un curieux vaporetto surplombé de cheminées comme on en voit aux paquebots, passait devant la ville et ses frontons colossaux, sans faire aucun bruit, sans laisser derrière lui de sillage, de remous, dépassant, les uns après les autres, les poteaux amarrés dans la lagune, à distance régulière, attachés par trois, avec de grosses cordes qui en faisaient plusieurs fois le tour, qui avaient pénétré le bois, s'y étaient amalgamées, confondues, tremblant parfois sur eux-mêmes, c'était l'effet de l'envasement plus que celui des marées, sous un ciel lourd et lisse comme un drap, partout l'incomparable présence de l'eau, jusqu'à l'horizon, gris comme elle ; ou bien à Amsterdam, sur le Herrenstraat bordé de façades différentes, certaines trapues, ramassées, d'autres élancées comme des tours, les unes en brique, rouge, vernissée, ou verte, ou noire, d'autres de pierre immaculée, surmontées d'ornements, globes terrestres, navires aux voiles déployées, animaux, passés à la feuille d'or, certains s'animant dès le crépuscule, s'ébranlant à mesure que le bateau passait, penchant vers lui leurs mufles mélancoliques, tandis que le vent soufflait là-haut, sur les toitures d'ardoise, alors qu'en bas, où il se trouvait, c'était le calme et le silence, et au-delà, vers l'Oosterdok, sous une pluie battante, un déluge déversé dans l'eau des canaux, une mousson abattue sur la ville, un voile de vapeur et de bruine, ou à Delft, derrière la Nieuwe Kerk, quand les lumières s'allument une à une et se reflètent dans l'eau noire ; ou bien à Venise, sur le Corte del Preti, dans l'air frais mêlé d'un peu de sel, ou en Ecosse, sur la lande coupée de marécages, dans la pluie torrentielle, la nuit venant vite – il faut avancer, il y aura bientôt des animaux sur la lande, que les hommes préfèrent ne pas rencontrer, des biches légères comme des sauterelles, procédant par bonds, se déplaçant en troupeaux, des lutins ventrus aux yeux de chat, au verbe facile, toute la sarabande menée par Gruagach, qui danse sur la lande, ayant reçu son offrande de lait et de beurre, et s'en va paisible, à demi-morte, vive à demi, accompagnée, lorsqu'elle rentre dans l'ombre, de son chien blanc aux oreilles rouges : partout, un sentiment de bonheur qui transperçait jusqu'au fond de l'âme. En réalité, c'était à Prague, dans le parc enneigé de Petrin, les bâtiments officiels ensevelis dans la nuit bleue, leurs drapeaux flottant droit au-dessus des champs scintillants, au Château, où des congères obstruaient les rues, où l'on n'y voyait pas à deux mètres tant le vent soufflait de neige et de glace, à Passau, où le carillon sonne toutes les heures, à Melk, où les cygnes noirs glissent hors des bosquets d'ajoncs, à Amsterdam, tous les arbres en fleurs, à Venise, traversant le campo San Stefano pour passer le pont de l'Académie, le cri des mouettes, Inès toujours à ses côtés : le bonheur plein, éblouissant, ce qui lui appartenait à jamais, ce qui demeurerait, son livre d'heures – le contentement, sonore, le vent qui vient de la mer, le crépuscule.

C'était pour cela qu'il écrivait, c'était à quoi cela servait : les reconnaître, les célébrer, ces moments épars, des ombres sur le sol, qui n'avaient pas d'équivalent, Inès à ses côtés, impérissable, lui appartenant. Bien sûr, il y avait aussi, dans ses livres, quelque chose de plus sourd, une part insidieuse, un peu moins de gloire et d'ordre, ce qui lui échappait, ce qui était rétif, qui appartenait au monde souterrain de Tulle, le jardin en pente, le gravier grossier qui s'effondrait sous les pas, les ciels de pluie, la matière en décomposition de ses rêves, friable, fragmentaire, ou bien à d'autres mondes, chatoyants, inoccupés, la route qui va de Bangor à Millinocket, l'interminable paroi de feuillus d'où l'on émerge, comme en plein ciel, au-dessus d'une vallée originelle, intacte, le brouillard s'élevant au petit matin au-dessus du lac Moosehead entouré de forêts rouge et jaune, à Paris, des deux côtés de la Seine, les escarpements, les terrasses de marbre où monte la marée, les dômes d'or et de fer, à l'horizon des arbres, formant d'autres avenues, des clairières de pierre, des labyrinthes où l'on ne s'égarera pas. Et quand il les retrouvait dans ses livres, bien longtemps après, ces paysages habités, c'est à peine s'il les reconnaissait, tant ils avaient, depuis, perdu en couleur et en substance, pour certains même totalement disparu – où, au fond de quel lac paisible, immémorial ? Écrire des livres, cela avait donc eu cette vertu, au moins, de maintenir deux ou trois choses à la surface, alors qu'André avait de moins en moins de souvenirs, presque plus, plus rien en tout cas de structuré ou de linéaire, rien qui ait du sens : le sens et la couleur s'étaient évaporés, dissous dans l'air immobile et clair de tous les matins qui avaient suivi, les terrasses ombragées de la rue de Copenhague et de la rue de Constantinople, les bambous d'un vert si doux qu'on aurait dit de l'eau, tremblant dans une fraîcheur limpide. Il ne se souvenait plus de rien. Il s'en était désolé d'abord, et puis il en avait pris son parti ; il y avait reconnu l'incoercible primauté de la forêt primitive, sa prolifération, sa puissance, aucune considération pour l'antique, les palétuviers montant à l'assaut des gradins de basalte, la sève irriguant les temples effondrés, le règne propice de l'oubli, sa force, la vie même.

Ce matin-là, il avait, tandis qu'il préparait du café dans la cuisine, l'esprit plein d'un rêve coloré, un cortège criard qui l'avait, lui semblait-il, suivi pendant la plus grande partie de la nuit, des créatures amphibies aux ailes embuées, striées de bleu, au milieu d'une ville formée pour l'essentiel d'une grande rue où il n'avait rencontré aucun autre être vivant. La montagne droite et massive, d'où tombait un torrent qui faisait un bruit d'orage, emplissait entièrement le ciel : il faudrait la contourner, et pour cela les Indiens qui campaient au bord du fleuve avaient offert une barque à fond plat où toute la cohorte avait pris place, bavarde et dissipée ; il était difficile de les faire tenir en place – une telle quantité de phénix, de paons et d'oiseaux-lyres, c'était un miracle s'ils n'avaient pas chaviré. Il n'y avait eu qu'à se laisser aller, le vent gonflait la voile, bientôt les sampans, par centaines, l'avaient entourée, d'où provenait, étouffée, de la musique, et des chants dont il ne comprenait pas le sens.

C'était la fin du mois de décembre. Outre Pavel, Anne et Prudence s'étaient installées à Tortisambert : la petite fille avait besoin d'air, c'est du moins ce que disait sa mère, besoin de manger aussi, et l'on comptait pour cela sur André, qui avait dans ce domaine des talents particuliers – il ferait avaler de la vache à un brahmane, avait décrété Pavel avec bonne humeur. Il avait neigé, et cet éclat avait rejailli sur Prudence, gaie et silencieuse. C'est donc décidé, le sort en est jeté, nous passerons la fin de cette année en compagnie de votre remarquable cousine et de sa fille, en augurez-vous quelque chose de particulier pour les temps à venir, moi oui, avait annoncé Kiriline en se versant une tasse de café et en l'avalant d'un trait, comme il en avait l'habitude – un café noir, brûlant, fixant sur André son regard interrogateur. Les jours avaient passé ; il se félicitait du travail qu'il accomplissait. Pour ce qui était d'Anne, il ne cherchait plus à dissimuler l'intérêt qu'il lui portait ; mais elle ressemblait si peu aux femmes qu'il avait connues qu'il en était encore déconcerté, et que le désir qu'il éprouvait n'avait, il en aurait juré, rien à voir avec le sentiment amoureux : Anne était si facile d'accès, immédiate, qu'il en était épouvanté. Où étaient le mystère, l'appréhension, la difficulté ? Qu'est-ce que c'était que cette femme qui se jetait à la tête des hommes, qui n'avait pas un sou de conversation, élevait sa fille, si on pouvait employer ce mot pour évoquer leur cohabitation, comme si on la lui avait prêtée, comme si elle en avait eu la charge pour quelques années seulement, et plus vite elle en serait débarrassée mieux cela vaudrait, qui s'habillait, bougeait, avec tant de grâce et de sûreté, le regardait avec une placidité et un air de le jauger qu'il n'avait rencontrés chez aucune autre – certainement, il ne ferait pas l'affaire ?

Ce matin-là, André, désireux de divertir Prudence, avait proposé une promenade au bord de la mer. Elle eut lieu, par un temps très froid, avec des allées et venues qui témoignaient du peu d'esprit de suite des promeneurs, ou de leur distraction – le vent, les cerfs-volants qui passaient au-dessus de leur tête, le bruit de l'eau, les replis de la marée, ses incrustations dans le sable mouillé, les ruisseaux qu'elle y avait creusés, les lacs, les promontoires qu'on découvrait au hasard. Prudence marchait la première. Elle sautait dans les flaques, l'une après l'autre, ses grosses chaussures de cuir déjà trempées, emmitouflée dans un manteau trop grand pour elle : de la laine rêche et bariolée, un curieux dessin multicolore d'où émergeait son visage rond et rieur. Elle se retournait vers eux de temps à autre, sans impatience, et sans rien dire. La première fois qu'il l'avait amenée sur la plage, à Jonesport, elle marchait à peine ; Anne l'avait laissé courir devant eux, hors d'elle d'étonnement et de plaisir, une boule qui avait dévalé jusqu'à la mer, tombant et se relevant, revenant vers eux et repartant vers l'eau, qui lui faisait peur : elle était au comble de la joie. Ils avançaient dans les dunes de sable gris, Prudence riant, se jetant dans ses bras avec brusquerie, poussant des cris interrompus. Ils avaient joué avec des galets, dessiné des cercles dans le sable, puis décidé de rentrer : il faisait si froid qu'il semblait que l'air allait geler. Anne avait les cheveux emmêlés par le vent ; elle les prenait à pleine mains, les ramenait en arrière, mais cela ne servait à rien, le vent était le plus fort. Elle avait un visage enfantin, un corps de petite fille – rien que de la grâce, elle était parfaite ; et cette grâce-là ne lui était pas échue par hasard, elle l'avait méritée, d'une façon ou d'une autre : ce corps qu'elle avait témoignait de quelque chose, peut-être bien de la simplicité de son âme, une forme d'inexpérience. Anne était une enfant, un curieux cas d'inachèvement : il y avait eu un moment où elle avait cessé de grandir, et cela s'était produit très tôt, ce qui faisait qu'à toute vitesse à présent Prudence devenait plus vieille qu'elle, que la petite fille espiègle et délicate dont André se souvenait – il fallait prendre soin d'Anne, la choyer, veiller à ce qu'elle n'ait pas froid, pas soif, à ce qu'elle soit protégée du soleil, l'été, quand ils couraient vers la rivière pour attraper des libellules (elle en avait un peu peur, un jour l'une s'était prise dans ses cheveux, elle avait pleuré, tout contre lui, en lui demandant de ne le répéter à personne), s'émerveiller de ses dons, lui obéir en tout, l'aimer. En rentrant, ils s'étaient arrêtés, au bord de la route, dans une baraque où l'on vendait des beignets bourrés de confiture, qu'ils avaient mangé avec un appétit vorace, tous les trois, attablés dans la salle déjà obscure, Anne et Prudence le visage barbouillé de sucre ; au retour elles avaient été malades : j'ai le mal de mer, avait gémi Anne, avant de s'endormir, d'un coup, comme les enfants – elles s'étaient endormies dans les bras l'une de l'autre au fond de la voiture. Il les observait dans le rétroviseur, et un instant il s'était dit, à cet instant précis, qu'il ne lui arriverait rien de meilleur.

Pavel marchait plus lentement que les autres, peut-être, s'inquiéta André, parce qu'il n'y voyait pas bien, ou parce qu'il trouvait difficile d'avancer dans le sable, et contre le vent, qui, marmonnait-il, c'était certain, finirait par l'emporter, ou à défaut, puisqu'il était si grand, si lourd, par l'abattre sur le sol, le rouler et le disloquer, comme une méduse échouée, qui paraît flotter encore et que de loin on prend, précisait-il avec émotion, pour un vieux sac en plastique. Il parvint à ses fins et demeura auprès d'Anne, réjoui qu'ils fussent ainsi livrés à eux-mêmes, seuls au bord de l'eau qui refluait, impatients, extrêmement capables, de tout, augurait-il – du pire, également. Elle l'écoutait avec intérêt ; il était disert, par moments désinvolte – elle, si facile à séduire.

Il se trouvait alors, comme il le lui expliquait avec bonhomie, appointé par une publication prestigieuse qui comptait quelques dizaines d'abonnés et paraissait tous les trois mois, à peu près : *Ethnologie, la revue des hommes*. Certains érudits avaient, à un moment ou un autre, jugé bon de s'opposer à lui, de mener contre lui des cabales : ç'avait été l'objet de milliers de notes de bas de page, dans des ouvrages qui avaient été publiés ces dernières années, sous des titres trompeurs, persiflait-il, informatifs et ennuyeux, alors qu'il s'agissait d'envie et de ressentiment, une fermentation diabolique, mais il n'oubliait rien – tout cela figurerait un jour dans une anthologie du déshonneur, qu'il écrirait. Il avait quant à lui prodigieusement progressé durant les années qui venaient de s'écouler, et encore pendant ces derniers mois – un progrès intellectuel et moral, individuel, le seul qui vaille, qui l'avait amené là, dans cet après-midi du mois de décembre, devant cette mer qui n'absorbait aucune lumière, alors que la terre était alentour, et partout au-delà, si belle : il avait un furieux appétit de Sorrente et de Positano, où il avait passé tout un été avec une femme aussi belle que le soleil, un surgissement, la plus belle femme du monde, brune et douce, une peau très mate, qui devenait rose quand il la complimentait, ce qu'il faisait souvent, des seins arrondis, Apollonia (y a t-il rien de plus émouvant que le prénom d'une femme, et comme elle se retourne quand on le prononce, et vous regarde ?), un furieux appétit de la mer d'Aral envahie par les sables, de l'Alaska, n'importe quoi, plutôt que ce dernier cercle de l'enfer dans lequel ils se trouvaient enfermés, que Dieu le préserve de la côte normande !

Il y avait quelque temps de cela, il avait appris qu'on lui confiait la direction d'*Ethnologie.* Jusque là, il avait occupé, rue Guisarde, un petit bureau sous les combles où il faisait l'été une chaleur étouffante, qui lui rappelait ses excursions dans le désert de Gobi, quand les chameaux soufflaient derrière la paroi de la tente – est-ce qu'ils n'allaient pas tout à coup, saisis de démence, la mettre à bas, le piétiner, et il ne resterait de lui que des morceaux épars : on ne savait jamais, avec les animaux ? Il y travaillait jusque tard dans la nuit, même le samedi, et le dimanche : le dimanche surtout, très tôt, ce qu'il aimait, c'était parcourir les rues alentour, encore désertes et silencieuses, comme s'il avait été le seul habitant de la ville, rentrer en possession de son bien, l'amas de papiers qui s'étalaient jusque sur le sol, des manuscrits qu'il fallait lire, d'autres traduire, d'autres réécrire, retailler, amender, reconstruire (toutes sortes de travaux où Pavel, bon artisan, excellait), quelques heures plus tard entendre les cloches de Saint-Sulpice sonner à toute volée, tout près, comme si l'on avait été à la campagne, sortir en plein midi, ébloui, remonter, pensif, jusqu'au Luxembourg, se croire en province. Il était désormais installé deux étages plus bas, et les visiteurs affluaient : auteurs dispensant à profusion leurs idées, ou bien avec parcimonie, leur manuscrit glissé dans un cartable de cuir qu'ils portaient précautionneusement par devers eux, ce qui leur donnait un peu l'allure empruntée de scarabées géants roulant devant eux un caillou de mica, certains obstinés, tirant de tout ce papier accumulé l'idée qu'on devait les rétribuer avec magnificence (ce serait la reconnaissance, enfin, de l'immense travail accompli), d'autres désintéressés, certains débonnaires, sensibles à la flatterie, d'autres taciturnes, épouvantés de ce qu'on leur demandait, certains amicaux, prodigues de bons mots et de confidences, la plupart défiants, extrêmement las, ce qui conduisait Pavel à conclure que l'université n'est pas l'institution nourricière et dispensatrice, à bon escient, d'honneurs et d'émoluments qu'on pourrait croire, mais une fée trompeuse, une stryge dévoreuse d'hommes, certains savants, d'autres stupides, et Pavel était à chaque fois, pétri de sollicitude, prêt à leur recommander de ne pas froisser leurs élytres, dont il fallait préserver le vert fluorescent du salpêtre des murs ; et puis le soir, aux heures propices où le silence est revenu, la petite cohorte de ceux qui formaient l'âme même, rêveuse et secrète, de la revue – les membres du comité de rédaction, individus qui n'avaient pas de vie privée, apparaissant et disparaissant en bon ordre, ponctuellement, tous les lundis matin, soigneusement choisis, l'un après l'autre et à l'issue d'innombrables consultations, atermoiements et épreuves rituelles, par le directeur de la maison, le vieux Trinh Van Duong.

Trinh était affublé d'une laideur extraordinaire, tout à fait dépourvue d'expression, ce qui contribuait à susciter, et maintenir, l'intérêt de ses interlocuteurs, quoi qu'il eût à dire : c'était l'une des explications de son succès et de la fidélité passionnée que lui vouaient certains, à cette époque de sa vie, alors qu'il approchait de sa centième année, à bout de forces assurait-il, mais rien ne le laissait paraître. Il était très soucieux de son apparence et confiait à un tailleur la confection de ses costumes, de tweed pour l'hiver, de serge pour l'été, et puis des gilets de soie brodés de fleurs de toutes les couleurs, des écharpes de gaze vaporeuses comme celles d'une demimondaine du siècle précédent, qui avaient amené certains à douter de sa virilité, dont il avait pourtant donné de nombreuses preuves : il était le père d'une bonne vingtaine d'enfants illégitimes,dont il ne voulait pas entendre parler, tous plus beaux les uns que les autres, concédait-il simplement avec fierté, car il voyait dans cette réussite esthétique la confirmation de ses théories sur les bienfaits du métissage. Le souci qu'il avait de sa personne, et de l'impression qu'il produisait, n'avait pas été vain : Trinh Van Duong était, depuis longtemps maintenant, l'une des figures les plus en vue d'un monde étroit et mouvant, très féru de lui-même, et composé pour l'essentiel de demi-savants de la même espèce que lui. Ç'avait été une étrange métamorphose, depuis les origines, qu'il évoquait complaisamment en montrant à ses visiteurs de sybillines photos de famille, un petit garçon entouré de vieilles femmes si ridées et ployées qu'elles paraissaient avoir plus de mille ans, dans le village de Kon Lêt, sur la route de Da Nang, juste avant d'arriver aux montagnes, un petit garçon studieux, rendant aux divinités ce qu'il leur devait, élevé dans le respect des Français et la crainte des montagnards qu'on voyait à Binh Son, les jours de marché, se nourrissant d'une soupe épicée dont l'odeur envahissait toute la rue, riant fort, avec leurs vêtements colorés et leurs curieux bonnets de laine. Il avait adhéré au Parti communiste, exercé des fonctions sur lesquelles il entretenait le plus grand mystère, était venu poursuivre ses études en France et n'en était plus reparti, parce qu'ici au moins, proclamait-il sans ambages, on savait ce que c'était que le confort, du reste le climat humide ne lui convenait pas : il avait bien songé à s'installer sur les hauteurs, dans la Cordillère, et à renoncer à tout, menant là-bas, dans la forêt où la nuit tombe d'un coup, pleine d'échos, une vie sans ambition, sans amour, sans intérêt terrestre, entièrement dévouée à la perfection de son âme, mais ce n'était pas sa nature ; il avait au contraire, affirmait-il, une vocation de meneur d'hommes, un inextinguible appétit des choses de l'esprit – des choses, en général. Ainsi, peu à peu, les années passant, ses articles et traités s'accumulant, il était devenu ce vieillard prodigieusement laid, vêtu de manière extravagante, suscitant l'ironie de ses adversaires et parfois celle de ses partisans, que tant de faste embarrassait, bavard, colérique, siégeant, rue Guisarde, à la tête d'un empire immatériel : la revue, ses lecteurs, ses auteurs, ses affidés, les idées qu'elle propageait, les controverses qu'elle suscitait, son inscription enfin, disait bravement Trinh, dans le champ intellectuel. On considérait volontiers, c'était une idée commune, qu'il y avait un avant et un après Trinh : il avait effectué une véritable révolution dans les sciences humaines ; on ne posait plus les questions de la même façon, on ne procédait plus, tout simplement, de la même façon, depuis Trinh Van Duong : il avait appris à une génération entière d'étudiants et de chercheurs, bien au-delà de sa propre discipline, à se débarrasser de tout finalisme – avec Trinh, enfin, on avait fait son deuil des systèmes interprétatifs. Il avait, ajoutaient certains d'une voix mal assurée, où la terreur le disputait à la vénération, osé l'aporie – dans un style compliqué qui avait probablement concouru à son succès. Il avait autant de disciples que d'ennemis ; aucun ne désarmerait. En société, il se montrait condescendant, d'une vivacité et d'une capacité d'analyse hors du commun, pointilleux, rancunier jusqu'à l'aigreur.

Le comité de rédaction d'*Ethnologie* se composait de deux zoologues, dont l'un était anglais, issu d'une famille de mineurs décimée par la politique libérale de Margaret Thatcher – on ne savait, quand il en parlait, si c'étaient des morts que l'on comptait par dizaines parmi ses oncles, ses frères et ses cousins, ou des chômeurs. Il s'appelait Mortimer, raison pour laquelle ses collègues, facétieux et surtout désireux de montrer qu'ils n'étaient pas bégueules et que leurs lectures ne se limitaient pas aux comptes rendus des sociétés savantes, l'avaient surnommé Blake – l'astuce les faisait encore rire, vingt ans après. Il avait la manie de collectionner des bouteilles de bière datant d'avant la Seconde Guerre mondiale. Quand il recevait chez lui ses condisciples (ils le faisaient chacun à leur tour, car Trinh encourageait entre eux la familiarité, et puis, déclarait-il, il aimait savoir à quoi s'en tenir sur les gens qu'il rétribuait, et pour cela quoi de plus efficace que de s'inviter chez eux ?), il leur montrait ses dernières acquisitions, rangées sur les étagères de la cuisine, au total plusieurs centaines de bouteilles d'une faïence épaisse ; quand l'un ou l'autre en découvrait une sur un marché de campagne, il s'empressait de la lui rapporter – cela fera plaisir à Mortimer, disaient-ils avec un peu de commisération. Le deuxième, Maurice, se présentait lui-même comme un descendant dégénéré de la noblesse d'empire, marié pour la troisième fois, avec une harpie disait-il, Deirdre, une petite femme ronde comme une pomme, affable, persuadée d'avoir épousé un génie et pour cette raison prête à beaucoup de concessions, pas mécontente de s'être casée aussi, après une existence agitée – elle avait été medium, lisait les lignes de la main et voyait l'avenir dans les cartes : c'est comme cela qu'elle l'avait connu, il voulait savoir ce qui l'attendait, et puis il lui avait demandé de renoncer à cette pratique et de ne plus confier qu'à lui ses intuitions, ce à quoi elle avait consenti ; Maurice était alcoolique, irascible, riche à ne plus savoir qu'en faire, le marquis de Carabas, claironnait-il, vaniteux, mélancolique, vivant le plus souvent cloîtré dans son hôtel de la rue Las Cases : il lui arrivait d'éprouver une vraie terreur du monde, qui pouvait durer plusieurs mois, à l'issue desquels il ressortait à la lumière du jour, décharné, encore plus méchant que de coutume, ivre mort – doué d'une acuité de sentiments et de raisonnement qui n'avait pas d'égale dans le milieu qu'il fréquentait, et d'une intraitable puissance stylistique, qu'il plaçait avant toute chose, qui le maintenait en dehors de lui-même, bouleversé, tel que personne, autour de lui, ne le connaissait, chacun de ses livres étant un chant funèbre, d'une étonnante richesse mélodique, déconcertante. Il y avait aussi, dans ce cercle restreint, une femme, Odile, qui avait séjourné plus de dix ans en Nouvelle-Guinée afin d'observer une tribu établie dans les arbres, auxquels on accède par des échelles de corde, élevant là-haut des petits cochons au pelage brun, partageant les femmes et les enfants : elle avait poussé la conscience jusqu'à vivre maritalement avec l'un de ces sauvages, et avait fait le récit de cette aventure – un livre sans complaisance, qui avait connu un grand succès ; Georges, un préhistorien qui avait fouillé les tombes gelées de l'Altaï, habitait Lyon et y trouvait prétexte à vanité, Rafaelo, un Chilien qui avait fui la dictature et partageait la passion de Pavel pour les esquimaux, Dominique, qui étudiait les langues turques et se targuait de porter sur ses contemporains le même regard froid et d'expérimentation qu'il avait, dans sa jeunesse, réservé aux Yakoutes et aux Ouighours avec lesquels il avait vécu et qu'il considérait à présent comme la lie de l'humanité – il trouvait à Pavel une extrême ressemblance avec l'un d'entre eux, qui lui avait servi de guide lors d'une expédition qui avait suivi le cours de l'Ulungur : c'était saisissant, on eût dit qu'ils étaient cousins, Pavel était-il bien sûr de ne pas avoir de famille par là-bas ? Dominique était un ancien élève de l'École Normale Supérieure et ç'avait été pour lui une satisfaction telle, d'y entrer, puis d'en sortir, qu'il en était resté par la suite comme endolori : il en ressentait toujours, à des années de distance, un si vif plaisir que, lorsqu'on le questionnait sur son itinéraire et qu'il répondait qu'il était passé par la rue d'Ulm, il avait l'impression, lancinante, comme une douleur arrivée à son point ultime, au point où il n'y a plus qu'à s'y abandonner ou à demander de la morphine, qu'on était tout étourdi de sa gloire, et il ne pouvait le dire sans un tremblement dans la voix, qui était de jouissance et d'effroi, et qu'on attribuait à la timidité.

Ce qu'ils appelaient entre eux, sans une trace de sarcasme ou d'apitoiement, l'expérience mystique de Pavel, pour autant qu'ils en aient soupçonné, à travers les rares allusions qu'il y avait faites, la réalité, ne les avait pas dissuadés de l'associer à leur petite troupe, bien au contraire : sûrement cela conférait, une fois qu'on en était revenu, une intelligence des choses et des sensations qui ferait de Kiriline le meilleur d'entre eux. L'extravagant Trinh Van Duong les avait chapitrés à ce sujet, un soir, dans les bureaux déserts de la rue Guisarde,

Pavel étant occupé ailleurs : ç'avait été, déclara-t-il, un récit poignant que celui de Pavel, qui lui avait raconté sans détours, sans emphase, sa rencontre avec le divin – dont Trinh fit sur le champ l'exégèse, qui laissa Mortimer dubitatif, Odile décidée à faire du destin de Pavel un autre livre, qui pourrait surprendre autant que le premier. Trinh, hideux et paternel, avait clos la séance en certifiant que de sa vie il n'avait entendu pareille histoire : Pavel avait vu la Vierge du Signe, elle lui était apparue, avec un air de majesté comme on n'en connaissait pas sur cette terre ; il ajouta qu'elle avait parlé latin – soit qu'il fût devenu un peu sourd, avec l'âge, soit qu'il ne disposât que de très vagues notions de la religion chrétienne, bien moins précises en tout cas que des rites papous ou algonquins, soit enfin qu'il trouvât cela plus pittoresque ou, qui sait, plus écrasant, et ce détail ne troubla pas les esprits, qui lui étaient acquis. Qui étaient-ils, avait-il ajouté, pour porter sur cette aventure un jugement, lequel d'entre eux pourrait assurer qu'il en comprenait le sens et la portée, enfin la pratique de la science ne leur avait-elle pas appris la relativité, et qu'il n'y a pas de certitudes ? Qui pouvait affirmer, en toute bonne foi, que ce dont parlait Pavel n'était pas arrivé ? N'était-il pas présomptueux d'évoquer la pathologie pour éviter d'admettre l'existence du surnaturel ? Il martela ces interrogations, penché sur son bureau encombré de livres, tapant du poing sur la table, tout son visage grimaçant de ferveur ; ils sortirent de là honteux et convaincus.

C'est ainsi que Pavel devint leur mascotte. Ils furent fiers de le compter parmi eux, éprouvant à son égard une admiration mêlée d'un peu d'envie. Ils ne firent pas de difficulté pour convenir, ce qui était peut-être précisément ce dont Trinh voulait les persuader, avec son affreuse ardeur, que Kiriline était d'une autre trempe qu'eux tous, peut-être d'une autre nature – qu'il jouissait d'une forme d'élection. On commençait alors à lire ce qu'il écrivait ; c'était saisissant. Il y eut des commentaires, des réfutations, des doutes sur la validité de ce qu'il avançait (il avait tellement progressé, depuis ses conversations avec le vieux Bour, dans la pénombre où luisait le bortsch, où recommençait indéfiniment le piano !), mais au fond beaucoup de bienveillance et le désir diffus de se rallier : Trinh vieillissait, le rayonnement et la réputation de Pavel croissaient d'autant – avec, portée à son crédit, une preuve de singularité et de discernement, un peu du pouvoir magique qui lui était échu, cette expérience spirituelle dont il ne se prévalait pas, mais qu'il ne cherchait pas non plus à dissimuler. Pour finir, il avait paru simple et nécessaire que Pavel fût entré aussi rapidement dans les bonnes grâces du vieux Trinh, pourtant réputé pour sa défiance et sa dureté, qui avait porté ce microcosme sur ses épaules et se trouvait à présent épuisé, soucieux de se trouver un héritier. Ils avaient été très peu nombreux à en prendre ombrage – Rafaelo, essentiellement, inquiet du peu de retentissement de ses propres travaux, préoccupé à l'idée qu'il n'avait pas forcément choisi, en s'établissant à Paris, l'endroit du monde le plus conforme à son amour des hommes, de la lumière et de la frugalité ; mais il s'était résigné, comme les autres, à la suprématie de Pavel. Celui-ci n'avait jamais, pour sa part, osé rêver d'une telle reconnaissance ; lorsqu'il rentrait chez lui, rue de Savoie, à la fin de la journée, allumait les lampes du salon, s'asseyait devant la pendule dorée (une femme ailée dans les bras d'un homme, renversée, extatique, l'un des rares objets qu'il avait rapportés de Kirilskoie, elle sonnait plus fort là-bas, Tocha s'arrêtait en plein vol quand l'heure faisait irruption, fracassante, irréfutable, dans le silence de la maison, huit heures, quand il mangeait à pleines mains les harengs et les crêpes recouvertes de sucre, avec les oignons et les concombres, que Véra avait préparées pour lui, onze heures, quand il prenait sa leçon de piano, maladroit, impatient, midi, il était dehors, en plein soleil), il considérait le chemin parcouru et s'en étonnait.

A cette époque où l'on commençait à parler de lui, Pavel était amoureux de Marie. Leur bonne entente n'avait pas survécu à cet heureux coup du sort, soit que Marie eût préféré continuer à vivre avec lui comme ils avaient vécu jusque là (deux parias, disait-elle avec satisfaction, des saltimbanques, des malappris) et que la nouvelle dignité à laquelle Pavel se trouvait élevé lui parût peu compatible avec l'idée qu'elle se faisait d'elle-même et de ce qu'elle appelait son sacerdoce, c'est-à-dire ce qu'elle devait à ses étudiants et à ses propres publications, soit qu'elle se fût simplement lassée de le subir, comme elle disait aussi : Pavel, un homme, les hommes, en général, elle les laissait partager un peu de sa vie, mais le moins possible, le moins longtemps possible et toujours à regret. C'est ce qu'elle lui avait rappelé, un soir, dans un restaurant chinois, près de chez elle, où ils allaient souvent dîner – elle n'imaginait pas de faire la cuisine, quelle perte de temps, manger aussi, c'était une terrible perte de temps, et si elle voulait bien faire quelques concessions à l'appétit de Pavel, en ce domaine comme en d'autres, c'était dans des limites bien précises, établies par elle préalablement : nul ne pourrait dire qu'elle n'avait pas été explicite. Quand il la retrouvait, les derniers temps, au bar du Lutetia ou du Raphaël, elle avait beaucoup bu, droite, digne, une jeune fille des années 1960, élevée dans le respect de l'université et des corps constitués, désincarnée : il ne restait plus d'elle qu'un esprit, un petit esprit étroit et acerbe, dépourvu de malice, sérieux, c'en était désolant, l'esprit de sérieux même, si frêle qu'un souffle l'aurait brisée. De quoi se nourrissait-elle ? De rien d'autre, lui avait-elle répondu de sa voix étouffée, que de ce qu'elle croyait être utile au plus grand nombre. Ce n'était pas cher, au Lotus blanc ; on pouvait fumer sans se trouver persécuté par les bien-pensants. Elle commandait des crevettes sel et poivre, et l'affaire était faite. C'est donc là qu'elle lui avait appris qu'elle ne souhaitait plus le revoir, qu'elle en avait assez, qu'il ne lui apprenait plus rien – apprendre, c'était pour cela que Marie avait été mise au monde. Il en avait pris son parti : ce n'était pas la première fois qu'on l'abandonnait, qu'il décevait, et qu'on lui faisait payer cette insuffisance. Cette séparation fut pour lui une catastrophe. Pourtant, il n'y avait rien dans l'existence de Marie qu'il estimât, ou désirât faire sien ; mais il avait pour elle, et son obstination morose, beaucoup de compassion. Une fois de plus, il avait trouvé son salut dans l'effort. On lui avait fait confiance et, persuadé qu'il déméritérait encore (c'était inscrit dans les astres, sûr et certain, comme deux et deux font quatre), il s'était pourtant décidé à conjurer le sort, à devenir plus fort que cette malédiction : sa tâche consisterait désormais à conserver la faveur de Trinh Van Duong, à ne rien dilapider de cette bonne fortune, c'est-à-dire à abattre un travail formidable, consoler les uns, sermonner les autres, donner son avis sur tout, ne jamais être pris au dépourvu, passer des heures assis en face des scarabées aux élytres irisées, faire preuve envers eux d'une infinie patience, d'une ruse inventive, dans le seul but de les déposséder enfin des trésors soigneusement enfermés dans les cartables de cuir, le fruit d'une vie de labeur, le résultat informe d'années d'étude et de réflexion – symbolique et significations du culte du feu chez les zoroastriens, cas d'anthropophagie répertoriés en Chine du Nord pendant la révolution culturelle, rites funéraires dans la civilisation des champs d'urnes, inceste et endogamie chez les Indiens de Colombie, lente introduction du réfrigérateur dans les campagnes françaises.

Et puis Trinh était mort. Il avait fait preuve d'une longévité exceptionnelle : il avait plus de cent ans, ce qui paraissait la marque d'un esprit supérieur. Il avait cherché d'ailleurs, par tous les moyens, à accréditer l'idée qu'il était d'une autre essence que ses condisciples, qu'il y avait en lui quelque chose d'insensé, de barbare, d'omniscient, qui avait prospéré, depuis les premiers jours, dans le village aux maisons sur pilotis, sur la route qui va de Binh Son à Tam Ky, où il fallait se protéger des incursions des tigres et des razzias des brigands, à l'ombre des montagnes de marbre et des nuages incandescents : un génie était alors venu s'installer auprès de lui, s'étendre sur le sol avec lui quand il dormait, et depuis ne l'avait plus quitté. Et il avait rencontré le succès : personne n'aurait osé contester à Trinh sa valeur ou sa vertu.

Chez lui, dans la maison où il habitait avec sa femme, Myra, près de Gentilly, il y avait une pièce, attenante à son bureau, où étaient rangées, par ordre d'importance (l'importance qu'il leur accordait), les statuettes des dieux, devant lesquelles il faisait ses prières. Myra passait là, comme dans toute la maison, en traînant les pieds dans ses babouches, un châle sur les épaules, qu'elle ne quittait jamais, parce qu'elle avait froid, même en plein été : elle souffrait d'une maladie dégénérative dite de Hachimoto, avait expliqué Trinh à Pavel, un soir, avec beaucoup de détails, et ne se soignait pas bien, soit fatalisme, soit méfiance à l'égard de la médecine occidentale, soit connivence avec ce nouveau corps et cette nouvelle perception du monde que la maladie lui avait donnés. Elle était devenue, en quelques années, très grosse, très frileuse, très fatiguée (c'étaient les symptômes), un peu mélancolique aussi, mais surtout frileuse et fatiguée. Elle vivait donc en pantoufles et en robe de chambre de soie, son châle par dessus, par tous les temps, la nuit principalement : c'était alors, à la lumière de la lune, qu'elle était la plus vive ; le jour, elle dormait, énorme et méfiante. Ç'avait été une belle jeune femme, énigmatique, avec des seins volumineux qu'elle portait haut, des mains d'une finesse extrême, un visage aussi rond que la lune, blanc, splendide, des yeux fixes qui semblaient ne pas voir : Pavel avait vu des photos, en noir et banc, qui semblaient dater d'un autre siècle, Myra splendide et parée, attendant ; c'était quelque chose d'effrayant et de métaphysique, avait-il songé, que cette métamorphose. Elle était beaucoup plus jeune que Trinh, d'une cinquantaine d'années. Il l'avait épousée alors qu'elle était belle, et quelques mois plus tard la maladie était venue et l'avait emportée, laissant à sa place cette forme sans contours qui glissait d'une pièce à l'autre, sans bruit, sans rien déranger, dans ses pantoufles bariolées. Trinh affirmait avec fierté qu'elle était russe, mais Pavel qui avait essayé de lui parler dans cette langue avait vérifié qu'elle ne l'était pas, plus probablement tcherkesse : il avait cru déceler dans ce qu'elle avait marmonné en se détournant de lui quelques mots de dialecte kiakh. C'était sous la véranda, une nuit d'automne ; elle était gelée et restait là, debout, à le regarder, sans témoigner d'intérêt pour ce qu'il essayait de lui dire (cela faisait rire Trinh, les efforts que l'on faisait pour intéresser Myra, et qui ne servaient à rien) et, comme il s'était entiché d'elle, depuis ce moment il l'appelait la Chapsougue, avec amitié, ou encore la rescapée de la vallée de Khodz, ce qui n'amusait personne. Elle avait été élevée dans la religion sunnite mais, comme l'avait noté Trinh avec satisfaction, il n'y paraissait pas : elle avait conservé un peu de croyance dans les dieux des arbres et des pierres, ce qui faisait son affaire, à lui qui avait tant de difficultés avec la transcendance. Elle était butée comme un âne, confiait-il aussi à ses visiteurs sans prendre la peine de baisser la voix, sale comme une teigne, méchante avec cela, et imaginative. Elle connaissait, bien entendu, l'existence de sa nombreuse progéniture, et n'y trouvait aucun motif de rancœur : elle était tout à fait dépourvue de ressentiment, indiquait Trinh – cela passait toute mesure ; quant à lui, il faisait profession de franchise, c'était une des règles qu'il avait imposées à son entourage. De fait, Myra était bien heureuse de ne pas les avoir portés, tous ces enfants dont elle connaissait les noms, qu'elle accueillait volontiers dans la maison de Gentilly, comme tous ceux qui y avaient accès : non pas les amis de Trinh, car il n'en avait pas, sa famille non plus, elle avait été décimée par les guerres et les révolutions, mais ses élèves, ses collègues, le peuple de ses vassaux et de ses courtisans, auquel elle ne se mêlait pas. On disait qu'elle avait jadis fait de la danse son métier ; c'était inimaginable, quand on la voyait telle qu'elle était désormais, presque impotente, revêche – mais si, insistait Pavel, une esclave circassienne, avec des bracelets aux chevilles, et une sensualité qui laisse anéanti. De quoi Trinh parlait-il avec elle, lui parlait-il seulement, qu'avaient-ils en commun ? C'était ce qu'on se demandait dès qu'on était sorti de la maison où on les avait laissés, lui occupé, dans son bureau bien rangé, à écrire, elle affairée dans la cuisine, et puis effondrée dans la véranda, ou bien assise sur les marches de béton qui descendaient au jardin, appuyée contre le mur, dans l'odeur délicieuse du jasmin et du réséda que Trinh avait fait planter pour elle, dès qu'elle s'était installée chez lui - elle lui avait dit qu'il n'y avait rien qu'elle aimât autant que le parfum des fleurs. Et à cette question personne n'avait de réponse. Myra était là, resterait là jusqu'à la fin, beaucoup plus jeune que lui, altière, silencieuse – peut-être intelligente, concédait Pavel, clémente en tout cas, une fidèle haltija, avec ses yeux qui fixaient et ne recélaient rien.

Pavel avait donc succédé à Trinh à la tête de la revue, et dans l'esprit de ceux qui l'entouraient. Sa suprématie ne faisait plus de doute. Il jouissait de cette notoriété toute neuve, incontestable, comme d'une femme, disait-il, d'une liqueur, d'un instant de torpeur au soleil, d'un bon cohiba. On lui avait offert la Légion d'honneur, qu'il avait refusée, mais sans le faire savoir ; à la même époque, et c'était justice affirmait-il avec politesse, Maurice l'avait obtenue lui aussi : cela avait donné lieu, dans l'hôtel particulier de la rue Las Cases encombré de vitrines où l'on avait entassé, dans un méticuleux désordre, cartes postales, lettres et télégrammes, médailles, photos, épingles de cravate et autres babioles illustrant la gloire de la famille, de fauteuils auxquels on n'avait plus, depuis des années, retiré leurs housses et de portraits monumentaux (ma grand-mère, par Winterhalter, indiquait négligemment Maurice quand on lui demandait qui était la petite fille assise dans l'herbe, son chien dans les bras, au-dessus de la cheminée), à une cérémonie à laquelle la présence de Pavel avait donné tout son lustre. On lui faisait la cour à présent, on recherchait sa faveur, on lui demandait d'écrire des préfaces ; il recevait, rue de Savoie, la visite d'éditeurs cérémonieux, il présidait des colloques, il voyageait.

Il avait brillé aussi, avec son habituel sens de l'hérésie, à la cérémonie funéraire qui avait eu lieu en l'honneur de Trinh, où l'on avait vu beaucoup de monde. C'était dans un cimetière de la banlieue sud, entre deux autoroutes, un endroit qu'ils avaient eu du mal à rallier ; mais cela avait fait tant de bruit, la mort de Trinh, qu'un convoi de voitures avait fini par se former sur l'A10 et s'y dérouler comme un gros colimaçon dont la coquille sombre aurait brillé au soleil : ils se faisaient des signes de connivence d'un véhicule à l'autre, heureux, après tout, de se retrouver entre eux. À Gentilly, c'est au jardin qu'il s'installait au crépuscule pour boire son café, très serré et très sucré, une liqueur qui disait-il le maintenait en vie : cela lui donnait des palpitations, quelle importance, il aimait sentir son cœur comme une bête affolée dans sa poitrine, il savait pour sûr, alors, qu'il était vivant. Pour augmenter la surface du petit jardin, il avait fait peindre sur les murs qui l'entouraient des trompe-l'œil majestueux – la mer, des bateaux, et dans un coin, hirsute, rutilant, un gros caoutchouc qui paraissait monter jusqu'au ciel. La cour de Trinh, disparate, irrespectueuse, traversée de querelles de préséance et de ralliements suspects, de rancunes, d'alliances contre nature et de rumeurs malveillantes, ses élèves, ses collègues, des académiciens, des journalistes, toutes sortes de gens qui écrivaient toutes sortes de livres, s'y retrouvait. L'été, on y faisait des déjeuners qui n'en finissaient pas ; on était assis sur l'herbe et on mangeait des plats étonnants que Trinh avait préparés lui-même. Il était dévoué à ses hôtes, allant de l'un à l'autre, veillant à tout, puis s'isolant soudain, grimaçant un peu dans la lumière, qu'il n'aimait pas, infiniment triste quand on le quittait. L'hiver, c'est dans la cuisine qu'il recevait, une grande pièce aux murs rouges, enfumée parce qu'il avait toujours à la bouche, à toute heure de la journée, un cigarillo jaunâtre qu'il mâchait avec férocité : quelle tabagie, disait-on en entrant chez lui ; ce n'est pas ça qui m'empêchera de vivre cent ans, répondait-il sans se fâcher. Et, en effet, il avait vécu cent ans, de sa vie facile et fantasque de mandarin méditatif et rusé. Le cimetière des Ulis était une île : il y avait tant de cèdres et de cyprès, en ce mois de mai, si verts, flexibles, ombreux, qu'on se serait cru, pensa Pavel, en plein océan Pacifique. Le soleil était doux, le vent vif. On avait défilé devant le cercueil, prononcé des paroles de circonstance, ri un peu : ce n'était qu'une vie, qui avait fini ; et puis Trinh était si vieux, qui aurait pu s'indigner de ce départ ? Myra allait et venait devant les couronnes de fleurs, les jaugeant, blême, un poulpe avait songé Pavel, un animal des hauts fonds à qui le soleil fait du mal, une de ces fantastiques créatures des abysses, livides, luminescentes, qui dansent dans l'eau noire à de grandes profondeurs. On avait donc enterré Trinh, et Pavel en avait eu le cœur déchiré. Il était rentré chez lui difficilement, pris dans un immense embouteillage qui n'avait commencé à se dissoudre, dans la rumeur des klaxons et la vapeur bleue d'un soir frais qui tombait comme un voile sur Paris, crissant, cassant, limpide, qu'à la porte d'Orléans. Trinh lui apparut en rêve cette nuit-là, vêtu d'un caftan comme en portent les Afghans, et d'un curieux chapeau circulaire, large et plat comme un fromage de Hollande – c'était rassurant ; il avait à peu près l'apparence d'une statue de Rapa Nui, et se montra raisonneur et tranquille.

Le vent finit par l'emporter, tout de même : il était

devenu si fort qu'on ne s'entendait plus. On ne s'entend plus, criait Pavel de toutes ses forces – il était le seul que l'on entendît encore ; étant, comme il l'affirmait avec vigueur, un adepte de l'instant, il se trouvait désemparé lorsque les instants passaient, et celui-ci, qu'Anne venait de lui consacrer, avait été délicieux. Il n'y avait décidément pas de meilleur camarade que Pavel, pas de plus averti, de plus loyal – un saint de pierre, véridique, immortel ; André était entièrement dévoué à sa cause.

Marie était sèche, péremptoire, assurée qu'elle aurait gain de cause et qu'on la jalousait. Pavel l'avait surnommée, avec sollicitude, la muse du département ; il aimait en elle, à la folie affirmait-il, cette sécheresse, cette assurance, cet inextinguible amour de soi, dilaté, changeant, rapace, augmenté de chaque incident, une bête furieuse, gloutonne, dominante, qui n'avait rien à voir avec de l'amour-propre ou de l'orgueil, mais beaucoup avec la voracité, une gigantesque chimère nourrie d'elle-même ; tu me donnes le tournis, répondait-elle simplement, quand il s'était montré trop déférent ou trop facétieux, en esquissant le geste de l'écarter de la main, comme un insecte, pas fâchée pour deux sous, sèche et souriante, d'un sourire froid auquel Pavel était à peu près le seul à trouver du charme. Elle a des défauts, Marie, mais elle n'est pas fière, disait-il, sans qu'on pût déceler ce qu'il entendait par là ; car elle était fière, de tout ce qui avait passé, fière des hommes et des femmes qui l'avaient aimée en vain, fière, jusqu'à l'enivrement, des livres qu'elle avait lus, du travail accompli, du souvenir qu'elle laisserait. Tout ce qui était littéraire lui était familier. Encore une qui ne voulait pas d'enfants, quelle malchance - elle le lui avait dit d'emblée, elle ne cèderait pas à la pression sociale : des enfants, et puis quoi encore, elle avait bien assez à faire avec les livres. Elle s'était levée avant qu'il ait fini sa bière et son bol de nouilles ; cela lui donnait la nausée, avait-elle dit, un peu fort, de le voir s'empiffrer comme il faisait : est-ce qu'il n'allait pas mettre un peu d'ordre dans tout cela, enfin ? Elle s'était dirigée vers la porte avec une nonchalance qui n'était pas du tout dans sa manière, de ce fait un peu maladroite, et avait disparu, fine, frêle, de dos, avait songé Pavel en la regardant s'éloigner, extrêmement désirable – de face, le sourire froid contre lequel, tout de même, il fallait lutter, ou du moins s'armer de patience.

Vous ne trouvez pas qu'elle ressemble à Marie ? interrogea-t-il, désignant Anne du regard et se retournant vers André, qui répondit négligemment que non. Il était occupé à se demander quelle forme cela pourrait prendre, un livre dont Pavel serait le héros – tel qu'il se tenait là, exactement, inquiet et loquace, au bord de l'eau. Jusque là, on avait été indulgent avec lui. Il aurait souhaité mériter enfin cette bienveillance : cette fois, ce serait meilleur, presque conforme à ce qu'il aurait souhaité. Il avait plus d'idées, probablement parce qu'il avait plus vécu – plus d'idées, plus de sentiments et de sensations, de moins en moins de souvenirs : des fragments d'aérolithe, de la matière chaude tombée des étoiles, où, y posant la main, il sentait encore la tiédeur et la pulsation de la vie – dans un moment ce serait froid et minéral, brillant comme du mica, ses souvenirs qui bientôt se désagrègeraient et se mêleraient au sable, certains, très rares, resplendissant encore, fugaces, illuminant la nuit avant de se fracasser à la surface de la mer. Pourtant, il avait toujours fait de son mieux. Son plus grand souci, c'était sans doute d'être parvenu à cette inquiétante facilité du style – peut-être, au fond, comme le croyait Pavel, ce qu'il interposait entre lui et ce qu'il avait à dire : cela ressemblait à s'y méprendre aux arabesques qu'il traçait, le soir, dans sa chambre, sur du papier quadrillé, ou bien, s'il redoutait de rester seul, dans la salle à manger, sous la lampe à suspension, tandis que ses parents regardaient la télévision. Assis à la table sur laquelle ils avaient dîné et que sa mère tenait en ordre, il coloriait : des Chinoises aux robes bariolées, des barques qui s'éloignaient dans la nuit, un lampion à la poupe, des guerriers aux armures étincelantes, des oiseaux multicolores – il ne parvenait pas, malheureusement, à reproduire la pluie, qui était un élément essentiel du paysage, elle s'était infiltrée partout, allait et venait comme la mer, avait ravivé toutes les couleurs et bruissait, mélodieuse ; ou bien il répétait, par dizaines, à l'identique, des formes arrondies, incurvées, fluides, qu'il noircissait ensuite, à l'encre. Cela finissait par recouvrir tout le papier : c'était aussi léger, régulier et contrasté qu'un parcours de nuages dans le ciel, le voltigement de la neige sur la campagne, derrière une vitre noire, le tintement des heures au carillon de la cuisine ; de l'encre, remplissant quelque chose de clos et de parfait, la forme et l'opacité, aucun sens – ce qu'il avait écrit ; rien de réel, bien entendu, quel ennui ç'aurait été, quel inutile embarras : des contes, des récits de voyage, l'océan et, au-delà, supportant tout cela, ce qui faisait tenir l'édifice, conférant à l'ensemble l'illusion de la nécessité, classique, inexpugnable, l'architecture de son style.

Cette fois, il se le promettait, le sujet l'emporterait sur les ornements et les effets de perspective. Ce serait, enfin, une histoire vraie : enfin, les soirées de Tulle, le tintement du carillon, l'escalier où l'on ne se hasarde pas, parce qu'en haut, sur le palier tendu d'un tissu à fleurs, ou bien juste derrière la porte de la chambre, attend le dévoreur d'enfants (André entendait son souffle, le temps infiniment distendu de ces soirées-là lui ayant procuré, pour toujours, parce qu'il fallait, quoi qu'il arrive, rester aux aguets, lutter, une extrême acuité des moindres sensations), sa vie enfin, les hauts murs de la rue Madame au crépuscule, les toits d'ardoises luisant comme des lacs, rue de Rennes ces trouées infimes et radieuses sur l'étagement des immeubles, la rue Bernard Palissy, la rue Coetlogon, les nuages passant très vite devant la lune au-dessus des arbres du Luxembourg, à Tortisambert, les soirs de printemps, mêlé aux cris des oiseaux, au claquement persistant du pivert, le vent du sud, parfumé, mystérieux, amical. S'il y parvenait, si seulement il s'y essayait, quel chemin il aurait parcouru, depuis les premiers temps, et tout ce qu'ils avaient eu d'héroïque et d'artisanal !

Le premier employeur d'André était un petit homme pusillanime et chaleureux qui voulait publier une biographie du maréchal Gallieni. Il travaillait dans un cabinet d'avocats qui avait, disait-il, pignon sur rue. André venait lui rendre visite dans son bureau de l'avenue de l'Alma, si opulent que cela le menait, tandis qu'il gravissait l'escalier recouvert d'un tapis rouge et or, au bord de l'étouffement, tant était grand chez lui, à l'époque, le sentiment de l'imposture, et le respect suscité par n'importe quelle forme de solennité. Aussi, dès qu'on lui eut parlé avec des égards, il avait accepté d'écrire le livre en question. Combien voulait-il ? Quinze mille francs ? Vingt mille francs ? Vingt mille francs, avait proféré André d'une voix faible, et cela lui avait été accordé avec une libéralité qui l'avait empli d'un vivifiant sentiment d'impunité, une fois revenu à l'air et à la lumière dans l'avenue de l'Alma, dégrisé par le fracas des voitures, l'averse et le soleil. Le soir même, il se mettait au travail. Comme il ne faisait pas les choses à moitié, il se prit de passion pour les Toucouleurs, leurs rites, leurs usages ; il étudia la végétation et le relief de Madagascar, parcourut par la pensée, et cela lui donnait le vertige, son plateau granitique inondé par la mousson, participa à la culture du riz et à l'élevage des zébus, à l'exploitation du quartz et du graphite ; il assista à tous les épisodes de l'expédition du Tonkin, de l'incident de Lang-Son au traité de Tien Tsin, souffrit de la dysenterie, fut blessé au genou, bref vécut, dans l'ombre de son héros, une vie fabuleuse que personne ne soupçonna, et s'enrichit d'une somme de connaissances qu'on ne suspecta pas davantage : il n'en fit aucun étalage – il arrivait simplement qu'un peu du savoir qu'il avait accumulé, un détail pittoresque sur la savane africaine, une opinion argumentée sur les insuffisances de notre artillerie légère, un regret sur le sort réservé à la reine Ranavalona, surgisse au détour de sa conversation, comme un iceberg à la surface d'une eau noire et froide, provoquant l'effroi (on se demandait, fugitivement, si André n'était pas fou) et replonge aussitôt dans l'obscurité, ne laissant derrière soi que le bruit de l'écume, le souvenir de quelque chose de gigantesque et d'insolite, qui a passé tout près. André était modeste, et circonspect : c'était pour son propre et seul plaisir qu'il récitait, après une journée de labeur, des pages entières de la *Mission d'exploration dans le Haut Niger*, dont le titre lui donnait le frisson et qui sans doute, conclut-il bien plus tard, avait décidé de sa vocation littéraire.

Le livre eut du succès, et la réputation occulte d'André grandit. Il travailla donc à un Foch et à un Weygand, mais avec moins d'élan, et refusa un Lyautey, préférant laisser libre cours à des rêveries inavouées : ce fut, pour un homme politique qui s'ennuyait, une biographie de Lord Byron ; il y mit toute son âme, et comprit que ce qui correspondait le mieux à sa tournure d'esprit, c'était le genre romanesque, avec ses ellipses, ses digressions et ses complications inutiles. Il s'y consacra tout entier et, désormais, pour son propre compte. Il écrivit des romans, une dizaine, oniriques et précis. Longtemps, cela n'avait suscité, dans son entourage et au-delà, qu'un intérêt poli, voire une forme d'animosité. Certains s'étaient employés à le dissuader de poursuivre : il se fourvoyait ; d'autres, plus charitables, lui avaient dit que la forme particulière de son talent ne souffrait pas l'accord du grand nombre, et qu'il recueillerait probablement, dans un autre siècle, la reconnaissance qu'il méritait – mesurée, réfléchie. Il avait ainsi rencontré, à ses débuts, beaucoup de monde : des gens qui faisaient profession de lire ce que d'autres écrivaient, d'en estimer la qualité et pourquoi pas d'en tirer profit, certains avisés, d'autres moins, la plupart pénétrés de leur importance, chacun ayant conçu une idée, nette et indiscutable, de ce que l'on doit mettre dans un livre – elle correspondait rarement à ce qu'on trouvait dans ceux d'André. Il s'était interrogé, avec sincérité, sur le fond de l'affaire : assurément, ce qu'il écrivait n'était pas narratif, à proprement parler, ne respectait pas les règles, ne faisait aucune concession à l'esprit du temps, et n'était certainement pas d'une lecture commode ; c'était autre chose, qui avait surgi et qu'il avait, par amour du travail et souci de bien faire, réduit à une forme intelligible. Peut-être avait-il inventé une forme ? Il s'était arrêté net, glacé par l'énormité de l'hypothèse et l'impossibilité dans laquelle se trouverait qui que ce fût de la réfuter - Inès avait souri : peut-être, avait-elle répété, avec sa placidité coutumière.

Enfin, il avait rencontré le vieil Axel S., un Finlandais établi à Paris depuis plus de trente ans, par erreur avouait-il, pourvu d'une connaissance exhaustive des textes classiques, russes principalement, ce qui lui donnait un curieux point de vue sur la littérature française, qui paraissait, à l'entendre, un peu provinciale, académique, mais il le suggérait sans aigreur, s'étant pris de passion, disait-il, pour sa pure littéralité, sa couleur et sa forme ; c'était peut-être ce qui l'avait séduit dans les livres d'André. Ses bureaux étaient installés dans une petite maison de la rue Ferrandi, au toit pointu et aux murs de bois. On y accédait par une ruelle à usage domestique, disait S., qui s'en félicitait, car il n'aimait pas les visites, en général, étroite, pavée, au-dessus de laquelle le chèvrefeuille avait poussé, et la vigne, qu'on n'avait jamais élagués : cela formait, l'été, un drap mortuaire et touffu qu'il fallait écarter, d'un magnifique vert Véronèse, odorant, une bouffée d'encens qu'il fallait traverser (un jour, au cimetière d'Arnac, cela s'était élevé, exactement identique, épais, odorant, et cela avait, malgré les chants dissonants et la frivolité de l'assistance, sa malencontreuse attention aux choses réelles, réconcilié

André, qui était petit, avec l'idée de la mort), avant de trouver, derrière, l'escalier de pierre, par endroits effritées, recouvertes de mousse, puis la porte peinte en vert elle aussi, et les trois étages où s'empilaient les livres. C'est pendant un dîner rue Delambre qu'Axel S. avait fait la preuve de sa bonne volonté et de son goût de l'aventure. Comment donc, avait-il dit à André, vous écrivez ? Il fallait sur le champ aller le voir, il lirait et donnerait son avis. Cette nuit-là, André rêva qu'on l'enfermait dans une boîte et qu'il voyageait au milieu des océans : l'eau avait envahi la boîte mais il respirait quand même, pourvu de branchies, ou bien revenu à l'état de nature, il n'en savait rien, bien vivant en tout cas, effrayé par la sensation de la vitesse à laquelle il se déplaçait ; il avait débarqué en Orient, et tout avait recommencé. Dès le lendemain, il s'était rendu rue Ferrandi, et il y avait pris ses habitudes.

Axel S. en était à présent réduit à produire seul les livres qu'il aimait, puisqu'avait volé en éclats, s'était désagrégé, disait-il, le groupe (il disait aussi l'hydre, le monstre aux cent têtes, le rêve de dément) auquel ils avaient eu le malheur d'appartenir, lui et d'autres, pendant quelques années. Il avait fait à André le récit de ses malheurs, les années d'euphorie et de dépenses somptuaires, les réjouissances que l'entreprise organisait, comme les galas de bienfaisance du siècle précédent, pour récompenser ses employés méritants, les engouements, les directives, les réunions dans un immeuble du huitième arrondissement où l'on annonçait, dans un silence de cathédrale, des plans de bataille pour les vingt années à venir, à moins qu'on fût invité à déjeuner dans ce temple, et l'atmosphère alors était plus recueillie encore, dans une pièce aux murs blancs dont les fenêtres donnaient sur un jardin intérieur, ombreux, diaphane, tandis que l'on se demandait comment se débarrasser des stocks : Axel S. rêveur voyait passer derrière les vitres un vol de stukas filant dans le ciel gris vers les entrepôts de Malesherbes, au-dessus des maisons basses de la banlieue sud et des champs recouverts de givre – un bombardement en bonne et due forme, auprès de quoi celui de Coventry paraîtrait anodin, plus un seul livre en stock, un feu d'artifice, une apothéose, pour le plus grand soulagement des convives assis, courtois et compassés, autour de la table, dans la salle à manger minimaliste où le tintement des couverts était aussitôt étouffé. Il y avait eu des voyages aux Etats-Unis, auxquels les meilleurs d'entre eux étaient conviés, Boston en fleurs au mois d'avril sous une pluie tropicale, Trinity Church miroitant dans les parois de verre de la John Hancock Tower, Marlborough Street, Berkeley Street, qu'ils avaient arpentées, lui et l'estimable T., qui par bonheur était du voyage, cette magie monumentale, ce luxe, la chaleur et la pluie mêlées, jusqu'au soir, les dîners où les représentants des maisons américaines avaient manifesté leur savoir-faire et leur esprit de sérieux : ces gens-là sont tout de même les maîtres du monde, disait T. en éclatant de rire ; ils avaient acheté des bonbons dans des paquets colorés qui sentaient le sucre et la vanille, traversé la Charles River et le quartier chinois, s'étaient assis sur un banc dans Copley Square, sous les arbres verts, regardant passer les voitures, les tramways, le temps, qui s'écoulait doux et voilé, pesant sur eux mais à peine, les effleurant plutôt, les enveloppant, mais légèrement, comme de la soie, autour d'eux un cirque de bâtiments néoclassiques, solides comme des temples, et d'autres, aériens, posés là comme au hasard, l'entrechoquement des styles, des époques, toute la ville disparate, anachronique, miroitant au soleil, indéfiniment reflétée dans tous ses immeubles de verre, traversée d'avenues immenses, ses jardins déployés sous la pluie, dans la douceur du printemps, son calme, son efflorescence, les immeubles rouges de Commonwealth Avenue alignés en ordre de bataille, prêts à quitter le port dans la lumière dorée. Lorsque la nuit tombait, il rentrait à l'hôtel et regardait, depuis la fenêtre de sa chambre, au 58e étage, les quais qui s'illuminaient peu à peu, la rivière sur laquelle passaient des bateaux, le scintillement des phares : il était à Boston, au paradis.

Il y avait eu les communiqués de victoire, plus glorieux et pressants à mesure que la chute s'annonçait, les appels à la grève et à l'insurrection (restons Français, feu sur le quartier général !), les manœuvres désespérées, la visite des éditeurs chinois, au nombre de trente-neuf, de passage à Paris sur la route de Francfort, auxquels on avait expliqué que l'on régnait sur le monde, et qui à cette nouvelle s'étaient exclamés poliment. Il y avait eu, au fil des mois, des gens qu'on avait vu s'installer dans les bureaux, sans justification d'aucune sorte, auxquels il fallait tout expliquer, une fois de plus. Un moment, la maison avait été dirigée par l'un d'entre eux, un jeune homme au teint vermeil qui s'enorgueillissait d'avoir fait une école de commerce, où la vanité allait-elle se nicher, et avait annoncé qu'il ne faudrait plus publier que des livres qu'il aurait envie de lire : ça va sacrément réduire le périmètre, avait d'abord ronchonné S., affolé ; puis il avait choisi de relever ce défi. Qu'est-ce qui pourrait bien lui faire envie, à notre analphabète ? interrogeait-il d'un air gourmand, et se frottant les mains, en arrivant le matin dans son bureau : il avait fini par y prendre goût, à ces monstrueuses décoctions exécutées sur commande, comme les cuisiniers de la citadelle de Ninive inventant, pour le palais blasé d'Assurbanipal, des recettes compliquées et chaque jour différentes – les souvenirs d'un clown transsexuel qui avait annoncé qu'il fallait en toutes choses se laisser guider par les cris de son cœur, et dans le cas seulement où ceux-ci seraient inaudibles, par les pulsions du sexe, l'histoire du délégué du personnel d'une entreprise textile qui s'était persuadé, sur le tard, que les patrons œuvraient au bonheur de leurs employés et avait été, à la suite de cette révélation, emporté par une commotion cérébrale (sa veuve témoignait), les confessions d'un astronaute qui avouait avoir entièrement imaginé un voyage sur la lune dont on avait pourtant vu les images à la télévision. Mais ce qui avait valu à Axel S. la notoriété, et de telles rentrées d'argent que plus personne ne s'était risqué à l'ingérence dans ses affaires, c'était le récit de l'employé d'un grand magasin, sujet à deux ou trois phobies et misanthrope, parti en car dans la forêt amazonienne lors d'un voyage organisé par le comité d'entreprise : on l'avait oublié sur le bord de la route, devant une cabane qui servait de débit de boisson, où l'on s'était arrêté un instant pour acheter des sandwiches à la morue et de la bière ; il avait survécu, seul, dans la forêt, pendant plus de six années, se nourrissant de racines et de mygales grillées, buvant l'eau qu'il recueillait dans des feuilles de bananiers ; on l'avait retrouvé par hasard et il avait beaucoup hésité avant de revenir à la civilisation. De cette aventure, qui était aussi, confiait-il, une expérience de soi (comme telle rugueuse, rébarbative), il avait fait un livre, et Axel S. était devenu, il le disait avec un peu de regret, qui n'était pas feint, un éditeur dépravé – mais après tout, à qui cela faisait-il du tort ? L'étonnant, c'était qu'il se fût entiché d'André. Il est vrai qu'il n'avait pas renoncé à son amour des œuvres, les vraies – ce qu'il appelait, avec un peu de grandiloquence, le contenu : le contenu, tout de même ! jurait-il, une fois la porte de son bureau soigneusement fermée, quand il était sûr que personne ne viendrait interrompre leur tête à tête. Evidemment, reconnaissait-il, il y avait eu des dommages collatéraux, des gens qui étaient tombés malades, réellement, des gens qui avaient pris au sérieux ce qu'ils faisaient et à présent, stupéfaits, développaient des pathologies dont il ne guériraient pas : c'est incontestablement l'effet de la sottise, philosophait-il, on ne peut y rester exposé trop longtemps, elle irradie, contamine et tue à petit feu ; et notez bien que nos malades d'aujourd'hui seraient, s'ils disposaient du moindre pouvoir, des tyrans aussi cruels et ignorants que ceux qu'ils rêvent de renverser. Pour cette raison, il n'était pas partisan des révolutions. Il s'affirmait individualiste :

c'est, expliquait-il, qu'il avait une conception sacrée de l'individu.

Ç'avait été l'époque des slides et de la communication interne, celle des réorganisations de la force de vente et du pilon total, de la hausse des prix et des partenariats, et puis l'effondrement, la chute de la maison Usher, qui portait alors un curieux nom latin ; et l'on avait vu, à cette agitation, des prolongements qu'on n'avait pas prévus et qui captivaient : des assemblées agitées, des harangues syndicales, une peur animale à laquelle on tentait de donner des airs de fête, les manifestations où l'on se rend avec le sentiment de braver un interdit et la griserie du tumulte, les banderoles confectionnées dans les bureaux en grandes lettres d'imprimerie qui flotteraient joliment au vent, portant de beaux noms tout droit venus, dans ce siècle-ci, du XIXe, très français, les noms de vieux messieurs qui s'étaient dévoués à leur tâche, qui avait édifié patiemment leur maison et lui avaient laissé leur nom, patients contemporains de Zola, des premiers chemins de fer et du krach de l'Union Générale, prudents passants de la Belle Époque, solennels, certains de leur savoir et qu'il fallait le partager, idéalistes, économes – tout ceci compliqué, dans les derniers mois, de l'hypothèse de l'élection à la présidence de la République d'un agitateur dont le seul nom suscitait l'émoi : certains parlaient de quitter le pays s'il était élu, d'autres pesaient avec gravité les risques d'instauration d'une dictature fasciste. Pour finir, Axel S. avait, comme il l'expliquait avec son accent chantant, fait un sort aux choses (il voulait sans doute dire fait la part des choses, mais sa connaissance précise du français et de ses subtilités rendait étonnante, de sa part, une telle approximation), et racheté son fonds de commerce. Quant aux livres, ils avaient résisté, ce dont personne à vrai dire n'avait jamais douté : grâce au ciel, certains avaient continué à les écrire, d'autres à les fabriquer, et on les avait vus, sur les tables des librairies, pimpants, parfaits, prêts à l'emploi, tels qu'on les avait imaginés, bien réels, volumineux, de beaux livres comme Axel S. les aimait, lourds, remplis de merveilleux signes cabalistiques, singuliers, irremplaçables, pleins d'enseignement.

L'été, depuis l'extrémité de la rue du Cherche-Midi, où elle s'écarte du boulevard Raspail comme un chemin de traverse, les façades blanches, tout au bout de la perspective, sont celles d'un port de la Méditerranée. C'est le ciel, dur comme la pierre au-dessus des toits gris, qui donne cette impression de la mer. Il y avait peu de choses qu'André trouvât aussi satisfaisantes, à cette époque, que de se rendre dans la petite maison, au bout de la ruelle encombrée de lierre et de chèvrefeuille, pour écouter les récits épiques de son éditeur, tranquillement assis dans son bureau du troisième étage où, derrière de grandes vitres, claires comme l'eau, passaient dans le ciel transparent, distincts et blancs, les nuages, s'inscrivait le sillage des avions, apparaissait enfin, pâle, la face connue de la lune. L'hiver, quand la neige était tombée sur le boulevard désert, dont les somptueuses falaises de pierre, blanches à la lumière du jour, devenaient grises puis noires à l'approche du soir, sous la pluie froide qui durcissait, perçante, c'était la chaleur qui l'appelait, et bien entendu la beauté du récit, cette fable remarquable, composée comme un drame, retentissante, où ne manquaient ni le pittoresque des situations ni la peinture des caractères, ni l'apologue, ni même un peu de fantaisie, d'inspiration plus moderne ; car Axel S., caustique et prudent, avait révélé dans cette affaire un sens du trait et du tragique qui laissait André songeur : il y avait donc des gens qui ne se piquaient pas d'écrire, et qui peut-être l'auraient fait mieux que lui.

Enfin, grâce à S., ses livres avaient été lus, et peu à peu une rumeur d'éloge, imprécise d'abord, puis tenace, avait pris corps autour d'eux. La considération que de tout temps André avait porté à ce qu'il écrivait devint une chose partagée, une vérité d'évidence. Cela n'altéra pas son humeur, ni l'idée qu'il se faisait de lui-même ; à peine, l'attention que lui portait Kiriline, qui crût un peu, augmentée d'amusement et de sollicitude, et peut-être, mais c'était imperceptible, Inès et Ingrid prirent-elles l'habitude de lui témoigner moins d'égards. Au mois de mars, à cette latitude, la chaleur pesait, oppressante, jusqu'au soir : cela venait facilement à présent, cela s'écoulait de lui comme le sang, la bile, c'était fluide et doux comme le sable ; cela coulait de sa tête : c'était inextinguible, épais, Apollinaire invalide et mélancolique, le crâne enserré dans ce curieux bandage qui lui donnait un peu l'apparence d'un conquistador – qu'en serait-il sorti si on l'avait ôté, qu'avait-il dans la tête, qui ne demandait qu'à s'écouler, vif et clair comme le sang ? Il était inutile de s'arrêter pour noter ce qui lui venait à l'esprit, comme il le faisait, pris d'appréhension, lorsqu'il était plus jeune ; tout ce qu'on lui avait dit, tout ce qu'il avait entendu, supposé, rêvé, tout était demeuré intact : il aurait pu, sans se tromper d'un mot, le réciter d'un bout à l'autre, l'interminable livre qui résonnait dans son esprit malade, et ne demandait qu'à se répandre, une flaque de sang sur le sol, qui coule et grandit, un épanchement naturel, l'ordre des choses, le bruit du vent dans les arbres derrière la fenêtre. *Ils avaient longé la Grande Barrière, croisé des icebergs filant à grande vitesse vers le sud.*

Ce dernier été, un soir, il avait fait si chaud, toute la journée, qu'à huit heures, quand il avait quitté le bureau de la rue Ferrandi où il avait passé une partie de l'après-midi, l'air, dans le boulevard des Invalides, était plein d'une entêtante odeur de tilleul, de lilas et d'herbe coupée ; il y avait un peu de vent, à peine, un soleil voilé au-dessus de l'École militaire : tout était blanc, assourdi, embaumant, et c'était si fort, sirupeux, qu'il s'était assis sur un banc, boulevard de la Tour Maubourg, pour s'y fondre totalement. Le monde lui parut ce soir-là ourlé d'une étoffe extraordinaire, Paris vert et velouté, résonnant, partout cette formidable odeur de vie, d'amour, suave, un désir immense, assoupi, qui s'était réveillé d'un coup, inextinguible, l'épaisse odeur des lilas, un suaire : tout était splendide et manifeste. Peut-être, malgré tout, parviendrait-il à l'écrire, ce dernier livre ?

Prudence ramassait des coquillages sur le sable gris, et des galets, sur lesquels elle peindrait des poissons, volumineux, inoffensifs, thons ou dauphins pourvus d'écailles et de nageoires, chimériques, presque souriants, si bizarres qu'ils laissaient, une fois qu'on les avait vus (il suffisait d'une fois), une impression mêlée de plaisir et d'épouvante. Ce matin-là, André lui avait offert, dans un coffret de bois rouge, une panoplie d'aquarelliste – ni Anne ni Prudence n'avaient eu l'air de lui en savoir gré, et il s'était dit qu'il aimait mieux ça. C'était là qu'elles l'avaient toujours relégué après tout : juste au seuil, à l'écart. Pavel s'offrit à porter ses cailloux – au moins les plus lourds. Elle y consentit, sans le remercier ; mais lui non plus n'attendait d'elles rien de cet ordre.

10

Ce qui arriva en gare d'Istanbul

Quand le train s'arrêta en gare d'Istanbul, Claire était à la fenêtre, malgré la neige, radieuse. C'était le soir de Noël ; elle s'en félicitait, comme si elle avait été pour quelque chose dans ce retour des saisons : chaque année, elle avait apporté à la circonstance un peu plus de lustre, et ce soir-là elle avait le sentiment d'accéder à une forme celée, sépulcrale, du bonheur.

Hugo, qui sommeillait derrière elle dans le compartiment, ayant demandé à deux ou trois reprises dans l'heure qui avait précédé où l'on se trouvait, ayant dit aussi qu'il avait l'impression de sentir déjà l'air de la mer, n'y était pour rien, elle en était sûre. Elle en avait, pendant ce voyage, fait l'expérience : il n'était pour rien dans ce qu'elle éprouvait, mais il n'en diminuait pas la portée. Il n'était pas de ces individus auxquels on est contraint, bon gré mal gré, de laisser une place, fût-elle réduite, dans l'ordre de nos affections et de nos pensées. Hugo était, ni plus ni moins, un compagnon, avec des défauts et des qualités en nombre ; il serait un bon compagnon, pour les années qui allaient venir. Sa bienveillance et son indifférence étaient à peu près équivalentes ; il passait de l'une à l'autre avec placidité, comme si ç'avaient été les différentes nappes d'une même eau, les différentes nuances d'un même sentiment : l'attention imparfaite et tranquille qu'il portait à Claire.

Au-dehors, un homme calfeutré dans un manteau gris et coiffé d'une toque faisait les cent pas sur le quai. Il était assez gros ; on distinguait à peine son visage quand il passait sous l'une des lampes qui virevoltaient, sous l'effet du vent, au bout de filins accrochés, à plusieurs mètres au-dessus de sa tête, à la verrière. Son visage était, pour autant que Claire pût en juger, un peu rouge ; elle se demanda s'il avait bu, s'il avait froid, ou s'il se trouvait sous l'effet d'une grave contrariété, enfin qui il était venu attendre à l'arrivée de ce train : il n'avait pas de bagages, et pas l'air de quelqu'un qui s'en va.

Elle se retourna pour faire part à Hugo de ses impressions : elles gagneraient à être confiées, fût-ce à Hugo, qui n'avait ni le souci ni le sens du détail. Il était écroulé, il n'y avait pas d'autre mot, songea-t-elle en le regardant (elle était en droit de porter, sur tous ceux qui l'entouraient, un impitoyable jugement d'équité qu'elle était capable d'étendre à tout l'univers, à l'exception d'elle-même, bien entendu, cœur battant de l'intrigue, palpitant, énergique), effondré sur la banquette dont le tissu brillait par places, ailleurs râpeux et noir, endormi et ne donnant pas pour autant l'impression de la confiance ou de l'abandon, endormi sur ses gardes, tout à fait semblable à ce qu'il était à l'état de veille, préoccupé, son bras valide replié sur lui : le bel Hugo, songea-t-elle, saisie d'un esprit de revanche – c'était ainsi que leurs amis l'avaient surnommé dans leur jeunesse.

Il y avait chez Isaac une certaine ressemblance avec Hugo, c'était indéniable. Ils avaient en commun l'air de savoir à quoi s'en tenir, une inclination à prendre à cœur un certain nombre de choses que Claire trouvait futiles, l'implantation hirsute des cheveux, leur couleur qui virait au roux, une tendance à l'embonpoint, qui donnait à Hugo, qui n'était pas grand, à peu près l'allure d'un tonneau (« Hugo-tonneau », c'était ainsi que l'appelaient ses camarades de classe, il le lui avait confié un soir où il était saoul), à Isaac encore plus d'aplomb : n'avait-il pas bénéficié, cher Isaac, de son absence, moins triviale que l'affection quotidienne, qui pèse et se répand, noie, étouffe - un présent, vraiment, qu'elle lui avait fait en toute connaissance de cause, et qu'étant son fils, ayant hérité d'un peu de son caractère, il avait certainement apprécié comme il le fallait ?

Puisque Hugo dormait, elle ferait un dessin du bonhomme affairé et cramoisi qui arpentait le quai : elle le ferait figurer dans l'album qu'elle avait acheté pour ce voyage, où elle avait l'intention de noter ses impressions, de dater quelques circonstances, surtout de dessiner ce qu'elle aurait vu – elle ne s'interdirait pas d'embellir un peu les choses, de donner à la réalité un peu plus d'épaisseur, de grisé ou, s'il le fallait, de netteté dans les contours.

Cependant, quand elle se mit de nouveau à la fenêtre, décidée à ne rien s'interdire dans la représentation de ce personnage, à le reproduire, qui sait, beaucoup plus gros, ou plus inquiétant qu'il ne lui était apparu réellement, rouge et indistinct dans la lumière turbulente, elle s'aperçut qu'il avait disparu.

Le quai était désert, il n'y avait plus personne – sauf, à bien y regarder, prenant peu à peu de la consistance à mesure qu'il approchait, surgissant de la nuit qui s'étendait tout autour de Claire avant d'y rentrer définitivement, de la même texture que la nuit, le chef de gare, vêtu d'un uniforme chamarré et, comme le train allait repartir, agitant au bout de l'un de ses bras, qui dans la distance paraissait tout petit, un ridicule petit bras de sémaphore, défiant mécaniquement la tempête, un drapeau dont elle ne distinguait pas les couleurs. Elle rentra dans le compartiment, y prit sa valise, laissant sur la banquette une couverture, le livre qu'elle lisait à ce moment-là, d'autres objets qu'elle avait éparpillés – ce manque de soin, c'était une chose que lui reprochait Hugo, persuadé qu'elle en guérirait.

Elle descendit sur le quai. Elle aurait souhaité que ce fût avec légèreté, mais l'effet fut manqué : elle portait la lourde valise qu'Isaac avait hissée dans le wagon au départ de Paris, en lui recommandant de veiller sur elle-même – elle se souvenait de la moindre de ses recommandations, car elle les avait jugées également superflues et mensongères ; de quoi se mêlait-il, lui qu'elle n'avait jamais admis dans son intimité, ayant pris soin de donner à l'affaire suffisamment d'éclat ?

C'était le soir de Noël. Cette perspective augmentait son entrain tandis qu'elle avançait sur le quai où soufflait la bourrasque, vers les bâtiments de la gare, laissant derrière elle Hugo endormi, Hugo qui ne se réveillerait pas de sitôt, qui repartirait dans un instant, dans un grand ébranlement, et ce serait sans doute pour lui une sensation délicieuse, vers Ankara, bien au chaud, paisible, affalé, délétère.

11

Prudence et l'ange

Un matin de juillet, aussi clair que la nuit qui avait précédé, ensoleillée d'un bout à l'autre, elles étaient montées, par le petit funiculaire qui se hisse entre les pins et les fleurs, jusqu'aux maisons de bois de Skansen. Elles s'étaient arrêtées devant les cabanes des lapons, hérissées de branchages, assises dans le jardin du belvédère qui surmonte la ville et les eaux, vertes et froides comme des algues, parmi les lupins et les roses trémières, et une curieuse variété de lys, si droits et odorants, tardifs, que l'air autour d'elles en était alourdi, presque poisseux ; en bas passaient les bateaux, allant sous leurs voiles blanches, avançant vite et rectilignes dans l'écume, accompagnés du vol strident des mouettes. Elles avaient déjeuné debout, sur la place où l'on vend de la limonade et des crêpes de blé dur : Prudence en avait mangé autant qu'elle avait pu ; Anne l'époussetait de son mouchoir, avec précaution, comme si elle avait été une poupée de porcelaine. Elles avaient observé, derrière les arbres, l'élan et les loups, apathiques, étonnés, dans l'odeur forte des fleurs et du foin, le vent passant dans les arbres d'argent, et redescendu les rues bordées de maisons de couleur, jusqu'à l'église peinte en rouge, comme on en voit dans les marais de Scanie, au milieu d'un pré où poussaient des chardons de la même teinte que le ciel. Cette lumière surnaturelle l'avait fait grandir, démesurément, en sagesse et en autorité, comme le vent boursouflé de soleil, résonnant du cri des mouettes, fait avancer les voiles blanches dans le Norrström, comme l'eau mêlée à la chaleur fait croître les rhododendrons et les buissons de roses qui se bousculent dans l'air agité du soir, au fond du jardin, derrière la maison d'Ussel.

Cela s'était produit malgré elle, elle ne savait pas où cela s'arrêterait. Elle s'en était aperçue en jouant avec ses cousines au bord de l'étang où elles allaient quand la chaleur était tombée, que les chiens s'étaient tus, et les ânes, qu'enfin on n'entendait plus gémir dans le champ d'à côté – l'un d'eux s'était suicidé cette année-là, c'était du mois ce que prétendait Elisabeth, qui racontait l'histoire avec délectation : on l'avait retrouvé au matin dans la boue, enfoncé jusqu'aux oreilles, qui surgissaient raides et grises, mousseuses, de la vase d'où on l'avait déjà retiré plusieurs fois, mais il y revenait, il n'y avait rien à faire, et cette nuit-là il s'y était enlisé pour de bon et y était mort ; c'est peut-être qu'il était très bête, avait supposé la petite Sophie, mais Elisabeth l'avait rabrouée : c'est plus mystérieux qu'on ne croit, les animaux, plus intelligent, et indocile. Ce jour-là, il avait plu sans discontinuer, du matin jusqu'à la fin de l'après-midi, et elles avaient eu du mal à obtenir le droit de sortir. Enfin, elles avaient pu s'éloigner de la maison, enveloppées dans ce que leur grand-mère appelait des lainages : elle les avait tricotés elle-même, pour ses six petites filles, qui ne se ressemblaient pas et se retrouvaient tous les ans, pour un mois entier, à Ussel où elles s'ennuyaient. Les feuilles des arbres, le bitume, les murs des maisons qui longeaient la route, de plus en plus isolées à mesure qu'elles traversaient le faubourg, tout était luisant et chaud comme après un orage ; mais on n'avait pas entendu le tonnerre, rien qu'une pluie tiède, toute la journée : il y avait pourtant du brouillard ce matin, je croyais que le brouillard aurait mangé l'eau, avait bougonné leur grand-père debout devant la fenêtre, mais je t'en fous. Prudence était partie en avant : elle courait plus vite que les autres ; elle était impatiente. Elles avaient repris la fable où elles l'avaient laissé l'année précédente ; elles n'avaient oublié aucune des péripéties. Et tout à coup, au milieu d'une des séquences les plus intéressantes de l'histoire, elle s'en était détournée, avec une forme d'écœurement et de certitude - la vanité de tout ce qui n'était pas inextricablement lié à elle, de tout ce qui ne lui était pas propre et particulier. Ce soir-là, elle était allée se coucher plus tôt que d'habitude, prétextant qu'elle était malade ; ce n'est pourtant pas ce qu'elle mange, avait remarqué Denis, soupçonneux. Dans son lit, le noir, qu'elle aimait, intense et doux autour d'elle, sur le toit le bruit de la pluie, elle s'endormit, laissant s'éparpiller autour d'elle des idées précises et fluides, jolies comme de l'argent, tout ce qui brille et bruit, l'idée de ce qu'elle deviendrait, et de ce qu'elle ne serait jamais.

Elle était, passionnément, amoureuse d'un ange qui, il y avait quelques semaines de cela, s'était matérialisé pour elle, uniquement – et encore, de façon aléatoire et indistincte. Un peu de la ferveur qu'elle avait éprouvée, jadis, pour Dieu et ses manifestations équivoques, s'était déplacée là. Elle n'en avait pas été surprise : on lui avait dit que les anges existent. Le sien, car il lui appartenait, véritablement, était aimable, traitant de tout de façon impersonnelle ; il semblait avoir conçu, sur toutes choses, un avis dépourvu de gravité, qui ne valait que pour elle et dont il lui faisait part comme à regret. A Gamla Stan, où elles habitaient, dans la lumière lancinante qui durait jusqu'à l'heure crépusculaire de minuit, tous les jours, elle l'avait évoqué et il était venu à elle – un peu de magie blanche, qu'elle opposait aux sortilèges. Le dimanche, elles prenaient le ferry, buvaient du café brûlant sur le pont, se réfugiant à l'intérieur, deux pièces étroites et lambrissées, s'il y avait trop de vent, observaient sur les berges, de part et d'autre, les maisons peintes, dans la lumière étincelante, et il était là. Il était avec elles dans l'île des Chevaliers, à Djurgarden où elles avaient vu l'épave du Vasa et les corps qu'on y avait repêchés, dotés, c'était un miracle de la science, de visages savamment reconstitués, des noyés revenus à la surface, du fond des temps – de quel droit avait-on mis un terme à leur aventureuse existence de disparus, les avait-on dépossédés de la terrible discrétion avec laquelle ils étaient morts, de tout le silence dont ils s'étaient entourés, ensevelis sous le poids immense, incertain, de la mer, de quel droit les avait-on privés de cette immense sépulture, mouvante, qui les avait préservés de l'immobilité, leur avait concédé encore un peu de la grâce et du mouvement des vivants ? Il les avait suivies dans l'île, où elles avaient dormi sur l'herbe ; puis le vent avait forci dans les frondaisons des arbres au-dessus d'elles, c'est ce qui les avait réveillées. Quand elles étaient revenues chez elles, à la fin de la journée, dans la lumière de midi, tranchante, translucide, parfaite, il était auprès d'elles, et ne les avait plus quittées.

C'était un point commun qu'elle avait avec Pavel Kiriline, qui lui avait fait cette confidence : il avait réuni autour de lui, à force d'humilité, une théorie familière, des amis qui l'escortaient où qu'il aille, qui ne lui avaient jamais fait défaut, une femme en particulier, dont il ne souhaitait pas parler plus que ça, et un petit garçon, qui avait grandi, c'était naturel, tant de temps avait passé depuis qu'ils avaient fait connaissance, qui avait depuis lors pris plusieurs formes, et Pavel les affectionnait toutes – la plus ancienne, sa chapka posée de travers sur ses cheveux si blonds qu'ils en paraissaient blancs, une autre, plus récente, celle d'un adolescent au visage mobile et rêveur (il restait tout le jour près de la rivière, dans la chaleur du mois d'août, sans qu'on puisse savoir si c'était pour y pêcher les brochets qu'on y trouvait en quantité à cette époque, d'affreux poissons à la peau grise qu'il leur rapportait dans un panier, les déversant sur le sol de la cuisine, et Sofronia glapissait, ce qui le faisait rire, ou bien pour y rêver, simplement, à la lumière du monde, à ce que devenait la lumière au long de la journée, à ses métamorphoses), une autre encore, quand assis à côté de Pavel qui allumait son cigare, il l'écoutait à moitié et ne s'offensait de rien, un jeune homme à présent, amical, qui ne s'étonnait de rien, tout ce qu'on lui disait suscitait chez lui le même intérêt, voilé. Avec celui-ci, en particulier, Pavel avait, depuis des années, un commerce agréable et ponctuel, ce qui prouvait bien que les anges existent.

Cette nuit-là, elle s'était endormie, dans la maison de Tortisambert, après avoir écouté sans rien dire, assise devant le feu, le bruit des voix des adultes. Elle avait été en Chine ; c'est Pavel Kiriline qui lui en avait parlé : il y était allé, ou il vivait tout près, quand il était enfant - dans les marécages, avec les fées. Son frère Platon, qu'on appelait Tocha (c'était le surnom que lui avaient donné les fées, son surnom d'enfant-fée, la manière dont on l'appelait, de préférence, parce qu'on l'aimait : tout le monde l'aimait, il était rond comme une boule, avec des cheveux si blonds qu'ils en paraissaient blancs, et des yeux de lémurien), s'asseyait au bord de l'eau avec sa petite sœur, la chère Tatiana ; il parlait aux grenouilles, car il venait lui-même du fond du marécage et un jour y était retourné, sans autre forme de procès, sans faire d'histoires – un frémissement dans le marécage, le vent froid descendu des montagnes, la paix du soir. Ce que Tocha aimait par-dessus tout, dans la maison de Kirilskoie, c'était la fête de Noël, quand on préparait, dès la fin du mois de novembre, les oies et les cochons, les gâteaux de semoule, les fruits confits, la confiture, tout ce qu'on allait manger, avec les oncles et les cousins (le son des grelots résonnait dans la campagne gelée bien avant qu'on les vît arriver, ils s'arrêtaient devant le perron en faisant jaillir autour d'eux des étincelles de neige et les chevaux tremblaient longtemps encore après s'être arrêtés), pendant la semaine entière, blanche, étincelante de givre et de rires, qu'allaient durer les cérémonies. Sofronia mettait dans l'arbre des biscuits au sucre qu'elle avait confectionnés elle-même, des poupées qu'elle avait bourrées de laine avec l'aide de Tatiana, auxquelles elle avait cousu des robes de couleur vive, et sur leurs cheveux de fil des fichus bariolés, des guirlandes de paille, des rubans de soie, et le soir de Noël des bougies allumées ; ce soir-là, Tocha restait immobile, interdit devant tant de splendeur, debout d'abord, un long moment, et puis, fatigué, s'asseyant par terre, et rien ne pouvait le distraire, il fallait à la fin le prendre par la main pour qu'il rejoigne le reste de la famille à la table du festin. C'était bien autre chose, Noël à Kirilskoie, que tout ce que Prudence avait pu voir, à Ussel ou à Tortisambert : Platon lui-même en était stupéfait, qui pourtant venait du fond du marécage, où les fêtes des fées duraient non pas des semaines mais des années, où c'étaient des forêt entières qu'on ornait de bougies et de morceaux de sucre, de guirlandes de fleurs et de fils d'or : c'est là qu'il était retourné, de l'autre côté de l'eau, au fond, où poussent des bouleaux aussi gros que les colonnes des temples. Il est probable qu'il avait gardé, tout le temps qu'il était resté avec eux, la nostalgie du royaume d'en-dessous, sans rien leur en dire, évidemment - il était si avide de louanges. Peut-être y avait-il eu, dans la vie composite et prévisible des hommes, quelque chose qui lui avait déplu. Il savait beaucoup de choses ; le reste, il l'avait deviné. Aujourd'hui encore, Pavel comptait parmi ses connaissances une femme qui était une fée ; elle portait d'ailleurs, Myra, un nom de fée, et venait elle aussi d'un pays sauvage que les hommes n'avaient pas encore exploré, du moins pas de façon méthodique et civilisatrice. Elle l'avait ensorcelé : elle était belle, plus belle et alanguie qu'aucune femme de la race des hommes, fastueuse, prodigue ; sans doute disparaîtrait-il un de ces jours avec elle, il fallait s'y attendre, emporté de l'autre côté de l'Altai, dans un tourbillon de cendres, vers la Chine, et la ville de Xining.

Prudence l'avait traversée avant d'arriver à un champ d'oeillets bigarrés, et de myosotis. Derrière, il y en avait d'autres, compartimentés, égaux, des centaines, brillant sous la neige - au-dessus, un brouillard qui prenait, en s'élevant au-delà de la ligne bleue des collines, la couleur des fleurs. Tocha, qu'on n'avait pas vu grandir, qui était parti, qui dormait maintenant dans la mousse, au plus profond d'une vaste forêt de bouleaux, grande comme un pays, où brûlaient jour et nuit des bougies qui répandaient, au-dessus des arbres, une vapeur d'encens qui se transformait en nuages et flottait, il était impossible qu'elle ne le retrouve pas, et l'entourant de ses bras, qu'elle ne le ramène pas à la surface de la terre. Il y avait peut-être, de ce qu'il savait, quelque chose qu'il aurait à lui dire ? Elle l'avait suivi dans un tunnel aux murs de bois, aussi propre et bien ciré que le pont des bateaux qui font le trajet de Stockholm à Drotningholm. C'étaient des murs qui parlaient ; ils lui avaient dit quelque chose, de la plus haute importance : elle serait bien malavisée de l'oublier ou de le négliger, comme on fait, au réveil, des prudents avertissements que donnent les rêves. Ils le lui avaient dit en chuchotant, soucieux peut-être de ne pas l'effrayer. Ensuite, elle s'était trouvée de l'autre côté, dans les champs recouverts de neige, irrigués de rivières rapides qui passaient blanches entre les couleurs et que des femmes balayaient pour que la glace ne s'y forme pas. Quand Tocha était né, avait raconté Ilaria à Pavel, ç'avait été pour elle un saisissement - pourquoi cette naissance-là plus qu'une autre : c'était son quatrième enfant ? C'était ainsi ; elle avait eu soudain la révélation qu'elle ne mourrait pas, que son sort sur cette terre était accompli, que tout le reste était indifférent, puisque Platon était là, qu'il lui avait été donné : est-ce que cela ne suffisait pas à prouver qu'il était d'une autre nature que ses frères et sœurs, qu'avec lui elle avait été bénie, et grâce à lui serait sauvée ?

Il arrivait à Prudence d'entrer dans la salle de bain quand Anne y était, enchantée de son corps androgyne, ses épaules blanches, ses taches de rousseur, les cheveux dans les yeux, son air de bouder, observant avec le plus grand intérêt telle partie d'elle-même, demandant à Prudence ce qu'elle en pensait ; c'est très joli, disait Prudence. Elle développa à cette époque une forme d'écœurement, le même peut-être qu'elle avait ressenti l'été précédent au bord de l'étang, devant ce corps admirable : comment se faisait-il qu'elle en fût issue ? C'était à mourir de colère et de dégoût un abîme où elle se noyait. Combien de temps faudrait-il attendre avant que la mue s'accomplisse, qu'Anne devienne enfin ce qu'elle était, une vieille femme, laide à faire peur, que les vêtements merveilleux de la succube tombent d'eux-mêmes et, aussitôt étendus sur le sol, se transforment en poussière, quand donc son vrai visage apparaîtrait-il aux hommes, impérieux et funèbre ? Ce qui contribuait à sa renommée, ce charme qu'elle avait, la loi qu'elle faisait prévaloir, partout où elle passait, c'était celle de sa beauté parfaite, arrêtée, et puis la force qu'elle mettait dans ses convictions, la joie qui l'habitait, brute, la façon qu'elle avait de se jeter à la tête des gens, son rire de petite fille, sa gourmandise, l'air de fatigue qu'elle avait parfois, en regardant devant elle, on ne savait où – à Djurgarden, elle s'était endormie d'un coup, dans l'herbe et le chant des oiseaux, et Prudence avait veillé sur elle. Elle avait, devant les hommes qu'elle voulait séduire (et qui n'avait-elle séduit qu'elle n'ait voulu pour elle seule, même si c'était pour un instant seulement ?) une manière particulière de ramener ses cheveux en arrière, de les prendre à pleines mains, épais et sombres, regorgeant de serpents et de lueurs (c'est ce que tu as de mieux, ma chère, lui répétait Elisabeth depuis qu'elle était petite), offrant, à pleines mains, son visage magnifique, blanc et rieur, riant de son rire léger, factice, qui leur plaisait tant, à tous. Cela passerait, cette beauté ; il viendrait un moment où Anne choisirait elle-même de se défaire de ce vain artifice, une concession aux usages, à laquelle elle renoncerait enfin, dans sa toute-puissance. Il viendrait, ce moment où elle cesserait d'être à elle-même la compagne secourable qu'elle avait toujours été. Elle serait enfin ce qu'elle était, une vieille femme emportée, rageuse, une petite fille qui a vieilli d'un coup, qui s'est endormie et réveillée, identique et vieillie, capricieuse, insolente, enlaidie par les années, sa propre stupeur, et sa sottise. Certains embellissent, avec le temps ; Anne enlaidirait, c'était sûr, ce serait l'effet de toute cette ignorance accumulée, cette méconnaissance des autres et de soi-même, ce désordre, cette inconstance. Viendrait le moment, il n'était plus si éloigné, où Prudence le saurait avec certitude : tout ce qui la maintenait du côté de la déraison, de la pitié que l'on éprouve pour soi, au lieu de l'amitié qui serait si nécessaire, c'était en elle, indiscutablement, indiscutable, péremptoire, depuis tant d'années, la voix d'Anne qui parlait fort - elle avait tant d'idées : elle en avait sur tout, sur chaque chose une idée nette et imagée. Parfois aussi (mais c'était si rare à présent, si ténu, à peine une impression, peut-être même quelque chose qu'elle avait inventé), elle avait l'impression que, il y avait de cela très longtemps, au début, peut-être (il y avait si longtemps que c'était invérifiable), Anne l'avait aimée.

À Ussel, il y avait parmi leurs camarades de jeux un garçon qui l'avait poussée contre un arbre, l'été précédent, pour l'embrasser. Elle avait détesté ce baiser, et les circonstances, les voix que l'on entendait derrière eux dans le jardin, les rires de ses cousines. Anne n'aimerait pas savoir que cela avait eu lieu ; elle avait une idée sur les garçons et les filles, ce qui est permis et ce qui ne l'est pas, à quoi devaient ressembler les vacances dans la maison d'Ussel, à quoi Prudence devait passer son temps, en quoi elle devait obéir à Elisabeth et prendre exemple sur tel ou telle : pour cette raison, parce qu'Anne y aurait trouvé à redire, elle l'avait embrassé en retour, avec détermination, le dégout intact, salutaire, entre eux, et l'image d'Anne, réprobatrice. Dans le petit appartement qu'elles habitaient, rue de Sèvres, elles dormaient dans la même chambre. La nuit, Prudence entendait son souffle, léger :

c'était joli, Dieu fasse que cela ne cesse pas. Il y avait, sur le mur d'en face, de l'autre côté de la rue, une enseigne lumineuse ; rien ne dérangeait le sommeil d'Anne, qui dormait, disait-elle, comme une bienheureuse - elle n'avait rien à se reprocher. Les lumières s'enroulaient au plafond au-dessus de Prudence, filaient sur le sol comme des vagues, clignotaient, disparaissaient et réapparaissaient, bleues, mouvantes ; elle les oubliait et s'endormait. C'était Anne qui se réveillait la première ; elle était très matinale, et très gaie au réveil. L'odeur du café remplissait la chambre, et celle des brioches qu'elle allait acheter dès qu'elle était levée. Elle aimait le sucre et en mettait partout, dans son café, sur les brioches tièdes qu'elle venait d'acheter et dont l'odeur resterait dans la chambre jusqu'au soir : il semblait qu'elle avait imprégné les murs, tout le vent qu'on faisait entrer dans l'appartement, les dimanches de printemps, en laissant grandes ouvertes les fenêtres qui donnaient sur la rue, n'y changeait rien. Anne savourait tout et riait de sa gourmandise. Prudence se tenait en retrait, écœurée, distraite. Elle avait hâte de descendre l'escalier aux marches basses, de pousser la porte cochère, si lourde que, lorsqu'elle était plus petite, elle ne pouvait s'opposer, même pas de ses deux mains et de toute la force de son corps, à son mouvement écrasant, et qu'elle avait en passant, à chaque fois, la terreur de la mort, hâte de se trouver dans la lumière du jour, à l'affût, avec Eléonore, qui s'assombrissait pour peu de chose et peu de temps, Paloma, si douce et obligeante qu'on avait parfois l'envie de la détruire, puis cette envie passait, Carmen, qui aimait Prudence plus que sa vie, elle le lui avait dit : un soir, en rentrant par la rue Vaneau, elle lui avait dit qu'elle l'aimait pour de vrai, qu'elle avait envie de dormir avec elle et de l'embrasser sur la bouche ; c'est ce qu'elles avaient fait, dans l'appartement tranquille qu'habitait Carmen, près des Invalides. C'était au printemps, elles avaient laissé la fenêtre ouverte, on entendait le roulement des voitures au-dehors, Carmen la tenait par la main, lui disait qu'elle était aussi soyeuse qu'une fleur, un coquelicot soyeux et froissé, chuchotait-elle, consolante, délivrée de toute exigence, répétant qu'elle l'aimait.

Le mois de janvier fut très doux à Tortisambert. La neige avait tenu quelques jours puis avait fondu, laissant des flaques sur le sol gelé, et le printemps était arrivé : les roses fleurissaient, le vent venait du sud. Anne paraissait décidée à rester là aussi longtemps qu'il serait possible. Elle disait qu'on n'apprenait rien de bon à Prudence, à l'école, et que sa santé commençait à s'en ressentir : elle était blanche à faire peur, on aurait dit qu'on l'avait passée à la craie ; elle dépérissait. C'était une habitude qu'elle avait prise avec André : elle s'installait, considérant comme naturel que l'on témoigne à sa fille, encore plus qu'à elle-même, de grands égards, et chantait, du matin jusqu'au soir - la maison entière en était ébranlée. Ah, c'est Thoreau que tu lis, très bien, avait-elle dit à André d'un ton cassant le soir de son arrivée, remarquant le livre qu'il avait laissé sur l'une des tables du salon, sous la lampe de porcelaine qui éclairait mal, cassant et de connivence évasive, et il n'avait pas eu le loisir de répondre, Anne s'étant à son habitude esquivée aussitôt formulée cette entrée en matière. Me voici, je suis venue avec mon petit fantôme, avait-elle annoncé en ouvrant la porte – ils ne l'avaient pas entendu venir, occupés qu'ils étaient, André à allumer un feu qui prenait mal, Pavel à lire, étendu sur le sofa du salon où il avait accumulé plus de coussins encore et de couvertures, buvant du thé, avalant des dattes qu'il avait été acheter au marché de Saint-Pierre sur Dives le lundi précédent ; me voici, avait-elle répété un peu plus fort, poussant Prudence devant elle, l'avant-garde, douée de beaucoup plus de perspicacité que le gros de la troupe, songea André les voyant entrer dans le salon envahi par la fumée, où elles apportaient, comme une bénédiction, le vent et l'air froid du dehors, un éclaireur qu'on a choisi pour son courage et l'expérience qu'il a acquise des situations les plus périlleuses, s'aventurant bravement en pays hostile et attendant, pour rendre compte, d'avoir observé les premières manœuvres de l'ennemi. Ainsi, pour André, Thoreau et Laxness, exclusivement : Laxness professait qu'il n'y aurait jamais assez de livres, ce qui le rassurait – il avait parfois ressenti de l'inquiétude à l'idée qu'il y en avait trop et qu'il serait inconsidéré d'en ajouter d'autres, des lumignons intermittents et blafards à cette voie lactée, mais Laxness l'avait rassuré. Pour Pavel, de la philosophie, en vrac, déclarait-il, pas mécontent de laisser entendre que sa gloutonnerie naturelle trouvait là aussi à se satisfaire, qu'il déployait, dans toutes les activités de son existence, la même démesure et le même appétit, que tout lui était bon ; il disait aussi que c'était autant de gagné sur la cécité et la déréliction, qu'il lui fallait lire, dès à présent, vite et le plus possible, qu'il serait plus rapide que la maladie et la mort.

Elles s'étaient installées dans une chambre qui donnait sur le jardin, où André avait placé deux lits de fer. Pavel se réjouissait ouvertement de les savoir avec eux : d'abord, comme il en fit la confidence à André dès le premier soir, on leur aurait donné, à l'une et à l'autre, le bon dieu sans confession – cette remarque impliquant, bien entendu, qu'on aurait eu tort ; et puis il se trouvait intéressé malgré lui à ce qu'Anne pouvait penser, si elle pensait, à ce qu'elle allait faire dans les heures qui suivraient, enfin à tout ce qu'elle avait entrepris – au minuscule, insidieux et troublant cours de sa vie. Un après-midi, il l'avait trouvée, alors qu'il rentrait d'une promenade dans la campagne, assise dans une encoignure, occupant le point le plus sombre, le plus indistinct, de cet espace surchargé de meubles qu'était le salon de Tortisambert, et elle n'avait manifesté, en le voyant paraître devant elle, aucun signe d'intelligence. Il avait supposé que ç'avait été pour elle, durant des années, un sévère exercice, un exigeant motif d'application et de persévérance, que de tendre à cette inexpressivité, à ce parfait naturel dans la stupidité, à ce point d'équilibre précaire où la stupidité est près de passer pour de la souffrance. Elle s'était enveloppée de son châle, dont il remarqua la couleur, chocolat, d'un geste qu'il jugea raffiné, artiste, victorien ; il lui en sut gré, comme si elle l'avait introduit d'un coup, magicienne, dans un cercle enchanté, cosmopolite et littéraire, Pasternak à Peredelkino, Tourgueniev recevant les Viardot dans la datcha blanche et noire au-dessus de la Seine, et comme si le centre rayonnant de cette extraordinaire aventure avait été la maison d'André, dans la campagne près de Tortisambert. Le soir venu, il s'était moqué de lui-même ; mais il n'était pas sûr que ce fût à bon escient. Le premier jour, ils l'avaient priée de se mettre à chanter, sans prendre garde à l'air de désarroi qui avait alors altéré le visage de Prudence, d'ordinaire immobile. Quand elle eut fini, Pavel se surprit à parler plus fort que d'habitude, énonçant d'une voix sonore, comme si cela lui avait coûté, d'extravagants compliments auxquels Anne ne songeait même pas à répondre : elle était bien mal élevée, pensa-t-il, et d'une beauté à couper le souffle. Une autre fois, elle lui avait dit qu'elle prenait part à son malheur, qu'elle se désolait de le savoir si souffrant, et que ce fût incurable. Elle employa ces mots, exactement, avec beaucoup de précaution et de lenteur – elle aurait pu dire malade, infirme, ou aveugle, tout bonnement, mais elle avait dit souffrant, et il en avait conclu que la malignité et l'ingéniosité des femmes, qui étaient du reste une seule et même chose, n'avaient pas de limites.

Anne était prolixe, à son habitude ; c'était peut-être pour rétablir un semblant de mesure dans la quantité générale de mots que l'univers peut contenir, qu'il peut absorber sans se fissurer, s'effondrer sous le poids de tout ce qu'on a dit et qui n'aurait pas dû l'être, sans imploser sous cette charge trop forte, d'imprudence et de vanité, que Prudence pour sa part en était avare : il y avait peut-être, entre elles, un pacte qu'il fallait respecter - qu'en serait-il, sans cela, de l'équilibre du monde et des forces qui le traversent, des passerelles amarrées très haut au-dessus du vide, balancées au moindre souffle, par où passent les anges ? Elle avait un sujet de prédilection, qu'elle abordait avec beaucoup de sérieux et de franchise : elle-même, ce qu'elle avait fait, ce qu'elle avait appris, ce qu'elle croyait, ce qui la révoltait - elle disait volontiers qu'elle était en colère, que l'indignation est une vertu ; la sienne, cependant, ne durait pas longtemps, immédiatement dissoute dans son rire heureux, qu'elle vous jetait à la figure, vous regardant bien en face, avec une impudence infernale, songeait Pavel. En somme, ce qu'elle avait expérimenté, éprouvé, conclu, elle entendait que cela se sache ; elle n'imaginait pas que ce fût indifférent. Cet hiver-là, dans la maison qu'André maintenait surchauffée car il craignait que Prudence ne prenne froid, ou dans les chemins creux qu'elle parcourait quel que fût le temps (elle réapparaissait à la nuit tombée, maussade, et le feu, dès qu'elle était entrée, illuminait son visage céleste), elle prit Pavel pour confident.

Prudence, lui dit-elle, le petit fantôme qu'elle emmenait partout avec elle, qu'elle présentait aux gens comme quelqu'un de vivant, alors qu'elle ne parlait plus et ne s'alimentait presque pas (mais cela lui passerait, il suffisait de ne pas y faire attention), cette petite personne qu'elle avait mise au monde sans y prendre garde, sans l'avoir voulu, pour laquelle elle éprouvait tant de sollicitude, se trouvant si peu payée de retour, n'était pas née, c'était curieux, de l'homme qu'elle avait le plus aimé, loin de là – il lui était du reste difficile d'établir, entre les hommes qu'elle avait aimés, une hiérarchie ou une correspondance, elle n'aurait pas su dire si la logique avait présidé à ces attachements, non, elle n'en était pas sûre : ils ne se ressemblaient pas, les quelques hommes avec lesquels elle avait vécu, certains si plats (plats et malcommodes, précisait-elle en riant) qu'elle les avait oubliés totalement, et ce n'était pas forcément ceux dont l'intrusion, dans sa vie parfaite, avait été la plus brève. Vous, Pavel, disait-elle, je vous aime bien, en passant son bras sous le sien, comme s'il avait eu besoin d'elle pour avancer ou éviter les obstacles, comme s'il risquait de revenir, sans elle, privé de sa vigilance, à sa nature simple et première, celle d'un animal qui se serait cogné aux murs et aurait gémi dans le noir ; il voyait encore assez cependant pour distinguer, le soir comme le jour, parfait dans sa texture et ses contours, son visage blanc qui étincelait. Elle se montrait de plus en plus familière avec lui, comme si elle avait eu affaire, songeait-il, à un eunuque élevé dans le sérail de Soliman, abruti de confiseries et de miel, et plein de ressentiment à l'égard des hommes. Ce n'était pas dénué de charme. Il l'écoutait, amusé – c'était décidé, il serait patient avec elle. C'est Anselme qu'elle avait le plus aimé ; il l'avait quittée sans qu'elle sache pourquoi, et cela n'avait pas d'importance, ajoutait-elle avec son sourire bizarre. Il gagnait sa vie en enseignant la philosophie à des voyous dans un lycée de banlieue – c'était un pis-aller, à vrai dire il n'éprouvait aucun intérêt pour rien ; il s'était même essayé, durant quelques années, à vivre en autarcie dans une caravane, cultivant un petit potager le long d'une voie ferrée, mais cela n'avait rien donné – il aurait vécu dans un tonneau si cela avait été possible, et y serait mort content. Il lui avait dit qu'il ne l'aimait pas mais que son corps avait besoin du sien, et elle avait été flattée – ça la changeait des intellectuels. C'est Anselme qu'elle avait le plus aimé, et la petite fille n'était pas de lui. Quant au père de Prudence, tout le monde savait là-dessus à quoi s'en tenir, inutile d'épiloguer, elle en avait fait son affaire, c'était sa fille à elle, c'est toute seule qu'elle lui avait donné ce nom, qu'elle trouvait drôle et doux. Ce n'était peut-être pas Marie mais Salomé, finalement, qu'elle lui rappelait le plus, la petite femme qui l'avait tant aimé et puis l'avait quitté, et c'était, avait-elle dit tout en larmes, comme de s'arracher le coeur. Pavel était si jeune à l'époque, tourmenté de milliers de choses dont il ne se souvenait plus : il ne se souvenait plus que de sa figure épanouie, de la confiance qu'elle avait en lui, certaine qu'il réussirait de grandes choses et le proclamant autour d'elle, des journées qu'elle avait passées à pleurer quand elle avait décidé de le quitter, tu as fait mon malheur, Pavel, de ses cheveux courts comme ceux d'un garçon, de sa bonté – elle était têtue, et juvénile. L'été où ils avaient traversé les Alpes par le tunnel du saint Gothard, elle laissait le vent entrer dans la voiture, ses cheveux ébouriffés, on aurait dit un hérisson, solide et pimpante comme une poupée de bois ; quand il l'embrassait, il lui semblait que, sous l'effet du désir et de l'insouciance de ce jour-là, sa peau même, et tout son corps, l'avaient absorbé. Ils étaient arrivés à la nuit tombée, dans l'odeur des oliviers et le crépitement assourdissant des cigales : la nuit résonnait, chaude et veloutée comme un fruit. Après cela, elle était partie, pour de bon. Il en avait été si malheureux qu'il avait un temps vécu chez André, rue de Rome, pour se trouver moins seul : au mois de septembre, quand la brume était venue s'interposer entre les champs d'oliviers et l'horizon, il avait à nouveau traversé la Suisse jusqu'à Paris, et le rideau de pluie tombant sur le petit bâtiment de l'autre côté de la cour – HYDROTHÉRAPIE – DOUCHES – BARÈGES. Anne pressait contre le sien, en marchant, son corps flexible, craignant sans doute que l'animal en lui ne s'égare et ne se cogne aux murs, si elle l'avait laissé se débrouiller seul.

Est-ce à vous qu'elle en a, ou bien à moi ? finit-il par demander à André, un soir, dans le jardin. Ayant tiré une bouffée de son cigare, qu'il avait eu le plus grand mal à allumer dans le vent et l'air froid, et cette victoire sur les éléments lui ayant conféré un surcroît d'assurance, il ajouta : en mon âme et conscience, je préfèrerais qu'il s'agît de vous. Tout autre qu'André aurait sur ce point suspecté Pavel de malhonnêteté.

Mais André savait qu'on n'avait jamais pris Pavel en flagrant délit de mensonge, pour la bonne raison qu'il ne mentait pas. Ils étaient rentrés et avaient fait un festin mémorable : mangeons, mangeons ! s'était exclamé Pavel ; et il avait mangé en effet, à lui seul, pendant plus de deux heures, autant que tous les autres. Prudence, assise à côté de lui, pénétrée de son importance, veillait à ce qu'il ne manque de rien : prends bien soin de Pavel, Prudence, avait ordonné Anne, de ce ton cordial qu'elle employait pour s'adresser à sa fille, comme si la cordialité avait été de mise entre elles – deux puissances étrangères destinées pour un moment à cohabiter, engagées malgré elle, parce que l'histoire et le jeu des alliances le commandent, à s'entendre et à suivre la même politique, ne parlant pas la même langue cependant, ne partageant aucun élément de civilisation. Comme il avait beaucoup bu, Anne lui dit qu'elle le trouvait drôle, et il en parut flatté : vous êtes irremplaçable, Pavel, déclara-t-elle en posant la main sur son bras, pondérée, insincère, songea André, mesurant aussitôt l'étroitesse de ce jugement qui s'attachait plus à la forme que prenaient les sentiments d'Anne qu'à leur consistance, telle qu'elle l'éprouvait, en était tourmentée, qui sait, avant de laisser affleurer à la surface ce qu'ils avaient de licite et de présentable. Quand elle était enfant, à Ussel, elle était la plus prisée de toutes les petites filles : elle imposait le respect même aux adultes – c'était un oracle, Anne, en ce temps-là, une enfant gâtée, ravissante et médiocre, dont André était amoureux ; elle l'avait deviné et le traitait plus mal, pour cette faiblesse. Ce fut si bref que Pavel le sentit à peine, mais pour sûr elle avait posé la main sur son bras, il se le remémora pendant une partie de la nuit, avec perplexité.

Le lendemain matin, quand André descendit dans la cuisine, Prudence était déjà levée. Elle buvait un bol de chocolat, regardant par la fenêtre le jardin recouvert de givre avec, pensa André, le même air obtus que sa mère. Elle n'eut pas l'air de remarquer qu'il était entré dans la pièce et ne témoigna rien quand il s'assit à côté d'elle. Anne prétendait qu'elle était capable, rue de Sèvres, de rester immobile dans la cuisine un temps qui paraissait infini, sans rien dire, tandis que les pigeons passaient, d'un pas lent, l'un après l'autre, sur le balcon, s'arrêtant tout à coup, l'air soupçonneux, se rengorgeant puis s'envolant ; Anne lui avait dit que c'était ce qu'elle aimait par-dessus tout, quand elle était petite : qu'on la tienne à bout de bras à la hauteur de la fenêtre, pour les voir se poser, aller et venir, échanger entre eux quelques civilités puis s'envoler lourdement, l'un sur l'arbre de la cour, l'autre tout en haut du mur blanc, comme une étape avant le ciel, d'un bleu tranchant. Elle les regardait, puis les assiettes accrochées au mur, l'une rouge, aux motifs chinois (un convoi qui passait sous un dais dans un chemin de terre, l'un des serviteurs portant une ombrelle qui lui cachait le visage, dans les arbres rouges des singes rouges, tous les promeneurs vêtus de grands manteaux qui leur tombaient jusqu'aux pieds, au ciel des nuages rouges), d'autres bleues, ornées de plantes grimpantes et d'oiseaux, et même, dans un coin, d'un scarabée. Elle imaginait alors (c'est ce qu'autour d'elle on ne savait pas) qu'une bourrasque allait vivifier l'atmosphère sucrée de la cuisine, l'aérer, balayer l'odeur du café et de la confiture, transformer en mouettes les pigeons aux yeux rouges, jeter du sel sur toutes ses souffrances, bouleverser enfin la sage apparence des choses : un effet de vent et de marée, bienvenu, qu'il faudrait cacher à Anne, car quand elle se mettait en colère elle devenait grossière, fabuleuse, laide à faire peur, pensait Prudence, qui observait avec curiosité ce surgissement de l'âme sous la chair, l'aveu de la vie et des grands désirs, voraces, que la vie apprivoise, emprisonne, dénature.

Ce qu'elle savait de son père, dont elle ignorait le nom, c'est qu'Anne l'avait très peu connu, au point qu'il n'avait eu aucun soupçon de son existence (c'était une idée dont elle n'avait pas encore épuisé toute l'étrangeté, et l'inconfort), et qu'il était mort, disparu au fond de la mer. Depuis qu'Anne lui avait raconté cette histoire (et il lui semblait que ç'avait été de tout temps) Prudence avait conçu beaucoup d'amitié pour les poissons, les crustacés, les coquillages et les coraux. Elle imaginait que le moindre d'entre eux pourrait lui donner, le jour venu, des nouvelles de son père. Elle avait accroché au mur de sa chambre, de façon propitiatoire, un dessin qu'elle avait fait il y avait plusieurs années de cela : une baleine étale au soleil, monstrueuse et pacifique, comme pour l'assurer que rien n'était perdu. Quelques années encore, et elle apprendrait que ce conte n'avait pas la moindre réalité, que son père était vivant – non pas, comme il lui avait semblé, tout entier dévolu à accomplir cette trajectoire inouïe qui devait, de tout temps, c'était écrit, prendre fin, comme celle d'un météore, dans un fracas cosmique, au milieu de la mer, mais quelqu'un de bien vivant, un homme comme un autre, et il n'y avait là rien dont elle dût se plaindre ou se féliciter, un pauvre homme avait dit Anne, comme il y en a tant, comme ils sont tous, au bout du compte : c'est ce qu'elle lui dit, quelques années plus tard, ce qu'elle lui dévoila sous l'effet de la lassitude, assise en face d'elle de l'autre côté de la table de la cuisine, souhaitant passer à autre chose, comme elle l'ajouta avec son air bravache auquel Prudence n'avait pas pu s'accoutumer, derrière la porte la chambre qu'elles avaient si longtemps partagée, dans les reflets bleus du néon qui allait et venait comme les vagues. Elle lui dit qu'elle lui avait menti – c'est ce que font les mères pour préserver leurs enfants. Irréprochable et triste, elle se délivrait de ce fardeau, elle le déposait aux pieds de Prudence, cette froide divinité qui méconnaissait son sacrifice : c'était une offrande, pourtant, qu'elle lui faisait. C'était une histoire qu'elle lui avait racontée, une berceuse, pour l'endormir ; elle était grande à présent, il n'y avait plus de nécessité à cette mascarade. *O femme, aimée de Dieu dans l'ancienne Jérusalem !* C'est la seule chose qui vint à l'esprit de Prudence en cet instant, tandis qu'elle regardait Anne, son air d'importance et d'effronterie. Ce fut le seul épilogue, le seul chant funèbre pour les années écoulées, alors que cet énorme mensonge, s'étant élevé au-dessus d'elles, flottait à présent dans la pièce ensoleillée, au mur les assiettes rouges et bleues, derrière la vitre les pigeons allant et venant, et le bleu inexorable du ciel. Quel réconfort ce fut, d'interposer cette phrase entre elle et ce visage, tandis que toutes les paroles d'Anne, tout ce qu'elle avait jamais prononcé, juré, promis, s'élevant encore, disparaissait bien haut au-dessus d'elles, des morceaux de nuage effilochés, flottant encore un instant dans le ciel dur.

André, la voyant attablée dans la cuisine, remarqua avec satisfaction qu'elle avait fini son chocolat ; on disait qu'elle ne mangeait rien et qu'au bout du compte elle dépérirait : c'était immanquable, ses cheveux tomberaient, si cela continuait elle n'aurait pas d'enfants, proclamait Anne avec un souci manifeste d'exactitude scientifique. La veille, elle était venue dans son bureau tandis qu'il écrivait ; elle lui apportait un dessin qu'elle avait colorié de couleurs vives, à son intention : une efflorescence de tons verts et jaunes, de grands arbres ligneux, des iguanes, un soleil orange dans un ciel blanc. Il y avait un titre, *Walden ou la vie dans les bois*, qu'elle avait écrit en lettres appliquées, en haut, à droite. Pas mauvais ce chocolat, hein, Prudence ? demanda-t-il en passant la main dans ses cheveux blonds - tentant d'approcher, et c'était ingrat, difficile, son âme enclose, rétive, au-delà de toute expression. Comme elle demeurait captivée par ce qu'elle voyait derrière la fenêtre, ne songeant même pas à lui répondre, il regarda lui aussi le jardin brumeux, et ajouta que le monde, ce matin-là, était bien joli. Prudence consentit alors à tourner vers lui son masque d'idole, et lui sourit.

Bientôt ce fut le mois de février, ses tempêtes et ses

éclaircies, d'une douceur telle qu'il semblait qu'on avait changé d'hémisphère : l'eucalyptus, dans le jardin, fournit des fleurs blanches, si lourdes qu'il ploya sous leur poids et se brisa en mille morceaux ; les lilas fleurirent aussi, et l'on cueillit des abricots – un prodige, commenta Pavel, annonciateur de catastrophes. Il y voyait de plus en plus mal, mais ce n'était pas la première de ses préoccupations : il se demandait, avec une constance qui ressemblait à de la charité, peut-être à de la clairvoyance, quelle place Anne allait prendre dans son cœur habité – il savait depuis longtemps qu'elles y vivaient toutes. Un matin du mois d'avril, en effet, les marronniers de la rue Guynemer déjà blancs, le Luxembourg, effleuré par le vent, frémissant comme sous une averse (mais c'était le printemps qui s'élevait de la terre et balayait les allées de sable), Pavel, enchanté de Solveig, plein de son parfum et des replis de son corps, avait vu Apollonia surgir devant lui, tout droit issue du printemps et des mouvements du vent. Ce n'est que le printemps, avait-il pensé : c'est au mois d'avril qu'elle l'avait quitté, quinze ans plus tôt ; c'était le surgissement du mois d'avril qui lui faisait si mal, il lui faudrait bien s'accommoder de ces anniversaires qu'il ne voulait pas célébrer, et que son corps fêtait malgré lui. Comme il aimait Solveig, cependant ! Il avait compris à ce moment qu'il y avait dans son pauvre cœur place pour elles toutes, qu'elles ne s'y succédaient pas mais y cohabitaient, dans ce pauvre cœur plein de gratitude, endolori, si plein et douloureux qu'il lui semblait qu'il allait exploser, de tristesse et de reconnaissance, à l'idée d'y accueillir toutes ces femmes, qu'il aimait : il se devait à elles, chacune, Apollonia, Véra, Salomé, qui ne lui avaient pas fait défaut, ne l'avaient pas trahi ni abandonné, qui s'étaient simplement éloignées de lui, dans la gloire de leur jeunesse et de leur vertu, et l'éloignement en était une part, inaccessible et sacrée, ce qu'il y en avait elles d'opiniâtre et d'insaisissable, ce pourquoi il les avait aimées, aussi, leur goût de la liberté ;

il leur resterait fidèle, tant qu'il vivrait. André lui avait dit qu'il oubliait les choses à mesure, et que c'était une bénédiction – les gens, aussi. Pavel n'était pas fait de la même matière : il n'avait rien oublié, lui, il vivait de mille vies, des mille ramifications de son cœur immense ; il embrassait toute la terre. Je me demande, indiqua-t-il un matin qu'ils discutaient sans logique, en allant chercher du bois pour alimenter le feu d'enfer qu'André nourrissait comme un monstre qu'il aurait enfanté, si, pour finir, le mieux ne serait pas de conclure un mariage de raison. Cela lui permettrait de vivre ses mille vies d'un coup, sans faux-semblants – il les avait en horreur, comme le mensonge, l'opinion commune et la politesse. Cela lui permettrait d'être en même temps ici et à Kirilskoie, auprès de Véra, à Soubise avec Solveig, dans la chambre aux volets clos où passait, à peine, la lumière du matin, à Sorrente, quand les orages s'amassaient bleus et compacts au-dessus du Vésuve – partout où l'on avait besoin de lui, où il pourrait se montrer utile, aimant, amical. Il n'y voyait presque plus. Peut-être était-ce la providence qui l'avait mis en présence d'Anne, entre toutes les femmes. Il était bien certain qu'elle n'avait en elle aucune étincelle du divin – cela arrive ; il imaginait qu'elle n'y serait pas hostile : ce serait une union qu'on ne consommerait pas, pour le plus grand bénéfice de l'un et de l'autre, qui continueraient à rêver, inassouvis, unis et séparés. Quel tort cela ferait-il, à qui que ce soit ? Et puis il fallait prendre en considération l'avenir de la petite fille : il semblait que personne ne s'en souciât.

On avait fermé la maison. Paris rutilait, dans la lumière de l'hiver : une immense serre illuminée, ses allées bien tenues de part et d'autre de la Seine. Prudence était rentrée chez elle ; elle n'aurait pas imaginé qu'on pût calculer quoi que soit, qui allait advenir, en fonction de ce qu'elle pourrait en déduire, ou de son intérêt – il était heureux qu'elle n'en ait rien su, et fût laissée à ses rêveries, sur les quais dorés de Gamla Stan. Elle vivait sans y prêter d'attention particulière, polie par l'averse, passant pour rentrer chez elle à travers le square Boucicaut détrempé, marchant, méthodiquement, en plein dans les flaques d'eau qui barraient son chemin, sautant dans les flaques avec les grosses chaussures de pluie qu'Anne lui avait achetées : il fallait, c'était essentiel, avoir de bonnes chaussures, comme si, munie de bonnes chaussures, Prudence avait été en mesure d'affronter toutes les vicissitudes de l'existence, comme si ç'avait été là tout ce qu'Anne pouvait faire pour elle, lui acheter de bonnes chaussures, et à Dieu vat. Alors qu'elle les épiait derrière la porte de la cuisine, elle avait entendu Pavel confier à Anne quelque chose de décisif. Il avait l'air si sérieux qu'elle avait redouté un malheur, la mort de Gabriel par exemple, qui finirait bien par arriver ; mais ce n'était pas cela. C'était un cas de cécité qui avait été guéri, à Meryem Ana. On l'a guéri, il y voit, comme au premier jour ! avait annoncé Pavel, ajoutant aussitôt que le fait, pour être assuré, devrait être homologué par les services du Vatican, de nos jours très pointilleux sur cette question des miracles ; il le dit d'un ton si cérémonieux qu'il était impossible de savoir s'il s'en réjouissait, comme d'une épreuve supplémentaire infligée à la libre pensée, ou s'il le déplorait, comme une manifestation de la bêtise de ses contemporains, de leur manque de foi, de la tiédeur de leur foi – s'il ne regrettait pas, en cette époque de bureaucratie triomphante, les premiers temps, quand on était dévoré par les lions, lacéré par les tigres, crucifié par les Romains, et qu'il n'y avait pas à discuter, pas de place pour la procédure, le débat contradictoire, l'expertise et le consensus. Il se demandait aussi, après tout, si ça ne valait pas la peine d'essayer – il y voyait de plus en plus mal, elle avait bien remarqué qu'il se cognait aux murs, maintenant, et aux meubles : il finirait peut-être par se révéler beaucoup plus méchant que ce qu'on avait cru ; est-ce que cela ne valait pas la peine d'essayer, après tout ? Anne avait éclaté de son rire sibyllin. Il pleuvait tellement, en ce mois de mars, il y avait tant d'eau entre les pavés, dans les caniveaux, bouillonnante, au pied des arbres, sous les grilles de fer où elle stagnait, dans les allées des jardins, que la Seine assombrie avait envahi les quais – la ville entière près de vibrer sur ses fondements et de gagner le large. Qu'adviendrait-il de Pavel, s'était demandé Prudence, s'arrêtant en plein carrefour de la Croix-Rouge, qu'adviendrait-il de lui s'il y voyait à nouveau, s'il se trouvait à nouveau soumis à l'ombre et à la lumière, serait-il ébloui, désorienté, que penserait-il de la cuisine de la rue de Sèvres quand il serait contraint d'y vivre, d'y voir, que penserait-il des assiettes accrochées au mur, des pigeons qui marchaient, comme de gros hommes maladroits, sur la rambarde du balcon, de l'arbre dans la cour, de la chambre où elles dormaient toutes les deux, du mouvement du néon, la nuit, sur le sol et au plafond, du square Boucicaut sous l'averse, de la ville tout entière, assoupie, splendide, avant le dégel, le ruissellement des eaux, le bouleversement du printemps, de leurs visages à eux, Anne, elle-même, André, les autres, qui avaient eu cette délicatesse de l'entourer et de disparaître, cette discrétion, cette bonne grâce, que sortirait-il de cette confrontation que personne peut-être ne souhaitait plus, est-ce que cela lui ferait le même effet, d'y voir à nouveau, qu'en Suède, la nuit, quand il est trois heures et qu'on est réveillé, comme à midi, par un éclat véridique, translucide, tranchant, à quoi rien n'échappe – le règne de l'éclat, où tout est minéral ?

Il y avait tant d'histoires qu'il avait racontées à Prudence – celle qu'elle aimait entre toutes, des rois des sagas qu'on avait retrouvés, leur sépulture intacte, et les femmes qui avaient préféré mourir avec eux dans la splendeur de leur jeunesse, parées de leurs plus beaux bijoux, à qui l'on avait fait boire, jusqu'à ce qu'elles entrent en léthargie, le vin et l'hydromel, qui avaient dormi avec vingt hommes, le dernier jour, et vingt autres, la dernière nuit, et étaient mortes comme on rêve : ce monde est plein de merveilles, lui avait répété Pavel, sur le ton de l'avertissement. L'ange lui était apparu au milieu de la nuit ; il faisait grand jour, et ce jour durerait, limpide, incomparable, tout au long de la journée – rien de comparable à ce qu'on pouvait voir ailleurs, à Paris où il est indistinct, où la lumière est mêlée, vibrante : à Stockholm, en plein été, pure, distincte, du cri des mouettes, du bleu du ciel, du soleil blanc, une clarté sans ombre, partout, tranchante, une lumière auprès de laquelle toute autre, ensuite, paraît voilée, atténuée, étrange. L'ange était auprès d'elles, bienfaisant comme la mort – à qui aurait-elle pu le confier, et pourtant c'était vrai, elle n'avait pas peur de la mort, elle n'avait peur de rien, de souffrir peut-être, et encore, elle savait bien qu'elle serait plus dure que la souffrance, elle était claire et dure comme les nuits ensoleillées de Stockholm, elle traverserait le feu.

12

L'auberge de Valbo

À l'auberge de Valbo, où Lars s'arrêta le premier soir, les murs étaient recouverts de fresques où dominait le jaune, des fleurs et des herbes, puis le bleu lorsqu'on parvenait à la zone des ajoncs, trouble, et le gris pour le ciel. On y voyait aussi des maisons à deux ou trois étages, avec des toits en pente raide qui descendaient presque jusqu'au sol, des rues poussiéreuses où entrait la campagne (elle y avait apporté des arbres, des rivières), ici ou là un personnage qui tournait le dos et s'en allait, et des oiseaux, dépareillés, verts, vifs.

Dans la cour, on ferrait un cheval. Le vent avait soufflé toute la journée, de plus en plus fort, et maintenant retombait. Quand il descendit, à l'heure du dîner, un feu flambait dans la salle à manger et des voyageurs étaient assis autour, pensifs, venus du nord eux aussi, à ce qu'ils lui dirent, mais très loin dans le nord, beaucoup plus loin qu'il n'avait jamais été, de villes dont il ne connaissait pas le nom, au-delà de Pokka et de Sokosti, dans la région des lacs, qui miroitent dans la nuit claire, autant de maléfices dressés contre le voyageur par le roi Freyr et sa troupe de lutins ; ils avaient emprunté des routes où l'on se faisait manger vivant par les loups, dans les traineaux que le gel avait arrêtés d'un coup – chevaux, hommes et chiens, pétrifiés d'un coup comme la nuit tombait, retenus immobiles sur le bord de la route, vivants, des faces d'apocalypse, sur qui les bêtes se jetaient sans un bruit.

Ils se rendaient dans le sud pour conclure un marché. Ils étaient trois. Celui qui parlait le plus volontiers était un gros homme vêtu d'un manteau de fourrure, comme s'il avait fait, dans l'hospitalière Valbo, aussi froid que dans le nord, ou comme s'il n'avait pu se déprendre encore de ce froid qui l'avait transpercé jusqu'aux os, avec lequel il vivait, expliquait-il, comme avec le souvenir d'un ancien amour. Il avait avec lui un domestique, plus âgé : un vieil homme qui s'était ébroué avant d'entrer dans l'auberge chaude et avait fait retomber tout autour de lui, d'un seul geste, rapide, insolite, le givre qui collait encore à ses vêtements – une petite pluie scintillante qui avait formé sur le plancher blanc des rigoles d'une eau pure, aussitôt salie ; il portait une toque de fourrure ; il était peu loquace et observait, avec des mouvements de la tête brusques et silencieux, les allées et venues des hôtes. Le troisième était le plus sombre de la compagnie, sombre dans le maintien, le teint sombre et autour de la tête un turban d'un bleu sombre, qui absorbait la lumière du feu.

Où allait-il, demandèrent-ils à Lars, qu'est-ce qui l'avait poussé à partir, à cette époque de l'année où les jeunes gens dansent avec les jeunes filles, des nuits entières ?

Il voulait faire fortune. Il se rendrait par la terre jusqu'à Malmö, et de là s'embarquerait pour Göteborg. Il ferait le tour du monde et reviendrait chez lui lorsque de nombreuses années auraient passé, pas avant ; il y retrouverait ses sœurs, qui auraient gagné en âge et en sagesse, qui auraient des enfants, et il déverserait sur cette maisonnée toutes ses richesses. Il ferait agrandir la maison de Söderhamm, qui n'avait, à son goût, pas assez de fenêtres et de balcons de bois. C'en serait fini du commerce des harengs ; il y avait d'autres moyens de parvenir à l'aisance. Marit aurait de gros garçons blonds, trois ou quatre, des garçons turbulents qu'on ne pourrait empêcher, à la nuit tombée, de courir sur les quais pour apercevoir au loin la lumière vacillante du phare d'Agön, qui les soirs de fête se battraient et rouleraient dans la neige, essoufflés, joyeux de s'être fait tant de mal, que la fortune rendrait fiers ; Ottilie, splendide et pâle, écoutant et réverbérant les bruits et les rumeurs de la maisonnée, se lèverait à l'aube pour investir la cuisine, sa demeure, y ordonner avec son impartialité de souveraine tous les apprêts du jour, veillerait à ce que les étagères soient toujours remplies, pour les enfants et les hôtes de passage, de ces provisions qu'elle ferait venir, dans des sacs de jute, de la campagne ou de la mer, les jambons, les fromages, le pain couvert d'une farine aussi douce que de la cendre, les fruits exotiques, le lait et la crème, jaune, mousseuse, les bocaux pleins de cornichons marinés, d'oignons confits, de câpres et d'anchois, parce que Bettina les aimait : elle en croquait tout le long du jour, occupée à coudre dans la chambre d'angle qu'on lui avait réservée au premier étage, d'où elle observait, à travers les rideaux blancs, les allées et venues de la place, les cavaliers aux manteaux flottants et les charrettes qui transportaient le foin – elles passaient en cahotant le long de la grand-rue et les enfants couraient derrière pour ramasser autant de brins qu'ils pouvaient et en faire des couronnes qui sentaient bon et que les petites filles porteraient dans leurs cheveux jusqu'au crépuscule.

- Voilà d'excellentes dispositions, dit le marchand qui s'était assis en face de Lars, juste devant le feu, et dont le visage s'éclairait par intermittences d'une lueur bleue ; et toi-même, ne songes-tu pas à te marier, une fois que tu auras conquis le monde ?

Lars répondit qu'il en avait fait le vœu lorsqu'il était enfant : c'était la reine des fées qu'il épouserait, au cours d'une cérémonie des elfes, réunis sur la lande, dansant jusqu'au matin sous la lumière de la lune, certains acquis à sa cause, de petits esprits facétieux et fidèles qu'il connaissait bien pour les avoir fréquentés, d'autres moins aimables, mais de ceux-là aussi il ferait son affaire – il avait appris leur langage et connaissait les formules magiques.

- Extraordinaire arrogance que celle des mortels, murmura, tout près de lui (plus qu'un murmure, c'était un souffle, léger et froid, la voix du vent) le voyageur qui portait un turban, et dont les yeux noirs étaient devenus gris, Lars le remarqua, comme si la chaleur de l'auberge avait eu sur lui un effet émollient, ou bien l'avait ranimé, oui, comme s'il avait été mort, plutôt, et revenu à la vie, mais à une forme de vie inférieure, rare, première, différente en tout cas de celle des hommes, immédiate, animale : il était aux aguets, arrêté un instant devant le feu, taciturne, surnaturel ; extraordinaire arrogance, vraiment, et résistant à toute argumentation.

Il se pencha vers le feu, se redressa, le visage bleui, et demanda sur le ton de la moquerie :

- Qu'en dites-vous, Gustav ?

Gustav était le loup, qui s'était ébroué en entrant, laissant tomber tout autour de lui cette pluie de givre scintillante et au sol des traces de boue que les servantes nettoieraient, le lendemain matin, quand elles entreraient, leur fichu sur la tête, les joues rougies par le froid, pour leur servir le café, bien fort, comme Lars l'aimait, avec deux morceaux de sucre, avant qu'ils ne repartent sur les routes où la neige avait fondu. Il en avait le regard, et la méchanceté, inscrite dans ses traits, songea Lars, comme peut l'être une maladie, un vice.

Il hocha la tête et ne répondit pas ; au reste, il était peu probable que son interlocuteur ait attendu de lui un quelconque assentiment.

- La reine des fées ! répéta le marchand, profitant de cet intermède dans le récit de Lars pour se débarrasser de son manteau de fourrure, qu'il jeta sur le banc de bois : délivré de ce vêtement encombrant, il apparut plus svelte que Lars ne l'avait imaginé.

Il portait une veste qui ressemblait à celle d'un chasseur, avec des parements de feutre vert, dessous un gilet brodé, quelque chose de très gai et très curieux, qui lui conféra tout à coup un air d'extrême courtoisie. Lars fut satisfait qu'il consentît à se mêler à nouveau à la conversation : il paraissait plus débonnaire que ses compagnons.

- Connais-tu seulement son nom ? interrogea-t-il.

- Gunna, ou la fylgja, hasarda Lars.

Il croyait la connaître ; il croyait l'avoir rencontrée, à Söderhamm, en été, autour d'un feu qu'ils avaient allumé, ses sœurs et lui, sur la plage - de l'autre côté de l'eau, le phare d'Agön les appelait dans la nuit.

Il but tellement ce soir-là, et ses convives étaient si chaleureux qu'il se retrouva dans sa chambre sans avoir perçu que les heures passaient ; aussitôt couché dans le grand lit qu'on avait bâti dans le mur, derrière les rideaux rouges, il s'endormit.

Le lendemain matin, une tempête s'était levée, qui empêchait tout voyage. Les hôtes de l'auberge se réunirent à nouveau dans la salle commune. On fuma la pipe, on joua aux cartes, on but de l'eau de vie et du café, très sucré, on mangea des harengs séchés et du gâteau de semoule, avec des fruits confits qui brillaient dedans, comme des pierres précieuses. La journée passa, devant le feu qui s'éteignait et que l'on rallumait en y jetant des brassées de sapin et de fougères ; derrière la fenêtre embuée sur laquelle il fallait passer la manche si l'on voulait voir au-dehors, un paysage saisi par le givre et le brouillard – on n'y entendait plus un oiseau.

Le soir venu, ils purent enfin se mettre en route, tous les quatre, Lars assis, emmitouflé, à l'arrière du traineau, sur les jambes des fourrures qu'avait apportées pour lui l'une des filles de l'auberge qui lui avaient dit adieu en souriant, enhardies par l'obscurité, rougissantes de froid et de gaieté, tandis qu'il prenait place à côté de Jon, l'homme au turban bleu, lui aussi disparaissant sous les peaux et les couvertures accumulées – il était si frêle que dans la nuit Lars crut, à plusieurs reprises, qu'il avait disparu, qu'il s'était dissout dans l'ombre, qu'il y était revenu comme à son élément naturel et que, s'il lui parlait, c'était d'un autre monde, d'une distance infinie : voilà pourquoi sa voix était si difficile à distinguer du bruit du vent, si dissemblable de toute voix humaine, métallique, claire comme la lune. Il lui parla en effet, plus d'une fois, et c'étaient des propos si mystérieux, discontinus, que Lars se demanda souvent, par la suite, s'il les avait vraiment entendus, et s'ils lui étaient destinés, à lui, ou bien à un autre, s'ils ne flottaient pas, indistincts, explicites, au-dessus de la forêt, à l'usage des voyageurs qui passeraient par là et pourraient en saisir quelques fragments, chacun un fragment clair et précieux, à son usage. Tel était leur poids, on en ressentait tant d'appréhension, une joie si suffocante, qu'il valait mieux, peut-être, imaginer qu'on les avait rêvés, tandis qu'ils demeuraient en arrière, volatils et bizarres, derrière le traineau et son sillage de glace, suspendus dans les branches raides des sapins – des filaments où passait la lumière.

La nuit précédente avait été noire, celle-ci lumineuse, bien que la lune ne se fût pas levée, sans qu'on pût imaginer d'où venait cette clarté, sans étoiles, une nuit qui avançait avec eux, qui les accompagnait, filait avec eux entre les sapins, écoutait les paroles de Jon et les comprenait.

Ils arrivèrent à une forêt de bouleaux, coupée de marécages où marchaient des elfes. Le traineau y passait si vite qu'il ne laissait pas de traces sur le sol mouillé ; dans les feuilles, le vent qui s'était levé la veille, à peine apaisé, bruissait encore – la rumeur de l'autre monde, qui n'aurait plus de fin.

À mesure qu'ils avançaient, la forêt épaississait ; les chemins que Lars y avait devinés s'entrecroisaient et devenaient indéchiffrables. À peine avait-on pénétré dans une clairière qu'on entrait dans une autre : elles se succédaient rapidement, de plus en plus vite ; les troncs blancs des arbres s'étendaient à perte de vue, et Lars entendit, dans le vent et la nuit, la voix des milliers d'êtres bienveillants qui leur faisaient cortège.

Puis la lune se leva. Son éclat transperça le cœur de Lars, comme une douleur : c'était un bonheur comme il n'en avait jamais connu, qui ne cesserait qu'avec sa vie ; c'était incommensurable, dans l'ombre noire des bouleaux sur la neige nette.

Ce qu'il vit, dans cet éclat soudain, ce fut la figure de ses deux compagnons, assis en face de lui, et qui avaient changé. Celle de Gustav s'était allongée encore, son museau pointait vers la nuit environnante ; Ulrik, débarrassé pour de bon de son manteau et de tous ses atours, les oreilles dressées, le poil luisant et gras, humait l'air autour de lui, gigantesque à présent, et grognait.

À ce moment, Lars fit péniblement (il était engourdi par le froid, et la stupeur) un mouvement vers Jon qui se trouvait à côté de lui. Jon pour sa part n'avait pas changé, mais son regard gris s'était chargé d'une telle fixité qu'on l'aurait cru tout entier gelé, un spectre qui aurait emmené Lars en voyage, dans ce traineau filant plus vite sur le sol froid que la chasse d'Odin par une nuit d'hiver, et c'est alors seulement qu'il le reconnut, à son regard gris et froid, Freyr, le roi des elfes, qui l'entraînait, dans son attelage de nuit et de vent, tout au fond du bois de bouleaux, vers un étang cristallin qu'il aperçut au dernier moment, alors que les chevaux s'en approchaient déjà à une vitesse prodigieuse, et lorsqu'ils s'y furent vigoureusement engagés, parvenus au milieu de la surface glacée, celle-ci cassa dans un grand vacarme, et Lars, avec l'ours et le loup, disparut en un instant au fond de l'eau noire.

13

Myra

C'est à ce moment que Pavel commença sa nouvelle vie : une vie double, équitablement répartie de part et d'autre d'une ligne de démarcation qui s'était formée, à son insu, entre son intelligence et l'idée qu'il se faisait de la volupté – une frontière exacte ; d'aucune façon il n'y avait pris part, n'avait agi en conscience, ou délibérément. Il y avait eu, entre une part de lui et une autre, une forme de dissociation ; il avait laissé faire, et il était trop tard à présent pour tenter de rétablir une continuité, une cohérence, entre ces deux mondes qui peut-être n'en avaient jamais formé un seul, qui sait, la ligne de faille était peut-être là, tapie sous le roc, depuis des siècles, et maintenant que le séisme avait eu lieu, les continents s'étaient séparés, mais à bas bruit, sans fureur, sans éclat, sans production de montagnes ou de déserts, simplement l'inexorable éloignement de deux mondes – et encore : il aurait sans doute été plus juste de dire qu'elle le laissait, cette ligne invisible, intact et identique, des deux côtés, le même, de part et d'autre ; c'est tout simplement qu'elle divisait en deux sa journée, ou qu'elle établissait une nette délimitation entre le jour et la nuit, plus nette que celle qu'avaient jusque là dessinée les figures de la lune et du soleil, qui seront confondues, à la fin des temps, s'obscurcissant mutuellement pour ne plus former qu'un astre maléfique ; oui, c'eût été la formulation la plus précise, celle qui rendait le mieux compte de la simplicité et de l'irrévocabilité du phénomène : il y avait désormais, dans l'existence de Pavel, bien clos, entiers, inexpugnables et distincts, le jour et la nuit.

Son corps appartenait à Anne, et son âme, totalement, à Myra. Il constata à cette occasion, avec curiosité, qu'on peut, terriblement, désirer une femme, et rien d'autre d'elle. Quant à l'âme de Myra, tout entière comprise dans son corps massif et volubile, expressif (et c'était tant mieux : il y avait tout de même, en Myra, quelque chose qui parlait, de façon claire et partagée), elle se révéla diffuse, universelle, une âme compatissante, changeante, mélodieuse, astrale, augurait-il en la quittant à regret, au petit matin : les rues, autour de la maison, étaient désertes, il s'élevait un peu de brouillard au dessus des jardins, une cloche sonnait, on entendait le bruit d'un train, les volets claquaient aux fenêtres des pavillons, Pavel passait devant une boulangerie, y entrait pour se réchauffer, mangeait trois ou quatre croissants, voracement, en continuant sa route, s'arrêtait encore, à un comptoir, avalait deux ou trois cafés, et rentrait à Paris à pied, rassasié, heureux ; arrivé chez lui, il s'endormait. Vers midi, il se réveillait d'un bond, comme un enfant au début d'une journée de fête. Il veillait avec beaucoup de soin à son apparence, achetait des fleurs parce qu'elle les aimait et qu'elle était, toujours, sensible à la flatterie, à l'idée qu'on s'était inquiété d'elle et de ses désirs, au mal que l'on se donnait pour les satisfaire, aux formes, aux usages ; il allait à la hâte, autant qu'il pouvait (le chemin lui était devenu si familier qu'il en connaissait le moindre obstacle, et que ce monde indistinct qu'il traversait lui apparaissait aussi clairement qu'une trouée de lumière), d'un bout à l'autre de l'étroit espace qui va de la rue de Savoie à la rue de Sèvres, l'Odéon, Saint-Sulpice sous son armature de fer, et montait d'un trait les trois étages qui menaient chez Anne. Ils s'enfermaient dans la chambre, et l'après-midi passait.

Il revenait chez Myra vers le soir, chargé de paquets – des friandises, des livres, des babioles qu'il lui offrait. C'est ainsi que cela avait commencé, car la mort de Trinh l'avait laissée sans consolation. D'abord, on avait trouvé sa tristesse légitime : on ne savait pas d'où elle sortait, le vieil homme l'avait sans doute arrachée à une existence de misère. Par la suite, on l'avait vue de moins en moins, et puis plus du tout. Elle ne répondait plus au téléphone, ce qui avait suscité quelques désagréments d'ordre administratif, parce qu'il y avait des papiers que le patron, comme ils disaient, conservait chez lui et dont ils auraient aimé prendre connaissance, ce qui s'était avéré impossible : Myra entendait qu'on lui fiche la paix, ce qui était son droit, après tout, résuma Rafaelo – ayant échappé à une dictature, il professait depuis plus de trente ans une confiance inébranlable dans le libre arbitre. Enfin, il y avait eu ce dernier fait, inquiétant : lors de la cérémonie que le comité de rédaction d'*Ethnologie* avait organisé pour l'anniversaire de la disparition de son fondateur, quelques semaines plus tôt, elle avait fait peur à tout le monde – fantasque, spectrale, bref à deux doigts, avait estimé l'assemblée, de perdre le peu d'esprit qui lui restait. On s'était demandé ce qui avait bien pu chez elle séduire ce pauvre Trinh ; Mortimer avait émis une hypothèse grivoise qui n'avait fait rire personne – Myra faisait si peur. Rafaelo s'était rendu à Gentilly, avec de bonnes paroles, une bouteille de cognac, et les compliments de toute la société ; il n'avait même pas été reçu : Myra avait entrouvert la porte, et d'une voix morne demandé qu'il s'en aille. Odile avait eu plus de chance : Myra l'avait fait entrer au salon où les volets étaient fermés et où elle n'avait pas allumé la lumière ; la seule clarté venait de la cuisine où brûlait un lumignon, dans un effroyable désordre de vaisselle accumulée et de détritus – il y avait là-dedans une pestilentielle odeur de viande avariée et de latrines, avait-elle confié à Pavel, sous le sceau du secret, et il lui avait demandé, avec un agacement qui l'avait surpris lui même, si c'était mieux tenu chez les cochons de Nouvelle-Guinée. Enfin, tous avaient conclu que Pavel était le seul qui fût investi de l'autorité requise pour entrer en contact avec elle – c'est l'expression qu'ils employèrent, en baissant la voix, comme s'ils avaient évoqué un esprit et que la seule mention de son nom dût suffire à faire tourner les tables, ou la représentante la plus illustre d'un peuple réfugié dans la forêt et jusque là préservé de notre civilisation : qu'il se rende donc à Gentilly, le plus tôt serait le mieux ; bientôt, si on n'y apportait pas de remède, on la retrouverait tapie au fond du jardin, ne parlant plus que le dialecte kiakh et se nourrissant d'épluchures.

Il y avait alors plusieurs semaines qu'il ne l'avait pas vue. Il avait été lui rendre visite, mû peut-être par le sentiment du devoir, surtout par le désir de s'asseoir avec elle, comme il faisait jadis, dans le salon tendu de blanc, quelque chose d'un peu colonial, comme l'avait voulu Trinh, des objets inutiles partout, une vue circonscrite sur les arbres et le jardin pluvieux. C'était un après-midi du mois de février. La maison était noire, du rez-de-chaussée au grenier. Myra, appelait-il, et elle ne répondait pas. Il eut le pressentiment d'un malheur, mais il n'y en avait aucun – il n'y en aurait jamais aucun, il en eut ce jour-là la certitude, auprès de Myra. Elle était assise dans la véranda, qui gardait un peu de chaleur, immobile ; elle avait l'air de dormir, mais somnolait simplement, à son habitude – à moins qu'elle ne méditât. Il y avait autour d'elle une grande quantité de vaisselle souillée, Odile n'avait pas menti, et de sacs en plastique, où elle avait fourré des choses qui traînaient : elle avait mis de l'ordre, expliqua-t-elle, dans les affaires de Trinh, et puis elle n'avait pas eu le cœur de s'en débarrasser. Elle ne sembla pas surprise de sa visite et l'accueillit avec bienveillance. Au début, ils ne dirent pas grand-chose, gauches et aux aguets. Myra avait maigri, beaucoup perdu de sa splendeur : elle n'était plus que l'ombre d'elle-même, se dit-il, l'observant à la dérobée, se désolant de constater qu'il la préférait telle qu'elle avait été, débordante, splendide – telle qu'elle lui apparaissait aujourd'hui, cependant, sombre, pourvue d'une attention intermittente, parfois totalement silencieuse, d'un silence épais et prolixe, elle parlait à son âme. Parfois elle pleurait, et cela n'affectait en rien sa physionomie, ni le cours de la conversation. Il fut convaincu qu'il fallait subvenir aux besoins de Myra, et que cette tâche lui revenait ; l'idée l'emplit de gratitude et de fierté. Il prépara le dîner, dans la cuisine qu'il remit en ordre. Quand il la quitta, ce premier soir, il était plus de minuit. Depuis le seuil, elle l'avait regardé s'éloigner, ouvrir la grille ; quand il avait été dans la rue elle lui avait crié de revenir et il était revenu sur ses pas – non, pas maintenant, avait-elle dit en riant et secouant la tête, mais une autre fois, revenez, Pavel. Il était revenu, régulièrement, une ou deux fois par semaine, chargé de paquets qui, espérait-il, lui feraient plaisir et lui rendraient l'appétit. Il avançait au jugé, et toujours elle était contente de lui. Ils s'installaient sous la véranda ; c'était l'endroit qu'elle préférait : elle disait qu'elle y avait été bien, avec Trinh.

Les semaines passèrent, et ils acquirent plus d'aisance. Ils parlaient de choses et d'autres : rien qui pût se transcrire ou se répéter. Il arrivait que, d'une soirée à l'autre, il en viennent à redire des choses qu'ils avaient déjà dites, qu'ils recommencent, avec le même air effarouché, l'air de ne pas y toucher et cependant d'attacher à tout cela beaucoup d'importance, un air de gravité et d'innocence qu'ils n'avaient qu'ensemble, des confidences qu'ils avaient déjà faites, échangent des impressions déjà partagées ; c'est qu'ils avaient l'un et l'autre le souci de ne s'aventurer qu'en terrain sûr, et aussi de donner d'eux-mêmes une image appropriée – rien qui échappât à leur vigilance. Ces confidences réfléchies, à chaque fois, gagnaient en sincérité. Bientôt, sans qu'elle le lui ait demandé, il vint tous les jours. Les semaines passèrent, et ils s'enhardirent ; Pavel resta de plus en plus tard, finalement toute la nuit. Il n'y avait rien de si risqué, et captivant, que de progresser ainsi, à tâtons, ensemble. Pavel parlait davantage, et quand elle l'interrompait, avec un peu de brusquerie, la volonté manifeste de le contredire et ce rire cristallin qui semblait celui d'une petite fille (elle mit un peu de temps à l'ajuster devant lui, comme une robe qu'elle aurait oubliée et qu'elle aurait dû défroisser, dans laquelle elle aurait eu, au début, un peu de mal à respirer et à se tenir), il la laissait faire : Myra avait tous les droits ; elle avait accès au sacré. Ce qu'elle avait conservé de l'ancienne époque, c'était son regard fixe, intelligible à présent. La nuit passait ainsi, Pavel assis à côté d'elle sur le vieux divan du salon, regardant par la baie vitrée le jardin obscurci, puis pâlissant ; c'est alors qu'il se levait, disait merci, pour tout ce temps accordé, et s'en allait. Le jour, il était avec Anne, dont il adorait le corps juvénile. Quand Prudence rentrait de l'école, ils étaient tous les deux assis dans la cuisine, et lui avaient préparé du chocolat. Pavel faisait un instant semblant de s'intéresser à elle, puis s'en allait rejoindre Myra.

Ce fut l'un des moments les plus heureux de son existence : tout de même, indiquait-il, il était très heureux ; parfois, il disait qu'il était très malheureux, s'affaissant, sans plus de cérémonie, à l'endroit même où la mélancolie l'avait frappé, le fauteuil d'angle dans le bureau d'André, ou bien le sien, où il s'enfonçait, allumant un cigare - il disait que sa tête allait voler en éclats, ou plutôt elle avait volé en éclats, le mal était fait, il ne restait plus grand-chose de ce qu'il avait été, et il préférait ne pas parler de l'état dans lequel se trouvait son cœur : tout avait changé d'apparence et de forme. Mais ces accès de découragement ne duraient jamais bien longtemps : il était heureux, plutôt, et ce que l'on savait de lui, pour l'essentiel, c'est qu'il passait au milieu des averses, apparaissait, affairé, rue Guisarde, rue de Rome, curieux de tout, y voyant à peine et s'orientant malgré tout. Il était même, si l'on considérait les choses de façon purement quantitative et sans préjuger de ce qu'elles allaient durer, au comble du bonheur.

D'abord, il avait terminé son livre. Ç'avait été, concédait-il, un effort qui avait bien failli l'anéantir – un accouchement tératologique, et puis la clôture, le renoncement, le deuil. Il avait été le porter à Maurice, qui souffrait d'hypocondrie : on ne le voyait plus aux séances du mercredi matin, où l'on discutait du sommaire des prochains numéros ; car on avait conservé le système du vieux Trinh : tout le monde parlait en même temps, jusqu'à ce que l'ordre se rétablît de lui-même, par une forme d'autorégulation qui avait quelque chose à voir avec les lois de Darwin et l'allégeance du groupe au mâle le plus puissant, ou le plus convaincant dans ses rodomontades, et Trinh notait tout, à mesure, les controverses, les références, les suggestions, dans des petits carnets de moleskine qu'il empilait devant lui sur la table. Cela se passait dans ce qu'ils appelaient la salle de réunion (sous les combles, le palier du grenier, où ils avaient disposé une table, des chaises, une cafetière) et débutait à huit heures, exactement : Trinh, qui était insomniaque et s'ennuyait, n'aimait pas qu'on soit en retard ; Odile, la seule femme de l'assemblée, apportait de quoi manger, et à chaque fois était accueillie par des hourras, des bravos, des tout de même on ne se refait pas et autres considérations sur le poids de l'héritage culturel et l'inégalité des sexes. À la fin, Trinh, réclamant le silence, faisait la synthèse de ce qu'on avait dit, sur de grandes feuilles de couleur qu'il affichait ensuite au mur : on y trouvait le déroulement du sommaire idéal, la liste des articles dont on disposait déjà, le titre qu'on choisirait pour la couverture, les livres dont on ferait l'éloge, ceux qu'on passerait sous silence. C'est ainsi que la revue se faisait, tous les mercredi matins, à partir de huit heures, avec beaucoup de scrupules, d'atermoiements, de préjugés et de conviction. Pavel, depuis son avènement, avait repris le rituel à son compte, les carnets empilés et l'affichage sur les murs, une déférence mêlée d'ironie à l'égard d'Odile, un peu de commisération pour Rafaelo, parce qu'il était chilien, d'agacement vis-à-vis de Mortimer, parce qu'il était anglais, d'envie à l'égard de Dominique, parce qu'il était bel homme, d'admiration pour Maurice, qui écrivait si bien et se portait si mal. Chez lui, en somme, aucune originalité ; il avait d'ailleurs élaboré une théorie à ce sujet : l'originalité, disait-il, est la marque des petits esprits. Odile se tenait en retrait, raisonneuse, un peu voûtée sous un curieux chignon qui s'effondrait, arborant une telle absence de coquetterie et de souci de séduction qu'elle en paraissait inquiétante, à la fois rébarbative et imprévisible, et avait fini par acquérir, auprès de tous ces hommes, comme une autorité, qu'ils ne lui disputaient plus – on s'était demandé si Maurice n'avait pas été troublé par tant d'assurance et d'application, cette forme de dénuement, puis on avait abandonné l'idée : Maurice était si rempli de lui-même qu'il n'y avait plus aucune place, dans cette effusion de sentiments, prétendait Mortimer avec un rire sec, pour l'amour et le tourment. Il avait donc manqué à ces réunions, deux fois de suite, et cela les avait alertés, car c'était, ne pas venir rue Guisarde le mercredi matin, un sacrilège : certains d'entre eux seraient morts plutôt que de manquer à l'appel, Dominique par exemple, qui souffrait en secret d'une terrible maladie de peau (on savait que c'était un supplice, bien qu'il n'en parlât jamais, sauf une fois, à Odile qui l'avait répété, et cela se voyait par moments, avançait comme un chancre, progressait, on l'apercevait par le col de sa chemise ou sur ses poignets, cela commençait à ronger les mains, une drôle de maladie rouge et blanche, c'est peut-être la lèpre avait suggéré Mortimer, on devrait peut-être lui demander de porter un grelot, puis refluait), et qui, décomposé de douleur, gavé de tranquillisants, n'en avait jamais manqué une seule. Pour cette raison, à la deuxième absence on s'était demandé si Maurice n'était pas mort et Mortimer avait téléphoné pour prendre de ses nouvelles : tout allait bien, Deirdre l'avait rassuré, ce n'était qu'un accès de langueur. Pavel avait donc été lui porter, comme une offrande, un signe d'apaisement inscrit dans la prodigalité nécessaire et ritualisée du potlatch, le manuscrit de ce dernier livre. Maurice s'en était emparé et l'avait lu d'un bout à l'autre, durant quatre ou cinq heures pendant lesquelles Pavel, enfermé dans la bibliothèque, avait lu *Ralph the heir*, mangé des fruits confits, discuté avec la pauvre Deirdre qui avait proposé de lui lire les lignes de la main, ce qu'il avait refusé avec un sursaut ; virevoltante, son visage rond illuminé par le désir de bien faire, elle lui avait préparé du thé, qu'ils avaient bu en échangeant des souvenirs de voyage, lui avait demandé de ne pas fatiguer Maurice, qui se trouvait en ce moment dans un état de tension extrême, parce qu'il avait reçu une lettre recommandée (ce simple détail de procédure l'épouvantait) lui annonçant qu'on allait mettre au pilon certains de ses ouvrages et solder les autres, dont la qualité littéraire et l'extrême singularité ne faisaient pourtant pour lui aucun doute. Il avait soudain surgi auprès d'eux alors qu'ils avaient perdu toute notion de l'heure et des convenances : c'est bon, mon vieux, très bon, avait-il proféré, vous tenez là quelque chose de très fort, et ils avaient fêté l'événement en buvant de la bière, Deirdre énamourée à côté d'eux ; la seule question en suspens, c'était celle du titre, très mauvais assura Maurice, qui se faisait fort d'en fournir un autre, si seulement on lui laissait quelques jours pour y réfléchir. Pavel avait acquiescé : il n'avait pas le goût des détails.

Ensuite, il avait deux femmes, et il était convaincu, à cette époque, que cela valait mieux qu'une. À Tortisambert, le dernier soir, alors qu'il venait d'annoncer, un rien fanfaron, que le lendemain il s'en irait, et qu'il ouvrait la porte de sa chambre, maudissant le feu qui s'était éteint et les courants d'air qui traversaient la pièce, Anne, qui était montée avec lui, s'était attardée un instant sur le palier ; elle l'avait pris par le bras et se haussant un peu pour atteindre son visage l'avait embrassé, avec, pour commencer, l'air de ne pas y prendre garde, puis avec solennité, enserrant son visage entre ses deux mains froides – cela faisait du bien, ce contact de la pierre, cette emprise de la statue sur la matière incandescente, cela dégrisait et permettait de réfléchir : il aurait préféré, à bien y réfléchir, un peu plus d'avidité ou d'impatience, mais ce n'était déjà pas si mal. Elle s'était écartée ensuite, avait reculé et l'avait regardé avec cet air de défi auquel elle avait recours, sans beaucoup de discernement, songea-t-il, dans les circonstances les plus diverses de la vie quotidienne : c'était, sans doute, qu'elle n'avait à sa disposition qu'un petit nombre de mimiques ou de sentiments, et qu'elle cherchait, c'était méritoire, à les employer au mieux ; puis elle lui avait souhaité une bonne nuit et s'était éloignée, repue. Pouvait-on augurer que la nuit serait bonne, qu'avait-elle entendu par là, quel sens avait-elle mis dans cette formule cabalistique ? Pavel était entré dans sa chambre sans l'inviter à le suivre ; il se réjouissait de la nuit qu'il allait passer, immobile dans le lit froid, à penser à elle, à son visage dur, à tout ce que l'avenir leur réserverait. Quand ils furent revenus à Paris, on prit l'habitude de ne plus inviter Anne sans Pavel, de ne plus s'adresser à l'un sans lui demander des nouvelles de l'autre, d'affecter enfin que leur relation, qui était à présent avérée mais paraissait extravagante et destinée à ne pas durer, fût entrée dans les mœurs, et de feindre que personne n'y trouvât rien à redire.

Lorsque Pavel sortait de chez lui, à midi, il savait que sa journée avait pris une configuration différente parce qu'Anne l'attendait. Il se hâtait vers la rue de Sèvres, jusqu'à l'immeuble où elle habitait, surmonté d'un fronton néoclassique que soutenaient des cariatides au corps d'homme et à la tête de femme, le front ceint d'un bandeau qui leur donnait l'air de relever d'une grave maladie – et, juste à côté de la porte, gravée dans le ciment, la date d'édification, en beaux chiffres raides, dénués de toute préciosité, 1920. Il montait l'escalier recouvert d'un tapis usé, délaissant l'ascenseur aux grilles de fer, curieux de ce qu'il trouverait une fois la porte ouverte :

Anne primesautière ou maussade, ou bien cordiale, et ce n'était pas la moins déconcertante de ses dispositions. Quel que dût être son état d'esprit, il apparaîtrait à Pavel peu à peu, par strates et révélations successives, au cours de la soirée. C'était toujours stupéfiant, immérité et précaire, comme ces spectacles de magie qu'organisaient Pierre et Ilaria pour son anniversaire, quand on avait tiré les rideaux du salon en plein après-midi et qu'on était, à la fois, embarrassé et ravi de se trouver aussi près du magicien, le vieux Piotr, aux cheveux jaunâtres, qui chiquait et faisait des tours merveilleux (des oiseaux, des nuages, des revenants qui parlaient le français, de la poudre d'or) : Pierre allait, le matin, le chercher à la ville, et il restait à Kirilskoie jusqu'au soir. C'était le plus fameux de leurs invités, discourant, pendant tout le dîner de fête, sur les pays qu'il avait traversés, et soudain, un ton plus bas, parlant de politique – Sofronia l'interrompait en lui faisant passer le plat de pommes de terre, avec les champignons et la crème, qu'il avalait après les avoir saupoudrées de sucre. Il avait vécu dans un cirque, qu'il avait quitté : le travail ne lui convenait plus, on étouffait sous la tente où flottait, même au beau milieu de la nuit la plus claire, la puanteur des animaux. Ilaria l'avait rencontré à Novossibirsk, chez une amie qu'elle visitait : il révélait l'avenir, qu'il lisait dans les cartes, aux dames assises en rond autour de la table décorée d'un travail de marqueterie, pour prendre le thé. Le tour d'Ilaria était venu après celui de Sonia, à laquelle il ne s'était pas arrêté, la regardant avec une sorte d'épouvante et comme un air de reproche qui les avaient laissé pétrifiées. A Ilaria, il avait prédit une vie heureuse – c'était l'une des raison pour lesquelles elle n'avait pas cru que Platon était mort ; et c'est pour cela qu'elle veillait, lors du dîner d'anniversaire, à ce qu'on le serve deux fois de tous les plats, de tous les vins, et des liqueurs : elle n'était pas quitte envers lui, avant que son air soucieux (il avait vu tant de choses, si laides) ait laissé la place à un air réjoui, puis, quand la soirée se terminait, à l'air hébété avec lequel il lui disait au revoir, s'inclinant bas devant elle sur le perron tandis qu'elle s'enveloppait dans son châle. C'était, chaque année, le retour de Piotr, incertain, inouï, féérique, l'une des raisons pour lesquelles Pavel attendait avec tant d'impatience son anniversaire, l'autre raison étant le gâteau qu'Ilaria confectionnait spécialement pour ce jour de fête, un gros gâteau de semoule où elle enfouissait des raisins secs, noirs et jaunes, qu'elle faisait bouillir avant de les jeter dans la pâte, une pluie d'or et de sucre ; c'était si volumineux et consistant qu'on en mangeait ensuite pendant des jours, dans la salle à manger inondée de soleil, et même le matin, avec le café, si frais et blanc, onctueux et consistant qu'on en était entièrement empli – Pavel en était, avant même que ce fut fini, bouleversé de nostalgie, sachant qu'il lui faudrait, pour retrouver autant de bonheur, d'une qualité si particulière, attendre l'année prochaine, tandis que Piotr rangeait ses accessoires dans sa valise de cuir bouilli, puis s'en allait avec la componction d'un représentant de commerce, une dernière fois saluait Ilaria sur le perron, et disparaissait dans les vapeurs du soir.

C'étaient des vacances. Des vacances, à peine arrivé, de laisser Anne le déshabiller, avec une maladresse qui s'apparentait à de la bonne humeur, de s'enfermer dans la chambre où elle avait fermé les volets – la lumière du jour la gênait : il ne s'y opposerait pas, n'est-ce pas, le jour, la nuit, il ne faisait plus de différence ? Des vacances, d'écouter Prudence, assise en face de lui dans la cuisine, réciter ses leçons avec un entrain et une rapidité qui l'avaient persuadé de son penchant pour la ruse ; des vacances, de les quitter à la fin de l'après-midi et de rentrer chez lui par le boulevard Saint-Germain battu d'une pluie fine, poignante, persistante ; des vacances, quand Anne était allongée auprès de lui dans la chambre tiède, souple et moqueuse, de la regarder de près, de ne déceler sur son visage aucun défaut, de la trouver suave, aussi brune et suave qu'on pouvait l'être, une créature d'en-bas, dont il connaissait l'odeur la plus secrète, et il croyait que c'était connaître son âme.

Elle l'avait emmené à Ussel. C'était une manière d'intronisation : il fut présenté aux cousins d'Uzerche et à ceux de Lubersac, une foule d'oncles et de tantes, la plupart très âgés, assis sur des chaises de bois noir, avec des entrelacs, des feuilles et des fleurs emmêlées dans le dossier (il y avait passé la main, pour mieux saisir la logique de l'ensemble, et cela lui était apparu si compliqué et répétitif, si mystérieux qu'il avait eu d'un coup, au milieu de cette assemblée de spectres, la famille, écoutant à peine ce qui se disait autour de lui, un tel sentiment d'abandon, une telle certitude de la mort, et qu'il serait seul, qu'il avait faillit se trouver mal), et au mur, sur le papier peint vernissé, qui avait gonflé par endroits, à d'autres, troué, laissait voir le mur et les jointures de brique, des tableaux étranges, des clairs-obscurs. On avait servi un vin liquoreux dont il but plusieurs verres - comme si l'on avait fêté quelque chose. Il supposa qu'Anne avait été pour eux, depuis l'origine, un sujet de préoccupation, son visage parfait, sa gaieté compassée, sa dureté, sa voix magnifique, ses robes de couleur, les fleurs qu'elle mettait dans ses cheveux, son dédain de tout ce qui n'était pas elle ; il avait pour fonction de les rassurer, de les assurer que tout n'était pas perdu, qu'elle était une femme comme les autres, qu'il l'avait rendue à sa véritable nature, à sa simplicité première. Pour remplir ce rôle de son mieux, il laissa paraître le moins qu'il était possible ce qu'il pensait de tout cela, la réunion dans le salon qu'on avait négligé d'éclairer, les allées et venues d'Anne, gracieuse, dans la pièce encombrée, son rire retenu : s'ils l'avaient su, ce qu'il en pensait exactement, leur effroi aurait été à son comble ; il préféra donc se taire, ce qui n'était pas dans ses habitudes et lui conféra pour quelques heures un air de sévérité qui mit tout le monde mal à l'aise : on tomba d'accord, après leur départ, pour médire d'Anne, une fois de plus, et souhaiter ne plus les revoir. Dans le train du retour, elle se pencha vers lui et lui demanda s'il se sentait bien. Cette obligeance le pénétra jusqu'à l'os, avoua-t-il plus tard à André : jusqu'à l'os, jusqu'à la moelle ; un corbeau tournait autour de sa pauvre tête – elle lui arracherait les yeux, se nourrirait de sa moelle, jusqu'où faudrait-il fuir pour lui échapper ? Dieu soit loué, bientôt il n'y verrait plus et il ne subsisterait rien d'elle ni de son corps accueillant. Que désirait-elle ? L'apprivoiser, probablement : un infirme, c'était inespéré, un compagnon qui ne verrait rien de ses turpitudes, qui ne lirait rien de son cœur scellé. Et pourquoi pas ? Elle prendrait soin de lui ; et puis il aimait Prudence : il veillerait sur elle, comme on aurait dû le faire. Peu à peu, ce bonheur qui s'était emparé de lui, il parvint à s'en accommoder ; il persistait toutefois à en rechercher la cause, par esprit de méthode, souci d'équité, intérêt scientifique pour le phénomène : Anne, ou bien Myra – ou bien peut-être, précisément, la combinaison de cet amour terrestre et de cet amour divin, et la privation de l'un entraînerait l'anéantissement de l'autre, le renoncement à l'une la mort de l'autre, et la fin de cette félicité ?

Il ne faisait pas mystère de sa double vie – il n'avait jamais fait mystère de rien : c'était trivial, timoré, bien peu dans sa nature. Anne était un feu dans la lande, intermittent, crépusculaire, l'amour qu'il avait au cœur : il y enfouissait son cœur et tout son corps, il se trouvait en sa présence ému comme il ne l'avait jamais été, c'est ce qu'il disait à Myra, introduisant dans son récit un peu d'emphase pour le faire tenir debout – un peu, rien de plus que ce qui était nécessaire, comme on fait lorsqu'on essaie de comprendre et d'ordonner, submergé de reconnaissance envers Anne, et la douceur des fins d'après-midi dans la cuisine où Prudence récitait ses leçons sans même chercher à donner l'illusion de l'intelligence ; Myra, l'envers de mon âme, le sort qu'on m'a jeté, une splendeur, le soleil, disait-il à Anne, qui se montra jalouse de cette affection – Myra, pour sa part, indifférente, à cela comme au reste, et ils continuèrent à parler d'Anne, comme d'une amie qui aurait été là, avec eux, tard dans la nuit, sous la véranda de la maison de Gentilly, comptant les étoiles et riant avec eux.

Myra parlait volontiers de son mal, sans précaution particulière, sans complaisance non plus ; il lui tenait compagnie, toute la journée, puisqu'elle prenait désormais à heure fixe un médicament qui lui donnait l'apparence de la normalité : sans lui elle serait redevenue énorme, exténuée, frileuse – c'étaient les symptômes. Elle l'enfermait dans un petit sachet de soie qu'elle emmenait partout avec elle ; elle s'était habituée à ce cérémonial, se félicitait de posséder ce talisman. Parfois, elle s'en impatientait aussi. Elle fit à Pavel le récit d'une émission qu'elle avait vue, où des souris recevaient des injections de cyanure pour soigner une pathologie identique : celles qui n'étaient pas soignées, très grosses, inertes, les autres allant et venant dans leur cage de fer, affairées à rien, et il lui arrivait, dit-elle, de souhaiter revenir à ce qu'elle était, laisser les choses suivre leur cours, redevenir, sans plus chercher à donner le change, enfin, une grosse bête inerte, extrêmement fatiguée, à laquelle, enfin, on ne demanderait plus rien, dont on n'exigerait plus rien : pourquoi s'obstiner, aller contre, se raidir, éviter, pourquoi chercher à s'échapper de soi-même ? N'y avait-il pas dans la médication, cette futile expression de la modernité, quelque chose qui était perdu, de la vie même, de la joyeuse adhésion à soi-même, de l'assentiment et de la liberté ? Elle croyait qu'elle était très laide ; elle en était persuadée et cette certitude l'assombrissait, et puis elle s'y abandonnait, comme à une forme de sagesse – à quoi bon, à quoi bon s'effacer et resplendir, elle le savait bien, qu'elle était une gisante, l'inévitable Myra, si lourde et encombrée d'elle-même.

C'est alors, alors qu'elle était devenue, comme elle disait, la femme de Pavel, sa femme pour la nuit expliquait-elle, pour l'esprit corrigeait-il, qu'elle fut sollicitée par le représentant d'un ministère dont elle ne comprit pas le nom – elle feignait de mal parler le français ; d'en haut, très loin, était venue la décision de lui conférer une décoration qu'on aurait, de son vivant, si la vie lui avait fait crédit un peu plus longtemps, attribuée à Trinh, pour le récompenser de l'oeuvre accomplie. Un vendredi soir, dans cette fin d'hiver qui s'étirait comme un brouillard, insinuant, déroulé au-dessus de la Seine à très basse altitude, une étoffe tiède et mouillée, elle se rendit à l'Institut, où elle était invitée, et Pavel l'accompagna. Il y avait là des vieillards ravis de se trouver réunis, qui avaient écouté les discours, applaudi, fait quelques commentaires, jaugé Myra, mangé et bu autant qu'ils pouvaient, des camarades de Trinh, qui l'avaient envié, calomnié, admiré, des thuriféraires, des courtisans, certains perdus pour la science, d'autres pour la gloire, d'autres pour l'intelligence, satisfaits d'être là, de s'émouvoir, s'indigner, médire, et quand ils ressortirent sur le quai trois heures plus tard, un peu ivres, ratiocinant, égarés, Pavel, qui les distinguait mal dans le scintillement des réverbères, les lumières des bateaux qui passaient sur l'eau en contrebas, les phares des voitures et la nuit qui était venue, se tenant à l'écart de ce troupeau, ressentit, comme jamais, un détachement qui n'avait rien à voir avec le dédain. On l'observait, lui aussi, dans la pluie et le brouillard, avec circonspection, et ce couple de malades qu'ils formaient, avec Myra – c'était donc vrai, ce que l'on disait, qu'elle n'avait pas attendu pour se consoler, il fallait reconnaître qu'elle était superbe, sa peu lustrée, une idole brune et dolente, une divinité de l'orient, qu'était-ce donc qui l'avait ainsi transfigurée ? Elle était très jolie, Pavel s'en fit la remarque, pour la première fois. Il la ramena chez elle en taxi ; ils passèrent le reste de la nuit assis l'un contre l'autre sur le vieux divan du salon – dans la véranda, il faisait trop froid. Un instant, parce qu'elle avait dit quelque chose d'intéressant, il passa la main dans ses cheveux noirs, si luisants qu'ils en paraissaient gras – mais non, soyeux au contraire, doux comme de la soie ; une autre fois, tandis que le matin s'interposait entre eux et les étoiles, gris et triste, une lueur derrière les murs du jardin, qui le disputait à la nuit, hélas, et l'emporterait, plus brièvement encore, et légèrement, c'est à peine si elle le sentit, à peine une pression, une caresse aussitôt interrompue, il passa son bras autour de ses épaules. Ni l'une ni l'autre fois elle ne témoigna d'émotion, aucun abandon ; elle demeura exactement ce qu'elle était, placide et rêveuse, sur le divan défoncé.

À cette époque lumineuse, le monde de Pavel s'assombrit encore. On l'avait averti qu'il passerait brusquement, un jour, de la lumière à l'obscurité, et que ce serait fini ; mais cette prédiction était restée du domaine des élucubrations astrologiques, quelque chose d'aussi lointain, invérifiable et funeste que l'arrivée de la Bête ou des quatre cavaliers, la femme, mère de l'enfant, poursuivie par le dragon et nourrie dans le désert un temps, des temps et un demi-temps, les païens affluant dans la ville sainte et les calculs fantasmagoriques autour du chiffre mille. Aussi fut-il pris au dépourvu, projeté d'un coup dans le noir, et y eut-il peur. Ce n'était pas uniforme, cependant : les choses, là derrière, n'étaient pas plus pesantes et indécises qu'elles ne l'étaient, jadis, quand Pavel y voyait. Il discernait toujours, du côté du ciel, une lueur plus vive, et le vent dans les arbres était coloré ; la lumière était traversée d'échos, ou l'inverse – cette distinction n'avait plus de sens, ce qu'il voyait était désormais fait de la même matière que ce qu'il entendait, s'y était fondu. Il lui arrivait aussi, le soir, quand toute la ville s'enveloppait de la même brume, ténue, bleuâtre, de trouver cela propice – à la réflexion, à l'amour de soi, charnel, infini, nécessaire, à d'autres choses encore, informulées et qu'il lui serait donné de connaître, vers quoi il allait. Tout était reflété par le monde et s'y lisait, un miroir d'eau ; tout était trouble, opacifié, un ciel du soir où passaient des formes denses, et par instants la lune, mais voilée.

Il se heurtait aux choses ; mais il ne voulut pas, comme on le lui conseillait, vendre l'appartement qu'il habitait. Il existait, lui dit-on, dans un quartier éloigné, un immeuble de brique peuplé d'individus dans son genre, qui avaient tant donné à la science, toute leur âme, que, d'une façon ou d'une autre, leur corps n'avait pas suivi, était resté réfractaire à cet enthousiasme de l'esprit, à cet élan, cette générosité, ou bien avait protesté, préférant rester immobile, abîmé, soumis, quant à lui, à la loi de la destruction et du désordre : une cohorte d'infirmes, de paralytiques, des gens qui n'entendaient plus, qui n'y voyaient plus, ou qui avaient perdu l'esprit – une petite douzaine, établis du haut en bas de cet immeuble vétuste, et qui vivaient là en bonne entente, se retrouvant le soir sur le palier devant leur appartement, s'attardant encore un instant, parce que la journée ne leur avait pas réservé de surprise et qu'ils s'en félicitaient, parce qu'ils ne savaient pas ce que leur réserverait le lendemain, huit femmes, quatre ou cinq hommes, auxquels l'État versait une rente, ils l'avaient bien mérité, très calmes, avait assuré Dominique qui avait inspecté les lieux, tous emplis d'un fort sentiment d'appartenance, d'une certaine amertume, de la conviction que justice leur serait rendue, tous habitués, finalement, à l'idée de rester là désormais, aussi cruelle qu'elle ait pu leur apparaître dans les premiers temps, tous opiniâtres, décidés à vivre, quoi qu'il advienne, et bon camarades. Pavel, qu'on dut beaucoup prier, accepta finalement de visiter l'endroit ; il en revint mécontent, et fit jurer qu'on ne lui en parlerait plus : est-ce qu'on n'allait pas laisser la lumière et l'esprit s'éteindre en lui tout doucement, sans chercher à lui nuire plus qu'il n'était nécessaire ? On le laissa donc tranquille – Odile s'était interposée, avec fougue, en sa faveur.

Il demeura donc rue de Savoie, dans l'appartement étroit, compartimenté, qu'il occupait depuis plus de vingt ans. Mais il se débarrassa de tout ce qu'il y avait entassé, des rares souvenirs qu'il avait rapportés de Russie, des livres que lisait Pierre, les soirs d'été, sur le balcon de bois, dans l'odeur de sa pipe parfumée (quand la nuit était tout à fait tombée Ilaria s'approchait de lui, lui apportant une tasse de kvas et des couvertures, et il lui arrivait de rester là jusqu'au matin, où ils le voyaient entrer dans la salle à manger, extraordinairement vieilli, harassé, sa veste humide de rosée, demander son café et dévorer les harengs qu'on avait déposés, en pyramides égales, dans les assiettes bleues, un ogre songeait Pavel, débonnaire, érudit, mais un ogre tout de même, pouvait-on jurer qu'un jour il ne les dévorerait pas, avec la même bonhomie méthodique, ses quatre petits garçons ?), les fourrures de Sofronia, des choses insignifiantes, disait-il, d'autres qu'il avait achetées, masques africains, fétiches de Polynésie, ivoires acheminés en fraude d'Afghanistan, torques de bronze à tampon dérobés dans des sépultures d'Asie centrale – il avait cru qu'il lui revenait de constituer ce trésor, et puis il en avait abandonné l'idée : rien de ce qui était au monde ne lui était étranger, pourquoi se serait-il arrêté à une séquence au détriment de toute l'histoire ? Il donna tout, les livres, les étoffes, les bijoux, et n'en conçut pas de regret – aucune fierté non plus, rien que de l'appétit pour tout ce qui serait, désormais, clair et immédiat, immédiatement perceptible.

Il reçut des visites, beaucoup dans un premier temps, et puis de moins en moins. L'habitude fut prise de réunir le comité de rédaction chez lui, non plus le mercredi matin (c'était trop tôt, il fallait à Pavel plus de temps qu'avant pour mettre les choses en ordre, se préparer à cette confrontation crue avec ceux qui venaient du dehors), mais à la fin de la journée au contraire, quand la brume s'épaissit, de bleue devient grise, languide, chargée d'eau. Enfin, l'agitation retomba, et il se retrouva seul. Il en retira une triste satisfaction, qui était encore une chose qu'il n'avait pas prévue. Il s'imagina qu'il était enveloppé dans les plis d'une étoffe, et cette étoffe était douce ; quand il y enfonçait entièrement la tête, il était consolé : les volets avaient été fermés, les portes verrouillées, la lumière proscrite, parce que superflue, mensongère. Il oublia les visages qu'il avait connus, et certains, aussi, qu'il avait aimés – à peine entrevoyait-il encore, distants et peints de couleurs si vives qu'elles n'avaient aucune équivalence dans la réalité, celui d'Apollonia, ses grands yeux vides tracés à la craie sur son visage plein, celui de Myra, si doux et compatissant qu'on aurait dit la lune, celui d'Anne, moqueur, celui de Véra sur le perron de Kirilskoie, ne t'en va pas, Pavel, si tu t'en vas tu ne reviendras jamais parmi nous – si seulement : elle lui avait dit qu'il était le plus beau des hommes, alors qu'il n'était encore qu'un petit garçon, grandi d'un coup sous l'effet d'une telle bienveillance, paisible au milieu des intempéries, la Vierge noire dont il distinguait encore, la nuit, dans ses moindres détails, le visage parfait, et la silhouette de Tocha découpée sur la neige, devant la masse vibrante du bosquet de bouleaux.

Ce fut l'époque des grands rêves colorés. Dans le désert de Gobi, derrière un chameau gigantesque, des enfants portaient des poids très lourds, qu'ils devaient parfois traîner sur le sol - les plus forts, ou les plus aguerris, les tenaient à bout de bras, et avançaient en trébuchant, l'un derrière l'autre, à l'ombre de l'énorme animal qui les abritait d'une lumière écrasante. La terre était jaune, le ciel vert, les nuages blancs et cristallins, comme du sucre ; à l'horizon, des collines bleues, un crépuscule d'argent, des nuées qui filaient vers l'est. L'autre monde, celui des vivants, des fortunés, des simples d'esprit, du progrès, de la civilisation et des formes, rangé, étiqueté, se tenait composite et compact, dans la poussière et le silence, tout près de lui, inutile.

Il s'y reportait parfois, en pensée ; il n'était plus certain d'en avoir besoin.

Un soir turquoise et transparent, Anne, saisie d'émulation, ou bien d'ennui, ou bien cédant à un penchant qu'elle renfermait en elle depuis longtemps, ayant pesé, comme elle disait, le pour et le contre, décida de faire à Pavel le don de sa personne. C'est en ces termes qu'elle l'annonça, dans l'appartement de la rue de Sèvres où elle avait allumé toutes les lumières (comme si l'on avait réuni, songea-t-il, un banquet d'anciens, fêté une remise de décoration ou une naissance, enfin comme si l'on avait célébré une réjouissance quelconque), à cette figure qui ne la voyait pas, absorbée dans un désarroi dont elle n'avait aucune idée, et qui faisait face. Les lumières tremblaient dans leur socle, innombrables : il y avait longtemps qu'il ne s'était trouvé confronté à une telle splendeur. Anne avait laissé les fenêtres ouvertes ; elle disait qu'il faisait chaud, et c'était vrai, d'une certaine façon, comme ce qu'elle disait, en général : vrai d'une certaine façon, d'un certain point de vue, d'un autre tout à fait erroné, vrai et faux, exact et approximatif - tout était avec elle affaire de point de vue et de rhétorique. Il n'éprouva, de cette proposition, aucune surprise : il avait déjà pensé s'établir avec elle, cette résolution avait pris forme en lui alors qu'ils revenaient d'Ussel, traversant un paysage français sur lequel la lumière blanche du mois de mars tombait comme une grâce imméritée – Limoges, Vierzon, Orléans, une magnificence usurpée, un désastre ; il l'avait formée avec beaucoup de sérieux, soit conformisme, soit désir d'avoir Anne à lui seul, soit goût juvénile du coup d'éclat, et y avait renoncé, parce que cela dérogeait à la règle : il savait bien qu'il ne l'aimait pas ; jamais il n'avait cherché à donner le change, paraître, plaire.

Il avait tenu bon tandis que, l'une après l'autre, elles lui avaient fait défaut - comme il les avait aimées cependant, Salomé, son corps fort et frais, un bateau qui prend la mer, ses cheveux courts qui sentaient l'eau de Cologne, ses seins plats et doux sous les doigts comme les pétales d'une fleur, et Marie, Solveig, Apollonia, il avait bien été obligé de leur faire de la place, toute la place, qui leur revenait de droit, égale, entière : elles cohabitaient toutes dans son cœur douloureux ; il les aimait toutes, il n'en avait oubliée aucune, il n'en renierait aucune, elles avaient toutes pour lui valu toute une vie. Myra l'avait compris, qui les laissait entrer chez elle avec lui, sans cérémonie : elle était accueillante, autant que lui – davantage peut-être, puisqu'elle admettait, dans son coeur tumultueux, des créatures qu'elle n'avait pas connues (ou peut-être, mais sous des formes différentes, analogues, invérifiables, dans ses songes inspirés) et qu'elle leur portait, à toutes, un amour équivalent et soucieux, pour le seul motif qu'il les avait aimées. Elle était charitable et prodigue, c'est pour cela qu'il allait la retrouver sous la véranda poussiéreuse, à la clarté précise des étoiles – à présent, elle faisait l'effort de venir rue de Savoie puisqu'il ne sortait plus, de sonner à sa porte, de traverser, de sa démarche de statue, les pièces vides, de s'asseoir auprès de lui devant la cheminée où l'on ne faisait plus de feu, et de l'écouter. Anne était une intruse, une courtisane ; elle connaissait les procédés de la passion, et souhaitait habiter avec lui cette désolation : elle y emménagerait avec lui, c'était décidé, lui dit-elle, il ne serait plus seul, et il lui fut reconnaissant d'y mettre si peu de sentiment, d'accorder si peu à l'étrangeté de la situation ; elle avait l'air de considérer que c'était, en somme, son devoir - mais elle ne parla ni d'inclination ni de morale, ni du goût qu'elle avait, peut-être, de la bousculer. Il y avait des miracles, avait-il répondu. On en avait vu : cela se produisait ; ce n'était pas courant, mais tout de même cela se produisait : de vrais miracles, répertoriés comme tels, une véritable irruption de la transcendance dans l'arrangement imparfait de la nature - et parfois, songea-t-il à part lui (cela, il ne jugea pas bon de le lui dire, mais il le tenait pour certain, puisqu'il l'avait appris de Myra), des miracles purs et allégoriques comme des rêves, l'émergence, nette et déclarative, de ce qui était ignoré, délivrés ceux-là, admirables et quotidiens, de toute transcendance. Il y avait des miracles, c'est tout ce qu'il avait trouvé à répondre ; et puis il avait cédé.

C'est ainsi qu'Anne et Prudence s'établirent chez Pavel, que l'on blâma d'avoir accepté un tel sacrifice. Pour sa part, il n'en éprouvait aucun scrupule : il savait que cette imposture ne durerait pas longtemps, et trouvait le corps d'Anne admirable au toucher. Quand il avait commencé à n'y voir presque plus, il s'était demandé comment elle se déshabillait à présent, si elle conservait, devant quelqu'un qui ne les voyait pas, les mêmes gestes un peu brouillons, ou bien si, du moment qu'on ne la regardait pas, elle était plus à son affaire, moins gourde ; il l'observait, du reste, autant qu'il pouvait : était-elle bien sûre qu'il ne la regardait pas – pouvait-elle inférer, du fait qu'il ne la voyait pas, qu'il ne la regardait pas ? Quand elle partagea sa chambre, il oublia ces interrogations dépourvues de sens et renonça à toute exigence, si l'on peut appeler exigence cette façon policée qu'il avait de faire part de ses désirs, comme s'ils l'avaient encombré, entêtement cette faculté qu'il avait de se fondre dans ses propres habitudes, de s'y blottir – l'étoffe de même texture et de même carnation que la nuit, qui le consolait. Il se satisfaisait d'entendre, au fond de l'appartement, la voix de Prudence qui psalmodiait, d'attendre, à la fin de l'après-midi, le retour d'Anne qui entrait chargée de pluie, le prenait dans ses bras et l'embrassait comme s'il lui avait été précieux, de l'écouter s'en aller, le matin, la porte se refermer derrière elle, d'être enfin, pour quelques heures, débarrassé de toute compagnie. On s'étonnait de sa placidité, on le citait en exemple, comme un cas d'équanimité dans l'épreuve - ce n'en était pas, rien que de l'étonnement.

Le 10 avril était le jour de l'anniversaire de Prudence.

On le célébra comme il fallait : on mit des guirlandes aux murs, des festons de papier aux fenêtres, on répandit des bonbons sur les tables. Anne avait fait la cuisine, des plats compliqués que Prudence ne fit même pas semblant de remarquer. Elle allait et venait entre eux, arborant son visage de cire, et son silence de mauvais aloi. Il faisait un temps clair qui avait donné à Paris un lustre inusité, métallique. Pavel avait le sentiment de nager entre deux eaux, entre deux mondes, entre ce jour et le suivant, cette année et la suivante, la sollicitude qu'on lui prodiguait et ce qu'il croyait savoir de ce qui allait advenir, le sort qui lui était fait et celui qu'il croyait avoir mérité.

On pria Gabriel de se mettre au piano, ce qu'il fit de bonne grâce. Son jeu était un peu plus incertain que d'habitude, d'où l'on conclut qu'il avait bu, ou qu'il n'était pas à son aise. Anne chanta – très bien, très juste. Il était préférable, c'est sur quoi tout le monde tomba d'accord, que Pavel ne pût la voir à ce moment, prendre la mesure de sa beauté, admirer son corps gracile, pour une fois débarrassée de toute puissance tragique, pensa André, retenue, réservée, ses gestes légers, le poids de ses cheveux autour de son visage, la façon dont sa robe retombait autour d'elle - comme elle tournait sur elle-même devant la porte ouverte sur le jardin, hésitant entre l'ombre et la chaleur, les jeux du dehors et ceux du dedans, tandis que ses cousines passaient en procession, viens, allons jouer dehors, tandis qu'elle courait derrière elles, trébuchant sur le gravier, svelte dans sa robe blanche. Seule Prudence semblait rechercher la compagnie de Pavel. Elle lui parlait en confidence, tournant la tête de côté et d'autre comme un oiseau. Elle avait mis sa main dans la sienne, un jour, à Tortisambert, alors qu'ils se promenaient dans les bois sous l'averse, et lui avait demandé si les animaux souffraient de jalousie, et s'ils faisaient eux aussi des rêves prémonitoires ; il avait trouvé l'interrogation admirable, dans sa concision comme dans la superposition musicale de ses deux voix. Nous en ferons une carmélite, dit-il en lui caressant les cheveux, dans lesquels elle avait noué des rubans blancs.

Dans l'ensemble, ce fut un après-midi réussi. Des cousins, des oncles étaient venus d'Ussel et de Tulle, de très vieilles personnes qui entouraient Anne avec un peu d'arrogance. Vers sept heures, Gabriel avait fini par prendre la fuite, et l'on avait cru, tant il avait paru triste à ce moment, que c'étaient ses derniers instants, qu'il allait mourir en sortant, mais il n'en fut rien. Il vécut encore, après cela, pendant les vingt années qui suivirent.

Myra était venue aussi. Elle fut l'une des dernières à s'en aller. Pavel la raccompagna jusque sur le palier, en tâtonnant. Il avait la main posée sur le mur, pour s'y retrouver, quand il passa l'autre dans ses cheveux soyeux, rapprocha du sien son visage d'odalisque, et l'embrassa. Ce fut une terrible conflagration, comme il n'en avait jamais ressentie - il en aurait juré.

14

Où l'on a des nouvelles d'Hugo Streller

C'est au mois d'avril qu'on eut des nouvelles d'Hugo.

On avait jusque là attribué le silence des Streller à ce qui devait être la qualité de leur bonheur – exceptionnel, à n'en pas douter. Or, un jour où Gabriel était occupé à tailler les rosiers devant la maison de Soubise, jetant les fleurs dans un panier posé sur le gravier, il entendit la sonnerie du téléphone, et fut obligé d'y répondre car il était seul.

Il se dirigea donc vers le vestibule, espérant que cela cesserait de sonner ; mais cela persistait : c'était, persistant, hargneux, ayant parcouru pour arriver jusque là une immense distance, la mer et une partie de l'Europe, ce qu'Hugo avait à leur dire, qui se frayait un chemin vers eux et ne se tairait pas avant d'être entendu.

Gabriel éprouva d'abord un peu de difficulté à reconnaître la voix qui s'adressait à lui – peut-être, du reste, avait-elle changé, peut-être le malheur change-t-il la voix des hommes, ce n'était pas forcément, songea-t-il par la suite, une hypothèse à écarter ; d'autre part, cela s'enchaînait assez mal : les mots étaient, lui semblait-il, très distants les uns des autres, embarrassés de leur propre écho. Au bout d'un moment, il comprit qu'il s'agissait d'Hugo. Ensuite, il tâcha de saisir ce qu'Hugo lui disait ; mais lui parvenaient surtout le bruit d'un moteur, inégal, et celui des vagues. Où Hugo pouvait-il donc bien se trouver ? Sur un bateau, criait Hugo, au large d'Izmir. À ce mot, Gabriel eut un éblouissement, la sensation stridente du vent et de la chaleur.

Comment se portait Claire ? C'était ce qu'Hugo,

précisément, avait à dire, ce sur quoi il avait la plus grande envie de répondre, ce point justement qu'il souhaitait aborder, ce qui tempêtait de l'autre côté de la mer, le vent qui venait tambouriner aux murs de la maison d'Isaac, la bourrasque qui ne s'apaiserait pas de sitôt : comment se portait Claire, il n'en savait rien du tout, elle avait disparu, il s'était réveillé à Eskisehir sans elle et, le chauffage du compartiment étant tombé en panne, raidi par le froid ; n'avait-elle donc pas donné de ses nouvelles, Isaac n'en avait-il donc pas entendu parler ?

Pas que Gabriel l'ait su, et il n'eut pas l'outrecuidance de demander ce qui s'était passé ; d'ailleurs, dans un éblouissement exactement semblable à l'éblouissement précédent, causé en lui par le seul nom d'Izmir, associé au bruit inégal du moteur, fait comme lui d'une sensation de griserie et de chaleur, il le vit, ce qui s'était passé, il sut ce qu'avait éprouvé Claire, aussi nettement que s'il y avait été : il entendit les sifflements et les cris sur le quai, il vit la vapeur, la fumée, la buée, Claire penchée à la vitre du wagon, d'un coup saisissant sa valise, sautant sur le quai, laissant derrière elle Hugo affalé sur la banquette.

La conversation prit fin à ce moment, avec la même soudaineté bizarre qui avait présidé à son commencement. Gabriel entendait encore le bruit des vagues et la distance traversée, que déjà ils étaient irrévocablement séparés, revenus chacun aux limites étroites de leur univers, le charme rompu, plus un atome de vent et de soleil dans le vestibule de la maison de Soubise, plus la moindre parcelle d'ombre sur le pont du caboteur turc.

Quand ils rentrèrent, Isaac affairé, un chapeau mou sur la tête, qui ne lui allait pas mal, comme ces bourgeois russes de 1917 dont Gabriel avait vu de pathétiques photographies, en train d'effectuer des travaux dits d'utilité socialiste avec un gilet de taffetas et un camélia à la boutonnière (la question étant, évidemment, en quoi pouvait bien consister, pour que cette image lui fût venue à l'esprit, le labeur ingrat et parfaitement inutile auquel on avait affecté Isaac, et saurait-il s'en tirer à son honneur ?), les mains dans les poches et sifflotant, ce qui chez lui signalait que le comble de l'irritation était atteint, Todor affable, Ingrid rouge de l'effort qu'elle avait dû faire pour monter le chemin à pied, le remerciant avec effusion pour avoir pris soin des fleurs, il fallut leur annoncer la chose.

Il le fit avec le plus de ménagements possibles, et un peu de fébrilité, tout de même, car c'était un coup de théâtre, la preuve du sens dramatique de Claire, ce qui légitimait, après coup, le grand amour qu'il lui portait et dont il ne faisait pas mystère. À la surprise générale, Isaac fit preuve d'un calme remarquable ; d'où l'on déduisit, lorsque, au terme de la soirée, ce sujet de conversation, qu'on n'avait du reste fait qu'effleurer, par égard pour lui, fut définitivement laissé de côté, que l'épisode correspondait à l'idée qu'il s'était toujours fait de Claire et Hugo Streller.

Il y eut, après cela, d'autres péripéties, comme la carte postale qu'ils reçurent quelques jours plus tard, envoyée d'Ephèse, établissant un bilan laconique de l'état moral d'Hugo (assez mauvais) et leur laissant peu d'espoir de le voir rentrer avant plusieurs semaines, ou comme le mal qui foudroya Gabriel à quelques jours de là, un urticaire géant qui le laissa pour plusieurs semaines fourbu et acerbe (car, comme il le disait avec une candeur qu'ils étaient plusieurs à suspecter, il détestait souffrir), ou comme l'inquiétude qu'ils ressentirent en apprenant qu'un tremblement de terre avait eu lieu en Anatolie, dont ils virent des images dans les journaux, et qu'ils se demandèrent si l'un ou l'autre des Streller y avait péri – mais puisqu'on n'avait dénombré aucune victime occidentale, ils se tranquillisèrent.

Il y eut ainsi des conséquences, ou des épisodes annexes,

plus ou moins fâcheux, imprévisibles, à cet événement singulier, d'élégantes arabesques que le sort prit plaisir à entrelacer autour du thème principal ; mais rien ne put égaler l'apothéose qu'avait été, pour Gabriel, dans la pénombre du vestibule, cet appel énigmatique qu'il avait reçu en plein cœur, le deuxième dimanche du mois d'avril. Le grand moment était passé. Il était inscrit, irrémédiable, et vain, au plus profond de son cœur, et il en était redevable à Claire.

15

Dans les bois de Debar

Gyurga, la fée des torrents, était apparue dans la nuit au-dessus du campement. Elle avait des yeux d'onyx et s'élevait, stellaire, de l'autre côté de l'eau. Il avait gelé pendant la nuit : au matin la montagne était blanche. Des filaments dorés pendaient aux branches des arbres ; c'était la rosée, mêlée de givre, où s'était pris le soleil.

Nicolaï resta un instant immobile, observant le ciel, puis se décida à se lever et à ranimer le feu, y jeter plutôt, car il s'était presque entièrement consumé pendant la nuit, les branchages qu'il avait ramassés la veille et qui s'embrasèrent avec un claquement sec, pur comme l'aube noire. Au sol, au creux du vallon, un animal tapi dans les ombres du matin, le brouillard, descendu de la montagne, une forme du silence, son prolongement : on n'en voyait pas de tel dans la vallée, on n'en avait jamais vu, dans les faubourg de Plovdiv, d'aussi hostile, ramassé, prêt à engloutir les hommes, leurs maisons et leurs troupeaux.

Il fit du café, qu'il but debout, prenant soin de ne pas tourner le dos au brouillard, chargea son cheval et descendit précautionneusement, en le tenant par la bride, le chemin qui longeait le torrent.

Il crut d'abord que c'était un arbre abattu qu'il voyait devant lui, en travers de l'eau glacée, de l'autre côté des broussailles. Il approcha et son cœur se solidifia, durcit en lui, gelé, distinct, soudain, de tout ce qu'il avait éprouvé jusque-là, de toutes ses sensations de ce matin-là, de ses souvenirs, de tout ce qu'il avait jamais aimé.

Vasil était étendu devant lui, les yeux grand ouverts, sa face désolée tournée vers l'aube noire, et le matin qui miroitait entre les branches ne leur serait d'aucun secours.

16

Des enfants

Pavel partit au début du mois de juin, avec Myra la Chapsougue, qui elle aussi avait quelque chose à demander à la Vierge. Le jour dit, il s'habilla avec le plus grand soin avant de monter dans le train : sur son manteau bleu, qu'il avait rapporté de Russie et portait dans des occasions exceptionnelles, une écharpe rose et verte qui lui donnait l'air un peu plus nonchalant qu'à l'ordinaire, dans sa valise sa chapka – Myra avait ri, vous n'êtes pas sérieux, Pava, et il avait senti chez elle tant de reconnaissance, à l'idée qu'il n'était pas sérieux, qu'il avait décidé de ne plus jamais se séparer de sa toque en poils de loutre, qu'il avait achetée au marché de Novossibirsk à un paysan qui l'avait probablement volée à un voyageur : il avait probablement abandonné le corps dans la neige, pour le plus grand profit des loups. Content de tout, nonchalant, il avait eu le plus grand mal à avancer, au milieu de la foule, sur le quai de la gare de Lyon, puis à s'orienter dans le wagon ; elle l'avait aidé, essoufflée, alerte, enchantée d'être là, dit-elle, le visage collé à la vitre, absorbée par le paysage, les maisons, les ponts, les tunnels, dissociée de lui, pour un instant : quand ils avaient commencé à rouler, elle lui avait tourné le dos, il ne distinguait plus rien de son large visage, c'était comme si la clarté de la lune l'avait déserté – il y avait si longtemps qu'elle n'était pas sortie de chez elle, elle était au comble du bonheur.

Ils allaient en Suisse pour commencer, à Ziteil où des bergers l'avaient vue, en 1580, à la même époque, précisément, la fin du printemps, quand les sapins exsudent une résine épaisse comme de la poix : elle était passée, un instant, au bout du chemin qui menait à l'étang, recouvert d'une végétation si épaisse qu'on avait envie de s'y étendre, avait tourné derrière les derniers arbres, était descendue au bord de l'eau, où elle avait marché, et disparu – elle avait une robe bleue, les cheveux dans la figure, et la grâce d'une petite fille ; puis à Kehrsiten, où elle était apparue en 1612, dans un champ de fleurs, à Marx et Gothard, qui d'abord n'en avaient pas parlé (ils avaient pensé que c'était une fée et voulaient garder pour eux le secret, la chaleur, ce qu'elle avait à leur dire) et y étaient retournés, le lendemain, le surlendemain, et de nombreux jours après celui-là, mais elle n'était pas revenue, apeurée, ils l'avaient pressenti, à son rire sans gaieté, dépaysée, dans ce monde vert et bleu où nichaient des cigognes : on entendait leur cri, sec et crissant comme de la paille ; en Bavière, à Mettenbuch, où en 1876 elle avait serré dans ses bras, avec beaucoup de force, qui réchauffait, et une détresse qui leur avait glacé le sang, Caroline, Thérèse et Mathilde, qui étaient redescendues en courant jusqu'au village, sanglotant aussi fort qu'elles pouvaient – c'était Caroline qui faisait le plus de bruit, elle était la plus petite, terrifiée : elle les avait poursuivies, disait-elle, le long du chemin, d'un pas lourd, à l'entendre on savait bien qu'elle ne s'arrêterait pas avant de les avoir dévorées, avec ses yeux de porcelaine, elle en rêverait par la suite, pendant des années, et se réveillerait suffocant, la statue debout devant elle dans la chambre, avec ses yeux de porcelaine et sa détresse, qui était de la force ; en Slovénie, à Sveta Gora, où en 1539 elle était entrée en conversation avec une jeune fille qui portait le joli prénom d'Urska, l'ourse, Urska Feliojeva, qui hochait la tête en l'écoutant, savait ses prières comme personne, les récitant à toute vitesse, les yeux fermés, et de cette rencontre elle avait conservé, jusqu'à la fin de sa vie, qui avait été très longue, un grand sentiment de sa dignité et de la faveur qui lui avait été faite - comme le voulait son prénom elle jouait avec les ours, au crépuscule, à distance du village, et dansait avec eux, bien qu'elle assurât le contraire : on l'avait vue, son fichu rouge sur la tête, ses cheveux bien serrés sous le tissu, sérieuse et vive, danser avec les ours et leur parler dans une langue qu'ils comprenaient ; en Italie, à San Luca, où en 1861 elle était devenue la confidente d'un tout petit garçon, Righetto Cionchi, qui lui apportait, dans le creux de l'arbre où elle habitait, toutes les offrandes qu'il pouvait lui faire, des billes de verre, des osselets, des olives et du miel, qu'elle mangeait, affirmait-il, de bon appétit : elle s'asseyait dans l'herbe à côté de lui, contemplait, dans le tablier bleu qu'elle avait déployé sur ses genoux, les trésors qu'il avait amassés pour elle, mangeait les olives et le miel, mettait de côté, soigneusement, les osselets et les billes – c'était pour ses enfants, disait-elle, de très gentils enfants qui vivaient de l'autre côté de la terre, où elle allait les rejoindre à la nuit, ils seraient bien contents, et mentionneraient Righetto dans leurs prières ; pour finir, s'il n'y avait pas d'autre recours, à Meryem Ana, la maison sacrée d'Ephèse, où on l'avait signalée, majestueuse, en 1902, avant les grands cataclysmes, les guerres mondiales et les tremblements de terre.

Avant toute chose, à chaque sanctuaire, on pourrait, en guise d'entrée en matière, débiter une petite action de grâces pour l'élection du président de la République, avait suggéré Pavel, malicieux, à Maurice et Mortimer, venus en délégation lui apporter leur soutien et leurs dernières recommandations ; le comité de rédaction avait appris le détail de ces pérégrinations et s'en était ému : il y avait tant de choses à régler dans l'organisation quotidienne de la revue, les commandes aux auteurs, les contrats à établir, un plan de bataille pour les prochains mois ; il les laissait orphelins, personne n'avait le cœur de le lui reprocher, mais tout de même, quand reviendrait-il ? Son innocente plaisanterie ne les avait pas fait rire, du tout : ils avaient des convictions, ils n'en avaient jamais changé et en tiraient vanité, ils avaient choisi leur camp, ils étaient sincères et univoques ; au fond, avait proféré Maurice en sortant, morose, sur le trottoir désert de la rue de Savoie, Pavel n'est pas un démocrate – c'était normal, atavique, il suffisait de se rappeler d'où il venait. Ensuite, avait annoncé Pavel avant de claquer la porte derrière eux (avec une telle emphase qu'ils avaient eu le sentiment déplaisant, eux qui s'étaient montrés si complaisants envers lui, qu'il les jetait dehors), on verrait. Si cela ne donnait rien, il ne lui resterait plus qu'à vendre son âme au diable ; il le disait avec force, mais il n'accordait pas beaucoup de crédit, il était facile de le deviner, à cette puissance-là, si simple et prévisible.

Ce qui lui était apparu clairement, c'est qu'Anne avait fait son temps. Il avait épuisé les charmes de son corps, d'une blancheur irréelle, qui n'inspirait aucun sentiment de gratitude, aucune émotion, au contraire un peu de répulsion, une blancheur d'être mouvant, feu follet sur l'étang, esprit sur les eaux, une skass : c'était son âme qu'elle aspirait, goulûment, elle se nourrissait de lui, chaque jour un peu plus, de plus en plus sereine et souriante, à mesure que le temps passait, et qu'il dépérissait. Il fallait se débarrasser d'elle, et de Prudence : n'avaient-elles pas la même insouciance, la même douceur de manières et de propos, y avait-il entre elles, comme elles voulaient le faire croire, une différence de nature, est-ce que la seconde n'était pas la réplique, à peine plus avisée, de la première, fallait-il être dupe de leur ruse, croire qu'elles n'étaient pas pourvues d'un même esprit, d'un même flux de sentiments, parlant d'une même voix, fabriquant les mêmes rêves, qu'elles partageaient, dans la chambre obscure de la rue de Sèvres, quadrillée par les lumières du dehors, une seule petite fille, fantasque, hostile, la même, exactement ? C'est avec Prudence, finalement, qu'il avait passé, ces dernières semaines, le plus clair de son temps ; c'est d'elle, d'abord, qu'il allait se trouver délivré. C'est elle qui l'emmenait, dès que le soir tombait, rue Séguier, rue Gît-le-Cœur, pour une promenade dont elle avait délimité les contours, jusqu'au bord de la Seine où passaient des bateaux, les barques des morts glissant en procession entre les fleurs de lotus, piétinant dans l'eau et la boue (il entendait le bruit de ses petits pieds tapageurs, par moments le silence, puis à nouveau l'effronterie et le mouvement), avant de ramasser un caillou, une brindille, du sable, une feuille qu'elle enfouissait dans sa poche et déposait ensuite sur la cheminée de sa chambre, comme si la promenade avec Pavel avait mérité rétribution, comme si ç'avait été quelque chose qui valût en retour une récompense, même infime et honorifique, comme si cela avait eu un prix, de l'aider à descendre l'escalier et de se retrouver avec lui sur le quai balayé par le vent – et il souscrivait à l'esprit de cette transaction : qu'elle en fasse donc son profit, de ces moments qu'ils avaient passés ensemble, condamnés l'un à l'autre, unis par la même tendresse, déçue, hésitante, qu'ils avaient éprouvée pour Anne, qui n'aimait personne.

Il était donc temps de se débarrasser d'Anne - lui faire entendre raison, Pavel y avait renoncé. Un conte à dormir debout, c'était l'effet que lui faisait l'existence qu'il menait et qui le laissait usé, sans invention, sans ressources. Il dormait debout – un funambule, un imposteur. Il n'avait plus foi dans son succès ou sa bonne fortune ; il se moquait d'être considéré ou délaissé. Anne, du reste, n'avait presque plus l'air de remarquer sa présence ; c'est à peine si elle passait la main, distraite, dans ses cheveux drus – Pavel, demandait-elle, indifférente, n'avez-vous donc jamais pensé à m'épouser ? Il y fallait maintenant un peu d'esprit de décision, s'était-il dit, à la fin d'une journée sèche qui lui avait laissé une précieuse sensation de froid - un peu des pôles au bord de la Seine, de la lumière dorée et trois soleils. Anne, déclara-t-il ce soir là, après qu'ils eurent dîné avec la petite fille, qui comme d'habitude n'avait rien mangé, il faut songer à notre séparation. La nuit était venue, Prudence enfermée dans sa chambre, au fait de ce qui se passait derrière la porte, avide et silencieuse ; il y avait longtemps qu'elle attendait ce moment, dont Anne sortirait défaite, elle le savait, car Pavel avait perdu toute prévenance et tout souci d'autrui – il lui parlait avec moins d'égards, à elle, qui avait pourtant bénéficié jusque là d'une considération particulière (c'était le privilège qui présidait à ses relations avec les adultes, depuis des années, depuis les soirées dans la maison d'Ussel, derrière les fenêtres aux carreaux de couleur, pas un bruit, rien que le va et vient de l'horloge, dehors, par intermittences, la plainte d'un animal qu'un autre dévorait, entrerait-il dans le salon, mangeait-il les enfants aussi, la nuit venue monterait-il, à pas de loup, l'escalier qui grinçait, les promenades au jardin avec Denis qui la prenait par la main et lui apprenait le nom des fleurs, derrière le mur le bruit des trains, Élisabeth qui l'attendait dans la cuisine, elle lui avait préparé du chocolat, tu ne manges rien Prudence, qu'est-ce que tu vas devenir, on a entendu parler de petites filles qui devenaient si petites, au lieu de grandir, qu'elles s'évaporaient dans les airs, ou disparaissaient sous la terre, laisse-la disait son grand-père, si elle ne mange pas c'est que ce n'est pas bon, et les après-midi rue de Sèvres, le samedi, le dimanche, inexorables), il lui parlait avec moins d'égards, ne prenait plus la peine de s'enquérir du pays d'où elle venait, n'avait plus, depuis des semaines, évoqué avec elle les visites de Tocha, qui revenait pourtant, ponctuel, s'asseoir avec lui dans le salon d'où l'on avait emporté tous les objets inutiles, mais un instant seulement (il était devenu très turbulent, presque irritable, traversait la pièce d'un bout à l'autre, ouvrait le piano, observait son reflet dans la glace, demandait où était Véra, et Pierre, et Ilaria, où étaient-ils, et repartait par la fenêtre, d'où il était venu), ne parlait plus de ses livres, non plus, de la difficulté qu'il avait éprouvée à les écrire, et l'on ne voyait plus passer dans l'appartement, cinq ou six ombres fidèles accourues des bords du Styx, ses visiteurs habituels, vivifiés, raidis par l'air du dehors, fanfarons, Maurice, qui avait vieilli, ses cheveux étaient devenus blancs, Rafaelo qui lui rapportait toujours quelque chose de ses expéditions, la dernière fois un couteau à histoires qu'elle avait caché sous son oreiller, attendant la neige, Odile qui lui avait dit un jour que si elle avait eu une fille, ce qu'à Dieu ne plaise, elle aurait voulu qu'elle lui ressemble : Anne avait eu son content, elle allait enfin céder la place, perdre de sa superbe. Enfin, la terre s'ouvrait ; Prudence survivrait-elle à ce triomphe ?

Anne, dit-il, nous n'avons rien de commun, séparons-nous. Il y avait quelques semaines de cela, alors qu'il y voyait encore un peu et qu'il commençait à faire beau, ils avaient été déjeuner au bois de Boulogne. Anne avait une robe orange, comme peu de femmes auraient osé en porter, tout près de son corps parfait, son visage pur en était illuminé ; il ne pouvait en détourner son regard, qui revenait à ce corps joyeux après s'être posé un instant, beaucoup plus haut, bien au-dessus d'elles, au sommet des arbres qui bougeaient dans le vent, tandis que son rire déferlait sur lui ; elle riait d'un rien, serrant Prudence contre elle : Pavka, disait-elle, est-ce que nous ne sommes pas là, tous les trois, les plus heureux du monde – qu'est-ce qui se nichait, mon Dieu, dans le cœur des femmes, qu'est-ce qui y avait trouvé refuge et aliment, quelle implacable prescience de ce qu'il y a de pire dans celui des hommes ? Elle n'avait suscité en lui aucune émotion – Marie appuyait sa tête contre son épaule et pleurait, sans savoir pourquoi disait-elle, tu n'as donc jamais été malheureux, et il savait bien que ce n'était pas vrai, qu'elle savait pourquoi et ne le dirait pas. Il était donc possible d'être attiré par une femme aussi peu, ou de manière aussi mécanique, qu'il avait pu l'être par celle-là, sans en être anéanti, sans la moindre peine, sans affolement, sans terreur, d'elle, et de ses désirs ? Il n'y avait rien de plus étrange que de se trouver, comme il l'était, contraint à cette répudiation, contre son gré. Il n'avait jamais manqué à personne ; il était dans l'ordre des choses qu'on l'abandonnât, lui – qu'allait-elle lui dire, lui opposer, de quelle utilité sa tranquille assurance lui serait-elle dans cette circonstance, qu'allait-elle faire de son visage splendide, où le tourner ?

Il était assis en face d'elle, immobile, massif, importun. C'était curieux, la laideur de Pavel, songea-t-elle, un sourire sans aménité, des yeux qui n'avaient jamais eu, pour la regarder, la fixité, l'émotion qu'elle était en droit d'attendre d'un homme : c'était curieux, comme il était laid ; Pavka est laid à faire peur, disait-elle à Prudence. Elle savait bien qu'il lui ferait du mal ; ce qu'elle n'avait pas imaginé, c'était ce phénomène qui était en train de se produire, le poignant désir qu'elle éprouvait de lui, d'autant plus fort qu'elle le trouvait plus laid, distant, et usant, pour s'éloigner d'elle, de formules qui témoignaient de son peu d'aménité, de son peu de sentiment, Pavel qui ne poserait plus la main sur son corps, ne se retournerait plus dans le noir, de l'autre côté, repu, un animal qu'on a satisfait, qui lui échappait pour de bon, à travers ce corps son âme, à laquelle elle n'aurait plus accès, mais c'était son corps qu'elle regrettait, assise devant lui pour un instant encore, massif, compact, dépourvu de toute grâce et de tout sentiment, une puissance, qui tenait pour une part à l'esprit facétieux de Pavel, pour une autre à sa capacité de conviction. Elle en avait le souffle coupé. Son mépris pour Pavel, intact, depuis l'origine, ne se trouvait ni augmenté ni diminué ; il avait résisté à cette circonstance particulière, et durerait, comme la douleur qu'elle éprouverait de son absence, quelque chose qu'elle sentait monter, au fond de son ventre, une commotion – quelle douleur, quelle surprise, elle ne savait pas que gisaient en elle, très profondément, à une si grande profondeur, cette disponibilité et cette sensibilité au froid.

Il fallait compter pour rien le voyage à Lourdes, qui eut lieu juste après cet incident – un épisode inutile auquel

André, obligeant, avait apporté sa contribution (rien d'autre à faire qu'à regarder, par la fenêtre du train, passer la campagne, des champs, des bois succéder aux champs et aux bois, les villes éventrées faire défiler au bord de la voie leurs colonnes de maisons hideuses, en bon ordre, des soldats montant au front dans le bruit des obus), Pavel à côté de lui, empilé là en deux ou trois morceaux, lui, ses valises, son écharpe, sa chapka en poils de loutre – comment en était-il venu à croire qu'il aurait plus froid, y voyant moins bien ? Ils avaient quitté Paris un matin, André essayant de régler son pas sur celui de son compagnon, de prévenir ses hésitations, et sentant toujours, une présence à ses côtés, seconde, tenace, qui ne lâcherait pas prise, qui faisait partie du voyage et ne les laisserait pas en paix, l'inquiétude de Pavel. Ils étaient arrivés en fin d'après-midi, leur hôtel rutilait de lumières : il semblait qu'à cet endroit préservé, exclusivement, ce fût encore Noël. Dès le lendemain, ils s'étaient rendus à la grotte. Pendant le trajet du retour, aux environs de Limoges, Pavel avait remarqué, sur sa droite, une plaque luminescente, d'un froid d'opale – la vitre, derrière laquelle tombait encore la neige ; il y avait appuyé la main : c'était frais et bienfaisant comme un visage de femme. Quand ils étaient descendus sur le quai de la gare Montparnasse, il avait vu, déclara-t-il, accrochées aux poutres d'acier, à une hauteur vertigineuse, les lampes-tempête qui se balançaient au-dessus des voies. Et ce fut tout. Pourtant, il y avait des miracles, Pavel l'avait répété, il en avait donné des exemples, des faits qui s'étaient produits, vérifiables, il les avait recensés.

Et toi, avait demandé Inès à sa sœur bien-aimée, si tu étais partie en pèlerinage comme Pavel, qu'aurais-tu demandé à la magicienne qui vit dans la grotte ? Des enfants, avait répondu Ingrid.

Elle en aurait eu trois, trois filles, ou bien trois garçons, qui auraient engendré une innombrable descendance. Elle les aurait nourris, tous les trois, très semblables, avec des joues rebondies et des cheveux soyeux comme des plumes. Elle aurait veillé sur eux : ils auraient été malades et auraient guéri, elle aurait été si précautionneuse. Ils n'auraient jamais eu froid, elle aurait deviné leurs pensées, rencontré les génies dont ils auraient fait leurs camarades ; ils auraient posé des questions auxquelles elle aurait apporté des réponses précises, et variables, selon son humeur, les circonstances, la crainte qu'elle aurait éprouvée de les décevoir, et ils les auraient écoutées, prêtant au moindre de ses propos une extrême attention, trois petits garçons avec lesquels il aurait été inutile de feindre, de produire des explications ou des excuses – ils auraient, depuis l'origine, tout pardonné. Elle aurait observé, toutes les nuits, leur visages endormis. Le monde se serait réduit à cela, total et plein, le monde qu'elle transportait avec elle et que rien ne pénétrerait : des enfants qui auraient couru dans les allées du jardin de Soubise – dans l'air clair et tourmenté du mois d'août le bourdonnement des abeilles. Elle les aurait observés, aurait écouté leur souffle, trois souffles différents, trois façons de dormir, de s'abandonner, de mentir et d'oublier, trois visages lisses, immédiats, trois cœurs : trois fils, qui seraient devenus, le temps ayant passé, les mois, les années, trois hommes qu'elle n'aurait pas reconnus. Ils auraient eu beaucoup de choses à lui reprocher et n'en auraient pas fait état, magnanimes, comme dans les contes, trois princes reclus dans un palais bulbeux, décoré d'oiseaux sculptés sur les murs, d'incrustations de coquillages, d'éléphants de marbre, déambulant dans des allées bordées d'arbres d'argent, écoutant le bruit des fontaines, discontinu, nourris de philtres composés à leur seul usage et pour leur seul agrément, experts dans tous les arts et toutes les ruses, spirituels, savants – comme ils l'auraient aimée, et secourue ! Elle aurait vécu de la même vie qu'eux, trois vies qui se seraient ajoutées à la sienne, lui auraient fait un cortège, auraient amplifié, ou bien assourdi, les bruits manifestes du monde. Ou bien trois filles, trois fées si belles qu'on aurait ressenti, les regardant, une forme d'appréhension (qu'avaient-elles à dire, qui ait pris cette forme ?), trois voix discordantes dans la nuit, quand il est temps de rentrer, trois silhouettes sur le pas de la porte, et les confidences qu'elles lui auraient faites, leurs omissions, l'application qu'elles auraient mise dans chaque chose : trois petites filles qu'elle n'aurait jamais voulu quitter, consolantes, au berceau desquelles on aurait déposé la faculté de guérir, celle d'aimer, de séduire et de se prémunir, la grande puissance qui convient aux fées, le don de plaire et d'argumenter, la capacité de changer le cours des choses, celui du temps. Elles auraient conversé avec les esprits, ceux qui habitent le creux des arbres et sont plus légers que la fumée, ceux qui dansent au milieu du feu (ils vivent dans les flammes, quand on les en retire ils meurent après avoir beaucoup gémi et leurs cris résonnent dans la nuit froide longtemps encore après qu'ils sont morts, tant ils se languissent du feu et de tout ce qu'ils y ont souffert), ceux qui guident les troupeaux, ceux qui les égarent, les entraînant au fond des gouffres et des torrents. Elles lui auraient accordé, d'emblée, une confiance sans limites, qu'elle aurait méritée : elle aurait été, avec elles, irréprochable et aimante, d'un amour comme on n'en aurait pas vu, de ce côté-ci de la terre, pas mentionné dans les annales, pas inscrit aux frontons de pierre des mausolées, un bel amour qui n'aurait connu ni le découragement ni l'envie, un très grand amour d'elles et de leurs songes singuliers. Il n'y aurait pas eu de précautions à prendre avec elles, pas de distance à établir ou à franchir - trois petites filles aux visages moelleux, fondants, indéchiffrables, qu'elle aurait embrassés jusqu'à les user, les polir comme un galet devenu, avec le temps, les embrassements du varech et les reflets de l'eau, vivant, un cœur qui bat, le mouvement même de l'eau et de la lumière : par moments, saisies d'une humeur noire, réverbérante, douées de clairvoyance, trois petites filles apeurées et têtues, des elfes, qui l'auraient domestiquée, qu'elle aurait servies, de toute son âme ; elle les aurait aimées et accompagnées, abandonnant pour les suivre tout ce qu'elle possédait, la pauvre vie qu'elle avait menée avant de les connaître et de vivre, grâce à elles, de leur fait et avec leur consentement, la vie merveilleuse des créatures célestes. Elle en aurait eu trois, trois rois mages, trois fées, trois korrigans, tout-puissants, immortels.

Pavel était donc revenu de Lourdes sans que son vœu fût exaucé. Cela ne l'avait pas empêché de repartir, à quelques semaines de là, pour un plus long voyage, y voyant moins encore, et plus déterminé, vers les sanctuaires de Suisse et d'Europe centrale - au-delà, probablement, d'Asie Mineure : ceux qui l'avaient accompagné jusque sur le quai de la gare de Lyon avaient douté de le revoir jamais.

La veille, ils avaient dîné chez Myra, tout le comité de rédaction d'*Ethnologie*, réuni dans une gaieté feinte et une sourde hâte que tout ceci, l'événement, le départ de Pavel et sa célébration, ce dîner qui s'annonçait frugal dans l'affreux pavillon qu'avait habité Trinh, eût déjà eu lieu ; mais on ne pouvait pas aller plus vite que le temps, il fallait bien en passer par là, puisque Pavel le souhaitait. Dominique, qui affectait d'être connaisseur et voulait témoigner de son esprit d'équipe, avait apporté dix bouteilles de Gevray Chambertin ; Mortimer était en verve et avait servi à chacun d'énormes parts d'un pâté de viande que Myra avait confectionné elle-même : cela sentait si bon qu'ils s'étaient récriés, ils ne s'étaient pas attendus à tant de munificence ; Rafaelo était d'humeur chagrine : il allait s'établir pour plusieurs mois parmi les Esquimaux des îles Aléoutiennes, où il avait des amis, et il n'était pas sûr que l'aventure fût encore de son âge ; survivrait-il, cette fois encore, à la nuit polaire, au scintillement des étoiles dans le lac noir, aux cris des chiens au-dehors, aux bateaux enchâssés dans la glace – dans l'un d'entre eux, on avait retrouvé un homme que le dégel avait rendu à la terre, gris et noir, hérissé, un homme de givre et de mica, raide et velu comme les chiens, avec une face de damné : au nom de quoi l'avait-on retiré des glaces, où il avait dû vivre et espérer, à l'abri des vivants, pendant toutes ces années, dans la compagnie des phoques et des veaux marins, croyant qu'il était arrivé au paradis, et que c'était pour toujours ? Maurice était taciturne. Il avait fait son deuil, disait-il, de la gloire et de la reconnaissance ; du reste, tout le monde le savait, il y avait d'un côté les livres qui se vendaient et de l'autre ceux qui valaient quelque chose. Il le disait sans dépit, avec la certitude de figurer parmi les élus, parmi les réprouvés de ce monde-ci – qu'importe, il persévérerait, et de livre en livre aurait de moins en moins de lecteurs, mais Deirdre avait vu dans les cartes, les trognons de chou et le foie d'un lapin, que sa renommée posthume serait universelle : il suffisait de prendre son mal en patience. Le plus malheureux de tous, cependant, était Dominique, souffrant, au-delà de ce qui était imaginable, de cette affection qui proliférait à présent le long de ses jambes, jusqu'aux genoux, et sur les bras, jusqu'aux coudes : c'était, par plaques, d'un rouge qui virait au brun, une carapace qui avait l'avantage d'introduire, entre lui et les choses, un film protecteur, comme Anne en disposait, soigneusement, sur les aliments que Prudence n'avait pas mangés, avant de les ranger, avec une vindicte qui n'excluait pas la méthode, dans le réfrigérateur – Prudence, avait décrété Maurice, serait une sainte anorexique. Cela le démangeait, avait-il avoué ce soir-là à Pavel, dans la cuisine ; et parfois, quand il s'était gratté à longs traits, comme on boit, à en perdre le souffle, avec douleur et délectation, qu'il se voyait scrofuleux, agonisant, médiéval, saint Louis cloué sur son lit avant la rédemptrice expérience de la croisade, il constatait que cela suintait, nauséabond ; et quand il grattait davantage il en arrivait au sang, une délivrance, quelque chose de si pur et si précaire qu'il était saisi de terreur devant cette somme de voluptés que pouvait receler son propre corps, son pauvre corps, dont il n'aurait jamais attendu de tels prodiges.

Vraiment ? avait répondu Pavel en rejoignant les autres dans la salle à manger que Myra avait, par égard pour lui, beaucoup éclairée : un espace immense, lui avait-il semblé, trouble et lumineux, ouvert à tous les vents, qu'on entendait venir, où toutes les voix avaient pris de l'importance – la voix claire de Véra, les sanglots de Pierre, le soir, sur la véranda, parce que Platon était parti, il n'essayait même plus de donner le change, et on l'entendait pleurer, de la salle à manger où ils restaient tous les sept, interdits, une fois le dîner fini, il semblerait que cela ne cesserait jamais (est-ce qu'il ne va pas se taire, marmonnait Sofronia, n'a-t-il donc pas compris que cela ne sert à rien, que Platon ne l'entend pas, et l'entendrait-il, ces larmes-là le feraient-elles revenir, il y aurait fallu une incantation plus puissante), celle de Myra, cristalline, comme son rire, au bout de la table, derrière elle le jardin plein d'ombres, riant comme une enfant, sans retenue, naïve, ses cheveux noirs tombant en boucles sur son front bombé, ses poignets chargés de bracelets d'or et d'argent, Myra exultante, devant eux la perspective aérienne de la rue Cassette, quand il y voyait encore un peu et qu'elle l'emmenait, le dimanche, à la fin de l'après-midi, prendre l'air, comme elle disait, au Luxembourg, au croisement de la rue de Mézières les premiers arbres, au numéro douze les trois cheminées d'un navire, raides sur le ciel blanc, partout le ciel, blanc et bleu, un immense pavillon qu'on avait hissé au dessus de la ville et qui l'enveloppait de ses replis légers avant de retomber tout à fait, quand il serait huit heures, uniformément, et plus sombre, au-delà des rues désertes, sur le fleuve écarlate.

C'était Myra qui partait avec lui pour Lucerne, d'où ils prendraient un petit train suisse bariolé de frais, qui les emmènerait, à travers les prairies, jusqu'à Ziteil, en haut des montagnes. Tout va bien, Pacha, lui avait-elle demandé avec un peu de malice, vous n'avez pas froid (Véra, la première, avait pris l'habitude de lui donner ce surnom, Pacha disait Apollonia serrée contre lui, dans la nuit chaude de Sorrente, amoureuse, magnifique, échappée, Pacha disait Solveig en l'attirant vers elle), ni trop chaud, n'est-ce pas, mon cher Pacha, prenant entre ses mains son visage soucieux, innocent, l'embrassant comme elle aurait embrassé celui d'un enfant, l'enserrant entre ses deux mains, l'attirant vers elle et le regardant comme s'il avait été une icône, dans un geste d'une douceur incomparable. Son visage à elle était frais comme la brise ou la lueur de la lune. Pavel s'endormit près d'elle, persuadé de la justesse de sa cause, épuisé, confiant, dans la tête une phrase de Biély, anodine, tranchante : *derrière la fenêtre – il y a la Russie.*

17

Des revenants

Balatonfüred : c'était le nom de la ville, à une centaine de kilomètres de Budapest. Au début, Isaac eut un peu de mal à s'y retrouver : la grande plaine et la petite plaine, la Transdanubie et les montagnes du nord étaient pour lui autant de notions étrangères, autant de représentations géographiques qui eurent beaucoup de peine à pénétrer dans son univers circonscrit, la rue d'Odessa, la rue Delambre et la rue de la Gaieté rayonnant autour du boulevard Edgar Quinet, la perspective du boulevard Raspail montant, à travers les arbres, vers la butte de la place Denfert, cratère autour duquel les immeubles semblaient encore debout par miracle après la catastrophe, poste-frontière – au-delà, plus aucune unité de façade, la morne discontinuité des faubourgs : une monumentale allée funéraire, un renoncement de la ville à elle-même, l'horreur criarde de l'avenue du Maine, un peu plus loin la province, la rue Méchain, la coupole de l'Observatoire, les confins ; elles durent cependant s'y faire de la place, en empiétant, en débordant sur le reste, en poussant un peu, sur les côtés, les débris les moins solides de tout ce qui s'y trouvait déjà amassé, souvenirs qui se disloquaient dans l'air frais du réveil, décomposées dans l'acidité du matin, qui les avait édulcorés, rongés, certains tout à fait surannés (ces soirées de la rue Blomet où il lisait si tard, assis devant le feu, qu'on devait le porter dans son lit endormi, et quand on l'avait déposé dans sa chambre il demandait d'une voix blanche qu'on laisse la porte ouverte), d'autres plus récents, qui pâlissaient également, d'amers devenait insipides, laissant un peu de place à la presqu'île de Tihany, au lac bordé de roseaux, à Balatonfüred, à son peuple de statues, à son peuple de vieillards, à la maison Horvath et à l'église ronde.

Claire allait tous les jours, écrivait-elle, se promener sur la place de la Guérison, au centre de la ville. Ce détail le laissa rêveur. Il savait qu'elle ne laissait rien au hasard : il surgissait toujours, derrière le sens apparent, cohérent, de ce qu'elle lui apprenait, ce dans quoi elle mettait toute son âme, l'inimitable, se disait-il pensif en lisant la première lettre qu'il reçut d'elle à cette époque. Il y en eut, par la suite, des dizaines, comme si elle avait voulu combler de cette manière la place qu'elle avait laissée vide, certainement pas par remords, ni par regret, par amour d'elle-même plutôt, et souci d'apparaître une fois de plus là où on ne l'attendait pas.

Sur les raisons qui l'avaient conduite à s'arrêter à Balatonfüred puis à s'y installer, elle ne dit rien : c'était l'énigme dont elle le pourvoyait pour les années à venir, qu'elle lui jetait aimablement au visage, une petite pensée qu'elle avait eue pour lui, ou, pire encore et c'était le plus probable, une petite pensée qu'elle avait conçue, un matin, au bord du lac, ayant traversé les jardins publics, laissé derrière elle les établissements de bains, leurs stucs, leurs colonnades, s'étant approchée de l'eau pour écouter le cri des oiseaux, une pensée qu'elle avait conçue parmi d'autres, sans destinataire, une infime et solide pensée de colère et d'impatience, un peu de détestation à l'égard du monde et de satisfaction d'être là ; et après coup elle avait songé qu'Isaac serait le plus habilité à la recevoir, cette petite pensée inamicale, il n'y avait pas d'expression qui parût plus adéquate, en pleine figure – pour rien au monde il n'aurait dit en plein cœur.

C'est ainsi, par une lettre qu'elle lui avait écrite (c'était au moins cela : à lui seul destinée), qu'il avait appris que Claire avait résolu de vivre là-bas, de s'installer, à demeure disait-elle, sur les bords du lac. Le matin, elle se promenait place de la Guérison. Quand le temps était clair, elle prenait le ferry, dont le pont était bien lavé, mouillé encore, un peu glissant, pour aller à Szantod, de l'autre côté. Sinon, elle restait sur cette rive, du côté de la statue du vent du Balaton, ou du côté du port, ou des cinq sources, avant de rentrer chez elle, dans le petit appartement qu'elle louait, Blaha Lujza utca.

Et puis, au beau milieu du printemps, alors qu'il régnait, jusque dans l'appartement de la rue Delambre, une effervescence nouvelle, alors qu'on s'y apprêtait, sans bien savoir à quoi, qu'on y faisait plus de bruit que de coutume, survint l'événement qu'Isaac avait redouté entre tous, et dont il avait, jusqu'à ce moment, imaginé qu'il pourrait, aussi bien, ne jamais se produire.

C'était un mardi. La sonnette de l'entrée retentit alors que le dîner touchait à sa fin. Durant toute la soirée, il y avait eu une profusion de plats d'argent, de carafes de cristal aux bouchons à facettes, où Ingrid avait laissé reposer le vin tout l'après-midi, sur la recommandation d'Isaac avait-elle précisé, car pour sa part elle n'y connaissait rien, et l'on avait senti, à cette incise, que s'il n'avait tenu qu'à elle ses invités auraient mangé du corned-beef avec leurs doigts dans des assiettes en carton. Elle retentit donc, dans la lumière rouge de la salle à manger, vibrante, alors que le tintement des couverts avait fait place à un silence un peu embarrassé : on attendait la mousse au chocolat annoncée par Ingrid ; on ne voulait pas avoir l'air vorace, mais l'idée avait produit une espérance diffuse, comme un regain d'appétit.

Inès se leva pour aller ouvrir – elle avait l'habitude de rendre service à sa sœur.

C'était Hugo, qui arrivait tout droit d'Antalya, dit-il, sans doute pour expliquer sa mine sombre, sa barbe de trois jours, et plus généralement tout ce qu'il y avait de laisser-aller dans sa personne : peut-être, en prononçant d'emblée ce nom exotique, en le jetant à l'assistance comme un défi, de ce ton bougon qui lui était habituel mais qu'on avait eu le temps d'oublier depuis qu'il était parti, avait-il voulu justifier l'état dans lequel se trouvaient ses vêtements, l'odeur qui se dégageait d'eux, douceâtre, en somme la très mauvaise impression qu'il produisait.

J'arrive d'Antalya, dit donc Hugo ; j'y étais la nuit dernière. On le fit asseoir. On lui demanda s'il avait soif, et avant d'entendre sa réponse on lui avait servi un verre de vin. Obscurément, on était rassuré que cette irruption ait eu lieu aussi tard, car manger de la mousse au chocolat avec un seul bras ne paraissait pas d'une difficulté insurmontable : on frémissait en imaginant ce qui se serait passé, et quel froid, pour de bon, son intrusion aurait jeté sur l'assistance, s'il était arrivé au moment où l'on servait le caneton à l'orange. On l'interrogea avec empressement sur ce qu'il avait vu pendant son voyage. Il répondit sans émotion – il n'avait jamais eu aucun talent narratif, cela leur revenait maintenant à l'esprit. Il fournit des indications précises, chiffrées, sur l'aspect et le climat des régions qu'il avait traversées ; il s'attarda sur la description du plateau anatolien et la dépression lacustre du Tüz Gölü, mais on ne put pour autant déterminer quelle qualité de sensation ces paysages avaient produit sur lui.

Évidemment, sa présence changeait le cours des choses, l'atmosphère de la soirée, et même, imperceptiblement, tout ce qu'ils avaient pensé jusque là les uns des autres, car ils ne purent s'empêcher de se jauger chacun à l'aune de cette péripétie, de s'observer l'observant, et observant Isaac. On se sépara donc assez rapidement : André le premier, l'air de celui qui en a assez vu, puis Gabriel. Isaac avait fait preuve de sollicitude envers Hugo - on ne s'attendait pas à cela de sa part, à cette aisance, ce naturel, le naturel avec lequel il referma la porte sur eux, ne cherchant pas à dissimuler qu'il était heureux de les voir partir.

Cette nuit-là, Hugo dormit rue Delambre. Ensuite,

Isaac le reçut beaucoup plus fréquemment que par le passé : on le vit à Soubise, coléreux, pensif ; son fils faisait preuve envers lui d'une patience insondable. En somme, Isaac avait reçu son père comme l'enfant prodigue, et cela lui fut compté comme une insolence de plus.

18

Ono i Lau

C'était une île de corail et de sable, délimitée par une ligne de rochers, régulière et bien visible, au nord : elle avait été répandue là par les dieux, dans un grand geste circulaire, et dissuadait les visiteurs de s'y arrêter. Les dieux avaient leur place réservée dans ce périmètre, tout près de l'eau, dans une zone marécageuse où croissaient des poissons étranges, des espèces hybrides aux couleurs issues de la terre, gris comme la pierre, noirs comme la vase, visqueux, malodorants, comestibles cependant (il suffisait de lancer une nasse dans ces nappes d'eau trouble, elle en revenait remplie, pour des festins qui duraient des jours) : on leur avait édifié des autels de bois et de brique, où leurs statues avaient été déposées, en grande cérémonie, face à la mer. Elles étaient faites de résine et de basalte, la tête, plate et colossale, surmontée d'une couronne d'algues et de feuilles, à la place des yeux deux fragments d'os, fichés très profondément, à leurs pieds des carapaces de tortues, évidées et remplies de baies rouges et jaunes qui ne pourrissaient pas – avec le temps, elles devenaient dures et transparentes comme les cailloux que l'on trouvait dans les collines : on les prenait dans la main pour les laisser retomber entre les parois creuses et sonores de la carapace, cela faisait un joli bruit de billes, les enfants s'en amusaient, c'était aussi joli que le bruit du vent ; les tortues, on les avait mangées, après la cérémonie, bouillies et savoureuses, et on avait donné aux enfants de ce bouillon, c'est ce qui expliquait leur bonne santé durant toute l'année qui avait suivi.

Il y avait, sur l'île d'Ono i Lau, une espèce d'arbres

particulière, que les naturalistes n'avaient jamais rencontrée, nulle part, dans l'archipel des Fidji, et dans tout l'océan Pacifique. Ils portaient le nom local de kolobau : on ne leur en avait pas attribué d'autre, c'était inutile puisqu'il n'en existait pas de semblables ailleurs. Les fruits du kolobau, sucrés, juteux, d'un jus jaune, épais, qui nourrissait et désaltérait à la fois, on ne se donnait pas la peine de les cueillir, bien que les branches des kolobaus fussent basses et ployant vers le sol, comme la queue irisée des oiseaux de paradis dont les derniers représentants avaient été vus sur ce rivage, précisément, jusqu'assez tard dans le siècle - ils avaient fini par disparaître tout à fait, parce qu'on avait pris l'habitude de les prendre au piège et d'envoyer leurs plumes, dans des caisses scellées, à Paris et à Londres, où elles ornaient les robes des femmes et les boutonnières des hommes. Ils tombaient de l'arbre, où ils avaient formé des grappes rondes, quand on le secouait : on les ramassait sur le sol, à la saison des vents qui venaient de l'ouest, apportant avec eux un défilé de nuages si pâles qu'ils ne projetaient aucune ombre sur l'eau – le ciel derrière eux était un miroir où l'on déchiffrait des signes. Ils tombaient les uns après les autres, roulaient sur le sol où ils mettraient des semaines à se décomposer et à revenir à la terre. On les ramassait alors, pour en tirer une décoction épaisse : la chair et le jus, pilés, formaient un breuvage dont on avait entendu parler au-delà des mers, car il assurait aux habitants de l'île l'immortalité ; du moins n'y connaissait-on pas la mort naturelle, la maladie ou la diminution des facultés : les corps des hommes, ceux des femmes et des enfants étaient beaux et immortels, alors même qu'ils avaient vieilli. Car ils vieillissaient, ils devenaient avec le temps, les siècles, légers et pâles comme des nuages, une buée à la surface de la mer, et ne bougeaient presque plus, n'ayant plus d'intérêt qu'en eux-mêmes et dans la contemplation du ciel. On les tirait au-dehors, le matin, sur leurs grands lits de palmes, au travers de la plage, pour les installer près des dieux, dont ils aimaient la compagnie. Comme des milliers d'années avaient passé depuis l'arrivée des premiers d'entre eux, qui s'étaient arrêtés là par hasard, il y avait parmi eux de plus en plus de vieillards, de moins en moins d'enfants : c'était un peuple peu nombreux, parlant peu, étendu sur des lits de palmes et de bruyère tressée, devant la mer, en compagnie des dieux.

Ils avaient édifié, à l'abri des plus fortes houles, des maisons de bois au toit de feuillage ; la mousse servait de jointure entre les branches et les solives. Il n'y avait pas de fenêtres, car il fallait se protéger de la vive lumière du jour, et une seule porte, par où l'on entrait en se baissant un peu ; sur le seuil, des pierres volcaniques, noires et luisantes comme la gueule d'un animal : jusqu'au soir, elles restaient chaudes sous les pieds nus. Une seule de ces maisons était bâtie en pierre : on y comptait plusieurs pièces, et des meubles sur lesquels on pouvait s'assoir, dormir, ou bien manger. Rien n'indiquait que la famille qui l'habitait eût une quelconque prééminence sur les autres. A vrai dire, on ne savait rien de leurs lois ni de leur religion ; on n'avait rien appris d'eux et de leurs usages. C'est qu'on n'avait pas réussi à comprendre leur langue : bien des savants s'y étaient essayés, mais elle avait résisté aux comparaisons, aux généalogies, aux élucubrations et même à l'humilité de grammairiens émérites, qui avaient passé à Ono i Lau des dizaines d'années, y avaient vécu isolés de tous, jusqu'à leur mort, malheureuse et imméritée : ils avaient pourtant bu de la liqueur de kolobau, confié leur détresse aux dieux, fait des rêves prémonitoires, et s'étaient absorbés dans la contemplation de la mer. Des archéologues étaient venus aussi, pour étudier les vestiges des occupations précédentes – peut-être d'autres peuples, que celui-ci aurait supplantés. Ils avaient supposé que, il y avait de cela des milliers d'années, une colonie s'était établie là, probablement des pêcheurs venus de Viti Levu, ou des explorateurs qui s'étaient transformés en colons, séduits par la douceur du climat et des vents venus de l'ouest : le village actuel, une dizaine de maisons assemblées sans ordre, sans espace central, sans arrière-cours, sans ombre dispensée par les arbres et sans vue sur la mer, était situé à l'emplacement même de ce qui, à l'origine, avait été une petite ville : on y avait retrouvé des traces d'exploitation du sol et de travail du fer ; il y avait eu des échanges de marchandises, des cérémonies de deuil, des corps que l'on avait rendus à la mer, au terme d'interminables festivités où les esprits avaient dansé, clairs et sans consistance comme les nuages du milieu du jour.

Mais l'élément le plus singulier de l'île, ce qui avait assuré sa notoriété et tenait les importuns à distance, c'étaient, dans les bouquets d'arbres qui avaient résisté aux tempêtes, des aras rouges, la tête surmontée d'une crête d'un bleu marin qui tirait sur le vert – elle changeait de couleur selon les heures du jour : au crépuscule, qui tombait d'un coup, elle brunissait, tandis qu'ils s'endormaient, dressés comme des trophées, dans les branches des palétuviers. On racontait qu'ils tuaient en plein vol, d'un seul coup de bec, les cygnes qui passaient au large de l'île lors des grandes migrations, et, à la surface de l'eau, les poissons papillons qui nageaient entre deux courants : ils les emportaient en haut des arbres et les laissaient sécher là, à l'air doux des tropiques, jusqu'au moment où ils les avalaient. Ils ne se préoccupaient pas de leur progéniture, dévoraient les petits des autres, les leurs aussi, n'avaient pas d'instinct de propriété ni de survie, tout entiers possédés par une hargne indistincte. C'étaient les sorciers de la forêt : devant la mer, les divinités de résine ; dans la forêt, les aras rouges, et si l'on s'aventurait jusque là, dès les premiers instants, dès l'orée du bois on percevait leur présence hostile – ils étaient là, et observaient. Ils s'étaient approprié la forêt et il y avait peu de chance que les hommes la reconquièrent jamais. Les vieilles femmes avaient transmis cette histoire, parce qu'elles s'ennuyaient, sans doute, ou qu'elles voulaient faire peur aux jeunes filles qui les écoutaient, assises en cercle autour d'elles (on a si peur quand on est jeune, si peu quand on a vieilli, et c'est un sentiment qu'on regrette lorsqu'il a disparu, il était là et s'est évaporé, le sel et le soleil de leur jeunesse, les grands dessins que faisaient sur le sol et sur l'eau les branches ployées des kolobaus, la clarté échappée au travers des feuilles et répandue tout autour d'elles), ébranler ces âmes toutes fraîches, y instiller cette peur primordiale qui les avait elles-mêmes, toutes ces années, maintenues à l'affût : elles racontaient que des hommes valeureux y étaient entrés, dans la forêt vivante, un grand corps gisant sur lequel fourmillaient les bruits et les rais de soleil, ou bien étaient simplement parvenus jusqu'à la lisière, et s'y étaient arrêtés, juste là, comme on s'arrête au seuil d'un temple où l'on pénètre pour la première fois (c'était, en effet, haut, voûté, traversé par le vent, avec un péristyle qui descendait vers la mer), et n'en étaient pas revenus.

La nouvelle était arrivée rue Delambre un matin. La veille, Ingrid et Inès étaient revenues de Soubise avec Todor à travers la forêt blonde et verte, mouvante, profuse, profonde comme la mer dans l'éclat du vent, et la sensation du bonheur avait saisi Ingrid, une pulsation, cela lui arrivait souvent à présent, jaillie d'en bas. Todor, à côté d'elle, discourait sans esprit de suite, si discret qu'on aurait pu, disait Inès, l'oublier sur le bord de la route, cela n'aurait pas fait de différence, sur son quant-à-soi, précisait-elle avec un peu de malice : elle se demandait en quoi cela pouvait bien consister, le quant-à-soi de Todor, dépourvu d'imagination et de charme comme il l'était, son visage recouvert d'une patine qui avait fini de lui ôter toute expression, un visage de cire, abîmé, comme celui d'un noyé qui revient et vole, le jour et la nuit, pour complaire à l'Homme Lune, sur les distances gelées – un tupilak, expliquait Pavel, qui traverse l'espace pour assouvir la vengeance des hommes, et quand elle est assouvie il disparaît, replonge au fond des eaux, il a mis des années, fait d'os assemblés, de terre et de viscères desséchés, pourvu d'un crâne d'enfant et d'une tête de phoque, à grandir et fructifier, il a acquis une force et une vélocité remarquables, il est lancé à travers le monde, cherchant sa proie, et sa tâche accomplie disparaîtra. Il avait veillé sur Ingrid, d'aussi près qu'il était possible, jusqu'à ne plus savoir ce qui était d'elle et de lui : il lui était totalement dévoué, disait-il, sans y mettre de sentiment, ou à peine ; il avait tout deviné d'elle, tout justifié et fait sien – ce n'était pas si complexe, si redoutable, si dur et inconséquent qu'on le disait, le cœur d'Ingrid : il suffisait de se trouver près d'elle, tout près, pour le comprendre.

Ils se trouvaient tous les trois rue Delambre quand le téléphone avait sonné. C'était Isaac, leur dit-on, qui avait disparu dans l'océan Pacifique. Disparu était le mot exact : on n'avait pas retrouvé son corps. L'avion qui le transportait s'était abîmé en mer ; les débris de l'appareil avaient été identifiés par une équipe de secours, au large d'une île de l'archipel des Lau, si petite qu'elle ne figure pas sur toutes les cartes, découverte tardivement, par une expédition anglaise égarée sur le chemin du retour, et où vivent, assura plus tard Pavel, des sauriens qui se confondent avec le sable et des tortues volantes. Ceux de ses compagnons de voyage, en revanche, avaient été repêchés à quelque distance de là : trois jeunes gens qui venaient de Nouvelle-Zélande, et le pilote ; mais d'Isaac, aucune trace, ce qui ne devait en aucun cas, leur affirma-t-on, susciter chez eux de l'espoir, il n'était pas possible de survivre à un choc comme celui-là – inexpliqué, l'avion projeté dans la mer sur laquelle il était venu se fracasser, une panne de moteur sans doute, tombé du ciel bleu, en ligne droite, comme une pierre, dans le grand silence de la mer.

Le soir, Isaac rentrait chez lui sans rien dire et s'asseyait dans la pièce la plus reculée de l'appartement, la bibliothèque où il s'enfermait et où peu de visiteurs s'aventuraient : il en défendait l'entrée, disait Pavel, comme un Tligit le sanctuaire où sont déposées les reliques de ses ancêtres – il n'y manquait, au fond, contre le mur, que l'écran de la Maison des grenouilles, aux formes géométriques, les poteaux décoratifs où le corbeau aux ailes déployées tient dans ses griffes un saumon, dans le bec des formes vives qui sont ses mensonges, la jeune fille qui a porté dans son sein un ver qu'elle a si bien réchauffé contre elle, le soir, devant le feu, si bien nourri de son lait et de tout ce qu'elle a ramassé sur le rivage qu'il a atteint la taille d'un homme, un monstre que la famille a dû tuer, dans un effroyable carnage, avant de partir vers le nord, où elle a pu s'établir parce qu'on y ignorait son déshonneur. Qu'Isaac fût farouche, imprévisible, cela ne faisait aucun doute ; c'était une des raisons pour lesquelles on aimait venir rue Delambre et s'y attarder, Pavel, André, Gabriel, qui ne parvenaient pas à épuiser le charme du lieu. Or l'esprit des lieux avait déserté ces pièces vides, maintenant qu'Isaac les avait quittées. Ce fut le phénomène le plus assuré et peut-être le plus alarmant, durant ces quelques semaines où l'on ne sut pas bien ce qu'il allait advenir d'eux, qui s'étaient retrouvés là, au cours des années, peu à peu agrégés à ce centre obscur, qui les avait happés : cette vacuité qui s'était enfin déclarée comme telle, maintenant qu'ils étaient privés d'Isaac – l'esprit des lieux, leur part ténébreuse, résiduelle. Comme Pavel leur faisait défaut, dans ce moment où il aurait été si nécessaire d'avoir, et il en était admirablement pourvu, le sens du rituel et de l'accessoire, du décorum et des propos dont on ne perçoit pas immédiatement le sens, tout ce qu'obtenait son pouvoir de chaman !

Au-delà de la rue Delambre, le quartier tout entier se trouva, cet été-là, privé de substance et de frontières, de toute attraction magnétique – le quadrilatère magique, la zone d'influence du disparu, où le monde avait pris forme, issu de son esprit hasardeux, où ses rêves, son impatience avaient modelé l'espace, où la lumière, sur les façades, avait réfracté toute sa peine, et ce qu'il avait cru, le boulevard Raspail, splendide avancée vers la mer, la rue Guynemer où les arbres avaient épaissi, cet été-là, beaucoup plus que les années précédentes, jusqu'à former, au-dessus du trottoir, une voûte qui cachait le ciel, rue Huysmans, rue d'Assas, rue de Chevreuse : un territoire poudreux, aventureux, maritime. On s'y retrouvait cependant, comme avant, Gabriel, Inès, André, tandis que le soir tombait, entre le moment où passaient des amis épisodiques, des gens qu'on ne reverrait pas forcément, et le moment où arrivaient Todor puis Hugo, qui ne disait plus rien. On dînait, autour de la grande table de la salle à manger au bout de laquelle Ingrid veillait sur eux, comme elle l'avait fait, Isaac assis en face d'elle, durant toutes ces années où elle avait eu, véritablement, le souci de chacun : toutes ces années bienheureuses, la nourriture des dieux, disait Pavel, le chemin que l'on fait pour parvenir au royaume d'en-dessous, et tout ce que l'on aura aimé nous sera compté, tout le bonheur accumulé, comme un trésor dont il faudra se montrer prodigue, au moment de passer le pont jeté sur les ténèbres : qui aura appris la munificence survivra, mais les cœurs avides et triomphants périront deux fois – Myra apportait à ces prédictions son assentiment sibyllin. Isaac disparu, la lumière était entrée à flots dans l'appartement de la rue Delambre, comme si, jusque-là, une force l'en avait tenue écartée, comme si on avait scellé les fenêtres et établi, au bout de la rue, du côté du boulevard et des arbres, une frontière que nul ne franchirait sans dommage ; ils avaient survécu à cette disparition, à cette irruption de la lumière, à l'hostilité du monde autour d'eux, et se retrouvaient unis, malheureux, dans le salon bien clos, attendant le retour de Pavel, comme celui d'un mage.

Comme on n'avait pas retrouvé son corps, comme Isaac avait véritablement disparu, il n'y eut pas de cérémonie funèbre. C'est plus tard, une année peut-être après l'événement, que des bruits commencèrent à courir sur Isaac, ce qu'il était devenu, ce qu'il était resté de lui, au-delà de cette journée de juin où son avion s'était fracassé à la surface de la mer, sur ce que l'on croyait savoir, ce que l'on avait entendu dire, ce que l'on avait vu ; la rumeur en parvint jusqu'à eux, finalement, après avoir traversé l'océan et beaucoup de terres habitées : elle mit près d'une année (elle était si complexe, multiforme) à prendre corps, s'ordonner, puis s'énoncer en termes vérifiables. Sur le moment, il n'y eut pas de place pour le doute, au contraire : Ingrid conçut, comme les autres, une forme d'admiration rétrospective pour Isaac, soupçonnant, de sa part, un art de la ruse et de l'esquive qui avait vu dans l'accident une forme d'apothéose, en tout cas un accomplissement. Il fallait convenir qu'Isaac avait déjoué leurs plans. On l'avait peu vu, les derniers temps : il y avait eu chez lui une obstination à mal faire qu'ils n'avaient pas appréciée à sa juste valeur : il avait fallu attendre ce moment pour que cela paraisse au grand jour, cette inimitié envers eux ; cela faisait des semaines qu'il s'était comme dissout dans l'air froid de l'hiver et l'appartement paraissait déjà, du fait de son absence, changer de proportions, se dilater, de plus en plus à mesure que les jours passaient, puis les semaines ; c'était, cette modification de l'espace, cette dilatation, comme un renouveau, une plus grande familiarité ave tout ce qui était extérieur à soi, le son du violoncelle, les confidences qu'elles se faisaient dans la cuisine, mangeant du chocolat, buvant du thé, Inès désapprobatrice, Ingrid de plus en plus ronde, et drôle, ses cheveux blonds à peine coiffés – elle estimait sans doute que c'était inutile, qu'elle était si jolie qu'il n'y avait rien à redire, et elle avait raison, son entrain lui tenait lieu d'intelligence, comme ses caprices. En somme, tout, rue Delambre, avait gagné en clarté, bien avant la disparition d'Isaac dans l'océan Pacifique et son poids de mystère, la division qu'elle avait introduite dans l'ordre du temps – le fracas, puis le silence.

Deux semaines plus tôt, il était parti pour de bon. On avait pris la chose avec beaucoup de légèreté, habitué comme on l'était à ses allées et venues - Isaac avait si peu le goût du sensationnel et de l'ostentation. Il fallait bien en convenir à présent : il avait passé le plus clair de son temps à disparaître, sans qu'on s'en émeuve, jusqu'à ce jour de juin où enfin il avait été exaucé, et ils éprouvaient un peu de difficulté à se retrouver les uns avec les autres, complices de cette catastrophe, l'ayant laissé se préparer et se produire. Tout ce qui avait précédé leur paraissait à présent la répétition de ce qui avait eu lieu : l'aveu acharné, à travers les années, de ce grand désir qui avait habité Isaac, depuis l'origine, de disparaître – une incantation, la distance qu'il avait pris soin d'établir entre eux et lui, le pur plaisir qui sans doute s'était inscrit sur son visage, le pur contentement du petit garçon qui a peur du noir et qu'on autorise à laisser ouverte la porte de sa chambre, quand enfin cela lui avait été accordé, un avertissement qu'il avait lancé de tout temps et qui n'avait pas trouvé de destinataire. Il avait, avait-il déclaré sans solennité particulière, envie de revoir, sur la côte orientale de l'Afrique, Zanzibar, de là gagner le Mozambique, où jadis il avait vécu – itinéraire qu'il avait suivi, on pouvait l'affirmer avec certitude, puisque jusque là il avait donné de ses nouvelles ; il avait écrit aussi, une fois arrivé à Djakarta : il pleuvait, expliquait-il, et il passait le plus clair de son temps dans sa chambre d'hôtel. C'est de Makasar qu'était parvenue la dernière manifestation tangible d'Isaac sur cette terre, ou sur ce que notre terre compte de terres connues : il avait téléphoné, un soir, de Makasar ; ce qu'il avait dit était difficile à comprendre, sa voix changée – l'effet de la distance. Ensuite, il était parti pour Port Moresby ; c'est de Port Moresby qu'avait décollé le petit avion dans lequel il était monté, pour rejoindre les îles Palliser ou les îles de la Ligne. Par la suite, bien entendu, on s'était interrogé sur les circonstances et le moment choisi. Il n'avait échappé à personne, et sur ce point on fit beaucoup de commentaires (parce qu'on aime en faire, en général, cela rasure, sur des circonstances qui nous échappent et garderont, du fait des volutes de commentaires et d'exégèse dont on les entoure comme de la gaze, qui les alourdissent et les compliquent encore, finissant par former un impénétrable tissu de faux-semblants et de préventions, leur obscurité première) que ce départ avait eu lieu peu de temps après le retour d'Hugo : comme si l'univers avait été trop étroit pour contenir à la fois Hugo et Isaac, comme si Hugo et Isaac avaient jusque-là été maintenus écartés l'un de l'autre par un indéjouable sortilège, comme si leur coexistence avait contenu en elle-même quelque chose de monstrueux et de condamnable, un prodige affreux, contre-nature, une déclaration d'hostilité aux dieux, qui recevrait son châtiment, le moment venu, comme s'il y avait, à leur éloignement, une terrible nécessité. On se souvint aussi qu'il en avait parlé à Pavel, évoquant d'éblouissants souvenirs d'un séjour qu'il avait fait là-bas il y avait longtemps, nul ne savait exactement combien d'années : il semblait bien, à reconstituer les faits et ce qu'il en avait dit, qu'il avait vécu, dans une autre vie, comme il disait, à Ambrym et dans les îles de la Ligne, Flint, Vostock, Millenium, dans les Cook du nord, au-delà, aux îles du Désappointement et aux Palliser ; mais Ingrid elle-même ne pouvait en dire davantage.

Un jour, elle ouvrit l'un des livres de géographie qui se trouvait, jadis, dans la bibliothèque de ses parents, où ils avaient entassé un bric-à-brac qu'elle ne dissociait plus désormais de l'idée, assez théorique, qu'elle se faisait d'eux, une idée de plus en plus simple à mesure que les années passaient, indolore désormais – des objets qu'ils avaient rapportés de leurs voyages, et sur chacun ils avaient une anecdote à raconter, un souvenir qui se présentait à eux, opportun, distrayant, dans ses habits de fête, quelque chose de sobre et de vif, comme l'était leur conversation, car c'étaient des gens spirituels, affables, que les parents d'Ingrid. Elle y chercha Ono i Lau. Elle la découvrit, minuscule, fichée en plein milieu de la mer, et s'y arrêta un long moment. Le lendemain, elle y revint, les jours suivants aussi, et s'enhardit. C'était grisant et impérieux, une manie : elle ouvrait le livre au hasard, s'arrêtait à une page, dans cette page à un point, et imaginait. C'était Akureyri, en Islande, des champs recouverts d'une herbe si drue qu'on aurait dit des broussailles où le ciel passait, comme une ombre, avec le vent : un promontoire au-dessus de la mer la plus froide du monde, l'eau s'y trouvait prise par les glaces, Sedna y était enfermée, on la voyait, au grand soleil, filer juste en-dessous de la couche de glace, épaisse comme du verre, solide, autour d'elle les monstres marins, sa haine des hommes, préservée dans la glace, avec la peur ; plus loin, le cap Brewster, un fourmillement d'étoiles froides. C'était Santander, en Espagne, la pluie qui s'abattait sur les façades blanches, franche, horizontale, crépitant, trépignant devant la porte qu'on ouvrait pour voir, pour recevoir cette curieuse visite, et l'air de la mer entrait dans la maison, frais comme l'aube. C'était Varna, en Bulgarie, où les rois se rendaient en villégiature, des jardins en terrasse aux balustrades de pierre, où s'entrelaçaient les feuilles tranchantes et veloutées des cactus, en face Samsun, Trabzon, Batumi en Turquie, au-delà la côte de Géorgie, la Russie, derrière les montagnes les plaines, d'autres villes, dans chaque ville des gens, et c'était pour cela qu'elle fermait les yeux plus fort, de cette certitude qu'elle s'enivrait, jusqu'à la mélancolie : au-delà de Varna et de Trébizonde, des gens, des cœurs battants, des histoires vraies, qui n'en finissaient pas, ou mal – elle les voyait toutes, précisément, les unes après les autres, les maisons de Varna, celles d'Obzor et de Nessebar, hautes, surplombant des rues étroites où n'entrait pas le soleil, et derrière chaque fenêtre, calfeutrée, à l'abri, derrière les vitres closes, une famille, c'était cela qui tempêtait, faisait peur, donnait le vertige, des femmes qui aimaient des hommes, qui leur étaient dévouées, et puis infidèles, des enfants sur lesquels on veillait, et puis qui avaient grandi et s'étaient détournés, au mois de mars la douceur de l'air, qui devient rose au lever du soleil, un beau ciel rose s'élevant au-dessus des toits d'Obzor et de Nessebar, c'est ce que lui avait dit Todor, un ciel incomparable, comme on ne pouvait en avoir l'idée dans cette partie de l'Europe où il vivait à présent, bien malgré lui, poursuivait-il, démocratique, affreusement contemporaine. C'est ainsi qu'elle vivait, sans bouger, sans sortir de chez elle, sans croire qu'il réside une quelconque vérité dans l'expérience : il n'y avait rien de plus sûr que d'ouvrir les livres, au hasard, de fermer les yeux, de voir les contours, les routes, les reliefs, de les pourvoir d'une réalité qui ne laisserait aucune prise à la nostalgie, éclatante, d'un éclat précieux, qui dure, comme ce que l'on écrit, ce qui ne souffre plus ni modification ni altération, ce qui ne souffre plus, ce qui est inscrit, ce qui achevé et compact remplit l'espace et y demeure.

C'est ainsi qu'elle passa les premiers temps, tandis que l'on admirait son courage. Il y avait, comme d'habitude, beaucoup à admirer chez elle ; c'était un sentiment qu'elle suscitait aisément, le réfléchissant ensuite comme un miroir, apportant à ses fidèles la chaleur, l'envie de vivre et de l'aimer. Elle avait embelli, c'était incontestable, au cours des années : elle avait gagné en épaisseur et en sérénité. Qui lui avait conféré cette grâce qu'elle s'était appropriée avec tant de légèreté, à qui en était-elle redevable, au bout du compte, qui faudrait-il remercier le jour où les comptes seraient faits, le jour où l'on établirait, pour l'éternité, ce qu'elle devait aux uns et aux autres (elle qui avait fait, pourtant, si impérieuse, profession de ne rien attendre et ne rien demander) et ce qu'elle devait à elle seule, à son amour d'elle-même, à son voeu de surprendre et de gouverner : Todor et la sollicitude qu'il lui témoignait, Isaac si dur et débonnaire ? Ou bien avait-il fallu, malgré tout, qu'ils fussent auprès d'elle tous les deux, si proches d'elle, chacun, chacun l'occupant tout entier ?

Elles terminèrent leur livre, et cela l'occupa heureusement. Son récit était, comme d'habitude, rapide, énigmatique ; les dessins d'Inès, des édifices géométriques, des nuages ronds comme des ballons et, ici ou là, quand l'histoire le demandait, un animal, toujours très bien habillé (c'était à cela aussi qu'on reconnaissait l'intervention d'Inès), vêtu de soie et de velours, un cochon, un loup, un mouton, qui n'avait vraiment rien d'humain, mais très civil, tiré à quatre épingles, de bons animaux qui ne faisaient pas peur. André s'émerveillait qu'elles puissent mener à bien, à chaque fois avec la même assurance, un aussi vain exercice de style : elles étaient, à chaque fois, satisfaites de leur œuvre commune, elles s'en réjouissaient – ce qu'elles avaient produit, dont le monde entier était exclu. Comblées, malveillantes, quand finit l'été elles étaient devenues tout à fait indivisibles, Inès habitée d'une application rêveuse dont on pouvait redouter, s'inquiétait parfois André, qu'elle ne lui porte tort, intestine, immaîtrisable (mais, après tout, jusqu'à présent elles avaient assez bien cohabité, Inès et son application rêveuse), Ingrid aux aguets, mes siamoises, disait Isaac entrant, à la dérobée, dans la chambre où elles travaillaient ensemble, où l'on n'entendait pas un bruit, pensives, mais pas de la même manière, la grande et la petite sœur, semblables et dissociées.

Il commençait à faire chaud. André s'était installé à Tortisambert, où comme chaque année il avait invité du monde – Todor est de la fête, bien entendu, avait-il dit à Ingrid, croyant bon d'ajouter cette précision, avec un souci sincère de son bien-être, le même sentiment qui le conduisait à vérifier, avant qu'elle n'arrive chez lui (sortant de la voiture décoiffée, disant que le voyage avait été délicieux, son imperméable, d'un étrange rose satiné, boutonné jusqu'en haut, si bien qu'elle ressemblait, disait Inès sans animosité, à un bonbon dont on avait hâte de froisser l'emballage), que le feu brûlait bien dans sa chambre, qu'il y avait des fleurs dans le vase de porcelaine qu'il aimait parce qu'y étaient gravées des inscriptions latines et un paysage de collines qu'on devinait menacé déjà par le souffle du volcan et les invasions barbares, vérifiant avec une forme d'anxiété que tout était à sa place.

C'est alors, dans le courant du mois d'août, que se produisit le deuxième événement, dont on ne sut pas exactement, à nouveau, s'il avait découlé du précédent, de quelle manière, dans quelles proportions, dans quelle mesure Gabriel s'offrait en sacrifice, allait au-devant du Minotaure, humble et résolu, pour lui faire l'offrande de sa personne. Certainement, il lui avait fallu rompre, et qui pouvait dire que cela lui fût facile, rompre avec sa vie entière, celle qui l'avait mené là, il ne savait plus par quels hasards, dévoiements, imparable écoulement du temps, les années passées à étudier les insectes fossiles, à aller et venir, descendre au matin dans la rue Monge inondée de soleil, revenir, à la nuit tombée, à travers le jardin inquiétant (on aurait dit la jungle, on entendait les cris des singes et le grondement des tigres, il n'y manquait que la charmeuse de serpents jouant de la flûte au clair de lune, son regard blanc luisant à travers les feuilles), à sourire et converser, aussi peu qu'il était possible, à s'alimenter, veiller à sa propre apparence, laisser sur soi le temps passer, observer les dégâts qu'il faisait (non, cela, c'est ce que disaient les autres, un lieu commun qu'il ne prenait pas la peine de réfuter car il ne souhaitait qu'une chose, avoir la paix, passer inaperçu, mais pour sa part il ne la concevait, cette accumulation des années, qu'en termes de valeur et de proximité chaque jour plus grande avec soi-même, et l'espace merveilleux, miroitant et sphérique formée par l'accumulation de ses rêves, où il habitait en secret), rentré chez lui, sur le divan du salon (comme il avait du mal à dormir, il migrait dans son appartement, il y voyageait aussi, en quelque sorte, s'assoupissant un soir sur le divan du salon, une autre fois dans la bibliothèque ou dans sa chambre), à parcourir en songe des distances incommensurables, au-dehors le bruit de la pluie tintant sur les toits de zinc. Cette jubilation qui avait persisté, c'était ce que personne ne devinerait, il en était sûr, ayant apporté à cette dissimulation le plus grand soin, dûment protégé par la triste apparence qu'il offrait au monde, son visage ingrat, sa petite taille, ses gestes mesurés, dans son regard aucun signe de gourmandise ou d'amusement – on ne pouvait rien imaginer de plus laid, plus dépourvu de chaleur, il le savait bien, et c'était tant mieux : il avait perçu, comptabilisé la commisération, les affronts, le tumulte autour de lui, la gaieté dont il était écarté, les confidences qu'on ne lui faisait pas, le dédain, et ne s'en était jamais fâché, bien au contraire. Il savait que la musique qu'il composait n'avait pas de valeur – comment un fait de cette importance aurait-il pu échapper à son infaillible sagacité ? Cela n'avait pas de valeur, pas de sens ni de nécessité, c'était happé par la forme, dissout de l'intérieur dans de la forme, sa vision de l'ensemble, un acide qui avait tout rongé, et cela tenait debout, une forme droite et vide élancée vers le ciel, comme ces églises en ruines où entrent des soldats égarés, sur les photos de la Grande Guerre qu'il montrait à Isaac quand il était petit, pour le convaincre de la méchanceté des hommes – quelle importance cela avait-il, en réalité, que les églises aient été détruites, les champs dévastés, les hommes morts, par millions, est-ce que cela comptait, aucunement, bien entendu, mais il fallait faire allégeance au malheur, c'était un usage répandu chez ses contemporains, auquel il avait souscrit, comme aux autres, vertueux et conciliant.

C'était la fin de sa vie à présent et, il en était certain, rien n'avait eu de valeur. Il ne le déplorait pas ; il n'avait pas cette innocence. Personne ne l'avait aimé, il ne s'était attaché à personne, et il n'y avait même pas, entre ces deux éléments de réalité, de lien de causalité : il se trouvait que personne ne l'avait aimé, et qu'il ne s'était attaché à personne, pour autant que l'on puisse dire, car on donne à ce mot, l'attachement, et à ce qu'il recouvre (un mélange de convoitise et de pitié, la pire, tenace et pleine de prévenances), beaucoup plus que les petits sentiments des hommes, si aisément identifiables et recommencés, ces petites émotions qui ne voyagent pas, n'ont pas l'habitude des très grandes distances, pas de claire perception de l'étendue des terres en-dessous, aucune faculté de se réjouir immodérément, n'en contiennent d'ordinaire. Il avait été seul, d'un bout à l'autre, et s'en était bien trouvé : seul, dans l'obscurité de la nuit, étendu sur son divan, un fakir abruti de hashich, un fumeur d'opium gorgé de rêves et de désirs, se déplaçant très rapidement dans le temps et l'espace, enveloppé, comme d'une robe d'apparat chilkat tissée d'écorce de cèdre, du bruit de la pluie tombant froide et fidèle sur les vitres, les trottoirs, les toits, à perte de vue, immergé, au centre de la ville, dans ce cliquetis, cette rumeur, isolé, rassasié, autant qu'on peut l'être. Non, rien ne lui avait importé, qu'une certaine forme de colère, qu'il avait gardée renfermée tout au fond de lui, son bien le plus précieux – le parasite qu'il était, un papillon effrayé par la lumière, virevoltant autour. Il avait vécu à la périphérie de la vie d'Isaac, pas envieux pour deux sous, harassé de fatigue ; cette fatigue l'avait vaincu à présent, elle avait définitivement pris possession de lui, comme une femme, et il n'avait pas de regrets. Il ne savait pas ce que cela voulait dire, une vie heureuse, une vie accomplie. Il n'avait jamais imaginé la sienne autrement que comme ce flux épais et calme qui le portait, ce fleuve ; il ne l'avait jamais imaginée à vrai dire, jamais dissociée, dans ses pensées, de ce qu'il était lui-même, un seul dessin et une seule substance : elle faisait partie de lui, il n'avait jamais été tributaire de son élan ou de ses aléas, c'était le contraire, elle tout entière enclose en lui, son bon plaisir.

On apprit qu'il était parti pour la Hongrie d'où, le fait

fut rapidement avéré, il ne reviendrait pas. Comment les choses s'étaient passées, c'est ce que l'on ne savait pas, ayant été, comme toujours, tenu à l'écart de la frauduleuse existence de Claire. L'épreuve de l'hiver avait été décisive : c'est ce qu'elle lui avait écrit, d'où il avait déduit qu'à quelques signes qu'elle ne mentionnait pas, légèreté accrue de la neige, apaisement du vent, silence percé, un matin, derrière la fenêtre, du cri d'un oiseau, elle avait eu l'impression que l'hiver, déjà, tirait à sa fin. L'épreuve avait été décisive, expliquait-elle, pour une fois didactique, cherchant à démontrer : ce n'était donc que cela, l'hiver, rien de funèbre ou de définitif, glaçant pour l'âme comme pour l'esprit – peut-être avait-elle voulu dire pour l'âme comme pour le corps, mais ce n'était pas le mot qui lui était venu, ni celui qu'elle avait écrit, elle avait parlé de l'âme et de l'esprit ; il fallait, en conclut-il, qu'elle s'imaginât elle-même comme également répartie, divisée, entre ces deux entités indéchiffrables, l'esprit de Claire, oiseau criard, insolite, planant sur les eaux froides où le givre a l'apparence de la glace, et l'âme de Claire, mystère plus grand encore - n'avait-elle donc pas de corps, ou n'y avait-il rien qu'elle voulût lui concéder ? Ce n'était donc que cela, expliquait-elle, l'hiver : la neige ensevelissant, sous une gangue parfaite, le toit de Kerek Templom, le vin de Badacsony bu dans une auberge où l'on a fait du feu, dehors un paysage figé dans le marbre (les arbres, les jardins, les murs, les nuages, de marbre), l'eau chaude du lac Heviz autour duquel se pressent, en plein mois de février, des malades entrant dans l'eau verte avec l'appréhension que procure la perspective d'être guéri.

Il était donc parti la rejoindre. Elle lui avait écrit, pendant tout ce temps, et nul ne l'avait soupçonné. Nul n'avait imaginé qu'il rentrait plus tôt chez lui le jeudi, parce que c'était le jour où le courrier lui arrivait de Hongrie – quelque chose d'inouï et de pernicieux, à quoi il avait, au début, lui aussi, dû faire de la place, dans la salle à manger tendue depuis plus de cinquante ans du même tissu à ramages, qui avait pris la poussière et jauni (d'énormes guirlandes serpentant de haut en bas le long du mur, familières et flexibles, des reptiles replets, dorés, d'un or sombre comme on en voit aux sarcophages), s'interrompant dans sa lecture pour observer, par la fenêtre, les arbres du jardin, noircis, gainés par la pluie, et il avait eu un peu de mal : c'était dissonant, encombrant, cette correspondance avec Claire, qu'il n'avait ni souhaitée ni prévue ; mais il s'y était habitué, comme à d'autres petits désagréments de l'existence. Il lui avait répondu, des lettres elliptiques d'abord, évasives, puis de plus en plus précises et argumentées : Claire n'avait pas l'habitude qu'on lui oppose quoi que ce soit, pas même le silence, et Gabriel ni l'habitude ni l'envie de s'inscrire en faux contre quoi que ce soit, de faire valoir un point de vue plutôt qu'un autre – il savait bien qu'ils étaient tous équivalents. Il lui avait donc répondu, un peu en retrait, à sa manière, judicieux, timoré. Tous les jeudis, depuis la fin de l'hiver, il était rentré chez lui avec un battement de cœur qui mettait un peu de temps à s'apaiser, tandis qu'il regardait, par la fenêtre, les toits de métal et le jardin vallonné, l'énorme tumulus de pierre du Muséum, où avançaient, alignés pour la parade, les squelettes géants des cétacés et leur cohorte de créatures amphibies. C'était une émotion renouvelée, qu'il avait délimitée, définie, comme il faisait de chacune : elle tenait, pour autant qu'il pût en juger, à l'irruption du passé dans le présent, déplaisante, parce que le passé était clos, n'avait pas de signification, du moins aucune qui fût communicable, et à la personne même de Claire, à sa puissance d'attraction et de conviction, à ce qu'elle se croyait en droit d'exiger de lui, à l'empire qu'elle avait exercé sur lui, enfin à ce qu'il ne savait pas encore de lui-même et redoutait d'apprendre. Un jour, comme il l'avait prévu (c'était devenu douloureux, cette prescience qu'il en avait, et l'indécision), elle lui avait demandé de la rejoindre. Il avait tellement souhaité qu'elle lui donne, pour de bon, son congé, l'espérant au-delà de ce qu'il croyait connaître de ses faibles capacités d'espoir, à chaque fois déçu, interprétant, augurant, et toujours déçu ! Il lui avait répondu, ponctuel et précis, tous les jeudis soir, penché sur la table de la salle à manger, tâchant de se retrouver au plus près d'elle, de ce qu'elle souhaitait – c'était ardu, il en avait souffert, s'était laissé porter par cette souffrance, et le goût qu'il avait d'elle.

Et puis un jour, cela s'était produit : elle avait, lui disait-elle, passé l'épreuve de l'hiver, et elle lui demandait de venir la rejoindre. Gabriel ne chercha pas à se dérober : il était dans sa nature, accommodante et chagrine, de se plier à cette injonction, comme à toutes les autres. Il mit ses livres, ses papiers, toutes les lettres qu'elle lui avait écrites, dans des cartons qu'il aligna contre le mur, décrocha les tableaux devant lesquels Isaac s'arrêtait, enfant, quand il entrait chez lui, comme engourdi, dès l'obscurité du vestibule, au spectacle d'un luxe ou d'une perversité qui jusque là lui avaient été cachés, vida les placards de la cuisine, ferma les volets, laissa les clefs à un voisin, ne prévint personne, et partit pour Budapest, où il arriva un matin, extrêmement fatigué, saisi par le froid, faisant une fois de plus l'expérience de cette faculté qu'avait Claire de métamorphoser la réalité à sa guise, car il faisait froid, à périr, songea-t-il en allant prendre, au buffet de la gare, un café brûlant, projeté dans un univers hostile, tel exactement qu'il l'avait escompté – les façades de brique, le bruit des trams, la boue et le ciel noir. De Budapest, il prit un car pour le lac Balaton, ne voyant rien des paysages qu'il traversait, dormant, autant qu'il le pouvait, comme si ç'avait été autant de pris sur un avenir incertain – très peu curieux, du reste, du pays, beaucoup plus soucieux de préserver la qualité, profonde et veloutée, de ce sommeil qu'il parvenait à accumuler au fil des heures, comme une provision avant la formidable dilapidation de toutes ses forces à quoi se résumerait, à n'en pas douter, sa première entrevue avec Claire. Elle l'attendait et voulut parcourir avec lui, le jour-même, ce qu'elle lui avait pointilleusement décrit, les bords du lac, le débarcadère. Il avait froid. Il était si dépaysé que sa stupeur et sa lassitude avaient fait place à une obstination stupide, qu'il sentait monter en lui, aussi froide et solide que la boue qui recouvrait les rues. Il observait Claire à la dérobée, reconnaissant, une fois de plus, de ces perspectives qu'elle lui offrait sur lui-même, désireux de lui plaire, se demandant, en remontant le col de son vieux manteau, quelle impression il produisait sur elle, si elle était déçue, elle qui avait cherché, durant toute son existence, à se prémunir contre ce sentiment : l'avait-il rattrapée, là, sur les bords du lac Balaton, en la modeste personne de Gabriel, de son manteau que la pluie avait rendu rigide, de son visage exsangue, de son corps invalide, fatigués par le voyage au-delà de toute expression ? Il l'observait, cherchant à le savoir et sachant qu'il n'y parviendrait pas : il n'y avait rien de si énigmatique que Claire, rien de si beau, non plus, de si vif, entêté, fragile et cassant comme la glace.

C'est ainsi qu'il s'était évanoui à l'horizon, imperceptible et diapré, la fumée du transatlantique qui se confond avec la ligne ultime de la mer - Gabriel, commenta André avec un peu de dépit, était sorti de la saga.

C'en fut également fini, cette année-là, de l'amour d'Ingrid pour Todor. Elle prit soin de le lui dire, dans le jardin, à la fin du mois d'août, sous le ciel clair de Tortisambert, illuminé, un champ d'étoiles, renversé au-dessus d'eux, un lac où avançaient des cygnes. Elle avait tenu à le lui dire : il y avait là de sa part un peu de malice, l'assurance que le temps de Todor était passé et qu'elle n'en souffrirait pas, qu'elle avait sur lui cet avantage et qu'elle ne le céderait pas, curieuse aussi, sans doute, d'observer l'effet que produirait sur lui, si grave et attentif, cette fin de non recevoir, sachant que cette conversation ne leur apporterait, à l'un ni à l'autre, aucun profit, mais préférant que les choses fussent nettement énoncées ; c'était le côté méthodique d'Ingrid. Ils s'étaient attardés au-dehors ; elle avait pris un air sérieux qui ne lui convenait qu'à moitié et qu'il lui avait rarement vu, d'où il avait déduit qu'elle savait ce qu'elle voulait, cette fois. Par la suite, elle oublia Todor, son visage livide, la condescendance dont il faisait preuve envers elle. Elle avait connu des hommes, très peu ; elle avait retiré d'eux ce qu'elle voulait, la moelle, le suc. Elle n'avait pas cherché à se commettre avec eux ; elle les avait laissés à la circonférence, très précisément tracée, très éloignée du centre, de sa vie. Elle n'avait pas voulu, comme faisait Inès, se mêler à la leur, les connaître, grandir avec eux, vieillir, changer : elle ne changerait pas, elle était mauvaise, telle qu'on l'avait faite – Ingrid passait sans s'attarder, triomphante, dure comme le diamant, et Todor lui avait fait allégeance. Il lui fallut peu de temps pour l'oublier une fois qu'il fut parti. Elle avait été, autrefois, dure et vindicative, et puis dure et sentimentale ; le temps avait passé : elle était, désormais, dure, simplement, sans apprêt, sans concession à la politesse ou à l'orgueil, sans autre souci que de soi. Elle n'avait jamais rien accordé, à personne. Elle s'en était inquiétée - elle était si seule de son espèce : elle avait cru que c'était une maladie, dont on guérissait ; et puis elle avait laissé cela de côté aussi, la réticence envers sa propre étrangeté. Pendant tout ce temps Todor l'avait accompagnée, il avait veillé sur elle. Quand elle était petite, elle imaginait devant elle tous les jours et tous les moments qu'il faudrait traverser, qu'elle n'aimait pas ; elle comptait les heures. Elle était adulte à présent, et toutes les heures lui étaient propices : elle les aimait toutes, rien ne pouvait la détourner de cet incomparable spectacle. Elle avait appris très tard qu'elle mourrait, un jour. La nouvelle l'avait stupéfiée, et puis avait perdu de son écho et de son intérêt. Elle n'y pensait jamais ; elle n'était même pas tout à fait sûre que ce fût vrai.

Il fallait donc se séparer d'elle, le moment était venu : c'est ce que Todor dit à André, dès le lendemain, avec une légèreté qui tenait peut-être à sa méconnaissance du français, tandis qu'ils se promenaient dans la campagne, autour d'eux le sol gorgé d'eau, l'herbe verte, les barrières blanches, une rafale de vent apportant avec elle l'air de la mer, les maisons de Heurtevent aux murs recouverts d'ardoises, des écailles – de gros poissons déposés sur le rivage par une marée plus forte que les autres. Prudence tournoyait autour d'eux, allait et venait, ramassait des cailloux qu'elle mettait dans un panier, des escargots, n'importe quoi, le visage mouillé : elle avait tenu à venir avec eux, elle n'avait pas voulu déroger à la règle – à quelle règle dérogerait-elle jamais, Prudence, son visage avenant et sans expression, et derrière, juste derrière, affleurante, secrète, son âme inexorable, cela André en était sûr, il était sûr, comme s'il l'avait touchée, comme s'il s'y était heurté, de cette âme froide et limpide, qui le considérait et ne se détournait pas. C'était donc décidé, lui dit Todor, il allait rentrer chez lui – l'expression n'ayant plus, bien entendu, le même sens qu'autrefois : il avait oublié un nombre infini de détails, d'impressions, de mots mêmes, toutes choses infimes et nécessaires qui avaient fait, longtemps, de Plovdiv et de la maison de bois où avait vécu Magdalena le centre résonnant de l'univers. Il émigrerait donc à l'est, aucun spectacle n'ayant sur lui, affirmait-il, la vertu pacifiante du Danube sous la chaleur la plus sèche. Il se promènerait dans les rues de la ville, le quartier de Kniaz Alexander, un morceau de son passé, fade, fantasque, ne coïncidant plus avec rien d'actuel, ses vitrines remplies de produits de pacotille, et il éprouverait, par comparaison, pour la première fois, la nostalgie de la Beauce et de l'Orléanais, de ce qu'il avait connu de plus vacant, cette promenade qu'il avait faite un jour de l'été précédent avec

Ingrid, par la route droite trouant les champs de blé : rien que les blés, de part et d'autre les silos, un village traversé, aux murs de pierre blanche, l'église et le monument aux morts, dans les hangars les machines agricoles, l'odeur de purin, un café dont la porte est ouverte et où n'entre personne. Il serait à Plovdiv, et c'est cela qui surgirait, tandis qu'il avancerait dans la grande rue : le toit ajouré des églises, les rideaux de perles aux portes des cafés, la sciure sur le sol de la charcuterie, les millefeuilles qui suintent et s'affaissent sur les étagères de formica, les enfants qui passent les bras chargés de pain – cela, devant les façades de couleur, tandis que se disloqueraient contre les murs des bourrasques qui réchauffent, cela, la campagne française, inhabitée, des nuages aux contours de carmin, le son des cloches, la paix du soir, dans l'odeur des roses qui lui parviendrait par bouffées, à travers les effluves de la ville, celles des frites, des voitures et des cheminées, jusque dans Kniaz Alexander ; au-dessus de la ville noire, enfumée, brillerait un soleil jaune comme on n'en verrait plus avant le dernier jour. A la nuit tombée, ébloui par la lumière explicite du dehors, il s'enfermerait dans la maison aux balcons de bois, et là, dans la chambre vibrante encore du pas de Magdalena, résonnant de son souffle entrecoupé, odorante, de son odeur de savon et de vinaigre, chaque chose rangée à sa place dans les hautes armoires, s'endormirait la fenêtre ouverte sur la nuit fraîche.

Il y a un temps pour tout, lui dit-elle, et le nôtre est passé – qu'est-ce qui avait passé, sinon son caprice, qui cherchait un autre objet ? Tant d'années s'étaient amoncelées entre elle et lui, sans qu'ils aient vieilli, ni l'un ni l'autre : c'était un prodige qu'André avait observé, ils étaient demeurés identiques, tels qu'il les avait connus, tels qu'ils étaient apparus, dix ans plus tôt, dans le hall de l'opéra de Sofia, inchangés, orgueilleux, dépourvus de tout sens de la mesure ou de l'économie, généreux, Todor auprès d'elle, qui faisait bonne figure parmi ce peuple de barbares, indécis, discret, désolé. Il l'avait emmenée voir le palais du facteur Cheval, à Hauterives – inaugural, avait-il déclaré tandis qu'ils revenaient à travers les champs, sur lesquels tombait dorée la lumière du soir : ils étaient allés jusqu'au cimetière et s'étaient arrêtés devant la tombe efflorescente ; des geais criaient, des hirondelles volaient au ras du sol. Ingrid se trouvait où elle devait être ; ce n'était plus, comme jadis, quand elle était jeune, un exercice de déséquilibre et de mensonge, c'était parfaitement approprié, autant de bonheur qu'elle pouvait en absorber, efflorescent et doré. Elle avait aimé Todor parce qu'il s'y était prêté, et de si bonne grâce : il était, en tout, si diligent ! Il n'y avait pas, avec lui, de complication, de malentendu, de risque d'erreur. Elle l'avait aimé avec désinvolture et un certain esprit de décision, qui valait pour deux, comme elle aimait ce monde suspendu entre l'hiver et le printemps, cette indécision qui répondait à la sienne, l'affadissement de tout avant le regain – c'était admirable, cette façon qu'avait Ingrid de ne se préoccuper que d'elle-même, cette intelligence de ses propres sensations et de ses propres désirs, cette science qui n'apparaissait pas comme telle, qui procédait à tâtons, s'égarant, questionnant, la véritable science, songeait André, tandis qu'elle riait, penchée vers Inès, lui confiant en aparté des choses qui se dissipaient aussitôt, s'envolaient dans l'air mêlé de pluie, des choses qui n'étaient pas restées même un instant entre elles, et Inès semblait s'en satisfaire. Nous l'avons toujours su, n'est-ce pas, que cela se terminerait, nous n'avions rien souhaité de déraisonnable (elle voulait dire de durable, ou qui ait relevé de l'apitoiement, ou bien de l'abnégation), eh bien nous y voilà, avait-elle ajouté, sous la lune immense, solaire, gorgée d'eau – comme si cette séparation avait été, depuis le début, ce vers quoi ils avaient avancé ensemble, comme s'ils avaient pu le prévoir, comme si c'était une évidence.

Le plus probable, après tout, elle s'en persuada par la suite, était qu'Isaac, une fois parvenu au rivage de sable gris, ait regardé autour de lui, la ligne de corail, la mer vide. Il était probable qu'il se soit alors dirigé vers la ligne des arbres, d'où ne provenait aucun bruit - pas un cri d'oiseau, pas un souffle de vent. Avant d'entrer dans le temple, dont le grand escalier de basalte descendait vers la mer, il en avait observé les contours, les troncs dépouillés, la voûte si haute, les aras réunis en cercle, leurs plumes rouges, leur crête brune. Il était probable, et bien naturel, qu'il se soit arrêté un instant, très bref, sur le seuil, avant d'y pénétrer.

19

Le lac d'Eskja

Selma était accroupie sur le sable gris. Elle avait tracé sur le sol un cercle immense, si on le rapportait à sa taille, et s'y était enfermée. Un peu plus loin, une mouette s'était posée, indifférente, apparemment, à la présence de la petite fille, quelle regardait, arrogante, tournant impatiemment la tête, avançant vers elle et puis se rapprochant de la mer. Le temps était gris, comme le sable et l'eau. Il y avait un peu de vent : il s'élevait, par moments, une petite bourrasque, qui gonflait la robe bleue de Selma tout autour d'elle.

Elle se mit à écrire, avec un bâton qu'elle avait ramassé : des lettres majestueuses comme celles que l'on déchiffrait à l'école, des rouleaux, des arabesques comme en fait la mer, de l'espace entre chacune, plan, gris, mouillé, comme la mer quand elle se retire – entre chaque lettre, elle posait sa main, pour laisser une empreinte et pour sentir dans sa paume la matière précieuse du sable, sous le sable la vie, la pulsation de la mer.

Le soir tombait. Du brouillard, comme du coton, s'enroulait sur lui-même et se posait çà et là sur le sable dispersé. Il fallait rentrer. À la maison, grand-mère Britta aurait rempli d'une eau très chaude la grande bassine de la cuisine, où on la plongerait, comme un sucre, disait Britta, s'étonnant qu'elle n'ait pas ramolli davantage, quand elle l'en faisait sortir quelques minutes plus tard, rouge et ruisselante.

Selma dormait dans la chambre du haut, avec son petit frère, Lars, le premier garçon de la famille, qui comptait tant de filles : ses cousines, Kristin, Ulla, Sigrid et Sunniva, plus grandes qu'elle, méchantes, ses tantes, Ottilie, qui n'avait pas trouvé d'époux (on le savait, qu'elle n'en trouverait pas, on l'avait affectée à des tâches domestiques qu'elle accomplissait avec exactitude, n'en concevant, semblait-il, aucune tristesse, mais c'était, disait-on, le plus grand chagrin de sa mère, qui l'aimait tant), et Bettina, qui en avait trouvé un, si fort et généreux que Britta disait que sa cadette avait épousé saint Olaf, ce qui faisait un peu peur aux enfants.

Lars, c'était un nom qu'on avait donné au petit frère en souvenir de leur oncle, qui n'avait pas voulu succéder à son père dans le commerce des harengs et avait pris la route, un matin, pour faire fortune, le tour du monde, ou dieu sait quelles autres idées qui avaient laissé ses sœurs et sa mère émerveillées, sur le pas de la porte, le regardant s'éloigner tandis que le vent de juin gonflait les rideaux blancs – on venait de les laver et de les repasser, ils étaient, dans le grand vent du printemps, aussi gais et claquants que les voiles d'un bateau. C'est pour cette raison que Selma n'avait pas connu son grand-père Ingmar : il était mort durant l'hiver qui avait suivi le départ de son fils ; son cœur s'était arrêté de battre, alors qu'il déchargeait lui-même, sur le quai luisant de graisse, une caisse de poisson – certains avaient dit qu'il se donnait trop de mal, mais la plupart avaient affirmé que c'était le départ de Lars qui lui avait brisé le cœur. Enfin, il était mort, et aucune, parmi les quatre femmes vêtues de noir qui l'avaient accompagné jusqu'au cimetière, n'aurait songé à le reprocher à Lars, dont on avait perdu la trace quelques jours à peine après son départ : il avait été entraîné, disait-on (des bûcherons l'avaient vu, de leurs yeux, cette nuit-là) au fond du lac d'Eskja gelé, par Freyr, le roi des elfes, et deux de ses compagnons, l'ours Ulrik et Gustav le loup.

Grand-mère Britta racontait qu'il avait vécu vingt-cinq années durant comme un souverain de l'autre côté de l'eau, au fond du lac, dans un palais de porphyre. Il y élevait des cerfs blancs et des éléphants, qui venaient lui manger dans la main, des perroquets, des lézards d'une taille effrayante, qui dormaient à ses pieds, dans une chambre au pavage de marbre. Sa femme, Elke, la reine des fées, avait veillé à sa santé et à sa gloire. Elle ne vieillissait pas ; c'était ce qui les distinguait, car il était resté, quant à lui, de condition mortelle, et elle avait souhaité, afin d'éviter de sa part toute lassitude (elle demeurait si belle, identique, resplendissante et froide comme la glace), l'entourer de jeune filles différentes, chaque année, qu'elle habillait avec soin, dont elle élaborait la coiffure, auxquelles elle avait appris à se mouvoir, à chanter et à dire ce qu'elles avaient appris dans les livres. Il en avait aimé plusieurs, qui portaient des noms aux sonorités musicales – à cela aussi, Elke avait veillé. Quand elles quittaient le domaine enchanté, il n'en éprouvait aucun regret – c'était encore un effet de la bienveillance de sa femme, qui éprouvait pour lui un amour si constant et si puissant qu'elle le laisserait bien s'en aller, un jour, pour rejoindre les siens et vivre avec eux un peu de la vie qui lui resterait.

Britta n'avait pas beaucoup changé, depuis le départ de son fils. Selma l'aimait plus que tout : elle était docile et silencieuse, comme un animal ; ensuite, sa mère, Marit, et son père, parce qu'ils étaient bons.

Elle leva la tête et regarda devant elle. L'homme qui s'approchait d'elle à ce moment, elle l'avait vu venir de loin. Il n'était pas habillé comme ceux qu'elle avait l'habitude de voir, à Söderhamm ou dans les alentours ; il portait des habits à l'ancienne mode, comme ceux que mettaient encore les plus vieux habitants de la ville, le dimanche, pour se rendre à l'office, mais brillants, d'une texture comme elle n'en avait jamais vue : il y avait, sur son épaule, comme oubliée, une trace translucide, quelque chose comme de la nacre, qui luisait, un vernis nacré et friable, dans ses cheveux aussi, comme de la poudre de nacre – ou bien c'étaient ses cheveux qui avaient blanchi.

Il était arrivé tout près d'elle.

Marit ? dit-il en se penchant sur elle.

C'était en 1868. La Suède était entrée dans l'ère industrielle. Il y avait, à travers tout le pays, des paquebots dans les ports, des trains qui traversaient les forêts, des hommes dans les mines, des discours politiques, l'électricité, des confédérations de travailleurs, et partout des elfes, leurs facéties, leurs malédictions, les sorts qu'ils jetaient aux animaux, les rendant malades ou stériles, aux enfants, qui oubliaient leurs devoirs ou changeaient d'apparence, le bruit du vent dans les bouleaux, le murmure même de la terre, que l'on entendait, pour peu que l'on s'en donnât la peine, le soir, à l'écart de la maison, il suffisait de se coucher contre le sol, de rester immobile, et d'écouter.

20

Un miracle

Quand ce fut bien sûr, qu'il y voyait à nouveau, c'est le visage d'Apollonia qu'il se rappela avec le plus de précision, beaucoup plus de facilité que les autres, qui lui étaient apparus, qu'il avait devinés, pendant les semaines qui venaient de passer, qui s'étaient superposés, avec plus ou moins de bonheur, aux objets, aux arbres, au ciel, pas moins changeants que la lumière ou les mouvements de son cœur : rue de Sèvres, dans le clair-obscur de la cuisine où entrait le printemps, son souffle, son murmure, celui de Prudence, attentif et narquois, celui d'Ossip et celui de Platon, le son des cloches, les feuillages tremblants de Kirilskoie, la lune qui montait rouge au-dessus des marais, celui de Marie, celui de Myra. Cette fois, enfin délivré des grands élans, de l'amour inconséquent, propitiatoire, qu'il avait voué, indifféremment, aux fragments de sa propre existence, qu'il avait adressé, sans discrimination, à tous ceux qu'il avait croisés et qui lui avaient fait du mal (si peu, tout compte fait), enfin réduit à lui-même, à sa plus simple expression, comme il disait, dans une rue silencieuse de Sveta Gora, c'est celui d'Apollonia qui lui apparut, dans la chambre d'hôtel qu'il partageait avec Myra qui ne disait rien, assise à côté de lui devant la fenêtre, et lui tenait la main – un geste qu'elle faisait souvent, tout de grâce et de sagesse, pas de compassion ou d'amitié, mais la volonté explicite de partager avec lui quelque chose, de lui faire savoir quelque chose qui avait son importance, de faire circuler entre eux quelque chose qu'elle avait appris dieu sait où, qui avait passé près d'elle et qu'elle s'était approprié, quelque chose qu'elle avait entendu, de l'autre côté de l'eau, et qu'elle lui communiquait : elle s'en faisait l'écho et ne prendrait pas la peine de lui en expliquer le sens. Ce fut le visage d'Apollonia, telle qu'elle lui était apparue à Sorrente, indolente, détournant la tête, est-ce qu'elle ne voulait plus de lui, déjà, songeuse, souple et rieuse, encombrée des rêves et des vœux qu'elle avait faits, qu'elle ne lui disait pas, aimante, il y avait plus de vingt ans de cela, c'était le matin de ce crépuscule ; rien n'avait changé, l'air était un peu plus frais, plus vif, la lumière acide, on était plus tranquille, maintenant qu'on avait vieilli.

Elle se tenait debout devant lui au milieu de la rue ombragée, dans l'odeur des citronniers et des lilas, sur son corps rond une robe fleurie, en contrebas, derrière elle, à une distance vertigineuse, la mer sur laquelle passaient des bateaux blancs qui laissaient derrière eux un sillage de plomb, lui souriant avec sa splendide assurance - elle n'avait jamais fait mystère de son impatience, c'était quelque chose qui était entendu entre eux, qu'elle finirait par se séparer de lui. Elle était équitable, aisément déchiffrable : chaude et charitable, serrée contre lui, implorante, elle ne lui avait jamais menti ; elle était simple et pacifique, comme une enfant. C'était le matin, qui tirait à sa fin. La fenêtre, derrière Myra, s'éclaircissait, s'élargissait aussi semblait-il. Myra lui lâcha la main et s'écarta de lui, lui accordant, comme toujours, mais sans l'observer, beaucoup d'attention. Vous allez mieux, Pava, n'est-ce pas, dit-elle en s'écartant encore, contemplant, autour d'eux, l'univers qu'ils habitaient, éclairci, élargi, au-delà de ce qu'ils avaient espéré. Apollonia était avec eux pour cette célébration ; elle s'était invitée à cette fête, qui n'en avait pas plus de relief ni de couleur – Myra pourvoyait à tout, il n'y avait au-delà d'elle nécessité de rien ni de personne. Cela ne durerait plus très longtemps, après cela, ils quitteraient l'hôtel au jardin planté de citronniers, s'éloigneraient de Sorrente et des soirées passées, balancées ente la mer et le ciel, sur la terrasse de la

Lorelei, reviendraient à Paris, et qui sait ce qu'il adviendrait d'eux ? Ils n'étaient pas faits l'un pour l'autre, avait dit Apollonia : c'était une évidence, elle n'avait même pas essayé de l'en convaincre, ayant du reste très peu de talent pour la persuasion, aucune cruauté non plus, aucune malveillance envers Pavel, qu'elle aimait, il était si bon, elle si légère – indolente, intrépide, dépourvue de caractère, de faculté de raisonner et de convaincre, et il en avait le cœur serré. Il s'était demandé, jadis, dans les allées de Kirilskoie, au loin les cris d'Ossip et de Dimitri dans les champs calcinés, plus près les appels d'Ilaria, bientôt ceux de Véra (le soir venait, il fallait rentrer), combien de temps durerait sa vie, cette apothéose ; voilà à quoi il en était réduit désormais : calculer combien de jours, de semaines, il lui restait à vivre dans la compagnie d'Apollonia, et son cœur se serrait parce que le temps lui était compté, elle le lui avait dit, – il n'y avait rien à lui reprocher, en tout cas pas d'avoir menti, de s'être aventurée, de s'être montrée imprévoyante, indécise. Elle partirait, et il parviendrait à vivre sans elle.

Le premier soir, il avait traversé la moitié de la ville, les jardins ouverts sur la nuit comme sur le large, les colonnades commémoratives, les carrefours transpercés de lumières, et s'était retrouvé devant la façade blanche de Saint Paul, où il était entré – cela préservait un peu du froid qu'il faisait au-dehors. C'est alors qu'il l'avait éprouvé, immédiatement, sans nuances, sans aucune forme d'atténuation, immédiatement lisible et tenace, cette sensation d'y avoir été, déjà, d'avoir déjà tout vécu de ce moment, avec une force et une netteté telles qu'on n'en connaît, d'ordinaire, que dans la douleur. Ce n'était pas l'informe et fugace impression d'avoir déjà vu, dans d'autres circonstances, analogues, la même chose, devant lui la façade bulbeuse du sépulcre, derrière des avenues, des jardins ouverts sur le large, un soleil rouge au-dessus de la ligne des arbres, tout autour la nuit cristalline, non, c'était autre chose, de bien plus étrange et plus tangible, et quand il avait fait le tour de l'édifice, dans la solennité de cette soirée de novembre, cela c'était transformé en certitude : il était déjà venu là, exactement. C'était bien plus réel que tous ses souvenirs, au moins autant que ses sentiments, disparates et futiles, ou bien décisifs, nécessaires, c'était dense, tangible, autant que sa propre existence, non pas l'un de ces rêves imprécis où passent des figures, des lueurs, non, une certitude, une expérience, irréfutables : il s'était déjà trouvé là, exactement ; il était venu jusque là et c'était le même automne, la ville hérissée d'arbres roux, Marie à son bras, qui l'aimait, en ce temps-là, qui s'enquérait de son avis, bien qu'elle eût pour habitude de n'en tenir aucun compte. Ils avaient traversé la Tamise par le Millenium Bridge, la nuit retombée autour d'eux, et il avait eu peur de l'eau noire ; il avait pris son bras et l'avait tenue contre lui, dans le vent et la pluie froide. C'était de l'amitié qu'elle avait pour lui, avait-elle prévenu : que demander de plus, l'amitié, au moins, cela ne se démode pas, cela ne se froisse pas, cela ne prend pas une ride, entre nous c'est à la vie à la mort – il savait bien que ce n'était pas vrai, qu'elle s'en irait aussi, que cela se froisserait, se démoderait, qu'elle s'en fatiguerait, de cet emploi qu'elle tenait auprès de lui, qu'elle serait fatiguée de lui, fatiguée de la vie qu'il lui faisait mener, comme elle disait, comme s'il avait eu quoi que ce soit à voir avec la vie qu'elle menait, sa petite vie précieuse et vaine, la vacuité même, où elle ne laissait entrer personne ; mais il n'avait rien dit. Il l'avait observée tandis qu'elle marchait devant lui dans les jardins de Kew, flamboyants, balayés par le vent, et n'avait rien dit ; il valait mieux ne pas contredire Marie, ne pas se heurter à son petit visage dur, à sa petite personne, il n'y avait aucun bénéfice à retirer de cette confrontation, il valait mieux ne rien lui dire, elle trouvait tout, indistinctement, trivial et mensonger, elle trouvait qu'on n'y mettait pas assez les formes – de quel monde venait-elle donc, protocolaire et confortable, dont on avait ici-bas oublié les usages ? C'était prévisible, inscrit déjà dans le moindre de ses mouvements, parcimonieux, vindicatifs, sur son visage lisse : c'était déjà la fin, une fois de plus, il n'en avait plus que pour quelques semaines et le pressentait ; elle était excédée de lui, c'était visible, et tenait bon cependant - au nom de quoi, de quoi d'autre que de l'incommensurable orgueil qui la distinguait de la plèbe ? Ils avaient suivi les quais jusqu'à leur hôtel, marchant comme à l'aventure, pourtant bien décidés à faire pour le mieux, à aboutir, à conclure, avançant contre le vent et l'averse, accrochés l'un à l'autre, animés de sentiments contraires, désolés, audacieux, comme s'ils avaient progressé ensemble vers le nord, abandonnés – il fallait avancer cependant, et Pavel avait emporté ce qu'il fallait, de quoi subsister si les choses tournaient mal, de la lumière, différents moyens de communiquer avec le monde extérieur, il avait appris sa langue, avec les plus grands difficultés, il y avait mis du temps, ils souffraient encore tous les deux des approximations et des barbarismes qu'il se permettait, parfois, il avait adopté ses manières, rendu un culte à ses idoles, et Marie était demeurée taciturne à ses côtés, il avait essayé pourtant de déchiffrer les hiéroglyphes dont elle s'entourait, des animaux, quatre points cardinaux et le soleil. Elle n'avait pas voulu d'enfants : elle avait soupé, disait-elle, des convenances. Elle se suffisait à elle-même. Elle le considérait, c'était manifeste, comme un étranger qui avait pris ses quartiers chez elle, qui avait fait l'effort de s'acclimater, semblant de la comprendre, qui partageait ses rites sans en saisir la portée, un intrus dont il faudrait arriver à se débarrasser. Nous resterons bons amis, avait-elle promis ; et il s'était retrouvé, sur le Millenium Bridge, si seul et désemparé qu'il en avait conçu le chagrin d'un enfant, contemplant la ville immense, étirée, rutilante, dans la nuit d'automne, des deux côtés de l'eau – c'est alors qu'il lui avait pris la main et lui avait dit qu'il l'aimait. Mais la consolation, le point fixe, l'amer, au milieu de cette désolation, ç'avait été cette visite qu'il avait faite à l'improviste, interdit, exalté, muet, au cœur du sépulcre – la familiarité, enfin, avec le plus ignoré ; puis, le lendemain, dans les jardins de Kew mordorés, effeuillés par un vent qui éblouissait, il avait mesuré toute l'ampleur, et la pérennité, de la découverte qu'il venait de faire. Toutes ses vies accumulées, les renoncements, la résistance que tant de choses, d'occasions, de circonstances avaient opposée à ses désirs, le chagrin, tout cela comptait peu, finalement, au regard de cette révélation, devant la façade de l'église, s'élevant au-dessus de la ville, un astre monumental, et tout autour la nuit cristalline : c'était la même vie qui recommençait, indéfiniment, à chaque fois la même, recommencée, et elle irait ainsi, indéfiniment, il n'en verrait pas le terme – il avait fait l'expérience de l'immortalité, qui ne se transmet pas, et ne se dit pas davantage. Et c'était à présent la même chose, la même félicité, la même certitude : il avait vécu, déjà, ce moment, la chambre qui donnait sur une rue tranquille, le matin s'éclaircissant derrière la fenêtre jusqu'à figurer le grand jour, Myra assise à ses côtés, énigmatique, partageuse, les formes qui émergeaient, la neige au-dehors, mais d'abord Myra, énigmatique et placide ; il s'était déjà trouvé dans cette chambre avec elle, ce moment leur avait déjà été accordé, ils connaissaient cette grâce d'aimer et de vivre, à nouveau : Pavel avait reçu ce don, tout lui serait donné à nouveau, le bon et le mauvais, qui en était la forme compliquée, charnelle – il suffisait de le savoir et de s'en fortifier, tout recommençait, il vivrait à nouveau sa vie pleine et rêveuse, elle n'avait pas de fin.

Il y voyait à nouveau, assis devant la fenêtre, dans une chambre d'hôtel de Sveta Gora. Au-dehors, la pluie était tombée si drue qu'elle avait recouvert la ville d'une pellicule de marbre, et tous les bruits en avaient été changés, comme dans un conte, quand la forêt s'endort et se réveille à la nuit, différente : le temps et les sons avaient changé, et probablement le monde entier, derrière la fenêtre. Pavel était établi désormais de l'autre côté du lac, où toutes choses scintillent, où les apparences sont sauves, et les sentiments, à ses côtés Myra la fée, son visage sans expression tourné vers le sien – il était bon de l'avoir à ses côtés, qu'elle fût pourvue de ce visage inintelligent, d'un cœur aussi magnanime et tranquille que celui des fées. Au bord de la baie James, en plein hiver, il avait souffert d'une ophtalmie qui l'avait laissé larmoyant, enfermé dans une cabane en bois de bouleau et de peuplier ; il était jeune encore, il n'avait pas d'expérience, de quoi que ce soit : à peine, au fond du cœur, dans un entre-deux où il ne pénétrait que rarement, un peu de sollicitude pour les individus – et encore, si peu, de sollicitude, et d'individus, dans ce cœur inquiet. Ils avaient attendu, les femmes, les enfants, les hommes, en chassant le renard et la perdrix, qu'il se rétablisse. Il avait passé là plusieurs jours, recueilli. Il distinguait un peu de clarté à travers les interstices des murs ; la plupart du temps il faisait nuit, une nuit grise et froide qui l'apaisait. Il était sorti un jour, vers trois heures, et c'est ce qu'il avait vu d'abord : la neige, les troncs des arbres, brillants comme de l'argent, des marais, un ciel un peu plus gris que l'eau, des nuages qui s'y confondaient avec le crépuscule, un cri d'oiseau, Kirilskoie. Le paysage formait un quadrilatère parfait, au milieu le lac, autour les bois, au-delà les collines ; au centre du monde, il discernait, avec un peu de difficulté encore, des silhouettes noires sur la neige blanche, quatre ou cinq, affairées, qui ramassaient les pièges. Le soir, ils avaient mangé un ours : le cœur, le foie, la viande crue. Pavel n'était pas certain d'en avoir retiré du savoir, ni de la puissance, c'est ce qu'il avait indiqué à Prudence quand il lui avait raconté l'épisode, dans la cuisine de la rue de Sèvres, et qu'elle avait d'abord grimacé à l'idée de manger de l'ours ; mais c'était un don qu'il leur avait fait, avait expliqué Pavel, en toute connaissance de cause :

l'offrande qu'il faisait habituellement aux hommes, ce dieu vraiment soucieux de subvenir à leurs besoins, le don de son corps, mais pour de bon, pour qu'ils le mangent et en soient rassasiés, un vrai dieu celui-là, qui n'avait nul besoin d'exiger le respect qui lui était dû, dans le bruit des cloches et l'odeur de l'encens, un dieu qui n'était pas un créateur, ni un conteur, le récitant d'aucune parabole – il ne se complaisait pas dans ces divertissements énigmatiques. Il préférait prendre, selon le cours du temps et celui des saisons, la forme qui lui convenait le mieux, la plus appropriée aux aléas de l'instant, et c'était aussi bien celle d'un homme que celle d'un oiseau, d'un enfant ou d'un tourbillon de givre : un dieu familier et compatissant, qui renonçait pour les hommes, quand il le fallait, à vivre la vie immédiate et chaude qu'il avait emplie, totalement, de sa puissance et de ses grands désirs, un dieu qui s'endormait à la lumière de la lune et son sommeil pouvait durer mille ans, un dieu qui réchauffait, nourrissait, ne faisait pas peur, fort et intelligent, beaucoup plus intelligent, et voyageur, que les hommes, silencieux aussi, de l'immense silence de la neige – qu'aurait-il eu à leur dire ? Il n'avait pas d'enseignement à leur transmettre, pas de morale à dispenser ; il était auprès d'eux, toujours, et quand ils l'avaient tué ils s'inclinaient devant lui, l'un après l'autre, et l'étendaient, dans la plus spacieuse des cabanes, la tête du côté du feu, devant la porte. Ils l'avaient dévoré, toute la nuit qui avait suivi, en fumant les cigarettes que Pavel avait apportées, et en buvant de l'alcool – à ce récit, Prudence avait été rassérénée. Pavel n'était pas certain cependant d'avoir retiré quoi que ce soit de ce festin – rien d'autre, sur le moment, que de l'écœurement, et soudain, au milieu des bruits de la fête et des rires, l'affreux sentiment d'être si loin de chez lui qu'on l'aurait, là-bas, oublié, qu'il ne servirait plus à rien de revenir, que c'était trop tard. Il était revenu, tout de même, et tous, à Kirilskoie, avaient fêté son retour.

Ils reprirent le train pour Paris. Pavel consentit à ne pas s'embarrasser du superflu. Il abandonna dans la chambre d'hôtel, derrière lui, beaucoup de choses qu'il avait emportées comme par mégarde : il n'avait plus rien à perdre, lui dit-elle, il n'y avait rien dont il dût s'encombrer, et elle avait raison, puisqu'elle veillait sur lui.

Jadis, à Kirilskoie, Ilaria lui avait dit qu'elle avait plusieurs âmes, et que chacune vivait de sa vie propre, bien nourrie, enracinée en elle et destinée à durer : la sienne, bien sûr, la plus lourde à porter, lourde et mélancolique, qu'elle portait partout avec elle, encombrante, superflue, sa pauvre âme, dont elle avait hérité, qui ne lui voulait pas de bien, son âme qui criait, sans faire de bruit, comme dans les rêves, quand Pierre demeurait assis au-dehors, sur le balcon de bois, sans rien dire, mais si on approchait on pouvait l'entendre pleurer, tout doucement, son visage immobile dans la nuit noire, une lampe-tempête posée sur le banc près de lui, c'était pour y voir un peu dans le noir, disait-il, mais on savait bien que c'était au cas où Platon serait revenu, pour lui faire signe – son âme qui avait peur, la plus solide, solidifiée ; et puis les autres, qui tourbillonnaient autour d'elle, bruyantes, des oiseaux au-dessus des marais. Il y avait l'âme qui vivait de la vie de Tatiana, un petit cœur d'oiseau battant fort, qui vibre et frappe, à l'intérieur - il n'y aura pas de rédemption, la gaieté s'estompe aussi vite que la nuit, qui fait place au jour, cru et jaune, à moins que la neige s'y mêle, et la boue, et les clameurs des fées, aiguës, au-dessus de l'eau : où se trouvait-elle, Tatiana, aujourd'hui, loin d'eux tous, qui pourtant l'avaient tellement aimée, à quelle extrémité réduite ? Ils s'étaient, pendant toutes ces années, montrés indécis envers elle, maintenant silencieux, et c'était encore une forme de l'amour. Et puis celles des garçons, tous les quatre : l'âme d'Ossip, boudeuse, persévérante, et il y avait une partie du cœur d'Ilaria qui s'aventurait encore dans le monde, mais l'autre, celle qui appartenait à Ossip, entièrement, quand il était parti elle en avait été privée, et elle avait continué à errer dans le monde privée d'une moitié d'elle-même – elle s'y était habituée, avait oublié sa jeunesse, le gros enfant qui l'encombrait, dont elle était si fière, qu'elle embrassait, disait Sofronia, plus qu'il n'était nécessaire, il était si chaud, et doux au toucher, chaud surtout, vigoureux, l'enfant qu'elle avait voulu plus que toute autre chose, Ossip, son favori, qui n'avait pas d'égal ; celle de Dimitri, aventureuse, prolixe ; l'âme de Platon, l'elfe qui avait passé parmi eux six années entières, et elle se rappelait chacune ; celle de Pavel enfin, si difficile à comprendre, à pénétrer, l'âme froide de Pavel, qui ne disait rien - elle s'en approchait pourtant, avec toute la patience dont elle était capable, c'est ce que Pierre lui avait inculqué de mieux. C'est ainsi qu'elle savait toujours où ils se trouvaient, s'ils étaient dans la peine, si elle pouvait dormir tranquille, ou bien attendre, dans la peine, qu'ils lui reviennent et reprennent auprès d'elle, à son ombre, la vie pleine d'autrefois.

Elle avait plusieurs âmes, plusieurs cœurs, plusieurs vies. Elle s'était déployée dans le monde, durant la période bienheureuse où ils étaient demeurés auprès d'elle. Ensuite, elle avait vécu, quand même, de leurs vies accumulées à la sienne, qui en était augmentée, douloureuse, qui pesaient, résonnaient, du rire d'Ossip, des cris de Véra – elle était entrée comme une folle dans le salon, c'est Platon disait-elle, c'est Platon qui jouait dehors et qui n'y est plus, on ne savait pas si elle pleurait ou si la course lui avait coupé le souffle, nous l'avons appelé avec Nicolas, mais il n'y est plus : toute la nuit on avait cherché ses traces dans la neige, mais on avait tant couru, piétiné, parcouru les allées et les champs, qu'on ne pouvait plus rien y lire de ce qui s'était passé, et puis elle avait recommencé à tomber, épaisse et froide, avait tout recouvert, assourdi les cris ; elle était tombée sur l'étang aussi, est-ce que Platon avait couru de ce côté-là, la surface gelée s'était-elle effondrée sous son poids, il était si petit pourtant, si léger : au printemps suivant, quand on l'avait dragué, on n'y avait rien retrouvé, et ç'avait été pour tout le monde un affreux soulagement, pour Pierre qui était resté toute la journée debout du côté des ajoncs, observant la manœuvre sans rien dire, pâle comme un mort, oui, avaient remarqué les voisins réunis pour apporter de l'aide, de la couleur de la neige, à peu près, et aussi froid, pour Ossip qui s'était avancé en barque jusqu'au milieu de l'eau, obstiné et tout aussi silencieux, rien, aucun corps emprisonné dans la boue, aucun visage retenu dans les eaux, et l'hypothèse que l'on formula alors dans le district fut que Platon avait été emporté par les ours, c'est un ours maintenant, avait expliqué Pavel à Tatiana, il vit avec les ours et c'est ce qui pouvait lui arriver de mieux, les ours sont pétris de compassion envers les hommes, auxquels ils donnent, en guise de nourriture, leur cœur et leur foie – eux-mêmes ne meurent pas. Ilaria vivait donc de la même vie qu'eux tous, une vie déployée, renouvelée, une constellation, supposait Pavel, comme dans ces dessins qu'il avait rapporté des îles Aléoutiennes, où l'on voit des chamans debout devant la nuit noire, raides dans leurs habits de cérémonie, brodés, sur les deux pans, de formes colorées, leurs multiples esprits, qui forment autant de visages, enfermés dans leur corps, où ils cohabitent, s'apprêtant à vivre leurs vie successives.

Tatiana était partie la première. Elle était la plus jeune, mais s'était fatiguée d'eux très tôt : elle n'avait pas hérité de leur inconséquence, elle n'aurait pas, quant à elle, laissé Platon s'égarer au milieu des ours ; rien de ce qu'on lui avait dit de cet événement, auquel elle n'était plus très sûre d'avoir assisté, ne l'avait convaincue de sa véracité, et elle avait refusé d'être consolée. Elle n'avait pas de chagrin, disait-elle, rien que de la pitié – pour Platon, qui avait peut-être crié et qu'on n'avait pas entendu, pour eux, qui étaient devenus comme fous, qui avaient tourné autour des étangs et des bois, une nuée de spectres, puis s'étaient réfugiés dans la maison, s'y étaient cloîtrés, pour elle-même, qui avait vécu parmi eux, circonspecte, et pourtant ne leur ressemblait pas, qui n'avait plus pour eux que de la condescendance et même un peu d'hostilité, qui n'avait rien à voir avec eux, qui ne redoutait rien tant que de se retrouver, le soir, dans la salle à manger où l'on ne disait plus rien, le matin d'entendre Véra ouvrir la porte de sa chambre et lui dire avec une gaieté sans écho que la journée serait belle, d'observer, jour après jour, comme Ilaria avait changé ; et de toutes ses pensées mauvaises elle était comblée, enrichie, c'était ce qui la maintenait radieuse et vivace dans la maison des morts, attendant paisiblement de disparaitre à son tour. Autrefois, quand elle se souvenait encore de Platon et de tout ce qu'il lui avait dit, elle descendait le soir au bord de l'eau ; elle allait s'y asseoir, écouter les crapauds, jusqu'à ce que Véra vienne la chercher, et se relevait sans rien dire, en prenant la main qu'on lui tendait. Elles rentraient ensemble, le long du sentier où passaient les bœufs, traversé par des vols de freux et d'hirondelles, dans la lumière rose qui s'assombrissait, au bout la maison, émergeant à travers les troncs blancs des bouleaux, un taillis désordonné – Ilaria ne les taillait plus, elle n'allait plus au jardin, et la mare avait envahi la terrasse, il y avait eu tant de printemps, tant de dégels, tant de coulées de neige et de boue, plus personne n'y avait pris garde, que le marécage avait gagné, s'était approché tout près : on entendait maintenant tous les soirs, tout près, l'insistant murmure des fées, la poludnica tenait sa cour juste sous la surface de l'eau, sa voix s'élevait jusque dans les branches, et l'on voyait passer, entre les rameaux, à la lumière de la lune, les habits d'or et d'argent de ses suivantes, les rubans dans leurs cheveux, l'ivoire de leurs bijoux, où brillait aussi la nacre, à leurs oreilles des perles aussi grosses que des œufs, transparentes, qui leur donnaient un peu l'air d'être des poissons, c'était si joli que Pavel avait juré de ne jamais s'éloigner d'elles. Et puis elle avait grandi et l'avait oublié, elle ne se souvenait plus de sa voix ni de son visage, ni de rien de ce qu'il lui avait appris, et quand on lui demandait combien de frères elle avait, elle répondait trois, sans y mettre de malice, trois, et puis un ours ; c'était l'un de ces contes que l'on raconte aux enfants et qui, quand ils ont grandi, se trouvent dépourvus de sens – l'histoire de Platon, qui avait disparu : on l'avait tant ressassée qu'elle en avait perdu tout son pouvoir d'évocation. Cela ne s'était peut-être même jamais produit ; est-ce que cela avait seulement compté ?

Elle était partie pour Novossibirsk dans la voiture d'un voisin, assise au milieu de ses bagages ; elle leur avait fait un petit geste de la main avant de s'en aller, derrière la vitre, et de là beaucoup plus loin, c'était prévisible : elle avait changé de continent et n'avait plus donné de ses nouvelles. Elle s'était établie à l'autre bout du monde, indiquait Pierre avec satisfaction, là où les femmes vivent comme des hommes. Elle vivait au milieu des hommes, sans eux, et ne jugeait pas nécessaire de donner de ses nouvelles – quel réconfort pour eux : elle n'avait pas besoin d'eux, ils n'avaient pas à s'en soucier, c'était leur petite fille, qui avait grandi et fait comme font les enfants, en général ; elle avait disparu et les avait laissés derrière elle, sans regret, sans s'inquiéter de ce qu'ils deviendraient. Elle n'avait rien connu de la vie de Pavel, des années qu'il avait passées au Labrador et dans les îles Aléoutiennes. Elle n'avait rien partagé avec lui, il n'y avait plus rien dont ils parleraient ensemble, s'il la rencontrait par hasard il ne la reconnaîtrait pas – une petite fille vive et crédule, qui ne se mêlait pas à eux, suivait les directives de Platon et prudemment s'en tenait là, puis une jeune fille assez jolie : il l'observait, dans le salon où elle lisait, près de la cheminée, des livres remplis de sottises, ceux qu'Ilaria avait lus avant elle, et se demandait ce qui lui passait par la tête quand elle levait les yeux et le regardait avec une forme d'impertinence – rien sans doute. Elle était partie, disait Ilaria, sans réfléchir, et c'était une bonne chose, quand on réfléchit on reste et on meurt. Les premiers temps elle leur avait écrit, et puis plus du tout. A quoi cela avait-il ressemblé, depuis, la vie de Tatiana, de l'autre côté des mers ? Est-ce que cela avait à voir avec quelque chose de connu, pouvait-on supposer qu'elle avait été heureuse, est-ce que cela importait – peut-être lui avait-il suffi d'être débarrassé d'eux pour le devenir ? Pierre affirmait qu'elle avait obtenu ce qu'elle voulait mais ce n'était peut-être pas vrai, comment l'aurait-il su ; et puis il était mort et plus personne n'avait parlé de Tatiana.

Ossip était parti lui aussi, un peu plus tard – le meilleur des hommes, disaient de lui ses frères, en réalité très malade, c'est ce qu'on avait caché à Ilaria, vraiment malade, souffrant des os et d'une maladie de cœur qu'on avait décelée par hasard (c'est pour cela qu'il était essoufflé, il avait été heureux de l'apprendre, il y avait donc bien, à chaque symptôme, une cause), et hypocondriaque, si bien qu'à la spondylarthropathie et à la tétralogie de Fallot étaient venues s'ajouter deux ou trois affections imaginaires, précises et bien documentées, dont il connaissait parfaitement le déroulement et l'issue, et qui présentaient l'avantage de distraire un peu son attention des vraies – il lui arrivait de ne plus savoir lesquelles étaient véritablement entrées dans son corps, lesquelles, comme il expliquait avec un sourire franc, simplement dans sa tête, d'où elles finiraient de toute façon, c'était inévitable, par migrer et investir la totalité de ses organes : on ne connaissait pas, n'est-ce pas, le cas de quelqu'un qui au bout du compte ne fût pas mort ? Sa vie était, pour cette raison, une succession d'extrême tension et de joie débordante, quand il s'estimait guéri, ou gratifié d'une rémission qui durerait peut-être des années – autant que sa vie même, se réjouissait-il, à laquelle il accordait tant de prix qu'elle avait éclipsé toutes les autres et, comme la lune éclipsant le soleil, assombri l'univers. Il était alors si empli de reconnaissance et de bonté qu'il en paraissait léger, prêt à s'envoler, ou se répandre, disait Pavel, qui le comprenait mieux que quiconque et s'en irritait. C'était dans ces moments-là qu'il répétait tout est bien, d'un air entendu – mensonge, soufflait son noir démon dès qu'il avait refermé derrière lui la porte de sa chambre. Il avait fini par s'établir au Canada, à Fort Franklin, parmi les sauvages et les loups, répondait-il quand on lui demandait ce qui l'avait conduit là. Il y avait ouvert un commerce et fait construire, pour abriter son corps malade, à la sortie de la ville, sur la route d'Echo Bay, une grande maison de bois qui ressemblait un peu à celle de Kirilskoie : ils l'avaient vue sur des photos qu'il leur avait envoyées. Ni Véra, ni même Ilaria n'avaient été conviées à se rendre là-bas : il faisait trop froid, écrivait-il, et puis il n'y avait rien autour, que de la neige ; d'une certaine manière, il avait transporté son univers avec lui de l'autre côté de l'océan, et il était inutile de se déplacer pour le rejoindre, il n'y aurait rien à apprendre de ces retrouvailles – sauf Pavel, qui d'année en année avait trouvé Ossip mieux portant et plus inquiet. La dernière fois, il n'avait pas quitté sa chambre pendant des jours ; dehors, la neige étincelait. Ossip vivait seul, et très bien disait-il, il n'avait besoin de personne ; c'était peut-être la vérité.

Chez eux, finalement, contre toute attente, c'est Dimitri qui était resté. C'était de lui qu'Ilaria était le moins fière mais elle ne le montrait pas, elle le serrait sur son cœur quand il revenait. Il faisait, tous les ans, au mois d'août et à Noël, le trajet depuis Moscou, où il enseignait les mathématiques, avec sa femme et ses enfants. Il était le seul à avoir pris cette peine, épouser une femme, avoir des enfants – quel mal il s'était donné, cher Dimitri, depuis des années, pour occuper la place qui lui revenait, et celle des autres en sus, sans esprit de revanche, au contraire, en bon camarade, uniquement occupé, à travers les pièces vides de Kirilskoie, à ce combat inégal entre lui et le silence ! Il y revenait tous les ans, ponctuellement, avec sa famille, des enfants bien élevés, sa femme qui le suivait partout dans les pièces désertées, comme si elle avait eu peur qu'il l'abandonne. Véra aussi se tenait auprès de lui, au cas où il aurait eu besoin d'elle, empruntée : ils avaient grandi et perdu toute familiarité l'un envers l'autre. Y avait-il eu pourtant jeune fille plus attentionnée et perspicace que Véra, grande sœur plus parfaite ? Elle avait eu tellement à cœur, elle aussi, de mériter la place qui lui était faite ! Ma petite fille, disait Pierre en lui prenant la main quand il l'emmenait avec lui faire le tour du parc, et maintenant ils étaient devenus, elle et Dimitri, de part et d'autre de la table de la salle à manger où elle lui faisait passer le thé et le pain d'épices, brun, gorgé de miel, qu'elle avait commandé pour lui tout exprès, deux adultes ; ils avaient perdu toute grâce, tout oublié et se retrouvaient, l'un en face de l'autre, bienveillants et désorientés – entre eux Ilaria, dodelinante et bavarde, extrêmement vieille, au point qu'on ne savait plus son âge, regrettant, occupée à mille choses, si usées qu'on en voyait la trame, mille rêveries qui avaient perdu leurs couleurs, dont elle seule connaissait le dessin. Quand il repartait pour Moscou, après quelques jours, elles se retrouvaient l'une en face de l'autre, Ilaria et Véra, qui n'avait jamais eu de place dans son cœur, qui était restée auprès d'eux, intransigeante – elle leur était redevable, et personne n'avait plus que Véra, prégnant, pesant comme la tombe, fallacieux et funèbre, le sentiment du devoir.

Pavel lui-même était bien incapable de tant d'abnégation, songeait-il emporté par le train qui s'éloignait dans la nuit, le plus vite possible, vers l'ouest et la grande ville baignée de lumière : bien incapable, et c'était tant mieux, de retourner à Kirilskoie, de monter le perron de bois et d'ouvrir la porte, de vérifier jusqu'où les bois et les marais avaient gagné ; peut-être n'y retournerait-il jamais, à quoi bon ? Son cœur y avait crû pourtant, dans les bras d'Ilaria, au bord du marécage ; il n'en avait plus de nostalgie, presque plus de souvenir : tout était neuf à présent, blanc et frais – *sur les rives de la mer je ne pus dormir, à cause du cri des oiseaux*.

Cette nuit-là, rentré chez lui, il s'endormit satisfait dans les bras de Myra. Il l'appelait sa femme désormais, dans son cœur ; et peu à peu se forma en lui le vœu de l'épouser, pour de bon. De femme, jusqu'à présent, il n'en avait eu qu'une, ou deux – Salomé d'abord, son épouse devant Dieu, pas devant les hommes : il avait eu le sentiment, vraiment, qu'elle y avait consenti. C'était avec elle qu'il était le plus facile de vivre et de s'acclimater ; il n'y avait en elle rien de malveillant ni d'imprévisible, elle n'était jamais sur le qui-vive. Elle était sa femme, vraiment. C'étaient des années qu'il avait passées avec elle, à se conformer à ce qu'elle attendait de lui, à tenter de la comprendre ; elle avait été sa seconde épouse, solide comme la pierre, un ciment. Il allait la chercher près de l'École Militaire, dans le quartier où elle avait toujours habité – elle avait été à l'école de ce côté-là et n'en gardait que de bons souvenirs, les allées de sable aussi larges que des avenues, les petites filles alignées, l'abri des arbres, le monde ignoré de l'autre côté des grilles. Elle était dévouée, monolithique : un cœur solide, qui l'aimait, qui s'était accommodé de Pavel, de son étrangeté, et qui l'aimait. Il avait voyagé avec elle ; il l'avait emmenée le plus loin qu'il était possible, et elle s'était accommodée de tout. Quand il revenait avec elle au monde civilisé, où elle habitait, il se montrait à son tour poli et circonspect, observant et pratiquant, avec beaucoup d'application, les coutumes de sa famille - mon oncle, ma tante, disait-on dans ces dîners où l'on ne parlait jamais de soi, d'où les enfants étaient bannis, où les hommes arrivaient en retard et se montraient déférents envers les femmes. De l'autre côté de la terre, c'était différent. Les parois de glace fondaient tant il faisait chaud dans la salle où l'on avait allumé le poêle : il fallait y appliquer des poignées de neige pour les consolider ; mais Salomé n'avait pas de préjugés, c'était un effet de son bon naturel et de la curiosité, intacte, qui la portait vers tout ce qui n'était pas elle et qu'elle aimait finalement mieux qu'elle, les lieux, les gens, complaisante et futile, pourvue d'une innombrable famille qui absorbait Pavel, avec l'intérêt que l'on porte aux parvenus quand ils restent discrets, lorsqu'il était de retour parmi eux et s'efforçait de se rappeler, dans les moindres détails, leurs coutumes les plus insolites. Il avait vu à ce moment, d'une vision vertigineuse et précise, ce que serait la suite de sa vie, toute sa vie avec Salomé – jusqu'au jour où elle lui avait fait, pour la première fois, un reproche, qu'il avait compris (il aurait aussi bien compris tous les autres) : tu as fait mon malheur, Pavel. Il n'avait rien à opposer à cette sentence. Elle avait attendu qu'il vieillisse, mais il s'en était bien gardé, et il était tard à présent. Un soir du mois de décembre, à Ypres, ils avaient traversé la grande place bordée de maisons à pignons, bu, dans une brasserie illuminée, un chocolat brûlant, hésité à ressortir dans le vent glacé et le crépuscule – Salomé mangeait les crêpes qu'on lui avait servies avec l'appétit qu'elle appliquait à tout, une forme de méthode, sa vivacité bénie. Un peu plus loin, à Dixmude, où l'on a élevé un hideux monument en hommage à la paix, déposé comme au hasard à la périphérie de la ville, il lui avait dit qu'en somme elle était un peu sa femme, et elle avait répondu, en riant de son rire sans apprêt, devant Dieu sûrement, oui, je suis ta femme. Une autre fois, c'est ensemble qu'ils avaient été rendre visite à Ossip : elle les écoutait parler russe sans chercher à se mêler à leur conversation, ne comprenant pas ce qu'ils disaient, s'en moquant, et s'endormait dans ses bras, devant le feu, tandis qu'ils parlaient encore – comme elle est jolie, disait Ossip, rêveur. Comme il la trouvait ignorante, il avait décidé de lui inculquer quelques rudiments de philosophie, tandis qu'elle s'affairait dans la cuisine. Commençons par Berkeley, c'est le plus facile, avait-il déclaré, l'idée abstraite n'est jamais qu'une idée concrète qui a démesurément grossi ; il était si facile de la faire rire : elle restait debout devant lui, rieuse, séduite, la neige blanche virevoltant derrière elle dans le cadre de la fenêtre noire, obligeante, discrète, bénie entre toutes les femmes. Pavel était resté auprès d'elle beaucoup plus longtemps qu'auprès de toutes les autres ensemble – c'était si propice et paisible, le temps qu'elle avait bien voulu de lui. De ce mariage-là, il était revenu désenchanté. Il y en avait eu un autre, peut-être bien, conclu celui-là devant les hommes, chez les Cree du Labrador, jadis, une femme qu'il avait peut-être bien épousée pour de bon (il n'y avait aucun moyen de se rappeler son nom), selon les rites – peut-être, il ne savait plus, il était si jeune. Il en avait parlé un jour, dans un accès de scrupule, à Salomé qui avait ri encore : finalement, avait-elle conclu, il avait une femme dans chaque monde, quel esprit d'à propos, il ne serait plus jamais un étranger nulle part.

Pour finir, c'est donc Myra qu'il allait épouser, la halde qui l'avait bercé, le tenant bien serré contre elle, contre son corps si vivant, toutes les nuits où il avait pleuré, qui l'avait accueilli, veillé, quand il était malade, et guéri, dans la nuit soyeuse de Sveta Gora, pleine du bruit de l'eau, au matin transformée en neige, l'invisible, qui l'avait consolé, la jeteuse de sorts, qui changeait en oiseaux les parjures, et plus jamais ils ne reprendraient forme humaine, la bienveillante, qui n'avait placé son espoir en rien, qui n'avait pas de curiosité, et comprenait, qui le tenait serré contre elle, consolante, ne connaissant pas le plaisir, ou si peu, si bizarre – la curieuse satisfaction qu'elle tirait de l'avoir tout à elle, la reconnaissance qu'elle en éprouvait, qui était une forme du bonheur, noire et blanche comme la lune, comblée. Il avait le sentiment d'être rendu à lui-même. Ainsi coexisteraient, dans le cœur et le corps de Myra, aussi longtemps qu'il en aurait le désir, toute la vie, comme dans le manteau du chaman, les esprits des femmes qu'il avait aimées, toutes les autres, qu'il aimait, et il voyagerait de l'une à l'autre, tranquille, aventureux, tant l'esprit de Myra était vaste et tranquille – une seule femme, qui appartenait à tous les mondes à la fois, qui les comprenait tous dans son esprit vagabond.

Il le lui annonça dans le train qui les ramenait de l'est, inquiet de son assentiment ; elle enfouit sans rien dire sa face de sauvage dans son épaule, et se mit à pleurer. C'était pire que la mort, et suave.

De retour à Paris, Pavel fit volontiers le récit de son aventure. Dans la grotte où il était resté seul plusieurs heures, il avait posé des questions et reçu des réponses, allusives pour certaines, pour d'autres précises, et d'un pouvoir d'incitation redoutable. Elle lui était apparue en pleine lumière, tenant Urska par la main, malicieuse, paraissant un instant très jeune, soudain plus vieille, assagie et frileuse, et puis encore plus vieille, transparente comme du verre, et puis jeune à nouveau, si jeune qu'on la reconnaissait à peine, une très petite fille, extrêmement sage, si bien qu'il était difficile de dire si elle était vivante ou morte. Elle avait lâché la main d'Urska pour venir s'asseoir, sur la pierre dure, à côté de lui. Elle avait alors laissé paraître, incidemment, une connaissance très sûre de nombreux épisodes de sa vie, dont elle lui avait parlé comme si elle s'était tenue, durant toutes ces années, à ses côtés, et sans doute y avait-elle été : elle connaissait le fond de son cœur, il n'y avait rien qu'on pût lui cacher. Elle s'amusait de ces interrogations ; elle semblait avoir un certain goût pour la controverse et le mystère. Elle portait un diadème de pierres précieuses, fixé sur ses cheveux noirs ; cela produisait des éclats de lumière au dessus de sa tête, si vifs que Pavel avait plusieurs fois été obligé de détourner les yeux. Il était ressorti à la nuit, tâtonnant pour retrouver son chemin. Myra, qui l'attendait au-dehors, l'avait aidé. Le lendemain, il y voyait ;

cela s'était formé, constitué, agrandi peu à peu, devant lui, à partir de la fenêtre ouverte : un cercle de lumière, un lac, le monde entier, diaphane, puis l'éclat vif des choses, vibrantes, réfractées. Myra avait été témoin de ce miracle, et n'en avait marqué aucun étonnement – rien qu'une joie obscure. Il y avait cependant une question qu'il n'avait pas posée, dans l'émotion de l'instant, quelqu'un qu'il avait oublié, dans l'excès de sa gratitude, qu'il avait laissé échappé, qui était mort deux fois, par sa faute. Il n'y avait songé qu'à la fin, alors qu'elle enveloppait Urska dans son manteau et reculait, l'enfant dans les bras, au fond de la grotte où jouaient les ours, et les mots ne lui étaient pas venus clairement à l'esprit – les choses à ce moment étaient pour lui très confuses.

J'ai oublié de lui demander, avoua-t-il à André un soir qu'ils remontaient ensemble la rue de Rome scintillante, si elle savait où se trouvait Platon. Je ne lui ai pas demandé ce qu'il était advenu de Platon – elle le savait pourtant. J'ai oublié Tocha, qui demeurera enseveli sous une énorme quantité de neige et d'oubli ; nous n'avons, les uns et les autres, plus rien de commun avec lui.

L'averse était si forte qu'elle les empêchait d'avancer. Ils attendirent un moment, sous une porte cochère, dans le fracas des trains et le bruit du vent. Puisque vous écrivez des livres, pourquoi n'en écririez-vous pas un sur lui ?demanda encore Pavel, avec, dans la voix, un peu de mécontentement ; ce serait au moins quelque chose d'utile que vous feriez. Ne recevant pas de réponse, il s'écarta un peu de son compagnon et continua à marcher seul sous la pluie froide ; il oscillait, balourd, sur les pavés luisants – la forêt était loin encore, tapie dans la nuit noire, et la ville, autour d'eux, en avait dissipé toutes les odeurs. Ou bien, ajouta-t-il en se retournant et souriant, comme si l'idée lui était venue tout à coup, mais André soupçonna chez lui un peu plus de calcul et de malice, sur moi, pourquoi pas ? Il y aurait plus médiocre manière d'employer votre talent. Il évoqua Isaac, aussi : n'était-ce pas curieux, cette propension qu'ont les individus à disparaître, quel tort leur avons-nous fait qui mérite cette sanction ? N'est-ce pas cher payé pour la somme de nos méfaits, j'en conviens, immense, incommensurable, mais tout de même, valent-ils mieux que nous, ceux qui nous ont ainsi abandonnés ? Un soir de novembre à Londres, dans la pluie et le vent, les jardins gonflés d'une boue froide qui s'était répandue sur les trottoirs, Marie à son bras, approchant des quais entre les lumières brouillées et les giboulées, il s'était fait cette même réflexion – quelle science il y a, chez ceux que nous aimons le mieux, de ce que nous redoutons le plus, de notre peu de courage ! Il y a, dit-il encore, une cruauté du désir, qui est sa force, la sève, bien plus forte que le respect, ce tiède accommodement avec nos semblables – ce que nous leur devons, parce qu'ils nous ressemblent. Il dit enfin qu'il avait bien réfléchi, et qu'il voulait demeurer, pour toujours, avec son esclave circassienne – elle était si fatiguée, il fallait que quelqu'un prenne soin d'elle. Sur le chemin du retour, ils s'étaient arrêtés à Nancy, chez des amis de Trinh, deux vieux messieurs qui avaient mené, disait-on, avant de s'établir ensemble, une vie dissolue, usés à présent, d'une usure qui confinait à l'hébétude et s'irisait, aux confins, d'une forme de gaieté qui n'avait pas d'objet, plaisante à observer, une forme de courtoisie étendue au genre humain tout entier – joyeux, usés, évanescents, tendus à l'extrême dans le souhait de complaire et de se conformer ; on aimait leur rendre visite, parce qu'ils avaient un sens de l'hospitalité qui confinait à la prodigalité, et qu'ils étaient innocents et dignes comme des petits enfants. Ils vivaient dans une maison à trois étages, avec des volutes inscrits dans la pierre ; à l'intérieur, des lampes au décor nocturne (sur l'abat jour de verre poli, des chauves souris étirées, des hiboux rouge sang, un ciel d'un vert virant au noir), des chardons sculptés au dessus des portes, des portraits de femmes dans leurs habits de parade, des lits grands comme des bateaux. Pavel dormit là en toute quiétude ; Myra occupait la chambre voisine. Il fit un rêve : un scorpion de couleur violette et de dimensions surnaturelles était entré dans la pièce, qu'il avait traversée, dans une direction, puis dans une autre, s'était transformé en étoile, de la même couleur et de la même taille, avait encore grandi, s'était échappé par la fenêtre ouverte et avait embrasé le ciel : tout l'horizon en avait été illuminé, agité aussi, des insectes avaient proliféré, une nuée luisante, qui avait disparu, et avec elle les sentiments indistincts.

Le mariage eut donc lieu, au cours d'une fabuleuse cérémonie, comme on en voit probablement encore chez les Toungouses, songea André, avec des cadeaux échangés, robes en peau de renne et en peau de saumon, parures de crin de cheval, bracelets de perles, le sourire impavide de Myra recevant sur le pas de la porte, dans l'air froid où voltigeaient des particules de givre : vite, il fallait entrer, ils étaient nombreux déjà à l'intérieur, on entendait leurs voix, couverte par celle de Maurice, qui prononçait une allocution – il en avait écrit et répété le texte la nuit précédente, car, expliquait Deirdre, c'était fini, il ne dormait plus du tout. De la cuisine, où il faisait bien chaud et où ils se retrouvaient d'abord, chaque nouvel arrivant accueilli par des exclamations et des souhaits de prospérité (les cris de bienvenue à la baleine, les cercles concentriques formés autour du nouveau venu, à une certaine distance, et aussitôt brisés, la danse rituelle sur la plage exposée au vent du nord), ils se répandaient dans le salon où Myra avait accroché des tentures aux dessins rudimentaires et déposé des plats d'argent qui lui appartenaient depuis l'enfance, disait-elle ; c'était un don de sa mère, pour son mariage avec Trinh, et qu'elle fût mariée deux fois était un signe de chance et de santé. Aux murs elle avait posé des miroirs où les lumières progressaient et reculaient, superposées, vacillantes, avec une rapidité irréelle, mille échappées sur l'autre monde, où l'obscurité avait reflué, où Pavel osait à peine diriger son regard - c'était l'autre monde, celui des esprits qui se déplacent si vite qu'on ne peut les distinguer, mais on les devine, et leur souffle passe aussi, ténu, dans un air très pur. Au salon, le bruit des conversations, répercuté d'un bout à l'autre de la pièce tendue de rouge, coupé de rires, était çà et là interrompu par des discours qu'on prononçait à la va-vite, avec un peu de difficulté et de désinvolture – c'était l'effet de l'alcool, Pavel avait veillé à ce qu'il y en ait en quantité. On était heureux d'être là, bien au chaud, heureux pour Pavel et Myra, de leur contentement affiché, de la conclusion de cette histoire, heureux et repus, les femmes pimpantes et discoureuses, les hommes effondrés dans les profonds divans recouverts de couvertures maculées – encore un peu de la saleté dans laquelle avait vécu Myra, visible par intermittences, par plaques, un peu de l'ancien temps visible sous le nouveau, un peu de malheur perçant, qu'on avait laissé entrer par inadvertance, mais ce n'était pas grave, au contraire, composite et inégal, perçant, le mouvement même de la vie. Odile se déplaçait là-dedans avec une conscience aiguë de ses moindres gestes, Rafaelo à ses côtés, ivre, entraînant. Du salon, malgré le mauvais temps, certains étaient descendus jusque dans le jardin, où ils demeuraient un instant, guère plus, épars, noirs, hérissés, sur le décor noir des arbres agités, tremblants comme des animaux sous l'averse.

À mesure que l'après-midi passait, la pluie se changeait en neige. Il faisait un froid terrible : Pavel avait choisi pour cette célébration le jour de Noël, manifestant ainsi sa réprobation à l'égard des cultes officiels, qui ont fait tant de mal ; pour rappeler à tous, cependant, le miracle de Sveta Gora, il avait aussi placé, sur le buffet de la salle à manger, une icône de la Vierge, dorée, resplendissante, devant laquelle il avait disposé douze bougies blanches, symbolisant on ne savait quoi – personne ne se risqua à le lui demander, mais Myra en avait une idée, elle chuchota quelque chose à ce propos, en riant, assise près de Deirdre, qui rit aussi. Il y voyait parfaitement à présent : les visages rougis de ses amis (la conséquence du froid, et celle de la chaleur), distendus sous l'effet de la gaieté, d'autres plus pâles, celui de Maurice, gris, la flamme des bougies, les pendeloques de Myra, qui tintaient et scintillaient quand elle tournait la tête, les silhouettes des femmes, plus loin Mortimer debout sur l'escalier qui menait au jardin, haranguant deux ou trois personnes qui faisaient cercle autour de lui, mais on n'entendait pas ce qu'il disait dans ce brouhaha, la fumée des cigares et des pipes, qui avait empli l'atmosphère, âcre, écœurante, tout au fond le jardin noir, emporté, dissocié par les tourbillons de neige – chacun plein d'entrain et de sentiment, chacun y allant de son vice, de sa faconde. Pavel confia à André, à quelque temps de là, que ce soir-là le spectre du vieux Trinh avait été de la partie : il avait été, affirmait-il, parmi eux toute la soirée, judicieux, alerte, dispensant à l'un ou à l'autre, au hasard peut-être, peut-être à bon escient, les conseils et l'esprit de dérision dont il avait toujours été prodigue ; c'avait été un réconfort. Myra l'avait vu aussi, elle s'était arrêtée auprès de lui un long moment, l'avait écouté, dans le fracas des rires et le bruit du vent, et avait retiré, comme toujours, le plus grand profit, immédiat et durable, de ce qu'il lui avait dit tout bas, debout à côté d'elle, dans l'angle le plus obscur, les yeux fixés sur ses bijoux d'ivoire et d'argent, c'est ce qu'elle dit à Pavel, soulignant cet aveu d'un sourire resplendissant – bien sûr, Pavel l'avait déjà vue, c'était la femme tchouktche de Martin Sauer, avec ses tresses rigides, son visage tatoué, ses longues boucles d'oreille en perles et ses seins ronds : elle est volumineuse, magnifique, et regarde devant elle. Il y a sur son bras des signes cabalistiques. Derrière elle, les nuages s'amoncellent dans un ciel bas.

Anne et Prudence étaient venues, et avaient pris leur part de l'allégresse générale. Anne avait, semblait-il, encore embelli, gaie, sûre d'elle-même et de son charme, aussi belle qu'elle l'avait été, au matin, devant l'Hôtel de Ville pavé de briques bleues et rouges, avançant le long de l'esplanade ouverte sur le large, inondée de soleil, répercutant le cri des mouettes, sa fille derrière elle, toujours, attentive, à ne pas s'égarer, à ne pas se méprendre, tournant vers André son visage juvénile, dans le fracas du ferry s'éloignant du débarcadère, vers Drottningholm. Au Luxembourg, quand il s'y promenait avec elles, l'hiver, les mouettes étaient là aussi, replètes, impertinentes, ébouriffées dans le vent qui venait du nord et faisait vaciller les arbres, Prudence si petite qu'il avait peur de la perdre, qu'il prononçait son nom à voix basse, de peur de l'effrayer, ce nom étrange qu'Anne avait choisi seule – contre quoi donc lui faudrait-il user de défiance, ou de mesure, fallait-il vraiment entrer dans le monde avec ce bagage, comme on l'avait entourée de silence ! S'y trouvait-elle emprisonnée, ou bien abritée au contraire, Prascovia disait Pavel, la veille d'une fête, l'attente et le recueillement, Paracha, si petite qu'il se réchauffait auprès d'elle, la tenant contre lui ; elle ne savait pas ce qu'était le mal, elle était la chose la plus précieuse du monde, il vivait de son souffle et s'y réchauffait, elle avait des yeux de faïence et ne le voyait pas ; il y avait aux grilles noires des traînées de glace : on y appuyait la main, et c'était si froid qu'on en était glacé jusqu'au cœur. Anne ne tenait pas rigueur à Pavel de ce qu'il l'avait quittée, et même pas, curieusement, de ce qu'il l'avait aimée – qu'il ait eu cette audace, qu'il se soit introduit auprès d'elle, qu'il soit parvenu jusque là, un imposteur, tout droit surgi de l'automne précédent, de la pluie, du vent, des lumières éparses des deux côtés de l'eau, et pour cette raison elle lui pardonnait : parce qu'il avait appartenu à ce monde qui lui avait été cher, comme tous ceux qu'elle avait habités. Arrêtée sous la véranda, écoutant Mortimer avec un intérêt vif et feint, frêle et guindée dans sa robe blanche (comment faisait-elle pour rester aussi fraîche et désinvolte, à l'âge qu'elle avait ?), elle avait gardé, envers et contre tout, une forme de santé, de vigueur, qui était peut-être de l'indifférence, une claire indifférence aux choses et aux gens, traînant sa fille après elle, cette captive à son triomphe, et jugeant. Prudence aussi avait vieilli : elle n'avait pas embelli, elle, mais grandi, tout bonnement ; sa mère s'en étonnait comme d'une mauvaise action dont elle ne l'aurait pas crue capable.

André eut d'abord l'impression d'avoir perdu dans l'affaire une partie de lui-même ; et puis non, c'est qu'il les avait oubliées, simplement – ce qu'elles étaient, et le personnage qu'il avait été en leur compagnie, jadis, et depuis, disparu, recomposé, en tant d'autres avatars, qui avaient suivi le cours incertain de leur existence, et à leur tour dépéri : c'était leur lot, c'était préférable, une dizaine de fois déjà André s'était ainsi dissipé et réincarné. Il avait fait défaut et vécu à nouveau, infidèle, oublieux, tranquille. C'était au temps béni où il habitait à Millinocket, dans le froid et la neige. Il n'y avait aucune raison de revenir en Europe : le froid et la neige formaient l'apparence exacte du monde ; c'en était le cœur uniforme, sans apprêt, sans artifice, c'était à cela que le monde était réduit, la clarté et le silence, décisif, le bruit du vent, le souffle de la mer. À Jonesport, elles avaient couru sur la plage l'une derrière l'autre, les petites filles qu'elles étaient, puis s'étaient laissé tomber l'une à côté de l'autre sur le sable gris – comme elles avaient chaud, comme il faisait froid ! Elles s'étaient relevées, leurs robes pleines de sable, et il les avait prises dans ses bras, l'une puis l'autre, la plus petite, chaude et soyeuse, d'abord, et puis Anne, raide et fraîche contre lui, une figure de pierre, sa passion. Prudence dessinait sur le sable, de grandes lettres droites, qu'elle avait effacées quand ils s'étaient approchés : elle avait tout effacé, d'un seul geste de la main, brusque et méticuleux, et ri, en le regardant, son petit visage, humide et honnête, tendu vers lui, comme s'il y avait eu sur son visage à lui quelque chose qu'elle eût essayé de déchiffrer. Il avait vécu des centaines d'années auprès de la reine des fées ; il était réchauffé et nourri encore de son amour. Il était revenu riche du fond des eaux, et avait serré cette petite fille contre son cœur. Le monde était plein et gai alors, adéquat. Comme il avait aimé leur compagnie, le charme dont elles l'avaient ensorcelé, pour son plus grand profit – la terre promise, l'élection, le privilège de les connaître, de se trouver admis dans leur présence sacrée ! Le soir, ils s'endormaient tous les trois près du feu ; Prudence avait si froid qu'on l'habillait de plusieurs couches de vêtements superposées, et pour finir on l'enveloppait dans des fourrures, puis on la laissait s'assoupir devant le feu, engoncée, placide, volumineuse : du moment qu'on l'avait posée devant le feu elle ne bougeait plus et rêvait, raide et paisible comme un enfant esquimau.

Quelques mois plus tard, Pavel et Myra eurent une fille, qu'ils appelèrent Signe, la victorieuse.

Ingrid n'était pas venue à leur mariage – on ne la voyait plus nulle part. L'eau s'était refermée sur elle, comme sur Isaac, redevenue à la surface calme et trouble, illisible ; en-dessous continuait à vivre, de sa vie mystérieuse, le royaume merveilleux de la rue Delambre, traversé de courants plus froids, de tumultes, d'allées et venues, de phosphorescences. Inès, audacieuse, enfermée, une princesse engourdie par un sortilège, tout au fond de la forêt la plus sombre, où le soleil transparaît un jour seulement dans le cours de l'année (c'est le solstice, l'air est à cette heure-là plus pur et maléfique), demeurerait sa compagne pour les siècles à venir. Il n'y avait rien à redire à cela : elle lui convenait mieux qu'aucune autre, il se satisfaisait d'elle et de toutes les déconvenues qu'elle lui apporterait – elles n'étaient pas si nombreuses, rien de très neuf en tout cas, rien qu'il n'ait déjà connu, qu'il n'ait appris et épuisé ; c'est qu'il savait *peu de choses, finalement, sur l'extrême chagrin*. Elle était venue jusqu'à lui, depuis les temps anciens, ayant descendu l'avenue de Messine avec ses sœurs, dolente, magnifique, entre les ombres et les rais de lumière – c'était le solstice, les arbres, des deux côtés de ce fleuve, plantés solides et droits, des pieux fichés au milieu de l'eau, fixes dans la lagune : la marée monte tout autour mais ils sont indéracinables, comme la ville. Ce temps avait passé, comme les autres. André, Pavel, Isaac les avaient accompagnées un moment, et laissé aller : qu'elles aillent au diable, qu'elles avancent seules désormais, droit devant elles, des confins désolés du parc jusqu'en bas de l'avenue, ce fleuve agité du mouvement des marées, le long duquel tiennent bon les arbres ; comme elles avaient été aimées – de la cendre à présent, trois ombres entre les arbres.

Nous aurons à rendre compte, avait coutume de réciter Pavel avec son rire assourdi, *des actes accomplis pendant que nous étions dans nos corps*. Qu'entendait-il par là ? À Tortisambert, cet hiver-là, le ciel avait la couleur de l'ardoise, d'un gris compact, lumineux. Il semblait posé sur les champs, les arbres, le soir infesté d'étoiles ; juste avant, il s'était allégé, élevé un peu au-dessus des choses – c'est alors que la nuit venait. André n'aimait pas les époques de transition, l'incertitude, les régences. Pour le reste, il se contentait de peu de chose, les enfants qu'on voit tourner sous les chapiteaux pimpants des manèges, fervents, sérieux, l'un après l'autre, au son de l'orgue de barbarie, sur d'insolites animaux de bois peint, la neige à Millinocket, quand le vent est au nord, le tournoiement des constellations dans l'espace noir, l'océan, le cri des pétrels et le roulis. À chaque fois, c'était inévitable, le livre achevé ne l'était pas du tout ; mais il n'y avait qu'André pour le savoir : il était le seul à en connaître la véritable apparence, la réalité, vide, des pans entiers, peints de couleur rutilantes comme aux parois des temples, un peu d'imprévu aussi, ici ou là quelque chose d'un peu cru, ailleurs d'irréel, un édifice maniériste, des couleurs et du fer – ce dont il avait rêvé, la tessiture des rêves, incommunicable. À chaque fois, c'était la même déception – rien qu'il pût confier, à personne. Il s'en consolait, à chaque fois s'en remettait au suivant ; à chaque fois surgissait la même pensée, médiocre, familière : ce qui serait réussi, ce serait le livre suivant. Aurait-il à rendre compte, quand, auprès de qui, de ce défaut, cet inachèvement ? Il savait maintenant qu'en vieillissant on est plus heureux. Il avait vieilli, chaque jour était venu s'ajouter aux autres, léger, resplendissant. Il n'y avait plus de place pour l'envie ou la peur ; il suffisait de laisser la vie aller et venir comme la mer, le submerger et puis se défaire, laissant des traces dans le sable, qui s'effaçaient. Il avait vieilli, il était dur à la peine désormais, peu prodigue de lui-même et de ses émotions, distinct des autres, de ce qu'il avait été, heureux, seul, dépourvu de toute arrière-pensée, entièrement adonné à la rêverie chatoyante, multiforme, qui le maintenait au monde. Oserait-il le dire, et à qui, qu'il ne se trouvait jamais mieux que d'être seul ? Les autres, ses semblables, étaient passés à la surface de sa vie. Il les avait aimés, pour la plupart ; il avait suffi de peu de chose pour qu'il s'en détourne tout à fait.

Un soir, alors que le ciel s'assombrissait sous le poids de la pluie, il était allé rendre visite à Axel S. rue Ferrandi. Il rentra chez lui par le chemin le plus long. À Tortisambert, l'eau avait recouvert, par flaques, nappes et ruisseaux, tout l'espace compris entre les maisons ; les rosiers avaient continué à croître, malgré le mauvais temps : ils bourgeonnaient, roses et blancs. À Vimoutiers, les lumières de la place brillaient dans le crépuscule glacé. Le carillon sonnait, grêle et joyeux, toutes les heures. On avait fleuri le monument aux morts canadiens. Sur la route de Trun, les arbres se dressaient noirs comme des totems. On y devinait des figures peintes : des hommes à tête d'ours, des femmes et des poissons, des figures géométriques et des représentations de la mer. À Paris, le ciel d'un bleu velouté, ailleurs d'un gris d'étang, s'était enroulé, une gaze, au-dessus de la rue Huysmans. Les nuages tassés à l'horizon avaient laissé au-dessus de la ville une pureté satinée, inhabituelle. Compliqué, massif, monumental, l'immeuble blanc amarré à l'extrémité de la rue Duguay-Trouin demeurait seul, sidéral, au milieu des décombres. Au bout de la rue de Fleurus, les grilles étaient fermées — juste derrière, les arbres dorés de la forêt de Debar, où couraient les feux follets, le monde enchanté où vivent les esprits, les animaux étendus au bord de la rivière où ils ont bu l'eau de la vie éternelle, licornes et lions, déliés, à l'affût ; de l'autre côté, derrière les arbres d'or, les coupoles vertes des palais, où l'on voyait des lumières ; en contrebas, un marécage entrecoupé de lueurs, la marée, des bateaux. De cette soirée d'hiver aussi calme et voluptueuse qu'une soirée de printemps, l'or en plus et l'immobilité, particulière, de toutes les choses autour de lui, il retirait une très grande assurance, lui qui en avait tant manqué.

Écrirait-il un nouveau livre, cette fois achevé, tel qu'il le rêvait, exactement, infiniment ramifié, parfaitement composé, le livre de Pavel, un livre dont Pavel serait le héros, ou bien celui de Platon, un conte russe, incantatoire, la farandole des démons, la maison bâtie devant les marais où résonne la malédiction des fées, le rire des petits garçons, celui de Tatiana, étouffé, qui n'en finit pas, sur les marches de bois la voix de Pierre qui appelle, Tocha, Ossip, avant que le crépuscule et les ombres n'aient tout enseveli ? Il savait bien que non. L'envie lui avait passé, qui l'avait pourtant habité si longtemps, aussi longtemps qu'il pouvait s'en souvenir – c'était ce qui le maintenait, indifférent et donnant le change, au milieu de la multitude. Il avait cru que c'était sa fonction ici-bas, ce dont il devait s'acquitter quoi qu'il lui en coûtât (il le connaissait bien, le prix à payer, c'était cette irrémédiable indifférence qui l'avait à tout jamais séparé), la célébration dont il était l'officiant : écrire les livres qu'il avait écrits, les écrire, quoi qu'il lui en coûtât, sans savoir, sans préférence, sans direction et sans idée de ce qui allait suivre, sans joie, sans nécessité – son pur désir, ingouvernable. L'envie lui avait passé ; c'était une détresse et une délivrance. Les choses, autour de lui, allaient donc vivre de leur vie propre, le jardin fermé, bruissant, les arbres pétrifiés où l'on avait sculpté des figures de cérémonie, peintes et vivantes, les façades étincelantes, le ciel compact et gris. Il lui suffirait désormais de passer au travers, d'en être gratifié, de renoncer, avec une véritable humilité, un vrai désenchantement, celui des saints et des mourants, tranquille, total, à ce don qui lui avait été fait, le désir de voir et de dire, de répéter, de réfracter un peu de cette splendeur éparse. Il n'y avait plus rien à dire : quel bienfait, quelle bénédiction – plus rien, de Pavel, d'Isaac ou de quiconque, rien que l'on pût deviner, prédire, tenir pour assuré. Il n'y avait pas de vérité, rien qui fût destiné à durer, et c'était préférable, pas de mensonge ni d'illusion non plus, rien que l'opiniâtreté des choses, leur magnifique opacité, et celle, turbulente, des individus. Il n'y avait pas de leçon à tirer, de rien, rien qu'on dût savoir, apprendre, se rappeler. Tout était merveilleux et périssable, du sable entre ses mains, le va et vient de la mer, le doux bruit de la pluie. Tout était pourvu de sens, inépuisable et magnifique. Tout vibrait, étincelait ; tout était lisible et persistant.

Dans le silence du soir, longeant les grilles du jardin qui l'après-midi même avait résonné des cris des enfants, frémi de toute la poussière soulevée, resplendi, étincelé, maintenant pacifié, désert, minéral, descendant vers la Seine, ses escaliers monumentaux, ses minarets, ses tours de guet et ses ponts suspendus, traversant une ville enchantée où passaient les esprits, qui lui parlaient, qui étaient revenus et lui parlaient, chacun à leur tour, aimants, dissemblables, il était sûr, et ce serait son secret, son talisman, de cette bonne nouvelle.

Table des matières

Déjà parus aux Éditions du Revif

Collection Mauve
Denitza Bantcheva
La Traversée des Alpes
À la rigueur
Dmitri Lipskerov
Le Dernier Rêve de la raison
Giulio Angioni
Des milliers d'années
Nikolaï Kantchev
Childe Harold beaucoup plus tard
Pier Maria Pasinetti
À propos d'Astolfo
Véronique Sales
Retour dans le Limousin
William Thackeray
Le Veuf et l'ingénue

Collection Verte
Stanley J. Weyman
Le Gentilhomme et le Roi
La Maison du Loup

Collection Cinéma
Denitza Bantcheva
Jean Pierre Melville : de l'œuvre à l'homme
René Clément

Collection Bleue
Marco Bosonetto
La Ballade des vaches guerrières

Dépôt légal :2e trimestre 2010
Premier tirage, 1000 exemplaires
Achevé d'imprimer en France
chez ISI, Paris XXe

ISBN : 978-2-3570000-6-3